作家名から引く 短編小説作品総覧

日本のSF・ホラー・ファンタジー

日外アソシエーツ

Author Index to Short Stories

Japanese Science Fiction, Horror novel and Fantasy

Compiled by
Nichigai Associates, Inc.

©2018 by Nichigai Associates, Inc.

Printed in Japan

本書はデジタルデータでご利用いただくことができます。詳細はお問い合わせください。

●編集担当● 城谷 浩
装丁：赤田麻衣子

刊行にあたって

　短い作品の中で物語が印象的に語られる短編小説は、移動中など短い時間でも読める手軽さもあり、文学作品の中でもファンが多い。とりわけ、SF、ミステリー、海外小説などの分野は、人気作家が数多く活躍し、熱心な読者層に支えられている。一方、1冊に多数の作品が収録されているため、読みたい作家や作品が、短編集や作品集などのどの本に収録されているかを調べるのは難しい。

　そうした短編小説作品を調べられる索引ツールとして、小社では、作品名から調べられる「短編小説12万作品名目録」（1986年～2001年5月に刊行された図書を収録）、「同　続・2001-2008」、「同　2009-2013」を編集・刊行し、作家名から引ける索引としては「短編小説24万作家名目録」（1986年～2008年に刊行された図書を収録）を刊行してきた。

　本書は、日本のSF、ホラー、ファンタジー、怪奇小説、幻想文学の分野を対象に、短編集などの図書に収録された短編小説作品を、作家別に一覧し、その収録図書がわかる読書案内ツールである。2009年から2017年に刊行された短編集、作品集の収録作品を調べることができる。夏目漱石、泉鏡花などの近代文学作家から、小松左京、星新一らの戦後の作家、現代の人気作家まで、収録作家は幅広い年代にわたる。最近では、江戸時代までの古典文学や近代文学の中から、この分野の先駆けとなる作品を選んで紹介するアンソロジーも数多く刊行されている。そうした作品を含め、1,025人の8,383作品を対象とし、のべ10,460点の図書を収録している。

　なお、2008年以前の作品・図書については「短編小説24万作家名目録」に収録している。併せてご利用いただきたい。本書が、各ジャンルの短編小説と作家に親しむためのツールとして、活用いただければ幸いである。

　2017年11月

　　　　　　　　　　　　　　　　　　　　　　　　　　　日外アソシエーツ

凡　例

1. 本書の内容

　　本書は、短編小説の作家名から、日本のＳＦ、ホラー、ファンタジー作品とその収録図書を調べられる図書目録である。

2. 収録の対象

　（1）2009年1月～2017年9月までに刊行された図書に収録された、日本のＳＦ、ホラー、ファンタジー、怪奇小説、幻想文学分野の短編小説作品を収録した。
　（2）小学生以下向けの児童文学、実話怪談・体験記は、原則収録対象外とした。
　（3）収録数は、図書1,308点に収録された、作家1,025人の8,383作品である。

3. 見出し

　（1）〈作家名見出し〉作家名を見出しとし、姓の読み→名の読みの五十音順に排列した。作者不詳は五十音順の後にまとめた。
　（2）〈作品名見出し〉作家名の下は作品名の五十音順とし、作品名見出しを立てた。

4. 図書の排列

　　作家名、作品名見出しの下に、出版年月順に排列した。

5. 記載事項

　　　　作家名／読み
　　　　作品名
　　　　書名／副書名／巻次／各巻書名／版表示／シリーズ名／出版者／
　　　　出版年月／ISBN（①で表示）

6．作品名索引
　(1) 作品名を五十音順に排列し、本文での掲載ページを示した。
　(2) 記号・数字・アルファベットは、五十音順の後に置いた。

7．書誌事項
　本目録に掲載した各図書の書誌事項等は、主に次の資料に拠っている。
　　データベース「bookplus」
　　JAPAN/MARC
　　各出版社のホームページ

會川 昇　あいかわ・しょう

無情のうた『UN‐GO』第二話 坂口安吾「明治開化安吾捕物帖ああ無情」より
『極光星群一年刊日本SF傑作選』(創元SF文庫) 東京創元社　2013.6　①978-4-488-73406-0

愛七 ひろ　あいなな・ひろ

リナ＝インバース討伐！
『スレイヤーズ25周年あんそろじー』(富士見ファンタジア文庫) 角川書店　2015.1　①978-4-04-070467-8

蒼井 茜　あおい・あかね

宴会
『なぜかうちの店が異世界に転移したんですけど誰か説明お願いします』(アース・スターノベル) アース・スターエンターテイメント　2016.3　①978-4-8030-0898-2

月がきれいですね
『なぜかうちの店が異世界に転移したんですけど誰か説明お願いします』(アース・スターノベル) アース・スターエンターテイメント　2016.3　①978-4-8030-0898-2

なぜかうちの店が異世界に転移したんですけど誰か説明お願いします
『なぜかうちの店が異世界に転移したんですけど誰か説明お願いします』(アース・スターノベル) アース・スターエンターテイメント　2016.3　①978-4-8030-0898-2

蒼 隼大　あおい・じゅんだい

冬を待つ人
『ゆきのまち幻想文学賞小品集　22　大きな木』 企画集団ぷりずむ　2013.3　①978-4-906691-45-6

青木 和　あおき・かず

歌う骨
『SF Japan 2009AUTUMN』 徳間書店　2009.9　①978-4-19-862778-2

青木 鷺水　あおき・ろすい

御伽百物語
『江戸奇談怪談集』(ちくま学芸文庫) 筑摩書房　2012.11　①978-4-480-09488-9

画中の美女
『江戸奇談怪談集』(ちくま学芸文庫) 筑摩書房　2012.11　①978-4-480-09488-9

猿畠山の仙
『江戸奇談怪談集』(ちくま学芸文庫) 筑摩書房　2012.11　①978-4-480-09488-9

燈火の女
『江戸奇談怪談集』(ちくま学芸文庫) 筑摩書房　2012.11　①978-4-480-09488-9

青水 洸　あおみ・こう

ともしび
『ゆきのまち幻想文学賞小品集　20　もうひとつの階段』 企画集団ぷりずむ　2011.4　①978-4-906691-37-1

無音
『小さな魔法の降る日に―ゆきのまち幻想文学賞小品集　25』 企画集団ぷりずむ　2015.10　①978-4-906691-55-5

青柳 健　あおやぎ・けん

山小屋の秋
『山の怪談』 河出書房新社　2017.8　①978-4-309-22710-8

青山 智樹　あおやま・ともき

激辛戦国時代
『NOVA 8 書き下ろし日本SFコレクション』(河出文庫) 河出書房新社　2012.7　①978-4-309-41162-0

青谷 真未　あおや・まみ

鬼の目元に笑いジワ
『となりのもののけさん』(ポプラ文庫ピュアフル) ポプラ社　2014.9　①978-4-591-14128-1

赤江 瀑　あかえ・ばく

春の寵児
『幻視の系譜―日本幻想文学大全』(ちくま文庫) 筑摩書房　2013.10　①978-4-480-43112-7

赤川 次郎　あかがわ・じろう

悪魔は夜によみがえる
『吸血鬼よ故郷を見よ』(集英社文庫) 集英社 2010.7　①978-4-08-746589-1

愛しい友へ…
『きみが見つける物語―十代のための新名作 こわーい話編』(角川文庫) 角川書店 2009.8　①978-4-04-389406-2

色あせたアイドル
『恋する絵画―怪異名所巡り　6』 集英社 2011.8　①978-4-08-771413-5

『恋する絵画―怪異名所巡り　6』(集英社文庫) 集英社　2014.10　①978-4-08-745234-1

失われた男
『恋する絵画―怪異名所巡り　6』 集英社 2011.8　①978-4-08-771413-5

『恋する絵画―怪異名所巡り　6』(集英社文庫) 集英社　2014.10　①978-4-08-745234-1

埋もれた罪
『死神と道連れ―怪異名所巡り　9』 集英社 2017.9　①978-4-08-771120-2

永遠の帰宅
『とっておきの幽霊―怪異名所巡り　7』 集英社　2013.8　①978-4-08-771526-2

『とっておきの幽霊―怪異名所巡り　7』(集英社文庫) 集英社　2016.10　①978-4-08-745499-4

遅れて来た客
『遅れて来た客』(光文社文庫) 光文社 2010.6　①978-4-334-74801-2

乙女の祈りは永遠に
『友の墓の上で―怪異名所巡り　8』 集英社 2016.8　①978-4-08-771002-1

風のささやき
『とっておきの幽霊―怪異名所巡り　7』 集英社　2013.8　①978-4-08-771526-2

『とっておきの幽霊―怪異名所巡り　7』(集英社文庫) 集英社　2016.10　①978-4-08-745499-4

活字は生きている
『とっておきの幽霊―怪異名所巡り　7』 集英社 2013.8　①978-4-08-771526-2

『とっておきの幽霊―怪異名所巡り　7』(集英社文庫) 集英社　2016.10　①978-4-08-745499-4

家庭教師
『遅れて来た客』(光文社文庫) 光文社 2010.6　①978-4-334-74801-2

吸血鬼社長、がんばる
『吸血鬼よ故郷を見よ』(集英社文庫) 集英社 2010.7　①978-4-08-746589-1

吸血鬼博覧会
『吸血鬼よ故郷を見よ』(集英社文庫) 集英社 2010.7　①978-4-08-746589-1

吸血鬼よ故郷を見よ
『吸血鬼よ故郷を見よ』(集英社文庫) 集英社 2010.7　①978-4-08-746589-1

救命ボートの隙間
『死神と道連れ―怪異名所巡り　9』 集英社 2017.9　①978-4-08-771120-2

恋する絵画
『恋する絵画―怪異名所巡り　6』 集英社 2011.8　①978-4-08-771413-5

『恋する絵画―怪異名所巡り　6』(集英社文庫) 集英社　2014.10　①978-4-08-745234-1

殺意がひとり歩きする
『友の墓の上で―怪異名所巡り　8』 集英社 2016.8　①978-4-08-771002-1

死神と道連れ
『死神と道連れ―怪異名所巡り　9』 集英社 2017.9　①978-4-08-771120-2

心中嫌い
『恋する絵画―怪異名所巡り　6』 集英社 2011.8　①978-4-08-771413-5

『恋する絵画―怪異名所巡り　6』(集英社文庫) 集英社　2014.10　①978-4-08-745234-1

深夜の見舞客
『深夜の見舞客』(小学館文庫) 小学館 2009.1　①978-4-09-408337-8

近道
『深夜の見舞客』(小学館文庫) 小学館
2009.1　①978-4-09-408337-8

地の果てに行く
『友の墓の上で―怪異名所巡り　8』集英社
2016.8　①978-4-08-771002-1

宙吊り
『深夜の見舞客』(小学館文庫) 小学館
2009.1　①978-4-09-408337-8

墜落する愛情
『死神と道連れ―怪異名所巡り　9』集英社
2017.9　①978-4-08-771120-2

とっておきの幽霊
『とっておきの幽霊―怪異名所巡り　7』集英社　2013.8　①978-4-08-771526-2
『とっておきの幽霊―怪異名所巡り　7』(集英社文庫) 集英社　2016.10　①978-4-08-745499-4

友の墓の上で
『友の墓の上で―怪異名所巡り　8』集英社
2016.8　①978-4-08-771002-1

涙の味わい
『深夜の見舞客』(小学館文庫) 小学館
2009.1　①978-4-09-408337-8

寝過したマクベス夫人
『死神と道連れ―怪異名所巡り　9』集英社
2017.9　①978-4-08-771120-2

人のふり見て…
『友の墓の上で―怪異名所巡り　8』集英社
2016.8　①978-4-08-771002-1

ファンファーレは高らかに
『とっておきの幽霊―怪異名所巡り　7』集英社　2013.8　①978-4-08-771526-2
『とっておきの幽霊―怪異名所巡り　7』(集英社文庫) 集英社　2016.10　①978-4-08-745499-4

炎を燃えて
『死神と道連れ―怪異名所巡り　9』集英社
2017.9　①978-4-08-771120-2

無邪気な園
『とっておきの幽霊―怪異名所巡り　7』集英社　2013.8　①978-4-08-771526-2
『とっておきの幽霊―怪異名所巡り　7』(集英社文庫) 集英社　2016.10　①978-4-08-745499-4

家主
『遅れて来た客』(光文社文庫) 光文社
2010.6　①978-4-334-74801-2

幽霊の椅子
『深夜の見舞客』(小学館文庫) 小学館
2009.1　①978-4-09-408337-8

幽霊予約、受付開始
『恋する絵画―怪異名所巡り　6』集英社
2011.8　①978-4-08-771413-5
『恋する絵画―怪異名所巡り　6』(集英社文庫) 集英社　2014.10　①978-4-08-745234-1

夢は泡に溶けて
『友の墓の上で―怪異名所巡り　8』集英社
2016.8　①978-4-08-771002-1

夜への長いトンネル
『恋する絵画―怪異名所巡り　6』集英社
2011.8　①978-4-08-771413-5
『恋する絵画―怪異名所巡り　6』(集英社文庫) 集英社　2014.10　①978-4-08-745234-1

秋田 みやび　あきた・みやび

羽根と鱗の恋愛事情
『モンスター・コレクションテイルズ―DRAGON BOOK 25th Anniversary』(富士見ドラゴン・ブック) 富士見書房　2011.2　①978-4-8291-4613-2

秋田 禎信　あきた・よしのぶ

ゼフィーリアの悪魔
『スレイヤーズ25周年あんそろじー』(富士見ファンタジア文庫) 角川書店　2015.1　①978-4-04-070467-8

秋永 真琴　あきなが・まこと

古本屋の少女
『行き先は特異点―年刊日本SF傑作選』(創元SF文庫) 東京創元社　2017.7　①978-4-488-73410-7

秋野 鈴虫　あきの・すずむし

テレビジョン
『70年代日本SFベスト集成 5　1975年度版』（ちくま文庫）筑摩書房　2015.6　Ⓘ978-4-480-43215-5

秋元 康　あきもと・やすし

穴
『アドレナリンの夜―珠玉のホラーストーリーズ』　竹書房　2009.8　Ⓘ978-4-8124-3919-7

噂
『アドレナリンの夜―珠玉のホラーストーリーズ』　竹書房　2009.8　Ⓘ978-4-8124-3919-7

エレベーター
『アドレナリンの夜―珠玉のホラーストーリーズ』　竹書房　2009.8　Ⓘ978-4-8124-3919-7

おばあちゃん
『アドレナリンの夜―珠玉のホラーストーリーズ』　竹書房　2009.8　Ⓘ978-4-8124-3919-7

オルゴール
『アドレナリンの夜―珠玉のホラーストーリーズ』　竹書房　2009.8　Ⓘ978-4-8124-3919-7

かくれんぼ
『アドレナリンの夜―珠玉のホラーストーリーズ』　竹書房　2009.8　Ⓘ978-4-8124-3919-7

彼氏
『アドレナリンの夜―珠玉のホラーストーリーズ』　竹書房　2009.8　Ⓘ978-4-8124-3919-7

脅迫者
『アドレナリンの夜―珠玉のホラーストーリーズ』　竹書房　2009.8　Ⓘ978-4-8124-3919-7

シャンプー
『アドレナリンの夜―珠玉のホラーストーリーズ』　竹書房　2009.8　Ⓘ978-4-8124-3919-7

心霊スポット
『アドレナリンの夜―珠玉のホラーストーリーズ』　竹書房　2009.8　Ⓘ978-4-8124-3919-7

スキューバダイビング
『アドレナリンの夜―珠玉のホラーストーリーズ』　竹書房　2009.8　Ⓘ978-4-8124-3919-7

スープ
『アドレナリンの夜―珠玉のホラーストーリーズ』　竹書房　2009.8　Ⓘ978-4-8124-3919-7

ドライブ
『アドレナリンの夜―珠玉のホラーストーリーズ』　竹書房　2009.8　Ⓘ978-4-8124-3919-7

トンネル
『アドレナリンの夜―珠玉のホラーストーリーズ』　竹書房　2009.8　Ⓘ978-4-8124-3919-7

猫嫌い
『アドレナリンの夜―珠玉のホラーストーリーズ』　竹書房　2009.8　Ⓘ978-4-8124-3919-7

ビデオレター
『アドレナリンの夜―珠玉のホラーストーリーズ』　竹書房　2009.8　Ⓘ978-4-8124-3919-7

防犯カメラ
『アドレナリンの夜―珠玉のホラーストーリーズ』　竹書房　2009.8　Ⓘ978-4-8124-3919-7

麻酔
『アドレナリンの夜―珠玉のホラーストーリーズ』　竹書房　2009.8　Ⓘ978-4-8124-3919-7

間違い電話
『アドレナリンの夜―珠玉のホラーストーリーズ』　竹書房　2009.8　Ⓘ978-4-8124-3919-7

陽子
『アドレナリンの夜―珠玉のホラーストーリーズ』　竹書房　2009.8　Ⓘ978-4-8124-3919-7

ラジオ
『アドレナリンの夜―珠玉のホラーストーリーズ』　竹書房　2009.8　Ⓘ978-4-8124-3919-7

理科室
『アドレナリンの夜—珠玉のホラーストーリーズ』　竹書房　2009.8　①978-4-8124-3919-7

隣人
『アドレナリンの夜—珠玉のホラーストーリーズ』　竹書房　2009.8　①978-4-8124-3919-7

FAX
『アドレナリンの夜—珠玉のホラーストーリーズ』　竹書房　2009.8　①978-4-8124-3919-7

秋山 瑞人　あきやま・みずひと

海原の用心棒
『SFマガジン700 国内篇—創刊700号記念アンソロジー』（ハヤカワ文庫SF）　早川書房　2014.5　①978-4-15-011961-4

おれはミサイル
『ゼロ年代SF傑作集』（ハヤカワ文庫JA）　早川書房　2010.2　①978-4-15-030986-2

『イマジネーションの戦争—幻』（コレクション 戦争と文学）集英社　2011.9　①978-4-08-157005-8

日日日　あきら

「鶴見さんの恩返し」
『ホラーアンソロジー　2　"黒"』（ファミ通文庫）エンターブレイン　2012.9　①978-4-04-728298-8

ミリアンヌの肌
『スレイヤーズ25周年あんそろじー』（富士見ファンタジア文庫）角川書店　2015.1　①978-4-04-070467-8

秋 竜山　あき・りゅうざん

宗教違反を平気な天国
『70年代日本SFベスト集成　5　1975年度版』（ちくま文庫）筑摩書房　2015.6　①978-4-480-43215-5

芥川 龍之介　あくたがわ・りゅうのすけ

アグニの神
『芥川龍之介集 妖婆—文豪怪談傑作選』（ちくま文庫）筑摩書房　2010.7　①978-4-480-42742-7

『蜘蛛の糸・杜子春・トロッコ　他十七篇』（ワイド版岩波文庫）岩波書店　2013.1　①978-4-00-007358-5

『はじめてであう日本文学　2　奇妙な物語』成美堂出版　2013.4　①978-4-415-31524-9

海のほとり
『芥川龍之介集 妖婆—文豪怪談傑作選』（ちくま文庫）筑摩書房　2010.7　①978-4-480-42742-7

影
『芥川龍之介集 妖婆—文豪怪談傑作選』（ちくま文庫）筑摩書房　2010.7　①978-4-480-42742-7

奇怪な再会
『芥川龍之介集 妖婆—文豪怪談傑作選』（ちくま文庫）筑摩書房　2010.7　①978-4-480-42742-7

凶
『芥川龍之介集 妖婆—文豪怪談傑作選』（ちくま文庫）筑摩書房　2010.7　①978-4-480-42742-7

凶（抄）
『文豪てのひら怪談』（ポプラ文庫）ポプラ社　2009.8　①978-4-591-11104-8

幻燈
『芥川龍之介集 妖婆—文豪怪談傑作選』（ちくま文庫）筑摩書房　2010.7　①978-4-480-42742-7

黒衣聖母
『芥川龍之介集 妖婆—文豪怪談傑作選』（ちくま文庫）筑摩書房　2010.7　①978-4-480-42742-7

孤独地獄
『芥川龍之介集 妖婆—文豪怪談傑作選』（ちくま文庫）筑摩書房　2010.7　①978-4-480-42742-7

死後
『芥川龍之介集 妖婆—文豪怪談傑作選』（ちくま文庫）筑摩書房　2010.7　①978-4-480-42742-7

蜃気楼 或いは「続海のほとり」
『芥川龍之介集 妖婆—文豪怪談傑作選』（ちくま文庫）筑摩書房　2010.7　①978-4-480-42742-7

朱野帰子

西洋人
『芥川龍之介集 妖婆―文豪怪談傑作選』(ちくま文庫) 筑摩書房 2010.7 ①978-4-480-42742-7

春の夜
『芥川龍之介集 妖婆―文豪怪談傑作選』(ちくま文庫) 筑摩書房 2010.7 ①978-4-480-42742-7

午休み
『芥川龍之介集 妖婆―文豪怪談傑作選』(ちくま文庫) 筑摩書房 2010.7 ①978-4-480-42742-7

二つの手紙
『芥川龍之介集 妖婆―文豪怪談傑作選』(ちくま文庫) 筑摩書房 2010.7 ①978-4-480-42742-7

魔術
『トロッコ・鼻』(21世紀版少年少女日本文学館) 講談社 2009.2 ①978-4-06-282656-3
『作家たちが読んだ芥川龍之介』(宝島社文庫) 宝島社 2009.4 ①978-4-7966-7081-4
『右か、左か―心に残る物語 日本文学秀作選』(文春文庫) 文藝春秋 2010.7 ①978-4-16-720916-2
『芥川龍之介集 妖婆―文豪怪談傑作選』(ちくま文庫) 筑摩書房 2010.7 ①978-4-480-42742-7
『思いがけない話』(ちくま文学の森) 筑摩書房 2010.12 ①978-4-480-42735-9
『ふしぎな話』(中学生までに読んでおきたい日本文学) あすなろ書房 2011.3 ①978-4-7515-2630-9
『読んでおきたいベスト集! 芥川龍之介』(宝島社文庫) 宝島社 2011.7 ①978-4-7966-8515-3
『BUNGO―文豪短篇傑作選』(角川文庫) 角川文庫 2012.8 ①978-4-04-100320-6
『蜘蛛の糸・杜子春・トロッコ 他十七篇』(ワイド版岩波文庫) 岩波書店 2013.1 ①978-4-00-007358-5
『はじめてであう日本文学 1 ぞっとする話』成美堂出版 2013.4 ①978-4-415-31523-2

妙な話
『芥川龍之介集 妖婆―文豪怪談傑作選』(ちくま文庫) 筑摩書房 2010.7 ①978-4-480-42742-7

幻視の系譜―日本幻想文学大全
『幻視の系譜―日本幻想文学大全』(ちくま文庫) 筑摩書房 2013.10 ①978-4-480-43112-7
『文豪たちが書いた怖い名作短編集』彩図社 2014.1 ①978-4-88392-966-5
『見た人の怪談集』(河出文庫) 河出書房新社 2016.5 ①978-4-309-41450-8

夢
『夢』(SDP Bunko) SDP 2009.7 ①978-4-903620-63-3
『芥川龍之介集 妖婆―文豪怪談傑作選』(ちくま文庫) 筑摩書房 2010.7 ①978-4-480-42742-7

妖婆
『芥川龍之介集 妖婆―文豪怪談傑作選』(ちくま文庫) 筑摩書房 2010.7 ①978-4-480-42742-7
『蜘蛛の糸・杜子春・トロッコ 他十七篇』(ワイド版岩波文庫) 岩波書店 2013.1 ①978-4-00-007358-5

朱野 帰子　あけの・かえるこ

洗熊
『マタタビ潔子の猫魂』(ダ・ヴィンチブックス) メディアファクトリー 2010.1 ①978-4-8401-3169-8
『マタタビ潔子の猫魂』(MF文庫 ダ・ヴィンチ) メディアファクトリー 2012.1 ①978-4-8401-4364-6

鬼海星
『マタタビ潔子の猫魂』(ダ・ヴィンチブックス) メディアファクトリー 2010.1 ①978-4-8401-3169-8
『マタタビ潔子の猫魂』(MF文庫 ダ・ヴィンチ) メディアファクトリー 2012.1 ①978-4-8401-4364-6

西洋蒲公英
『マタタビ潔子の猫魂』(ダ・ヴィンチブックス) メディアファクトリー 2010.1 ①978-4-8401-3169-8
『マタタビ潔子の猫魂』(MF文庫 ダ・ヴィンチ) メディアファクトリー 2012.1 ①978-4-8401-4364-6

欧羅巴毛長鼬
『マタタビ潔子の猫魂』(ダ・ヴィンチブックス) メディアファクトリー 2010.1 ①978-4-8401-3169-8
『マタタビ潔子の猫魂』(MF文庫 ダ・ヴィンチ) メディアファクトリー 2012.1 ①978-4-8401-4364-6

明野 照葉　あけの・てるは

雨女
『澪つくし』(文春文庫) 文藝春秋　2009.11
①978-4-16-767502-8
『澪つくし 下』(大活字本シリーズ) 埼玉福祉会　2010.11　①978-4-88419-664-6

かっぱタクシー
『澪つくし』(文春文庫) 文藝春秋　2009.11
①978-4-16-767502-8
『澪つくし 上』(大活字本シリーズ) 埼玉福祉会　2010.11　①978-4-88419-663-9

三途BAR
『澪つくし』(文春文庫) 文藝春秋　2009.11
①978-4-16-767502-8
『澪つくし 上』(大活字本シリーズ) 埼玉福祉会　2010.11　①978-4-88419-663-9

ジェリーフィッシュ
『澪つくし』(文春文庫) 文藝春秋　2009.11
①978-4-16-767502-8
『澪つくし 上』(大活字本シリーズ) 埼玉福祉会　2010.11　①978-4-88419-663-9

石室
『澪つくし』(文春文庫) 文藝春秋　2009.11
①978-4-16-767502-8
『澪つくし 下』(大活字本シリーズ) 埼玉福祉会　2010.11　①978-4-88419-664-6

つむじ風
『澪つくし』(文春文庫) 文藝春秋　2009.11
①978-4-16-767502-8
『澪つくし 上』(大活字本シリーズ) 埼玉福祉会　2010.11　①978-4-88419-663-9

彼岸橋
『澪つくし』(文春文庫) 文藝春秋　2009.11
①978-4-16-767502-8
『澪つくし 下』(大活字本シリーズ) 埼玉福祉会　2010.11　①978-4-88419-664-6

澪つくし
『澪つくし』(文春文庫) 文藝春秋　2009.11
①978-4-16-767502-8
『澪つくし 下』(大活字本シリーズ) 埼玉福祉会　2010.11　①978-4-88419-664-6

浅井 了意　あさい・りょうい

怪を語れば怪至(富士正晴訳)
『文豪てのひら怪談』(ポプラ文庫) ポプラ社　2009.8　①978-4-591-11104-8

淺川 継太　あさかわ・けいた

朝が止まる
『ある日の結婚』 講談社　2014.4　①978-4-06-218875-3

ある日の結婚
『ある日の結婚』 講談社　2014.4　①978-4-06-218875-3

水を預かる
『ある日の結婚』 講談社　2014.4　①978-4-06-218875-3

浅暮 三文　あさぐれ・みつふみ

エレファント・ジョーク
『喜劇綺劇―異形コレクション』(光文社文庫) 光文社　2009.12　①978-4-334-74698-8

ギリシア小文字の誕生
『NOVA 3 書き下ろし日本SFコレクション』(河出文庫) 河出書房新社　2010.12　①978-4-309-41055-5

晩夏
『NOVA 9 書き下ろし日本SFコレクション』(河出文庫) 河出書房新社　2013.1　①978-4-309-41190-3

浅田 翔太　あさだ・しょうた

沙弥長老
『石燕妖怪戯画―妖怪絵師と夢追う侍』(竹書房文庫) 竹書房　2014.9　①978-4-8124-8854-6

鉦五郎
『石燕妖怪戯画―妖怪絵師と夢追う侍』(竹書房文庫) 竹書房　2014.9　①978-4-8124-8854-6

骨女
『石燕妖怪戯画―妖怪絵師と夢追う侍』(竹書房文庫) 竹書房　2014.9　①978-4-8124-8854-6

浅田 次郎　あさだ・じろう

赤い絆
『あやし うらめし あな かなし』(集英社文庫) 集英社　2013.2　①978-4-08-745033-0

遠別離
『死者たちの語り―冥』(コレクション 戦争と文学) 集英社　2011.11　①978-4-08-157013-3
『あやし うらめし あな かなし』(集英社文庫) 集英社　2013.2　①978-4-08-745033-0

お狐様の話
『あやし うらめし あな かなし』(集英社文庫) 集英社　2013.2　①978-4-08-745033-0

神上りましし伯父
『神坐す山の物語』双葉社　2014.10　①978-4-575-23878-5

客人
『あやし うらめし あな かなし』(集英社文庫) 集英社　2013.2　①978-4-08-745033-0

天狗の嫁
『神坐す山の物語』双葉社　2014.10　①978-4-575-23878-5

天井裏の春子
『神坐す山の物語』双葉社　2014.10　①978-4-575-23878-5

聖
『神坐す山の物語』双葉社　2014.10　①978-4-575-23878-5

兵隊宿
『神坐す山の物語』双葉社　2014.10　①978-4-575-23878-5

骨の来歴
『あやし うらめし あな かなし』(集英社文庫) 集英社　2013.2　①978-4-08-745033-0

見知らぬ少年
『神坐す山の物語』双葉社　2014.10　①978-4-575-23878-5

昔の男
『あやし うらめし あな かなし』(集英社文庫) 集英社　2013.2　①978-4-08-745033-0

虫篝
『あやし うらめし あな かなし』(集英社文庫) 集英社　2013.2　①978-4-08-745033-0

宵宮の客
『神坐す山の物語』双葉社　2014.10　①978-4-575-23878-5

浅田 陽陽　あさだ・はるひ

死んで下さい、さようなら―桐谷涼太
『だるまさんがころんだ』(TO文庫) TOブックス　2013.7　①978-4-86472-152-3

朝戸 麻央　あさど・まお

"鬼"、笑う
『祇園祭にあわいは騒ぎ―妖怪センセの京怪図巻』(富士見L文庫) 角川書店　2015.7　①978-4-04-070653-5

"狐"踊る祇園祭
『祇園祭にあわいは騒ぎ―妖怪センセの京怪図巻』(富士見L文庫) 角川書店　2015.7　①978-4-04-070653-5

夏祭りの夜
『祇園祭にあわいは騒ぎ―妖怪センセの京怪図巻』(富士見L文庫) 角川書店　2015.7　①978-4-04-070653-5

"のっぺらぼう"の姫
『祇園祭にあわいは騒ぎ―妖怪センセの京怪図巻』(富士見L文庫) 角川書店　2015.7　①978-4-04-070653-5

ひきよせる"帯"
『祇園祭にあわいは騒ぎ―妖怪センセの京怪図巻』(富士見L文庫) 角川書店　2015.7　①978-4-04-070653-5

拾われた"面喰い"
『祇園祭にあわいは騒ぎ―妖怪センセの京怪図巻』(富士見L文庫) 角川書店　2015.7　①978-4-04-070653-5

あさの あつこ

厭だ厭だ
『眠れなくなる夢十夜』(新潮文庫) 新潮社　2009.6　①978-4-10-133252-9
『短篇ベストコレクション―現代の小説 2009』(徳間文庫) 徳間書店　2009.6　①978-4-19-892993-0
『眠れなくなる夢十夜』(新潮文庫) 新潮社　2017.1　①978-4-10-101051-9

終わりと始まり
『神々の午睡』 学研パブリッシング　2009.10　①978-4-05-404280-3
『神々の午睡』(幻冬舎文庫) 幻冬舎　2013.8　①978-4-344-42057-1

崖の上
『十二の嘘と十二の真実』(徳間文庫) 徳間書店　2011.2　①978-4-19-893302-9

カスファニニアの笛
『神々の午睡』 学研パブリッシング　2009.10　①978-4-05-404280-3
『神々の午睡』(幻冬舎文庫) 幻冬舎　2013.8　①978-4-344-42057-1

神々のための序説
『神々の午睡』 学研パブリッシング　2009.10　①978-4-05-404280-3
『神々の午睡』(幻冬舎文庫) 幻冬舎　2013.8　①978-4-344-42057-1

神のための終章
『神々の午睡』 学研パブリッシング　2009.10　①978-4-05-404280-3
『神々の午睡』(幻冬舎文庫) 幻冬舎　2013.8　①978-4-344-42057-1

がんじっこ
『朝のこどもの玩具箱』 文藝春秋　2009.6　①978-4-16-328250-3
『朝のこどもの玩具箱』(文春文庫) 文藝春秋　2012.8　①978-4-16-772209-8

謹賀新年
『朝のこどもの玩具箱』 文藝春秋　2009.6　①978-4-16-328250-3
『朝のこどもの玩具箱』(文春文庫) 文藝春秋　2012.8　①978-4-16-772209-8

グドミアノと土蛙の話
『神々の午睡』 学研パブリッシング　2009.10　①978-4-05-404280-3
『神々の午睡』(幻冬舎文庫) 幻冬舎　2013.8　①978-4-344-42057-1

この大樹の傍らで
『朝のこどもの玩具箱』 文藝春秋　2009.6　①978-4-16-328250-3
『朝のこどもの玩具箱』(文春文庫) 文藝春秋　2012.8　①978-4-16-772209-8

しっぽ
『朝のこどもの玩具箱』 文藝春秋　2009.6　①978-4-16-328250-3
『朝のこどもの玩具箱』(文春文庫) 文藝春秋　2012.8　①978-4-16-772209-8

十二の嘘と十二の真実
『十二の嘘と十二の真実』(徳間文庫) 徳間書店　2011.2　①978-4-19-893302-9

スーサ　第五回
『SF Japan 2009AUTUMN』 徳間書店　2009.9　①978-4-19-862778-2

テレペウトの剣
『神々の午睡』 学研パブリッシング　2009.10　①978-4-05-404280-3
『神々の午睡』(幻冬舎文庫) 幻冬舎　2013.8　①978-4-344-42057-1

盗賊たちの晩餐
『神々の午睡』 学研パブリッシング　2009.10　①978-4-05-404280-3
『神々の午睡』(幻冬舎文庫) 幻冬舎　2013.8　①978-4-344-42057-1

ぼくの神さま
『朝のこどもの玩具箱』 文藝春秋　2009.6　①978-4-16-328250-3
『朝のこどもの玩具箱』(文春文庫) 文藝春秋　2012.8　①978-4-16-772209-8

孫の恋愛
『朝のこどもの玩具箱』 文藝春秋　2009.6　①978-4-16-328250-3
『朝のこどもの玩具箱』(文春文庫) 文藝春秋　2012.8　①978-4-16-772209-8

リュイとシムチャッカの話
『神々の午睡』 学研パブリッシング　2009.10　①978-4-05-404280-3

あざの　耕平　あざの・こうへい

阿刀冬児のロジック
『東京レイヴンズEX 1』(富士見ファンタジア文庫) 富士見書房　2013.7　①978-4-8291-3909-7
『東京レイヴンズEX 1』(富士見ファンタジア文庫) 角川書店　2014.2　①978-4-04-071024-2

炎魔―clown's contradiction
『東京レイヴンズ EX4 twelve shamans』(富士見ファンタジア文庫) 角川書店　2016.8　①978-4-04-072057-9

鬼喰い─vague irritation
『東京レイヴンズ EX4 twelve shamans』
（富士見ファンタジア文庫）角川書店
2016.8　①978-4-04-072057-9

神扇─holy night
『東京レイヴンズ EX4 twelve shamans』
（富士見ファンタジア文庫）角川書店
2016.8　①978-4-04-072057-9

倉橋京子の挑戦
『東京レイヴンズEX　1』（富士見ファンタジア文庫）富士見書房　2013.7　①978-4-8291-3909-7

『東京レイヴンズEX　1』（富士見ファンタジア文庫）角川書店　2014.2　①978-4-04-071024-2

黒子─two‐dogs were left
『東京レイヴンズ EX4 twelve shamans』
（富士見ファンタジア文庫）角川書店
2016.8　①978-4-04-072057-9

神通剣─girl with tiger
『東京レイヴンズ EX4 twelve shamans』
（富士見ファンタジア文庫）角川書店
2016.8　①978-4-04-072057-9

神童─lost‐girl with cat
『東京レイヴンズ EX4 twelve shamans』
（富士見ファンタジア文庫）角川書店
2016.8　①978-4-04-072057-9

双瞳姫─twins eye
『東京レイヴンズ EX4 twelve shamans』
（富士見ファンタジア文庫）角川書店
2016.8　①978-4-04-072057-9

大佐─long interval
『東京レイヴンズ EX4 twelve shamans』
（富士見ファンタジア文庫）角川書店
2016.8　①978-4-04-072057-9

天眼─turning point
『東京レイヴンズ EX4 twelve shamans』
（富士見ファンタジア文庫）角川書店
2016.8　①978-4-04-072057-9

天将─king's hunch
『東京レイヴンズ EX4 twelve shamans』
（富士見ファンタジア文庫）角川書店
2016.8　①978-4-04-072057-9

道師─future possibility
『東京レイヴンズ EX4 twelve shamans』
（富士見ファンタジア文庫）角川書店
2016.8　①978-4-04-072057-9

トライアングル・ミステイク
『東京レイヴンズEX　1』（富士見ファンタジア文庫）富士見書房　2013.7　①978-4-8291-3909-7

『東京レイヴンズEX　1』（富士見ファンタジア文庫）角川書店　2014.2　①978-4-04-071024-2

ノー・ネーム─young twelve
『東京レイヴンズ EX4 twelve shamans』
（富士見ファンタジア文庫）角川書店
2016.8　①978-4-04-072057-9

ペガサス・ファンタジー
『東京レイヴンズEX　1』（富士見ファンタジア文庫）富士見書房　2013.7　①978-4-8291-3909-7

『東京レイヴンズEX　1』（富士見ファンタジア文庫）角川書店　2014.2　①978-4-04-071024-2

結び姫─role model
『東京レイヴンズ EX4 twelve shamans』
（富士見ファンタジア文庫）角川書店
2016.8　①978-4-04-072057-9

リア・コン！
『東京レイヴンズEX　1』（富士見ファンタジア文庫）富士見書房　2013.7　①978-4-8291-3909-7

『東京レイヴンズEX　1』（富士見ファンタジア文庫）角川書店　2014.2　①978-4-04-071024-2

朝松　健　あさまつ・けん

赤い歯形
『ぬばたま一休』（朝日文庫）朝日新聞出版　2009.11　①978-4-02-264527-2

怒りの日
『邪神帝国　新装版』（クトゥルー・ミュトス・ファイルズ）創土社　2013.2　①978-4-7988-3003-2

生きてゐる風
『憑依─異形コレクション』（光文社文庫）光文社　2010.5　①978-4-334-74784-8

『金閣寺の首』河出書房新社　2016.5　①978-4-309-02467-7

一休髑髏
『ぬばたま一休』（朝日文庫）朝日新聞出版　2009.11　①978-4-02-264527-2

日本のSF・ホラー・ファンタジー　　　　　　　　　　　　　　　　　　　　　　　　　朝松健

ギガントマキア1945
『邪神帝国　新装版』（クトゥルー・ミュトス・ファイルズ）創土社　2013.2　①978-4-7988-3003-2

木曾の褥
『ぬばたま一休』（朝日文庫）朝日新聞出版　2009.11　①978-4-02-264527-2

輝風　戻る能はず
『棘の闇』（廣済堂モノノケ文庫）廣済堂出版　2014.8　①978-4-331-61593-5

狂気大陸
『邪神帝国　新装版』（クトゥルー・ミュトス・ファイルズ）創土社　2013.2　①978-4-7988-3003-2

首狂言天守投合
『喜劇綺劇―異形コレクション』（光文社文庫）光文社　2009.12　①978-4-334-74698-8
『金閣寺の首』河出書房新社　2016.5　①978-4-309-02467-7

"伍長"の自画像
『邪神帝国　新装版』（クトゥルー・ミュトス・ファイルズ）創土社　2013.2　①978-4-7988-3003-2

異の葉狩り
『棘の闇』（廣済堂モノノケ文庫）廣済堂出版　2014.8　①978-4-331-61593-5

この島にて
『棘の闇』（廣済堂モノノケ文庫）廣済堂出版　2014.8　①978-4-331-61593-5

黒誓
『江戸迷宮―異形コレクション』（光文社文庫）光文社　2011.1　①978-4-334-74901-9

屍舞図
『Fの肖像―フランケンシュタインの幻想たち　異形コレクション』（光文社文庫）光文社　2010.9　①978-4-334-74846-3
『棘の闇』（廣済堂モノノケ文庫）廣済堂出版　2014.8　①978-4-331-61593-5

ダッチ・シュルツの奇怪な事件
『チャールズ・ウォードの系譜』（クトゥルー・ミュトス・ファイルズ）創土社　2013.7　①978-4-7988-3006-3

「西の京」戀幻戯
『金閣寺の首』河出書房新社　2016.5　①978-4-309-02467-7

ぬっへっほふ
『金閣寺の首』河出書房新社　2016.5　①978-4-309-02467-7

緋衣
『ぬばたま一休』（朝日文庫）朝日新聞出版　2009.11　①978-4-02-264527-2

ひとつ目さうし
『幻想探偵―異形コレクション』（光文社文庫）光文社　2009.2　①978-4-334-74518-9
『ぬばたま一休』（朝日文庫）朝日新聞出版　2009.11　①978-4-02-264527-2

筆置くも夢のうちなるしるしかな
『金閣寺の首』河出書房新社　2016.5　①978-4-309-02467-7

醜い空
『怪物園―異形コレクション』（光文社文庫）光文社　2009.8　①978-4-334-74638-4
『棘の闇』（廣済堂モノノケ文庫）廣済堂出版　2014.8　①978-4-331-61593-5

邪曲回廊
『ぬばたま一休』（朝日文庫）朝日新聞出版　2009.11　①978-4-02-264527-2

ヨス＝トラゴンの仮面
『邪神帝国　新装版』（クトゥルー・ミュトス・ファイルズ）創土社　2013.2　①978-4-7988-3003-2

夜の子の宴
『邪神帝国　新装版』（クトゥルー・ミュトス・ファイルズ）創土社　2013.2　①978-4-7988-3003-2

立華・白椿
『金閣寺の首』河出書房新社　2016.5　①978-4-309-02467-7

若狭殿耳始末
『金閣寺の首』河出書房新社　2016.5　①978-4-309-02467-7

侘びの時空
『金閣寺の首』河出書房新社　2016.5　①978-4-309-02467-7

1889年4月20日
『邪神帝国　新装版』（クトゥルー・ミュトス・ファイルズ）創土社　2013.2　①978-4-7988-3003-2

朝宮 運河　あさみや・うんか

父子像
『怪物團―異形コレクション』（光文社文庫）光文社　2009.8　①978-4-334-74638-4

芦辺 拓　あしべ・たく

青髯城殺人事件映画化関係綴
『奇譚を売る店』　光文社　2013.7　①978-4-334-92889-6
『奇譚を売る店』（光文社文庫）光文社　2015.12　①978-4-334-77210-9

奇譚を売る店
『奇譚を売る店』　光文社　2013.7　①978-4-334-92889-6
『奇譚を売る店』（光文社文庫）光文社　2015.12　①978-4-334-77210-9

こちらX探偵局/怪人幽鬼博士の巻
『奇譚を売る店』　光文社　2013.7　①978-4-334-92889-6
『奇譚を売る店』（光文社文庫）光文社　2015.12　①978-4-334-77210-9

寝台特急あさかぜ鉄人事件
『鉄人28号 THE NOVELS』　小学館クリエイティブ　2012.11　①978-4-7780-3752-9

帝都脳病院入院案内
『奇譚を売る店』　光文社　2013.7　①978-4-334-92889-6
『奇譚を売る店』（光文社文庫）光文社　2015.12　①978-4-334-77210-9

時の劇場・前後篇
『奇譚を売る店』　光文社　2013.7　①978-4-334-92889-6
『奇譚を売る店』（光文社文庫）光文社　2015.12　①978-4-334-77210-9

這い寄る影
『奇譚を売る店』　光文社　2013.7　①978-4-334-92889-6
『奇譚を売る店』（光文社文庫）光文社　2015.12　①978-4-334-77210-9

飛鳥部 勝則　あすかべ・かつのり

穴
『憑依―異形コレクション』（光文社文庫）光文社　2010.5　①978-4-334-74784-8

洞窟
『怪物園―異形コレクション』（光文社文庫）光文社　2009.8　①978-4-334-74638-4

東 朔水　あずま・さくみ

稲荷道中、夏めぐり
『となりのもののけさん』（ポプラ文庫ピュアフル）ポプラ社　2014.9　①978-4-591-14128-1

東 しいな　あずま・しいな

誰にも似てない
『ゆきのまち幻想文学賞小品集　19　雪の反転鏡』　企画集団ぷりずむ　2010.3　①978-4-906691-32-6

もうひとつの階段
『ゆきのまち幻想文学賞小品集　20　もうひとつの階段』　企画集団ぷりずむ　2011.4　①978-4-906691-37-1

私の家に降る雪は
『小さな魔法の降る日に―ゆきのまち幻想文学賞小品集　25』企画集団ぷりずむ　2015.10　①978-4-906691-55-5

吾妻 ひでお　あずま・ひでお

時間旅行はあなたの健康を損なうおそれがあります
『SFマガジン700 国内篇―創刊700号記念アンソロジー』（ハヤカワ文庫SF）早川書房　2014.5　①978-4-15-011961-4

東 浩紀　あずま・ひろき

オールトの天使
『NOVA 8 書き下ろし日本SFコレクション』（河出文庫）河出書房新社　2012.7　①978-4-309-41162-0

火星のプリンセス
『NOVA 3 書き下ろし日本SFコレクション』(河出文庫) 河出書房新社 2010.12 ①978-4-309-41055-5

火星のプリンセス 続
『NOVA 5 書き下ろし日本SFコレクション』(河出文庫) 河出書房新社 2011.8 ①978-4-309-41098-2

クリュセの魚
『NOVA 2 書き下ろし日本SFコレクション』(河出文庫) 河出書房新社 2010.7 ①978-4-309-41027-2

安曇 潤平　あずみ・じゅんぺい

赤い靴
『怪談実話FKB 饗宴 2』(竹書房文庫) 竹書房 2011.12 ①978-4-8124-4754-3
『ヒュッテは夜嗤う』(幽ブックス 山の霊異記) メディアファクトリー 2013.5 ①978-4-8401-5199-3
『山の霊異記―幻惑の尾根』(角川文庫) 角川書店 2016.7 ①978-4-04-104476-6

足首を摑む手
『ヒュッテは夜嗤う』(幽ブックス 山の霊異記) メディアファクトリー 2013.5 ①978-4-8401-5199-3

異臭
『ヒュッテは夜嗤う』(幽ブックス 山の霊異記) メディアファクトリー 2013.5 ①978-4-8401-5199-3
『山の霊異記―幻惑の尾根』(角川文庫) 角川書店 2016.7 ①978-4-04-104476-6

古の道
『ヒュッテは夜嗤う』(幽ブックス 山の霊異記) メディアファクトリー 2013.5 ①978-4-8401-5199-3
『山の霊異記―幻惑の尾根』(角川文庫) 角川書店 2016.7 ①978-4-04-104476-6

噂の公園 その1
『ヒュッテは夜嗤う』(幽ブックス 山の霊異記) メディアファクトリー 2013.5 ①978-4-8401-5199-3

噂の公園 その2
『ヒュッテは夜嗤う』(幽ブックス 山の霊異記) メディアファクトリー 2013.5 ①978-4-8401-5199-3

鹿乃牧温泉
『ヒュッテは夜嗤う』(幽ブックス 山の霊異記) メディアファクトリー 2013.5 ①978-4-8401-5199-3
『山の霊異記―幻惑の尾根』(角川文庫) 角川書店 2016.7 ①978-4-04-104476-6

境界線
『怪談実話系 7 書き下ろし怪談文芸競作集』(MF文庫ダ・ヴィンチ) メディアファクトリー 2012.2 ①978-4-8401-4399-8
『ヒュッテは夜嗤う』(幽ブックス 山の霊異記) メディアファクトリー 2013.5 ①978-4-8401-5199-3
『山の霊異記―幻惑の尾根』(角川文庫) 角川書店 2016.7 ①978-4-04-104476-6

幻惑の尾根
『ヒュッテは夜嗤う』(幽ブックス 山の霊異記) メディアファクトリー 2013.5 ①978-4-8401-5199-3
『山の霊異記―幻惑の尾根』(角川文庫) 角川書店 2016.7 ①978-4-04-104476-6

五号室
『ヒュッテは夜嗤う』(幽ブックス 山の霊異記) メディアファクトリー 2013.5 ①978-4-8401-5199-3
『山の霊異記―幻惑の尾根』(角川文庫) 角川書店 2016.7 ①978-4-04-104476-6

終焉の山
『ヒュッテは夜嗤う』(幽ブックス 山の霊異記) メディアファクトリー 2013.5 ①978-4-8401-5199-3
『山の霊異記―幻惑の尾根』(角川文庫) 角川書店 2016.7 ①978-4-04-104476-6

隧道
『怪談実話系 4 書き下ろし怪談文芸競作集』(MF文庫ダ・ヴィンチ) メディアファクトリー 2010.6 ①978-4-8401-3447-7
『ヒュッテは夜嗤う』(幽ブックス 山の霊異記) メディアファクトリー 2013.5 ①978-4-8401-5199-3
『山の霊異記―幻惑の尾根』(角川文庫) 角川書店 2016.7 ①978-4-04-104476-6

スノーシュー
『ヒュッテは夜嗤う』(幽ブックス 山の霊異記) メディアファクトリー 2013.5 ①978-4-8401-5199-3

仙人の山
『ヒュッテは夜嗤う』（幽ブックス　山の霊異記）メディアファクトリー　2013.5　⓵978-4-8401-5199-3

『山の霊異記─幻惑の尾根』（角川文庫）角川書店　2016.7　⓵978-4-04-104476-6

ツェルト
『ヒュッテは夜嗤う』（幽ブックス　山の霊異記）メディアファクトリー　2013.5　⓵978-4-8401-5199-3

『山の霊異記─幻惑の尾根』（角川文庫）角川書店　2016.7　⓵978-4-04-104476-6

猫の山
『ヒュッテは夜嗤う』（幽ブックス　山の霊異記）メディアファクトリー　2013.5　⓵978-4-8401-5199-3

『山の霊異記─幻惑の尾根』（角川文庫）角川書店　2016.7　⓵978-4-04-104476-6

ピッケル
『ヒュッテは夜嗤う』（幽ブックス　山の霊異記）メディアファクトリー　2013.5　⓵978-4-8401-5199-3

『山の霊異記─幻惑の尾根』（角川文庫）角川書店　2016.7　⓵978-4-04-104476-6

豹変の山
『怪談実話系/魔─書き下ろし怪談文芸競作集』（MF文庫ダ・ヴィンチ）メディアファクトリー　2013.2　⓵978-4-8401-5103-0

『ヒュッテは夜嗤う』（幽ブックス　山の霊異記）メディアファクトリー　2013.5　⓵978-4-8401-5199-3

『山の霊異記─幻惑の尾根』（角川文庫）角川書店　2016.7　⓵978-4-04-104476-6

息子
『ヒュッテは夜嗤う』（幽ブックス　山の霊異記）メディアファクトリー　2013.5　⓵978-4-8401-5199-3

『山の霊異記─幻惑の尾根』（角川文庫）角川書店　2016.7　⓵978-4-04-104476-6

呼ぶ声
『ヒュッテは夜嗤う』（幽ブックス　山の霊異記）メディアファクトリー　2013.5　⓵978-4-8401-5199-3

『山の霊異記─幻惑の尾根』（角川文庫）角川書店　2016.7　⓵978-4-04-104476-6

リフト
『ヒュッテは夜嗤う』（幽ブックス　山の霊異記）メディアファクトリー　2013.5　⓵978-4-8401-5199-3

『山の霊異記─幻惑の尾根』（角川文庫）角川書店　2016.7　⓵978-4-04-104476-6

化野　燐　あだしの・りん

カナダマ
『怪物園─異形コレクション』（光文社文庫）光文社　2009.8　⓵978-4-334-74638-4

阿刀田　高　あとうだ・たかし

愛の酒場
『奇妙な昼さがり　新装版』（講談社文庫）講談社　2011.12　⓵978-4-06-277123-8

青いグラス
『奇妙な昼さがり　新装版』（講談社文庫）講談社　2011.12　⓵978-4-06-277123-8

赤い丸の秘密
『佐保姫伝説』文藝春秋　2009.3　⓵978-4-16-327990-9

『佐保姫伝説』（文春文庫）文藝春秋　2012.4　⓵978-4-16-727826-7

怪しい無形文化財
『影まつり』（集英社文庫）集英社　2010.3　⓵978-4-08-746551-8

魚座の女
『奇妙な昼さがり　新装版』（講談社文庫）講談社　2011.12　⓵978-4-06-277123-8

嘘をつかない女
『奇妙な昼さがり　新装版』（講談社文庫）講談社　2011.12　⓵978-4-06-277123-8

海を見に行く
『佐保姫伝説』文藝春秋　2009.3　⓵978-4-16-327990-9

『佐保姫伝説』（文春文庫）文藝春秋　2012.4　⓵978-4-16-727826-7

海の歌
『奇妙な昼さがり　新装版』（講談社文庫）講談社　2011.12　⓵978-4-06-277123-8

恨まないのがルール
　『佐保姫伝説』　文藝春秋　2009.3　①978-4-16-327990-9
　『佐保姫伝説』（文春文庫）文藝春秋　2012.4　①978-4-16-727826-7

大きな夢
　『佐保姫伝説』　文藝春秋　2009.3　①978-4-16-327990-9
　『佐保姫伝説』（文春文庫）文藝春秋　2012.4　①978-4-16-727826-7

折れた矢
　『奇妙な昼さがり　新装版』（講談社文庫）講談社　2011.12　①978-4-06-277123-8

快適な家
　『奇妙な昼さがり　新装版』（講談社文庫）講談社　2011.12　①978-4-06-277123-8

カタカタ物語り
　『奇妙な昼さがり　新装版』（講談社文庫）講談社　2011.12　①978-4-06-277123-8

カーテンコール
　『佐保姫伝説』　文藝春秋　2009.3　①978-4-16-327990-9
　『佐保姫伝説』（文春文庫）文藝春秋　2012.4　①978-4-16-727826-7

髪
　『奇妙な昼さがり　新装版』（講談社文庫）講談社　2011.12　①978-4-06-277123-8

蚊帳の中
　『影まつり』（集英社文庫）集英社　2010.3　①978-4-08-746551-8

奇妙なアルバイト
　『奇妙な昼さがり　新装版』（講談社文庫）講談社　2011.12　①978-4-06-277123-8

くぼみ頭
　『奇妙な昼さがり　新装版』（講談社文庫）講談社　2011.12　①978-4-06-277123-8

紅の女
　『影まつり』（集英社文庫）集英社　2010.3　①978-4-08-746551-8

紅の恐怖
　『佐保姫伝説』　文藝春秋　2009.3　①978-4-16-327990-9
　『佐保姫伝説』（文春文庫）文藝春秋　2012.4　①978-4-16-727826-7

下駄を買う男
　『影まつり』（集英社文庫）集英社　2010.3　①978-4-08-746551-8

鯉のぼり考
　『影まつり』（集英社文庫）集英社　2010.3　①978-4-08-746551-8

幸福の神様
　『奇妙な昼さがり　新装版』（講談社文庫）講談社　2011.12　①978-4-06-277123-8

五色の旗
　『佐保姫伝説』　文藝春秋　2009.3　①978-4-16-327990-9
　『佐保姫伝説』（文春文庫）文藝春秋　2012.4　①978-4-16-727826-7

再会温泉
　『奇妙な昼さがり　新装版』（講談社文庫）講談社　2011.12　①978-4-06-277123-8

佐保姫伝説
　『佐保姫伝説』　文藝春秋　2009.3　①978-4-16-327990-9
　『佐保姫伝説』（文春文庫）文藝春秋　2012.4　①978-4-16-727826-7

サロン・パス
　『奇妙な昼さがり　新装版』（講談社文庫）講談社　2011.12　①978-4-06-277123-8

シェーン・カムバック
　『奇妙な昼さがり　新装版』（講談社文庫）講談社　2011.12　①978-4-06-277123-8

ジグソー・パズル
　『奇妙な昼さがり　新装版』（講談社文庫）講談社　2011.12　①978-4-06-277123-8

シチリア島奇談
　『影まつり』（集英社文庫）集英社　2010.3　①978-4-08-746551-8

室内風景
　『奇妙な昼さがり　新装版』（講談社文庫）講談社　2011.12　①978-4-06-277123-8

女系家族
　『影まつり』（集英社文庫）集英社　2010.3　①978-4-08-746551-8

白い腕
　『文豪てのひら怪談』（ポプラ文庫）ポプラ社　2009.8　①978-4-591-11104-8

白と黒のブルース
　『奇妙な昼さがり　新装版』（講談社文庫）講談社　2011.12　①978-4-06-277123-8

スエードの女
『奇妙な昼さがり　新装版』(講談社文庫) 講談社　2011.12　①978-4-06-277123-8

象は鼻が長い
『佐保姫伝説』文藝春秋　2009.3　①978-4-16-327990-9
『佐保姫伝説』(文春文庫) 文藝春秋　2012.4　①978-4-16-727826-7

空飛ぶカーペット
『奇妙な昼さがり　新装版』(講談社文庫) 講談社　2011.12　①978-4-06-277123-8

チーズの贈り物
『奇妙な昼さがり　新装版』(講談社文庫) 講談社　2011.12　①978-4-06-277123-8

ちょっと変身
『佐保姫伝説』文藝春秋　2009.3　①978-4-16-327990-9
『佐保姫伝説』(文春文庫) 文藝春秋　2012.4　①978-4-16-727826-7

灯台
『奇妙な昼さがり　新装版』(講談社文庫) 講談社　2011.12　①978-4-06-277123-8

灰色の袋
『奇妙な昼さがり　新装版』(講談社文庫) 講談社　2011.12　①978-4-06-277123-8

初詣で
『佐保姫伝説』文藝春秋　2009.3　①978-4-16-327990-9
『佐保姫伝説』(文春文庫) 文藝春秋　2012.4　①978-4-16-727826-7

バーボンの歌
『奇妙な昼さがり　新装版』(講談社文庫) 講談社　2011.12　①978-4-06-277123-8

光る歯
『奇妙な昼さがり　新装版』(講談社文庫) 講談社　2011.12　①978-4-06-277123-8

二人の妻を愛した男
『影まつり』(集英社文庫) 集英社　2010.3　①978-4-08-746551-8

プレイバック
『奇妙な昼さがり　新装版』(講談社文庫) 講談社　2011.12　①978-4-06-277123-8

プレイボーイ入門
『影まつり』(集英社文庫) 集英社　2010.3　①978-4-08-746551-8

マジック海苔
『奇妙な昼さがり　新装版』(講談社文庫) 講談社　2011.12　①978-4-06-277123-8

まっ白い皿
『奇妙な昼さがり　新装版』(講談社文庫) 講談社　2011.12　①978-4-06-277123-8

待っている人
『影まつり』(集英社文庫) 集英社　2010.3　①978-4-08-746551-8

名コンビ
『奇妙な昼さがり　新装版』(講談社文庫) 講談社　2011.12　①978-4-06-277123-8

やきとりと電話機
『佐保姫伝説』文藝春秋　2009.3　①978-4-16-327990-9
『佐保姫伝説』(文春文庫) 文藝春秋　2012.4　①978-4-16-727826-7

幽霊とエレベーター
『影まつり』(集英社文庫) 集英社　2010.3　①978-4-08-746551-8

夢一夜
『眠れなくなる夢十夜』(新潮文庫) 新潮社　2009.6　①978-4-10-133252-9
『眠れなくなる夢十夜』(新潮文庫) 新潮社　2017.1　①978-4-10-101051-9

夜の歌
『奇妙な昼さがり　新装版』(講談社文庫) 講談社　2011.12　①978-4-06-277123-8

別れの朝
『奇妙な昼さがり　新装版』(講談社文庫) 講談社　2011.12　①978-4-06-277123-8

私の一番
『影まつり』(集英社文庫) 集英社　2010.3　①978-4-08-746551-8

20まで
『奇妙な昼さがり　新装版』(講談社文庫) 講談社　2011.12　①978-4-06-277123-8

阿部 和重　あべ・かずしげ

秋
『□―しかく』リトルモア　2013.5　①978-4-89815-364-2

夏
『□―しかく』 リトルモア 2013.5 ⓘ978-4-89815-364-2

春
『□―しかく』 リトルモア 2013.5 ⓘ978-4-89815-364-2

冬
『□―しかく』 リトルモア 2013.5 ⓘ978-4-89815-364-2

安部 公房　あべ・こうぼう

家
『新編 日本幻想文学集成　1　安部公房・倉橋由美子・中井英夫・日影丈吉』 国書刊行会　2016.6　ⓘ978-4-336-06026-6

カーブの向う
『新編 日本幻想文学集成　1　安部公房・倉橋由美子・中井英夫・日影丈吉』 国書刊行会　2016.6　ⓘ978-4-336-06026-6

クレオールの魂
『新編 日本幻想文学集成　1　安部公房・倉橋由美子・中井英夫・日影丈吉』 国書刊行会　2016.6　ⓘ978-4-336-06026-6

砂漠の思想
『新編 日本幻想文学集成　1　安部公房・倉橋由美子・中井英夫・日影丈吉』 国書刊行会　2016.6　ⓘ978-4-336-06026-6

詩人の生涯
『新編 日本幻想文学集成　1　安部公房・倉橋由美子・中井英夫・日影丈吉』 国書刊行会　2016.6　ⓘ978-4-336-06026-6

チチンデラヤパナ
『新編 日本幻想文学集成　1　安部公房・倉橋由美子・中井英夫・日影丈吉』 国書刊行会　2016.6　ⓘ978-4-336-06026-6

闖入者
『暴走する正義―巨匠たちの想像力「管理社会」』（ちくま文庫）筑摩書房　2016.2　ⓘ978-4-480-43327-5

デンドロカカリヤ
『幻視の系譜―日本幻想文学大全』（ちくま文庫）筑摩書房　2013.10　ⓘ978-4-480-43112-7

鉛の卵
『たそがれゆく未来―巨匠たちの想像力"文明崩壊"』（ちくま文庫）筑摩書房　2016.3　ⓘ978-4-480-43328-2

『新編 日本幻想文学集成　1　安部公房・倉橋由美子・中井英夫・日影丈吉』 国書刊行会　2016.6　ⓘ978-4-336-06026-6

人魚伝
『人魚―mermaid & merman』（シリーズ紙礫）皓星社　2016.3　ⓘ978-4-7744-0609-1

藤野君のこと
『70年代日本SFベスト集成　5　1975年度版』（ちくま文庫）筑摩書房　2015.6　ⓘ978-4-480-43215-5

ユープケッチャ
『新編 日本幻想文学集成　1　安部公房・倉橋由美子・中井英夫・日影丈吉』 国書刊行会　2016.6　ⓘ978-4-336-06026-6

安部 飛翔　あべ・ひしょう

在りし日の風景
『シーカー』 アルファポリス　2011.8　ⓘ978-4-434-15870-4

シーカー
『シーカー』 アルファポリス　2011.8　ⓘ978-4-434-15870-4

甘沢 林檎　あまさわ・りんご

異世界でカフェを開店しました。
『異世界でカフェを開店しました。』（レジーナブックス）アルファポリス　2012.11　ⓘ978-4-434-17372-1

彼女はこうしてやってきました。ある少年の邂逅
『異世界でカフェを開店しました。』（レジーナブックス）アルファポリス　2012.11　ⓘ978-4-434-17372-1

可愛い娘ができました。
『異世界でカフェを開店しました。』（レジーナブックス）アルファポリス　2012.11　ⓘ978-4-434-17372-1

天沼 春樹　あまぬま・はるき

迦楼羅
『くらやみざか―闇の絵巻』　西村書店東京出版編集部　2015.3　①978-4-89013-709-1

くらやみざか
『くらやみざか―闇の絵巻』　西村書店東京出版編集部　2015.3　①978-4-89013-709-1

水妖奇譚
『くらやみざか―闇の絵巻』　西村書店東京出版編集部　2015.3　①978-4-89013-709-1

密林
『くらやみざか―闇の絵巻』　西村書店東京出版編集部　2015.3　①978-4-89013-709-1

あまの　かおり

つくも神
『冬の虫―ゆきのまち幻想文学賞小品集 26』　企画集団ぷりずむ　2017.3　①978-4-906691-58-6

ゆきねこ
『小さな魔法の降る日に―ゆきのまち幻想文学賞小品集　25』企画集団ぷりずむ　2015.10　①978-4-906691-55-5

天野 頌子　あまの・しょうこ

委員長、絶句する
『陰陽屋は混線中―よろず占い処』（ポプラ文庫ピュアフル）ポプラ社　2013.12　①978-4-591-13708-6

勝つと思うな、思えば……!?　さかな記念日
『陰陽屋は混線中―よろず占い処』（ポプラ文庫ピュアフル）ポプラ社　2013.12　①978-4-591-13708-6

猛暑には怪談が似合う
『陰陽屋は混線中―よろず占い処』（ポプラ文庫ピュアフル）ポプラ社　2013.12　①978-4-591-13708-6

天野 信景　あまの・のぶかげ

黒青
『江戸奇談怪談集』（ちくま学芸文庫）筑摩書房　2012.11　①978-4-480-09488-9

天野 邊　あまの・ほとり

自画像
『Fの肖像―フランケンシュタインの幻想たち　異形コレクション』（光文社文庫）光文社　2010.9　①978-4-334-74846-3

雨宮 茉莉　あまみや・まり

異世界で婚活はじめました
『異世界で婚活はじめました』（レジーナブックス）アルファポリス　2013.3　①978-4-434-17801-6

異世界で新婚はじめました
『異世界で婚活はじめました』（レジーナブックス）アルファポリス　2013.3　①978-4-434-17801-6

魔術師長様と部屋付きメイド
『異世界で婚活はじめました』（レジーナブックス）アルファポリス　2013.3　①978-4-434-17801-6

あまん きみこ

いっかい話、いっかいだけ
『あまんきみこ童話集』（ハルキ文庫）角川春樹事務所　2009.3　①978-4-7584-3397-6

海うさぎのきた日
『あまんきみこ童話集』（ハルキ文庫）角川春樹事務所　2009.3　①978-4-7584-3397-6

『あまんきみこセレクション　2　夏のおはなし』三省堂　2009.12　①978-4-385-36312-7

かくれんぼ
『あまんきみこ童話集』（ハルキ文庫）角川春樹事務所　2009.3　①978-4-7584-3397-6

カーテン売りがやってきた
『あまんきみこ童話集』（ハルキ文庫）角川春樹事務所　2009.3　①978-4-7584-3397-6

北風をみた子
『あまんきみこ童話集』（ハルキ文庫）角川春樹事務所　2009.3　①978-4-7584-3397-6

きりの中のぶらんこ
『あまんきみこ童話集』（ハルキ文庫）角川春樹事務所　2009.3　①978-4-7584-3397-6

くもんこの話
『あまんきみこ童話集』(ハルキ文庫) 角川春樹事務所 2009.3 ①978-4-7584-3397-6

さよならのうた
『あまんきみこ童話集』(ハルキ文庫) 角川春樹事務所 2009.3 ①978-4-7584-3397-6

天の町やなぎ通り
『あまんきみこ童話集』(ハルキ文庫) 角川春樹事務所 2009.3 ①978-4-7584-3397-6
『あまんきみこセレクション 2 夏のおはなし』 三省堂 2009.12 ①978-4-385-36312-7

野のピアノ野ねずみ保育園
『あまんきみこ童話集』(ハルキ文庫) 角川春樹事務所 2009.3 ①978-4-7584-3397-6

ひゃっぴきめ
『あまんきみこ童話集』(ハルキ文庫) 角川春樹事務所 2009.3 ①978-4-7584-3397-6

ふしぎな森
『あまんきみこ童話集』(ハルキ文庫) 角川春樹事務所 2009.3 ①978-4-7584-3397-6

あめの くらげ

ゆきかがみ
『ゆきのまち幻想文学賞小品集 22 大きな木』 企画集団ぷりずむ 2013.3 ①978-4-906691-45-6

雨宮 淳司　あめみや・じゅんじ

預かりもの
『アドレナリンの夜 霊界ノ呪』(竹書房文庫) 竹書房 2016.2 ①978-4-8019-0635-8

シミ
『アドレナリンの夜 霊界ノ呪』(竹書房文庫) 竹書房 2016.2 ①978-4-8019-0635-8

動画投稿
『アドレナリンの夜 霊界ノ呪』(竹書房文庫) 竹書房 2016.2 ①978-4-8019-0635-8

ドッペルゲンガー
『アドレナリンの夜 猟奇ノ血』(竹書房文庫) 竹書房 2016.2 ①978-4-8019-0636-5

ドンドン
『アドレナリンの夜 霊界ノ呪』(竹書房文庫) 竹書房 2016.2 ①978-4-8019-0635-8

生中継
『アドレナリンの夜 猟奇ノ血』(竹書房文庫) 竹書房 2016.2 ①978-4-8019-0636-5

花婿人形
『アドレナリンの夜 霊界ノ呪』(竹書房文庫) 竹書房 2016.2 ①978-4-8019-0635-8

理科室
『アドレナリンの夜 悪夢ノ檻』(竹書房文庫) 竹書房 2016.2 ①978-4-8019-0615-0

飴村 行　あめむら・こう

極光
『粘膜戦士』(角川ホラー文庫) 角川書店 2012.2 ①978-4-04-100177-6

凱旋
『粘膜戦士』(角川ホラー文庫) 角川書店 2012.2 ①978-4-04-100177-6

ゲバルトX
『怪物團―異形コレクション』(光文社文庫) 光文社 2009.8 ①978-4-334-74638-4
『暗闇を見よ―最新ベスト・ミステリー』(カッパ・ノベルス) 光文社 2010.11 ①978-4-334-07703-7

石榴
『粘膜戦士』(角川ホラー文庫) 角川書店 2012.2 ①978-4-04-100177-6

鉄血
『粘膜戦士』(角川ホラー文庫) 角川書店 2012.2 ①978-4-04-100177-6

肉弾
『粘膜戦士』(角川ホラー文庫) 角川書店 2012.2 ①978-4-04-100177-6

郁風　あやかぜ

雪の時間
『ゆきのまち幻想文学賞小品集 20 もうひとつの階段』 企画集団ぷりずむ 2011.4 ①978-4-906691-37-1

綾里 けいし　あやさと・けいし

「クローズドアンツ」
『ホラーアンソロジー　2　"黒"』（ファミ通文庫）エンターブレイン　2012.9　①978-4-04-728298-8

猫ノ手ノ子
『ホラーアンソロジー　1　"赤"』（ファミ通文庫）エンターブレイン　2012.8　①978-4-04-728210-0

綾辻 行人　あやつじ・ゆきと

悪霊憑き
『川に死体のある風景』（創元推理文庫）東京創元社　2010.3　①978-4-488-40054-5

『深泥丘奇談』（MF文庫ダ・ヴィンチ）メディアファクトリー　2011.12　①978-4-8401-4327-1

『深泥丘奇談』（角川文庫）角川書店　2014.6　①978-4-04-101474-5

開けるな
『深泥丘奇談』（MF文庫ダ・ヴィンチ）メディアファクトリー　2011.12　①978-4-8401-4327-1

『深泥丘奇談』（角川文庫）角川書店　2014.6　①978-4-04-101474-5

海鳴り
『深泥丘奇談・続々』角川書店　2016.7　①978-4-04-103732-4

丘の向こう
『深泥丘奇談』（MF文庫ダ・ヴィンチ）メディアファクトリー　2011.12　①978-4-8401-4327-1

『深泥丘奇談』（角川文庫）角川書店　2014.6　①978-4-04-101474-5

顔
『深泥丘奇談』（MF文庫ダ・ヴィンチ）メディアファクトリー　2011.12　①978-4-8401-4327-1

『深泥丘奇談』（角川文庫）角川書店　2014.6　①978-4-04-101474-5

眼球綺譚
『眼球綺譚』（角川文庫）角川書店　2009.1　①978-4-04-385503-2

カンヅメ奇談
『深泥丘奇談・続々』角川書店　2016.7　①978-4-04-103732-4

狂い桜
『深泥丘奇談・続』（幽ブックス）メディアファクトリー　2011.3　①978-4-8401-3863-5

『深泥丘奇談・続』（MF文庫ダ・ヴィンチ）メディアファクトリー　2013.2　①978-4-8401-5106-1

『深泥丘奇談・続』（角川文庫）角川書店　2014.9　①978-4-04-102062-3

声
『深泥丘奇談』（MF文庫ダ・ヴィンチ）メディアファクトリー　2011.12　①978-4-8401-4327-1

『深泥丘奇談』（角川文庫）角川書店　2014.6　①978-4-04-101474-5

心の闇
『量子回廊―年刊日本SF傑作選』（創元SF文庫）東京創元社　2010.7　①978-4-488-73403-9

『深泥丘奇談・続』（幽ブックス）メディアファクトリー　2011.3　①978-4-8401-3863-5

『深泥丘奇談・続』（MF文庫ダ・ヴィンチ）メディアファクトリー　2013.2　①978-4-8401-5106-1

『深泥丘奇談・続』（角川文庫）角川書店　2014.9　①978-4-04-102062-3

コネコメガニ
『深泥丘奇談・続』（幽ブックス）メディアファクトリー　2011.3　①978-4-8401-3863-5

『深泥丘奇談・続』（MF文庫ダ・ヴィンチ）メディアファクトリー　2013.2　①978-4-8401-5106-1

『深泥丘奇談・続』（角川文庫）角川書店　2014.9　①978-4-04-102062-3

再生
『眼球綺譚』（角川文庫）角川書店　2009.1　①978-4-04-385503-2

サムザムシ
『深泥丘奇談』（MF文庫ダ・ヴィンチ）メディアファクトリー　2011.12　①978-4-8401-4327-1

『深泥丘奇談』（角川文庫）角川書店　2014.6　①978-4-04-101474-5

死後の夢
『深泥丘奇談・続々』角川書店　2016.7　①978-4-04-103732-4

鈴

『深泥丘奇談・続』(幽ブックス) メディアファクトリー　2011.3　①978-4-8401-3863-5

『深泥丘奇談・続』(MF文庫ダ・ヴィンチ) メディアファクトリー　2013.2　①978-4-8401-5106-1

『深泥丘奇談・続』(角川文庫) 角川書店　2014.9　①978-4-04-102062-3

切断

『深泥丘奇談・続』(幽ブックス) メディアファクトリー　2011.3　①978-4-8401-3863-5

『深泥丘奇談・続』(MF文庫ダ・ヴィンチ) メディアファクトリー　2013.2　①978-4-8401-5106-1

『深泥丘奇談・続』(角川文庫) 角川書店　2014.9　①978-4-04-102062-3

ソウ

『深泥丘奇談・続』(幽ブックス) メディアファクトリー　2011.3　①978-4-8401-3863-5

『深泥丘奇談・続』(MF文庫ダ・ヴィンチ) メディアファクトリー　2013.2　①978-4-8401-5106-1

『深泥丘奇談・続』(角川文庫) 角川書店　2014.9　①978-4-04-102062-3

タマミフル

『深泥丘奇談・続々』 角川書店　2016.7　①978-4-04-103732-4

鉄橋

『眼球綺譚』(角川文庫) 角川書店　2009.1　①978-4-04-385503-2

特別料理

『眼球綺譚』(角川文庫) 角川書店　2009.1　①978-4-04-385503-2

長引く雨

『深泥丘奇談』(MF文庫ダ・ヴィンチ) メディアファクトリー　2011.12　①978-4-8401-4327-1

『深泥丘奇談』(角川文庫) 角川書店　2014.6　①978-4-04-101474-5

人形

『眼球綺譚』(角川文庫) 角川書店　2009.1　①978-4-04-385503-2

ねこしずめ

『深泥丘奇談・続々』 角川書店　2016.7　①978-4-04-103732-4

猫密室

『深泥丘奇談・続々』 角川書店　2016.7　①978-4-04-103732-4

バースデー・プレゼント

『眼球綺譚』(角川文庫) 角川書店　2009.1　①978-4-04-385503-2

減らない謎

『深泥丘奇談・続々』 角川書店　2016.7　①978-4-04-103732-4

忘却と追憶

『深泥丘奇談・続々』 角川書店　2016.7　①978-4-04-103732-4

ホはホラー映画のホ

『深泥丘奇談・続』(幽ブックス) メディアファクトリー　2011.3　①978-4-8401-3863-5

『深泥丘奇談・続』(MF文庫ダ・ヴィンチ) メディアファクトリー　2013.2　①978-4-8401-5106-1

『深泥丘奇談・続』(角川文庫) 角川書店　2014.9　①978-4-04-102062-3

深泥丘三地蔵

『深泥丘奇談・続』(幽ブックス) メディアファクトリー　2011.3　①978-4-8401-3863-5

『深泥丘奇談・続』(MF文庫ダ・ヴィンチ) メディアファクトリー　2013.2　①978-4-8401-5106-1

『深泥丘奇談・続』(角川文庫) 角川書店　2014.9　①978-4-04-102062-3

深泥丘魔術団

『深泥丘奇談』(MF文庫ダ・ヴィンチ) メディアファクトリー　2011.12　①978-4-8401-4327-1

『深泥丘奇談』(角川文庫) 角川書店　2014.6　①978-4-04-101474-5

呼子池の怪魚

『眼球綺譚』(角川文庫) 角川書店　2009.1　①978-4-04-385503-2

夜蠢く

『深泥丘奇談・続』(幽ブックス) メディアファクトリー　2011.3　①978-4-8401-3863-5

『深泥丘奇談・続』(MF文庫ダ・ヴィンチ) メディアファクトリー　2013.2　①978-4-8401-5106-1

『深泥丘奇談・続』(角川文庫) 角川書店　2014.9　①978-4-04-102062-3

夜泳ぐ

『深泥丘奇談・続々』 角川書店　2016.7　①978-4-04-103732-4

ラジオ塔
『深泥丘奇談・続』(幽ブックス) メディアファクトリー 2011.3 ⓘ978-4-8401-3863-5

『深泥丘奇談・続』(MF文庫ダ・ヴィンチ) メディアファクトリー 2013.2 ⓘ978-4-8401-5106-1

『深泥丘奇談・続』(角川文庫) 角川書店 2014.9 ⓘ978-4-04-102062-3

六山の夜
『深泥丘奇談』(MF文庫ダ・ヴィンチ) メディアファクトリー 2011.12 ⓘ978-4-8401-4327-1

『深泥丘奇談』(角川文庫) 角川書店 2014.6 ⓘ978-4-04-101474-5

荒井 恵美子　あらい・えみこ

泉よ、泉
『ゆきのまち幻想文学賞小品集　22　大きな木』 企画集団ぷりずむ 2013.3 ⓘ978-4-906691-45-6

白い虎
『ゆきのまち幻想文学賞小品集　20　もうひとつの階段』 企画集団ぷりずむ 2011.4 ⓘ978-4-906691-37-1

新井 素子　あらい・もとこ

秋野信拓の屈託
『…絶句　上』(ハヤカワ文庫) 早川書房 2010.9 ⓘ978-4-15-031011-0

あけみちゃん
『イン・ザ・ヘブン』新潮社 2013.10 ⓘ978-4-10-385803-4

あたしの中の…
『日本SF全集　3　1978〜1984』 出版芸術社 2013.12 ⓘ978-4-88293-348-9

あの懐かしい蟬の声は
『SF JACK』 角川書店 2013.2 ⓘ978-4-04-110398-2

『イン・ザ・ヘブン』新潮社 2013.10 ⓘ978-4-10-385803-4

『SF JACK』(角川文庫) 角川書店 2016.2 ⓘ978-4-04-103895-6

雨の降る星 遠い夢
『星へ行く船』(星へ行く船シリーズ) 出版芸術社 2016.9 ⓘ978-4-88293-491-2

αだより
『そして、星へ行く船』(星へ行く船シリーズ) 出版芸術社 2017.3 ⓘ978-4-88293-495-0

イン・ザ・ヘブン
『イン・ザ・ヘブン』新潮社 2013.10 ⓘ978-4-10-385803-4

絵里
『拡張幻想―年刊日本SF傑作選』(創元SF文庫) 東京創元社 2012.6 ⓘ978-4-488-73405-3

『イン・ザ・ヘブン』新潮社 2013.10 ⓘ978-4-10-385803-4

お片づけロボット
『人工知能の見る夢は―AIショートショート集』(文春文庫) 文藝春秋 2017.5 ⓘ978-4-16-790850-8

ゲーム
『SF宝石』 光文社 2013.8 ⓘ978-4-334-92888-9

『イン・ザ・ヘブン』新潮社 2013.10 ⓘ978-4-10-385803-4

幻臭
『イン・ザ・ヘブン』新潮社 2013.10 ⓘ978-4-10-385803-4

『人工知能の見る夢は―AIショートショート集』(文春文庫) 文藝春秋 2017.5 ⓘ978-4-16-790850-8

ここを出たら
『イン・ザ・ヘブン』新潮社 2013.10 ⓘ978-4-10-385803-4

すみっこのひとりごと
『…絶句　下』(ハヤカワ文庫) 早川書房 2010.9 ⓘ978-4-15-031012-7

そして、星へ行く船
『そして、星へ行く船』(星へ行く船シリーズ) 出版芸術社 2017.3 ⓘ978-4-88293-495-0

つつがなきよう
『SF Japan 2009AUTUMN』 徳間書店 2009.9 ⓘ978-4-19-862778-2

『逆想コンチェルト 奏の1 イラスト先行・競作小説アンソロジー』 徳間書店 2010.6 ⓘ978-4-19-862964-9

イン・ザ・ヘブン
『イン・ザ・ヘブン』新潮社　2013.10　①978-4-10-385803-4

テトラポッドは暇を持て余しています
『イン・ザ・ヘブン』新潮社　2013.10　①978-4-10-385803-4

ネプチューン
『日本SF短篇50──日本SF作家クラブ創立50周年記念アンソロジー　2』（ハヤカワ文庫）早川書房　2013.4　①978-4-15-031110-0

ノックの音が
『イン・ザ・ヘブン』新潮社　2013.10　①978-4-10-385803-4

バタカップの幸福
『そして、星へ行く船』（星へ行く船シリーズ）出版芸術社　2017.3　①978-4-88293-495-0

星へ行く船
『星へ行く船』（星へ行く船シリーズ）出版芸術社　2016.9　①978-4-88293-491-2

水沢良行の決断
『星へ行く船』（星へ行く船シリーズ）出版芸術社　2016.9　①978-4-88293-491-2

林檎
『イン・ザ・ヘブン』新潮社　2013.10　①978-4-10-385803-4

荒居 蘭　あらい・らん

虫の居所
『SF宝石　2015』光文社　2015.8　①978-4-334-91049-5

荒木田 麗女　あらきだ・れいじょ

怪世談
『江戸奇談怪談集』（ちくま学芸文庫）筑摩書房　2012.11　①978-4-480-09488-9

飛頭蛮
『江戸奇談怪談集』（ちくま学芸文庫）筑摩書房　2012.11　①978-4-480-09488-9

亜羅叉の沙　あらさのさ

ミユキちゃん
『70年代日本SFベスト集成　4　1974年度版』（ちくま文庫）筑摩書房　2015.4　①978-4-480-43214-8

荒巻 義雄　あらまき・よしお

紅い世界
『定本荒巻義雄メタSF全集　別巻　骸骨半島　花嫁 他』彩流社　2015.7　①978-4-7791-2108-1

ある晴れた日のウィーンは森の中にたたずむ
『70年代日本SFベスト集成　1　1971年度版』（ちくま文庫）筑摩書房　2014.10　①978-4-480-43211-7

アンドロイドはゴム入りパンを食べるか？
『定本荒巻義雄メタSF全集　第2巻　宇宙25時』彩流社　2015.2　①978-4-7791-2104-3

宇宙25時
『定本荒巻義雄メタSF全集　第2巻　宇宙25時』彩流社　2015.2　①978-4-7791-2104-3

大いなる失墜
『定本荒巻義雄メタSF全集　第1巻　柔らかい時計』彩流社　2015.5　①978-4-7791-2107-4

大いなる正午
『日本SF短篇50　1　日本SF作家クラブ創立50周年記念アンソロジー』（ハヤカワ文庫JA）早川書房　2013.2　①978-4-15-031098-1
『60年代日本SFベスト集成』（ちくま文庫）筑摩書房　2013.3　①978-4-480-43042-7
『定本荒巻義雄メタSF全集　第1巻　柔らかい時計』彩流社　2015.5　①978-4-7791-2107-4

骸骨半島
『定本荒巻義雄メタSF全集　別巻　骸骨半島　花嫁 他』彩流社　2015.7　①978-4-7791-2108-1

カット・アップ・レストラン
『定本荒巻義雄メタSF全集　別巻　骸骨半島　花嫁 他』彩流社　2015.7　①978-4-7791-2108-1

カリフィヤの少年
『定本荒巻義雄メタSF全集　別巻　骸骨半島　花嫁 他』彩流社　2015.7　①978-4-7791-2108-1

鬼門大金神
『定本荒巻義雄メタSF全集　第7巻　カストロバルバ/ゴシック』彩流社　2015.4　①978-4-7791-2106-7

球形住宅の殺人
『定本荒巻義雄メタSF全集　第7巻　カストロバルバ/ゴシック』彩流社　2015.4　①978-4-7791-2106-7

幻想の種袋
『定本荒巻義雄メタSF全集　第7巻　カストロバルバ/ゴシック』彩流社　2015.4　①978-4-7791-2106-7

工具惑星
『定本荒巻義雄メタSF全集　別巻　骸骨半島　花嫁　他』彩流社　2015.7　①978-4-7791-2108-1

しみ
『定本荒巻義雄メタSF全集　第1巻　柔らかい時計』彩流社　2015.5　①978-4-7791-2107-4

術の小説論　私のハインライン論
『定本荒巻義雄メタSF全集　第1巻　柔らかい時計』彩流社　2015.5　①978-4-7791-2107-4

白壁の文字は夕陽に映える
『てのひらの宇宙―星雲賞短編SF傑作選』（創元SF文庫）東京創元社　2013.3　①978-4-488-73803-7
『定本荒巻義雄メタSF全集　第1巻　柔らかい時計』彩流社　2015.5　①978-4-7791-2107-4

人生はSFだ
『定本荒巻義雄メタSF全集　第5巻　時の葦舟』彩流社　2015.1　①978-4-7791-2103-6

神話
『定本荒巻義雄メタSF全集　別巻　骸骨半島　花嫁　他』彩流社　2015.7　①978-4-7791-2108-1

スネーク
『定本荒巻義雄メタSF全集　別巻　骸骨半島　花嫁　他』彩流社　2015.7　①978-4-7791-2108-1

測量士
『定本荒巻義雄メタSF全集　別巻　骸骨半島　花嫁　他』彩流社　2015.7　①978-4-7791-2108-1

たった一人でも　あとがきに代えて
『定本荒巻義雄メタSF全集　第1巻　柔らかい時計』彩流社　2015.5　①978-4-7791-2107-4

時の葦舟
『定本荒巻義雄メタSF全集　第5巻　時の葦舟』彩流社　2015.1　①978-4-7791-2103-6
『70年代日本SFベスト集成　3　1973年度版』（ちくま文庫）筑摩書房　2015.2　①978-4-480-43213-1

土星の環の上で
『定本荒巻義雄メタSF全集　別巻　骸骨半島　花嫁　他』彩流社　2015.7　①978-4-7791-2108-1

扉と蝶番
『定本荒巻義雄メタSF全集　第7巻　カストロバルバ/ゴシック』彩流社　2015.4　①978-4-7791-2106-7

トロピカル
『定本荒巻義雄メタSF全集　第1巻　柔らかい時計』彩流社　2015.5　①978-4-7791-2107-4

8すなわち宇宙時計
『定本荒巻義雄メタSF全集　第5巻　時の葦舟』彩流社　2015.1　①978-4-7791-2103-6

花嫁
『定本荒巻義雄メタSF全集　別巻　骸骨半島　花嫁　他』彩流社　2015.7　①978-4-7791-2108-1

版画画廊の殺人
『定本荒巻義雄メタSF全集　第7巻　カストロバルバ/ゴシック』彩流社　2015.4　①978-4-7791-2106-7

ハンガーとコルセット
『定本荒巻義雄メタSF全集　第7巻　カストロバルバ/ゴシック』彩流社　2015.4　①978-4-7791-2106-7

パンフー・ヤクザ
『定本荒巻義雄メタSF全集　別巻　骸骨半島　花嫁　他』彩流社　2015.7　①978-4-7791-2108-1

平賀源内無頼控
『さよならの儀式―年刊日本SF傑作選』（創元SF文庫）東京創元社　2014.6　①978-4-488-73407-7

ファルシティ
『定本荒巻義雄メタSF全集　第7巻　カストロバルバ/ゴシック』彩流社　2015.4　①978-4-7791-2106-7

フェミシティ

『定本荒巻義雄メタSF全集　第7巻　カストロバルバ/ゴシック』彩流社　2015.4　①978-4-7791-2106-7

プラトン通りの泥水浴

『定本荒巻義雄メタSF全集　第7巻　カストロバルバ/ゴシック』彩流社　2015.4　①978-4-7791-2106-7

ポンラップ群島の平和

『定本荒巻義雄メタSF全集　第2巻　宇宙25時』彩流社　2015.2　①978-4-7791-2104-3

『あしたは戦争―巨匠たちの想像力 "戦時体制"』(ちくま文庫)筑摩書房　2016.1　①978-4-480-43326-8

緑の太陽

『定本荒巻義雄メタSF全集　第1巻　柔らかい時計』彩流社　2015.5　①978-4-7791-2107-4

無窮の滝の殺人

『定本荒巻義雄メタSF全集　第7巻　カストロバルバ/ゴシック』彩流社　2015.4　①978-4-7791-2106-7

物見の塔の殺人

『定本荒巻義雄メタSF全集　第7巻　カストロバルバ/ゴシック』彩流社　2015.4　①978-4-7791-2106-7

柔らかい時計

『日本SF全集　第2巻』出版芸術社　2010.3　①978-4-88293-347-2

『70年代日本SFベスト集成　2　1972年度版』(ちくま文庫)筑摩書房　2014.12　①978-4-480-43212-4

『定本荒巻義雄メタSF全集　第1巻　柔らかい時計』彩流社　2015.5　①978-4-7791-2107-4

有島　武郎　ありしま・たけお

真夏の夢

『夢』(SDP Bunko) SDP　2009.7　①978-4-903620-63-3

有栖川　有栖　ありすがわ・ありす

赤い月、廃駅の上に

『赤い月、廃駅の上に』(幽ブックス) メディアファクトリー　2009.2　①978-4-8401-2654-0

『赤い月、廃駅の上に』(角川文庫) 角川書店　2012.9　①978-4-04-100482-1

海原にて

『赤い月、廃駅の上に』(幽ブックス) メディアファクトリー　2009.2　①978-4-8401-2654-0

『赤い月、廃駅の上に』(角川文庫) 角川書店　2012.9　①978-4-04-100482-1

貴婦人にハンカチを

『赤い月、廃駅の上に』(幽ブックス) メディアファクトリー　2009.2　①978-4-8401-2654-0

『赤い月、廃駅の上に』(角川文庫) 角川書店　2012.9　①978-4-04-100482-1

清水坂

『怪談列島ニッポン―書き下ろし諸国奇談競作集』(MF文庫　ダ・ヴィンチ) メディアファクトリー　2009.2　①978-4-8401-2674-8

黒い車掌

『赤い月、廃駅の上に』(幽ブックス) メディアファクトリー　2009.2　①978-4-8401-2654-0

『赤い月、廃駅の上に』(角川文庫) 角川書店　2012.9　①978-4-04-100482-1

最果ての鉄橋

『赤い月、廃駅の上に』(幽ブックス) メディアファクトリー　2009.2　①978-4-8401-2654-0

『赤い月、廃駅の上に』(角川文庫) 角川書店　2012.9　①978-4-04-100482-1

シグナルの宵

『赤い月、廃駅の上に』(幽ブックス) メディアファクトリー　2009.2　①978-4-8401-2654-0

『赤い月、廃駅の上に』(角川文庫) 角川書店　2012.9　①978-4-04-100482-1

テツの百物語

『赤い月、廃駅の上に』(幽ブックス) メディアファクトリー　2009.2　①978-4-8401-2654-0

『赤い月、廃駅の上に』(角川文庫) 角川書店　2012.9　①978-4-04-100482-1

途中下車

『赤い月、廃駅の上に』(幽ブックス) メディアファクトリー　2009.2　①978-4-8401-2654-0

『赤い月、廃駅の上に』(角川文庫) 角川書店　2012.9　①978-4-04-100482-1

有村 まどか

密林の奥へ
『赤い月、廃駅の上に』（幽ブックス）メディアファクトリー　2009.2　①978-4-8401-2654-0

『赤い月、廃駅の上に』（角川文庫）角川書店　2012.9　①978-4-04-100482-1

夢の国行き列車
『赤い月、廃駅の上に』（幽ブックス）メディアファクトリー　2009.2　①978-4-8401-2654-0

『赤い月、廃駅の上に』（角川文庫）角川書店　2012.9　①978-4-04-100482-1

有村　まどか　ありむら・まどか

金平糖のふるさと
『ゆきのまち幻想文学賞小品集　22　大きな木』企画集団ぷりずむ　2013.3　①978-4-906691-45-6

安東　みきえ　あんどう・みきえ

頭のうちどころが悪かった熊の話
『頭のうちどころが悪かった熊の話』（新潮文庫）新潮社　2011.12　①978-4-10-136741-5

池の中の王様
『頭のうちどころが悪かった熊の話』（新潮文庫）新潮社　2011.12　①978-4-10-136741-5

いただきます
『頭のうちどころが悪かった熊の話』（新潮文庫）新潮社　2011.12　①978-4-10-136741-5

お客さまはお月さま
『頭のうちどころが悪かった熊の話』（新潮文庫）新潮社　2011.12　①978-4-10-136741-5

ないものねだりのカラス
『頭のうちどころが悪かった熊の話』（新潮文庫）新潮社　2011.12　①978-4-10-136741-5

ヘビの恩返し
『頭のうちどころが悪かった熊の話』（新潮文庫）新潮社　2011.12　①978-4-10-136741-5

りっぱな牡鹿
『頭のうちどころが悪かった熊の話』（新潮文庫）新潮社　2011.12　①978-4-10-136741-5

安藤　三佐夫　あんどう・みさお

王子と姫のものがたり―月の沙漠をどこへ行く
『茉莉のルーツ幻想』悠光堂　2016.4　①978-4-906873-62-3

茉莉のルーツ幻想―浜の娘とサンフランシスコ号の若者
『茉莉のルーツ幻想』悠光堂　2016.4　①978-4-906873-62-3

飯野　文彦　いいの・ふみひこ

愛児のために
『ゾンビ・アパート』河出書房新社　2015.5　①978-4-309-02380-9

アナル・トーク
『喜劇綺劇―異形コレクション』（光文社文庫）光文社　2009.12　①978-4-334-74698-8

襲名
『ゾンビ・アパート』河出書房新社　2015.5　①978-4-309-02380-9

痴れ者
『ゾンビ・アパート』河出書房新社　2015.5　①978-4-309-02380-9

深夜の舞踏会
『ゾンビ・アパート』河出書房新社　2015.5　①978-4-309-02380-9

ゾンビ・アパート
『ゾンビ・アパート』河出書房新社　2015.5　①978-4-309-02380-9

戻り人
『ゾンビ・アパート』河出書房新社　2015.5　①978-4-309-02380-9

やがて、空から
『ゾンビ・アパート』河出書房新社　2015.5　①978-4-309-02380-9

横恋慕
『ゾンビ・アパート』河出書房新社　2015.5　①978-4-309-02380-9

私とソレの関係
『怪物園―異形コレクション』（光文社文庫）光文社　2009.8　①978-4-334-74638-4

わたしはミミ
『ゾンビ・アパート』河出書房新社　2015.5　①978-4-309-02380-9

生島 治郎　いくしま・じろう

頭の中の昏い唄
『異形の白昼―恐怖小説集』（ちくま文庫）筑摩書房　2013.9　①978-4-480-43092-2

伊計 翼　いけい・たすく

恐ろしくも愛しきやし、怪談の国
『FKB 怪談五色　忌式』（竹書房文庫）竹書房　2014.12　①978-4-8019-0073-8

池内 紀　いけうち・おさむ

なぜ怖がりたがるのか？
『恐ろしい話』（ちくま文学の森）筑摩書房　2011.1　①978-4-480-42736-6

池上 喜美子　いけがみ・きみこ

おいしい地球人
『名もない人こそヒーローさ』郁朋社　2012.4　①978-4-87302-517-9

輝く三百六十五日
『名もない人こそヒーローさ』郁朋社　2012.4　①978-4-87302-517-9

カミナリ様と子供たち
『名もない人こそヒーローさ』郁朋社　2012.4　①978-4-87302-517-9

新型イジメ菌
『名もない人こそヒーローさ』郁朋社　2012.4　①978-4-87302-517-9

地球をやめたいと言った日
『名もない人こそヒーローさ』郁朋社　2012.4　①978-4-87302-517-9

地球たちが歌えた日
『名もない人こそヒーローさ』郁朋社　2012.4　①978-4-87302-517-9

天空人と地球人
『名もない人こそヒーローさ』郁朋社　2012.4　①978-4-87302-517-9

名もない人こそヒーローさ
『名もない人こそヒーローさ』郁朋社　2012.4　①978-4-87302-517-9

池田 香代子　いけだ・かよこ

赤ずきん
『新装版 魔女が語るグリム童話』（宝島社文庫）宝島社　2009.8　①978-4-7966-7339-6

いさましいちびの仕立屋
『新装版 魔女が語るグリム童話』（宝島社文庫）宝島社　2009.8　①978-4-7966-7339-6

いばら姫
『新装版 魔女が語るグリム童話』（宝島社文庫）宝島社　2009.8　①978-4-7966-7339-6

黄金のガチョウ
『新装版 魔女が語るグリム童話』（宝島社文庫）宝島社　2009.8　①978-4-7966-7339-6

狼と七匹の仔山羊
『新装版 魔女が語るグリム童話』（宝島社文庫）宝島社　2009.8　①978-4-7966-7339-6

毛むくじゃら姫
『新装版 魔女が語るグリム童話』（宝島社文庫）宝島社　2009.8　①978-4-7966-7339-6

こびとのガタガタヒッコリ
『新装版 魔女が語るグリム童話』（宝島社文庫）宝島社　2009.8　①978-4-7966-7339-6

白雪姫
『新装版 魔女が語るグリム童話』（宝島社文庫）宝島社　2009.8　①978-4-7966-7339-6

白い蛇
『新装版 魔女が語るグリム童話』（宝島社文庫）宝島社　2009.8　①978-4-7966-7339-6

シンデレラ
『新装版 魔女が語るグリム童話』（宝島社文庫）宝島社　2009.8　①978-4-7966-7339-6

すご腕四人兄弟
『新装版 魔女が語るグリム童話』（宝島社文庫）宝島社　2009.8　①978-4-7966-7339-6

池田彌三郎

忠臣ヨハネス
『新装版 魔女が語るグリム童話』(宝島社文庫) 宝島社　2009.8　①978-4-7966-7339-6

鉄のストーブ
『新装版 魔女が語るグリム童話』(宝島社文庫) 宝島社　2009.8　①978-4-7966-7339-6

鉄のハンス
『新装版 魔女が語るグリム童話』(宝島社文庫) 宝島社　2009.8　①978-4-7966-7339-6

七羽のカラス
『新装版 魔女が語るグリム童話』(宝島社文庫) 宝島社　2009.8　①978-4-7966-7339-6

ブレーメンの音楽隊
『新装版 魔女が語るグリム童話』(宝島社文庫) 宝島社　2009.8　①978-4-7966-7339-6

ヘンゼルとグレーテル
『新装版 魔女が語るグリム童話』(宝島社文庫) 宝島社　2009.8　①978-4-7966-7339-6

池田　彌三郎　いけだ・やさぶろう

異説田中河内介
『見た人の怪談集』(河出文庫) 河出書房新社　2016.5　①978-4-309-41450-8

伊坂　幸太郎　いさか・こうたろう

密使
『NOVA 5 書き下ろし日本SFコレクション』(河出文庫) 河出書房新社　2011.8　①978-4-309-41098-2

『PK』講談社　2012.3　①978-4-06-217496-1

井坂　洋子　いさか・ようこ

くの字
『文豪てのひら怪談』(ポプラ文庫) ポプラ社　2009.8　①978-4-591-11104-8

石上　玄一郎　いしがみ・げんいちろう

鰓裂(抄)
『文豪てのひら怪談』(ポプラ文庫) ポプラ社　2009.8　①978-4-591-11104-8

石神　茉莉　いしがみ・まり

音迷宮
『音迷宮』講談社　2010.7　①978-4-06-216348-4

海聲
『音迷宮』講談社　2010.7　①978-4-06-216348-4

川の童
『音迷宮』講談社　2010.7　①978-4-06-216348-4

鳥の女
『音迷宮』講談社　2010.7　①978-4-06-216348-4

眼居
『音迷宮』講談社　2010.7　①978-4-06-216348-4

夢オチ禁止
『音迷宮』講談社　2010.7　①978-4-06-216348-4

夜一夜
『音迷宮』講談社　2010.7　①978-4-06-216348-4

I see nobody on the road
『音迷宮』講談社　2010.7　①978-4-06-216348-4

Me and My Cow
『音迷宮』講談社　2010.7　①978-4-06-216348-4

Rusty Nail
『音迷宮』講談社　2010.7　①978-4-06-216348-4

石川　英輔　いしかわ・えいすけ

大江戸百物語
『江戸迷宮―異形コレクション』(光文社文庫) 光文社　2011.1　①978-4-334-74901-9

ポンコツ宇宙船始末記
『日本SF全集　第2巻』出版芸術社　2010.3　①978-4-88293-347-2

石川 鴻斎　いしかわ・こうさい

茨城智雄
『江戸奇談怪談集』（ちくま学芸文庫）筑摩書房　2012.11　Ⓘ978-4-480-09488-9

驚狸
『文豪てのひら怪談』（ポプラ文庫）ポプラ社　2009.8　Ⓘ978-4-591-11104-8

夜窓鬼談
『江戸奇談怪談集』（ちくま学芸文庫）筑摩書房　2012.11　Ⓘ978-4-480-09488-9

石川 喬司　いしかわ・たかし

五月の幽霊
『日本SF全集　第1巻（1957～1971）』出版芸術社　2009.6　Ⓘ978-4-88293-344-1

小説でてくたあ
『70年代日本SFベスト集成　5　1975年度版』（ちくま文庫）筑摩書房　2015.6　Ⓘ978-4-480-43215-5

魔法つかいの夏
『日本SF短篇50　1　日本SF作家クラブ創立50周年記念アンソロジー』（ハヤカワ文庫JA）早川書房　2013.2　Ⓘ978-4-15-031098-1

夜のバス
『70年代日本SFベスト集成　4　1974年度版』（ちくま文庫）筑摩書房　2015.4　Ⓘ978-4-480-43214-8

石川 博品　いしかわ・ひろし

地下迷宮の帰宅部
『部活アンソロジー　2　「春」』（ファミ通文庫）エンターブレイン　2013.9　Ⓘ978-4-04-729095-2

『さよならの儀式―年刊日本SF傑作選』（創元SF文庫）東京創元社　2014.6　Ⓘ978-4-488-73407-7

「平家さんって幽霊じゃね？」
『ホラーアンソロジー　2　"黒"』（ファミ通文庫）エンターブレイン　2012.9　Ⓘ978-4-04-728298-8

石川 宏千花　いしかわ・ひろちか

ある兄の決断
『お面屋たまよし』（YA！ENTERTAINMENT）講談社　2012.10　Ⓘ978-4-06-269461-2

枯れない花
『お面屋たまよし』（YA！ENTERTAINMENT）講談社　2012.10　Ⓘ978-4-06-269461-2

木屑入りのお茶
『お面屋たまよし　〔3〕　不穏ノ祭』（YA！ENTERTAINMENT）講談社　2013.11　Ⓘ978-4-06-269482-7

御招山からの使者
『お面屋たまよし』（YA！ENTERTAINMENT）講談社　2012.10　Ⓘ978-4-06-269461-2

背中合わせの対話
『お面屋たまよし　〔3〕　不穏ノ祭』（YA！ENTERTAINMENT）講談社　2013.11　Ⓘ978-4-06-269482-7

波紋の行方
『お面屋たまよし　〔3〕　不穏ノ祭』（YA！ENTERTAINMENT）講談社　2013.11　Ⓘ978-4-06-269482-7

へそ曲がりの雨宿り
『お面屋たまよし』（YA！ENTERTAINMENT）講談社　2012.10　Ⓘ978-4-06-269461-2

石川 美南　いしかわ・みな

眠り課
『超弦領域―年刊日本SF傑作選』（創元SF文庫）東京創元社　2009.6　Ⓘ978-4-488-73402-2

石黒 達昌　いしぐろ・たつあき

冬至草
『逃げゆく物語の話―ゼロ年代日本SFベスト集成　F』（創元SF文庫）東京創元社　2010.10　Ⓘ978-4-488-73802-0

石黒 正数　いしぐろ・まさかず

性なる侵入
『行き先は特異点―年刊日本SF傑作選』(創元SF文庫) 東京創元社　2017.7　①978-4-488-73410-7

石崎 洋司　いしざき・ひろし

お守りケータイ
『怪談オウマガドキ学園　2　放課後の謎メール』童心社　2013.7　①978-4-494-01651-8

『怪談オウマガドキ学園　2　放課後の謎メール』童心社　2013.7　①978-4-494-01710-2

石塚 豊芥子　いしづか・ほうかいし

婦女男変化
『江戸奇談怪談集』(ちくま学芸文庫) 筑摩書房　2012.11　①978-4-480-09488-9

石田 一　いしだ・はじめ

切り裂き魔の家
『Fの肖像―フランケンシュタインの幻想たち　異形コレクション』(光文社文庫) 光文社　2010.9　①978-4-334-74846-3

代役
『怪物團―異形コレクション』(光文社文庫) 光文社　2009.8　①978-4-334-74638-4

石野 晶　いしの・あきら

スミス氏の箱庭
『Fantasy Seller』(新潮文庫) 新潮社　2011.6　①978-4-10-136674-6

石原 藤夫　いしはら・ふじお

イリュージョン惑星
『日本SF全集　第1巻(1957～1971)』出版芸術社　2009.6　①978-4-88293-344-1

ハイウェイ惑星
『日本SF短篇50　1　日本SF作家クラブ創立50周年記念アンソロジー』(ハヤカワ文庫JA) 早川書房　2013.2　①978-4-15-031098-1

『60年代日本SFベスト集成』(ちくま文庫) 筑摩書房　2013.3　①978-4-480-43042-7

石持 浅海　いしもち・あさみ

黒い方程式
『拡張幻想―年刊日本SF傑作選』(創元SF文庫) 東京創元社　2012.6　①978-4-488-73405-3

『三階に止まる』河出書房新社　2013.7　①978-4-309-02196-6

五カ月前から
『SF宝石』光文社　2013.8　①978-4-334-92888-9

三階に止まる
『NOVA　5　書き下ろし日本SFコレクション』(河出文庫) 河出書房新社　2011.8　①978-4-309-41098-2

『ザ・ベストミステリーズ―推理小説年鑑　2012』講談社　2012.7　①978-4-06-114913-7

『三階に止まる』河出書房新社　2013.7　①978-4-309-02196-6

泉 鏡花　いずみ・きょうか

赤インキ物語
『おばけずき―鏡花怪異小品集』(平凡社ライブラリー) 平凡社　2012.6　①978-4-582-76764-3

雨ばけ
『新編　日本幻想文学集成　4　夢野久作・小栗虫太郎・岡本綺堂・泉鏡花』国書刊行会　2016.12　①978-4-336-06029-7

印度更紗
『新編　日本幻想文学集成　4　夢野久作・小栗虫太郎・岡本綺堂・泉鏡花』国書刊行会　2016.12　①978-4-336-06029-7

海異記
『見た人の怪談集』(河出文庫) 河出書房新社　2016.5　①978-4-309-41450-8

海神別荘
『海神別荘・他二篇』(岩波文庫) 岩波書店　2011.6　①4-00-312715-3

怪談女の輪
『おばけずき―鏡花怪異小品集』(平凡社ライブラリー) 平凡社 2012.6 ①978-4-582-76764-3

傘
『おばけずき―鏡花怪異小品集』(平凡社ライブラリー) 平凡社 2012.6 ①978-4-582-76764-3

『絵本の春　寸情風土記』(泉鏡花記念館文庫　いつか読んでみたい一冊) 泉鏡花記念館 2012.7

通い路
『おばけずき―鏡花怪異小品集』(平凡社ライブラリー) 平凡社 2012.6 ①978-4-582-76764-3

貴夫人
『新編 日本幻想文学集成　4　夢野久作・小栗虫太郎・岡本綺堂・泉鏡花』 国書刊行会 2016.12 ①978-4-336-06029-7

黒壁
『おばけずき―鏡花怪異小品集』(平凡社ライブラリー) 平凡社 2012.6 ①978-4-582-76764-3

化鳥
『化鳥・夫人利生記』(泉鏡花記念館文庫　いつか読んでみたい一冊) 泉鏡花記念館 2009.11

『幻視の系譜―日本幻想文学大全』(ちくま文庫) 筑摩書房 2013.10 ①978-4-480-43112-7

『化鳥・三尺角 他六篇』(岩波文庫) 岩波書店 2013.11 ①978-4-00-312718-6

『新編 日本幻想文学集成　4　夢野久作・小栗虫太郎・岡本綺堂・泉鏡花』 国書刊行会 2016.12 ①978-4-336-06029-7

紅玉
『新編 日本幻想文学集成　4　夢野久作・小栗虫太郎・泉鏡花』 国書刊行会 2016.12 ①978-4-336-06029-7

高野聖
『変身ものがたり』(ちくま文学の森) 筑摩書房 2010.10 ①978-4-480-42733-5

『高野聖　改版』(角川文庫) 角川書店 2013.6 ①978-4-04-100849-2

『幻妖の水脈―日本幻想文学大全』(ちくま文庫) 筑摩書房 2013.9 ①978-4-480-43111-0

高野聖 読みほぐし
『泉鏡花 読みほぐし―さらさら読む古典 3』(あおぎり文庫) 梧桐書院 2010.2 ①978-4-340-13002-3

光籃
『新編 日本幻想文学集成　4　夢野久作・小栗虫太郎・岡本綺堂・泉鏡花』 国書刊行会 2016.12 ①978-4-336-06029-7

五本松
『おばけずき―鏡花怪異小品集』(平凡社ライブラリー) 平凡社 2012.6 ①978-4-582-76764-3

春狐談
『おばけずき―鏡花怪異小品集』(平凡社ライブラリー) 平凡社 2012.6 ①978-4-582-76764-3

処方秘箋
『新編 日本幻想文学集成　4　夢野久作・小栗虫太郎・岡本綺堂・泉鏡花』 国書刊行会 2016.12 ①978-4-336-06029-7

人妖
『文豪てのひら怪談』(ポプラ文庫) ポプラ社 2009.8 ①978-4-591-11104-8

多神教
『海神別荘・他二篇』(岩波文庫) 岩波書店 2011.6 ①4-00-312715-3

二世の契
『新編 日本幻想文学集成　4　夢野久作・小栗虫太郎・岡本綺堂・泉鏡花』 国書刊行会 2016.12 ①978-4-336-06029-7

蠅を憎む記
『新編 日本幻想文学集成　4　夢野久作・小栗虫太郎・岡本綺堂・泉鏡花』 国書刊行会 2016.12 ①978-4-336-06029-7

伯爵の釵
『新編 日本幻想文学集成　4　夢野久作・小栗虫太郎・岡本綺堂・泉鏡花』 国書刊行会 2016.12 ①978-4-336-06029-7

百物語
『おばけずき―鏡花怪異小品集』(平凡社ライブラリー) 平凡社 2012.6 ①978-4-582-76764-3

深川浅景
『あやかしの深川―受け継がれる怪異な土地の物語』 猿江商會 2016.7 ①978-4-908260-05-6

眉かくしの霊 読みほぐし
『泉鏡花 読みほぐし―さらさら読む古典 3』(あおぎり文庫) 梧桐書院 2010.2 ⓘ978-4-340-13002-3

山吹
『海神別荘・他二篇』(岩波文庫) 岩波書店 2011.6 ⓘ4-00-312715-3

妖怪年代記
『おばけずき―鏡花怪異小品集』(平凡社ライブラリー) 平凡社 2012.6 ⓘ978-4-582-76764-3

妖魔の辻占
『新編 日本幻想文学集成 4 夢野久作・小栗虫太郎・岡本綺堂・泉鏡花』 国書刊行会 2016.12 ⓘ978-4-336-06029-7

夜釣
『おばけずき―鏡花怪異小品集』(平凡社ライブラリー) 平凡社 2012.6 ⓘ978-4-582-76764-3

鎧
『おばけずき―鏡花怪異小品集』(平凡社ライブラリー) 平凡社 2012.6 ⓘ978-4-582-76764-3

五十月 彩　いそつき・あや

後の想いに
『ゆきのまち幻想文学賞小品集 22 大きな木』 企画集団ぷりずむ 2013.3 ⓘ978-4-906691-45-6

津軽錦
『ゆきのまち幻想文学賞小品集 21 風花雪の物語二十七編』 企画集団ぷりずむ 2012.3 ⓘ978-4-906691-42-5

てぶくろ
『ゆきのまち幻想文学賞小品集 19 雪の反転鏡』 企画集団ぷりずむ 2010.3 ⓘ978-4-906691-32-6

はらもっけ
『冬の虫―ゆきのまち幻想文学賞小品集 26』 企画集団ぷりずむ 2017.3 ⓘ978-4-906691-58-6

船弁当
『ゆきのまち幻想文学賞小品集 20 もうひとつの階段』 企画集団ぷりずむ 2011.4 ⓘ978-4-906691-37-1

伊多波 碧　いたば・みどり

神隠し
『甲子夜話異聞 もののけ若様探索帖』(ベスト時代文庫) ベストセラーズ 2012.7 ⓘ978-4-584-36712-4

子思い
『甲子夜話異聞 もののけ若様探索帖』(ベスト時代文庫) ベストセラーズ 2012.7 ⓘ978-4-584-36712-4

捨て猫
『甲子夜話異聞 もののけ若様探索帖』(ベスト時代文庫) ベストセラーズ 2012.7 ⓘ978-4-584-36712-4

不貞
『甲子夜話異聞 もののけ若様探索帖』(ベスト時代文庫) ベストセラーズ 2012.7 ⓘ978-4-584-36712-4

一石 月下　いちいし・げっか

君の望みと僕の憾み
『貸出禁止のたまゆら図書館 2』(富士見L文庫) 角川書店 2016.2 ⓘ978-4-04-070811-9

初夏の幻影
『貸出禁止のたまゆら図書館 2』(富士見L文庫) 角川書店 2016.2 ⓘ978-4-04-070811-9

梅雨の憂い
『貸出禁止のたまゆら図書館 2』(富士見L文庫) 角川書店 2016.2 ⓘ978-4-04-070811-9

祭りの夜に
『貸出禁止のたまゆら図書館 2』(富士見L文庫) 角川書店 2016.2 ⓘ978-4-04-070811-9

万華鏡迷宮
『貸出禁止のたまゆら図書館 2』(富士見L文庫) 角川書店 2016.2 ⓘ978-4-04-070811-9

市川 春子　いちかわ・はるこ

日下兄妹
『量子回廊―年刊日本SF傑作選』(創元SF文庫) 東京創元社 2010.7 ⓘ978-4-488-73403-9

一条 明　いちじょう・あきら

主を睨むこともある
『猫刑事』　光文社　2012.8　①978-4-334-92840-7

彼女はワイルドハート
『猫刑事』　光文社　2012.8　①978-4-334-92840-7

暗闇では誰もが灰色
『猫刑事』　光文社　2012.8　①978-4-334-92840-7

棒を恐れず手を噛まず
『猫刑事』　光文社　2012.8　①978-4-334-92840-7

灼けた煉瓦の炉の上で
『猫刑事』　光文社　2012.8　①978-4-334-92840-7

伊藤 計劃　いとう・けいかく

屍者の帝国
『NOVA 1 書き下ろし日本SFコレクション』（河出文庫）河出書房新社　2009.12　①978-4-309-40994-8

『伊藤計劃記録』　早川書房　2010.3　①978-4-15-209116-1

『The Indifference Engine』（ハヤカワ文庫JA）早川書房　2012.3　①978-4-15-031060-8

女王陛下の所有物
『The Indifference Engine』（ハヤカワ文庫JA）早川書房　2012.3　①978-4-15-031060-8

セカイ、蛮族、ぼく。
『伊藤計劃記録』　早川書房　2010.3　①978-4-15-209116-1

『The Indifference Engine』（ハヤカワ文庫JA）早川書房　2012.3　①978-4-15-031060-8

フォックスの葬送
『伊藤計劃記録　第2位相』　早川書房　2011.3　①978-4-15-209201-4

『The Indifference Engine』（ハヤカワ文庫JA）早川書房　2012.3　①978-4-15-031060-8

A.T.D Automatic Death / EPISODE: 0 NO DISTANCE, BUT INTERFACE
『ぼくの、マシン―ゼロ年代日本SFベスト集成 S』（創元SF文庫）東京創元社　2010.10　①978-4-488-73801-3

『The Indifference Engine』（ハヤカワ文庫JA）早川書房　2012.3　①978-4-15-031060-8

From the Nothing, With Love
『超弦領域―年刊日本SF傑作選』（創元SF文庫）東京創元社　2009.6　①978-4-488-73402-2

『伊藤計劃記録』　早川書房　2010.3　①978-4-15-209116-1

『The Indifference Engine』（ハヤカワ文庫JA）早川書房　2012.3　①978-4-15-031060-8

Heavenscape
『伊藤計劃記録　第2位相』　早川書房　2011.3　①978-4-15-209201-4

『The Indifference Engine』（ハヤカワ文庫JA）早川書房　2012.3　①978-4-15-031060-8

On Her Majesty's Secret Property
『The Indifference Engine』（ハヤカワ文庫JA）早川書房　2012.3　①978-4-15-031060-8

The Indifference Engine
『伊藤計劃記録』　早川書房　2010.3　①978-4-15-209116-1

『イマジネーションの戦争―幻』（コレクション 戦争と文学）集英社　2011.9　①978-4-08-157005-8

『The Indifference Engine』（ハヤカワ文庫JA）早川書房　2012.3　①978-4-15-031060-8

『THE FUTURE IS JAPANESE』（ハヤカワSFシリーズJコレクション）早川書房　2012.7　①978-4-15-209310-3

『日本SF短篇50 5』（ハヤカワ文庫JA）早川書房　2013.10　①978-4-15-031131-5

伊藤 整　いとう・せい

幽鬼の街
『女霊は誘う―文豪怪談傑作選・昭和篇』（ちくま文庫）筑摩書房　2011.9　①978-4-480-42882-0

伊藤　晴雨　　いとう・せいう

井上円了氏と霊魂不滅説（抄）
『文豪てのひら怪談』（ポプラ文庫）　ポプラ社　2009.8　Ⓘ978-4-591-11104-8

伊東　潮花　　いとう・ちょうか

深川七不思議
『あやかしの深川―受け継がれる怪異な土地の物語』　猿江商會　2016.7　Ⓘ978-4-908260-05-6

伊藤　万記　　いとう・まき

冬の虫
『冬の虫―ゆきのまち幻想文学賞小品集26』　企画集団ぷりずむ　2017.3　Ⓘ978-4-906691-58-6

伊藤　三巳華　　いとう・みみか

大きな顔
『女たちの怪談百物語』（幽books）　メディアファクトリー　2010.11　Ⓘ978-4-8401-3599-3
『女たちの怪談百物語』（角川ホラー文庫）　角川書店　2014.1　Ⓘ978-4-04-101192-8

大阪城の話
『女たちの怪談百物語』（幽books）　メディアファクトリー　2010.11　Ⓘ978-4-8401-3599-3
『女たちの怪談百物語』（角川ホラー文庫）　角川書店　2014.1　Ⓘ978-4-04-101192-8

泳ぐ手
『女たちの怪談百物語』（幽books）　メディアファクトリー　2010.11　Ⓘ978-4-8401-3599-3
『女たちの怪談百物語』（角川ホラー文庫）　角川書店　2014.1　Ⓘ978-4-04-101192-8

ガチョウの歌
『女たちの怪談百物語』（幽books）　メディアファクトリー　2010.11　Ⓘ978-4-8401-3599-3
『女たちの怪談百物語』（角川ホラー文庫）　角川書店　2014.1　Ⓘ978-4-04-101192-8

神奈川県の山で
『女たちの怪談百物語』（幽books）　メディアファクトリー　2010.11　Ⓘ978-4-8401-3599-3
『女たちの怪談百物語』（角川ホラー文庫）　角川書店　2014.1　Ⓘ978-4-04-101192-8

子供の頃の思い出
『女たちの怪談百物語』（幽books）　メディアファクトリー　2010.11　Ⓘ978-4-8401-3599-3
『女たちの怪談百物語』（角川ホラー文庫）　角川書店　2014.1　Ⓘ978-4-04-101192-8

中央線の駅
『女たちの怪談百物語』（幽books）　メディアファクトリー　2010.11　Ⓘ978-4-8401-3599-3
『女たちの怪談百物語』（角川ホラー文庫）　角川書店　2014.1　Ⓘ978-4-04-101192-8

廃病院
『女たちの怪談百物語』（幽books）　メディアファクトリー　2010.11　Ⓘ978-4-8401-3599-3
『女たちの怪談百物語』（角川ホラー文庫）　角川書店　2014.1　Ⓘ978-4-04-101192-8

プレイボーイの友達
『女たちの怪談百物語』（幽books）　メディアファクトリー　2010.11　Ⓘ978-4-8401-3599-3
『女たちの怪談百物語』（角川ホラー文庫）　角川書店　2014.1　Ⓘ978-4-04-101192-8

幽霊管理人
『女たちの怪談百物語』（幽books）　メディアファクトリー　2010.11　Ⓘ978-4-8401-3599-3
『女たちの怪談百物語』（角川ホラー文庫）　角川書店　2014.1　Ⓘ978-4-04-101192-8

稲垣　足穂　　いながき・たるほ

青い箱と紅い骸骨
『新編・日本幻想文学集成　5』　国書刊行会　2017.2　Ⓘ978-4-336-06030-3

薄い街
『新編・日本幻想文学集成　5』　国書刊行会　2017.2　Ⓘ978-4-336-06030-3

追っかけられた話
『文豪てのひら怪談』（ポプラ文庫）　ポプラ社　2009.8　Ⓘ978-4-591-11104-8

かものはし論
『新編・日本幻想文学集成　5』　国書刊行会　2017.2　①978-4-336-06030-3

古典物語
『新編・日本幻想文学集成　5』　国書刊行会　2017.2　①978-4-336-06030-3

水晶物語
『新編・日本幻想文学集成　5』　国書刊行会　2017.2　①978-4-336-06030-3

電気の敵
『新編・日本幻想文学集成　5』　国書刊行会　2017.2　①978-4-336-06030-3

白鳩の記
『新編・日本幻想文学集成　5』　国書刊行会　2017.2　①978-4-336-06030-3

白昼見
『新編・日本幻想文学集成　5』　国書刊行会　2017.2　①978-4-336-06030-3

飛行機物語
『新編・日本幻想文学集成　5』　国書刊行会　2017.2　①978-4-336-06030-3

放熱器
『新編・日本幻想文学集成　5』　国書刊行会　2017.2　①978-4-336-06030-3

リビアの月夜
『新編・日本幻想文学集成　5』　国書刊行会　2017.2　①978-4-336-06030-3

因幡　縁　いなば・ゆかり

楽園のいろ
『ゆきのまち幻想文学賞小品集　22　大きな木』　企画集団ぷりずむ　2013.3　①978-4-906691-45-2

乾石　智子　いぬいし・ともこ

黒蓮華
『オーリエラントの魔道師たち』　東京創元社　2013.6　①978-4-488-02715-5

『オーリエラントの魔道師たち』（創元推理文庫）　東京創元社　2016.6　①978-4-488-52505-7

陶工魔道師
『オーリエラントの魔道師たち』（創元推理文庫）　東京創元社　2016.6　①978-4-488-52505-7

紐結びの魔道師
『オーリエラントの魔道師たち』　東京創元社　2013.6　①978-4-488-02715-5

魔道写本師
『オーリエラントの魔道師たち』　東京創元社　2013.6　①978-4-488-02715-5

『オーリエラントの魔道師たち』（創元推理文庫）　東京創元社　2016.6　①978-4-488-52505-7

闇を抱く
『オーリエラントの魔道師たち』　東京創元社　2013.6　①978-4-488-02715-5

『オーリエラントの魔道師たち』（創元推理文庫）　東京創元社　2016.6　①978-4-488-52505-7

乾　緑郎　いぬい・ろくろう

機巧のイヴ
『ザ・ベストミステリーズ―推理小説年鑑　2013』　講談社　2013.4　①978-4-06-114914-4

『ベスト本格ミステリ　2013』（講談社ノベルス）　講談社　2013.6　①978-4-06-182870-4

『極光星群―年刊日本SF傑作選』（創元SF文庫）　東京創元社　2013.6　①978-4-488-73406-0

死体たちの夏
『5分で読める！ ひと駅ストーリー――『このミステリーがすごい！』大賞×日本ラブストーリー大賞×『このライトノベルがすごい！』大賞　夏の記憶西口編』（宝島社文庫）　宝島社　2013.7　①978-4-8002-1044-9

『5分で凍る！ ぞっとする怖い話』（宝島社文庫）　宝島社　2015.5　①978-4-8002-4039-2

沼地蔵
『10分間（じゅっぷんかん）ミステリー』（宝島社文庫　〔このミス大賞〕）　宝島社　2012.2　①978-4-7966-8712-6

『5分で凍る！ ぞっとする怖い話』（宝島社文庫）　宝島社　2015.5　①978-4-8002-4039-2

井上 剛　いのうえ・つよし

生き地獄
『SF宝石　2015』　光文社　2015.8　①978-4-334-91049-5

井上 史　いのうえ・ふみ

母
『SF宝石　2015』　光文社　2015.8　①978-4-334-91049-5

井上 雅彦　いのうえ・まさひこ

碧い花屋敷
『怪物園―異形コレクション』（光文社文庫）光文社　2009.8　①978-4-334-74638-4
『四角い魔術師』（ふしぎ文学館）出版芸術社　2012.11　①978-4-88293-435-6

青頭巾の森
『燦めく闇』（光文社文庫）光文社　2009.11　①978-4-334-74681-0

赫い部屋
『5分で読める！　怖いはなし』（宝島社文庫）宝島社　2014.6　①978-4-8002-2805-5

赤とグリーンの夜
『燦めく闇』（光文社文庫）光文社　2009.11　①978-4-334-74681-0

悪夢街の男
『四角い魔術師』（ふしぎ文学館）出版芸術社　2012.11　①978-4-88293-435-6

アシェンデンの流儀
『喜劇綺劇―異形コレクション』（光文社文庫）光文社　2009.12　①978-4-334-74698-8

アフター・バースト
『SF宝石』　光文社　2013.8　①978-4-334-92888-9

海の蝙蝠
『燦めく闇』（光文社文庫）光文社　2009.11　①978-4-334-74681-0

オアンネス―或いは「水槽譚」
『四角い魔術師』（ふしぎ文学館）出版芸術社　2012.11　①978-4-88293-435-6

極光
『四角い魔術師』（ふしぎ文学館）出版芸術社　2012.11　①978-4-88293-435-6

菓子宵
『四角い魔術師』（ふしぎ文学館）出版芸術社　2012.11　①978-4-88293-435-6

風が好き
『四角い魔術師』（ふしぎ文学館）出版芸術社　2012.11　①978-4-88293-435-6

カフェ・ド・メトロ
『四角い魔術師』（ふしぎ文学館）出版芸術社　2012.11　①978-4-88293-435-6

北へ深夜特急
『燦めく闇』（光文社文庫）光文社　2009.11　①978-4-334-74681-0

履惚れ
『5分で読める！　怖いはなし』（宝島社文庫）宝島社　2014.6　①978-4-8002-2805-5

鞍
『燦めく闇』（光文社文庫）光文社　2009.11　①978-4-334-74681-0

クリープ・ショウ
『燦めく闇』（光文社文庫）光文社　2009.11　①978-4-334-74681-0

化身遊戯
『燦めく闇』（光文社文庫）光文社　2009.11　①978-4-334-74681-0

ゴーレム・ファーザー
『四角い魔術師』（ふしぎ文学館）出版芸術社　2012.11　①978-4-88293-435-6

笹色紅
『江戸迷宮―異形コレクション』（光文社文庫）光文社　2011.1　①978-4-334-74901-9

潮招く祭
『四角い魔術師』（ふしぎ文学館）出版芸術社　2012.11　①978-4-88293-435-6

四角い魔術師
『四角い魔術師』（ふしぎ文学館）出版芸術社　2012.11　①978-4-88293-435-6

十月の映画館
『燦めく闇』（光文社文庫）光文社　2009.11　①978-4-334-74681-0
『四角い魔術師』（ふしぎ文学館）出版芸術社　2012.11　①978-4-88293-435-6

十月の動物園
『四角い魔術師』（ふしぎ文学館）　出版芸術社
2012.11　①978-4-88293-435-6

消防車が遅れて
『四角い魔術師』（ふしぎ文学館）　出版芸術社
2012.11　①978-4-88293-435-6

白い雪姫
『燦めく闇』（光文社文庫）　光文社　2009.11
①978-4-334-74681-0

象のいる夜会
『四角い魔術師』（ふしぎ文学館）　出版芸術社
2012.11　①978-4-88293-435-6

そして船は行く
『Fの肖像―フランケンシュタインの幻想たち　異形コレクション』（光文社文庫）　光文社　2010.9　①978-4-334-74846-3

たたり
『四角い魔術師』（ふしぎ文学館）　出版芸術社
2012.11　①978-4-88293-435-6

沈鐘
『燦めく闇』（光文社文庫）　光文社　2009.11
①978-4-334-74681-0
『四角い魔術師』（ふしぎ文学館）　出版芸術社
2012.11　①978-4-88293-435-6

脱ぎ捨てる場所
『四角い魔術師』（ふしぎ文学館）　出版芸術社
2012.11　①978-4-88293-435-6

残されていた文字
『四角い魔術師』（ふしぎ文学館）　出版芸術社
2012.11　①978-4-88293-435-6

伯爵の知らない血族―ヴァンパイア・オムニバス
『SF宝石　2015』　光文社　2015.8　①978-4-334-91049-5

抜粋された学級文集への注解
『憑依―異形コレクション』（光文社文庫）　光文社　2010.5　①978-4-334-74784-8

パラソル
『四角い魔術師』（ふしぎ文学館）　出版芸術社
2012.11　①978-4-88293-435-6

火蜥蜴
『燦めく闇』（光文社文庫）　光文社　2009.11
①978-4-334-74681-0

舞踏会、西へ
『燦めく闇』（光文社文庫）　光文社　2009.11
①978-4-334-74681-0
『四角い魔術師』（ふしぎ文学館）　出版芸術社
2012.11　①978-4-88293-435-6

蛇苺
『5分で読める！　怖いはなし』（宝島社文庫）
宝島社　2014.6　①978-4-8002-2805-5

ボンボン
『燦めく闇』（光文社文庫）　光文社　2009.11
①978-4-334-74681-0

魔女の巣箱
『四角い魔術師』（ふしぎ文学館）　出版芸術社
2012.11　①978-4-88293-435-6

宵の外套
『四角い魔術師』（ふしぎ文学館）　出版芸術社
2012.11　①978-4-88293-435-6

よけいなものが
『四角い魔術師』（ふしぎ文学館）　出版芸術社
2012.11　①978-4-88293-435-6

横切る
『5分で読める！　怖いはなし』（宝島社文庫）
宝島社　2014.6　①978-4-8002-2805-5

四時間四十四分
『四角い魔術師』（ふしぎ文学館）　出版芸術社
2012.11　①978-4-88293-435-6

夜を奪うもの
『四角い魔術師』（ふしぎ文学館）　出版芸術社
2012.11　①978-4-88293-435-6

蘭鋳
『5分で読める！　怖いはなし』（宝島社文庫）
宝島社　2014.6　①978-4-8002-2805-5

ロマンチスト
『四角い魔術師』（ふしぎ文学館）　出版芸術社
2012.11　①978-4-88293-435-6

井原　西鶴　いはら・さいかく

歌の姿の美女二人
『江戸奇談怪談集』（ちくま学芸文庫）　筑摩書房　2012.11　①978-4-480-09488-9

雲中の腕押
『江戸奇談怪談集』（ちくま学芸文庫）　筑摩書房　2012.11　①978-4-480-09488-9

今 市子 いま・いちこ

傘の御託宣
『江戸奇談怪談集』（ちくま学芸文庫）筑摩書房 2012.11 ⓘ978-4-480-09488-9

伽羅若衆
『江戸奇談怪談集』（ちくま学芸文庫）筑摩書房 2012.11 ⓘ978-4-480-09488-9

鯉のちらし紋
『江戸奇談怪談集』（ちくま学芸文庫）筑摩書房 2012.11 ⓘ978-4-480-09488-9

腰抜け幽霊
『江戸奇談怪談集』（ちくま学芸文庫）筑摩書房 2012.11 ⓘ978-4-480-09488-9

西鶴諸国はなし
『江戸奇談怪談集』（ちくま学芸文庫）筑摩書房 2012.11 ⓘ978-4-480-09488-9

西鶴名残の友
『江戸奇談怪談集』（ちくま学芸文庫）筑摩書房 2012.11 ⓘ978-4-480-09488-9

生馬仙人
『江戸奇談怪談集』（ちくま学芸文庫）筑摩書房 2012.11 ⓘ978-4-480-09488-9

新可笑記
『江戸奇談怪談集』（ちくま学芸文庫）筑摩書房 2012.11 ⓘ978-4-480-09488-9

男色大鑑
『江戸奇談怪談集』（ちくま学芸文庫）筑摩書房 2012.11 ⓘ978-4-480-09488-9

人形の恋
『江戸奇談怪談集』（ちくま学芸文庫）筑摩書房 2012.11 ⓘ978-4-480-09488-9

藤の奇特
『江戸奇談怪談集』（ちくま学芸文庫）筑摩書房 2012.11 ⓘ978-4-480-09488-9

紫女
『江戸奇談怪談集』（ちくま学芸文庫）筑摩書房 2012.11 ⓘ978-4-480-09488-9

夢路の風車
『江戸奇談怪談集』（ちくま学芸文庫）筑摩書房 2012.11 ⓘ978-4-480-09488-9

今 市子 いま・いちこ

霧の一丁倫敦
『鏡花繚乱─鏡花あやかし秘帖』（もえぎDX）学研パブリッシング 2011.10 ⓘ978-4-05-405081-5

鳥は空に、魚は水に
『鏡花変幻』（もえぎDX 鏡花あやかし秘帖）学研パブリッシング 2012.10 ⓘ978-4-05-405430-1

Comic 琥珀の記憶
『鏡花水月─鏡花あやかし秘帖』（もえぎDX）学習研究社 2009.6 ⓘ978-4-05-404183-7

Comic まれびとの鱗
『鏡花妖宴─鏡花あやかし秘帖』（もえぎDX）学研パブリッシング 2010.11 ⓘ978-4-05-404744-0

今尾 哲也 いまお・てつや

鶴屋南北の町
『あやかしの深川─受け継がれる怪異な土地の物語』猿江商會 2016.7 ⓘ978-4-908260-05-6

今邑 彩 いまむら・あや

悪夢
『鬼』（集英社文庫）集英社 2011.2 ⓘ978-4-08-746664-5

鬼
『鬼』（集英社文庫）集英社 2011.2 ⓘ978-4-08-746664-5

カラス、なぜ鳴く
『鬼』（集英社文庫）集英社 2011.2 ⓘ978-4-08-746664-5

黒髪
『鬼』（集英社文庫）集英社 2011.2 ⓘ978-4-08-746664-5

湖畔の家
『鬼』（集英社文庫）集英社 2011.2 ⓘ978-4-08-746664-5

シクラメンの家
『鬼』（集英社文庫）集英社 2011.2 ⓘ978-4-08-746664-5

蒸発
『鬼』（集英社文庫）集英社 2011.2 ⓘ978-4-08-746664-5

セイレーン
『鬼』(集英社文庫) 集英社　2011.2　①978-4-08-746664-5

たつまさんがころした
『鬼』(集英社文庫) 集英社　2011.2　①978-4-08-746664-5

メイ先生の薔薇
『鬼』(集英社文庫) 集英社　2011.2　①978-4-08-746664-5

入江 敦彦　いりえ・あつひこ

おばけ
『テ・鉄輪』　光文社　2013.9　①978-4-334-92900-8

金繍忌
『Fの肖像―フランケンシュタインの幻想たち 異形コレクション』(光文社文庫) 光文社　2010.9　①978-4-334-74846-3
『テ・鉄輪』　光文社　2013.9　①978-4-334-92900-8

修羅霊
『憑依―異形コレクション』(光文社文庫) 光文社　2010.5　①978-4-334-74784-8
『テ・鉄輪』　光文社　2013.9　①978-4-334-92900-8

施画鬼
『テ・鉄輪』　光文社　2013.9　①978-4-334-92900-8

テ・鉄輪
『テ・鉄輪』　光文社　2013.9　①978-4-334-92900-8

麗人宴
『怪物團―異形コレクション』(光文社文庫) 光文社　2009.8　①978-4-334-74638-4
『テ・鉄輪』　光文社　2013.9　①978-4-334-92900-8

入江 鳩斎　いりえ・きゅうさい

江戸珍鬼草子
『江戸迷宮―異形コレクション』(光文社文庫) 光文社　2011.1　①978-4-334-74901-9

入澤 康夫　いりさわ・やすお

ユウレイノウタ
『文豪てのひら怪談』(ポプラ文庫) ポプラ社　2009.8　①978-4-591-11104-8

色川 武大　いろかわ・たけひろ

空襲のあと(抄)
『文豪てのひら怪談』(ポプラ文庫) ポプラ社　2009.8　①978-4-591-11104-8

岩井 志麻子　いわい・しまこ

愛らしい目の上の瘤
『妖し語り―備前風呂屋怪談 2』(角川ホラー文庫) 角川書店　2012.12　①978-4-04-100630-6

青頭巾
『雨月物語』　光文社　2009.10　①978-4-334-92684-7
『雨月物語』(光文社文庫) 光文社　2013.6　①978-4-334-76590-3

浅茅が宿
『雨月物語』　光文社　2009.10　①978-4-334-92684-7
『雨月物語』(光文社文庫) 光文社　2013.6　①978-4-334-76590-3

暑い国で彼女が語りたかった悪い夢
『二十の悪夢―角川ホラー文庫創刊20周年記念アンソロジー』(角川ホラー文庫) 角川書店　2013.10　①978-4-04-101052-5

ある女芸人の元マネージャーの話 その1
『女たちの怪談百物語』(幽books) メディアファクトリー　2010.11　①978-4-8401-3599-3
『女たちの怪談百物語』(角川ホラー文庫) 角川書店　2014.1　①978-4-04-101192-8

ある女芸人の元マネージャーの話 その2
『女たちの怪談百物語』(幽books) メディアファクトリー　2010.11　①978-4-8401-3599-3
『女たちの怪談百物語』(角川ホラー文庫) 角川書店　2014.1　①978-4-04-101192-8

岩井志麻子

ある女芸人の元マネージャーの話 その3
『女たちの怪談百物語』(幽books) メディアファクトリー　2010.11　①978-4-8401-3599-3

『女たちの怪談百物語』(角川ホラー文庫) 角川書店　2014.1　①978-4-04-101192-8

ある自称やり手の編集者の話
『女たちの怪談百物語』(幽books) メディアファクトリー　2010.11　①978-4-8401-3599-3

『女たちの怪談百物語』(角川ホラー文庫) 角川書店　2014.1　①978-4-04-101192-8

異郷の部屋
『無傷の愛』(双葉文庫) 双葉社　2009.8　①978-4-575-51296-0

行って帰ってきた人
『妖し語り―備前風呂屋怪談　2』(角川ホラー文庫) 角川書店　2012.12　①978-4-04-100630-6

浮き浮きしている怖い人
『5分で読める！　怖いはなし』(宝島社文庫) 宝島社　2014.6　①978-4-8002-2805-5

生まれ変われない街角で
『Fの肖像―フランケンシュタインの幻想たち　異形コレクション』(光文社文庫) 光文社　2010.9　①978-4-334-74846-3

縁の下の王と妃
『妖し語り―備前風呂屋怪談　2』(角川ホラー文庫) 角川書店　2012.12　①978-4-04-100630-6

岡山の友だちの話
『女たちの怪談百物語』(幽books) メディアファクトリー　2010.11　①978-4-8401-3599-3

『女たちの怪談百物語』(角川ホラー文庫) 角川書店　2014.1　①978-4-04-101192-8

お藤の櫛
『湯女の櫛―備前風呂屋怪談』(角川ホラー文庫) 角川書店　2012.11　①978-4-04-100579-8

女の顔
『女たちの怪談百物語』(幽books) メディアファクトリー　2010.11　①978-4-8401-3599-3

『女たちの怪談百物語』(角川ホラー文庫) 角川書店　2014.1　①978-4-04-101192-8

香しき毒婦
『妖し語り―備前風呂屋怪談　2』(角川ホラー文庫) 角川書店　2012.12　①978-4-04-100630-6

籠の鳥
『湯女の櫛―備前風呂屋怪談』(角川ホラー文庫) 角川書店　2012.11　①978-4-04-100579-8

菊花の約
『雨月物語』光文社　2009.10　①978-4-334-92684-7

『雨月物語』(光文社文庫) 光文社　2013.6　①978-4-334-76590-3

吉備津の釜
『雨月物語』光文社　2009.10　①978-4-334-92684-7

『雨月物語』(光文社文庫) 光文社　2013.6　①978-4-334-76590-3

『現代百物語　妄執』(角川ホラー文庫) 角川書店　2015.6　①978-4-04-103017-2

偶像の部屋
『無傷の愛』(双葉文庫) 双葉社　2009.8　①978-4-575-51296-0

暗い魔窟と明るい魔境
『怪物園―異形コレクション』(光文社文庫) 光文社　2009.8　①978-4-334-74638-4

グラビア・アイドルの話
『女たちの怪談百物語』(幽books) メディアファクトリー　2010.11　①978-4-8401-3599-3

『女たちの怪談百物語』(角川ホラー文庫) 角川書店　2014.1　①978-4-04-101192-8

校長先生の話
『女たちの怪談百物語』(幽books) メディアファクトリー　2010.11　①978-4-8401-3599-3

『女たちの怪談百物語』(角川ホラー文庫) 角川書店　2014.1　①978-4-04-101192-8

孤高の部屋
『無傷の愛』(双葉文庫) 双葉社　2009.8　①978-4-575-51296-0

凍える南の島
『妖し語り―備前風呂屋怪談　2』(角川ホラー文庫) 角川書店　2012.12　①978-4-04-100630-6

怖がる怖い人
『5分で読める！　怖いはなし』(宝島社文庫) 宝島社　2014.6　①978-4-8002-2805-5

日本のSF・ホラー・ファンタジー　　　　　　　　　　　　　　　　　　　　岩井志麻子

死の彷徨
『湯女の櫛―備前風呂屋怪談』（角川ホラー文庫）角川書店　2012.11　ⓘ978-4-04-100579-8

姉妹の部屋
『無傷の愛』（双葉文庫）双葉社　2009.8　ⓘ978-4-575-51296-0

蛇性の婬
『雨月物語』光文社　2009.10　ⓘ978-4-334-92684-7
『雨月物語』（光文社文庫）光文社　2013.6　ⓘ978-4-334-76590-3

白峯
『雨月物語』光文社　2009.10　ⓘ978-4-334-92684-7
『雨月物語』（光文社文庫）光文社　2013.6　ⓘ978-4-334-76590-3

地下の部屋
『無傷の愛』（双葉文庫）双葉社　2009.8　ⓘ978-4-575-51296-0

朝鮮からの使者
『湯女の櫛―備前風呂屋怪談』（角川ホラー文庫）角川書店　2012.11　ⓘ978-4-04-100579-8

追憶の部屋
『無傷の愛』（双葉文庫）双葉社　2009.8　ⓘ978-4-575-51296-0

憧憬の部屋
『無傷の愛』（双葉文庫）双葉社　2009.8　ⓘ978-4-575-51296-0

眠れない男
『湯女の櫛―備前風呂屋怪談』（角川ホラー文庫）角川書店　2012.11　ⓘ978-4-04-100579-8

はいと答える怖い人
『5分で読める！怖いはなし』（宝島社文庫）宝島社　2014.6　ⓘ978-4-8002-2805-5

人が空を飛ぶ時代
『妖し語り―備前風呂屋怪談　2』（角川ホラー文庫）角川書店　2012.12　ⓘ978-4-04-100630-6

憑依箱と嘘箱
『憑依―異形コレクション』（光文社文庫）光文社　2010.5　ⓘ978-4-334-74784-8

美容院の話
『女たちの怪談百物語』（幽books）メディアファクトリー　2010.11　ⓘ978-4-8401-3599-3
『女たちの怪談百物語』（角川ホラー文庫）角川書店　2014.1　ⓘ978-4-04-101192-8

貧福論
『雨月物語』光文社　2009.10　ⓘ978-4-334-92684-7
『雨月物語』（光文社文庫）光文社　2013.6　ⓘ978-4-334-76590-3

仏法僧
『雨月物語』光文社　2009.10　ⓘ978-4-334-92684-7
『雨月物語』（光文社文庫）光文社　2013.6　ⓘ978-4-334-76590-3

変貌の部屋
『無傷の愛』（双葉文庫）双葉社　2009.8　ⓘ978-4-575-51296-0

彫物師
『湯女の櫛―備前風呂屋怪談』（角川ホラー文庫）角川書店　2012.11　ⓘ978-4-04-100579-8

無縁の部屋
『無傷の愛』（双葉文庫）双葉社　2009.8　ⓘ978-4-575-51296-0

夢応の鯉魚
『雨月物語』光文社　2009.10　ⓘ978-4-334-92684-7
『雨月物語』（光文社文庫）光文社　2013.6　ⓘ978-4-334-76590-3

夢幻の人
『湯女の櫛―備前風呂屋怪談』（角川ホラー文庫）角川書店　2012.11　ⓘ978-4-04-100579-8

焼かれた骸
『湯女の櫛―備前風呂屋怪談』（角川ホラー文庫）角川書店　2012.11　ⓘ978-4-04-100579-8

冷笑の部屋
『無傷の愛』（双葉文庫）双葉社　2009.8　ⓘ978-4-575-51296-0

廊下に立っていたおばさんの話
『女たちの怪談百物語』（幽books）メディアファクトリー　2010.11　ⓘ978-4-8401-3599-3
『女たちの怪談百物語』（角川ホラー文庫）角川書店　2014.1　ⓘ978-4-04-101192-8

岩城裕明

悪い観音様
『妖し語り―備前風呂屋怪談　2』（角川ホラー文庫）角川書店　2012.12　①978-4-04-100630-6

岩城　裕明　いわき・ひろあき

怪人村
『三丁目の地獄工場』（角川ホラー文庫）角川書店　2016.4　①978-4-04-103999-1

キグルミ
『三丁目の地獄工場』（角川ホラー文庫）角川書店　2016.4　①978-4-04-103999-1

地獄工場
『三丁目の地獄工場』（角川ホラー文庫）角川書店　2016.4　①978-4-04-103999-1

ぼくズ
『三丁目の地獄工場』（角川ホラー文庫）角川書店　2016.4　①978-4-04-103999-1

女瓶
『三丁目の地獄工場』（角川ホラー文庫）角川書店　2016.4　①978-4-04-103999-1

岩倉　千春　いわくら・ちはる

呪いのビデオ
『怪談オウマガドキ学園　2　放課後の謎メール』童心社　2013.7　①978-4-494-01651-8

『怪談オウマガドキ学園　2　放課後の謎メール』童心社　2013.7　①978-4-494-01710-2

真夜中の行列
『怪談オウマガドキ学園　1　真夜中の入学式』童心社　2013.7　①978-4-494-01650-1

『怪談オウマガドキ学園　1　真夜中の入学式』童心社　2013.7　①978-4-494-01709-6

岩崎　京子　いわさき・きょうこ

ねこが鏡をのぞいたら？
『怪談オウマガドキ学園　1　真夜中の入学式』童心社　2013.7　①978-4-494-01650-1

『怪談オウマガドキ学園　1　真夜中の入学式』童心社　2013.7　①978-4-494-01709-6

岩佐　なを　いわさ・なお

ねえ。
『文豪てのひら怪談』（ポプラ文庫）ポプラ社　2009.8　①978-4-591-11104-8

岩田　賛　いわた・さん

宇宙船ただいま発進
『岩田賛空想科学小説集』（盛林堂ミステリアス文庫）書肆盛林堂　2016.10

カメレオン島の秘密
『岩田賛空想科学小説集』（盛林堂ミステリアス文庫）書肆盛林堂　2016.10

消えた火星ロケット
『岩田賛空想科学小説集』（盛林堂ミステリアス文庫）書肆盛林堂　2016.10

5万年後の世界へ
『岩田賛空想科学小説集』（盛林堂ミステリアス文庫）書肆盛林堂　2016.10

水星人第7号
『岩田賛空想科学小説集』（盛林堂ミステリアス文庫）書肆盛林堂　2016.10

地底の火星人
『岩田賛空想科学小説集』（盛林堂ミステリアス文庫）書肆盛林堂　2016.10

月船の不思議な乗客
『岩田賛空想科学小説集』（盛林堂ミステリアス文庫）書肆盛林堂　2016.10

飛行魔人
『岩田賛空想科学小説集』（盛林堂ミステリアス文庫）書肆盛林堂　2016.10

夜光人ガニメーデ
『岩田賛空想科学小説集』（盛林堂ミステリアス文庫）書肆盛林堂　2016.10

ロケット衛星アン・ブレーク
『岩田賛空想科学小説集』（盛林堂ミステリアス文庫）書肆盛林堂　2016.10

岩本　隆雄　いわもと・たかお

イーシャの舟
『星虫年代記　1　星虫／イーシャの舟／バレンタイン・デイツ』（朝日ノベルズ）朝日新聞出版　2009.2　①978-4-02-273910-0

バレンタイン・デイツ
『星虫年代記　1　星虫/イーシャの舟/バレンタイン・デイツ』（朝日ノベルズ）朝日新聞出版　2009.2　①978-4-02-273910-0

星虫
『星虫年代記　1　星虫/イーシャの舟/バレンタイン・デイツ』（朝日ノベルズ）朝日新聞出版　2009.2　①978-4-02-273910-0

宇江佐 真理　うえざ・まり

空き屋敷
『ひとつ灯せ―大江戸怪奇譚』（文春文庫）文藝春秋　2010.1　①978-4-16-764011-8

入り口
『ひとつ灯せ―大江戸怪奇譚』（文春文庫）文藝春秋　2010.1　①978-4-16-764011-8

炒り豆
『ひとつ灯せ―大江戸怪奇譚』（文春文庫）文藝春秋　2010.1　①978-4-16-764011-8

首ふり地蔵
『ひとつ灯せ―大江戸怪奇譚』（文春文庫）文藝春秋　2010.1　①978-4-16-764011-8

守
『ひとつ灯せ―大江戸怪奇譚』（文春文庫）文藝春秋　2010.1　①978-4-16-764011-8

長のお別れ
『ひとつ灯せ―大江戸怪奇譚』（文春文庫）文藝春秋　2010.1　①978-4-16-764011-8

箱根にて
『ひとつ灯せ―大江戸怪奇譚』（文春文庫）文藝春秋　2010.1　①978-4-16-764011-8

ひとつ灯せ
『ひとつ灯せ―大江戸怪奇譚』（文春文庫）文藝春秋　2010.1　①978-4-16-764011-8

上田 秋成　うえだ・あきなり

天津処女
『春雨物語　現代語訳付き』（角川ソフィア文庫）角川学芸出版　2010.6　①978-4-04-401104-8

歌のほまれ
『春雨物語　現代語訳付き』（角川ソフィア文庫）角川学芸出版　2010.6　①978-4-04-401104-8

海賊
『春雨物語　現代語訳付き』（角川ソフィア文庫）角川学芸出版　2010.6　①978-4-04-401104-8

吉備津の釜
『日本の名作「こわい話」傑作集』（集英社みらい文庫）集英社　2012.8　①978-4-08-321111-9
『鬼譚』（ちくま文庫）筑摩書房　2014.9　①978-4-480-43205-6

死首の咲顔
『春雨物語　現代語訳付き』（角川ソフィア文庫）角川学芸出版　2010.6　①978-4-04-401104-8

白峯―『雨月物語』より
『幻妖の水脈―日本幻想文学大全』（ちくま文庫）筑摩書房　2013.9　①978-4-480-43111-0

捨石丸
『春雨物語　現代語訳付き』（角川ソフィア文庫）角川学芸出版　2010.6　①978-4-04-401104-8

血かたびら
『春雨物語　現代語訳付き』（角川ソフィア文庫）角川学芸出版　2010.6　①978-4-04-401104-8

二世の縁
『春雨物語　現代語訳付き』（角川ソフィア文庫）角川学芸出版　2010.6　①978-4-04-401104-8

春雨物語
『江戸奇談怪談集』（ちくま学芸文庫）筑摩書房　2012.11　①978-4-480-09488-9

樊噲
『春雨物語　現代語訳付き』（角川ソフィア文庫）角川学芸出版　2010.6　①978-4-04-401104-8

宮木が塚
『春雨物語　現代語訳付き』（角川ソフィア文庫）角川学芸出版　2010.6　①978-4-04-401104-8

目ひとつの神
『春雨物語　現代語訳付き』（角川ソフィア文庫）角川学芸出版　2010.6　①978-4-04-401104-8

『江戸奇談怪談集』（ちくま学芸文庫）筑摩書房　2012.11　Ⓘ978-4-480-09488-9

上田　早夕里　うえだ・さゆり

アステロイド・ツリーの彼方へ
『SF宝石　2015』光文社　2015.8　Ⓘ978-4-334-91049-5

『アステロイド・ツリーの彼方へ―年刊日本SF傑作選』（創元SF文庫）東京創元社　2016.6　Ⓘ978-4-488-73409-1

『夢みる葦笛』光文社　2016.9　Ⓘ978-4-334-91121-8

石繭
『夢みる葦笛』光文社　2016.9　Ⓘ978-4-334-91121-8

魚舟・獣舟
『魚舟・獣舟』（光文社文庫）光文社　2009.1　Ⓘ978-4-334-74530-1

『ぼくの、マシン―ゼロ年代日本SFベスト集成　S』（創元SF文庫）東京創元社　2010.10　Ⓘ978-4-488-73801-3

『日本SF短篇50　5』（ハヤカワ文庫JA）早川書房　2013.10　Ⓘ978-4-15-031131-5

滑車の地
『夢みる葦笛』光文社　2016.9　Ⓘ978-4-334-91121-8

完全なる脳髄
『Fの肖像―フランケンシュタインの幻想たち　異形コレクション』（光文社文庫）光文社　2010.9　Ⓘ978-4-334-74846-3

『年刊日本SF傑作選　結晶銀河―年刊日本SF傑作選』（創元SF文庫）東京創元社　2011.7　Ⓘ978-4-488-73404-6

『夢みる葦笛』光文社　2016.9　Ⓘ978-4-334-91121-8

饗応
『魚舟・獣舟』（光文社文庫）光文社　2009.1　Ⓘ978-4-334-74530-1

くさびらの道
『魚舟・獣舟』（光文社文庫）光文社　2009.1　Ⓘ978-4-334-74530-1

小鳥の墓
『魚舟・獣舟』（光文社文庫）光文社　2009.1　Ⓘ978-4-334-74530-1

上海フランス租界祁斉路三二〇号
『SF宝石』光文社　2013.8　Ⓘ978-4-334-92888-9

『夢みる葦笛』光文社　2016.9　Ⓘ978-4-334-91121-8

真朱の街
『魚舟・獣舟』（光文社文庫）光文社　2009.1　Ⓘ978-4-334-74530-1

ナイト・ブルーの記録
『NOVA　5　書き下ろし日本SFコレクション』（河出文庫）河出書房新社　2011.8　Ⓘ978-4-309-41098-2

『リリエンタールの末裔』（ハヤカワ文庫JA）早川書房　2011.12　Ⓘ978-4-15-031053-0

楽園
『SF JACK』角川書店　2013.2　Ⓘ978-4-04-110398-2

『SF JACK』（角川文庫）角川書店　2016.2　Ⓘ978-4-04-103895-6

『夢みる葦笛』光文社　2016.9　Ⓘ978-4-334-91121-8

氷波
『極光星群―年刊日本SF傑作選』（創元SF文庫）東京創元社　2013.6　Ⓘ978-4-488-73406-0

『夢みる葦笛』光文社　2016.9　Ⓘ978-4-334-91121-8

プテロス
『夢みる葦笛』光文社　2016.9　Ⓘ978-4-334-91121-8

『行き先は特異点―年刊日本SF傑作選』（創元SF文庫）東京創元社　2017.7　Ⓘ978-4-488-73410-7

ブルーグラス
『魚舟・獣舟』（光文社文庫）光文社　2009.1　Ⓘ978-4-334-74530-1

マグネフィオ
『リリエンタールの末裔』（ハヤカワ文庫JA）早川書房　2011.12　Ⓘ978-4-15-031053-0

眼神
『憑依―異形コレクション』（光文社文庫）光文社　2010.5　Ⓘ978-4-334-74784-8

『夢みる葦笛』光文社　2016.9　Ⓘ978-4-334-91121-8

幻のクロノメーター
『リリエンタールの末裔』（ハヤカワ文庫JA）早川書房　2011.12　Ⓘ978-4-15-031053-0

夢見る葦笛

『怪物團―異形コレクション』(光文社文庫) 光文社 2009.8 ①978-4-334-74638-4

『量子回廊―年刊日本SF傑作選』(創元SF文庫) 東京創元社 2010.7 ①978-4-488-73403-9

『夢みる葦笛』 光文社 2016.9 ①978-4-334-91121-8

リリエンタールの末裔

『リリエンタールの末裔』(ハヤカワ文庫JA) 早川書房 2011.12 ①978-4-15-031053-0

上田 哲農　うえだ・てつのう

岳妖―本当にあった話である

『山の怪談』 河出書房新社 2017.8 ①978-4-309-22710-8

植田 富栄　うえだ・とみえい

雪積もる海辺に

『ゆきのまち幻想文学賞小品集 19 雪の反転鏡』 企画集団ぷりずむ 2010.3 ①978-4-906691-32-6

上田 裕介　うえだ・ゆうすけ

マルドゥック・アヴェンジェンス

『マルドゥック・ストーリーズ公式二次創作集』(ハヤカワ文庫JA) 早川書房 2016.9 ①978-4-15-031246-6

宇江 敏勝　うえ・としかつ

アジコ淵
『幽鬼伝』 新宿書房 2012.8 ①978-4-88008-430-5

馬と津波
『幽鬼伝』 新宿書房 2012.8 ①978-4-88008-430-5

黄金色の夜
『黄金色の夜』 新宿書房 2015.9 ①978-4-88008-457-2

おきぐすり
『幽鬼伝』 新宿書房 2012.8 ①978-4-88008-430-5

納札のある家
『鬼の哭く山』 新宿書房 2014.8 ①978-4-88008-449-7

鬼の哭く山
『鬼の哭く山』 新宿書房 2014.8 ①978-4-88008-449-7

川に浮かぶ女
『黄金色の夜』 新宿書房 2015.9 ①978-4-88008-457-2

栗の壺杓子―ある『遠野物語』抄
『鬼の哭く山』 新宿書房 2014.8 ①978-4-88008-449-7

黒髪
『黄金色の夜』 新宿書房 2015.9 ①978-4-88008-457-2

権七太鼓の夜
『幽鬼伝』 新宿書房 2012.8 ①978-4-88008-430-5

最後の牛使い
『黄金色の夜』 新宿書房 2015.9 ①978-4-88008-457-2

叫び声
『幽鬼伝』 新宿書房 2012.8 ①978-4-88008-430-5

猿の祟り
『幽鬼伝』 新宿書房 2012.8 ①978-4-88008-430-5

猿の猟師
『黄金色の夜』 新宿書房 2015.9 ①978-4-88008-457-2

残された心
『幽鬼伝』 新宿書房 2012.8 ①978-4-88008-430-5

松若
『幽鬼伝』 新宿書房 2012.8 ①978-4-88008-430-5

蓑
『幽鬼伝』 新宿書房 2012.8 ①978-4-88008-430-5

亡者の辻
『鬼の哭く山』 新宿書房 2014.8 ①978-4-88008-449-7

焼き子の朋友

『黄金色の夜』　新宿書房　2015.9　①978-4-88008-457-2

上橋 菜穂子　うえはし・なほこ

浮き籾

『流れ行く者―守り人短編集』(軽装版偕成社ポッシュ) 偕成社　2011.6　①978-4-03-750130-3

『流れ行く者―守り人短編集』(新潮文庫) 新潮社　2013.8　①978-4-10-130283-6

炎路の旅人

『炎路を行く者―守り人作品集』(偕成社ワンダーランド) 偕成社　2012.2　①978-4-03-540380-7

『炎路を行く者―守り人作品集　軽装版』(偕成社ポッシュ) 偕成社　2014.11　①978-4-03-750150-1

寒のふるまい

『流れ行く者―守り人短編集』(軽装版偕成社ポッシュ) 偕成社　2011.6　①978-4-03-750130-3

『流れ行く者―守り人短編集』(新潮文庫) 新潮社　2013.8　①978-4-10-130283-6

十五の我には

『炎路を行く者―守り人作品集』(偕成社ワンダーランド) 偕成社　2012.2　①978-4-03-540380-7

『炎路を行く者―守り人作品集　軽装版』(偕成社ポッシュ) 偕成社　2014.11　①978-4-03-750150-1

人生の半ばを過ぎた人へ

『獣の奏者　外伝　刹那』(講談社文庫) 講談社　2013.10　①978-4-06-277660-8

刹那

『獣の奏者　外伝　刹那』 講談社　2010.9　①978-4-06-216439-9

『獣の奏者　外伝　刹那』(講談社文庫) 講談社　2013.10　①978-4-06-277660-8

流れ行く者

『流れ行く者―守り人短編集』(軽装版偕成社ポッシュ) 偕成社　2011.6　①978-4-03-750130-3

『流れ行く者―守り人短編集』(新潮文庫) 新潮社　2013.8　①978-4-10-130283-6

初めての…

『獣の奏者　外伝　刹那』 講談社　2010.9　①978-4-06-216439-9

『獣の奏者　外伝　刹那』(講談社文庫) 講談社　2013.10　①978-4-06-277660-8

秘め事

『獣の奏者　外伝　刹那』 講談社　2010.9　①978-4-06-216439-9

『獣の奏者　外伝　刹那』(講談社文庫) 講談社　2013.10　①978-4-06-277660-8

ラフラ "賭事師"

『流れ行く者―守り人短編集』(軽装版偕成社ポッシュ) 偕成社　2011.6　①978-4-03-750130-3

『流れ行く者―守り人短編集』(新潮文庫) 新潮社　2013.8　①978-4-10-130283-6

綿毛

『獣の奏者　外伝　刹那』(講談社文庫) 講談社　2013.10　①978-4-06-277660-8

宇佐美 まこと　うさみ・まこと

異界への通路

『女たちの怪談百物語』(幽books) メディアファクトリー　2010.11　①978-4-8401-3599-3

『女たちの怪談百物語』(角川ホラー文庫) 角川書店　2014.1　①978-4-04-101192-8

裏方のおばあさん

『女たちの怪談百物語』(幽books) メディアファクトリー　2010.11　①978-4-8401-3599-3

『女たちの怪談百物語』(角川ホラー文庫) 角川書店　2014.1　①978-4-04-101192-8

体がずれた

『女たちの怪談百物語』(幽books) メディアファクトリー　2010.11　①978-4-8401-3599-3

湿原の女神

『怪談列島ニッポン―書き下ろし諸国奇談競作集』(MF文庫 ダ・ヴィンチ) メディアファクトリー　2009.2　①978-4-8401-2674-8

長距離トラック

『女たちの怪談百物語』(幽books) メディアファクトリー　2010.11　①978-4-8401-3599-3

『女たちの怪談百物語』(角川ホラー文庫) 角川書店　2014.1　①978-4-04-101192-8

廃病院

『女たちの怪談百物語』(幽books) メディアファクトリー　2010.11　①978-4-8401-3599-3

『女たちの怪談百物語』(角川ホラー文庫) 角川書店　2014.1　①978-4-04-101192-8

機織り

『女たちの怪談百物語』(幽books) メディアファクトリー　2010.11　①978-4-8401-3599-3

『女たちの怪談百物語』(角川ホラー文庫) 角川書店　2014.1　①978-4-04-101192-8

美容師の話

『女たちの怪談百物語』(幽books) メディアファクトリー　2010.11　①978-4-8401-3599-3

『女たちの怪談百物語』(角川ホラー文庫) 角川書店　2014.1　①978-4-04-101192-8

道で拾うモノ

『女たちの怪談百物語』(幽books) メディアファクトリー　2010.11　①978-4-8401-3599-3

『女たちの怪談百物語』(角川ホラー文庫) 角川書店　2014.1　①978-4-04-101192-8

安ホテル

『女たちの怪談百物語』(幽books) メディアファクトリー　2010.11　①978-4-8401-3599-3

『女たちの怪談百物語』(角川ホラー文庫) 角川書店　2014.1　①978-4-04-101192-8

霊の通り路

『女たちの怪談百物語』(幽books) メディアファクトリー　2010.11　①978-4-8401-3599-3

『女たちの怪談百物語』(角川ホラー文庫) 角川書店　2014.1　①978-4-04-101192-8

薄井　ゆうじ　うすい・ゆうじ

彫物師甚三郎首生娘

『江戸迷宮―異形コレクション』(光文社文庫) 光文社　2011.1　①978-4-334-74901-9

内田　東良　うちだ・とうら

大震災の雪

『ゆきのまち幻想文学賞小品集　22　大きな木』企画集団ぷりずむ　2013.3　①978-4-906691-45-6

内田　百閒　うちだ・ひゃっけん

菊

『妖魅は戯る―文豪怪談傑作選・大正篇』(ちくま文庫) 筑摩書房　2011.8　①978-4-480-42869-1

件

『小川洋子の偏愛短篇箱』　河出書房新社　2009.3　①978-4-309-01916-1

『生の深みを覗く―ポケットアンソロジー』(岩波文庫別冊) 岩波書店　2010.7　①978-4-00-350023-1

『小川洋子の偏愛短篇箱』(河出文庫) 河出書房新社　2012.6　①978-4-309-41155-2

『いきものがたり』双文社出版　2013.4　①978-4-88164-091-3

『冥途』長崎出版　2013.5　①978-4-86095-562-5

『ちくま小説選―高校生のための近現代文学エッセンス』筑摩書房　2013.10　①978-4-480-91727-0

『文豪たちが書いた怖い名作短編集』 彩図社　2014.1　①978-4-88392-966-5

鯉

『妖魅は戯る―文豪怪談傑作選・大正篇』(ちくま文庫) 筑摩書房　2011.8　①978-4-480-42869-1

坂

『妖魅は戯る―文豪怪談傑作選・大正篇』(ちくま文庫) 筑摩書房　2011.8　①978-4-480-42869-1

残夢三昧

『妖魅は戯る―文豪怪談傑作選・大正篇』(ちくま文庫) 筑摩書房　2011.8　①978-4-480-42869-1

とおぼえ

『影』(百年文庫) ポプラ社　2010.10　①978-4-591-11912-9

『妖魅は戯る―文豪怪談傑作選・大正篇』(ちくま文庫) 筑摩書房　2011.8　①978-4-480-42869-1

道連

『妖魅は戯る―文豪怪談傑作選・大正篇』(ちくま文庫) 筑摩書房　2011.8　①978-4-480-42869-1

『はじめてであう日本文学 1 ぞっとする話』成美堂出版 2013.4 ⓘ978-4-415-31523-2

冥途
『日本の名作「こわい話」傑作集』(集英社みらい文庫) 集英社 2012.8 ⓘ978-4-08-321111-9

『冥途』長崎出版 2013.5 ⓘ978-4-86095-562-5

『幻妖の水脈―日本幻想文学大全』(ちくま文庫) 筑摩書房 2013.9 ⓘ978-4-480-43111-0

『文豪たちが書いた怖い名作短編集』彩図社 2014.1 ⓘ978-4-88392-966-5

夜の杉(抄)
『文豪てのひら怪談』(ポプラ文庫) ポプラ社 2009.8 ⓘ978-4-591-11104-8

空木 春宵　うつぎ・しゅんしょう

繭の見る夢
『原色の想像力 2 創元SF短編集アンソロジー』(創元SF文庫) 東京創元社 2012.3 ⓘ978-4-488-73902-7

宇月原 晴明　うつきばら・はるあき

赫夜島
『Fantasy Seller』(新潮文庫) 新潮社 2011.6 ⓘ978-4-10-136674-6

海原 育人　うなばら・いくと

ドラゴンキラーあります
『ドラゴンキラーあります』(中公文庫) 中央公論新社 2013.11 ⓘ978-4-12-205867-5

暇な一日
『ドラゴンキラーあります』(中公文庫) 中央公論新社 2013.11 ⓘ978-4-12-205867-5

宇能 鴻一郎　うの・こういちろう

甘美な牢獄
『異形の白昼―恐怖小説集』(ちくま文庫) 筑摩書房 2013.9 ⓘ978-4-480-43092-2

宇野 浩二　うの・こうじ

さ迷へる蠟燭
『新編・日本幻想文学集成 5』国書刊行会 2017.2 ⓘ978-4-336-06030-3

清二郎 夢見る子
『新編・日本幻想文学集成 5』国書刊行会 2017.2 ⓘ978-4-336-06030-3

人癲癇
『新編・日本幻想文学集成 5』国書刊行会 2017.2 ⓘ978-4-336-06030-3

屋根裏の法学士
『新編・日本幻想文学集成 5』国書刊行会 2017.2 ⓘ978-4-336-06030-3

夢見る部屋
『新編・日本幻想文学集成 5』国書刊行会 2017.2 ⓘ978-4-336-06030-3

冲方 丁　うぶかた・とう

オーガストの命日
『マルドゥック・ストーリーズ公式二次創作集』(ハヤカワ文庫JA) 早川書房 2016.9 ⓘ978-4-15-031246-6

神星伝
『SF JACK』角川書店 2013.2 ⓘ978-4-04-110398-2

『さよならの儀式―年刊日本SF傑作選』(創元SF文庫) 東京創元社 2014.6 ⓘ978-4-488-73407-7

『SF JACK』(角川文庫) 角川書店 2016.2 ⓘ978-4-04-103895-6

スタンド・アウト
『OUT OF CONTROL』(ハヤカワ文庫JA) 早川書房 2012.7 ⓘ978-4-15-031072-1

蒼穹のファフナー
『蒼穹のファフナー―ADOLESCENCE』(ハヤカワ文庫JA) 早川書房 2013.2 ⓘ978-4-15-031096-7

蒼穹のファフナー RIGHT OF LEFT
『蒼穹のファフナー―ADOLESCENCE』(ハヤカワ文庫JA) 早川書房 2013.2 ⓘ978-4-15-031096-7

デストピア
『OUT OF CONTROL』(ハヤカワ文庫JA) 早川書房 2012.7 ⓘ978-4-15-031072-1

日本改暦事情
『OUT OF CONTROL』（ハヤカワ文庫JA）早川書房　2012.7　①978-4-15-031072-1

箱
『OUT OF CONTROL』（ハヤカワ文庫JA）早川書房　2012.7　①978-4-15-031072-1

まあこ
『OUT OF CONTROL』（ハヤカワ文庫JA）早川書房　2012.7　①978-4-15-031072-1

マルドゥック・スクランブル"104"
『ゼロ年代SF傑作選』（ハヤカワ文庫JA）早川書房　2010.2　①978-4-15-030986-2
『マルドゥック・フラグメンツ』（ハヤカワ文庫）早川書房　2011.5　①978-4-15-031031-8

マルドゥック・スクランブル"-200"
『逃げゆく物語の話―ゼロ年代日本SFベスト集成 F』（創元SF文庫）東京創元社　2010.10　①978-4-488-73802-0
『マルドゥック・フラグメンツ』（ハヤカワ文庫）早川書房　2011.5　①978-4-15-031031-8

メトセラとプラスチックと太陽の臓器
『短篇ベストコレクション―現代の小説　2011』（徳間文庫）徳間書店　2011.6　①978-4-19-893381-4
『年刊日本SF傑作選　結晶銀河―年刊日本SF傑作選』（創元SF文庫）東京創元社　2011.7　①978-4-488-73404-6
『OUT OF CONTROL』（ハヤカワ文庫JA）早川書房　2012.7　①978-4-15-031072-1

OUT OF CONTROL
『OUT OF CONTROL』（ハヤカワ文庫JA）早川書房　2012.7　①978-4-15-031072-1

海猫沢 めろん　うみねこざわ・めろん

アリスの心臓
『ゼロ年代SF傑作選』（ハヤカワ文庫JA）早川書房　2010.2　①978-4-15-030986-2

「神のゲームとヒューマントラッシュファクトリー in myぼく」
『全滅脳フューチャー!!!』（本人本）太田出版　2009.9　①978-4-7783-1189-6

「恐怖、溶解人間」
『全滅脳フューチャー!!!』（本人本）太田出版　2009.9　①978-4-7783-1189-6

言葉使い師
『神林長平トリビュート』　早川書房　2009.11　①978-4-15-209083-6
『神林長平トリビュート』（ハヤカワ文庫JA）早川書房　2012.4　①978-4-15-031063-9

「最強、土下座マシン」
『全滅脳フューチャー!!!』（本人本）太田出版　2009.9　①978-4-7783-1189-6

「全滅 NO FUTURE」
『全滅脳フューチャー!!!』（本人本）太田出版　2009.9　①978-4-7783-1189-6

「デッドエンド」
『全滅脳フューチャー!!!』（本人本）太田出版　2009.9　①978-4-7783-1189-6

「夏の黒魔術」
『全滅脳フューチャー!!!』（本人本）太田出版　2009.9　①978-4-7783-1189-6

「ライフ・イズ・アニメーション」
『全滅脳フューチャー!!!』（本人本）太田出版　2009.9　①978-4-7783-1189-6

「YES FUTURE！」
『全滅脳フューチャー!!!』（本人本）太田出版　2009.9　①978-4-7783-1189-6

楳図 かずお　うめず・かずお

Rôjin
『たそがれゆく未来―巨匠たちの想像力 "文明崩壊"』（ちくま文庫）筑摩書房　2016.3　①978-4-480-43328-2

烏有庵　うゆうあん

下界の天人
『江戸奇談怪談集』（ちくま学芸文庫）筑摩書房　2012.11　①978-4-480-09488-9

万世百物語
『江戸奇談怪談集』（ちくま学芸文庫）筑摩書房　2012.11　①978-4-480-09488-9

変化の玉章
『江戸奇談怪談集』（ちくま学芸文庫）筑摩書房　2012.11　①978-4-480-09488-9

虚淵 玄　うろぶち・げん

敵は海賊
『神林長平トリビュート』　早川書房　2009.11　①978-4-15-209083-6
『神林長平トリビュート』（ハヤカワ文庫JA）早川書房　2012.4　①978-4-15-031063-9

妻震戒
『RPF レッドドラゴン　5　第五夜・契りの城』（星海社FICTIONS）星海社　2013.9　①978-4-06-138876-5

海野 十三　うんの・じゅうざ

生きている腸
『火葬国風景』（創元推理文庫）東京創元社　2015.9　①978-4-488-44612-3

浮かぶ飛行島
『海野十三傑作選　2　地球要塞』　沖積舎　2013.9　①978-4-8060-6675-0

恐しき通夜
『火葬国風景』（創元推理文庫）東京創元社　2015.9　①978-4-488-44612-3

階段
『火葬国風景』（創元推理文庫）東京創元社　2015.9　①978-4-488-44612-3

顔
『火葬国風景』（創元推理文庫）東京創元社　2015.9　①978-4-488-44612-3

火葬国風景
『火葬国風景』（創元推理文庫）東京創元社　2015.9　①978-4-488-44612-3

三人の双生児
『海野十三傑作選　1　深夜の市長』　沖積舎　2013.8　①978-4-8060-6674-3
『火葬国風景』（創元推理文庫）東京創元社　2015.9　①978-4-488-44612-3

十八時の音楽浴
『火葬国風景』（創元推理文庫）東京創元社　2015.9　①978-4-488-44612-3

振動魔
『海野十三傑作選　1　深夜の市長』　沖積舎　2013.8　①978-4-8060-6674-3

深夜の市長
『海野十三傑作選　1　深夜の市長』　沖積舎　2013.8　①978-4-8060-6674-3

赤外線男
『海野十三傑作選　1　深夜の市長』　沖積舎　2013.8　①978-4-8060-6674-3

太平洋魔城
『海野十三傑作選　2　地球要塞』　沖積舎　2013.9　①978-4-8060-6675-0

地球要塞
『海野十三傑作選　2　地球要塞』　沖積舎　2013.9　①978-4-8060-6675-0
『あしたは戦争―巨匠たちの想像力 "戦時体制"』（ちくま文庫）筑摩書房　2016.1　①978-4-480-43326-8

電気風呂の怪死事件
『小説乃湯―お風呂小説アンソロジー』（角川文庫）角川書店　2013.3　①978-4-04-100686-3
『火葬国風景』（創元推理文庫）東京創元社　2015.9　①978-4-488-44612-3

蠅
『火葬国風景』（創元推理文庫）東京創元社　2015.9　①978-4-488-44612-3

蠅男
『海野十三傑作選　1　深夜の市長』　沖積舎　2013.8　①978-4-8060-6674-3

不思議なる空間断層
『火葬国風景』（創元推理文庫）東京創元社　2015.9　①978-4-488-44612-3

盲光線事件
『火葬国風景』（創元推理文庫）東京創元社　2015.9　①978-4-488-44612-3

映島 巡　えいしま・じゅん

fair&foul
『ファイナルファンタジー13‐2―Fragments Before』スクウェア・エニックス　2011.12　①978-4-7575-3466-7

friend&foe
『ファイナルファンタジー13‐2―Fragments Before』スクウェア・エニックス　2011.12　①978-4-7575-3466-7

imaginary&real
『ファイナルファンタジー13‐2―Fragments Before』スクウェア・エニックス　2011.12　①978-4-7575-3466-7

someday&somewhere

『ファイナルファンタジー13‐2—Fragments Before』 スクウェア・エニックス　2011.12　Ⓘ978-4-7575-3466-7

teacher&children

『ファイナルファンタジー13‐2—Fragments Before』 スクウェア・エニックス　2011.12　Ⓘ978-4-7575-3466-7

江坂 遊　えさか・ゆう

闇切丸

『SF宝石　2015』 光文社　2015.8　Ⓘ978-4-334-91049-5

江戸川 乱歩　えどがわ・らんぽ

ある恐怖

『怪談入門―乱歩怪異小品集』（平凡社ライブラリー）平凡社　2016.7　Ⓘ978-4-582-76843-5

芋虫

『我等、同じ船に乗り心に残る物語—日本文学秀作選』（文春文庫）文藝春秋　2009.11　Ⓘ978-4-16-760213-0

『死者たちの語り―冥』（コレクション 戦争と文学）集英社　2011.11　Ⓘ978-4-08-157013-3

『いきものがたり』 双文社出版　2013.4　Ⓘ978-4-88164-091-3

『あしたは戦争—巨匠たちの想像力 "戦時体制"』（ちくま文庫）筑摩書房　2016.1　Ⓘ978-4-480-43326-8

映画の恐怖

『怪談入門―乱歩怪異小品集』（平凡社ライブラリー）平凡社　2016.7　Ⓘ978-4-582-76843-5

押絵と旅する男

『小川洋子の偏愛短篇箱』 河出書房新社　2009.3　Ⓘ978-4-309-01916-1

『思いがけない話』（ちくま文学の森）筑摩書房　2010.12　Ⓘ978-4-480-42735-9

『小川洋子の偏愛短篇箱』（河出文庫）河出書房新社　2012.6　Ⓘ978-4-309-41155-2

『幻妖の水脈—日本幻想文学大全』（ちくま文庫）筑摩書房　2013.9　Ⓘ978-4-480-43111-0

『文豪たちが書いた怖い名作短編集』 彩図社　2014.1　Ⓘ978-4-88392-966-5

『怪談入門―乱歩怪異小品集』（平凡社ライブラリー）平凡社　2016.7　Ⓘ978-4-582-76843-5

『新編・日本幻想文学集成　5』 国書刊行会　2017.2　Ⓘ978-4-336-06030-3

お化人形

『怪談入門―乱歩怪異小品集』（平凡社ライブラリー）平凡社　2016.7　Ⓘ978-4-582-76843-5

怪談二種

『怪談入門―乱歩怪異小品集』（平凡社ライブラリー）平凡社　2016.7　Ⓘ978-4-582-76843-5

怪談入門

『怪談入門―乱歩怪異小品集』（平凡社ライブラリー）平凡社　2016.7　Ⓘ978-4-582-76843-5

鏡怪談

『怪談入門―乱歩怪異小品集』（平凡社ライブラリー）平凡社　2016.7　Ⓘ978-4-582-76843-5

火星の運河

『怪談入門―乱歩怪異小品集』（平凡社ライブラリー）平凡社　2016.7　Ⓘ978-4-582-76843-5

郷愁としてのグロテスク

『怪談入門―乱歩怪異小品集』（平凡社ライブラリー）平凡社　2016.7　Ⓘ978-4-582-76843-5

群集の中のロビンソン・クルーソー

『怪談入門―乱歩怪異小品集』（平凡社ライブラリー）平凡社　2016.7　Ⓘ978-4-582-76843-5

声の恐怖

『怪談入門―乱歩怪異小品集』（平凡社ライブラリー）平凡社　2016.7　Ⓘ978-4-582-76843-5

こわいもの 1

『怪談入門―乱歩怪異小品集』（平凡社ライブラリー）平凡社　2016.7　Ⓘ978-4-582-76843-5

こわいもの 2

『怪談入門―乱歩怪異小品集』（平凡社ライブラリー）平凡社　2016.7　Ⓘ978-4-582-76843-5

こわいもの(抄)
『文豪てのひら怪談』(ポプラ文庫) ポプラ社 2009.8　①978-4-591-11104-8

残虐への郷愁
『怪談入門―乱歩怪異小品集』(平凡社ライブラリー) 平凡社　2016.7　①978-4-582-76843-5

西洋怪談の代表作
『怪談入門―乱歩怪異小品集』(平凡社ライブラリー) 平凡社　2016.7　①978-4-582-76843-5

祖母に聞かされた怪談
『怪談入門―乱歩怪異小品集』(平凡社ライブラリー) 平凡社　2016.7　①978-4-582-76843-5

透明の恐怖
『怪談入門―乱歩怪異小品集』(平凡社ライブラリー) 平凡社　2016.7　①978-4-582-76843-5

人形
『怪談入門―乱歩怪異小品集』(平凡社ライブラリー) 平凡社　2016.7　①978-4-582-76843-5

猫と蘭の恐怖
『怪談入門―乱歩怪異小品集』(平凡社ライブラリー) 平凡社　2016.7　①978-4-582-76843-5

猫町
『怪談入門―乱歩怪異小品集』(平凡社ライブラリー) 平凡社　2016.7　①978-4-582-76843-5

墓場の秘密
『怪談入門―乱歩怪異小品集』(平凡社ライブラリー) 平凡社　2016.7　①978-4-582-76843-5

白晝夢
『怪談入門―乱歩怪異小品集』(平凡社ライブラリー) 平凡社　2016.7　①978-4-582-76843-5

パノラマ島綺譚
『新編・日本幻想文学集成　5』　国書刊行会　2017.2　①978-4-336-06030-3

非現実への愛情
『怪談入門―乱歩怪異小品集』(平凡社ライブラリー) 平凡社　2016.7　①978-4-582-76843-5

一人二役
『新編・日本幻想文学集成　5』　国書刊行会　2017.2　①978-4-336-06030-3

フランケン奇談
『怪談入門―乱歩怪異小品集』(平凡社ライブラリー) 平凡社　2016.7　①978-4-582-76843-5

瞬きする首
『怪談入門―乱歩怪異小品集』(平凡社ライブラリー) 平凡社　2016.7　①978-4-582-76843-5

マッケンの事
『怪談入門―乱歩怪異小品集』(平凡社ライブラリー) 平凡社　2016.7　①978-4-582-76843-5

目羅博士の不思議な犯罪
『きみが見つける物語―十代のための新名作 こわーい話編』(角川文庫) 角川書店　2009.8　①978-4-04-389406-2

『新編・日本幻想文学集成　5』　国書刊行会　2017.2　①978-4-336-06030-3

木馬は廻る
『新編・日本幻想文学集成　5』　国書刊行会　2017.2　①978-4-336-06030-3

妖虫
『怪談入門―乱歩怪異小品集』(平凡社ライブラリー) 平凡社　2016.7　①978-4-582-76843-5

旅順海戦館
『怪談入門―乱歩怪異小品集』(平凡社ライブラリー) 平凡社　2016.7　①978-4-582-76843-5

恋愛怪談―情史類略
『怪談入門―乱歩怪異小品集』(平凡社ライブラリー) 平凡社　2016.7　①978-4-582-76843-5

レンズ嗜好症
『怪談入門―乱歩怪異小品集』(平凡社ライブラリー) 平凡社　2016.7　①978-4-582-76843-5

円城 塔　えんじょう・とう

イグノラムス・イグノラビムス
『SF宝石』　光文社　2013.8　①978-4-334-92888-9

日本のSF・ホラー・ファンタジー　　　　　　　　　　　　　　　　　　　円城塔

『さよならの儀式―年刊日本SF傑作選』（創元SF文庫）東京創元社　2014.6　①978-4-488-73407-7

『誤解するカド―ファーストコンタクトSF傑作選』（ハヤカワ文庫JA）早川書房　2017.4　①978-4-15-031272-5

エデン逆行
『年刊日本SF傑作選　結晶銀河―年刊日本SF傑作選』（創元SF文庫）東京創元社　2011.7　①978-4-488-73404-6

『バナナ剝きには最適の日々』早川書房　2012.4　①978-4-15-209290-8

"ゲンジ物語"の作者、"マツダイラ・サダノブ"
『アステロイド・ツリーの彼方へ―年刊日本SF傑作選』（創元SF文庫）東京創元社　2016.6　①978-4-488-73409-1

これはペンです
『これはペンです』新潮社　2011.9　①978-4-10-331161-4

犀が通る
『NOVA 3 書き下ろし日本SFコレクション』（河出文庫）河出書房新社　2010.12　①978-4-309-41055-5

捧ぐ緑
『バナナ剝きには最適の日々』早川書房　2012.4　①978-4-15-209290-8

死して咲く花、実のある夢
『神林長平トリビュート』早川書房　2009.11　①978-4-15-209083-6

『神林長平トリビュート』（ハヤカワ文庫JA）早川書房　2012.4　①978-4-15-031063-9

『屍者の帝国』を完成させて
『NOVA＋屍者たちの帝国―書き下ろし日本SFコレクション』（河出文庫）河出書房新社　2015.10　①978-4-309-41407-2

祖母の記録
『短篇集』ヴィレッジブックス　2010.4　①978-4-86332-240-0

『バナナ剝きには最適の日々』早川書房　2012.4　①978-4-15-209290-8

内在天文学
『THE FUTURE IS JAPANESE』（ハヤカワSFシリーズJコレクション）早川書房　2012.7　①978-4-15-209310-3

『極光星群―年刊日本SF傑作選』（創元SF文庫）東京創元社　2013.6　①978-4-488-73406-0

φ
『NOVA＋バベル―書き下ろし日本SFコレクション』（河出文庫）河出書房新社　2014.10　①978-4-309-41322-8

『折り紙衛星の伝説―年刊日本SF傑作選』（創元SF文庫）東京創元社　2015.6　①978-4-488-73408-4

バナナ剝きには最適の日々
『量子回廊―年刊日本SF傑作選』（創元SF文庫）東京創元社　2010.7　①978-4-488-73403-9

『バナナ剝きには最適の日々』早川書房　2012.4　①978-4-15-209290-8

バベル・タワー
『行き先は特異点―年刊日本SF傑作選』（創元SF文庫）東京創元社　2017.7　①978-4-488-73410-7

パラダイス行
『バナナ剝きには最適の日々』早川書房　2012.4　①978-4-15-209290-8

墓石に、と彼女は言う
『バナナ剝きには最適の日々』早川書房　2012.4　①978-4-15-209290-8

ムーンサンシャイン
『超弦領域―年刊日本SF傑作選』（創元SF文庫）東京創元社　2009.6　①978-4-488-73402-2

良い夜を持っている
『これはペンです』新潮社　2011.9　①978-4-10-331161-4

『拡張幻想―年刊日本SF傑作選』（創元SF文庫）東京創元社　2012.6　①978-4-488-73405-3

リアルタイムラジオ
『Visions』講談社　2016.10　①978-4-06-220294-7

3
『NOVA 10』（河出文庫）河出書房新社　2013.7　①978-4-309-41230-6

AUTOMATICA
『バナナ剝きには最適の日々』早川書房　2012.4　①978-4-15-209290-8

Beaver Weaver
『NOVA 1 書き下ろし日本SFコレクション』（河出文庫）河出書房新社　2009.12　①978-4-309-40994-8

円地 文子　えんち・ふみこ

equal
『バナナ剥きには最適の日々』　早川書房　2012.4　①978-4-15-209290-8

Four Seasons3.25
『SFマガジン700 国内篇─創刊700号記念アンソロジー』（ハヤカワ文庫SF）　早川書房　2014.5　①978-4-15-011961-4

Jail Over
『Fの肖像─フランケンシュタインの幻想たち 異形コレクション』（光文社文庫）　光文社　2010.9　①978-4-334-74846-3

『バナナ剥きには最適の日々』　早川書房　2012.4　①978-4-15-209290-8

Yedo
『ぼくの、マシン─ゼロ年代日本SFベスト集成 S』（創元SF文庫）　東京創元社　2010.10　①978-4-488-73801-3

円地 文子　えんち・ふみこ

鬼
『新編・日本幻想文学集成　3』　国書刊行会　2016.10　①978-4-336-06028-0

かの子変相
『新編・日本幻想文学集成　3』　国書刊行会　2016.10　①978-4-336-06028-0

二世の縁 拾遺
『新編・日本幻想文学集成　3』　国書刊行会　2016.10　①978-4-336-06028-0

猫の草子
『新編・日本幻想文学集成　3』　国書刊行会　2016.10　①978-4-336-06028-0

花食い姥
『新編・日本幻想文学集成　3』　国書刊行会　2016.10　①978-4-336-06028-0

春の歌
『新編・日本幻想文学集成　3』　国書刊行会　2016.10　①978-4-336-06028-0

双面
『新編・日本幻想文学集成　3』　国書刊行会　2016.10　①978-4-336-06028-0

冬の旅
『新編・日本幻想文学集成　3』　国書刊行会　2016.10　①978-4-336-06028-0

遠藤 周作　えんどう・しゅうさく

蜘蛛
『異形の白昼─恐怖小説集』（ちくま文庫）　筑摩書房　2013.9　①978-4-480-43092-2

遠藤 慎一　えんどう・しんいち

「恐怖の谷」から「恍惚の峰」へ─その政策的応用
『折り紙衛星の伝説─年刊日本SF傑作選』（創元SF文庫）　東京創元社　2015.6　①978-4-488-73408-4

遠藤 徹　えんどう・とおる

おがみむし
『おがみむし』（角川ホラー文庫）　角川書店　2009.9　①978-4-04-383803-5

くくしがるば
『おがみむし』（角川ホラー文庫）　角川書店　2009.9　①978-4-04-383803-5

扇 智史　おうぎ・さとし

アトラクタの奏でる音楽
『NOVA 9 書き下ろし日本SFコレクション』（河出文庫）　河出書房新社　2013.1　①978-4-309-41190-3

リンナチューン
『NOVA 7 書き下ろし日本SFコレクション』（河出文庫）　河出書房新社　2012.3　①978-4-309-41136-1

王城 夕紀　おうじょう・ゆうき

ノット・ワンダフル・ワールズ
『伊藤計劃トリビュート』（ハヤカワ文庫JA）　早川書房　2015.8　①978-4-15-031201-5

鶯亭 金升　おうてい・きんしょう

王子の狐火
『文豪てのひら怪談』（ポプラ文庫）　ポプラ社　2009.8　①978-4-591-11104-8

大石 圭　おおいし・けい

あなたの場合・君の場合
『60秒の煉獄』（光文社文庫）光文社　2010.7　①978-4-334-74796-1

恐ろしい思いつき
『60秒の煉獄』（光文社文庫）光文社　2010.7　①978-4-334-74796-1

幸せの総量は限られている
『60秒の煉獄』（光文社文庫）光文社　2010.7　①978-4-334-74796-1

地獄へ道連れ
『60秒の煉獄』（光文社文庫）光文社　2010.7　①978-4-334-74796-1

人生でもっとも長い60秒
『60秒の煉獄』（光文社文庫）光文社　2010.7　①978-4-334-74796-1

誰が赤ん坊を殺したのか？
『60秒の煉獄』（光文社文庫）光文社　2010.7　①978-4-334-74796-1

解けない謎が、解けた夜
『60秒の煉獄』（光文社文庫）光文社　2010.7　①978-4-334-74796-1

薔薇色の選択
『60秒の煉獄』（光文社文庫）光文社　2010.7　①978-4-334-74796-1

ぴったりのセーター
『60秒の煉獄』（光文社文庫）光文社　2010.7　①978-4-334-74796-1

微笑む老人
『60秒の煉獄』（光文社文庫）光文社　2010.7　①978-4-334-74796-1

Last one minute
『60秒の煉獄』（光文社文庫）光文社　2010.7　①978-4-334-74796-1

大泉 黒石　おおいずみ・こくせき

青白き屍
『黄夫人の手―黒石怪奇物語集』（河出文庫）河出書房新社　2013.7　①978-4-309-41232-0

尼になる尼
『黄夫人の手―黒石怪奇物語集』（河出文庫）河出書房新社　2013.7　①978-4-309-41232-0

戯談
『黄夫人の手―黒石怪奇物語集』（河出文庫）河出書房新社　2013.7　①978-4-309-41232-0

黄夫人の手
『黄夫人の手―黒石怪奇物語集』（河出文庫）河出書房新社　2013.7　①978-4-309-41232-0

曾呂利新左衛門
『黄夫人の手―黒石怪奇物語集』（河出文庫）河出書房新社　2013.7　①978-4-309-41232-0

不死身
『黄夫人の手―黒石怪奇物語集』（河出文庫）河出書房新社　2013.7　①978-4-309-41232-0

眼を捜して歩く男
『黄夫人の手―黒石怪奇物語集』（河出文庫）河出書房新社　2013.7　①978-4-309-41232-0

弥次郎兵衛と喜多八
『黄夫人の手―黒石怪奇物語集』（河出文庫）河出書房新社　2013.7　①978-4-309-41232-0

大岡 昇平　おおおか・しょうへい

第三夜
『文豪てのひら怪談』（ポプラ文庫）ポプラ社　2009.8　①978-4-591-11104-8

大黒 尚人　おおくろ・なおと

巨人たちの日
『フルメタル・パニック！アナザー　1』（富士見ファンタジア文庫）富士見書房　2011.8　①978-4-8291-3669-0

故郷は緑なり
『フルメタル・パニック！アナザー　9』（富士見ファンタジア文庫）角川書店　2014.11　①978-4-04-070382-4

砂塵の国
『フルメタル・パニック！アナザー　9』（富士見ファンタジア文庫）角川書店　2014.11　①978-4-04-070382-4

山河燃える
『フルメタル・パニック！ アナザー　9』（富士見ファンタジア文庫）角川書店　2014.11　Ⓘ978-4-04-070382-4

はじめてのおしごと
『フルメタル・パニック！ アナザー　2』（富士見ファンタジア文庫）富士見書房　2011.12　Ⓘ978-4-8291-3709-3

ブートキャンプの夏
『フルメタル・パニック！ アナザー　1』（富士見ファンタジア文庫）富士見書房　2011.8　Ⓘ978-4-8291-3669-0

夕陽のサンクチュアリ
『フルメタル・パニック！ アナザー　9』（富士見ファンタジア文庫）角川書店　2014.11　Ⓘ978-4-04-070382-4

ロッケンロールが鳴り止まない
『フルメタル・パニック！ アナザー　2』（富士見ファンタジア文庫）富士見書房　2011.12　Ⓘ978-4-8291-3709-3

大坂　繁治　おおさか・しげはる

暖雪
『ゆきのまち幻想文学賞小品集　20　もうひとつの階段』企画集団ぷりずむ　2011.4　Ⓘ978-4-906691-37-1

マフラーは赤い糸
『ゆきのまち幻想文学賞小品集　19　雪の反転鏡』企画集団ぷりずむ　2010.3　Ⓘ978-4-906691-32-6

太田　忠司　おおた・ただし

裁く十字架
『裁く十字架―レンテンローズ』（幻狼ファンタジアノベルス）幻冬舎コミックス　2010.11　Ⓘ978-4-344-82097-5

沈む教室
『裁く十字架―レンテンローズ』（幻狼ファンタジアノベルス）幻冬舎コミックス　2010.11　Ⓘ978-4-344-82097-5

レンテンローズ
『裁く十字架―レンテンローズ』（幻狼ファンタジアノベルス）幻冬舎コミックス　2010.11　Ⓘ978-4-344-82097-5

大田　南畝　おおた・なんぼ

青山の男女お琴
『江戸奇談怪談集』（ちくま学芸文庫）筑摩書房　2012.11　Ⓘ978-4-480-09488-9

青山の男女お琴が後聞
『江戸奇談怪談集』（ちくま学芸文庫）筑摩書房　2012.11　Ⓘ978-4-480-09488-9

一話一言
『江戸奇談怪談集』（ちくま学芸文庫）筑摩書房　2012.11　Ⓘ978-4-480-09488-9

河童銭
『江戸奇談怪談集』（ちくま学芸文庫）筑摩書房　2012.11　Ⓘ978-4-480-09488-9

天女降臨
『江戸奇談怪談集』（ちくま学芸文庫）筑摩書房　2012.11　Ⓘ978-4-480-09488-9

半日閑話
『江戸奇談怪談集』（ちくま学芸文庫）筑摩書房　2012.11　Ⓘ978-4-480-09488-9

大塚　英志　おおつか・えいじ

翁の發生
『木島日記 乞丐相　改訂新装版』（角川文庫）角川書店　2017.9　Ⓘ978-4-04-106269-2

古代研究
『木島日記　改訂新装版』（角川文庫）角川書店　2017.9　Ⓘ978-4-04-106268-5

乞丐相
『木島日記 乞丐相　改訂新装版』（角川文庫）角川書店　2017.9　Ⓘ978-4-04-106269-2

死者の書
『木島日記　改訂新装版』（角川文庫）角川書店　2017.9　Ⓘ978-4-04-106268-5

砂けぶり
『木島日記 乞丐相　改訂新装版』（角川文庫）角川書店　2017.9　Ⓘ978-4-04-106269-2

妣が国・常世へ
『木島日記　改訂新装版』（角川文庫）角川書店　2017.9　Ⓘ978-4-04-106268-5

水の女
『木島日記　改訂新装版』（角川文庫）角川書店　2017.9　Ⓘ978-4-04-106268-5

若水の話
『木島日記　改訂新装版』（角川文庫）角川書店　2017.9　①978-4-04-106268-5

おおつか ここ
悲劇
『小さな魔法の降る日に―ゆきのまち幻想文学賞小品集　25』企画集団ぷりずむ　2015.10　①978-4-906691-55-5

大槻 ケンヂ　おおつき・けんじ
くるぐる使い
『てのひらの宇宙―星雲賞短編SF傑作選』（創元SF文庫）東京創元社　2013.3　①978-4-488-73803-7

『日本SF短篇50　4　日本SF作家クラブ創立50周年記念アンソロジー』（ハヤカワ文庫JA）早川書房　2013.8　①978-4-15-031126-1

大坪 砂男　おおつぼ・すなお
黄色い斑点
『零人―大坪砂男全集　4』（創元推理文庫）東京創元社　2013.7　①978-4-488-42514-2

幻影城
『零人―大坪砂男全集　4』（創元推理文庫）東京創元社　2013.7　①978-4-488-42514-2

幻術自来也
『零人―大坪砂男全集　4』（創元推理文庫）東京創元社　2013.7　①978-4-488-42514-2

零人
『零人―大坪砂男全集　4』（創元推理文庫）東京創元社　2013.7　①978-4-488-42514-2

大胐 東華　おおで・とうか
黒魯
『江戸奇談怪談集』（ちくま学芸文庫）筑摩書房　2012.11　①978-4-480-09488-9

大伴 昌司　おおとも・しょうじ
立体映画
『70年代日本SFベスト集成　3　1973年度版』（ちくま文庫）筑摩書房　2015.2　①978-4-480-43213-1

大西 科学　おおにし・かがく
ふるさとは時遠く
『短篇ベストコレクション―現代の小説　2012』（徳間文庫）徳間書店　2012.6　①978-4-19-893563-4

『拡張幻想―年刊日本SF傑作選』（創元SF文庫）東京創元社　2012.6　①978-4-488-73405-3

大野 文楽　おおの・ぶんらく
お雪の里
『ゆきのまち幻想文学賞小品集　22　大きな木』企画集団ぷりずむ　2013.3　①978-4-906691-45-6

大濱 普美子　おおはま・ふみこ
盂蘭盆会
『たけこのぞう』国書刊行会　2013.6　①978-4-336-05666-5

水面
『たけこのぞう』国書刊行会　2013.6　①978-4-336-05666-5

たけこのぞう
『たけこのぞう』国書刊行会　2013.6　①978-4-336-05666-5

猫の木のある庭
『たけこのぞう』国書刊行会　2013.6　①978-4-336-05666-5

フラオ・ローゼンバウムの靴
『たけこのぞう』国書刊行会　2013.6　①978-4-336-05666-5

浴室稀譚
『たけこのぞう』国書刊行会　2013.6　①978-4-336-05666-5

大原 まり子　おおはら・まりこ

アルザスの天使猫
『日本SF短篇50―日本SF作家クラブ創立50周年記念アンソロジー　2』（ハヤカワ文庫）早川書房　2013.4　①978-4-15-031110-0

インデペンデンス・デイ・イン・オオサカ
『てのひらの宇宙―星雲賞短編SF傑作選』（創元SF文庫）東京創元社　2013.3　①978-4-488-73803-7

銀河ネットワークで歌を歌ったクジラ
『日本SF全集　3　1978～1984』出版芸術社　2013.12　①978-4-88293-348-9

女性型精神構造保持者
『楽園追放rewired―サイバーパンクSF傑作選』（ハヤカワ文庫JA）早川書房　2014.10　①978-4-15-031172-8

おおむら　しんいち

かな式まちかど
『原色の想像力―創元SF短編賞アンソロジー』（創元SF文庫）東京創元社　2010.12　①978-4-488-73901-0

岡崎　弘明　おかざき・ひろあき

哀愁の巨大少女
『空想科学少女リカ』（空想科学文庫）メディアファクトリー　2012.11　①978-4-8401-4906-8

空中浮遊少女
『空想科学少女リカ』（空想科学文庫）メディアファクトリー　2012.11　①978-4-8401-4906-8

大迷惑時をかけさせる少女
『空想科学少女リカ』（空想科学文庫）メディアファクトリー　2012.11　①978-4-8401-4906-8

超音速少女大暴走
『空想科学少女リカ』（空想科学文庫）メディアファクトリー　2012.11　①978-4-8401-4906-8

岡田　伸一　おかだ・しんいち

暗いは怖い―美藤祐
『だるまさんがころんだ』（TO文庫）TOブックス　2013.7　①978-4-86472-152-3

だるまさんがころ…―浅澤順治
『だるまさんがころんだ』（TO文庫）TOブックス　2013.7　①978-4-86472-152-3

岡田　秀文　おかだ・ひでふみ

泡影
『江戸迷宮―異形コレクション』（光文社文庫）光文社　2011.1　①978-4-334-74901-9

岡野　久美子　おかの・くみこ

バーチャルゲーム
『怪談オウマガドキ学園　2　放課後の謎メール』童心社　2013.7　①978-4-494-01651-8
『怪談オウマガドキ学園　2　放課後の謎メール』童心社　2013.7　①978-4-494-01710-2

岡部　えつ　おかべ・えつ

おかめ遊女
『新宿遊女奇譚』（MF文庫ダ・ヴィンチ）メディアファクトリー　2011.4　①978-4-8401-3670-9

棘の路
『枯骨の恋』メディアファクトリー　2009.6　①978-4-8401-2797-4

親指地蔵
『枯骨の恋』メディアファクトリー　2009.6　①978-4-8401-2797-4

顔のない女
『新宿遊女奇譚』（MF文庫ダ・ヴィンチ）メディアファクトリー　2011.4　①978-4-8401-3670-9

奇木の森
『憑依―異形コレクション』（光文社文庫）光文社　2010.5　①978-4-334-74784-8

枯骨の恋
『枯骨の恋』メディアファクトリー　2009.6　①978-4-8401-2797-4

少女人形
『新宿遊女奇譚』(MF文庫ダ・ヴィンチ) メディアファクトリー　2011.4　①978-4-8401-3670-9

翼をください
『枯骨の恋』メディアファクトリー　2009.6　①978-4-8401-2797-4

壺
『新宿遊女奇譚』(MF文庫ダ・ヴィンチ) メディアファクトリー　2011.4　①978-4-8401-3670-9

メモリイ
『枯骨の恋』メディアファクトリー　2009.6　①978-4-8401-2797-4

GMS
『枯骨の恋』メディアファクトリー　2009.6　①978-4-8401-2797-4

岡本 かの子　おかもと・かのこ

愛
『新編・日本幻想文学集成　3』国書刊行会　2016.10　①978-4-336-06028-0

秋の夜がたり
『新編・日本幻想文学集成　3』国書刊行会　2016.10　①978-4-336-06028-0

汗
『新編・日本幻想文学集成　3』国書刊行会　2016.10　①978-4-336-06028-0

上田秋成の晩年
『新編・日本幻想文学集成　3』国書刊行会　2016.10　①978-4-336-06028-0

過去世
『新編・日本幻想文学集成　3』国書刊行会　2016.10　①978-4-336-06028-0

川
『新編・日本幻想文学集成　3』国書刊行会　2016.10　①978-4-336-06028-0

狂童女の恋
『新編・日本幻想文学集成　3』国書刊行会　2016.10　①978-4-336-06028-0

蝙蝠
『新編・日本幻想文学集成　3』国書刊行会　2016.10　①978-4-336-06028-0

小町の芍薬
『新編・日本幻想文学集成　3』国書刊行会　2016.10　①978-4-336-06028-0

渾沌未分
『新編・日本幻想文学集成　3』国書刊行会　2016.10　①978-4-336-06028-0

蔦の門
『新編・日本幻想文学集成　3』国書刊行会　2016.10　①978-4-336-06028-0

夏の夜の夢
『夢』(SDP Bunko) SDP　2009.7　①978-4-903620-63-3
『新編・日本幻想文学集成　3』国書刊行会　2016.10　①978-4-336-06028-0

みちのく
『新編・日本幻想文学集成　3』国書刊行会　2016.10　①978-4-336-06028-0

雪
『新編・日本幻想文学集成　3』国書刊行会　2016.10　①978-4-336-06028-0

老主の一時期
『新編・日本幻想文学集成　3』国書刊行会　2016.10　①978-4-336-06028-0

岡本 綺堂　おかもと・きどう

赤膏薬
『三浦老人昔話―岡本綺堂読物集　1』(中公文庫) 中央公論新社　2012.6　①978-4-12-205660-2

穴
『岡本綺堂読物選集　6(探偵編) オンデマンド版』(On demand books) 青蛙房　2009.10　①978-4-7905-0786-4
『探偵夜話―岡本綺堂読物集　4』(中公文庫) 中央公論新社　2013.10　①978-4-12-205856-9
『新編 日本幻想文学集成　4　夢野久作・小栗虫太郎・岡本綺堂・泉鏡花』国書刊行会　2016.12　①978-4-336-06029-7

生き物使い(陶宗儀作, 岡本綺堂訳)
『文豪てのひら怪談』(ポプラ文庫) ポプラ社　2009.8　①978-4-591-11104-8

一本足の女
『岡本綺堂怪談選集』(小学館文庫) 小学館　2009.7　①978-4-09-408411-5

『岡本綺堂読物選集　4（異妖編　上巻）オンデマンド版』(On demand books)　青蛙房　2009.10　Ⓘ978-4-7905-0784-0

『青蛙堂鬼談―岡本綺堂読物集　2』（中公文庫）中央公論新社　2012.10　Ⓘ978-4-12-205710-4

異妖編

『岡本綺堂読物選集　4（異妖編　上巻）オンデマンド版』(On demand books)　青蛙房　2009.10　Ⓘ978-4-7905-0784-0

『日本の名作「こわい話」傑作集』（集英社みらい文庫）集英社　2012.8　Ⓘ978-4-08-321111-9

『近代異妖篇―岡本綺堂読物集　3』（中公文庫）中央公論新社　2013.4　Ⓘ978-4-12-205781-4

刺青の話

『岡本綺堂読物選集　3（巷談編）オンデマンド版』(On demand books)　青蛙房　2009.10　Ⓘ978-4-7905-0783-3

『三浦老人昔話―岡本綺堂読物集　1』（中公文庫）中央公論新社　2012.6　Ⓘ978-4-12-205660-2

鰻に呪われた男

『岡本綺堂怪談選集』（小学館文庫）小学館　2009.7　Ⓘ978-4-09-408411-5

『岡本綺堂読物選集　5（異妖編　下巻）オンデマンド版』(On demand books)　青蛙房　2009.10　Ⓘ978-4-7905-0785-7

『新編　日本幻想文学集成　4　夢野久作・小栗虫太郎・岡本綺堂・泉鏡花』　国書刊行会　2016.12　Ⓘ978-4-336-06029-7

置いてけ堀

『岡本綺堂』（ちくま日本文学）筑摩書房　2009.2　Ⓘ978-4-480-42562-1

『岡本綺堂読物選集　3（巷談編）オンデマンド版』(On demand books)　青蛙房　2009.10　Ⓘ978-4-7905-0783-3

『三浦老人昔話―岡本綺堂読物集　1』（中公文庫）中央公論新社　2012.6　Ⓘ978-4-12-205660-2

『新編　日本幻想文学集成　4　夢野久作・小栗虫太郎・岡本綺堂・泉鏡花』　国書刊行会　2016.12　Ⓘ978-4-336-06029-7

温泉雑記（抄）

『文豪てのひら怪談』（ポプラ文庫）ポプラ社　2009.8　Ⓘ978-4-591-11104-8

蚖虫

『岡本綺堂読物選集　6（探偵編）オンデマンド版』(On demand books)　青蛙房　2009.10　Ⓘ978-4-7905-0786-4

『探偵夜話―岡本綺堂読物集　4』（中公文庫）中央公論新社　2013.10　Ⓘ978-4-12-205856-9

『新編　日本幻想文学集成　4　夢野久作・小栗虫太郎・岡本綺堂・泉鏡花』　国書刊行会　2016.12　Ⓘ978-4-336-06029-7

影を踏まれた女

『岡本綺堂怪談選集』（小学館文庫）小学館　2009.7　Ⓘ978-4-09-408411-5

『岡本綺堂読物選集　4（異妖編　上巻）オンデマンド版』(On demand books)　青蛙房　2009.10　Ⓘ978-4-7905-0784-0

『近代異妖篇―岡本綺堂読物集　3』（中公文庫）中央公論新社　2013.4　Ⓘ978-4-12-205781-4

『新編　日本幻想文学集成　4　夢野久作・小栗虫太郎・岡本綺堂・泉鏡花』　国書刊行会　2016.12　Ⓘ978-4-336-06029-7

河鹿

『岡本綺堂読物選集　4（異妖編　上巻）オンデマンド版』(On demand books)　青蛙房　2009.10　Ⓘ978-4-7905-0784-0

『近代異妖篇―岡本綺堂読物集　3』（中公文庫）中央公論新社　2013.4　Ⓘ978-4-12-205781-4

蟹

『岡本綺堂怪談選集』（小学館文庫）小学館　2009.7　Ⓘ978-4-09-408411-5

『岡本綺堂読物選集　4（異妖編　上巻）オンデマンド版』(On demand books)　青蛙房　2009.10　Ⓘ978-4-7905-0784-0

『青蛙堂鬼談―岡本綺堂読物集　2』（中公文庫）中央公論新社　2012.10　Ⓘ978-4-12-205710-4

『文豪たちが書いた怖い名作短編集』　彩図社　2014.1　Ⓘ978-4-88392-966-5

『新編　日本幻想文学集成　4　夢野久作・小栗虫太郎・岡本綺堂・泉鏡花』　国書刊行会　2016.12　Ⓘ978-4-336-06029-7

鐘が淵

『近代異妖篇―岡本綺堂読物集　3』（中公文庫）中央公論新社　2013.4　Ⓘ978-4-12-205781-4

兜

『岡本綺堂怪談選集』（小学館文庫）小学館　2009.7　Ⓘ978-4-09-408411-5

火薬庫

『岡本綺堂読物選集 6（探偵編） オンデマンド版』(On demand books) 青蛙房 2009.10 ①978-4-7905-0786-4

『探偵夜話―岡本綺堂読物集 4』（中公文庫）中央公論新社 2013.10 ①978-4-12-205856-9

『新編 日本幻想文学集成 4 夢野久作・小栗虫太郎・岡本綺堂・泉鏡花』 国書刊行会 2016.12 ①978-4-336-06029-7

黄い紙

『青蛙堂鬼談―岡本綺堂読物集 2』（中公文庫）中央公論新社 2012.10 ①978-4-12-205710-4

『新編 日本幻想文学集成 4 夢野久作・小栗虫太郎・岡本綺堂・泉鏡花』 国書刊行会 2016.12 ①978-4-336-06029-7

木曾の旅人

『近代異妖篇―岡本綺堂読物集 3』（中公文庫）中央公論新社 2013.4 ①978-4-12-205781-4

黄八丈の小袖

『三浦老人昔話―岡本綺堂読物集 1』（中公文庫）中央公論新社 2012.6 ①978-4-12-205660-2

兄妹の魂

『岡本綺堂読物選集 4（異妖編 上巻） オンデマンド版』(On demand books) 青蛙房 2009.10 ①978-4-7905-0784-0

『青蛙堂鬼談―岡本綺堂読物集 2』（中公文庫）中央公論新社 2012.10 ①978-4-12-205710-4

『山の怪談』 河出書房新社 2017.8 ①978-4-309-22710-8

凶宅（陶淵明作，岡本綺堂訳）

『文豪てのひら怪談』（ポプラ文庫）ポプラ社 2009.8 ①978-4-591-11104-8

魚妖

『岡本綺堂読物選集 3（巷談編） オンデマンド版』(On demand books) 青蛙房 2009.10 ①978-4-7905-0783-3

『新編 日本幻想文学集成 4 夢野久作・小栗虫太郎・岡本綺堂・泉鏡花』 国書刊行会 2016.12 ①978-4-336-06029-7

桐畑の太夫

『岡本綺堂』（ちくま日本文学）筑摩書房 2009.2 ①978-4-480-42562-1

『岡本綺堂読物選集 3（巷談編） オンデマンド版』(On demand books) 青蛙房 2009.10 ①978-4-7905-0783-3

『三浦老人昔話―岡本綺堂読物集 1』（中公文庫）中央公論新社 2012.6 ①978-4-12-205660-2

くろん坊

『岡本綺堂怪談選集』（小学館文庫）小学館 2009.7 ①978-4-09-408411-5

『岡本綺堂読物選集 5（異妖編 下巻） オンデマンド版』(On demand books) 青蛙房 2009.10 ①978-4-7905-0785-7

『文豪山怪奇譚―山の怪談名作選』 山と渓谷社 2016.2 ①978-4-635-32006-1

こま犬

『岡本綺堂読物選集 4（異妖編 上巻） オンデマンド版』(On demand books) 青蛙房 2009.10 ①978-4-7905-0784-0

『近代異妖篇―岡本綺堂読物集 3』（中公文庫）中央公論新社 2013.4 ①978-4-12-205781-4

権十郎の芝居

『岡本綺堂読物選集 3（巷談編） オンデマンド版』(On demand books) 青蛙房 2009.10 ①978-4-7905-0783-3

『三浦老人昔話―岡本綺堂読物集 1』（中公文庫）中央公論新社 2012.6 ①978-4-12-205660-2

猿の眼

『岡本綺堂』（ちくま日本文学）筑摩書房 2009.2 ①978-4-480-42562-1

『岡本綺堂怪談選集』（小学館文庫）小学館 2009.7 ①978-4-09-408411-5

『岡本綺堂読物選集 4（異妖編 上巻） オンデマンド版』(On demand books) 青蛙房 2009.10 ①978-4-7905-0784-0

『青蛙堂鬼談―岡本綺堂読物集 2』（中公文庫）中央公論新社 2012.10 ①978-4-12-205710-4

『新編 日本幻想文学集成 4 夢野久作・小栗虫太郎・岡本綺堂・泉鏡花』 国書刊行会 2016.12 ①978-4-336-06029-7

清水の井

『岡本綺堂怪談選集』(小学館文庫) 小学館 2009.7 Ⓘ978-4-09-408411-5

『岡本綺堂読物選集 4 (異妖編 上巻)』オンデマンド版 (On demand books) 青蛙房 2009.10 Ⓘ978-4-7905-0784-0

『青蛙堂鬼談―岡本綺堂読物集 2』(中公文庫) 中央公論新社 2012.10 Ⓘ978-4-12-205710-4

下屋敷

『岡本綺堂読物選集 3 (巷談編)』オンデマンド版 (On demand books) 青蛙房 2009.10 Ⓘ978-4-7905-0783-3

『三浦老人昔話―岡本綺堂読物集 1』(中公文庫) 中央公論新社 2012.6 Ⓘ978-4-12-205660-2

蛇精

『岡本綺堂怪談選集』(小学館文庫) 小学館 2009.7 Ⓘ978-4-09-408411-5

『岡本綺堂読物選集 4 (異妖編 上巻)』オンデマンド版 (On demand books) 青蛙房 2009.10 Ⓘ978-4-7905-0784-0

『青蛙堂鬼談―岡本綺堂読物集 2』(中公文庫) 中央公論新社 2012.10 Ⓘ978-4-12-205710-4

『小学生までに読んでおきたい文学 6 すごい話』 あすなろ書房 2013.10 Ⓘ978-4-7515-2746-7

春色梅ごよみ

『岡本綺堂読物選集 3 (巷談編)』オンデマンド版 (On demand books) 青蛙房 2009.10 Ⓘ978-4-7905-0783-3

『三浦老人昔話―岡本綺堂読物集 1』(中公文庫) 中央公論新社 2012.6 Ⓘ978-4-12-205660-2

白髪鬼

『岡本綺堂怪談選集』(小学館文庫) 小学館 2009.7 Ⓘ978-4-09-408411-5

『岡本綺堂読物選集 5 (異妖編 下巻)』オンデマンド版 (On demand books) 青蛙房 2009.10 Ⓘ978-4-7905-0785-7

水鬼

『岡本綺堂読物選集 4 (異妖編 上巻)』オンデマンド版 (On demand books) 青蛙房 2009.10 Ⓘ978-4-7905-0784-0

『近代異妖篇―岡本綺堂読物集 3』(中公文庫) 中央公論新社 2013.4 Ⓘ978-4-12-205781-4

青蛙神

『岡本綺堂読物選集 4 (異妖編 上巻)』オンデマンド版 (On demand books) 青蛙房 2009.10 Ⓘ978-4-7905-0784-0

『青蛙堂鬼談―岡本綺堂読物集 2』(中公文庫) 中央公論新社 2012.10 Ⓘ978-4-12-205710-4

節婦 (紀昀作, 岡本綺堂訳)

『文豪てのひら怪談』(ポプラ文庫) ポプラ社 2009.8 Ⓘ978-4-591-11104-8

父の怪談

『岡本綺堂読物選集 4 (異妖編 上巻)』オンデマンド版 (On demand books) 青蛙房 2009.10 Ⓘ978-4-7905-0784-0

『近代異妖篇―岡本綺堂読物集 3』(中公文庫) 中央公論新社 2013.4 Ⓘ978-4-12-205781-4

月の夜がたり

『岡本綺堂読物選集 4 (異妖編 上巻)』オンデマンド版 (On demand books) 青蛙房 2009.10 Ⓘ978-4-7905-0784-0

『近代異妖篇―岡本綺堂読物集 3』(中公文庫) 中央公論新社 2013.4 Ⓘ978-4-12-205781-4

停車場の少女

『岡本綺堂読物選集 4 (異妖編 上巻)』オンデマンド版 (On demand books) 青蛙房 2009.10 Ⓘ978-4-7905-0784-0

『近代異妖篇―岡本綺堂読物集 3』(中公文庫) 中央公論新社 2013.4 Ⓘ978-4-12-205781-4

『見た人の怪談集』(河出文庫) 河出書房新社 2016.5 Ⓘ978-4-309-41450-8

『新編 日本幻想文学集成 4 夢野久作・小栗虫太郎・岡本綺堂・泉鏡花』 国書刊行会 2016.12 Ⓘ978-4-336-06029-7

利根の渡

『岡本綺堂』(ちくま日本文学) 筑摩書房 2009.2 Ⓘ978-4-480-42562-1

『まごころ、お届けいたします。』(読書がたのしくなる・ニッポンの文学) くもん出版 2009.2 Ⓘ978-4-7743-1404-4

『岡本綺堂怪談選集』(小学館文庫) 小学館 2009.7 Ⓘ978-4-09-408411-5

『岡本綺堂読物選集 4 (異妖編 上巻)』オンデマンド版 (On demand books) 青蛙房 2009.10 Ⓘ978-4-7905-0784-0

『恐ろしい話』(ちくま文学の森) 筑摩書房 2011.1 Ⓘ978-4-480-42736-2

『こわい話』(中学生までに読んでおきたい日本文学) あすなろ書房　2011.2　Ⓘ978-4-7515-2628-6

『青蛙堂鬼談―岡本綺堂読物選集　2』(中公文庫) 中央公論新社　2012.10　Ⓘ978-4-12-205710-4

人魚(袁枚作, 岡本綺堂訳)

『文豪てのひら怪談』(ポプラ文庫) ポプラ社　2009.8　Ⓘ978-4-591-11104-8

人参

『岡本綺堂』(ちくま日本文学) 筑摩書房　2009.2　Ⓘ978-4-480-42562-1

『岡本綺堂読物選集　3(巷談編) オンデマンド版』(On demand books) 青蛙房　2009.10　Ⓘ978-4-7905-0783-3

『三浦老人昔話―岡本綺堂読物選集　1』(中公文庫) 中央公論新社　2012.6　Ⓘ978-4-12-205660-2

旗本の師匠

『岡本綺堂読物選集　3(巷談編) オンデマンド版』(On demand books) 青蛙房　2009.10　Ⓘ978-4-7905-0783-3

『三浦老人昔話―岡本綺堂読物選集　1』(中公文庫) 中央公論新社　2012.6　Ⓘ978-4-12-205660-2

百物語

『岡本綺堂読物選集　4(異妖編 上巻) オンデマンド版』(On demand books) 青蛙房　2009.10　Ⓘ978-4-7905-0784-0

『近代異妖篇―岡本綺堂読物集　3』(中公文庫) 中央公論新社　2013.4　Ⓘ978-4-12-205781-4

琵琶鬼(干宝作, 岡本綺堂訳)

『文豪てのひら怪談』(ポプラ文庫) ポプラ社　2009.8　Ⓘ978-4-591-11104-8

笛塚

『岡本綺堂怪談選集』(小学館文庫) 小学館　2009.7　Ⓘ978-4-09-408411-5

『岡本綺堂読物選集　4(異妖編 上巻) オンデマンド版』(On demand books) 青蛙房　2009.10　Ⓘ978-4-7905-0784-0

『青蛙堂鬼談―岡本綺堂読物選集　2』(中公文庫) 中央公論新社　2012.10　Ⓘ978-4-12-205710-4

馬来俳優の死

『岡本綺堂読物選集　4(異妖編 上巻) オンデマンド版』(On demand books) 青蛙房　2009.10　Ⓘ978-4-7905-0784-0

『近代異妖篇―岡本綺堂読物集　3』(中公文庫) 中央公論新社　2013.4　Ⓘ978-4-12-205781-4

矢がすり

『岡本綺堂読物選集　3(巷談編) オンデマンド版』(On demand books) 青蛙房　2009.10　Ⓘ978-4-7905-0783-3

『三浦老人昔話―岡本綺堂読物選集　1』(中公文庫) 中央公論新社　2012.6　Ⓘ978-4-12-205660-2

雪見舞い

『三浦老人昔話―岡本綺堂読物選集　1』(中公文庫) 中央公論新社　2012.6　Ⓘ978-4-12-205660-2

指環一つ

『近代異妖篇―岡本綺堂読物集　3』(中公文庫) 中央公論新社　2013.4　Ⓘ978-4-12-205781-4

妖婆

『岡本綺堂怪談選集』(小学館文庫) 小学館　2009.7　Ⓘ978-4-09-408411-5

『岡本綺堂読物選集　5(異妖編 下巻) オンデマンド版』(On demand books) 青蛙房　2009.10　Ⓘ978-4-7905-0785-7

窯変

『岡本綺堂読物選集　4(異妖編 上巻) オンデマンド版』(On demand books) 青蛙房　2009.10　Ⓘ978-4-7905-0784-0

『青蛙堂鬼談―岡本綺堂読物選集　2』(中公文庫) 中央公論新社　2012.10　Ⓘ978-4-12-205710-4

鎧櫃の血

『岡本綺堂』(ちくま日本文学) 筑摩書房　2009.2　Ⓘ978-4-480-42562-1

『岡本綺堂読物選集　3(巷談編) オンデマンド版』(On demand books) 青蛙房　2009.10　Ⓘ978-4-7905-0783-3

『三浦老人昔話―岡本綺堂読物選集　1』(中公文庫) 中央公論新社　2012.6　Ⓘ978-4-12-205660-2

『新編　日本幻想文学集成　4　夢野久作・小栗虫太郎・岡本綺堂・泉鏡花』 国書刊行会　2016.12　Ⓘ978-4-336-06029-7

落城の譜

『岡本綺堂読物選集　3(巷談編) オンデマンド版』(On demand books) 青蛙房　2009.10　Ⓘ978-4-7905-0783-3

岡本賢一

『三浦老人昔話—岡本綺堂読物集 1』(中公文庫) 中央公論新社 2012.6 ①978-4-12-205660-2

離魂病

『岡本綺堂読物選集 4(異妖編 上巻) オンデマンド版』(On demand books) 青蛙房 2009.10 ①978-4-7905-0784-0

『近代異妖篇—岡本綺堂読物集 3』(中公文庫) 中央公論新社 2013.4 ①978-4-12-205781-4

龍馬の池

『岡本綺堂読物選集 4(異妖編 上巻) オンデマンド版』(On demand books) 青蛙房 2009.10 ①978-4-7905-0784-0

『青蛙堂鬼談—岡本綺堂読物集 2』(中公文庫) 中央公論新社 2012.10 ①978-4-12-205710-4

岡本 賢一　おかもと・けんいち

闇の羽音

『青に捧げる悪夢』(角川文庫) 角川書店 2013.2 ①978-4-04-100700-6

小川 一水　おがわ・いっすい

青い星まで飛んでいけ

『超弦領域—年刊日本SF傑作選』(創元SF文庫) 東京創元社 2009.6 ①978-4-488-73402-2

『青い星まで飛んでいけ』(ハヤカワ文庫JA) 早川書房 2011.3 ①978-4-15-031023-3

あなたに捧げる、この腕を

『妙なる技の乙女たち』(ポプラ文庫) ポプラ社 2011.2 ①978-4-591-12273-0

アリスマ王の愛した魔物

『年刊日本SF傑作選 結晶銀河—年刊日本SF傑作選』(創元SF文庫) 東京創元社 2011.7 ①978-4-488-73404-6

宇宙でいちばん丈夫な糸

『妙なる技の乙女たち』(ポプラ文庫) ポプラ社 2011.2 ①978-4-591-12273-0

宇宙でいちばん丈夫な糸—The Ladies who have amazing skills at 2030

『拡張幻想—年刊日本SF傑作選』(創元SF文庫) 東京創元社 2012.6 ①978-4-488-73405-3

陸の奥より申し上げる

『ILC/TOHOKU』早川書房 2017.2 ①978-4-15-209673-9

グラスハートが割れないように

『青い星まで飛んでいけ』(ハヤカワ文庫JA) 早川書房 2011.3 ①978-4-15-031023-3

コズミックロマンスカルテットwith E

『NOVA 7 書き下ろし日本SFコレクション』(河出文庫) 河出書房新社 2012.3 ①978-4-309-41136-1

『誤解するカド—ファーストコンタクトSF傑作選』(ハヤカワ文庫JA) 早川書房 2017.4 ①978-4-15-031272-5

ゴールデンブレッド

『THE FUTURE IS JAPANESE』(ハヤカワSFシリーズJコレクション) 早川書房 2012.7 ①978-4-15-209310-3

幸せになる箱庭

『ぼくの、マシン—ゼロ年代日本SFベスト集成 S』(創元SF文庫) 東京創元社 2010.10 ①978-4-488-73801-3

ジブラルタル攻防戦

『『七都市物語』シェアードワールズ』(徳間文庫) 徳間書店 2011.5 ①978-4-19-893360-9

静寂に満ちていく潮

『青い星まで飛んでいけ』(ハヤカワ文庫JA) 早川書房 2011.3 ①978-4-15-031023-3

セハット・デイケア保育日誌

『妙なる技の乙女たち』(ポプラ文庫) ポプラ社 2011.2 ①978-4-591-12273-0

占職術師の希望

『青い星まで飛んでいけ』(ハヤカワ文庫JA) 早川書房 2011.3 ①978-4-15-031023-3

町立探偵"竿竹室士"「いおり童子」と「こむら返し」

『SF宝石』光文社 2013.8 ①978-4-334-92888-9

天上のデザイナー

『妙なる技の乙女たち』(ポプラ文庫) ポプラ社 2011.2 ①978-4-591-12273-0

都市彗星のサエ

『青い星まで飛んでいけ』(ハヤカワ文庫JA) 早川書房 2011.3 ①978-4-15-031023-3

白鳥熱の朝に

『煙突の上にハイヒール』　光文社　2009.8
①978-4-334-92673-1

『煙突の上にハイヒール』(光文社文庫)　光文社　2012.6　①978-4-334-76422-7

『日本SF短篇50　5』(ハヤカワ文庫JA)　早川書房　2013.10　①978-4-15-031131-5

破綻円盤―Disc Crash

『BLAME！ THE ANTHOLOGY』(ハヤカワ文庫JA)　早川書房　2017.5　①978-4-15-031275-6

守るべき肌

『青い星まで飛んでいけ』(ハヤカワ文庫JA)　早川書房　2011.3　①978-4-15-031023-3

港のタクシー艇長

『妙なる技の乙女たち』(ポプラ文庫)　ポプラ社　2011.2　①978-4-591-12273-0

楽園の島、売ります

『妙なる技の乙女たち』(ポプラ文庫)　ポプラ社　2011.2　①978-4-591-12273-0

ろーどそうるず

『NOVA　3　書き下ろし日本SFコレクション』(河出文庫)　河出書房新社　2010.12　①978-4-309-41055-5

Lift me to the Moon

『妙なる技の乙女たち』(ポプラ文庫)　ポプラ社　2011.2　①978-4-591-12273-0

The Lifestyles Of Human-beings At Space

『妙なる技の乙女たち』(ポプラ文庫)　ポプラ社　2011.2　①978-4-591-12273-0

小川 哲　おがわ・さとし

ゲームの王国

『伊藤計劃トリビュート　2』(ハヤカワ文庫JA)　早川書房　2017.1　①978-4-15-031260-2

小川 雫　おがわ・しずく

千夜一夜

『ゆきのまち幻想文学賞小品集　21　風花雪の物語二十七編』　企画集団ぷりずむ　2012.3　①978-4-906691-42-5

小川 未明　おがわ・みめい

あかい雲

『新編・日本幻想文学集成　6』　国書刊行会　2017.6　①978-4-336-06031-0

赤い蠟燭と人魚

『名作童話 小川未明30選』　春陽堂書店　2009.1　①978-4-394-90265-2

『赤いろうそくと人魚』(21世紀版少年少女日本文学館)　講談社　2009.3　①978-4-06-282662-4

『決定版 心をそだてるこれだけは読んでおきたい日本の名作童話』　講談社　2009.10　①978-4-06-215695-0

『小川未明童話集』(岩波文庫)　岩波書店　2010.9　①4-00-311491-4

『10分で読める物語 六年生』　学研教育出版　2010.12　①978-4-05-203358-2

『読んでおきたい名作 小学6年』　成美堂出版　2011.4　①978-4-415-31036-7

『日本の名作「こわい話」傑作集』(集英社みらい文庫)　集英社　2012.8　①978-4-08-321111-9

『小川未明童話集』(ハルキ文庫)　角川春樹事務所　2013.3　①978-4-7584-3723-3

『いきものがたり』　双文社出版　2013.4　①978-4-88164-091-3

『文豪たちが書いた怖い名作短編集』　彩図社　2014.1　①978-4-88392-966-5

『鬼譚』(ちくま文庫)　筑摩書房　2014.9　①978-4-480-43205-6

『人魚―mermaid & merman』(シリーズ紙礫)　皓星社　2016.3　①978-4-7744-0609-1

『新編・日本幻想文学集成　6』　国書刊行会　2017.6　①978-4-336-06031-0

ある夜の星たちの話

『新編・日本幻想文学集成　6』　国書刊行会　2017.6　①978-4-336-06031-0

牛女

『名作童話 小川未明30選』　春陽堂書店　2009.1　①978-4-394-90265-2

『小川未明童話集』(岩波文庫)　岩波書店　2010.9　①4-00-311491-4

『小川未明童話集』(ハルキ文庫)　角川春樹事務所　2013.3　①978-4-7584-3723-3

『幻視の系譜―日本幻想文学大全』(ちくま文庫)　筑摩書房　2013.10　①978-4-480-43112-7

『新編・日本幻想文学集成　6』国書刊行会
2017.6　①978-4-336-06031-0

海と太陽
『新編・日本幻想文学集成　6』国書刊行会
2017.6　①978-4-336-06031-0

大きなかに
『新編・日本幻想文学集成　6』国書刊行会
2017.6　①978-4-336-06031-0

樫の木
『文豪てのひら怪談』（ポプラ文庫）ポプラ社
2009.8　①978-4-591-11104-8

金の輪
『新編・日本幻想文学集成　6』国書刊行会
2017.6　①978-4-336-06031-0

薬売り
『新編・日本幻想文学集成　6』国書刊行会
2017.6　①978-4-336-06031-0

黒い旗物語
『新編・日本幻想文学集成　6』国書刊行会
2017.6　①978-4-336-06031-0

子供の時分の話
『新編・日本幻想文学集成　6』国書刊行会
2017.6　①978-4-336-06031-0

初夏の空で笑う女
『新編・日本幻想文学集成　6』国書刊行会
2017.6　①978-4-336-06031-0

白い門のある家
『新編・日本幻想文学集成　6』国書刊行会
2017.6　①978-4-336-06031-0

過ぎた春の記憶
『文豪たちが書いた怖い名作短編集』彩図社
2014.1　①978-4-88392-966-5

戦争
『新編・日本幻想文学集成　6』国書刊行会
2017.6　①978-4-336-06031-0

月とあざらし
『新編・日本幻想文学集成　6』国書刊行会
2017.6　①978-4-336-06031-0

月夜と眼鏡
『新編・日本幻想文学集成　6』国書刊行会
2017.6　①978-4-336-06031-0

殿さまの茶わん
『新編・日本幻想文学集成　6』国書刊行会
2017.6　①978-4-336-06031-0

眠い町
『新編・日本幻想文学集成　6』国書刊行会
2017.6　①978-4-336-06031-0

野ばら
『新編・日本幻想文学集成　6』国書刊行会
2017.6　①978-4-336-06031-0

はまねこ
『新編・日本幻想文学集成　6』国書刊行会
2017.6　①978-4-336-06031-0

薔薇と巫女
『新編・日本幻想文学集成　6』国書刊行会
2017.6　①978-4-336-06031-0

火を点ず
『新編・日本幻想文学集成　6』国書刊行会
2017.6　①978-4-336-06031-0

びんの中の世界
『新編・日本幻想文学集成　6』国書刊行会
2017.6　①978-4-336-06031-0

三つのかぎ
『新編・日本幻想文学集成　6』国書刊行会
2017.6　①978-4-336-06031-0

港に着いた黒んぼ
『新編・日本幻想文学集成　6』国書刊行会
2017.6　①978-4-336-06031-0

闇
『新編・日本幻想文学集成　6』国書刊行会
2017.6　①978-4-336-06031-0

酔っぱらい星
『新編・日本幻想文学集成　6』国書刊行会
2017.6　①978-4-336-06031-0

オキシ　タケヒコ

イージー・エスケープ
『折り紙衛星の伝説―年刊日本SF傑作選』（創元SF文庫）東京創元社　2015.6　①978-4-488-73408-4

エコーの中でもう一度
『さよならの儀式―年刊日本SF傑作選』（創元SF文庫）東京創元社　2014.6　①978-4-488-73407-7

What We Want
『原色の想像力　2　創元SF短編集アンソロジー』（創元SF文庫）東京創元社　2012.3　①978-4-488-73902-7

荻田 安静　おぎた・あんせい

たぬき薬
『江戸奇談怪談集』（ちくま学芸文庫）筑摩書房　2012.11　Ⓘ978-4-480-09488-9

宿直草
『江戸奇談怪談集』（ちくま学芸文庫）筑摩書房　2012.11　Ⓘ978-4-480-09488-9

廃寺の化物
『江戸奇談怪談集』（ちくま学芸文庫）筑摩書房　2012.11　Ⓘ978-4-480-09488-9

見越入道
『江戸奇談怪談集』（ちくま学芸文庫）筑摩書房　2012.11　Ⓘ978-4-480-09488-9

山姫
『文豪てのひら怪談』（ポプラ文庫）ポプラ社　2009.8　Ⓘ978-4-591-11104-8
『江戸奇談怪談集』（ちくま学芸文庫）筑摩書房　2012.11　Ⓘ978-4-480-09488-9

荻原 規子　おぎわら・のりこ

ハイラグリオン王宮のウサギたち
『西の善き魔女　3　薔薇の名前』（角川文庫）角川書店　2013.10　Ⓘ978-4-04-101047-1

薔薇の名前
『西の善き魔女　3　薔薇の名前』（角川文庫）角川書店　2013.10　Ⓘ978-4-04-101047-1

荻原 浩　おぎわら・ひろし

長い長い石段の先
『眠れなくなる夢十夜』（新潮文庫）新潮社　2009.6　Ⓘ978-4-10-133252-9
『眠れなくなる夢十夜』（新潮文庫）新潮社　2017.1　Ⓘ978-4-10-101051-9

緒久 なつ江　おぐ・なつえ

美容室
『小さな魔法の降る日に―ゆきのまち幻想文学賞小品集　25』企画集団ぷりずむ　2015.10　Ⓘ978-4-906691-55-5

小熊 秀雄　おぐま・ひでお

お月さまと馬賊／マナイタの化けた話
『こわい部屋―謎のギャラリー』（ちくま文庫）筑摩書房　2012.8　Ⓘ978-4-480-42962-9

奥山 鏡　おくやま・きょう

薔薇と刺繍糸
『身代わり花嫁と公爵の事情』（新書館ウィングス文庫）新書館　2011.10　Ⓘ978-4-403-54174-2

不可解なショコラ
『身代わり花嫁と公爵の事情』（新書館ウィングス文庫）新書館　2011.10　Ⓘ978-4-403-54174-2

小栗 虫太郎　おぐり・むしたろう

完全犯罪
『新編　日本幻想文学集成　4　夢野久作・小栗虫太郎・岡本綺堂・泉鏡花』国書刊行会　2016.12　Ⓘ978-4-336-06029-7

紅軍巴蟆（パムー）を越ゆ
『新編　日本幻想文学集成　4　夢野久作・小栗虫太郎・岡本綺堂・泉鏡花』国書刊行会　2016.12　Ⓘ978-4-336-06029-7

その後の『リパルズ』
『文豪てのひら怪談』（ポプラ文庫）ポプラ社　2009.8　Ⓘ978-4-591-11104-8

海螺斎沿海州先占記
『新編　日本幻想文学集成　4　夢野久作・小栗虫太郎・岡本綺堂・泉鏡花』国書刊行会　2016.12　Ⓘ978-4-336-06029-7

小山内 薫　おさない・かおる

今戸狐
『お岩―小山内薫怪談集』（幽books　幽classics）メディアファクトリー　2009.5　Ⓘ978-4-8401-2733-2

因果
『お岩―小山内薫怪談集』（幽books　幽classics）メディアファクトリー　2009.5　Ⓘ978-4-8401-2733-2

大佛次郎

お岩
『お岩―小山内薫怪談集』(幽books 幽 classics) メディアファクトリー 2009.5 ①978-4-8401-2733-2

怪談小車草紙
『お岩―小山内薫怪談集』(幽books 幽 classics) メディアファクトリー 2009.5 ①978-4-8401-2733-2

怪談実話集 女の膝
『お岩―小山内薫怪談集』(幽books 幽 classics) メディアファクトリー 2009.5 ①978-4-8401-2733-2

西洋の幽霊芝居
『お岩―小山内薫怪談集』(幽books 幽 classics) メディアファクトリー 2009.5 ①978-4-8401-2733-2

東海道四谷怪談
『お岩―小山内薫怪談集』(幽books 幽 classics) メディアファクトリー 2009.5 ①978-4-8401-2733-2

番町の怪と高輪の怪と
『お岩―小山内薫怪談集』(幽books 幽 classics) メディアファクトリー 2009.5 ①978-4-8401-2733-2

大佛 次郎　おさらぎ・じろう

怪談
『見た人の怪談集』(河出文庫) 河出書房新社 2016.5　①978-4-309-41450-8

小沢 章友　おざわ・あきとも

往生絵巻
『龍之介怪奇譚』 双葉社　2010.4　①978-4-575-23691-0

幻燈
『龍之介怪奇譚』 双葉社　2010.4　①978-4-575-23691-0

黒衣聖母
『龍之介怪奇譚』 双葉社　2010.4　①978-4-575-23691-0

酒虫
『龍之介怪奇譚』 双葉社　2010.4　①978-4-575-23691-0

歯車
『龍之介怪奇譚』 双葉社　2010.4　①978-4-575-23691-0

妖婆
『龍之介怪奇譚』 双葉社　2010.4　①978-4-575-23691-0

小沢 清子　おざわ・きよこ

ケータイ写真に写っていた手
『怪談オウマガドキ学園　2　放課後の謎メール』 童心社　2013.7　①978-4-494-01651-8
『怪談オウマガドキ学園　2　放課後の謎メール』 童心社　2013.7　①978-4-494-01710-2

押川 春浪　おしかわ・しゅんろう

米国の鉄道怪談
『文豪てのひら怪談』(ポプラ文庫) ポプラ社 2009.8　①978-4-591-11104-8

忍澤 勉　おしざわ・つとむ

発話機能
『人工知能の見る夢は―AIショートショート集』(文春文庫) 文藝春秋 2017.5　①978-4-16-790850-8

ものみな憩える
『原色の想像力　2　創元SF短編集アンソロジー』(創元SF文庫) 東京創元社 2012.3　①978-4-488-73902-7

小田 イ輔　おだ・いすけ

あえて疲れる
『FKB 怪幽録 呪の穴』(竹書房文庫) 竹書房 2014.12　①978-4-8019-0072-1

青色
『FKB 怪幽録 呪の穴』(竹書房文庫) 竹書房 2014.12　①978-4-8019-0072-1

朝の住人
『FKB 怪幽録 呪の穴』(竹書房文庫) 竹書房 2014.12　①978-4-8019-0072-1

雨を集めた日
『FKB 怪幽録 呪の穴』(竹書房文庫) 竹書房 2014.12　①978-4-8019-0072-1

日本のSF・ホラー・ファンタジー　　　　　　　　　　　　　　　　　　　小田イ輔

いがせでけろ
　『FKB 怪幽録 呪の穴』（竹書房文庫）　竹書房
　2014.12　①978-4-8019-0072-1

嘘って言うなよ？
　『FKB 怪幽録 呪の穴』（竹書房文庫）　竹書房
　2014.12　①978-4-8019-0072-1

お仕置きと五十年
　『FKB 怪幽録 呪の穴』（竹書房文庫）　竹書房
　2014.12　①978-4-8019-0072-1

開かずの間
　『FKB 怪幽録 呪の穴』（竹書房文庫）　竹書房
　2014.12　①978-4-8019-0072-1

階段を上っていく
　『FKB 怪幽録 呪の穴』（竹書房文庫）　竹書房
　2014.12　①978-4-8019-0072-1

神様に好かれる
　『FKB 怪幽録 呪の穴』（竹書房文庫）　竹書房
　2014.12　①978-4-8019-0072-1

観音と虹
　『FKB 怪幽録 呪の穴』（竹書房文庫）　竹書房
　2014.12　①978-4-8019-0072-1

自覚が無い
　『FKB 怪幽録 呪の穴』（竹書房文庫）　竹書房
　2014.12　①978-4-8019-0072-1

嫉妬
　『FKB 怪幽録 呪の穴』（竹書房文庫）　竹書房
　2014.12　①978-4-8019-0072-1

自分で
　『FKB 怪幽録 呪の穴』（竹書房文庫）　竹書房
　2014.12　①978-4-8019-0072-1

すり替わった一族
　『FKB 怪幽録 呪の穴』（竹書房文庫）　竹書房
　2014.12　①978-4-8019-0072-1

先輩の音
　『FKB 怪幽録 呪の穴』（竹書房文庫）　竹書房
　2014.12　①978-4-8019-0072-1

その理由
　『FKB 怪幽録 呪の穴』（竹書房文庫）　竹書房
　2014.12　①978-4-8019-0072-1

滝行の意味
　『FKB 怪幽録 呪の穴』（竹書房文庫）　竹書房
　2014.12　①978-4-8019-0072-1

タクシー代わり
　『FKB 怪幽録 呪の穴』（竹書房文庫）　竹書房
　2014.12　①978-4-8019-0072-1

近くのスーパー
　『FKB 怪幽録 呪の穴』（竹書房文庫）　竹書房
　2014.12　①978-4-8019-0072-1

ついてくる者
　『FKB 怪幽録 呪の穴』（竹書房文庫）　竹書房
　2014.12　①978-4-8019-0072-1

隣の子供
　『FKB 怪幽録 呪の穴』（竹書房文庫）　竹書房
　2014.12　①978-4-8019-0072-1

鳴き柿
　『FKB 怪幽録 呪の穴』（竹書房文庫）　竹書房
　2014.12　①978-4-8019-0072-1

何らかの影響
　『FKB 怪幽録 呪の穴』（竹書房文庫）　竹書房
　2014.12　①978-4-8019-0072-1

呪い返し
　『FKB 怪幽録 呪の穴』（竹書房文庫）　竹書房
　2014.12　①978-4-8019-0072-1

灰色
　『FKB 怪幽録 呪の穴』（竹書房文庫）　竹書房
　2014.12　①978-4-8019-0072-1

排水口の声
　『FKB 怪幽録 呪の穴』（竹書房文庫）　竹書房
　2014.12　①978-4-8019-0072-1

パチパチ
　『FKB 怪幽録 呪の穴』（竹書房文庫）　竹書房
　2014.12　①978-4-8019-0072-1

拾った名札
　『FKB 怪幽録 呪の穴』（竹書房文庫）　竹書房
　2014.12　①978-4-8019-0072-1

琵琶法師
　『FKB 怪幽録 呪の穴』（竹書房文庫）　竹書房
　2014.12　①978-4-8019-0072-1

ポックリ逝きたい
　『FKB 怪幽録 呪の穴』（竹書房文庫）　竹書房
　2014.12　①978-4-8019-0072-1

指先
　『FKB 怪幽録 呪の穴』（竹書房文庫）　竹書房
　2014.12　①978-4-8019-0072-1

呼び声
　『FKB 怪幽録 呪の穴』（竹書房文庫）　竹書房
　2014.12　①978-4-8019-0072-1

小田 淳　おだ・じゅん

死神を釣った男
『妖し釣』叢文社　2012.4　①978-4-7947-0669-0

妖霊の鯉
『妖し釣』叢文社　2012.4　①978-4-7947-0669-0

龍神ヶ淵
『妖し釣』叢文社　2012.4　①978-4-7947-0669-0

小田 雅久仁　おだ・まさくに

食書
『さよならの儀式―年刊日本SF傑作選』（創元SF文庫）東京創元社　2014.6　①978-4-488-73407-7

小田 由紀子　おだ・ゆきこ

霜降月の庭
『小さな魔法の降る日に―ゆきのまち幻想文学賞小品集　25』企画集団ぷりずむ　2015.10　①978-4-906691-55-5

乙一　おついち

王国の旗
『箱庭図書館』集英社　2011.3　①978-4-08-771386-2
『箱庭図書館』（集英社文庫）集英社　2013.11　①978-4-08-745131-3

階段
『青に捧げる悪夢』（角川文庫）角川書店　2013.2　①978-4-04-100700-6

コンビニ日和！
『箱庭図書館』集英社　2011.3　①978-4-08-771386-2
『箱庭図書館』（集英社文庫）集英社　2013.11　①978-4-08-745131-3

小説家のつくり方
『箱庭図書館』集英社　2011.3　①978-4-08-771386-2
『箱庭図書館』（集英社文庫）集英社　2013.11　①978-4-08-745131-3

青春絶縁体
『箱庭図書館』集英社　2011.3　①978-4-08-771386-2
『箱庭図書館』（集英社文庫）集英社　2013.11　①978-4-08-745131-3

夏と花火と私の死体
『こわい部屋―謎のギャラリー』（ちくま文庫）筑摩書房　2012.8　①978-4-480-42962-9

陽だまりの詩
『逃げゆく物語の話―ゼロ年代日本SFベスト集成　F』（創元SF文庫）東京創元社　2010.10　①978-4-488-73802-0
『短編工場』（集英社文庫）集英社　2012.10　①978-4-08-746893-9

ホワイト・ステップ
『箱庭図書館』集英社　2011.3　①978-4-08-771386-2
『箱庭図書館』（集英社文庫）集英社　2013.11　①978-4-08-745131-3

リストカット事件
『きみが見つける物語―十代のための新名作　こわ~い話編』（角川文庫）角川書店　2009.8　①978-4-04-389406-2

ワンダーランド
『箱庭図書館』集英社　2011.3　①978-4-08-771386-2
『箱庭図書館』（集英社文庫）集英社　2013.11　①978-4-08-745131-3

鬼塚 りつ子　おにづか・りつこ

朝に就ての童話的構図
『心に残るロングセラー　宮沢賢治名作集―心に残るロングセラー』世界文化社　2015.12　①978-4-418-15817-1

いちょうの実
『心に残るロングセラー　宮沢賢治名作集―心に残るロングセラー』世界文化社　2015.12　①978-4-418-15817-1

おきなぐさ
『心に残るロングセラー　宮沢賢治名作集―心に残るロングセラー』世界文化社　2015.12　①978-4-418-15817-1

カイロ団長
『心に残るロングセラー　宮沢賢治名作集―心に残るロングセラー』　世界文化社　2015.12　①978-4-418-15817-1

黒ぶどう
『心に残るロングセラー　宮沢賢治名作集―心に残るロングセラー』　世界文化社　2015.12　①978-4-418-15817-1

さるのこしかけ
『心に残るロングセラー　宮沢賢治名作集―心に残るロングセラー』　世界文化社　2015.12　①978-4-418-15817-1

鹿踊りのはじまり
『心に残るロングセラー　宮沢賢治名作集―心に残るロングセラー』　世界文化社　2015.12　①978-4-418-15817-1

なめとこ山のくま
『心に残るロングセラー　宮沢賢治名作集―心に残るロングセラー』　世界文化社　2015.12　①978-4-418-15817-1

ねこの事務所
『心に残るロングセラー　宮沢賢治名作集―心に残るロングセラー』　世界文化社　2015.12　①978-4-418-15817-1

山男の四月
『心に残るロングセラー　宮沢賢治名作集―心に残るロングセラー』　世界文化社　2015.12　①978-4-418-15817-1

尾上　柴舟　おのえ・さいしゅう

鸚鵡の雀
『文豪てのひら怪談』（ポプラ文庫）ポプラ社　2009.8　①978-4-591-11104-8

小野塚　充博　おのづか・みつひろ

黄金のりんご
『小さな魔法の降る日に―ゆきのまち幻想文学賞小品集　25』企画集団ぷりずむ　2015.10　①978-4-906691-55-5

小野　不由美　おの・ふゆみ

雨の鈴
『営繕かるかや怪異譚』　角川書店　2014.12　①978-4-04-102417-1

異形のひと
『営繕かるかや怪異譚』　角川書店　2014.12　①978-4-04-102417-1

奥庭より
『営繕かるかや怪異譚』　角川書店　2014.12　①978-4-04-102417-1

檻の外
『営繕かるかや怪異譚』　角川書店　2014.12　①978-4-04-102417-1

潮満ちの井戸
『営繕かるかや怪異譚』　角川書店　2014.12　①978-4-04-102417-1

屋根裏に
『営繕かるかや怪異譚』　角川書店　2014.12　①978-4-04-102417-1

織江　邑　おりえ・ゆう

雨に狂えば
『地蔵の背/埃家』　メディアファクトリー　2013.5　①978-4-8401-5193-1

地蔵の背
『地蔵の背/埃家』　メディアファクトリー　2013.5　①978-4-8401-5193-1

思母の海
『地蔵の背/埃家』　メディアファクトリー　2013.5　①978-4-8401-5193-1

折口　信夫　おりくち・しのぶ

生き口を問う女
『折口信夫集　神の嫁―文豪怪談傑作選』（ちくま文庫）筑摩書房　2009.9　①978-4-480-42649-9

稲生物怪録
『折口信夫集　神の嫁―文豪怪談傑作選』（ちくま文庫）筑摩書房　2009.9　①978-4-480-42649-9

お岩と与茂七
『折口信夫集　神の嫁―文豪怪談傑作選』（ちくま文庫）筑摩書房　2009.9　①978-4-480-42649-9

折口信夫

お伽及び咄
『折口信夫集 神の嫁―文豪怪談傑作選』(ちくま文庫) 筑摩書房 2009.9 ①978-4-480-42649-9

鬼の話
『折口信夫集 神の嫁―文豪怪談傑作選』(ちくま文庫) 筑摩書房 2009.9 ①978-4-480-42649-9

餓鬼阿弥蘇生譚
『折口信夫集 神の嫁―文豪怪談傑作選』(ちくま文庫) 筑摩書房 2009.9 ①978-4-480-42649-9

河童の話
『折口信夫集 神の嫁―文豪怪談傑作選』(ちくま文庫) 筑摩書房 2009.9 ①978-4-480-42649-9

神の嫁
『折口信夫集 神の嫁―文豪怪談傑作選』(ちくま文庫) 筑摩書房 2009.9 ①978-4-480-42649-9

巻返大倭未来記
『折口信夫集 神の嫁―文豪怪談傑作選』(ちくま文庫) 筑摩書房 2009.9 ①978-4-480-42649-9

鏡花との一夕
『折口信夫集 神の嫁―文豪怪談傑作選』(ちくま文庫) 筑摩書房 2009.9 ①978-4-480-42649-9

座敷小僧の話
『折口信夫集 神の嫁―文豪怪談傑作選』(ちくま文庫) 筑摩書房 2009.9 ①978-4-480-42649-9

死者の書
『折口信夫集 神の嫁―文豪怪談傑作選』(ちくま文庫) 筑摩書房 2009.9 ①978-4-480-42649-9

『死者の書・口ぶえ』(岩波文庫) 岩波書店 2010.5 ①978-4-00-311862-7

『幻妖の水脈―日本幻想文学大全』(ちくま文庫) 筑摩書房 2013.9 ①978-4-480-43111-0

死者の書 (抄)
『文豪てのひら怪談』(ポプラ文庫) ポプラ社 2009.8 ①978-4-591-11104-8

信太妻の話
『折口信夫集 神の嫁―文豪怪談傑作選』(ちくま文庫) 筑摩書房 2009.9 ①978-4-480-42649-9

小外伝
『折口信夫集 神の嫁―文豪怪談傑作選』(ちくま文庫) 筑摩書房 2009.9 ①978-4-480-42649-9

水中の友
『折口信夫集 神の嫁―文豪怪談傑作選』(ちくま文庫) 筑摩書房 2009.9 ①978-4-480-42649-9

水中の与太者
『折口信夫集 神の嫁―文豪怪談傑作選』(ちくま文庫) 筑摩書房 2009.9 ①978-4-480-42649-9

涼み芝居と怪談
『折口信夫集 神の嫁―文豪怪談傑作選』(ちくま文庫) 筑摩書房 2009.9 ①978-4-480-42649-9

とがきばかりの脚本
『折口信夫集 神の嫁―文豪怪談傑作選』(ちくま文庫) 筑摩書房 2009.9 ①978-4-480-42649-9

夏芝居
『折口信夫集 神の嫁―文豪怪談傑作選』(ちくま文庫) 筑摩書房 2009.9 ①978-4-480-42649-9

盆踊りの話
『折口信夫集 神の嫁―文豪怪談傑作選』(ちくま文庫) 筑摩書房 2009.9 ①978-4-480-42649-9

むささび
『折口信夫集 神の嫁―文豪怪談傑作選』(ちくま文庫) 筑摩書房 2009.9 ①978-4-480-42649-9

もののけ其他
『折口信夫集 神の嫁―文豪怪談傑作選』(ちくま文庫) 筑摩書房 2009.9 ①978-4-480-42649-9

雄略紀を循環して
『折口信夫集 神の嫁―文豪怪談傑作選』(ちくま文庫) 筑摩書房 2009.9 ①978-4-480-42649-9

寄席の夕立
『折口信夫集 神の嫁―文豪怪談傑作選』(ちくま文庫) 筑摩書房 2009.9 ①978-4-480-42649-9

折口 真喜子　おりぐち・まきこ

海へ
『おっかなの晩―船宿若狭屋あやかし話』東京創元社　2015.11　①978-4-488-02755-1

江戸の夢
『おっかなの晩―船宿若狭屋あやかし話』東京創元社　2015.11　①978-4-488-02755-1

おっかなの晩
『おっかなの晩―船宿若狭屋あやかし話』東京創元社　2015.11　①978-4-488-02755-1

狐憑き
『おっかなの晩―船宿若狭屋あやかし話』東京創元社　2015.11　①978-4-488-02755-1

三途の川
『おっかなの晩―船宿若狭屋あやかし話』東京創元社　2015.11　①978-4-488-02755-1

嫉妬
『おっかなの晩―船宿若狭屋あやかし話』東京創元社　2015.11　①978-4-488-02755-1

夏の夜咄
『おっかなの晩―船宿若狭屋あやかし話』東京創元社　2015.11　①978-4-488-02755-1

鰐口とどんぐり
『おっかなの晩―船宿若狭屋あやかし話』東京創元社　2015.11　①978-4-488-02755-1

恩田　陸　おんだ・りく

茜さす
『私と踊って』　新潮社　2012.12　①978-4-10-397111-5
『私と踊って』(新潮文庫）新潮社　2015.5　①978-4-10-123423-6

あたしたちは互いの影を踏む
『私の家では何も起こらない』(幽books) メディアファクトリー　2010.1　①978-4-8401-3165-0
『私の家では何も起こらない』(MF文庫ダ・ヴィンチ) メディアファクトリー　2013.2　①978-4-8401-5107-8

海の泡より生まれて
『私と踊って』　新潮社　2012.12　①978-4-10-397111-5

思い違い
『私と踊って』　新潮社　2012.12　①978-4-10-397111-5
『驚愕遊園地』　光文社　2013.11　①978-4-334-92916-9
『私と踊って』(新潮文庫）新潮社　2015.5　①978-4-10-123423-6

俺と彼らと彼女たち
『私の家では何も起こらない』(幽books) メディアファクトリー　2010.1　①978-4-8401-3165-0
『私の家では何も起こらない』(MF文庫ダ・ヴィンチ) メディアファクトリー　2013.2　①978-4-8401-5107-8

愚かな薔薇9
『SF Japan 2009AUTUMN』徳間書店　2009.9　①978-4-19-862778-2

火星の運河
『私と踊って』　新潮社　2012.12　①978-4-10-397111-5
『私と踊って』(新潮文庫）新潮社　2015.5　①978-4-10-123423-6

協力
『私と踊って』　新潮社　2012.12　①978-4-10-397111-5
『私と踊って』(新潮文庫）新潮社　2015.5　①978-4-10-123423-6

劇場を出て
『私と踊って』　新潮社　2012.12　①978-4-10-397111-5
『私と踊って』(新潮文庫）新潮社　2015.5　①978-4-10-123423-6

交信
『拡張幻想―年刊日本SF傑作選』(創元SF文庫) 東京創元社　2012.6　①978-4-488-73405-3

心変わり
『私と踊って』　新潮社　2012.12　①978-4-10-397111-5
『私と踊って』(新潮文庫）新潮社　2015.5　①978-4-10-123423-6

骰子の七の目
『私と踊って』(新潮文庫）新潮社　2015.5　①978-4-10-123423-6

死者の季節
『私と踊って』 新潮社 2012.12 ①978-4-10-397111-5
『私と踊って』(新潮文庫) 新潮社 2015.5 ①978-4-10-123423-6

少女界曼荼羅
『私と踊って』 新潮社 2012.12 ①978-4-10-397111-5
『私と踊って』(新潮文庫) 新潮社 2015.5 ①978-4-10-123423-6

水晶の夜、翡翠の朝
『朝日のようにさわやかに』(新潮文庫) 新潮社 2010.6 ①978-4-10-123420-5
『青に捧げる悪夢』(角川文庫) 角川書店 2013.2 ①978-4-04-100700-6

素敵なあなた
『私の家では何も起こらない』(幽books) メディアファクトリー 2010.1 ①978-4-8401-3165-0
『私の家では何も起こらない』(MF文庫ダ・ヴィンチ) メディアファクトリー 2013.2 ①978-4-8401-5107-8

聖なる氾濫
『私と踊って』 新潮社 2012.12 ①978-4-10-397111-5
『私と踊って』(新潮文庫) 新潮社 2015.5 ①978-4-10-123423-6

台北小夜曲
『短篇ベストコレクション―現代の小説 2012』(徳間文庫) 徳間書店 2012.6 ①978-4-19-893563-4
『私と踊って』 新潮社 2012.12 ①978-4-10-397111-5
『私と踊って』(新潮文庫) 新潮社 2015.5 ①978-4-10-123423-6

忠告
『私と踊って』 新潮社 2012.12 ①978-4-10-397111-5
『私と踊って』(新潮文庫) 新潮社 2015.5 ①978-4-10-123423-6

東京の日記
『NOVA 2 書き下ろし日本SFコレクション』(河出文庫) 河出書房新社 2010.7 ①978-4-309-41027-2
『私と踊って』 新潮社 2012.12 ①978-4-10-397111-5

二人でお茶を
『私と踊って』 新潮社 2012.12 ①978-4-10-397111-5
『私と踊って』(新潮文庫) 新潮社 2015.5 ①978-4-10-123423-6

弁明
『私と踊って』 新潮社 2012.12 ①978-4-10-397111-5
『私と踊って』(新潮文庫) 新潮社 2015.5 ①978-4-10-123423-6

僕の可愛いお気に入り
『私の家では何も起こらない』(幽books) メディアファクトリー 2010.1 ①978-4-8401-3165-0
『私の家では何も起こらない』(MF文庫ダ・ヴィンチ) メディアファクトリー 2013.2 ①978-4-8401-5107-8

奴らは夜に這ってくる
『私の家では何も起こらない』(幽books) メディアファクトリー 2010.1 ①978-4-8401-3165-0
『私の家では何も起こらない』(MF文庫ダ・ヴィンチ) メディアファクトリー 2013.2 ①978-4-8401-5107-8

夕飯は七時
『いのちのパレード』(実業之日本社文庫) 実業之日本社 2010.10 ①978-4-408-55001-5
『逃げゆく物語の話―ゼロ年代日本SFベスト集成 F』(創元SF文庫) 東京創元社 2010.10 ①978-4-488-73802-0

理由
『私と踊って』 新潮社 2012.12 ①978-4-10-397111-5
『私と踊って』(新潮文庫) 新潮社 2015.5 ①978-4-10-123423-6

私と踊って
『私と踊って』 新潮社 2012.12 ①978-4-10-397111-5
『短篇ベストコレクション―現代の小説 2013』(徳間文庫) 徳間書店 2013.6 ①978-4-19-893705-8
『私と踊って』(新潮文庫) 新潮社 2015.5 ①978-4-10-123423-6

私の家へようこそ
『私の家では何も起こらない』(幽books) メディアファクトリー 2010.1 ①978-4-8401-3165-0

『私の家では何も起こらない』(MF文庫ダ・ヴィンチ) メディアファクトリー 2013.2 ①978-4-8401-5107-8

私の家では何も起こらない
『私の家では何も起こらない』(幽books) メディアファクトリー 2010.1 ①978-4-8401-3165-0

『私の家では何も起こらない』(MF文庫ダ・ヴィンチ) メディアファクトリー 2013.2 ①978-4-8401-5107-8

私は風の音に耳を澄ます
『私の家では何も起こらない』(幽books) メディアファクトリー 2010.1 ①978-4-8401-3165-0

『私の家では何も起こらない』(MF文庫ダ・ヴィンチ) メディアファクトリー 2013.2 ①978-4-8401-5107-8

我々は失敗しつつある
『私の家では何も起こらない』(幽books) メディアファクトリー 2010.1 ①978-4-8401-3165-0

『私の家では何も起こらない』(MF文庫ダ・ヴィンチ) メディアファクトリー 2013.2 ①978-4-8401-5107-8

櫂末 高彰　かいま・たかあき

禁断のストアルーム
『つり球―SF-Short Films-』(ファミ通文庫) エンターブレイン 2012.8 ①978-4-04-728080-9

怖がってナイトウォーキング
『つり球―SF-Short Films-』(ファミ通文庫) エンターブレイン 2012.8 ①978-4-04-728080-9

「こんな夜には」
『ホラーアンソロジー 2 "黒"』(ファミ通文庫) エンターブレイン 2012.9 ①978-4-04-728298-8

とまどってエグザミネーション
『つり球―SF-Short Films-』(ファミ通文庫) エンターブレイン 2012.8 ①978-4-04-728080-9

ハルとタカとクロ
『つり球―SF-Short Films-』(ファミ通文庫) エンターブレイン 2012.8 ①978-4-04-728080-9

胸張ってウエディング
『つり球―SF-Short Films-』(ファミ通文庫) エンターブレイン 2012.8 ①978-4-04-728080-9

鏡 貴也　かがみ・たかや

恐怖の校内ドラッグストア
『紅月光の生徒会室 1 いつか天魔の黒ウサギ』(富士見ファンタジア文庫) 富士見書房 2010.2 ①978-4-8291-3488-7

楽しい学校封鎖
『紅月光の生徒会室 1 いつか天魔の黒ウサギ』(富士見ファンタジア文庫) 富士見書房 2010.2 ①978-4-8291-3488-7

無限の愛のキューピッド
『紅月光の生徒会室 1 いつか天魔の黒ウサギ』(富士見ファンタジア文庫) 富士見書房 2010.2 ①978-4-8291-3488-7

伽古屋 圭市　かこや・けいいち

記念日
『もっとすごい! 10分間ミステリー』(宝島社文庫) 宝島社 2013.5 ①978-4-8002-0830-9

『5分で凍る! ぞっとする怖い話』(宝島社文庫) 宝島社 2015.5 ①978-4-8002-4039-2

夏の終わり
『5分で読める! ひと駅ストーリー――『このミステリーがすごい!』大賞×日本ラブストーリー大賞×『このライトノベルがすごい!』大賞　夏の記憶西口編』(宝島社文庫) 宝島社 2013.7 ①978-4-8002-1044-9

『5分で凍る! ぞっとする怖い話』(宝島社文庫) 宝島社 2015.5 ①978-4-8002-4039-2

葛西 伸哉　かさい・しんや

星になり損ねた男
『マップス・シェアードワールド 2 天翔る船』(GA文庫) ソフトバンククリエイティブ 2009.2 ①978-4-7973-5271-9

葛西 俊和　かさい・としかず

井戸
　『降霊怪談』(竹書房文庫)　竹書房　2016.1
　①978-4-8019-0578-8

忌み地の廃屋
　『鬼哭怪談』(竹書房文庫)　竹書房　2017.1
　①978-4-8019-0956-4

嫌味なヤツ
　『鬼哭怪談』(竹書房文庫)　竹書房　2017.1
　①978-4-8019-0956-4

受け取り拒否
　『降霊怪談』(竹書房文庫)　竹書房　2016.1
　①978-4-8019-0578-8

うめき声
　『鬼哭怪談』(竹書房文庫)　竹書房　2017.1
　①978-4-8019-0956-4

運転手の悩み
　『鬼哭怪談』(竹書房文庫)　竹書房　2017.1
　①978-4-8019-0956-4

お絵かき
　『鬼哭怪談』(竹書房文庫)　竹書房　2017.1
　①978-4-8019-0956-4

おでん屋
　『鬼哭怪談』(竹書房文庫)　竹書房　2017.1
　①978-4-8019-0956-4

御祓い箱
　『降霊怪談』(竹書房文庫)　竹書房　2016.1
　①978-4-8019-0578-8

回送電車
　『降霊怪談』(竹書房文庫)　竹書房　2016.1
　①978-4-8019-0578-8

解体業
　『降霊怪談』(竹書房文庫)　竹書房　2016.1
　①978-4-8019-0578-8

解体業　その弐
　『降霊怪談』(竹書房文庫)　竹書房　2016.1
　①978-4-8019-0578-8

怪談カップ麺
　『鬼哭怪談』(竹書房文庫)　竹書房　2017.1
　①978-4-8019-0956-4

形見分け
　『鬼哭怪談』(竹書房文庫)　竹書房　2017.1
　①978-4-8019-0956-4

彼女
　『鬼哭怪談』(竹書房文庫)　竹書房　2017.1
　①978-4-8019-0956-4

傷痕
　『鬼哭怪談』(竹書房文庫)　竹書房　2017.1
　①978-4-8019-0956-4

ゲーセン怪異
　『鬼哭怪談』(竹書房文庫)　竹書房　2017.1
　①978-4-8019-0956-4

けむりネットカフェ
　『降霊怪談』(竹書房文庫)　竹書房　2016.1
　①978-4-8019-0578-8

虚空
　『降霊怪談』(竹書房文庫)　竹書房　2016.1
　①978-4-8019-0578-8

胡蝶蘭
　『鬼哭怪談』(竹書房文庫)　竹書房　2017.1
　①978-4-8019-0956-4

琥珀の球
　『降霊怪談』(竹書房文庫)　竹書房　2016.1
　①978-4-8019-0578-8

ゴミ山
　『鬼哭怪談』(竹書房文庫)　竹書房　2017.1
　①978-4-8019-0956-4

サイクリング
　『鬼哭怪談』(竹書房文庫)　竹書房　2017.1
　①978-4-8019-0956-4

サンスケ
　『降霊怪談』(竹書房文庫)　竹書房　2016.1
　①978-4-8019-0578-8

私道
　『鬼哭怪談』(竹書房文庫)　竹書房　2017.1
　①978-4-8019-0956-4

自販機補充員
　『降霊怪談』(竹書房文庫)　竹書房　2016.1
　①978-4-8019-0578-8

深夜のお風呂
　『降霊怪談』(竹書房文庫)　竹書房　2016.1
　①978-4-8019-0578-8

前世の味
　『鬼哭怪談』(竹書房文庫)　竹書房　2017.1
　①978-4-8019-0956-4

ゾンビ車
　『降霊怪談』(竹書房文庫)　竹書房　2016.1
　①978-4-8019-0578-8

大福
『鬼哭怪談』(竹書房文庫) 竹書房 2017.1
①978-4-8019-0956-4

治験バイト
『鬼哭怪談』(竹書房文庫) 竹書房 2017.1
①978-4-8019-0956-4

定期的
『鬼哭怪談』(竹書房文庫) 竹書房 2017.1
①978-4-8019-0956-4

同好の士
『鬼哭怪談』(竹書房文庫) 竹書房 2017.1
①978-4-8019-0956-4

道中の家
『鬼哭怪談』(竹書房文庫) 竹書房 2017.1
①978-4-8019-0956-4

特製醬油
『鬼哭怪談』(竹書房文庫) 竹書房 2017.1
①978-4-8019-0956-4

ながら歩き
『降霊怪談』(竹書房文庫) 竹書房 2016.1
①978-4-8019-0578-8

バカタレ
『鬼哭怪談』(竹書房文庫) 竹書房 2017.1
①978-4-8019-0956-4

話しかけないでね
『鬼哭怪談』(竹書房文庫) 竹書房 2017.1
①978-4-8019-0956-4

非常口
『鬼哭怪談』(竹書房文庫) 竹書房 2017.1
①978-4-8019-0956-4

襖の奥
『鬼哭怪談』(竹書房文庫) 竹書房 2017.1
①978-4-8019-0956-4

兵隊さん
『降霊怪談』(竹書房文庫) 竹書房 2016.1
①978-4-8019-0578-8

ベトナムにて
『降霊怪談』(竹書房文庫) 竹書房 2016.1
①978-4-8019-0578-8

包丁の性格
『降霊怪談』(竹書房文庫) 竹書房 2016.1
①978-4-8019-0578-8

待ち受け画面
『降霊怪談』(竹書房文庫) 竹書房 2016.1
①978-4-8019-0578-8

未明の着信
『降霊怪談』(竹書房文庫) 竹書房 2016.1
①978-4-8019-0578-8

紫色の光
『鬼哭怪談』(竹書房文庫) 竹書房 2017.1
①978-4-8019-0956-4

冥婚
『鬼哭怪談』(竹書房文庫) 竹書房 2017.1
①978-4-8019-0956-4

持って帰れ
『鬼哭怪談』(竹書房文庫) 竹書房 2017.1
①978-4-8019-0956-4

雪藪
『鬼哭怪談』(竹書房文庫) 竹書房 2017.1
①978-4-8019-0956-4

夢の町
『鬼哭怪談』(竹書房文庫) 竹書房 2017.1
①978-4-8019-0956-4

旅館街の特別な一日
『鬼哭怪談』(竹書房文庫) 竹書房 2017.1
①978-4-8019-0956-4

礼服
『鬼哭怪談』(竹書房文庫) 竹書房 2017.1
①978-4-8019-0956-4

わら人形
『降霊怪談』(竹書房文庫) 竹書房 2016.1
①978-4-8019-0578-8

梶井 基次郎　かじい・もとじろう

温泉(抄)
『文豪てのひら怪談』(ポプラ文庫) ポプラ社 2009.8　①978-4-591-11104-8

Kの昇天
『檸檬』(ハルキ文庫〔280円文庫〕) 角川春樹事務所　2011.4　①978-4-7584-3544-4
『とっておきの話』(ちくま文学の森) 筑摩書房　2011.5　①978-4-480-42740-3
『檸檬』(まんがで読破) イースト・プレス　2012.10　①978-4-7816-0849-5

『檸檬　改板』(角川文庫) 角川書店　2013.6
①978-4-04-100838-6

『幻視の系譜―日本幻想文学大全』(ちくま文庫) 筑摩書房　2013.10　①978-4-480-43112-7

梶尾 真治　かじお・しんじ

あさやけエクソダス
『ゆきずりエマノン』 徳間書店　2011.5
①978-4-19-863170-3

あしびきデイドリーム
『おもいでエマノン　新装版』(徳間文庫) 徳間書店　2013.12　①978-4-19-893771-3

いにしえウィアム
『ゆきずりエマノン』 徳間書店　2011.5
①978-4-19-863170-3

うらぎりガリオン
『おもいでエマノン　新装版』(徳間文庫) 徳間書店　2013.12　①978-4-19-893771-3

ゑゐり庵綺譚
『ゑゐり庵綺譚』(扶桑社文庫) 扶桑社　2009.6　①978-4-594-05985-9

おもいでエマノン
『おもいでエマノン　新装版』(徳間文庫) 徳間書店　2013.12　①978-4-19-893771-3

おもいでが融ける前に
『メモリー・ラボへようこそ』 平凡社　2010.1　①978-4-582-83464-2

おもいでレガシー
『ゆきずりエマノン』 徳間書店　2011.5
①978-4-19-863170-3

恐竜ラウレンティスの幻視
『てのひらの宇宙―星雲賞短編SF傑作選』(創元SF文庫) 東京創元社　2013.3　①978-4-488-73803-7

再会
『涙の招待席―異形コレクション傑作選』(光文社文庫) 光文社　2017.10　①978-4-334-77545-2

さかしまエングラム
『おもいでエマノン　新装版』(徳間文庫) 徳間書店　2013.12　①978-4-19-893771-3

しおかぜエヴォリューション
『おもいでエマノン　新装版』(徳間文庫) 徳間書店　2013.12　①978-4-19-893771-3

たそがれコンタクト
『おもいでエマノン　新装版』(徳間文庫) 徳間書店　2013.12　①978-4-19-893771-3

たゆたいライトニング
『アステロイド・ツリーの彼方へ―年刊日本SF傑作選』(創元SF文庫) 東京創元社　2016.6　①978-4-488-73409-1

とまどいマクトゥーヴ
『おもいでエマノン　新装版』(徳間文庫) 徳間書店　2013.12　①978-4-19-893771-3

ぬばたまガーディアン
『ゆきずりエマノン』 徳間書店　2011.5
①978-4-19-863170-3

百光年ハネムーン
『日本SF短篇50―日本SF作家クラブ創立50周年記念アンソロジー　2』(ハヤカワ文庫) 早川書房　2013.4　①978-4-15-031110-0

プロキオン第五惑星・蜃気楼
『ゑゐり庵綺譚』(扶桑社文庫) 扶桑社　2009.6　①978-4-594-05985-9

辺境の星で
『SF宝石　2015』 光文社　2015.8　①978-4-334-91049-5

包茎牧場の決闘
『ゑゐり庵綺譚』(扶桑社文庫) 扶桑社　2009.6　①978-4-594-05985-9

美亜へ贈る真珠
『不思議の扉―時をかける恋』(角川文庫) 角川書店　2010.2　①978-4-04-394339-5
『70年代日本SFベスト集成　1　1971年度版』(ちくま文庫) 筑摩書房　2014.10　①978-4-480-43211-7

メモリー・ラボへようこそ
『メモリー・ラボへようこそ』 平凡社　2010.1　①978-4-582-83464-2

ゆきずりアムネジア
『おもいでエマノン　新装版』(徳間文庫) 徳間書店　2013.12　①978-4-19-893771-3

ランシブル・ホールの伝説
『ゑゐり庵綺譚』(扶桑社文庫) 扶桑社　2009.6　①978-4-594-05985-9

春日 武彦　かすが・たけひこ

一年霊
『憑依―異形コレクション』（光文社文庫）　光文社　2010.5　①978-4-334-74784-8

霞 流一　かすみ・りゅういち

ぼくのおじさん
『喜劇綺劇―異形コレクション』（光文社文庫）　光文社　2009.12　①978-4-334-74698-8

粕谷 栄市　かすや・えいいち

篝川
『文豪てのひら怪談』（ポプラ文庫）　ポプラ社　2009.8　①978-4-591-11104-8

粕谷 知世　かすや・ちせ

人の身として思いつく限り、最高にどでかい望み
『NOVA 8 書き下ろし日本SFコレクション』（河出文庫）河出書房新社　2012.7　①978-4-309-41162-0

片瀬 二郎　かたせ・にろう

検索ワード：異次元／深夜会議
『NOVA 9 書き下ろし日本SFコレクション』（河出文庫）河出書房新社　2013.1　①978-4-309-41190-3

コメット号漂流記
『サムライ・ポテト』（NOVAコレクション）河出書房新社　2014.5　①978-4-309-62226-2

サムライ・ポテト
『NOVA 7 書き下ろし日本SFコレクション』（河出文庫）河出書房新社　2012.3　①978-4-309-41136-1

『サムライ・ポテト』（NOVAコレクション）河出書房新社　2014.5　①978-4-309-62226-2

三人の魔女
『サムライ・ポテト』（NOVAコレクション）河出書房新社　2014.5　①978-4-309-62226-2

花と少年
『原色の想像力 2　創元SF短編集アンソロジー』（創元SF文庫）東京創元社　2012.3　①978-4-488-73902-7

三津谷くんのマークX
『サムライ・ポテト』（NOVAコレクション）河出書房新社　2014.5　①978-4-309-62226-2

ライフ・オブザリビングデッド
『NOVA 10』（河出文庫）河出書房新社　2013.7　①978-4-309-41230-6

00:00:00.01pm
『NOVA 8 書き下ろし日本SFコレクション』（河出文庫）河出書房新社　2012.7　①978-4-309-41162-0

『サムライ・ポテト』（NOVAコレクション）河出書房新社　2014.5　①978-4-309-62226-2

片瀬 由良　かたせ・ゆら

インヤン・カフェへようこそ
『陰陽カフェへようこそ』（ルルル文庫）　小学館　2011.1　①978-4-09-452184-9

Hide and Seek―ハイド・アンド・シーク
『陰陽カフェへようこそ』（ルルル文庫）　小学館　2011.1　①978-4-09-452184-9

片山 廣子　かたやま・ひろこ

うまれた家（抄）
『文豪てのひら怪談』（ポプラ文庫）　ポプラ社　2009.8　①978-4-591-11104-8

カツオシD

イル・シャハーン
『不条理な弱点』　幻冬舎メディアコンサルティング　2016.5　①978-4-344-99325-9

カツオシD

エクソシストの憂鬱
『不条理な弱点』 幻冬舎メディアコンサルティング 2016.5 ①978-4-344-99325-9

お爺さんの見た青い空
『不条理な弱点』 幻冬舎メディアコンサルティング 2016.5 ①978-4-344-99325-9

お一人さん
『不条理な弱点』 幻冬舎メディアコンサルティング 2016.5 ①978-4-344-99325-9

思い込み茸
『不条理な弱点』 幻冬舎メディアコンサルティング 2016.5 ①978-4-344-99325-9

音智協会の謎
『不条理な弱点』 幻冬舎メディアコンサルティング 2016.5 ①978-4-344-99325-9

瑕疵物件
『不条理な弱点』 幻冬舎メディアコンサルティング 2016.5 ①978-4-344-99325-9

家族
『不条理な弱点』 幻冬舎メディアコンサルティング 2016.5 ①978-4-344-99325-9

恐怖のコラレオーネ
『不条理な弱点』 幻冬舎メディアコンサルティング 2016.5 ①978-4-344-99325-9

心の鍵を開く歌
『不条理な弱点』 幻冬舎メディアコンサルティング 2016.5 ①978-4-344-99325-9

50年目の同窓会
『不条理な弱点』 幻冬舎メディアコンサルティング 2016.5 ①978-4-344-99325-9

受験の神様にまつわる回顧録
『不条理な弱点』 幻冬舎メディアコンサルティング 2016.5 ①978-4-344-99325-9

真贋
『不条理な弱点』 幻冬舎メディアコンサルティング 2016.5 ①978-4-344-99325-9

進撃の老人ホーム
『不条理な弱点』 幻冬舎メディアコンサルティング 2016.5 ①978-4-344-99325-9

西病棟の看護師
『不条理な弱点』 幻冬舎メディアコンサルティング 2016.5 ①978-4-344-99325-9

戦慄のランチタイム
『不条理な弱点』 幻冬舎メディアコンサルティング 2016.5 ①978-4-344-99325-9

ゾンビの明日
『不条理な弱点』 幻冬舎メディアコンサルティング 2016.5 ①978-4-344-99325-9

デーバローカ刑務所の秘密
『不条理な弱点』 幻冬舎メディアコンサルティング 2016.5 ①978-4-344-99325-9

天罰てきめん
『不条理な弱点』 幻冬舎メディアコンサルティング 2016.5 ①978-4-344-99325-9

独裁者の集う街
『不条理な弱点』 幻冬舎メディアコンサルティング 2016.5 ①978-4-344-99325-9

白道
『不条理な弱点』 幻冬舎メディアコンサルティング 2016.5 ①978-4-344-99325-9

ハチとキリギリス
『不条理な弱点』 幻冬舎メディアコンサルティング 2016.5 ①978-4-344-99325-9

悲鳴
『不条理な弱点』 幻冬舎メディアコンサルティング 2016.5 ①978-4-344-99325-9

不条理な弱点
『不条理な弱点』 幻冬舎メディアコンサルティング 2016.5 ①978-4-344-99325-9

プロローグ・静寂の中で
『不条理な弱点』 幻冬舎メディアコンサルティング 2016.5 ①978-4-344-99325-9

保冷室にて
『不条理な弱点』 幻冬舎メディアコンサルティング 2016.5 ①978-4-344-99325-9

マカラス・ドリンク
『不条理な弱点』 幻冬舎メディアコンサルティング 2016.5 ①978-4-344-99325-9

よろずやの店員
『不条理な弱点』 幻冬舎メディアコンサルティング 2016.5 ①978-4-344-99325-9

レンタル・要介護老人
『不条理な弱点』 幻冬舎メディアコンサルティング 2016.5 ①978-4-344-99325-9

503号室の住人
『不条理な弱点』 幻冬舎メディアコンサルティング 2016.5 ①978-4-344-99325-9

7年と8カ月
『不条理な弱点』 幻冬舎メディアコンサルティング 2016.5 ⓘ978-4-344-99325-9

勝山 海百合　かつやま・うみゆり

頭だけの男
『女たちの怪談百物語』(幽books) メディアファクトリー 2010.11 ⓘ978-4-8401-3599-3
『女たちの怪談百物語』(角川ホラー文庫) 角川書店 2014.1 ⓘ978-4-04-101192-8

泉のぬし
『女たちの怪談百物語』(幽books) メディアファクトリー 2010.11 ⓘ978-4-8401-3599-3
『女たちの怪談百物語』(角川ホラー文庫) 角川書店 2014.1 ⓘ978-4-04-101192-8

神かくし
『女たちの怪談百物語』(幽books) メディアファクトリー 2010.11 ⓘ978-4-8401-3599-3
『女たちの怪談百物語』(角川ホラー文庫) 角川書店 2014.1 ⓘ978-4-04-101192-8

熊のほうがおっかない
『怪談列島ニッポン――書き下ろし諸国奇談競作集』(MF文庫 ダ・ヴィンチ) メディアファクトリー 2009.2 ⓘ978-4-8401-2674-8

呉服屋の大旦那さん
『女たちの怪談百物語』(幽books) メディアファクトリー 2010.11 ⓘ978-4-8401-3599-3
『女たちの怪談百物語』(角川ホラー文庫) 角川書店 2014.1 ⓘ978-4-04-101192-8

しらせ
『女たちの怪談百物語』(幽books) メディアファクトリー 2010.11 ⓘ978-4-8401-3599-3
『女たちの怪談百物語』(角川ホラー文庫) 角川書店 2014.1 ⓘ978-4-04-101192-8

小さいサラリーマン〈たち〉
『女たちの怪談百物語』(幽books) メディアファクトリー 2010.11 ⓘ978-4-8401-3599-3
『女たちの怪談百物語』(角川ホラー文庫) 角川書店 2014.1 ⓘ978-4-04-101192-8

トイレに現れたお祖母ちゃん
『女たちの怪談百物語』(幽books) メディアファクトリー 2010.11 ⓘ978-4-8401-3599-3
『女たちの怪談百物語』(角川ホラー文庫) 角川書店 2014.1 ⓘ978-4-04-101192-8

葉書と帰還兵
『女たちの怪談百物語』(幽books) メディアファクトリー 2010.11 ⓘ978-4-8401-3599-3
『女たちの怪談百物語』(角川ホラー文庫) 角川書店 2014.1 ⓘ978-4-04-101192-8

メガネレンズ
『女たちの怪談百物語』(幽books) メディアファクトリー 2010.11 ⓘ978-4-8401-3599-3
『女たちの怪談百物語』(角川ホラー文庫) 角川書店 2014.1 ⓘ978-4-04-101192-8

桂 修司　かつら・しゅうじ

死を呼ぶ勲章
『10分間(じゅっぷんかん)ミステリー』(宝島社文庫　〔このミス大賞〕) 宝島社 2012.2 ⓘ978-4-7966-8712-6
『5分で凍る！ ぞっとする怖い話』(宝島社文庫) 宝島社 2015.5 ⓘ978-4-8002-4039-2

本当に無料で乗れます
『5分で読める！ ひと駅ストーリー――『このミステリーがすごい！』大賞×日本ラブストーリー大賞×『このライトノベルがすごい！』大賞　降車編』(宝島社文庫) 宝島社 2012.12 ⓘ978-4-8002-0086-0
『5分で凍る！ ぞっとする怖い話』(宝島社文庫) 宝島社 2015.5 ⓘ978-4-8002-4039-2

加藤 清子　かとう・きよこ

猫のスノウ
『ゆきのまち幻想文学賞小品集　20　もうひとつの階段』 企画集団ぷりずむ 2011.4 ⓘ978-4-906691-37-1

春を待つクジラ
『ゆきのまち幻想文学賞小品集　21　風花雪の物語二十七編』 企画集団ぷりずむ 2012.3 ⓘ978-4-906691-42-5

加藤 一　かとう・はじめ

占い
　『アドレナリンの夜　猟奇ノ血』（竹書房文庫）
　　竹書房　2016.2　①978-4-8019-0636-5

帰り道
　『アドレナリンの夜　猟奇ノ血』（竹書房文庫）
　　竹書房　2016.2　①978-4-8019-0636-5

クレーム
　『アドレナリンの夜　猟奇ノ血』（竹書房文庫）
　　竹書房　2016.2　①978-4-8019-0636-5

ビデオレター
　『アドレナリンの夜　悪夢ノ檻』（竹書房文庫）
　　竹書房　2016.2　①978-4-8019-0615-0

SNS
　『アドレナリンの夜　猟奇ノ血』（竹書房文庫）
　　竹書房　2016.2　①978-4-8019-0636-5

加藤 博二　かとう・ひろじ

山女
　『山の怪談』　河出書房新社　2017.8　①978-4-309-22710-8

上遠野 浩平　かどの・こうへい

オルガンのバランス
　『戦車のような彼女たち―Like Toy Soldiers』　講談社　2012.7　①978-4-06-217793-1

ゴリアテに生き甲斐はない
　『戦車のような彼女たち―Like Toy Soldiers』　講談社　2012.7　①978-4-06-217793-1

すばめばちがサヨナラというとき
　『戦車のような彼女たち―Like Toy Soldiers』　講談社　2012.7　①978-4-06-217793-1

製造人間は頭が固い
　『アステロイド・ツリーの彼方へ―年刊日本SF傑作選』（創元SF文庫）　東京創元社　2016.6　①978-4-488-73409-1

鉄仮面をめぐる論議
　『ぼくの、マシーン―ゼロ年代日本SFベスト集成　S』（創元SF文庫）　東京創元社　2010.10　①978-4-488-73801-3

鼠
　『戦車のような彼女たち―Like Toy Soldiers』　講談社　2012.7　①978-4-06-217793-1

ヘンシェル型ケーニッヒス・ティーガー
　『戦車のような彼女たち―Like Toy Soldiers』　講談社　2012.7　①978-4-06-217793-1

ポルシェ式ヤークト・ティーガー
　『戦車のような彼女たち―Like Toy Soldiers』　講談社　2012.7　①978-4-06-217793-1

金沢 勝　かなざわ・まさる

誰しもカタルシスを求めてるのだ
　『マタタビ潔子の猫魂』（MF文庫ダ・ヴィンチ）　メディアファクトリー　2012.1　①978-4-8401-4364-6

金斬 児狐　かねきる・こぎつね

弓天直下 "ラン・ベルの過去"
　『Re：Monster8.5』　アルファポリス　2017.3　①978-4-434-23011-0

見解の相違とは自覚し難いモノである―赤髪ショートの転換点
　『Re：Monster外伝　斧滅大帝の目覚め』　アルファポリス　2013.7　①978-4-434-18077-4

賢者之年の日常よ
　『Re：Monster8.5』　アルファポリス　2017.3　①978-4-434-23011-0

子供達の戦い "アルジェントは苦労する／オーロは鬼生を謳歌する"
　『Re：Monster8.5』　アルファポリス　2017.3　①978-4-434-23011-0

詩篇覚醒者の裏話
　『Re：Monster外伝　斧滅大帝の目覚め』　アルファポリス　2013.7　①978-4-434-18077-4

獣心覚醒 "親心と子心"
　『Re：Monster8.5』　アルファポリス　2017.3　①978-4-434-23011-0

そうだ、温泉に行こう "エルフ達の噂話"
　『Re：Monster8.5』　アルファポリス　2017.3　①978-4-434-23011-0

とある攻略者と団員の関係 "攻略者ルーキー・ベルルフの奮闘/仕事熱心な迷宮運送業者ホブ雷の営業"

『Re：Monster8.5』　アルファポリス　2017.3　①978-4-434-23011-0

鈍鉄騎士の一日

『Re：Monster外伝　斧滅大帝の目覚め』　アルファポリス　2013.7　①978-4-434-18077-4

這い寄る恐怖 "諜報員達の体験話"

『Re：Monster8.5』　アルファポリス　2017.3　①978-4-434-23011-0

始まりの名付け─ゴブ爺のちょっと危険な仕事

『Re：Monster外伝　斧滅大帝の目覚め』　アルファポリス　2013.7　①978-4-434-18077-4

斧滅大帝の目覚め

『Re：Monster外伝　斧滅大帝の目覚め』　アルファポリス　2013.7　①978-4-434-18077-4

夜の赤花と赤い鬼─ブラ里襲来・赤い花は夜に咲く

『Re：Monster外伝　斧滅大帝の目覚め』　アルファポリス　2013.7　①978-4-434-18077-4

加納　新太　かのう・あらた

アルゴ砦の怪事件

『シャイニング・ブレイド─剣士たちの間奏曲』（ファミ通文庫）エンターブレイン　2012.7　①978-4-04-728079-3

それをアイと呼ぶ

『シャイニング・ブレイド─剣士たちの間奏曲』（ファミ通文庫）エンターブレイン　2012.7　①978-4-04-728079-3

見習い魔女の子守歌

『シャイニング・ブレイド─剣士たちの間奏曲』（ファミ通文庫）エンターブレイン　2012.7　①978-4-04-728079-3

もの言う剣と、もの言う猫

『シャイニング・ブレイド─剣士たちの間奏曲』（ファミ通文庫）エンターブレイン　2012.7　①978-4-04-728079-3

勇者レイジ、異界に顕現し、氷の剣を取ること

『シャイニング・ブレイド─剣士たちの間奏曲』（ファミ通文庫）エンターブレイン　2012.7　①978-4-04-728079-3

加納　一朗　かのう・いちろう

未完成交狂楽

『喜劇綺劇─異形コレクション』（光文社文庫）光文社　2009.12　①978-4-334-74698-8

樺山　三英　かばやま・みつひで

愛の新世界

『ゴースト・オブ・ユートピア』（ハヤカワSFシリーズJコレクション）早川書房　2012.6　①978-4-15-209306-6

華氏四五一度

『ゴースト・オブ・ユートピア』（ハヤカワSFシリーズJコレクション）早川書房　2012.6　①978-4-15-209306-6

ガリヴァー旅行記

『ゴースト・オブ・ユートピア』（ハヤカワSFシリーズJコレクション）早川書房　2012.6　①978-4-15-209306-6

収容所群島

『ゴースト・オブ・ユートピア』（ハヤカワSFシリーズJコレクション）早川書房　2012.6　①978-4-15-209306-6

小惑星物語

『ゴースト・オブ・ユートピア』（ハヤカワSFシリーズJコレクション）早川書房　2012.6　①978-4-15-209306-6

すばらしい新世界

『ゴースト・オブ・ユートピア』（ハヤカワSFシリーズJコレクション）早川書房　2012.6　①978-4-15-209306-6

世界最終戦論

『ゴースト・オブ・ユートピア』（ハヤカワSFシリーズJコレクション）早川書房　2012.6　①978-4-15-209306-6

一九八四年

『ゴースト・オブ・ユートピア』（ハヤカワSFシリーズJコレクション）早川書房　2012.6　①978-4-15-209306-6

太陽の帝国

『ゴースト・オブ・ユートピア』（ハヤカワSFシリーズJコレクション）早川書房　2012.6　①978-4-15-209306-6

庭、庭師、徒弟
『NOVA 6 書き下ろし日本SFコレクション』（河出文庫）河出書房新社 2011.11 ⓘ978-4-309-41113-2

無可有郷だより
『ゴースト・オブ・ユートピア』（ハヤカワSFシリーズJコレクション）早川書房 2012.6 ⓘ978-4-15-209306-6

ONE PIECES
『超弦領域―年刊日本SF傑作選』（創元SF文庫）東京創元社 2009.6 ⓘ978-4-488-73402-2

壁井 ユカコ　かべい・ゆかこ

雲谷を駈ける龍
『五龍世界―WOOLONG WORLD 2 雲谷を駈ける龍』（ポプラ文庫ピュアフル）ポプラ社 2013.11 ⓘ978-4-591-13670-6

ヒツギとイオリ
『NOVA 7 書き下ろし日本SFコレクション』（河出文庫）河出書房新社 2012.3 ⓘ978-4-309-41136-1

人ならざる二人
『五龍世界―WOOLONG WORLD 2 雲谷を駈ける龍』（ポプラ文庫ピュアフル）ポプラ社 2013.11 ⓘ978-4-591-13670-6

神狛 しず　かみこま・しず

あの子の気配
『女たちの怪談百物語』（幽books）メディアファクトリー 2010.11 ⓘ978-4-8401-3599-3
『女たちの怪談百物語』（角川ホラー文庫）角川書店 2014.1 ⓘ978-4-04-101192-8

安全地帯
『おじゃみ―京都怪談』（幽BOOKS）メディアファクトリー 2010.5 ⓘ978-4-8401-3406-4
『京都怪談 おじゃみ』（MF文庫ダ・ヴィンチ）メディアファクトリー 2013.6 ⓘ978-4-8401-5219-8

勇
『京都怪談 おじゃみ』（MF文庫ダ・ヴィンチ）メディアファクトリー 2013.6 ⓘ978-4-8401-5219-8

おじゃみ
『おじゃみ―京都怪談』（幽BOOKS）メディアファクトリー 2010.5 ⓘ978-4-8401-3406-4
『京都怪談 おじゃみ』（MF文庫ダ・ヴィンチ）メディアファクトリー 2013.6 ⓘ978-4-8401-5219-8

家具・ロフト・残留思念付部屋有りマス
『女たちの怪談百物語』（幽books）メディアファクトリー 2010.11 ⓘ978-4-8401-3599-3
『女たちの怪談百物語』（角川ホラー文庫）角川書店 2014.1 ⓘ978-4-04-101192-8

熊の首
『女たちの怪談百物語』（幽books）メディアファクトリー 2010.11 ⓘ978-4-8401-3599-3
『女たちの怪談百物語』（角川ホラー文庫）角川書店 2014.1 ⓘ978-4-04-101192-8

殺しの兄妹
『女たちの怪談百物語』（幽books）メディアファクトリー 2010.11 ⓘ978-4-8401-3599-3
『女たちの怪談百物語』（角川ホラー文庫）角川書店 2014.1 ⓘ978-4-04-101192-8

自動販売機
『女たちの怪談百物語』（幽books）メディアファクトリー 2010.11 ⓘ978-4-8401-3599-3
『女たちの怪談百物語』（角川ホラー文庫）角川書店 2014.1 ⓘ978-4-04-101192-8

正体見たり…
『京都怪談 おじゃみ』（MF文庫ダ・ヴィンチ）メディアファクトリー 2013.6 ⓘ978-4-8401-5219-8

神社を守護するお兄ちゃん
『女たちの怪談百物語』（幽books）メディアファクトリー 2010.11 ⓘ978-4-8401-3599-3
『女たちの怪談百物語』（角川ホラー文庫）角川書店 2014.1 ⓘ978-4-04-101192-8

前妻さん
『おじゃみ―京都怪談』（幽BOOKS）メディアファクトリー 2010.5 ⓘ978-4-8401-3406-4
『京都怪談 おじゃみ』（MF文庫ダ・ヴィンチ）メディアファクトリー 2013.6 ⓘ978-4-8401-5219-8

増殖

『おじゃみ―京都怪談』（幽BOOKS）メディアファクトリー　2010.5　①978-4-8401-3406-4

『京都怪談　おじゃみ』（MF文庫ダ・ヴィンチ）メディアファクトリー　2013.6　①978-4-8401-5219-8

只今満員です

『女たちの怪談百物語』（幽books）メディアファクトリー　2010.11　①978-4-8401-3599-3

『女たちの怪談百物語』（角川ホラー文庫）角川書店　2014.1　①978-4-04-101192-8

藤娘、踊る

『女たちの怪談百物語』（幽books）メディアファクトリー　2010.11　①978-4-8401-3599-3

『女たちの怪談百物語』（角川ホラー文庫）角川書店　2014.1　①978-4-04-101192-8

風呂場の女

『女たちの怪談百物語』（幽books）メディアファクトリー　2010.11　①978-4-8401-3599-3

『女たちの怪談百物語』（角川ホラー文庫）角川書店　2014.1　①978-4-04-101192-8

見えない保育士

『女たちの怪談百物語』（幽books）メディアファクトリー　2010.11　①978-4-8401-3599-3

『女たちの怪談百物語』（角川ホラー文庫）角川書店　2014.1　①978-4-04-101192-8

虫籠窓

『おじゃみ―京都怪談』（幽BOOKS）メディアファクトリー　2010.5　①978-4-8401-3406-4

『京都怪談　おじゃみ』（MF文庫ダ・ヴィンチ）メディアファクトリー　2013.6　①978-4-8401-5219-8

神山　健治　かみやま・けんじ

空気の中のゴースト

『東のエデン―小説』（MF文庫ダ・ヴィンチ）メディアファクトリー　2012.9　①978-4-8401-4831-3

東のエデン

『東のエデン―小説』（MF文庫ダ・ヴィンチ）メディアファクトリー　2012.9　①978-4-8401-4831-3

楽園からの脱出

『東のエデン―小説』（MF文庫ダ・ヴィンチ）メディアファクトリー　2012.9　①978-4-8401-4831-3

落日

『東のエデン―小説』（MF文庫ダ・ヴィンチ）メディアファクトリー　2012.9　①978-4-8401-4831-3

Paradise Lost. No.7

『東のエデン―劇場版：小説』（MF文庫ダ・ヴィンチ）メディアファクトリー　2012.9　①978-4-8401-4832-0

THE COLD BLUE

『東のエデン―小説』（MF文庫ダ・ヴィンチ）メディアファクトリー　2012.9　①978-4-8401-4831-3

The King of Eden

『東のエデン―劇場版：小説』（MF文庫ダ・ヴィンチ）メディアファクトリー　2012.9　①978-4-8401-4832-0

神山　奉子　かみやま・ともこ

牛馬童子

『金銀甘茶―短篇集　2』下野新聞社　2011.1　①978-4-88286-448-6

金銀甘茶

『金銀甘茶―短篇集　2』下野新聞社　2011.1　①978-4-88286-448-6

こさぶ

『金銀甘茶―短篇集　2』下野新聞社　2011.1　①978-4-88286-448-6

梡の木

『金銀甘茶―短篇集　2』下野新聞社　2011.1　①978-4-88286-448-6

茅萱の雪

『金銀甘茶―短篇集　2』下野新聞社　2011.1　①978-4-88286-448-6

天空の湖

『金銀甘茶―短篇集　2』下野新聞社　2011.1　①978-4-88286-448-6

みすずかる

『金銀甘茶―短篇集　2』下野新聞社　2011.1　①978-4-88286-448-6

矢車草の青
『金銀甘茶―短篇集　2』　下野新聞社　2011.1　①978-4-88286-448-6

瑠璃の鑿
『金銀甘茶―短篇集　2』　下野新聞社　2011.1　①978-4-88286-448-6

神谷　養勇軒　かみや・ようゆうけん

怪しの若衆
『江戸奇談怪談集』（ちくま学芸文庫）筑摩書房　2012.11　①978-4-480-09488-9

生魂の寺詣
『江戸奇談怪談集』（ちくま学芸文庫）筑摩書房　2012.11　①978-4-480-09488-9

狼婆
『江戸奇談怪談集』（ちくま学芸文庫）筑摩書房　2012.11　①978-4-480-09488-9

累の怨霊
『江戸奇談怪談集』（ちくま学芸文庫）筑摩書房　2012.11　①978-4-480-09488-9

新著聞集
『江戸奇談怪談集』（ちくま学芸文庫）筑摩書房　2012.11　①978-4-480-09488-9

大悪党の往生
『江戸奇談怪談集』（ちくま学芸文庫）筑摩書房　2012.11　①978-4-480-09488-9

成瀬隼人正の念力
『江戸奇談怪談集』（ちくま学芸文庫）筑摩書房　2012.11　①978-4-480-09488-9

妬魂の念仏往生
『江戸奇談怪談集』（ちくま学芸文庫）筑摩書房　2012.11　①978-4-480-09488-9

恥を知る猫
『江戸奇談怪談集』（ちくま学芸文庫）筑摩書房　2012.11　①978-4-480-09488-9

骨、舎利と化す
『江戸奇談怪談集』（ちくま学芸文庫）筑摩書房　2012.11　①978-4-480-09488-9

水に立ちての往生
『江戸奇談怪談集』（ちくま学芸文庫）筑摩書房　2012.11　①978-4-480-09488-9

冥途の舎利
『江戸奇談怪談集』（ちくま学芸文庫）筑摩書房　2012.11　①978-4-480-09488-9

夢に臨終の日を知る
『江戸奇談怪談集』（ちくま学芸文庫）筑摩書房　2012.11　①978-4-480-09488-9

妖猫友を誘う
『江戸奇談怪談集』（ちくま学芸文庫）筑摩書房　2012.11　①978-4-480-09488-9

霊夢三たび
『江戸奇談怪談集』（ちくま学芸文庫）筑摩書房　2012.11　①978-4-480-09488-9

加門　七海　かもん・ななみ

甘党
『女たちの怪談百物語』（幽books）メディアファクトリー　2010.11　①978-4-8401-3599-3
『女たちの怪談百物語』（角川ホラー文庫）角川書店　2014.1　①978-4-04-101192-8

伊豆での話
『女たちの怪談百物語』（幽books）メディアファクトリー　2010.11　①978-4-8401-3599-3
『女たちの怪談百物語』（角川ホラー文庫）角川書店　2014.1　①978-4-04-101192-8

火葬場の話
『女たちの怪談百物語』（幽books）メディアファクトリー　2010.11　①978-4-8401-3599-3
『女たちの怪談百物語』（角川ホラー文庫）角川書店　2014.1　①978-4-04-101192-8

軽井沢での話
『女たちの怪談百物語』（幽books）メディアファクトリー　2010.11　①978-4-8401-3599-3
『女たちの怪談百物語』（角川ホラー文庫）角川書店　2014.1　①978-4-04-101192-8

ぐるりよーざ　いんへるの
『江戸迷宮―異形コレクション』（光文社文庫）光文社　2011.1　①978-4-334-74901-9

崎川橋にて
『あやかしの深川―受け継がれる怪異な土地の物語』　猿江商會　2016.7　①978-4-908260-05-6

台風中継での話
『女たちの怪談百物語』(幽books) メディアファクトリー 2010.11 ⓘ978-4-8401-3599-3
『女たちの怪談百物語』(角川ホラー文庫) 角川書店 2014.1 ⓘ978-4-04-101192-8

調伏キャンプ
『喜劇綺劇―異形コレクション』(光文社文庫) 光文社 2009.12 ⓘ978-4-334-74698-8

道路に女がうずくまっていた話
『女たちの怪談百物語』(幽books) メディアファクトリー 2010.11 ⓘ978-4-8401-3599-3
『女たちの怪談百物語』(角川ホラー文庫) 角川書店 2014.1 ⓘ978-4-04-101192-8

日本橋観光
『怪談列島ニッポン―書き下ろし諸国奇談競作集』(MF文庫 ダ・ヴィンチ) メディアファクトリー 2009.2 ⓘ978-4-8401-2674-8

ハワイでの話
『女たちの怪談百物語』(幽books) メディアファクトリー 2010.11 ⓘ978-4-8401-3599-3
『女たちの怪談百物語』(角川ホラー文庫) 角川書店 2014.1 ⓘ978-4-04-101192-8

百物語をすると…… 1
『女たちの怪談百物語』(幽books) メディアファクトリー 2010.11 ⓘ978-4-8401-3599-3
『女たちの怪談百物語』(角川ホラー文庫) 角川書店 2014.1 ⓘ978-4-04-101192-8

真夜中の住宅街での話
『女たちの怪談百物語』(幽books) メディアファクトリー 2010.11 ⓘ978-4-8401-3599-3
『女たちの怪談百物語』(角川ホラー文庫) 角川書店 2014.1 ⓘ978-4-04-101192-8

昔の思い出
『文豪てのひら怪談』(ポプラ文庫) ポプラ社 2009.8 ⓘ978-4-591-11104-8

靖国神社での話
『女たちの怪談百物語』(幽books) メディアファクトリー 2010.11 ⓘ978-4-8401-3599-3

雪
『涙の招待席―異形コレクション傑作選』(光文社文庫) 光文社 2017.10 ⓘ978-4-334-77545-2

茅田 砂胡　かやた・すなこ

王と王妃の新婚事情
『コーラル城の平穏な日々―デルフィニア戦記外伝 2』(C・NOVELSファンタジア) 中央公論新社 2011.3 ⓘ978-4-12-501145-5

シェラの日常
『コーラル城の平穏な日々―デルフィニア戦記外伝 2』(C・NOVELSファンタジア) 中央公論新社 2011.3 ⓘ978-4-12-501145-5

ポーラの休日
『コーラル城の平穏な日々―デルフィニア戦記外伝 2』(C・NOVELSファンタジア) 中央公論新社 2011.3 ⓘ978-4-12-501145-5

香山 滋　かやま・しげる

海から来た妖精
『海から来た妖精―香山滋代表短篇集 上』 沖積舎 2012.11 ⓘ978-4-8060-2154-4

キキモラ―してやられた妖精
『海から来た妖精―香山滋代表短篇集 上』 沖積舎 2012.11 ⓘ978-4-8060-2154-4

心臓花
『妖蝶記―香山滋代表短篇集 下』 沖積舎 2012.11 ⓘ978-4-8060-2155-1

月に戯れるな
『海から来た妖精―香山滋代表短篇集 上』 沖積舎 2012.11 ⓘ978-4-8060-2154-4

ネンゴ・ネンゴ
『海から来た妖精―香山滋代表短篇集 上』 沖積舎 2012.11 ⓘ978-4-8060-2154-4

白昼夢
『妖蝶記―香山滋代表短篇集 下』 沖積舎 2012.11 ⓘ978-4-8060-2155-1

妖蝶記
『妖蝶記―香山滋代表短篇集 下』 沖積舎 2012.11 ⓘ978-4-8060-2155-1

蠟燭売り
『妖蝶記―香山滋代表短篇集 下』 沖積舎 2012.11 ⓘ978-4-8060-2155-1

花洛隠士 音久　からくいんし・おんきゅう

一念の衣魚
『江戸奇談怪談集』(ちくま学芸文庫)　筑摩書房　2012.11　①978-4-480-09488-9

怪醜夜光魂
『江戸奇談怪談集』(ちくま学芸文庫)　筑摩書房　2012.11　①978-4-480-09488-9

高慢の果
『江戸奇談怪談集』(ちくま学芸文庫)　筑摩書房　2012.11　①978-4-480-09488-9

からて

嘘つきセミと青空
『マカロン大好きな女の子がどうにかこうにか千年生き続けるお話。』(MF文庫J)　メディアファクトリー　2013.8　①978-4-8401-5287-7

彼女はコンクリートとお話ができる
『マカロン大好きな女の子がどうにかこうにか千年生き続けるお話。』(MF文庫J)　メディアファクトリー　2013.8　①978-4-8401-5287-7

ぱらぽろぶるんぺろぽろばらぽん
『マカロン大好きな女の子がどうにかこうにか千年生き続けるお話。』(MF文庫J)　メディアファクトリー　2013.8　①978-4-8401-5287-7

マカロン大好きな女の子がどうにかこうにか千年生き続けるお話。
『マカロン大好きな女の子がどうにかこうにか千年生き続けるお話。』(MF文庫J)　メディアファクトリー　2013.8　①978-4-8401-5287-7

河上 朔　かわかみ・さく

さても楽しき
『wonder wonderful 君がくれた世界』(Regalo)　イースト・プレス　2010.2　①978-4-7816-0328-5

信じるならば君の心を
『wonder wonderful 君がくれた世界』(Regalo)　イースト・プレス　2010.2　①978-4-7816-0328-5

だからひそやかに祈るよ
『wonder wonderful 君がくれた世界』(Regalo)　イースト・プレス　2010.2　①978-4-7816-0328-5

何度でも
『wonder wonderful 君がくれた世界』(Regalo)　イースト・プレス　2010.2　①978-4-7816-0328-5

川上 弘美　かわかみ・ひろみ

神様2011
『神様2011』　講談社　2011.9　①978-4-06-217232-5
『それでも三月は、また』　講談社　2012.2　①978-4-06-217523-4
『拡張幻想―年刊日本SF傑作選』(創元SF文庫)　東京創元社　2012.6　①978-4-488-73405-3

椰子・椰子　冬(抄)
『文豪てのひら怪談』(ポプラ文庫)　ポプラ社　2009.8　①978-4-591-11104-8

川崎 草志　かわさき・そうし

いっしょだから
『憑きびと―「読楽」ホラー小説アンソロジー』(徳間文庫)　徳間書店　2016.2　①978-4-19-894070-6

川田 裕美子　かわだ・ゆみこ

天花炎々
『小さな魔法の降る日に―ゆきのまち幻想文学賞小品集　25』企画集団ぷりずむ　2015.10　①978-4-906691-55-5

光の在りか
『ゆきのまち幻想文学賞小品集　21　風花雪の物語二十七編』企画集団ぷりずむ　2012.3　①978-4-906691-42-5

川端 裕人　かわばた・ひろと

アコウの根
『雲の王』　集英社　2012.7　①978-4-08-771455-5

月光環
『雲の王』 集英社 2012.7 ①978-4-08-771455-5

台風の目
『雲の王』 集英社 2012.7 ①978-4-08-771455-5

ナーガの雨
『雲の王』 集英社 2012.7 ①978-4-08-771455-5

八月の世界樹
『雲の王』 集英社 2012.7 ①978-4-08-771455-5

目の壁
『雲の王』 集英社 2012.7 ①978-4-08-771455-5

惑星波
『雲の王』 集英社 2012.7 ①978-4-08-771455-5

川端 康成　かわばた・やすなり

篝火
『新編・日本幻想文学集成　7　三島由紀夫・川端康成・正宗白鳥・室生犀星』　国書刊行会　2017.8　①978-4-336-06032-7

片腕
『眠れる美女　改版』（新潮文庫）新潮社 2010.1　①978-4-10-100120-3
『不思議の扉―ありえない恋』（角川文庫）角川書店　2011.2　①978-4-04-394372-2
『幻視の系譜―日本幻想文学大全』（ちくま文庫）筑摩書房　2013.10　①978-4-480-43112-7

死者の書
『新編・日本幻想文学集成　7　三島由紀夫・川端康成・正宗白鳥・室生犀星』　国書刊行会　2017.8　①978-4-336-06032-7

死体紹介人
『新編・日本幻想文学集成　7　三島由紀夫・川端康成・正宗白鳥・室生犀星』　国書刊行会　2017.8　①978-4-336-06032-7

十六歳の日記
『伊豆の踊子・温泉宿 他四篇』（ワイド版岩波文庫）岩波書店　2009.4　①978-4-00-007308-0

『大阪文学名作選』（講談社文芸文庫）講談社 2011.11　①978-4-06-290140-6
『新編・日本幻想文学集成　7　三島由紀夫・川端康成・正宗白鳥・室生犀星』　国書刊行会　2017.8　①978-4-336-06032-7

白い満月
『幻』（百年文庫）ポプラ社　2010.10 ①978-4-591-11921-1
『新編・日本幻想文学集成　7　三島由紀夫・川端康成・正宗白鳥・室生犀星』　国書刊行会　2017.8　①978-4-336-06032-7

心中
『文豪てのひら怪談』（ポプラ文庫）ポプラ社 2009.8　①978-4-591-11104-8
『掌の小説　上』（大活字本シリーズ）埼玉福祉会　2012.6　①978-4-88419-765-0

川又 千秋　かわまた・ちあき

火星甲殻団
『日本SF短篇50―日本SF作家クラブ創立50周年記念アンソロジー　3』（ハヤカワ文庫JA）早川書房　2013.6　①978-4-15-031115-5

指の冬
『日本SF全集　第2巻』出版芸術社　2010.3 ①978-4-88293-347-2

神坂 一　かんざか・はじめ

アビスゲート3 楔を穿つ淵の使者
『アビスゲート　3　楔を穿つ淵の使者』（富士見ファンタジア文庫）富士見書房　2010.9 ①978-4-8291-3564-8

海の誘う森
『アビスゲート　3　楔を穿つ淵の使者』（富士見ファンタジア文庫）富士見書房　2010.9 ①978-4-8291-3564-8

スレイヤーズいんたーみっしょん リナ＝インバースの記録
『スレイヤーズ25周年あんそろじー』（富士見ファンタジア文庫）角川書店　2015.1 ①978-4-04-070467-8

神崎 照子　かんざき・てるこ

ディアトリマの夜
『ゆきのまち幻想文学賞小品集　20　もうひとつの階段』　企画集団ぷりずむ　2011.4　①978-4-906691-37-1

神田 伯龍　かんだ・はくりゅう

護国の霊魂坂本龍馬
『大正の怪談実話ヴィンテージ・コレクション』(幽BOOKS　幽Classics)　メディアファクトリー　2013.3　①978-4-8401-5116-0

大正奇聞死霊生霊
『大正の怪談実話ヴィンテージ・コレクション』(幽BOOKS　幽Classics)　メディアファクトリー　2013.3　①978-4-8401-5116-0

探偵奇聞老婆の恨
『大正の怪談実話ヴィンテージ・コレクション』(幽BOOKS　幽Classics)　メディアファクトリー　2013.3　①978-4-8401-5116-0

水海道の茶屋女
『大正の怪談実話ヴィンテージ・コレクション』(幽BOOKS　幽Classics)　メディアファクトリー　2013.3　①978-4-8401-5116-0

幽霊博士の幽霊話
『大正の怪談実話ヴィンテージ・コレクション』(幽BOOKS　幽Classics)　メディアファクトリー　2013.3　①978-4-8401-5116-0

神奈木 智　かんなぎ・さとる

犬とかまいたち
『冥暗堂偽妖怪語』(富士見L文庫)　角川書店　2016.10　①978-4-04-072012-8

化け猫の置き土産
『冥暗堂偽妖怪語』(富士見L文庫)　角川書店　2016.10　①978-4-04-072012-8

妖怪贋作師
『冥暗堂偽妖怪語』(富士見L文庫)　角川書店　2016.10　①978-4-04-072012-8

神無月 蠍　かんなづき・さそり

回転
『怪談・奇譚―Teller of Terror』　文芸社　2011.9　①978-4-286-10893-3

共罪
『怪談・奇譚―Teller of Terror』　文芸社　2011.9　①978-4-286-10893-3

蜘蛛
『怪談・奇譚―Teller of Terror』　文芸社　2011.9　①978-4-286-10893-3

気配
『怪談・奇譚―Teller of Terror』　文芸社　2011.9　①978-4-286-10893-3

〈沼底の街〉と亀裂の日々
『怪談・奇譚―Teller of Terror』　文芸社　2011.9　①978-4-286-10893-3

「先死」という名のknight
『怪談・奇譚―Teller of Terror』　文芸社　2011.9　①978-4-286-10893-3

トロイの黙波
『怪談・奇譚―Teller of Terror』　文芸社　2011.9　①978-4-286-10893-3

白砂
『怪談・奇譚―Teller of Terror』　文芸社　2011.9　①978-4-286-10893-3

墓穴
『怪談・奇譚―Teller of Terror』　文芸社　2011.9　①978-4-286-10893-3

星々の交わし子
『怪談・奇譚―Teller of Terror』　文芸社　2011.9　①978-4-286-10893-3

神林 長平　かんばやし・ちょうへい

あなたがわからない
『Visions』　講談社　2016.10　①978-4-06-220294-7

アンブロークンアロー
『アンブロークンアロー―戦闘妖精・雪風』　早川書房　2009.7　①978-4-15-209051-5

『アンブロークンアロー―戦闘妖精・雪風』(ハヤカワ文庫JA)　早川書房　2011.3　①978-4-15-031024-0

いま集合的無意識を、

『いま集合的無意識を、』(ハヤカワ文庫JA) 早川書房 2012.3 ①978-4-15-031061-5

『拡張幻想―年刊日本SF傑作選』(創元SF文庫) 東京創元社 2012.6 ①978-4-488-73405-3

ウィスカー

『いま集合的無意識を、』(ハヤカワ文庫JA) 早川書房 2012.3 ①978-4-15-031061-5

返して！

『狐と踊れ 新版』(ハヤカワ文庫JA) 早川書房 2010.4 ①978-4-15-030995-4

かくも無数の悲鳴

『NOVA 2 書き下ろし日本SFコレクション』(河出文庫) 河出書房新社 2010.7 ①978-4-309-41027-2

『いま集合的無意識を、』(ハヤカワ文庫JA) 早川書房 2012.3 ①978-4-15-031061-5

幽かな効能、機能・効果・検出

『SFマガジン700 国内篇―創刊700号記念アンソロジー』(ハヤカワ文庫SF) 早川書房 2014.5 ①978-4-15-011961-4

奇生

『狐と踊れ 新版』(ハヤカワ文庫JA) 早川書房 2010.4 ①978-4-15-030995-4

狐と踊れ

『狐と踊れ 新版』(ハヤカワ文庫JA) 早川書房 2010.4 ①978-4-15-030995-4

戯文 Gibun

『言壺』(ハヤカワ文庫JA) 早川書房 2011.6 ①978-4-15-031037-0

綺文 Kibun

『言壺』(ハヤカワ文庫JA) 早川書房 2011.6 ①978-4-15-031037-0

切り落とし

『いま集合的無意識を、』(ハヤカワ文庫JA) 早川書房 2012.3 ①978-4-15-031061-5

言葉使い師

『てのひらの宇宙―星雲賞短編SF傑作選』(創元SF文庫) 東京創元社 2013.3 ①978-4-488-73803-7

『日本SF全集 3 1978～1984』 出版芸術社 2013.12 ①978-4-88293-348-9

栽培文 Saibaibun

『言壺』(ハヤカワ文庫JA) 早川書房 2011.6 ①978-4-15-031037-0

さまよえる特殊戦

『アンブロークンアロー――戦闘妖精・雪風』 早川書房 2009.7 ①978-4-15-209051-5

『アンブロークンアロー――戦闘妖精・雪風』(ハヤカワ文庫JA) 早川書房 2011.3 ①978-4-15-031024-0

自・我・像

『逆想コンチェルト 奏の1 イラスト先行・競作小説アンソロジー』 徳間書店 2010.6 ①978-4-19-862964-9

『いま集合的無意識を、』(ハヤカワ文庫JA) 早川書房 2012.3 ①978-4-15-031061-5

ジャムになった男

『アンブロークンアロー――戦闘妖精・雪風』 早川書房 2009.7 ①978-4-15-209051-5

『アンブロークンアロー――戦闘妖精・雪風』(ハヤカワ文庫JA) 早川書房 2011.3 ①978-4-15-031024-0

ダイアショック

『狐と踊れ 新版』(ハヤカワ文庫JA) 早川書房 2010.4 ①978-4-15-030995-4

跳文 Tyoubun

『言壺』(ハヤカワ文庫JA) 早川書房 2011.6 ①978-4-15-031037-0

蔦紅葉

『狐と踊れ 新版』(ハヤカワ文庫JA) 早川書房 2010.4 ①978-4-15-030995-4

敵は海賊

『敵は海賊・短篇版』(ハヤカワ文庫JA) 早川書房 2009.8 ①978-4-15-030963-3

等身大の「敵海」世界

『敵は海賊・短篇版』(ハヤカワ文庫JA) 早川書房 2009.8 ①978-4-15-030963-3

似負文 Nioibun

『言壺』(ハヤカワ文庫JA) 早川書房 2011.6 ①978-4-15-031037-0

縛霊

『狐と踊れ 新版』(ハヤカワ文庫JA) 早川書房 2010.4 ①978-4-15-030995-4

放たれた矢

『アンブロークンアロー――戦闘妖精・雪風』 早川書房 2009.7 ①978-4-15-209051-5

かんべむさし

『アンブロークンアロー―戦闘妖精・雪風』(ハヤカワ文庫JA) 早川書房 2011.3 ①978-4-15-031024-0

被援文Hiennbun
『言壺』(ハヤカワ文庫JA) 早川書房 2011.6 ①978-4-15-031037-0

被書空間
『敵は海賊・短篇版』(ハヤカワ文庫JA) 早川書房 2009.8 ①978-4-15-030963-3

ビートルズが好き
『狐と踊れ 新版』(ハヤカワ文庫JA) 早川書房 2010.4 ①978-4-15-030995-4

碑文Hibun
『言壺』(ハヤカワ文庫JA) 早川書房 2011.6 ①978-4-15-031037-0

忙殺
『狐と踊れ 新版』(ハヤカワ文庫JA) 早川書房 2010.4 ①978-4-15-030995-4

ぼくの、マシン
『ぼくの、マシン―ゼロ年代日本SFベスト集成 S』(創元SF文庫) 東京創元社 2010.10 ①978-4-488-73801-3
『いま集合的無意識を、』(ハヤカワ文庫JA) 早川書房 2012.3 ①978-4-15-031061-5

没文Botsubun
『言壺』(ハヤカワ文庫JA) 早川書房 2011.6 ①978-4-15-031037-0

雪風が飛ぶ空
『アンブロークンアロー―戦闘妖精・雪風』早川書房 2009.7 ①978-4-15-209051-5
『アンブロークンアロー―戦闘妖精・雪風』(ハヤカワ文庫JA) 早川書房 2011.3 ①978-4-15-031024-0

雪風帰還せず
『アンブロークンアロー―戦闘妖精・雪風』早川書房 2009.7 ①978-4-15-209051-5
『アンブロークンアロー―戦闘妖精・雪風』(ハヤカワ文庫JA) 早川書房 2011.3 ①978-4-15-031024-0

妖精が舞う
『日本SF短篇50―日本SF作家クラブ創立50周年記念アンソロジー 2』(ハヤカワ文庫) 早川書房 2013.4 ①978-4-15-031110-0

甸冥の神
『敵は海賊・短篇版』(ハヤカワ文庫JA) 早川書房 2009.8 ①978-4-15-030963-3

落砂
『狐と踊れ 新版』(ハヤカワ文庫JA) 早川書房 2010.4 ①978-4-15-030995-4

乱文Ranbun
『言壺』(ハヤカワ文庫JA) 早川書房 2011.6 ①978-4-15-031037-0

わが名はジュティ、文句あるか
『敵は海賊・短篇版』(ハヤカワ文庫JA) 早川書房 2009.8 ①978-4-15-030963-3

TR4989DA
『楽園追放rewired―サイバーパンクSF傑作選』(ハヤカワ文庫JA) 早川書房 2014.10 ①978-4-15-031172-8

かんべ むさし

決戦・日本シリーズ
『70年代日本SFベスト集成 4 1974年度版』(ちくま文庫) 筑摩書房 2015.4 ①978-4-480-43214-8

言語破壊官
『日本SF全集 第2巻』 出版芸術社 2010.3 ①978-4-88293-347-2

サイコロ特攻隊
『70年代日本SFベスト集成 5 1975年度版』(ちくま文庫) 筑摩書房 2015.6 ①978-4-480-43215-5

成程それで合点録
『喜劇綺劇―異形コレクション』(光文社文庫) 光文社 2009.12 ①978-4-334-74698-8

木内 石亭　きうち・せきてい

石闘
『江戸奇談怪談集』(ちくま学芸文庫) 筑摩書房 2012.11 ①978-4-480-09488-9

牛石
『江戸奇談怪談集』(ちくま学芸文庫) 筑摩書房 2012.11 ①978-4-480-09488-9

雲根志
『江戸奇談怪談集』(ちくま学芸文庫) 筑摩書房 2012.11 ①978-4-480-09488-9

金蛇石
『江戸奇談怪談集』(ちくま学芸文庫) 筑摩書房 2012.11 ①978-4-480-09488-9

コトコト石
『江戸奇談怪談集』（ちくま学芸文庫）筑摩書房　2012.11　①978-4-480-09488-9

子持石
『江戸奇談怪談集』（ちくま学芸文庫）筑摩書房　2012.11　①978-4-480-09488-9

少女石
『江戸奇談怪談集』（ちくま学芸文庫）筑摩書房　2012.11　①978-4-480-09488-9

白玉
『江戸奇談怪談集』（ちくま学芸文庫）筑摩書房　2012.11　①978-4-480-09488-9

石実
『江戸奇談怪談集』（ちくま学芸文庫）筑摩書房　2012.11　①978-4-480-09488-9

石牡丹
『江戸奇談怪談集』（ちくま学芸文庫）筑摩書房　2012.11　①978-4-480-09488-9

崇石
『江戸奇談怪談集』（ちくま学芸文庫）筑摩書房　2012.11　①978-4-480-09488-9

立石
『江戸奇談怪談集』（ちくま学芸文庫）筑摩書房　2012.11　①978-4-480-09488-9

致富石
『江戸奇談怪談集』（ちくま学芸文庫）筑摩書房　2012.11　①978-4-480-09488-9

露涌石
『江戸奇談怪談集』（ちくま学芸文庫）筑摩書房　2012.11　①978-4-480-09488-9

天神石
『江戸奇談怪談集』（ちくま学芸文庫）筑摩書房　2012.11　①978-4-480-09488-9

泣石
『江戸奇談怪談集』（ちくま学芸文庫）筑摩書房　2012.11　①978-4-480-09488-9

虹石
『江戸奇談怪談集』（ちくま学芸文庫）筑摩書房　2012.11　①978-4-480-09488-9

飛動石
『江戸奇談怪談集』（ちくま学芸文庫）筑摩書房　2012.11　①978-4-480-09488-9

人肌石
『江戸奇談怪談集』（ちくま学芸文庫）筑摩書房　2012.11　①978-4-480-09488-9

夜光石
『江戸奇談怪談集』（ちくま学芸文庫）筑摩書房　2012.11　①978-4-480-09488-9

龍馬石
『江戸奇談怪談集』（ちくま学芸文庫）筑摩書房　2012.11　①978-4-480-09488-9

木々 高太郎　きぎ・たかたろう

網膜脈視症
『恐ろしい話』（ちくま文学の森）筑摩書房　2011.1　①978-4-480-42736-6

木々津 克久　きぎつ・かつひさ

フランケ・ふらん - OCTOPUS -
『拡張幻想一年刊日本SF傑作選』（創元SF文庫）東京創元社　2012.6　①978-4-488-73405-3

菊岡 沾凉　きくおか・せんりょう

犬の転生
『江戸奇談怪談集』（ちくま学芸文庫）筑摩書房　2012.11　①978-4-480-09488-9

髪切
『江戸奇談怪談集』（ちくま学芸文庫）筑摩書房　2012.11　①978-4-480-09488-9

源五郎狐
『江戸奇談怪談集』（ちくま学芸文庫）筑摩書房　2012.11　①978-4-480-09488-9

諸国里人談
『江戸奇談怪談集』（ちくま学芸文庫）筑摩書房　2012.11　①978-4-480-09488-9

森囃
『江戸奇談怪談集』（ちくま学芸文庫）筑摩書房　2012.11　①978-4-480-09488-9

菊池 和子　きくち・かずこ

足跡
『ゆきのまち幻想文学賞小品集　20　もうひとつの階段』　企画集団ぷりずむ　2011.4　①978-4-906691-37-1

菊池 寛　きくち・かん

三浦右衛門の最後
『恐ろしい話』（ちくま文学の森）筑摩書房　2011.1　①978-4-480-42736-6

『こわい話』（中学生までに読んでおきたい日本文学）あすなろ書房　2011.2　①978-4-7515-2628-6

光遠の妹
『文豪てのひら怪談』（ポプラ文庫）ポプラ社　2009.8　①978-4-591-11104-8

菊地 秀行　きくち・ひでゆき

甘い告白
『「根無し草」の伝説』（ふしぎ文学館）出版芸術社　2009.5　①978-4-88293-371-7

出づるもの
『クトゥルー短編集　邪神金融街』（クトゥルー・ミュトス・ファイルズ）創土社　2017.8　①978-4-7988-3044-5

永遠の誓い
『魔界都市ブルース　愁哭の章―マン・サーチャー・シリーズ　12』（ノン・ノベル）祥伝社　2012.2　①978-4-396-20895-0

エイリアン黒死帝国
『トレジャー・ハンター八頭大　ファイル6』（ソノラマノベルス）朝日新聞社　2009.3　①978-4-02-273842-4

エイリアン旋風譚5―NY・ハッピー遁走曲・後篇
『トレジャー・ハンター八頭大　ファイル6』（ソノラマノベルス）朝日新聞社　2009.3　①978-4-02-273842-4

怪獣都市
『怪獣文藝』（幽ブックス）メディアファクトリー　2013.3　①978-4-8401-5144-3

邪神金融街
『クトゥルー短編集　邪神金融街』（クトゥルー・ミュトス・ファイルズ）創土社　2017.8　①978-4-7988-3044-5

帰郷
『Ｆの肖像―フランケンシュタインの幻想たち　異形コレクション』（光文社文庫）光文社　2010.9　①978-4-334-74846-3

軍針
『ダンウィッチの末裔』（クトゥルー・ミュトス・ファイルズ）創土社　2013.5　①978-4-7988-3005-6

サラ金から参りました
『「根無し草」の伝説』（ふしぎ文学館）出版芸術社　2009.5　①978-4-88293-371-7

『クトゥルー短編集　邪神金融街』（クトゥルー・ミュトス・ファイルズ）創土社　2017.8　①978-4-7988-3044-5

山海民
『THE FUTURE IS JAPANESE』（ハヤカワSFシリーズJコレクション）早川書房　2012.7　①978-4-15-209310-3

幸せな一家
『魔界都市ブルース　愁哭の章―マン・サーチャー・シリーズ　12』（ノン・ノベル）祥伝社　2012.2　①978-4-396-20895-0

城の住人
『「根無し草」の伝説』（ふしぎ文学館）出版芸術社　2009.5　①978-4-88293-371-7

すれ違った天使
『魔界都市ブルース　愁哭の章―マン・サーチャー・シリーズ　12』（ノン・ノベル）祥伝社　2012.2　①978-4-396-20895-0

切腹
『クトゥルー短編集　邪神金融街』（クトゥルー・ミュトス・ファイルズ）創土社　2017.8　①978-4-7988-3044-5

ディザスター・ガール
『「根無し草」の伝説』（ふしぎ文学館）出版芸術社　2009.5　①978-4-88293-371-7

賭博場の紳士
『クトゥルー短編集　邪神金融街』（クトゥルー・ミュトス・ファイルズ）創土社　2017.8　①978-4-7988-3044-5

とんでもない自分
『魔界都市ブルース　愁哭の章―マン・サーチャー・シリーズ　12』（ノン・ノベル）祥伝社　2012.2　①978-4-396-20895-0

「根無し草」の伝説
『「根無し草」の伝説』（ふしぎ文学館）出版芸術社　2009.5　①978-4-88293-371-7

ノクターン・ルーム
『日本SF全集　3　1978～1984』出版芸術社　2013.12　①978-4-88293-348-9

腹切り同心
『「根無し草」の伝説』（ふしぎ文学館）出版芸術社　2009.5　①978-4-88293-371-7

薔薇戦争
『「根無し草」の伝説』（ふしぎ文学館）出版芸術社　2009.5　①978-4-88293-371-7

ふたりきりの町―根無し草の伝説
『怪物園―異形コレクション』（光文社文庫）光文社　2009.8　①978-4-334-74638-4

プロメテウスの蒼い火
『「根無し草」の伝説』（ふしぎ文学館）出版芸術社　2009.5　①978-4-88293-371-7

迷い道
『魔界都市ブルース　愁哭の章―マン・サーチャー・シリーズ　12』（ノン・ノベル）祥伝社　2012.2　①978-4-396-20895-0

妄執館
『喜劇綺劇―異形コレクション』（光文社文庫）光文社　2009.12　①978-4-334-74698-8

指ごこち
『「根無し草」の伝説』（ふしぎ文学館）出版芸術社　2009.5　①978-4-88293-371-7

陽太の日記
『憑依―異形コレクション』（光文社文庫）光文社　2010.5　①978-4-334-74784-8

木皿　泉　きざら・いずみ

相棒
『ON THE WAY COMEDY道草―浮世は奇々怪々篇』（河出文庫）河出書房新社　2014.2　①978-4-309-41275-7

今日も日本晴れ
『ON THE WAY COMEDY道草―浮世は奇々怪々篇』（河出文庫）河出書房新社　2014.2　①978-4-309-41275-7

魚屋ブルース
『ON THE WAY COMEDY道草―浮世は奇々怪々篇』（河出文庫）河出書房新社　2014.2　①978-4-309-41275-7

つんのめる都市伝説
『ON THE WAY COMEDY道草―浮世は奇々怪々篇』（河出文庫）河出書房新社　2014.2　①978-4-309-41275-7

バンパイアはつらいよ
『ON THE WAY COMEDY道草―浮世は奇々怪々篇』（河出文庫）河出書房新社　2014.2　①978-4-309-41275-7

岸本　佐知子　きしもと・さちこ

分数アパート
『超弦領域―年刊日本SF傑作選』（創元SF文庫）東京創元社　2009.6　①978-4-488-73402-2

貴志　祐介　きし・ゆうすけ

呪文
『SF Japan　2009AUTUMN』徳間書店　2009.9　①978-4-19-862778-2

夜の記憶
『SFマガジン700　国内篇―創刊700号記念アンソロジー』（ハヤカワ文庫SF）早川書房　2014.5　①978-4-15-011961-4

木城　ゆきと　きしろ・ゆきと

霧界
『Visions』講談社　2016.10　①978-4-06-220294-7

北川　歩実　きたがわ・あゆみ

赤い服の女
『熱い視線』（徳間文庫）徳間書店　2010.5　①978-4-19-893157-5

熱い視線
『熱い視線』（徳間文庫）徳間書店　2010.5　①978-4-19-893157-5

恋人気取り
『熱い視線』(徳間文庫) 徳間書店 2010.5
①978-4-19-893157-5

心の眼鏡
『熱い視線』(徳間文庫) 徳間書店 2010.5
①978-4-19-893157-5

長い冬
『熱い視線』(徳間文庫) 徳間書店 2010.5
①978-4-19-893157-5

瞳の輝きを求めて
『熱い視線』(徳間文庫) 徳間書店 2010.5
①978-4-19-893157-5

ポケットの中の遺書
『熱い視線』(徳間文庫) 徳間書店 2010.5
①978-4-19-893157-5

見知らぬ女
『熱い視線』(徳間文庫) 徳間書店 2010.5
①978-4-19-893157-5

北國 浩二　きたくに・こうじ

とんぼ
『SF Japan 2009AUTUMN』徳間書店 2009.9　①978-4-19-862778-2

北野 勇作　きたの・ゆうさく

宇宙からの贈りものたち
『多々良島ふたたび―ウルトラ怪獣アンソロジー』(TSUBURAYA×HAYAKAWA UNIVERSE) 早川書房 2015.7　①978-4-15-209555-8

鰻
『行き先は特異点―年刊日本SF傑作選』(創元SF文庫) 東京創元社 2017.7　①978-4-488-73410-7

かめさん
『日本SF短篇50 4 日本SF作家クラブ創立50周年記念アンソロジー』(ハヤカワ文庫JA) 早川書房 2013.8　①978-4-15-031126-1

社員食堂の恐怖
『NOVA 4 書き下ろし日本SFコレクション』(河出文庫) 河出書房新社 2011.5　①978-4-309-41077-7

『社員たち』(NOVAコレクション) 河出書房新社 2013.10　①978-4-309-62223-1

社員たち
『NOVA 1 書き下ろし日本SFコレクション』(河出文庫) 河出書房新社 2009.12　①978-4-309-40994-8

『社員たち』(NOVAコレクション) 河出書房新社 2013.10　①978-4-309-62223-1

社内肝試し大会に関するメモ
『NOVA 7 書き下ろし日本SFコレクション』(河出文庫) 河出書房新社 2012.3　①978-4-309-41136-1

『社員たち』(NOVAコレクション) 河出書房新社 2013.10　①978-4-309-62223-1

大卒ポンプ
『NOVA 8 書き下ろし日本SFコレクション』(河出文庫) 河出書房新社 2012.7　①978-4-309-41162-0

『社員たち』(NOVAコレクション) 河出書房新社 2013.10　①978-4-309-62223-1

第二箱船荘の悲劇
『喜劇綺劇―異形コレクション』(光文社文庫) 光文社 2009.12　①978-4-334-74698-8

『逃げゆく物語の話―ゼロ年代日本SFベスト集成 F』(創元SF文庫) 東京創元社 2010.10　①978-4-488-73802-0

とんがりとその周辺
『NOVA 6 書き下ろし日本SFコレクション』(河出文庫) 河出書房新社 2011.11　①978-4-309-41113-2

はじめての駅で 観覧車
『量子回廊―年刊日本SF傑作選』(創元SF文庫) 東京創元社 2010.7　①978-4-488-73403-9

ほぼ百字小説
『アステロイド・ツリーの彼方へ―年刊日本SF傑作選』(創元SF文庫) 東京創元社 2016.6　①978-4-488-73409-1

味噌樽の中のカブト虫
『NOVA 10』(河出文庫) 河出書房新社 2013.7　①978-4-309-41230-6

『社員たち』(NOVAコレクション) 河出書房新社 2013.10　①978-4-309-62223-1

北原 尚彦　きたはら・なおひこ

愛書家倶楽部
『首吊少女亭』(角川ホラー文庫) 角川書店 2010.2　①978-4-04-394337-1

北村小松

遺棄船
『首吊少女亭』(角川ホラー文庫) 角川書店
2010.2　①978-4-04-394337-1

映画発明者
『死美人辻馬車』(講談社文庫) 講談社
2010.6　①978-4-06-276661-6

怪人撥条足男
『首吊少女亭』(角川ホラー文庫) 角川書店
2010.2　①978-4-04-394337-1

鏡迷宮
『死美人辻馬車』(講談社文庫) 講談社
2010.6　①978-4-06-276661-6

火星人秘録
『首吊少女亭』(角川ホラー文庫) 角川書店
2010.2　①978-4-04-394337-1

活人画
『首吊少女亭』(角川ホラー文庫) 角川書店
2010.2　①978-4-04-394337-1

帰去来
『死美人辻馬車』(講談社文庫) 講談社
2010.6　①978-4-06-276661-6

凶刃
『首吊少女亭』(角川ホラー文庫) 角川書店
2010.2　①978-4-04-394337-1

首吊少女亭
『首吊少女亭』(角川ホラー文庫) 角川書店
2010.2　①978-4-04-394337-1

下水道
『首吊少女亭』(角川ホラー文庫) 角川書店
2010.2　①978-4-04-394337-1

眷属
『首吊少女亭』(角川ホラー文庫) 角川書店
2010.2　①978-4-04-394337-1

屍衣館怪異譚
『死美人辻馬車』(講談社文庫) 講談社
2010.6　①978-4-06-276661-6

屍者狩り大佐
『NOVA＋屍者たちの帝国―書き下ろし日本SFコレクション』(河出文庫) 河出書房新社
2015.10　①978-4-309-41407-2

死美人辻馬車
『死美人辻馬車』(講談社文庫) 講談社
2010.6　①978-4-06-276661-6

新人審査
『首吊少女亭』(角川ホラー文庫) 角川書店
2010.2　①978-4-04-394337-1

人造令嬢
『首吊少女亭』(角川ホラー文庫) 角川書店
2010.2　①978-4-04-394337-1

貯金箱
『首吊少女亭』(角川ホラー文庫) 角川書店
2010.2　①978-4-04-394337-1

バスカヴィル家の怪魔
『ホームズ鬼譚―異次元の色彩』(クトゥルー・ミュトス・ファイルズ) 創土社　2013.9
①978-4-7988-3008-7

秘百合
『死美人辻馬車』(講談社文庫) 講談社
2010.6　①978-4-06-276661-6

袋笛奏者
『死美人辻馬車』(講談社文庫) 講談社
2010.6　①978-4-06-276661-6

朋類
『死美人辻馬車』(講談社文庫) 講談社
2010.6　①978-4-06-276661-6

蜜月旅行
『死美人辻馬車』(講談社文庫) 講談社
2010.6　①978-4-06-276661-6

北原　白秋　きたはら・はくしゅう

狸の睾丸
『文豪てのひら怪談』(ポプラ文庫) ポプラ社
2009.8　①978-4-591-11104-8

北村　薫　きたむら・かおる

指
『眠れなくなる夢十夜』(新潮文庫) 新潮社
2009.6　①978-4-10-133252-9

『眠れなくなる夢十夜』(新潮文庫) 新潮社
2017.1　①978-4-10-101051-9

北村　小松　きたむら・こまつ

円盤に注意されたし
『燃える空飛ぶ円盤―北村小松UFO小説集』(JESFTV新書) 日本初期SF映像顕彰会
2012.12

少年のひみつ
『燃える空飛ぶ円盤―北村小松UFO小説集』（JESFTV新書）日本初期SF映像顕彰会　2012.12

空とぶ円ばん
『燃える空飛ぶ円盤―北村小松UFO小説集』（JESFTV新書）日本初期SF映像顕彰会　2012.12

天空の魔境
『燃える空飛ぶ円盤―北村小松UFO小説集』（JESFTV新書）日本初期SF映像顕彰会　2012.12

23太陽系13番惑星
『燃える空飛ぶ円盤―北村小松UFO小説集』（JESFTV新書）日本初期SF映像顕彰会　2012.12

年齢四十億年
『燃える空飛ぶ円盤―北村小松UFO小説集』（JESFTV新書）日本初期SF映像顕彰会　2012.12

燃える金星
『燃える空飛ぶ円盤―北村小松UFO小説集』（JESFTV新書）日本初期SF映像顕彰会　2012.12

北村　想　きたむら・そう

土左衛門
『文豪てのひら怪談』（ポプラ文庫）ポプラ社　2009.8　①978-4-591-11104-8

北　杜夫　きた・もりお

キングコング
『70年代日本SFベスト集成　3　1973年度版』（ちくま文庫）筑摩書房　2015.2　①978-4-480-43213-1

北森　みお　きたもり・みお

銀河灯ろう―ハヅキノコモリウタ
『星夜行―A Starry Night Train』パロル舎　2010.8　①978-4-89419-099-3

夏至船―ミナヅキノリボン
『星夜行―A Starry Night Train』パロル舎　2010.8　①978-4-89419-099-3

風鈴草―サツキノヤミ
『星夜行―A Starry Night Train』パロル舎　2010.8　①978-4-89419-099-3

星玉すくい―フミツキノマツリ
『星夜行―A Starry Night Train』パロル舎　2010.8　①978-4-89419-099-3

流星航―ナガツキノフネ
『星夜行―A Starry Night Train』パロル舎　2010.8　①978-4-89419-099-3

鳥飼　酔雅　きちもんじや・いちべえ

近代百物語
『江戸奇談怪談集』（ちくま学芸文庫）筑摩書房　2012.11　①978-4-480-09488-9

手練の狐
『江戸奇談怪談集』（ちくま学芸文庫）筑摩書房　2012.11　①978-4-480-09488-9

菊花　きっか

アルフレッドの無慈悲な善意
『私の玉の輿計画！　1』（アリアンローズ）フロンティアワークス　2013.11　①978-4-86134-671-2

私の玉の輿計画！　1
『私の玉の輿計画！　1』（アリアンローズ）フロンティアワークス　2013.11　①978-4-86134-671-2

樹下　太郎　きのした・たろう

やさしいお願い
『こわい部屋―謎のギャラリー』（ちくま文庫）筑摩書房　2012.8　①978-4-480-42962-9

夜に別れを告げる夜
『たそがれゆく未来―巨匠たちの想像力"文明崩壊"』（ちくま文庫）筑摩書房　2016.3　①978-4-480-43328-2

木下　半太　きのした・はんた

浅草花やしきの河童
『六本木ヒルズの天使』幻冬舎　2011.3　①978-4-344-01963-8

井の頭線のフランケンシュタイン
　『六本木ヒルズの天使』　幻冬舎　2011.3
　　①978-4-344-01963-8

うしろを見るな
　『D町怪奇物語』（幻冬舎文庫）幻冬舎　2015.
　　10　①978-4-344-42393-0

押し売りマジシャン
　『D町怪奇物語』（幻冬舎文庫）幻冬舎　2015.
　　10　①978-4-344-42393-0

おれ、ひところしてん
　『D町怪奇物語』（幻冬舎文庫）幻冬舎　2015.
　　10　①978-4-344-42393-0

カウンターの復讐屋
　『D町怪奇物語』（幻冬舎文庫）幻冬舎　2015.
　　10　①978-4-344-42393-0

銀座バッティングセンター
　『東京バッティングセンター』幻冬舎　2009.
　　5　①978-4-344-01671-2
　『美女と魔物のバッティングセンター』（幻
　　冬舎文庫）幻冬舎　2012.4　①978-4-344-
　　41841-7

黒いスカート
　『D町怪奇物語』（幻冬舎文庫）幻冬舎　2015.
　　10　①978-4-344-42393-0

三軒茶屋バッティングセンター
　『東京バッティングセンター』幻冬舎　2009.
　　5　①978-4-344-01671-2
　『美女と魔物のバッティングセンター』（幻
　　冬舎文庫）幻冬舎　2012.4　①978-4-344-
　　41841-7

新宿二丁目の狼男
　『六本木ヒルズの天使』　幻冬舎　2011.3
　　①978-4-344-01963-8

新宿バッティングセンター
　『東京バッティングセンター』幻冬舎　2009.
　　5　①978-4-344-01671-2
　『美女と魔物のバッティングセンター』（幻
　　冬舎文庫）幻冬舎　2012.4　①978-4-344-
　　41841-7

シンデレラと死神
　『D町怪奇物語』（幻冬舎文庫）幻冬舎　2015.
　　10　①978-4-344-42393-0

築地卸売市場のゾンビ
　『六本木ヒルズの天使』　幻冬舎　2011.3
　　①978-4-344-01963-8

東京湾の人魚
　『六本木ヒルズの天使』　幻冬舎　2011.3
　　①978-4-344-01963-8

ときめき過ぎる男
　『D町怪奇物語』（幻冬舎文庫）幻冬舎　2015.
　　10　①978-4-344-42393-0

廃墟の三面鏡
　『D町怪奇物語』（幻冬舎文庫）幻冬舎　2015.
　　10　①978-4-344-42393-0

夫婦幽霊
　『D町怪奇物語』（幻冬舎文庫）幻冬舎　2015.
　　10　①978-4-344-42393-0

ベランダの女
　『D町怪奇物語』（幻冬舎文庫）幻冬舎　2015.
　　10　①978-4-344-42393-0

真夏の妊婦
　『D町怪奇物語』（幻冬舎文庫）幻冬舎　2015.
　　10　①978-4-344-42393-0

魔物
　『D町怪奇物語』（幻冬舎文庫）幻冬舎　2015.
　　10　①978-4-344-42393-0

真夜中の怪談大会
　『D町怪奇物語』（幻冬舎文庫）幻冬舎　2015.
　　10　①978-4-344-42393-0

明治神宮外苑打撃練習場
　『東京バッティングセンター』幻冬舎　2009.
　　5　①978-4-344-01671-2
　『美女と魔物のバッティングセンター』（幻
　　冬舎文庫）幻冬舎　2012.4　①978-4-344-
　　41841-7

六本木ヒルズの天使
　『六本木ヒルズの天使』　幻冬舎　2011.3
　　①978-4-344-01963-8

木下　古栗　きのした・ふるくり

ラビアコントロール
　『ポジティヴシンキングの末裔』（想像力
　　の文学）早川書房　2009.11　①978-4-15-
　　209082-9
　『量子回廊―年刊日本SF傑作選』（創元SF
　　文庫）東京創元社　2010.7　①978-4-488-
　　73403-9

木下 容子　きのした・ようこ

青空給食
『まほうのコンペイトー――ファンタジー傑作童話集』　おさひめ書房　2009.1　①978-4-904289-05-1

あみかけのマフラー
『まほうのコンペイトー――ファンタジー傑作童話集』　おさひめ書房　2009.1　①978-4-904289-05-1

いたずら好きのエレベーター
『まほうのコンペイトー――ファンタジー傑作童話集』　おさひめ書房　2009.1　①978-4-904289-05-1

一枚の写真
『まほうのコンペイトー――ファンタジー傑作童話集』　おさひめ書房　2009.1　①978-4-904289-05-1

えりちゃんの赤いかさ
『まほうのコンペイトー――ファンタジー傑作童話集』　おさひめ書房　2009.1　①978-4-904289-05-1

音楽室のおばけ
『まほうのコンペイトー――ファンタジー傑作童話集』　おさひめ書房　2009.1　①978-4-904289-05-1

銀色のつばさ
『まほうのコンペイトー――ファンタジー傑作童話集』　おさひめ書房　2009.1　①978-4-904289-05-1

こわされた花びん
『まほうのコンペイトー――ファンタジー傑作童話集』　おさひめ書房　2009.1　①978-4-904289-05-1

しあわせはこぶエレベーター
『まほうのコンペイトー――ファンタジー傑作童話集』　おさひめ書房　2009.1　①978-4-904289-05-1

天使のブーツ
『まほうのコンペイトー――ファンタジー傑作童話集』　おさひめ書房　2009.1　①978-4-904289-05-1

光のメッセージ
『まほうのコンペイトー――ファンタジー傑作童話集』　おさひめ書房　2009.1　①978-4-904289-05-1

ふしぎなうで時計
『まほうのコンペイトー――ファンタジー傑作童話集』　おさひめ書房　2009.1　①978-4-904289-05-1

まほうのエレベーター
『まほうのコンペイトー――ファンタジー傑作童話集』　おさひめ書房　2009.1　①978-4-904289-05-1

まほうのコンペイトー
『まほうのコンペイトー――ファンタジー傑作童話集』　おさひめ書房　2009.1　①978-4-904289-05-1

ゆうたのはじめてものがたり
『まほうのコンペイトー――ファンタジー傑作童話集』　おさひめ書房　2009.1　①978-4-904289-05-1

木原 浩勝　きはら・ひろかつ

赤いドレスの女
『隣之怪　第4夜　息子の証明』（角川文庫）角川書店　2014.6　①978-4-04-101545-2

開けずのドア
『文庫版 現世怪談　2　白刃の盾』（講談社文庫）講談社　2017.7　①978-4-06-293694-1

葦の間
『文庫版 現世怪談　2　白刃の盾』（講談社文庫）講談社　2017.7　①978-4-06-293694-1

後を頼む
『隣之怪　第3夜　病の間』（角川文庫）角川書店　2013.6　①978-4-04-100884-3

あの中であそぼ
『文豪てのひら怪談』（ポプラ文庫）ポプラ社　2009.8　①978-4-591-11104-8

あれとって
『隣之怪 蔵の中』（角川文庫）角川書店　2012.3　①978-4-04-100205-6

遺書
『隣之怪 木守り』（角川文庫）角川書店　2011.9　①978-4-04-365313-3

井戸
『隣之怪 木守り』（角川文庫）角川書店　2011.9　①978-4-04-365313-3

糸の誘い
『文庫版 現世怪談　2　白刃の盾』（講談社文庫）講談社　2017.7　①978-4-06-293694-1

刺青
　『隣之怪　木守り』(角川文庫)　角川書店
　　2011.9　①978-4-04-365313-3
腕
　『隣之怪　第3夜　病の間』(角川文庫)　角川書店　2013.6　①978-4-04-100884-3
枝
　『隣之怪　木守り』(角川文庫)　角川書店
　　2011.9　①978-4-04-365313-3
エンジンの音
　『隣之怪　第5夜　主人の帰り』　角川書店
　　2013.6　①978-4-04-110478-1
叔父の書斎
　『隣之怪　木守り』(角川文庫)　角川書店
　　2011.9　①978-4-04-365313-3
折れた傘
　『隣之怪　蔵の中』(角川文庫)　角川書店
　　2012.3　①978-4-04-100205-6
女の戦い
　『文庫版　現世怪談　2　白刃の盾』(講談社文庫)　講談社　2017.7　①978-4-06-293694-1
外出
　『隣之怪　第3夜　病の間』(角川文庫)　角川書店　2013.6　①978-4-04-100884-3
帰りの道
　『隣之怪　第5夜　主人の帰り』　角川書店
　　2013.6　①978-4-04-110478-1
鏡
　『禁忌楼』　講談社　2013.7　①978-4-06-218462-5
カタシロ
　『隣之怪　第3夜　病の間』(角川文庫)　角川書店　2013.6　①978-4-04-100884-3
悲しみの祖父
　『隣之怪　第4夜　息子の証明』(角川文庫)　角川書店　2014.6　①978-4-04-101545-2
鞄の持ち手
　『隣之怪　第5夜　主人の帰り』　角川書店
　　2013.6　①978-4-04-110478-1
壁
　『隣之怪　木守り』(角川文庫)　角川書店
　　2011.9　①978-4-04-365313-3

壁の中
　『文庫版　現世怪談　2　白刃の盾』(講談社文庫)　講談社　2017.7　①978-4-06-293694-1
竈
　『禁忌楼』　講談社　2013.7　①978-4-06-218462-5
烏の言葉
　『隣之怪　第5夜　主人の帰り』　角川書店
　　2013.6　①978-4-04-110478-1
関西の女
　『隣之怪　第4夜　息子の証明』(角川文庫)　角川書店　2014.6　①978-4-04-101545-2
ぎぃ
　『隣之怪　木守り』(角川文庫)　角川書店
　　2011.9　①978-4-04-365313-3
記憶
　『隣之怪　木守り』(角川文庫)　角川書店
　　2011.9　①978-4-04-365313-3
鬼術
　『隣之怪　第3夜　病の間』(角川文庫)　角川書店　2013.6　①978-4-04-100884-3
絆の糸
　『隣之怪　第4夜　息子の証明』(角川文庫)　角川書店　2014.6　①978-4-04-101545-2
肝試し
　『九十九怪談　第2夜』　角川書店　2009.6
　　①978-4-04-873962-7
　『隣之怪　第3夜　病の間』(角川文庫)　角川書店　2013.6　①978-4-04-100884-3
凶宅
　『隣之怪　蔵の中』(角川文庫)　角川書店
　　2012.3　①978-4-04-100205-6
唇
　『隣之怪　第3夜　病の間』(角川文庫)　角川書店　2013.6　①978-4-04-100884-3
蔵の中
　『隣之怪　蔵の中』(角川文庫)　角川書店
　　2012.3　①978-4-04-100205-6
黒波
　『隣之怪　第3夜　病の間』(角川文庫)　角川書店　2013.6　①978-4-04-100884-3
黒の憑き人
　『隣之怪　第4夜　息子の証明』(角川文庫)　角川書店　2014.6　①978-4-04-101545-2

ゲネ
『隣之怪 蔵の中』(角川文庫) 角川書店 2012.3 ①978-4-04-100205-6

幻想の恩
『隣之怪 第4夜 息子の証明』(角川文庫) 角川書店 2014.6 ①978-4-04-101545-2

鯉のお守り
『文庫版 現世怪談 2 白刃の盾』(講談社文庫) 講談社 2017.7 ①978-4-06-293694-1

声
『隣之怪 蔵の中』(角川文庫) 角川書店 2012.3 ①978-4-04-100205-6

声の主
『隣之怪 第4夜 息子の証明』(角川文庫) 角川書店 2014.6 ①978-4-04-101545-2

午前一時の女
『隣之怪 第5夜 主人の帰り』 角川書店 2013.6 ①978-4-04-110478-1

狛犬
『隣之怪 木守り』(角川文庫) 角川書店 2011.9 ①978-4-04-365313-3

小守り
『隣之怪 木守り』(角川文庫) 角川書店 2011.9 ①978-4-04-365313-3

桜の墓
『隣之怪 蔵の中』(角川文庫) 角川書店 2012.3 ①978-4-04-100205-6

錆
『禁忌楼』 講談社 2013.7 ①978-4-06-218462-5

三軒の怪
『隣之怪 第5夜 主人の帰り』 角川書店 2013.6 ①978-4-04-110478-1

三人の男
『文庫版 現世怪談 2 白刃の盾』(講談社文庫) 講談社 2017.7 ①978-4-06-293694-1

自動ドア
『隣之怪 第3夜 病の間』(角川文庫) 角川書店 2013.6 ①978-4-04-100884-3

死ねイイヅカ
『隣之怪 蔵の中』(角川文庫) 角川書店 2012.3 ①978-4-04-100205-6

シャワー
『隣之怪 木守り』(角川文庫) 角川書店 2011.9 ①978-4-04-365313-3

姑
『禁忌楼』 講談社 2013.7 ①978-4-06-218462-5

取材
『隣之怪 第3夜 病の間』(角川文庫) 角川書店 2013.6 ①978-4-04-100884-3

主人の帰り
『隣之怪 第5夜 主人の帰り』 角川書店 2013.6 ①978-4-04-110478-1

呪詛
『隣之怪 第3夜 病の間』(角川文庫) 角川書店 2013.6 ①978-4-04-100884-3

受話器の声
『隣之怪 第4夜 息子の証明』(角川文庫) 角川書店 2014.6 ①978-4-04-101545-2

女子寮
『隣之怪 蔵の中』(角川文庫) 角川書店 2012.3 ①978-4-04-100205-6

白い息
『隣之怪 蔵の中』(角川文庫) 角川書店 2012.3 ①978-4-04-100205-6

白いシーツ
『隣之怪 木守り』(角川文庫) 角川書店 2011.9 ①978-4-04-365313-3

スニーカー
『隣之怪 第3夜 病の間』(角川文庫) 角川書店 2013.6 ①978-4-04-100884-3

訊ね人
『隣之怪 木守り』(角川文庫) 角川書店 2011.9 ①978-4-04-365313-3

狸の鉄砲
『隣之怪 第4夜 息子の証明』(角川文庫) 角川書店 2014.6 ①978-4-04-101545-2

タバコの火
『隣之怪 木守り』(角川文庫) 角川書店 2011.9 ①978-4-04-365313-3

男子寮
『隣之怪 蔵の中』(角川文庫) 角川書店 2012.3 ①978-4-04-100205-6

団地
『隣之怪 蔵の中』(角川文庫) 角川書店 2012.3 ①978-4-04-100205-6

父の居ぬ間
　『隣之怪　第5夜　主人の帰り』　角川書店
　2013.6　①978-4-04-110478-1

宙の二人
　『文庫版　現世怪談　2　白刃の盾』（講談社文庫）　講談社　2017.7　①978-4-06-293694-1

電話
　『隣之怪　木守り』（角川文庫）　角川書店
　2011.9　①978-4-04-365313-3

電話料金
　『隣之怪　木守り』（角川文庫）　角川書店
　2011.9　①978-4-04-365313-3

峠の道
　『文庫版　現世怪談　2　白刃の盾』（講談社文庫）　講談社　2017.7　①978-4-06-293694-1

道玄坂の四人
　『隣之怪　第4夜　息子の証明』（角川文庫）
　角川書店　2014.6　①978-4-04-101545-2

泥の形
　『隣之怪　第5夜　主人の帰り』　角川書店
　2013.6　①978-4-04-110478-1

ナカハラの家内
　『文庫版　現世怪談　2　白刃の盾』（講談社文庫）　講談社　2017.7　①978-4-06-293694-1

濁りの水
　『文庫版　現世怪談　2　白刃の盾』（講談社文庫）　講談社　2017.7　①978-4-06-293694-1

二度の巡回
　『隣之怪　第4夜　息子の証明』（角川文庫）
　角川書店　2014.6　①978-4-04-101545-2

二枚の父
　『隣之怪　第4夜　息子の証明』（角川文庫）
　角川書店　2014.6　①978-4-04-101545-2

猫の怨
　『文庫版　現世怪談　2　白刃の盾』（講談社文庫）　講談社　2017.7　①978-4-06-293694-1

墓のお礼
　『隣之怪　第5夜　主人の帰り』　角川書店
　2013.6　①978-4-04-110478-1

白刃の盾
　『文庫版　現世怪談　2　白刃の盾』（講談社文庫）　講談社　2017.7　①978-4-06-293694-1

箱根
　『隣之怪　第3夜　病の間』（角川文庫）　角川書店　2013.6　①978-4-04-100884-3

はじめてのおつかい
　『隣之怪　木守り』（角川文庫）　角川書店
　2011.9　①978-4-04-365313-3

発狂する家
　『隣之怪　木守り』（角川文庫）　角川書店
　2011.9　①978-4-04-365313-3

母の胸
　『文庫版　現世怪談　2　白刃の盾』（講談社文庫）　講談社　2017.7　①978-4-06-293694-1

母の留守番
　『隣之怪　第5夜　主人の帰り』　角川書店
　2013.6　①978-4-04-110478-1

早寝の子
　『隣之怪　第5夜　主人の帰り』　角川書店
　2013.6　①978-4-04-110478-1

引っ越し
　『九十九怪談　第2夜』　角川書店　2009.6
　①978-4-04-873962-7
　『隣之怪　木守り』（角川文庫）　角川書店
　2011.9　①978-4-04-365313-3

雛人形
　『隣之怪　木守り』（角川文庫）　角川書店
　2011.9　①978-4-04-365313-3

百円
　『隣之怪　蔵の中』（角川文庫）　角川書店
　2012.3　①978-4-04-100205-6

ふたり
　『隣之怪　木守り』（角川文庫）　角川書店
　2011.9　①978-4-04-365313-3

二人の旅
　『隣之怪　第5夜　主人の帰り』　角川書店
　2013.6　①978-4-04-110478-1

フロントからの電話
　『隣之怪　第5夜　主人の帰り』　角川書店
　2013.6　①978-4-04-110478-1

ベランダの向こう
　『隣之怪　第5夜　主人の帰り』　角川書店
　2013.6　①978-4-04-110478-1

帽子の男
　『隣之怪　第5夜　主人の帰り』　角川書店
　2013.6　①978-4-04-110478-1

末路
『隣之怪 木守り』(角川文庫) 角川書店 2011.9 ①978-4-04-365313-3

未来の先
『隣之怪 第4夜 息子の証明』(角川文庫) 角川書店 2014.6 ①978-4-04-101545-2

息子の証明
『隣之怪 第4夜 息子の証明』(角川文庫) 角川書店 2014.6 ①978-4-04-101545-2

眼
『禁忌楼』 講談社 2013.7 ①978-4-06-218462-5

命日
『隣之怪 木守り』(角川文庫) 角川書店 2011.9 ①978-4-04-365313-3

もう一人の客
『文庫版 現世怪談 2 白刃の盾』(講談社文庫) 講談社 2017.7 ①978-4-06-293694-1

藪蛇
『隣之怪 蔵の中』(角川文庫) 角川書店 2012.3 ①978-4-04-100205-6

病の間
『隣之怪 第3夜 病の間』(角川文庫) 角川書店 2013.6 ①978-4-04-100884-3

山中の電話
『隣之怪 第4夜 息子の証明』(角川文庫) 角川書店 2014.6 ①978-4-04-101545-2

槍
『隣之怪 木守り』(角川文庫) 角川書店 2011.9 ①978-4-04-365313-3

指の輪
『文庫版 現世怪談 2 白刃の盾』(講談社文庫) 講談社 2017.7 ①978-4-06-293694-1

夢の願い
『隣之怪 第4夜 息子の証明』(角川文庫) 角川書店 2014.6 ①978-4-04-101545-2

横の席
『隣之怪 第5夜 主人の帰り』 角川書店 2013.6 ①978-4-04-110478-1

四人目
『隣之怪 蔵の中』(角川文庫) 角川書店 2012.3 ①978-4-04-100205-6

ラブホテル
『九十九怪談 第2夜』 角川書店 2009.6 ①978-4-04-873962-7
『隣之怪 木守り』(角川文庫) 角川書店 2011.9 ①978-4-04-365313-3
『現世怪談―開かずの壺』 講談社 2017.6 ①978-4-06-220613-6

両の手
『隣之怪 第5夜 主人の帰り』 角川書店 2013.6 ①978-4-04-110478-1

私のできること
『隣之怪 第4夜 息子の証明』(角川文庫) 角川書店 2014.6 ①978-4-04-101545-2

木村 千尋　きむら・ちひろ

意趣返し
『ゆきのまち幻想文学賞小品集 22 大きな木』 企画集団ぷりずむ 2013.3 ①978-4-906691-45-6

サンクトペテルブルクの絵画守護官
『小さな魔法の降る日に―ゆきのまち幻想文学賞小品集 25』企画集団ぷりずむ 2015.10 ①978-4-906691-55-5

木村 智佑　きむら・としすけ

雪猿
『ゆきのまち幻想文学賞小品集 20 もうひとつの階段』 企画集団ぷりずむ 2011.4 ①978-4-906691-37-1

木村 浪漫　きむら・ろまん

Ignite
『マルドゥック・ストーリーズ公式二次創作集』(ハヤカワ文庫JA) 早川書房 2016.9 ①978-4-15-031246-6

木本 雅彦　きもと・まさひこ

ぼくとわらう
『NOVA 10』(河出文庫) 河出書房新社 2013.7 ①978-4-309-41230-6

メロンを掘る熊は宇宙で生きろ
『NOVA 9 書き下ろし日本SFコレクション』（河出文庫）河出書房新社 2013.1
①978-4-309-41190-3

京極 夏彦　きょうごく・なつひこ

青行燈
『定本 百鬼夜行 陽』 文藝春秋 2012.3
①978-4-16-381230-4
『定本 百鬼夜行―陽』（文春文庫）文藝春秋 2015.1　①978-4-16-790273-5
『完本 百鬼夜行 陽』（講談社ノベルス）講談社 2016.9　①978-4-06-299081-3

青鷺火
『定本 百鬼夜行 陽』 文藝春秋 2012.3
①978-4-16-381230-4
『定本 百鬼夜行―陽』（文春文庫）文藝春秋 2015.1　①978-4-16-790273-5
『完本 百鬼夜行 陽』（講談社ノベルス）講談社 2016.9　①978-4-06-299081-3

青女房
『定本 百鬼夜行 陽』 文藝春秋 2012.3
①978-4-16-381230-4
『定本 百鬼夜行―陽』（文春文庫）文藝春秋 2015.1　①978-4-16-790273-5
『完本 百鬼夜行 陽』（講談社ノベルス）講談社 2016.9　①978-4-06-299081-3

空き地のおんな
『冥談』（幽BOOKS）メディアファクトリー 2010.3　①978-4-8401-3235-0
『冥談』（角川文庫）角川書店 2013.12
①978-4-04-101152-2

あっちも―奇病の事
『旧談』（角川文庫）角川書店 2016.1
①978-4-04-103551-1

雨女
『定本 百鬼夜行 陽』 文藝春秋 2012.3
①978-4-16-381230-4
『定本 百鬼夜行―陽』（文春文庫）文藝春秋 2015.1　①978-4-16-790273-5
『完本 百鬼夜行 陽』（講談社ノベルス）講談社 2016.9　①978-4-06-299081-3

厭な家
『厭な小説』 祥伝社 2009.5　①978-4-396-63316-5
『厭な小説』（ノン・ノベル）祥伝社 2011.9
①978-4-396-20891-2
『厭な小説 文庫版』（祥伝社文庫）祥伝社 2012.9　①978-4-396-33783-4

厭な彼女
『厭な小説』 祥伝社 2009.5　①978-4-396-63316-5
『厭な小説』（ノン・ノベル）祥伝社 2011.9
①978-4-396-20891-2
『厭な小説 文庫版』（祥伝社文庫）祥伝社 2012.9　①978-4-396-33783-4

厭な子供
『厭な小説』 祥伝社 2009.5　①978-4-396-63316-5
『厭な小説』（ノン・ノベル）祥伝社 2011.9
①978-4-396-20891-2
『厭な小説 文庫版』（祥伝社文庫）祥伝社 2012.9　①978-4-396-33783-4

厭な小説
『厭な小説』 祥伝社 2009.5　①978-4-396-63316-5
『厭な小説』（ノン・ノベル）祥伝社 2011.9
①978-4-396-20891-2
『厭な小説 文庫版』（祥伝社文庫）祥伝社 2012.9　①978-4-396-33783-4

厭な先祖
『厭な小説』 祥伝社 2009.5　①978-4-396-63316-5
『厭な小説』（ノン・ノベル）祥伝社 2011.9
①978-4-396-20891-2
『厭な小説 文庫版』（祥伝社文庫）祥伝社 2012.9　①978-4-396-33783-4

厭な扉
『厭な小説』 祥伝社 2009.5　①978-4-396-63316-5
『厭な小説』（ノン・ノベル）祥伝社 2011.9
①978-4-396-20891-2
『厭な小説 文庫版』（祥伝社文庫）祥伝社 2012.9　①978-4-396-33783-4

厭な老人
『厭な小説』 祥伝社 2009.5　①978-4-396-63316-5
『厭な小説』（ノン・ノベル）祥伝社 2011.9
①978-4-396-20891-2
『厭な小説 文庫版』（祥伝社文庫）祥伝社 2012.9　①978-4-396-33783-4

うずくまる―番町にて奇物に逢ふ事

『旧談』（角川文庫）角川書店　2016.1　①978-4-04-103551-1

襟立衣

『定本　百鬼夜行　陰』　文藝春秋　2012.3　①978-4-16-381240-3

『定本　百鬼夜行―陰』（文春文庫）文藝春秋　2015.1　①978-4-16-790274-2

『完本　百鬼夜行　陰』（講談社ノベルス）講談社　2016.9　①978-4-06-299080-6

煙々羅

『定本　百鬼夜行　陰』　文藝春秋　2012.3　①978-4-16-381240-3

『定本　百鬼夜行―陰』（文春文庫）文藝春秋　2015.1　①978-4-16-790274-2

『完本　百鬼夜行　陰』（講談社ノベルス）講談社　2016.9　①978-4-06-299080-6

大首

『定本　百鬼夜行　陽』　文藝春秋　2012.3　①978-4-16-381230-4

『定本　百鬼夜行―陽』（文春文庫）文藝春秋　2015.1　①978-4-16-790273-5

『完本　百鬼夜行　陽』（講談社ノベルス）講談社　2016.9　①978-4-06-299081-3

鬼一口

『定本　百鬼夜行　陰』　文藝春秋　2012.3　①978-4-16-381240-3

『定本　百鬼夜行―陰』（文春文庫）文藝春秋　2015.1　①978-4-16-790274-2

『完本　百鬼夜行　陰』（講談社ノベルス）講談社　2016.9　①978-4-06-299080-6

覚えてない―獣の衣類等不分明事

『旧談』（角川文庫）角川書店　2016.1　①978-4-04-103551-1

柿

『冥談』（幽BOOKS）メディアファクトリー　2010.3　①978-4-8401-3235-0

『冥談』（角川文庫）角川書店　2013.12　①978-4-04-101152-2

鍛冶が嬶

『西巷説百物語』　角川書店　2010.7　①978-4-04-874054-8

『西巷説百物語』（C・NOVELS BIBLIOTHEQUE）中央公論新社　2012.8　①978-4-12-501213-1

『西巷説百物語』（角川文庫）角川書店　2013.3　①978-4-04-100749-5

がしゃん―あすは川亀怪の事

『旧談』（角川文庫）角川書店　2016.1　①978-4-04-103551-1

風の橋

『冥談』（幽BOOKS）メディアファクトリー　2010.3　①978-4-8401-3235-0

『冥談』（角川文庫）角川書店　2013.12　①978-4-04-101152-2

桂男

『西巷説百物語』　角川書店　2010.7　①978-4-04-874054-8

『西巷説百物語』（C・NOVELS BIBLIOTHEQUE）中央公論新社　2012.8　①978-4-12-501213-1

『西巷説百物語』（角川文庫）角川書店　2013.3　①978-4-04-100749-5

かみなり

『前巷説百物語』（C・novels Bibliotheque）中央公論新社　2009.4　①978-4-12-501070-0

『前巷説百物語』（角川文庫）角川書店　2009.12　①978-4-04-362007-4

川赤子

『定本　百鬼夜行　陰』　文藝春秋　2012.3　①978-4-16-381240-3

『定本　百鬼夜行―陰』（文春文庫）文藝春秋　2015.1　①978-4-16-790274-2

『完本　百鬼夜行　陰』（講談社ノベルス）講談社　2016.9　①978-4-06-299080-6

可愛がるから―猫の怪の事

『旧談』（角川文庫）角川書店　2016.1　①978-4-04-103551-1

鬼縁

『鬼談』　角川書店　2015.4　①978-4-04-102474-4

鬼気

『鬼談』　角川書店　2015.4　①978-4-04-102474-4

効き目―貧窮神の事

『旧談』（角川文庫）角川書店　2016.1　①978-4-04-103551-1

鬼景

『鬼談』　角川書店　2015.4　①978-4-04-102474-4

鬼交
　『鬼談』角川書店　2015.4　①978-4-04-102474-4

鬼情
　『鬼談』角川書店　2015.4　①978-4-04-102474-4

鬼神
　『鬼談』角川書店　2015.4　①978-4-04-102474-4

鬼棲
　『鬼談』角川書店　2015.4　①978-4-04-102474-4

鬼想—八百人の子供の首を斬り落とさなければならぬ程。
　『鬼談』角川書店　2015.4　①978-4-04-102474-4

鬼童
　『定本　百鬼夜行　陽』文藝春秋　2012.3　①978-4-16-381230-4
　『定本　百鬼夜行―陽』(文春文庫)文藝春秋　2015.1　①978-4-16-790273-5
　『完本　百鬼夜行　陽』(講談社ノベルス)講談社　2016.9　①978-4-06-299081-3

気の所為—怪刀の事（二ヶ条）
　『旧談』(角川文庫)角川書店　2016.1　①978-4-04-103551-1

鬼慕
　『鬼談』角川書店　2015.4　①978-4-04-102474-4

旧鼠
　『前巷説百物語』(C・novels Bibliotheque)中央公論新社　2009.4　①978-4-12-501070-0
　『前巷説百物語』(角川文庫)角川書店　2009.12　①978-4-04-362007-4

けしに坂
　『眩談』(幽BOOKS)メディアファクトリー　2012.4　①978-4-8401-4891-7
　『眩談』(角川文庫)角川書店　2015.11　①978-4-04-103552-8

毛倡妓
　『定本　百鬼夜行　陰』文藝春秋　2012.3　①978-4-16-381240-3
　『定本　百鬼夜行―陰』(文春文庫)文藝春秋　2015.1　①978-4-16-790274-2

『完本　百鬼夜行　陰』(講談社ノベルス)講談社　2016.9　①978-4-06-299080-6

倩兮女
　『定本　百鬼夜行　陰』文藝春秋　2012.3　①978-4-16-381240-3
　『定本　百鬼夜行―陰』(文春文庫)文藝春秋　2015.1　①978-4-16-790274-2
　『完本　百鬼夜行　陰』(講談社ノベルス)講談社　2016.9　①978-4-06-299080-6

けんぼう
　『文庫版　虚言少年』(集英社文庫)集英社　2014.9　①978-4-08-745224-2

小袖の手
　『定本　百鬼夜行　陰』文藝春秋　2012.3　①978-4-16-381240-3
　『定本　百鬼夜行―陰』(文春文庫)文藝春秋　2015.1　①978-4-16-790274-2
　『完本　百鬼夜行　陰』(講談社ノベルス)講談社　2016.9　①978-4-06-299080-6

こわいもの
　『幽談』(MF文庫ダ・ヴィンチ)メディアファクトリー　2012.2　①978-4-8401-4500-8
　『幽談』(角川文庫)角川書店　2013.12　①978-4-04-101153-9

最后の祖父
　『NOVA　4　書き下ろし日本SFコレクション』(河出文庫)河出書房新社　2011.5　①978-4-309-41077-7

座頭でないなら—妖怪なしとも申難き事
　『旧談』(角川文庫)角川書店　2016.1　①978-4-04-103551-1

さわるな—神祟なきとも難申事
　『旧談』(角川文庫)角川書店　2016.1　①978-4-04-103551-1

三万メートル
　『文庫版　虚言少年』(集英社文庫)集英社　2014.9　①978-4-08-745224-2

下の人
　『幽談』(MF文庫ダ・ヴィンチ)メディアファクトリー　2012.2　①978-4-8401-4500-8
　『幽談』(角川文庫)角川書店　2013.12　①978-4-04-101153-9

蛇帯
　『定本　百鬼夜行　陽』文藝春秋　2012.3　①978-4-16-381230-4
　『定本　百鬼夜行―陽』(文春文庫)文藝春秋　2015.1　①978-4-16-790273-5

『完本 百鬼夜行 陽』(講談社ノベルス) 講談社 2016.9 ⓘ978-4-06-299081-3

十万年
『幽談』(MF文庫ダ・ヴィンチ) メディアファクトリー 2012.2 ⓘ978-4-8401-4500-8
『幽談』(角川文庫) 角川書店 2013.12 ⓘ978-4-04-101153-9

正直者—鬼僕の事
『旧談』(角川文庫) 角川書店 2016.1 ⓘ978-4-04-103551-1

知らないこと
『幽談』(MF文庫ダ・ヴィンチ) メディアファクトリー 2012.2 ⓘ978-4-8401-4500-8
『幽談』(角川文庫) 角川書店 2013.12 ⓘ978-4-04-101153-9

シリミズさん
『眩談』(幽BOOKS) メディアファクトリー 2012.11 ⓘ978-4-8401-4891-7
『眩談』(角川文庫) 角川書店 2015.11 ⓘ978-4-04-103552-8

周防大蟆
『前巷説百物語』(C・novels Bibliotheque) 中央公論新社 2009.4 ⓘ978-4-12-501070-0
『前巷説百物語』(角川文庫) 角川書店 2009.12 ⓘ978-4-04-362007-4

寸分違わぬ—河童の事
『旧談』(角川文庫) 角川書店 2016.1 ⓘ978-4-04-103551-1

成人
『幽談』(MF文庫ダ・ヴィンチ) メディアファクトリー 2012.2 ⓘ978-4-8401-4500-8
『怪談実話系ベスト・セレクション』(MF文庫ダ・ヴィンチ) メディアファクトリー 2012.6 ⓘ978-4-8401-4616-6
『幽談』(角川文庫) 角川書店 2013.12 ⓘ978-4-04-101153-9
『ずっと、そばにいる—競作集・怪談実話系』(角川文庫) 角川書店 2014.3 ⓘ978-4-04-101288-8

設定—不義に不義の禍ある事
『旧談』(角川文庫) 角川書店 2016.1 ⓘ978-4-04-103551-1

先輩の話
『怪談実話系 3 書き下ろし怪談文芸競作集』(MF文庫ダ・ヴィンチ) メディアファクトリー 2010.2 ⓘ978-4-8401-3199-5

『冥談』(幽BOOKS) メディアファクトリー 2010.3 ⓘ978-4-8401-3235-0
『冥談』(角川文庫) 角川書店 2013.12 ⓘ978-4-04-101152-2

ただいま—妖談の事
『旧談』(角川文庫) 角川書店 2016.1 ⓘ978-4-04-103551-1

たった一票
『文庫版 虚言少年』(集英社文庫) 集英社 2014.9 ⓘ978-4-08-745224-2

誰が作った—下女の幽霊主家へ来たりし事
『旧談』(角川文庫) 角川書店 2016.1 ⓘ978-4-04-103551-1

団結よせ
『文庫版 虚言少年』(集英社文庫) 集英社 2014.9 ⓘ978-4-08-745224-2

小さな指—頭痛の神の事
『旧談』(角川文庫) 角川書店 2016.1 ⓘ978-4-04-103551-1

血は出たけれど—上杉家明長屋怪異の事
『旧談』(角川文庫) 角川書店 2016.1 ⓘ978-4-04-103551-1

月にほえろ！
『文庫版 虚言少年』(集英社文庫) 集英社 2014.9 ⓘ978-4-08-745224-2

つけたのは誰—不思議なしとも難極事
『旧談』(角川文庫) 角川書店 2016.1 ⓘ978-4-04-103551-1

妻でも狐でも—霊氣狐を頼み過酒を止めし事
『旧談』(角川文庫) 角川書店 2016.1 ⓘ978-4-04-103551-1

手首を拾う
『幽談』(MF文庫ダ・ヴィンチ) メディアファクトリー 2012.2 ⓘ978-4-8401-4500-8
『幽談』(角川文庫) 角川書店 2013.12 ⓘ978-4-04-101153-9

遠野物語より
『冥談』(幽BOOKS) メディアファクトリー 2010.3 ⓘ978-4-8401-3235-0
『冥談』(角川文庫) 角川書店 2013.12 ⓘ978-4-04-101152-2

どこに居た—狐狸の為に狂死せし女の事
『旧談』(角川文庫) 角川書店 2016.1 ⓘ978-4-04-103551-1

どすん―戯場者爲怪死事
『旧談』(角川文庫) 角川書店 2016.1
①978-4-04-103551-1

ともだち
『幽談』(MF文庫ダ・ヴィンチ) メディアファクトリー 2012.2 ①978-4-8401-4500-8

『幽談』(角川文庫) 角川書店 2013.12
①978-4-04-101153-9

とりかえし―猫人に付きし事
『旧談』(角川文庫) 角川書店 2016.1
①978-4-04-103551-1

なぜに蛇―人魂の事
『旧談』(角川文庫) 角川書店 2016.1
①978-4-04-103551-1

何がしたい―怪竃の事
『旧談』(角川文庫) 角川書店 2016.1
①978-4-04-103551-1

逃げよう
『幽談』(MF文庫ダ・ヴィンチ) メディアファクトリー 2012.2 ①978-4-8401-4500-8

『幽談』(角川文庫) 角川書店 2013.12
①978-4-04-101153-9

庭のある家
『冥談』(幽BOOKS) メディアファクトリー 2010.3 ①978-4-8401-3235-0

『冥談』(角川文庫) 角川書店 2013.12
①978-4-04-101152-2

抜ける途中―人魂の起發を見し物語の事
『旧談』(角川文庫) 角川書店 2016.1
①978-4-04-103551-1

寝肥
『前巷説百物語』(C・novels Bibliotheque) 中央公論新社 2009.4 ①978-4-12-501070-0

『前巷説百物語』(角川文庫) 角川書店 2009.12 ①978-4-04-362007-4

野狐
『西巷説百物語』 角川書店 2010.7 ①978-4-04-874054-8

『西巷説百物語』(C・NOVELS BIBLIOTHEQUE) 中央公論新社 2012.8
①978-4-12-501213-1

『西巷説百物語』(角川文庫) 角川書店 2013.3 ①978-4-04-100749-5

墓の火
『定本 百鬼夜行―陽』 文藝春秋 2012.3
①978-4-16-381230-4

『定本 百鬼夜行―陽』(文春文庫) 文藝春秋 2015.1 ①978-4-16-790273-5

『完本 百鬼夜行 陽』(講談社ノベルス) 講談社 2016.9 ①978-4-06-299081-3

引いてみた―幽霊なきとも難申事
『旧談』(角川文庫) 角川書店 2016.1
①978-4-04-103551-1

火間虫入道
『定本 百鬼夜行 陰』 文藝春秋 2012.3
①978-4-16-381240-3

『定本 百鬼夜行―陰』(文春文庫) 文藝春秋 2015.1 ①978-4-16-790274-2

『完本 百鬼夜行 陰』(講談社ノベルス) 講談社 2016.9 ①978-4-06-299080-6

百年の間―菊むしの事/於菊蟲再談の事
『旧談』(角川文庫) 角川書店 2016.1
①978-4-04-103551-1

屏風闚
『定本 百鬼夜行―陽』 文藝春秋 2012.3
①978-4-16-381230-4

『定本 百鬼夜行―陽』(文春文庫) 文藝春秋 2015.1 ①978-4-16-790273-5

『完本 百鬼夜行 陽』(講談社ノベルス) 講談社 2016.9 ①978-4-06-299081-3

ひょっこりさん
『文庫版 虚言少年』(集英社文庫) 集英社 2014.9 ①978-4-08-745224-2

文車妖妃
『定本 百鬼夜行 陰』 文藝春秋 2012.3
①978-4-16-381240-3

『定本 百鬼夜行―陰』(文春文庫) 文藝春秋 2015.1 ①978-4-16-790274-2

『完本 百鬼夜行 陰』(講談社ノベルス) 講談社 2016.9 ①978-4-06-299080-6

二口女
『前巷説百物語』(C・novels Bibliotheque) 中央公論新社 2009.4 ①978-4-12-501070-0

『前巷説百物語』(角川文庫) 角川書店 2009.12 ①978-4-04-362007-4

冬
『冥談』(幽BOOKS) メディアファクトリー 2010.3 ①978-4-8401-3235-0

『冥談』(角川文庫) 角川書店 2013.12
①978-4-04-101152-2

プライド―義は命より重き事
『旧談』（角川文庫）角川書店　2016.1
Ⓘ978-4-04-103551-1

別人―作佛祟の事
『旧談』（角川文庫）角川書店　2016.1
Ⓘ978-4-04-103551-1

屁の大事件
『文庫版 虚言少年』（集英社文庫）集英社
2014.9　Ⓘ978-4-08-745224-2

便所の神様
『厠の怪―便所怪談競作集』（MF文庫ダ・ヴィンチ）メディアファクトリー　2010.4
Ⓘ978-4-8401-3289-3
『眩談』（幽BOOKS）メディアファクトリー
2012.11　Ⓘ978-4-8401-4891-7
『眩談』（角川文庫）角川書店　2015.11
Ⓘ978-4-04-103552-8

杜鵑乃湯
『眩談』（幽BOOKS）メディアファクトリー
2012.11　Ⓘ978-4-8401-4891-7
『眩談』（角川文庫）角川書店　2015.11
Ⓘ978-4-04-103552-8

ぼろぼろ―貳拾年を經て歸りし者の事
『旧談』（角川文庫）角川書店　2016.1
Ⓘ978-4-04-103551-1

真っ黒―外山屋舗怪談の事
『旧談』（角川文庫）角川書店　2016.1
Ⓘ978-4-04-103551-1

豆狸
『西巷説百物語』 角川書店　2010.7　Ⓘ978-4-04-874054-8
『西巷説百物語』（C・NOVELS BIBLIOTHEQUE）中央公論新社　2012.8
Ⓘ978-4-12-501213-1
『西巷説百物語』（角川文庫）角川書店
2013.3　Ⓘ978-4-04-100749-5

見世物姥
『眩談』（幽BOOKS）メディアファクトリー
2012.11　Ⓘ978-4-8401-4891-7
『眩談』（角川文庫）角川書店　2015.11
Ⓘ978-4-04-103552-8

溝出
『西巷説百物語』 角川書店　2010.7　Ⓘ978-4-04-874054-8
『西巷説百物語』（C・NOVELS BIBLIOTHEQUE）中央公論新社　2012.8
Ⓘ978-4-12-501213-1
『西巷説百物語』（角川文庫）角川書店
2013.3　Ⓘ978-4-04-100749-5

見てました―魔魅不思議の事
『旧談』（角川文庫）角川書店　2016.1
Ⓘ978-4-04-103551-1

むかし塚
『眩談』（幽BOOKS）メディアファクトリー
2012.11　Ⓘ978-4-8401-4891-7
『眩談』（角川文庫）角川書店　2015.11
Ⓘ978-4-04-103552-8

目競
『定本 百鬼夜行 陽』 文藝春秋　2012.3
Ⓘ978-4-16-381230-4
『定本 百鬼夜行―陽』（文春文庫）文藝春秋
2015.1　Ⓘ978-4-16-790273-5
『完本 百鬼夜行 陽』（講談社ノベルス）講談社　2016.9　Ⓘ978-4-06-299081-3

もうすぐ―怪妊の事
『旧談』（角川文庫）角川書店　2016.1
Ⓘ978-4-04-103551-1

もう臭わない―藝州引馬妖怪の事
『旧談』（角川文庫）角川書店　2016.1
Ⓘ978-4-04-103551-1

もくちゃん
『眩談』（幽BOOKS）メディアファクトリー
2012.11　Ⓘ978-4-8401-4891-7
『眩談』（角川文庫）角川書店　2015.11
Ⓘ978-4-04-103552-8

目目連
『定本 百鬼夜行 陰』 文藝春秋　2012.3
Ⓘ978-4-16-381240-3
『定本 百鬼夜行―陰』（文春文庫）文藝春秋
2015.1　Ⓘ978-4-16-790274-2
『完本 百鬼夜行 陰』（講談社ノベルス）講談社　2016.9　Ⓘ978-4-06-299080-6

山地乳
『前巷説百物語』（C・novels Bibliotheque）中央公論新社　2009.4　Ⓘ978-4-12-501070-0
『前巷説百物語』（角川文庫）角川書店
2009.12　Ⓘ978-4-04-362007-4

日本のSF・ホラー・ファンタジー　　　　　　　　　　　　　　　　　　　　　　　　　　　今日泊亜蘭

やや薄い―赤阪與力の妻亡霊の事
『旧談』（角川文庫）角川書店　2016.1
Ⓘ978-4-04-103551-1

遺言にする程―猫の怪異の事
『旧談』（角川文庫）角川書店　2016.1
Ⓘ978-4-04-103551-1

遺言幽霊　水乞幽霊
『西巷説百物語』　角川書店　2010.7　Ⓘ978-4-04-874054-8
『西巷説百物語』（C・NOVELS BIBLIOTHEQUE）中央公論新社　2012.8　Ⓘ978-4-12-501213-1
『西巷説百物語』（角川文庫）角川書店　2013.3　Ⓘ978-4-04-100749-5

歪み観音
『眩談』（幽BOOKS）メディアファクトリー　2012.11　Ⓘ978-4-8401-4891-7
『眩談』（角川文庫）角川書店　2015.11　Ⓘ978-4-04-103552-8

予感
『冥談』（幽BOOKS）メディアファクトリー　2010.3　Ⓘ978-4-8401-3235-0
『冥談』（角川文庫）角川書店　2013.12　Ⓘ978-4-04-101152-2

夜楽屋
『西巷説百物語』　角川書店　2010.7　Ⓘ978-4-04-874054-8
『西巷説百物語』（C・NOVELS BIBLIOTHEQUE）中央公論新社　2012.8　Ⓘ978-4-12-501213-1
『西巷説百物語』（角川文庫）角川書店　2013.3　Ⓘ978-4-04-100749-5

今日泊　亜蘭　　きょうどまり・あらん

ああ大宇宙
『最終戦争/空族館（アエリウム）』（ちくま文庫）筑摩書房　2016.10　Ⓘ978-4-480-43393-0

空族館
『最終戦争/空族館（アエリウム）』（ちくま文庫）筑摩書房　2016.10　Ⓘ978-4-480-43393-0

秋夜長SF百物語
『最終戦争/空族館（アエリウム）』（ちくま文庫）筑摩書房　2016.10　Ⓘ978-4-480-43393-0

イワン・イワノビッチ・イワノフの奇蹟
『最終戦争/空族館（アエリウム）』（ちくま文庫）筑摩書房　2016.10　Ⓘ978-4-480-43393-0

浮間の桜　怪賊緋の鷹物語
『海王星市から来た男/縹渺譚』（創元SF文庫）東京創元社　2017.9　Ⓘ978-4-488-73201-1

宇宙最大のやくざ者
『最終戦争/空族館（アエリウム）』（ちくま文庫）筑摩書房　2016.10　Ⓘ978-4-480-43393-0

永遠の虹の国
『最終戦争/空族館（アエリウム）』（ちくま文庫）筑摩書房　2016.10　Ⓘ978-4-480-43393-0

オイ水をくれ
『最終戦争/空族館（アエリウム）』（ちくま文庫）筑摩書房　2016.10　Ⓘ978-4-480-43393-0

おゝ、大宇宙！
『最終戦争/空族館（アエリウム）』（ちくま文庫）筑摩書房　2016.10　Ⓘ978-4-480-43393-0

怪物
『最終戦争/空族館（アエリウム）』（ちくま文庫）筑摩書房　2016.10　Ⓘ978-4-480-43393-0

カシオペヤの女
『日本SF全集　第1巻（1957～1971）』出版芸術社　2009.6　Ⓘ978-4-88293-344-1
『最終戦争/空族館（アエリウム）』（ちくま文庫）筑摩書房　2016.10　Ⓘ978-4-480-43393-0

神よ、わが武器を守り給え
『最終戦争/空族館（アエリウム）』（ちくま文庫）筑摩書房　2016.10　Ⓘ978-4-480-43393-0

完全作家ピュウ太
『最終戦争/空族館（アエリウム）』（ちくま文庫）筑摩書房　2016.10　Ⓘ978-4-480-43393-0

完璧な侵略
『最終戦争/空族館（アエリウム）』（ちくま文庫）筑摩書房　2016.10　Ⓘ978-4-480-43393-0

今日泊亜蘭

綺幻燈玻璃繪噺
『海王星市から来た男/縹渺譚』(創元SF文庫) 東京創元社　2017.9　①978-4-488-73201-1

奇妙な戦争
『海王星市から来た男/縹渺譚』(創元SF文庫) 東京創元社　2017.9　①978-4-488-73201-1

恐竜はなぜ死んだか？
『最終戦争/空族館（アエリウム）』(ちくま文庫)　筑摩書房　2016.10　①978-4-480-43393-0

黒いお化け
『最終戦争/空族館（アエリウム）』(ちくま文庫)　筑摩書房　2016.10　①978-4-480-43393-0

ケンの行った昏い国
『最終戦争/空族館（アエリウム）』(ちくま文庫)　筑摩書房　2016.10　①978-4-480-43393-0

『最終戦争/空族館（アエリウム）』(ちくま文庫)　筑摩書房　2016.10　①978-4-480-43393-0

古時機ものがたり
『最終戦争/空族館（アエリウム）』(ちくま文庫)　筑摩書房　2016.10　①978-4-480-43393-0

最後に笑う者
『最終戦争/空族館（アエリウム）』(ちくま文庫)　筑摩書房　2016.10　①978-4-480-43393-0

最終戦争
『あしたは戦争―巨匠たちの想像力 "戦時体制"』(ちくま文庫)　筑摩書房　2016.1　①978-4-480-43326-8

『最終戦争/空族館（アエリウム）』(ちくま文庫)　筑摩書房　2016.10　①978-4-480-43393-0

坂をのぼれば…
『最終戦争/空族館（アエリウム）』(ちくま文庫)　筑摩書房　2016.10　①978-4-480-43393-0

三さ路をふりかえるな
『最終戦争/空族館（アエリウム）』(ちくま文庫)　筑摩書房　2016.10　①978-4-480-43393-0

深森譚―流山霧太郎の妖しき伝説
『海王星市から来た男/縹渺譚』(創元SF文庫) 東京創元社　2017.9　①978-4-488-73201-1

スパイ戦線異状あり
『最終戦争/空族館（アエリウム）』(ちくま文庫)　筑摩書房　2016.10　①978-4-480-43393-0

素晴らしい二十世紀
『最終戦争/空族館（アエリウム）』(ちくま文庫)　筑摩書房　2016.10　①978-4-480-43393-0

地球は赤かった
『たそがれゆく未来―巨匠たちの想像力 "文明崩壊"』(ちくま文庫)　筑摩書房　2016.3　①978-4-480-43328-2

つぎに来るもの
『最終戦争/空族館（アエリウム）』(ちくま文庫)　筑摩書房　2016.10　①978-4-480-43393-0

次に来るもの
『最終戦争/空族館（アエリウム）』(ちくま文庫)　筑摩書房　2016.10　①978-4-480-43393-0

天気予報
『最終戦争/空族館（アエリウム）』(ちくま文庫)　筑摩書房　2016.10　①978-4-480-43393-0

何もしない機械
『最終戦争/空族館（アエリウム）』(ちくま文庫)　筑摩書房　2016.10　①978-4-480-43393-0

博士の粉砕機
『最終戦争/空族館（アエリウム）』(ちくま文庫)　筑摩書房　2016.10　①978-4-480-43393-0

早かった帰りの船
『最終戦争/空族館（アエリウム）』(ちくま文庫)　筑摩書房　2016.10　①978-4-480-43393-0

パンタ・レイ
『最終戦争/空族館（アエリウム）』(ちくま文庫)　筑摩書房　2016.10　①978-4-480-43393-0

光になった男
『最終戦争/空族館（アエリウム）』(ちくま文庫)　筑摩書房　2016.10　①978-4-480-43393-0

日本のSF・ホラー・ファンタジー

縹渺譚―大利根絮二郎の奇妙な身ノ上話
『海王星市から来た男/縹渺譚』(創元SF文庫) 東京創元社　2017.9　①978-4-488-73201-1

海王星市から来た男
『海王星市から来た男/縹渺譚』(創元SF文庫) 東京創元社　2017.9　①978-4-488-73201-1

幻兵団
『最終戦争/空族館(アエリウム)』(ちくま文庫) 筑摩書房　2016.10　①978-4-480-43393-0

まるい流れ星
『最終戦争/空族館(アエリウム)』(ちくま文庫) 筑摩書房　2016.10　①978-4-480-43393-0

ミコちゃんのギュギュ
『最終戦争/空族館(アエリウム)』(ちくま文庫) 筑摩書房　2016.10　①978-4-480-43393-0

無限延命長寿法
『最終戦争/空族館(アエリウム)』(ちくま文庫) 筑摩書房　2016.10　①978-4-480-43393-0

ムムシュ王の墓
『海王星市から来た男/縹渺譚』(創元SF文庫) 東京創元社　2017.9　①978-4-488-73201-1

溟天の客
『最終戦争/空族館(アエリウム)』(ちくま文庫) 筑摩書房　2016.10　①978-4-480-43393-0

ロボットを粉砕せよ！
『最終戦争/空族館(アエリウム)』(ちくま文庫) 筑摩書房　2016.10　①978-4-480-43393-0

ロボット・ロボ子の感傷
『最終戦争/空族館(アエリウム)』(ちくま文庫) 筑摩書房　2016.10　①978-4-480-43393-0

笑わぬ目
『海王星市から来た男/縹渺譚』(創元SF文庫) 東京創元社　2017.9　①978-4-488-73201-1

清松 みゆき　きよまつ・みゆき

語り終わりは、惨劇の幕開き
『モンスター・コレクションテイルズ―DRAGON BOOK 25th Anniversary』(富士見ドラゴン・ブック) 富士見書房　2011.2　①978-4-8291-4613-2

琴嶺舎　きんれいしゃ

うつろ舟の女
『江戸奇談怪談集』(ちくま学芸文庫) 筑摩書房　2012.11　①978-4-480-09488-9

九岡 望　くおか・のぞむ

はぐれ者のブルー
『BLAME！ THE ANTHOLOGY』(ハヤカワ文庫JA) 早川書房　2017.5　①978-4-15-031275-6

久貝 徳三　くがい・とくぞう

生き物の寿命
『人魚物語』　文芸社　2009.7　①978-4-286-07177-0

海の災害
『人魚物語』　文芸社　2009.7　①978-4-286-07177-0

サンゴ礁の魚たち
『人魚物語』　文芸社　2009.7　①978-4-286-07177-0

人魚の祟り
『人魚物語』　文芸社　2009.7　①978-4-286-07177-0

人魚の誕生
『人魚物語』　文芸社　2009.7　①978-4-286-07177-0

愚軒　ぐけん

果進居士
『江戸奇談怪談集』(ちくま学芸文庫) 筑摩書房　2012.11　①978-4-480-09488-9

義残後覚
『江戸奇談怪談集』(ちくま学芸文庫) 筑摩書房　2012.11　①978-4-480-09488-9

日下 慶太　くさか・けいた

ヌガイエ・ヌガイ
『ゆきのまち幻想文学賞小品集　21　風花　雪の物語二十七編』企画集団ぷりずむ　2012.3　①978-4-906691-42-5

草上 仁　くさかみ・じん

ウンディ
『さよならの儀式―年刊日本SF傑作選』（創元SF文庫）東京創元社　2014.6　①978-4-488-73407-7

スピアボーイ
『折り紙衛星の伝説―年刊日本SF傑作選』（創元SF文庫）東京創元社　2015.6　①978-4-488-73408-4

ダイエットの方程式
『てのひらの宇宙―星雲賞短編SF傑作選』（創元SF文庫）東京創元社　2013.3　①978-4-488-73803-7

燃える電話
『涙の招待席―異形コレクション傑作選』（光文社文庫）光文社　2017.10　①978-4-334-77545-2

ゆっくりと南へ
『日本SF短篇50―日本SF作家クラブ創立50周年記念アンソロジー　3』（ハヤカワ文庫JA）早川書房　2013.6　①978-4-15-031115-5

草薙陀 美鳥　くさなだ・みどり

銀と金
『小説 アンジェリーク天空の鎮魂歌 黒き翼のもとに　新装版』コーエーテクモゲームス　2011.7　①978-4-7758-0813-9

砂漠に咲く花
『小説 アンジェリーク天空の鎮魂歌 黒き翼のもとに　新装版』コーエーテクモゲームス　2011.7　①978-4-7758-0813-9

夜明け前の夢
『小説 アンジェリーク天空の鎮魂歌 黒き翼のもとに　新装版』コーエーテクモゲームス　2011.7　①978-4-7758-0813-9

草野 原々　くさの・げんげん

最後にして最初のアイドル
『伊藤計劃トリビュート　2』（ハヤカワ文庫JA）早川書房　2017.1　①978-4-15-031260-2

櫛木 理宇　くしき・りう

秋の夜長とウイジャ盤
『ホーンテッド・キャンパス』（角川ホラー文庫）角川書店　2012.10　①978-4-04-100538-5

鏡の中の
『ホーンテッド・キャンパス〔2〕幽霊たちとチョコレート』（角川ホラー文庫）角川書店　2013.1　①978-4-04-100663-4

彼女の彼
『ホーンテッド・キャンパス〔2〕幽霊たちとチョコレート』（角川ホラー文庫）角川書店　2013.1　①978-4-04-100663-4

壁にいる顔
『ホーンテッド・キャンパス』（角川ホラー文庫）角川書店　2012.10　①978-4-04-100538-5

雑踏の背中
『ホーンテッド・キャンパス』（角川ホラー文庫）角川書店　2012.10　①978-4-04-100538-5

シネマジェニック
『ホーンテッド・キャンパス〔2〕幽霊たちとチョコレート』（角川ホラー文庫）角川書店　2013.1　①978-4-04-100663-4

人形花嫁
『ホーンテッド・キャンパス〔2〕幽霊たちとチョコレート』（角川ホラー文庫）角川書店　2013.1　①978-4-04-100663-4

ホワイトノイズ
『ホーンテッド・キャンパス』（角川ホラー文庫）角川書店　2012.10　①978-4-04-100538-5

南向き3LDK幽霊付き
『ホーンテッド・キャンパス』（角川ホラー文庫）角川書店　2012.10　①978-4-04-100538-5

幽霊の多い居酒屋
『ホーンテッド・キャンパス 〔2〕 幽霊たちとチョコレート』（角川ホラー文庫）角川書店 2013.1 ①978-4-04-100663-4

くしまち みなと

ウィップアーウィルの啼き声
『ダンウィッチの末裔』（クトゥルー・ミュトス・ファイルズ）創土社 2013.5 ①978-4-7988-3005-6

妖術の螺旋
『チャールズ・ウォードの系譜』（クトゥルー・ミュトス・ファイルズ）創土社 2013.7 ①978-4-7988-3006-3

工藤 美代子　くどう・みよこ

行ってはいけない土地
『山の怪談』河出書房新社 2017.8 ①978-4-309-22710-8

国広 正人　くにひろ・まさと

赤子が一本
『穴らしきものに入る』（角川ホラー文庫）角川書店 2011.10 ①978-4-04-394494-1

穴らしきものに入る
『穴らしきものに入る』（角川ホラー文庫）角川書店 2011.10 ①978-4-04-394494-1

エムエーエスケー
『穴らしきものに入る』（角川ホラー文庫）角川書店 2011.10 ①978-4-04-394494-1

金骨
『穴らしきものに入る』（角川ホラー文庫）角川書店 2011.10 ①978-4-04-394494-1

よだれが出そうなほどいい日陰
『穴らしきものに入る』（角川ホラー文庫）角川書店 2011.10 ①978-4-04-394494-1

久能 允　くのう・まこと

冬の時計師
『ゆきのまち幻想文学賞小品集 19 雪の反転鏡』企画集団ぷりずむ 2010.3 ①978-4-906691-32-6

久保之谷 薫　くぼのたに・かおる

鶴が来た夜
『ゆきのまち幻想文学賞小品集 21 風花雪の物語二十七編』企画集団ぷりずむ 2012.3 ①978-4-906691-42-5

くぼ ひでき

オバケイチョウ
『怪談図書館ガイドブック 2 ひみつのコレクション』国土社 2013.2 ①978-4-337-11217-9

久美 沙織　くみ・さおり

失われた環
『涙の招待席—異形コレクション傑作選』（光文社文庫）光文社 2017.10 ①978-4-334-77545-2

グイン・サーガ外伝 星降る草原・連載第三回
『グイン・サーガ・ワールド 3』（ハヤカワ文庫JA）早川書房 2011.11 ①978-4-15-031049-3

グイン・サーガ外伝・星降る草原・連載第二回
『グイン・サーガ・ワールド 2』（ハヤカワ文庫JA）早川書房 2011.8 ①978-4-15-031043-1

薄荷の娘
『星降る草原—グイン・サーガ外伝 23』（ハヤカワ文庫JA）早川書房 2012.9 ①978-4-15-031083-7

星降る草原
『星降る草原—グイン・サーガ外伝 23』（ハヤカワ文庫JA）早川書房 2012.9 ①978-4-15-031083-7

星降る草原 連載第1回
『グイン・サーガ・ワールド—グイン・サーガ続篇プロジェクト 1』（ハヤカワ文庫）早川書房 2011.5 ①978-4-15-031032-5

星降る草原 最終回
『グイン・サーガ・ワールド—グイン・サーガ続篇プロジェクト 4』（ハヤカワ文庫）早川書房 2012.2 ①978-4-15-031056-1

夢の時
『星降る草原―グイン・サーガ外伝 23』(ハヤカワ文庫JA) 早川書房 2012.9 ①978-4-15-031083-7

夜の虹
『SF Japan 2009AUTUMN』 徳間書店 2009.9 ①978-4-19-862778-2

禍の風
『星降る草原―グイン・サーガ外伝 23』(ハヤカワ文庫JA) 早川書房 2012.9 ①978-4-15-031083-7

倉狩 聡　くらがり・そう

かにみそ
『かにみそ』 角川書店 2013.10 ①978-4-04-110574-0

カプグラ
『5分で読める！ 怖いはなし』(宝島社文庫) 宝島社 2014.6 ①978-4-8002-2805-5

混線#119
『5分で読める！ 怖いはなし』(宝島社文庫) 宝島社 2014.6 ①978-4-8002-2805-5

美術室の実話 1
『5分で読める！ 怖いはなし』(宝島社文庫) 宝島社 2014.6 ①978-4-8002-2805-5

美術室の実話 2
『5分で読める！ 怖いはなし』(宝島社文庫) 宝島社 2014.6 ①978-4-8002-2805-5

美術室の実話 3
『5分で読める！ 怖いはなし』(宝島社文庫) 宝島社 2014.6 ①978-4-8002-2805-5

百合の火葬
『かにみそ』 角川書店 2013.10 ①978-4-04-110574-0

倉阪 鬼一郎　くらさか・きいちろう

茜村より
『クトゥルー短編集 魔界への入口』(クトゥルー・ミュトス・ファイルズ) 創土社 2017.4 ①978-4-7988-3041-4

飛鳥山心中
『下町の迷宮、昭和の幻』(実業之日本社文庫) 実業之日本社 2012.6 ①978-4-408-55079-4

異界への就職
『クトゥルー短編集 魔界への入口』(クトゥルー・ミュトス・ファイルズ) 創土社 2017.4 ①978-4-7988-3041-4

イグザム・ロッジの夜
『クトゥルー短編集 魔界への入口』(クトゥルー・ミュトス・ファイルズ) 創土社 2017.4 ①978-4-7988-3041-4

インサイダー
『クトゥルー短編集 魔界への入口』(クトゥルー・ミュトス・ファイルズ) 創土社 2017.4 ①978-4-7988-3041-4

牛男
『怪物團―異形コレクション』(光文社文庫) 光文社 2009.8 ①978-4-334-74638-4

海へ消えるもの
『クトゥルー短編集 魔界への入口』(クトゥルー・ミュトス・ファイルズ) 創土社 2017.4 ①978-4-7988-3041-4

絵蠟燭
『下町の迷宮、昭和の幻』(実業之日本社文庫) 実業之日本社 2012.6 ①978-4-408-55079-4

奥座敷
『下町の迷宮、昭和の幻』(実業之日本社文庫) 実業之日本社 2012.6 ①978-4-408-55079-4

鏡のない鏡
『クトゥルー短編集 魔界への入口』(クトゥルー・ミュトス・ファイルズ) 創土社 2017.4 ①978-4-7988-3041-4

紙人形の春
『下町の迷宮、昭和の幻』(実業之日本社文庫) 実業之日本社 2012.6 ①978-4-408-55079-4

逆光の山の向こう
『恐怖之場所 死にます。』(竹書房文庫) 竹書房 2010.2 ①978-4-8124-4078-0

腐った赤い薔薇
『恐怖之場所 死にます。』(竹書房文庫) 竹書房 2010.2 ①978-4-8124-4078-0

クラリネット遁走曲
『下町の迷宮、昭和の幻』(実業之日本社文庫) 実業之日本社 2012.6 ①978-4-408-55079-4

虚空の夢
『クトゥルー短編集 魔界への入口』(クトゥルー・ミュトス・ファイルズ) 創土社 2017.4 ①978-4-7988-3041-4

跨線橋から
『下町の迷宮、昭和の幻』(実業之日本社文庫) 実業之日本社 2012.6 ①978-4-408-55079-4

舌を出すタヌキ
『恐怖之場所 死にます。』(竹書房文庫) 竹書房 2010.2 ①978-4-8124-4078-0

死にます
『恐怖之場所 死にます。』(竹書房文庫) 竹書房 2010.2 ①978-4-8124-4078-0

遮断機が上がったら
『恐怖之場所 死にます。』(竹書房文庫) 竹書房 2010.2 ①978-4-8124-4078-0

昭和湯の幻
『下町の迷宮、昭和の幻』(実業之日本社文庫) 実業之日本社 2012.6 ①978-4-408-55079-4

白い呪いの館
『クトゥルー短編集 魔界への入口』(クトゥルー・ミュトス・ファイルズ) 創土社 2017.4 ①978-4-7988-3041-4

底無し沼
『クトゥルー短編集 魔界への入口』(クトゥルー・ミュトス・ファイルズ) 創土社 2017.4 ①978-4-7988-3041-4

倒立する天使
『恐怖之場所 死にます。』(竹書房文庫) 竹書房 2010.2 ①978-4-8124-4078-0

常世舟
『江戸迷宮―異形コレクション』(光文社文庫) 光文社 2011.1 ①978-4-334-74901-9
『クトゥルー短編集 魔界への入口』(クトゥルー・ミュトス・ファイルズ) 創土社 2017.4 ①978-4-7988-3041-4

七色魔術戦争
『クトゥルー短編集 魔界への入口』(クトゥルー・ミュトス・ファイルズ) 創土社 2017.4 ①978-4-7988-3041-4

灰色の浴槽
『恐怖之場所 死にます。』(竹書房文庫) 竹書房 2010.2 ①978-4-8124-4078-0

廃屋
『下町の迷宮、昭和の幻』(実業之日本社文庫) 実業之日本社 2012.6 ①978-4-408-55079-4

便所男
『クトゥルー短編集 魔界への入口』(クトゥルー・ミュトス・ファイルズ) 創土社 2017.4 ①978-4-7988-3041-4

まどおり
『下町の迷宮、昭和の幻』(実業之日本社文庫) 実業之日本社 2012.6 ①978-4-408-55079-4

未知なる赤光を求めて
『クトゥルー短編集 魔界への入口』(クトゥルー・ミュトス・ファイルズ) 創土社 2017.4 ①978-4-7988-3041-4

無窮の花
『下町の迷宮、昭和の幻』(実業之日本社文庫) 実業之日本社 2012.6 ①978-4-408-55079-4

闇の美術館
『闇のトラペゾヘドロン』(クトゥルー・ミュトス・ファイルズ) 創土社 2014.8 ①978-4-7988-3018-6

夢淡き、酒
『涙の招待席―異形コレクション傑作選』(光文社文庫) 光文社 2017.10 ①978-4-334-77545-2

倉田 タカシ　くらた・たかし

再突入
『AIと人類は共存できるか？―人工知能SFアンソロジー』 早川書房 2016.11 ①978-4-15-209648-7

紙片50
『量子回廊―年刊日本SF傑作選』(創元SF文庫) 東京創元社 2010.7 ①978-4-488-73403-9

トーキョーを食べて育った
『NOVA 10』(河出文庫) 河出書房新社 2013.7 ①978-4-309-41230-6

二本の足で
『行き先は特異点―年刊日本SF傑作選』(創元SF文庫) 東京創元社 2017.7 ①978-4-488-73410-7

夕暮にゆうくりなき声満ちて風

『NOVA 2 書き下ろし日本SFコレクション』（河出文庫）河出書房新社 2010.7 ①978-4-309-41027-2

倉田　英之　くらた・ひでゆき

アキバ忍法帖

『超弦領域―年刊日本SF傑作選』（創元SF文庫）東京創元社 2009.6 ①978-4-488-73402-2

倉橋　由美子　くらはし・ゆみこ

アポロンの首

『新編 日本幻想文学集成 1 安部公房・倉橋由美子・中井英夫・日影丈吉』国書刊行会 2016.6 ①978-4-336-06026-6

ある老人の図書館

『新編 日本幻想文学集成 1 安部公房・倉橋由美子・中井英夫・日影丈吉』国書刊行会 2016.6 ①978-4-336-06026-6

宇宙人

『蛇・愛の陰画』（講談社文芸文庫）講談社 2009.8 ①978-4-06-290058-4

『新編 日本幻想文学集成 1 安部公房・倉橋由美子・中井英夫・日影丈吉』国書刊行会 2016.6 ①978-4-336-06026-6

桜花変化

『完本 酔郷譚』（河出文庫）河出書房新社 2012.5 ①978-4-309-41148-4

海市遊宴

『完本 酔郷譚』（河出文庫）河出書房新社 2012.5 ①978-4-309-41148-4

貝のなか

『蛇・愛の陰画』（講談社文芸文庫）講談社 2009.8 ①978-4-06-290058-4

『新編 日本幻想文学集成 1 安部公房・倉橋由美子・中井英夫・日影丈吉』国書刊行会 2016.6 ①978-4-336-06026-6

回廊の鬼

『完本 酔郷譚』（河出文庫）河出書房新社 2012.5 ①978-4-309-41148-4

果実の中の饗宴

『完本 酔郷譚』（河出文庫）河出書房新社 2012.5 ①978-4-309-41148-4

鬼女の宴

『完本 酔郷譚』（河出文庫）河出書房新社 2012.5 ①978-4-309-41148-4

玉中交歓

『完本 酔郷譚』（河出文庫）河出書房新社 2012.5 ①978-4-309-41148-4

巨刹

『蛇・愛の陰画』（講談社文芸文庫）講談社 2009.8 ①978-4-06-290058-4

『幻視の系譜―日本幻想文学大全』（ちくま文庫）筑摩書房 2013.10 ①978-4-480-43112-7

黒い雨の夜

『完本 酔郷譚』（河出文庫）河出書房新社 2012.5 ①978-4-309-41148-4

広寒宮の一夜

『完本 酔郷譚』（河出文庫）河出書房新社 2012.5 ①978-4-309-41148-4

合成美女

『たそがれゆく未来―巨匠たちの想像力 "文明崩壊"』（ちくま文庫）筑摩書房 2016.3 ①978-4-480-43328-2

囚人

『新編 日本幻想文学集成 1 安部公房・倉橋由美子・中井英夫・日影丈吉』国書刊行会 2016.6 ①978-4-336-06026-6

春水桃花源

『完本 酔郷譚』（河出文庫）河出書房新社 2012.5 ①978-4-309-41148-4

植物的悪魔の季節

『完本 酔郷譚』（河出文庫）河出書房新社 2012.5 ①978-4-309-41148-4

白い髪の童女

『新編 日本幻想文学集成 1 安部公房・倉橋由美子・中井英夫・日影丈吉』国書刊行会 2016.6 ①978-4-336-06026-6

神秘的な動物

『新編 日本幻想文学集成 1 安部公房・倉橋由美子・中井英夫・日影丈吉』国書刊行会 2016.6 ①978-4-336-06026-6

酔郷探訪

『完本 酔郷譚』（河出文庫）河出書房新社 2012.5 ①978-4-309-41148-4

雪洞桃源

『完本 酔郷譚』（河出文庫）河出書房新社 2012.5 ①978-4-309-41148-4

隊商宿

『新編 日本幻想文学集成 1 安部公房・倉橋由美子・中井英夫・日影丈吉』 国書刊行会 2016.2 ⓘ978-4-336-06026-6

月の都に帰る

『完本 酔郷譚』(河出文庫) 河出書房新社 2012.5 ⓘ978-4-309-41148-4

髑髏小町

『完本 酔郷譚』(河出文庫) 河出書房新社 2012.5 ⓘ978-4-309-41148-4

花の雪散る里

『完本 酔郷譚』(河出文庫) 河出書房新社 2012.5 ⓘ978-4-309-41148-4

芒が原逍遥記

『完本 酔郷譚』(河出文庫) 河出書房新社 2012.5 ⓘ978-4-309-41148-4

虫になつたザムザの話

『新編 日本幻想文学集成 1 安部公房・倉橋由美子・中井英夫・日影丈吉』 国書刊行会 2016.2 ⓘ978-4-336-06026-6

冥界往還記

『完本 酔郷譚』(河出文庫) 河出書房新社 2012.5 ⓘ978-4-309-41148-4

明月幻記

『完本 酔郷譚』(河出文庫) 河出書房新社 2012.5 ⓘ978-4-309-41148-4

夕顔

『鬼譚』(ちくま文庫) 筑摩書房 2014.9 ⓘ978-4-480-43205-6

雪女恋慕行

『完本 酔郷譚』(河出文庫) 河出書房新社 2012.5 ⓘ978-4-309-41148-4

夢のなかの街

『新編 日本幻想文学集成 1 安部公房・倉橋由美子・中井英夫・日影丈吉』 国書刊行会 2016.2 ⓘ978-4-336-06026-6

落陽原に登る

『完本 酔郷譚』(河出文庫) 河出書房新社 2012.5 ⓘ978-4-309-41148-4

緑陰酔生夢

『完本 酔郷譚』(河出文庫) 河出書房新社 2012.5 ⓘ978-4-309-41148-4

臨湖亭綺譚

『完本 酔郷譚』(河出文庫) 河出書房新社 2012.5 ⓘ978-4-309-41148-4

栗本　薫　くりもと・かおる

悪魔大祭

『ヒプノスの回廊―グイン・サーガ外伝22』(ハヤカワ文庫JA) 早川書房 2011.2 ⓘ978-4-15-031021-9

アレナ通り十番地の精霊

『ヒプノスの回廊―グイン・サーガ外伝22』(ハヤカワ文庫JA) 早川書房 2011.2 ⓘ978-4-15-031021-9

クリスタル・パレス殺人事件―ナリスの事件簿

『ヒプノスの回廊―グイン・サーガ外伝22』(ハヤカワ文庫JA) 早川書房 2011.2 ⓘ978-4-15-031021-9

紅の密使

『グイン・サーガ 6 密使』 早川書房 2009.5 ⓘ978-4-15-209027-0

紅蓮の島

『グイン・サーガ 5 紅蓮』 早川書房 2009.5 ⓘ978-4-15-209026-3

黒い明日

『心中天浦島 新装版』(ハヤカワ文庫JA) 早川書房 2010.4 ⓘ978-4-15-030996-1

荒野の戦士

『グイン・サーガ 1 豹頭 新装版』 早川書房 2009.3 ⓘ978-4-15-209008-9

氷惑星再び

『グイン・サーガ・ワールド 2』(ハヤカワ文庫JA) 早川書房 2011.8 ⓘ978-4-15-031043-1

5月の晴れた日に

『ムーン・リヴァー―Tokyo saga』 角川書店 2009.9 ⓘ978-4-04-873982-5

再会

『ムーン・リヴァー―Tokyo saga』 角川書店 2009.9 ⓘ978-4-04-873982-5

死の婚礼

『グイン・サーガ 5 紅蓮』 早川書房 2009.5 ⓘ978-4-15-209026-3

春宵鬼

『ムーン・リヴァー―Tokyo saga』 角川書店 2009.9 ⓘ978-4-04-873982-5

心中天浦島
『心中天浦島　新装版』(ハヤカワ文庫JA)　早川書房　2010.4　①978-4-15-030996-1

ステファンの六つ子
『心中天浦島　新装版』(ハヤカワ文庫JA)　早川書房　2010.4　①978-4-15-030996-1

スペードの女王
『グイン・サーガ・ワールド　5』(ハヤカワ文庫JA)　早川書房　2012.9　①978-4-15-031081-3

スペードの女王　プロローグ　第1章
『グイン・サーガ・ワールド　3』(ハヤカワ文庫JA)　早川書房　2011.11　①978-4-15-031049-3

スペードの女王　第一章（つづき）
『グイン・サーガ・ワールド―グイン・サーガ続篇プロジェクト　4』(ハヤカワ文庫)　早川書房　2012.2　①978-4-15-031056-1

スペードの女王　第二章つづき
『グイン・サーガ・ワールド　6』(ハヤカワ文庫JA)　早川書房　2012.12　①978-4-15-031089-9

スペードの女王　第三章
『グイン・サーガ・ワールド　7』(ハヤカワ文庫JA)　早川書房　2013.3　①978-4-15-031101-8

スペードの女王　第三章　つづき
『グイン・サーガ・ワールド　8』(ハヤカワ文庫JA)　早川書房　2013.6　①978-4-15-031114-8

前夜
『ヒプノスの回廊―グイン・サーガ外伝22』(ハヤカワ文庫JA)　早川書房　2011.2　①978-4-15-031021-9

草原の風雲児
『グイン・サーガ　6　密使』早川書房　2009.5　①978-4-15-209027-0

ただひとたびの
『心中天浦島　新装版』(ハヤカワ文庫JA)　早川書房　2010.4　①978-4-15-030996-1

手間のかかる姫君
『グイン・サーガ・ワールド　3』(ハヤカワ文庫JA)　早川書房　2011.11　①978-4-15-031049-3

時の封土
『日本SF全集　3　1978～1984』出版芸術社　2013.12　①978-4-88293-348-9

ドールの花嫁
『グイン・サーガ・ワールド―グイン・サーガ続篇プロジェクト　1』(ハヤカワ文庫)　早川書房　2011.5　①978-4-15-031032-5

日記より
『グイン・サーガ・ワールド―グイン・サーガ続篇プロジェクト　4』(ハヤカワ文庫)　早川書房　2012.2　①978-4-15-031056-1

ノスフェラスの戦い
『グイン・サーガ　2　虜囚　新装版』早川書房　2009.3　①978-4-15-209009-6

波瀾
『見知らぬ明日』(ハヤカワ文庫　グイン・サーガ)　早川書房　2009.12　①978-4-15-030975-6

遙かな草原に
『心中天浦島　新装版』(ハヤカワ文庫JA)　早川書房　2010.4　①978-4-15-030996-1

ヒプノスの回廊
『ヒプノスの回廊―グイン・サーガ外伝22』(ハヤカワ文庫JA)　早川書房　2011.2　①978-4-15-031021-9

豹頭の仮面
『グイン・サーガ　1　豹頭　新装版』早川書房　2009.3　①978-4-15-209008-9

氷惑星の戦士
『ヒプノスの回廊―グイン・サーガ外伝22』(ハヤカワ文庫JA)　早川書房　2011.2　①978-4-15-031021-9

ファースト・コンタクトの終わり
『心中天浦島　新装版』(ハヤカワ文庫JA)　早川書房　2010.4　①978-4-15-030996-1

冬日
『ムーン・リヴァー―Tokyo saga』角川書店　2009.9　①978-4-04-873982-5

ホテル・ノルマンディー
『ムーン・リヴァー―Tokyo saga』角川書店　2009.9　①978-4-04-873982-5

滅びの風
『日本SF短篇50―日本SF作家クラブ創立50周年記念アンソロジー　3』(ハヤカワ文庫JA)　早川書房　2013.6　①978-4-15-031115-5

見知らぬ明日
『見知らぬ明日』(ハヤカワ文庫　グイン・サーガ)　早川書房　2009.12　①978-4-15-030975-6

ムーン・リヴァー
『ムーン・リヴァー——Tokyo saga』角川書店　2009.9　①978-4-04-873982-5

優しい接触
『心中天浦島　新装版』(ハヤカワ文庫JA)　早川書房　2010.4　①978-4-15-030996-1

ラゴンの虜囚
『グイン・サーガ　2　虜囚　新装版』早川書房　2009.3　①978-4-15-209009-6

車谷　長吉　くるまたに・ちょうきつ

悪の手。
『文豪てのひら怪談』(ポプラ文庫)　ポプラ社　2009.8　①978-4-591-11104-8

黒石　迩守　くろいし・にかみ

くすんだ言語
『伊藤計劃トリビュート　2』(ハヤカワ文庫JA)　早川書房　2017.1　①978-4-15-031260-2

黒井　千次　くろい・せんじ

待つ
『文豪てのひら怪談』(ポプラ文庫)　ポプラ社　2009.8　①978-4-591-11104-8

黒木　あるじ　くろき・あるじ

一日店長顛末記
『FKB 怪談五色　忌式』(竹書房文庫)　竹書房　2014.12　①978-4-8019-0073-8

海亀の家
『FKB 怪談五色　忌式』(竹書房文庫)　竹書房　2014.12　①978-4-8019-0073-8

臆病者と求道者
『FKB 怪談五色　忌式』(竹書房文庫)　竹書房　2014.12　①978-4-8019-0073-8

おわかれのうた
『FKB 怪談五色　忌式』(竹書房文庫)　竹書房　2014.12　①978-4-8019-0073-8

くるま
『FKB 怪談五色　忌式』(竹書房文庫)　竹書房　2014.12　①978-4-8019-0073-8

ババぬき
『FKB 怪談五色　忌式』(竹書房文庫)　竹書房　2014.12　①978-4-8019-0073-8

火の玉
『FKB 怪談五色　忌式』(竹書房文庫)　竹書房　2014.12　①978-4-8019-0073-8

みちのく怪獣探訪録
『怪獣文藝』(幽ブックス)　メディアファクトリー　2013.3　①978-4-8401-5144-3

黒狐　尾花　くろきつね・おばな

薄闇の街で—出会う
『逢魔ヶ時あやいと倶楽部—召喚少女の守護人形』(メディアワークス文庫)　アスキー・メディアワークス　2011.10　①978-4-04-870968-2

世界の片隅で—笑う
『逢魔ヶ時あやいと倶楽部—召喚少女の守護人形』(メディアワークス文庫)　アスキー・メディアワークス　2011.10　①978-4-04-870968-2

黄昏の底で—眠る
『逢魔ヶ時あやいと倶楽部—召喚少女の守護人形』(メディアワークス文庫)　アスキー・メディアワークス　2011.10　①978-4-04-870968-2

不可視の縁を—手繰る
『逢魔ヶ時あやいと倶楽部—召喚少女の守護人形』(メディアワークス文庫)　アスキー・メディアワークス　2011.10　①978-4-04-870968-2

学び舎に—集う
『逢魔ヶ時あやいと倶楽部—召喚少女の守護人形』(メディアワークス文庫)　アスキー・メディアワークス　2011.10　①978-4-04-870968-2

黒崎 薫 くろさき・かおる

死なない兵士
『Fの肖像—フランケンシュタインの幻想たち 異形コレクション』（光文社文庫）光文社　2010.9　①978-4-334-74846-3

黒 史郎 くろ・しろう

行灯逝け
『FKB 怪談五色　忌式』（竹書房文庫）竹書房　2014.12　①978-4-8019-0073-8

オミヤマモリ
『FKB 怪談五色　忌式』（竹書房文庫）竹書房　2014.12　①978-4-8019-0073-8

怪獣地獄
『怪獣文藝』（幽ブックス）メディアファクトリー　2013.3　①978-4-8401-5144-3

解体予知夢
『FKB 怪談五色　忌式』（竹書房文庫）竹書房　2014.12　①978-4-8019-0073-8

ゴルゴネイオン
『憑依—異形コレクション』（光文社文庫）光文社　2010.5　①978-4-334-74784-8

時間が飛ぶ
『FKB 怪談五色　忌式』（竹書房文庫）竹書房　2014.12　①978-4-8019-0073-8

嘆く天井
『FKB 怪談五色　忌式』（竹書房文庫）竹書房　2014.12　①978-4-8019-0073-8

ハッシシ
『FKB 怪談五色　忌式』（竹書房文庫）竹書房　2014.12　①978-4-8019-0073-8

変貌羨望
『インスマスの血脈—クトゥルー・ミュトス・ファイルズ』創土社　2013.12　①978-4-7988-3011-7

緑の鳥は終わりを眺め
『怪物園—異形コレクション』（光文社文庫）光文社　2009.8　①978-4-334-74638-4

山北飢談
『怪談列島ニッポン—書き下ろし諸国奇談競作集』（MF文庫 ダ・ヴィンチ）メディアファクトリー　2009.2　①978-4-8401-2674-8

黒田 衿 くろだ・えり

ミドリ様にきいてみて
『冬の虫—ゆきのまち幻想文学賞小品集26』企画集団ぷりずむ　2017.3　①978-4-906691-58-6

黒葉 雅人 くろば・まさと

イン・ザ・ジェリーボール
『拡張幻想—年刊日本SF傑作選』（創元SF文庫）東京創元社　2012.6　①978-4-488-73405-3

黒実 操 くろみ・みさお

ムシイチザの話
『怪集 蠱毒—創作怪談発掘大会傑作選』（竹書房文庫）竹書房　2009.12　①978-4-8124-4020-9

桑原 水菜 くわばら・みずな

紅衣観音
『炎の蜃気楼邂逅編 真皓き残響 仕返換生』（コバルト文庫）集英社　2011.5　①978-4-08-601520-2

仕返換生
『炎の蜃気楼邂逅編 真皓き残響 仕返換生』（コバルト文庫）集英社　2011.5　①978-4-08-601520-2

仕返換生・弐
『炎の蜃気楼邂逅編 真皓き残響 仕返換生』（コバルト文庫）集英社　2011.5　①978-4-08-601520-2

亡霊双六
『炎の蜃気楼邂逅編 真皓き残響 仕返換生』（コバルト文庫）集英社　2011.5　①978-4-08-601520-2

剣先 あおり けんさき・あおり

侵蝕
『地蔵の背/埃家』メディアファクトリー　2013.5　①978-4-8401-5193-1

占幽
『地蔵の背/埃家』　メディアファクトリー　2013.5　Ⓘ978-4-8401-5193-1

埃家
『地蔵の背/埃家』　メディアファクトリー　2013.5　Ⓘ978-4-8401-5193-1

小池　直太郎　こいけ・なおたろう

貉の怪異
『山の怪談』　河出書房新社　2017.8　Ⓘ978-4-309-22710-8

小池　昌代　こいけ・まさよ

すずめ
『ことば汁』（中公文庫）中央公論新社　2012.1　Ⓘ978-4-12-205589-6

つの
『ことば汁』（中公文庫）中央公論新社　2012.1　Ⓘ978-4-12-205589-6

女房
『ことば汁』（中公文庫）中央公論新社　2012.1　Ⓘ978-4-12-205589-6

野うさぎ
『ことば汁』（中公文庫）中央公論新社　2012.1　Ⓘ978-4-12-205589-6

箱
『短篇集』　ヴィレッジブックス　2010.4　Ⓘ978-4-86332-240-0

『量子回廊―年刊日本SF傑作選』（創元SF文庫）東京創元社　2010.7　Ⓘ978-4-488-73403-9

花火
『ことば汁』（中公文庫）中央公論新社　2012.1　Ⓘ978-4-12-205589-6

りぼん
『ことば汁』（中公文庫）中央公論新社　2012.1　Ⓘ978-4-12-205589-6

小池　真理子　こいけ・まりこ

青い夜の底
『青い夜の底―小池真理子怪奇幻想傑作選2』（角川ホラー文庫）角川書店　2011.11　Ⓘ978-4-04-100035-9

足
『青い夜の底―小池真理子怪奇幻想傑作選2』（角川ホラー文庫）角川書店　2011.11　Ⓘ978-4-04-100035-9

『水無月の墓』（集英社文庫）集英社　2017.9　Ⓘ978-4-08-745634-9

生きがい
『青い夜の底―小池真理子怪奇幻想傑作選2』（角川ホラー文庫）角川書店　2011.11　Ⓘ978-4-04-100035-9

イツカ逢エル…
『夜は満ちる』（集英社文庫）集英社　2017.8　Ⓘ978-4-08-745624-0

縁
『夜は満ちる』（集英社文庫）集英社　2017.8　Ⓘ978-4-08-745624-0

還る
『怪談』　集英社　2014.7　Ⓘ978-4-08-771567-5

『怪談』（集英社文庫）集英社　2017.7　Ⓘ978-4-08-745608-0

カーディガン
『怪談』　集英社　2014.7　Ⓘ978-4-08-771567-5

『怪談』（集英社文庫）集英社　2017.7　Ⓘ978-4-08-745608-0

神かくし
『懐かしい家―小池真理子怪奇幻想傑作選1』（角川ホラー文庫）角川書店　2011.5　Ⓘ978-4-04-149418-9

『水無月の墓』（集英社文庫）集英社　2017.9　Ⓘ978-4-08-745634-9

くちづけ
『懐かしい家―小池真理子怪奇幻想傑作選1』（角川ホラー文庫）角川書店　2011.5　Ⓘ978-4-04-149418-9

首
『懐かしい家―小池真理子怪奇幻想傑作選1』（角川ホラー文庫）角川書店　2011.5　Ⓘ978-4-04-149418-9

幸福の家
『怪談』　集英社　2014.7　Ⓘ978-4-08-771567-5

『怪談』（集英社文庫）集英社　2017.7　Ⓘ978-4-08-745608-0

康平の背中
『懐かしい家―小池真理子怪奇幻想傑作選 1』(角川ホラー文庫) 角川書店 2011.5 ①978-4-04-149418-9
『夜は満ちる』(集英社文庫) 集英社 2017.8 ①978-4-08-745624-0

災厄の犬
『青い夜の底―小池真理子怪奇幻想傑作選 2』(角川ホラー文庫) 角川書店 2011.11 ①978-4-04-100035-9

坂の上の家
『夜は満ちる』(集英社文庫) 集英社 2017.8 ①978-4-08-745624-0

座敷
『怪談』 集英社 2014.7 ①978-4-08-771567-5
『怪談』(集英社文庫) 集英社 2017.7 ①978-4-08-745608-0

車影
『懐かしい家―小池真理子怪奇幻想傑作選 1』(角川ホラー文庫) 角川書店 2011.5 ①978-4-04-149418-9

蛇口
『懐かしい家―小池真理子怪奇幻想傑作選 1』(角川ホラー文庫) 角川書店 2011.5 ①978-4-04-149418-9

しゅるしゅる
『青い夜の底―小池真理子怪奇幻想傑作選 2』(角川ホラー文庫) 角川書店 2011.11 ①978-4-04-100035-9

親友
『青い夜の底―小池真理子怪奇幻想傑作選 2』(角川ホラー文庫) 角川書店 2011.11 ①978-4-04-100035-9

翼
『眠れなくなる夢十夜』(新潮文庫) 新潮社 2009.6 ①978-4-10-133252-9
『Kiss―接吻』 新潮社 2010.9 ①978-4-10-409809-5
『Kiss』(新潮文庫) 新潮社 2013.6 ①978-4-10-144026-2
『眠れなくなる夢十夜』(新潮文庫) 新潮社 2017.1 ①978-4-10-101051-9

ディオリッシモ
『青い夜の底―小池真理子怪奇幻想傑作選 2』(角川ホラー文庫) 角川書店 2011.11 ①978-4-04-100035-9

同居人
『怪談』 集英社 2014.7 ①978-4-08-771567-5
『怪談』(集英社文庫) 集英社 2017.7 ①978-4-08-745608-0

懐かしい家
『懐かしい家―小池真理子怪奇幻想傑作選 1』(角川ホラー文庫) 角川書店 2011.5 ①978-4-04-149418-9

ぬばたまの
『怪談』 集英社 2014.7 ①978-4-08-771567-5
『怪談』(集英社文庫) 集英社 2017.7 ①978-4-08-745608-0

鬼灯
『青い夜の底―小池真理子怪奇幻想傑作選 2』(角川ホラー文庫) 角川書店 2011.11 ①978-4-04-100035-9

蛍の場所
『夜は満ちる』(集英社文庫) 集英社 2017.8 ①978-4-08-745624-0

ぼんやり
『水無月の墓』(集英社文庫) 集英社 2017.9 ①978-4-08-745634-9

岬へ
『短篇ベストコレクション―現代の小説 2013』(徳間文庫) 徳間書店 2013.6 ①978-4-19-893705-8
『怪談』 集英社 2014.7 ①978-4-08-771567-5
『怪談』(集英社文庫) 集英社 2017.7 ①978-4-08-745608-0

水無月の墓
『水無月の墓』(集英社文庫) 集英社 2017.9 ①978-4-08-745634-9

ミミ
『懐かしい家―小池真理子怪奇幻想傑作選 1』(角川ホラー文庫) 角川書店 2011.5 ①978-4-04-149418-9

深雪
『水無月の墓』(集英社文庫) 集英社 2017.9 ①978-4-08-745634-9

やまざくら
『夜は満ちる』(集英社文庫) 集英社 2017.8 ①978-4-08-745624-0

夜顔
『水無月の墓』(集英社文庫) 集英社　2017.9
①978-4-08-745634-9

夜は満ちる
『夜は満ちる』(集英社文庫) 集英社　2017.8
①978-4-08-745624-0

流山寺
『水無月の墓』(集英社文庫) 集英社　2017.9
①978-4-08-745634-9

私の居る場所
『水無月の墓』(集英社文庫) 集英社　2017.9
①978-4-08-745634-9

小泉 八雲　こいずみ・やくも

青柳物語
『怪談 新装版』(文芸まんがシリーズ) ぎょうせい　2010.4　①978-4-324-09013-8
『怪談』 国書刊行会　2011.7　①978-4-336-05348-0
『怪談―不思議なことの物語と研究』(ワイド版岩波文庫) 岩波書店　2011.12　①978-4-00-007345-5

安芸之介の夢
『怪談 新装版』(文芸まんがシリーズ) ぎょうせい　2010.4　①978-4-324-09013-8
『怪談』 国書刊行会　2011.7　①978-4-336-05348-0
『怪談―不思議なことの物語と研究』(ワイド版岩波文庫) 岩波書店　2011.12　①978-4-00-007345-5

小豆磨ぎ橋
『文豪てのひら怪談』(ポプラ文庫) ポプラ社　2009.8　①978-4-591-11104-8

天の川綺譚
『怪談・骨董他 オンデマンド版』 恒文社　2009.10　①978-4-7704-1139-6

蟻
『怪談』 国書刊行会　2011.7　①978-4-336-05348-0
『怪談―不思議なことの物語と研究』(ワイド版岩波文庫) 岩波書店　2011.12　①978-4-00-007345-5

生霊
『怪談 小泉八雲のこわーい話　7　亡霊・その他3編』 汐文社　2009.8　①978-4-8113-8618-8
『骨董・怪談―個人完訳 小泉八雲コレクション』 河出書房新社　2014.6　①978-4-309-02299-4

乳母桜
『怪談』 国書刊行会　2011.7　①978-4-336-05348-0
『怪談―不思議なことの物語と研究』(ワイド版岩波文庫) 岩波書店　2011.12　①978-4-00-007345-5
『怪談―日本のこわい話』(角川つばさ文庫) 角川書店　2013.1　①978-4-04-631287-7
『骨董・怪談―個人完訳 小泉八雲コレクション』 河出書房新社　2014.6　①978-4-309-02299-4

お貞の話
『怪談』 国書刊行会　2011.7　①978-4-336-05348-0
『怪談―不思議なことの物語と研究』(ワイド版岩波文庫) 岩波書店　2011.12　①978-4-00-007345-5
『怪談―日本のこわい話』(角川つばさ文庫) 角川書店　2013.1　①978-4-04-631287-7
『骨董・怪談―個人完訳 小泉八雲コレクション』 河出書房新社　2014.6　①978-4-309-02299-4

おしどり
『怪談 小泉八雲のこわーい話　10　おしどり・その他五編』 汐文社　2009.9　①978-4-8113-8621-8
『怪談』 国書刊行会　2011.7　①978-4-336-05348-0
『怪談―不思議なことの物語と研究』(ワイド版岩波文庫) 岩波書店　2011.12　①978-4-00-007345-5
『怪談―日本のこわい話』(角川つばさ文庫) 角川書店　2013.1　①978-4-04-631287-7
『骨董・怪談―個人完訳 小泉八雲コレクション』 河出書房新社　2014.6　①978-4-309-02299-4

蚊
『怪談』 国書刊行会　2011.7　①978-4-336-05348-0
『怪談―不思議なことの物語と研究』(ワイド版岩波文庫) 岩波書店　2011.12　①978-4-00-007345-5

鏡と鐘
『怪談』 国書刊行会　2011.7　①978-4-336-05348-0

小泉八雲　　　　　　　　　　　　　　　　　　作家名から引く短編小説作品総覧

『怪談―不思議なことの物語と研究』（ワイド版岩波文庫）岩波書店　2011.12　①978-4-00-007345-5

『怪談―日本のこわい話』（角川つばさ文庫）角川書店　2013.1　①978-4-04-631287-7

かけひき

『怪談　小泉八雲のこわーい話　7　亡霊・その他3編』汐文社　2009.8　①978-4-8113-8618-8

『怪談　新装版』（文芸まんがシリーズ）ぎょうせい　2010.4　①978-4-324-09013-8

『怪談』国書刊行会　2011.7　①978-4-336-05348-0

『怪談―不思議なことの物語と研究』（ワイド版岩波文庫）岩波書店　2011.12　①978-4-00-007345-5

きまぐれ草

『夢魔は蠢く―文豪怪談傑作選・明治篇』（ちくま文庫）筑摩書房　2011.7　①978-4-480-42847-9

骨董

『怪談・骨董他　オンデマンド版』恒文社　2009.10　①978-4-7704-1139-6

策略

『骨董・怪談―個人完訳　小泉八雲コレクション』河出書房新社　2014.6　①978-4-309-02299-4

屍に乗る人

『文豪たちが書いた怖い名作短編集』彩図社　2014.1　①978-4-88392-966-5

十六ざくら

『怪談』国書刊行会　2011.7　①978-4-336-05348-0

『怪談―不思議なことの物語と研究』（ワイド版岩波文庫）岩波書店　2011.12　①978-4-00-007345-5

『怪談―日本のこわい話』（角川つばさ文庫）角川書店　2013.1　①978-4-04-631287-7

食人鬼

『怪談　新装版』（文芸まんがシリーズ）ぎょうせい　2010.4　①978-4-324-09013-8

『怪談』国書刊行会　2011.7　①978-4-336-05348-0

『怪談―不思議なことの物語と研究』（ワイド版岩波文庫）岩波書店　2011.12　①978-4-00-007345-5

死霊

『怪談　小泉八雲のこわーい話　7　亡霊・その他3編』汐文社　2009.8　①978-4-8113-8618-8

『骨董・怪談―個人完訳　小泉八雲コレクション』河出書房新社　2014.6　①978-4-309-02299-4

力ばか

『怪談』国書刊行会　2011.7　①978-4-336-05348-0

『怪談―不思議なことの物語と研究』（ワイド版岩波文庫）岩波書店　2011.12　①978-4-00-007345-5

『怪談―日本のこわい話』（角川つばさ文庫）角川書店　2013.1　①978-4-04-631287-7

茶碗の中

『骨董・怪談―個人完訳　小泉八雲コレクション』河出書房新社　2014.6　①978-4-309-02299-4

蝶

『怪談』国書刊行会　2011.7　①978-4-336-05348-0

『怪談―不思議なことの物語と研究』（ワイド版岩波文庫）岩波書店　2011.12　①978-4-00-007345-5

日本海に沿うて

『見た人の怪談集』（河出文庫）河出書房新社　2016.5　①978-4-309-41450-8

破約

『文豪たちが書いた怖い名作短編集』彩図社　2014.1　①978-4-88392-966-5

日まわり

『怪談』国書刊行会　2011.7　①978-4-336-05348-0

『怪談―不思議なことの物語と研究』（ワイド版岩波文庫）岩波書店　2011.12　①978-4-00-007345-5

葬られた秘密

『怪談　新装版』（文芸まんがシリーズ）ぎょうせい　2010.4　①978-4-324-09013-8

『怪談』国書刊行会　2011.7　①978-4-336-05348-0

『怪談―不思議なことの物語と研究』（ワイド版岩波文庫）岩波書店　2011.12　①978-4-00-007345-5

蓬萊

『怪談』国書刊行会　2011.7　①978-4-336-05348-0

『怪談─不思議なことの物語と研究』（ワイド版岩波文庫）岩波書店　2011.12　①978-4-00-007345-5

耳なし芳一のはなし

『たけくらべ・山椒大夫』（21世紀版少年少女日本文学館）講談社　2009.2　①978-4-06-282651-8

『怪談　新装版』（文芸まんがシリーズ）ぎょうせい　2010.4　①978-4-324-09013-8

『怪談』　国書刊行会　2011.7　①978-4-336-05348-0

『怪談─不思議なことの物語と研究』（ワイド版岩波文庫）岩波書店　2011.12　①978-4-00-007345-5

『はじめてであう日本文学　1　ぞっとする話』　成美堂出版　2013.4　①978-4-415-31523-2

『幻妖の水脈─日本幻想文学大全』（ちくま文庫）筑摩書房　2013.9　①978-4-480-43111-0

『骨董・怪談─個人完訳　小泉八雲コレクション』　河出書房新社　2014.6　①978-4-309-02299-4

むじな

『たけくらべ・山椒大夫』（21世紀版少年少女日本文学館）講談社　2009.2　①978-4-06-282651-8

『怪談　新装版』（文芸まんがシリーズ）ぎょうせい　2010.4　①978-4-324-09013-8

『10分で読める物語　三年生』　学研教育出版　2010.8　①978-4-05-203226-4

『怪談』　国書刊行会　2011.7　①978-4-336-05348-0

『怪談─不思議なことの物語と研究』（ワイド版岩波文庫）岩波書店　2011.12　①978-4-00-007345-5

幽霊滝の伝説

『骨董・怪談─個人完訳　小泉八雲コレクション』　河出書房新社　2014.6　①978-4-309-02299-4

『山の怪談』　河出書房新社　2017.8　①978-4-309-22710-8

雪おんな

『たけくらべ・山椒大夫』（21世紀版少年少女日本文学館）講談社　2009.2　①978-4-06-282651-8

『怪談　新装版』（文芸まんがシリーズ）ぎょうせい　2010.4　①978-4-324-09013-8

『怪談』　国書刊行会　2011.7　①978-4-336-05348-0

『怪談─不思議なことの物語と研究』（ワイド版岩波文庫）岩波書店　2011.12　①978-4-00-007345-5

ろくろ首

『怪談　新装版』（文芸まんがシリーズ）ぎょうせい　2010.4　①978-4-324-09013-8

『怪談』　国書刊行会　2011.7　①978-4-336-05348-0

『怪談─不思議なことの物語と研究』（ワイド版岩波文庫）岩波書店　2011.12　①978-4-00-007345-5

『日本の名作「こわい話」傑作集』（集英社みらい文庫）集英社　2012.8　①978-4-08-321111-9

『怪談─日本のこわい話』（角川つばさ文庫）角川書店　2013.1　①978-4-04-631287-7

紅玉 いづき　こうぎょく・いづき

エイハ

『RPF　レッドドラゴン　5　第五夜・契りの城』（星海社FICTIONS）星海社　2013.9　①978-4-06-138876-5

高古堂主人　こうこどうしゅじん

栗の功名

『江戸奇談怪談集』（ちくま学芸文庫）筑摩書房　2012.11　①978-4-480-09488-9

新説百物語

『江戸奇談怪談集』（ちくま学芸文庫）筑摩書房　2012.11　①978-4-480-09488-9

人形奇聞

『江戸奇談怪談集』（ちくま学芸文庫）筑摩書房　2012.11　①978-4-480-09488-9

ぬっぺりぼう

『江戸奇談怪談集』（ちくま学芸文庫）筑摩書房　2012.11　①978-4-480-09488-9

高齋 正　こうさい・ただし

ニュルブルクリングに陽は落ちて

『70年代日本SFベスト集成　1　1971年度版』（ちくま文庫）筑摩書房　2014.10　①978-4-480-43211-7

香月　日輪　こうづき・ひのわ

悪魔ミロワールと魔道書アルマモンド
『僕とおじいちゃんと魔法の塔　4』(角川文庫）角川書店　2011.5　①978-4-04-394438-5

遊んでますけど何か？
『僕とおじいちゃんと魔法の塔　4』(角川文庫）角川書店　2011.5　①978-4-04-394438-5

あの夢の果てまで
『完全版　地獄堂霊界通信　2』（講談社ノベルス）講談社　2009.4　①978-4-06-182643-4

異界より落ち来る者あり
『大江戸妖怪かわら版　1　異界より落ち来る者あり』（講談社文庫）講談社　2011.11　①978-4-06-277098-9

浮き
『完全版　地獄堂霊界通信　8』（講談社ノベルス）講談社　2011.9　①978-4-06-182798-1

海を望む海辺に
『黒沼―香月日輪のこわい話』（新潮文庫）新潮社　2012.9　①978-4-10-139071-0

海を見ていた
『黒沼―香月日輪のこわい話』（新潮文庫）新潮社　2012.9　①978-4-10-139071-0

噂の幽霊通り
『地獄堂霊界通信―完全版　3』（Kodansha novels）講談社　2009.8　①978-4-06-182665-6

鬼ごっこ
『黒沼―香月日輪のこわい話』（新潮文庫）新潮社　2012.9　①978-4-10-139071-0

お前のためじゃない！
『僕とおじいちゃんと魔法の塔　4』(角川文庫）角川書店　2011.5　①978-4-04-394438-5

顔を上げろ手を伸ばせ
『僕とおじいちゃんと魔法の塔　3』(角川文庫）角川書店　2010.9　①978-4-04-394378-4

風かわりて夏きたる
『大江戸妖怪かわら版　1　異界より落ち来る者あり』（講談社文庫）講談社　2011.11　①978-4-06-277098-9

神隠しの山
『地獄堂霊界通信―完全版　3』（Kodansha novels）講談社　2009.8　①978-4-06-182665-6

花妖
『完全版　地獄堂霊界通信　6』（講談社ノベルス）講談社　2010.12　①978-4-06-182758-5

寒椿
『完全版　地獄堂霊界通信　6』（講談社ノベルス）講談社　2010.12　①978-4-06-182758-5

鬼車
『黒沼―香月日輪のこわい話』（新潮文庫）新潮社　2012.9　①978-4-10-139071-0

首斬り鬼
『完全版　地獄堂霊界通信　6』（講談社ノベルス）講談社　2010.12　①978-4-06-182758-5

黒いものが噴き出した
『僕とおじいちゃんと魔法の塔　3』(角川文庫）角川書店　2010.9　①978-4-04-394378-4

黒沼
『黒沼―香月日輪のこわい話』（新潮文庫）新潮社　2012.9　①978-4-10-139071-0

月下に白菊咲く
『大江戸妖怪かわら版　1　異界より落ち来る者あり』（講談社文庫）講談社　2011.11　①978-4-06-277098-9

高速の魔
『完全版　地獄堂霊界通信　4』（講談社ノベルス）講談社　2009.12　①978-4-06-182691-5

幸福という名の怪物
『完全版　地獄堂霊界通信　8』（講談社ノベルス）講談社　2011.9　①978-4-06-182798-1

業魔の石
『完全版　地獄堂霊界通信　7』（講談社ノベルス）講談社　2011.4　①978-4-06-182774-5

再見
『黒沼―香月日輪のこわい話』（新潮文庫）新潮社　2012.9　①978-4-10-139071-0

最後の戦い
『完全版　地獄堂霊界通信　5』（講談社ノベルス）講談社　2010.5　①978-4-06-182712-7

桜
『完全版 地獄堂霊界通信 6』(講談社ノベルス) 講談社 2010.12 ①978-4-06-182758-5

桜貝の海に遊ぶ
『大江戸妖怪かわら版 1 異界より落ち来る者あり』(講談社文庫) 講談社 2011.11 ①978-4-06-277098-9

終章
『大江戸散歩』(大江戸妖怪かわら版シリーズ) 理論社 2014.1 ①978-4-652-20048-3
『大江戸妖怪かわら版 7 大江戸散歩』(講談社文庫) 講談社 2017.8 ①978-4-06-293733-7

雀、蜃気楼に永遠を見る
『大江戸妖怪かわら版 1 異界より落ち来る者あり』(講談社文庫) 講談社 2011.11 ①978-4-06-277098-9

聖母
『黒沼―香月日輪のこわい話』(新潮文庫) 新潮社 2012.9 ①978-4-10-139071-0

聖夜
『完全版 地獄堂霊界通信 4』(講談社ノベルス) 講談社 2009.12 ①978-4-06-182691-5

そこにいるずっといる
『完全版 地獄堂霊界通信 8』(講談社ノベルス) 講談社 2011.9 ①978-4-06-182798-1

たたずむ少女
『黒沼―香月日輪のこわい話』(新潮文庫) 新潮社 2012.9 ①978-4-10-139071-0

断崖
『黒沼―香月日輪のこわい話』(新潮文庫) 新潮社 2012.9 ①978-4-10-139071-0

ちょっとお部屋を拝見
『僕とおじいちゃんと魔法の塔 4』(角川文庫) 角川書店 2011.5 ①978-4-04-394438-5

散れば咲き、散れば咲きして桜丸
『大江戸散歩』(大江戸妖怪かわら版シリーズ) 理論社 2014.1 ①978-4-652-20048-3
『大江戸妖怪かわら版 7 大江戸散歩』(講談社文庫) 講談社 2017.8 ①978-4-06-293733-7

鉄鼠
『完全版 地獄堂霊界通信 7』(講談社ノベルス) 講談社 2011.4 ①978-4-06-182774-5

天空の庵にて思う
『大江戸妖怪かわら版 1 異界より落ち来る者あり』(講談社文庫) 講談社 2011.11 ①978-4-06-277098-9

童女、異界を見聞す
『大江戸妖怪かわら版 1 異界より落ち来る者あり』(講談社文庫) 講談社 2011.11 ①978-4-06-277098-9

扉の向こうがわ
『黒沼―香月日輪のこわい話』(新潮文庫) 新潮社 2012.9 ①978-4-10-139071-0

渡米人は自転車を駆る
『大江戸妖怪かわら版 7 大江戸散歩』(講談社文庫) 講談社 2017.8 ①978-4-06-293733-7

渡来人は自転車を駆る
『大江戸散歩』(大江戸妖怪かわら版シリーズ) 理論社 2014.1 ①978-4-652-20048-3

夏祭りの夜に
『地獄堂霊界通信―完全版 3』(Kodansha novels) 講談社 2009.8 ①978-4-06-182665-6

夏休みです
『僕とおじいちゃんと魔法の塔 4』(角川文庫) 角川書店 2011.5 ①978-4-04-394438-5

夏休み前の出来事
『僕とおじいちゃんと魔法の塔 4』(角川文庫) 角川書店 2011.5 ①978-4-04-394438-5

虹の水面に映る夢にて候
『大江戸散歩』(大江戸妖怪かわら版シリーズ) 理論社 2014.1 ①978-4-652-20048-3
『大江戸妖怪かわら版 7 大江戸散歩』(講談社文庫) 講談社 2017.8 ①978-4-06-293733-7

人魚の壺
『黒沼―香月日輪のこわい話』(新潮文庫) 新潮社 2012.9 ①978-4-10-139071-0

人間関係が複雑です
『僕とおじいちゃんと魔法の塔 3』(角川文庫) 角川書店 2010.9 ①978-4-04-394378-4

香月日輪

ねこ屋
『黒沼—香月日輪のこわい話』(新潮文庫) 新潮社　2012.9　①978-4-10-139071-0

呪い
『黒沼—香月日輪のこわい話』(新潮文庫) 新潮社　2012.9　①978-4-10-139071-0

はげ山の魔女
『黒沼—香月日輪のこわい話』(新潮文庫) 新潮社　2012.9　①978-4-10-139071-0

始まりました
『僕とおじいちゃんと魔法の塔　3』(角川文庫) 角川書店　2010.9　①978-4-04-394378-4

八丁堀同心百雷、定町廻りす
『大江戸散歩』(大江戸妖怪かわら版シリーズ) 理論社　2014.1　①978-4-652-20048-3
『大江戸妖怪かわら版　7　大江戸散歩』(講談社文庫) 講談社　2017.8　①978-4-06-293733-7

春　茶屋の窓辺にて候
『黒沼—香月日輪のこわい話』(新潮文庫) 新潮社　2012.9　①978-4-10-139071-0

春疾風
『黒沼—香月日輪のこわい話』(新潮文庫) 新潮社　2012.9　①978-4-10-139071-0

半径五十メートルの世界で
『僕とおじいちゃんと魔法の塔　4』(角川文庫) 角川書店　2011.5　①978-4-04-394438-5

ひとりぼっちの超能力者
『完全版　地獄堂霊界通信　5』(講談社ノベルス) 講談社　2010.5　①978-4-06-182712-7

風流大江戸雀
『大江戸散歩』(大江戸妖怪かわら版シリーズ) 理論社　2014.1　①978-4-652-20048-3
『大江戸妖怪かわら版　7　大江戸散歩』(講談社文庫) 講談社　2017.8　①978-4-06-293733-7

増えました
『僕とおじいちゃんと魔法の塔　3』(角川文庫) 角川書店　2010.9　①978-4-04-394378-4

蛍の夜
『地獄堂霊界通信—完全版　3』(Kodansha novels) 講談社　2009.8　①978-4-06-182665-6

魔女の転校生
『地獄堂霊界通信—完全版　3』(Kodansha novels) 講談社　2009.8　①978-4-06-182665-6

魔弾の射手
『完全版　地獄堂霊界通信　6』(講談社ノベルス) 講談社　2010.12　①978-4-06-182758-5

真夜中の猫
『完全版　地獄堂霊界通信　4』(講談社ノベルス) 講談社　2009.12　①978-4-06-182691-5

満月の人魚
『完全版　地獄堂霊界通信　4』(講談社ノベルス) 講談社　2009.12　①978-4-06-182691-5

未知との遭遇です
『僕とおじいちゃんと魔法の塔　3』(角川文庫) 角川書店　2010.9　①978-4-04-394378-4

もっと楽しもうよ
『僕とおじいちゃんと魔法の塔　3』(角川文庫) 角川書店　2010.9　①978-4-04-394378-4

森を護るもの
『地獄堂霊界通信—完全版　3』(Kodansha novels) 講談社　2009.8　①978-4-06-182665-6

幽霊屋敷その一
『完全版　地獄堂霊界通信　2』(講談社ノベルス) 講談社　2009.4　①978-4-06-182643-4
『地獄堂霊界通信　2　幽霊屋敷の巻』(講談社青い鳥文庫) 講談社　2013.12　①978-4-06-285396-5

幽霊屋敷その二
『完全版　地獄堂霊界通信　2』(講談社ノベルス) 講談社　2009.4　①978-4-06-182643-4
『地獄堂霊界通信　2　幽霊屋敷の巻』(講談社青い鳥文庫) 講談社　2013.12　①978-4-06-285396-5

雪の窓辺に
『完全版　地獄堂霊界通信　4』(講談社ノベルス) 講談社　2009.12　①978-4-06-182691-5

百合
『完全版　地獄堂霊界通信　6』(講談社ノベルス) 講談社　2010.12　①978-4-06-182758-5

ランドセルの中
『黒沼―香月日輪のこわい話』（新潮文庫）新潮社　2012.9　①978-4-10-139071-0

忘れもの
『黒沼―香月日輪のこわい話』（新潮文庫）新潮社　2012.9　①978-4-10-139071-0

甲田　学人　こうだ・がくと

桜下奇譚
『夜魔―奇』（電撃文庫）アスキー・メディアワークス　2010.1　①978-4-04-868277-0

魂蟲奇譚
『夜魔―奇』（電撃文庫）アスキー・メディアワークス　2010.1　①978-4-04-868277-0

罪科釣人奇譚
『夜魔―奇』（電撃文庫）アスキー・メディアワークス　2010.1　①978-4-04-868277-0

繕異奇譚
『夜魔―怪』（メディアワークス文庫）アスキー・メディアワークス　2010.1　①978-4-04-868287-9

接鬼奇譚
『夜魔―怪』（メディアワークス文庫）アスキー・メディアワークス　2010.1　①978-4-04-868287-9

薄刃奇譚
『夜魔―奇』（電撃文庫）アスキー・メディアワークス　2010.1　①978-4-04-868277-0

魄線奇譚
『夜魔―怪』（メディアワークス文庫）アスキー・メディアワークス　2010.1　①978-4-04-868287-9

現魔女奇譚
『夜魔―奇』（電撃文庫）アスキー・メディアワークス　2010.1　①978-4-04-868277-0

『夜魔―怪』（メディアワークス文庫）アスキー・メディアワークス　2010.1　①978-4-04-868287-9

幸田　露伴　こうだ・ろはん

ウッチャリ拾ひ
『新編・日本幻想文学集成　2』　国書刊行会　2016.8　①978-4-336-06027-3

怪談
『幸田露伴集 怪談―文豪怪談傑作選』（ちくま文庫）筑摩書房　2010.8　①978-4-480-42760-1

観画談
『幸田露伴集 怪談―文豪怪談傑作選』（ちくま文庫）筑摩書房　2010.8　①978-4-480-42760-1

『幻妖の水脈―日本幻想文学大全』（ちくま文庫）筑摩書房　2013.9　①978-4-480-43111-0

金銀
『文豪てのひら怪談』（ポプラ文庫）ポプラ社　2009.8　①978-4-591-11104-8

金鵄鏡
『幸田露伴集 怪談―文豪怪談傑作選』（ちくま文庫）筑摩書房　2010.8　①978-4-480-42760-1

幻談
『幸田露伴集 怪談―文豪怪談傑作選』（ちくま文庫）筑摩書房　2010.8　①978-4-480-42760-1

『釣』（百年文庫）ポプラ社　2010.10　①978-4-591-11894-8

『とっておきの話』（ちくま文学の森）筑摩書房　2011.5　①978-4-480-42740-3

今昔物語と剣南詩藁
『幸田露伴集 怪談―文豪怪談傑作選』（ちくま文庫）筑摩書房　2010.8　①978-4-480-42760-1

支那に於ける霊的現象
『幸田露伴集 怪談―文豪怪談傑作選』（ちくま文庫）筑摩書房　2010.8　①978-4-480-42760-1

新浦島
『幸田露伴集 怪談―文豪怪談傑作選』（ちくま文庫）筑摩書房　2010.8　①978-4-480-42760-1

『新編・日本幻想文学集成　2』　国書刊行会　2016.8　①978-4-336-06027-3

神仙道の一先人
『幸田露伴集 怪談―文豪怪談傑作選』（ちくま文庫）筑摩書房　2010.8　①978-4-480-42760-1

『新編・日本幻想文学集成　2』　国書刊行会　2016.8　①978-4-336-06027-3

それ鷹
『幸田露伴集 怪談―文豪怪談傑作選』(ちくま文庫) 筑摩書房 2010.8 ⓘ978-4-480-42760-1

対髑髏
『幸田露伴集 怪談―文豪怪談傑作選』(ちくま文庫) 筑摩書房 2010.8 ⓘ978-4-480-42760-1
『日本近代短篇小説選 明治篇 1』(岩波文庫) 岩波書店 2012.12 ⓘ978-4-00-311911-2

伝説の実相
『幸田露伴集 怪談―文豪怪談傑作選』(ちくま文庫) 筑摩書房 2010.8 ⓘ978-4-480-42760-1

東方朔とマンモッス
『幸田露伴集 怪談―文豪怪談傑作選』(ちくま文庫) 筑摩書房 2010.8 ⓘ978-4-480-42760-1

土偶木偶
『幸田露伴集 怪談―文豪怪談傑作選』(ちくま文庫) 筑摩書房 2010.8 ⓘ978-4-480-42760-1
『新編・日本幻想文学集成 2』 国書刊行会 2016.8 ⓘ978-4-336-06027-3

ふしぎ
『幸田露伴集 怪談―文豪怪談傑作選』(ちくま文庫) 筑摩書房 2010.8 ⓘ978-4-480-42760-1

扶鸞之術
『幸田露伴集 怪談―文豪怪談傑作選』(ちくま文庫) 筑摩書房 2010.8 ⓘ978-4-480-42760-1

蛇と女
『幸田露伴集 怪談―文豪怪談傑作選』(ちくま文庫) 筑摩書房 2010.8 ⓘ978-4-480-42760-1

望樹記
『新編・日本幻想文学集成 2』 国書刊行会 2016.8 ⓘ978-4-336-06027-3

魔法修行者
『幸田露伴集 怪談―文豪怪談傑作選』(ちくま文庫) 筑摩書房 2010.8 ⓘ978-4-480-42760-1

雪た〻き
『新編・日本幻想文学集成 2』 国書刊行会 2016.8 ⓘ978-4-336-06027-3

夢日記
『幸田露伴集 怪談―文豪怪談傑作選』(ちくま文庫) 筑摩書房 2010.8 ⓘ978-4-480-42760-1

楊貴妃と香
『新編・日本幻想文学集成 2』 国書刊行会 2016.8 ⓘ978-4-336-06027-3

芳野山の仙女
『新編・日本幻想文学集成 2』 国書刊行会 2016.8 ⓘ978-4-336-06027-3

聊斎志異とシカゴエキザミナーと魔法
『幸田露伴集 怪談―文豪怪談傑作選』(ちくま文庫) 筑摩書房 2010.8 ⓘ978-4-480-42760-1

河野 典生　こうの・てんせい

彼らの幻の街
『70年代日本SFベスト集成 2 1972年度版』(ちくま文庫) 筑摩書房 2014.12 ⓘ978-4-480-43212-4

機関車、草原に
『60年代日本SFベスト集成』(ちくま文庫) 筑摩書房 2013.3 ⓘ978-4-480-43042-7
『たそがれゆく未来―巨匠たちの想像力 "文明崩壊"』(ちくま文庫) 筑摩書房 2016.3 ⓘ978-4-480-43328-2

トリケラトプス
『70年代日本SFベスト集成 4 1974年度版』(ちくま文庫) 筑摩書房 2015.4 ⓘ978-4-480-43214-8

ニッポンカサドリ
『70年代日本SFベスト集成 3 1973年度版』(ちくま文庫) 筑摩書房 2015.2 ⓘ978-4-480-43213-1

パストラル
『70年代日本SFベスト集成 1 1971年度版』(ちくま文庫) 筑摩書房 2014.10 ⓘ978-4-480-43211-7

近路行者　こうろぎょうじゃ

古今奇談繁野話
『江戸奇談怪談集』(ちくま学芸文庫) 筑摩書房 2012.11 ⓘ978-4-480-09488-9

龍の窟
『江戸奇談怪談集』（ちくま学芸文庫）筑摩書房　2012.11　①978-4-480-09488-9

黒椅 悠　こくい・ゆう

失われた世界―神山兄弟
『だるまさんがころんだ』（TO文庫）TOブックス　2013.7　①978-4-86472-152-3

小桜 けい　こざくら・けい

シルヴィアの宝探し
『鋼将軍の銀色花嫁』（レジーナ文庫）アルファポリス　2016.2　①978-4-434-21609-1

鋼将軍の銀色花嫁
『鋼将軍の銀色花嫁』（レジーナ文庫）アルファポリス　2016.2　①978-4-434-21609-1

小島 水青　こじま・みずお

安藤くんのプレゼント
『鳥のうた、魚のうた』メディアファクトリー　2012.6　①978-4-8401-4587-9

アンのこめかみ
『鳥のうた、魚のうた』メディアファクトリー　2012.6　①978-4-8401-4587-9

去ぬ夏は甘苦きとぞジャムの瓶
『鳥のうた、魚のうた』メディアファクトリー　2012.6　①978-4-8401-4587-9

鳥のうた、魚のうた
『鳥のうた、魚のうた』メディアファクトリー　2012.6　①978-4-8401-4587-9

豊漁神
『鳥のうた、魚のうた』メディアファクトリー　2012.6　①978-4-8401-4587-9

火戸町上空の決戦
『怪獣文藝』（幽ブックス）メディアファクトリー　2013.3　①978-4-8401-5144-3

雪女を釣りに
『鳥のうた、魚のうた』メディアファクトリー　2012.6　①978-4-8401-4587-9

児嶋 都　こじま・みやこ

ばけもの
『怪物團―異形コレクション』（光文社文庫）光文社　2009.8　①978-4-334-74638-4

狐塚 冬里　こづか・とうり

紅茶の国
『夢王国と眠れる100人の王子様』（カドカワBOOKS）角川書店　2016.4　①978-4-04-104291-5

毒薬の国
『夢王国と眠れる100人の王子様』（カドカワBOOKS）角川書店　2016.4　①978-4-04-104291-5

不思議の国
『夢王国と眠れる100人の王子様』（カドカワBOOKS）角川書店　2016.4　①978-4-04-104291-5

魔法科学の国
『夢王国と眠れる100人の王子様』（カドカワBOOKS）角川書店　2016.4　①978-4-04-104291-5

雪の国
『夢王国と眠れる100人の王子様』（カドカワBOOKS）角川書店　2016.4　①978-4-04-104291-5

cosMo@暴走P　こすもあっとぼうそうぴー

浅紫色のエンドロール
『星ノ少女ト幻奏楽土』一迅社　2014.2　①978-4-7580-4526-1

家出少年と迷子少女
『星ノ少女ト幻奏楽土』一迅社　2014.2　①978-4-7580-4526-1

修道少女と偶像少女
『星ノ少女ト幻奏楽土』一迅社　2014.2　①978-4-7580-4526-1

転生少女と転生少年
『星ノ少女ト幻奏楽土』一迅社　2014.2　①978-4-7580-4526-1

電波少女と空想庭園
『星ノ少女ト幻奏楽土』 一迅社 2014.2 ①978-4-7580-4526-1

童心少女と大人世界
『星ノ少女ト幻奏楽土』 一迅社 2014.2 ①978-4-7580-4526-1

AI少女と深層心海
『星ノ少女ト幻奏楽土』 一迅社 2014.2 ①978-4-7580-4526-1

Dr.リアリスト
『星ノ少女ト幻奏楽土』 一迅社 2014.2 ①978-4-7580-4526-1

五代 ゆう　ごだい・ゆう

パロの暗黒
『グイン・サーガ・ワールド 5』（ハヤカワ文庫JA） 早川書房 2012.9 ①978-4-15-031081-3

パロの暗黒 最終回
『グイン・サーガ・ワールド 8』（ハヤカワ文庫JA） 早川書房 2013.6 ①978-4-15-031114-8

パロの暗黒 第三回
『グイン・サーガ・ワールド 7』（ハヤカワ文庫JA） 早川書房 2013.3 ①978-4-15-031101-8

パロの暗黒 第二回
『グイン・サーガ・ワールド 6』（ハヤカワ文庫JA） 早川書房 2012.12 ①978-4-15-031089-9

小滝 ダイゴロウ　こたき・だいごろう

消えた十二月
『小さな魔法の降る日に―ゆきのまち幻想文学賞小品集 25』 企画集団ぷりずむ 2015.10 ①978-4-906691-55-5

シュネームジーク
『河童と見た空―ゆきのまち幻想文学賞小品集 18』 企画集団ぷりずむ 2009.3 ①978-4-906691-30-2

倍音の雪
『冬の虫―ゆきのまち幻想文学賞小品集 26』 企画集団ぷりずむ 2017.3 ①978-4-906691-58-6

後藤 真子　ごとう・しんこ

ゆめじ白天目
『ゆきのまち幻想文学賞小品集 21 風花雪の物語二十七編』 企画集団ぷりずむ 2012.3 ①978-4-906691-42-5

小西 保明　こにし・やすあき

栗の実おちた
『ゆきのまち幻想文学賞小品集 19 雪の反転鏡』 企画集団ぷりずむ 2010.3 ①978-4-906691-32-6

雪の隠れ里
『ゆきのまち幻想文学賞小品集 22 大きな木』 企画集団ぷりずむ 2013.3 ①978-4-906691-45-6

小林 恭二　こばやし・きょうじ

医学博士
『文豪てのひら怪談』（ポプラ文庫） ポプラ社 2009.8 ①978-4-591-11104-8

小林 栗奈　こばやし・くりな

最後の授業
『小さな魔法の降る日に―ゆきのまち幻想文学賞小品集 25』 企画集団ぷりずむ 2015.10 ①978-4-906691-55-5

春夏秋冬
『小さな魔法の降る日に―ゆきのまち幻想文学賞小品集 25』 企画集団ぷりずむ 2015.10 ①978-4-906691-55-5

スノードーム
『ゆきのまち幻想文学賞小品集 20 もうひとつの階段』 企画集団ぷりずむ 2011.4 ①978-4-906691-37-1

メロディ
『ゆきのまち幻想文学賞小品集 22 大きな木』 企画集団ぷりずむ 2013.3 ①978-4-906691-45-6

小林 玄　こばやし・げん

会ってはいけない
『小林玄の感染怪談　予言霊』（竹書房文庫）
竹書房　2013.10　①978-4-8124-9668-8

雨宿り
『小林玄の感染怪談　予言霊』（竹書房文庫）
竹書房　2013.10　①978-4-8124-9668-8

あやして
『小林玄の感染怪談　予言霊』（竹書房文庫）
竹書房　2013.10　①978-4-8124-9668-8

ある湖の家
『小林玄の感染怪談　予言霊』（竹書房文庫）
竹書房　2013.10　①978-4-8124-9668-8

お知らせ
『小林玄の感染怪談　予言霊』（竹書房文庫）
竹書房　2013.10　①978-4-8124-9668-8

カビウナギ
『小林玄の感染怪談　予言霊』（竹書房文庫）
竹書房　2013.10　①978-4-8124-9668-8

車椅子の女
『小林玄の感染怪談　予言霊』（竹書房文庫）
竹書房　2013.10　①978-4-8124-9668-8

公園おじさん
『小林玄の感染怪談　予言霊』（竹書房文庫）
竹書房　2013.10　①978-4-8124-9668-8

こだわりの家
『小林玄の感染怪談　予言霊』（竹書房文庫）
竹書房　2013.10　①978-4-8124-9668-8

古都
『小林玄の感染怪談　予言霊』（竹書房文庫）
竹書房　2013.10　①978-4-8124-9668-8

自画像
『小林玄の感染怪談　予言霊』（竹書房文庫）
竹書房　2013.10　①978-4-8124-9668-8

鹿の群れ
『小林玄の感染怪談　予言霊』（竹書房文庫）
竹書房　2013.10　①978-4-8124-9668-8

自然風呂
『小林玄の感染怪談　予言霊』（竹書房文庫）
竹書房　2013.10　①978-4-8124-9668-8

修学旅行
『小林玄の感染怪談　予言霊』（竹書房文庫）
竹書房　2013.10　①978-4-8124-9668-8

集合時間
『小林玄の感染怪談　予言霊』（竹書房文庫）
竹書房　2013.10　①978-4-8124-9668-8

スキマが怖い
『小林玄の感染怪談　予言霊』（竹書房文庫）
竹書房　2013.10　①978-4-8124-9668-8

ストップモーション
『小林玄の感染怪談　予言霊』（竹書房文庫）
竹書房　2013.10　①978-4-8124-9668-8

磨りガラス
『小林玄の感染怪談　予言霊』（竹書房文庫）
竹書房　2013.10　①978-4-8124-9668-8

友達のCD
『小林玄の感染怪談　予言霊』（竹書房文庫）
竹書房　2013.10　①978-4-8124-9668-8

ぬりかべ
『小林玄の感染怪談　予言霊』（竹書房文庫）
竹書房　2013.10　①978-4-8124-9668-8

猫の思いやり
『小林玄の感染怪談　予言霊』（竹書房文庫）
竹書房　2013.10　①978-4-8124-9668-8

花火
『小林玄の感染怪談　予言霊』（竹書房文庫）
竹書房　2013.10　①978-4-8124-9668-8

浜辺の影
『小林玄の感染怪談　予言霊』（竹書房文庫）
竹書房　2013.10　①978-4-8124-9668-8

反射
『小林玄の感染怪談　予言霊』（竹書房文庫）
竹書房　2013.10　①978-4-8124-9668-8

閉店まぎわの薬局で
『小林玄の感染怪談　予言霊』（竹書房文庫）
竹書房　2013.10　①978-4-8124-9668-8

身代わり
『小林玄の感染怪談　予言霊』（竹書房文庫）
竹書房　2013.10　①978-4-8124-9668-8

やってはいけない　思い出返し
『小林玄の感染怪談　予言霊』（竹書房文庫）
竹書房　2013.10　①978-4-8124-9668-8

やってはいけない　砂嵐の儀式
『小林玄の感染怪談　予言霊』（竹書房文庫）
竹書房　2013.10　①978-4-8124-9668-8

やってはいけない ハイビーム
『小林玄の感染怪談 予言霊』(竹書房文庫)
竹書房　2013.10　①978-4-8124-9668-8

やってはいけない 四十九秒目
『小林玄の感染怪談 予言霊』(竹書房文庫)
竹書房　2013.10　①978-4-8124-9668-8

予言霊
『小林玄の感染怪談 予言霊』(竹書房文庫)
竹書房　2013.10　①978-4-8124-9668-8

ロッカーのお酒
『小林玄の感染怪談 予言霊』(竹書房文庫)
竹書房　2013.10　①978-4-8124-9668-8

小林　泰三　こばやし・やすみ

悪魔の不在証明
『臓物大展覧会』(角川ホラー文庫)　角川書店　2009.3　①978-4-04-347010-5

あの日
『天体の回転について』(ハヤカワ文庫JA)　早川書房　2010.9　①978-4-15-031009-7

予め決定されている明日
『逃げゆく物語の話―ゼロ年代日本SFベスト集成 F』(創元SF文庫)　東京創元社　2010.10　①978-4-488-73802-0
『見晴らしのいい密室』(ハヤカワ文庫JA)　早川書房　2013.3　①978-4-15-031105-6

安心
『セピア色の凄惨』(光文社文庫)　光文社　2010.2　①978-4-334-74726-8

海を見る人
『不思議の扉―ありえない恋』(角川文庫)　角川書店　2011.2　①978-4-04-394372-2
『日本SF短篇50 4 日本SF作家クラブ創立50周年記念アンソロジー』(ハヤカワ文庫JA)　早川書房　2013.8　①978-4-15-031126-1

英雄
『セピア色の凄惨』(光文社文庫)　光文社　2010.2　①978-4-334-74726-8

大いなる種族
『超時間の闇』(クトゥルー・ミュトス・ファイルズ)　創土社　2013.11　①978-4-7988-3010-0

玩具
『行き先は特異点―年刊日本SF傑作選』(創元SF文庫)　東京創元社　2017.7　①978-4-488-73410-7

兆
『百舌鳥魔先生のアトリエ』(角川ホラー文庫)　角川書店　2014.1　①978-4-04-101190-4

銀の舟
『天体の回転について』(ハヤカワ文庫JA)　早川書房　2010.9　①978-4-15-031009-7

首なし
『百舌鳥魔先生のアトリエ』(角川ホラー文庫)　角川書店　2014.1　①978-4-04-101190-4

攫われて
『臓物大展覧会』(角川ホラー文庫)　角川書店　2009.3　①978-4-04-347010-5
『青に捧げる悪夢』(角川文庫)　角川書店　2013.2　①978-4-04-100700-6

サロゲート・マザー
『NOVA 9 書き下ろし日本SFコレクション』(河出文庫)　河出書房新社　2013.1　①978-4-309-41190-3

三〇〇万
『天体の回転について』(ハヤカワ文庫JA)　早川書房　2010.9　①978-4-15-031009-7

時空争奪
『超弦領域―年刊日本SF傑作選』(創元SF文庫)　東京創元社　2009.6　①978-4-488-73402-2
『天体の回転について』(ハヤカワ文庫JA)　早川書房　2010.9　①978-4-15-031009-7

試作品三号
『百舌鳥魔先生のアトリエ』(角川ホラー文庫)　角川書店　2014.1　①978-4-04-101190-4

シミュレーション仮説
『SF宝石』　光文社　2013.8　①978-4-334-92888-9

十番星
『臓物大展覧会』(角川ホラー文庫)　角川書店　2009.3　①978-4-04-347010-5

逡巡の二十秒と悔恨の二十年
『二十の悪夢―角川ホラー文庫創刊20周年記念アンソロジー』(角川ホラー文庫)　角川書店　2013.10　①978-4-04-101052-5

少女、あるいは自動人形
『臓物大展覧会』(角川ホラー文庫)　角川書店　2009.3　①978-4-04-347010-5

日本のSF・ホラー・ファンタジー　　　　　　　　　　　　　　　　　　　　　　　　　　　　　　小林雄次

ショゴス
『Fの肖像─フランケンシュタインの幻想たち　異形コレクション』（光文社文庫）　光文社　2010.9　①978-4-334-74846-3

『百舌鳥魔先生のアトリエ』（角川ホラー文庫）角川書店　2014.1　①978-4-04-101190-4

朱雀の池
『百舌鳥魔先生のアトリエ』（角川ホラー文庫）角川書店　2014.1　①978-4-04-101190-4

性交体験者
『天体の回転について』（ハヤカワ文庫JA）早川書房　2010.9　①978-4-15-031009-7

草食の楽園
『SF JACK』角川書店　2013.2　①978-4-04-110398-2

『SF JACK』（角川文庫）角川書店　2016.2　①978-4-04-103895-6

造られしもの
『臓物大展覧会』（角川ホラー文庫）角川書店　2009.3　①978-4-04-347010-5

釣り人
『臓物大展覧会』（角川ホラー文庫）角川書店　2009.3　①978-4-04-347010-5

天体の回転について
『天体の回転について』（ハヤカワ文庫JA）早川書房　2010.9　①978-4-15-031009-7

透明女
『臓物大展覧会』（角川ホラー文庫）角川書店　2009.3　①978-4-04-347010-5

盗まれた昨日
『天体の回転について』（ハヤカワ文庫JA）早川書房　2010.9　①978-4-15-031009-7

灰色の車輪
『天体の回転について』（ハヤカワ文庫JA）早川書房　2010.9　①978-4-15-031009-7

密やかな趣味
『百舌鳥魔先生のアトリエ』（角川ホラー文庫）角川書店　2014.1　①978-4-04-101190-4

忘却の侵略
『NOVA　1　書き下ろし日本SFコレクション』（河出文庫）河出書房新社　2009.12　①978-4-309-40994-8

『見晴らしのいい密室』（ハヤカワ文庫JA）早川書房　2013.3　①978-4-15-031105-6

ホロ
『臓物大展覧会』（角川ホラー文庫）角川書店　2009.3　①978-4-04-347010-5

マウンテンピーナッツ
『多々良島ふたたび─ウルトラ怪獣アンソロジー』（TSUBURAYA×HAYAKAWA UNIVERSE）早川書房　2015.7　①978-4-15-209555-8

待つ女
『セピア色の凄惨』（光文社文庫）光文社　2010.2　①978-4-334-74726-8

百舌鳥魔先生のアトリエ
『逆想コンチェルト　奏の2　イラスト先行・競作小説アンソロジー』徳間書店　2010.8　①978-4-19-862998-4

『百舌鳥魔先生のアトリエ』（角川ホラー文庫）角川書店　2014.1　①978-4-04-101190-4

ものぐさ
『セピア色の凄惨』（光文社文庫）光文社　2010.2　①978-4-334-74726-8

SRP
『臓物大展覧会』（角川ホラー文庫）角川書店　2009.3　①978-4-04-347010-5

小林　雄次　こばやし・ゆうじ

暗黒
『牙狼　暗黒魔戒騎士篇　新装版』ホビージャパン　2010.10　①978-4-7986-0135-9

越境
『牙狼　暗黒魔戒騎士篇　新装版』ホビージャパン　2010.10　①978-4-7986-0135-9

黄金
『牙狼　暗黒魔戒騎士篇　新装版』ホビージャパン　2010.10　①978-4-7986-0135-9

記憶
『牙狼　暗黒魔戒騎士篇　新装版』ホビージャパン　2010.10　①978-4-7986-0135-9

希望
『牙狼　暗黒魔戒騎士篇　新装版』ホビージャパン　2010.10　①978-4-7986-0135-9

故郷
『牙狼　暗黒魔戒騎士篇　新装版』ホビージャパン　2010.10　①978-4-7986-0135-9

旅人
『牙狼 暗黒魔戒騎士篇 新装版』ホビージャパン 2010.10 ①978-4-7986-0135-9

転生
『牙狼 暗黒魔戒騎士篇 新装版』ホビージャパン 2010.10 ①978-4-7986-0135-9

同志
『牙狼 暗黒魔戒騎士篇 新装版』ホビージャパン 2010.10 ①978-4-7986-0135-9

古傷
『牙狼 暗黒魔戒騎士篇 新装版』ホビージャパン 2010.10 ①978-4-7986-0135-9

盟友
『牙狼 暗黒魔戒騎士篇 新装版』ホビージャパン 2010.10 ①978-4-7986-0135-9

小林 義彦　こばやし・よしひこ

雪蛙の宿で
『ゆきのまち幻想文学賞小品集 21 風花雪の物語二十七編』 企画集団ぷりずむ 2012.3 ①978-4-906691-42-5

小原 猛　こはら・たけし

ウチカビ
『琉球奇譚 キリキザワイの怪』（竹書房文庫）竹書房 2017.4 ①978-4-8019-1037-9

ウドゥイガミ
『琉球奇譚 キリキザワイの怪』（竹書房文庫）竹書房 2017.4 ①978-4-8019-1037-9

落ちてくる
『琉球奇譚 キリキザワイの怪』（竹書房文庫）竹書房 2017.4 ①978-4-8019-1037-9

カンヒザクラの花は落ちて
『琉球奇譚 キリキザワイの怪』（竹書房文庫）竹書房 2017.4 ①978-4-8019-1037-9

ガンヤー跡地三話
『琉球奇譚 キリキザワイの怪』（竹書房文庫）竹書房 2017.4 ①978-4-8019-1037-9

キジムナー封じ
『琉球奇譚 キリキザワイの怪』（竹書房文庫）竹書房 2017.4 ①978-4-8019-1037-9

亀甲墓
『琉球奇譚 キリキザワイの怪』（竹書房文庫）竹書房 2017.4 ①978-4-8019-1037-9

キリキザワイの怪
『琉球奇譚 キリキザワイの怪』（竹書房文庫）竹書房 2017.4 ①978-4-8019-1037-9

コーン、コーン
『琉球奇譚 キリキザワイの怪』（竹書房文庫）竹書房 2017.4 ①978-4-8019-1037-9

ジーマー
『琉球奇譚 キリキザワイの怪』（竹書房文庫）竹書房 2017.4 ①978-4-8019-1037-9

シュガーローフに立つ影
『琉球奇譚 キリキザワイの怪』（竹書房文庫）竹書房 2017.4 ①978-4-8019-1037-9

初老のオッサン
『琉球奇譚 キリキザワイの怪』（竹書房文庫）竹書房 2017.4 ①978-4-8019-1037-9

白蛇様
『琉球奇譚 キリキザワイの怪』（竹書房文庫）竹書房 2017.4 ①978-4-8019-1037-9

深夜の来訪者
『琉球奇譚 キリキザワイの怪』（竹書房文庫）竹書房 2017.4 ①978-4-8019-1037-9

台風の夜の電話
『琉球奇譚 キリキザワイの怪』（竹書房文庫）竹書房 2017.4 ①978-4-8019-1037-9

釣り人の背中には
『琉球奇譚 キリキザワイの怪』（竹書房文庫）竹書房 2017.4 ①978-4-8019-1037-9

日本人形
『琉球奇譚 キリキザワイの怪』（竹書房文庫）竹書房 2017.4 ①978-4-8019-1037-9

バス停の横には
『琉球奇譚 キリキザワイの怪』（竹書房文庫）竹書房 2017.4 ①978-4-8019-1037-9

浜辺の屍
『琉球奇譚 キリキザワイの怪』（竹書房文庫）竹書房 2017.4 ①978-4-8019-1037-9

ビジュルを動かした話
『琉球奇譚 キリキザワイの怪』（竹書房文庫）竹書房 2017.4 ①978-4-8019-1037-9

フナユーリー
『琉球奇譚 キリキザワイの怪』（竹書房文庫）竹書房 2017.4 ①978-4-8019-1037-9

フリムン
『琉球奇譚 キリキザワイの怪』(竹書房文庫)
竹書房　2017.4　①978-4-8019-1037-9

道をたずねる
『琉球奇譚 キリキザワイの怪』(竹書房文庫)
竹書房　2017.4　①978-4-8019-1037-9

報い
『琉球奇譚 キリキザワイの怪』(竹書房文庫)
竹書房　2017.4　①978-4-8019-1037-9

焼け残った鳥居の話
『琉球奇譚 キリキザワイの怪』(竹書房文庫)
竹書房　2017.4　①978-4-8019-1037-9

山田のおじさん
『琉球奇譚 キリキザワイの怪』(竹書房文庫)
竹書房　2017.4　①978-4-8019-1037-9

ユタの和江さん
『琉球奇譚 キリキザワイの怪』(竹書房文庫)
竹書房　2017.4　①978-4-8019-1037-9

黄泉の国の夜行列車
『琉球奇譚 キリキザワイの怪』(竹書房文庫)
竹書房　2017.4　①978-4-8019-1037-9

小堀　甚二　こぼり・じんじ

耳の塩漬
『文豪てのひら怪談』(ポプラ文庫)　ポプラ社
2009.8　①978-4-591-11104-8

小松　エメル　こまつ・えめる

雨夜の月
『一鬼夜行 雨夜の月』(ポプラ文庫ピュアフル)　ポプラ社　2015.7　①978-4-591-14599-9

逸馬という男
『一鬼夜行 雨夜の月』(ポプラ文庫ピュアフル)　ポプラ社　2015.7　①978-4-591-14599-9

裏長屋の怪
『一鬼夜行 雨夜の月』(ポプラ文庫ピュアフル)　ポプラ社　2015.7　①978-4-591-14599-9

落椿
『一鬼夜行 雨夜の月』(ポプラ文庫ピュアフル)　ポプラ社　2015.7　①978-4-591-14599-9

かりそめの家
『となりのもののけさん』(ポプラ文庫ピュアフル)　ポプラ社　2014.9　①978-4-591-14128-1

かわその恋
『一鬼夜行 雨夜の月』(ポプラ文庫ピュアフル)　ポプラ社　2015.7　①978-4-591-14599-9

朱に染まる
『一鬼夜行 雨夜の月』(ポプラ文庫ピュアフル)　ポプラ社　2015.7　①978-4-591-14599-9

長者の問い
『一鬼夜行 雨夜の月』(ポプラ文庫ピュアフル)　ポプラ社　2015.7　①978-4-591-14599-9

小松　左京　こまつ・さきょう

愛の空間
『小松左京セレクション 2 時間エージェント』(ポプラ文庫)　ポプラ社　2010.9　①978-4-591-11999-0

『青ひげと鬼 牙の時代：短編小説集』(小松左京全集 完全版)　城西国際大学出版会　2012.2　①978-4-903624-17-4

青い宇宙の冒険
『空中都市008 青い宇宙の冒険 宇宙人のしゅくだい―ジュブナイル小説集』(小松左京全集 完全版)　城西国際大学出版会　2016.8　①978-4-903624-24-2

赤い車
『空中都市008 青い宇宙の冒険 宇宙人のしゅくだい―ジュブナイル小説集』(小松左京全集 完全版)　城西国際大学出版会　2016.8　①978-4-903624-24-2

明烏
『ゴルディアスの結び目 ヴォミーサ 天神山縁糸苧環』(小松左京全集 完全版)　城西国際大学出版会　2015.2　①978-4-903624-21-1

あなろぐ・らう
『ゴルディアスの結び目 ヴォミーサ 天神山縁糸苧環』(小松左京全集 完全版)　城西国際大学出版会　2015.2　①978-4-903624-21-1

雨と、風と、夕映えの彼方へ
『あやつり心中/とりなおし（リテイク）/大坂夢の陣―短編小説集』（小松左京全集 完全版）城西国際大学出版会 2015.11 ①978-4-903624-23-5

アメリカの壁
『飢えなかった男/おれの死体を探せ/眠りと旅と夢―短編小説集 修正版』（小松左京全集 完全版）城西国際大学出版会 2015.8 ①978-4-903624-22-8

あやつり心中
『あやつり心中/とりなおし（リテイク）/大坂夢の陣―短編小説集』（小松左京全集 完全版）城西国際大学出版会 2015.11 ①978-4-903624-23-5

歩み去る
『あやつり心中/とりなおし（リテイク）/大坂夢の陣―短編小説集』（小松左京全集 完全版）城西国際大学出版会 2015.11 ①978-4-903624-23-5

アリとチョウチョウとカタツムリ
『空中都市008 青い宇宙の冒険 宇宙人のしゅくだい―ジュブナイル小説集』（小松左京全集 完全版）城西国際大学出版会 2016.8 ①978-4-903624-24-2

一寸法師
『空中都市008 青い宇宙の冒険 宇宙人のしゅくだい―ジュブナイル小説集』（小松左京全集 完全版）城西国際大学出版会 2016.8 ①978-4-903624-24-2

飢えなかった男
『飢えなかった男/おれの死体を探せ/眠りと旅と夢―短編小説集 修正版』（小松左京全集 完全版）城西国際大学出版会 2015.8 ①978-4-903624-22-8

ヴォミーサ
『てのひらの宇宙―星雲賞短編SF傑作選』（創元SF文庫）東京創元社 2013.3 ①978-4-488-73803-7

『ゴルディアスの結び目 ヴォミーサ 天神山縁糸苧環』（小松左京全集 完全版）城西国際大学出版会 2015.2 ①978-4-903624-21-1

『70年代日本SFベスト集成 5 1975年度版』（ちくま文庫）筑摩書房 2015.6 ①978-4-480-43215-1

牛の首
『すぺるむ・さぴえんすの冒険―小松左京コレクション』（ボクラノSF）福音館書店 2009.11 ①978-4-8340-2477-7

『幻妖の水脈―日本幻想文学大全』（ちくま文庫）筑摩書房 2013.9 ①978-4-480-43111-0

宇宙人のしゅくだい
『空中都市008 青い宇宙の冒険 宇宙人のしゅくだい―ジュブナイル小説集』（小松左京全集 完全版）城西国際大学出版会 2016.8 ①978-4-903624-24-2

宇宙のはてで
『空中都市008 青い宇宙の冒険 宇宙人のしゅくだい―ジュブナイル小説集』（小松左京全集 完全版）城西国際大学出版会 2016.8 ①978-4-903624-24-2

宇宙のもけい飛行機
『空中都市008 青い宇宙の冒険 宇宙人のしゅくだい―ジュブナイル小説集』（小松左京全集 完全版）城西国際大学出版会 2016.8 ①978-4-903624-24-2

宇宙漂流
『小松左京セレクション 1 宇宙漂流』（ポプラ文庫）ポプラ社 2010.6 ①978-4-591-11860-3

『空中都市008 青い宇宙の冒険 宇宙人のしゅくだい―ジュブナイル小説集』（小松左京全集 完全版）城西国際大学出版会 2016.8 ①978-4-903624-24-2

海の森
『応天炎上/おろち―短編小説集』（小松左京全集 完全版）城西国際大学出版会 2014.5 ①978-4-903624-20-4

ウラシマ・ジロウ
『空中都市008 青い宇宙の冒険 宇宙人のしゅくだい―ジュブナイル小説集』（小松左京全集 完全版）城西国際大学出版会 2016.8 ①978-4-903624-24-2

うるさい！
『飢えなかった男/おれの死体を探せ/眠りと旅と夢―短編小説集 修正版』（小松左京全集 完全版）城西国際大学出版会 2015.8 ①978-4-903624-22-8

お糸
『すぺるむ・さぴえんすの冒険―小松左京コレクション』（ボクラノSF）福音館書店 2009.11 ①978-4-8340-2477-7

『小松左京セレクション 1 日本』（河出文庫）河出書房新社 2011.11 ①978-4-309-41114-9

応天炎上

『応天炎上/おろち―短編小説集』(小松左京全集 完全版)城西国際大学出版会 2014.5 ①978-4-903624-20-4

大型ロボット

『空中都市008 青い宇宙の冒険 宇宙人のしゅくだい―ジュブナイル小説集』(小松左京全集 完全版)城西国際大学出版会 2016.8 ①978-4-903624-24-2

大坂夢の陣

『あやつり心中/とりなおし(リテイク)/大坂夢の陣―短編小説集』(小松左京全集 完全版)城西国際大学出版会 2015.11 ①978-4-903624-23-5

おちていた宇宙船

『空中都市008 青い宇宙の冒険 宇宙人のしゅくだい―ジュブナイル小説集』(小松左京全集 完全版)城西国際大学出版会 2016.8 ①978-4-903624-24-2

男を探せ

『ゴルディアスの結び目 ヴォミーサ 天神山縁糸芋環』(小松左京全集 完全版)城西国際大学出版会 2015.2 ①978-4-903624-21-1

オフー

『ゴルディアスの結び目 ヴォミーサ 天神山縁糸芋環』(小松左京全集 完全版)城西国際大学出版会 2015.2 ①978-4-903624-21-1

お船になったパパ

『空中都市008 青い宇宙の冒険 宇宙人のしゅくだい―ジュブナイル小説集』(小松左京全集 完全版)城西国際大学出版会 2016.8 ①978-4-903624-24-2

お召し

『すぺるむ・さぴえんすの冒険―小松左京コレクション』(ボクラノSF)福音館書店 2009.11 ①978-4-8340-2477-7

『不思議の扉―午後の教室』(角川文庫)角川書店 2011.8 ①978-4-04-394468-2

『日本SF傑作選―神への長い道/継ぐのは誰か? 2 小松左京』(ハヤカワ文庫JA)早川書房 2017.10 ①978-4-15-031297-8

おれの死体を探せ

『飢えなかった男/おれの死体を探せ/眠りと旅と夢―短編小説集 修正版』(小松左京全集 完全版)城西国際大学出版会 2015.8 ①978-4-903624-22-8

おろち

『応天炎上/おろち―短編小説集』(小松左京全集 完全版)城西国際大学出版会 2014.5 ①978-4-903624-20-4

終わりなき負債

『60年代日本SFベスト集成』(ちくま文庫)筑摩書房 2013.3 ①978-4-480-43042-7

糸遊

『応天炎上/おろち―短編小説集』(小松左京全集 完全版)城西国際大学出版会 2014.5 ①978-4-903624-20-4

ガソリンどろぼう

『空中都市008 青い宇宙の冒険 宇宙人のしゅくだい―ジュブナイル小説集』(小松左京全集 完全版)城西国際大学出版会 2016.8 ①978-4-903624-24-2

カチカチ山

『空中都市008 青い宇宙の冒険 宇宙人のしゅくだい―ジュブナイル小説集』(小松左京全集 完全版)城西国際大学出版会 2016.8 ①978-4-903624-24-2

カマガサキ二〇一三年

『たそがれゆく未来―巨匠たちの想像力"文明崩壊"』(ちくま文庫)筑摩書房 2016.3 ①978-4-480-43328-2

紙か髪か

『日本SF傑作選―神への長い道/継ぐのは誰か? 2 小松左京』(ハヤカワ文庫JA)早川書房 2017.10 ①978-4-15-031297-8

神への長い道

『日本漂流―短編小説集 神への長い道―短編小説集』(小松左京全集 完全版)城西国際大学出版会 2009.8 ①978-4-903624-14-3

『小松左京セレクション 2 未来』(河出文庫)河出書房新社 2012.3 ①978-4-309-41137-8

『日本SF傑作選―神への長い道/継ぐのは誰か? 2 小松左京』(ハヤカワ文庫JA)早川書房 2017.10 ①978-4-15-031297-8

蚊帳の外―「お直し」変奏曲

『応天炎上/おろち―短編小説集』(小松左京全集 完全版)城西国際大学出版会 2014.5 ①978-4-903624-20-4

キツネと宇宙人
『空中都市008　青い宇宙の冒険　宇宙人のしゅくだい―ジュブナイル小説集』（小松左京全集 完全版）城西国際大学出版会　2016.8　①978-4-903624-24-2

逆臣蔵
『ゴルディアスの結び目　ヴォミーサ　天神山縁糸芋環』（小松左京全集 完全版）城西国際大学出版会　2015.2　①978-4-903624-21-1

救助隊来たる
『空中都市008　青い宇宙の冒険　宇宙人のしゅくだい―ジュブナイル小説集』（小松左京全集 完全版）城西国際大学出版会　2016.8　①978-4-903624-24-2

凶銃
『あやつり心中／とりなおし（リテイク）／大坂夢の陣―短編小説集』（小松左京全集 完全版）城西国際大学出版会　2015.11　①978-4-903624-23-5

極冠作戦
『日本漂流―短編小説集　神への長い道―短編小説集』（小松左京全集 完全版）城西国際大学出版会　2009.8　①978-4-903624-14-3

『小松左京セレクション　2　未来』（河出文庫）河出書房新社　2012.3　①978-4-309-41137-8

虚無回廊　序章 死を越える旅1"彼"
『小松左京セレクション　2　未来』（河出文庫）河出書房新社　2012.3　①978-4-309-41137-8

キンタロウの秘密
『空中都市008　青い宇宙の冒険　宇宙人のしゅくだい―ジュブナイル小説集』（小松左京全集 完全版）城西国際大学出版会　2016.8　①978-4-903624-24-2

空中都市008
『空中都市008　青い宇宙の冒険　宇宙人のしゅくだい―ジュブナイル小説集』（小松左京全集 完全版）城西国際大学出版会　2016.8　①978-4-903624-24-2

空中都市008　抄
『小松左京セレクション　2　未来』（河出文庫）河出書房新社　2012.3　①978-4-309-41137-8

くだんのはは
『日本漂流―短編小説集　神への長い道―短編小説集』（小松左京全集 完全版）城西国際大学出版会　2009.8　①978-4-903624-14-3

『異形の白昼―恐怖小説集』（ちくま文庫）筑摩書房　2013.9　①978-4-480-43092-2

曇り空の下で
『あやつり心中／とりなおし（リテイク）／大坂夢の陣―短編小説集』（小松左京全集 完全版）城西国際大学出版会　2015.11　①978-4-903624-23-5

劇場
『あやつり心中／とりなおし（リテイク）／大坂夢の陣―短編小説集』（小松左京全集 完全版）城西国際大学出版会　2015.11　①978-4-903624-23-5

結晶星団
『すぺるむ・さぴえんすの冒険―小松左京コレクション』（ボクラノSF）福音館書店　2009.11　①978-4-8340-2477-7

『湖畔の女　結晶星団―短編小説集』（小松左京全集 完全版）城西国際大学出版会　2013.2　①978-4-903624-18-1

『70年代日本SFベスト集成　2　1972年度版』（ちくま文庫）筑摩書房　2014.12　①978-4-480-43212-4

こういう宇宙
『応天炎上／おろち―短編小説集』（小松左京全集 完全版）城西国際大学出版会　2014.5　①978-4-903624-20-4

交叉点
『飢えなかった男／おれの死体を探せ／眠りと旅と夢―短編小説集　修正版』（小松左京全集 完全版）城西国際大学出版会　2015.8　①978-4-903624-22-8

ゴエモンのニッポン日記―抄
『小松左京セレクション　1　日本』（河出文庫）河出書房新社　2011.11　①978-4-309-41114-9

氷の下の暗い顔
『あやつり心中／とりなおし（リテイク）／大坂夢の陣―短編小説集』（小松左京全集 完全版）城西国際大学出版会　2015.11　①978-4-903624-23-5

御先祖様万歳
『小松左京セレクション　1　日本』（河出文庫）河出書房新社　2011.11　①978-4-309-41114-9

『日本SF傑作選―神への長い道/継ぐのは誰か? 2 小松左京』(ハヤカワ文庫JA) 早川書房 2017.10 ⓘ978-4-15-031297-8

米金闘争
『飢えた宇宙―短編小説集 戦争はなかった―短編小説集』(小松左京全集 完全版) 城西国際大学出版会 2010.8 ⓘ978-4-903624-15-0

『小松左京セレクション 2 時間エージェント』(ポプラ文庫) ポプラ社 2010.9 ⓘ978-4-591-11999-0

ゴルディアスの結び目
『日本SF短篇50―日本SF作家クラブ創立50周年記念アンソロジー 2』(ハヤカワ文庫) 早川書房 2013.4 ⓘ978-4-15-031110-0

『ゴルディアスの結び目 ヴォミーサ 天神山縁糸苧環』(小松左京全集 完全版) 城西国際大学出版会 2015.2 ⓘ978-4-903624-21-1

鷺娘
『応天炎上/おろち―短編小説集』(小松左京全集 完全版) 城西国際大学出版会 2014.5 ⓘ978-4-903624-20-4

算数のできない子孫たち
『空中都市008 青い宇宙の冒険 宇宙人のしゅくだい―ジュブナイル小説集』(小松左京全集 完全版) 城西国際大学出版会 2016.8 ⓘ978-4-903624-24-2

時間エージェント
『小松左京セレクション 2 時間エージェント』(ポプラ文庫) ポプラ社 2010.9 ⓘ978-4-591-11999-0

試験もぐりの時代
『飢えなかった男/おれの死体を探せ/ 眠りと旅と夢―短編小説集 修正版』(小松左京全集 完全版) 城西国際大学出版会 2015.8 ⓘ978-4-903624-22-8

召集令状
『あしたは戦争―巨匠たちの想像力 "戦時体制"』(ちくま文庫) 筑摩書房 2016.1 ⓘ978-4-480-43326-8

シロのぼうけん
『空中都市008 青い宇宙の冒険 宇宙人のしゅくだい―ジュブナイル小説集』(小松左京全集 完全版) 城西国際大学出版会 2016.8 ⓘ978-4-903624-24-2

新サルカニ合戦
『空中都市008 青い宇宙の冒険 宇宙人のしゅくだい―ジュブナイル小説集』(小松左京全集 完全版) 城西国際大学出版会 2016.8 ⓘ978-4-903624-24-2

人類裁判
『日本漂流―短編小説集 神への長い道―短編小説集』(小松左京全集 完全版) 城西国際大学出版会 2009.8 ⓘ978-4-903624-14-3

『小松左京セレクション 2 未来』(河出文庫) 河出書房新社 2012.3 ⓘ978-4-309-41137-8

すぺるむ・さぴえんすの冒険
『すぺるむ・さぴえんすの冒険―小松左京コレクション』(ボクラノSF) 福音館書店 2009.11 ⓘ978-4-8340-2477-7

『飢えなかった男/おれの死体を探せ/ 眠りと旅と夢―短編小説集 修正版』(小松左京全集 完全版) 城西国際大学出版会 2015.8 ⓘ978-4-903624-22-8

静寂の通路
『青ひげと鬼 牙の時代:短編小説集』(小松左京全集 完全版) 城西国際大学出版会 2012.2 ⓘ978-4-903624-17-4

『小松左京セレクション 2 未来』(河出文庫) 河出書房新社 2012.3 ⓘ978-4-309-41137-8

戦争はなかった
『飢えた宇宙―短編小説集 戦争はなかった―短編小説集』(小松左京全集 完全版) 城西国際大学出版会 2010.8 ⓘ978-4-903624-15-0

『小松左京セレクション 1 日本』(河出文庫) 河出書房新社 2011.11 ⓘ978-4-309-41114-9

『暴走する正義―巨匠たちの想像力「管理社会」』(ちくま文庫) 筑摩書房 2016.2 ⓘ978-4-480-43327-5

騒霊時代
『飢えなかった男/おれの死体を探せ/ 眠りと旅と夢―短編小説集 修正版』(小松左京全集 完全版) 城西国際大学出版会 2015.8 ⓘ978-4-903624-22-8

空をとんでいたもの
『空中都市008 青い宇宙の冒険 宇宙人のしゅくだい―ジュブナイル小説集』(小松左京全集 完全版) 城西国際大学出版会 2016.8 ⓘ978-4-903624-24-2

空飛ぶ窓
『応天炎上/おろち―短編小説集』(小松左京全集 完全版) 城西国際大学出版会 2014.5 ①978-4-903624-20-4

虚空の足音
『ゴルディアスの結び目　ヴォミーサ　天神山縁糸苧環』(小松左京全集 完全版) 城西国際大学出版会 2015.2 ①978-4-903624-21-1

タイム・ジャック
『題未定　遷都　失われた結末　春の軍隊―短編小説集』(小松左京全集 完全版) 城西国際大学出版会 2013.11 ①978-4-903624-19-8

『70年代日本SFベスト集成 3 1973年度版』(ちくま文庫) 筑摩書房 2015.2 ①978-4-480-43213-1

高砂幻戯
『飢えなかった男/おれの死体を探せ/ 眠りと旅と夢―短編小説集 修正版』(小松左京全集 完全版) 城西国際大学出版会 2015.8 ①978-4-903624-22-8

タコと宇宙人
『空中都市008　青い宇宙の冒険　宇宙人のしゅくだい―ジュブナイル小説集』(小松左京全集 完全版) 城西国際大学出版会 2016.8 ①978-4-903624-24-2

小さな星の子
『空中都市008　青い宇宙の冒険　宇宙人のしゅくだい―ジュブナイル小説集』(小松左京全集 完全版) 城西国際大学出版会 2016.8 ①978-4-903624-24-2

地球を見てきた人
『空中都市008　青い宇宙の冒険　宇宙人のしゅくだい―ジュブナイル小説集』(小松左京全集 完全版) 城西国際大学出版会 2016.8 ①978-4-903624-24-2

地球からきた子
『空中都市008　青い宇宙の冒険　宇宙人のしゅくだい―ジュブナイル小説集』(小松左京全集 完全版) 城西国際大学出版会 2016.8 ①978-4-903624-24-2

地には平和を
『小松左京セレクション 1 日本』(河出文庫) 河出書房新社 2011.11 ①978-4-309-41114-9

月のしのぶ
『日本SF傑作選―神への長い道/継ぐのは誰か？ 2 小松左京』(ハヤカワ文庫JA) 早川書房 2017.10 ①978-4-15-031297-8

月のしのぶ
『星殺し〈スター・キラー〉―短編小説集　闇の中の子供―短編小説集』(小松左京全集 完全版) 城西国際大学出版会 2011.8 ①978-4-903624-16-7

『小松左京セレクション 2 未来』(河出文庫) 河出書房新社 2012.3 ①978-4-309-41137-8

月息子
『あやつり心中/とりなおし（リテイク）/大坂夢の陣―短編小説集』(小松左京全集 完全版) 城西国際大学出版会 2015.11 ①978-4-903624-23-5

継ぐのは誰か？
『日本SF傑作選―神への長い道/継ぐのは誰か？ 2 小松左京』(ハヤカワ文庫JA) 早川書房 2017.10 ①978-4-15-031297-8

つゆあけ
『空中都市008　青い宇宙の冒険　宇宙人のしゅくだい―ジュブナイル小説集』(小松左京全集 完全版) 城西国際大学出版会 2016.8 ①978-4-903624-24-2

つり好きの宇宙人
『空中都市008　青い宇宙の冒険　宇宙人のしゅくだい―ジュブナイル小説集』(小松左京全集 完全版) 城西国際大学出版会 2016.8 ①978-4-903624-24-2

DSE＝SJ
『ゴルディアスの結び目　ヴォミーサ　天神山縁糸苧環』(小松左京全集 完全版) 城西国際大学出版会 2015.2 ①978-4-903624-21-1

出て行け！
『飢えなかった男/おれの死体を探せ/ 眠りと旅と夢―短編小説集 修正版』(小松左京全集 完全版) 城西国際大学出版会 2015.8 ①978-4-903624-22-8

天神山縁糸苧環
『ゴルディアスの結び目　ヴォミーサ　天神山縁糸苧環』(小松左京全集 完全版) 城西国際大学出版会 2015.2 ①978-4-903624-21-1

東海の島
『星殺し〈スター・キラー〉―短編小説集　闇の中の子供―短編小説集』(小松左京全集 完全版) 城西国際大学出版会 2011.8 ①978-4-903624-16-7

時の顔

『日本SF全集　第1巻(1957〜1971)』出版芸術社　2009.6　①978-4-88293-344-1

『小松左京セレクション　1　日本』(河出文庫) 河出書房新社　2011.11　①978-4-309-41114-9

『日本SF傑作選―神への長い道/継ぐのは誰か？　2　小松左京』(ハヤカワ文庫JA) 早川書房　2017.10　①978-4-15-031297-8

とりなおし

『あやつり心中/とりなおし(リテイク)/大坂夢の陣―短編小説集』(小松左京全集 完全版) 城西国際大学出版会　2015.11　①978-4-903624-23-5

長い部屋

『謎　005　伊坂幸太郎選 スペシャル・ブレンド・ミステリー』(講談社文庫) 講談社　2010.9　①978-4-06-276761-3

『応天炎上/おろち―短編小説集』(小松左京全集 完全版) 城西国際大学出版会　2014.5　①978-4-903624-20-4

流れる女

『応天炎上/おろち―短編小説集』(小松左京全集 完全版) 城西国際大学出版会　2014.5　①978-4-903624-20-4

なまぬるい国へやって来たスパイ

『小松左京セレクション　2　時間エージェント』(ポプラ文庫) ポプラ社　2010.9　①978-4-591-11999-0

にげた宇ちゅう人

『空中都市008　青い宇宙の冒険　宇宙人のしゅくだい―ジュブナイル小説集』(小松左京全集 完全版) 城西国際大学出版会　2016.8　①978-4-903624-24-2

にげていった子

『空中都市008　青い宇宙の冒険　宇宙人のしゅくだい―ジュブナイル小説集』(小松左京全集 完全版) 城西国際大学出版会　2016.8　①978-4-903624-24-2

逃ける

『飢えなかった男/おれの死体を探せ/ 眠りと旅と夢―短編小説集　修正版』(小松左京全集 完全版) 城西国際大学出版会　2015.8　①978-4-903624-22-8

ニッポン・七〇年代前夜 抄

『小松左京セレクション　2　未来』(河出文庫) 河出書房新社　2012.3　①978-4-309-41137-8

日本アパッチ族―まえがき

『小松左京セレクション　1　日本』(河出文庫) 河出書房新社　2011.11　①978-4-309-41114-9

日本タイムトラベル

『小松左京セレクション　1　日本』(河出文庫) 河出書房新社　2011.11　①978-4-309-41114-9

日本沈没―エピローグ 竜の死

『小松左京セレクション　1　日本』(河出文庫) 河出書房新社　2011.11　①978-4-309-41114-9

"ぬし"になった潜水艦

『空中都市008　青い宇宙の冒険　宇宙人のしゅくだい―ジュブナイル小説集』(小松左京全集 完全版) 城西国際大学出版会　2016.8　①978-4-903624-24-2

眠りと旅と夢

『飢えなかった男/おれの死体を探せ/ 眠りと旅と夢―短編小説集　修正版』(小松左京全集 完全版) 城西国際大学出版会　2015.8　①978-4-903624-22-8

乗合船夢幻通路

『ゴルディアスの結び目　ヴォミーサ　天神山縁糸苧環』(小松左京全集 完全版) 城西国際大学出版会　2015.2　①978-4-903624-21-1

廃墟の空間文明

『小松左京セレクション　2　未来』(河出文庫) 河出書房新社　2012.3　①978-4-309-41137-8

売主婦禁止法

『飢えた宇宙―短編小説集　戦争はなかった―短編小説集』(小松左京全集 完全版) 城西国際大学出版会　2010.8　①978-4-903624-15-0

『小松左京セレクション　2　時間エージェント』(ポプラ文庫) ポプラ社　2010.9　①978-4-591-11999-0

ハイネックの女

『飢えなかった男/おれの死体を探せ/ 眠りと旅と夢―短編小説集　修正版』(小松左京全集 完全版) 城西国際大学出版会　2015.8　①978-4-903624-22-8

果しなき流れの果てに—エピローグ

『小松左京セレクション　1　日本』(河出文庫)　河出書房新社　2011.11　①978-4-309-41114-9

鳩啼時計

『飢えなかった男/おれの死体を探せ/眠りと旅と夢—短編小説集　修正版』(小松左京全集 完全版)　城西国際大学出版会　2015.8　①978-4-903624-22-8

花型星雲

『あやつり心中/とりなおし(リテイク)/大坂夢の陣—短編小説集』(小松左京全集 完全版)　城西国際大学出版会　2015.11　①978-4-903624-23-5

花さかじじい

『空中都市008　青い宇宙の冒険　宇宙人のしゅくだい—ジュブナイル小説集』(小松左京全集 完全版)　城西国際大学出版会　2016.8　①978-4-903624-24-2

華やかな兵器

『あやつり心中/とりなおし(リテイク)/大坂夢の陣—短編小説集』(小松左京全集 完全版)　城西国際大学出版会　2015.11　①978-4-903624-23-5

反魂鏡

『あやつり心中/とりなおし(リテイク)/大坂夢の陣—短編小説集』(小松左京全集 完全版)　城西国際大学出版会　2015.11　①978-4-903624-23-5

犯人なおもて救われず

『ゴルディアスの結び目　ヴォミーサ　天神山縁糸苧環』(小松左京全集 完全版)　城西国際大学出版会　2015.2　①978-4-903624-21-1

秘密(タブ)

『応天炎上/おろち—短編小説集』(小松左京全集 完全版)　城西国際大学出版会　2014.5　①978-4-903624-20-4

復活の日　第四章　夏

『小松左京セレクション　2　未来』(河出文庫)　河出書房新社　2012.3　①978-4-309-41137-8

物体O

『小松左京セレクション　1　日本』(河出文庫)　河出書房新社　2011.11　①978-4-309-41114-9

『日本SF傑作選—神への長い道/継ぐのは誰か？　2　小松左京』(ハヤカワ文庫JA)　早川書房　2017.10　①978-4-15-031297-8

ぶんぶく茶がま

『空中都市008　青い宇宙の冒険　宇宙人のしゅくだい—ジュブナイル小説集』(小松左京全集 完全版)　城西国際大学出版会　2016.8　①978-4-903624-24-2

辺境の寝床

『小松左京セレクション　2　時間エージェント』(ポプラ文庫)　ポプラ社　2010.9　①978-4-591-11999-0

保護鳥

『湖畔の女　結晶星団—短編小説集』(小松左京全集 完全版)　城西国際大学出版会　2013.2　①978-4-903624-18-1

『70年代日本SFベスト集成　1　1971年度版』(ちくま文庫)　筑摩書房　2014.10　①978-4-480-43211-7

星仏

『あやつり心中/とりなおし(リテイク)/大坂夢の陣—短編小説集』(小松左京全集 完全版)　城西国際大学出版会　2015.11　①978-4-903624-23-5

迷い子

『飢えなかった男/おれの死体を探せ/眠りと旅と夢—短編小説集　修正版』(小松左京全集 完全版)　城西国際大学出版会　2015.8　①978-4-903624-22-8

見えないものの影

『小松左京セレクション　1　宇宙漂流』(ポプラ文庫)　ポプラ社　2010.6　①978-4-591-11860-3

『空中都市008　青い宇宙の冒険　宇宙人のしゅくだい—ジュブナイル小説集』(小松左京全集 完全版)　城西国際大学出版会　2016.8　①978-4-903624-24-2

岬にて

『応天炎上/おろち—短編小説集』(小松左京全集 完全版)　城西国際大学出版会　2014.5　①978-4-903624-20-4

未来をのぞく機械

『空中都市008　青い宇宙の冒険　宇宙人のしゅくだい—ジュブナイル小説集』(小松左京全集 完全版)　城西国際大学出版会　2016.8　①978-4-903624-24-2

未来の思想　終章　「進化」の未来像

『小松左京セレクション　2　未来』(河出文庫)　河出書房新社　2012.3　①978-4-309-41137-8

無口な女
『応天炎上/おろち―短編小説集』(小松左京全集 完全版) 城西国際大学出版会　2014.5　①978-4-903624-20-4

冥王星に春がきた
『空中都市008　青い宇宙の冒険　宇宙人のしゅくだい―ジュブナイル小説集』(小松左京全集 完全版) 城西国際大学出版会　2016.8　①978-4-903624-24-2

戻橋
『応天炎上/おろち―短編小説集』(小松左京全集 完全版) 城西国際大学出版会　2014.5　①978-4-903624-20-4

モモタロウ
『空中都市008　青い宇宙の冒険　宇宙人のしゅくだい―ジュブナイル小説集』(小松左京全集 完全版) 城西国際大学出版会　2016.8　①978-4-903624-24-2

薮の花
『ゴルディアスの結び目　ヴォミーサ　天神山縁糸苧環』(小松左京全集 完全版) 城西国際大学出版会　2015.2　①978-4-903624-21-1

山姥譚
『飢えなかった男/おれの死体を探せ/ 眠りと旅と夢―短編小説集　修正版』(小松左京全集 完全版) 城西国際大学出版会　2015.8　①978-4-903624-22-8

幽霊
『文豪てのひら怪談』(ポプラ文庫) ポプラ社　2009.8　①978-4-591-11104-8

幽霊屋敷
『飢えなかった男/おれの死体を探せ/ 眠りと旅と夢―短編小説集　修正版』(小松左京全集 完全版) 城西国際大学出版会　2015.8　①978-4-903624-22-8

行きずり
『ゴルディアスの結び目　ヴォミーサ　天神山縁糸苧環』(小松左京全集 完全版) 城西国際大学出版会　2015.2　①978-4-903624-21-1

雪のふるところ
『空中都市008　青い宇宙の冒険　宇宙人のしゅくだい―ジュブナイル小説集』(小松左京全集 完全版) 城西国際大学出版会　2016.8　①978-4-903624-24-2

夜が明けたら
『すぺるむ・さぴえんすの冒険―小松左京コレクション』(ボクラノSF) 福音館書店　2009.11　①978-4-8340-2477-7

『応天炎上/おろち―短編小説集』(小松左京全集 完全版) 城西国際大学出版会　2014.5　①978-4-903624-20-4

『70年代日本SFベスト集成　4　1974年度版』(ちくま文庫) 筑摩書房　2015.4　①978-4-480-43214-8

四次元トイレ
『小松左京セレクション　2　時間エージェント』(ポプラ文庫) ポプラ社　2010.9　①978-4-591-11999-0

予知の悲しみ
『ゴルディアスの結び目　ヴォミーサ　天神山縁糸苧環』(小松左京全集 完全版) 城西国際大学出版会　2015.2　①978-4-903624-21-1

理科の時間
『空中都市008　青い宇宙の冒険　宇宙人のしゅくだい―ジュブナイル小説集』(小松左京全集 完全版) 城西国際大学出版会　2016.8　①978-4-903624-24-2

六本足の子イヌ
『空中都市008　青い宇宙の冒険　宇宙人のしゅくだい―ジュブナイル小説集』(小松左京全集 完全版) 城西国際大学出版会　2016.8　①978-4-903624-24-2

ロボット地蔵
『空中都市008　青い宇宙の冒険　宇宙人のしゅくだい―ジュブナイル小説集』(小松左京全集 完全版) 城西国際大学出版会　2016.8　①978-4-903624-24-2

忘れろ…
『ゴルディアスの結び目　ヴォミーサ　天神山縁糸苧環』(小松左京全集 完全版) 城西国際大学出版会　2015.2　①978-4-903624-21-1

□□□□
『あやつり心中/とりなおし(リテイク)/大坂夢の陣―短編小説集』(小松左京全集 完全版) 城西国際大学出版会　2015.11　①978-4-903624-23-5

湖山　真　こやま・しん

永遠のウソ
『キリノセカイ　3　目醒のウタ』(角川ホラー文庫) 角川書店　2013.12　①978-4-04-101145-4

近藤史恵

戯曲のツミ
『キリノセカイ　3　目醒のウタ』(角川ホラー文庫) 角川書店　2013.12　①978-4-04-101145-4

目醒のウタ
『キリノセカイ　3　目醒のウタ』(角川ホラー文庫) 角川書店　2013.12　①978-4-04-101145-4

闇のトビラ
『キリノセカイ　3　目醒のウタ』(角川ホラー文庫) 角川書店　2013.12　①978-4-04-101145-4

近藤 史恵　こんどう・ふみえ

水仙の季節
『ダークルーム』(角川文庫) 角川書店　2012.1　①978-4-04-100071-7
『青に捧げる悪夢』(角川文庫) 角川書店　2013.2　①978-4-04-100700-6

近藤 那彦　こんどう・やすひこ

The Happy Princess
『マルドゥック・ストーリーズ公式二次創作集』(ハヤカワ文庫JA) 早川書房　2016.9　①978-4-15-031246-6

紺野 愛子　こんの・あいこ

試着室にご用心
『怪談オウマガドキ学園　2　放課後の謎メール』童心社　2013.7　①978-4-494-01651-8
『怪談オウマガドキ学園　2　放課後の謎メール』童心社　2013.7　①978-4-494-01710-2

紺野 仲右ヱ門　こんの・なかえもん

まんずまんず
『ゆきのまち幻想文学賞小品集　22　大きな木』企画集団ぷりずむ　2013.3　①978-4-906691-45-6

今野 敏　こんの・びん

チャンナン
『SF JACK』角川書店　2013.2　①978-4-04-110398-2
『SF JACK』(角川文庫) 角川書店　2016.2　①978-4-04-103895-6

西條 奈加　さいじょう・なか

鬼姫さま
『千年鬼』徳間書店　2012.6　①978-4-19-863415-5

小鬼と民
『千年鬼』徳間書店　2012.6　①978-4-19-863415-5

最後の鬼の芽
『千年鬼』徳間書店　2012.6　①978-4-19-863415-5

三粒の豆
『千年鬼』徳間書店　2012.6　①978-4-19-863415-5

隻腕の鬼
『千年鬼』徳間書店　2012.6　①978-4-19-863415-5

千年の罪
『千年鬼』徳間書店　2012.6　①978-4-19-863415-5

忘れの呪文
『千年鬼』徳間書店　2012.6　①978-4-19-863415-5

最相 葉月　さいしょう・はづき

幻の絵の先生
『超弦領域一年刊日本SF傑作選』(創元SF文庫) 東京創元社　2009.6　①978-4-488-73402-2

西條 八十　さいじょう・やそ

トミノの地獄
『文豪てのひら怪談』(ポプラ文庫) ポプラ社　2009.8　①978-4-591-11104-8

齊藤 英子　さいとう・えいこ

首飾り
『ドラゴンのなみだ』風媒社　2013.4
ⓘ978-4-8331-5260-0

ツバサ
『ドラゴンのなみだ』風媒社　2013.4
ⓘ978-4-8331-5260-0

ドラゴンの泪
『ドラゴンのなみだ』風媒社　2013.4
ⓘ978-4-8331-5260-0

斎藤 君子　さいとう・きみこ

死んだ娘からのメール
『怪談オウマガドキ学園　2　放課後の謎メール』童心社　2013.7　ⓘ978-4-494-01651-8
『怪談オウマガドキ学園　2　放課後の謎メール』童心社　2013.7　ⓘ978-4-494-01710-2

夜の学校
『怪談オウマガドキ学園　1　真夜中の入学式』童心社　2013.7　ⓘ978-4-494-01650-1
『怪談オウマガドキ学園　1　真夜中の入学式』童心社　2013.7　ⓘ978-4-494-01709-6

斉藤 志恵　さいとう・ちえ

鎮守様の白い森
『ゆきのまち幻想文学賞小品集　22　大きな木』企画集団ぷりずむ　2013.3　ⓘ978-4-906691-45-6

斉藤 直子　さいとう・なおこ

ゴルコンダ
『NOVA　1　書き下ろし日本SFコレクション』（河出文庫）河出書房新社　2009.12
ⓘ978-4-309-40994-8

白い恋人たち
『NOVA　6　書き下ろし日本SFコレクション』（河出文庫）河出書房新社　2011.11
ⓘ978-4-309-41113-2

禅ヒッキー
『NOVA　9　書き下ろし日本SFコレクション』（河出文庫）河出書房新社　2013.1
ⓘ978-4-309-41190-3

ドリフター
『NOVA　4　書き下ろし日本SFコレクション』（河出文庫）河出書房新社　2011.5
ⓘ978-4-309-41077-7

斎藤 肇　さいとう・はじめ

異なる形
『涙の招待席―異形コレクション傑作選』（光文社文庫）光文社　2017.10　ⓘ978-4-334-77545-2

齊藤 綾子　さいとう・りょうこ

馬が来た
『ゆきのまち幻想文学賞小品集　21　風花雪の物語二十七編』企画集団ぷりずむ　2012.3　ⓘ978-4-906691-42-5

最果 タヒ　さいはて・たひ

宇宙以前
『NOVA　4　書き下ろし日本SFコレクション』（河出文庫）河出書房新社　2011.5
ⓘ978-4-309-41077-7

スパークした
『量子回廊―年刊日本SF傑作選』（創元SF文庫）東京創元社　2010.7　ⓘ978-4-488-73403-9

榊 一郎　さかき・いちろう

あまのいわと？
『アウトブレイク・カンパニー　萌える侵略者　14』（講談社ラノベ文庫）講談社　2015.12
ⓘ978-4-06-381505-4

ヴァーティカル―頭上の悪魔
『ホラーアンソロジー　1　"赤"』（ファミ通文庫）エンターブレイン　2012.8　ⓘ978-4-04-728210-0

ちるどれん？
『アウトブレイク・カンパニー　萌える侵略者　14』（講談社ラノベ文庫）講談社　2015.12
ⓘ978-4-06-381505-4

ドラゴンズ・ウィル
『ドラゴンズ・ウィル―完全版』富士見書房　2013.9　ⓘ978-4-8291-7733-4

坂木司

ドラゴンズ・ウィルNEXT SOULS IN THE MIRROR魂の双生児
『ドラゴンズ・ウィル―完全版』 富士見書房 2013.9 ①978-4-8291-7733-4

とらんすせくしゃる？
『アウトブレイク・カンパニー 萌える侵略者14』（講談社ラノベ文庫）講談社 2015.12 ①978-4-06-381505-4

坂木 司　さかき・つかさ

一年に一度のデート
『和菓子のアン』 光文社 2010.4 ①978-4-334-92706-6
『和菓子のアン』（光文社文庫）光文社 2012.10 ①978-4-334-76484-5

甘露家
『和菓子のアン』 光文社 2010.4 ①978-4-334-92706-6
『和菓子のアン』（光文社文庫）光文社 2012.10 ①978-4-334-76484-5

辻占の行方
『和菓子のアン』 光文社 2010.4 ①978-4-334-92706-6
『和菓子のアン』（光文社文庫）光文社 2012.10 ①978-4-334-76484-5

萩と牡丹
『和菓子のアン』 光文社 2010.4 ①978-4-334-92706-6
『和菓子のアン』（光文社文庫）光文社 2012.10 ①978-4-334-76484-5

和菓子のアン
『和菓子のアン』 光文社 2010.4 ①978-4-334-92706-6
『和菓子のアン』（光文社文庫）光文社 2012.10 ①978-4-334-76484-5

坂口 安吾　さかぐち・あんご

風と光と二十の私と
『新編・日本幻想文学集成 6』 国書刊行会 2017.6 ①978-4-336-06031-0

風博士
『新編・日本幻想文学集成 6』 国書刊行会 2017.6 ①978-4-336-06031-0

狂人遺書
『新編・日本幻想文学集成 6』 国書刊行会 2017.6 ①978-4-336-06031-0

木枯の酒蔵から
『新編・日本幻想文学集成 6』 国書刊行会 2017.6 ①978-4-336-06031-0

桜の森の満開の下
『文豪さんへ。―近代文学トリビュートアンソロジー』（MF文庫ダ・ヴィンチ）メディアファクトリー 2009.12 ①978-4-8401-3146-9
『おとなの国語―桜の森の満開の下・他』（名作超訳エロチカ）無双舎 2010.12 ①978-4-86408-422-2
『悪いやつの物語』（ちくま文学の森）筑摩書房 2011.2 ①978-4-480-42737-3
『こわい話』（中学生までに読んでおきたい日本文学）あすなろ書房 2011.2 ①978-4-7515-2628-6
『日本近代短篇小説選 昭和篇 2』（岩波文庫）岩波書店 2012.9 ①978-4-00-311915-0
『幻妖の水脈―日本幻想文学大全』（ちくま文庫）筑摩書房 2013.9 ①978-4-480-43111-0
『鬼譚』（ちくま文庫）筑摩書房 2014.9 ①978-4-480-43205-6
『新編・日本幻想文学集成 6』 国書刊行会 2017.6 ①978-4-336-06031-0

紫大納言
『新編・日本幻想文学集成 6』 国書刊行会 2017.6 ①978-4-336-06031-0

夜長姫と耳男
『新編・日本幻想文学集成 6』 国書刊行会 2017.6 ①978-4-336-06031-0

私は海をだきしめていたい
『新編・日本幻想文学集成 6』 国書刊行会 2017.6 ①978-4-336-06031-0

坂永 雄一　さかなが・ゆういち

さえずりの宇宙
『原色の想像力―創元SF短編賞アンソロジー』（創元SF文庫）東京創元社 2010.12 ①978-4-488-73901-0

ジャングルの物語、その他の物語
『NOVA＋屍者たちの帝国―書き下ろし日本SFコレクション』（河出文庫）河出書房新社 2015.10 ①978-4-309-41407-2

無人の船で発見された手記
『アステロイド・ツリーの彼方へ―年刊日本SF傑作選』（創元SF文庫）東京創元社　2016.6　①978-4-488-73409-1

坂本 美智子　さかもと・みちこ

風花
『ゆきのまち幻想文学賞小品集　21　風花 雪の物語二十七編』企画集団ぷりずむ　2012.3　①978-4-906691-42-5

鳥になる日
『ゆきのまち幻想文学賞小品集　22　大きな木』企画集団ぷりずむ　2013.3　①978-4-906691-45-6

僕のティンカー・ベル
『ゆきのまち幻想文学賞小品集　20　もうひとつの階段』企画集団ぷりずむ　2011.4　①978-4-906691-37-1

サキ

罪のあがない
『恐ろしい話』（ちくま文学の森）筑摩書房　2011.1　①978-4-480-42736-6

沙木 とも子　さき・ともこ

そこはかさん
『そこはかさん』（幽ブックス）角川書店　2014.5　①978-4-04-066741-6

夏の家
『そこはかさん』（幽ブックス）角川書店　2014.5　①978-4-04-066741-6

レディ・Dの手箱
『そこはかさん』（幽ブックス）角川書店　2014.5　①978-4-04-066741-6

桜伊 美紀　さくらい・みき

雪だるまの種
『ゆきのまち幻想文学賞小品集　21　風花 雪の物語二十七編』企画集団ぷりずむ　2012.3　①978-4-906691-42-5

桜坂 洋　さくらざか・ひろし

エキストラ・ラウンド
『ゼロ年代SF傑作選』（ハヤカワ文庫JA）早川書房　2010.2　①978-4-15-030986-2

狐と踊れ
『神林長平トリビュート』早川書房　2009.11　①978-4-15-209083-6
『神林長平トリビュート』（ハヤカワ文庫JA）早川書房　2012.4　①978-4-15-031063-9

さいたまチェーンソー少女
『SFマガジン700 国内篇―創刊700号記念アンソロジー』（ハヤカワ文庫SF）早川書房　2014.5　①978-4-15-011961-4

桜庭 一樹　さくらば・かずき

赤い犬花
『桜庭一樹短編集』文藝春秋　2013.6　①978-4-16-382210-5
『このたびはとんだことで―桜庭一樹奇譚集』（文春文庫）文藝春秋　2016.3　①978-4-16-790566-8

五月雨
『桜庭一樹短編集』文藝春秋　2013.6　①978-4-16-382210-5
『このたびはとんだことで―桜庭一樹奇譚集』（文春文庫）文藝春秋　2016.3　①978-4-16-790566-8

このたびはとんだことで
『桜庭一樹短編集』文藝春秋　2013.6　①978-4-16-382210-5
『このたびはとんだことで―桜庭一樹奇譚集』（文春文庫）文藝春秋　2016.3　①978-4-16-790566-8

青年のための推理クラブ
『桜庭一樹短編集』文藝春秋　2013.6　①978-4-16-382210-5
『このたびはとんだことで―桜庭一樹奇譚集』（文春文庫）文藝春秋　2016.3　①978-4-16-790566-8

冬の牡丹
『桜庭一樹短編集』文藝春秋　2013.6　①978-4-16-382210-5
『このたびはとんだことで―桜庭一樹奇譚集』（文春文庫）文藝春秋　2016.3　①978-4-16-790566-8

モコ&猫

『桜庭一樹短編集』文藝春秋 2013.6 ①978-4-16-382210-5

『このたびはとんだことで―桜庭一樹奇譚集』（文春文庫）文藝春秋 2016.3 ①978-4-16-790566-8

A

『みじかい眠りにつく前に 3 明け方に読みたい10の話 金原瑞人YAセレクション』（ピュアフル文庫）ジャイブ 2009.7 ①978-4-86176-682-4

『ぼくの、マシン―ゼロ年代日本SFベスト集成 S』（創元SF文庫）東京創元社 2010.10 ①978-4-488-73801-3

佐々木 喜善　ささき・きぜん

縁女綺聞

『夢魔は蠢く―文豪怪談傑作選・明治篇』（ちくま文庫）筑摩書房 2011.7 ①978-4-480-42847-9

奥州のザシキワラシの話（抄）

『文豪てのひら怪談』（ポプラ文庫）ポプラ社 2009.8 ①978-4-591-11104-8

喜善夢日記

『夢魔は蠢く―文豪怪談傑作選・明治篇』（ちくま文庫）筑摩書房 2011.7 ①978-4-480-42847-9

長靴

『夢魔は蠢く―文豪怪談傑作選・明治篇』（ちくま文庫）筑摩書房 2011.7 ①978-4-480-42847-9

佐々木 禎子　ささき・さだこ

夜の虹

『となりのもののけさん』（ポプラ文庫ピュアフル）ポプラ社 2014.9 ①978-4-591-14128-1

佐々木 淳一　ささき・じゅんいち

北の王

『ゆきのまち幻想文学賞小品集 19 雪の反転鏡』企画集団ぷりずむ 2010.3 ①978-4-906691-32-6

佐々木 ゆう　ささき・ゆう

鉢頭摩

『江戸迷宮―異形コレクション』（光文社文庫）光文社 2011.1 ①978-4-334-74901-9

笹沢 左保　ささざわ・さほ

老人の予言

『異形の白昼―恐怖小説集』（ちくま文庫）筑摩書房 2013.9 ①978-4-480-43092-2

佐々原 史緒　ささはら・しお

「彼女はそこにいる」

『ホラーアンソロジー 2 "黒"』（ファミ通文庫）エンターブレイン 2012.9 ①978-4-04-728298-8

笹本 祐一　ささもと・ゆういち

終わりなき戦い 中編

『Ariel 10』（ソノラマノベルス）朝日新聞社 2011.5 ①978-4-02-273855-4

帰還軌道

『Ariel 10』（ソノラマノベルス）朝日新聞社 2011.5 ①978-4-02-273855-4

グランド・フィナーレ

『Ariel 10』（ソノラマノベルス）朝日新聞社 2011.5 ①978-4-02-273855-4

国連脱出作戦

『Ariel 10』（ソノラマノベルス）朝日新聞社 2011.5 ①978-4-02-273855-4

SCEBAI最終決戦

『Ariel 10』（ソノラマノベルス）朝日新聞社 2011.5 ①978-4-02-273855-4

星へ続く道

『Ariel 10』（ソノラマノベルス）朝日新聞社 2011.5 ①978-4-02-273855-4

四枚目の星図

『マップス・シェアードワールド 2 天翔る船』（GA文庫）ソフトバンククリエイティブ 2009.2 ①978-4-7973-5271-9

佐竹 美映　さたけ・みえ

シベリア幻記
『ゆきのまち幻想文学賞小品集　19　雪の反転鏡』　企画集団ぷりずむ　2010.3　①978-4-906691-32-6

さたな きあ

異常、ナシ！
『とてつもなく怖い話』（ワニ文庫）ベストセラーズ　2009.7　①978-4-584-30877-6

踊り場にて
『とてつもなく怖い話』（ワニ文庫）ベストセラーズ　2009.7　①978-4-584-30877-6

玄関に近寄れない
『とてつもなく怖い話』（ワニ文庫）ベストセラーズ　2009.7　①978-4-584-30877-6

時間差
『とてつもなく怖い話』（ワニ文庫）ベストセラーズ　2009.7　①978-4-584-30877-6

砂場の子
『とてつもなく怖い話』（ワニ文庫）ベストセラーズ　2009.7　①978-4-584-30877-6

そこには何かが 1
『とてつもなく怖い話』（ワニ文庫）ベストセラーズ　2009.7　①978-4-584-30877-6

そこには何かが 2
『とてつもなく怖い話』（ワニ文庫）ベストセラーズ　2009.7　①978-4-584-30877-6

駐輪場閉鎖
『とてつもなく怖い話』（ワニ文庫）ベストセラーズ　2009.7　①978-4-584-30877-6

箱の中身
『とてつもなく怖い話』（ワニ文庫）ベストセラーズ　2009.7　①978-4-584-30877-6

ハサミの家
『とてつもなく怖い話』（ワニ文庫）ベストセラーズ　2009.7　①978-4-584-30877-6

見知らぬ顔
『とてつもなく怖い話』（ワニ文庫）ベストセラーズ　2009.7　①978-4-584-30877-6

闇汁の会
『とてつもなく怖い話』（ワニ文庫）ベストセラーズ　2009.7　①978-4-584-30877-6

呼び出し音
『とてつもなく怖い話』（ワニ文庫）ベストセラーズ　2009.7　①978-4-584-30877-6

夜のドライブ
『とてつもなく怖い話』（ワニ文庫）ベストセラーズ　2009.7　①978-4-584-30877-6

佐藤 さとる　さとう・さとる

赤んぼ大将山へいく
『佐藤さとるファンタジー全集　9　赤んぼ大将　復刊』　講談社　2011.1　①978-4-8354-4551-9

あっちゃんのよんだ雨
『佐藤さとるファンタジー全集　13　ぼくは魔法学校三年生』　講談社　2011.3　①978-4-8354-4555-7

雨降り小僧
『佐藤さとるファンタジー全集　12　いたちの手紙』　講談社　2011.2　①978-4-8354-4554-0

イサムの飛行機
『佐藤さとるファンタジー全集　8　おばあさんの飛行機』　講談社　2010.12　①978-4-8354-4550-2

いじめっ子が二人
『佐藤さとるファンタジー全集　12　いたちの手紙』　講談社　2011.2　①978-4-8354-4554-0

いたちの手紙
『佐藤さとるファンタジー全集　12　いたちの手紙』　講談社　2011.2　①978-4-8354-4554-0

井戸のある谷間
『佐藤さとる童話集』（ハルキ文庫）角川春樹事務所　2010.7　①978-4-7584-3489-8

『佐藤さとるファンタジー全集　11　わんぱく天国』　講談社　2011.2　①978-4-8354-4553-3

宇宙からきたかんづめ
『佐藤さとるファンタジー全集　6　そこなし森の話』　講談社　2010.11　①978-4-8354-4548-9

佐藤さとる

宇宙からきたみつばち
『佐藤さとる童話集』(ハルキ文庫) 角川春樹事務所 2010.7 ①978-4-7584-3489-8

『佐藤さとるファンタジー全集 6 そこなし森の話』 講談社 2010.11 ①978-4-8354-4548-9

海へいった赤んぼ大将
『佐藤さとるファンタジー全集 9 赤んぼ大将 復刊』 講談社 2011.1 ①978-4-8354-4551-9

海が消える
『佐藤さとるファンタジー全集 14 名なしの童子』 講談社 2011.3 ①978-4-8354-4556-4

えんぴつ太郎の冒険
『佐藤さとるファンタジー全集 8 おばあさんの飛行機』 講談社 2010.12 ①978-4-8354-4550-2

大男と小人
『佐藤さとるファンタジー全集 14 名なしの童子』 講談社 2011.3 ①978-4-8354-4556-4

大きな木がほしい
『佐藤さとるファンタジー全集 14 名なしの童子』 講談社 2011.3 ①978-4-8354-4556-4

お母さんの宝もの
『佐藤さとるファンタジー全集 14 名なしの童子』 講談社 2011.3 ①978-4-8354-4556-4

おじいさんの石
『ふしぎな話』(はじめてよむ童話集) 大月書店 2011.1 ①978-4-272-40823-8

『佐藤さとるファンタジー全集 14 名なしの童子』 講談社 2011.3 ①978-4-8354-4556-4

おしゃべり湯わかし
『佐藤さとるファンタジー全集 8 おばあさんの飛行機』 講談社 2010.12 ①978-4-8354-4550-2

鬼の話
『佐藤さとる童話集』(ハルキ文庫) 角川春樹事務所 2010.7 ①978-4-7584-3489-8

『佐藤さとるファンタジー全集 13 ぼくは魔法学校三年生』 講談社 2011.3 ①978-4-8354-4555-7

おばあさんの飛行機
『佐藤さとるファンタジー全集 8 おばあさんの飛行機』 講談社 2010.12 ①978-4-8354-4550-2

お化けのかんづめ
『佐藤さとるファンタジー全集 6 そこなし森の話』 講談社 2010.11 ①978-4-8354-4548-9

開かずの間
『佐藤さとるファンタジー全集 12 いたちの手紙』 講談社 2011.2 ①978-4-8354-4554-0

帰ってきた大男
『佐藤さとるファンタジー全集 13 ぼくは魔法学校三年生』 講談社 2011.3 ①978-4-8354-4555-7

かくれんぼ
『佐藤さとるファンタジー全集 14 名なしの童子』 講談社 2011.3 ①978-4-8354-4556-4

かぜにもらったゆめ
『佐藤さとるファンタジー全集 13 ぼくは魔法学校三年生』 講談社 2011.3 ①978-4-8354-4555-7

風の子と焚き火
『佐藤さとるファンタジー全集 13 ぼくは魔法学校三年生』 講談社 2011.3 ①978-4-8354-4555-7

カッパと三日月
『佐藤さとるファンタジー全集 6 そこなし森の話』 講談社 2010.11 ①978-4-8354-4548-9

角ン童子
『佐藤さとる童話集』(ハルキ文庫) 角川春樹事務所 2010.7 ①978-4-7584-3489-8

『佐藤さとるファンタジー全集 13 ぼくは魔法学校三年生』 講談社 2011.3 ①978-4-8354-4555-7

壁の中
『佐藤さとる童話集』(ハルキ文庫) 角川春樹事務所 2010.7 ①978-4-7584-3489-8

『佐藤さとるファンタジー全集 14 名なしの童子』 講談社 2011.3 ①978-4-8354-4556-4

カラッポの話
『佐藤さとるファンタジー全集 6 そこなし森の話』 講談社 2010.11 ①978-4-8354-4548-9

きつね三吉
『佐藤さとる童話集』(ハルキ文庫) 角川春樹事務所 2010.7 ⓘ978-4-7584-3489-8
『佐藤さとるファンタジー全集 6 そこなし森の話』 講談社 2010.11 ⓘ978-4-8354-4548-9

寓話
『佐藤さとるファンタジー全集 10 ジュンと秘密の友だち 復刊』 講談社 2011.1 ⓘ978-4-8354-4552-6

口笛を吹くねこ
『佐藤さとるファンタジー全集 10 ジュンと秘密の友だち 復刊』 講談社 2011.1 ⓘ978-4-8354-4552-6

グラムくん
『おもしろいお話10分読書 めやす小学4年』 教学研究社 2011 ⓘ978-4-318-00984-9
『佐藤さとるファンタジー全集 14 名なしの童子』 講談社 2011.3 ⓘ978-4-8354-4556-4

くりみたろう
『佐藤さとるファンタジー全集 12 いたちの手紙』 講談社 2011.2 ⓘ978-4-8354-4554-0

小鬼がくるとき
『佐藤さとるファンタジー全集 14 名なしの童子』 講談社 2011.3 ⓘ978-4-8354-4556-4

こおろぎとお客さま
『佐藤さとるファンタジー全集 12 いたちの手紙』 講談社 2011.2 ⓘ978-4-8354-4554-0

この先ゆきどまり
『佐藤さとる童話集』(ハルキ文庫) 角川春樹事務所 2010.7 ⓘ978-4-7584-3489-8
『佐藤さとるファンタジー全集 13 ぼくは魔法学校三年生』 講談社 2011.3 ⓘ978-4-8354-4555-7

コロボックルと紙の飛行機
『佐藤さとるファンタジー全集 7 てのひら島はどこにある』 講談社 2010.12 ⓘ978-4-8354-4549-6

コロボックルと時計
『佐藤さとるファンタジー全集 7 てのひら島はどこにある』 講談社 2010.12 ⓘ978-4-8354-4549-6

コロボックルのトコちゃん
『佐藤さとるファンタジー全集 7 てのひら島はどこにある』 講談社 2010.12 ⓘ978-4-8354-4549-6

散歩にいこうよ
『佐藤さとるファンタジー全集 12 いたちの手紙』 講談社 2011.2 ⓘ978-4-8354-4554-0

四角い虫の話
『佐藤さとるファンタジー全集 6 そこなし森の話』 講談社 2010.11 ⓘ978-4-8354-4548-9

じゃんけんねこ 勝ち話
『佐藤さとるファンタジー全集 10 ジュンと秘密の友だち 復刊』 講談社 2011.1 ⓘ978-4-8354-4552-6

じゃんけんねこ 負け話
『佐藤さとるファンタジー全集 10 ジュンと秘密の友だち 復刊』 講談社 2011.1 ⓘ978-4-8354-4552-6

ジュンと秘密の友だち
『佐藤さとるファンタジー全集 10 ジュンと秘密の友だち 復刊』 講談社 2011.1 ⓘ978-4-8354-4552-6

そこなし森の話
『佐藤さとる童話集』(ハルキ文庫) 角川春樹事務所 2010.7 ⓘ978-4-7584-3489-8
『佐藤さとるファンタジー全集 6 そこなし森の話』 講談社 2010.11 ⓘ978-4-8354-4548-9

だいだらぼっち
『佐藤さとるファンタジー全集 13 ぼくは魔法学校三年生』 講談社 2011.3 ⓘ978-4-8354-4555-7

太一くんの工場
『佐藤さとるファンタジー全集 14 名なしの童子』 講談社 2011.3 ⓘ978-4-8354-4556-4

太一の机
『佐藤さとるファンタジー全集 8 おばあさんの飛行機』 講談社 2010.12 ⓘ978-4-8354-4550-2

タケオくんの電信柱
『佐藤さとるファンタジー全集 13 ぼくは魔法学校三年生』 講談社 2011.3 ⓘ978-4-8354-4555-7

タツオの島
『佐藤さとるファンタジー全集 10 ジュンと秘密の友だち 復刊』 講談社 2011.1 ⓘ978-4-8354-4552-6

タッちゃんと奴だこ
『佐藤さとるファンタジー全集 8 おばあさんの飛行機』 講談社 2010.12 ①978-4-8354-4550-2

小さな竜巻
『佐藤さとるファンタジー全集 8 おばあさんの飛行機』 講談社 2010.12 ①978-4-8354-4550-2

机の上の運動会
『佐藤さとるファンタジー全集 8 おばあさんの飛行機』 講談社 2010.12 ①978-4-8354-4550-2

机の上の古いポスト
『佐藤さとるファンタジー全集 8 おばあさんの飛行機』 講談社 2010.12 ①978-4-8354-4550-2

机の神さま
『佐藤さとるファンタジー全集 8 おばあさんの飛行機』 講談社 2010.12 ①978-4-8354-4550-2

椿の木から
『佐藤さとるファンタジー全集 14 名なしの童子』 講談社 2011.3 ①978-4-8354-4556-4

てのひら島はどこにある
『佐藤さとるファンタジー全集 7 てのひら島はどこにある』 講談社 2010.12 ①978-4-8354-4549-6

天からふってきた犬
『佐藤さとるファンタジー全集 6 そこなし森の話』 講談社 2010.11 ①978-4-8354-4548-9

遠い星から
『佐藤さとるファンタジー全集 6 そこなし森の話』 講談社 2010.11 ①978-4-8354-4548-9

友だち
『佐藤さとるファンタジー全集 13 ぼくは魔法学校三年生』 講談社 2011.3 ①978-4-8354-4555-7

とりかえっこ
『佐藤さとるファンタジー全集 12 いたちの手紙』 講談社 2011.2 ①978-4-8354-4554-0

どんぐりたろう
『佐藤さとるファンタジー全集 12 いたちの手紙』 講談社 2011.2 ①978-4-8354-4554-0

名なしの童子
『佐藤さとる童話集』(ハルキ文庫) 角川春樹事務所 2010.7 ①978-4-7584-3489-8
『佐藤さとるファンタジー全集 14 名なしの童子』 講談社 2011.3 ①978-4-8354-4556-4

なまけものの時計
『佐藤さとるファンタジー全集 8 おばあさんの飛行機』 講談社 2010.12 ①978-4-8354-4550-2

人形のすきな男の子
『ヒノキノヒコのかくれ家 人形のすきな男の子——もうひとつのコロボックル物語』 講談社 2009.9 ①978-4-06-215785-8
『佐藤さとるファンタジー全集 7 てのひら島はどこにある』 講談社 2010.12 ①978-4-8354-4549-6

ネコの盆踊り
『佐藤さとるファンタジー全集 6 そこなし森の話』 講談社 2010.11 ①978-4-8354-4548-9

ねずみの町の一年生
『佐藤さとるファンタジー全集 6 そこなし森の話』 講談社 2010.11 ①978-4-8354-4548-9

ネムリコの話
『佐藤さとるファンタジー全集 14 名なしの童子』 講談社 2011.3 ①978-4-8354-4556-4

箱の中の山
『佐藤さとるファンタジー全集 12 いたちの手紙』 講談社 2011.2 ①978-4-8354-4554-0

はごろも
『佐藤さとるファンタジー全集 8 おばあさんの飛行機』 講談社 2010.12 ①978-4-8354-4550-2

はさみが歩いた話
『佐藤さとるファンタジー全集 8 おばあさんの飛行機』 講談社 2010.12 ①978-4-8354-4550-2

ヒノキノヒコのかくれ家
『ヒノキノヒコのかくれ家 人形のすきな男の子——もうひとつのコロボックル物語』 講談社 2009.9 ①978-4-06-215785-8

秘密のかたつむり号
『佐藤さとるファンタジー全集 11　わんぱく天国』講談社　2011.2　①978-4-8354-4553-3

百番めのぞうがくる
『佐藤さとるファンタジー全集 8　おばあさんの飛行機』講談社　2010.12　①978-4-8354-4550-2

百万人にひとり
『百万人にひとり　へんな子―もうひとつのコロボックル物語』講談社　2009.9　①978-4-06-215784-1

『佐藤さとるファンタジー全集 7　てのひら島はどこにある』講談社　2010.12　①978-4-8354-4549-6

不思議な音がきこえる
『佐藤さとるファンタジー全集 14　名なしの童子』講談社　2011.3　①978-4-8354-4556-4

不思議なおばあさん
『佐藤さとるファンタジー全集 13　ぼくは魔法学校三年生』講談社　2011.3　①978-4-8354-4555-7

不思議な不思議な長靴
『佐藤さとるファンタジー全集 8　おばあさんの飛行機』講談社　2010.12　①978-4-8354-4550-2

富士山を見にきた魔法使い
『佐藤さとるファンタジー全集 6　そこなし森の話』講談社　2010.11　①978-4-8354-4548-9

へんな子
『百万人にひとり　へんな子―もうひとつのコロボックル物語』講談社　2009.9　①978-4-06-215784-1

『佐藤さとるファンタジー全集 7　てのひら島はどこにある』講談社　2010.12　①978-4-8354-4549-6

ぼくのイヌくろべえ
『佐藤さとるファンタジー全集 12　いたちの手紙』講談社　2011.2　①978-4-8354-4554-0

ぼくのおばけ
『佐藤さとる童話集』(ハルキ文庫)角川春樹事務所　2010.7　①978-4-7584-3489-8

『佐藤さとるファンタジー全集 10　ジュンと秘密の友だち　復刊』講談社　2011.1　①978-4-8354-4552-6

ぼくのおもちゃばこ
『佐藤さとるファンタジー全集 14　名なしの童子』講談社　2011.3　①978-4-8354-4556-4

ぼくの家来になれ
『佐藤さとるファンタジー全集 12　いたちの手紙』講談社　2011.2　①978-4-8354-4554-0

ぼくの机はぼくの国
『佐藤さとるファンタジー全集 8　おばあさんの飛行機』講談社　2010.12　①978-4-8354-4550-2

ぼくは魔法学校三年生
『佐藤さとるファンタジー全集 13　ぼくは魔法学校三年生』講談社　2011.3　①978-4-8354-4555-7

ポケットだらけの服
『佐藤さとるファンタジー全集 14　名なしの童子』講談社　2011.3　①978-4-8354-4556-4

ポストの話
『佐藤さとるファンタジー全集 13　ぼくは魔法学校三年生』講談社　2011.3　①978-4-8354-4555-7

まいごのおばけ
『佐藤さとるファンタジー全集 10　ジュンと秘密の友だち　復刊』講談社　2011.1　①978-4-8354-4552-6

まいごのかめ
『佐藤さとるファンタジー全集 10　ジュンと秘密の友だち　復刊』講談社　2011.1　①978-4-8354-4552-6

マコト君と不思議な椅子
『佐藤さとるファンタジー全集 8　おばあさんの飛行機』講談社　2010.12　①978-4-8354-4550-2

魔法のチョッキ
『佐藤さとるファンタジー全集 13　ぼくは魔法学校三年生』講談社　2011.3　①978-4-8354-4555-7

魔法のはしご
『佐藤さとるファンタジー全集 14　名なしの童子』講談社　2011.3　①978-4-8354-4556-4

魔法の町の裏通り
『佐藤さとるファンタジー全集　13　ぼくは魔法学校三年生』講談社　2011.3　①978-4-8354-4555-7

まめだぬき
『佐藤さとるファンタジー全集　6　そこなし森の話』講談社　2010.11　①978-4-8354-4548-9

水のトンネル
『佐藤さとるファンタジー全集　13　ぼくは魔法学校三年生』講談社　2011.3　①978-4-8354-4555-7

山寺のおしょうさん
『佐藤さとるファンタジー全集　6　そこなし森の話』講談社　2010.11　①978-4-8354-4548-9

夢二つ
『佐藤さとる童話集』（ハルキ文庫）角川春樹事務所　2010.7　①978-4-7584-3489-8

『佐藤さとるファンタジー全集　14　名なしの童子』講談社　2011.3　①978-4-8354-4556-4

ヨットのチューリップ号
『佐藤さとるファンタジー全集　14　名なしの童子』講談社　2011.3　①978-4-8354-4556-4

竜宮の水がめ
『佐藤さとるファンタジー全集　8　おばあさんの飛行機』講談社　2010.12　①978-4-8354-4550-2

龍のたまご
『佐藤さとる童話集』（ハルキ文庫）角川春樹事務所　2010.7　①978-4-7584-3489-8

『佐藤さとるファンタジー全集　6　そこなし森の話』講談社　2010.11　①978-4-8354-4548-9

里謡二題
『佐藤さとるファンタジー全集　13　ぼくは魔法学校三年生』講談社　2011.3　①978-4-8354-4555-7

ろばの耳の王様後日物語
『佐藤さとるファンタジー全集　6　そこなし森の話』講談社　2010.11　①978-4-8354-4548-9

わすれんぼの話
『佐藤さとるファンタジー全集　12　いたちの手紙』講談社　2011.2　①978-4-8354-4554-0

わんぱく天国
『佐藤さとるファンタジー全集　11　わんぱく天国』講談社　2011.2　①978-4-8354-4553-3

佐藤　中陵　さとう・しげひろ

石妖
『江戸奇談怪談集』（ちくま学芸文庫）筑摩書房　2012.11　①978-4-480-09488-9

中陵漫録
『江戸奇談怪談集』（ちくま学芸文庫）筑摩書房　2012.11　①978-4-480-09488-9

徳七天狗談
『江戸奇談怪談集』（ちくま学芸文庫）筑摩書房　2012.11　①978-4-480-09488-9

猫の話
『江戸奇談怪談集』（ちくま学芸文庫）筑摩書房　2012.11　①978-4-480-09488-9

芭蕉の精
『江戸奇談怪談集』（ちくま学芸文庫）筑摩書房　2012.11　①978-4-480-09488-9

佐藤　青南　さとう・せいなん

私のカレーライス
『10分間（じゅっぷんかん）ミステリー』（宝島社文庫〔このミス大賞〕）宝島社　2012.2　①978-4-7966-8712-6

『5分で凍る！　ぞっとする怖い話』（宝島社文庫）宝島社　2015.5　①978-4-8002-4039-2

佐藤　大輔　さとう・だいすけ

皇国の守護者 2 勝利なき名誉
『皇国の守護者　2　勝利なき名誉』（中公文庫）中央公論新社　2013.8　①978-4-12-205828-6

はじめにみえたもの
『皇国の守護者　2　勝利なき名誉』（中公文庫）中央公論新社　2013.8　①978-4-12-205828-6

佐藤 春夫　さとう・はるお

青白い熱情
『新編・日本幻想文学集成　5』　国書刊行会　2017.2　①978-4-336-06030-3

あじさい
『たそがれの人間―佐藤春夫怪異小品集』（平凡社ライブラリー）平凡社　2015.7　①978-4-582-76830-5

美しき町
『新編・日本幻想文学集成　5』　国書刊行会　2017.2　①978-4-336-06030-3

海辺の望楼にて
『新編・日本幻想文学集成　5』　国書刊行会　2017.2　①978-4-336-06030-3

阿満と竹渓和尚―「打出の小槌」より
『たそがれの人間―佐藤春夫怪異小品集』（平凡社ライブラリー）平凡社　2015.7　①978-4-582-76830-5

怪談
『たそがれの人間―佐藤春夫怪異小品集』（平凡社ライブラリー）平凡社　2015.7　①978-4-582-76830-5

観潮楼門前の家―「青春期の自画像」より <11>
『たそがれの人間―佐藤春夫怪異小品集』（平凡社ライブラリー）平凡社　2015.7　①978-4-582-76830-5

奇妙な小話
『新編・日本幻想文学集成　5』　国書刊行会　2017.2　①978-4-336-06030-3

熊野灘の漁夫人魚を捕えし話
『たそがれの人間―佐藤春夫怪異小品集』（平凡社ライブラリー）平凡社　2015.7　①978-4-582-76830-5

形影問答
『新編・日本幻想文学集成　5』　国書刊行会　2017.2　①978-4-336-06030-3

月光異聞
『たそがれの人間―佐藤春夫怪異小品集』（平凡社ライブラリー）平凡社　2015.7　①978-4-582-76830-5

鸛（蒲松齢作, 佐藤春夫訳）
『文豪てのひら怪談』（ポプラ文庫）ポプラ社　2009.8　①978-4-591-11104-8

コメット・X―シルクハットもギタアもくれる男
『たそがれの人間―佐藤春夫怪異小品集』（平凡社ライブラリー）平凡社　2015.7　①978-4-582-76830-5

山妖海異
『たそがれの人間―佐藤春夫怪異小品集』（平凡社ライブラリー）平凡社　2015.7　①978-4-582-76830-5

シナノキツネ胡養神ノハナシ
『たそがれの人間―佐藤春夫怪異小品集』（平凡社ライブラリー）平凡社　2015.7　①978-4-582-76830-5

指紋
『新編・日本幻想文学集成　5』　国書刊行会　2017.2　①978-4-336-06030-3

春宵綺談
『たそがれの人間―佐藤春夫怪異小品集』（平凡社ライブラリー）平凡社　2015.7　①978-4-582-76830-5

女誡扇奇譚
『幻妖の水脈―日本幻想文学大全』（ちくま文庫）筑摩書房　2013.9　①978-4-480-43111-0

黄昏の殺人
『新編・日本幻想文学集成　5』　国書刊行会　2017.2　①978-4-336-06030-3

たそがれの人間
『たそがれの人間―佐藤春夫怪異小品集』（平凡社ライブラリー）平凡社　2015.7　①978-4-582-76830-5

楽しき夏の夜
『新編・日本幻想文学集成　5』　国書刊行会　2017.2　①978-4-336-06030-3

月かげ
『新編・日本幻想文学集成　5』　国書刊行会　2017.2　①978-4-336-06030-3

椿の家―「打出の小槌」より
『たそがれの人間―佐藤春夫怪異小品集』（平凡社ライブラリー）平凡社　2015.7　①978-4-582-76830-5

『鉄砲左平次』序にも一つ
『たそがれの人間―佐藤春夫怪異小品集』（平凡社ライブラリー）平凡社　2015.7　①978-4-582-76830-5

道灌山―えたいの知れぬ話
『たそがれの人間―佐藤春夫怪異小品集』
（平凡社ライブラリー）平凡社 2015.7
①978-4-582-76830-5

永く相おもふ―或は「ゆめみるひと」
『たそがれの人間―佐藤春夫怪異小品集』
（平凡社ライブラリー）平凡社 2015.7
①978-4-582-76830-5

化物屋敷
『たそがれの人間―佐藤春夫怪異小品集』
（平凡社ライブラリー）平凡社 2015.7
①978-4-582-76830-5

『見た人の怪談集』（河出文庫）河出書房新社
2016.5 ①978-4-309-41450-8

化け物屋敷一号―「詩文半世紀」より
『たそがれの人間―佐藤春夫怪異小品集』
（平凡社ライブラリー）平凡社 2015.7
①978-4-582-76830-5

柱時計に噛まれた話
『たそがれの人間―佐藤春夫怪異小品集』
（平凡社ライブラリー）平凡社 2015.7
①978-4-582-76830-5

薔薇を恋する話
『新編・日本幻想文学集成 5』国書刊行会
2017.2 ①978-4-336-06030-3

蛇
『たそがれの人間―佐藤春夫怪異小品集』
（平凡社ライブラリー）平凡社 2015.7
①978-4-582-76830-5

へんな夢
『たそがれの人間―佐藤春夫怪異小品集』
（平凡社ライブラリー）平凡社 2015.7
①978-4-582-76830-5

歩上異象
『たそがれの人間―佐藤春夫怪異小品集』
（平凡社ライブラリー）平凡社 2015.7
①978-4-582-76830-5

魔のもの―Folk Tales
『たそがれの人間―佐藤春夫怪異小品集』
（平凡社ライブラリー）平凡社 2015.7
①978-4-582-76830-5

『新編・日本幻想文学集成 5』国書刊行会
2017.2 ①978-4-336-06030-3

魔のもの（抄）
『文豪てのひら怪談』（ポプラ文庫）ポプラ社
2009.8 ①978-4-591-11104-8

山の日記から
『たそがれの人間―佐藤春夫怪異小品集』
（平凡社ライブラリー）平凡社 2015.7
①978-4-582-76830-5

幽香嬰女伝
『私は幽霊を見た―現代怪談実話傑作選』（MF文庫ダ・ヴィンチ）メディアファクトリー
2012.8 ①978-4-8401-4687-6

『たそがれの人間―佐藤春夫怪異小品集』
（平凡社ライブラリー）平凡社 2015.7
①978-4-582-76830-5

幽明―この小篇を島田謹二氏にささぐ
『たそがれの人間―佐藤春夫怪異小品集』
（平凡社ライブラリー）平凡社 2015.7
①978-4-582-76830-5

夢に荷風先生を見る記
『たそがれの人間―佐藤春夫怪異小品集』
（平凡社ライブラリー）平凡社 2015.7
①978-4-582-76830-5

緑衣の少女―聊斎志異 巻8 緑衣女
『たそがれの人間―佐藤春夫怪異小品集』
（平凡社ライブラリー）平凡社 2015.7
①978-4-582-76830-5

私の父が狸と格闘をした話
『たそがれの人間―佐藤春夫怪異小品集』
（平凡社ライブラリー）平凡社 2015.7
①978-4-582-76830-5

佐藤 友哉　さとう・ゆうや

赤色のモスコミュール
『灰色のダイエットコカコーラ』（星海社文庫）
星海社 2013.11 ①978-4-06-138960-1

黒色のポカリスエット
『灰色のダイエットコカコーラ』（星海社文庫）
星海社 2013.11 ①978-4-06-138960-1

虹色のダイエットコカコーラレモン
『灰色のダイエットコカコーラ』（星海社文庫）
星海社 2013.11 ①978-4-06-138960-1

灰色のダイエットコカコーラ
『灰色のダイエットコカコーラ』（星海社文庫）
星海社 2013.11 ①978-4-06-138960-1

佐野 史郎　さの・しろう

ナミ
『怪獣文藝』（幽ブックス）　メディアファクトリー　2013.3　①978-4-8401-5144-3

佐野 橙子　さの・とうこ

ことだまひろい
『ゆきのまち幻想文学賞小品集　20　もうひとつの階段』　企画集団ぷりずむ　2011.4　①978-4-906691-37-1

佐野 優香里　さの・ゆかり

ギモーヴ
『小さな魔法の降る日に―ゆきのまち幻想文学賞小品集　25』　企画集団ぷりずむ　2015.10　①978-4-906691-55-5

沙門 了意　さもん・りょうい

愛執の蝸虫
『江戸奇談怪談集』（ちくま学芸文庫）　筑摩書房　2012.11　①978-4-480-09488-9

狗張子
『江戸奇談怪談集』（ちくま学芸文庫）　筑摩書房　2012.11　①978-4-480-09488-9

死して二人となる
『江戸奇談怪談集』（ちくま学芸文庫）　筑摩書房　2012.11　①978-4-480-09488-9

男郎花
『江戸奇談怪談集』（ちくま学芸文庫）　筑摩書房　2012.11　①978-4-480-09488-9

沢野 ひとし　さわの・ひとし

縦走路の女
『山の怪談』　河出書房新社　2017.8　①978-4-309-22710-8

慙雪舎 素及　ざんせつしゃ・そきゅう

怪談登志男
『江戸奇談怪談集』（ちくま学芸文庫）　筑摩書房　2012.11　①978-4-480-09488-9

濡衣の地蔵
『江戸奇談怪談集』（ちくま学芸文庫）　筑摩書房　2012.11　①978-4-480-09488-9

白昼の幽霊
『江戸奇談怪談集』（ちくま学芸文庫）　筑摩書房　2012.11　①978-4-480-09488-9

三遊亭 圓朝　さんゆうてい・えんちょう

怪談阿三の森
『あやかしの深川―受け継がれる怪異な土地の物語』　猿江商會　2016.7　①978-4-908260-05-6

百物語
『夢魔は蠢く―文豪怪談傑作選・明治篇』（ちくま文庫）　筑摩書房　2011.7　①978-4-480-42847-9

椎津 くみ　しいづ・くみ

ある研究所による調査報告―神通力覚書より
『月代兄弟怪異譚』　文芸社　2011.2　①978-4-286-10431-7

十六夜
『月代兄弟怪異譚』　文芸社　2011.2　①978-4-286-10431-7

逢魔が時
『月代兄弟怪異譚』　文芸社　2011.2　①978-4-286-10431-7

朧月夜
『月代兄弟怪異譚』　文芸社　2011.2　①978-4-286-10431-7

かくれんぼ
『月代兄弟怪異譚』　文芸社　2011.2　①978-4-286-10431-7

かごめかごめ
『月代兄弟怪異譚』　文芸社　2011.2　①978-4-286-10431-7

ことの葉
『月代兄弟怪異譚』 文芸社　2011.2　①978-4-286-10431-7

桜さくら
『月代兄弟怪異譚』 文芸社　2011.2　①978-4-286-10431-7

通りゃんせ
『月代兄弟怪異譚』 文芸社　2011.2　①978-4-286-10431-7

野分
『月代兄弟怪異譚』 文芸社　2011.2　①978-4-286-10431-7

初月
『月代兄弟怪異譚』 文芸社　2011.2　①978-4-286-10431-7

花いちもんめ
『月代兄弟怪異譚』 文芸社　2011.2　①978-4-286-10431-7

ほたる来い
『月代兄弟怪異譚』 文芸社　2011.2　①978-4-286-10431-7

まつ宵
『月代兄弟怪異譚』 文芸社　2011.2　①978-4-286-10431-7

夕月夜
『月代兄弟怪異譚』 文芸社　2011.2　①978-4-286-10431-7

夢うつつ
『月代兄弟怪異譚』 文芸社　2011.2　①978-4-286-10431-7

夢花火
『月代兄弟怪異譚』 文芸社　2011.2　①978-4-286-10431-7

椎名　誠　しいな・まこと

青野浩の優雅でもなければ退屈でもないありふれた午後
『超常小説ベストセレクション　2　水の上で火が踊る』 柏艪舎　2012.5　①978-4-434-16635-8

赤蜘蛛
『ひとつ目女』（文春文庫） 文藝春秋　2011.11　①978-4-16-733433-8

赤腹のむし
『椎名誠 超常小説ベストセレクション』（角川文庫） 角川書店　2016.11　①978-4-04-104769-9

香脂鮋
『ひとつ目女』（文春文庫） 文藝春秋　2011.11　①978-4-16-733433-8

雨がやんだら
『超常小説ベストセレクション　1　月の夜のわらい猫』 柏艪舎　2012.5　①978-4-434-16634-1

『椎名誠 超常小説ベストセレクション』（角川文庫） 角川書店　2016.11　①978-4-04-104769-9

いそしぎ
『不思議の扉―ありえない恋』（角川文庫） 角川書店　2011.2　①978-4-04-394372-2

『超常小説ベストセレクション　2　水の上で火が踊る』 柏艪舎　2012.5　①978-4-434-16635-8

『椎名誠 超常小説ベストセレクション』（角川文庫） 角川書店　2016.11　①978-4-04-104769-9

胃袋を買いに。
『超常小説ベストセレクション　1　月の夜のわらい猫』 柏艪舎　2012.5　①978-4-434-16634-1

『椎名誠 超常小説ベストセレクション』（角川文庫） 角川書店　2016.11　①978-4-04-104769-9

蚊
『超常小説ベストセレクション　1　月の夜のわらい猫』 柏艪舎　2012.5　①978-4-434-16634-1

『椎名誠 超常小説ベストセレクション』（角川文庫） 角川書店　2016.11　①978-4-04-104769-9

考える巨人
『超常小説ベストセレクション　1　月の夜のわらい猫』 柏艪舎　2012.5　①978-4-434-16634-1

くじ
『椎名誠 超常小説ベストセレクション』（角川文庫） 角川書店　2016.11　①978-4-04-104769-9

ぐじ
『超常小説ベストセレクション　2　水の上で火が踊る』 柏艪舎　2012.5　①978-4-434-16635-8

管水母

『超常小説ベストセレクション　1　月の夜のわらい猫』　柏艪舎　2012.5　①978-4-434-16634-1

海月狩り

『椎名誠　超常小説ベストセレクション』（角川文庫）角川書店　2016.11　①978-4-04-104769-9

餛飩商売

『超常小説ベストセレクション　1　月の夜のわらい猫』　柏艪舎　2012.5　①978-4-434-16634-1

『椎名誠　超常小説ベストセレクション』（角川文庫）角川書店　2016.11　①978-4-04-104769-9

三角州

『超常小説ベストセレクション　2　水の上で火が踊る』　柏艪舎　2012.5　①978-4-434-16635-8

醜女蔓

『ひとつ目女』（文春文庫）文藝春秋　2011.11　①978-4-16-733433-8

水域

『超常小説ベストセレクション　1　月の夜のわらい猫』　柏艪舎　2012.5　①978-4-434-16634-1

スキヤキ

『椎名誠　超常小説ベストセレクション』（角川文庫）角川書店　2016.11　①978-4-04-104769-9

生還

『超常小説ベストセレクション　1　月の夜のわらい猫』　柏艪舎　2012.5　①978-4-434-16634-1

抱貝

『椎名誠　超常小説ベストセレクション』（角川文庫）角川書店　2016.11　①978-4-04-104769-9

中国の鳥人

『椎名誠　超常小説ベストセレクション』（角川文庫）角川書店　2016.11　①978-4-04-104769-9

突進

『超常小説ベストセレクション　2　水の上で火が踊る』　柏艪舎　2012.5　①978-4-434-16635-8

飛ぶ男

『椎名誠　超常小説ベストセレクション』（角川文庫）角川書店　2016.11　①978-4-04-104769-9

ニワトリ

『椎名誠　超常小説ベストセレクション』（角川文庫）角川書店　2016.11　①978-4-04-104769-9

猫舐祭

『超常小説ベストセレクション　2　水の上で火が踊る』　柏艪舎　2012.5　①978-4-434-16635-8

『椎名誠　超常小説ベストセレクション』（角川文庫）角川書店　2016.11　①978-4-04-104769-9

ねじのかいてん

『超常小説ベストセレクション　2　水の上で火が踊る』　柏艪舎　2012.5　①978-4-434-16635-8

『椎名誠　超常小説ベストセレクション』（角川文庫）角川書店　2016.11　①978-4-04-104769-9

ねずみ

『ひとつ目女』（文春文庫）文藝春秋　2011.11　①978-4-16-733433-8

『椎名誠　超常小説ベストセレクション』（角川文庫）角川書店　2016.11　①978-4-04-104769-9

覗きコブラ

『ひとつ目女』（文春文庫）文藝春秋　2011.11　①978-4-16-733433-8

婆婆蕾

『ひとつ目女』（文春文庫）文藝春秋　2011.11　①978-4-16-733433-8

引綱軽便鉄道

『日本SF短篇50—日本SF作家クラブ創立50周年記念アンソロジー　3』（ハヤカワ文庫JA）早川書房　2013.6　①978-4-15-031115-5

ひとつ目女

『ひとつ目女』（文春文庫）文藝春秋　2011.11　①978-4-16-733433-8

漂着者

『椎名誠　超常小説ベストセレクション』（角川文庫）角川書店　2016.11　①978-4-04-104769-9

蓬萊虫

『ひとつ目女』（文春文庫）文藝春秋　2011.11　①978-4-16-733433-8

志賀直哉

水独楽
『ひとつ目女』(文春文庫) 文藝春秋 2011.11 ①978-4-16-733433-8

水百脚
『ひとつ目女』(文春文庫) 文藝春秋 2011.11 ①978-4-16-733433-8

みるなの木
『超常小説ベストセレクション 2 水の上で火が踊る』 柏艪舎 2012.5 ①978-4-434-16635-8
『椎名誠 超常小説ベストセレクション』(角川文庫) 角川書店 2016.11 ①978-4-04-104769-9

問題食堂
『超常小説ベストセレクション 1 月の夜のわらい猫』 柏艪舎 2012.5 ①978-4-434-16634-1
『椎名誠 超常小説ベストセレクション』(角川文庫) 角川書店 2016.11 ①978-4-04-104769-9

ラクダ
『ひとつ目女』(文春文庫) 文藝春秋 2011.11 ①978-4-16-733433-8

志賀 直哉　しが・なおや

イヅク川
『文豪てのひら怪談』(ポプラ文庫) ポプラ社 2009.8 ①978-4-591-11104-8
『名短篇ほりだしもの』(ちくま文庫) 筑摩書房 2011.1 ①978-4-480-42793-9

剃刀
『恐ろしい話』(ちくま文学の森) 筑摩書房 2011.1 ①978-4-480-42736-6
『こわい話』(中学生までに読んでおきたい日本文学) あすなろ書房 2011.2 ①978-4-7515-2628-6
『日本近代短篇小説選―明治篇 2』(岩波文庫) 岩波書店 2013.2 ①978-4-00-311912-9
『文豪たちが書いた怖い名作短編集』 彩図社 2014.1 ①978-4-88392-966-5

焚火
『小僧の神様・一房の葡萄』(21世紀版少年少女日本文学館) 講談社 2009.2 ①978-4-06-282655-8

『小僧の神様 他十篇』(ワイド版岩波文庫) 岩波書店 2009.6 ①978-4-00-007310-3
『城の崎にて・小僧の神様 改版』(角川文庫) 角川書店 2012.6 ①978-4-04-100334-3
『山の怪談』 河出書房新社 2017.8 ①978-4-309-22710-8

盲亀浮木
『妖魅は戯る―文豪怪談傑作選・大正篇』(ちくま文庫) 筑摩書房 2011.8 ①978-4-480-42869-1

式 貴士　しき・たかし

カンタン刑
『暴走する正義―巨匠たちの想像力「管理社会」』(ちくま文庫) 筑摩書房 2016.2 ①978-4-480-43327-5

死人妻
『さよならの儀式―年刊日本SF傑作選』(創元SF文庫) 東京創元社 2014.6 ①978-4-488-73407-7

われても末に
『窓鴉―式貴士抒情小説コレクション』(光文社文庫) 光文社 2012.2 ①978-4-334-76368-8
『日本SF全集 3 1978～1984』 出版芸術社 2013.12 ①978-4-88293-348-9

式田 ティエン　しきた・ていえん

セブンスターズ、オクトパス
『10分間(じゅっぷんかん)ミステリー』(宝島社文庫 〔このミス大賞〕) 宝島社 2012.2 ①978-4-7966-8712-6
『5分で凍る！ぞっとする怖い話』(宝島社文庫) 宝島社 2015.5 ①978-4-8002-4039-2

宍戸 レイ　ししど・れい

アパート
『女たちの怪談百物語』(幽books) メディアファクトリー 2010.11 ①978-4-8401-3599-3
『女たちの怪談百物語』(角川ホラー文庫) 角川書店 2014.1 ①978-4-04-101192-8

蟻
『女たちの怪談百物語』(幽books) メディアファクトリー 2010.11 ①978-4-8401-3599-3

『女たちの怪談百物語』(角川ホラー文庫) 角川書店 2014.1 ①978-4-04-101192-8

SMホテル

『女たちの怪談百物語』(幽books) メディアファクトリー 2010.11 ①978-4-8401-3599-3

『女たちの怪談百物語』(角川ホラー文庫) 角川書店 2014.1 ①978-4-04-101192-8

海外の幽霊ホテル

『女たちの怪談百物語』(幽books) メディアファクトリー 2010.11 ①978-4-8401-3599-3

『女たちの怪談百物語』(角川ホラー文庫) 角川書店 2014.1 ①978-4-04-101192-8

南瓜

『女たちの怪談百物語』(幽books) メディアファクトリー 2010.11 ①978-4-8401-3599-3

『女たちの怪談百物語』(角川ホラー文庫) 角川書店 2014.1 ①978-4-04-101192-8

コックリさん

『女たちの怪談百物語』(幽books) メディアファクトリー 2010.11 ①978-4-8401-3599-3

『女たちの怪談百物語』(角川ホラー文庫) 角川書店 2014.1 ①978-4-04-101192-8

心霊スポットにて

『女たちの怪談百物語』(幽books) メディアファクトリー 2010.11 ①978-4-8401-3599-3

『女たちの怪談百物語』(角川ホラー文庫) 角川書店 2014.1 ①978-4-04-101192-8

HIDEの話

『女たちの怪談百物語』(幽books) メディアファクトリー 2010.11 ①978-4-8401-3599-3

『女たちの怪談百物語』(角川ホラー文庫) 角川書店 2014.1 ①978-4-04-101192-8

編集長の怖い話

『女たちの怪談百物語』(幽books) メディアファクトリー 2010.11 ①978-4-8401-3599-3

『女たちの怪談百物語』(角川ホラー文庫) 角川書店 2014.1 ①978-4-04-101192-8

露出ムービー

『女たちの怪談百物語』(幽books) メディアファクトリー 2010.11 ①978-4-8401-3599-3

『女たちの怪談百物語』(角川ホラー文庫) 角川書店 2014.1 ①978-4-04-101192-8

司月 透　しづき・とおる

あーしゃ、すき

『小説アーシャのアトリエ―ある錬金術士の旅の日記より』 コーエーテクモゲームス 2013.4 ①978-4-7758-0869-6

アーシャのアトリエ

『小説アーシャのアトリエ―ある錬金術士の旅の日記より』 コーエーテクモゲームス 2013.4 ①978-4-7758-0869-6

大婆様への贈り物

『小説アーシャのアトリエ―ある錬金術士の旅の日記より』 コーエーテクモゲームス 2013.4 ①978-4-7758-0869-6

温泉に行こう

『小説アーシャのアトリエ―ある錬金術士の旅の日記より』 コーエーテクモゲームス 2013.4 ①978-4-7758-0869-6

千客万来

『小説アーシャのアトリエ―ある錬金術士の旅の日記より』 コーエーテクモゲームス 2013.4 ①978-4-7758-0869-6

黄昏の弐番館

『小説アーシャのアトリエ―ある錬金術士の旅の日記より』 コーエーテクモゲームス 2013.4 ①978-4-7758-0869-6

メリエッタさんも魔法使い？　空の星

『小説アーシャのアトリエ―ある錬金術士の旅の日記より』 コーエーテクモゲームス 2013.4 ①978-4-7758-0869-6

七佳 弁京　しちか・べんけい

十五年の孤独

『NOVA 6 書き下ろし日本SFコレクション』(河出文庫) 河出書房新社 2011.11 ①978-4-309-41113-2

紫野 貴李　しの・きり

哭く戦艦

『Fantasy Seller』(新潮文庫) 新潮社 2011.6 ①978-4-10-136674-6

篠田 節子　しのだ・せつこ

青らむ空のうつろのなかに
　『家鳴り』(集英社文庫)　集英社　2012.9
　Ⓘ978-4-08-746885-4

一番抵当権
　『静かな黄昏の国』(角川文庫)　角川書店　2012.3　Ⓘ978-4-04-100290-2

恨み祓い師
　『コミュニティ』(集英社文庫)　集英社　2009.7　Ⓘ978-4-08-746454-2
　『ルーティーン─篠田節子SF短篇ベスト』(ハヤカワ文庫JA)　早川書房　2013.12　Ⓘ978-4-15-031142-1

エデン
　『はぐれ猿は熱帯雨林の夢を見るか』　文藝春秋　2011.7　Ⓘ978-4-16-380610-5

エレジー
　『静かな黄昏の国』(角川文庫)　角川書店　2012.3　Ⓘ978-4-04-100290-2

陽炎
　『静かな黄昏の国』(角川文庫)　角川書店　2012.3　Ⓘ978-4-04-100290-2

小羊
　『静かな黄昏の国』(角川文庫)　角川書店　2012.3　Ⓘ978-4-04-100290-2
　『ルーティーン─篠田節子SF短篇ベスト』(ハヤカワ文庫JA)　早川書房　2013.12　Ⓘ978-4-15-031142-1

コヨーテは月に落ちる
　『ルーティーン─篠田節子SF短篇ベスト』(ハヤカワ文庫JA)　早川書房　2013.12　Ⓘ978-4-15-031142-1

静かな黄昏の国
　『静かな黄昏の国』(角川文庫)　角川書店　2012.3　Ⓘ978-4-04-100290-2

深海のEEL
　『はぐれ猿は熱帯雨林の夢を見るか』　文藝春秋　2011.7　Ⓘ978-4-16-380610-5

人格再編
　『ルーティーン─篠田節子SF短篇ベスト』(ハヤカワ文庫JA)　早川書房　2013.12　Ⓘ978-4-15-031142-1

水球
　『家鳴り』(集英社文庫)　集英社　2012.9
　Ⓘ978-4-08-746885-4

世紀頭の病
　『ルーティーン─篠田節子SF短篇ベスト』(ハヤカワ文庫JA)　早川書房　2013.12　Ⓘ978-4-15-031142-1

操作手
　『家鳴り』(集英社文庫)　集英社　2012.9
　Ⓘ978-4-08-746885-4
　『日本SF短篇50　4　日本SF作家クラブ創立50周年記念アンソロジー』(ハヤカワ文庫JA)　早川書房　2013.8　Ⓘ978-4-15-031126-1

ソリスト
　『ルーティーン─篠田節子SF短篇ベスト』(ハヤカワ文庫JA)　早川書房　2013.12　Ⓘ978-4-15-031142-1

倒錯愛
　『ルーティーン─篠田節子SF短篇ベスト』(ハヤカワ文庫JA)　早川書房　2013.12　Ⓘ978-4-15-031142-1

刺
　『静かな黄昏の国』(角川文庫)　角川書店　2012.3　Ⓘ978-4-04-100290-2

沼うつぼ
　『ルーティーン─篠田節子SF短篇ベスト』(ハヤカワ文庫JA)　早川書房　2013.12　Ⓘ978-4-15-031142-1

はぐれ猿は熱帯雨林の夢を見るか
　『はぐれ猿は熱帯雨林の夢を見るか』　文藝春秋　2011.7　Ⓘ978-4-16-380610-5

春の便り
　『家鳴り』(集英社文庫)　集英社　2012.9
　Ⓘ978-4-08-746885-4

緋の襦袢
　『ルーティーン─篠田節子SF短篇ベスト』(ハヤカワ文庫JA)　早川書房　2013.12　Ⓘ978-4-15-031142-1

豚と人骨
　『はぐれ猿は熱帯雨林の夢を見るか』　文藝春秋　2011.7　Ⓘ978-4-16-380610-5

ホワイトクリスマス
　『静かな黄昏の国』(角川文庫)　角川書店　2012.3　Ⓘ978-4-04-100290-2

幻の穀物危機
　『家鳴り』(集英社文庫)　集英社　2012.9
　Ⓘ978-4-08-746885-4

まれびとの季節
『ルーティーン―篠田節子SF短篇ベスト』（ハヤカワ文庫JA）早川書房　2013.12
①978-4-15-031142-1

やどかり
『家鳴り』（集英社文庫）集英社　2012.9
①978-4-08-746885-4

家鳴り
『家鳴り』（集英社文庫）集英社　2012.9
①978-4-08-746885-4

リトル・マーメード
『静かな黄昏の国』（角川文庫）角川書店　2012.3　①978-4-04-100290-2

ルーティーン
『ルーティーン―篠田節子SF短篇ベスト』（ハヤカワ文庫JA）早川書房　2013.12
①978-4-15-031142-1

篠田　真由美　しのだ・まゆみ

ふたり遊び
『青に捧げる悪夢』（角川文庫）角川書店　2013.2　①978-4-04-100700-6

黎明の書　第三回
『SF Japan 2009AUTUMN』徳間書店　2009.9　①978-4-19-862778-2

篠宮　あすか　しのみや・あすか

あの子のシチュー
『あやかし屋台なごみ亭―金曜の夜は不思議な宴』（双葉文庫）双葉社　2016.11
①978-4-575-51948-8

ある日、彼女の憂鬱
『あやかし屋台なごみ亭―金曜の夜は不思議な宴』（双葉文庫）双葉社　2016.11
①978-4-575-51948-8

お節介な餃子奉行
『あやかし屋台なごみ亭―金曜の夜は不思議な宴』（双葉文庫）双葉社　2016.11
①978-4-575-51948-8

風邪の夜には鍋焼きうどん
『あやかし屋台なごみ亭　2　金曜の夜は風のお祭り』（双葉文庫）双葉社　2017.3
①978-4-575-51979-2

金曜日の醬油風味
『あやかし屋台なごみ亭―金曜の夜は不思議な宴』（双葉文庫）双葉社　2016.11
①978-4-575-51948-8

金曜日の謎解き
『あやかし屋台なごみ亭　2　金曜の夜は風のお祭り』（双葉文庫）双葉社　2017.3
①978-4-575-51979-2

玉子焼きとやさしい番人
『あやかし屋台なごみ亭―金曜の夜は不思議な宴』（双葉文庫）双葉社　2016.11
①978-4-575-51948-8

はじまりの一夜
『あやかし屋台なごみ亭―金曜の夜は不思議な宴』（双葉文庫）双葉社　2016.11
①978-4-575-51948-8

ハーブの園に、かしわめし
『あやかし屋台なごみ亭　2　金曜の夜は風のお祭り』（双葉文庫）双葉社　2017.3
①978-4-575-51979-2

ひと粒の涙とお子さまランチ
『あやかし屋台なごみ亭　2　金曜の夜は風のお祭り』（双葉文庫）双葉社　2017.3
①978-4-575-51979-2

迷い風とチーズフォンデュ
『あやかし屋台なごみ亭　2　金曜の夜は風のお祭り』（双葉文庫）双葉社　2017.3
①978-4-575-51979-2

みたらしと兄弟の絆
『あやかし屋台なごみ亭　2　金曜の夜は風のお祭り』（双葉文庫）双葉社　2017.3
①978-4-575-51979-2

柴崎　友香　しばさき・ともか

足音
『かわうそ堀怪談見習い』角川書店　2017.2
①978-4-04-104831-3

影踏み
『かわうそ堀怪談見習い』角川書店　2017.2
①978-4-04-104831-3

観光
『かわうそ堀怪談見習い』角川書店　2017.2
①978-4-04-104831-3

喫茶店
『かわうそ堀怪談見習い』角川書店　2017.2
①978-4-04-104831-3

蜘蛛
  『かわうそ堀怪談見習い』 角川書店 2017.2
  ⓘ978-4-04-104831-3
古戦場
  『かわうそ堀怪談見習い』 角川書店 2017.2
  ⓘ978-4-04-104831-3
桜と宴
  『かわうそ堀怪談見習い』 角川書店 2017.2
  ⓘ978-4-04-104831-3
三叉路
  『かわうそ堀怪談見習い』 角川書店 2017.2
  ⓘ978-4-04-104831-3
写真
  『かわうそ堀怪談見習い』 角川書店 2017.2
  ⓘ978-4-04-104831-3
鈴木さん
  『かわうそ堀怪談見習い』 角川書店 2017.2
  ⓘ978-4-04-104831-3
台所の窓
  『かわうそ堀怪談見習い』 角川書店 2017.2
  ⓘ978-4-04-104831-3
地図
  『かわうそ堀怪談見習い』 角川書店 2017.2
  ⓘ978-4-04-104831-3
茶筒
  『かわうそ堀怪談見習い』 角川書店 2017.2
  ⓘ978-4-04-104831-3
電話
  『かわうそ堀怪談見習い』 角川書店 2017.2
  ⓘ978-4-04-104831-3
二階の部屋
  『かわうそ堀怪談見習い』 角川書店 2017.2
  ⓘ978-4-04-104831-3
光
  『かわうそ堀怪談見習い』 角川書店 2017.2
  ⓘ978-4-04-104831-3
ファミリーレストラン
  『かわうそ堀怪談見習い』 角川書店 2017.2
  ⓘ978-4-04-104831-3
文庫本
  『かわうそ堀怪談見習い』 角川書店 2017.2
  ⓘ978-4-04-104831-3

ホテル
  『かわうそ堀怪談見習い』 角川書店 2017.2
  ⓘ978-4-04-104831-3
マイナスー
  『かわうそ堀怪談見習い』 角川書店 2017.2
  ⓘ978-4-04-104831-3
窓
  『かわうそ堀怪談見習い』 角川書店 2017.2
  ⓘ978-4-04-104831-3
まるい生物
  『かわうそ堀怪談見習い』 角川書店 2017.2
  ⓘ978-4-04-104831-3
宮竹さん
  『かわうそ堀怪談見習い』 角川書店 2017.2
  ⓘ978-4-04-104831-3
メルボルンの想い出
  『NOVA 10』(河出文庫) 河出書房新社 2013.7 ⓘ978-4-309-41230-6
山道
  『かわうそ堀怪談見習い』 角川書店 2017.2
  ⓘ978-4-04-104831-3
幽霊マンション
  『かわうそ堀怪談見習い』 角川書店 2017.2
  ⓘ978-4-04-104831-3
雪の朝
  『かわうそ堀怪談見習い』 角川書店 2017.2
  ⓘ978-4-04-104831-3
雪の夜
  『かわうそ堀怪談見習い』 角川書店 2017.2
  ⓘ978-4-04-104831-3
夢
  『かわうそ堀怪談見習い』 角川書店 2017.2
  ⓘ978-4-04-104831-3

柴田 勝家　しばた・かついえ

雲南省スー族におけるVR技術の使用例
  『伊藤計劃トリビュート 2』(ハヤカワ文庫JA) 早川書房 2017.1 ⓘ978-4-15-031260-2
鏡石異譚
  『ILC/TOHOKU』 早川書房 2017.2
  ⓘ978-4-15-209673-9

南十字星
『伊藤計劃トリビュート』(ハヤカワ文庫JA) 早川書房　2015.8　①978-4-15-031201-5

柴田　宵曲　　しばた・しょうきょく

再度の怪（抄）（三坂春編作, 柴田宵曲訳）
『文豪てのひら怪談』(ポプラ文庫) ポプラ社 2009.8　①978-4-591-11104-8

鼠妖（抄）（堀麦水作, 柴田宵曲訳）
『文豪てのひら怪談』(ポプラ文庫) ポプラ社 2009.8　①978-4-591-11104-8

地上の龍（抄）（松浦静山作, 柴田宵曲訳）
『文豪てのひら怪談』(ポプラ文庫) ポプラ社 2009.8　①978-4-591-11104-8

一つ目小僧（抄）（平秩東作作, 柴田宵曲訳）
『文豪てのひら怪談』(ポプラ文庫) ポプラ社 2009.8　①978-4-591-11104-8

柴田　よしき　　しばた・よしき

隠されていたもの
『不思議の足跡―日本ベストミステリー選集』(光文社文庫) 光文社　2011.4　①978-4-334-74936-1
『自滅』角川書店　2014.12　①978-4-04-102889-6

自滅
『自滅』角川書店　2014.12　①978-4-04-102889-6

雪を待つ
『自滅』角川書店　2014.12　①978-4-04-102889-6

薫衣草
『自滅』角川書店　2014.12　①978-4-04-102889-6

ランチタイム
『自滅』角川書店　2014.12　①978-4-04-102889-6

澁澤　龍彦　　しぶさわ・たつひこ

エピクロスの肋骨
『新編・日本幻想文学集成　2』国書刊行会 2016.8　①978-4-336-06027-3

鏡と影について
『新編・日本幻想文学集成　2』国書刊行会 2016.8　①978-4-336-06027-3

火山に死す―『唐草物語』より
『幻妖の水脈―日本幻想文学大全』(ちくま文庫) 筑摩書房　2013.9　①978-4-480-43111-0

画美人
『新編・日本幻想文学集成　2』国書刊行会 2016.8　①978-4-336-06027-3

犬狼都市
『新編・日本幻想文学集成　2』国書刊行会 2016.8　①978-4-336-06027-3

護法
『新編・日本幻想文学集成　2』国書刊行会 2016.8　①978-4-336-06027-3

空飛ぶ大納言
『新編・日本幻想文学集成　2』国書刊行会 2016.8　①978-4-336-06027-3

ダイダロス
『新編・日本幻想文学集成　2』国書刊行会 2016.8　①978-4-336-06027-3

宙におどる巻物―『法華験記』より
『文豪てのひら怪談』(ポプラ文庫) ポプラ社 2009.8　①978-4-591-11104-8

桃鳩図について
『新編・日本幻想文学集成　2』国書刊行会 2016.8　①978-4-336-06027-3

都心ノ病院ニテ幻覚ヲ見タルコト
『新編・日本幻想文学集成　2』国書刊行会 2016.8　①978-4-336-06027-3

鳥と少女
『新編・日本幻想文学集成　2』国書刊行会 2016.8　①978-4-336-06027-3

女体消滅
『新編・日本幻想文学集成　2』国書刊行会 2016.8　①978-4-336-06027-3

人形変じて女人となる（明恵作, 澁澤龍彦訳）
『文豪てのひら怪談』(ポプラ文庫) ポプラ社 2009.8　①978-4-591-11104-8

志保 龍彦　　しほ・たつひこ

Kudanの瞳
『原色の想像力　2　創元SF短編集アンソロジー』（創元SF文庫）東京創元社　2012.3　①978-4-488-73902-7

島尾 敏雄　　しまお・としお

摩天楼
『幻視の系譜―日本幻想文学大全』（ちくま文庫）筑摩書房　2013.10　①978-4-480-43112-7

夢日記（抄）
『文豪てのひら怪談』（ポプラ文庫）ポプラ社　2009.8　①978-4-591-11104-8

島津 緒繰　　しまづ・おぐり

ある人気作家の憂鬱
『5分で凍る！ぞっとする怖い話』（宝島社文庫）宝島社　2015.5　①978-4-8002-4039-2

島田 雅彦　　しまだ・まさひこ

アイアン・ファミリー
『暗黒寓話集』文藝春秋　2014.11　①978-4-16-390171-8

神の見えざる手
『暗黒寓話集』文藝春秋　2014.11　①978-4-16-390171-8

死都東京
『暗黒寓話集』文藝春秋　2014.11　①978-4-16-390171-8

透明人間の夢
『暗黒寓話集』文藝春秋　2014.11　①978-4-16-390171-8

南武すたいる
『暗黒寓話集』文藝春秋　2014.11　①978-4-16-390171-8

夢眠谷の秘密
『暗黒寓話集』文藝春秋　2014.11　①978-4-16-390171-8

名誉死民
『暗黒寓話集』文藝春秋　2014.11　①978-4-16-390171-8

CAの受難
『暗黒寓話集』文藝春秋　2014.11　①978-4-16-390171-8

しまどりる

忌ブキ
『RPF　レッドドラゴン　5　第五夜・契りの城』（星海社FICTIONS）星海社　2013.9　①978-4-06-138876-5

清水 義範　　しみず・よしのり

名もなく貧しくみすぼらしく
『喜劇綺劇―異形コレクション』（光文社文庫）光文社　2009.12　①978-4-334-74698-8

下永 聖高　　しもなが・きよたか

オニキス
『オニキス』（ハヤカワ文庫JA）早川書房　2014.2　①978-4-15-031148-3

神の創造
『オニキス』（ハヤカワ文庫JA）早川書房　2014.2　①978-4-15-031148-3

猿が出る
『オニキス』（ハヤカワ文庫JA）早川書房　2014.2　①978-4-15-031148-3
『折り紙衛星の伝説―年刊日本SF傑作選』（創元SF文庫）東京創元社　2015.6　①978-4-488-73408-4

三千世界
『オニキス』（ハヤカワ文庫JA）早川書房　2014.2　①978-4-15-031148-3

満月
『オニキス』（ハヤカワ文庫JA）早川書房　2014.2　①978-4-15-031148-3

朱川 湊人　　しゅかわ・みなと

蒼い岸辺にて
『本日、サービスデー』光文社　2009.1　①978-4-334-92650-2

朱川湊人

あおぞら怪談
『本日、サービスデー』 光文社 2009.1　①978-4-334-92650-2

『本日、サービスデー』（光文社文庫） 光文社 2011.11　①978-4-334-76321-3

秋に来た男
『なごり歌』 新潮社 2013.6　①978-4-10-477902-4

磯幽霊
『いっぺんさん』（ジョイ・ノベルス） 実業之日本社 2009.7　①978-4-408-50510-7

『いっぺんさん』（文春文庫） 文藝春秋 2011.2　①978-4-16-771204-4

磯幽霊・それから
『いっぺんさん』（ジョイ・ノベルス） 実業之日本社 2009.7　①978-4-408-50510-7

『いっぺんさん』（文春文庫） 文藝春秋 2011.2　①978-4-16-771204-4

いっぺんさん
『いっぺんさん』（ジョイ・ノベルス） 実業之日本社 2009.7　①978-4-408-50510-7

『いっぺんさん』（文春文庫） 文藝春秋 2011.2　①978-4-16-771204-4

今は寂しい道
『なごり歌』 新潮社 2013.6　①978-4-10-477902-4

生まれて生きて、死んで呪って
『二十の悪夢―角川ホラー文庫創刊20周年記念アンソロジー』（角川ホラー文庫） 角川書店 2013.10　①978-4-04-101052-5

お正月奇談
『憑きびと―「読楽」ホラー小説アンソロジー』（徳間文庫） 徳間書店 2016.2　①978-4-19-894070-6

怪獣使いの遺産
『ウルトラマンメビウス―アンデレスホリゾント』 光文社 2009.12　①978-4-334-92692-2

『ウルトラマンメビウス―アンデレスホリゾント』（光文社文庫） 光文社 2013.12　①978-4-334-76663-4

鏡の偽乙女
『鏡の偽乙女―薄紅雪華紋様』 集英社 2010.8　①978-4-08-771368-8

『鏡の偽乙女―薄紅雪華紋様』（集英社文庫） 集英社 2013.8　①978-4-08-745103-0

枯葉の日
『水銀虫』（集英社文庫） 集英社 2009.8　①978-4-08-746465-8

気合入門
『本日、サービスデー』 光文社 2009.1　①978-4-334-92650-2

『本日、サービスデー』（光文社文庫） 光文社 2011.11　①978-4-334-76321-3

畸談みれいじゃ
『鏡の偽乙女―薄紅雪華紋様』 集英社 2010.8　①978-4-08-771368-8

『鏡の偽乙女―薄紅雪華紋様』（集英社文庫） 集英社 2013.8　①978-4-08-745103-0

狐と鞐
『狐と鞐―知らぬ火文庫』 光文社 2017.8　①978-4-334-91180-5

幸福の王子
『ウルトラマンメビウス―アンデレスホリゾント』 光文社 2009.12　①978-4-334-92692-2

『ウルトラマンメビウス―アンデレスホリゾント』（光文社文庫） 光文社 2013.12　①978-4-334-76663-4

壺中の稲妻
『鏡の偽乙女―薄紅雪華紋様』 集英社 2010.8　①978-4-08-771368-8

『鏡の偽乙女―薄紅雪華紋様』（集英社文庫） 集英社 2013.8　①978-4-08-745103-0

コドモノクニ
『いっぺんさん』（ジョイ・ノベルス） 実業之日本社 2009.7　①978-4-408-50510-7

『いっぺんさん』（文春文庫） 文藝春秋 2011.2　①978-4-16-771204-4

逆井水
『いっぺんさん』（ジョイ・ノベルス） 実業之日本社 2009.7　①978-4-408-50510-7

『いっぺんさん』（文春文庫） 文藝春秋 2011.2　①978-4-16-771204-4

サカズキという女
『狐と鞐―知らぬ火文庫』 光文社 2017.8　①978-4-334-91180-5

しぐれの日
『水銀虫』（集英社文庫） 集英社 2009.8　①978-4-08-746465-8

朱川湊人

舎利菩薩
『狐と韜—知らぬ火文庫』 光文社 2017.8
①978-4-334-91180-5

蛇霊憑き
『いっぺんさん』（ジョイ・ノベルス） 実業之日本社 2009.7 ①978-4-408-50510-7
『いっぺんさん』（文春文庫） 文藝春秋 2011.2 ①978-4-16-771204-4

そら色のマリア
『なごり歌』 新潮社 2013.6 ①978-4-10-477902-4

小さなふしぎ
『いっぺんさん』（ジョイ・ノベルス） 実業之日本社 2009.7 ①978-4-408-50510-7
『いっぺんさん』（文春文庫） 文藝春秋 2011.2 ①978-4-16-771204-4

塵芥にあらず
『狐と韜—知らぬ火文庫』 光文社 2017.8
①978-4-334-91180-5

東京しあわせクラブ
『本日、サービスデー』 光文社 2009.1
①978-4-334-92650-2
『不思議の足跡—日本ベストミステリー選集』（光文社文庫） 光文社 2011.4 ①978-4-334-74936-1
『本日、サービスデー』（光文社文庫） 光文社 2011.11 ①978-4-334-76321-3

遠くの友だち
『なごり歌』 新潮社 2013.6 ①978-4-10-477902-4

髑髏語り
『狐と韜—知らぬ火文庫』 光文社 2017.8
①978-4-334-91180-5

射干玉国
『狐と韜—知らぬ火文庫』 光文社 2017.8
①978-4-334-91180-5

墓場の傘
『鏡の偽乙女—薄紅雪華紋様』 集英社 2010.8 ①978-4-08-771368-8
『鏡の偽乙女—薄紅雪華紋様』（集英社文庫） 集英社 2013.8 ①978-4-08-745103-0

薄氷の日
『水銀虫』（集英社文庫） 集英社 2009.8
①978-4-08-746465-8

バタークリームと三億円
『なごり歌』 新潮社 2013.6 ①978-4-10-477902-4

はだれの日
『水銀虫』（集英社文庫） 集英社 2009.8
①978-4-08-746465-8

ひとりの楽園
『ウルトラマンメビウス—アンデレスホリゾント』 光文社 2009.12 ①978-4-334-92692-2
『ウルトラマンメビウス—アンデレスホリゾント』（光文社文庫） 光文社 2013.12
①978-4-334-76663-4

微熱の日
『水銀虫』（集英社文庫） 集英社 2009.8
①978-4-08-746465-8

病猫の日
『水銀虫』（集英社文庫） 集英社 2009.8
①978-4-08-746465-8

蛇よ、来たれ
『狐と韜—知らぬ火文庫』 光文社 2017.8
①978-4-334-91180-5

本日、サービスデー
『本日、サービスデー』 光文社 2009.1
①978-4-334-92650-2
『本日、サービスデー』（光文社文庫） 光文社 2011.11 ①978-4-334-76321-3

魔杖の警告
『ウルトラマンメビウス—アンデレスホリゾント』 光文社 2009.12 ①978-4-334-92692-2
『ウルトラマンメビウス—アンデレスホリゾント』（光文社文庫） 光文社 2013.12
①978-4-334-76663-4

無敵のママ
『ウルトラマンメビウス—アンデレスホリゾント』 光文社 2009.12 ①978-4-334-92692-2
『ウルトラマンメビウス—アンデレスホリゾント』（光文社文庫） 光文社 2013.12
①978-4-334-76663-4

虎落の日
『水銀虫』（集英社文庫） 集英社 2009.8
①978-4-08-746465-8

八十八姫
『いっぺんさん』（ジョイ・ノベルス） 実業之日本社 2009.7 ①978-4-408-50510-7

夜半の客
『狐と鞭―知らぬ火文庫』 光文社 2017.8 ①978-4-334-91180-5

山から来るもの
『いっぺんさん』（ジョイ・ノベルス） 実業之日本社 2009.7 ①978-4-408-50510-7

『いっぺんさん』（文春文庫） 文藝春秋 2011.2 ①978-4-16-771204-4

ゆうらり飛行機
『なごり歌』 新潮社 2013.6 ①978-4-10-477902-4

夜の夢こそまこと
『鏡の偽乙女―薄紅雪華紋様』 集英社 2010.8 ①978-4-08-771368-8

『鏡の偽乙女―薄紅雪華紋様』（集英社文庫） 集英社 2013.8 ①978-4-08-745103-0

レイラの研究
『なごり歌』 新潮社 2013.6 ①978-4-10-477902-4

章花堂　しょうかどう

金玉ねぢぶくさ
『江戸奇談怪談集』（ちくま学芸文庫） 筑摩書房 2012.11 ①978-4-480-09488-9

鼠の鉄火
『江戸奇談怪談集』（ちくま学芸文庫） 筑摩書房 2012.11 ①978-4-480-09488-9

上甲　宣之　じょうこう・のぶゆき

十二支のネコ
『5分で凍る！ ぞっとする怖い話』（宝島社文庫） 宝島社 2015.5 ①978-4-8002-4039-2

庄司　卓　しょうじ・たかし

5400万キロメートル彼方のツグミ
『3分間のボーイ・ミーツ・ガール―ショートストーリーズ』（ファミ通文庫） エンターブレイン 2011.8 ①978-4-04-727397-9

『拡張幻想―年刊日本SF傑作選』（創元SF文庫） 東京創元社 2012.6 ①978-4-488-73405-3

城島　明彦　じょうじま・あきひこ

外国人墓地の首
『横濱幻想奇譚』（ぶんか社文庫） ぶんか社 2009.8 ①978-4-8211-5287-2

たそがれホテル
『横濱幻想奇譚』（ぶんか社文庫） ぶんか社 2009.8 ①978-4-8211-5287-2

封印
『横濱幻想奇譚』（ぶんか社文庫） ぶんか社 2009.8 ①978-4-8211-5287-2

横濱ステーションの陸蒸気
『横濱幻想奇譚』（ぶんか社文庫） ぶんか社 2009.8 ①978-4-8211-5287-2

小路　幸也　しょうじ・ゆきや

輝子の恋
『眠れなくなる夢十夜』（新潮文庫） 新潮社 2009.6 ①978-4-10-133252-9

『リライブ』 新潮社 2009.12 ①978-4-10-471803-0

『リライブ』（新潮文庫） 新潮社 2012.10 ①978-4-10-127743-1

『眠れなくなる夢十夜』（新潮文庫） 新潮社 2017.1 ①978-4-10-101051-9

ぬらずみ様
『5分で読める！ 怖いはなし』（宝島社文庫） 宝島社 2014.6 ①978-4-8002-2805-5

レンズマンの子供
『NOVA 2 書き下ろし日本SFコレクション』（河出文庫） 河出書房新社 2010.7 ①978-4-309-41027-2

『小路幸也少年少女小説集』（ちくま文庫） 筑摩書房 2013.10 ①978-4-480-43100-4

城　昌幸　じょう・まさゆき

七十三枚の骨牌
『文豪てのひら怪談』（ポプラ文庫） ポプラ社 2009.8 ①978-4-591-11104-8

白井 弓子　しらい・ゆみこ

成人式
『年刊日本SF傑作選 結晶銀河―年刊日本SF傑作選』（創元SF文庫）東京創元社　2011.7　①978-4-488-73404-6

白黒 たまご　しろくろ・たまご

絵画の真贋
『ゆきのまち幻想文学賞小品集　22　大きな木』企画集団ぷりずむ　2013.3　①978-4-906691-45-6

神 薫　じん・かおる

空けてはいけない
『FKB怪談女医―閉鎖病棟奇譚』（竹書房文庫）竹書房　2013.9　①978-4-8124-9617-6

生食の家
『FKB怪談女医―閉鎖病棟奇譚』（竹書房文庫）竹書房　2013.9　①978-4-8124-9617-6

贈る言葉
『FKB怪談女医―閉鎖病棟奇譚』（竹書房文庫）竹書房　2013.9　①978-4-8124-9617-6

お手つき
『FKB怪談女医―閉鎖病棟奇譚』（竹書房文庫）竹書房　2013.9　①978-4-8124-9617-6

おまけ憑き
『FKB怪談女医―閉鎖病棟奇譚』（竹書房文庫）竹書房　2013.9　①978-4-8124-9617-6

介護現場より
『FKB怪談女医―閉鎖病棟奇譚』（竹書房文庫）竹書房　2013.9　①978-4-8124-9617-6

影と亡者
『FKB怪談女医―閉鎖病棟奇譚』（竹書房文庫）竹書房　2013.9　①978-4-8124-9617-6

黒い雨
『FKB怪談女医―閉鎖病棟奇譚』（竹書房文庫）竹書房　2013.9　①978-4-8124-9617-6

検索してはいけない
『FKB怪談女医―閉鎖病棟奇譚』（竹書房文庫）竹書房　2013.9　①978-4-8124-9617-6

コダマ
『FKB怪談女医―閉鎖病棟奇譚』（竹書房文庫）竹書房　2013.9　①978-4-8124-9617-6

コーンフラッシャー
『FKB怪談女医―閉鎖病棟奇譚』（竹書房文庫）竹書房　2013.9　①978-4-8124-9617-6

千人の美少女嫁
『FKB怪談女医―閉鎖病棟奇譚』（竹書房文庫）竹書房　2013.9　①978-4-8124-9617-6

大切な友達
『FKB怪談女医―閉鎖病棟奇譚』（竹書房文庫）竹書房　2013.9　①978-4-8124-9617-6

玉の御使い
『FKB怪談女医―閉鎖病棟奇譚』（竹書房文庫）竹書房　2013.9　①978-4-8124-9617-6

血筋
『FKB怪談女医―閉鎖病棟奇譚』（竹書房文庫）竹書房　2013.9　①978-4-8124-9617-6

てんいち
『FKB怪談女医―閉鎖病棟奇譚』（竹書房文庫）竹書房　2013.9　①978-4-8124-9617-6

東京の男
『FKB怪談女医―閉鎖病棟奇譚』（竹書房文庫）竹書房　2013.9　①978-4-8124-9617-6

人頭地雷
『FKB怪談女医―閉鎖病棟奇譚』（竹書房文庫）竹書房　2013.9　①978-4-8124-9617-6

ねこだま
『FKB怪談女医―閉鎖病棟奇譚』（竹書房文庫）竹書房　2013.9　①978-4-8124-9617-6

箱猫
『FKB怪談女医―閉鎖病棟奇譚』（竹書房文庫）竹書房　2013.9　①978-4-8124-9617-6

百パーセントの話
『FKB怪談女医―閉鎖病棟奇譚』（竹書房文庫）竹書房　2013.9　①978-4-8124-9617-6

閉鎖病棟奇譚
『FKB怪談女医―閉鎖病棟奇譚』（竹書房文庫）竹書房　2013.9　①978-4-8124-9617-6

ホイホイ
『FKB怪談女医―閉鎖病棟奇譚』（竹書房文庫）竹書房　2013.9　①978-4-8124-9617-6

マヨヒガ
『FKB怪談女医―閉鎖病棟奇譚』（竹書房文庫）竹書房　2013.9　①978-4-8124-9617-6

水野郎
『FKB怪談女医―閉鎖病棟奇譚』（竹書房文庫）竹書房　2013.9　①978-4-8124-9617-6

喪女
『FKB怪談女医―閉鎖病棟奇譚』（竹書房文庫）竹書房　2013.9　①978-4-8124-9617-6

新川 はじめ　しんかわ・はじめ

コッホ島
『小さな魔法の降る日に―ゆきのまち幻想文学賞小品集　25』企画集団ぷりずむ　2015.10　①978-4-906691-55-5

神護 かずみ　じんご・かずみ

紫陽花幻想
『石燕夜行　骨きりの巻』（角川文庫）角川書店　2013.11　①978-4-04-101090-7

何処何処の巻
『石燕夜行　骨きりの巻』（角川文庫）角川書店　2013.11　①978-4-04-101090-7

蛇座頭の巻
『石燕夜行　骨きりの巻』（角川文庫）角川書店　2013.11　①978-4-04-101090-7

骨きりの巻
『石燕夜行　骨きりの巻』（角川文庫）角川書店　2013.11　①978-4-04-101090-7

塵哉翁　じんさいおう

巷街贅説
『江戸奇談怪談集』（ちくま学芸文庫）筑摩書房　2012.11　①978-4-480-09488-9

転生奇聞
『江戸奇談怪談集』（ちくま学芸文庫）筑摩書房　2012.11　①978-4-480-09488-9

新城 カズマ　しんじょう・かずま

雨ふりマージ
『量子回廊―年刊日本SF傑作選』（創元SF文庫）東京創元社　2010.7　①978-4-488-73403-9

あるいは土星に慰めを
『SF宝石　2015』光文社　2015.8　①978-4-334-91049-5

アンジー・クレーマーにさよならを
『ゼロ年代SF傑作選』（ハヤカワ文庫JA）早川書房　2010.2　①978-4-15-030986-2

生者の船
『マップス・シェアードワールド　2　天翔る船』（GA文庫）ソフトバンククリエイティブ　2009.2　①978-4-7973-5271-9

マトリカレント
『NOVA　2　書き下ろし日本SFコレクション』（河出文庫）河出書房新社　2010.7　①978-4-309-41027-2

真藤 順丈　しんどう・じゅんじょう

餓え
『憑依―異形コレクション』（光文社文庫）光文社　2010.5　①978-4-334-74784-8

クライクライ
『憑きびと―「読楽」ホラー小説アンソロジー』（徳間文庫）徳間書店　2016.2　①978-4-19-894070-6

終末芸人
『喜劇綺劇―異形コレクション』（光文社文庫）光文社　2009.12　①978-4-334-74698-8

ボルヘスハウス909
『怪物團―異形コレクション』（光文社文庫）光文社　2009.8　①978-4-334-74638-4

CLASSIC
『Fの肖像―フランケンシュタインの幻想たち　異形コレクション』（光文社文庫）光文社　2010.9　①978-4-334-74846-3

新藤 卓広　しんどう・たかひろ

趣味は人間観察
『5分で読める！　ひと駅ストーリー――『このミステリーがすごい！』大賞×日本ラブストーリー大賞×『このライトノベルがすごい！』大賞　夏の記憶東口編』（宝島社文庫）宝島社　2013.7　①978-4-8002-1042-5

『5分で凍る！　ぞっとする怖い話』（宝島社文庫）宝島社　2015.5　①978-4-8002-4039-2

真堂 樹　しんどう・たつき

絵に描いた妖しき桃
『洞天茶房菜単～―中華奇譚品書き‐絵に描いた妖しき桃』（コバルト文庫）集英社 2011.3　①978-4-08-601508-0

洪先生と陸先生
『洞天茶房菜単～―中華奇譚品書き‐絵に描いた妖しき桃』（コバルト文庫）集英社 2011.3　①978-4-08-601508-0

尻尾狩り
『猫人夜警隊―Der Nachtwächter』（コバルト文庫）集英社 2010.2　①978-4-08-601380-2

夏薄荷迷宮
『猫人夜警隊―Der Nachtwächter』（コバルト文庫）集英社 2010.2　①978-4-08-601380-2

美男の供す佳き仙茶
『洞天茶房菜単―中華奇譚品書き 美男の供す佳き仙茶』（コバルト文庫）集英社 2010.12　①978-4-08-601475-5

幽霊の熱いスープ
『洞天茶房菜単―中華奇譚品書き 美男の供す佳き仙茶』（コバルト文庫）集英社 2010.12　①978-4-08-601475-5

新堂 奈槻　しんどう・なつき

弟を愛する人たちのケータイ事情・IF
『回帰―FATAL ERROR 9』（新書館ウィングス文庫）新書館 2009.2　①978-4-403-54135-3

回帰―RETURN
『回帰―FATAL ERROR 9』（新書館ウィングス文庫）新書館 2009.2　①978-4-403-54135-3

啓示―APOCALYPSE
『啓示―FATAL ERROR 11』（新書館ウィングス文庫）新書館 2010.9　①978-4-403-54158-2

鼓動
『鼓動―FATAL ERROR 10』（新書館ウィングス文庫）新書館 2010.4　①978-4-403-54151-3

聖夜
『鼓動―FATAL ERROR 10』（新書館ウィングス文庫）新書館 2010.4　①978-4-403-54151-3

日和―beautiful days
『啓示―FATAL ERROR 11』（新書館ウィングス文庫）新書館 2010.9　①978-4-403-54158-2

星空に住んでいるもの
『鼓動―FATAL ERROR 10』（新書館ウィングス文庫）新書館 2010.4　①978-4-403-54151-3

須賀 しのぶ　すが・しのぶ

凍て蝶
『NOVA 5 書き下ろし日本SFコレクション』（河出文庫）河出書房新社 2011.8　①978-4-309-41098-2

菅 浩江　すが・ひろえ

いまひとたびの春
『誰に見しょとて』（ハヤカワSFシリーズ Jコレクション）早川書房 2013.10　①978-4-15-209412-4

永遠の森
『日本SF短篇50 4 日本SF作家クラブ創立50周年記念アンソロジー』（ハヤカワ文庫JA）早川書房 2013.8　①978-4-15-031126-1

求道に幸あれ
『誰に見しょとて』（ハヤカワSFシリーズ Jコレクション）早川書房 2013.10　①978-4-15-209412-4

化粧歴程
『誰に見しょとて』（ハヤカワSFシリーズ Jコレクション）早川書房 2013.10　①978-4-15-209412-4

言葉は要らない
『アステロイド・ツリーの彼方へ―年刊日本SF傑作選』（創元SF文庫）東京創元社 2016.6　①978-4-488-73409-1

五人姉妹
『ぼくの、マシン―ゼロ年代日本SFベスト集成 S』（創元SF文庫）東京創元社 2010.10　①978-4-488-73801-3

コントローロ
『誰に見しょとて』(ハヤカワSFシリーズ　Jコレクション)　早川書房　2013.10　①978-4-15-209412-4

シズル・ザ・リッパー
『誰に見しょとて』(ハヤカワSFシリーズ　Jコレクション)　早川書房　2013.10　①978-4-15-209412-4

閃光ビーチ
『誰に見しょとて』(ハヤカワSFシリーズ　Jコレクション)　早川書房　2013.10　①978-4-15-209412-4

そばかすのフィギュア
『てのひらの宇宙―星雲賞短編SF傑作選』(創元SF文庫)　東京創元社　2013.3　①978-4-488-73803-7

天の誉れ
『誰に見しょとて』(ハヤカワSFシリーズ　Jコレクション)　早川書房　2013.10　①978-4-15-209412-4

トーラスの中の異物
『誰に見しょとて』(ハヤカワSFシリーズ　Jコレクション)　早川書房　2013.10　①978-4-15-209412-4

星の香り
『誰に見しょとて』(ハヤカワSFシリーズ　Jコレクション)　早川書房　2013.10　①978-4-15-209412-4

妄想少女
『NOVA　10』(河出文庫)　河出書房新社　2013.7　①978-4-309-41230-6

流浪の民
『誰に見しょとて』(ハヤカワSFシリーズ　Jコレクション)　早川書房　2013.10　①978-4-15-209412-4

菅原　照貴　すがわら・てるき

さよならプリンセス
『マルドゥック・ストーリーズ公式二次創作集』(ハヤカワ文庫JA)　早川書房　2016.9　①978-4-15-031246-6

杉村　顕道　すぎむら・けんどう

空家の怪
『彩雨亭鬼談―杉村顕道怪談全集』(東北の声叢書)　荒蝦夷　2010.2　①978-4-904863-01-5

痣
『彩雨亭鬼談―杉村顕道怪談全集』(東北の声叢書)　荒蝦夷　2010.2　①978-4-904863-01-5

四阿山の話
『彩雨亭鬼談―杉村顕道怪談全集』(東北の声叢書)　荒蝦夷　2010.2　①978-4-904863-01-5

雨夜の客
『彩雨亭鬼談―杉村顕道怪談全集』(東北の声叢書)　荒蝦夷　2010.2　①978-4-904863-01-5

雨宮の猊踊の話
『彩雨亭鬼談―杉村顕道怪談全集』(東北の声叢書)　荒蝦夷　2010.2　①978-4-904863-01-5

ある下足番の話
『彩雨亭鬼談―杉村顕道怪談全集』(東北の声叢書)　荒蝦夷　2010.2　①978-4-904863-01-5

安養寺阿弥陀如来の話
『彩雨亭鬼談―杉村顕道怪談全集』(東北の声叢書)　荒蝦夷　2010.2　①978-4-904863-01-5

色形灰の御像の話
『彩雨亭鬼談―杉村顕道怪談全集』(東北の声叢書)　荒蝦夷　2010.2　①978-4-904863-01-5

ウールの単衣を着た男
『彩雨亭鬼談―杉村顕道怪談全集』(東北の声叢書)　荒蝦夷　2010.2　①978-4-904863-01-5

永寿王丸の話
『彩雨亭鬼談―杉村顕道怪談全集』(東北の声叢書)　荒蝦夷　2010.2　①978-4-904863-01-5

Nさんの経験
『彩雨亭鬼談―杉村顕道怪談全集』(東北の声叢書)　荒蝦夷　2010.2　①978-4-904863-01-5

猿猴屋敷の話
『彩雨亭鬼談―杉村顕道怪談全集』(東北の声叢書)　荒蝦夷　2010.2　①978-4-904863-01-5

大石大明神の話
『彩雨亭鬼談―杉村顕道怪談全集』(東北の声叢書) 荒蝦夷 2010.2 ①978-4-904863-01-5

大沼池の龍神
『彩雨亭鬼談―杉村顕道怪談全集』(東北の声叢書) 荒蝦夷 2010.2 ①978-4-904863-01-5

お菊大明神の話
『彩雨亭鬼談―杉村顕道怪談全集』(東北の声叢書) 荒蝦夷 2010.2 ①978-4-904863-01-5

お六櫛の話
『彩雨亭鬼談―杉村顕道怪談全集』(東北の声叢書) 荒蝦夷 2010.2 ①978-4-904863-01-5

温泉寺奇譚
『彩雨亭鬼談―杉村顕道怪談全集』(東北の声叢書) 荒蝦夷 2010.2 ①978-4-904863-01-5

諧謔全享の話
『彩雨亭鬼談―杉村顕道怪談全集』(東北の声叢書) 荒蝦夷 2010.2 ①978-4-904863-01-5

怪談十五夜
『彩雨亭鬼談―杉村顕道怪談全集』(東北の声叢書) 荒蝦夷 2010.2 ①978-4-904863-01-5

影二題
『彩雨亭鬼談―杉村顕道怪談全集』(東北の声叢書) 荒蝦夷 2010.2 ①978-4-904863-01-5

兜鉢
『彩雨亭鬼談―杉村顕道怪談全集』(東北の声叢書) 荒蝦夷 2010.2 ①978-4-904863-01-5

蟇合戦の話
『彩雨亭鬼談―杉村顕道怪談全集』(東北の声叢書) 荒蝦夷 2010.2 ①978-4-904863-01-5

黄八丈の寝衣
『彩雨亭鬼談―杉村顕道怪談全集』(東北の声叢書) 荒蝦夷 2010.2 ①978-4-904863-01-5

行生猿女の話
『彩雨亭鬼談―杉村顕道怪談全集』(東北の声叢書) 荒蝦夷 2010.2 ①978-4-904863-01-5

鬚の玄三の話
『彩雨亭鬼談―杉村顕道怪談全集』(東北の声叢書) 荒蝦夷 2010.2 ①978-4-904863-01-5

下足番の話
『彩雨亭鬼談―杉村顕道怪談全集』(東北の声叢書) 荒蝦夷 2010.2 ①978-4-904863-01-5

黄牛記
『彩雨亭鬼談―杉村顕道怪談全集』(東北の声叢書) 荒蝦夷 2010.2 ①978-4-904863-01-5

好色灯台の話
『彩雨亭鬼談―杉村顕道怪談全集』(東北の声叢書) 荒蝦夷 2010.2 ①978-4-904863-01-5

興禅寺の狐檀家
『彩雨亭鬼談―杉村顕道怪談全集』(東北の声叢書) 荒蝦夷 2010.2 ①978-4-904863-01-5

小桂の美女の話
『彩雨亭鬼談―杉村顕道怪談全集』(東北の声叢書) 荒蝦夷 2010.2 ①978-4-904863-01-5

神戸の銀杏の話
『彩雨亭鬼談―杉村顕道怪談全集』(東北の声叢書) 荒蝦夷 2010.2 ①978-4-904863-01-5

香炉岩の話
『彩雨亭鬼談―杉村顕道怪談全集』(東北の声叢書) 荒蝦夷 2010.2 ①978-4-904863-01-5

後妻
『彩雨亭鬼談―杉村顕道怪談全集』(東北の声叢書) 荒蝦夷 2010.2 ①978-4-904863-01-5

牛伏寺の話
『彩雨亭鬼談―杉村顕道怪談全集』(東北の声叢書) 荒蝦夷 2010.2 ①978-4-904863-01-5

駒ケ岳の駒岩の話
『彩雨亭鬼談―杉村顕道怪談全集』(東北の声叢書) 荒蝦夷 2010.2 ①978-4-904863-01-5

金台寺の話
『彩雨亭鬼談―杉村顕道怪談全集』(東北の声叢書) 荒蝦夷 2010.2 ①978-4-904863-01-5

彩雨亭鬼談拾遺
『彩雨亭鬼談―杉村顕道怪談全集』（東北の声叢書）　荒蝦夷　2010.2　①978-4-904863-01-5

左宮司の話
『彩雨亭鬼談―杉村顕道怪談全集』（東北の声叢書）　荒蝦夷　2010.2　①978-4-904863-01-5

囁く人
『彩雨亭鬼談―杉村顕道怪談全集』（東北の声叢書）　荒蝦夷　2010.2　①978-4-904863-01-5

佐々良峠の亡霊の話
『彩雨亭鬼談―杉村顕道怪談全集』（東北の声叢書）　荒蝦夷　2010.2　①978-4-904863-01-5

猿屋小路の猿の話
『彩雨亭鬼談―杉村顕道怪談全集』（東北の声叢書）　荒蝦夷　2010.2　①978-4-904863-01-5

塩見岳の狐の話
『彩雨亭鬼談―杉村顕道怪談全集』（東北の声叢書）　荒蝦夷　2010.2　①978-4-904863-01-5

信濃の真弓の話
『彩雨亭鬼談―杉村顕道怪談全集』（東北の声叢書）　荒蝦夷　2010.2　①978-4-904863-01-5

聖徳太子と駒ケ岳の駒の話
『彩雨亭鬼談―杉村顕道怪談全集』（東北の声叢書）　荒蝦夷　2010.2　①978-4-904863-01-5

白鷺の東庵
『彩雨亭鬼談―杉村顕道怪談全集』（東北の声叢書）　荒蝦夷　2010.2　①978-4-904863-01-5

人骨をかじる狐の話
『彩雨亭鬼談―杉村顕道怪談全集』（東北の声叢書）　荒蝦夷　2010.2　①978-4-904863-01-5

信州百物語―怪奇伝説
『彩雨亭鬼談―杉村顕道怪談全集』（東北の声叢書）　荒蝦夷　2010.2　①978-4-904863-01-5

深夜の葬列
『彩雨亭鬼談―杉村顕道怪談全集』（東北の声叢書）　荒蝦夷　2010.2　①978-4-904863-01-5

蛻庵物語
『彩雨亭鬼談―杉村顕道怪談全集』（東北の声叢書）　荒蝦夷　2010.2　①978-4-904863-01-5

晴明の火除柱の話
『彩雨亭鬼談―杉村顕道怪談全集』（東北の声叢書）　荒蝦夷　2010.2　①978-4-904863-01-5

咳
『彩雨亭鬼談―杉村顕道怪談全集』（東北の声叢書）　荒蝦夷　2010.2　①978-4-904863-01-5

隻眼の狐
『彩雨亭鬼談―杉村顕道怪談全集』（東北の声叢書）　荒蝦夷　2010.2　①978-4-904863-01-5

節句村正
『彩雨亭鬼談―杉村顕道怪談全集』（東北の声叢書）　荒蝦夷　2010.2　①978-4-904863-01-5

善仲院観世音の話
『彩雨亭鬼談―杉村顕道怪談全集』（東北の声叢書）　荒蝦夷　2010.2　①978-4-904863-01-5

太鼓石の話
『彩雨亭鬼談―杉村顕道怪談全集』（東北の声叢書）　荒蝦夷　2010.2　①978-4-904863-01-5

田端の姫の話
『彩雨亭鬼談―杉村顕道怪談全集』（東北の声叢書）　荒蝦夷　2010.2　①978-4-904863-01-5

旅絵師の話
『彩雨亭鬼談―杉村顕道怪談全集』（東北の声叢書）　荒蝦夷　2010.2　①978-4-904863-01-5

旅役者
『彩雨亭鬼談―杉村顕道怪談全集』（東北の声叢書）　荒蝦夷　2010.2　①978-4-904863-01-5

鳥海山物語
『彩雨亭鬼談―杉村顕道怪談全集』（東北の声叢書）　荒蝦夷　2010.2　①978-4-904863-01-5

手相奇談
『彩雨亭鬼談―杉村顕道怪談全集』（東北の声叢書）　荒蝦夷　2010.2　①978-4-904863-01-5

銅鑼子の話
『彩雨亭鬼談―杉村顕道怪談全集』（東北の声叢書）荒蝦夷　2010.2　①978-4-904863-01-5

東条の泣き坂の話
『彩雨亭鬼談―杉村顕道怪談全集』（東北の声叢書）荒蝦夷　2010.2　①978-4-904863-01-5

豆腐のあんかけ
『彩雨亭鬼談―杉村顕道怪談全集』（東北の声叢書）荒蝦夷　2010.2　①978-4-904863-01-5

徳本峠の小狐の話
『彩雨亭鬼談―杉村顕道怪談全集』（東北の声叢書）荒蝦夷　2010.2　①978-4-904863-01-5

投草履の話
『彩雨亭鬼談―杉村顕道怪談全集』（東北の声叢書）荒蝦夷　2010.2　①978-4-904863-01-5

七久里の湯の話
『彩雨亭鬼談―杉村顕道怪談全集』（東北の声叢書）荒蝦夷　2010.2　①978-4-904863-01-5

鳴門の森の話
『彩雨亭鬼談―杉村顕道怪談全集』（東北の声叢書）荒蝦夷　2010.2　①978-4-904863-01-5

鼠の耕雲寺の話
『彩雨亭鬼談―杉村顕道怪談全集』（東北の声叢書）荒蝦夷　2010.2　①978-4-904863-01-5

箱根から来た男
『彩雨亭鬼談―杉村顕道怪談全集』（東北の声叢書）荒蝦夷　2010.2　①978-4-904863-01-5

箱根から来た男―彩雨亭鬼談
『彩雨亭鬼談―杉村顕道怪談全集』（東北の声叢書）荒蝦夷　2010.2　①978-4-904863-01-5

はしがき
『彩雨亭鬼談―杉村顕道怪談全集』（東北の声叢書）荒蝦夷　2010.2　①978-4-904863-01-5

離家の人影
『彩雨亭鬼談―杉村顕道怪談全集』（東北の声叢書）荒蝦夷　2010.2　①978-4-904863-01-5

一つ目鬼の話
『彩雨亭鬼談―杉村顕道怪談全集』（東北の声叢書）荒蝦夷　2010.2　①978-4-904863-01-5

福徳寺の涅槃像の話
『彩雨亭鬼談―杉村顕道怪談全集』（東北の声叢書）荒蝦夷　2010.2　①978-4-904863-01-5

扶桑第一
『彩雨亭鬼談―杉村顕道怪談全集』（東北の声叢書）荒蝦夷　2010.2　①978-4-904863-01-5

二ツ人魂
『彩雨亭鬼談―杉村顕道怪談全集』（東北の声叢書）荒蝦夷　2010.2　①978-4-904863-01-5

二つ山の話
『彩雨亭鬼談―杉村顕道怪談全集』（東北の声叢書）荒蝦夷　2010.2　①978-4-904863-01-5

星塚の話
『彩雨亭鬼談―杉村顕道怪談全集』（東北の声叢書）荒蝦夷　2010.2　①978-4-904863-01-5

穂高の公安様の話
『彩雨亭鬼談―杉村顕道怪談全集』（東北の声叢書）荒蝦夷　2010.2　①978-4-904863-01-5

蛍合戦の話
『彩雨亭鬼談―杉村顕道怪談全集』（東北の声叢書）荒蝦夷　2010.2　①978-4-904863-01-5

水沢山の天狗の話
『彩雨亭鬼談―杉村顕道怪談全集』（東北の声叢書）荒蝦夷　2010.2　①978-4-904863-01-5

御手洗弁天の話
『彩雨亭鬼談―杉村顕道怪談全集』（東北の声叢書）荒蝦夷　2010.2　①978-4-904863-01-5

迎え滝送り滝の話
『彩雨亭鬼談―杉村顕道怪談全集』（東北の声叢書）荒蝦夷　2010.2　①978-4-904863-01-5

虫歌観世音の話
『彩雨亭鬼談―杉村顕道怪談全集』（東北の声叢書）荒蝦夷　2010.2　①978-4-904863-01-5

日本のSF・ホラー・ファンタジー　　　　　　　　　　　　　　　　　　　　　　　　　朱雀門出

名鵺
　『彩雨亭鬼談―杉村顕道怪談全集』（東北の声叢書）　荒蝦夷　2010.2　①978-4-904863-01-5

明徳寺の弥勒菩薩の話
　『彩雨亭鬼談―杉村顕道怪談全集』（東北の声叢書）　荒蝦夷　2010.2　①978-4-904863-01-5

女夫石の話
　『彩雨亭鬼談―杉村顕道怪談全集』（東北の声叢書）　荒蝦夷　2010.2　①978-4-904863-01-5

木綿針
　『彩雨亭鬼談―杉村顕道怪談全集』（東北の声叢書）　荒蝦夷　2010.2　①978-4-904863-01-5

弥太郎滝の話
　『彩雨亭鬼談―杉村顕道怪談全集』（東北の声叢書）　荒蝦夷　2010.2　①978-4-904863-01-5

山辺温泉の話
　『彩雨亭鬼談―杉村顕道怪談全集』（東北の声叢書）　荒蝦夷　2010.2　①978-4-904863-01-5

槍ケ岳温泉の話
　『彩雨亭鬼談―杉村顕道怪談全集』（東北の声叢書）　荒蝦夷　2010.2　①978-4-904863-01-5

幽霊蕎麦
　『彩雨亭鬼談―杉村顕道怪談全集』（東北の声叢書）　荒蝦夷　2010.2　①978-4-904863-01-5

夢の小布
　『彩雨亭鬼談―杉村顕道怪談全集』（東北の声叢書）　荒蝦夷　2010.2　①978-4-904863-01-5

蓮華温泉の怪話
　『彩雨亭鬼談―杉村顕道怪談全集』（東北の声叢書）　荒蝦夷　2010.2　①978-4-904863-01-5

草鞋の裏
　『彩雨亭鬼談―杉村顕道怪談全集』（東北の声叢書）　荒蝦夷　2010.2　①978-4-904863-01-5

椙村 紫帆　すぎむら・しほ

しょっぱい雪
　『ゆきのまち幻想文学賞小品集　21　風花　雪の物語二十七編』　企画集団ぷりずむ　2012.3　①978-4-906691-42-5

杉本 栄子　すぎもと・えいこ

クリスマスの夜
　『怪談オウマガドキ学園　1　真夜中の入学式』　童心社　2013.7　①978-4-494-01650-1
　『怪談オウマガドキ学園　1　真夜中の入学式』　童心社　2013.7　①978-4-494-01709-6

午後四時の写真
　『怪談オウマガドキ学園　2　放課後の謎メール』　童心社　2013.7　①978-4-494-01651-8
　『怪談オウマガドキ学園　2　放課後の謎メール』　童心社　2013.7　①978-4-494-01710-2

椙本 孝思　すぎもと・たかし

寄生生物
　『バジリスク―寄生生物』（角川ホラー文庫）　角川書店　2012.2　①978-4-04-100175-2

生物教師
　『バジリスク―寄生生物』（角川ホラー文庫）　角川書店　2012.2　①978-4-04-100175-2

徘徊老人
　『バジリスク―寄生生物』（角川ホラー文庫）　角川書店　2012.2　①978-4-04-100175-2

人喰屋敷
　『バジリスク―寄生生物』（角川ホラー文庫）　角川書店　2012.2　①978-4-04-100175-2

隣人監視
　『バジリスク―寄生生物』（角川ホラー文庫）　角川書店　2012.2　①978-4-04-100175-2

朱雀門 出　すざくもん・いずる

きも
　『今昔奇怪録』（角川ホラー文庫）　角川書店　2009.10　①978-4-04-409409-6

狂覚
『今昔奇怪録』（角川ホラー文庫）角川書店 2009.10　①978-4-04-409409-6

金曜日の出来事
『FKB 怪談五色　忌式』（竹書房文庫）竹書房　2014.12　①978-4-8019-0073-8

首ざぶとん
『首ざぶとん』（角川ホラー文庫）角川書店 2010.11　①978-4-04-394396-8

誤作動
『FKB 怪談五色　忌式』（竹書房文庫）竹書房　2014.12　①978-4-8019-0073-8

小人のいる店
『FKB 怪談五色　忌式』（竹書房文庫）竹書房　2014.12　①978-4-8019-0073-8

今昔奇怪録
『今昔奇怪録』（角川ホラー文庫）角川書店 2009.10　①978-4-04-409409-6

地蔵憑き
『憑依―異形コレクション』（光文社文庫）光文社　2010.5　①978-4-334-74784-8

釋迦狂い
『今昔奇怪録』（角川ホラー文庫）角川書店 2009.10　①978-4-04-409409-6

つまみぐい
『FKB 怪談五色　忌式』（竹書房文庫）竹書房　2014.12　①978-4-8019-0073-8

トモダチ
『首ざぶとん』（角川ホラー文庫）角川書店 2010.11　①978-4-04-394396-8

ひじり
『首ざぶとん』（角川ホラー文庫）角川書店 2010.11　①978-4-04-394396-8

羊を何度も掘り出す話
『首ざぶとん』（角川ホラー文庫）角川書店 2010.11　①978-4-04-394396-8

震える三人
『FKB 怪談五色　忌式』（竹書房文庫）竹書房　2014.12　①978-4-8019-0073-8

疱瘡婆
『今昔奇怪録』（角川ホラー文庫）角川書店 2009.10　①978-4-04-409409-6

めし
『FKB 怪談五色　忌式』（竹書房文庫）竹書房　2014.12　①978-4-8019-0073-8

りょうあしカタアシ
『FKB 怪談五色　忌式』（竹書房文庫）竹書房　2014.12　①978-4-8019-0073-8

gさんと人形
『FKB 怪談五色　忌式』（竹書房文庫）竹書房　2014.12　①978-4-8019-0073-8

図子 慧　ずし・けい

愛は、こぼれるqの音色
『NOVA 5 書き下ろし日本SFコレクション』（河出文庫）河出書房新社　2011.8　①978-4-309-41098-2

ゴースト
『SF Japan 2009AUTUMN』徳間書店 2009.9　①978-4-19-862778-2

『逆想コンチェルト　奏の1　イラスト先行・競作小説アンソロジー』徳間書店　2010.6　①978-4-19-862964-9

タイスのたずね人
『グイン・サーガ・ワールド 5』（ハヤカワ文庫JA）早川書房　2012.9　①978-4-15-031081-3

朱雀 新吾　すじゃく・しんご

石の聖水 "竹の水仙"
『異世界落語 2』（ヒーロー文庫）主婦の友社　2017.1　①978-4-07-420831-9

異世界に生まれた高座
『異世界落語 2』（ヒーロー文庫）主婦の友社　2017.1　①978-4-07-420831-9

エターナル "寿限無"
『異世界落語 2』（ヒーロー文庫）主婦の友社　2017.1　①978-4-07-420831-9

エルフの富 新作
『異世界落語 1』（ヒーロー文庫）主婦の友社　2016.6　①978-4-07-417674-8

救世主の正体
『異世界落語 1』（ヒーロー文庫）主婦の友社　2016.6　①978-4-07-417674-8

旧暦の黄昏 "芝浜"
『異世界落語 2』(ヒーロー文庫) 主婦の友社 2017.1 ①978-4-07-420831-9

クロノ・チンチローネ 時そば
『異世界落語 1』(ヒーロー文庫) 主婦の友社 2016.6 ①978-4-07-417674-8

謝霊祭となぞかけ
『異世界落語 2』(ヒーロー文庫) 主婦の友社 2017.1 ①978-4-07-420831-9

謝霊祭 "初天神"
『異世界落語 2』(ヒーロー文庫) 主婦の友社 2017.1 ①978-4-07-420831-9

ソードほめ 子ほめ
『異世界落語 1』(ヒーロー文庫) 主婦の友社 2016.6 ①978-4-07-417674-8

胴斬り "胴斬り"
『異世界落語 2』(ヒーロー文庫) 主婦の友社 2017.1 ①978-4-07-420831-9

ニグニグ草 青菜
『異世界落語 1』(ヒーロー文庫) 主婦の友社 2016.6 ①978-4-07-417674-8

火属性魔法こわい "饅頭こわい"
『異世界落語 2』(ヒーロー文庫) 主婦の友社 2017.1 ①978-4-07-420831-9

元竜及び元スライム 元犬
『異世界落語 1』(ヒーロー文庫) 主婦の友社 2016.6 ①978-4-07-417674-8

老騎士アルステッド "宮戸川"
『異世界落語 2』(ヒーロー文庫) 主婦の友社 2017.1 ①978-4-07-420831-9

鈴木 いづみ　すずき・いづみ

アイは死を越えない
『日本SF全集　第2巻』 出版芸術社 2010.3 ①978-4-88293-347-2
『契約―鈴木いづみSF全集』 文遊社 2014.7 ①978-4-89257-106-0

悪意がいっぱい
『契約―鈴木いづみSF全集』 文遊社 2014.7 ①978-4-89257-106-0

悪魔になれない
『契約―鈴木いづみSF全集』 文遊社 2014.7 ①978-4-89257-106-0

朝日のようにさわやかに
『契約―鈴木いづみSF全集』 文遊社 2014.7 ①978-4-89257-106-0

あまいお話
『契約―鈴木いづみSF全集』 文遊社 2014.7 ①978-4-89257-106-0

歩く人
『契約―鈴木いづみSF全集』 文遊社 2014.7 ①978-4-89257-106-0

想い出のシーサイド・クラブ
『契約―鈴木いづみSF全集』 文遊社 2014.7 ①978-4-89257-106-0

女と女の世の中
『契約―鈴木いづみSF全集』 文遊社 2014.7 ①978-4-89257-106-0

悲しきカンガルー
『契約―鈴木いづみSF全集』 文遊社 2014.7 ①978-4-89257-106-0

カラッポがいっぱいの世界
『SFマガジン700 国内篇―創刊700号記念アンソロジー』(ハヤカワ文庫SF) 早川書房 2014.5 ①978-4-15-011961-4
『契約―鈴木いづみSF全集』 文遊社 2014.7 ①978-4-89257-106-0

契約
『契約―鈴木いづみSF全集』 文遊社 2014.7 ①978-4-89257-106-0

煙が目にしみる
『契約―鈴木いづみSF全集』 文遊社 2014.7 ①978-4-89257-106-0

静かな生活
『契約―鈴木いづみSF全集』 文遊社 2014.7 ①978-4-89257-106-0

ぜったい退屈
『契約―鈴木いづみSF全集』 文遊社 2014.7 ①978-4-89257-106-0

タイトル・マッチ
『契約―鈴木いづみSF全集』 文遊社 2014.7 ①978-4-89257-106-0

なぜか、アップ・サイド・ダウン
『契約―鈴木いづみSF全集』 文遊社 2014.7 ①978-4-89257-106-0

涙のヒットパレード
『契約―鈴木いづみSF全集』 文遊社 2014.7 ①978-4-89257-106-0

鈴木光司

なんと、恋のサイケデリック！
『契約―鈴木いづみSF全集』 文遊社　2014.7　①978-4-89257-106-0

ペパーミント・ラブ・ストーリィ
『契約―鈴木いづみSF全集』 文遊社　2014.7　①978-4-89257-106-0

魔女見習い
『契約―鈴木いづみSF全集』 文遊社　2014.7　①978-4-89257-106-0

水の記憶
『契約―鈴木いづみSF全集』 文遊社　2014.7　①978-4-89257-106-0

もうなにもかも
『契約―鈴木いづみSF全集』 文遊社　2014.7　①978-4-89257-106-0

ユー・メイ・ドリーム
『契約―鈴木いづみSF全集』 文遊社　2014.7　①978-4-89257-106-0

夜のピクニック
『契約―鈴木いづみSF全集』 文遊社　2014.7　①978-4-89257-106-0

ラブ・オブ・スピード
『契約―鈴木いづみSF全集』 文遊社　2014.7　①978-4-89257-106-0

離婚裁判
『契約―鈴木いづみSF全集』 文遊社　2014.7　①978-4-89257-106-0

わすれた
『契約―鈴木いづみSF全集』 文遊社　2014.7　①978-4-89257-106-0

わすれない
『契約―鈴木いづみSF全集』 文遊社　2014.7　①978-4-89257-106-0

わるい夢
『契約―鈴木いづみSF全集』 文遊社　2014.7　①978-4-89257-106-0

鈴木　光司　すずき・こうじ

鍵穴
『アイズ』（角川ホラー文庫）角川書店　2015.1　①978-4-04-101795-1

杭打ち
『アイズ』（角川ホラー文庫）角川書店　2015.1　①978-4-04-101795-1

クライ・アイズ
『アイズ』（角川ホラー文庫）角川書店　2015.1　①978-4-04-101795-1

樹海
『怪談―黄泉からの招待状』（新潮文庫）新潮社　2012.8　①978-4-10-133253-6

しるし
『アイズ』（角川ホラー文庫）角川書店　2015.1　①978-4-04-101795-1

タクシー
『アイズ』（角川ホラー文庫）角川書店　2015.1　①978-4-04-101795-1

檜
『アイズ』（角川ホラー文庫）角川書店　2015.1　①978-4-04-101795-1

櫓
『アイズ』（角川ホラー文庫）角川書店　2015.1　①978-4-04-101795-1

夜光虫
『アイズ』（角川ホラー文庫）角川書店　2015.1　①978-4-04-101795-1

鈴木　正三　すずき・しょうさん

愛執の蛇身
『江戸奇談怪談集』（ちくま学芸文庫）筑摩書房　2012.11　①978-4-480-09488-9

因果物語―片仮名本
『江戸奇談怪談集』（ちくま学芸文庫）筑摩書房　2012.11　①978-4-480-09488-9

女人と変じた僧達
『江戸奇談怪談集』（ちくま学芸文庫）筑摩書房　2012.11　①978-4-480-09488-9

薄田　泣菫　すすきだ・きゅうきん

幽霊の芝居見
『文豪てのひら怪談』（ポプラ文庫）ポプラ社　2009.8　①978-4-591-11104-8

鈴木　桃野　　すずき・とうや

麻布の幽霊
『江戸奇談怪談集』（ちくま学芸文庫）筑摩書房　2012.11　①978-4-480-09488-9

怪談
『江戸奇談怪談集』（ちくま学芸文庫）筑摩書房　2012.11　①978-4-480-09488-9

宮人降天
『江戸奇談怪談集』（ちくま学芸文庫）筑摩書房　2012.11　①978-4-480-09488-9

反古のうらがき
『江戸奇談怪談集』（ちくま学芸文庫）筑摩書房　2012.11　①978-4-480-09488-9

鈴木　麻純　　すずき・ますみ

青髭
『蛟堂報復録　7』アルファポリス　2012.2　①978-4-434-16435-4
『蛟堂報復録　7』（アルファポリス文庫）アルファポリス　2013.4　①978-4-434-17765-1

安達ヶ原
『蛟堂報復録　6』アルファポリス　2010.12　①978-4-434-15237-5
『蛟堂報復録　6』（アルファポリス文庫）アルファポリス　2013.2　①978-4-434-17469-8

茨の姫と塔の龍
『蛟堂報復録　9』アルファポリス　2013.9　①978-4-434-18362-1

歌う骨
『蛟堂報復録　8』アルファポリス　2012.12　①978-4-434-17493-3
『蛟堂報復録　8』（アルファポリス文庫）アルファポリス　2013.8　①978-4-434-18203-7

怪猫騒動
『蛟堂報復録　2』アルファポリス　2009.9　①978-4-434-13512-5
『蛟堂報復録　2』（アルファポリス文庫）アルファポリス　2012.1　①978-4-434-16308-1

邯鄲の夢
『蛟堂報復録　7』アルファポリス　2012.2　①978-4-434-16435-4
『蛟堂報復録　7』（アルファポリス文庫）アルファポリス　2013.4　①978-4-434-17765-1

黒塚
『蛟堂報復録　9』アルファポリス　2013.9　①978-4-434-18362-1

罪人は誰か
『蛟堂報復録　6』アルファポリス　2010.12　①978-4-434-15237-5
『蛟堂報復録　6』（アルファポリス文庫）アルファポリス　2013.2　①978-4-434-17469-8

ジーキル博士とハイド氏
『蛟堂報復録　2』アルファポリス　2009.9　①978-4-434-13512-5
『蛟堂報復録　2』（アルファポリス文庫）アルファポリス　2012.1　①978-4-434-16308-1

殺生石
『蛟堂報復録　8』アルファポリス　2012.12　①978-4-434-17493-3
『蛟堂報復録　8』（アルファポリス文庫）アルファポリス　2013.8　①978-4-434-18203-7

泣いた赤鬼
『蛟堂報復録　2』アルファポリス　2009.9　①978-4-434-13512-5
『蛟堂報復録　2』（アルファポリス文庫）アルファポリス　2012.1　①978-4-434-16308-1

ルンペルシュティルツヒェン
『蛟堂報復録　9』アルファポリス　2013.9　①978-4-434-18362-1

鈴木　三重吉　　すずき・みえきち

たそがれ
『妖魅は戯る―文豪怪談傑作選・大正篇』（ちくま文庫）筑摩書房　2011.8　①978-4-480-42869-1

月夜
『妖魅は戯る―文豪怪談傑作選・大正篇』（ちくま文庫）筑摩書房　2011.8　①978-4-480-42869-1

雀野 日名子　すずめの・ひなこ

あちん
『あちん』(MF文庫ダ・ヴィンチ)　メディアファクトリー　2013.6　①978-4-8401-5218-1

きたぐに母子歌
『怪談列島ニッポン―書き下ろし諸国奇談競作集』(MF文庫　ダ・ヴィンチ)　メディアファクトリー　2009.2　①978-4-8401-2674-8

ぞんび団地
『きみが見つける物語―十代のための新名作 こわーい話編』(角川文庫)　角川書店　2009.8　①978-4-04-389406-2

タブノキ
『あちん』(MF文庫ダ・ヴィンチ)　メディアファクトリー　2013.6　①978-4-8401-5218-1

中古獣カラゴラン
『怪獣文藝』(幽ブックス)　メディアファクトリー　2013.3　①978-4-8401-5144-3

向こう岸―あの日
『あちん』(MF文庫ダ・ヴィンチ)　メディアファクトリー　2013.6　①978-4-8401-5218-1

迷走
『あちん』(MF文庫ダ・ヴィンチ)　メディアファクトリー　2013.6　①978-4-8401-5218-1

もうすぐ私はいなくなる
『あちん』(MF文庫ダ・ヴィンチ)　メディアファクトリー　2013.6　①978-4-8401-5218-1

耶知子さん、季節はずれのハワイアンを吟じる
『太陽おばば』　双葉社　2011.2　①978-4-575-23718-4

『太陽おばば』(双葉文庫)　双葉社　2013.12　①978-4-575-51637-1

耶知子さん、クリスマスの甘酒に酔う
『太陽おばば』　双葉社　2011.2　①978-4-575-23718-4

『太陽おばば』(双葉文庫)　双葉社　2013.12　①978-4-575-51637-1

耶知子さん、葬儀場に竜巻を呼ぶ
『太陽おばば』　双葉社　2011.2　①978-4-575-23718-4

『太陽おばば』(双葉文庫)　双葉社　2013.12　①978-4-575-51637-1

耶知子さん、新盆で遠吠えする
『太陽おばば』　双葉社　2011.2　①978-4-575-23718-4

『太陽おばば』(双葉文庫)　双葉社　2013.12　①978-4-575-51637-1

耶知子さん、母娘旅行に出かける
『太陽おばば』　双葉社　2011.2　①978-4-575-23718-4

『太陽おばば』(双葉文庫)　双葉社　2013.12　①978-4-575-51637-1

2時19分
『あちん』(MF文庫ダ・ヴィンチ)　メディアファクトリー　2013.6　①978-4-8401-5218-1

須藤 安寿　すどう・あんじゅ

恩返し
『アドレナリンの夜 霊界ノ呪』(竹書房文庫)　竹書房　2016.2　①978-4-8019-0635-8

彼氏の実家
『アドレナリンの夜 霊界ノ呪』(竹書房文庫)　竹書房　2016.2　①978-4-8019-0635-8

高額当選
『アドレナリンの夜 霊界ノ呪』(竹書房文庫)　竹書房　2016.2　①978-4-8019-0635-8

ヒロイン
『アドレナリンの夜 猟奇ノ血』(竹書房文庫)　竹書房　2016.2　①978-4-8019-0636-5

ルームシェア
『アドレナリンの夜 霊界ノ呪』(竹書房文庫)　竹書房　2016.2　①978-4-8019-0635-8

須永 朝彦　すなが・あさひこ

R公の綴織画
『天使』　国書刊行会　2010.7　①978-4-336-05255-1

エル・レリカリオ
『天使』　国書刊行会　2010.7　①978-4-336-05255-1

花刑
『天使』　国書刊行会　2010.7　①978-4-336-05255-1

銀毛狼皮
『天使』　国書刊行会　2010.7　①978-4-336-05255-1

月光浴
『天使』　国書刊行会　2010.7　①978-4-336-05255-1

蝙蝠男
『天使』　国書刊行会　2010.7　①978-4-336-05255-1

就眠儀式
『天使』　国書刊行会　2010.7　①978-4-336-05255-1

神聖羅馬帝国
『天使』　国書刊行会　2010.7　①978-4-336-05255-1

契
『天使』　国書刊行会　2010.7　①978-4-336-05255-1

天使1
『天使』　国書刊行会　2010.7　①978-4-336-05255-1

天使2
『天使』　国書刊行会　2010.7　①978-4-336-05255-1

天使3
『天使』　国書刊行会　2010.7　①978-4-336-05255-1

ドナウ川の漣
『天使』　国書刊行会　2010.7　①978-4-336-05255-1

ぬばたまの
『天使』　国書刊行会　2010.7　①978-4-336-05255-1

白鳥の湖の方へ
『天使』　国書刊行会　2010.7　①978-4-336-05255-1

光と影
『天使』　国書刊行会　2010.7　①978-4-336-05255-1

笛吹童子
『天使』　国書刊行会　2010.7　①978-4-336-05255-1

木犀館殺人事件
『天使』　国書刊行会　2010.7　①978-4-336-05255-1

樅の木の下で
『天使』　国書刊行会　2010.7　①978-4-336-05255-1

森の彼方の地
『天使』　国書刊行会　2010.7　①978-4-336-05255-1

誘惑
『天使』　国書刊行会　2010.7　①978-4-336-05255-1

LES LILAS
『天使』　国書刊行会　2010.7　①978-4-336-05255-1

MON HOMME
『天使』　国書刊行会　2010.7　①978-4-336-05255-1

隅沢　克之　すみさわ・かつゆき

MCファイル
『新機動戦記ガンダムＷ　フローズン・ティアドロップ　6　下　悲嘆の夜想曲』（角川コミックス・エース）角川書店　2012.6　①978-4-04-120290-6

寂寥の狂詩曲―MCファイル5
『新機動戦記ガンダムＷフローズン・ティアドロップ　7　上　寂寥の狂詩曲』（角川コミックス・エース）角川書店　2013.1　①978-4-04-120452-8

悲嘆の夜想曲
『新機動戦記ガンダムＷ　フローズン・ティアドロップ　6　下　悲嘆の夜想曲』（角川コミックス・エース）角川書店　2012.6　①978-4-04-120290-6

胸奥の間奏曲―プリベンター5
『新機動戦記ガンダムＷ　フローズン・ティアドロップ　6　下　悲嘆の夜想曲』（角川コミックス・エース）角川書店　2012.6　①978-4-04-120290-6

胸奥の間奏曲―プリベンター5　後編
『新機動戦記ガンダムＷフローズン・ティアドロップ　7　上　寂寥の狂詩曲』（角川コミックス・エース）角川書店　2013.1　①978-4-04-120452-8

巣山 ひろみ　すやま・ひろみ

青い手
『ゆきのまち幻想文学賞小品集　20　もうひとつの階段』　企画集団ぷりずむ　2011.4　①978-4-906691-37-1

峠の酒蔵
『ゆきのまち幻想文学賞小品集　19　雪の反転鏡』　企画集団ぷりずむ　2010.3　①978-4-906691-32-6

雪の翼
『ゆきのまち幻想文学賞小品集　20　もうひとつの階段』　企画集団ぷりずむ　2011.4　①978-4-906691-37-1

椀の底
『ゆきのまち幻想文学賞小品集　21　風花雪の物語二十七編』　企画集団ぷりずむ　2012.3　①978-4-906691-42-5

諏訪 哲史　すわ・てつし

点点点丸転転丸
『行き先は特異点―年刊日本SF傑作選』（創元SF文庫）　東京創元社　2017.7　①978-4-488-73410-7

世阿彌　ぜあみ

松風
『幻視の系譜―日本幻想文学大全』（ちくま文庫）　筑摩書房　2013.10　①978-4-480-43112-7

西野 吾郎　せいの・ごろう

幽霊トンネル
『ホラーアンソロジー　1　"赤"』（ファミ通文庫）　エンターブレイン　2012.8　①978-4-04-728210-0

瀬尾 つかさ　せお・つかさ

ウェイプスウィード
『極光星群―年刊日本SF傑作選』（創元SF文庫）　東京創元社　2013.6　①978-4-488-73406-0

真実の気持ち
『調停少女サファイア　2』（富士見ファンタジア文庫）　富士見書房　2011.9　①978-4-8291-3683-6

双玉の想い
『調停少女サファイア　2』（富士見ファンタジア文庫）　富士見書房　2011.9　①978-4-8291-3683-6

ノームの都クェンタク
『調停少女サファイア　2』（富士見ファンタジア文庫）　富士見書房　2011.9　①978-4-8291-3683-6

ヒューマンの都ユヴレム
『調停少女サファイア　2』（富士見ファンタジア文庫）　富士見書房　2011.9　①978-4-8291-3683-6

瀬川 ことび　せがわ・ことび

ラベンダー・サマー
『青に捧げる悪夢』（角川文庫）　角川書店　2013.2　①978-4-04-100700-6

瀬川 貴次　せがわ・たかつぐ

葵祭の夜
『ばけもの好む中将―平安不思議めぐり』（集英社文庫）　集英社　2013.4　①978-4-08-745062-0

鵲の橋
『ばけもの好む中将―平安不思議めぐり』（集英社文庫）　集英社　2013.4　①978-4-08-745062-0

仁寿殿の怪
『ばけもの好む中将―平安不思議めぐり』（集英社文庫）　集英社　2013.4　①978-4-08-745062-0

角三つ生いたる鬼女
『ばけもの好む中将―平安不思議めぐり』（集英社文庫）　集英社　2013.4　①978-4-08-745062-0

瀬川 隆文　せがわ・たかふみ

雪客
『ゆきのまち幻想文学賞小品集　19　雪の反転鏡』　企画集団ぷりずむ　2010.3　①978-4-906691-32-6

天国からの贈り物
『ゆきのまち幻想文学賞小品集　22　大きな木』企画集団ぷりずむ　2013.3　①978-4-906691-45-6

赤月 折　せきつき・おり

積る日
『ゆきのまち幻想文学賞小品集　22　大きな木』企画集団ぷりずむ　2013.3　①978-4-906691-45-6

関戸 克己　せきと・かつみ

小説・読書生活（抄）
『文豪てのひら怪談』（ポプラ文庫）ポプラ社　2009.8　①978-4-591-11104-8

関根 パン　せきね・ぱん

「眠れずの部屋」
『ホラーアンソロジー　2　"黒"』（ファミ通文庫）エンターブレイン　2012.9　①978-4-04-728298-8

瀬下 耽　せじも・たん

海底
『瀬下耽探偵小説選』（論創ミステリ叢書）論創社　2009.11　①978-4-8460-0907-6

『竹中英太郎　1　怪奇』（挿絵叢書）皓星社　2016.6　①978-4-7744-0613-8

瀬名 秀明　せな・ひであき

AIR
『夜の虹彩』（ふしぎ文学館）出版芸術社　2014.1　①978-4-88293-456-1

翳りゆくさき
『夜の虹彩』（ふしぎ文学館）出版芸術社　2014.1　①978-4-88293-456-1

眼球の蚊
『夜の虹彩』（ふしぎ文学館）出版芸術社　2014.1　①978-4-88293-456-1

擬眼
『SF宝石』光文社　2013.8　①978-4-334-92888-9

『夜の虹彩』（ふしぎ文学館）出版芸術社　2014.1　①978-4-88293-456-1

絆
『月と太陽』講談社　2013.10　①978-4-06-218650-6

『月と太陽』（講談社文庫）講談社　2015.10　①978-4-06-293236-3

希望
『NOVA　3　書き下ろし日本SFコレクション』（河出文庫）河出書房新社　2010.12　①978-4-309-41055-5

『希望』（ハヤカワ文庫JA）早川書房　2011.7　①978-4-15-031039-4

きみに読む物語
『日本SF短篇50　5』（ハヤカワ文庫JA）早川書房　2013.10　①978-4-15-031131-5

最初の記憶
『夜の虹彩』（ふしぎ文学館）出版芸術社　2014.1　①978-4-88293-456-1

静かな恋の物語
『希望』（ハヤカワ文庫JA）早川書房　2011.7　①978-4-15-031039-4

新生
『拡張幻想―年刊日本SF傑作選』（創元SF文庫）東京創元社　2012.6　①978-4-488-73405-3

黄昏柱時計
『夜の虹彩』（ふしぎ文学館）出版芸術社　2014.1　①978-4-88293-456-1

鶫と鷄
『希望』（ハヤカワ文庫JA）早川書房　2011.7　①978-4-15-031039-4

天狗の音色
『夜の虹彩』（ふしぎ文学館）出版芸術社　2014.1　①978-4-88293-456-1

長い道
『夜の虹彩』（ふしぎ文学館）出版芸術社　2014.1　①978-4-88293-456-1

はるかな町
『夜の虹彩』（ふしぎ文学館）出版芸術社　2014.1　①978-4-88293-456-1

光の栞

『Fの肖像―フランケンシュタインの幻想たち 異形コレクション』（光文社文庫）光文社 2010.9 ⓘ978-4-334-74846-3

『希望』（ハヤカワ文庫JA）早川書房 2011.7 ⓘ978-4-15-031039-4

『年刊日本SF傑作選 結晶銀河―年刊日本SF傑作選』（創元SF文庫）東京創元社 2011.7 ⓘ978-4-488-73404-6

不死の市

『SF JACK』角川書店 2013.2 ⓘ978-4-04-110398-2

プロメテウスの悪夢

『鉄人28号 THE NOVELS』小学館クリエイティブ 2012.11 ⓘ978-4-7780-3752-9

『夜の虹彩』（ふしぎ文学館）出版芸術社 2014.1 ⓘ978-4-88293-456-1

ホリデイズ

『月と太陽』講談社 2013.10 ⓘ978-4-06-218650-6

『月と太陽』（講談社文庫）講談社 2015.10 ⓘ978-4-06-293236-3

瞬きよりも速く

『月と太陽』講談社 2013.10 ⓘ978-4-06-218650-6

『月と太陽』（講談社文庫）講談社 2015.10 ⓘ978-4-06-293236-3

魔法

『希望』（ハヤカワ文庫JA）早川書房 2011.7 ⓘ978-4-15-031039-4

真夜中の通過

『月と太陽』講談社 2013.10 ⓘ978-4-06-218650-6

『月と太陽』（講談社文庫）講談社 2015.10 ⓘ978-4-06-293236-3

ミシェル

『NOVA 10』（河出文庫）河出書房新社 2013.7 ⓘ978-4-309-41230-6

未来からの声

『月と太陽』講談社 2013.10 ⓘ978-4-06-218650-6

『月と太陽』（講談社文庫）講談社 2015.10 ⓘ978-4-06-293236-3

ロボ

『希望』（ハヤカワ文庫JA）早川書房 2011.7 ⓘ978-4-15-031039-4

For a breath I tarry

『量子回廊―年刊日本SF傑作選』（創元SF文庫）東京創元社 2010.7 ⓘ978-4-488-73403-9

『逆想コンチェルト 奏の2 イラスト先行・競作小説アンソロジー』徳間書店 2010.8 ⓘ978-4-19-862998-4

『希望』（ハヤカワ文庫JA）早川書房 2011.7 ⓘ978-4-15-031039-4

Gene

『夜の虹彩』（ふしぎ文学館）出版芸術社 2014.1 ⓘ978-4-88293-456-1

SOW狂想曲

『夜の虹彩』（ふしぎ文学館）出版芸術社 2014.1 ⓘ978-4-88293-456-1

Wonderful World

『極光星群―年刊日本SF傑作選』（創元SF文庫）東京創元社 2013.6 ⓘ978-4-488-73406-0

妹尾 アキ夫　せのお・あきお

夜曲

『妹尾アキ夫探偵小説選』（論創ミステリ叢書）論創社 2012.9 ⓘ978-4-8460-1171-0

『竹中英太郎 1 怪奇』（挿絵叢書）皓星社 2016.6 ⓘ978-4-7744-0613-8

せんべい猫　せんべいねこ

面影は寂しげに微笑む

『怪集 蠱毒―創作怪談発掘大会傑作選』（竹書房文庫）竹書房 2009.12 ⓘ978-4-8124-4020-9

クロスローダーの轍

『怪集 蠱毒―創作怪談発掘大会傑作選』（竹書房文庫）竹書房 2009.12 ⓘ978-4-8124-4020-9

草官散人　そうかんさんじん

古井の妖鏡

『江戸奇談怪談集』（ちくま学芸文庫）筑摩書房 2012.11 ⓘ978-4-480-09488-9

席上奇観垣根草

『江戸奇談怪談集』（ちくま学芸文庫）筑摩書房 2012.11 ⓘ978-4-480-09488-9

草子　そうこ

スノーグローブ
『ゆきのまち幻想文学賞小品集　19　雪の反転鏡』　企画集団ぷりずむ　2010.3　①978-4-906691-32-6

月あかりの庭で子犬のワルツを
『ゆきのまち幻想文学賞小品集　21　風花雪の物語二十七編』　企画集団ぷりずむ　2012.3　①978-4-906691-42-5

曽根　圭介　そね・けいすけ

あげくの果て
『熱帯夜』（角川ホラー文庫）角川書店　2010.10　①978-4-04-387302-9

最後の言い訳
『熱帯夜』（角川ホラー文庫）角川書店　2010.10　①978-4-04-387302-9

衝突
『NOVA　2　書き下ろし日本SFコレクション』（河出文庫）河出書房新社　2010.7　①978-4-309-41027-2

熱帯夜
『ザ・ベストミステリーズ―推理小説年鑑　2009』講談社　2009.7　①978-4-06-114910-6
『熱帯夜』（角川ホラー文庫）角川書店　2010.10　①978-4-04-387302-9
『Bluff騙し合いの夜―ミステリー傑作選』（講談社文庫）講談社　2012.4　①978-4-06-277228-0

曽野　綾子　その・あやこ

長い暗い冬
『椅子の中』（扶桑社文庫）扶桑社　2009.2　①978-4-594-05885-2
『異形の白昼―恐怖小説集』（ちくま文庫）筑摩書房　2013.9　①978-4-480-43092-2

蘇部　健一　そぶ・けんいち

明日に架ける橋
『古い腕時計―きのう逢えたら…』徳間書店　2011.10　①978-4-19-863264-9
『古い腕時計―きのう逢えたら…』（徳間文庫）徳間書店　2013.10　①978-4-19-893752-2

運命の予感
『古い腕時計―きのう逢えたら…』徳間書店　2011.10　①978-4-19-863264-9
『古い腕時計―きのう逢えたら…』（徳間文庫）徳間書店　2013.10　①978-4-19-893752-2

おばあちゃんとの約束
『古い腕時計―きのう逢えたら…』徳間書店　2011.10　①978-4-19-863264-9
『古い腕時計―きのう逢えたら…』（徳間文庫）徳間書店　2013.10　①978-4-19-893752-2

片想いの結末
『古い腕時計―きのう逢えたら…』徳間書店　2011.10　①978-4-19-863264-9
『古い腕時計―きのう逢えたら…』（徳間文庫）徳間書店　2013.10　①978-4-19-893752-2

硝子の向こうの恋人
『NOVA　6　書き下ろし日本SFコレクション』（河出文庫）河出書房新社　2011.11　①978-4-309-41113-2

起死回生の大穴
『古い腕時計―きのう逢えたら…』徳間書店　2011.10　①978-4-19-863264-9
『古い腕時計―きのう逢えたら…』（徳間文庫）徳間書店　2013.10　①978-4-19-893752-2

最後の舞台
『古い腕時計―きのう逢えたら…』徳間書店　2011.10　①978-4-19-863264-9
『古い腕時計―きのう逢えたら…』（徳間文庫）徳間書店　2013.10　①978-4-19-893752-2

その後のふたつの物語
『古い腕時計―きのう逢えたら…』徳間書店　2011.10　①978-4-19-863264-9
『古い腕時計―きのう逢えたら…』（徳間文庫）徳間書店　2013.10　①978-4-19-893752-2

四番打者は逆転ホームランを打ったか？
『古い腕時計―きのう逢えたら…』徳間書店　2011.10　①978-4-19-863264-9
『古い腕時計―きのう逢えたら…』（徳間文庫）徳間書店　2013.10　①978-4-19-893752-2

平　金魚　たいら・きんぎょ

怪をひろう
『黒い団欒』（幽ブックス）メディアファクトリー　2011.5　①978-4-8401-3913-7

田尾典丈

かみさま、かみさま
『黒い団欒』(幽ブックス) メディアファクトリー　2011.5　①978-4-8401-3913-7

こっちだよ
『黒い団欒』(幽ブックス) メディアファクトリー　2011.5　①978-4-8401-3913-7

デイドリーム・ビリーバー
『黒い団欒』(幽ブックス) メディアファクトリー　2011.5　①978-4-8401-3913-7

どこにでもある話
『黒い団欒』(幽ブックス) メディアファクトリー　2011.5　①978-4-8401-3913-7

不幸大王がやってくる
『黒い団欒』(幽ブックス) メディアファクトリー　2011.5　①978-4-8401-3913-7

ららばい
『黒い団欒』(幽ブックス) メディアファクトリー　2011.5　①978-4-8401-3913-7

わたしの家族
『黒い団欒』(幽ブックス) メディアファクトリー　2011.5　①978-4-8401-3913-7

田尾 典丈　たお・のりたけ

こびとのげえむや
『ホラーアンソロジー　1　"赤"』(ファミ通文庫) エンターブレイン　2012.8　①978-4-04-728210-0

高井 信　たかい・しん

神々のビリヤード
『アステロイド・ツリーの彼方へ―年刊日本SF傑作選』(創元SF文庫) 東京創元社　2016.6　①978-4-488-73409-1

誤用だ！　御用だ！
『喜劇綺劇―異形コレクション』(光文社文庫) 光文社　2009.12　①978-4-334-74698-8

高木 彬光　たかぎ・あきみつ

火の雨ぞ降る
『たそがれゆく未来―巨匠たちの想像力 "文明崩壊"』(ちくま文庫) 筑摩書房　2016.3　①978-4-480-43328-2

高樹 のぶ子　たかぎ・のぶこ

サン・ドニの二十秒
『fantasia』(文春文庫) 文藝春秋　2009.1　①978-4-16-737317-7

ゼーグロッテの白馬
『fantasia』(文春文庫) 文藝春秋　2009.1　①978-4-16-737317-7

日食のヴェローナ
『fantasia』(文春文庫) 文藝春秋　2009.1　①978-4-16-737317-7

マントヴァの血
『fantasia』(文春文庫) 文藝春秋　2009.1　①978-4-16-737317-7

美加子のヴェネチア
『fantasia』(文春文庫) 文藝春秋　2009.1　①978-4-16-737317-7

メルクの黄金畑
『fantasia』(文春文庫) 文藝春秋　2009.1　①978-4-16-737317-7

高里 椎奈　たかさと・しいな

アシュレイ
『天球儀白話―フェンネル大陸　外伝』(講談社ノベルス) 講談社　2010.9　①978-4-06-182741-7

アスターとジェラルダス
『天球儀白話―フェンネル大陸　外伝』(講談社ノベルス) 講談社　2010.9　①978-4-06-182741-7

嵐前夜
『天球儀白話―フェンネル大陸　外伝』(講談社ノベルス) 講談社　2010.9　①978-4-06-182741-7

オリガ・ハウエル
『天球儀白話―フェンネル大陸　外伝』(講談社ノベルス) 講談社　2010.9　①978-4-06-182741-7

騎士団長と双貴姫
『天球儀白話―フェンネル大陸　外伝』(講談社ノベルス) 講談社　2010.9　①978-4-06-182741-7

虚空の王者
『虚空の王者―フェンネル大陸偽王伝 3』（講談社文庫）講談社　2010.8　①978-4-06-276715-6

サチ
『天球儀白話―フェンネル大陸　外伝』（講談社ノベルス）講談社　2010.9　①978-4-06-182741-7

四季
『深山木薬店説話集―薬屋探偵妖綺談』（講談社文庫）講談社　2012.8　①978-4-06-277337-9

シルフィード
『天球儀白話―フェンネル大陸　外伝』（講談社ノベルス）講談社　2010.9　①978-4-06-182741-7

ジンクイエ
『深山木薬店説話集―薬屋探偵妖綺談』（講談社文庫）講談社　2012.8　①978-4-06-277337-9

テオ
『天球儀白話―フェンネル大陸　外伝』（講談社ノベルス）講談社　2010.9　①978-4-06-182741-7

トリ・フィトラッカ
『天球儀白話―フェンネル大陸　外伝』（講談社ノベルス）講談社　2010.9　①978-4-06-182741-7

名のない悪魔
『深山木薬店説話集―薬屋探偵妖綺談』（講談社文庫）講談社　2012.8　①978-4-06-277337-9

二週間
『深山木薬店説話集―薬屋探偵妖綺談』（講談社文庫）講談社　2012.8　①978-4-06-277337-9

猫
『深山木薬店説話集―薬屋探偵妖綺談』（講談社文庫）講談社　2012.8　①978-4-06-277337-9

ノエルとエリウッド
『天球儀白話―フェンネル大陸　外伝』（講談社ノベルス）講談社　2010.9　①978-4-06-182741-7

花
『深山木薬店説話集―薬屋探偵妖綺談』（講談社文庫）講談社　2012.8　①978-4-06-277337-9

秘密
『深山木薬店説話集―薬屋探偵妖綺談』（講談社文庫）講談社　2012.8　①978-4-06-277337-9

フェンベルク
『天球儀白話―フェンネル大陸　外伝』（講談社ノベルス）講談社　2010.9　①978-4-06-182741-7

ベルテ・リオールエンス
『虚空の王者―フェンネル大陸偽王伝 3』（講談社文庫）講談社　2010.8　①978-4-06-276715-6

深山木薬店
『深山木薬店説話集―薬屋探偵妖綺談』（講談社文庫）講談社　2012.8　①978-4-06-277337-9

深山木薬店改
『深山木薬店説話集―薬屋探偵妖綺談』（講談社文庫）講談社　2012.8　①978-4-06-277337-9

レジエクス
『天球儀白話―フェンネル大陸　外伝』（講談社ノベルス）講談社　2010.9　①978-4-06-182741-7

ロカ
『天球儀白話―フェンネル大陸　外伝』（講談社ノベルス）講談社　2010.9　①978-4-06-182741-7

忘れ物
『深山木薬店説話集―薬屋探偵妖綺談』（講談社文庫）講談社　2012.8　①978-4-06-277337-9

高島　雄哉　たかしま・ゆうや

わたしを数える
『折り紙衛星の伝説―年刊日本SF傑作選』（創元SF文庫）東京創元社　2015.6　①978-4-488-73408-4

高須　茂　たかす・しげる

含満考―バケモノの話
『山の怪談』河出書房新社　2017.8　①978-4-309-22710-8

高田 直樹　たかだ・なおき

神さんや物の怪や芝ヤンの霊がすんでいる山の中
『山の怪談』 河出書房新社　2017.8　①978-4-309-22710-8

高千穂 遙　たかちほ・はるか

そして誰もしなくなった
『日本SF全集　3　1978〜1984』 出版芸術社　2013.12　①978-4-88293-348-9

高津 美保子　たかつ・みほこ

死後の世界はあるのか？
『怪談オウマガドキ学園　1　真夜中の入学式』 童心社　2013.7　①978-4-494-01650-1

『怪談オウマガドキ学園　1　真夜中の入学式』 童心社　2013.7　①978-4-494-01709-6

魔よけケータイ
『怪談オウマガドキ学園　2　放課後の謎メール』 童心社　2013.7　①978-4-494-01651-8

『怪談オウマガドキ学園　2　放課後の謎メール』 童心社　2013.7　①978-4-494-01710-2

高殿 円　たかどの・まどか

ほっとけない君の盾になるから
『ファイナルファンタジー11 アンソロジー短編集 みんなで大冒険!!』（ファミ通文庫） エンターブレイン　2009.2　①978-4-7577-4586-5

鷹野 晶　たかの・あきら

雪の博物館
『小さな魔法の降る日に―ゆきのまち幻想文学賞小品集　25』 企画集団ぷりずむ　2015.10　①978-4-906691-55-5

高野 史緒　たかの・ふみお

ヴェネツィアの恋人
『ヴェネツィアの恋人』 河出書房新社　2013.2　①978-4-309-02156-0

ガスパリーニ
『ヴェネツィアの恋人』 河出書房新社　2013.2　①978-4-309-02156-0

空忘の鉢
『ヴェネツィアの恋人』 河出書房新社　2013.2　①978-4-309-02156-0

小ねずみと童貞と復活した女
『NOVA＋屍者たちの帝国―書き下ろし日本SFコレクション』（河出文庫） 河出書房新社　2015.10　①978-4-309-41407-2

『アステロイド・ツリーの彼方へ―年刊日本SF傑作選』（創元SF文庫） 東京創元社　2016.6　①978-4-488-73409-1

錠前屋
『ヴェネツィアの恋人』 河出書房新社　2013.2　①978-4-309-02156-0

スズダリの鐘つき男
『ヴェネツィアの恋人』 河出書房新社　2013.2　①978-4-309-02156-0

白鳥の騎士
『ヴェネツィアの恋人』 河出書房新社　2013.2　①978-4-309-02156-0

ひな菊
『短篇ベストコレクション―現代の小説　2010』（徳間文庫） 徳間書店　2010.6　①978-4-19-893172-8

『量子回廊―年刊日本SF傑作選』（創元SF文庫） 東京創元社　2010.7　①978-4-488-73403-9

『ヴェネツィアの恋人』 河出書房新社　2013.2　①978-4-309-02156-0

百万本の薔薇
『極光星群―年刊日本SF傑作選』（創元SF文庫） 東京創元社　2013.6　①978-4-488-73406-0

高橋 克彦　たかはし・かつひこ

悪魔
『たまゆらり』 実業之日本社　2009.4　①978-4-408-53550-0

『たまゆらり』(実業之日本社文庫) 実業之日本社　2011.6　①978-4-408-55039-8

『日本SF短篇50　5』（ハヤカワ文庫JA） 早川書房　2013.10　①978-4-15-031131-5

高橋克彦

あの子はだあれ
『たまゆらり』 実業之日本社 2009.4 ⓘ978-4-408-53550-0
『たまゆらり』(実業之日本社文庫) 実業之日本社 2011.6 ⓘ978-4-408-55039-8
『非写真』 新潮社 2014.7 ⓘ978-4-10-324942-9

石の記憶
『石の記憶』(文春文庫) 文藝春秋 2015.12 ⓘ978-4-16-790507-1

淫鬼
『紅蓮鬼』(日経文芸文庫) 日本経済新聞出版社 2013.10 ⓘ978-4-532-28005-5

うたがい
『たまゆらり』 実業之日本社 2009.4 ⓘ978-4-408-53550-0
『高橋克彦自選短編集 2 恐怖小説編』(講談社文庫) 講談社 2009.12 ⓘ978-4-06-276537-4
『たまゆらり』(実業之日本社文庫) 実業之日本社 2011.6 ⓘ978-4-408-55039-8

怨鬼
『紅蓮鬼』(日経文芸文庫) 日本経済新聞出版社 2013.10 ⓘ978-4-532-28005-5

おそれ
『高橋克彦自選短編集 2 恐怖小説編』(講談社文庫) 講談社 2009.12 ⓘ978-4-06-276537-4

隠れ里
『たまゆらり』 実業之日本社 2009.4 ⓘ978-4-408-53550-0
『たまゆらり』(実業之日本社文庫) 実業之日本社 2011.6 ⓘ978-4-408-55039-8

加護
『石の記憶』(文春文庫) 文藝春秋 2015.12 ⓘ978-4-16-790507-1

合掌点
『非写真』 新潮社 2014.7 ⓘ978-4-10-324942-9

記憶の窓
『高橋克彦自選短編集 2 恐怖小説編』(講談社文庫) 講談社 2009.12 ⓘ978-4-06-276537-4

鬼女の夢
『高橋克彦自選短編集 2 恐怖小説編』(講談社文庫) 講談社 2009.12 ⓘ978-4-06-276537-4

鏡台
『高橋克彦自選短編集 2 恐怖小説編』(講談社文庫) 講談社 2009.12 ⓘ978-4-06-276537-4

首継ぎ御寮
『星の塔』(ランダムハウス講談社文庫) ランダムハウス講談社 2009.1 ⓘ978-4-270-10266-4

紅蓮鬼
『紅蓮鬼』(日経文芸文庫) 日本経済新聞出版社 2013.10 ⓘ978-4-532-28005-5

幻影
『たまゆらり』 実業之日本社 2009.4 ⓘ978-4-408-53550-0
『短篇ベストコレクション―現代の小説 2009』(徳間文庫) 徳間書店 2009.6 ⓘ978-4-19-892993-0
『たまゆらり』(実業之日本社文庫) 実業之日本社 2011.6 ⓘ978-4-408-55039-8

玄関の人
『石の記憶』(文春文庫) 文藝春秋 2015.12 ⓘ978-4-16-790507-1

絞鬼
『鬼』(日経文芸文庫) 日本経済新聞出版社 2013.10 ⓘ978-4-532-28004-8

声にしてごらん
『たまゆらり』 実業之日本社 2009.4 ⓘ978-4-408-53550-0
『たまゆらり』(実業之日本社文庫) 実業之日本社 2011.6 ⓘ978-4-408-55039-8

子をとろ子とろ
『星の塔』(ランダムハウス講談社文庫) ランダムハウス講談社 2009.1 ⓘ978-4-270-10266-4

怖くない
『たまゆらり』 実業之日本社 2009.4 ⓘ978-4-408-53550-0
『たまゆらり』(実業之日本社文庫) 実業之日本社 2011.6 ⓘ978-4-408-55039-8

桜の挨拶
『高橋克彦自選短編集 2 恐怖小説編』(講談社文庫) 講談社 2009.12 ⓘ978-4-06-276537-4

高橋克彦

ささやき
『高橋克彦自選短編集 2 恐怖小説編』（講談社文庫）講談社 2009.12 ①978-4-06-276537-4

さむけ
『高橋克彦自選短編集 2 恐怖小説編』（講談社文庫）講談社 2009.12 ①978-4-06-276537-4

『石の記憶』（文春文庫）文藝春秋 2015.12 ①978-4-16-790507-1

さるの湯
『非写真』 新潮社 2014.7 ①978-4-10-324942-9

視鬼
『鬼』（日経文芸文庫）日本経済新聞出版社 2013.10 ①978-4-532-28004-8

神社の教室
『高橋克彦自選短編集 2 恐怖小説編』（講談社文庫）講談社 2009.12 ①978-4-06-276537-4

大好きな姉
『高橋克彦自選短編集 2 恐怖小説編』（講談社文庫）講談社 2009.12 ①978-4-06-276537-4

たすけて
『ひと粒の宇宙―石田衣良はじめ全30篇』（角川文庫）角川書店 2009.11 ①978-4-04-385404-2

『石の記憶』（文春文庫）文藝春秋 2015.12 ①978-4-16-790507-1

たまゆらり
『たまゆらり』 実業之日本社 2009.4 ①978-4-408-53550-0

『たまゆらり』（実業之日本社文庫）実業之日本社 2011.6 ①978-4-408-55039-8

電話
『高橋克彦自選短編集 2 恐怖小説編』（講談社文庫）講談社 2009.12 ①978-4-06-276537-4

陶の家
『高橋克彦自選短編集 2 恐怖小説編』（講談社文庫）講談社 2009.12 ①978-4-06-276537-4

遠く離れて
『非写真』 新潮社 2014.7 ①978-4-10-324942-9

遠野九相図
『非写真』 新潮社 2014.7 ①978-4-10-324942-9

髑髏鬼
『鬼』（日経文芸文庫）日本経済新聞出版社 2013.10 ①978-4-532-28004-8

とまどい
『たまゆらり』 実業之日本社 2009.4 ①978-4-408-53550-0

『不思議の足跡―日本ベストミステリー選集』（光文社文庫）光文社 2011.4 ①978-4-334-74936-1

『たまゆらり』（実業之日本社文庫）実業之日本社 2011.6 ①978-4-408-55039-8

懐かしい夢
『石の記憶』（文春文庫）文藝春秋 2015.12 ①978-4-16-790507-1

猫屋敷
『星の塔』（ランダムハウス講談社文庫）ランダムハウス講談社 2009.1 ①978-4-270-10266-4

『高橋克彦自選短編集 2 恐怖小説編』（講談社文庫）講談社 2009.12 ①978-4-06-276537-4

ねじれた記憶
『高橋克彦自選短編集 2 恐怖小説編』（講談社文庫）講談社 2009.12 ①978-4-06-276537-4

眠らない少女
『きみが見つける物語―十代のための新名作 こわーい話編』（角川文庫）角川書店 2009.8 ①978-4-04-389406-2

寝るなの座敷
『星の塔』（ランダムハウス講談社文庫）ランダムハウス講談社 2009.1 ①978-4-270-10266-4

『高橋克彦自選短編集 2 恐怖小説編』（講談社文庫）講談社 2009.12 ①978-4-06-276537-4

花火
『石の記憶』（文春文庫）文藝春秋 2015.12 ①978-4-16-790507-1

花嫁
『星の塔』（ランダムハウス講談社文庫）ランダムハウス講談社 2009.1 ①978-4-270-10266-4

『高橋克彦自選短編集 2 恐怖小説編』（講談社文庫）講談社 2009.12 ①978-4-06-276537-4

母の死んだ家
『高橋克彦自選短編集　2　恐怖小説編』（講談社文庫）講談社　2009.12　①978-4-06-276537-4

『石の記憶』（文春文庫）文藝春秋　2015.12　①978-4-16-790507-1

飛縁魔
『高橋克彦自選短編集　2　恐怖小説編』（講談社文庫）講談社　2009.12　①978-4-06-276537-4

非写真
『非写真』　新潮社　2014.7　①978-4-10-324942-9

不思議な卵
『高橋克彦自選短編集　2　恐怖小説編』（講談社文庫）講談社　2009.12　①978-4-06-276537-4

二つ魂
『短篇ベストコレクション―現代の小説　2011』（徳間文庫）徳間書店　2011.6　①978-4-19-893381-4

『たまゆらり』（実業之日本社文庫）実業之日本社　2011.6　①978-4-408-55039-8

慎鬼
『紅蓮鬼』（日経文芸文庫）日本経済新聞出版社　2013.10　①978-4-532-28005-5

星の塔
『星の塔』（ランダムハウス講談社文庫）ランダムハウス講談社　2009.1　①978-4-270-10266-4

蛍の女
『星の塔』（ランダムハウス講談社文庫）ランダムハウス講談社　2009.1　①978-4-270-10266-4

『高橋克彦自選短編集　1　ミステリー編』（講談社文庫）講談社　2009.11　①978-4-06-276470-4

マリオネット
『高橋克彦自選短編集　2　恐怖小説編』（講談社文庫）講談社　2009.12　①978-4-06-276537-4

『石の記憶』（文春文庫）文藝春秋　2015.12　①978-4-16-790507-1

魅鬼
『鬼』（日経文芸文庫）日本経済新聞出版社　2013.10　①978-4-532-28004-8

モノクローム
『非写真』　新潮社　2014.7　①978-4-10-324942-9

約束
『非写真』　新潮社　2014.7　①978-4-10-324942-9

夜光鬼
『鬼』（日経文芸文庫）日本経済新聞出版社　2013.10　①978-4-532-28004-8

幽霊屋敷
『高橋克彦自選短編集　2　恐怖小説編』（講談社文庫）講談社　2009.12　①978-4-06-276537-4

ゆがみ
『たまゆらり』　実業之日本社　2009.4　①978-4-408-53550-0

『たまゆらり』（実業之日本社文庫）実業之日本社　2011.6　①978-4-408-55039-8

『非写真』　新潮社　2014.7　①978-4-10-324942-9

ゆきどまり
『高橋克彦自選短編集　2　恐怖小説編』（講談社文庫）講談社　2009.12　①978-4-06-276537-4

私のたから
『たまゆらり』　実業之日本社　2009.4　①978-4-408-53550-0

『たまゆらり』（実業之日本社文庫）実業之日本社　2011.6　①978-4-408-55039-8

私の骨
『高橋克彦自選短編集　2　恐怖小説編』（講談社文庫）講談社　2009.12　①978-4-06-276537-4

高橋　順子　たかはし・じゅんこ

赤いオルゴール
『緑の石と猫』文藝春秋　2009.10　①978-4-16-328010-3

苔の花
『緑の石と猫』文藝春秋　2009.10　①978-4-16-328010-3

さよりおばあさん航海記
『緑の石と猫』文藝春秋　2009.10　①978-4-16-328010-3

高橋 鐵

世界の果て博物館
『緑の石と猫』 文藝春秋　2009.10　①978-4-16-328010-3

猫のワルツ
『緑の石と猫』 文藝春秋　2009.10　①978-4-16-328010-3

花観音の島
『緑の石と猫』 文藝春秋　2009.10　①978-4-16-328010-3

ペンギンたちは会議する
『緑の石と猫』 文藝春秋　2009.10　①978-4-16-328010-3

水ヒヤシンス
『緑の石と猫』 文藝春秋　2009.10　①978-4-16-328010-3

緑の石と猫
『緑の石と猫』 文藝春秋　2009.10　①978-4-16-328010-3

龍宮の門
『緑の石と猫』 文藝春秋　2009.10　①978-4-16-328010-3

高橋 鐵　たかはし・てつ

怪船「人魚号」
『人魚—mermaid & merman』（シリーズ紙礫）皓星社　2016.3　①978-4-7744-0609-1

高橋 文太郎　たかはし・ぶんたろう

山の怪異
『山の怪談』 河出書房新社　2017.8　①978-4-309-22710-8

高橋 三保子　たかはし・みほこ

百年の雪時計
『ゆきのまち幻想文学賞小品集　20　もうひとつの階段』 企画集団ぷりずむ　2011.4　①978-4-906691-37-1

高橋 由太　たかはし・ゆた

稲亭の休日
『化け狸あいあい—もののけ犯科帳』（徳間文庫）徳間書店　2015.12　①978-4-19-894044-7

化け狸あいあい
『化け狸あいあい—もののけ犯科帳』（徳間文庫）徳間書店　2015.12　①978-4-19-894044-7

もののけ天下一武道会
『化け狸あいあい—もののけ犯科帳』（徳間文庫）徳間書店　2015.12　①978-4-19-894044-7

高橋 ヨシキ　たかはし・よしき

あとひと月
『異界ドキュメント　白昼の生贄』（竹書房文庫）竹書房　2014.11　①978-4-8019-0033-2

行き違い
『異界ドキュメント　白昼の生贄』（竹書房文庫）竹書房　2014.11　①978-4-8019-0033-2

お宅訪問
『異界ドキュメント　白昼の生贄』（竹書房文庫）竹書房　2014.11　①978-4-8019-0033-2

お巡りさん
『異界ドキュメント　白昼の生贄』（竹書房文庫）竹書房　2014.11　①978-4-8019-0033-2

キャンプ合宿
『異界ドキュメント　白昼の生贄』（竹書房文庫）竹書房　2014.11　①978-4-8019-0033-2

首
『異界ドキュメント　白昼の生贄』（竹書房文庫）竹書房　2014.11　①978-4-8019-0033-2

グミ
『異界ドキュメント　白昼の生贄』（竹書房文庫）竹書房　2014.11　①978-4-8019-0033-2

ゲイシャ
『異界ドキュメント　白昼の生贄』（竹書房文庫）竹書房　2014.11　①978-4-8019-0033-2

黒煙
『異界ドキュメント　白昼の生贄』（竹書房文庫）竹書房　2014.11　①978-4-8019-0033-2

ゴミ袋
『異界ドキュメント 白昼の生贄』（竹書房文庫） 竹書房 2014.11 ①978-4-8019-0033-2

じゅっぽん
『異界ドキュメント 白昼の生贄』（竹書房文庫） 竹書房 2014.11 ①978-4-8019-0033-2

双眼鏡
『異界ドキュメント 白昼の生贄』（竹書房文庫） 竹書房 2014.11 ①978-4-8019-0033-2

ちいさいおうち
『異界ドキュメント 白昼の生贄』（竹書房文庫） 竹書房 2014.11 ①978-4-8019-0033-2

バットマン
『異界ドキュメント 白昼の生贄』（竹書房文庫） 竹書房 2014.11 ①978-4-8019-0033-2

ピパピパ農場
『異界ドキュメント 白昼の生贄』（竹書房文庫） 竹書房 2014.11 ①978-4-8019-0033-2

また聞き
『異界ドキュメント 白昼の生贄』（竹書房文庫） 竹書房 2014.11 ①978-4-8019-0033-2

耳鳴り
『異界ドキュメント 白昼の生贄』（竹書房文庫） 竹書房 2014.11 ①978-4-8019-0033-2

燐光
『異界ドキュメント 白昼の生贄』（竹書房文庫） 竹書房 2014.11 ①978-4-8019-0033-2

喬林 知　たかばやし・とも

明日はマのつく風が吹く！
『今日からマ王！―魔王彷徨編』（角川文庫） 角川書店 2013.4 ①978-4-04-100778-5

いつかマのつく夕暮れに！
『今日からマ王！―カロリア編』（角川文庫） 角川書店 2013.12 ①978-4-04-101154-6

おとうさんといっしょ
『今日からマ王！―魔王彷徨編』（角川文庫） 角川書店 2013.4 ①978-4-04-100778-5

弟
『今日からマ王！―地球過去編』（角川文庫） 角川書店 2013.7 ①978-4-04-100948-2

閣下とマのつくトサ日記!?
『今日からマ王！―地球過去編』（角川文庫） 角川書店 2013.7 ①978-4-04-100948-2

きっとマのつく陽が昇る！
『今日からマ王！―カロリア編』（角川文庫） 角川書店 2013.12 ①978-4-04-101154-6

今日からマのつく自由業！
『今日からマ王！　魔王誕生編』（角川文庫） 角川書店 2013.3 ①978-4-04-100739-6

クロスハート
『今日からマ王！―地球過去編』（角川文庫） 角川書店 2013.7 ①978-4-04-100948-2

けれど心は弾むだろう
『今日からマ王！　魔王誕生編』（角川文庫） 角川書店 2013.3 ①978-4-04-100739-6

今度はマのつく最終兵器！
『今日からマ王！　魔王誕生編』（角川文庫） 角川書店 2013.3 ①978-4-04-100739-6

今夜はマのつく大脱走！
『今日からマ王！―魔王彷徨編』（角川文庫） 角川書店 2013.4 ①978-4-04-100778-5

眞魔国でマた逢いましょう
『今日からマ王！―地球過去編』（角川文庫） 角川書店 2013.7 ①978-4-04-100948-2

息子はマのつく自由業!?
『今日からマ王！―地球過去編』（角川文庫） 角川書店 2013.7 ①978-4-04-100948-2

高原 英理　たかはら・えいり

影女抄
『抒情的恐怖群』 毎日新聞社 2009.4 ①978-4-620-10738-7

帰省録
『抒情的恐怖群』 毎日新聞社 2009.4 ①978-4-620-10738-7

グレー・グレー
『抒情的恐怖群』 毎日新聞社 2009.4 ①978-4-620-10738-7

鷹見一幸

樹下譚
『抒情的恐怖群』 毎日新聞社 2009.4
①978-4-620-10738-7

呪い田
『抒情的恐怖群』 毎日新聞社 2009.4
①978-4-620-10738-7

緋の間
『抒情的恐怖群』 毎日新聞社 2009.4
①978-4-620-10738-7

町の底
『抒情的恐怖群』 毎日新聞社 2009.4
①978-4-620-10738-7

鷹見 一幸　たかみ・かずゆき

宇宙軍士官学校 大事典
『宇宙軍士官学校―幕間』(ハヤカワ文庫JA) 早川書房 2017.3 ①978-4-15-031266-4

遅れてきたノア
『宇宙軍士官学校―幕間』(ハヤカワ文庫JA) 早川書房 2017.3 ①978-4-15-031266-4

オールド・ロケットマン
『宇宙軍士官学校―幕間』(ハヤカワ文庫JA) 早川書房 2017.3 ①978-4-15-031266-4

中の人
『宇宙軍士官学校―幕間』(ハヤカワ文庫JA) 早川書房 2017.3 ①978-4-15-031266-4

日陰者の宴
『宇宙軍士官学校―幕間』(ハヤカワ文庫JA) 早川書房 2017.3 ①978-4-15-031266-4

ホームメイド
『宇宙軍士官学校―幕間』(ハヤカワ文庫JA) 早川書房 2017.3 ①978-4-15-031266-4

高見 翔　たかみ・しょう

悪魔のリング
『ニューロンの迷宮』 郁朋社 2017.7
①978-4-87302-643-5

ヴィーナスのはらわた
『ニューロンの迷宮』 郁朋社 2017.7
①978-4-87302-643-5

ニューロンの迷宮
『ニューロンの迷宮』 郁朋社 2017.7
①978-4-87302-643-5

プールファイター麻衣
『ニューロンの迷宮』 郁朋社 2017.7
①978-4-87302-643-5

高森 美由紀　たかもり・みゆき

カフェオレの湯気の向こうに
『ゆきのまち幻想文学賞小品集 21 風花雪の物語二十七編』 企画集団ぷりずむ 2012.3 ①978-4-906691-42-5

高山 聖史　たかやま・きよし

オデッサの棺
『5分で読める！ ひと駅ストーリー――『このミステリーがすごい！』大賞×日本ラブストーリー大賞×『このライトノベルがすごい！』大賞 夏の記憶東口編』(宝島社文庫) 宝島社 2013.7 ①978-4-8002-1042-5

『5分で凍る！ ぞっとする怖い話』(宝島社文庫) 宝島社 2015.5 ①978-4-8002-4039-2

高山 羽根子　たかやま・はねこ

うどんキツネつきの
『原色の想像力―創元SF短編賞アンソロジー』(創元SF文庫) 東京創元社 2010.12 ①978-4-488-73901-0

『うどん キツネつきの』(創元日本SF叢書) 東京創元社 2014.11 ①978-4-488-01819-1

『うどん キツネつきの』(創元SF文庫) 東京創元社 2016.11 ①978-4-488-76501-9

エッセイ 「了」という名の檻樓の少女
『うどん キツネつきの』(創元SF文庫) 東京創元社 2016.11 ①978-4-488-76501-9

巨きなものの還る場所
『うどん キツネつきの』(創元日本SF叢書) 東京創元社 2014.11 ①978-4-488-01819-1

『うどん キツネつきの』(創元SF文庫) 東京創元社 2016.11 ①978-4-488-76501-9

おやすみラジオ
『うどん キツネつきの』(創元日本SF叢書) 東京創元社　2014.11　①978-4-488-01819-1

『うどん キツネつきの』(創元SF文庫) 東京創元社　2016.11　①978-4-488-76501-9

シキ零レイ零 ミドリ荘
『うどん キツネつきの』(創元日本SF叢書) 東京創元社　2014.11　①978-4-488-01819-1

『うどん キツネつきの』(創元SF文庫) 東京創元社　2016.11　①978-4-488-76501-9

太陽の側の島
『行き先は特異点―年刊日本SF傑作選』(創元SF文庫) 東京創元社　2017.7　①978-4-488-73410-7

母のいる島
『NOVA 6 書き下ろし日本SFコレクション』(河出文庫) 河出書房新社　2011.11　①978-4-309-41113-2

『うどん キツネつきの』(創元日本SF叢書) 東京創元社　2014.11　①978-4-488-01819-1

『うどん キツネつきの』(創元SF文庫) 東京創元社　2016.11　①978-4-488-76501-9

滝坂 融　たきさか・とおる

doglike
『マルドゥック・ストーリーズ公式二次創作集』(ハヤカワ文庫JA) 早川書房　2016.9　①978-4-15-031246-6

滝沢 馬琴　たきざわ・ばきん

仮男子宇吉
『江戸奇談怪談集』(ちくま学芸文庫) 筑摩書房　2012.11　①978-4-480-09488-9

偽男子
『江戸奇談怪談集』(ちくま学芸文庫) 筑摩書房　2012.11　①978-4-480-09488-9

田口 仙年堂　たぐち・せんねんどう

フーリッシュ・アドベンチャー
『ファイナルファンタジー11 アンソロジー短編集 みんなで大冒険!!』(ファミ通文庫) エンターブレイン　2009.2　①978-4-7577-4586-5

拓未 司　たくみ・つかさ

後追い
『5分で読める！ ひと駅ストーリー――『このミステリーがすごい！』大賞×日本ラブストーリー大賞×『このライトノベルがすごい！』大賞　夏の記憶西口編』(宝島社文庫) 宝島社　2013.7　①978-4-8002-1044-9

『5分で凍る！ ぞっとする怖い話』(宝島社文庫) 宝島社　2015.5　①978-4-8002-4039-2

母の面影
『もっとすごい！ 10分間ミステリー』(宝島社文庫) 宝島社　2013.5　①978-4-8002-0830-9

『5分で凍る！ ぞっとする怖い話』(宝島社文庫) 宝島社　2015.5　①978-4-8002-4039-2

竹岡 葉月　たけおか・はづき

アイノサイノウ
『ホラーアンソロジー 1 "赤"』(ファミ通文庫) エンターブレイン　2012.8　①978-4-04-728210-0

竹河 聖　たけかわ・せい

振り向いた女
『江戸迷宮―異形コレクション』(光文社文庫) 光文社　2011.1　①978-4-334-74901-9

竹下 文子　たけした・ふみこ

アイスクリーム・ブレイク
『風町通信』(ポプラ文庫ピュアフル) ポプラ社　2017.9　①978-4-591-15571-4

青い空
『風町通信』(ポプラ文庫ピュアフル) ポプラ社　2017.9　①978-4-591-15571-4

雨が待ってる
『風町通信』(ポプラ文庫ピュアフル) ポプラ社　2017.9　①978-4-591-15571-4

竹下文子

贈り物
『風町通信』(ポプラ文庫ピュアフル) ポプラ社 2017.9 ①978-4-591-15571-4

音楽会
『風町通信』(ポプラ文庫ピュアフル) ポプラ社 2017.9 ①978-4-591-15571-4

改札口
『風町通信』(ポプラ文庫ピュアフル) ポプラ社 2017.9 ①978-4-591-15571-4

風電話
『風町通信』(ポプラ文庫ピュアフル) ポプラ社 2017.9 ①978-4-591-15571-4

風町まで
『風町通信』(ポプラ文庫ピュアフル) ポプラ社 2017.9 ①978-4-591-15571-4

風町郵便局
『風町通信』(ポプラ文庫ピュアフル) ポプラ社 2017.9 ①978-4-591-15571-4

彼女の青空
『風町通信』(ポプラ文庫ピュアフル) ポプラ社 2017.9 ①978-4-591-15571-4

かもめ
『風町通信』(ポプラ文庫ピュアフル) ポプラ社 2017.9 ①978-4-591-15571-4

喫茶店
『風町通信』(ポプラ文庫ピュアフル) ポプラ社 2017.9 ①978-4-591-15571-4

木の家
『風町通信』(ポプラ文庫ピュアフル) ポプラ社 2017.9 ①978-4-591-15571-4

婚礼
『風町通信』(ポプラ文庫ピュアフル) ポプラ社 2017.9 ①978-4-591-15571-4

聖夜
『風町通信』(ポプラ文庫ピュアフル) ポプラ社 2017.9 ①978-4-591-15571-4

地図のない町
『風町通信』(ポプラ文庫ピュアフル) ポプラ社 2017.9 ①978-4-591-15571-4

トマト畑に雨が降る
『風町通信』(ポプラ文庫ピュアフル) ポプラ社 2017.9 ①978-4-591-15571-4

月の光
『風町通信』(ポプラ文庫ピュアフル) ポプラ社 2017.9 ①978-4-591-15571-4

灯台
『風町通信』(ポプラ文庫ピュアフル) ポプラ社 2017.9 ①978-4-591-15571-4

トランプ
『風町通信』(ポプラ文庫ピュアフル) ポプラ社 2017.9 ①978-4-591-15571-4

名前の猫
『風町通信』(ポプラ文庫ピュアフル) ポプラ社 2017.9 ①978-4-591-15571-4

橋の上で
『風町通信』(ポプラ文庫ピュアフル) ポプラ社 2017.9 ①978-4-591-15571-4

飛行機雲
『風町通信』(ポプラ文庫ピュアフル) ポプラ社 2017.9 ①978-4-591-15571-4

日時計のジョー
『風町通信』(ポプラ文庫ピュアフル) ポプラ社 2017.9 ①978-4-591-15571-4

笛吹きの本
『風町通信』(ポプラ文庫ピュアフル) ポプラ社 2017.9 ①978-4-591-15571-4

ポケットにピストル
『風町通信』(ポプラ文庫ピュアフル) ポプラ社 2017.9 ①978-4-591-15571-4

星を拾う
『風町通信』(ポプラ文庫ピュアフル) ポプラ社 2017.9 ①978-4-591-15571-4

窓ガラス
『風町通信』(ポプラ文庫ピュアフル) ポプラ社 2017.9 ①978-4-591-15571-4

夕焼け映画館
『風町通信』(ポプラ文庫ピュアフル) ポプラ社 2017.9 ①978-4-591-15571-4

夢の芝生
『風町通信』(ポプラ文庫ピュアフル) ポプラ社 2017.9 ①978-4-591-15571-4

ゆりかもめ館
『風町通信』(ポプラ文庫ピュアフル) ポプラ社 2017.9 ①978-4-591-15571-4

武田 綾乃　たけだ・あやの

かわいそうなうさぎ
『5分で凍る！ ぞっとする怖い話』（宝島社文庫）宝島社　2015.5　①978-4-8002-4039-2

武田 泰淳　たけだ・たいじゅん

ひかりごけ
『恐ろしい話』（ちくま文学の森）筑摩書房　2011.1　①978-4-480-42736-6
『ひかりごけ　改版』（新潮文庫）新潮社　2012.11　①978-4-10-109103-7
『戦争の深淵―闇』（コレクション 戦争と文学）集英社　2013.1　①978-4-08-157012-6

竹村 優希　たけむら・ゆき

過去を失くした女―山本愛子
『だるまさんがころんだ』（TO文庫）TOブックス　2013.7　①978-4-86472-152-3

美藤クン、あいシてる―石川真利江
『だるまさんがころんだ』（TO文庫）TOブックス　2013.7　①978-4-86472-152-3

竹本 健治　たけもと・けんじ

鬼ごっこ
『かくも 水深き不在』　新潮社　2012.7　①978-4-10-332481-2
『怪談―黄泉からの招待状』（新潮文庫）新潮社　2012.8　①978-4-10-133253-6

恐い映像
『Mystery Seller』（新潮文庫）新潮社　2012.2　①978-4-10-136675-3
『かくも 水深き不在』　新潮社　2012.7　①978-4-10-332481-2

花の軛
『かくも 水深き不在』　新潮社　2012.7　①978-4-10-332481-2

瑠璃と紅玉の女王
『NOVA 4 書き下ろし日本SFコレクション』（河出文庫）河出書房新社　2011.5　①978-4-309-41077-7

零点透視の誘拐
『かくも 水深き不在』　新潮社　2012.7　①978-4-10-332481-2

嶽本 野ばら　たけもと・のばら

BONUS TRACK Notsubo
『スリーピング・ピル―幻想小品集』（角川文庫）角川書店　2011.1　①978-4-04-394375-3

cage
『祝福されない王国』　新潮社　2009.7　①978-4-10-466003-2
『祝福されない王国』（新潮文庫）新潮社　2012.1　①978-4-10-131073-2

Chocolate Cantana
『スリーピング・ピル―幻想小品集』（角川文庫）角川書店　2011.1　①978-4-04-394375-3

Double Dare
『スリーピング・ピル―幻想小品集』（角川文庫）角川書店　2011.1　①978-4-04-394375-3

east of the moon or west of the sun
『祝福されない王国』　新潮社　2009.7　①978-4-10-466003-2
『祝福されない王国』（新潮文庫）新潮社　2012.1　①978-4-10-131073-2

eat me
『祝福されない王国』　新潮社　2009.7　①978-4-10-466003-2
『祝福されない王国』（新潮文庫）新潮社　2012.1　①978-4-10-131073-2

effect/cause
『祝福されない王国』　新潮社　2009.7　①978-4-10-466003-2
『祝福されない王国』（新潮文庫）新潮社　2012.1　①978-4-10-131073-2

et/te
『祝福されない王国』　新潮社　2009.7　①978-4-10-466003-2
『祝福されない王国』（新潮文庫）新潮社　2012.1　①978-4-10-131073-2

exchange
『祝福されない王国』　新潮社　2009.7　①978-4-10-466003-2

太宰治　　　　　　　　　　　　　　　　　　　　　　　　　　　　　作家名から引く短編小説作品総覧

『祝福されない王国』（新潮文庫）新潮社　2012.1　①978-4-10-131073-2

lie cylinder

『祝福されない王国』　新潮社　2009.7　①978-4-10-466003-2

『祝福されない王国』（新潮文庫）新潮社　2012.1　①978-4-10-131073-2

pearl parable

『ひと粒の宇宙―石田衣良はじめ全30篇』（角川文庫）角川書店　2009.11　①978-4-04-385404-2

『スリーピング・ピル―幻想小品集』（角川文庫）角川書店　2011.1　①978-4-04-394375-3

Pierce

『スリーピング・ピル―幻想小品集』（角川文庫）角川書店　2011.1　①978-4-04-394375-3

receptacle

『祝福されない王国』　新潮社　2009.7　①978-4-10-466003-2

『祝福されない王国』（新潮文庫）新潮社　2012.1　①978-4-10-131073-2

Religion

『スリーピング・ピル―幻想小品集』（角川文庫）角川書店　2011.1　①978-4-04-394375-3

Sleeping Pill

『スリーピング・ピル―幻想小品集』（角川文庫）角川書店　2011.1　①978-4-04-394375-3

Somnolency

『スリーピング・ピル―幻想小品集』（角川文庫）角川書店　2011.1　①978-4-04-394375-3

spin/mediums - ex.change

『祝福されない王国』　新潮社　2009.7　①978-4-10-466003-2

『祝福されない王国』（新潮文庫）新潮社　2012.1　①978-4-10-131073-2

太宰　治　　だざい・おさむ

ア、秋

『太宰治集 哀蚊―文豪怪談傑作選』（ちくま文庫）筑摩書房　2009.8　①978-4-480-42632-1

哀蚊

『地図 初期作品集』（新潮文庫）新潮社　2009.5　①978-4-10-100618-5

『太宰治集 哀蚊―文豪怪談傑作選』（ちくま文庫）筑摩書房　2009.8　①978-4-480-42632-1

尼―「陰火」より

『太宰治集 哀蚊―文豪怪談傑作選』（ちくま文庫）筑摩書房　2009.8　①978-4-480-42632-1

浦島さん―「お伽草紙」より

『太宰治集 哀蚊―文豪怪談傑作選』（ちくま文庫）筑摩書房　2009.8　①978-4-480-42632-1

音に就いて

『太宰治集 哀蚊―文豪怪談傑作選』（ちくま文庫）筑摩書房　2009.8　①978-4-480-42632-1

怪談

『地図 初期作品集』（新潮文庫）新潮社　2009.5　①978-4-10-100618-5

『太宰治集 哀蚊―文豪怪談傑作選』（ちくま文庫）筑摩書房　2009.8　①978-4-480-42632-1

革財布

『太宰治集 哀蚊―文豪怪談傑作選』（ちくま文庫）筑摩書房　2009.8　①978-4-480-42632-1

玩具

『晩年　改版』（角川文庫）角川書店　2009.5　①978-4-04-109916-2

『太宰治集 哀蚊―文豪怪談傑作選』（ちくま文庫）筑摩書房　2009.8　①978-4-480-42632-1

『コレクション私小説の冒険 2 虚実の戯れ』　勉誠出版　2013.11　①978-4-585-29561-7

魚服記

『走っけろメロス』　未知谷　2009.1　①978-4-89642-250-4

『太宰治選集　1』柏艪舎　2009.4　①978-4-434-12530-0

『太宰治選集　2』柏艪舎　2009.4　①978-4-434-12531-7

『富嶽百景・走れメロス 他八篇』（ワイド版岩波文庫）岩波書店　2009.5　①978-4-00-007309-7

『晩年　改版』（角川文庫）角川書店　2009.5　①978-4-04-109916-2

『太宰治集 哀蚊—文豪怪談傑作選』（ちくま文庫）筑摩書房 2009.8 ①978-4-480-42632-1

『変身ものがたり』（ちくま文学の森）筑摩書房 2010.10 ①978-4-480-42733-5

『いのちの話』（中学生までに読んでおきたい日本文学）あすなろ書房 2010.11 ①978-4-7515-2622-4

『胞子文学名作選』 港の人 2013.9 ①978-4-89629-266-4

『文豪山怪奇譚—山の怪談名作選』 山と渓谷社 2016.2 ①978-4-635-32006-1

魚服記に就て

『太宰治集 哀蚊—文豪怪談傑作選』（ちくま文庫）筑摩書房 2009.8 ①978-4-480-42632-1

五所川原

『太宰治集 哀蚊—文豪怪談傑作選』（ちくま文庫）筑摩書房 2009.8 ①978-4-480-42632-1

古典竜頭蛇尾

『太宰治集 哀蚊—文豪怪談傑作選』（ちくま文庫）筑摩書房 2009.8 ①978-4-480-42632-1

舌切雀—「お伽草紙」より

『太宰治集 哀蚊—文豪怪談傑作選』（ちくま文庫）筑摩書房 2009.8 ①978-4-480-42632-1

清貧譚

『太宰治選集 3』柏艪舎 2009.4 ①978-4-434-12532-4

『太宰治集 哀蚊—文豪怪談傑作選』（ちくま文庫）筑摩書房 2009.8 ①978-4-480-42632-1

創世記

『太宰治集 哀蚊—文豪怪談傑作選』（ちくま文庫）筑摩書房 2009.8 ①978-4-480-42632-1

断崖の錯覚

『地図 初期作品集』（新潮文庫）新潮社 2009.5 ①978-4-10-100618-5

『太宰治集 哀蚊—文豪怪談傑作選』（ちくま文庫）筑摩書房 2009.8 ①978-4-480-42632-1

竹青—新曲聊斎志異

『太宰治集 哀蚊—文豪怪談傑作選』（ちくま文庫）筑摩書房 2009.8 ①978-4-480-42632-1

トカトントン

『人間失格・わが半生を語る他』（日本名作選 昭和の文豪編）日本文学館 2009.1 ①978-4-7765-1921-8

『ヴィヨンの妻 改版』（新潮文庫）新潮社 2009.3 ①978-4-10-100603-1

『ヴィヨンの妻 3版』（角川文庫）角川書店 2009.5 ①978-4-04-109911-7

『私小説の生き方』 アーツアンドクラフツ 2009.6 ①978-4-901592-52-9

『太宰治集 哀蚊—文豪怪談傑作選』（ちくま文庫）筑摩書房 2009.8 ①978-4-480-42632-1

『走れメロス—太宰治名作選』（角川つばさ文庫）アスキー・メディアワークス 2010.2 ①978-4-04-631069-9

『こわい話』（中学生までに読んでおきたい日本文学）あすなろ書房 2011.2 ①978-4-7515-2628-6

『読んでおきたいベスト集！ 太宰治』（宝島社文庫）宝島社 2011.7 ①978-4-7966-8511-5

『走れメロス』（ハルキ文庫）角川春樹事務所 2012.4 ①978-4-7584-3652-6

女人訓戒

『太宰治集 哀蚊—文豪怪談傑作選』（ちくま文庫）筑摩書房 2009.8 ①978-4-480-42632-1

人魚の海—新釈諸国噺

『人魚—mermaid & merman』（シリーズ紙礫）皓星社 2016.3 ①978-4-7744-0609-1

人魚の海—「新釈諸国噺」より

『太宰治集 哀蚊—文豪怪談傑作選』（ちくま文庫）筑摩書房 2009.8 ①978-4-480-42632-1

葉桜と魔笛

『太宰治選集 1』柏艪舎 2009.4 ①978-4-434-12530-0

『太宰治選集 2』柏艪舎 2009.4 ①978-4-434-12531-7

『女詞—太宰治アンソロジー』（PD叢書）凱風社 2009.5 ①978-4-7736-3309-2

『女生徒 改版』（角川文庫）角川書店 2009.5 ①978-4-04-109915-5

『太宰治集 哀蚊—文豪怪談傑作選』（ちくま文庫）筑摩書房 2009.8 ①978-4-480-42632-1

『走れメロス―太宰治名作選』(角川つばさ文庫) アスキー・メディアワークス 2010.2 ①978-4-04-631069-9

『太宰は女である』 パブリック・ブレイン 2010.11 ①978-4-434-15048-7

一つの約束

『太宰治集 哀蚊―文豪怪談傑作選』(ちくま文庫) 筑摩書房 2009.8 ①978-4-480-42632-1

皮膚と心

『太宰治選集 3』柏艪舎 2009.4 ①978-4-434-12532-4

『女詞―太宰治アンソロジー』(PD叢書) 凱風社 2009.5 ①978-4-7736-3309-2

『女生徒 改版』(角川文庫) 角川書店 2009.5 ①978-4-04-109915-5

『太宰治集 哀蚊―文豪怪談傑作選』(ちくま文庫) 筑摩書房 2009.8 ①978-4-480-42632-1

『桜桃』(ハルキ文庫〔280円文庫〕) 角川春樹事務所 2011.2 ①978-4-7584-3547-5

『太宰とかの子』 おうふう 2013.2 ①978-4-273-03707-9

『桜桃・雪の夜の話―無頼派作家の夜』(実業之日本社文庫) 実業之日本社 2013.12 ①978-4-408-55156-2

フォスフォレッスセンス

『太宰治集 哀蚊―文豪怪談傑作選』(ちくま文庫) 筑摩書房 2009.8 ①978-4-480-42632-1

待つ

『涙の百年文学―もう一度読みたい』 太陽出版 2009.4 ①978-4-88469-619-1

『新ハムレット 40刷改版』(新潮文庫) 新潮社 2009.4 ①978-4-10-100612-3

『女詞―太宰治アンソロジー』(PD叢書) 凱風社 2009.5 ①978-4-7736-3309-2

『女生徒 改版』(角川文庫) 角川書店 2009.5 ①978-4-04-109915-5

『太宰治集 哀蚊―文豪怪談傑作選』(ちくま文庫) 筑摩書房 2009.8 ①978-4-480-42632-1

『アジア太平洋戦争―艶』(コレクション戦争と文学) 集英社 2011.6 ①978-4-08-157008-9

『朗読の時間 太宰治』(朗読CD付き名作文学シリーズ) 東京書籍 2011.8 ①978-4-487-80592-1

『日本近代短篇小説選 昭和篇 1』(岩波文庫) 岩波書店 2012.8 ①978-4-00-311914-3

むかしの亡者

『太宰治集 哀蚊―文豪怪談傑作選』(ちくま文庫) 筑摩書房 2009.8 ①978-4-480-42632-1

雌に就いて

『太宰治集 哀蚊―文豪怪談傑作選』(ちくま文庫) 筑摩書房 2009.8 ①978-4-480-42632-1

『桜桃・雪の夜の話―無頼派作家の夜』(実業之日本社文庫) 実業之日本社 2013.12 ①978-4-408-55156-2

メリイクリスマス

『太宰治集 哀蚊―文豪怪談傑作選』(ちくま文庫) 筑摩書房 2009.8 ①978-4-480-42632-1

懶惰の歌留多(抄)

『文豪てのひら怪談』(ポプラ文庫) ポプラ社 2009.8 ①978-4-591-11104-8

多崎 礼　たさき・れい

あの日溜まりの中にいる

『夢の上―サウガ城の六騎将』(C・NOVELSファンタジア) 中央公論新社 2012.4 ①978-4-12-501199-8

煌夜祭

『煌夜祭』(中公文庫) 中央公論新社 2013.5 ①978-4-12-205795-1

世界で一番速い馬

『夢の上―サウガ城の六騎将』(C・NOVELSファンタジア) 中央公論新社 2012.4 ①978-4-12-501199-8

手紙

『夢の上―サウガ城の六騎将』(C・NOVELSファンタジア) 中央公論新社 2012.4 ①978-4-12-501199-8

天下無敵の大盗賊

『夢の上―サウガ城の六騎将』(C・NOVELSファンタジア) 中央公論新社 2012.4 ①978-4-12-501199-8

汝、異端を恐るることなかれ

『夢の上―サウガ城の六騎将』(C・NOVELSファンタジア) 中央公論新社 2012.4 ①978-4-12-501199-8

遍歴
『煌夜祭』(中公文庫) 中央公論新社　2013.5
①978-4-12-205795-1

約束
『夢の上―サウガ城の六騎将』(C・NOV-ELSファンタジア) 中央公論新社　2012.4
①978-4-12-501199-8

田沢　大典　たざわ・だいすけ

エリィの章
『英雄伝説零の軌跡 四つの運命』 フィールドワイ　2012.1　①978-4-89610-215-4

抗争の疑惑
『英雄伝説零の軌跡 四つの運命』 フィールドワイ　2012.1　①978-4-89610-215-4

ティオの章
『英雄伝説零の軌跡 四つの運命』 フィールドワイ　2012.1　①978-4-89610-215-4

不良グループの抗争
『英雄伝説零の軌跡 四つの運命』 フィールドワイ　2012.1　①978-4-89610-215-4

ランディの章
『英雄伝説零の軌跡 四つの運命』 フィールドワイ　2012.1　①978-4-89610-215-4

ロイドの運命
『英雄伝説零の軌跡 四つの運命』 フィールドワイ　2012.1　①978-4-89610-215-4

田島　照久　たじま・てるひさ

アンティックカメラ
『ホラー・マーケット』　春日出版　2009.7
①978-4-86321-186-5

お払い箱
『ホラー・マーケット』　春日出版　2009.7
①978-4-86321-186-5

俺の言い分、君島の言い分
『ホラー・マーケット』　春日出版　2009.7
①978-4-86321-186-5

哀しい再会
『ホラー・マーケット』　春日出版　2009.7
①978-4-86321-186-5

悲しみにくれる池
『ホラー・マーケット』　春日出版　2009.7
①978-4-86321-186-5

ガラスのヴィジョン
『ホラー・マーケット』　春日出版　2009.7
①978-4-86321-186-5

寒村の信号機
『ホラー・マーケット』　春日出版　2009.7
①978-4-86321-186-5

偶然のエアライン
『ホラー・マーケット』　春日出版　2009.7
①978-4-86321-186-5

下山道の人影
『ホラー・マーケット』　春日出版　2009.7
①978-4-86321-186-5

コートの行方
『ホラー・マーケット』　春日出版　2009.7
①978-4-86321-186-5

コロラドナンバーFJW679
『ホラー・マーケット』　春日出版　2009.7
①978-4-86321-186-5

サターンランド・スタジオツアー
『ホラー・マーケット』　春日出版　2009.7
①978-4-86321-186-5

残業
『ホラー・マーケット』　春日出版　2009.7
①978-4-86321-186-5

湿気を滞びた手紙
『ホラー・マーケット』　春日出版　2009.7
①978-4-86321-186-5

即興の作り話
『ホラー・マーケット』　春日出版　2009.7
①978-4-86321-186-5

祖母の家の階段
『ホラー・マーケット』　春日出版　2009.7
①978-4-86321-186-5

爪切り
『ホラー・マーケット』　春日出版　2009.7
①978-4-86321-186-5

天井の傷
『ホラー・マーケット』　春日出版　2009.7
①978-4-86321-186-5

長い長いトンネル
『ホラー・マーケット』　春日出版　2009.7
①978-4-86321-186-5

ネイチャー・ジャーナリスト
『ホラー・マーケット』　春日出版　2009.7
①978-4-86321-186-5

熱帯魚
『ホラー・マーケット』　春日出版　2009.7
①978-4-86321-186-5

背後のシュプール音
『ホラー・マーケット』　春日出版　2009.7
①978-4-86321-186-5

バスケットコートに流れていた時間
『ホラー・マーケット』　春日出版　2009.7
①978-4-86321-186-5

左利きのギタリスト
『ホラー・マーケット』　春日出版　2009.7
①978-4-86321-186-5

秘められていた力
『ホラー・マーケット』　春日出版　2009.7
①978-4-86321-186-5

ファイナル・ディール
『ホラー・マーケット』　春日出版　2009.7
①978-4-86321-186-5

埃まみれの救済
『ホラー・マーケット』　春日出版　2009.7
①978-4-86321-186-5

間に合うだろうか
『ホラー・マーケット』　春日出版　2009.7
①978-4-86321-186-5

森の中の家族の団らん
『ホラー・マーケット』　春日出版　2009.7
①978-4-86321-186-5

老人たちの旅
『ホラー・マーケット』　春日出版　2009.7
①978-4-86321-186-5

多田 智満子　ただ・ちまこ

死刑執行
『文豪てのひら怪談』（ポプラ文庫）　ポプラ社　2009.8　①978-4-591-11104-8

タタツ シンイチ

人喰い納豆
『SF Japan 2009AUTUMN』　徳間書店　2009.9　①978-4-19-862778-2

風神
『江戸迷宮―異形コレクション』（光文社文庫）光文社　2011.1　①978-4-334-74901-9

只野 真葛　ただの・まくず

奥州波奈志
『江戸奇談怪談集』（ちくま学芸文庫）　筑摩書房　2012.11　①978-4-480-09488-9

影の病
『江戸奇談怪談集』（ちくま学芸文庫）　筑摩書房　2012.11　①978-4-480-09488-9

狐つかい
『江戸奇談怪談集』（ちくま学芸文庫）　筑摩書房　2012.11　①978-4-480-09488-9

めいしん
『江戸奇談怪談集』（ちくま学芸文庫）　筑摩書房　2012.11　①978-4-480-09488-9

橘 公司　たちばな・こうし

エレン・メイザースの最強な一日。
『デート・ア・ライブ　アンコール　2』（富士見ファンタジア文庫）　角川書店　2014.5　①978-4-04-070116-5

折紙カウンセリング
『デート・ア・ライブ　アンコール　5』（富士見ファンタジア文庫）　角川書店　2016.5　①978-4-04-070926-0

士道ハンターズ
『デート・ア・ライブ　アンコール　2』（富士見ファンタジア文庫）　角川書店　2014.5　①978-4-04-070116-5

精霊アニメーション
『デート・ア・ライブ　アンコール　6』（富士見ファンタジア文庫）　角川書店　2016.12　①978-4-04-072092-0

精霊オフライン
『デート・ア・ライブ　アンコール　6』（富士見ファンタジア文庫）　角川書店　2016.12　①978-4-04-072092-0

精霊オンライン
『デート・ア・ライブ　アンコール　6』（富士見ファンタジア文庫）　角川書店　2016.12　①978-4-04-072092-0

精霊キングゲーム
『デート・ア・ライブ アンコール 2』（富士見ファンタジア文庫）角川書店　2014.5　Ⓘ978-4-04-070116-5

精霊スノーウォーズ
『デート・ア・ライブ アンコール 5』（富士見ファンタジア文庫）角川書店　2016.5　Ⓘ978-4-04-070926-0

精霊ダークマター
『デート・ア・ライブ アンコール 5』（富士見ファンタジア文庫）角川書店　2016.5　Ⓘ978-4-04-070926-0

精霊ニューイヤー
『デート・ア・ライブ アンコール 6』（富士見ファンタジア文庫）角川書店　2016.12　Ⓘ978-4-04-072092-0

天央祭コンテスト
『デート・ア・ライブ アンコール 2』（富士見ファンタジア文庫）角川書店　2014.5　Ⓘ978-4-04-070116-5

二亜ギャルゲー
『デート・ア・ライブ アンコール 6』（富士見ファンタジア文庫）角川書店　2016.12　Ⓘ978-4-04-072092-0

白銀アストレイ
『デート・ア・ライブ アンコール 5』（富士見ファンタジア文庫）角川書店　2016.5　Ⓘ978-4-04-070926-0

白銀マーダラー
『デート・ア・ライブ アンコール 5』（富士見ファンタジア文庫）角川書店　2016.5　Ⓘ978-4-04-070926-0

未確認サマーバケーション
『デート・ア・ライブ アンコール 2』（富士見ファンタジア文庫）角川書店　2014.5　Ⓘ978-4-04-070116-5

未確認ブラザー
『デート・ア・ライブ アンコール 2』（富士見ファンタジア文庫）角川書店　2014.5　Ⓘ978-4-04-070116-5

六喰ヘアー
『デート・ア・ライブ アンコール 6』（富士見ファンタジア文庫）角川書店　2016.12　Ⓘ978-4-04-072092-0

冥王フィブリゾの世界滅ぼし会議
『スレイヤーズ25周年あんそろじー』（富士見ファンタジア文庫）角川書店　2015.1　Ⓘ978-4-04-070467-8

令音ホリデー
『デート・ア・ライブ アンコール 5』（富士見ファンタジア文庫）角川書店　2016.5　Ⓘ978-4-04-070926-0

橘　外男　たちばな・そとお

青白き裸女群像
『陰獣トリステサ─綺想ロマン傑作選』河出書房新社　2010.6　Ⓘ978-4-309-01987-1

陰獣トリステサ
『陰獣トリステサ─綺想ロマン傑作選』河出書房新社　2010.6　Ⓘ978-4-309-01987-1

蒲団
『見た人の怪談集』（河出文庫）河出書房新社　2016.5　Ⓘ978-4-309-41450-8

妖花イレーネ
『陰獣トリステサ─綺想ロマン傑作選』河出書房新社　2010.6　Ⓘ978-4-309-01987-1

橘　南谿　たちばな・なんけい

怪獣三題
『江戸奇談怪談集』（ちくま学芸文庫）筑摩書房　2012.11　Ⓘ978-4-480-09488-9

狐の児
『江戸奇談怪談集』（ちくま学芸文庫）筑摩書房　2012.11　Ⓘ978-4-480-09488-9

降毛
『江戸奇談怪談集』（ちくま学芸文庫）筑摩書房　2012.11　Ⓘ978-4-480-09488-9

西遊記
『江戸奇談怪談集』（ちくま学芸文庫）筑摩書房　2012.11　Ⓘ978-4-480-09488-9

徐福
『江戸奇談怪談集』（ちくま学芸文庫）筑摩書房　2012.11　Ⓘ978-4-480-09488-9

大骨
『江戸奇談怪談集』（ちくま学芸文庫）筑摩書房　2012.11　Ⓘ978-4-480-09488-9

橘 みれい

乳汁を好む老人
『江戸奇談怪談集』(ちくま学芸文庫) 筑摩書房 2012.11 ①978-4-480-09488-9

鶴の昇天
『江戸奇談怪談集』(ちくま学芸文庫) 筑摩書房 2012.11 ①978-4-480-09488-9

豆腐の怪
『江戸奇談怪談集』(ちくま学芸文庫) 筑摩書房 2012.11 ①978-4-480-09488-9

東遊記
『江戸奇談怪談集』(ちくま学芸文庫) 筑摩書房 2012.11 ①978-4-480-09488-9

パタパタ
『江戸奇談怪談集』(ちくま学芸文庫) 筑摩書房 2012.11 ①978-4-480-09488-9

不食病
『江戸奇談怪談集』(ちくま学芸文庫) 筑摩書房 2012.11 ①978-4-480-09488-9

北窓瑣談
『江戸奇談怪談集』(ちくま学芸文庫) 筑摩書房 2012.11 ①978-4-480-09488-9

水漉石
『江戸奇談怪談集』(ちくま学芸文庫) 筑摩書房 2012.11 ①978-4-480-09488-9

山城国の怪獣
『江戸奇談怪談集』(ちくま学芸文庫) 筑摩書房 2012.11 ①978-4-480-09488-9

橘 みれい　たちばな・みれい

青の貴婦人
『鏡花妖宴―鏡花あやかし秘帖』(もえぎDX) 学研パブリッシング 2010.11 ①978-4-05-404744-0

永遠の美酒
『鏡花変幻』(もえぎDX 鏡花あやかし秘帖) 学研パブリッシング 2012.10 ①978-4-05-405430-1

海神幻想
『鏡花妖宴―鏡花あやかし秘帖』(もえぎDX) 学研パブリッシング 2010.11 ①978-4-05-404744-0

聖なる代償
『鏡花水月―鏡花あやかし秘帖』(もえぎDX) 学習研究社 2009.6 ①978-4-05-404183-7

血潮珊瑚
『鏡花繚乱―鏡花あやかし秘帖』(もえぎDX) 学研パブリッシング 2011.10 ①978-4-05-405081-5

手毬唄が聞こえる
『鏡花水月―鏡花あやかし秘帖』(もえぎDX) 学習研究社 2009.6 ①978-4-05-404183-7

人魚の真珠
『鏡花繚乱―鏡花あやかし秘帖』(もえぎDX) 学研パブリッシング 2011.10 ①978-4-05-405081-5

Novel 鹿鳴館の魔女
『鏡花水月―鏡花あやかし秘帖』(もえぎDX) 学習研究社 2009.6 ①978-4-05-404183-7

放生会
『鏡花妖宴―鏡花あやかし秘帖』(もえぎDX) 学研パブリッシング 2010.11 ①978-4-05-404744-0

立原 えりか　たちはら・えりか

赤い糸の電話
『立原えりか自選26の花』 愛育社 2013.10 ①978-4-7500-0431-0

あんず林のどろぼう
『立原えりか自選26の花』 愛育社 2013.10 ①978-4-7500-0431-0

いそがしい日の子守唄
『立原えりか自選26の花』 愛育社 2013.10 ①978-4-7500-0431-0

一泊旅行
『王女の草冠』 愛育社 2009.6 ①978-4-7500-0358-0

海に帰る
『王女の草冠』 愛育社 2009.6 ①978-4-7500-0358-0

王女の草冠
『王女の草冠』 愛育社 2009.6 ①978-4-7500-0358-0

王の魔法
『王女の草冠』 愛育社 2009.6 ①978-4-7500-0358-0

思い乱れて
『王女の草冠』 愛育社 2009.6 ①978-4-7500-0358-0

風のおよめさん
　『立原えりか自選26の花』　愛育社　2013.10
　①978-4-7500-0431-0

形見の入れ墨
　『王女の草冠』　愛育社　2009.6　①978-4-7500-0358-0

クモ
　『立原えりか自選26の花』　愛育社　2013.10
　①978-4-7500-0431-0

心へまっしぐら
　『王女の草冠』　愛育社　2009.6　①978-4-7500-0358-0

最後の綱引き
　『王女の草冠』　愛育社　2009.6　①978-4-7500-0358-0

さくら湯の客
　『立原えりか自選26の花』　愛育社　2013.10
　①978-4-7500-0431-0

タマネギ色のなみだ
　『立原えりか自選26の花』　愛育社　2013.10
　①978-4-7500-0431-0

タムタムおばけとジムジムおばけ
　『立原えりか自選26の花』　愛育社　2013.10
　①978-4-7500-0431-0

蝶を編む人
　『立原えりか自選26の花』　愛育社　2013.10
　①978-4-7500-0431-0

月あかりの中庭
　『立原えりか自選26の花』　愛育社　2013.10
　①978-4-7500-0431-0

月の砂漠
　『立原えりか自選26の花』　愛育社　2013.10
　①978-4-7500-0431-0

天人の橋
　『立原えりか自選26の花』　愛育社　2013.10
　①978-4-7500-0431-0

トランペット吹きの子守歌
　『王女の草冠』　愛育社　2009.6　①978-4-7500-0358-0

人魚のくつ
　『立原えりか自選26の花』　愛育社　2013.10
　①978-4-7500-0431-0

野原の食卓
　『立原えりか自選26の花』　愛育社　2013.10
　①978-4-7500-0431-0

花くいライオン
　『立原えりか自選26の花』　愛育社　2013.10
　①978-4-7500-0431-0

花園
　『立原えりか自選26の花』　愛育社　2013.10
　①978-4-7500-0431-0

ピアノのおけいこ
　『立原えりか自選26の花』　愛育社　2013.10
　①978-4-7500-0431-0

人しれず咲く花をめずる陽
　『立原えりか自選26の花』　愛育社　2013.10
　①978-4-7500-0431-0

ひとりぼっちのクリスマス
　『立原えりか自選26の花』　愛育社　2013.10
　①978-4-7500-0431-0

不老不死のくすり
　『立原えりか自選26の花』　愛育社　2013.10
　①978-4-7500-0431-0

ほんの少しの場所
　『立原えりか自選26の花』　愛育社　2013.10
　①978-4-7500-0431-0

町でさいごの妖精をみたおまわりさんのはなし
　『立原えりか自選26の花』　愛育社　2013.10
　①978-4-7500-0431-0

ユキちゃん
　『立原えりか自選26の花』　愛育社　2013.10
　①978-4-7500-0431-0

雪の夜のお客さま
　『立原えりか自選26の花』　愛育社　2013.10
　①978-4-7500-0431-0

よろこびのお菓子
　『立原えりか自選26の花』　愛育社　2013.10
　①978-4-7500-0431-0

六本指の手ぶくろ
　『立原えりか自選26の花』　愛育社　2013.10
　①978-4-7500-0431-0

立原　透耶　たちはら・とうや

青の血脈～肖像画奇譚
　『チャールズ・ウォードの系譜』（クトゥルー・

ミュトス・ファイルズ）創土社　2013.7　①978-4-7988-3006-3

赤い絨毯
『女たちの怪談百物語』（幽books）　メディアファクトリー　2010.11　①978-4-8401-3599-3
『女たちの怪談百物語』（角川ホラー文庫）　角川書店　2014.1　①978-4-04-101192-8

生霊
『女たちの怪談百物語』（幽books）　メディアファクトリー　2010.11　①978-4-8401-3599-3
『女たちの怪談百物語』（角川ホラー文庫）　角川書店　2014.1　①978-4-04-101192-8

一両目には乗らない
『女たちの怪談百物語』（幽books）　メディアファクトリー　2010.11　①978-4-8401-3599-3
『女たちの怪談百物語』（角川ホラー文庫）　角川書店　2014.1　①978-4-04-101192-8

おかっぱの女の子
『女たちの怪談百物語』（幽books）　メディアファクトリー　2010.11　①978-4-8401-3599-3
『女たちの怪談百物語』（角川ホラー文庫）　角川書店　2014.1　①978-4-04-101192-8

怪談鍋
『女たちの怪談百物語』（幽books）　メディアファクトリー　2010.11　①978-4-8401-3599-3
『女たちの怪談百物語』（角川ホラー文庫）　角川書店　2014.1　①978-4-04-101192-8

散歩途中で
『女たちの怪談百物語』（幽books）　メディアファクトリー　2010.11　①978-4-8401-3599-3
『女たちの怪談百物語』（角川ホラー文庫）　角川書店　2014.1　①978-4-04-101192-8

白い服を着た女
『女たちの怪談百物語』（幽books）　メディアファクトリー　2010.11　①978-4-8401-3599-3
『女たちの怪談百物語』（角川ホラー文庫）　角川書店　2014.1　①978-4-04-101192-8

心霊写真
『女たちの怪談百物語』（幽books）　メディアファクトリー　2010.11　①978-4-8401-3599-3
『女たちの怪談百物語』（角川ホラー文庫）　角川書店　2014.1　①978-4-04-101192-8

中国での話
『女たちの怪談百物語』（幽books）　メディアファクトリー　2010.11　①978-4-8401-3599-3
『女たちの怪談百物語』（角川ホラー文庫）　角川書店　2014.1　①978-4-04-101192-8

天使の降る夜
『凪の大祭』（立原透耶著作集）　彩流社　2016.8　①978-4-7791-2111-1

凪の大祭
『凪の大祭』（立原透耶著作集）　彩流社　2016.8　①978-4-7791-2111-1

ひとつぶの氷
『凪の大祭』（立原透耶著作集）　彩流社　2016.8　①978-4-7791-2111-1

人間違い
『女たちの怪談百物語』（幽books）　メディアファクトリー　2010.11　①978-4-8401-3599-3
『女たちの怪談百物語』（角川ホラー文庫）　角川書店　2014.1　①978-4-04-101192-8

冬枯れの惑星（"凪の大祭"外伝）
『凪の大祭』（立原透耶著作集）　彩流社　2016.8　①978-4-7791-2111-1

魔の森の秘密をとけ!!
『凪の大祭』（立原透耶著作集）　彩流社　2016.8　①978-4-7791-2111-1

ミステリアス・ヒーロー!!
『凪の大祭』（立原透耶著作集）　彩流社　2016.8　①978-4-7791-2111-1

闇の皇子
『凪の大祭』（立原透耶著作集）　彩流社　2016.8　①978-4-7791-2111-1

夢売りのたまご
『凪の大祭』（立原透耶著作集）　彩流社　2016.8　①978-4-7791-2111-1

舘澤　亜紀　たてさわ・あき

山荘へ向かう道
『ゆきのまち幻想文学賞小品集　21　風花雪の物語二十七編』　企画集団ぷりずむ　2012.3　①978-4-906691-42-5

田中　明子　たなか・あきこ

銀化猫―ギンカネコ
『河童と見た空―ゆきのまち幻想文学賞小品集　18』　企画集団ぷりずむ　2009.3　①978-4-906691-30-2

魂のレコード
『ゆきのまち幻想文学賞小品集　20　もうひとつの階段』　企画集団ぷりずむ　2011.4　①978-4-906691-37-1

惑星のキオク
『ゆきのまち幻想文学賞小品集　19　雪の反転鏡』　企画集団ぷりずむ　2010.3　①978-4-906691-32-6

田中　アコ　たなか・あこ

君を見る結晶夜
『ゆきのまち幻想文学賞小品集　21　風花雪の物語二十七編』　企画集団ぷりずむ　2012.3　①978-4-906691-42-5

降る賛美歌
『小さな魔法の降る日に―ゆきのまち幻想文学賞小品集　25』企画集団ぷりずむ　2015.10　①978-4-906691-55-5

田中　光二　たなか・こうじ

最後の狩猟
『70年代日本SFベスト集成　3　1973年度版』（ちくま文庫）筑摩書房　2015.2　①978-4-480-43213-1

スフィンクスを殺せ
『70年代日本SFベスト集成　4　1974年度版』（ちくま文庫）筑摩書房　2015.4　①978-4-480-43214-8

メトセラの谷間
『日本SF全集　第2巻』　出版芸術社　2010.3　①978-4-88293-347-2

田中　貢太郎　たなか・こうたろう

竈の中の顔
『恐ろしい話』（ちくま文学の森）筑摩書房　2011.1　①978-4-480-42736-6

『見た人の怪談集』（河出文庫）河出書房新社　2016.5　①978-4-309-41450-8

這って来る紐
『文豪てのひら怪談』（ポプラ文庫）ポプラ社　2009.8　①978-4-591-11104-8

田中　貴尚　たなか・たかしひさし

乳白温度
『ゆきのまち幻想文学賞小品集　20　もうひとつの階段』　企画集団ぷりずむ　2011.4　①978-4-906691-37-1

田中　哲弥　たなか・てつや

雨
『猿駅/初恋』（想像力の文学）早川書房　2009.3　①978-4-15-209013-3

か
『猿駅/初恋』（想像力の文学）早川書房　2009.3　①978-4-15-209013-3

げろめさん
『猿駅/初恋』（想像力の文学）早川書房　2009.3　①978-4-15-209013-3

猿駅
『猿駅/初恋』（想像力の文学）早川書房　2009.3　①978-4-15-209013-3

猿はあけぼの
『猿駅/初恋』（想像力の文学）早川書房　2009.3　①978-4-15-209013-3

遠き鼻血の果て
『猿駅/初恋』（想像力の文学）早川書房　2009.3　①978-4-15-209013-3

ハイマール祭
『猿駅/初恋』（想像力の文学）早川書房　2009.3　①978-4-15-209013-3

初恋
『猿駅/初恋』（想像力の文学）早川書房　2009.3　①978-4-15-209013-3

羊山羊
『猿駅/初恋』（想像力の文学）早川書房　2009.3　①978-4-15-209013-3

ユカ
『猿駅/初恋』（想像力の文学）早川書房　2009.3　①978-4-15-209013-3

夜なのに
『喜劇綺劇―異形コレクション』（光文社文庫）　光文社　2009.12　①978-4-334-74698-8

『量子回廊―年刊日本SF傑作選』（創元SF文庫）　東京創元社　2010.7　①978-4-488-73403-9

『サゴケヒ族民謡の主題による変奏曲』（講談社BOX）　講談社　2010.10　①978-4-06-283756-9

隣人
『NOVA　1　書き下ろし日本SFコレクション』（河出文庫）　河出書房新社　2009.12　①978-4-309-40994-8

『サゴケヒ族民謡の主題による変奏曲』（講談社BOX）　講談社　2010.10　①978-4-06-283756-9

田中　啓文　　たなか・ひろふみ

赤ちゃんはまだ？
『ミミズからの伝言』（角川ホラー文庫）　角川書店　2010.9　①978-4-04-346504-0

秋子とアキヒコ
『ミミズからの伝言』（角川ホラー文庫）　角川書店　2010.9　①978-4-04-346504-0

嘔吐した宇宙飛行士
『ぼくの、マシン―ゼロ年代日本SFベスト集成　S』（創元SF文庫）　東京創元社　2010.10　①978-4-488-73801-3

『日本SF短篇50　4　日本SF作家クラブ創立50周年記念アンソロジー』（ハヤカワ文庫JA）　早川書房　2013.8　①978-4-15-031126-1

怪獣ルクスビグラの足型を取った男
『多々良島ふたたび―ウルトラ怪獣アンソロジー』（TSUBURAYA×HAYAKAWA UNIVERSE）　早川書房　2015.7　①978-4-15-209555-8

牡蠣喰う客
『ミミズからの伝言』（角川ホラー文庫）　角川書店　2010.9　①978-4-04-346504-0

ガラスの地球を救え！
『NOVA　1　書き下ろし日本SFコレクション』（河出文庫）　河出書房新社　2009.12　①978-4-309-40994-8

地獄の新喜劇
『喜劇綺劇―異形コレクション』（光文社文庫）　光文社　2009.12　①978-4-334-74698-8

集団自殺と百二十億頭のイノシシ
『SF宝石』　光文社　2013.8　①978-4-334-92888-9

兎肉
『ミミズからの伝言』（角川ホラー文庫）　角川書店　2010.9　①978-4-04-346504-0

糞臭の村
『ミミズからの伝言』（角川ホラー文庫）　角川書店　2010.9　①978-4-04-346504-0

本能寺の大変
『NOVA　9　書き下ろし日本SFコレクション』（河出文庫）　河出書房新社　2013.1　①978-4-309-41109-3

ミミズからの伝言
『ミミズからの伝言』（角川ホラー文庫）　角川書店　2010.9　①978-4-04-346504-0

見るなの本
『ミミズからの伝言』（角川ホラー文庫）　角川書店　2010.9　①978-4-04-346504-0

夢のなかの巨人
『鉄人28号　THE NOVELS』　小学館クリエイティブ　2012.11　①978-4-7780-3752-9

輪廻惑星テンショウ
『SF宝石　2015』　光文社　2015.8　①978-4-334-91049-5

田中　雄一　　たなか・ゆういち

箱庭の巨獣
『さよならの儀式―年刊日本SF傑作選』（創元SF文庫）　東京創元社　2014.6　①978-4-488-73407-7

田中　芳樹　　たなか・よしき

朝の夢、夜の歌
『銀河英雄伝説外伝　5　黄金の翼』（創元SF文庫）　東京創元社　2009.6　①978-4-488-72515-0

いつの日か、ふたたび
『緑の草原に…―田中芳樹初期短篇集成　1』（創元SF文庫）　東京創元社　2017.9　①978-4-488-72521-1

黄金の翼

『銀河英雄伝説外伝　5　黄金の翼』（創元SF文庫）東京創元社　2009.6　①978-4-488-72515-0

汚名

『銀河英雄伝説外伝　5　黄金の翼』（創元SF文庫）東京創元社　2009.6　①978-4-488-72515-0

黄色の夜

『緑の草原に…―田中芳樹初期短篇集成 1』（創元SF文庫）東京創元社　2017.9　①978-4-488-72521-1

銀河英雄伝説のつくりかた

『銀河英雄伝説外伝　5　黄金の翼』（創元SF文庫）東京創元社　2009.6　①978-4-488-72515-0

銀環計画

『炎の記憶―田中芳樹初期短篇集成 2』（創元SF文庫）東京創元社　2017.9　①978-4-488-72522-8

懸賞金稼ぎ

『緑の草原に…―田中芳樹初期短篇集成 1』（創元SF文庫）東京創元社　2017.9　①978-4-488-72521-1

死海のリンゴ

『炎の記憶―田中芳樹初期短篇集成 2』（創元SF文庫）東京創元社　2017.9　①978-4-488-72522-8

白い顔

『炎の記憶―田中芳樹初期短篇集成 2』（創元SF文庫）東京創元社　2017.9　①978-4-488-72522-8

白い断頭台

『緑の草原に…―田中芳樹初期短篇集成 1』（創元SF文庫）東京創元社　2017.9　①978-4-488-72521-1

深紅の寒流

『緑の草原に…―田中芳樹初期短篇集成 1』（創元SF文庫）東京創元社　2017.9　①978-4-488-72521-1

戦場の夜想曲

『日本SF短篇50―日本SF作家クラブ創立50周年記念アンソロジー　3』（ハヤカワ文庫JA）早川書房　2013.6　①978-4-15-031115-5

ダゴン星域会戦記

『銀河英雄伝説外伝　5　黄金の翼』（創元SF文庫）東京創元社　2009.6　①978-4-488-72515-0

黄昏都市

『緑の草原に…―田中芳樹初期短篇集成 1』（創元SF文庫）東京創元社　2017.9　①978-4-488-72521-1

長い夜の見張り

『炎の記憶―田中芳樹初期短篇集成 2』（創元SF文庫）東京創元社　2017.9　①978-4-488-72522-8

白銀の谷

『銀河英雄伝説外伝　5　黄金の翼』（創元SF文庫）東京創元社　2009.6　①978-4-488-72515-0

品種改良

『緑の草原に…―田中芳樹初期短篇集成 1』（創元SF文庫）東京創元社　2017.9　①978-4-488-72521-1

ブルースカイ・ドリーム

『炎の記憶―田中芳樹初期短篇集成 2』（創元SF文庫）東京創元社　2017.9　①978-4-488-72522-8

訪問者

『炎の記憶―田中芳樹初期短篇集成 2』（創元SF文庫）東京創元社　2017.9　①978-4-488-72522-8

炎の記憶

『炎の記憶―田中芳樹初期短篇集成 2』（創元SF文庫）東京創元社　2017.9　①978-4-488-72522-8

緑の草原に…

『緑の草原に…―田中芳樹初期短篇集成 1』（創元SF文庫）東京創元社　2017.9　①978-4-488-72521-1

夢買い人

『炎の記憶―田中芳樹初期短篇集成 2』（創元SF文庫）東京創元社　2017.9　①978-4-488-72522-8

闇に踊る手

『炎の記憶―田中芳樹初期短篇集成 2』（創元SF文庫）東京創元社　2017.9　①978-4-488-72522-8

夜への旅立ち
『炎の記憶―田中芳樹初期短篇集成 2』（創元SF文庫）東京創元社 2017.9 ①978-4-488-72522-8

流星航路
『日本SF全集 3 1978〜1984』出版芸術社 2013.12 ①978-4-88293-348-9

『緑の草原に…―田中芳樹初期短篇集成 1』（創元SF文庫）東京創元社 2017.9 ①978-4-488-72521-1

田辺 青蛙　たなべ・せいあ

紫陽花の中の邂逅
『皐月鬼』（角川ホラー文庫）角川書店 2010.12 ①978-4-04-392303-8

石の中の水妖
『皐月鬼』（角川ホラー文庫）角川書店 2010.12 ①978-4-04-392303-8

落ち星
『魂追い』（角川ホラー文庫）角川書店 2009.12 ①978-4-04-392302-1

鬼遣いの子
『魂追い』（角川ホラー文庫）角川書店 2009.12 ①978-4-04-392302-1

首吊り屋敷
『憑依―異形コレクション』（光文社文庫）光文社 2010.5 ①978-4-334-74784-8

県境にて
『皐月鬼』（角川ホラー文庫）角川書店 2010.12 ①978-4-04-392303-8

魂魄の道
『魂追い』（角川ホラー文庫）角川書店 2009.12 ①978-4-04-392302-1

里の果てにて
『皐月鬼』（角川ホラー文庫）角川書店 2010.12 ①978-4-04-392303-8

てのひら宇宙譚
『NOVA 2 書き下ろし日本SFコレクション』（河出文庫）河出書房新社 2010.7 ①978-4-309-41027-2

火の山のねねこ
『魂追い』（角川ホラー文庫）角川書店 2009.12 ①978-4-04-392302-1

道連れ
『皐月鬼』（角川ホラー文庫）角川書店 2010.12 ①978-4-04-392303-8

妖鬼の話
『皐月鬼』（角川ホラー文庫）角川書店 2010.12 ①978-4-04-392303-8

夜の来訪者
『憑きびと―「読楽」ホラー小説アンソロジー』（徳間文庫）徳間書店 2016.2 ①978-4-19-894070-6

田辺 聖子　たなべ・せいこ

鬼の歌よみ
『鬼譚』（ちくま文庫）筑摩書房 2014.9 ①978-4-480-43205-6

田辺 貞之助　たなべ・ていのすけ

海坊主
『あやかしの深川―受け継がれる怪異な土地の物語』猿江商會 2016.7 ①978-4-908260-05-6

谷 一生　たに・かずお

あまびえ
『富士子―島の怪談』（幽BOOKS）メディアファクトリー 2010.5 ①978-4-8401-3407-1

恋骸
『富士子―島の怪談』（幽BOOKS）メディアファクトリー 2010.5 ①978-4-8401-3407-1

友造の里帰り
『富士子―島の怪談』（幽BOOKS）メディアファクトリー 2010.5 ①978-4-8401-3407-1

浜沈丁
『富士子―島の怪談』（幽BOOKS）メディアファクトリー 2010.5 ①978-4-8401-3407-1

富士子
『富士子―島の怪談』（幽BOOKS）メディアファクトリー 2010.5 ①978-4-8401-3407-1

雪の虹
『富士子―島の怪談』(幽BOOKS) メディアファクトリー　2010.5　Ⓘ978-4-8401-3407-1

谷　甲州　たに・こうしゅう

イシカリ平原
『コロンビア・ゼロ―新・航空宇宙軍史』　早川書房　2015.7　Ⓘ978-4-15-209553-4

『コロンビア・ゼロ―新・航空宇宙軍史』(ハヤカワ文庫JA)　早川書房　2017.6　Ⓘ978-4-15-031288-6

火星鉄道一九
『てのひらの宇宙―星雲賞短編SF傑作選』(創元SF文庫)　東京創元社　2013.3　Ⓘ978-4-488-73803-7

『日本SF全集　3　1978〜1984』　出版芸術社　2013.12　Ⓘ978-4-88293-348-9

ガニメデ守備隊
『コロンビア・ゼロ―新・航空宇宙軍史』　早川書房　2015.7　Ⓘ978-4-15-209553-4

『コロンビア・ゼロ―新・航空宇宙軍史』(ハヤカワ文庫JA)　早川書房　2017.6　Ⓘ978-4-15-031288-6

極冠コンビナート
『星を創る者たち』(NOVAコレクション)　河出書房新社　2013.9　Ⓘ978-4-309-62222-4

ギルガメッシュ要塞
『コロンビア・ゼロ―新・航空宇宙軍史』　早川書房　2015.7　Ⓘ978-4-15-209553-4

『コロンビア・ゼロ―新・航空宇宙軍史』(ハヤカワ文庫JA)　早川書房　2017.6　Ⓘ978-4-15-031288-6

コペルニクス隧道
『星を創る者たち』(NOVAコレクション)　河出書房新社　2013.9　Ⓘ978-4-309-62222-4

コロンビア・ゼロ
『コロンビア・ゼロ―新・航空宇宙軍史』　早川書房　2015.7　Ⓘ978-4-15-209553-4

『コロンビア・ゼロ―新・航空宇宙軍史』(ハヤカワ文庫JA)　早川書房　2017.6　Ⓘ978-4-15-031288-6

ザナドゥ高地
『コロンビア・ゼロ―新・航空宇宙軍史』　早川書房　2015.7　Ⓘ978-4-15-209553-4

『コロンビア・ゼロ―新・航空宇宙軍史』(ハヤカワ文庫JA)　早川書房　2017.6　Ⓘ978-4-15-031288-6

サラゴッサ・マーケット
『コロンビア・ゼロ―新・航空宇宙軍史』　早川書房　2015.7　Ⓘ978-4-15-209553-4

『コロンビア・ゼロ―新・航空宇宙軍史』(ハヤカワ文庫JA)　早川書房　2017.6　Ⓘ978-4-15-031288-6

灼熱のヴィーナス
『NOVA　7　書き下ろし日本SFコレクション』(河出文庫)　河出書房新社　2012.3　Ⓘ978-4-309-41136-1

『星を創る者たち』(NOVAコレクション)　河出書房新社　2013.9　Ⓘ978-4-309-62222-4

ジュピター・サーカス
『コロンビア・ゼロ―新・航空宇宙軍史』　早川書房　2015.7　Ⓘ978-4-15-209553-4

『コロンビア・ゼロ―新・航空宇宙軍史』(ハヤカワ文庫JA)　早川書房　2017.6　Ⓘ978-4-15-031288-6

スティクニー備蓄基地
『行き先は特異点―年刊日本SF傑作選』(創元SF文庫)　東京創元社　2017.7　Ⓘ978-4-488-73410-7

星魂転生
『量子回廊―年刊日本SF傑作選』(創元SF文庫)　東京創元社　2010.7　Ⓘ978-4-488-73403-9

ダマスカス第三工区
『NOVA　9　書き下ろし日本SFコレクション』(河出文庫)　河出書房新社　2013.1　Ⓘ978-4-309-41190-3

『星を創る者たち』(NOVAコレクション)　河出書房新社　2013.9　Ⓘ978-4-309-62222-4

熱極基準点
『星を創る者たち』(NOVAコレクション)　河出書房新社　2013.9　Ⓘ978-4-309-62222-4

星を創る者たち
『星を創る者たち』(NOVAコレクション)　河出書房新社　2013.9　Ⓘ978-4-309-62222-4

星殺し
『日本SF短篇50―日本SF作家クラブ創立50周年記念アンソロジー　3』(ハヤカワ文庫JA)　早川書房　2013.6　Ⓘ978-4-15-031115-5

メデューサ複合体

『NOVA 3 書き下ろし日本SFコレクション』(河出文庫) 河出書房新社　2010.12　①978-4-309-41055-5

『年刊日本SF傑作選 結晶銀河―年刊日本SF傑作選』(創元SF文庫) 東京創元社　2011.7　①978-4-488-73404-6

『星を創る者たち』(NOVAコレクション) 河出書房新社　2013.9　①978-4-309-62222-4

谷崎 潤一郎　たにざき・じゅんいちろう

刺青
『こころの話』(中学生までに読んでおきたい日本文学) あすなろ書房　2011.2　①978-4-7515-2627-9

『谷崎潤一郎フェティシズム小説集』(集英社文庫) 集英社　2012.9　①978-4-08-746616-4

『あやかしの深川―受け継がれる怪異な土地の物語』猿江商會　2016.7　①978-4-908260-05-6

鶴唳
『新編・日本幻想文学集成 3』国書刊行会　2016.10　①978-4-336-06028-0

人魚の嘆き
『いきものがたり』双文社出版　2013.4　①978-4-88164-091-3

『人魚―mermaid & merman』(シリーズ紙礫) 皓星社　2016.3　①978-4-7744-0609-1

『新編・日本幻想文学集成 3』国書刊行会　2016.10　①978-4-336-06028-0

秘密
『新編・日本幻想文学集成 3』国書刊行会　2016.10　①978-4-336-06028-0

天鵞絨の夢
『新編・日本幻想文学集成 3』国書刊行会　2016.10　①978-4-336-06028-0

魔術師
『谷崎潤一郎マゾヒズム小説集』(集英社文庫) 集英社　2010.9　①978-4-08-746606-5

『幻視の系譜―日本幻想文学大全』(ちくま文庫) 筑摩書房　2013.10　①978-4-480-43112-7

夢の浮橋
『新編・日本幻想文学集成 3』国書刊行会　2016.10　①978-4-336-06028-0

谷村 志穂　たにむら・しほ

こっちへおいで
『眠れなくなる夢十夜』(新潮文庫) 新潮社　2009.6　①978-4-10-133252-9

『眠れなくなる夢十夜』(新潮文庫) 新潮社　2017.1　①978-4-10-101051-9

谷 よつくる　たに・よつくる

地獄からの帰還
『スピリチュアル・ファンタジー小さな妖精サラ』文芸社　2011.8　①978-4-286-10753-0

小さな妖精サラ
『スピリチュアル・ファンタジー小さな妖精サラ』文芸社　2011.8　①978-4-286-10753-0

はだかの王様
『スピリチュアル・ファンタジー小さな妖精サラ』文芸社　2011.8　①978-4-286-10753-0

姫君と武将の物語
『スピリチュアル・ファンタジー小さな妖精サラ』文芸社　2011.8　①978-4-286-10753-0

姫の忠実なる僕として
『スピリチュアル・ファンタジー小さな妖精サラ』文芸社　2011.8　①978-4-286-10753-0

種村 季弘　たねむら・すえひろ

永代橋と深川八幡
『あやかしの深川―受け継がれる怪異な土地の物語』猿江商會　2016.7　①978-4-908260-05-6

田丸 雅智　たまる・まさとも

泥酒
『SF宝石 2015』光文社　2015.8　①978-4-334-91049-5

ホーム列車
『折り紙衛星の伝説―年刊日本SF傑作選』(創元SF文庫) 東京創元社　2015.6　①978-4-488-73408-4

田村 理江　たむら・りえ

あの日の写真
『静かなネグレクト』　愛育社　2012.6　①978-4-7500-0407-5

階段の果ての恋人
『静かなネグレクト』　愛育社　2012.6　①978-4-7500-0407-5

気球に乗って
『静かなネグレクト』　愛育社　2012.6　①978-4-7500-0407-5

声を売る店
『静かなネグレクト』　愛育社　2012.6　①978-4-7500-0407-5

静かなネグレクト
『静かなネグレクト』　愛育社　2012.6　①978-4-7500-0407-5

誰かの五円玉
『静かなネグレクト』　愛育社　2012.6　①978-4-7500-0407-5

魔女の仕事は？
『静かなネグレクト』　愛育社　2012.6　①978-4-7500-0407-5

ラスト・デート
『静かなネグレクト』　愛育社　2012.6　①978-4-7500-0407-5

為永 春水　ためなが・しゅんすい

上野の長毛
『江戸奇談怪談集』（ちくま学芸文庫）筑摩書房　2012.11　①978-4-480-09488-9

閑窓瑣談
『江戸奇談怪談集』（ちくま学芸文庫）筑摩書房　2012.11　①978-4-480-09488-9

丸木船
『江戸奇談怪談集』（ちくま学芸文庫）筑摩書房　2012.11　①978-4-480-09488-9

近本 洋一　ちかもと・よういち

愛の徴
『愛の徴―天国の方角』（講談社ノベルス）講談社　2013.8　①978-4-06-182880-3

少女
『愛の徴―天国の方角』（講談社ノベルス）講談社　2013.8　①978-4-06-182880-3

地図十行路　ちずとこうろ

飴玉を産む蜘蛛
『お近くの奇譚―カタリベと、現代民話と謎解き茶話会』（メディアワークス文庫）角川書店　2014.7　①978-4-04-866810-1

転ばせ月峠
『お近くの奇譚―カタリベと、現代民話と謎解き茶話会』（メディアワークス文庫）角川書店　2014.7　①978-4-04-866810-1

散歩中毒者は辻占に興ず
『お近くの奇譚―カタリベと、現代民話と謎解き茶話会』（メディアワークス文庫）角川書店　2014.7　①978-4-04-866810-1

四つ子のいる十字路
『お近くの奇譚―カタリベと、現代民話と謎解き茶話会』（メディアワークス文庫）角川書店　2014.7　①978-4-04-866810-1

千葉 暁　ちば・さとし

女王の章《アラクシャー1540》
『聖刻（ワース）1092僧正―完全版　2』（ソノラマノベルス）朝日新聞社　2009.3　①978-4-02-273843-1

聖刻1092僧正 2
『聖刻（ワース）1092僧正―完全版　2』（ソノラマノベルス）朝日新聞社　2009.3　①978-4-02-273843-1

千早 茜　ちはや・あかね

青竹に庵る
『あやかし草子―みやこのおはなし』徳間書店　2011.8　①978-4-19-863228-1
『あやかし草子』（集英社文庫）集英社　2014.11　①978-4-08-745249-5

天つ姫
『あやかし草子―みやこのおはなし』徳間書店　2011.8　①978-4-19-863228-1
『あやかし草子』（集英社文庫）集英社　2014.11　①978-4-08-745249-5

地本草子

アマリリス―いばら姫
『おとぎのかけら―新釈西洋童話集』集英社 2010.8 ①978-4-08-771370-1
『おとぎのかけら―新釈西洋童話集』(集英社文庫) 集英社 2013.8 ①978-4-08-745104-7

鬼の笛
『あやかし草子―みやこのおはなし』徳間書店 2011.8 ①978-4-19-863228-1
『あやかし草子』(集英社文庫) 集英社 2014.11 ①978-4-08-745249-5

カドミウム・レッド―白雪姫
『おとぎのかけら―新釈西洋童話集』集英社 2010.8 ①978-4-08-771370-1
『おとぎのかけら―新釈西洋童話集』(集英社文庫) 集英社 2013.8 ①978-4-08-745104-7

金の指輪―シンデレラ
『おとぎのかけら―新釈西洋童話集』集英社 2010.8 ①978-4-08-771370-1
『おとぎのかけら―新釈西洋童話集』(集英社文庫) 集英社 2013.8 ①978-4-08-745104-7

凍りついた眼―マッチ売りの少女
『おとぎのかけら―新釈西洋童話集』集英社 2010.8 ①978-4-08-771370-1
『おとぎのかけら―新釈西洋童話集』(集英社文庫) 集英社 2013.8 ①978-4-08-745104-7

白梅虫―ハーメルンの笛吹き男
『おとぎのかけら―新釈西洋童話集』集英社 2010.8 ①978-4-08-771370-1
『おとぎのかけら―新釈西洋童話集』(集英社文庫) 集英社 2013.8 ①978-4-08-745104-7

鵺の森―みにくいアヒルの子
『おとぎのかけら―新釈西洋童話集』集英社 2010.8 ①978-4-08-771370-1
『おとぎのかけら―新釈西洋童話集』(集英社文庫) 集英社 2013.8 ①978-4-08-745104-7

機尋
『あやかし草子―みやこのおはなし』徳間書店 2011.8 ①978-4-19-863228-1
『あやかし草子』(集英社文庫) 集英社 2014.11 ①978-4-08-745249-5

迷子のきまり―ヘンゼルとグレーテル
『おとぎのかけら―新釈西洋童話集』集英社 2010.8 ①978-4-08-771370-1
『おとぎのかけら―新釈西洋童話集』(集英社文庫) 集英社 2013.8 ①978-4-08-745104-7

真向きの龍
『あやかし草子―みやこのおはなし』徳間書店 2011.8 ①978-4-19-863228-1
『あやかし草子』(集英社文庫) 集英社 2014.11 ①978-4-08-745249-5

ムジナ和尚
『あやかし草子―みやこのおはなし』徳間書店 2011.8 ①978-4-19-863228-1
『あやかし草子』(集英社文庫) 集英社 2014.11 ①978-4-08-745249-5

地本 草子　ちもと・そうし

驚異の城の主
『もののけ画館夜行抄』(富士見L文庫) 角川書店 2015.1 ①978-4-04-070470-8

棄てられた幽霊
『もののけ画館夜行抄』(富士見L文庫) 角川書店 2015.1 ①978-4-04-070470-8

百鬼夜行絵巻
『もののけ画館夜行抄』(富士見L文庫) 角川書店 2015.1 ①978-4-04-070470-8

もののけの画館
『もののけ画館夜行抄』(富士見L文庫) 角川書店 2015.1 ①978-4-04-070470-8

酔いの丑三つ
『もののけ画館夜行抄』(富士見L文庫) 角川書店 2015.1 ①978-4-04-070470-8

長 新太　ちょう・しんた

犬頭人とは
『文豪てのひら怪談』(ポプラ文庫) ポプラ社 2009.8 ①978-4-591-11104-8

鳥翠台 北㕮　ちょうすいだい・ほっけい

地縮
『江戸奇談怪談集』(ちくま学芸文庫) 筑摩書房 2012.11 ①978-4-480-09488-9

石麩

『江戸奇談怪談集』（ちくま学芸文庫）筑摩書房　2012.11　①978-4-480-09488-9

槌子坂の怪

『江戸奇談怪談集』（ちくま学芸文庫）筑摩書房　2012.11　①978-4-480-09488-9

猫多羅天女

『江戸奇談怪談集』（ちくま学芸文庫）筑摩書房　2012.11　①978-4-480-09488-9

北国奇談巡杖記

『江戸奇談怪談集』（ちくま学芸文庫）筑摩書房　2012.11　①978-4-480-09488-9

知里 真志保　ちり・ましほ

へっぴりおばけ

『文豪てのひら怪談』（ポプラ文庫）ポプラ社　2009.8　①978-4-591-11104-8

月村 了衛　つきむら・りょうえ

陰忍

『機忍兵零牙』（ハヤカワ文庫）早川書房　2010.9　①978-4-15-031013-4

火宅

『機龍警察 火宅』（ハヤカワ・ミステリワールド）早川書房　2014.12　①978-4-15-209509-1

化忍幻戯

『機忍兵零牙』（ハヤカワ文庫）早川書房　2010.9　①978-4-15-031013-4

機忍獣

『機忍兵零牙』（ハヤカワ文庫）早川書房　2010.9　①978-4-15-031013-4

鏡忍

『機忍兵零牙』（ハヤカワ文庫）早川書房　2010.9　①978-4-15-031013-4

虚海

『機忍兵零牙』（ハヤカワ文庫）早川書房　2010.9　①978-4-15-031013-4

機龍警察 化生

『NOVA＋バベル―書き下ろし日本SFコレクション』（河出文庫）河出書房新社　2014.10　①978-4-309-41322-8

機龍警察・火宅

『年刊日本SF傑作選 結晶銀河―年刊日本SF傑作選』（創元SF文庫）東京創元社　2011.7　①978-4-488-73404-6

化生

『機龍警察 火宅』（ハヤカワ・ミステリワールド）早川書房　2014.12　①978-4-15-209509-1

胡蝶陣

『機忍兵零牙』（ハヤカワ文庫）早川書房　2010.9　①978-4-15-031013-4

勤行

『機龍警察 火宅』（ハヤカワ・ミステリワールド）早川書房　2014.12　①978-4-15-209509-1

済度

『機龍警察 火宅』（ハヤカワ・ミステリワールド）早川書房　2014.12　①978-4-15-209509-1

沙弥

『機龍警察 火宅』（ハヤカワ・ミステリワールド）早川書房　2014.12　①978-4-15-209509-1

焼相

『機龍警察 火宅』（ハヤカワ・ミステリワールド）早川書房　2014.12　①978-4-15-209509-1

天球樹

『機忍兵零牙』（ハヤカワ文庫）早川書房　2010.9　①978-4-15-031013-4

光の牙

『機忍兵零牙』（ハヤカワ文庫）早川書房　2010.9　①978-4-15-031013-4

雪娘

『機龍警察 火宅』（ハヤカワ・ミステリワールド）早川書房　2014.12　①978-4-15-209509-1

輪廻

『機龍警察 火宅』（ハヤカワ・ミステリワールド）早川書房　2014.12　①978-4-15-209509-1

つくね 乱蔵　つくね・らんぞう

家族の風景

『FKB 怪談五色　忌式』（竹書房文庫）竹書房　2014.12　①978-4-8019-0073-8

暗く温かい海

『FKB 怪談五色 忌式』（竹書房文庫） 竹書房 2014.12 ①978-4-8019-0073-8

失敗したおやすみなさい

『怪集 蠱毒―創作怪談発掘大会傑作選』（竹書房文庫） 竹書房 2009.12 ①978-4-8124-4020-9

死舞

『アドレナリンの夜 猟奇ノ血』（竹書房文庫） 竹書房 2016.2 ①978-4-8019-0636-5

早朝の客

『FKB 怪談五色 忌式』（竹書房文庫） 竹書房 2014.12 ①978-4-8019-0073-8

同窓会

『アドレナリンの夜 猟奇ノ血』（竹書房文庫） 竹書房 2016.2 ①978-4-8019-0636-5

友のために

『アドレナリンの夜 猟奇ノ血』（竹書房文庫） 竹書房 2016.2 ①978-4-8019-0636-5

猫嫌い

『アドレナリンの夜 悪夢ノ檻』（竹書房文庫） 竹書房 2016.2 ①978-4-8019-0615-0

楽園

『怪集 蠱毒―創作怪談発掘大会傑作選』（竹書房文庫） 竹書房 2009.12 ①978-4-8124-4020-9

独り暮らし

『FKB 怪談五色 忌式』（竹書房文庫） 竹書房 2014.12 ①978-4-8019-0073-8

返品お断り

『FKB 怪談五色 忌式』（竹書房文庫） 竹書房 2014.12 ①978-4-8019-0073-8

瞼の母

『FKB 怪談五色 忌式』（竹書房文庫） 竹書房 2014.12 ①978-4-8019-0073-8

もう一人の面会人

『アドレナリンの夜 霊界ノ呪』（竹書房文庫） 竹書房 2016.2 ①978-4-8019-0635-8

戻れない

『FKB 怪談五色 忌式』（竹書房文庫） 竹書房 2014.12 ①978-4-8019-0073-8

揺れ手首

『FKB 怪談五色 忌式』（竹書房文庫） 竹書房 2014.12 ①978-4-8019-0073-8

陽子

『アドレナリンの夜 悪夢ノ檻』（竹書房文庫） 竹書房 2016.2 ①978-4-8019-0615-0

辻堂 兆風子　つじどう・ちょうふうし

執心の連歌

『江戸奇談怪談集』（ちくま学芸文庫） 筑摩書房 2012.11 ①978-4-480-09488-9

多満寸太礼

『江戸奇談怪談集』（ちくま学芸文庫） 筑摩書房 2012.11 ①978-4-480-09488-9

柳精の霊妖

『江戸奇談怪談集』（ちくま学芸文庫） 筑摩書房 2012.11 ①978-4-480-09488-9

辻 眞先　つじ・まさき

殺人28号研究オヨヒ開発完成ニ至ル経過報告書

『鉄人28号 THE NOVELS』 小学館クリエイティブ 2012.11 ①978-4-7780-3752-9

名古屋城が燃えた日

『あしたは戦争―巨匠たちの想像力 "戦時体制"』（ちくま文庫） 筑摩書房 2016.1 ①978-4-480-43326-8

辻村 深月　つじむら・みづき

噂地図

『きのうの影踏み』（幽BOOKS） 角川書店 2015.9 ①978-4-04-103207-7

丘の上

『きのうの影踏み』（幽BOOKS） 角川書店 2015.9 ①978-4-04-103207-7

おとうさん、したいがあるよ

『ふちなしのかがみ』 角川書店 2009.6 ①978-4-04-873929-0

『ふちなしのかがみ』（角川文庫） 角川書店 2012.6 ①978-4-04-100326-8

踊り場の花子

『ふちなしのかがみ』 角川書店 2009.6 ①978-4-04-873929-0

『ふちなしのかがみ』（角川文庫） 角川書店 2012.6 ①978-4-04-100326-8

殺したもの
『きのうの影踏み』（幽BOOKS）角川書店 2015.9 Ⓘ978-4-04-103207-7

七胴落とし
『神林長平トリビュート』早川書房 2009.11 Ⓘ978-4-15-209083-6
『神林長平トリビュート』（ハヤカワ文庫JA）早川書房 2012.4 Ⓘ978-4-15-031063-9

十円参り
『暗闇を見よ―最新ベスト・ミステリー』（カッパ・ノベルス）光文社 2010.11 Ⓘ978-4-334-07703-7
『きのうの影踏み』（幽BOOKS）角川書店 2015.9 Ⓘ978-4-04-103207-7

スイッチ
『きのうの影踏み』（幽BOOKS）角川書店 2015.9 Ⓘ978-4-04-103207-7

タイムリミット
『きのうの影踏み』（幽BOOKS）角川書店 2015.9 Ⓘ978-4-04-103207-7

だまだまマーク
『きっと、夢にみる―競作集"怪談実話系"』（角川文庫）角川書店 2015.4 Ⓘ978-4-04-103105-6
『きのうの影踏み』（幽BOOKS）角川書店 2015.9 Ⓘ978-4-04-103207-7

手紙の主
『きのうの影踏み』（幽BOOKS）角川書店 2015.9 Ⓘ978-4-04-103207-7

七つのカップ
『怪談実話系/愛―書き下ろし怪談文芸競作集』（MF文庫ダ・ヴィンチ）角川書店 2013.11 Ⓘ978-4-04-066106-3
『きのうの影踏み』（幽BOOKS）角川書店 2015.9 Ⓘ978-4-04-103207-7

ナマハゲと私
『きのうの影踏み』（幽BOOKS）角川書店 2015.9 Ⓘ978-4-04-103207-7

八月の天変地異
『ふちなしのかがみ』角川書店 2009.6 Ⓘ978-4-04-873929-0
『ふちなしのかがみ』（角川文庫）2012.6 Ⓘ978-4-04-100326-8

ふちなしのかがみ
『ふちなしのかがみ』角川書店 2009.6 Ⓘ978-4-04-873929-0
『ふちなしのかがみ』（角川文庫）角川書店 2012.6 Ⓘ978-4-04-100326-8

ブランコをこぐ足
『ふちなしのかがみ』角川書店 2009.6 Ⓘ978-4-04-873929-0
『ふちなしのかがみ』（角川文庫）角川書店 2012.6 Ⓘ978-4-04-100326-8

マルとバツ
『きのうの影踏み』（幽BOOKS）角川書店 2015.9 Ⓘ978-4-04-103207-7

やみあかご
『きのうの影踏み』（幽BOOKS）角川書店 2015.9 Ⓘ978-4-04-103207-7

私の町の占い師
『そっと、抱きよせて―競作集・怪談実話系』（角川文庫）角川書店 2014.7 Ⓘ978-4-04-102605-2
『きのうの影踏み』（幽BOOKS）角川書店 2015.9 Ⓘ978-4-04-103207-7

辻 征夫　つじ・ゆきお

突然の別れの日に
『文豪てのひら怪談』（ポプラ文庫）ポプラ社 2009.8 Ⓘ978-4-591-11104-8

都筑 道夫　つずき・みちお

頭の戦争
『宇宙大密室』（創元SF文庫）東京創元社 2011.6 Ⓘ978-4-488-73301-8

一寸法師はどこへ行った
『宇宙大密室』（創元SF文庫）東京創元社 2011.6 Ⓘ978-4-488-73301-8

イメージ冷凍業
『宇宙大密室』（創元SF文庫）東京創元社 2011.6 Ⓘ978-4-488-73301-8

宇宙大密室
『宇宙大密室』（創元SF文庫）東京創元社 2011.6 Ⓘ978-4-488-73301-8

うま女房
『宇宙大密室』（創元SF文庫）東京創元社 2011.6 Ⓘ978-4-488-73301-8

浦島
『宇宙大密室』（創元SF文庫）東京創元社　2011.6　①978-4-488-73301-8

絵本カチカチ山後篇
『宇宙大密室』（創元SF文庫）東京創元社　2011.6　①978-4-488-73301-8

かけざら河童
『宇宙大密室』（創元SF文庫）東京創元社　2011.6　①978-4-488-73301-8

風見鶏
『幻妖の水脈―日本幻想文学大全』（ちくま文庫）筑摩書房　2013.9　①978-4-480-43111-0

カジノ・コワイアル
『宇宙大密室』（創元SF文庫）東京創元社　2011.6　①978-4-488-73301-8

凶行前六十年
『宇宙大密室』（創元SF文庫）東京創元社　2011.6　①978-4-488-73301-8

恋入道
『宇宙大密室』（創元SF文庫）東京創元社　2011.6　①978-4-488-73301-8

猿カニ合戦
『宇宙大密室』（創元SF文庫）東京創元社　2011.6　①978-4-488-73301-8

長い長い悪夢
『文豪てのひら怪談』（ポプラ文庫）ポプラ社　2009.8　①978-4-591-11104-8

鼻たれ天狗
『宇宙大密室』（創元SF文庫）東京創元社　2011.6　①978-4-488-73301-8

変身
『宇宙大密室』（創元SF文庫）東京創元社　2011.6　①978-4-488-73301-8

闇の儀式
『異形の白昼―恐怖小説集』（ちくま文庫）筑摩書房　2013.9　①978-4-480-43092-2

妖怪ひとあな
『宇宙大密室』（創元SF文庫）東京創元社　2011.6　①978-4-488-73301-8

わからないaとわからないb
『日本SF全集　第1巻（1957～1971）』出版芸術社　2009.6　①978-4-88293-344-1

宇宙大密室
『宇宙大密室』（創元SF文庫）東京創元社　2011.6　①978-4-488-73301-8

忘れられた夜
『宇宙大密室』（創元SF文庫）東京創元社　2011.6　①978-4-488-73301-8

筒井　康隆　つつい・やすたか

アルファルファ作戦
『アルファルファ作戦　改版』（中公文庫）中央公論新社　2016.5　①978-4-12-206261-0

『日本SF傑作選―マグロマル/トラブル　1　筒井康隆』（ハヤカワ文庫JA）早川書房　2017.8　①978-4-15-031289-3

いずこも愛は
『くたばれPTA　改版』（新潮文庫）新潮社　2015.12　①978-4-10-117119-7

一族散らし語り
『繁栄の昭和』文藝春秋　2014.9　①978-4-16-390126-8

『繁栄の昭和』（文春文庫）文藝春秋　2017.8　①978-4-16-790903-1

一万二千粒の錠剤
『アルファルファ作戦　改版』（中公文庫）中央公論新社　2016.5　①978-4-12-206261-0

色眼鏡の狂詩曲
『60年代日本SFベスト集成』（ちくま文庫）筑摩書房　2013.3　①978-4-480-43042-7

『アルファルファ作戦　改版』（中公文庫）中央公論新社　2016.5　①978-4-12-206261-0

横領
『短篇ベストコレクション―現代の小説　2013』（徳間文庫）徳間書店　2013.6　①978-4-19-893705-8

『繁栄の昭和』文藝春秋　2014.9　①978-4-16-390126-8

『繁栄の昭和』（文春文庫）文藝春秋　2017.8　①978-4-16-790903-1

お紺昇天
『日本SF傑作選―マグロマル/トラブル　1　筒井康隆』（ハヤカワ文庫JA）早川書房　2017.8　①978-4-15-031289-3

おれに関する噂
『日本SF短篇50　1　日本SF作家クラブ創立50周年記念アンソロジー』（ハヤカワ文庫JA）早川書房　2013.2　①978-4-15-031098-1

『70年代日本SFベスト集成　2　1972年度版』（ちくま文庫）筑摩書房　2014.12　①978-4-480-43212-4

『おれに関する噂』（新潮文庫）新潮社　2015.3　①978-4-10-117105-0

『日本SF傑作選―マグロマル/トラブル　1　筒井康隆』（ハヤカワ文庫JA）早川書房　2017.8　①978-4-15-031289-3

怪奇たたみ男

『おれに関する噂』（新潮文庫）新潮社　2015.3　①978-4-10-117105-0

蟹甲癬

『秒読み―筒井康隆コレクション』（ボクラノSF）福音館書店　2009.2　①978-4-8340-2425-8

『日本SF傑作選―マグロマル/トラブル　1　筒井康隆』（ハヤカワ文庫JA）早川書房　2017.8　①978-4-15-031289-3

科学探偵帆村

『さよならの儀式―年刊日本SF傑作選』（創元SF文庫）東京創元社　2014.6　①978-4-488-73407-7

『繁栄の昭和』　文藝春秋　2014.9　①978-4-16-390126-8

『繁栄の昭和』（文春文庫）文藝春秋　2017.8　①978-4-16-790903-1

火星のツァラトゥストラ

『日本SF傑作選―マグロマル/トラブル　1　筒井康隆』（ハヤカワ文庫JA）早川書房　2017.8　①978-4-15-031289-3

カメロイド文部省

『日本SF全集　第1巻（1957〜1971）』出版芸術社　2009.6　①978-4-88293-344-1

『日本SF傑作選―マグロマル/トラブル　1　筒井康隆』（ハヤカワ文庫JA）早川書房　2017.8　①978-4-15-031289-3

かゆみの限界

『くたばれPTA　改版』（新潮文庫）新潮社　2015.12　①978-4-10-117119-7

通いの軍隊

『イマジネーションの戦争―幻』（コレクション　戦争と文学）集英社　2011.9　①978-4-08-157005-8

『おれに関する噂』（新潮文庫）新潮社　2015.3　①978-4-10-117105-0

カラス

『くたばれPTA　改版』（新潮文庫）新潮社　2015.12　①978-4-10-117119-7

癌

『くたばれPTA　改版』（新潮文庫）新潮社　2015.12　①978-4-10-117119-7

関節話法

『秒読み―筒井康隆コレクション』（ボクラノSF）福音館書店　2009.2　①978-4-8340-2425-8

『誤解するカド―ファーストコンタクトSF傑作選』（ハヤカワ文庫JA）早川書房　2017.4　①978-4-15-031272-5

歓待

『くたばれPTA　改版』（新潮文庫）新潮社　2015.12　①978-4-10-117119-7

顔面崩壊

『日本SF傑作選―マグロマル/トラブル　1　筒井康隆』（ハヤカワ文庫JA）早川書房　2017.8　①978-4-15-031289-3

近所迷惑

『アルファルファ作戦　改版』（中公文庫）中央公論新社　2016.5　①978-4-12-206261-0

『日本SF傑作選―マグロマル/トラブル　1　筒井康隆』（ハヤカワ文庫JA）早川書房　2017.8　①978-4-15-031289-3

くたばれPTA

『くたばれPTA　改版』（新潮文庫）新潮社　2015.12　①978-4-10-117119-7

熊の木本線

『秒読み―筒井康隆コレクション』（ボクラノSF）福音館書店　2009.2　①978-4-8340-2425-8

『70年代日本SFベスト集成　3　1973年度版』（ちくま文庫）筑摩書房　2015.2　①978-4-480-43213-1

『おれに関する噂』（新潮文庫）新潮社　2015.3　①978-4-10-117105-0

慶安大変記

『アルファルファ作戦　改版』（中公文庫）中央公論新社　2016.5　①978-4-12-206261-0

講演旅行

『おれに関する噂』（新潮文庫）新潮社　2015.3　①978-4-10-117105-0

公共伏魔殿

『暴走する正義―巨匠たちの想像力「管理社会」』（ちくま文庫）筑摩書房　2016.2　①978-4-480-43327-5

幸福の限界

『おれに関する噂』(新潮文庫) 新潮社 2015.3　①978-4-10-117105-0

ここに恐竜あり

『くたばれPTA　改版』(新潮文庫) 新潮社 2015.12　①978-4-10-117119-7

こぶ天才

『日本SF傑作選—マグロマル/トラブル　1 筒井康隆』(ハヤカワ文庫JA) 早川書房 2017.8　①978-4-15-031289-3

コント二題

『繁栄の昭和』 文藝春秋 2014.9　①978-4-16-390126-8

『繁栄の昭和』(文春文庫) 文藝春秋 2017.8　①978-4-16-790903-1

最悪の接触

『日本SF傑作選—マグロマル/トラブル　1 筒井康隆』(ハヤカワ文庫JA) 早川書房 2017.8　①978-4-15-031289-3

最高級有機質肥料

『日本SF傑作選—マグロマル/トラブル　1 筒井康隆』(ハヤカワ文庫JA) 早川書房 2017.8　①978-4-15-031289-3

最後のクリスマス

『くたばれPTA　改版』(新潮文庫) 新潮社 2015.12　①978-4-10-117119-7

下の世界

『たそがれゆく未来—巨匠たちの想像力 "文明崩壊"』(ちくま文庫) 筑摩書房 2016.3　①978-4-480-43328-2

死にかた

『鬼譚』(ちくま文庫) 筑摩書房 2014.9　①978-4-480-43205-6

上下左右

『SFマガジン700 国内篇—創刊700号記念アンソロジー』(ハヤカワ文庫SF) 早川書房 2014.5　①978-4-15-011961-4

女権国家の繁栄と崩壊

『くたばれPTA　改版』(新潮文庫) 新潮社 2015.12　①978-4-10-117119-7

人口九千九百億

『アルファルファ作戦　改版』(中公文庫) 中央公論新社 2016.5　①978-4-12-206261-0

心臓に悪い

『おれに関する噂』(新潮文庫) 新潮社 2015.3　①978-4-10-117105-0

大盗庶幾

『繁栄の昭和』 文藝春秋 2014.9　①978-4-16-390126-8

『繁栄の昭和』(文春文庫) 文藝春秋 2017.8　①978-4-16-790903-1

佇むひと

『70年代日本SFベスト集成　4　1974年度版』(ちくま文庫) 筑摩書房 2015.4　①978-4-480-43214-8

『日本SF傑作選—マグロマル/トラブル　1 筒井康隆』(ハヤカワ文庫JA) 早川書房 2017.8　①978-4-15-031289-3

狸

『くたばれPTA　改版』(新潮文庫) 新潮社 2015.12　①978-4-10-117119-7

たぬきの方程式

『日本SF傑作選—マグロマル/トラブル　1 筒井康隆』(ハヤカワ文庫JA) 早川書房 2017.8　①978-4-15-031289-3

だばだば杉

『おれに関する噂』(新潮文庫) 新潮社 2015.3　①978-4-10-117105-0

旅

『アルファルファ作戦　改版』(中公文庫) 中央公論新社 2016.5　①978-4-12-206261-0

弾道軌跡

『くたばれPTA　改版』(新潮文庫) 新潮社 2015.12　①978-4-10-117119-7

蝶

『おれに関する噂』(新潮文庫) 新潮社 2015.3　①978-4-10-117105-0

懲戒の部屋

『アルファルファ作戦　改版』(中公文庫) 中央公論新社 2016.5　①978-4-12-206261-0

腸はどこへいった

『日本SF傑作選—マグロマル/トラブル　1 筒井康隆』(ハヤカワ文庫JA) 早川書房 2017.8　①978-4-15-031289-3

つばくろ会からまいりました

『短篇ベストコレクション—現代の小説　2012』(徳間文庫) 徳間書店 2012.6　①978-4-19-893563-4

繁栄の昭和

『繁栄の昭和』　文藝春秋　2014.9　①978-4-16-390126-8

『繁栄の昭和』（文春文庫）文藝春秋　2017.8　①978-4-16-790903-1

デマ

『日本SF傑作選―マグロマル/トラブル　1 筒井康隆』（ハヤカワ文庫JA）早川書房　2017.8　①978-4-15-031289-3

天狗の落し文（抄）

『文豪てのひら怪談』（ポプラ文庫）ポプラ社　2009.8　①978-4-591-11104-8

東海道戦争

『あしたは戦争―巨匠たちの想像力 "戦時体制"』（ちくま文庫）筑摩書房　2016.1　①978-4-480-43326-8

『日本SF傑作選―マグロマル/トラブル　1 筒井康隆』（ハヤカワ文庫JA）早川書房　2017.8　①978-4-15-031289-3

トラブル

『日本SF傑作選―マグロマル/トラブル　1 筒井康隆』（ハヤカワ文庫JA）早川書房　2017.8　①978-4-15-031289-3

ナポレオン対チャイコフスキー世紀の決戦

『くたばれPTA　改版』（新潮文庫）新潮社　2015.12　①978-4-10-117119-7

バブリング創世記

『秒読み―筒井康隆コレクション』（ボクラノSF）福音館書店　2009.2　①978-4-8340-2425-8

『日本SF傑作選―マグロマル/トラブル　1 筒井康隆』（ハヤカワ文庫JA）早川書房　2017.8　①978-4-15-031289-3

繁栄の昭和

『繁栄の昭和』　文藝春秋　2014.9　①978-4-16-390126-8

『繁栄の昭和』（文春文庫）文藝春秋　2017.8　①978-4-16-790903-1

美女

『くたばれPTA　改版』（新潮文庫）新潮社　2015.12　①978-4-10-117119-7

ビタミン

『日本SF傑作選―マグロマル/トラブル　1 筒井康隆』（ハヤカワ文庫JA）早川書房　2017.8　①978-4-15-031289-3

秘密兵器

『くたばれPTA　改版』（新潮文庫）新潮社　2015.12　①978-4-10-117119-7

附・高清子とその時代

『繁栄の昭和』　文藝春秋　2014.9　①978-4-16-390126-8

『繁栄の昭和』（文春文庫）文藝春秋　2017.8　①978-4-16-790903-1

フル・ネルソン

『てのひらの宇宙―星雲賞短編SF傑作選』（創元SF文庫）東京創元社　2013.3　①978-4-488-73803-7

『日本SF傑作選―マグロマル/トラブル　1 筒井康隆』（ハヤカワ文庫JA）早川書房　2017.8　①978-4-15-031289-3

ベトナム観光公社

『日本SF傑作選―マグロマル/トラブル　1 筒井康隆』（ハヤカワ文庫JA）早川書房　2017.8　①978-4-15-031289-3

母子像

『異形の白昼―恐怖小説集』（ちくま文庫）筑摩書房　2013.9　①978-4-480-43092-2

マグロマル

『秒読み―筒井康隆コレクション』（ボクラノSF）福音館書店　2009.2　①978-4-8340-2425-8

『日本SF傑作選―マグロマル/トラブル　1 筒井康隆』（ハヤカワ文庫JA）早川書房　2017.8　①978-4-15-031289-3

蜜のような宇宙

『くたばれPTA　改版』（新潮文庫）新潮社　2015.12　①978-4-10-117119-7

メタノワール

『繁栄の昭和』　文藝春秋　2014.9　①978-4-16-390126-8

『繁栄の昭和』（文春文庫）文藝春秋　2017.8　①978-4-16-790903-1

メタモルフォセス群島

『70年代日本SFベスト集成　5　1975年度版』（ちくま文庫）筑摩書房　2015.6　①978-4-480-43215-5

猛烈社員無頼控

『くたばれPTA　改版』（新潮文庫）新潮社　2015.12　①978-4-10-117119-7

モケケ＝バラリバラ戦記
『くたばれPTA　改版』（新潮文庫）　新潮社　2015.12　ⓘ978-4-10-117119-7

モーツァルト伝
『くたばれPTA　改版』（新潮文庫）　新潮社　2015.12　ⓘ978-4-10-117119-7

役割演技
『繁栄の昭和』　文藝春秋　2014.9　ⓘ978-4-16-390126-8

『繁栄の昭和』（文春文庫）文藝春秋　2017.8　ⓘ978-4-16-790903-1

郵省省
『日本SF傑作選—マグロマル/トラブル　1　筒井康隆』（ハヤカワ文庫JA）　早川書房　2017.8　ⓘ978-4-15-031289-3

遊歩道
『くたばれPTA　改版』（新潮文庫）　新潮社　2015.12　ⓘ978-4-10-117119-7

酔いどれの帰宅
『くたばれPTA　改版』（新潮文庫）　新潮社　2015.12　ⓘ978-4-10-117119-7

養豚の実際
『おれに関する噂』（新潮文庫）　新潮社　2015.3　ⓘ978-4-10-117105-0

落語・伝票あらそい
『くたばれPTA　改版』（新潮文庫）　新潮社　2015.12　ⓘ978-4-10-117119-7

リア王
『繁栄の昭和』　文藝春秋　2014.9　ⓘ978-4-16-390126-8

『繁栄の昭和』（文春文庫）文藝春秋　2017.8　ⓘ978-4-16-790903-1

レモンのような二人
『くたばれPTA　改版』（新潮文庫）　新潮社　2015.12　ⓘ978-4-10-117119-7

わが良き狼
『日本SF傑作選—マグロマル/トラブル　1　筒井康隆』（ハヤカワ文庫JA）　早川書房　2017.8　ⓘ978-4-15-031289-3

20000トンの精液
『くたばれPTA　改版』（新潮文庫）　新潮社　2015.12　ⓘ978-4-10-117119-7

2001年公害の旅
『くたばれPTA　改版』（新潮文庫）　新潮社　2015.12　ⓘ978-4-10-117119-7

YAH！
『おれに関する噂』（新潮文庫）　新潮社　2015.3　ⓘ978-4-10-117105-0

恒川　光太郎　つねかわ・こうたろう

秋の牢獄
『秋の牢獄』（角川ホラー文庫）　角川書店　2010.9　ⓘ978-4-04-389203-7

異神千夜
『金色の獣、彼方に向かう』　双葉社　2011.11　ⓘ978-4-575-23746-7

『金色の獣、彼方に向かう』（双葉文庫）双葉社　2014.11　ⓘ978-4-575-51730-9

金色の獣、彼方に向かう
『金色の獣、彼方に向かう』　双葉社　2011.11　ⓘ978-4-575-23746-7

『金色の獣、彼方に向かう』（双葉文庫）双葉社　2014.11　ⓘ978-4-575-51730-9

銀の船
『二十の悪夢—角川ホラー文庫創刊20周年記念アンソロジー』（角川ホラー文庫）　角川書店　2013.10　ⓘ978-4-04-101052-5

クームン
『私はフーイ——沖縄怪談短篇集』（幽BOOKS）メディアファクトリー　2012.11　ⓘ978-4-8401-4892-4

『月夜の島渡り』（角川ホラー文庫）　角川書店　2014.12　ⓘ978-4-04-102472-0

雲の眠る海
『南の子供が夜いくところ』　角川書店　2010.2　ⓘ978-4-04-874032-6

『南の子供が夜いくところ』（角川ホラー文庫）角川書店　2013.2　ⓘ978-4-04-100712-9

幻灯電車
『私はフーイ——沖縄怪談短篇集』（幽BOOKS）メディアファクトリー　2012.11　ⓘ978-4-8401-4892-4

『月夜の島渡り』（角川ホラー文庫）　角川書店　2014.12　ⓘ978-4-04-102472-0

紫焔樹の島
『南の子供が夜いくところ』　角川書店　2010.2　ⓘ978-4-04-874032-6

『南の子供が夜いくところ』（角川ホラー文庫）角川書店　2013.2　ⓘ978-4-04-100712-9

十字路のピンクの廟
『南の子供が夜いくところ』角川書店　2010.2　①978-4-04-874032-6
『南の子供が夜いくところ』（角川ホラー文庫）角川書店　2013.2　①978-4-04-100712-9

神家没落
『秋の牢獄』（角川ホラー文庫）角川書店　2010.9　①978-4-04-389203-7

蛸漁師
『南の子供が夜いくところ』角川書店　2010.2　①978-4-04-874032-6
『南の子供が夜いくところ』（角川ホラー文庫）角川書店　2013.2　①978-4-04-100712-9

月夜の夢の、帰り道
『私はフーイー――沖縄怪談短篇集』（幽BOOKS）メディアファクトリー　2012.11　①978-4-8401-4892-4
『月夜の島渡り』（角川ホラー文庫）角川書店　2014.12　①978-4-04-102472-0

ニョラ穴
『私はフーイー――沖縄怪談短篇集』（幽BOOKS）メディアファクトリー　2012.11　①978-4-8401-4892-4
『月夜の島渡り』（角川ホラー文庫）角川書店　2014.12　①978-4-04-102472-0

風天孔参り
『金色の獣、彼方に向かう』双葉社　2011.11　①978-4-575-23746-7
『金色の獣、彼方に向かう』（双葉文庫）双葉社　2014.11　①978-4-575-51730-9

まどろみのティユルさん
『南の子供が夜いくところ』角川書店　2010.2　①978-4-04-874032-6
『南の子供が夜いくところ』（角川ホラー文庫）角川書店　2013.2　①978-4-04-100712-9

幻は夜に成長する
『秋の牢獄』（角川ホラー文庫）角川書店　2010.9　①978-4-04-389203-7

南の子供が夜いくところ
『南の子供が夜いくところ』角川書店　2010.2　①978-4-04-874032-6
『南の子供が夜いくところ』（角川ホラー文庫）角川書店　2013.2　①978-4-04-100712-9

弥勒節
『怪談列島ニッポン―書き下ろし諸国奇談競作集』（MF文庫　ダ・ヴィンチ）メディアファクトリー　2009.2　①978-4-8401-2674-8
『私はフーイー――沖縄怪談短篇集』（幽BOOKS）メディアファクトリー　2012.11　①978-4-8401-4892-4
『月夜の島渡り』（角川ホラー文庫）角川書店　2014.12　①978-4-04-102472-0

森の神、夢に還る
『金色の獣、彼方に向かう』双葉社　2011.11　①978-4-575-23746-7
『金色の獣、彼方に向かう』（双葉文庫）双葉社　2014.11　①978-4-575-51730-9

夜の果樹園
『南の子供が夜いくところ』角川書店　2010.2　①978-4-04-874032-6
『南の子供が夜いくところ』（角川ホラー文庫）角川書店　2013.2　①978-4-04-100712-9

夜のパーラー
『私はフーイー――沖縄怪談短篇集』（幽BOOKS）メディアファクトリー　2012.11　①978-4-8401-4892-4
『月夜の島渡り』（角川ホラー文庫）角川書店　2014.12　①978-4-04-102472-0

私はフーイー
『私はフーイー――沖縄怪談短篇集』（幽BOOKS）メディアファクトリー　2012.11　①978-4-8401-4892-4
『月夜の島渡り』（角川ホラー文庫）角川書店　2014.12　①978-4-04-102472-0

常光　徹　つねみつ・とおる

ニョキニョキの話
『怪談オウマガドキ学園　2　放課後の謎メール』童心社　2013.7　①978-4-494-01651-8
『怪談オウマガドキ学園　2　放課後の謎メール』童心社　2013.7　①978-4-494-01710-2

約束
『怪談オウマガドキ学園　1　真夜中の入学式』童心社　2013.7　①978-4-494-01650-1
『怪談オウマガドキ学園　1　真夜中の入学式』童心社　2013.7　①978-4-494-01709-6

角田 喜久雄　つのだ・きくお

沼垂の女
『見た人の怪談集』（河出文庫）河出書房新社
2016.5　①978-4-309-41450-8

角田 健太郎　つのだ・けんたろう

死の卍
『竹中英太郎　1　怪奇』（挿絵叢書）皓星社
2016.6　①978-4-7744-0613-8

津原 泰水　つはら・やすみ

蘆屋家の崩壊
『蘆屋家の崩壊』（ちくま文庫）筑摩書房
2012.7　①978-4-480-42948-3

甘い風
『ピカルディの薔薇』（ちくま文庫）筑摩書房
2012.7　①978-4-480-42949-0

エリス、聞えるか？
『NOVA＋屍者たちの帝国―書き下ろし日本SFコレクション』（河出文庫）河出書房新社
2015.10　①978-4-309-41407-2

延長コード
『逃げゆく物語の話―ゼロ年代日本SFベスト集成 F』（創元SF文庫）東京創元社　2010.10　①978-4-488-73802-0
『11』河出書房新社　2011.6　①978-4-309-02047-1
『11』（河出文庫）河出書房新社　2014.4　①978-4-309-41284-9

追ってくる少年
『11』河出書房新社　2011.6　①978-4-309-02047-1
『11』（河出文庫）河出書房新社　2014.4　①978-4-309-41284-9

貝殻と僧侶
『バレエ・メカニック』（想像力の文学）早川書房　2009.9　①978-4-15-209067-6
『バレエ・メカニック』（ハヤカワ文庫）早川書房　2012.1　①978-4-15-031055-4

カルキノス
『蘆屋家の崩壊』（ちくま文庫）筑摩書房
2012.7　①978-4-480-42948-3

枯れ蟷螂
『ピカルディの薔薇』（ちくま文庫）筑摩書房
2012.7　①978-4-480-42949-0

キリノ
『11』河出書房新社　2011.6　①978-4-309-02047-1
『11』（河出文庫）河出書房新社　2014.4　①978-4-309-41284-9

クラーケン
『11』河出書房新社　2011.6　①978-4-309-02047-1
『11』（河出文庫）河出書房新社　2014.4　①978-4-309-41284-9

ケルベロス
『蘆屋家の崩壊』（ちくま文庫）筑摩書房
2012.7　①978-4-480-42948-3

五色の舟
『NOVA　2　書き下ろし日本SFコレクション』（河出文庫）河出書房新社　2010.7　①978-4-309-41027-2
『11』河出書房新社　2011.6　①978-4-309-02047-1
『年刊日本SF傑作選　結晶銀河―年刊日本SF傑作選』（創元SF文庫）東京創元社　2011.7　①978-4-488-73404-6
『11』（河出文庫）河出書房新社　2014.4　①978-4-309-41284-9

午前の幽霊
『バレエ・メカニック』（想像力の文学）早川書房　2009.9　①978-4-15-209067-6
『バレエ・メカニック』（ハヤカワ文庫）早川書房　2012.1　①978-4-15-031055-4

琥珀みがき
『11』河出書房新社　2011.6　①978-4-309-02047-1
『11』（河出文庫）河出書房新社　2014.4　①978-4-309-41284-9

新京異聞
『ピカルディの薔薇』（ちくま文庫）筑摩書房
2012.7　①978-4-480-42949-0

水牛群
『蘆屋家の崩壊』（ちくま文庫）筑摩書房
2012.7　①978-4-480-42948-3

超鼠記
『ピカルディの薔薇』（ちくま文庫）筑摩書房
2012.7　①978-4-480-42949-0

土の枕

『超弦領域―年刊日本SF傑作選』（創元SF文庫）東京創元社　2009.6　①978-4-488-73402-2

『11』　河出書房新社　2011.6　①978-4-309-02047-1

『日清日露の戦争―攻』（コレクション　戦争と文学）集英社　2011.10　①978-4-08-157006-5

『11』（河出文庫）河出書房新社　2014.4　①978-4-309-41284-9

手

『11』　河出書房新社　2011.6　①978-4-309-02047-1

『11』（河出文庫）河出書房新社　2014.4　①978-4-309-41284-9

テルミン嬢

『11』　河出書房新社　2011.6　①978-4-309-02047-1

『11』（河出文庫）河出書房新社　2014.4　①978-4-309-41284-9

奈々村女史の犯罪

『蘆屋家の崩壊』（ちくま文庫）筑摩書房　2012.7　①978-4-480-42948-3

猫背の女

『蘆屋家の崩壊』（ちくま文庫）筑摩書房　2012.7　①978-4-480-42948-3

バレエ・メカニック

『バレエ・メカニック』（想像力の文学）早川書房　2009.9　①978-4-15-209067-6

『バレエ・メカニック』（ハヤカワ文庫）早川書房　2012.1　①978-4-15-031055-4

反曲隧道

『蘆屋家の崩壊』（ちくま文庫）筑摩書房　2012.7　①978-4-480-42948-3

ピカルディの薔薇

『ピカルディの薔薇』（ちくま文庫）筑摩書房　2012.7　①978-4-480-42949-0

微笑面・改

『11』　河出書房新社　2011.6　①978-4-309-02047-1

『11』（河出文庫）河出書房新社　2014.4　①978-4-309-41284-9

フルーツ白玉

『ピカルディの薔薇』（ちくま文庫）筑摩書房　2012.7　①978-4-480-42949-0

埋葬蟲

『蘆屋家の崩壊』（ちくま文庫）筑摩書房　2012.7　①978-4-480-42948-3

夕化粧

『ピカルディの薔薇』（ちくま文庫）筑摩書房　2012.7　①978-4-480-42949-0

夢三十夜

『ピカルディの薔薇』（ちくま文庫）筑摩書房　2012.7　①978-4-480-42949-0

籠中花

『ピカルディの薔薇』（ちくま文庫）筑摩書房　2012.7　①978-4-480-42949-0

YYとその身幹

『11』　河出書房新社　2011.6　①978-4-309-02047-1

『11』（河出文庫）河出書房新社　2014.4　①978-4-309-41284-9

坪内　逍遙　つぼうち・しょうよう

神変大菩薩伝

『夢魔は蠢く―文豪怪談傑作選・明治篇』（ちくま文庫）筑摩書房　2011.7　①978-4-480-42847-9

積木　鏡介　つみき・きょうすけ

マ★ジャ

『闇のトラペゾヘドロン』（クトゥルー・ミュトス・ファイルズ）創土社　2014.8　①978-4-7988-3018-6

津村　淙庵　つむら・そうあん

紅毛幻術

『江戸奇談怪談集』（ちくま学芸文庫）筑摩書房　2012.11　①978-4-480-09488-9

譚海

『江戸奇談怪談集』（ちくま学芸文庫）筑摩書房　2012.11　①978-4-480-09488-9

津守　時生　つもり・ときお

つらなる竜の愛し方

『やさしい竜の殺し方 memorial』（角川ビー

やさしい竜の歩き方

『やさしい竜の殺し方 memorial』(角川ビーンズ文庫) 角川書店　2009.9　①978-4-04-411726-9

やさしい竜の殺し方―ドウマとクローディアとガイス編

『やさしい竜の殺し方 memorial』(角川ビーンズ文庫) 角川書店　2009.9　①978-4-04-411726-9

やさしい竜の殺し方―バテンカイトス編

『やさしい竜の殺し方 memorial』(角川ビーンズ文庫) 角川書店　2009.9　①978-4-04-411726-9

やさしい竜の殺し方―魔道王とラーサルグルフ編

『やさしい竜の殺し方 memorial』(角川ビーンズ文庫) 角川書店　2009.9　①978-4-04-411726-9

やさしい竜の殺し方―竜王トリオ編

『やさしい竜の殺し方 memorial』(角川ビーンズ文庫) 角川書店　2009.9　①978-4-04-411726-9

やさちい竜の殺し方

『やさしい竜の殺し方 memorial』(角川ビーンズ文庫) 角川書店　2009.9　①978-4-04-411726-9

夢で逢いまSHOW！

『やさしい竜の殺し方 memorial』(角川ビーンズ文庫) 角川書店　2009.9　①978-4-04-411726-9

剣 達也　つるぎ・たつや

白いクジラ

『ゆきのまち幻想文学賞小品集　19　雪の反転鏡』 企画集団ぷりずむ　2010.3　①978-4-906691-32-6

手塚 治虫　てづか・おさむ

悪魔の開幕

『あしたは戦争―巨匠たちの想像力 "戦時体制"』(ちくま文庫) 筑摩書房　2016.1　①978-4-480-43326-8

安達が原

『鬼譚』(ちくま文庫) 筑摩書房　2014.9　①978-4-480-43205-6

あの世の終り

『手塚治虫小説集成』(立東舎文庫) 立東舎　2016.7　①978-4-8456-2822-3

おたふく

『手塚治虫小説集成』(立東舎文庫) 立東舎　2016.7　①978-4-8456-2822-3

踊り出す首

『手塚治虫小説集成』(立東舎文庫) 立東舎　2016.7　①978-4-8456-2822-3

傍のあいつ

『手塚治虫小説集成』(立東舎文庫) 立東舎　2016.7　①978-4-8456-2822-3

ガリバー旅行記

『手塚治虫小説集成』(立東舎文庫) 立東舎　2016.7　①978-4-8456-2822-3

蟻人境

『手塚治虫小説集成』(立東舎文庫) 立東舎　2016.7　①978-4-8456-2822-3

金魚

『60年代日本SFベスト集成』(ちくま文庫) 筑摩書房　2013.3　①978-4-480-43042-7

白い胞子

『手塚治虫小説集成』(立東舎文庫) 立東舎　2016.7　①978-4-8456-2822-3

姿なき怪事件

『手塚治虫小説集成』(立東舎文庫) 立東舎　2016.7　①978-4-8456-2822-3

そこに指が

『60年代日本SFベスト集成』(ちくま文庫) 筑摩書房　2013.3　①978-4-480-43042-7

毒殺物語

『手塚治虫小説集成』(立東舎文庫) 立東舎　2016.7　①978-4-8456-2822-3

ナスカは宇宙人基地ではない

『手塚治虫小説集成』(立東舎文庫) 立東舎　2016.7　①978-4-8456-2822-3

七日目

『手塚治虫小説集成』(立東舎文庫) 立東舎　2016.7　①978-4-8456-2822-3

日本一のおばけ屋敷

『手塚治虫小説集成』(立東舎文庫) 立東舎　2016.7　①978-4-8456-2822-3

ハガキの怪談
『手塚治虫小説集成』（立東舎文庫）立東舎　2016.7　Ⓘ978-4-8456-2822-3

ハッピーモルモット
『手塚治虫小説集成』（立東舎文庫）立東舎　2016.7　Ⓘ978-4-8456-2822-3

羽と星くず
『手塚治虫小説集成』（立東舎文庫）立東舎　2016.7　Ⓘ978-4-8456-2822-3

不条理スリラーなるもの─治虫夜話　第一夜
『手塚治虫小説集成』（立東舎文庫）立東舎　2016.7　Ⓘ978-4-8456-2822-3

舞台上のスリラー─治虫夜話　第二夜
『手塚治虫小説集成』（立東舎文庫）立東舎　2016.7　Ⓘ978-4-8456-2822-3

ブラック・ジャック
『70年代日本SFベスト集成　5　1975年度版』（ちくま文庫）筑摩書房　2015.6　Ⓘ978-4-480-43215-5

緑の果て
『SFマガジン700 国内篇─創刊700号記念アンソロジー』（ハヤカワ文庫SF）早川書房　2014.5　Ⓘ978-4-15-011961-4

妖蕈譚
『手塚治虫小説集成』（立東舎文庫）立東舎　2016.7　Ⓘ978-4-8456-2822-3

寺澤　鎮　てらさわ・まもる

君奴
『大正の怪談実話ヴィンテージ・コレクション』（幽BOOKS　幽Classics）メディアファクトリー　2013.3　Ⓘ978-4-8401-5116-0

常狸
『大正の怪談実話ヴィンテージ・コレクション』（幽BOOKS　幽Classics）メディアファクトリー　2013.3　Ⓘ978-4-8401-5116-0

寺田　寅彦　てらだ・とらひこ

怪異考
『妖魅は戯る─文豪怪談傑作選・大正篇』（ちくま文庫）筑摩書房　2011.8　Ⓘ978-4-480-42869-1

化物の進化
『妖魅は戯る─文豪怪談傑作選・大正篇』（ちくま文庫）筑摩書房　2011.8　Ⓘ978-4-480-42869-1

人魂の一つの場合
『妖魅は戯る─文豪怪談傑作選・大正篇』（ちくま文庫）筑摩書房　2011.8　Ⓘ978-4-480-42869-1

寺本　耕也　てらもと・こうや

ある天使たちの思い出に
『沢木道楽堂怪奇録─はじまりのひとり』（メディアワークス文庫）アスキー・メディアワークス　2011.11　Ⓘ978-4-04-886089-5

きみに照らされて
『沢木道楽堂怪奇録─最後の魔女』（メディアワークス文庫）アスキー・メディアワークス　2012.12　Ⓘ978-4-04-891301-0

最後の魔女
『沢木道楽堂怪奇録─最後の魔女』（メディアワークス文庫）アスキー・メディアワークス　2012.12　Ⓘ978-4-04-891301-0

囁き
『沢木道楽堂怪奇録─はじまりのひとり』（メディアワークス文庫）アスキー・メディアワークス　2011.11　Ⓘ978-4-04-886089-5

はじまりのひとり
『沢木道楽堂怪奇録─はじまりのひとり』（メディアワークス文庫）アスキー・メディアワークス　2011.11　Ⓘ978-4-04-886089-5

ほらこの夜、またあいつらが
『沢木道楽堂怪奇録─最後の魔女』（メディアワークス文庫）アスキー・メディアワークス　2012.12　Ⓘ978-4-04-891301-0

霊に魂の不在を説く
『沢木道楽堂怪奇録─はじまりのひとり』（メディアワークス文庫）アスキー・メディアワークス　2011.11　Ⓘ978-4-04-886089-5

天声会議　てんせいかいぎ

月光伝説
『地球維新　黄金神起─封印解説』　明窓出版　2013.3　Ⓘ978-4-89634-323-6

41

『地球維新 黄金神起―封印解説』 明窓出版 2013.3 ①978-4-89634-323-6

傳田 光洋　でんだ・みつひろ

そのぬくもりを
『涙の招待席―異形コレクション傑作選』（光文社文庫）光文社　2017.10　①978-4-334-77545-2

天堂 里砂　てんどう・りさ

悪魔祓い師と神父
『妖虎の主人と金髪の神父―萬屋あやかし事件帖 其の3』（C・NOVELSファンタジア）中央公論新社　2012.10　①978-4-12-501222-3

金髪の神父と魔物
『妖虎の主人と金髪の神父―萬屋あやかし事件帖 其の3』（C・NOVELSファンタジア）中央公論新社　2012.10　①978-4-12-501222-3

妖怪ヶ原と屍食鬼
『登校途中の百物語―鏡ヶ原遺聞　2ノ巻』（C・NOVELSファンタジア）中央公論新社　2011.5　①978-4-12-501153-0

妖怪ヶ原と七人みさき
『登校途中の百物語―鏡ヶ原遺聞　2ノ巻』（C・NOVELSファンタジア）中央公論新社　2011.5　①978-4-12-501153-0

妖怪ヶ原と水虎
『百鬼夜行の少年―鏡ヶ原遺聞　壱ノ巻』（C・NOVELSファンタジア）中央公論新社　2011.1　①978-4-12-501139-4

妖怪ヶ原と姫神
『百鬼夜行の少年―鏡ヶ原遺聞　壱ノ巻』（C・NOVELSファンタジア）中央公論新社　2011.1　①978-4-12-501139-4

天流 桂子　てんりゅう・けいこ

旅立ちの朝
『白銀の剣姫―レジェンド・オブ・クリスタルノーツ』（B's‐LOG文庫）エンターブレイン　2009.7　①978-4-7577-4980-1

白銀の剣姫
『白銀の剣姫―レジェンド・オブ・クリスタルノーツ』（B's‐LOG文庫）エンターブレイン　2009.7　①978-4-7577-4980-1

東郷 隆　とうごう・りゅう

学生
『そは何者』（静山社文庫）静山社　2012.9　①978-4-86389-195-1

楽屋
『そは何者』（静山社文庫）静山社　2012.9　①978-4-86389-195-1

飾磨屋の客
『そは何者』（静山社文庫）静山社　2012.9　①978-4-86389-195-1

疽
『そは何者』（静山社文庫）静山社　2012.9　①978-4-86389-195-1

蘇提の犬
『そは何者』（静山社文庫）静山社　2012.9　①978-4-86389-195-1

そは何者
『そは何者』（静山社文庫）静山社　2012.9　①978-4-86389-195-1

湯の宿
『そは何者』（静山社文庫）静山社　2012.9　①978-4-86389-195-1

予兆
『そは何者』（静山社文庫）静山社　2012.9　①978-4-86389-195-1

籘真 千歳　とうま・ちとせ

蝶と果実とアフターノエルのポインセチア
『スワロウテイル序章/人工処女受胎』（ハヤカワ文庫JA）早川書房　2012.9　①978-4-15-031082-0

蝶と金貨とビフォアレントの雪割草
『スワロウテイル序章/人工処女受胎』（ハヤカワ文庫JA）早川書房　2012.9　①978-4-15-031082-0

蝶と鉄の華と聖体拝受のハイドレインジア
『スワロウテイル序章/人工処女受胎』（ハヤカワ文庫JA）早川書房　2012.9　①978-4-15-031082-0

蝶と夕桜とラウダーテのセミラミス
『スワロウテイル序章/人工処女受胎』（ハヤカワ文庫JA）　早川書房　2012.9　①978-4-15-031082-0

遠田　潤子　とおだ・じゅんこ

水鏡の虜
『Fantasy Seller』（新潮文庫）　新潮社　2011.6　①978-4-10-136674-6

戸梶　圭太　とかじ・けいた

生き残り
『5分で読める！　怖いはなし』（宝島社文庫）　宝島社　2014.6　①978-4-8002-2805-5

ママ、痛いよ
『5分で読める！　怖いはなし』（宝島社文庫）　宝島社　2014.6　①978-4-8002-2805-5

TL殺人
『5分で読める！　怖いはなし』（宝島社文庫）　宝島社　2014.6　①978-4-8002-2805-5

戸川　昌子　とがわ・まさこ

緋の堕胎
『異形の白昼―恐怖小説集』（ちくま文庫）　筑摩書房　2013.9　①978-4-480-43092-2

時海　結以　ときうみ・ゆい

がんばり屋
『雨月物語―悲しくて、おそろしいお話』（講談社青い鳥文庫）　講談社　2017.6　①978-4-06-285640-9

決められない男
『雨月物語―悲しくて、おそろしいお話』（講談社青い鳥文庫）　講談社　2017.6　①978-4-06-285640-9

校庭の土の下
『怪談オウマガドキ学園　1　真夜中の入学式』　童心社　2013.7　①978-4-494-01650-1

『怪談オウマガドキ学園　1　真夜中の入学式』　童心社　2013.7　①978-4-494-01709-6

再会の約束
『雨月物語―悲しくて、おそろしいお話』（講談社青い鳥文庫）　講談社　2017.6　①978-4-06-285640-9

待っています
『雨月物語―悲しくて、おそろしいお話』（講談社青い鳥文庫）　講談社　2017.6　①978-4-06-285640-9

朱鷺田　祐介　ときた・ゆうすけ

アバドン王襲来!!『退魔生徒会』
『湯けむり女神とアバドン王―Replay：真・女神転生TRPG魔都東京200X』（integral）　ジャイブ　2011.9　①978-4-86176-803-3

藤並　みなと　となみ・みなと

人魚姫に何度も恋をして "ルイ編"
『イケメン王宮―おとぎの国のプリンセス』（角川ビーンズ文庫）　角川書店　2015.10　①978-4-04-102946-6

眠り姫と王子様のキス "ゼノ編"
『イケメン王宮―おとぎの国のプリンセス』（角川ビーンズ文庫）　角川書店　2015.10　①978-4-04-102946-6

プリンセスと禁断の林檎 "アラン編"
『イケメン王宮―おとぎの国のプリンセス』（角川ビーンズ文庫）　角川書店　2015.10　①978-4-04-102946-6

土橋　文也　どばし・ふみや

迂闊な月曜日事件
『東のエデン―小説』（MF文庫ダ・ヴィンチ）　メディアファクトリー　2012.9　①978-4-8401-4831-3

渡馬　直伸　とば・なおのぶ

マルドゥック・クランクイン！
『マルドゥック・ストーリーズ公式二次創作集』（ハヤカワ文庫JA）　早川書房　2016.9　①978-4-15-031246-6

飛 浩隆　とび・ひろたか

曠野にて
『NOVA 8 書き下ろし日本SFコレクション』（河出文庫）河出書房新社　2012.7　①978-4-309-41162-0

海の指
『Visions』講談社　2016.10　①978-4-06-220294-7

＃銀の匙
『NOVA 8 書き下ろし日本SFコレクション』（河出文庫）河出書房新社　2012.7　①978-4-309-41162-0

蜘蛛の王
『ラギッド・ガール——廃園の天使 2』（ハヤカワ文庫JA）早川書房　2010.2　①978-4-15-030983-1

クローゼット
『ラギッド・ガール——廃園の天使 2』（ハヤカワ文庫JA）早川書房　2010.2　①978-4-15-030983-1

自生の夢
『NOVA 1 書き下ろし日本SFコレクション』（河出文庫）河出書房新社　2009.12　①978-4-309-40994-8
『THE FUTURE IS JAPANESE』（ハヤカワSFシリーズJコレクション）早川書房　2012.7　①978-4-15-209310-3
『日本SF短篇50 5』（ハヤカワ文庫JA）早川書房　2013.10　①978-4-15-031131-5

射線
『BLAME! THE ANTHOLOGY』（ハヤカワ文庫JA）早川書房　2017.5　①978-4-15-031275-6

夏の硝視体
『ラギッド・ガール——廃園の天使 2』（ハヤカワ文庫JA）早川書房　2010.2　①978-4-15-030983-1

はるかな響き Ein leiser Ton
『誤解するカド——ファーストコンタクトSF傑作選』（ハヤカワ文庫JA）早川書房　2017.4　①978-4-15-031272-5

魔述師
『ラギッド・ガール——廃園の天使 2』（ハヤカワ文庫JA）早川書房　2010.2　①978-4-15-030983-1

洋服
『行き先は特異点——年刊日本SF傑作選』（創元SF文庫）東京創元社　2017.7　①978-4-488-73410-7

ラギッド・ガール
『ラギッド・ガール——廃園の天使 2』（ハヤカワ文庫JA）早川書房　2010.2　①978-4-15-030983-1
『ぼくの、マシーン——ゼロ年代日本SFベスト集成 S』（創元SF文庫）東京創元社　2010.10　①978-4-488-73801-3

La Poésie sauvage
『アステロイド・ツリーの彼方へ——年刊日本SF傑作選』（創元SF文庫）東京創元社　2016.6　①978-4-488-73409-1

友成 純一　ともなり・じゅんいち

アサムラール バリに死す
『NOVA 5 書き下ろし日本SFコレクション』（河出文庫）河出書房新社　2011.8　①978-4-309-41098-2

嚙み付き女
『NOVA 8 書き下ろし日本SFコレクション』（河出文庫）河出書房新社　2012.7　①978-4-309-41162-0

狂鬼降臨
『狂鬼降臨』（ふしぎ文学館）出版芸術社　2009.2　①978-4-88293-364-9

地獄の釜開き
『狂鬼降臨』（ふしぎ文学館）出版芸術社　2009.2　①978-4-88293-364-9

地獄の遊園地
『狂鬼降臨』（ふしぎ文学館）出版芸術社　2009.2　①978-4-88293-364-9

呪縛女
『狂鬼降臨』（ふしぎ文学館）出版芸術社　2009.2　①978-4-88293-364-9

血塗れ看護婦
『怪物園——異形コレクション』（光文社文庫）光文社　2009.8　①978-4-334-74638-4

蟷螂の罠
『狂鬼降臨』（ふしぎ文学館）出版芸術社　2009.2　①978-4-88293-364-9

友成 匡秀　ともなり・ただひで

ロンドンの雪
『ゆきのまち幻想文学賞小品集　20　もうひとつの階段』　企画集団ぷりずむ　2011.4　①978-4-906691-37-1

友野 詳　ともの・しょう

たった一つの冴えないやり方
『マップス・シェアードワールド　2　天翔る船』（GA文庫）ソフトバンククリエイティブ　2009.2　①978-4-7973-5271-9

ドラゴンの吐息は胸を灼く
『モンスター・コレクションテイルズ―DRAGON BOOK 25th Anniversary』（富士見ドラゴン・ブック）富士見書房　2011.2　①978-4-8291-4613-2

闇に彷徨い続けるもの
『闇のトラペゾヘドロン』（クトゥルー・ミュトス・ファイルズ）創土社　2014.8　①978-4-7988-3018-6

豊島 與志雄　とよしま・よしお

奇怪な話（抄）
『文豪てのひら怪談』（ポプラ文庫）ポプラ社　2009.8　①978-4-591-11104-8

天狗笑い
『山の怪談』　河出書房新社　2017.8　①978-4-309-22710-8

都会の幽気
『女霊は誘う―文豪怪談傑作選・昭和篇』（ちくま文庫）筑摩書房　2011.9　①978-4-480-42882-0

沼のほとり
『女霊は誘う―文豪怪談傑作選・昭和篇』（ちくま文庫）筑摩書房　2011.9　①978-4-480-42882-0

『見た人の怪談集』（河出文庫）河出書房新社　2016.5　①978-4-309-41450-8

復讐
『女霊は誘う―文豪怪談傑作選・昭和篇』（ちくま文庫）筑摩書房　2011.9　①978-4-480-42882-0

豊田 有恒　とよた・ありつね

渋滞
『70年代日本SFベスト集成　4　1974年度版』（ちくま文庫）筑摩書房　2015.4　①978-4-480-43214-8

退魔戦記
『日本SF短篇50　1　日本SF作家クラブ創立50周年記念アンソロジー』（ハヤカワ文庫JA）早川書房　2013.2　①978-4-15-031098-1

両面宿儺
『日本SF全集　第1巻（1957～1971）』出版芸術社　2009.6　①978-4-88293-344-1

『70年代日本SFベスト集成　2　1972年度版』（ちくま文庫）筑摩書房　2014.12　①978-4-480-43212-4

渡り廊下
『60年代日本SFベスト集成』（ちくま文庫）筑摩書房　2013.3　①978-4-480-43042-7

鳥居 みゆき　とりい・みゆき

明日香
『夜にはずっと深い夜を』幻冬舎　2009.8　①978-4-344-01716-0

『夜にはずっと深い夜を』（幻冬舎文庫）幻冬舎　2012.2　①978-4-344-41808-0

ある少女の死
『夜にはずっと深い夜を』幻冬舎　2009.8　①978-4-344-01716-0

『夜にはずっと深い夜を』（幻冬舎文庫）幻冬舎　2012.2　①978-4-344-41808-0

或るマッチ売りの少女
『夜にはずっと深い夜を』幻冬舎　2009.8　①978-4-344-01716-0

『夜にはずっと深い夜を』（幻冬舎文庫）幻冬舎　2012.2　①978-4-344-41808-0

いちゃつき心中
『夜にはずっと深い夜を』幻冬舎　2009.8　①978-4-344-01716-0

『夜にはずっと深い夜を』（幻冬舎文庫）幻冬舎　2012.2　①978-4-344-41808-0

犬
『夜にはずっと深い夜を』幻冬舎　2009.8　①978-4-344-01716-0

鳥居みゆき

いるモノ
『夜にはずっと深い夜を』 幻冬舎 2009.8 ①978-4-344-01716-0
『夜にはずっと深い夜を』(幻冬舎文庫) 幻冬舎 2012.2 ①978-4-344-41808-0

永遠の誓い
『夜にはずっと深い夜を』 幻冬舎 2009.8 ①978-4-344-01716-0
『夜にはずっと深い夜を』(幻冬舎文庫) 幻冬舎 2012.2 ①978-4-344-41808-0

過食症
『夜にはずっと深い夜を』 幻冬舎 2009.8 ①978-4-344-01716-0
『夜にはずっと深い夜を』(幻冬舎文庫) 幻冬舎 2012.2 ①978-4-344-41808-0

カバのお医者さん
『夜にはずっと深い夜を』 幻冬舎 2009.8 ①978-4-344-01716-0
『夜にはずっと深い夜を』(幻冬舎文庫) 幻冬舎 2012.2 ①978-4-344-41808-0

きれいなおかあさん
『夜にはずっと深い夜を』 幻冬舎 2009.8 ①978-4-344-01716-0
『夜にはずっと深い夜を』(幻冬舎文庫) 幻冬舎 2012.2 ①978-4-344-41808-0

ゴミ屋敷
『夜にはずっと深い夜を』 幻冬舎 2009.8 ①978-4-344-01716-0
『夜にはずっと深い夜を』(幻冬舎文庫) 幻冬舎 2012.2 ①978-4-344-41808-0

佐々木さん
『夜にはずっと深い夜を』 幻冬舎 2009.8 ①978-4-344-01716-0
『夜にはずっと深い夜を』(幻冬舎文庫) 幻冬舎 2012.2 ①978-4-344-41808-0

幸子
『夜にはずっと深い夜を』 幻冬舎 2009.8 ①978-4-344-01716-0
『夜にはずっと深い夜を』(幻冬舎文庫) 幻冬舎 2012.2 ①978-4-344-41808-0

地獄の女
『夜にはずっと深い夜を』 幻冬舎 2009.8 ①978-4-344-01716-0
『夜にはずっと深い夜を』(幻冬舎文庫) 幻冬舎 2012.2 ①978-4-344-41808-0

仕事と私と
『夜にはずっと深い夜を』 幻冬舎 2009.8 ①978-4-344-01716-0
『夜にはずっと深い夜を』(幻冬舎文庫) 幻冬舎 2012.2 ①978-4-344-41808-0

シズカの真夜中ぶつぶつ
『夜にはずっと深い夜を』 幻冬舎 2009.8 ①978-4-344-01716-0
『夜にはずっと深い夜を』(幻冬舎文庫) 幻冬舎 2012.2 ①978-4-344-41808-0

蝉
『夜にはずっと深い夜を』 幻冬舎 2009.8 ①978-4-344-01716-0
『夜にはずっと深い夜を』(幻冬舎文庫) 幻冬舎 2012.2 ①978-4-344-41808-0

だんごむし
『夜にはずっと深い夜を』 幻冬舎 2009.8 ①978-4-344-01716-0
『夜にはずっと深い夜を』(幻冬舎文庫) 幻冬舎 2012.2 ①978-4-344-41808-0

のり子
『夜にはずっと深い夜を』 幻冬舎 2009.8 ①978-4-344-01716-0
『夜にはずっと深い夜を』(幻冬舎文庫) 幻冬舎 2012.2 ①978-4-344-41808-0

華子の花言葉
『夜にはずっと深い夜を』 幻冬舎 2009.8 ①978-4-344-01716-0
『夜にはずっと深い夜を』(幻冬舎文庫) 幻冬舎 2012.2 ①978-4-344-41808-0

ぼたん
『夜にはずっと深い夜を』 幻冬舎 2009.8 ①978-4-344-01716-0
『夜にはずっと深い夜を』(幻冬舎文庫) 幻冬舎 2012.2 ①978-4-344-41808-0

葉子
『夜にはずっと深い夜を』 幻冬舎 2009.8 ①978-4-344-01716-0
『夜にはずっと深い夜を』(幻冬舎文庫) 幻冬舎 2012.2 ①978-4-344-41808-0

余命
『夜にはずっと深い夜を』 幻冬舎 2009.8 ①978-4-344-01716-0
『夜にはずっと深い夜を』(幻冬舎文庫) 幻冬舎 2012.2 ①978-4-344-41808-0

酉島 伝法　とりしま・でんぽう

痕の祀り
『多々良島ふたたび―ウルトラ怪獣アンソロジー』（TSUBURAYA×HAYAKAWA UNIVERSE）早川書房　2015.7　①978-4-15-209555-8

洞の街
『原色の想像力　2　創元SF短編集アンソロジー』（創元SF文庫）東京創元社　2012.3　①978-4-488-73902-7

『皆勤の徒』（創元日本SF叢書）東京創元社　2013.8　①978-4-488-01817-7

『皆勤の徒』（創元SF文庫）東京創元社　2015.7　①978-4-488-75701-4

皆勤の徒
『皆勤の徒』（創元日本SF叢書）東京創元社　2013.8　①978-4-488-01817-7

『皆勤の徒』（創元SF文庫）東京創元社　2015.7　①978-4-488-75701-4

奏で手のヌフレツン
『NOVA＋バベル―書き下ろし日本SFコレクション』（河出文庫）河出書房新社　2014.10　①978-4-309-41322-8

環刑鋼
『折り紙衛星の伝説―年刊日本SF傑作選』（創元SF文庫）東京創元社　2015.6　①978-4-488-73408-4

堕天の塔
『BLAME！ THE ANTHOLOGY』（ハヤカワ文庫JA）早川書房　2017.5　①978-4-15-031275-6

電話中につき、ベス
『さよならの儀式―年刊日本SF傑作選』（創元SF文庫）東京創元社　2014.6　①978-4-488-73407-7

橡
『アステロイド・ツリーの彼方へ―年刊日本SF傑作選』（創元SF文庫）東京創元社　2016.6　①978-4-488-73409-1

泥海の浮き城
『皆勤の徒』（創元日本SF叢書）東京創元社　2013.8　①978-4-488-01817-7

『皆勤の徒』（創元SF文庫）東京創元社　2015.7　①978-4-488-75701-4

ブロッコリー神殿
『行き先は特異点―年刊日本SF傑作選』（創元SF文庫）東京創元社　2017.7　①978-4-488-73410-7

百々似隊商
『皆勤の徒』（創元日本SF叢書）東京創元社　2013.8　①978-4-488-01817-7

『皆勤の徒』（創元SF文庫）東京創元社　2015.7　①978-4-488-75701-4

とり みき

万物理論「完全版」
『NOVA　3　書き下ろし日本SFコレクション』（河出文庫）河出書房新社　2010.12　①978-4-309-41055-5

Mighty TOPIO
『拡張幻想―年刊日本SF傑作選』（創元SF文庫）東京創元社　2012.6　①978-4-488-73405-3

十和田 シン　とわだ・しん

effect
『東京喰種：re Novel〔quest〕』（JUMP j BOOKS）集英社　2016.12　①978-4-08-703411-0

quinquies
『東京喰種：re Novel〔quest〕』（JUMP j BOOKS）集英社　2016.12　①978-4-08-703411-0

request
『東京喰種：re Novel〔quest〕』（JUMP j BOOKS）集英社　2016.12　①978-4-08-703411-0

sponse
『東京喰種：re Novel〔quest〕』（JUMP j BOOKS）集英社　2016.12　①978-4-08-703411-0

tension
『東京喰種：re Novel〔quest〕』（JUMP j BOOKS）集英社　2016.12　①978-4-08-703411-0

union
『東京喰種：re Novel〔quest〕』（JUMP j BOOKS）集英社　2016.12　①978-4-08-703411-0

ナイトキッド

雨の転校生
『闇の騎士譚―ナイト・キッドのホラー・レッスン』 祥伝社 2014.7 ①978-4-396-63440-7

撮影会
『闇の騎士譚―ナイト・キッドのホラー・レッスン』 祥伝社 2014.7 ①978-4-396-63440-7

舞台病
『闇の騎士譚―ナイト・キッドのホラー・レッスン』 祥伝社 2014.7 ①978-4-396-63440-7

ミチルの見た夢
『闇の騎士譚―ナイト・キッドのホラー・レッスン』 祥伝社 2014.7 ①978-4-396-63440-7

永井 荷風　ながい・かふう

井戸の水
『見た人の怪談集』(河出文庫) 河出書房新社 2016.5 ①978-4-309-41450-8

深川の散歩
『あやかしの深川―受け継がれる怪異な土地の物語』 猿江商會 2016.7 ①978-4-908260-05-6

来訪者
『女霊は誘う―文豪怪談傑作選・昭和篇』(ちくま文庫) 筑摩書房 2011.9 ①978-4-480-42882-0

永井 豪　ながい・ごう

ススムちゃん大ショック
『70年代日本SFベスト集成　1　1971年度版』(ちくま文庫) 筑摩書房 2014.10 ①978-4-480-43211-7

真夜中の戦士
『70年代日本SFベスト集成　4　1974年度版』(ちくま文庫) 筑摩書房 2015.4 ①978-4-480-43214-8

中井 拓志　なかい・たくし

イナイイナイの左腕
『ゴースタイズ・ゲート「イナイイナイの左腕」事件』(角川ホラー文庫) 角川書店 2011.11 ①978-4-04-100033-5

鏡の縁の女
『ゴースタイズ・ゲート「イナイイナイの左腕」事件』(角川ホラー文庫) 角川書店 2011.11 ①978-4-04-100033-5

中井 紀夫　なかい・のりお

見果てぬ風
『日本SF短篇50―日本SF作家クラブ創立50周年記念アンソロジー　3』(ハヤカワ文庫JA) 早川書房 2013.6 ①978-4-15-031115-5

山の上の交響楽
『てのひらの宇宙―星雲賞短編SF傑作選』(創元SF文庫) 東京創元社 2013.3 ①978-4-488-73803-7

中井 英夫　なかい・ひでお

青い贈り物
『とらんぷ譚　4　真珠母の匣　新装版』(講談社文庫) 講談社 2010.6 ①978-4-06-276685-2

海の雫
『とらんぷ譚　4　真珠母の匣　新装版』(講談社文庫) 講談社 2010.6 ①978-4-06-276685-2

虚
『とらんぷ譚　4　真珠母の匣　新装版』(講談社文庫) 講談社 2010.6 ①978-4-06-276685-2

影の狩人 幻戯
『とらんぷ譚　4　真珠母の匣　新装版』(講談社文庫) 講談社 2010.6 ①978-4-06-276685-2

影の舞踏会
『とらんぷ譚　1　幻想博物館　新装版』(講談社文庫) 講談社 2009.12 ①978-4-06-276251-9

『新編　日本幻想文学集成　1　安部公房・倉橋由美子・中井英夫・日影丈吉』 国書刊行会 2016.6 ①978-4-336-06026-6

火星植物園
『とらんぷ譚　1　幻想博物館　新装版』（講談社文庫）講談社　2009.12　①978-4-06-276251-9

『新編　日本幻想文学集成　1　安部公房・倉橋由美子・中井英夫・日影丈吉』国書刊行会　2016.6　①978-4-336-06026-6

被衣
『新編　日本幻想文学集成　1　安部公房・倉橋由美子・中井英夫・日影丈吉』国書刊行会　2016.6　①978-4-336-06026-6

金色の蜘蛛
『とらんぷ譚　4　真珠母の匣　新装版』（講談社文庫）講談社　2010.6　①978-4-06-276685-2

紅と青と黒
『とらんぷ譚　4　真珠母の匣　新装版』（講談社文庫）講談社　2010.6　①978-4-06-276685-2

黒闇天女
『とらんぷ譚　1　幻想博物館　新装版』（講談社文庫）講談社　2009.12　①978-4-06-276251-9

幻影の囚人
『とらんぷ譚　4　真珠母の匣　新装版』（講談社文庫）講談社　2010.6　①978-4-06-276685-2

幻戯
『新編　日本幻想文学集成　1　安部公房・倉橋由美子・中井英夫・日影丈吉』国書刊行会　2016.6　①978-4-336-06026-6

恋するグライアイ
『とらんぷ譚　4　真珠母の匣　新装版』（講談社文庫）講談社　2010.6　①978-4-06-276685-2

公園にて
『とらんぷ譚　1　幻想博物館　新装版』（講談社文庫）講談社　2009.12　①978-4-06-276251-9

死者からの音信
『とらんぷ譚　4　真珠母の匣　新装版』（講談社文庫）講談社　2010.6　①978-4-06-276685-2

邪眼
『とらんぷ譚　1　幻想博物館　新装版』（講談社文庫）講談社　2009.12　①978-4-06-276251-9

銃器店へ
『新編　日本幻想文学集成　1　安部公房・倉橋由美子・中井英夫・日影丈吉』国書刊行会　2016.6　①978-4-336-06026-6

聖父子
『とらんぷ譚　1　幻想博物館　新装版』（講談社文庫）講談社　2009.12　①978-4-06-276251-9

セザーレの悪夢
『とらんぷ譚　1　幻想博物館　新装版』（講談社文庫）講談社　2009.12　①978-4-06-276251-9

絶滅鳥の宴
『とらんぷ譚　4　真珠母の匣　新装版』（講談社文庫）講談社　2010.6　①978-4-06-276685-2

大望ある乗客
『とらんぷ譚　1　幻想博物館　新装版』（講談社文庫）講談社　2009.12　①978-4-06-276251-9

卵の王子たち
『新編　日本幻想文学集成　1　安部公房・倉橋由美子・中井英夫・日影丈吉』国書刊行会　2016.6　①978-4-336-06026-6

地下街
『とらんぷ譚　1　幻想博物館　新装版』（講談社文庫）講談社　2009.12　①978-4-06-276251-9

『幻視の系譜―日本幻想文学大全』（ちくま文庫）筑摩書房　2013.10　①978-4-480-43112-7

『新編　日本幻想文学集成　1　安部公房・倉橋由美子・中井英夫・日影丈吉』国書刊行会　2016.6　①978-4-336-06026-6

チッペンデールの寝台―もしくはロココふうな友情について
『とらんぷ譚　1　幻想博物館　新装版』（講談社文庫）講談社　2009.12　①978-4-06-276251-9

日蝕の子ら
『新編　日本幻想文学集成　1　安部公房・倉橋由美子・中井英夫・日影丈吉』国書刊行会　2016.6　①978-4-336-06026-6

盗まれた夜
『とらんぷ譚　4　真珠母の匣　新装版』（講談社文庫）講談社　2010.6　①978-4-06-276685-2

薔人

『新編 日本幻想文学集成 1 安部公房・倉橋由美子・中井英夫・日影丈吉』 国書刊行会 2016.6 ⓘ978-4-336-06026-6

薔薇の縛め

『新編 日本幻想文学集成 1 安部公房・倉橋由美子・中井英夫・日影丈吉』 国書刊行会 2016.6 ⓘ978-4-336-06026-6

薔薇の獄

『新編 日本幻想文学集成 1 安部公房・倉橋由美子・中井英夫・日影丈吉』 国書刊行会 2016.6 ⓘ978-4-336-06026-6

薔薇の夜を旅するとき

『とらんぷ譚 1 幻想博物館 新装版』(講談社文庫) 講談社 2009.12 ⓘ978-4-06-276251-9

ピノキオの鼻

『とらんぷ譚 4 真珠母の匣 新装版』(講談社文庫) 講談社 2010.6 ⓘ978-4-06-276685-2

牧神の春

『とらんぷ譚 1 幻想博物館 新装版』(講談社文庫) 講談社 2009.12 ⓘ978-4-06-276251-9

『新編 日本幻想文学集成 1 安部公房・倉橋由美子・中井英夫・日影丈吉』 国書刊行会 2016.6 ⓘ978-4-336-06026-6

星の砕片

『新編 日本幻想文学集成 1 安部公房・倉橋由美子・中井英夫・日影丈吉』 国書刊行会 2016.6 ⓘ978-4-336-06026-6

mai 薔人

『とらんぷ譚 3 人外境通信 新装版』(講談社文庫) 講談社 2010.4 ⓘ978-4-06-276635-7

mai ヨカナーンの夜

『とらんぷ譚 2 悪夢の骨牌 新装版』(講談社文庫) 講談社 2010.2 ⓘ978-4-06-276585-5

無の時間

『とらんぷ譚 4 真珠母の匣 新装版』(講談社文庫) 講談社 2010.6 ⓘ978-4-06-276685-2

優しい嘘

『とらんぷ譚 4 真珠母の匣 新装版』(講談社文庫) 講談社 2010.6 ⓘ978-4-06-276685-2

夕映少年

『新編 日本幻想文学集成 1 安部公房・倉橋由美子・中井英夫・日影丈吉』 国書刊行会 2016.6 ⓘ978-4-336-06026-6

蘇るオルフェウス

『とらんぷ譚 1 幻想博物館 新装版』(講談社文庫) 講談社 2009.12 ⓘ978-4-06-276251-9

août 被衣

『とらんぷ譚 3 人外境通信 新装版』(講談社文庫) 講談社 2010.4 ⓘ978-4-06-276635-7

août 緑の時間

『とらんぷ譚 2 悪夢の骨牌 新装版』(講談社文庫) 講談社 2010.2 ⓘ978-4-06-276585-5

avril 悪夢者

『とらんぷ譚 3 人外境通信 新装版』(講談社文庫) 講談社 2010.4 ⓘ978-4-06-276635-7

avril 大星蝕の夜

『とらんぷ譚 2 悪夢の骨牌 新装版』(講談社文庫) 講談社 2010.2 ⓘ978-4-06-276585-5

décembre 扉の彼方には

『とらんぷ譚 3 人外境通信 新装版』(講談社文庫) 講談社 2010.4 ⓘ978-4-06-276635-7

décembre 闇の彼方へ

『とらんぷ譚 2 悪夢の骨牌 新装版』(講談社文庫) 講談社 2010.2 ⓘ978-4-06-276585-5

février アケロンの流れの涯てに

『とらんぷ譚 2 悪夢の骨牌 新装版』(講談社文庫) 講談社 2010.2 ⓘ978-4-06-276585-5

février 夜への誘い

『とらんぷ譚 3 人外境通信 新装版』(講談社文庫) 講談社 2010.4 ⓘ978-4-06-276635-7

intermède 藍いろの夜

『とらんぷ譚 3 人外境通信 新装版』(講談社文庫) 講談社 2010.4 ⓘ978-4-06-276635-7

intermède 薔薇の獄

『とらんぷ譚 2 悪夢の骨牌 新装版』(講談社文庫) 講談社 2010.2 ⓘ978-4-06-276585-5

janvier 青猫の惑わし
『とらんぷ譚　3　人外境通信　新装版』（講談社文庫）講談社　2010.4　①978-4-06-276635-7

janvier 水仙の眠り
『とらんぷ譚　2　悪夢の骨牌　新装版』（講談社文庫）講談社　2010.2　①978-4-06-276585-5

juillet 薔薇の縛め
『とらんぷ譚　3　人外境通信　新装版』（講談社文庫）講談社　2010.4　①978-4-06-276635-7

juillet 緑の唇
『とらんぷ譚　2　悪夢の骨牌　新装版』（講談社文庫）講談社　2010.2　①978-4-06-276585-5

juin 青髯の夜
『とらんぷ譚　2　悪夢の骨牌　新装版』（講談社文庫）講談社　2010.2　①978-4-06-276585-5

juin 薔薇の戒め
『とらんぷ譚　3　人外境通信　新装版』（講談社文庫）講談社　2010.4　①978-4-06-276635-7

mars 美味追真
『とらんぷ譚　3　人外境通信　新装版』（講談社文庫）講談社　2010.4　①978-4-06-276635-7

mors 暖い墓
『とらんぷ譚　2　悪夢の骨牌　新装版』（講談社文庫）講談社　2010.2　①978-4-06-276585-5

novembre 鏡に棲む男
『とらんぷ譚　3　人外境通信　新装版』（講談社文庫）講談社　2010.4　①978-4-06-276635-7

novembre 戦後よ、眠れ
『とらんぷ譚　2　悪夢の骨牌　新装版』（講談社文庫）講談社　2010.2　①978-4-06-276585-5

octobre 廃屋を訪ねて
『とらんぷ譚　2　悪夢の骨牌　新装版』（講談社文庫）講談社　2010.2　①978-4-06-276585-5

octobre 笑う椅子
『とらんぷ譚　3　人外境通信　新装版』（講談社文庫）講談社　2010.4　①978-4-06-276635-7

septembre 緑の訪問者
『とらんぷ譚　2　悪夢の骨牌　新装版』（講談社文庫）講談社　2010.2　①978-4-06-276585-5

septembre 呼び名
『とらんぷ譚　3　人外境通信　新装版』（講談社文庫）講談社　2010.4　①978-4-06-276635-7

永江　久美子　ながえ・くみこ

白鷺神社白蛇奇話
『ゆきのまち幻想文学賞小品集　20　もうひとつの階段』　企画集団ぷりずむ　2011.4　①978-4-906691-37-1

長江　俊和　ながえ・としかず

原罪SHOW
『ザ・ベストミステリーズ―推理小説年鑑　2012』　講談社　2012.7　①978-4-06-114913-7
『怪談―黄泉からの招待状』（新潮文庫）　新潮社　2012.8　①978-4-10-133253-6

しじんの村
『放送禁止』　角川学芸出版　2009.7　①978-4-04-621664-9

ストーカー地獄編
『放送禁止』　角川学芸出版　2009.7　①978-4-04-621664-9

呪われた大家族
『放送禁止』　角川学芸出版　2009.7　①978-4-04-621664-9

放送禁止について
『放送禁止』　角川学芸出版　2009.7　①978-4-04-621664-9

長尾　彩子　ながお・あやこ

朧月夜の訪問者
『朧月夜の訪問者』（コバルト文庫）集英社　2014.6　①978-4-08-601813-5

中勘助

紅雪散らす鬼
『朧月夜の訪問者』(コバルト文庫) 集英社 2014.6 ①978-4-08-601813-5

白露の契り
『朧月夜の訪問者』(コバルト文庫) 集英社 2014.6 ①978-4-08-601813-5

瑠璃と桜の人魚姫
『朧月夜の訪問者』(コバルト文庫) 集英社 2014.6 ①978-4-08-601813-5

中 勘助　なか・かんすけ

孟宗の蔭(抄)
『文豪てのひら怪談』(ポプラ文庫) ポプラ社 2009.8 ①978-4-591-11104-8

ゆめ
『妖魅は戯る―文豪怪談傑作選・大正篇』(ちくま文庫) 筑摩書房 2011.8 ①978-4-480-42869-1

夢の日記
『妖魅は戯る―文豪怪談傑作選・大正篇』(ちくま文庫) 筑摩書房 2011.8 ①978-4-480-42869-1

夢の日記から
『妖魅は戯る―文豪怪談傑作選・大正篇』(ちくま文庫) 筑摩書房 2011.8 ①978-4-480-42869-1
『文豪山怪奇譚―山の怪談名作選』 山と渓谷社 2016.2 ①978-4-635-32006-1

中崎 千枝　なかざき・ちえ

てのひら
『ゆきのまち幻想文学賞小品集 21 風花雪の物語二十七編』 企画集団ぷりずむ 2012.3 ①978-4-906691-42-5

中里 友香　なかざと・ゆか

セイヤク
『Fの肖像―フランケンシュタインの幻想たち 異形コレクション』(光文社文庫) 光文社 2010.9 ①978-4-334-74846-3

葉コボレ手腐レ死人花
『SF Japan 2009AUTUMN』 徳間書店 2009.9 ①978-4-19-862778-2

中島 敦　なかじま・あつし

文字禍
『中島敦―端正・格調高い文章を味わう』(別冊宝島 〔Culture & sports〕) 宝島社 2009.6 ①978-4-7966-7036-4
『日本近代短篇小説選 昭和篇 1』(岩波文庫) 岩波書店 2012.8 ①978-4-00-311914-3
『幻視の系譜―日本幻想文学大全』(ちくま文庫) 筑摩書房 2013.10 ①978-4-480-43112-7

中島 要　なかじま・かなめ

かくれ鬼
『江戸迷宮―異形コレクション』(光文社文庫) 光文社 2011.1 ①978-4-334-74901-9

中島 たい子　なかじま・たいこ

親友
『SF宝石 2015』 光文社 2015.8 ①978-4-334-91049-5

中古レコード
『SF宝石』 光文社 2013.8 ①978-4-334-92888-9

長島 槇子　ながしま・まきこ

因果物師
『色町のはなし―両国妖恋草紙』 メディアファクトリー 2010.7 ①978-4-8401-3444-6

M君のこと
『女たちの怪談百物語』(幽books) メディアファクトリー 2010.11 ①978-4-8401-3599-3
『女たちの怪談百物語』(角川ホラー文庫) 角川書店 2014.1 ①978-4-04-101192-8

花魁石
『色町のはなし―両国妖恋草紙』 メディアファクトリー 2010.7 ①978-4-8401-3444-6

恐山
『女たちの怪談百物語』（幽books）メディアファクトリー　2010.11　Ⓘ978-4-8401-3599-3

『女たちの怪談百物語』（角川ホラー文庫）角川書店　2014.1　Ⓘ978-4-04-101192-8

渓谷の宿
『女たちの怪談百物語』（幽books）メディアファクトリー　2010.11　Ⓘ978-4-8401-3599-3

『女たちの怪談百物語』（角川ホラー文庫）角川書店　2014.1　Ⓘ978-4-04-101192-8

白い馬
『女たちの怪談百物語』（幽books）メディアファクトリー　2010.11　Ⓘ978-4-8401-3599-3

『女たちの怪談百物語』（角川ホラー文庫）角川書店　2014.1　Ⓘ978-4-04-101192-8

雛妓
『江戸迷宮―異形コレクション』（光文社文庫）光文社　2011.1　Ⓘ978-4-334-74901-9

聖婚の海
『怪談列島ニッポン―書き下ろし諸国奇談競作集』（MF文庫 ダ・ヴィンチ）メディアファクトリー　2009.2　Ⓘ978-4-8401-2674-8

父の話
『女たちの怪談百物語』（幽books）メディアファクトリー　2010.11　Ⓘ978-4-8401-3599-3

『女たちの怪談百物語』（角川ホラー文庫）角川書店　2014.1　Ⓘ978-4-04-101192-8

鳥獣の宿
『女たちの怪談百物語』（幽books）メディアファクトリー　2010.11　Ⓘ978-4-8401-3599-3

『女たちの怪談百物語』（角川ホラー文庫）角川書店　2014.1　Ⓘ978-4-04-101192-8

ツキ過ぎる
『女たちの怪談百物語』（幽books）メディアファクトリー　2010.11　Ⓘ978-4-8401-3599-3

『女たちの怪談百物語』（角川ホラー文庫）角川書店　2014.1　Ⓘ978-4-04-101192-8

テレビをつけておくと
『女たちの怪談百物語』（幽books）メディアファクトリー　2010.11　Ⓘ978-4-8401-3599-3

『女たちの怪談百物語』（角川ホラー文庫）角川書店　2014.1　Ⓘ978-4-04-101192-8

とんでも開帳
『色町のはなし―両国妖恋草紙』メディアファクトリー　2010.7　Ⓘ978-4-8401-3444-6

人間じゃない
『女たちの怪談百物語』（幽books）メディアファクトリー　2010.11　Ⓘ978-4-8401-3599-3

『女たちの怪談百物語』（角川ホラー文庫）角川書店　2014.1　Ⓘ978-4-04-101192-8

化けもの茶屋
『色町のはなし―両国妖恋草紙』メディアファクトリー　2010.7　Ⓘ978-4-8401-3444-6

水の女
『色町のはなし―両国妖恋草紙』メディアファクトリー　2010.7　Ⓘ978-4-8401-3444-6

山小屋でのこと
『女たちの怪談百物語』（幽books）メディアファクトリー　2010.11　Ⓘ978-4-8401-3599-3

『女たちの怪談百物語』（角川ホラー文庫）角川書店　2014.1　Ⓘ978-4-04-101192-8

四つ目屋の客
『色町のはなし―両国妖恋草紙』メディアファクトリー　2010.7　Ⓘ978-4-8401-3444-6

若衆芝居
『色町のはなし―両国妖恋草紙』メディアファクトリー　2010.7　Ⓘ978-4-8401-3444-6

長月　達平　ながつき・たっぺい

アルコール・パニック
『Re：ゼロから始める異世界生活 短編集2』（MF文庫J）角川書店　2016.6　Ⓘ978-4-04-068414-7

オペレーション・KOKKURI
『Re：ゼロから始める異世界生活 短編集2』（MF文庫J）角川書店　2016.6　Ⓘ978-4-04-068414-7

司書ベアトリスの不本意な約束
『Re：ゼロから始める異世界生活 短編集2』（MF文庫J）角川書店　2016.6　Ⓘ978-4-04-068414-7

冷たいのがお好き
『Re：ゼロから始める異世界生活 短編集2』(MF文庫J) 角川書店　2016.6　①978-4-04-068414-7

ラム・イズ・オーダー
『Re：ゼロから始める異世界生活 短編集2』(MF文庫J) 角川書店　2016.6　①978-4-04-068414-7

E・M・Tにラブソングを
『Re：ゼロから始める異世界生活 短編集2』(MF文庫J) 角川書店　2016.6　①978-4-04-068414-7

長野 まゆみ　ながの・まゆみ

雨宿
『あめふらし』(文春文庫) 文藝春秋　2009.8　①978-4-16-775371-9

空蟬
『あめふらし』(文春文庫) 文藝春秋　2009.8　①978-4-16-775371-9

うろこ
『あめふらし』(文春文庫) 文藝春秋　2009.8　①978-4-16-775371-9

かげろう
『あめふらし』(文春文庫) 文藝春秋　2009.8　①978-4-16-775371-9

こうもり
『あめふらし』(文春文庫) 文藝春秋　2009.8　①978-4-16-775371-9

蛻のから
『あめふらし』(文春文庫) 文藝春秋　2009.8　①978-4-16-775371-9

やどかり
『あめふらし』(文春文庫) 文藝春秋　2009.8　①978-4-16-775371-9

わたつみ
『あめふらし』(文春文庫) 文藝春秋　2009.8　①978-4-16-775371-9

中原 中也　なかはら・ちゅうや

北の海
『人魚―mermaid & merman』(シリーズ紙礫) 皓星社　2016.3　①978-4-7744-0609-1

中原 文夫　なかはら・ふみお

悪霊
『けだもの』作品社　2009.9　①978-4-86182-258-2

アミダの住む町
『文学 2011』講談社　2011.5　①978-4-06-216930-1
『アミダの住む町』作品社　2014.6　①978-4-86182-490-6

異形の夏
『アミダの住む町』作品社　2014.6　①978-4-86182-490-6

会社のひみつ
『けだもの』作品社　2009.9　①978-4-86182-258-2

可愛すぎる娘
『けだもの』作品社　2009.9　①978-4-86182-258-2

けだもの
『けだもの』作品社　2009.9　①978-4-86182-258-2

再会のゆくて
『アミダの住む町』作品社　2014.6　①978-4-86182-490-6

此岸のかれら
『アミダの住む町』作品社　2014.6　①978-4-86182-490-6

自分史を出したくて
『アミダの住む町』作品社　2014.6　①978-4-86182-490-6

俊寛僧都
『アミダの住む町』作品社　2014.6　①978-4-86182-490-6

竜巻の夜
『けだもの』作品社　2009.9　①978-4-86182-258-2

誰かさん
『けだもの』作品社　2009.9　①978-4-86182-258-2

電線と老人
『アミダの住む町』作品社　2014.6　①978-4-86182-490-6

本郷壱岐坂の家
『けだもの』 作品社 2009.9 ①978-4-86182-258-2

村
『アミダの住む町』 作品社 2014.6 ①978-4-86182-490-6

安川さんの教室
『アミダの住む町』 作品社 2014.6 ①978-4-86182-490-6

安らぎの場所
『けだもの』 作品社 2009.9 ①978-4-86182-258-2

中原 昌也　なかはら・まさや

アイ・アム・ア・ドリーマー
『こんにちはレモンちゃん』 幻戯書房 2013.10 ①978-4-86488-032-9

キリストの出てくる寓話集
『こんにちはレモンちゃん』 幻戯書房 2013.10 ①978-4-86488-032-9

恋する魔法
『こんにちはレモンちゃん』 幻戯書房 2013.10 ①978-4-86488-032-9

こんにちはレモンちゃん
『こんにちはレモンちゃん』 幻戯書房 2013.10 ①978-4-86488-032-9

死者の家にて
『こんにちはレモンちゃん』 幻戯書房 2013.10 ①978-4-86488-032-9

忠雄がいる…
『こんにちはレモンちゃん』 幻戯書房 2013.10 ①978-4-86488-032-9

ひ
『こんにちはレモンちゃん』 幻戯書房 2013.10 ①978-4-86488-032-9

夢で罵られる
『こんにちはレモンちゃん』 幻戯書房 2013.10 ①978-4-86488-032-9

仲町 六絵　なかまち・ろくえ

葵祭
『からくさ図書館来客簿―冥官・小野篁と優しい道なしたち』（メディアワークス文庫）アスキー・メディアワークス 2013.5 ①978-4-04-891704-9

うまし国
『からくさ図書館来客簿―冥官・小野篁と優しい道なしたち』（メディアワークス文庫）アスキー・メディアワークス 2013.5 ①978-4-04-891704-9

桜守
『からくさ図書館来客簿―冥官・小野篁と優しい道なしたち』（メディアワークス文庫）アスキー・メディアワークス 2013.5 ①978-4-04-891704-9

迎え鐘
『からくさ図書館来客簿―冥官・小野篁と優しい道なしたち』（メディアワークス文庫）アスキー・メディアワークス 2013.5 ①978-4-04-891704-9

雪まろの夏
『ゆきのまち幻想文学賞小品集 20 もうひとつの階段』 企画集団ぷりずむ 2011.4 ①978-4-906691-37-1

中見 利男　なかみ・としお

悪夢のシンデレラ
『怖い童話』（ハルキ・ホラー文庫）角川春樹事務所 2010.7 ①978-4-7584-3490-4

犬嫁
『今でも怖い日本おとぎ話』（ハルキ・ホラー文庫）角川春樹事務所 2009.7 ①978-4-7584-3420-1

姥捨て山
『本当は怖い日本おとぎ話』（ハルキ・ホラー文庫）角川春樹事務所 2009.3 ①978-4-7584-3400-3

瓜子姫
『本当は怖い日本おとぎ話』（ハルキ・ホラー文庫）角川春樹事務所 2009.3 ①978-4-7584-3400-3

えっ！ 赤ずきん!?
『怖い童話』（ハルキ・ホラー文庫）角川春樹事務所 2010.7 ①978-4-7584-3490-4

男を食う
『今でも怖い日本おとぎ話』（ハルキ・ホラー文庫）角川春樹事務所 2009.7 ①978-4-7584-3420-1

中見利男

踊る骸骨
『本当は怖い日本おとぎ話』(ハルキ・ホラー文庫) 角川春樹事務所　2009.3　①978-4-7584-3400-3

女を裂く
『今でも怖い日本おとぎ話』(ハルキ・ホラー文庫) 角川春樹事務所　2009.7　①978-4-7584-3420-1

狐
『本当は怖い日本おとぎ話』(ハルキ・ホラー文庫) 角川春樹事務所　2009.3　①978-4-7584-3400-3

狂気！ ねずの木の話
『怖い童話』(ハルキ・ホラー文庫) 角川春樹事務所　2010.7　①978-4-7584-3490-4

首
『本当は怖い日本おとぎ話』(ハルキ・ホラー文庫) 角川春樹事務所　2009.3　①978-4-7584-3400-3

瘤とり爺さん
『本当は怖い日本おとぎ話』(ハルキ・ホラー文庫) 角川春樹事務所　2009.3　①978-4-7584-3400-3

怖い！ ヘンゼルとグレーテル
『怖い童話』(ハルキ・ホラー文庫) 角川春樹事務所　2010.7　①978-4-7584-3490-4

猿蟹合戦
『本当は怖い日本おとぎ話』(ハルキ・ホラー文庫) 角川春樹事務所　2009.3　①978-4-7584-3400-3

さる子の沼
『本当は怖い日本おとぎ話』(ハルキ・ホラー文庫) 角川春樹事務所　2009.3　①978-4-7584-3400-3

スサノオ
『今でも怖い日本おとぎ話』(ハルキ・ホラー文庫) 角川春樹事務所　2009.7　①978-4-7584-3420-1

その夢、買った
『今でも怖い日本おとぎ話』(ハルキ・ホラー文庫) 角川春樹事務所　2009.7　①978-4-7584-3420-1

出してくれ
『本当は怖い日本おとぎ話』(ハルキ・ホラー文庫) 角川春樹事務所　2009.3　①978-4-7584-3400-3

鶴の恩返し
『今でも怖い日本おとぎ話』(ハルキ・ホラー文庫) 角川春樹事務所　2009.7　①978-4-7584-3420-1

肉のお面
『今でも怖い日本おとぎ話』(ハルキ・ホラー文庫) 角川春樹事務所　2009.7　①978-4-7584-3420-1

女房の首
『今でも怖い日本おとぎ話』(ハルキ・ホラー文庫) 角川春樹事務所　2009.7　①978-4-7584-3420-1

妊婦の腹裂き
『今でも怖い日本おとぎ話』(ハルキ・ホラー文庫) 角川春樹事務所　2009.7　①978-4-7584-3420-1

ねずみの兵法
『今でも怖い日本おとぎ話』(ハルキ・ホラー文庫) 角川春樹事務所　2009.7　①978-4-7584-3420-1

ねずみの嫁入り
『本当は怖い日本おとぎ話』(ハルキ・ホラー文庫) 角川春樹事務所　2009.3　①978-4-7584-3400-3

のろいの人形
『今でも怖い日本おとぎ話』(ハルキ・ホラー文庫) 角川春樹事務所　2009.7　①978-4-7584-3420-1

ばけもの寺
『今でも怖い日本おとぎ話』(ハルキ・ホラー文庫) 角川春樹事務所　2009.7　①978-4-7584-3420-1

春に死んだ二人
『今でも怖い日本おとぎ話』(ハルキ・ホラー文庫) 角川春樹事務所　2009.7　①978-4-7584-3420-1

人・殺・し・城
『怖い童話』(ハルキ・ホラー文庫) 角川春樹事務所　2010.7　①978-4-7584-3490-4

フリーメーソンが愛したピノキオ
『怖い童話』(ハルキ・ホラー文庫) 角川春樹事務所　2010.7　①978-4-7584-3490-4

文福茶釜
『今でも怖い日本おとぎ話』(ハルキ・ホラー文庫) 角川春樹事務所　2009.7　①978-4-7584-3420-1

報復の白雪姫
『怖い童話』(ハルキ・ホラー文庫) 角川春樹事務所　2010.7　①978-4-7584-3490-4

日本のSF・ホラー・ファンタジー　　　　　　　　　　　　　　　　　中山麻子

ほら吹き太郎R
『今でも怖い日本おとぎ話』（ハルキ・ホラー文庫）　角川春樹事務所　2009.7　①978-4-7584-3420-1

耳なし芳一
『本当は怖い日本おとぎ話』（ハルキ・ホラー文庫）　角川春樹事務所　2009.3　①978-4-7584-3400-3

ものぐさ太郎
『今でも怖い日本おとぎ話』（ハルキ・ホラー文庫）　角川春樹事務所　2009.7　①978-4-7584-3420-1

雪女
『本当は怖い日本おとぎ話』（ハルキ・ホラー文庫）　角川春樹事務所　2009.3　①978-4-7584-3400-3

欲望にとり憑かれたかえるの王様
『怖い童話』（ハルキ・ホラー文庫）　角川春樹事務所　2010.7　①978-4-7584-3490-4

羅生門
『本当は怖い日本おとぎ話』（ハルキ・ホラー文庫）　角川春樹事務所　2009.3　①978-4-7584-3400-3

羅生門　二　酒呑童子を討て！
『本当は怖い日本おとぎ話』（ハルキ・ホラー文庫）　角川春樹事務所　2009.3　①978-4-7584-3400-3

羅生門　最終章―逆襲―
『本当は怖い日本おとぎ話』（ハルキ・ホラー文庫）　角川春樹事務所　2009.3　①978-4-7584-3400-3

理想の嫁
『今でも怖い日本おとぎ話』（ハルキ・ホラー文庫）　角川春樹事務所　2009.7　①978-4-7584-3420-1

罠―浦島太郎外伝
『今でも怖い日本おとぎ話』（ハルキ・ホラー文庫）　角川春樹事務所　2009.7　①978-4-7584-3420-1

中村　彰彦　　なかむら・あきひこ

思い出かんざし
『戊辰転々録』　角川学芸出版　2010.12　①978-4-04-653222-0

『会津の怪談』　廣済堂出版　2014.9　①978-4-331-05968-5

骸骨侍
『完本　保科肥後守お耳帖』（実業之日本社文庫）　実業之日本社　2011.8　①978-4-408-55048-0

『会津の怪談』　廣済堂出版　2014.9　①978-4-331-05968-5

かわ姥物語
『戊辰転々録』　角川学芸出版　2010.12　①978-4-04-653222-0

『会津の怪談』　廣済堂出版　2014.9　①978-4-331-05968-5

恋の重荷白河栄華の夢
『会津の怪談』　廣済堂出版　2014.9　①978-4-331-05968-5

晋州城の義妓
『会津の怪談』　廣済堂出版　2014.9　①978-4-331-05968-5

亡霊お花
『会津の怪談』　廣済堂出版　2014.9　①978-4-331-05968-5

名君と振袖火事
『完本　保科肥後守お耳帖』（実業之日本社文庫）　実業之日本社　2011.8　①978-4-408-55048-0

『会津の怪談』　廣済堂出版　2014.9　①978-4-331-05968-5

中村　明美　　なかむら・あけみ

南雲
『冬の虫―ゆきのまち幻想文学賞小品集26』　企画集団ぷりずむ　2017.3　①978-4-906691-58-6

中山　麻子　　なかやま・あさこ

おじいさんのロールケーキ
『とろけるココット』　愛育社　2013.1　①978-4-7500-0424-2

お花見いまむかし
『とろけるココット』　愛育社　2013.1　①978-4-7500-0424-2

オレの大学入試
『とろけるココット』　愛育社　2013.1　①978-4-7500-0424-2

カッコウの鳴くところ
　『とろけるココット』　愛育社　2013.1
　①978-4-7500-0424-2
金色のピアス
　『とろけるココット』　愛育社　2013.1
　①978-4-7500-0424-2
コンビニにおいでよ！
　『とろけるココット』　愛育社　2013.1
　①978-4-7500-0424-2
さみしい自販機
　『とろけるココット』　愛育社　2013.1
　①978-4-7500-0424-2
修学旅行の思い出
　『とろけるココット』　愛育社　2013.1
　①978-4-7500-0424-2
信号機担当　ウタコとツヤ
　『とろけるココット』　愛育社　2013.1
　①978-4-7500-0424-2
次、とまります
　『とろけるココット』　愛育社　2013.1
　①978-4-7500-0424-2
月夜のおとぎばなし
　『とろけるココット』　愛育社　2013.1
　①978-4-7500-0424-2
遠い日の過ち
　『とろけるココット』　愛育社　2013.1
　①978-4-7500-0424-2
とろけるココット
　『とろけるココット』　愛育社　2013.1
　①978-4-7500-0424-2
眠たいポスト
　『とろけるココット』　愛育社　2013.1
　①978-4-7500-0424-2
春の日のできごと
　『とろけるココット』　愛育社　2013.1
　①978-4-7500-0424-2
ひと夏のおしゃべり
　『とろけるココット』　愛育社　2013.1
　①978-4-7500-0424-2
みんなの学校
　『とろけるココット』　愛育社　2013.1
　①978-4-7500-0424-2

勇気がうまれる
　『とろけるココット』　愛育社　2013.1
　①978-4-7500-0424-2
里奈ちゃんといっしょ
　『とろけるココット』　愛育社　2013.1
　①978-4-7500-0424-2
リンドウの花
　『とろけるココット』　愛育社　2013.1
　①978-4-7500-0424-2

中山　市朗　なかやま・いちろう

怪異蒐集談　屍女
　『怪談―黄泉からの招待状』（新潮文庫）　新潮社　2012.8　①978-4-10-133253-6

中山　三柳　なかやま・さんりゅう

犬神
　『江戸奇談怪談集』（ちくま学芸文庫）　筑摩書房　2012.11　①978-4-480-09488-9
果心居士
　『江戸奇談怪談集』（ちくま学芸文庫）　筑摩書房　2012.11　①978-4-480-09488-9
髪より滴る炎
　『江戸奇談怪談集』（ちくま学芸文庫）　筑摩書房　2012.11　①978-4-480-09488-9
醍醐随筆
　『江戸奇談怪談集』（ちくま学芸文庫）　筑摩書房　2012.11　①978-4-480-09488-9

中山　七里　なかやま・しちり

オシフィエンチム駅へ
　『5分で読める！　ひと駅ストーリー――『このミステリーがすごい！』大賞×日本ラブストーリー大賞×『このライトノベルがすごい！』大賞　乗車編』（宝島社文庫）宝島社　2012.12　①978-4-8002-0084-6
　『5分で凍る！　ぞっとする怖い話』（宝島社文庫）　宝島社　2015.5　①978-4-8002-4039-2
ふたり、いつまでも
　『5分で読める！　怖いはなし』（宝島社文庫）　宝島社　2014.6　①978-4-8002-2805-5

盆帰り

『5分で読める！ ひと駅ストーリー——『このミステリーがすごい！』大賞×日本ラブストーリー大賞×『このライトノベルがすごい！』大賞　夏の記憶西口編』（宝島社文庫）宝島社　2013.7　ⓘ978-4-8002-1044-9

『5分で凍る！ ぞっとする怖い話』（宝島社文庫）宝島社　2015.5　ⓘ978-4-8002-4039-2

中山 聖子　なかやま・せいこ

潮の流れは

『ゆきのまち幻想文学賞小品集　19　雪の反転鏡』　企画集団ぷりずむ　2010.3　ⓘ978-4-906691-32-6

静かな祝福

『河童と見た空——ゆきのまち幻想文学賞小品集　18』　企画集団ぷりずむ　2009.3　ⓘ978-4-906691-30-2

中山 佳子　なかやま・よしこ

雪の反転鏡

『ゆきのまち幻想文学賞小品集　19　雪の反転鏡』　企画集団ぷりずむ　2010.3　ⓘ978-4-906691-32-6

永山 驢馬　ながやま・ろば

時計じかけの天使

『原色の想像力——創元SF短編賞アンソロジー』（創元SF文庫）東京創元社　2010.12　ⓘ978-4-488-73901-0

奈須 きのこ　なす・きのこ

スアロー・クラツヴァーリ

『RPF レッドドラゴン　5　第五夜・契りの城』（星海社FICTIONS）星海社　2013.9　ⓘ978-4-06-138876-5

謎村　なぞそん

ヨミコ・システム

『ゆきのまち幻想文学賞小品集　19　雪の反転鏡』　企画集団ぷりずむ　2010.3　ⓘ978-4-906691-32-6

夏目 漱石　なつめ・そうせき

永日小品

『坊っちゃん』（21世紀版少年少女日本文学館）講談社　2009.2　ⓘ978-4-06-282652-5

『夢魔は蠢く——文豪怪談傑作選・明治篇』（ちくま文庫）筑摩書房　2011.7　ⓘ978-4-480-42847-9

永日小品 より

『漱石ホラー傑作選』（PHP文庫）PHP研究所　2009.6　ⓘ978-4-569-67271-7

思い出すことなど

『夢十夜』（まんがで読破）イースト・プレス　2012.8　ⓘ978-4-7816-0820-4

思い出す事など より

『漱石ホラー傑作選』（PHP文庫）PHP研究所　2009.6　ⓘ978-4-569-67271-7

硝子戸の中（抄）

『文豪てのひら怪談』（ポプラ文庫）ポプラ社　2009.8　ⓘ978-4-591-11104-8

硝子戸の中 より

『漱石ホラー傑作選』（PHP文庫）PHP研究所　2009.6　ⓘ978-4-569-67271-7

三四郎 より

『漱石ホラー傑作選』（PHP文庫）PHP研究所　2009.6　ⓘ978-4-569-67271-7

趣味の遺伝

『漱石ホラー傑作選』（PHP文庫）PHP研究所　2009.6　ⓘ978-4-569-67271-7

『死者たちの語り——冥』（コレクション 戦争と文学）集英社　2011.11　ⓘ978-4-08-157013-3

変な音

『漱石ホラー傑作選』（PHP文庫）PHP研究所　2009.6　ⓘ978-4-569-67271-7

門 より

『漱石ホラー傑作選』（PHP文庫）PHP研究所　2009.6　ⓘ978-4-569-67271-7

夢十夜

『漱石ホラー傑作選』（PHP文庫）PHP研究所　2009.6　ⓘ978-4-569-67271-7

『夢』（SDP Bunko）SDP　2009.7　ⓘ978-4-903620-63-3

『変身ものがたり』（ちくま文学の森）筑摩書房　2010.10　Ⓘ978-4-480-42733-5

『おとなの国語—桜の森の満開の下・他』（名作超訳エロチカ）無双舎　2010.12　Ⓘ978-4-86408-422-2

『読んでおきたいベスト集！　夏目漱石』（宝島社文庫）宝島社　2011.7　Ⓘ978-4-7966-8513-9

『夢魔は蠢く—文豪怪談傑作選・明治篇』（ちくま文庫）筑摩書房　2011.7　Ⓘ978-4-480-42847-9

『夢十夜』（まんがで読破）イースト・プレス　2012.8　Ⓘ978-4-7816-0820-4

『日本の名作「こわい話」傑作集』（集英社みらい文庫）集英社　2012.8　Ⓘ978-4-08-321111-9

『幻妖の水脈—日本幻想文学大全』（ちくま文庫）筑摩書房　2013.9　Ⓘ978-4-480-43111-0

『5分後に意外な結末　3　白い恐怖』学研教育出版　2013.12　Ⓘ978-4-05-203897-6

『文豪たちが書いた怖い名作短編集』彩図社　2014.1　Ⓘ978-4-88392-966-5

我輩は猫である　より

『漱石ホラー傑作選』（PHP文庫）PHP研究所　2009.6　Ⓘ978-4-569-67271-7

七恵　ななえ

撮影

『都市伝説—ねぇ、つぎはだれ？』（ピンキー文庫）集英社　2014.4　Ⓘ978-4-08-660114-6

三人め

『都市伝説—ねぇ、つぎはだれ？』（ピンキー文庫）集英社　2014.4　Ⓘ978-4-08-660114-6

チェーンメール

『都市伝説—ねぇ、つぎはだれ？』（ピンキー文庫）集英社　2014.4　Ⓘ978-4-08-660114-6

電話ボックス

『都市伝説—ねぇ、つぎはだれ？』（ピンキー文庫）集英社　2014.4　Ⓘ978-4-08-660114-6

蘇る殺人鬼

『都市伝説—ねぇ、つぎはだれ？』（ピンキー文庫）集英社　2014.4　Ⓘ978-4-08-660114-6

リフレイン

『都市伝説—ねぇ、つぎはだれ？』（ピンキー文庫）集英社　2014.4　Ⓘ978-4-08-660114-6

名梁　和泉　なばり・いずみ

二階の王

『二階の王』（角川ホラー文庫）角川書店　2017.9　Ⓘ978-4-04-106053-7

屋根裏

『二階の王』（角川ホラー文庫）角川書店　2017.9　Ⓘ978-4-04-106053-7

奈良　美那　なら・みな

しろくまは愛の味

『5分で読める！　ひと駅ストーリー—『このミステリーがすごい！』大賞×日本ラブストーリー大賞×『このライトノベルがすごい！』大賞　夏の記憶西口編』（宝島社文庫）宝島社　2013.7　Ⓘ978-4-8002-1044-9

『5分で凍る！　ぞっとする怖い話』（宝島社文庫）宝島社　2015.5　Ⓘ978-4-8002-4039-2

成田　和彦　なりた・かずひこ

天使の休暇願

『ゆきのまち幻想文学賞小品集　22　大きな木』企画集団ぷりずむ　2013.3　Ⓘ978-4-906691-45-6

成田　良悟　なりた・りょうご

禍グラバ・雷鳳・グラムシュタール

『RPF　レッドドラゴン　5　第五夜・契りの城』（星海社FICTIONS）星海社　2013.9　Ⓘ978-4-06-138876-5

新倉　朗子　にいくら・あきこ

時は来たれり

『怪談オウマガドキ学園　1　真夜中の入学式』童心社　2013.7　Ⓘ978-4-494-01650-1

『怪談オウマガドキ学園　1　真夜中の入学式』童心社　2013.7　Ⓘ978-4-494-01709-6

新津 きよみ　にいつ・きよみ

遺品
『意地悪な食卓』(角川ホラー文庫)　角川書店
2013.4　①978-4-04-100799-0

お裾分け
『意地悪な食卓』(角川ホラー文庫)　角川書店
2013.4　①978-4-04-100799-0

返す女
『指先の戦慄』(角川ホラー文庫)　角川書店
2010.6　①978-4-04-191613-1

還って来た少女
『青に捧げる悪夢』(角川文庫)　角川書店
2013.2　①978-4-04-100700-6

嗅覚
『意地悪な食卓』(角川ホラー文庫)　角川書店
2013.4　①978-4-04-100799-0

給食
『意地悪な食卓』(角川ホラー文庫)　角川書店
2013.4　①978-4-04-100799-0

緊急連絡網
『指先の戦慄』(角川ホラー文庫)　角川書店
2010.6　①978-4-04-191613-1

怖い食卓
『意地悪な食卓』(角川ホラー文庫)　角川書店
2013.4　①978-4-04-100799-0

献立
『最後の晩餐』(角川ホラー文庫)　角川書店
2014.3　①978-4-04-101286-4

最後の晩餐
『最後の晩餐』(角川ホラー文庫)　角川書店
2014.3　①978-4-04-101286-4

食の事件簿
『最後の晩餐』(角川ホラー文庫)　角川書店
2014.3　①978-4-04-101286-4

頼まれた男
『指先の戦慄』(角川ホラー文庫)　角川書店
2010.6　①978-4-04-191613-1

卵を愛した女
『最後の晩餐』(角川ホラー文庫)　角川書店
2014.3　①978-4-04-101286-4

珍味
『意地悪な食卓』(角川ホラー文庫)　角川書店
2013.4　①978-4-04-100799-0

尽くす女
『指先の戦慄』(角川ホラー文庫)　角川書店
2010.6　①978-4-04-191613-1

悪阻
『最後の晩餐』(角川ホラー文庫)　角川書店
2014.3　①978-4-04-101286-4

手作り
『意地悪な食卓』(角川ホラー文庫)　角川書店
2013.4　①978-4-04-100799-0

捕えられた声
『指先の戦慄』(角川ホラー文庫)　角川書店
2010.6　①978-4-04-191613-1

歯と指
『指先の戦慄』(角川ホラー文庫)　角川書店
2010.6　①978-4-04-191613-1

左手の記憶
『指先の戦慄』(角川ホラー文庫)　角川書店
2010.6　①978-4-04-191613-1

ペアカップ
『最後の晩餐』(角川ホラー文庫)　角川書店
2014.3　①978-4-04-101286-4

弁当箱
『意地悪な食卓』(角川ホラー文庫)　角川書店
2013.4　①978-4-04-100799-0

無視する女
『指先の戦慄』(角川ホラー文庫)　角川書店
2010.6　①978-4-04-191613-1

結ぶ女
『指先の戦慄』(角川ホラー文庫)　角川書店
2010.6　①978-4-04-191613-1

戻って来る女
『指先の戦慄』(角川ホラー文庫)　角川書店
2010.6　①978-4-04-191613-1

料理講座
『最後の晩餐』(角川ホラー文庫)　角川書店
2014.3　①978-4-04-101286-4

二階堂 紘嗣　にかいどう・ひろし

王子様殺人事件
『俺が主人公じゃなかった頃の話をするpart2　なにやらヒロインが増殖している件』(MF文庫J)　角川書店　2013.10
①978-4-04-066035-6

美少女X
『俺が主公じゃなかった頃の話をする part2 なにやらヒロインが増殖している件』(MF文庫J) 角川書店 2013.10 ⓘ978-4-04-066035-6

仁木 英之　にき・ひでゆき

鏡の欠片
『童子の輪舞曲―僕僕先生』 新潮社 2013.4 ⓘ978-4-10-303057-7

『童子の輪舞曲―僕僕先生』(新潮文庫) 新潮社 2016.4 ⓘ978-4-10-137437-6

かぐつち
『黄泉坂案内人』 角川書店 2011.6 ⓘ978-4-04-874209-2

雷のお届けもの
『Fantasy Seller』(新潮文庫) 新潮社 2011.6 ⓘ978-4-10-136674-6

『童子の輪舞曲―僕僕先生』 新潮社 2013.4 ⓘ978-4-10-303057-7

『童子の輪舞曲―僕僕先生』(新潮文庫) 新潮社 2016.4 ⓘ978-4-10-137437-6

空手形
『黄泉坂案内人』 角川書店 2011.6 ⓘ978-4-04-874209-2

競漕曲
『童子の輪舞曲―僕僕先生』 新潮社 2013.4 ⓘ978-4-10-303057-7

『童子の輪舞曲―僕僕先生』(新潮文庫) 新潮社 2016.4 ⓘ978-4-10-137437-6

銀河に乗って
『黄泉坂案内人』 角川書店 2011.6 ⓘ978-4-04-874209-2

スワンボートタクシー
『黄泉坂案内人』 角川書店 2011.6 ⓘ978-4-04-874209-2

第狸奴の殖
『童子の輪舞曲―僕僕先生』 新潮社 2013.4 ⓘ978-4-10-303057-7

『童子の輪舞曲―僕僕先生』(新潮文庫) 新潮社 2016.4 ⓘ978-4-10-137437-6

ねこのこ
『黄泉坂案内人』 角川書店 2011.6 ⓘ978-4-04-874209-2

避雨雙六
『童子の輪舞曲―僕僕先生』 新潮社 2013.4 ⓘ978-4-10-303057-7

『童子の輪舞曲―僕僕先生』(新潮文庫) 新潮社 2016.4 ⓘ978-4-10-137437-6

福毛
『童子の輪舞曲―僕僕先生』 新潮社 2013.4 ⓘ978-4-10-303057-7

『童子の輪舞曲―僕僕先生』(新潮文庫) 新潮社 2016.4 ⓘ978-4-10-137437-6

山崩れ
『黄泉坂案内人』 角川書店 2011.6 ⓘ978-4-04-874209-2

仁木 稔　にき・みのる

神の御名は黙して唱えよ
『NOVA＋屍者たちの帝国―書き下ろし日本SFコレクション』(河出文庫) 河出書房新社 2015.10 ⓘ978-4-309-41407-2

完璧な涙
『神林長平トリビュート』 早川書房 2009.11 ⓘ978-4-15-209083-6

『神林長平トリビュート』(ハヤカワ文庫JA) 早川書房 2012.4 ⓘ978-4-15-031063-9

にんげんのくに Le Milieu Humain
『伊藤計劃トリビュート』(ハヤカワ文庫JA) 早川書房 2015.8 ⓘ978-4-15-031201-5

はじまりと終わりの世界樹
『ミーチャ・ベリャーエフの子狐たち』(ハヤカワSFシリーズ　Jコレクション) 早川書房 2014.4 ⓘ978-4-15-209454-4

ミーチャ・ベリャーエフの子狐たち
『ミーチャ・ベリャーエフの子狐たち』(ハヤカワSFシリーズ　Jコレクション) 早川書房 2014.4 ⓘ978-4-15-209454-4

…'STORY' Never Ends！
『ミーチャ・ベリャーエフの子狐たち』(ハヤカワSFシリーズ　Jコレクション) 早川書房 2014.4 ⓘ978-4-15-209454-4

The Show Must Go On！
『ミーチャ・ベリャーエフの子狐たち』(ハヤカワSFシリーズ　Jコレクション) 早川書房 2014.4 ⓘ978-4-15-209454-4

The Show Must Go On,and…
『ミーチャ・ベリャーエフの子狐たち』（ハヤカワSFシリーズ　Jコレクション）早川書房　2014.4　①978-4-15-209454-4

西浦　和也　にしうら・かずや

お母様の目は節穴ですか
『呪ク話―現代百物語』（竹書房文庫）竹書房　2012.1　①978-4-8124-4800-7

おれらは行った。2011冬
『呪ク話―現代百物語』（竹書房文庫）竹書房　2012.1　①978-4-8124-4800-7

クレームの多い駐車場
『呪ク話―現代百物語』（竹書房文庫）竹書房　2012.1　①978-4-8124-4800-7

黒い鳩
『呪ク話―現代百物語』（竹書房文庫）竹書房　2012.1　①978-4-8124-4800-7

守護天使様
『呪ク話―現代百物語』（竹書房文庫）竹書房　2012.1　①978-4-8124-4800-7

直ちに危険とは
『呪ク話―現代百物語』（竹書房文庫）竹書房　2012.1　①978-4-8124-4800-7

なじょすっぺ
『呪ク話―現代百物語』（竹書房文庫）竹書房　2012.1　①978-4-8124-4800-7

ナースコール
『呪ク話―現代百物語』（竹書房文庫）竹書房　2012.1　①978-4-8124-4800-7

猫が啼く
『呪ク話―現代百物語』（竹書房文庫）竹書房　2012.1　①978-4-8124-4800-7

呪ク話
『呪ク話―現代百物語』（竹書房文庫）竹書房　2012.1　①978-4-8124-4800-7

西尾　維新　にしお・いしん

あせろらボナペティ
『業物語』（講談社BOX）講談社　2016.1　①978-4-06-283892-4

うつくし姫
『業物語』（講談社BOX）講談社　2016.1　①978-4-06-283892-4

英雄と少女の騙し合い！　渡り合えない交渉術
『悲報伝』（講談社ノベルス）講談社　2013.11　①978-4-06-182888-9

英雄の地！　秘密兵器の到着
『悲報伝』（講談社ノベルス）講談社　2013.11　①978-4-06-182888-9

訪れる春！　季節の変わり目に空を見る
『悲報伝』（講談社ノベルス）講談社　2013.11　①978-4-06-182888-9

温泉回！　湯けむり戦争会議
『悲報伝』（講談社ノベルス）講談社　2013.11　①978-4-06-182888-9

帰ってきたヒーロー！　新たなる戦いへ
『悲痛伝』（講談社ノベルス）講談社　2013.2　①978-4-06-182855-1

かれんオウガ
『業物語』（講談社BOX）講談社　2016.1　①978-4-06-283892-4

築け、砂上の楼閣！　出会うは新たなる困難
『悲報伝』（講談社ノベルス）講談社　2013.11　①978-4-06-182888-9

決着！　おかえり、魔法少女『パンプキン』！
『悲報伝』（講談社ノベルス）講談社　2013.11　①978-4-06-182888-9

こよみフラワー
『暦物語』（講談社BOX）講談社　2013.5　①978-4-06-283837-5

『化物語「入門編」』（講談社BOX）講談社　2013.9　①978-4-06-218659-9

さあ戦いだ！　少女達の戦争
『悲報伝』（講談社ノベルス）講談社　2013.11　①978-4-06-182888-9

第三の魔法少女！　校舎を貫くビーム砲
『悲痛伝』（講談社ノベルス）講談社　2013.2　①978-4-06-182855-1

散らばった罠を見抜け！　夜間校舎の戦い
『悲痛伝』（講談社ノベルス）講談社　2013.2　①978-4-06-182855-1

つばさスリーピング
『業物語』（講談社BOX）講談社　2016.1　①978-4-06-283892-4

共に戦え！ 一人目の魔法少女
　『悲痛伝』（講談社ノベルス）　講談社　2013.2
　①978-4-06-182855-1

謎解きパンプキン！ 魔法と謎がとけるとき
　『悲痛伝』（講談社ノベルス）　講談社　2013.2
　①978-4-06-182855-1

『パンプキン』、愛媛に立つ！ 吹き荒れる秋の嵐！　震える魔法！　崩壊の町の対決
　『悲報伝』（講談社ノベルス）　講談社　2013.11　①978-4-06-182888-9

ひたぎクラブ
　『化物語「入門編」』（講談社BOX）　講談社　2013.9　①978-4-06-218659-9

ひたぎコイン
　『化物語「入門編」』（講談社BOX）　講談社　2013.9　①978-4-06-218659-9

悲恋、本領発揮！ 大活躍の新兵器
　『悲報伝』（講談社ノベルス）　講談社　2013.11　①978-4-06-182888-9

二人目の魔法少女！ 秘密の魔法の秘密
　『悲痛伝』（講談社ノベルス）　講談社　2013.2
　①978-4-06-182855-1

マジカル・クッキング！ ひと味違う調味料
　『悲痛伝』（講談社ノベルス）　講談社　2013.2
　①978-4-06-182855-1

向き合う二人！ 無人の教室に積もる雪
　『悲痛伝』（講談社ノベルス）　講談社　2013.2
　①978-4-06-182855-1

西岡　一雄　にしおか・かずお

天狗は山人也
　『山の怪談』　河出書房新社　2017.8　①978-4-309-22710-8

西　加奈子　にし・かなこ

小鳥
　『眠れなくなる夢十夜』（新潮文庫）　新潮社　2009.6　①978-4-10-133252-9
　『眠れなくなる夢十夜』（新潮文庫）　新潮社　2017.1　①978-4-10-101051-9

西上　柾　にしがみ・まさき

ナイト・テイル旅情編―龍ヶ館温泉雪景色・疑惑の美人女将『ナイト・テイル』
　『湯けむり女神とアバドン王―Replay：真・女神転生TRPG魔都東京200X』（integral）　ジャイブ　2011.9　①978-4-86176-803-3

西崎　憲　にしざき・けん

あゆひ
　『世界の果ての庭―ショート・ストーリーズ』（創元SF文庫）　東京創元社　2013.4
　①978-4-488-74401-4

いれひも
　『世界の果ての庭―ショート・ストーリーズ』（創元SF文庫）　東京創元社　2013.4
　①978-4-488-74401-4

歌う鳥
　『世界の果ての庭―ショート・ストーリーズ』（創元SF文庫）　東京創元社　2013.4
　①978-4-488-74401-4

英国行
　『世界の果ての庭―ショート・ストーリーズ』（創元SF文庫）　東京創元社　2013.4
　①978-4-488-74401-4

英国の庭園
　『世界の果ての庭―ショート・ストーリーズ』（創元SF文庫）　東京創元社　2013.4
　①978-4-488-74401-4

駅
　『世界の果ての庭―ショート・ストーリーズ』（創元SF文庫）　東京創元社　2013.4
　①978-4-488-74401-4

開閉式
　『NOVA 7 書き下ろし日本SFコレクション』（河出文庫）　河出書房新社　2012.3
　①978-4-309-41136-1

影の物語
　『世界の果ての庭―ショート・ストーリーズ』（創元SF文庫）　東京創元社　2013.4
　①978-4-488-74401-4

加納主計
　『世界の果ての庭―ショート・ストーリーズ』（創元SF文庫）　東京創元社　2013.4
　①978-4-488-74401-4

淇園
『世界の果ての庭―ショート・ストーリーズ』（創元SF文庫）東京創元社　2013.4
ⓘ978-4-488-74401-4

行列
『NOVA　2　書き下ろし日本SFコレクション』（河出文庫）河出書房新社　2010.7
ⓘ978-4-309-41027-2

口を失くした侍
『世界の果ての庭―ショート・ストーリーズ』（創元SF文庫）東京創元社　2013.4
ⓘ978-4-488-74401-4

寒い夏
『世界の果ての庭―ショート・ストーリーズ』（創元SF文庫）東京創元社　2013.4
ⓘ978-4-488-74401-4

失敗
『世界の果ての庭―ショート・ストーリーズ』（創元SF文庫）東京創元社　2013.4
ⓘ978-4-488-74401-4

支那の女
『世界の果ての庭―ショート・ストーリーズ』（創元SF文庫）東京創元社　2013.4
ⓘ978-4-488-74401-4

詩の意味
『世界の果ての庭―ショート・ストーリーズ』（創元SF文庫）東京創元社　2013.4
ⓘ978-4-488-74401-4

十左右衛門
『世界の果ての庭―ショート・ストーリーズ』（創元SF文庫）東京創元社　2013.4
ⓘ978-4-488-74401-4

終章
『世界の果ての庭―ショート・ストーリーズ』（創元SF文庫）東京創元社　2013.4
ⓘ978-4-488-74401-4

詩
『世界の果ての庭―ショート・ストーリーズ』（創元SF文庫）東京創元社　2013.4
ⓘ978-4-488-74401-4

垂直方向への旅
『世界の果ての庭―ショート・ストーリーズ』（創元SF文庫）東京創元社　2013.4
ⓘ978-4-488-74401-4

水平方向への旅
『世界の果ての庭―ショート・ストーリーズ』（創元SF文庫）東京創元社　2013.4
ⓘ978-4-488-74401-4

ストーリー
『世界の果ての庭―ショート・ストーリーズ』（創元SF文庫）東京創元社　2013.4
ⓘ978-4-488-74401-4

スマイスと先生
『世界の果ての庭―ショート・ストーリーズ』（創元SF文庫）東京創元社　2013.4
ⓘ978-4-488-74401-4

スマイスとのセックス
『世界の果ての庭―ショート・ストーリーズ』（創元SF文庫）東京創元社　2013.4
ⓘ978-4-488-74401-4

成慶・淇園・成章
『世界の果ての庭―ショート・ストーリーズ』（創元SF文庫）東京創元社　2013.4
ⓘ978-4-488-74401-4

選択
『世界の果ての庭―ショート・ストーリーズ』（創元SF文庫）東京創元社　2013.4
ⓘ978-4-488-74401-4

扇風機
『世界の果ての庭―ショート・ストーリーズ』（創元SF文庫）東京創元社　2013.4
ⓘ978-4-488-74401-4

祖父のこと
『世界の果ての庭―ショート・ストーリーズ』（創元SF文庫）東京創元社　2013.4
ⓘ978-4-488-74401-4

脱走
『世界の果ての庭―ショート・ストーリーズ』（創元SF文庫）東京創元社　2013.4
ⓘ978-4-488-74401-4

父とソフトボールと函館
『世界の果ての庭―ショート・ストーリーズ』（創元SF文庫）東京創元社　2013.4
ⓘ978-4-488-74401-4

辻斬り
『世界の果ての庭―ショート・ストーリーズ』（創元SF文庫）東京創元社　2013.4
ⓘ978-4-488-74401-4

羞なし
『世界の果ての庭―ショート・ストーリーズ』（創元SF文庫）東京創元社　2013.4
ⓘ978-4-488-74401-4

庭園史
『世界の果ての庭―ショート・ストーリーズ』(創元SF文庫) 東京創元社 2013.4 ①978-4-488-74401-4

図書館
『世界の果ての庭―ショート・ストーリーズ』(創元SF文庫) 東京創元社 2013.4 ①978-4-488-74401-4

奴隷
『飛行士と東京の雨の森』 筑摩書房 2012.9 ①978-4-480-80440-2
『極光星群―年刊日本SF傑作選』(創元SF文庫) 東京創元社 2013.6 ①978-4-488-73406-0

トンネル
『世界の果ての庭―ショート・ストーリーズ』(創元SF文庫) 東京創元社 2013.4 ①978-4-488-74401-4

謎
『世界の果ての庭―ショート・ストーリーズ』(創元SF文庫) 東京創元社 2013.4 ①978-4-488-74401-4

夏のピクニック
『世界の果ての庭―ショート・ストーリーズ』(創元SF文庫) 東京創元社 2013.4 ①978-4-488-74401-4

成章
『世界の果ての庭―ショート・ストーリーズ』(創元SF文庫) 東京創元社 2013.4 ①978-4-488-74401-4

庭
『世界の果ての庭―ショート・ストーリーズ』(創元SF文庫) 東京創元社 2013.4 ①978-4-488-74401-4

庭と人間
『世界の果ての庭―ショート・ストーリーズ』(創元SF文庫) 東京創元社 2013.4 ①978-4-488-74401-4

庭の意味
『世界の果ての庭―ショート・ストーリーズ』(創元SF文庫) 東京創元社 2013.4 ①978-4-488-74401-4

ノート
『世界の果ての庭―ショート・ストーリーズ』(創元SF文庫) 東京創元社 2013.4 ①978-4-488-74401-4

函館
『世界の果ての庭―ショート・ストーリーズ』(創元SF文庫) 東京創元社 2013.4 ①978-4-488-74401-4

母
『世界の果ての庭―ショート・ストーリーズ』(創元SF文庫) 東京創元社 2013.4 ①978-4-488-74401-4

母のこと
『世界の果ての庭―ショート・ストーリーズ』(創元SF文庫) 東京創元社 2013.4 ①978-4-488-74401-4

人斬り
『世界の果ての庭―ショート・ストーリーズ』(創元SF文庫) 東京創元社 2013.4 ①978-4-488-74401-4

病院
『世界の果ての庭―ショート・ストーリーズ』(創元SF文庫) 東京創元社 2013.4 ①978-4-488-74401-4

不思議な詩
『世界の果ての庭―ショート・ストーリーズ』(創元SF文庫) 東京創元社 2013.4 ①978-4-488-74401-4

本所
『世界の果ての庭―ショート・ストーリーズ』(創元SF文庫) 東京創元社 2013.4 ①978-4-488-74401-4

町
『世界の果ての庭―ショート・ストーリーズ』(創元SF文庫) 東京創元社 2013.4 ①978-4-488-74401-4

御杖
『世界の果ての庭―ショート・ストーリーズ』(創元SF文庫) 東京創元社 2013.4 ①978-4-488-74401-4

御杖の歌学
『世界の果ての庭―ショート・ストーリーズ』(創元SF文庫) 東京創元社 2013.4 ①978-4-488-74401-4

目覚め
『世界の果ての庭―ショート・ストーリーズ』(創元SF文庫) 東京創元社 2013.4 ①978-4-488-74401-4

リコとスマイス
『世界の果ての庭―ショート・ストーリーズ』(創元SF文庫) 東京創元社 2013.4 ①978-4-488-74401-4

理想の庭
『世界の果ての庭—ショート・ストーリーズ』（創元SF文庫）東京創元社　2013.4　①978-4-488-74401-4

列車
『世界の果ての庭—ショート・ストーリーズ』（創元SF文庫）東京創元社　2013.4　①978-4-488-74401-4

若くなる病気
『世界の果ての庭—ショート・ストーリーズ』（創元SF文庫）東京創元社　2013.4　①978-4-488-74401-4

西澤　保彦　にしざわ・やすひこ

青い奈落
『マリオネット・エンジン』（講談社ノベルス）講談社　2009.2　①978-4-06-182635-9

家の中
『マリオネット・エンジン』（講談社ノベルス）講談社　2009.2　①978-4-06-182635-9

オブリガート
『こぼれおちる刻（とき）の汀』講談社　2010.3　①978-4-06-216045-2

カデンツァ
『こぼれおちる刻（とき）の汀』講談社　2010.3　①978-4-06-216045-2

コーダ
『こぼれおちる刻（とき）の汀』講談社　2010.3　①978-4-06-216045-2

シュガー・エンドレス
『マリオネット・エンジン』（講談社ノベルス）講談社　2009.2　①978-4-06-182635-9

テイク
『マリオネット・エンジン』（講談社ノベルス）講談社　2009.2　①978-4-06-182635-9

マリオネット・エンジン
『マリオネット・エンジン』（講談社ノベルス）講談社　2009.2　①978-4-06-182635-9

虫とり
『マリオネット・エンジン』（講談社ノベルス）講談社　2009.2　①978-4-06-182635-9

『0番目の事件簿』講談社　2012.11　①978-4-06-218078-2

西島　大介　にしじま・だいすけ

Atmosphere
『ゼロ年代SF傑作選』（ハヤカワ文庫JA）早川書房　2010.2　①978-4-15-030986-2

西野　かつみ　にしの・かつみ

オノゴロ星奇譚
『マップス・シェアードワールド　2　天翔る船』（GA文庫）ソフトバンククリエイティブ　2009.2　①978-4-7973-5271-9

西丸　震哉　にしまる・しんや

岩塔ケ原
『山の怪談』河出書房新社　2017.8　①978-4-309-22710-8

西村　白烏　にしむら・はくう

煙霞綺談
『江戸奇談怪談集』（ちくま学芸文庫）筑摩書房　2012.11　①978-4-480-09488-9

城主の亡霊
『江戸奇談怪談集』（ちくま学芸文庫）筑摩書房　2012.11　①978-4-480-09488-9

深淵の黄牛
『江戸奇談怪談集』（ちくま学芸文庫）筑摩書房　2012.11　①978-4-480-09488-9

西山　裕貴　にしやま・ひろたか

会員
『コトコト、笑う　2』郁朋社　2011.12　①978-4-87302-505-6

姉妹
『コトコト、笑う　2』郁朋社　2011.12　①978-4-87302-505-6

電話
『コトコト、笑う　2』郁朋社　2011.12　①978-4-87302-505-6

双子
『コトコト、笑う　2』郁朋社　2011.12　①978-4-87302-505-6

分身
『コトコト、笑う 2』郁朋社 2011.12 ①978-4-87302-505-6

弐藤 水流　にとう・みずる

ある奇跡
『SF宝石 2015』光文社 2015.8 ①978-4-334-91049-5

一 肇　にのまえ・はじめ

収縮ファフロツキーズ
『フェノメノ 2 融解/収縮ファフロツキーズ』(星海社文庫) 星海社 2016.1 ①978-4-06-138998-4

融解ファフロツキーズ
『フェノメノ 2 融解/収縮ファフロツキーズ』(星海社文庫) 星海社 2016.1 ①978-4-06-138998-4

二宮 敦人　にのみや・あつと

穴
『！』アルファポリス 2009.4 ①978-4-434-13100-4
『！』(アルファポリス文庫) アルファポリス 2011.7 ①978-4-434-15755-4

アナタライフ
『!!』アルファポリス 2010.1 ①978-4-434-14116-4
『!!』(アルファポリス文庫) アルファポリス 2011.10 ①978-4-434-15989-3

イタズラ
『!!!!』アルファポリス 2013.3 ①978-4-434-17771-2
『!!!!―ビックリマーク 4』(アルファポリス文庫) アルファポリス 2014.2 ①978-4-434-18814-5

クラスメイト
『！』アルファポリス 2009.4 ①978-4-434-13100-4
『！』(アルファポリス文庫) アルファポリス 2011.7 ①978-4-434-15755-4

ゴミ捨て場
『!!!』アルファポリス 2010.11 ①978-4-434-15137-8
『!!!』(アルファポリス文庫) アルファポリス 2012.1 ①978-4-434-16305-0

ずっと101号室
『!!』アルファポリス 2010.1 ①978-4-434-14116-4
『!!』(アルファポリス文庫) アルファポリス 2011.10 ①978-4-434-15989-3

全裸部屋
『！』アルファポリス 2009.4 ①978-4-434-13100-4
『！』(アルファポリス文庫) アルファポリス 2011.7 ①978-4-434-15755-4

トイレ
『!!!!』アルファポリス 2013.3 ①978-4-434-17771-2
『!!!!―ビックリマーク 4』(アルファポリス文庫) アルファポリス 2014.2 ①978-4-434-18814-5

間違い電話
『!!!!』アルファポリス 2013.3 ①978-4-434-17771-2
『!!!!―ビックリマーク 4』(アルファポリス文庫) アルファポリス 2014.2 ①978-4-434-18814-5

「　」
『!!!』アルファポリス 2010.11 ①978-4-434-15137-8
『!!!』(アルファポリス文庫) アルファポリス 2012.1 ①978-4-434-16305-0

弐瓶 勉　にへい・つとむ

人形の国
『行き先は特異点―年刊日本SF傑作選』(創元SF文庫) 東京創元社 2017.7 ①978-4-488-73410-7

沼田 まほかる　ぬまた・まほかる

ひらひらくるくる
『憑きびと―「読楽」ホラー小説アンソロジー』(徳間文庫) 徳間書店 2016.2 ①978-4-19-894070-6

根岸 鎮衛　ねぎし・やすもり

赤坂与力の妻亡霊の事
『あやかしの深川―受け継がれる怪異な土地の物語』猿江商會　2016.7　ⓘ978-4-908260-05-6

牛の玉
『江戸奇談怪談集』（ちくま学芸文庫）筑摩書房　2012.11　ⓘ978-4-480-09488-9

怪僧奇聞
『江戸奇談怪談集』（ちくま学芸文庫）筑摩書房　2012.11　ⓘ978-4-480-09488-9

小はだの小平治
『江戸奇談怪談集』（ちくま学芸文庫）筑摩書房　2012.11　ⓘ978-4-480-09488-9

石中蟄龍の事
『江戸奇談怪談集』（ちくま学芸文庫）筑摩書房　2012.11　ⓘ978-4-480-09488-9

猫の忠死
『江戸奇談怪談集』（ちくま学芸文庫）筑摩書房　2012.11　ⓘ978-4-480-09488-9

変生男子亦女子の事
『江戸奇談怪談集』（ちくま学芸文庫）筑摩書房　2012.11　ⓘ978-4-480-09488-9

耳嚢
『江戸奇談怪談集』（ちくま学芸文庫）筑摩書房　2012.11　ⓘ978-4-480-09488-9

妖怪三本五郎左衛門
『江戸奇談怪談集』（ちくま学芸文庫）筑摩書房　2012.11　ⓘ978-4-480-09488-9

呼出し山
『江戸奇談怪談集』（ちくま学芸文庫）筑摩書房　2012.11　ⓘ978-4-480-09488-9

ねこや堂　ねこやどう

紫陽花の
『怪集 蠱毒―創作怪談発掘大会傑作選』（竹書房文庫）竹書房　2009.12　ⓘ978-4-8124-4020-9

野阿 梓　のあ・あずさ

黄昏郷 El Dormido
『日本SF短篇50―日本SF作家クラブ創立50周年記念アンソロジー　3』（ハヤカワ文庫JA）早川書房　2013.6　ⓘ978-4-15-031115-5

花狩人
『日本SF全集　3　1978～1984』出版芸術社　2013.12　ⓘ978-4-88293-348-9

野崎 まど　のざき・まど

インタビュウ
『アステロイド・ツリーの彼方へ―年刊日本SF傑作選』（創元SF文庫）東京創元社　2016.6　ⓘ978-4-488-73409-1

第五の地平
『NOVA＋バベル―書き下ろし日本SFコレクション』（河出文庫）河出書房新社　2014.10　ⓘ978-4-309-41322-8

『誤解するカド―ファーストコンタクトSF傑作選』（ハヤカワ文庫JA）早川書房　2017.4　ⓘ978-4-15-031272-5

乱暴な安全装置―涙の接続者支援箱
『BLAME！ THE ANTHOLOGY』（ハヤカワ文庫JA）早川書房　2017.5　ⓘ978-4-15-031275-6

野尻 抱介　のじり・ほうすけ

新しい塔からの眺め
『ILC/TOHOKU』早川書房　2017.2　ⓘ978-4-15-209673-9

歌う潜水艦とピアピア動画
『南極点のピアピア動画』（ハヤカワ文庫JA）早川書房　2012.2　ⓘ978-4-15-031058-5

大風呂敷と蜘蛛の糸
『ぼくの、マシン―ゼロ年代日本SFベスト集成 S』（創元SF文庫）東京創元社　2010.10　ⓘ978-4-488-73801-3

恒星間メテオロイド
『誤解するカド―ファーストコンタクトSF傑作選』（ハヤカワ文庫JA）早川書房　2017.4　ⓘ978-4-15-031272-5

コンビニエンスなピアピア動画
『南極点のピアピア動画』（ハヤカワ文庫JA）早川書房　2012.2　ⓘ978-4-15-031058-5

星間文明とピアピア動画
『南極点のピアピア動画』(ハヤカワ文庫JA) 早川書房 2012.2 ⓘ978-4-15-031058-5

素数の呼び声
『SFマガジン700 国内篇―創刊700号記念アンソロジー』(ハヤカワ文庫SF) 早川書房 2014.5 ⓘ978-4-15-011961-4

南極点のピアピア動画
『南極点のピアピア動画』(ハヤカワ文庫JA) 早川書房 2012.2 ⓘ978-4-15-031058-5

野田 市右衛門成方　のだ・いちえもんなりかた

裏見寒話
『江戸奇談怪談集』(ちくま学芸文庫) 筑摩書房 2012.11 ⓘ978-4-480-09488-9

柳の精
『江戸奇談怪談集』(ちくま学芸文庫) 筑摩書房 2012.11 ⓘ978-4-480-09488-9

野田 昌宏　のだ・まさひろ

隠元岩礁に異常あり！
『銀河乞食軍団　合本版2　消滅!?隠元岩礁実験空域』早川書房 2009.11 ⓘ978-4-15-209085-0

宇宙翔ける鳥を追え！
『発動！タンポポ村救出作戦』(銀河乞食軍団 合本版) 早川書房 2009.6 ⓘ978-4-15-209045-4

宇宙コンテナ救出作戦
『発動！タンポポ村救出作戦』(銀河乞食軍団 合本版) 早川書房 2009.6 ⓘ978-4-15-209045-4

炎石の秘密
『発動！タンポポ村救出作戦』(銀河乞食軍団 合本版) 早川書房 2009.6 ⓘ978-4-15-209045-4

怪僧ゴンザレスの逆襲
『発動！タンポポ村救出作戦』(銀河乞食軍団 合本版) 早川書房 2009.6 ⓘ978-4-15-209045-4

銀河の謀略トンネル
『発動！タンポポ村救出作戦』(銀河乞食軍団 合本版) 早川書房 2009.6 ⓘ978-4-15-209045-4

決戦！金太郎岩礁
『銀河乞食軍団　合本版2　消滅!?隠元岩礁実験空域』早川書房 2009.11 ⓘ978-4-15-209085-0

コレクター無惨！
『70年代日本SFベスト集成3 1973年度版』(ちくま文庫) 筑摩書房 2015.2 ⓘ978-4-480-43213-1

次元穴のかなた
『銀河乞食軍団　合本版2　消滅!?隠元岩礁実験空域』早川書房 2009.11 ⓘ978-4-15-209085-0

タンポポ村、還る！
『銀河乞食軍団　合本版2　消滅!?隠元岩礁実験空域』早川書房 2009.11 ⓘ978-4-15-209085-0

タンポポ村、発見！
『銀河乞食軍団　合本版2　消滅!?隠元岩礁実験空域』早川書房 2009.11 ⓘ978-4-15-209085-0

謎の故郷消失事件
『発動！タンポポ村救出作戦』(銀河乞食軍団 合本版) 早川書房 2009.6 ⓘ978-4-15-209045-4

OH！WHEN THE MARTIANS GO MARCHIN' IN
『日本SF短篇50 1 日本SF作家クラブ創立50周年記念アンソロジー』(ハヤカワ文庫JA) 早川書房 2013.2 ⓘ978-4-15-031098-1

野中 柊　のなか・ひいらぎ

柘榴のある風景
『眠れなくなる夢十夜』(新潮文庫) 新潮社 2009.6 ⓘ978-4-10-133252-9

『眠れなくなる夢十夜』(新潮文庫) 新潮社 2017.1 ⓘ978-4-10-101051-9

野村 胡堂　のむら・こどう

運命の釦
『野村胡堂伝奇幻想小説集成』作品社 2009.6 ⓘ978-4-86182-242-1

江戸の火術
『野村胡堂伝奇幻想小説集成』作品社　2009.
6　①978-4-86182-242-1

黄金を浴びる女
『野村胡堂伝奇幻想小説集成』作品社　2009.
6　①978-4-86182-242-1

大江戸黄金狂
『野村胡堂伝奇幻想小説集成』作品社　2009.
6　①978-4-86182-242-1

お竹大日如来
『野村胡堂伝奇幻想小説集成』作品社　2009.
6　①978-4-86182-242-1

音盤の詭計
『野村胡堂伝奇幻想小説集成』作品社　2009.
6　①978-4-86182-242-1

鍵
『野村胡堂伝奇幻想小説集成』作品社　2009.
6　①978-4-86182-242-1

観音様の頬
『野村胡堂伝奇幻想小説集成』作品社　2009.
6　①978-4-86182-242-1

禁断の死針
『野村胡堂伝奇幻想小説集成』作品社　2009.
6　①978-4-86182-242-1

結婚ラプソディ
『野村胡堂伝奇幻想小説集成』作品社　2009.
6　①978-4-86182-242-1

幻術天魔太郎
『野村胡堂伝奇幻想小説集成』作品社　2009.
6　①978-4-86182-242-1

乞食志願
『野村胡堂伝奇幻想小説集成』作品社　2009.
6　①978-4-86182-242-1

左京の恋
『野村胡堂伝奇幻想小説集成』作品社　2009.
6　①978-4-86182-242-1

十字架観音
『野村胡堂伝奇幻想小説集成』作品社　2009.
6　①978-4-86182-242-1

食魔
『野村胡堂伝奇幻想小説集成』作品社　2009.
6　①978-4-86182-242-1

白髪の恋
『野村胡堂伝奇幻想小説集成』作品社　2009.
6　①978-4-86182-242-1

代作恋文
『野村胡堂伝奇幻想小説集成』作品社　2009.
6　①978-4-86182-242-1

大名の倅
『野村胡堂伝奇幻想小説集成』作品社　2009.
6　①978-4-86182-242-1

第四次元の恋
『野村胡堂伝奇幻想小説集成』作品社　2009.
6　①978-4-86182-242-1

第四の場合
『野村胡堂伝奇幻想小説集成』作品社　2009.
6　①978-4-86182-242-1

天保の飛行術
『野村胡堂伝奇幻想小説集成』作品社　2009.
6　①978-4-86182-242-1

百唇の譜
『野村胡堂伝奇幻想小説集成』作品社　2009.
6　①978-4-86182-242-1

暴君の死
『野村胡堂伝奇幻想小説集成』作品社　2009.
6　①978-4-86182-242-1

芳年写生帖
『野村胡堂伝奇幻想小説集成』作品社　2009.
6　①978-4-86182-242-1

枕の妖異
『野村胡堂伝奇幻想小説集成』作品社　2009.
6　①978-4-86182-242-1

夢幻の恋
『野村胡堂伝奇幻想小説集成』作品社　2009.
6　①978-4-86182-242-1

裸身の女仙
『野村胡堂伝奇幻想小説集成』作品社　2009.
6　①978-4-86182-242-1

猟色の果
『野村胡堂伝奇幻想小説集成』作品社　2009.
6　①978-4-86182-242-1

礫心中
『野村胡堂伝奇幻想小説集成』作品社　2009.
6　①978-4-86182-242-1

乗金 顕斗　のりかね・けんと

初雪の父
『冬の虫―ゆきのまち幻想文学賞小品集26』　企画集団ぷりずむ　2017.3　①978-4-906691-58-6

法月 綸太郎　のりづき・りんたろう

ノックス・マシン
『超弦領域―年刊日本SF傑作選』（創元SF文庫）　東京創元社　2009.6　①978-4-488-73402-2

『ノックス・マシン』　角川書店　2013.3　①978-4-04-110415-6

バベルの牢獄
『NOVA 2 書き下ろし日本SFコレクション』（河出文庫）　河出書房新社　2010.7　①978-4-309-41027-2

『ノックス・マシン』　角川書店　2013.3　①978-4-04-110415-6

芳賀 喜久雄　はが・きくお

怪しき森林の譚
『開けゴマ！―幻想散文作品集』　日本文学館　2011.11　①978-4-7765-3046-6

ある指物師のある日の一齣
『開けゴマ！―幻想散文作品集』　日本文学館　2011.11　①978-4-7765-3046-6

ここはどこのほそみちじゃ
『開けゴマ！―幻想散文作品集』　日本文学館　2011.11　①978-4-7765-3046-6

三百文字の小宇宙
『開けゴマ！―幻想散文作品集』　日本文学館　2011.11　①978-4-7765-3046-6

断章
『開けゴマ！―幻想散文作品集』　日本文学館　2011.11　①978-4-7765-3046-6

天神様のほそみちじゃ
『開けゴマ！―幻想散文作品集』　日本文学館　2011.11　①978-4-7765-3046-6

とおりゃんせとうりゃんせ
『開けゴマ！―幻想散文作品集』　日本文学館　2011.11　①978-4-7765-3046-6

萩尾 望都　はぎお・もと

いたずららくがき
『美しの神の伝え―萩尾望都 小説集』（河出文庫）　河出書房新社　2017.8　①978-4-309-41553-6

美しの神の伝え
『音楽の在りて』　イースト・プレス　2011.4　①978-4-7816-0599-9

『美しの神の伝え―萩尾望都 小説集』（河出文庫）　河出書房新社　2017.8　①978-4-309-41553-6

おもちゃ箱
『音楽の在りて』　イースト・プレス　2011.4　①978-4-7816-0599-9

『美しの神の伝え―萩尾望都 小説集』（河出文庫）　河出書房新社　2017.8　①978-4-309-41553-6

音楽の在りて
『音楽の在りて』　イースト・プレス　2011.4　①978-4-7816-0599-9

『美しの神の伝え―萩尾望都 小説集』（河出文庫）　河出書房新社　2017.8　①978-4-309-41553-6

帰ってくる子
『涙の招待席―異形コレクション傑作選』（光文社文庫）　光文社　2017.10　①978-4-334-77545-2

クリシュナの季節
『美しの神の伝え―萩尾望都 小説集』（河出文庫）　河出書房新社　2017.8　①978-4-309-41553-6

クレバス
『音楽の在りて』　イースト・プレス　2011.4　①978-4-7816-0599-9

『美しの神の伝え―萩尾望都 小説集』（河出文庫）　河出書房新社　2017.8　①978-4-309-41553-6

子供の時間
『音楽の在りて』　イースト・プレス　2011.4　①978-4-7816-0599-9

『美しの神の伝え―萩尾望都 小説集』（河出文庫）　河出書房新社　2017.8　①978-4-309-41553-6

憑かれた男
『音楽の在りて』　イースト・プレス　2011.4　①978-4-7816-0599-9

左ききのイザン
『美しの神の伝え―萩尾望都 小説集』（河出文庫）河出書房新社　2017.8　①978-4-309-41553-6

左手のパズル
『美しの神の伝え―萩尾望都 小説集』（河出文庫）河出書房新社　2017.8　①978-4-309-41553-6

プロメテにて
『音楽の在りて』　イースト・プレス　2011.4　①978-4-7816-0599-9
『美しの神の伝え―萩尾望都 小説集』（河出文庫）河出書房新社　2017.8　①978-4-309-41553-6

ヘルマロッド殺し
『音楽の在りて』　イースト・プレス　2011.4　①978-4-7816-0599-9
『美しの神の伝え―萩尾望都 小説集』（河出文庫）河出書房新社　2017.8　①978-4-309-41553-6

マンガ原人
『音楽の在りて』　イースト・プレス　2011.4　①978-4-7816-0599-9
『美しの神の伝え―萩尾望都 小説集』（河出文庫）河出書房新社　2017.8　①978-4-309-41553-6

守人たち
『音楽の在りて』　イースト・プレス　2011.4　①978-4-7816-0599-9
『美しの神の伝え―萩尾望都 小説集』（河出文庫）河出書房新社　2017.8　①978-4-309-41553-6

闇夜に声がする
『音楽の在りて』　イースト・プレス　2011.4　①978-4-7816-0599-9
『美しの神の伝え―萩尾望都 小説集』（河出文庫）河出書房新社　2017.8　①978-4-309-41553-6

CMをどうぞ
『音楽の在りて』　イースト・プレス　2011.4　①978-4-7816-0599-9
『美しの神の伝え―萩尾望都 小説集』（河出文庫）河出書房新社　2017.8　①978-4-309-41553-6

萩原　朔太郎　はぎわら・さくたろう

猫町
『みじかい眠りにつく前に　3　明け方に読みたい10の話　金原瑞人YAセレクション』（ピュアフル文庫）ジャイブ　2009.7　①978-4-86176-682-4
『変身ものがたり』（ちくま文学の森）筑摩書房　2010.10　①978-4-480-42733-5
『いきものがたり』　双文社出版　2013.4　①978-4-88164-091-3
『幻視の系譜―日本幻想文学大全』（ちくま文庫）筑摩書房　2013.10　①978-4-480-43112-7

夢
『夢』（SDP Bunko）SDP　2009.7　①978-4-903620-63-3

端江田　仗　はしえだ・じょう

猫のチュトラリー
『原色の想像力―創元SF短編賞アンソロジー』（創元SF文庫）東京創元社　2010.12　①978-4-488-73901-0

長谷川　純子　はせがわ・じゅんこ

李連杰の妻
『喜劇綺劇―異形コレクション』（光文社文庫）光文社　2009.12　①978-4-334-74698-8

長谷川　不通　はせがわ・ふつう

松林の雪
『小さな魔法の降る日に―ゆきのまち幻想文学小品集　25』企画集団ぷりずむ　2015.10　①978-4-906691-55-5

長谷川　昌史　はせがわ・まさし

QC
『ゆきのまち幻想文学賞小品集　22　大きな木』企画集団ぷりずむ　2013.3　①978-4-906691-45-6

はせがわ みやび

真・冒険者の休日
『ファイナルファンタジー11 アンソロジー 短編集 みんなで大冒険!!』(ファミ通文庫) エンターブレイン　2009.2　①978-4-7577-4586-5

支倉　凍砂　はせくら・いすな

狼と黄金色の約束
『狼と香辛料　11　Side Colors2』(電撃文庫) アスキー・メディアワークス　2009.5　①978-4-04-867809-4

狼と白い道
『狼と香辛料　17　Epilogue』(電撃文庫) アスキー・メディアワークス　2011.7　①978-4-04-870685-8

狼と灰色の笑顔
『狼と香辛料　17　Epilogue』(電撃文庫) アスキー・メディアワークス　2011.7　①978-4-04-870685-8

狼と若草色の寄り道
『狼と香辛料　11　Side Colors2』(電撃文庫) アスキー・メディアワークス　2009.5　①978-4-04-867809-4

行商人と鈍色の騎士
『狼と香辛料　17　Epilogue』(電撃文庫) アスキー・メディアワークス　2011.7　①978-4-04-870685-8

黒狼の揺り籠
『狼と香辛料　11　Side Colors2』(電撃文庫) アスキー・メディアワークス　2009.5　①978-4-04-867809-4

Epilogue
『狼と香辛料　17　Epilogue』(電撃文庫) アスキー・メディアワークス　2011.7　①978-4-04-870685-8

長谷　敏司　はせ・さとし

仕事がいつまで経っても終わらない件
『AIと人類は共存できるか？―人工知能SFアンソロジー』早川書房　2016.11　①978-4-15-209648-7

10万人のテリー
『折り紙衛星の伝説―年刊日本SF傑作選』(創元SF文庫)　東京創元社　2015.6　①978-4-488-73408-4

怠惰の大罪
『伊藤計劃トリビュート』(ハヤカワ文庫JA) 早川書房　2015.8　①978-4-15-031201-5

地には豊穣
『ゼロ年代SF傑作選』(ハヤカワ文庫JA)　早川書房　2010.2　①978-4-15-030986-2

バベル
『NOVA＋バベル―書き下ろし日本SFコレクション』(河出文庫)　河出書房新社　2014.10　①978-4-309-41322-8

東山屋敷の人々
『NOVA　3　書き下ろし日本SFコレクション』(河出文庫)　河出書房新社　2010.12　①978-4-309-41055-5

震える犬
『Visions』　講談社　2016.10　①978-4-06-220294-7

allo,toi,toi
『年刊日本SF傑作選　結晶銀河―年刊日本SF傑作選』(創元SF文庫)　東京創元社　2011.7　①978-4-488-73404-6

畠中　恵　はたけなか・めぐみ

赤手の拾い子
『明治・妖モダン』　朝日新聞出版　2013.9　①978-4-02-251112-6

あましょう
『やなりいなり』　新潮社　2011.7　①978-4-10-450714-6

『やなりいなり』　新潮社　2011.7　①978-4-10-450715-3

『やなりいなり』(新潮文庫) 新潮社　2013.12　①978-4-10-146130-4

妖新聞
『明治・妖モダン』　朝日新聞出版　2013.9　①978-4-02-251112-6

妖になりたい
『なりたい』　新潮社　2015.7　①978-4-10-450720-7

栄吉の菓子
『ぬしさまへ　1』(大活字文庫) 大活字　2009.2　①978-4-86055-482-8

えどさがし
『えどさがし』(新潮文庫) 新潮社 2014.12
①978-4-10-146132-8

親になりたい
『なりたい』 新潮社 2015.7 ①978-4-10-450720-7

親分のおかみさん
『えどさがし』(新潮文庫) 新潮社 2014.12
①978-4-10-146132-8

河童の秘薬
『ひなこまち』 新潮社 2012.6 ①978-4-10-450716-0

からかみなり
『やなりいなり』 新潮社 2011.7 ①978-4-10-450714-6
『やなりいなり』 新潮社 2011.7 ①978-4-10-450715-3
『やなりいなり』(新潮文庫) 新潮社 2013.12 ①978-4-10-146130-4

こいしくて
『やなりいなり』 新潮社 2011.7 ①978-4-10-450714-6
『やなりいなり』 新潮社 2011.7 ①978-4-10-450715-3
『やなりいなり』(新潮文庫) 新潮社 2013.12 ①978-4-10-146130-4

五百年の判じ絵
『えどさがし』(新潮文庫) 新潮社 2014.12
①978-4-10-146132-8

さくらがり
『ひなこまち』 新潮社 2012.6 ①978-4-10-450716-0

覚り覚られ
『明治・妖モダン』 朝日新聞出版 2013.9
①978-4-02-251112-6

仁吉の思い人
『ぬしさまへ 3』(大活字文庫) 大活字 2009.2 ①978-4-86055-484-2

しんのいみ
『とるとだす―限定版』 新潮社 2017.7
①978-4-10-450724-5
『とるとだす』 新潮社 2017.7 ①978-4-10-450723-8

空のビードロ
『ぬしさまへ 1』(大活字文庫) 大活字 2009.2 ①978-4-86055-482-8
『ぬしさまへ 2』(大活字文庫) 大活字 2009.2 ①978-4-86055-483-5

たちまちづき
『えどさがし』(新潮文庫) 新潮社 2014.12
①978-4-10-146132-8

太郎君、東へ
『Fantasy Seller』(新潮文庫) 新潮社 2011.6 ①978-4-10-136674-6
『えどさがし』(新潮文庫) 新潮社 2014.12
①978-4-10-146132-8

つくもがみ、遊ぼうよ
『つくもがみ、遊ぼうよ』 角川書店 2013.3
①978-4-04-110409-5
『つくもがみ、遊ぼうよ』(角川文庫) 角川書店 2016.4 ①978-4-04-103880-2

つくもがみ、家出します
『つくもがみ、遊ぼうよ』 角川書店 2013.3
①978-4-04-110409-5
『つくもがみ、遊ぼうよ』(角川文庫) 角川書店 2016.4 ①978-4-04-103880-2

つくもがみ、叶えます
『つくもがみ、遊ぼうよ』 角川書店 2013.3
①978-4-04-110409-5
『つくもがみ、遊ぼうよ』(角川文庫) 角川書店 2016.4 ①978-4-04-103880-2

つくもがみ、がんばるぞ
『つくもがみ、遊ぼうよ』 角川書店 2013.3
①978-4-04-110409-5
『つくもがみ、遊ぼうよ』(角川文庫) 角川書店 2016.4 ①978-4-04-103880-2

つくもがみ、探します
『つくもがみ、遊ぼうよ』 角川書店 2013.3
①978-4-04-110409-5
『つくもがみ、遊ぼうよ』(角川文庫) 角川書店 2016.4 ①978-4-04-103880-2

とるとだす
『とるとだす―限定版』 新潮社 2017.7
①978-4-10-450724-5
『とるとだす』 新潮社 2017.7 ①978-4-10-450723-8

長崎屋の主が死んだ
『とるとだす―限定版』 新潮社 2017.7 ①978-4-10-450724-5

『とるとだす』 新潮社 2017.7 ①978-4-10-450723-8

長崎屋のたまご
『やなりいなり』 新潮社 2011.7 ①978-4-10-450714-6

『やなりいなり』 新潮社 2011.7 ①978-4-10-450715-3

『やなりいなり』(新潮文庫) 新潮社 2013.12 ①978-4-10-146130-4

虹を見し事
『ぬしさまへ 3』(大活字文庫) 大活字 2009.2 ①978-4-86055-484-2

ぬしさまへ
『ぬしさまへ 1』(大活字文庫) 大活字 2009.2 ①978-4-86055-482-8

猫になりたい
『なりたい』 新潮社 2015.7 ①978-4-10-450720-7

ばくのふだ
『ひなこまち』 新潮社 2012.6 ①978-4-10-450716-0

ばけねこつき
『とるとだす―限定版』 新潮社 2017.7 ①978-4-10-450724-5

『とるとだす』 新潮社 2017.7 ①978-4-10-450723-8

花乃が死ぬまで
『明治・妖モダン』 朝日新聞出版 2013.9 ①978-4-02-251112-6

人になりたい
『なりたい』 新潮社 2015.7 ①978-4-10-450720-7

ひなこまち
『ひなこまち』 新潮社 2012.6 ①978-4-10-450716-0

ふろうふし
『とるとだす―限定版』 新潮社 2017.7 ①978-4-10-450724-5

『とるとだす』 新潮社 2017.7 ①978-4-10-450723-8

やなりいなり
『やなりいなり』 新潮社 2011.7 ①978-4-10-450714-6

『やなりいなり』 新潮社 2011.7 ①978-4-10-450715-3

『やなりいなり』(新潮文庫) 新潮社 2013.12 ①978-4-10-146130-4

四布の布団
『ぬしさまへ 2』(大活字文庫) 大活字 2009.2 ①978-4-86055-483-5

りっぱになりたい
『なりたい』 新潮社 2015.7 ①978-4-10-450720-7

煉瓦街の雨
『明治・妖モダン』 朝日新聞出版 2013.9 ①978-4-02-251112-6

ろくでなしの船箪笥
『ひなこまち』 新潮社 2012.6 ①978-4-10-450716-0

畑 耕一　はた・こういち

恐ろしい電話
『大正の怪談実話ヴィンテージ・コレクション』(幽BOOKS 幽Classics) メディアファクトリー 2013.3 ①978-4-8401-5116-0

恐ろしき復讐
『竹中英太郎 1 怪奇』(挿絵叢書) 皓星社 2016.6 ①978-4-7744-0613-8

踊る男
『大正の怪談実話ヴィンテージ・コレクション』(幽BOOKS 幽Classics) メディアファクトリー 2013.3 ①978-4-8401-5116-0

怪談
『大正の怪談実話ヴィンテージ・コレクション』(幽BOOKS 幽Classics) メディアファクトリー 2013.3 ①978-4-8401-5116-0

奇術以上
『大正の怪談実話ヴィンテージ・コレクション』(幽BOOKS 幽Classics) メディアファクトリー 2013.3 ①978-4-8401-5116-0

秦 恒平　はた・こうへい

蝶
『文豪てのひら怪談』(ポプラ文庫) ポプラ社 2009.8 ①978-4-591-11104-8

畑野 智美　はたの・ともみ

熱いイシ
『ふたつの星とタイムマシン』集英社　2014.10　①978-4-08-771579-8

過去ミライ
『ふたつの星とタイムマシン』集英社　2014.10　①978-4-08-771579-8

恋人ロボット
『ふたつの星とタイムマシン』集英社　2014.10　①978-4-08-771579-8

自由ジカン
『ふたつの星とタイムマシン』集英社　2014.10　①978-4-08-771579-8

瞬間イドウ
『ふたつの星とタイムマシン』集英社　2014.10　①978-4-08-771579-8

友達バッジ
『ふたつの星とタイムマシン』集英社　2014.10　①978-4-08-771579-8

惚れグスリ
『ふたつの星とタイムマシン』集英社　2014.10　①978-4-08-771579-8

畑 裕　はた・ゆたか

砂漠の町の雪
『ゆきのまち幻想文学賞小品集　21　風花雪の物語二十七編』企画集団ぷりずむ　2012.3　①978-4-906691-42-5

八谷 紬　はちや・つむぎ

阿修羅のゆめ風光る
『京都あやかし絵師の癒し帖』(スターツ出版文庫)　スターツ出版　2017.6　①978-4-8137-0279-5

虹立つ麓間の子ども
『京都あやかし絵師の癒し帖』(スターツ出版文庫)　スターツ出版　2017.6　①978-4-8137-0279-5

猫と戻りて花の下臥
『京都あやかし絵師の癒し帖』(スターツ出版文庫)　スターツ出版　2017.6　①978-4-8137-0279-5

咲う狐に春の戸開く
『京都あやかし絵師の癒し帖』(スターツ出版文庫)　スターツ出版　2017.6　①978-4-8137-0279-5

初美 陽一　はつみ・よういち

呪術遺跡の偽愛戦争
『スレイヤーズ25周年あんそろじー』(富士見ファンタジア文庫)　角川書店　2015.1　①978-4-04-070467-8

花田 清輝　はなだ・きよてる

開かずの箱
『新編・日本幻想文学集成　2』国書刊行会　2016.8　①978-4-336-06027-3

石山怪談
『新編・日本幻想文学集成　2』国書刊行会　2016.8　①978-4-336-06027-3

伊勢氏家訓
『新編・日本幻想文学集成　2』国書刊行会　2016.8　①978-4-336-06027-3

歌
『新編・日本幻想文学集成　2』国書刊行会　2016.8　①978-4-336-06027-3

海について
『新編・日本幻想文学集成　2』国書刊行会　2016.8　①978-4-336-06027-3

御伽草子
『新編・日本幻想文学集成　2』国書刊行会　2016.8　①978-4-336-06027-3

鏡の国の風景
『新編・日本幻想文学集成　2』国書刊行会　2016.8　①978-4-336-06027-3

球面三角
『新編・日本幻想文学集成　2』国書刊行会　2016.8　①978-4-336-06027-3

楕円幻想
『新編・日本幻想文学集成　2』国書刊行会　2016.8　①978-4-336-06027-3

テレザ・パンザの手紙
『新編・日本幻想文学集成　2』国書刊行会　2016.8　①978-4-336-06027-3

『ドン・キホーテ』註釈
『新編・日本幻想文学集成　2』　国書刊行会　2016.8　①978-4-336-06027-3

七
『新編・日本幻想文学集成　2』　国書刊行会　2016.8　①978-4-336-06027-3

舞の本
『新編・日本幻想文学集成　2』　国書刊行会　2016.8　①978-4-336-06027-3

ものぐさ太郎
『新編・日本幻想文学集成　2』　国書刊行会　2016.8　①978-4-336-06027-3

ものみな歌でおわる―第一幕第一景
『新編・日本幻想文学集成　2』　国書刊行会　2016.8　①978-4-336-06027-3

林檎に関する一考察
『新編・日本幻想文学集成　2』　国書刊行会　2016.8　①978-4-336-06027-3

花房　観音　はなぶさ・かんのん

奥様の鬼
『鬼の家』　角川書店　2017.9　①978-4-04-105273-0

鬼人形
『鬼の家』　角川書店　2017.9　①978-4-04-105273-0

鬼の子
『鬼の家』　角川書店　2017.9　①978-4-04-105273-0

桜鬼
『鬼の家』　角川書店　2017.9　①978-4-04-105273-0

寂しい鬼
『鬼の家』　角川書店　2017.9　①978-4-04-105273-0

守り鬼
『鬼の家』　角川書店　2017.9　①978-4-04-105273-0

花村　萬月　はなむら・まんげつ

生殖記
『象の墓場―王国記 7』（文春文庫）　文藝春秋　2010.9　①978-4-16-764210-5

象の墓場
『象の墓場―王国記 7』（文春文庫）　文藝春秋　2010.9　①978-4-16-764210-5

花輪　莞爾　はなわ・かんじ

雨の哲学者
『悪夢十六夜―残夢整理』　学研マーケティング　2013.10　①978-4-05-405768-5

教え鳥
『悪夢十六夜―残夢整理』　学研マーケティング　2013.10　①978-4-05-405768-5

おトイレで昼食を
『悪夢十六夜―残夢整理』　学研マーケティング　2013.10　①978-4-05-405768-5

帰巣の罠
『悪夢十六夜―残夢整理』　学研マーケティング　2013.10　①978-4-05-405768-5

健康への暴走
『悪夢十六夜―残夢整理』　学研マーケティング　2013.10　①978-4-05-405768-5

投了
『悪夢十六夜―残夢整理』　学研マーケティング　2013.10　①978-4-05-405768-5

鳩
『悪夢十六夜―残夢整理』　学研マーケティング　2013.10　①978-4-05-405768-5

判決
『悪夢十六夜―残夢整理』　学研マーケティング　2013.10　①978-4-05-405768-5

プラトニック家族
『悪夢十六夜―残夢整理』　学研マーケティング　2013.10　①978-4-05-405768-5

触れられた闇
『悪夢十六夜―残夢整理』　学研マーケティング　2013.10　①978-4-05-405768-5

野球ぐるい
『悪夢十六夜―残夢整理』　学研マーケティング　2013.10　①978-4-05-405768-5

埴谷　雄高　はにや・ゆたか

虚空
『幻視の系譜―日本幻想文学大全』（ちく

ま文庫）筑摩書房　2013.10　①978-4-480-43112-7

林　義端　はやし・ぎたん

碁子の精霊
『江戸奇談怪談集』（ちくま学芸文庫）筑摩書房　2012.11　①978-4-480-09488-9

玉箒木
『江戸奇談怪談集』（ちくま学芸文庫）筑摩書房　2012.11　①978-4-480-09488-9

林　譲治　はやし・じょうじ

愛の生活
『人工知能の見る夢は―AIショートショート集』（文春文庫）文藝春秋　2017.5　①978-4-16-790850-8

ある欠陥物件に関する関係者への聞き取り調査
『アステロイド・ツリーの彼方へ―年刊日本SF傑作選』（創元SF文庫）東京創元社　2016.6　①978-4-488-73409-1

警視庁吸血犯罪捜査班
『NOVA　4　書き下ろし日本SFコレクション』（河出文庫）河出書房新社　2011.5　①978-4-309-41077-7

重力の使命
『日本SF短篇50　5』（ハヤカワ文庫JA）早川書房　2013.10　①978-4-15-031131-5

投了
『人工知能の見る夢は―AIショートショート集』（文春文庫）文藝春秋　2017.5　①978-4-16-790850-8

魔地読み
『超時間の闇』（クトゥルー・ミュトス・ファイルズ）創土社　2013.11　①978-4-7988-3010-0

林　巧　はやし・たくみ

エイミーの敗北
『超弦領域―年刊日本SF傑作選』（創元SF文庫）東京創元社　2009.6　①978-4-488-73402-2

林　房雄　はやし・ふさお

四つの文字
『こわい部屋―謎のギャラリー』（ちくま文庫）筑摩書房　2012.8　①978-4-480-42962-9

林　由美子　はやし・ゆみこ

娑婆
『5分で読める！　怖いはなし』（宝島社文庫）宝島社　2014.6　①978-4-8002-2805-5

喉鳴らし
『5分で読める！　怖いはなし』（宝島社文庫）宝島社　2014.6　①978-4-8002-2805-5

ひとでなし
『5分で読める！　怖いはなし』（宝島社文庫）宝島社　2014.6　①978-4-8002-2805-5

早瀬　耕　はやせ・こう

眠れぬ夜のスクリーニング
『AIと人類は共存できるか？―人工知能SFアンソロジー』　早川書房　2016.11　①978-4-15-209648-7

速瀬　れい　はやせ・れい

のちの雛
『涙の招待席―異形コレクション傑作選』（光文社文庫）光文社　2017.10　①978-4-334-77545-2

葉山　嘉樹　はやま・よしき

セメント樽の中の手紙
『文豪さんへ。―近代文学トリビュートアンソロジー』（MF文庫ダ・ヴィンチ）メディアファクトリー　2009.12　①978-4-8401-3146-9

『文学で考える"仕事"の百年』　双文社出版　2010.3　①978-4-88164-087-6

『生の深みを覗く―ポケットアンソロジー』（岩波文庫別冊）岩波書店　2010.7　①978-4-00-350023-1

『新　現代文学名作選』　明治書院　2012.1　①978-4-625-65415-2

『幻妖の水脈―日本幻想文学大全』（ちくま文庫）筑摩書房　2013.9　Ⓘ978-4-480-43111-0

はやみね　かおる

天狗と宿題、幼なじみ
『青に捧げる悪夢』（角川文庫）角川書店　2013.2　Ⓘ978-4-04-100700-6

速水　螺旋人　はやみ・らせんじん

ラクーンドッグ・フリート
『アステロイド・ツリーの彼方へ―年刊日本SF傑作選』（創元SF文庫）東京創元社　2016.6　Ⓘ978-4-488-73409-1

原　民喜　はら・たみき

行列―「死と夢」より
『女霊は誘う―文豪怪談傑作選・昭和篇』（ちくま文庫）筑摩書房　2011.9　Ⓘ978-4-480-42882-0

鎮魂歌
『女霊は誘う―文豪怪談傑作選・昭和篇』（ちくま文庫）筑摩書房　2011.9　Ⓘ978-4-480-42882-0

夢と人生
『女霊は誘う―文豪怪談傑作選・昭和篇』（ちくま文庫）筑摩書房　2011.9　Ⓘ978-4-480-42882-0

夢の器
『女霊は誘う―文豪怪談傑作選・昭和篇』（ちくま文庫）筑摩書房　2011.9　Ⓘ978-4-480-42882-0

萬歳　淳一　ばんざい・じゅんいち

跳ね馬さま
『小さな魔法の降る日に―ゆきのまち幻想文学賞小品集　25』企画集団ぷりずむ　2015.10　Ⓘ978-4-906691-55-5

坂堂　功　ばんどう・いさお

マルドゥック・スラップスティック
『マルドゥック・ストーリーズ公式二次創作集』（ハヤカワ文庫JA）早川書房　2016.9　Ⓘ978-4-15-031246-6

坂東　眞砂子　ばんどう・まさこ

油壺の話
『鬼に喰われた女―今昔千年物語』（集英社文庫）集英社　2009.11　Ⓘ978-4-08-746499-3

生霊
『鬼に喰われた女―今昔千年物語』（集英社文庫）集英社　2009.11　Ⓘ978-4-08-746499-3

稲荷詣
『鬼に喰われた女―今昔千年物語』（集英社文庫）集英社　2009.11　Ⓘ978-4-08-746499-3

歌う女
『鬼に喰われた女―今昔千年物語』（集英社文庫）集英社　2009.11　Ⓘ978-4-08-746499-3

鬼に喰われた女
『鬼に喰われた女―今昔千年物語』（集英社文庫）集英社　2009.11　Ⓘ978-4-08-746499-3

貉孕み
『天狗小僧魔境異聞』文藝春秋　2011.3　Ⓘ978-4-16-331580-5
『貉孕み』（文春文庫）文藝春秋　2013.9　Ⓘ978-4-16-758404-7

ガラスに映る貉
『異国の迷路』（新潮文庫）新潮社　2009.5　Ⓘ978-4-10-132328-2

鬼母神
『天狗小僧魔境異聞』文藝春秋　2011.3　Ⓘ978-4-16-331580-5
『貉孕み』（文春文庫）文藝春秋　2013.9　Ⓘ978-4-16-758404-7

霧の中の街
『異国の迷路』（新潮文庫）新潮社　2009.5　Ⓘ978-4-10-132328-2

黒い靴
　『異国の迷路』（新潮文庫）新潮社　2009.5
　①978-4-10-132328-2

月下の誓い
　『鬼に喰われた女―今昔千年物語』（集英社文庫）集英社　2009.11　①978-4-08-746499-3

虚空の板
　『鬼に喰われた女―今昔千年物語』（集英社文庫）集英社　2009.11　①978-4-08-746499-3

極楽の味
　『異国の迷路』（新潮文庫）新潮社　2009.5
　①978-4-10-132328-2

死者を忘れるなかれ
　『異国の迷路』（新潮文庫）新潮社　2009.5
　①978-4-10-132328-2

死ぬも生きるも
　『鬼に喰われた女―今昔千年物語』（集英社文庫）集英社　2009.11　①978-4-08-746499-3

信じる？
　『異国の迷路』（新潮文庫）新潮社　2009.5
　①978-4-10-132328-2

太祖墓陵
　『天狗小僧魔境異聞』　文藝春秋　2011.3
　①978-4-16-331580-5
　『貌孕み』（文春文庫）文藝春秋　2013.9
　①978-4-16-758404-7

秩父巡礼
　『異国の迷路』（新潮文庫）新潮社　2009.5
　①978-4-10-132328-2

地の果てにて
　『異国の迷路』（新潮文庫）新潮社　2009.5
　①978-4-10-132328-2

童翁
　『天狗小僧魔境異聞』　文藝春秋　2011.3
　①978-4-16-331580-5
　『貌孕み』（文春文庫）文藝春秋　2013.9
　①978-4-16-758404-7

猫女
　『天狗小僧魔境異聞』　文藝春秋　2011.3
　①978-4-16-331580-5
　『貌孕み』（文春文庫）文藝春秋　2013.9
　①978-4-16-758404-7

離れない
　『異国の迷路』（新潮文庫）新潮社　2009.5
　①978-4-10-132328-2

火札
　『天狗小僧魔境異聞』　文藝春秋　2011.3
　①978-4-16-331580-5
　『貌孕み』（文春文庫）文藝春秋　2013.9
　①978-4-16-758404-7

蛇神祀り
　『鬼に喰われた女―今昔千年物語』（集英社文庫）集英社　2009.11　①978-4-08-746499-3

マルガリータをもう一杯
　『異国の迷路』（新潮文庫）新潮社　2009.5
　①978-4-10-132328-2

ムーンライト・キス
　『異国の迷路』（新潮文庫）新潮社　2009.5
　①978-4-10-132328-2

闇に招く手
　『鬼に喰われた女―今昔千年物語』（集英社文庫）集英社　2009.11　①978-4-08-746499-3

妖魔
　『天狗小僧魔境異聞』　文藝春秋　2011.3
　①978-4-16-331580-5
　『貌孕み』（文春文庫）文藝春秋　2013.9
　①978-4-16-758404-7

夜の散歩
　『異国の迷路』（新潮文庫）新潮社　2009.5
　①978-4-10-132328-2

理想の妻
　『異国の迷路』（新潮文庫）新潮社　2009.5
　①978-4-10-132328-2

伴名　練　はんな・れん

一蓮托生
　『折り紙衛星の伝説―年刊日本SF傑作選』（創元SF文庫）東京創元社　2015.6　①978-4-488-73408-4

かみ☆ふぁみ！―彼女の家族が「お前なんぞにうちの子はやらん」と頑なな件
　『NOVA　10』（河出文庫）河出書房新社　2013.7　①978-4-309-41230-6

少女禁区
　『少女禁区』（角川ホラー文庫）角川書店　2010.10　①978-4-04-394388-3

ゼロ年代の臨界点
『年刊日本SF傑作選 結晶銀河―年刊日本SF傑作選』(創元SF文庫) 東京創元社 2011.7 ①978-4-488-73404-6

なめらかな世界と、その敵
『アステロイド・ツリーの彼方へ―年刊日本SF傑作選』(創元SF文庫) 東京創元社 2016.6 ①978-4-488-73409-1

フランケンシュタイン三原則、あるいは屍者の簒奪
『伊藤計劃トリビュート』(ハヤカワ文庫JA) 早川書房 2015.8 ①978-4-15-031201-5

美亜羽へ贈る拳銃
『拡張幻想―年刊日本SF傑作選』(創元SF文庫) 東京創元社 2012.6 ①978-4-488-73405-3

chocolate blood,biscuit hearts
『少女禁区』(角川ホラー文庫) 角川書店 2010.10 ①978-4-04-394388-3

半村 良　はんむら・りょう

赤い酒場を訪れたまえ
『日本SF全集　第1巻（1957〜1971）』出版芸術社 2009.6 ①978-4-88293-344-1

H氏のSF
『60年代日本SFベスト集成』(ちくま文庫) 筑摩書房 2013.3 ①978-4-480-43042-7

およね平吉時穴道行
『日本SF短篇50　1　日本SF作家クラブ創立50周年記念アンソロジー』(ハヤカワ文庫JA) 早川書房 2013.2 ①978-4-15-031098-1

錯覚屋繁昌記
『暴走する正義―巨匠たちの想像力「管理社会」』(ちくま文庫) 筑摩書房 2016.2 ①978-4-480-43327-5

農閑期大作戦
『70年代日本SFベスト集成　1　1971年度版』(ちくま文庫) 筑摩書房 2014.10 ①978-4-480-43211-7

フィックス
『70年代日本SFベスト集成　4　1974年度版』(ちくま文庫) 筑摩書房 2015.4 ①978-4-480-43214-8

ボール箱
『70年代日本SFベスト集成　5　1975年度版』(ちくま文庫) 筑摩書房 2015.6 ①978-4-480-43215-5

村人
『70年代日本SFベスト集成　3　1973年度版』(ちくま文庫) 筑摩書房 2015.2 ①978-4-480-43213-1

火浦 功　ひうら・こう

ウラシマ
『日本SF全集　3　1978〜1984』出版芸術社 2013.12 ①978-4-88293-348-9

なおかつ火星のプリンセス・リローデッド
『SF Japan 2009AUTUMN』徳間書店 2009.9 ①978-4-19-862778-2

日影 丈吉　ひかげ・じょうきち

蟻の道
『日影丈吉 幻影の城館』(河出文庫) 河出書房新社 2016.5 ①978-4-309-41452-2

ある絵画論
『新編　日本幻想文学集成　1　安部公房・倉橋由美子・中井英夫・日影丈吉』国書刊行会 2016.6 ①978-4-336-06026-6

歩く木
『日影丈吉 幻影の城館』(河出文庫) 河出書房新社 2016.5 ①978-4-309-41452-2

ある生長
『新編　日本幻想文学集成　1　安部公房・倉橋由美子・中井英夫・日影丈吉』国書刊行会 2016.6 ①978-4-336-06026-6

異邦の人
『日影丈吉 幻影の城館』(河出文庫) 河出書房新社 2016.5 ①978-4-309-41452-2

浮き草
『新編　日本幻想文学集成　1　安部公房・倉橋由美子・中井英夫・日影丈吉』国書刊行会 2016.6 ①978-4-336-06026-6

オウボエを吹く馬
『日影丈吉 幻影の城館』(河出文庫) 河出書房新社 2016.5 ①978-4-309-41452-2

かぜひき
『新編 日本幻想文学集成 1 安部公房・倉橋由美子・中井英夫・日影丈吉』 国書刊行会 2016.6 ①978-4-336-06026-6

角の家
『新編 日本幻想文学集成 1 安部公房・倉橋由美子・中井英夫・日影丈吉』 国書刊行会 2016.6 978-4-336-06026-6

壁の男
『新編 日本幻想文学集成 1 安部公房・倉橋由美子・中井英夫・日影丈吉』 国書刊行会 2016.6 ①978-4-336-06026-6

かむなぎうた
『日影丈吉傑作館』(河出文庫) 河出書房新社 2015.10 ①978-4-309-41411-9

硝子の章
『新編 日本幻想文学集成 1 安部公房・倉橋由美子・中井英夫・日影丈吉』 国書刊行会 2016.6 ①978-4-336-06026-6

消えた家
『日影丈吉傑作館』(河出文庫) 河出書房新社 2015.10 ①978-4-309-41411-9

吉備津の釜
『川』(百年文庫) ポプラ社 2010.10 ①978-4-591-11906-8

『日影丈吉傑作館』(河出文庫) 河出書房新社 2015.10 ①978-4-309-41411-9

好もしい人生
『新編 日本幻想文学集成 1 安部公房・倉橋由美子・中井英夫・日影丈吉』 国書刊行会 2016.6 ①978-4-336-06026-6

こわい家
『新編 日本幻想文学集成 1 安部公房・倉橋由美子・中井英夫・日影丈吉』 国書刊行会 2016.6 ①978-4-336-06026-6

さんどりよんの唄
『新編 日本幻想文学集成 1 安部公房・倉橋由美子・中井英夫・日影丈吉』 国書刊行会 2016.6 ①978-4-336-06026-6

食人鬼
『外地探偵小説集 南方篇』 せらび書房 2010.6 ①978-4-915961-70-0

『日影丈吉傑作館』(河出文庫) 河出書房新社 2015.10 ①978-4-309-41411-9

月夜蟹
『幻妖の水脈—日本幻想文学大全』(ちくま文庫) 筑摩書房 2013.9 ①978-4-480-43111-0

天王寺
『日影丈吉傑作館』(河出文庫) 河出書房新社 2015.10 ①978-4-309-41411-9

東天紅
『日影丈吉傑作館』(河出文庫) 河出書房新社 2015.10 ①978-4-309-41411-9

泥汽車
『日影丈吉傑作館』(河出文庫) 河出書房新社 2015.10 ①978-4-309-41411-9

匂う女
『日影丈吉 幻影の城館』(河出文庫) 河出書房新社 2016.5 ①978-4-309-41452-2

人形つかい
『日影丈吉傑作館』(河出文庫) 河出書房新社 2015.10 ①978-4-309-41411-9

鵼の来歴
『あやかしの深川—受け継がれる怪異な土地の物語』 猿江商會 2016.7 ①978-4-908260-05-6

猫の泉
『新編 日本幻想文学集成 1 安部公房・倉橋由美子・中井英夫・日影丈吉』 国書刊行会 2016.6 ①978-4-336-06026-6

ねじれた輪
『日影丈吉傑作館』(河出文庫) 河出書房新社 2015.10 ①978-4-309-41411-9

舶来幻術師
『新編 日本幻想文学集成 1 安部公房・倉橋由美子・中井英夫・日影丈吉』 国書刊行会 2016.6 ①978-4-336-06026-6

彼岸まいり
『日影丈吉傑作館』(河出文庫) 河出書房新社 2015.10 ①978-4-309-41411-9

ひこばえ
『日影丈吉傑作館』(河出文庫) 河出書房新社 2015.10 ①978-4-309-41411-9

ふかい穴
『日影丈吉 幻影の城館』(河出文庫) 河出書房新社 2016.5 ①978-4-309-41452-2

変身
『日影丈吉 幻影の城館』(河出文庫) 河出書房新社 2016.5 ①978-4-309-41452-2

東直子

崩壊
『日影丈吉 幻影の城館』(河出文庫) 河出書房新社　2016.5　①978-4-309-41452-2

墓碣市民
『新編 日本幻想文学集成　1　安部公房・倉橋由美子・中井英夫・日影丈吉』国書刊行会　2016.6　①978-4-336-06026-6

明治吸血鬼
『日影丈吉傑作館』(河出文庫) 河出書房新社　2015.10　①978-4-309-41411-9

冥府の犬
『日影丈吉 幻影の城館』(河出文庫) 河出書房新社　2016.5　①978-4-309-41452-2

屋根の下の気象
『新編 日本幻想文学集成　1　安部公房・倉橋由美子・中井英夫・日影丈吉』国書刊行会　2016.6　①978-4-336-06026-6

山姫
『新編 日本幻想文学集成　1　安部公房・倉橋由美子・中井英夫・日影丈吉』国書刊行会　2016.6　①978-4-336-06026-6

夢ばか
『日影丈吉傑作館』(河出文庫) 河出書房新社　2015.10　①978-4-309-41411-9

夢ばか(抄)
『文豪てのひら怪談』(ポプラ文庫) ポプラ社　2009.8　①978-4-591-11104-8

夜の演技
『日影丈吉 幻影の城館』(河出文庫) 河出書房新社　2016.5　①978-4-309-41452-2

東　直子　ひがし・なおこ

赤べべ
『晴れ女の耳』(幽BOOKS) 角川書店　2015.4　①978-4-04-102956-5

あやっぺのために
『晴れ女の耳』(幽BOOKS) 角川書店　2015.4　①978-4-04-102956-5

イボの神様
『晴れ女の耳』(幽BOOKS) 角川書店　2015.4　①978-4-04-102956-5

ことほぎの家
『晴れ女の耳』(幽BOOKS) 角川書店　2015.4　①978-4-04-102956-5

サトシおらんか
『怪談実話系/妖―書き下ろし怪談文芸競作集』(MF文庫ダ・ヴィンチ) メディアファクトリー　2012.10　①978-4-8401-4858-0

『晴れ女の耳』(幽BOOKS) 角川書店　2015.4　①978-4-04-102956-5

先生の瞳
『晴れ女の耳』(幽BOOKS) 角川書店　2015.4　①978-4-04-102956-5

晴れ女の耳
『晴れ女の耳』(幽BOOKS) 角川書店　2015.4　①978-4-04-102956-5

東野　圭吾　ひがしの・けいご

サファイアの奇跡
『SF宝石　2015』光文社　2015.8　①978-4-334-91049-5

レンタルベビー
『SF宝石』光文社　2013.8　①978-4-334-92888-9

東　雅夫　ひがし・まさお

諸国奇談の系譜
『怪談列島ニッポン―書き下ろし諸国奇談競作集』(MF文庫　ダ・ヴィンチ) メディアファクトリー　2009.2　①978-4-8401-2674-8

ひかわ　玲子　ひかわ・れいこ

草原の風
『グイン・サーガ・ワールド　6』(ハヤカワ文庫JA) 早川書房　2012.12　①978-4-15-031089-9

樋口　明雄　ひぐち・あきお

海からの視線
『インスマスの血脈―クトゥルー・ミュトス・ファイルズ』創土社　2013.12　①978-4-7988-3011-7

地底超特急、北へ
『SF宝石　2015』光文社　2015.8　①978-4-334-91049-5

遺され島
『SF宝石』　光文社　2013.8　①978-4-334-92888-9

久生 十蘭　ひさお・じゅうらん

生霊
『定本 久生十蘭全集 4 小説4 1940-1943』国書刊行会　2009.7　①978-4-336-05047-2

『久生十蘭ジュラネスク―珠玉傑作集』（河出文庫）河出書房新社　2010.6　①978-4-309-41025-8

『女霊は誘う―文豪怪談傑作選・昭和篇』（ちくま文庫）筑摩書房　2011.9　①978-4-480-42882-0

うすゆき抄
『新編・日本幻想文学集成　3』国書刊行会　2016.10　①978-4-336-06028-0

奥の海
『新編・日本幻想文学集成　3』国書刊行会　2016.10　①978-4-336-06028-0

海難記
『新編・日本幻想文学集成　3』国書刊行会　2016.10　①978-4-336-06028-0

昆虫図
『定本 久生十蘭全集 3 小説3 1939-1940』国書刊行会　2009.4　①978-4-336-05046-5

『文豪たちが書いた怖い名作短編集』彩図社　2014.1　①978-4-88392-966-5

新西遊記
『新編・日本幻想文学集成　3』国書刊行会　2016.10　①978-4-336-06028-0

新残酷物語
『新編・日本幻想文学集成　3』国書刊行会　2016.10　①978-4-336-06028-0

母子像
『新編・日本幻想文学集成　3』国書刊行会　2016.10　①978-4-336-06028-0

骨仏
『定本 久生十蘭全集 6 小説6 1946-1948』国書刊行会　2010.3　①978-4-336-05049-6

『文豪たちが書いた怖い名作短編集』彩図社　2014.1　①978-4-88392-966-5

予言
『久生十蘭短篇選』（岩波文庫）岩波書店　2009.5　①978-4-00-311841-2

『定本 久生十蘭全集 6 小説6 1946-1948』国書刊行会　2010.3　①978-4-336-05049-6

『幻妖の水脈―日本幻想文学大全』（ちくま文庫）筑摩書房　2013.9　①978-4-480-43111-0

黄泉から
『久生十蘭短篇選』（岩波文庫）岩波書店　2009.5　①978-4-00-311841-2

『定本 久生十蘭全集 6 小説6 1946-1948』国書刊行会　2010.3　①978-4-336-05049-6

『女霊は誘う―文豪怪談傑作選・昭和篇』（ちくま文庫）筑摩書房　2011.9　①978-4-480-42882-0

久田 樹生　ひさだ・たつき

エレベーター
『アドレナリンの夜　悪夢ノ檻』（竹書房文庫）竹書房　2016.2　①978-4-8019-0615-0

シャンプー
『アドレナリンの夜　悪夢ノ檻』（竹書房文庫）竹書房　2016.2　①978-4-8019-0615-0

スープ
『アドレナリンの夜　悪夢ノ檻』（竹書房文庫）竹書房　2016.2　①978-4-8019-0615-0

ドライブ
『アドレナリンの夜　悪夢ノ檻』（竹書房文庫）竹書房　2016.2　①978-4-8019-0615-0

トンネル
『アドレナリンの夜　悪夢ノ檻』（竹書房文庫）竹書房　2016.2　①978-4-8019-0615-0

間違い電話
『アドレナリンの夜　悪夢ノ檻』（竹書房文庫）竹書房　2016.2　①978-4-8019-0615-0

久永 実木彦　ひさなが・みきひこ

七十四秒の旋律と孤独
『行き先は特異点―年刊日本SF傑作選』（創元SF文庫）東京創元社　2017.7　①978-4-488-73410-7

日高 由香　ひだか・ゆか

浦野祐子の手紙
- 『ゴメンナサイ』双葉社　2009.11　Ⓘ978-4-575-23674-3
- 『ゴメンナサイ』(双葉文庫)　双葉社　2011.7　Ⓘ978-4-575-51441-4

黒羽比那子の日記
- 『ゴメンナサイ』双葉社　2009.11　Ⓘ978-4-575-23674-3
- 『ゴメンナサイ』(双葉文庫)　双葉社　2011.7　Ⓘ978-4-575-51441-4

葉山雪子の懺悔
- 『ゴメンナサイ』(双葉文庫)　双葉社　2011.7　Ⓘ978-4-575-51441-4

日高由香の告白
- 『ゴメンナサイ』双葉社　2009.11　Ⓘ978-4-575-23674-3
- 『ゴメンナサイ』(双葉文庫)　双葉社　2011.7　Ⓘ978-4-575-51441-4

羊 太郎　ひつじ・たろう

生き急ぐロクでなし
- 『ロクでなし魔術講師と追想日誌』(富士見ファンタジア文庫)　角川書店　2016.3　Ⓘ978-4-04-070867-6

空-孤独の魔女
- 『ロクでなし魔術講師と追想日誌』(富士見ファンタジア文庫)　角川書店　2016.3　Ⓘ978-4-04-070867-6

魔術講師グレン 虚栄編
- 『ロクでなし魔術講師と追想日誌』(富士見ファンタジア文庫)　角川書店　2016.3　Ⓘ978-4-04-070867-6

魔術講師グレン 無謀編
- 『ロクでなし魔術講師と追想日誌』(富士見ファンタジア文庫)　角川書店　2016.3　Ⓘ978-4-04-070867-6

迷える白猫と禁忌手記
- 『ロクでなし魔術講師と追想日誌』(富士見ファンタジア文庫)　角川書店　2016.3　Ⓘ978-4-04-070867-6

筆天斎　ひつてんさい

赤間関の幽鬼
- 『江戸奇談怪談集』(ちくま学芸文庫)　筑摩書房　2012.11　Ⓘ978-4-480-09488-9

御伽厚化粧
- 『江戸奇談怪談集』(ちくま学芸文庫)　筑摩書房　2012.11　Ⓘ978-4-480-09488-9

小面の怪
- 『江戸奇談怪談集』(ちくま学芸文庫)　筑摩書房　2012.11　Ⓘ978-4-480-09488-9

火野 葦平　ひの・あしへい

紅皿
- 『文豪たちが書いた怖い名作短編集』彩図社　2014.1　Ⓘ978-4-88392-966-5

姫ノ木 あく　ひめのぎ・あく

ガントリーキャッチャー
- 『ハイスクール・フリート いんたーばるっ』(MF文庫J)　角川書店　2016.6　Ⓘ978-4-04-068423-9

仁義なき水鉄砲戦争
- 『ハイスクール・フリート いんたーばるっ』(MF文庫J)　角川書店　2016.6　Ⓘ978-4-04-068423-9

晴風で本当にあった怖い話
- 『ハイスクール・フリート いんたーばるっ』(MF文庫J)　角川書店　2016.6　Ⓘ978-4-04-068423-9

猫なんて大嫌い
- 『ハイスクール・フリート いんたーばるっ』(MF文庫J)　角川書店　2016.6　Ⓘ978-4-04-068423-9

遙かなる武蔵
- 『ハイスクール・フリート いんたーばるっ』(MF文庫J)　角川書店　2016.6　Ⓘ978-4-04-068423-9

半舷上陸の日
- 『ハイスクール・フリート いんたーばるっ』(MF文庫J)　角川書店　2016.6　Ⓘ978-4-04-068423-9

瓢水子 松雲　ひょうすいし・しょううん

絵馬の妬み
『江戸奇談怪談集』（ちくま学芸文庫）筑摩書房　2012.11　Ⓘ978-4-480-09488-9

伽婢子
『江戸奇談怪談集』（ちくま学芸文庫）筑摩書房　2012.11　Ⓘ978-4-480-09488-9

人面瘡
『江戸奇談怪談集』（ちくま学芸文庫）筑摩書房　2012.11　Ⓘ978-4-480-09488-9

長鬚国
『江戸奇談怪談集』（ちくま学芸文庫）筑摩書房　2012.11　Ⓘ978-4-480-09488-9

屏風の怪
『江戸奇談怪談集』（ちくま学芸文庫）筑摩書房　2012.11　Ⓘ978-4-480-09488-9

牡丹灯籠
『江戸奇談怪談集』（ちくま学芸文庫）筑摩書房　2012.11　Ⓘ978-4-480-09488-9

平井 和正　ひらい・かずまさ

虎は暗闇より
『SFマガジン700 国内篇―創刊700号記念アンソロジー』（ハヤカワ文庫SF）早川書房　2014.5　Ⓘ978-4-15-011961-4

虎は目覚める
『日本SF全集　第1巻（1957～1971）』出版芸術社　2009.6　Ⓘ978-4-88293-344-1

レオノーラ
『60年代日本SFベスト集成』（ちくま文庫）筑摩書房　2013.3　Ⓘ978-4-480-43042-7

平方 イコルスン　ひらかた・いこるすん

とっておきの脇差
『極光星群―年刊日本SF傑作選』（創元SF文庫）東京創元社　2013.6　Ⓘ978-4-488-73406-0

平賀 白山　ひらが・はくさん

異形の顔（抄）
『文豪てのひら怪談』（ポプラ文庫）ポプラ社　2009.8　Ⓘ978-4-591-11104-8

平田 篤胤　ひらた・あつたね

仙境異聞（抄）
『文豪てのひら怪談』（ポプラ文庫）ポプラ社　2009.8　Ⓘ978-4-591-11104-8

平田 真夫　ひらた・まさお

雲海―光の領分
『水の中、光の底』東京創元社　2011.3　Ⓘ978-4-488-02469-7

空洞―掘る男
『水の中、光の底』東京創元社　2011.3　Ⓘ978-4-488-02469-7

公園―都市のせせらぎ
『水の中、光の底』東京創元社　2011.3　Ⓘ978-4-488-02469-7

潮騒―矩形の海
『水の中、光の底』東京創元社　2011.3　Ⓘ978-4-488-02469-7

車軸―遠い響き
『水の中、光の底』東京創元社　2011.3　Ⓘ978-4-488-02469-7

循環―夜の車窓
『水の中、光の底』東京創元社　2011.3　Ⓘ978-4-488-02469-7

水槽―Craspedacusta Sowerbii
『水の中、光の底』東京創元社　2011.3　Ⓘ978-4-488-02469-7

曇天―月の実り
『水の中、光の底』東京創元社　2011.3　Ⓘ978-4-488-02469-7

分銅―達磨さんが転んだ
『水の中、光の底』東京創元社　2011.3　Ⓘ978-4-488-02469-7

立春―山羊の啼く渓谷
『水の中、光の底』東京創元社　2011.3　Ⓘ978-4-488-02469-7

平山 瑞穂　ひらやま・みずほ

均衡点
『全世界のデボラ』(想像力の文学)　早川書房　2009.5　①978-4-15-209029-4

駆除する人々
『全世界のデボラ』(想像力の文学)　早川書房　2009.5　①978-4-15-209029-4

十月二十一日の海
『全世界のデボラ』(想像力の文学)　早川書房　2009.5　①978-4-15-209029-4

棕櫚の名を
『全世界のデボラ』(想像力の文学)　早川書房　2009.5　①978-4-15-209029-4

精を放つ樹木
『全世界のデボラ』(想像力の文学)　早川書房　2009.5　①978-4-15-209029-4

全世界のデボラ
『全世界のデボラ』(想像力の文学)　早川書房　2009.5　①978-4-15-209029-4

野天の人
『全世界のデボラ』(想像力の文学)　早川書房　2009.5　①978-4-15-209029-4

平山 夢明　ひらやま・ゆめあき

アイチテクダチイ
『隣人悪夢―怖い人　2』(ハルキ・ホラー文庫)　角川春樹事務所　2009.7　①978-4-7584-3421-8

アフリカンダイエット
『隣人悪夢―怖い人　2』(ハルキ・ホラー文庫)　角川春樹事務所　2009.7　①978-4-7584-3421-8

妖物二題
『大江戸怪談　どたんばたん』(講談社文庫)　講談社　2016.11　①978-4-06-293516-6

或る愛情の死
『或るろくでなしの死』　角川書店　2011.12　①978-4-04-873987-0
『或るろくでなしの死』(角川ホラー文庫)　角川書店　2014.10　①978-4-04-102161-3

或る英雄の死
『或るろくでなしの死』　角川書店　2011.12　①978-4-04-873987-0
『或るろくでなしの死』(角川ホラー文庫)　角川書店　2014.10　①978-4-04-102161-3

或るからっぽの死
『或るろくでなしの死』　角川書店　2011.12　①978-4-04-873987-0
『或るろくでなしの死』(角川ホラー文庫)　角川書店　2014.10　①978-4-04-102161-3

或る嫌われ者の死
『或るろくでなしの死』　角川書店　2011.12　①978-4-04-873987-0
『或るろくでなしの死』(角川ホラー文庫)　角川書店　2014.10　①978-4-04-102161-3

あるグレートマザーの告白
『Fの肖像―フランケンシュタインの幻想たち　異形コレクション』(光文社文庫)　光文社　2010.9　①978-4-334-74846-3

或るごくつぶしの死
『或るろくでなしの死』　角川書店　2011.12　①978-4-04-873987-0
『或るろくでなしの死』(角川ホラー文庫)　角川書店　2014.10　①978-4-04-102161-3

或るはぐれ者の死
『或るろくでなしの死』　角川書店　2011.12　①978-4-04-873987-0
『或るろくでなしの死』(角川ホラー文庫)　角川書店　2014.10　①978-4-04-102161-3

アルバム
『隣人悪夢―怖い人　2』(ハルキ・ホラー文庫)　角川春樹事務所　2009.7　①978-4-7584-3421-8

或る彼岸の接近
『ミサイルマン』(光文社文庫)　光文社　2010.2　①978-4-334-74724-4

或るろくでなしの死
『或るろくでなしの死』　角川書店　2011.12　①978-4-04-873987-0
『或るろくでなしの死』(角川ホラー文庫)　角川書店　2014.10　①978-4-04-102161-3

痛いんです
『隣人悪夢―怖い人　2』(ハルキ・ホラー文庫)　角川春樹事務所　2009.7　①978-4-7584-3421-8

異聞耳算用　其の弐
『江戸迷宮―異形コレクション』(光文社文庫)　光文社　2011.1　①978-4-334-74901-9

平山夢明

美しすぎるから
『隣人悪夢—怖い人　2』(ハルキ・ホラー文庫)　角川春樹事務所　2009.7　①978-4-7584-3421-8

ウは鵜飼いのウ
『怪物團—異形コレクション』(光文社文庫)光文社　2009.8　①978-4-334-74638-4

エレベーター
『隣人悪夢—怖い人　2』(ハルキ・ホラー文庫)　角川春樹事務所　2009.7　①978-4-7584-3421-8

『平山夢明恐怖全集—怪奇心霊編　5』(竹書房文庫)　竹書房　2016.11　①978-4-8019-0918-2

大雨
『隣人悪夢—怖い人　2』(ハルキ・ホラー文庫)　角川春樹事務所　2009.7　①978-4-7584-3421-8

教え箱
『大江戸怪談　どたんばたん』(講談社文庫)　講談社　2016.11　①978-4-06-293516-6

オペラントの肖像
『独白するユニバーサル横メルカトル』(光文社文庫)　光文社　2009.1　①978-4-334-74526-4

『不思議の足跡—日本ベストミステリー選集』(光文社文庫)　光文社　2011.4　①978-4-334-74936-1

お遍路
『5分で読める！　怖いはなし』(宝島社文庫)　宝島社　2014.6　①978-4-8002-2805-5

Ωの聖餐
『独白するユニバーサル横メルカトル』(光文社文庫)　光文社　2009.1　①978-4-334-74526-4

想い出迷子
『隣人悪夢—怖い人　2』(ハルキ・ホラー文庫)　角川春樹事務所　2009.7　①978-4-7584-3421-8

怪物のような顔の女と溶けた時計のような頭の男
『独白するユニバーサル横メルカトル』(光文社文庫)　光文社　2009.1　①978-4-334-74526-4

屈む女
『隣人悪夢—怖い人　2』(ハルキ・ホラー文庫)　角川春樹事務所　2009.7　①978-4-7584-3421-8

枷
『ミサイルマン』(光文社文庫)　光文社　2010.2　①978-4-334-74724-4

かわいそうなひと
『隣人悪夢—怖い人　2』(ハルキ・ホラー文庫)　角川春樹事務所　2009.7　①978-4-7584-3421-8

木の顔
『大江戸怪談　どたんばたん』(講談社文庫)　講談社　2016.11　①978-4-06-293516-6

義理親切
『隣人悪夢—怖い人　2』(ハルキ・ホラー文庫)　角川春樹事務所　2009.7　①978-4-7584-3421-8

緊急連絡
『隣人悪夢—怖い人　2』(ハルキ・ホラー文庫)　角川春樹事務所　2009.7　①978-4-7584-3421-8

けだもの
『ミサイルマン』(光文社文庫)　光文社　2010.2　①978-4-334-74724-4

ゴージャス愛
『隣人悪夢—怖い人　2』(ハルキ・ホラー文庫)　角川春樹事務所　2009.7　①978-4-7584-3421-8

こづかい楠
『大江戸怪談　どたんばたん』(講談社文庫)　講談社　2016.11　①978-4-06-293516-6

ごちそいさま
『隣人悪夢—怖い人　2』(ハルキ・ホラー文庫)　角川春樹事務所　2009.7　①978-4-7584-3421-8

転び童
『大江戸怪談　どたんばたん』(講談社文庫)　講談社　2016.11　①978-4-06-293516-6

サイト
『隣人悪夢—怖い人　2』(ハルキ・ホラー文庫)　角川春樹事務所　2009.7　①978-4-7584-3421-8

誘い火
『大江戸怪談　どたんばたん』(講談社文庫)　講談社　2016.11　①978-4-06-293516-6

平山夢明

汐入
『大江戸怪談　どたんばたん』(講談社文庫)
講談社　2016.11　①978-4-06-293516-6

地獄畳
『大江戸怪談　どたんばたん』(講談社文庫)
講談社　2016.11　①978-4-06-293516-6

自己睡眠
『隣人悪夢―怖い人　2』(ハルキ・ホラー文庫)　角川春樹事務所　2009.7　①978-4-7584-3421-8

死脈
『大江戸怪談　どたんばたん』(講談社文庫)
講談社　2016.11　①978-4-06-293516-6

しゃぼん
『大江戸怪談　どたんばたん』(講談社文庫)
講談社　2016.11　①978-4-06-293516-6

小便榎
『大江戸怪談　どたんばたん』(講談社文庫)
講談社　2016.11　①978-4-06-293516-6

汁粉
『大江戸怪談　どたんばたん』(講談社文庫)
講談社　2016.11　①978-4-06-293516-6

神通面
『大江戸怪談　どたんばたん』(講談社文庫)
講談社　2016.11　①978-4-06-293516-6

スカウト
『隣人悪夢―怖い人　2』(ハルキ・ホラー文庫)　角川春樹事務所　2009.7　①978-4-7584-3421-8

すき焼き
『5分で読める！　怖いはなし』(宝島社文庫)
宝島社　2014.6　①978-4-8002-2805-5

すまじき熱帯
『独白するユニバーサル横メルカトル』(光文社文庫)　光文社　2009.1　①978-4-334-74526-4

千載一遇
『大江戸怪談　どたんばたん』(講談社文庫)
講談社　2016.11　①978-4-06-293516-6

それでもおまえは俺のハニー
『ミサイルマン』(光文社文庫)　光文社
2010.2　①978-4-334-74724-4

それはいいんだよ
『隣人悪夢―怖い人　2』(ハルキ・ホラー文庫)　角川春樹事務所　2009.7　①978-4-7584-3421-8

たった一度だけ
『隣人悪夢―怖い人　2』(ハルキ・ホラー文庫)　角川春樹事務所　2009.7　①978-4-7584-3421-8

卵男
『独白するユニバーサル横メルカトル』(光文社文庫)　光文社　2009.1　①978-4-334-74526-4

卵居士
『大江戸怪談　どたんばたん』(講談社文庫)
講談社　2016.11　①978-4-06-293516-6

魂呼びの井戸
『大江戸怪談　どたんばたん』(講談社文庫)
講談社　2016.11　①978-4-06-293516-6

盥猫
『大江戸怪談　どたんばたん』(講談社文庫)
講談社　2016.11　①978-4-06-293516-6

爪
『隣人悪夢―怖い人　2』(ハルキ・ホラー文庫)　角川春樹事務所　2009.7　①978-4-7584-3421-8

手紙
『隣人悪夢―怖い人　2』(ハルキ・ホラー文庫)　角川春樹事務所　2009.7　①978-4-7584-3421-8

出会す
『文豪てのひら怪談』(ポプラ文庫)　ポプラ社
2009.8　①978-4-591-11104-8

テロルの創世
『ミサイルマン』(光文社文庫)　光文社
2010.2　①978-4-334-74724-4
『不思議の扉―午後の教室』(角川文庫)　角川書店　2011.8　①978-4-04-394468-2

トイレ
『隣人悪夢―怖い人　2』(ハルキ・ホラー文庫)　角川春樹事務所　2009.7　①978-4-7584-3421-8

トイレまち
『5分で読める！　怖いはなし』(宝島社文庫)
宝島社　2014.6　①978-4-8002-2805-5

同伴
『隣人悪夢―怖い人　2』(ハルキ・ホラー文庫)　角川春樹事務所　2009.7　①978-4-7584-3421-8

動物愛護
『隣人悪夢―怖い人　2』（ハルキ・ホラー文庫）角川春樹事務所　2009.7　①978-4-7584-3421-8

独白するユニバーサル横メルカトル
『独白するユニバーサル横メルカトル』（光文社文庫）光文社　2009.1　①978-4-334-74526-4

『曲げられた真相―ミステリー傑作選』（講談社文庫）講談社　2009.11　①978-4-06-276499-5

ドライブ
『隣人悪夢―怖い人　2』（ハルキ・ホラー文庫）角川春樹事務所　2009.7　①978-4-7584-3421-8

ドリンカーの20分
『二十の悪夢―角川ホラー文庫創刊20周年記念アンソロジー』（角川ホラー文庫）角川書店　2013.10　①978-4-04-101052-5

萎えずの客
『大江戸怪談　どたんばたん』（講談社文庫）講談社　2016.11　①978-4-06-293516-6

猫十
『大江戸怪談　どたんばたん』（講談社文庫）講談社　2016.11　①978-4-06-293516-6

肉豆腐
『大江戸怪談　どたんばたん』（講談社文庫）講談社　2016.11　①978-4-06-293516-6

盗人桃
『大江戸怪談　どたんばたん』（講談社文庫）講談社　2016.11　①978-4-06-293516-6

化け屋台
『大江戸怪談　どたんばたん』（講談社文庫）講談社　2016.11　①978-4-06-293516-6

鳩
『隣人悪夢―怖い人　2』（ハルキ・ホラー文庫）角川春樹事務所　2009.7　①978-4-7584-3421-8

魚籠盗り
『大江戸怪談　どたんばたん』（講談社文庫）講談社　2016.11　①978-4-06-293516-6

微調整
『隣人悪夢―怖い人　2』（ハルキ・ホラー文庫）角川春樹事務所　2009.7　①978-4-7584-3421-8

人独楽
『大江戸怪談　どたんばたん』（講談社文庫）講談社　2016.11　①978-4-06-293516-6

副業
『隣人悪夢―怖い人　2』（ハルキ・ホラー文庫）角川春樹事務所　2009.7　①978-4-7584-3421-8

腐臭
『隣人悪夢―怖い人　2』（ハルキ・ホラー文庫）角川春樹事務所　2009.7　①978-4-7584-3421-8

棒猫
『隣人悪夢―怖い人　2』（ハルキ・ホラー文庫）角川春樹事務所　2009.7　①978-4-7584-3421-8

ホタル族
『隣人悪夢―怖い人　2』（ハルキ・ホラー文庫）角川春樹事務所　2009.7　①978-4-7584-3421-8

ホラー映画
『隣人悪夢―怖い人　2』（ハルキ・ホラー文庫）角川春樹事務所　2009.7　①978-4-7584-3421-8

まゆみ
『隣人悪夢―怖い人　2』（ハルキ・ホラー文庫）角川春樹事務所　2009.7　①978-4-7584-3421-8

満員電車
『隣人悪夢―怖い人　2』（ハルキ・ホラー文庫）角川春樹事務所　2009.7　①978-4-7584-3421-8

饅頭女
『大江戸怪談　どたんばたん』（講談社文庫）講談社　2016.11　①978-4-06-293516-6

右
『大江戸怪談　どたんばたん』（講談社文庫）講談社　2016.11　①978-4-06-293516-6

ミサイルマン
『ミサイルマン』（光文社文庫）光文社　2010.2　①978-4-334-74724-4

道案内
『隣人悪夢―怖い人　2』（ハルキ・ホラー文庫）角川春樹事務所　2009.7　①978-4-7584-3421-8

ミノムシ
『隣人悪夢―怖い人　2』（ハルキ・ホラー文庫）角川春樹事務所　2009.7　①978-4-7584-3421-8

平山蘆江

耳囃魔
『大江戸怪談　どたんばたん』（講談社文庫）講談社　2016.11　①978-4-06-293516-6

昔の男
『隣人悪夢―怖い人　2』（ハルキ・ホラー文庫）角川春樹事務所　2009.7　①978-4-7584-3421-8

麦茶
『隣人悪夢―怖い人　2』（ハルキ・ホラー文庫）角川春樹事務所　2009.7　①978-4-7584-3421-8

無垢の祈り
『独白するユニバーサル横メルカトル』（光文社文庫）光文社　2009.1　①978-4-334-74526-4

狢
『大江戸怪談　どたんばたん』（講談社文庫）講談社　2016.11　①978-4-06-293516-6

約定
『大江戸怪談　どたんばたん』（講談社文庫）講談社　2016.11　①978-4-06-293516-6

約束
『隣人悪夢―怖い人　2』（ハルキ・ホラー文庫）角川春樹事務所　2009.7　①978-4-7584-3421-8

雪童
『大江戸怪談　どたんばたん』（講談社文庫）講談社　2016.11　①978-4-06-293516-6

油断大敵、火がぼーぼー
『隣人悪夢―怖い人　2』（ハルキ・ホラー文庫）角川春樹事務所　2009.7　①978-4-7584-3421-8

欲房
『大江戸怪談　どたんばたん』（講談社文庫）講談社　2016.11　①978-4-06-293516-6

夜道
『東京伝説　閉ざされた街の怖い話』（竹書房文庫）竹書房　2009.5　①978-4-8124-3804-6
『東京伝説ベストセレクション―壊れた街の怖い話』（竹書房文庫）竹書房　2009.6　①978-4-8124-3866-4
『隣人悪夢―怖い人　2』（ハルキ・ホラー文庫）角川春樹事務所　2009.7　①978-4-7584-3421-8

『平山夢明恐怖全集―怪奇心霊編　6』（竹書房文庫）竹書房　2016.12　①978-4-8019-0948-9

六斎の間
『大江戸怪談　どたんばたん』（講談社文庫）講談社　2016.11　①978-4-06-293516-6

罠
『隣人悪夢―怖い人　2』（ハルキ・ホラー文庫）角川春樹事務所　2009.7　①978-4-7584-3421-8

C10H14N2
『独白するユニバーサル横メルカトル』（光文社文庫）光文社　2009.1　①978-4-334-74526-4

D‐0
『憑きびと―「読楽」ホラー小説アンソロジー』（徳間文庫）徳間書店　2016.2　①978-4-19-894070-6

Necksucker Blues
『ミサイルマン』（光文社文庫）光文社　2010.2　①978-4-334-74724-4

平山　蘆江　ひらやま・ろこう

空家さがし
『蘆江怪談集　復刊』（ウェッジ文庫）ウェッジ　2009.10　①978-4-86310-055-8

悪業地蔵
『蘆江怪談集　復刊』（ウェッジ文庫）ウェッジ　2009.10　①978-4-86310-055-8

うら二階
『蘆江怪談集　復刊』（ウェッジ文庫）ウェッジ　2009.10　①978-4-86310-055-8

お岩伊右衛門
『蘆江怪談集　復刊』（ウェッジ文庫）ウェッジ　2009.10　①978-4-86310-055-8

大島怪談
『蘆江怪談集　復刊』（ウェッジ文庫）ウェッジ　2009.10　①978-4-86310-055-8
『見た人の怪談集』（河出文庫）河出書房新社　2016.5　①978-4-309-41450-8

怪異雑記
『蘆江怪談集　復刊』（ウェッジ文庫）ウェッジ　2009.10　①978-4-86310-055-8

怪談青眉毛
『蘆江怪談集　復刊』（ウェッジ文庫）ウェッジ　2009.10　①978-4-86310-055-8

火焔つつじ
『蘆江怪談集　復刊』（ウェッジ文庫）ウェッジ　2009.10　①978-4-86310-055-8

縛られ塚
『蘆江怪談集　復刊』（ウェッジ文庫）ウェッジ　2009.10　①978-4-86310-055-8

鈴鹿峠の雨
『蘆江怪談集　復刊』（ウェッジ文庫）ウェッジ　2009.10　①978-4-86310-055-8

『文豪山怪奇譚―山の怪談名作選』山と渓谷社　2016.2　①978-4-635-32006-1

天井の怪
『蘆江怪談集　復刊』（ウェッジ文庫）ウェッジ　2009.10　①978-4-86310-055-8

『山の怪談』河出書房新社　2017.8　①978-4-309-22710-8

投げ丁半
『蘆江怪談集　復刊』（ウェッジ文庫）ウェッジ　2009.10　①978-4-86310-055-8

二十六夜待
『蘆江怪談集　復刊』（ウェッジ文庫）ウェッジ　2009.10　①978-4-86310-055-8

平谷　美樹　ひらや・よしき

紅い傘の男
『怪談倶楽部　廃墟』（竹書房文庫）竹書房　2009.10　①978-4-8124-3994-4

紅い鳥
『慚愧の赤鬼―修法師百夜まじない帖　巻之2』（小学館文庫）小学館　2014.5　①978-4-09-406044-7

あかしの蠟燭
『慚愧の赤鬼―修法師百夜まじない帖　巻之2』（小学館文庫）小学館　2014.5　①978-4-09-406044-7

いい匂い
『怪談倶楽部　廃墟』（竹書房文庫）竹書房　2009.10　①978-4-8124-3994-4

イカ釣り
『怪談倶楽部　廃墟』（竹書房文庫）竹書房　2009.10　①978-4-8124-3994-4

一弦の奏
『鯉と富士―修法師百夜まじない帖　巻之3』（小学館文庫）小学館　2014.11　①978-4-09-406098-0

翁の憂い
『鯉と富士―修法師百夜まじない帖　巻之3』（小学館文庫）小学館　2014.11　①978-4-09-406098-0

お報せ
『怪談倶楽部　廃墟』（竹書房文庫）竹書房　2009.10　①978-4-8124-3994-4

カミサマ
『怪談倶楽部　廃墟』（竹書房文庫）竹書房　2009.10　①978-4-8124-3994-4

義士の太鼓
『慚愧の赤鬼―修法師百夜まじない帖　巻之2』（小学館文庫）小学館　2014.5　①978-4-09-406044-7

薫風
『慚愧の赤鬼―修法師百夜まじない帖　巻之2』（小学館文庫）小学館　2014.5　①978-4-09-406044-7

携帯の音
『怪談倶楽部　廃墟』（竹書房文庫）竹書房　2009.10　①978-4-8124-3994-4

鯉と富士
『鯉と富士―修法師百夜まじない帖　巻之3』（小学館文庫）小学館　2014.11　①978-4-09-406098-0

高楼館
『怪談倶楽部　廃墟』（竹書房文庫）竹書房　2009.10　①978-4-8124-3994-4

"高楼館"大時計
『怪談倶楽部　廃墟』（竹書房文庫）竹書房　2009.10　①978-4-8124-3994-4

"高楼館"狂女
『怪談倶楽部　廃墟』（竹書房文庫）竹書房　2009.10　①978-4-8124-3994-4

"高楼館"後日談
『怪談倶楽部　廃墟』（竹書房文庫）竹書房　2009.10　①978-4-8124-3994-4

"高楼館"宿舎
『怪談倶楽部　廃墟』（竹書房文庫）竹書房　2009.10　①978-4-8124-3994-4

"高楼館"手と口
『怪談倶楽部　廃墟』（竹書房文庫）竹書房　2009.10　①978-4-8124-3994-4

"高楼館"202号室
『怪談倶楽部 廃墟』(竹書房文庫) 竹書房 2009.10 ①978-4-8124-3994-4

避けられるモノ
『怪談倶楽部 廃墟』(竹書房文庫) 竹書房 2009.10 ①978-4-8124-3994-4

五月雨拍子木
『鯉と富士―修法師百夜まじない帖 巻之3』(小学館文庫) 小学館 2014.11 ①978-4-09-406098-0

慚愧の赤鬼
『慚愧の赤鬼―修法師百夜まじない帖 巻之2』(小学館文庫) 小学館 2014.5 ①978-4-09-406044-7

勝虫
『慚愧の赤鬼―修法師百夜まじない帖 巻之2』(小学館文庫) 小学館 2014.5 ①978-4-09-406044-7

神将の怒り
『慚愧の赤鬼―修法師百夜まじない帖 巻之2』(小学館文庫) 小学館 2014.5 ①978-4-09-406044-7

砂男
『怪談倶楽部 廃墟』(竹書房文庫) 竹書房 2009.10 ①978-4-8124-3994-4

旅の徒然
『鯉と富士―修法師百夜まじない帖 巻之3』(小学館文庫) 小学館 2014.11 ①978-4-09-406098-0

壺幽霊
『鯉と富士―修法師百夜まじない帖 巻之3』(小学館文庫) 小学館 2014.11 ①978-4-09-406098-0

手
『怪談倶楽部 廃墟』(竹書房文庫) 竹書房 2009.10 ①978-4-8124-3994-4

念仏剣舞
『怪談倶楽部 廃墟』(竹書房文庫) 竹書房 2009.10 ①978-4-8124-3994-4

萩供養
『江戸迷宮―異形コレクション』(光文社文庫) 光文社 2011.1 ①978-4-334-74901-9

『萩供養―ゴミソの鐵次調伏覚書:文庫書下ろし&オリジナル』(光文社文庫) 光文社 2012.8 ①978-4-334-76455-5

バー"もんく"
『怪談倶楽部 廃墟』(竹書房文庫) 竹書房 2009.10 ①978-4-8124-3994-4

春な忘れそ
『慚愧の赤鬼―修法師百夜まじない帖 巻之2』(小学館文庫) 小学館 2014.5 ①978-4-09-406044-7

病院繋がり―廊下の消毒・非常階段・空きベッド
『怪談倶楽部 廃墟』(竹書房文庫) 竹書房 2009.10 ①978-4-8124-3994-4

風呂の鏡
『怪談倶楽部 廃墟』(竹書房文庫) 竹書房 2009.10 ①978-4-8124-3994-4

ペット墓園
『怪談倶楽部 廃墟』(竹書房文庫) 竹書房 2009.10 ①978-4-8124-3994-4

紅岩魚
『怪談倶楽部 廃墟』(竹書房文庫) 竹書房 2009.10 ①978-4-8124-3994-4

本
『怪談倶楽部 廃墟』(竹書房文庫) 竹書房 2009.10 ①978-4-8124-3994-4

三ツ足の亀
『鯉と富士―修法師百夜まじない帖 巻之3』(小学館文庫) 小学館 2014.11 ①978-4-09-406098-0

村
『怪談倶楽部 廃墟』(竹書房文庫) 竹書房 2009.10 ①978-4-8124-3994-4

メンテナンス
『怪談倶楽部 廃墟』(竹書房文庫) 竹書房 2009.10 ①978-4-8124-3994-4

広瀬 正　ひろせ・あきら

二重人格
『70年代日本SFベスト集成 1 1971年度版』(ちくま文庫) 筑摩書房 2014.10 ①978-4-480-43211-7

もの
『60年代日本SFベスト集成』(ちくま文庫) 筑摩書房 2013.3 ①978-4-480-43042-7

笛地 静恵　ふえち・しずえ

人魚の海
『原色の想像力―創元SF短編賞アンソロジー』(創元SF文庫) 東京創元社　2010.12　①978-4-488-73901-0

深沢 仁　ふかざわ・じん

猫を殺すことの残酷さについて
『5分で凍る！ぞっとする怖い話』(宝島社文庫) 宝島社　2015.5　①978-4-8002-4039-2

深澤 夜　ふかざわ・よる

蝗の村
『怪集 蠱毒―創作怪談発掘大会傑作選』(竹書房文庫) 竹書房　2009.12　①978-4-8124-4020-9

深田 久弥　ふかだ・きゅうや

山の怪談
『山の怪談』河出書房新社　2017.8　①978-4-309-22710-8

福岡 えり　ふくおか・えり

さかな橋を渡って
『冬の虫―ゆきのまち幻想文学賞小品集26』企画集団ぷりずむ　2017.3　①978-4-906691-58-6

福澤 徹三　ふくざわ・てつぞう

赤痣
『忌談』(角川ホラー文庫) 角川書店　2013.6　①978-4-04-100856-0

『怪談実話 黒い百物語』(角川ホラー文庫) 角川書店　2013.11　①978-4-04-101077-8

赤い水
『忌談 3』(角川ホラー文庫) 角川書店　2014.6　①978-4-04-101640-4

開かずの簞笥
『忌談 3』(角川ホラー文庫) 角川書店　2014.6　①978-4-04-101640-4

空き家調査
『忌談』(角川ホラー文庫) 角川書店　2013.6　①978-4-04-100856-0

悪霊
『忌談 3』(角川ホラー文庫) 角川書店　2014.6　①978-4-04-101640-4

甘木くん
『忌談 3』(角川ホラー文庫) 角川書店　2014.6　①978-4-04-101640-4

雨
『忌談 2』(角川ホラー文庫) 角川書店　2014.1　①978-4-04-101188-1

雨女
『忌談 3』(角川ホラー文庫) 角川書店　2014.6　①978-4-04-101640-4

合わせ鏡
『忌談 3』(角川ホラー文庫) 角川書店　2014.6　①978-4-04-101640-4

縊死体のポケット
『忌談 終』(角川ホラー文庫) 角川書店　2015.6　①978-4-04-102941-1

痛いひと
『忌談』(角川ホラー文庫) 角川書店　2013.6　①978-4-04-100856-0

痛客
『忌談 3』(角川ホラー文庫) 角川書店　2014.6　①978-4-04-101640-4

一杯のコーヒー
『忌談』(角川ホラー文庫) 角川書店　2013.6　①978-4-04-100856-0

犬に見えるもの
『忌談 3』(角川ホラー文庫) 角川書店　2014.6　①978-4-04-101640-4

犬の悲鳴
『忌談 3』(角川ホラー文庫) 角川書店　2014.6　①978-4-04-101640-4

医療廃棄物
『忌談 3』(角川ホラー文庫) 角川書店　2014.6　①978-4-04-101640-4

入れ喰い
『忌談 終』(角川ホラー文庫) 角川書店　2015.6　①978-4-04-102941-1

岩跳び婆
『忌談 3』（角川ホラー文庫）角川書店
2014.6　ⓘ978-4-04-101640-4

動く椅子
『忌談 3』（角川ホラー文庫）角川書店
2014.6　ⓘ978-4-04-101640-4

裏ビデオ
『忌談』（角川ホラー文庫）角川書店　2013.6
ⓘ978-4-04-100856-0

裏門の準備室
『忌談 3』（角川ホラー文庫）角川書店
2014.6　ⓘ978-4-04-101640-4

瓜ふたつの女
『忌談 終』（角川ホラー文庫）角川書店
2015.6　ⓘ978-4-04-102941-1

映画館の声
『忌談 終』（角川ホラー文庫）角川書店
2015.6　ⓘ978-4-04-102941-1

笑顔の理由
『忌談 3』（角川ホラー文庫）角川書店
2014.6　ⓘ978-4-04-101640-4

NGホテル
『忌談』（角川ホラー文庫）角川書店　2013.6
ⓘ978-4-04-100856-0

おしいれ
『忌談 2』（角川ホラー文庫）角川書店
2014.1　ⓘ978-4-04-101188-1

追ってくるもの
『忌談』（角川ホラー文庫）角川書店　2013.6
ⓘ978-4-04-100856-0

おどろ島
『怪談歳時記―12か月の悪夢』（角川ホラー文庫）角川書店　2011.11　ⓘ978-4-04-100038-0

鬼がくる家
『怪談歳時記―12か月の悪夢』（角川ホラー文庫）角川書店　2011.11　ⓘ978-4-04-100038-0

オルゴール
『怪談実話 黒い百物語』（角川ホラー文庫）角川書店　2013.11　ⓘ978-4-04-101077-8
『忌談 3』（角川ホラー文庫）角川書店
2014.6　ⓘ978-4-04-101640-4

オロク
『忌談 2』（角川ホラー文庫）角川書店
2014.1　ⓘ978-4-04-101188-1

怪談熱
『怪談熱』角川書店　2009.2　ⓘ978-4-04-873925-2
『怪談熱』（角川ホラー文庫）角川書店
2010.12　ⓘ978-4-04-383407-5

外来種
『忌談 2』（角川ホラー文庫）角川書店
2014.1　ⓘ978-4-04-101188-1

影
『忌談』（角川ホラー文庫）角川書店　2013.6
ⓘ978-4-04-100856-0

囲い屋
『忌談』（角川ホラー文庫）角川書店　2013.6
ⓘ978-4-04-100856-0

過去のある部屋
『忌談 2』（角川ホラー文庫）角川書店
2014.1　ⓘ978-4-04-101188-1

火災恐怖症
『忌談』（角川ホラー文庫）角川書店　2013.6
ⓘ978-4-04-100856-0

壁ドン
『忌談 2』（角川ホラー文庫）角川書店
2014.1　ⓘ978-4-04-101188-1

髪の毛
『忌談 3』（角川ホラー文庫）角川書店
2014.6　ⓘ978-4-04-101640-4

帰郷
『嗤う男』（双葉文庫）双葉社　2009.7
ⓘ978-4-575-51291-5

狂界
『嗤う男』（双葉文庫）双葉社　2009.7
ⓘ978-4-575-51291-5

共犯者
『忌談』（角川ホラー文庫）角川書店　2013.6
ⓘ978-4-04-100856-0

虚式
『忌談 3』（角川ホラー文庫）角川書店
2014.6　ⓘ978-4-04-101640-4

キリマンジャロの猫
『忌談 3』（角川ホラー文庫）角川書店
2014.6　ⓘ978-4-04-101640-4

禁区
『忌談』(角川ホラー文庫) 角川書店　2013.6
①978-4-04-100856-0

空港で落としたもの
『忌談　2』(角川ホラー文庫) 角川書店
2014.1　①978-4-04-101188-1

空室の多いマンション
『忌談　2』(角川ホラー文庫) 角川書店
2014.1　①978-4-04-101188-1

九月の視線
『怪談歳時記―12か月の悪夢』(角川ホラー文庫) 角川書店　2011.11　①978-4-04-100038-0

腐る店
『忌談』(角川ホラー文庫) 角川書店　2013.6
①978-4-04-100856-0

蜘蛛と山羊
『忌談　3』(角川ホラー文庫) 角川書店
2014.6　①978-4-04-101640-4

クリオネ
『忌談　2』(角川ホラー文庫) 角川書店
2014.1　①978-4-04-101188-1

競馬場で逢った男
『忌談　2』(角川ホラー文庫) 角川書店
2014.1　①978-4-04-101188-1

血縁
『忌談　終』(角川ホラー文庫) 角川書店
2015.6　①978-4-04-102941-1

気配
『忌談　3』(角川ホラー文庫) 角川書店
2014.6　①978-4-04-101640-4

幻視者
『忌談』(角川ホラー文庫) 角川書店　2013.6
①978-4-04-100856-0

幸運の髪留め
『忌談』(角川ホラー文庫) 角川書店　2013.6
①978-4-04-100856-0

紅葉の出口
『怪談歳時記―12か月の悪夢』(角川ホラー文庫) 角川書店　2011.11　①978-4-04-100038-0

五月の陥穽
『怪談歳時記―12か月の悪夢』(角川ホラー文庫) 角川書店　2011.11　①978-4-04-100038-0

五十四時間
『忌談』(角川ホラー文庫) 角川書店　2013.6
①978-4-04-100856-0

コールドケース
『忌談　2』(角川ホラー文庫) 角川書店
2014.1　①978-4-04-101188-1

怖い絵
『怖い話』　幻冬舎　2009.2　①978-4-344-01621-7

怖い映画
『怖い話』　幻冬舎　2009.2　①978-4-344-01621-7

怖い会社
『怖い話』　幻冬舎　2009.2　①978-4-344-01621-7

怖い怪談
『怖い話』　幻冬舎　2009.2　①978-4-344-01621-7

怖い偶然
『怖い話』　幻冬舎　2009.2　①978-4-344-01621-7

怖い刑罰
『怖い話』　幻冬舎　2009.2　①978-4-344-01621-7

怖い広告
『怖い話』　幻冬舎　2009.2　①978-4-344-01621-7

怖い酒
『怖い話』　幻冬舎　2009.2　①978-4-344-01621-7

怖い自殺
『怖い話』　幻冬舎　2009.2　①978-4-344-01621-7

怖い数字
『怖い話』　幻冬舎　2009.2　①978-4-344-01621-7

怖い食べもの
『怖い話』　幻冬舎　2009.2　①978-4-344-01621-7

怖い都市伝説
『怖い話』　幻冬舎　2009.2　①978-4-344-01621-7

怖いバイト
『怖い話』　幻冬舎　2009.2　①978-4-344-01621-7

怖い病院
『怖い話』 幻冬舎 2009.2 ①978-4-344-01621-7

怖い本
『怖い話』 幻冬舎 2009.2 ①978-4-344-01621-7

怖い虫
『怖い話』 幻冬舎 2009.2 ①978-4-344-01621-7

怖い料理店
『怖い話』 幻冬舎 2009.2 ①978-4-344-01621-7

怖い隣人
『怖い話』 幻冬舎 2009.2 ①978-4-344-01621-7

コンビニ
『忌談』(角川ホラー文庫) 角川書店 2013.6 ①978-4-04-100856-0

再会
『怪談熱』 角川書店 2009.2 ①978-4-04-873925-2
『怪談熱』(角川ホラー文庫) 角川書店 2010.12 ①978-4-04-383407-5
『怪談実話 盛り塩のある家』 メディアファクトリー 2012.9 ①978-4-8401-4805-4
『怪談五色 破戒』(竹書房文庫) 竹書房 2016.12 ①978-4-8019-0928-1

最期の台詞
『忌談 3』(角川ホラー文庫) 角川書店 2014.6 ①978-4-04-101640-4

最後の礼拝
『怪談熱』 角川書店 2009.2 ①978-4-04-873925-2
『怪談熱』(角川ホラー文庫) 角川書店 2010.12 ①978-4-04-383407-5

最終面接
『忌談 2』(角川ホラー文庫) 角川書店 2014.1 ①978-4-04-101188-1

再生
『忌談 2』(角川ホラー文庫) 角川書店 2014.1 ①978-4-04-101188-1
『忌談 4』(角川ホラー文庫) 角川書店 2015.1 ①978-4-04-102329-7

サイン
『忌談 3』(角川ホラー文庫) 角川書店 2014.6 ①978-4-04-101640-4

叫び
『忌談 3』(角川ホラー文庫) 角川書店 2014.6 ①978-4-04-101640-4

刺身包丁
『忌談 3』(角川ホラー文庫) 角川書店 2014.6 ①978-4-04-101640-4

猿島
『怪談熱』 角川書店 2009.2 ①978-4-04-873925-2
『怪談熱』(角川ホラー文庫) 角川書店 2010.12 ①978-4-04-383407-5

時給四万円
『忌談』(角川ホラー文庫) 角川書店 2013.6 ①978-4-04-100856-0

実験
『忌談 3』(角川ホラー文庫) 角川書店 2014.6 ①978-4-04-101640-4

してはいけない質問
『忌談 2』(角川ホラー文庫) 角川書店 2014.1 ①978-4-04-101188-1

十二羽
『忌談 終』(角川ホラー文庫) 角川書店 2015.6 ①978-4-04-102941-1

呪殺
『忌談』(角川ホラー文庫) 角川書店 2013.6 ①978-4-04-100856-0

呪縛
『忌談 3』(角川ホラー文庫) 角川書店 2014.6 ①978-4-04-101640-4

白いカプセル
『忌談』(角川ホラー文庫) 角川書店 2013.6 ①978-4-04-100856-0

白い煙
『忌談』(角川ホラー文庫) 角川書店 2013.6 ①978-4-04-100856-0

白いワイシャツの男
『忌談 3』(角川ホラー文庫) 角川書店 2014.6 ①978-4-04-101640-4

シンクロニシティ
『忌談 終』(角川ホラー文庫) 角川書店 2015.6 ①978-4-04-102941-1

真実の鏡
『嗤う男』(双葉文庫) 双葉社 2009.7
①978-4-575-51291-5

人身事故
『忌談』(角川ホラー文庫) 角川書店 2013.6
①978-4-04-100856-0
『忌談 3』(角川ホラー文庫) 角川書店 2014.6 ①978-4-04-101640-4

死んだ男
『忌談』(角川ホラー文庫) 角川書店 2013.6
①978-4-04-100856-0

侵入者の痕跡
『忌談 終』(角川ホラー文庫) 角川書店 2015.6 ①978-4-04-102941-1

心霊写真
『忌談 終』(角川ホラー文庫) 角川書店 2015.6 ①978-4-04-102941-1

精霊舟
『怪談歳時記—12か月の悪夢』(角川ホラー文庫) 角川書店 2011.11 ①978-4-04-100038-0

切断
『忌談 2』(角川ホラー文庫) 角川書店 2014.1 ①978-4-04-101188-1

早朝の違和感
『忌談 終』(角川ホラー文庫) 角川書店 2015.6 ①978-4-04-102941-1

卒業写真
『怪談歳時記—12か月の悪夢』(角川ホラー文庫) 角川書店 2011.11 ①978-4-04-100038-0

倒れるひと
『忌談 2』(角川ホラー文庫) 角川書店 2014.1 ①978-4-04-101188-1

箪笥の上
『忌談 2』(角川ホラー文庫) 角川書店 2014.1 ①978-4-04-101188-1

地下のスナック
『忌談』(角川ホラー文庫) 角川書店 2013.6
①978-4-04-100856-0

茶碗の中
『忌談』(角川ホラー文庫) 角川書店 2013.6
①978-4-04-100856-0

珍味売り
『忌談 2』(角川ホラー文庫) 角川書店 2014.1 ①978-4-04-101188-1

憑かれたひと
『嗤う男』(双葉文庫) 双葉社 2009.7
①978-4-575-51291-5

梅雨の記憶
『怪談歳時記—12か月の悪夢』(角川ホラー文庫) 角川書店 2011.11 ①978-4-04-100038-0

泥音
『忌談 終』(角川ホラー文庫) 角川書店 2015.6 ①978-4-04-102941-1

電車の音
『忌談 2』(角川ホラー文庫) 角川書店 2014.1 ①978-4-04-101188-1

天井裏の鼠
『忌談 2』(角川ホラー文庫) 角川書店 2014.1 ①978-4-04-101188-1

トイレを汚すひと
『忌談 3』(角川ホラー文庫) 角川書店 2014.6 ①978-4-04-101640-4

読経
『忌談 3』(角川ホラー文庫) 角川書店 2014.6 ①978-4-04-101640-4

土中の骨
『忌談 3』(角川ホラー文庫) 角川書店 2014.6 ①978-4-04-101640-4

隣の女
『怪談歳時記—12か月の悪夢』(角川ホラー文庫) 角川書店 2011.11 ①978-4-04-100038-0

ドラキュラの家
『怪談熱』 角川書店 2009.2 ①978-4-04-873925-2
『怪談熱』(角川ホラー文庫) 角川書店 2010.12 ①978-4-04-383407-5

夏の収束
『嗤う男』(双葉文庫) 双葉社 2009.7
①978-4-575-51291-5

夏の蟲
『怪談熱』 角川書店 2009.2 ①978-4-04-873925-2

妊婦の消息
『忌談 終』(角川ホラー文庫) 角川書店
2015.6　①978-4-04-102941-1

ノックの音
『忌談 3』(角川ホラー文庫) 角川書店
2014.6　①978-4-04-101640-4

ハートアタック
『忌談 2』(角川ホラー文庫) 角川書店
2014.1　①978-4-04-101188-1

鳩がくる部屋
『忌談』(角川ホラー文庫) 角川書店　2013.6
①978-4-04-100856-0

花冷えの儀式
『怪談熱』 角川書店　2009.2　①978-4-04-873925-2
『怪談熱』(角川ホラー文庫) 角川書店
2010.12　①978-4-04-383407-5

半径百メートル
『忌談 終』(角川ホラー文庫) 角川書店
2015.6　①978-4-04-102941-1

ハンドキャリー
『忌談 終』(角川ホラー文庫) 角川書店
2015.6　①978-4-04-102941-1

ひきこもり
『忌談 3』(角川ホラー文庫) 角川書店
2014.6　①978-4-04-101640-4

引き寄せの法則
『忌談』(角川ホラー文庫) 角川書店　2013.6
①978-4-04-100856-0

ピースサイン
『嗤う男』(双葉文庫) 双葉社　2009.7
①978-4-575-51291-5

百円ショップ
『忌談 終』(角川ホラー文庫) 角川書店
2015.6　①978-4-04-102941-1

百物語
『文豪てのひら怪談』(ポプラ文庫) ポプラ社
2009.8　①978-4-591-11104-8

憑霊
『怪談熱』 角川書店　2009.2　①978-4-04-873925-2
『怪談熱』(角川ホラー文庫) 角川書店
2010.12　①978-4-04-383407-5

ビール瓶
『忌談 2』(角川ホラー文庫) 角川書店
2014.1　①978-4-04-101188-1

不可解な関連
『忌談 3』(角川ホラー文庫) 角川書店
2014.6　①978-4-04-101640-4

襖
『忌談 3』(角川ホラー文庫) 角川書店
2014.6　①978-4-04-101640-4

ブラックアウト
『怪談熱』 角川書店　2009.2　①978-4-04-873925-2
『怪談熱』(角川ホラー文庫) 角川書店
2010.12　①978-4-04-383407-5
『忌談 2』(角川ホラー文庫) 角川書店
2014.1　①978-4-04-101188-1

古本の帰還
『忌談 3』(角川ホラー文庫) 角川書店
2014.6　①978-4-04-101640-4

変貌
『忌談』(角川ホラー文庫) 角川書店　2013.6
①978-4-04-100856-0

マーキング
『忌談 3』(角川ホラー文庫) 角川書店
2014.6　①978-4-04-101640-4

まちがった
『忌談 終』(角川ホラー文庫) 角川書店
2015.6　①978-4-04-102941-1

まちびと
『忌談 2』(角川ホラー文庫) 角川書店
2014.1　①978-4-04-101188-1

真っ暗な家
『忌談 2』(角川ホラー文庫) 角川書店
2014.1　①978-4-04-101188-1

窓ではない窓
『忌談 終』(角川ホラー文庫) 角川書店
2015.6　①978-4-04-102941-1

迷える羊
『怪談歳時記―12か月の悪夢』(角川ホラー文庫) 角川書店　2011.11　①978-4-04-100038-0

水音
『忌談』(角川ホラー文庫) 角川書店　2013.6
①978-4-04-100856-0

未必の事故
『忌談 2』(角川ホラー文庫) 角川書店
2014.1 ⓘ978-4-04-101188-1

虫二題
『忌談 終』(角川ホラー文庫) 角川書店
2015.6 ⓘ978-4-04-102941-1

無人街
『忌談』(角川ホラー文庫) 角川書店 2013.6
ⓘ978-4-04-100856-0

胸騒ぎ
『忌談』(角川ホラー文庫) 角川書店 2013.6
ⓘ978-4-04-100856-0

酩酊
『忌談』(角川ホラー文庫) 角川書店 2013.6
ⓘ978-4-04-100856-0

メンバー
『忌談』(角川ホラー文庫) 角川書店 2013.6
ⓘ978-4-04-100856-0

持ち禁
『忌談 3』(角川ホラー文庫) 角川書店
2014.6 ⓘ978-4-04-101640-4

約束
『忌談 2』(角川ホラー文庫) 角川書店
2014.1 ⓘ978-4-04-101188-1

やどりびと
『憑依―異形コレクション』(光文社文庫) 光文社 2010.5 ⓘ978-4-334-74784-8

病の真相
『忌談 3』(角川ホラー文庫) 角川書店
2014.6 ⓘ978-4-04-101640-4

幽霊たちの聖夜
『怪談歳時記―12か月の悪夢』(角川ホラー文庫) 角川書店 2011.11 ⓘ978-4-04-100038-0

幽霊マンションの顛末
『忌談』(角川ホラー文庫) 角川書店 2013.6
ⓘ978-4-04-100856-0

床下
『忌談 3』(角川ホラー文庫) 角川書店
2014.6 ⓘ978-4-04-101640-4

雪の下の蜘蛛
『怪談歳時記―12か月の悪夢』(角川ホラー文庫) 角川書店 2011.11 ⓘ978-4-04-100038-0

指輪
『忌談』(角川ホラー文庫) 角川書店 2013.6
ⓘ978-4-04-100856-0

夢のなかでの会話
『忌談 終』(角川ホラー文庫) 角川書店
2015.6 ⓘ978-4-04-102941-1

予兆
『忌談』(角川ホラー文庫) 角川書店 2013.6
ⓘ978-4-04-100856-0

呼び寄せ
『忌談 2』(角川ホラー文庫) 角川書店
2014.1 ⓘ978-4-04-101188-1

来客のメモ
『忌談 終』(角川ホラー文庫) 角川書店
2015.6 ⓘ978-4-04-102941-1

輪郭
『忌談 終』(角川ホラー文庫) 角川書店
2015.6 ⓘ978-4-04-102941-1

霊感のある女
『忌談 終』(角川ホラー文庫) 角川書店
2015.6 ⓘ978-4-04-102941-1

レザージャケット
『忌談 終』(角川ホラー文庫) 角川書店
2015.6 ⓘ978-4-04-102941-1

連敗の理由
『忌談』(角川ホラー文庫) 角川書店 2013.6
ⓘ978-4-04-100856-0

嗤う男
『嗤う男』(双葉文庫) 双葉社 2009.7
ⓘ978-4-575-51291-5

福島 千佳　ふくしま・ちか

ストロベリーシェイク
『河童と見た空―ゆきのまち幻想文学賞小品集 18』企画集団ぷりずむ 2009.3
ⓘ978-4-906691-30-2

玉鬘からの贈り物
『ゆきのまち幻想文学賞小品集 20 もうひとつの階段』企画集団ぷりずむ 2011.4
ⓘ978-4-906691-37-1

マトリョーシカの憂鬱
『ゆきのまち幻想文学賞小品集 21 風花雪の物語二十七編』企画集団ぷりずむ
2012.3 ⓘ978-4-906691-42-5

耳、垂れ
　『ゆきのまち幻想文学賞小品集　19　雪の反転鏡』　企画集団ぷりずむ　2010.3　①978-4-906691-32-6

福島　正実　ふくしま・まさみ

過去への電話
　『日本SF短篇50　1　日本SF作家クラブ創立50周年記念アンソロジー』（ハヤカワ文庫JA）　早川書房　2013.2　①978-4-15-031098-1

過去をして過去を―
　『日本SF全集　第1巻（1957～1971）』出版芸術社　2009.6　①978-4-88293-344-1

福田　和代　ふくだ・かずよ

最後のヨカナーン
　『SF宝石　2015』　光文社　2015.8　①978-4-334-91049-5

レテの水
　『SF宝石』　光文社　2013.8　①978-4-334-92888-9

福谷　修　ふくたに・おさむ

赤ちゃんポスト
　『心霊病棟―ささやく死体』（竹書房文庫）　竹書房　2011.8　①978-4-8124-4671-3

犬
　『心霊病棟―ささやく死体』（竹書房文庫）　竹書房　2011.8　①978-4-8124-4671-3

カラオケ
　『心霊病棟―ささやく死体』（竹書房文庫）　竹書房　2011.8　①978-4-8124-4671-3

カラオケボックスの顔
　『心霊写真部』（竹書房文庫）　竹書房　2009.12　①978-4-8124-4052-0

黒いおともだち
　『心霊写真部』（竹書房文庫）　竹書房　2009.12　①978-4-8124-4052-0

圏外
　『心霊病棟―ささやく死体』（竹書房文庫）　竹書房　2011.8　①978-4-8124-4671-3

高額バイト
　『心霊病棟―ささやく死体』（竹書房文庫）　竹書房　2011.8　①978-4-8124-4671-3

高級マンション
　『心霊病棟―ささやく死体』（竹書房文庫）　竹書房　2011.8　①978-4-8124-4671-3

心霊病棟―ささやく死体
　『心霊病棟―ささやく死体』（竹書房文庫）　竹書房　2011.8　①978-4-8124-4671-3

心霊プリクラ
　『心霊写真部』（竹書房文庫）　竹書房　2009.12　①978-4-8124-4052-0

血を吸う写真
　『心霊写真部』（竹書房文庫）　竹書房　2009.12　①978-4-8124-4052-0

父親
　『心霊病棟―ささやく死体』（竹書房文庫）　竹書房　2011.8　①978-4-8124-4671-3

手…だけじゃない
　『心霊写真部』（竹書房文庫）　竹書房　2009.12　①978-4-8124-4052-0

謎の少年
　『心霊写真部』（竹書房文庫）　竹書房　2009.12　①978-4-8124-4052-0

生ゴミ
　『心霊病棟―ささやく死体』（竹書房文庫）　竹書房　2011.8　①978-4-8124-4671-3

肉食系
　『心霊病棟―ささやく死体』（竹書房文庫）　竹書房　2011.8　①978-4-8124-4671-3

廃墟できもだめし
　『心霊写真部』（竹書房文庫）　竹書房　2009.12　①978-4-8124-4052-0

廃病院
　『心霊病棟―ささやく死体』（竹書房文庫）　竹書房　2011.8　①978-4-8124-4671-3

ゆずってください
　『心霊病棟―ささやく死体』（竹書房文庫）　竹書房　2011.8　①978-4-8124-4671-3

福永　武彦　ふくなが・たけひこ

枯野の歌（福永武彦訳）
　『文豪てのひら怪談』（ポプラ文庫）　ポプラ社　2009.8　①978-4-591-11104-8

内裏の松原で鬼が女を食う話
『文豪てのひら怪談』（ポプラ文庫）ポプラ社　2009.8　Ⓘ978-4-591-11104-8

藤井　太洋　　ふじい・たいよう

行き先は特異点
『行き先は特異点―年刊日本SF傑作選』（創元SF文庫）東京創元社　2017.7　Ⓘ978-4-488-73410-7

ヴァンテアン
『アステロイド・ツリーの彼方へ―年刊日本SF傑作選』（創元SF文庫）東京創元社　2016.6　Ⓘ978-4-488-73409-1

公正的戦闘規範
『伊藤計劃トリビュート』（ハヤカワ文庫JA）早川書房　2015.8　Ⓘ978-4-15-031201-5

コラボレーション
『さよならの儀式―年刊日本SF傑作選』（創元SF文庫）東京創元社　2014.6　Ⓘ978-4-488-73407-7

第二内戦
『AIと人類は共存できるか？―人工知能SFアンソロジー』早川書房　2016.11　Ⓘ978-4-15-209648-7

常夏の夜
『楽園追放rewired―サイバーパンクSF傑作選』（ハヤカワ文庫JA）早川書房　2014.10　Ⓘ978-4-15-031172-8

徒卒トム
『NOVA＋屍者たちの帝国―書き下ろし日本SFコレクション』（河出文庫）河出書房新社　2015.10　Ⓘ978-4-309-41407-2

ノー・パラドクス
『NOVA＋バベル―書き下ろし日本SFコレクション』（河出文庫）河出書房新社　2014.10　Ⓘ978-4-309-41322-8

藤木　稟　　ふじき・りん

サウロ、闇を祓う手
『バチカン奇跡調査官―天使と悪魔のゲーム』（角川ホラー文庫）角川書店　2012.12　Ⓘ978-4-04-100629-0

シンフォニア天使の囁き
『バチカン奇跡調査官―独房の探偵』（角川ホラー文庫）角川書店　2015.6　Ⓘ978-4-04-102937-4

天使と悪魔のゲーム
『バチカン奇跡調査官―天使と悪魔のゲーム』（角川ホラー文庫）角川書店　2012.12　Ⓘ978-4-04-100629-0

独房の探偵
『バチカン奇跡調査官―独房の探偵』（角川ホラー文庫）角川書店　2015.6　Ⓘ978-4-04-102937-4

母からの手紙
『二十の悪夢―角川ホラー文庫創刊20周年記念アンソロジー』（角川ホラー文庫）角川書店　2013.10　Ⓘ978-4-04-101052-5

日だまりのある所
『バチカン奇跡調査官―天使と悪魔のゲーム』（角川ホラー文庫）角川書店　2012.12　Ⓘ978-4-04-100629-0

ファンダンゴ
『バチカン奇跡調査官―天使と悪魔のゲーム』（角川ホラー文庫）角川書店　2012.12　Ⓘ978-4-04-100629-0

ペテロの椅子、天国の鍵
『バチカン奇跡調査官―独房の探偵』（角川ホラー文庫）角川書店　2015.6　Ⓘ978-4-04-102937-4

魔女のスープ
『バチカン奇跡調査官―独房の探偵』（角川ホラー文庫）角川書店　2015.6　Ⓘ978-4-04-102937-4

藤崎　慎吾　　ふじさき・しんご

五月の海と、見えない漂着物―風待町医院異星人科
『SF宝石　2015』光文社　2015.8　Ⓘ978-4-334-91049-5

変身障害
『多々良島ふたたび―ウルトラ怪獣アンソロジー』（TSUBURAYA×HAYAKAWA UNIVERSE）早川書房　2015.7　Ⓘ978-4-15-209555-8

星に願いを―ピノキオ二〇七六
『日本SF短篇50　4　日本SF作家クラブ創立50周年記念アンソロジー』（ハヤカワ文庫JA）早川書房　2013.8　Ⓘ978-4-15-031126-1

藤代 鷹之　ふじしろ・たかゆき

エラーワールドの双つ瑕疵
『THE FIFTH WORLD 3』アルファポリス　2013.8　①978-4-434-18174-0

THE FIFTH WORLD 3
『THE FIFTH WORLD 3』アルファポリス　2013.8　①978-4-434-18174-0

藤田 雅矢　ふじた・まさや

エンゼルフレンチ
『NOVA 1 書き下ろし日本SFコレクション』（河出文庫）河出書房新社　2009.12　①978-4-309-40994-8

計算の季節
『日本SF短篇50 4 日本SF作家クラブ創立50周年記念アンソロジー』（ハヤカワ文庫JA）早川書房　2013.8　①978-4-15-031126-1

植物標本集
『NOVA 7 書き下ろし日本SFコレクション』（河出文庫）河出書房新社　2012.3　①978-4-309-41136-5

藤浪 智之　ふじなみ・ともゆき

神々と信仰
『ここは、冒険者の酒場』（FUJIMI SHOBO NOVELS）角川書店　2015.8　①978-4-04-070627-6

騎士シルヴィアの冒険!!
『ここは、冒険者の酒場』（FUJIMI SHOBO NOVELS）角川書店　2015.8　①978-4-04-070627-6

城のなかの姫君
『ここは、冒険者の酒場』（FUJIMI SHOBO NOVELS）角川書店　2015.8　①978-4-04-070627-6

ドラゴンの洞窟
『ここは、冒険者の酒場』（FUJIMI SHOBO NOVELS）角川書店　2015.8　①978-4-04-070627-6

迷宮と魔法使い
『ここは、冒険者の酒場』（FUJIMI SHOBO NOVELS）角川書店　2015.8　①978-4-04-070627-6

物語のような。終わりとはじまり
『ここは、冒険者の酒場』（FUJIMI SHOBO NOVELS）角川書店　2015.8　①978-4-04-070627-6

藤野 可織　ふじの・かおり

いけにえ
『パトロネ』集英社　2012.3　①978-4-08-771444-9
『パトロネ』（集英社文庫）集英社　2013.10　①978-4-08-745127-6

今日の心霊
『おはなしして子ちゃん』講談社　2013.9　①978-4-06-218630-8

さよならの儀式―年刊日本SF傑作選
『さよならの儀式―年刊日本SF傑作選』（創元SF文庫）東京創元社　2014.6　①978-4-488-73407-7

胡蝶蘭
『超弦領域―年刊日本SF傑作選』（創元SF文庫）東京創元社　2009.6　①978-4-488-73402-2

パトロネ
『パトロネ』集英社　2012.3　①978-4-08-771444-9
『パトロネ』（集英社文庫）集英社　2013.10　①978-4-08-745127-6

藤八 景　ふじはち・けい

スイカ割りの男
『5分で読める！ひと駅ストーリー――『このミステリーがすごい！』大賞×日本ラブストーリー大賞×『このライトノベルがすごい！』大賞　夏の記憶東口編』（宝島社文庫）宝島社　2013.7　①978-4-8002-1042-5
『5分で凍る！ぞっとする怖い話』（宝島社文庫）宝島社　2015.5　①978-4-8002-4039-2

ふじま 美耶　ふじま・みや

異世界で『黒の癒し手』って呼ばれています 2
『異世界で『黒の癒し手』って呼ばれています 2』（レジーナブックス）アルファポリス　2013.10　①978-4-434-18506-9

～リリアム～禊の間
『異世界で『黒の癒し手』って呼ばれています　2』（レジーナブックス）アルファポリス　2013.10　①978-4-434-18506-9

藤丸　ふじまる

国産F4ファントム
『SF短編集』　創栄出版　2013.4　①978-4-434-17830-6

タイムマシン
『SF短編集』　創栄出版　2013.4　①978-4-434-17830-6

地球最後の日
『SF短編集』　創栄出版　2013.4　①978-4-434-17830-6

箱
『SF短編集』　創栄出版　2013.4　①978-4-434-17830-6

伏見　完　ふしみ・たもつ

あるいは呼吸する墓標
『伊藤計劃トリビュート　2』（ハヤカワ文庫JA）早川書房　2017.1　①978-4-15-031260-2

仮想の在処
『伊藤計劃トリビュート』（ハヤカワ文庫JA）早川書房　2015.8　①978-4-15-031201-5

藤　水名子　ふじ・みなこ

闇に走る
『江戸迷宮―異形コレクション』（光文社文庫）光文社　2011.1　①978-4-334-74901-9

藤村　洋　ふじむら・なみ

船番
『ゆきのまち幻想文学賞小品集　21　風花雪の物語二十七編』　企画集団ぷりずむ　2012.3　①978-4-906691-42-5

藤本　泉　ふじもと・せん

ひきさかれた街
『70年代日本SFベスト集成　2　1972年度版』（ちくま文庫）筑摩書房　2014.12　①978-4-480-43212-4

布田　竜一　ふた・りゅういち

アザ
『怪奇堂　5』文芸社　2011.1　①978-4-286-09671-1

アナタからの手紙
『怪奇堂　5』文芸社　2011.1　①978-4-286-09671-1

あるニートの話
『怪奇堂　5』文芸社　2011.1　①978-4-286-09671-1

アンちゃんの大冒険
『怪奇堂　5』文芸社　2011.1　①978-4-286-09671-1

飲酒運転
『怪奇堂　5』文芸社　2011.1　①978-4-286-09671-1

うさぎ係
『怪奇堂　抄』文芸社　2012.5　①978-4-286-11533-7

内木君の一日
『怪奇堂　抄』文芸社　2012.5　①978-4-286-11533-7

運命
『怪奇堂　5』文芸社　2011.1　①978-4-286-09671-1
『怪奇堂　抄』文芸社　2012.5　①978-4-286-11533-7

永遠の別れ
『怪奇堂　5』文芸社　2011.1　①978-4-286-09671-1

多め
『怪奇堂　5』文芸社　2011.1　①978-4-286-09671-1

遅咲きの恋
『怪奇堂　5』文芸社　2011.1　①978-4-286-09671-1

俺の宝モノ
『怪奇堂 5』文芸社　2011.1　①978-4-286-09671-1

「怪奇堂」へようこそ
『怪奇堂 抄』文芸社　2012.5　①978-4-286-11533-7

顔
『怪奇堂 抄』文芸社　2012.5　①978-4-286-11533-7

課外授業
『怪奇堂 抄』文芸社　2012.5　①978-4-286-11533-7

カラオケ
『怪奇堂 5』文芸社　2011.1　①978-4-286-09671-1

カレー対スパゲッティ
『怪奇堂 抄』文芸社　2012.5　①978-4-286-11533-7

完璧人間
『怪奇堂 抄』文芸社　2012.5　①978-4-286-11533-7

巨大な塔
『怪奇堂 抄』文芸社　2012.5　①978-4-286-11533-7

クリスマス
『怪奇堂 5』文芸社　2011.1　①978-4-286-09671-1

こどもの日
『怪奇堂 5』文芸社　2011.1　①978-4-286-09671-1

殺人ゲーム
『怪奇堂 抄』文芸社　2012.5　①978-4-286-11533-7

サンタの小袋
『怪奇堂 抄』文芸社　2012.5　①978-4-286-11533-7

じいさんと孫
『怪奇堂 抄』文芸社　2012.5　①978-4-286-11533-7

ジグソーパズル
『怪奇堂 5』文芸社　2011.1　①978-4-286-09671-1

自殺
『怪奇堂 5』文芸社　2011.1　①978-4-286-09671-1

辞書
『怪奇堂 抄』文芸社　2012.5　①978-4-286-11533-7

知ったかジイさん
『怪奇堂 抄』文芸社　2012.5　①978-4-286-11533-7

自動製作マシーン
『怪奇堂 抄』文芸社　2012.5　①978-4-286-11533-7

借金
『怪奇堂 5』文芸社　2011.1　①978-4-286-09671-1

『怪奇堂 抄』文芸社　2012.5　①978-4-286-11533-7

出産
『怪奇堂 抄』文芸社　2012.5　①978-4-286-11533-7

蘇生
『怪奇堂 抄』文芸社　2012.5　①978-4-286-11533-7

タイムマシーン
『怪奇堂 5』文芸社　2011.1　①978-4-286-09671-1

月の夜
『怪奇堂 抄』文芸社　2012.5　①978-4-286-11533-7

ドリームストーン
『怪奇堂 5』文芸社　2011.1　①978-4-286-09671-1

夏休みの宿題
『怪奇堂 5』文芸社　2011.1　①978-4-286-09671-1

逃げ回る武芸者
『怪奇堂 抄』文芸社　2012.5　①978-4-286-11533-7

ネジ
『怪奇堂 抄』文芸社　2012.5　①978-4-286-11533-7

はさみ
『怪奇堂 抄』文芸社　2012.5　①978-4-286-11533-7

バッタ
『怪奇堂 抄』文芸社　2012.5　①978-4-286-11533-7

半信半疑
『怪奇堂 抄』 文芸社　2012.5　①978-4-286-11533-7

ビデオ
『怪奇堂 抄』 文芸社　2012.5　①978-4-286-11533-7

人でなし
『怪奇堂 抄』 文芸社　2012.5　①978-4-286-11533-7

ひとり
『怪奇堂 5』 文芸社　2011.1　①978-4-286-09671-1

武士の道
『怪奇堂 5』 文芸社　2011.1　①978-4-286-09671-1

ポスト
『怪奇堂 5』 文芸社　2011.1　①978-4-286-09671-1

街～マチ～
『怪奇堂 抄』 文芸社　2012.5　①978-4-286-11533-7

身代わり人形
『怪奇堂 抄』 文芸社　2012.5　①978-4-286-11533-7

虫
『怪奇堂 抄』 文芸社　2012.5　①978-4-286-11533-7

女狐
『怪奇堂 5』 文芸社　2011.1　①978-4-286-09671-1

船戸 一人　ふなと・かずひと

リビング・オブ・ザ・デッド
『NOVA 6 書き下ろし日本SFコレクション』（河出文庫）河出書房新社　2011.11　①978-4-309-41113-2

古川 純一　ふるかわ・よしかず

死者―霊魂の歩み
『山の怪談』 河出書房新社　2017.8　①978-4-309-22710-8

古田 隆子　ふるた・たかこ

知らない街
『ゆきのまち幻想文学賞小品集　19　雪の反転鏡』 企画集団ぷりずむ　2010.3　①978-4-906691-32-6

古谷 清刀　ふるたに・さやと

青ずきんちゃん
『青ずきんちゃん』 幻冬舎ルネッサンス　2010.9　①978-4-7790-0611-1

アダムと蛇
『青ずきんちゃん』 幻冬舎ルネッサンス　2010.9　①978-4-7790-0611-1

白雪彦
『青ずきんちゃん』 幻冬舎ルネッサンス　2010.9　①978-4-7790-0611-1

シンデレラッド
『青ずきんちゃん』 幻冬舎ルネッサンス　2010.9　①978-4-7790-0611-1

小さな兄と弟
『青ずきんちゃん』 幻冬舎ルネッサンス　2010.9　①978-4-7790-0611-1

露夜話
『青ずきんちゃん』 幻冬舎ルネッサンス　2010.9　①978-4-7790-0611-1

点滴妖精
『青ずきんちゃん』 幻冬舎ルネッサンス　2010.9　①978-4-7790-0611-1

雪の女王
『青ずきんちゃん』 幻冬舎ルネッサンス　2010.9　①978-4-7790-0611-1

古橋 秀之　ふるはし・ひでゆき

ある日、爆弾がおちてきて
『逃げゆく物語の話―ゼロ年代日本SFベスト集成 F』（創元SF文庫）東京創元社　2010.10　①978-4-488-73802-0

百万光年のちょっと先第十一回
『SF Japan　2009AUTUMN』 徳間書店　2009.9　①978-4-19-862778-2

文宝堂　ぶんぽうどう

怪しき少女
『江戸奇談怪談集』（ちくま学芸文庫）筑摩書房　2012.11　①978-4-480-09488-9

兎園小説
『江戸奇談怪談集』（ちくま学芸文庫）筑摩書房　2012.11　①978-4-480-09488-9

夢の朝顔
『江戸奇談怪談集』（ちくま学芸文庫）筑摩書房　2012.11　①978-4-480-09488-9

平秩 東作　へずつ・とうさく

小豆ばかり
『江戸奇談怪談集』（ちくま学芸文庫）筑摩書房　2012.11　①978-4-480-09488-9

怪談老の杖
『江戸奇談怪談集』（ちくま学芸文庫）筑摩書房　2012.11　①978-4-480-09488-9

幽霊の筆跡
『江戸奇談怪談集』（ちくま学芸文庫）筑摩書房　2012.11　①978-4-480-09488-9

紅原 香　べにはら・かおる

颯太と勝治
『東夾怪奇案内―自称小説家蔦市伊織の事件簿』（廣済堂モノノケ文庫）廣済堂出版　2014.11　①978-4-331-61612-3

薔薇學校異聞
『東夾怪奇案内―自称小説家蔦市伊織の事件簿』（廣済堂モノノケ文庫）廣済堂出版　2014.11　①978-4-331-61612-3

人形病棟
『東夾怪奇案内―自称小説家蔦市伊織の事件簿』（廣済堂モノノケ文庫）廣済堂出版　2014.11　①978-4-331-61612-3

ヘロー天気　へろーてんき

闇神隊衛士達の日々折々
『ワールド・カスタマイズ・クリエーター3』アルファポリス　2013.2　①978-4-434-17580-0

ワールド・カスタマイズ・クリエーター3
『ワールド・カスタマイズ・クリエーター3』アルファポリス　2013.2　①978-4-434-17580-0

Boichi

全てはマグロのためだった
『超弦領域―年刊日本SF傑作選』（創元SF文庫）東京創元社　2009.6　①978-4-488-73402-2

北条 団水　ほうじょう・だんすい

御慇懃なる幽霊
『江戸奇談怪談集』（ちくま学芸文庫）筑摩書房　2012.11　①978-4-480-09488-9

花の一字の東山
『江戸奇談怪談集』（ちくま学芸文庫）筑摩書房　2012.11　①978-4-480-09488-9

一夜船
『江戸奇談怪談集』（ちくま学芸文庫）筑摩書房　2012.11　①978-4-480-09488-9

ぼくのりりっくのぼうよみ

guilty
『伊藤計劃トリビュート 2』（ハヤカワ文庫JA）早川書房　2017.1　①978-4-15-031260-2

星川 ルリ　ほしかわ・るり

川原町晩夏
『血赤さんご』鳥影社　2013.12　①978-4-86265-433-5

空になった男
『血赤さんご』鳥影社　2013.12　①978-4-86265-433-5

恋猫
『血赤さんご』鳥影社　2013.12　①978-4-86265-433-5

更紗供養
『血赤さんご』鳥影社　2013.12　①978-4-86265-433-5

空飛ぶベンチ
『血赤さんご』 鳥影社 2013.12 ①978-4-86265-433-5

血赤さんご
『血赤さんご』 鳥影社 2013.12 ①978-4-86265-433-5

DVの番人
『血赤さんご』 鳥影社 2013.12 ①978-4-86265-433-5

長良川暮色
『血赤さんご』 鳥影社 2013.12 ①978-4-86265-433-5

星 新一　ほし・しんいち

ああ祖国よ
『あしたは戦争―巨匠たちの想像力 "戦時体制"』(ちくま文庫) 筑摩書房 2016.1 ①978-4-480-43326-8

あいつが来る
『あいつが来る』(星新一YAセレクション) 理論社 2009.3 ①978-4-652-02385-3

『どこかの事件 改版』(新潮文庫) 新潮社 2015.6 ①978-4-10-109838-8

愛の通信
『悪魔のいる天国 改版』(新潮文庫) 新潮社 2014.7 ①978-4-10-109806-7

愛の指輪
『あるスパイの物語』(星新一YAセレクション) 理論社 2009.6 ①978-4-652-02386-0

悪人たちの手ぬかり
『つぎはぎプラネット』(新潮文庫) 新潮社 2013.9 ①978-4-10-109853-1

悪の組織
『不吉な地点』(星新一YAセレクション) 理論社 2009.10 ①978-4-652-02388-4

あこがれの朝
『エヌ氏の遊園地 改版』(新潮文庫) 新潮社 2013.2 ①978-4-10-109831-9

味の極致
『つぎはぎプラネット』(新潮文庫) 新潮社 2013.9 ①978-4-10-109853-1

頭のいい子
『きつね小僧』(星新一YAセレクション) 理論社 2009.12 ①978-4-652-02389-1

あばれロボットのなぞ
『つぎはぎプラネット』(新潮文庫) 新潮社 2013.9 ①978-4-10-109853-1

アフターサービス
『星新一すこしふしぎ傑作選』(集英社みらい文庫) 集英社 2013.11 ①978-4-08-321183-6

『妖精配給社 改版』(新潮文庫) 新潮社 2014.8 ①978-4-10-109809-8

ある商売
『エヌ氏の遊園地 改版』(新潮文庫) 新潮社 2013.2 ①978-4-10-109831-9

あるスパイの物語
『あるスパイの物語』(星新一YAセレクション) 理論社 2009.6 ①978-4-652-02386-0

ある戦い
『妖精配給社 改版』(新潮文庫) 新潮社 2014.8 ①978-4-10-109809-8

ある星で
『つぎはぎプラネット』(新潮文庫) 新潮社 2013.9 ①978-4-10-109853-1

ある未来の生活
『つぎはぎプラネット』(新潮文庫) 新潮社 2013.9 ①978-4-10-109853-1

ある未来の生活 すばらしき三十年後
『つぎはぎプラネット』(新潮文庫) 新潮社 2013.9 ①978-4-10-109853-1

あーん。あーん
『まぼろしの星』(角川つばさ文庫) 角川書店 2009.7 ①978-4-04-631036-1

暗示
『妖精配給社 改版』(新潮文庫) 新潮社 2014.8 ①978-4-10-109809-8

安全な味
『マイ国家 改版』(新潮文庫) 新潮社 2014.6 ①978-4-10-109808-1

いいわけ幸兵衛
『星新一ショートショート遊園地 5 たくさんの変光星』(樹立社大活字の〈杜〉) 樹立社 2010.3 ①978-4-901769-47-1,978-4-901769-42-6

『マイ国家 改版』(新潮文庫) 新潮社 2014.6 ①978-4-10-109808-1

泉
『あいつが来る』(星新一YAセレクション) 理論社 2009.3 ①978-4-652-02385-3

異端
　『きまぐれ星からの伝言』　徳間書店　2016.8
　①978-4-19-864220-4

一日の仕事
　『きまぐれ星からの伝言』　徳間書店　2016.8
　①978-4-19-864220-4

一家心中
　『不吉な地点』(星新一YAセレクション)　理論社　2009.10　①978-4-652-02388-4

遺品
　『妖精配給会社　改版』(新潮文庫)　新潮社　2014.8　①978-4-10-109809-8

依頼
　『エヌ氏の遊園地　改版』(新潮文庫)　新潮社　2013.2　①978-4-10-109831-9

入会
　『どこかの事件　改版』(新潮文庫)　新潮社　2015.6　①978-4-10-109838-8

違和感
　『不吉な地点』(星新一YAセレクション)　理論社　2009.10　①978-4-652-02388-4

インタビュー
　『つぎはぎプラネット』(新潮文庫)　新潮社　2013.9　①978-4-10-109853-1

陰謀団ミダス
　『あるスパイの物語』(星新一YAセレクション)　理論社　2009.6　①978-4-652-02386-0

薄暗い星で
　『星新一ショートショート遊園地　6　味わい銀河』(樹立社大活字の〈杜〉)　樹立社　2010.3　①978-4-901769-48-8,978-4-901769-42-6
　『悪魔のいる天国　改版』(新潮文庫)　新潮社　2014.7　①978-4-10-109806-7

宇宙をかける100年後の夢
　『つぎはぎプラネット』(新潮文庫)　新潮社　2013.9　①978-4-10-109853-1

宇宙のキツネ
　『悪魔のいる天国　改版』(新潮文庫)　新潮社　2014.7　①978-4-10-109806-7

宇宙の声
　『宇宙の声―星新一ジュブナイル・セレクション』(角川つばさ文庫)　角川書店　2009.11　①978-4-04-631061-3

宇宙の関所
　『妖精配給会社　改版』(新潮文庫)　新潮社　2014.8　①978-4-10-109809-8

海のハープ
　『あるスパイの物語』(星新一YAセレクション)　理論社　2009.6　①978-4-652-02386-0

うらめしや
　『うらめしや』(星新一YAセレクション)　理論社　2010.2　①978-4-652-02390-7
　『エヌ氏の遊園地　改版』(新潮文庫)　新潮社　2013.2　①978-4-10-109831-9

うるさい相手
　『マイ国家　改版』(新潮文庫)　新潮社　2014.6　①978-4-10-109808-1

うるさい上役
　『どこかの事件　改版』(新潮文庫)　新潮社　2015.6　①978-4-10-109838-8

上役の家
　『どこかの事件　改版』(新潮文庫)　新潮社　2015.6　①978-4-10-109838-8

運命
　『どこかの事件　改版』(新潮文庫)　新潮社　2015.6　①978-4-10-109838-8

運命のまばたき
　『エヌ氏の遊園地　改版』(新潮文庫)　新潮社　2013.2　①978-4-10-109831-9

エル氏の最期
　『悪魔のいる天国　改版』(新潮文庫)　新潮社　2014.7　①978-4-10-109806-7

L博士の装置
　『つぎはぎプラネット』(新潮文庫)　新潮社　2013.9　①978-4-10-109853-1

遠大な計画
　『妖精配給会社　改版』(新潮文庫)　新潮社　2014.8　①978-4-10-109809-8

円盤
　『つぎはぎプラネット』(新潮文庫)　新潮社　2013.9　①978-4-10-109853-1

追い越し
　『星新一ショートショート遊園地　3　そううまくいくもんかの事件』(樹立社大活字の〈杜〉)　樹立社　2010.3　①978-4-901769-45-7,978-4-901769-42-6
　『悪魔のいる天国　改版』(新潮文庫)　新潮社　2014.7　①978-4-10-109806-7

オイル博士地底を行く
『つぎはぎプラネット』（新潮文庫）新潮社　2013.9　①978-4-10-109853-1

黄金のオウム
『悪魔のいる天国　改版』（新潮文庫）新潮社　2014.7　①978-4-10-109806-7

応接室
『マイ国家　改版』（新潮文庫）新潮社　2014.6　①978-4-10-109808-1

オオカミそのほか
『星新一ショートショート遊園地　4　おかしな遊園地』（樹立社大活字の〈杜〉）樹立社　2010.3　①978-4-901769-46-4,978-4-901769-42-6

『きまぐれ星からの伝言』徳間書店　2016.8　①978-4-19-864220-4

おかしな青年
『不吉な地点』（星新一YAセレクション）理論社　2009.10　①978-4-652-02388-4

屋上での出来事
『つぎはぎプラネット』（新潮文庫）新潮社　2013.9　①978-4-10-109853-1

お地蔵さまのくれたクマ
『悪魔のいる天国　改版』（新潮文庫）新潮社　2014.7　①978-4-10-109806-7

お正月
『つぎはぎプラネット』（新潮文庫）新潮社　2013.9　①978-4-10-109853-1

おそるべき事態
『妖精配給会社　改版』（新潮文庫）新潮社　2014.8　①978-4-10-109809-8

おとぎの電子生活
『つぎはぎプラネット』（新潮文庫）新潮社　2013.9　①978-4-10-109853-1

お願い
『あるスパイの物語』（星新一YAセレクション）理論社　2009.6　①978-4-652-02386-0

『どこかの事件　改版』（新潮文庫）新潮社　2015.6　①978-4-10-109838-8

お化けの出る池
『つぎはぎプラネット』（新潮文庫）新潮社　2013.9　①978-4-10-109853-1

おみやげ
『宇宙の声―星新一ジュブナイル・セレクション』（角川つばさ文庫）角川書店　2009.11　①978-4-04-631061-3

おみやげを持って
『妖精配給会社　改版』（新潮文庫）新潮社　2014.8　①978-4-10-109809-8

思わぬ効果
『マイ国家　改版』（新潮文庫）新潮社　2014.6　①978-4-10-109808-1

オリンピック二〇六四
『つぎはぎプラネット』（新潮文庫）新潮社　2013.9　①978-4-10-109853-1

女と金と美
『マイ国家　改版』（新潮文庫）新潮社　2014.6　①978-4-10-109808-1

女の効用
『エヌ氏の遊園地　改版』（新潮文庫）新潮社　2013.2　①978-4-10-109831-9

海岸のさわぎ
『きつね小僧』（星新一YAセレクション）理論社　2009.12　①978-4-652-02389-1

開業
『エヌ氏の遊園地　改版』（新潮文庫）新潮社　2013.2　①978-4-10-109831-9

解放の時代
『60年代日本SFベスト集成』（ちくま文庫）筑摩書房　2013.3　①978-4-480-43042-7

鍵
『日本SF短篇50　1　日本SF作家クラブ創立50周年記念アンソロジー』（ハヤカワ文庫JA）早川書房　2013.2　①978-4-15-031098-1

かたきうち
『妄想銀行』（星新一YAセレクション）理論社　2009.8　①978-4-652-02387-7

肩の上の秘書
『悪魔のいる天国　改版』（新潮文庫）新潮社　2014.7　①978-4-10-109806-7

語らい
『マイ国家　改版』（新潮文庫）新潮社　2014.6　①978-4-10-109808-1

カード
『きつね小僧』（星新一YAセレクション）理論社　2009.12　①978-4-652-02389-1

『どこかの事件　改版』（新潮文庫）新潮社　2015.6　①978-4-10-109838-8

星新一

かぼちゃの馬車
『妄想銀行』（星新一YAセレクション）理論社　2009.8　①978-4-652-02387-7

紙の城
『星新一時代小説集　天の巻』（ポプラ文庫）ポプラ社　2009.8　①978-4-591-11105-5
『うらめしや』（星新一YAセレクション）理論社　2010.2　①978-4-652-02390-7

ガラスの花
『マイ国家　改版』（新潮文庫）新潮社　2014.6　①978-4-10-109808-1

かわいいポーリー
『悪魔のいる天国　改版』（新潮文庫）新潮社　2014.7　①978-4-10-109806-7

歓迎ぜめ
『宇宙の声―星新一ジュブナイル・セレクション』（角川つばさ文庫）角川書店　2009.11　①978-4-04-631061-3

勧誘
『不吉な地点』（星新一YAセレクション）理論社　2009.10　①978-4-652-02388-4

消えた大金
『どこかの事件　改版』（新潮文庫）新潮社　2015.6　①978-4-10-109838-8

機会
『あるスパイの物語』（星新一YAセレクション）理論社　2009.6　①978-4-652-02386-0

帰郷
『悪魔のいる天国　改版』（新潮文庫）新潮社　2014.7　①978-4-10-109806-7

企業の秘密
『きつね小僧』（星新一YAセレクション）理論社　2009.12　①978-4-652-02389-1
『どこかの事件　改版』（新潮文庫）新潮社　2015.6　①978-4-10-109838-8

危険な年代
『星新一ショートショート遊園地　6　味わい銀河』（樹立社大活字の〈杜〉）樹立社　2010.3　①978-4-901769-48-8,978-4-901769-42-6
『エヌ氏の遊園地　改版』（新潮文庫）新潮社　2013.2　①978-4-10-109831-9

儀式
『夜の侵入者』（星新一YAセレクション）理論社　2009.2　①978-4-652-02384-6

『マイ国家　改版』（新潮文庫）新潮社　2014.6　①978-4-10-109808-1

きつね小僧
『きつね小僧』（星新一YAセレクション）理論社　2009.12　①978-4-652-02389-1

狐の嫁入り
『つぎはぎプラネット』（新潮文庫）新潮社　2013.9　①978-4-10-109853-1

記念写真
『エヌ氏の遊園地　改版』（新潮文庫）新潮社　2013.2　①978-4-10-109831-9

奇妙な社員
『あいつが来る』（星新一YAセレクション）理論社　2009.3　①978-4-652-02385-3

求人難
『妖精配給社　改版』（新潮文庫）新潮社　2014.8　①978-4-10-109809-8

きょうという日
『妄想銀行』（星新一YAセレクション）理論社　2009.8　①978-4-652-02387-7

帰路
『悪魔のいる天国　改版』（新潮文庫）新潮社　2014.7　①978-4-10-109806-7

銀色のボンベ
『妖精配給社　改版』（新潮文庫）新潮社　2014.8　①978-4-10-109809-8

空想御先祖さま　それはST・AR博士
『つぎはぎプラネット』（新潮文庫）新潮社　2013.9　①978-4-10-109853-1

首輪
『夜の侵入者』（星新一YAセレクション）理論社　2009.2　①978-4-652-02384-6
『マイ国家　改版』（新潮文庫）新潮社　2014.6　①978-4-10-109808-1

クリスマス・イブの出来事
『エヌ氏の遊園地　改版』（新潮文庫）新潮社　2013.2　①978-4-10-109831-9

車の客
『不吉な地点』（星新一YAセレクション）理論社　2009.10　①978-4-652-02388-4

黒い服の男
『不吉な地点』（星新一YAセレクション）理論社　2009.10　①978-4-652-02388-4

黒幕
『星新一ショートショート遊園地　3　そううまくいくもんかの事件』(樹立社大活字の〈杜〉) 樹立社　2010.3　①978-4-901769-45-7,978-4-901769-42-6

『つぎはぎプラネット』(新潮文庫) 新潮社　2013.9　①978-4-10-109853-1

景気のいい香り
『つぎはぎプラネット』(新潮文庫) 新潮社　2013.9　①978-4-10-109853-1

刑事と称する男
『マイ国家　改版』(新潮文庫) 新潮社　2014.6　①978-4-10-109808-1

契約者
『悪魔のいる天国　改版』(新潮文庫) 新潮社　2014.7　①978-4-10-109806-7

経路
『どこかの事件　改版』(新潮文庫) 新潮社　2015.6　①978-4-10-109838-8

けちな願い
『エヌ氏の遊園地　改版』(新潮文庫) 新潮社　2013.2　①978-4-10-109831-9

ケラ星人
『つぎはぎプラネット』(新潮文庫) 新潮社　2013.9　①978-4-10-109853-1

厳粛な儀式
『妄想銀行』(星新一YAセレクション) 理論社　2009.8　①978-4-652-02387-7

権利金
『あるスパイの物語』(星新一YAセレクション) 理論社　2009.6　①978-4-652-02386-0

元禄お犬さわぎ
『星新一時代小説集　地の巻』(ポプラ文庫) ポプラ社　2009.10　①978-4-591-11198-7

『うらめしや』(星新一YAセレクション) 理論社　2010.2　①978-4-652-02390-7

恋がたき
『妖精配給会社　改版』(新潮文庫) 新潮社　2014.8　①978-4-10-109809-8

幸運への作戦
『妖精配給会社　改版』(新潮文庫) 新潮社　2014.8　①978-4-10-109809-8

公園の男
『夜の侵入者』(星新一YAセレクション) 理論社　2009.2　①978-4-652-02384-6

豪華な生活
『妖精配給会社　改版』(新潮文庫) 新潮社　2014.8　①978-4-10-109809-8

交差点
『悪魔のいる天国　改版』(新潮文庫) 新潮社　2014.7　①978-4-10-109806-7

交代制
『星新一ショートショート遊園地　3　そううまくいくもんかの事件』(樹立社大活字の〈杜〉) 樹立社　2010.3　①978-4-901769-45-7,978-4-901769-42-6

『70年代日本SFベスト集成　3　1973年度版』(ちくま文庫) 筑摩書房　2015.2　①978-4-480-43213-1

合理主義者
『悪魔のいる天国　改版』(新潮文庫) 新潮社　2014.7　①978-4-10-109806-7

声
『妄想銀行』(星新一YAセレクション) 理論社　2009.8　①978-4-652-02387-7

ごきげん保険
『妖精配給会社　改版』(新潮文庫) 新潮社　2014.8　①978-4-10-109809-8

告白
『悪魔のいる天国　改版』(新潮文庫) 新潮社　2014.7　①978-4-10-109806-7

個性のない男
『エヌ氏の遊園地　改版』(新潮文庫) 新潮社　2013.2　①978-4-10-109831-9

古代の秘法
『あいつが来る』(星新一YAセレクション) 理論社　2009.3　①978-4-652-02385-3

国家機密
『マイ国家　改版』(新潮文庫) 新潮社　2014.6　①978-4-10-109808-1

古風な愛
『妄想銀行』(星新一YAセレクション) 理論社　2009.8　①978-4-652-02387-7

子分たち
『マイ国家　改版』(新潮文庫) 新潮社　2014.6　①978-4-10-109808-1

星新一

殺し屋ですのよ
『エヌ氏の遊園地　改版』(新潮文庫)　新潮社　2013.2　①978-4-10-109831-9

『星新一すこしふしぎ傑作選』(集英社みらい文庫)　集英社　2013.11　①978-4-08-321183-6

こん
『星新一ショートショート遊園地　4　おかしな遊園地』(樹立社大活字の〈杜〉)　樹立社　2010.3　①978-4-901769-46-4,978-4-901769-42-6

『悪魔のいる天国　改版』(新潮文庫)　新潮社　2014.7　①978-4-10-109806-7

最後の大工事
『つぎはぎプラネット』(新潮文庫)　新潮社　2013.9　①978-4-10-109853-1

再認識
『夜の侵入者』(星新一YAセレクション)　理論社　2009.2　①978-4-652-02384-6

サーカスの旅
『悪魔のいる天国　改版』(新潮文庫)　新潮社　2014.7　①978-4-10-109806-7

サーカスのひみつ
『宇宙の声―星新一ジュブナイル・セレクション』(角川つばさ文庫)　角川書店　2009.11　①978-4-04-631061-3

殺人者さま
『悪魔のいる天国　改版』(新潮文庫)　新潮社　2014.7　①978-4-10-109806-7

さまよう犬
『異形の白昼―恐怖小説集』(ちくま文庫)　筑摩書房　2013.9　①978-4-480-43092-2

三角関係
『妖精配給社　改版』(新潮文庫)　新潮社　2014.8　①978-4-10-109809-8

使者
『星新一ショートショート遊園地　4　おかしな遊園地』(樹立社大活字の〈杜〉)　樹立社　2010.3　①978-4-901769-46-4,978-4-901769-42-6

『70年代日本SFベスト集成　1　1971年度版』(ちくま文庫)　筑摩書房　2014.10　①978-4-480-43211-7

自信
『不吉な地点』(星新一YAセレクション)　理論社　2009.10　①978-4-652-02388-4

地獄
『星新一ショートショート遊園地　1　気まぐれ着地点』(樹立社大活字の〈杜〉)　樹立社　2010.3　①978-4-901769-43-3,978-4-901769-42-6

指導
『妖精配給社　改版』(新潮文庫)　新潮社　2014.8　①978-4-10-109809-8

死にたがる男
『マイ国家　改版』(新潮文庫)　新潮社　2014.6　①978-4-10-109808-1

死の舞台
『あいつが来る』(星新一YAセレクション)　理論社　2009.3　①978-4-652-02385-3

紙片
『エヌ氏の遊園地　改版』(新潮文庫)　新潮社　2013.2　①978-4-10-109831-9

車内の事件
『星新一ショートショート遊園地　3　そううまくいくもんかの事件』(樹立社大活字の〈杜〉)　樹立社　2010.3　①978-4-901769-45-7,978-4-901769-42-6

『エヌ氏の遊園地　改版』(新潮文庫)　新潮社　2013.2　①978-4-10-109831-9

習慣
『つぎはぎプラネット』(新潮文庫)　新潮社　2013.9　①978-4-10-109853-1

住宅問題
『あるスパイの物語』(星新一YAセレクション)　理論社　2009.6　①978-4-652-02386-0

終末の日
『妖精配給社　改版』(新潮文庫)　新潮社　2014.8　①978-4-10-109809-8

重要な部分
『70年代日本SFベスト集成　5　1975年度版』(ちくま文庫)　筑摩書房　2015.6　①978-4-480-43215-5

宿命
『マイ国家　改版』(新潮文庫)　新潮社　2014.6　①978-4-10-109808-1

趣味
『マイ国家　改版』(新潮文庫)　新潮社　2014.6　①978-4-10-109808-1

殉職
『悪魔のいる天国　改版』(新潮文庫)　新潮社　2014.7　①978-4-10-109806-7

昇進
『エヌ氏の遊園地　改版』(新潮文庫)　新潮社
2013.2　①978-4-10-109831-9

情熱
『悪魔のいる天国　改版』(新潮文庫)　新潮社
2014.7　①978-4-10-109806-7

商品
『マイ国家　改版』(新潮文庫)　新潮社
2014.6　①978-4-10-109808-1

上品な対応
『つぎはぎプラネット』(新潮文庫)　新潮社
2013.9　①978-4-10-109853-1

職業
『どこかの事件　改版』(新潮文庫)　新潮社
2015.6　①978-4-10-109838-8

食後のまほう
『つぎはぎプラネット』(新潮文庫)　新潮社
2013.9　①978-4-10-109853-1

処刑
『日本SF全集　第1巻(1957〜1971)』出版芸術社　2009.6　①978-4-88293-344-1
『暴走する正義―巨匠たちの想像力「管理社会」』(ちくま文庫)　筑摩書房　2016.2
①978-4-480-43327-5

女性アレルギー
『エヌ氏の遊園地　改版』(新潮文庫)　新潮社
2013.2　①978-4-10-109831-9

白い怪物
『つぎはぎプラネット』(新潮文庫)　新潮社
2013.9　①978-4-10-109853-1

白い粉
『つぎはぎプラネット』(新潮文庫)　新潮社
2013.9　①978-4-10-109853-1

新鮮さの薬
『マイ国家　改版』(新潮文庫)　新潮社
2014.6　①978-4-10-109808-1

診断
『悪魔のいる天国　改版』(新潮文庫)　新潮社
2014.7　①978-4-10-109806-7

シンデレラ
『悪魔のいる天国　改版』(新潮文庫)　新潮社
2014.7　①978-4-10-109806-7

信念
『あるスパイの物語』(星新一YAセレクション)　理論社　2009.6　①978-4-652-02386-0

すばらしい星
『妖精配給会社　改版』(新潮文庫)　新潮社
2014.8　①978-4-10-109809-8

鋭い目の男
『夜の侵入者』(星新一YAセレクション)　理論社　2009.2　①978-4-652-02384-6

正確な答
『つぎはぎプラネット』(新潮文庫)　新潮社
2013.9　①978-4-10-109853-1

責任者
『妖精配給会社　改版』(新潮文庫)　新潮社
2014.8　①978-4-10-109809-8

背中の音
『不吉な地点』(星新一YAセレクション)　理論社　2009.10　①978-4-652-02388-4

背中のやつ
『きつね小僧』(星新一YAセレクション)　理論社　2009.12　①978-4-652-02389-1

ゼリー時代
『つぎはぎプラネット』(新潮文庫)　新潮社
2013.9　①978-4-10-109853-1

栓
『つぎはぎプラネット』(新潮文庫)　新潮社
2013.9　①978-4-10-109853-1

先輩にならって
『きつね小僧』(星新一YAセレクション)　理論社　2009.12　①978-4-652-02389-1
『どこかの事件　改版』(新潮文庫)　新潮社
2015.6　①978-4-10-109838-8

相続
『悪魔のいる天国　改版』(新潮文庫)　新潮社
2014.7　①978-4-10-109806-7

組織
『夜の侵入者』(星新一YAセレクション)　理論社　2009.2　①978-4-652-02384-6

その女
『うらめしや』(星新一YAセレクション)　理論社　2010.2　①978-4-652-02390-7
『どこかの事件　改版』(新潮文庫)　新潮社
2015.6　①978-4-10-109838-8

その夜
『あいつが来る』(星新一YAセレクション)
理論社　2009.3　①978-4-652-02385-3

隊員たち
『あいつが来る』(星新一YAセレクション)
理論社　2009.3　①978-4-652-02385-3

対策
『夜の侵入者』(星新一YAセレクション)　理論社　2009.2　①978-4-652-02384-6

タイムボックス
『あいつが来る』(星新一YAセレクション)
理論社　2009.3　①978-4-652-02385-3

タイムマシン
『つぎはぎプラネット』(新潮文庫)　新潮社
2013.9　①978-4-10-109853-1

太陽開発計画
『つぎはぎプラネット』(新潮文庫)　新潮社
2013.9　①978-4-10-109853-1

宝島
『宇宙の声―星新一ジュブナイル・セレクション』(角川つばさ文庫)　角川書店　2009.11
①978-4-04-631061-3

宝の地図
『つぎはぎプラネット』(新潮文庫)　新潮社
2013.9　①978-4-10-109853-1

宝船
『妖精配給会社　改版』(新潮文庫)　新潮社
2014.8　①978-4-10-109809-8

たたり
『文豪てのひら怪談』(ポプラ文庫)　ポプラ社
2009.8　①978-4-591-11104-8

脱出口
『悪魔のいる天国　改版』(新潮文庫)　新潮社
2014.7　①978-4-10-109806-7

タバコ
『あいつが来る』(星新一YAセレクション)
理論社　2009.3　①978-4-652-02385-3

タロベエの紹介
『きつね小僧』(星新一YAセレクション)　理論社　2009.12　①978-4-652-02389-1

知恵の実
『つぎはぎプラネット』(新潮文庫)　新潮社
2013.9　①978-4-10-109853-1

ちがい
『夜の侵入者』(星新一YAセレクション)　理論社　2009.2　①978-4-652-02384-6
『マイ国家　改版』(新潮文庫)　新潮社
2014.6　①978-4-10-109808-1

地球の文化
『星新一ショートショート遊園地　1　気まぐれ着地点』(樹立社大活字の〈杜〉)　樹立社　2010.3　①978-4-901769-43-3,978-4-901769-42-6
『つぎはぎプラネット』(新潮文庫)　新潮社
2013.9　①978-4-10-109853-1

地球のみなさん
『宇宙の声―星新一ジュブナイル・セレクション』(角川つばさ文庫)　角川書店　2009.11
①978-4-04-631061-3

調査
『悪魔のいる天国　改版』(新潮文庫)　新潮社
2014.7　①978-4-10-109806-7

調整
『マイ国家　改版』(新潮文庫)　新潮社
2014.6　①978-4-10-109808-1

超能力
『妄想銀行』(星新一YAセレクション)　理論社　2009.8　①978-4-652-02387-7

治療
『あいつが来る』(星新一YAセレクション)
理論社　2009.3　①978-4-652-02385-3

沈滞の時代
『妖精配給会社　改版』(新潮文庫)　新潮社
2014.8　①978-4-10-109809-8

つきまとう男たち
『不吉な地点』(星新一YAセレクション)　理論社　2009.10　①978-4-652-02388-4

作るべきか
『妖精配給会社　改版』(新潮文庫)　新潮社
2014.8　①978-4-10-109809-8

適当な方法
『あいつが来る』(星新一YAセレクション)
理論社　2009.3　①978-4-652-02385-3

デラックスな金庫
『悪魔のいる天国　改版』(新潮文庫)　新潮社
2014.7　①978-4-10-109806-7

転機
『夜の侵入者』(星新一YAセレクション)　理論社　2009.2　①978-4-652-02384-6

天国
『悪魔のいる天国　改版』(新潮文庫) 新潮社　2014.7　①978-4-10-109806-7

天使と勲章
『妖精配給会社　改版』(新潮文庫) 新潮社　2014.8　①978-4-10-109809-8

天罰
『あるスパイの物語』(星新一YAセレクション) 理論社　2009.6　①978-4-652-02386-0

逃走
『妖精配給会社　改版』(新潮文庫) 新潮社　2014.8　①978-4-10-109809-8

逃走の道
『エヌ氏の遊園地　改版』(新潮文庫) 新潮社　2013.2　①978-4-10-109831-9

逃亡の部屋
『不吉な地点』(星新一YAセレクション) 理論社　2009.10　①978-4-652-02388-4

『星新一ショートショート遊園地　2　おみそれショートショート』(樹立社大活字の〈杜〉) 樹立社　2010.3　①978-4-901769-44-0,978-4-901769-42-6

特殊な症状
『マイ国家　改版』(新潮文庫) 新潮社　2014.6　①978-4-10-109808-1

特殊な能力
『きつね小僧』(星新一YAセレクション) 理論社　2009.12　①978-4-652-02389-1

『どこかの事件　改版』(新潮文庫) 新潮社　2015.6　①978-4-10-109838-8

特賞の男
『マイ国家　改版』(新潮文庫) 新潮社　2014.6　①978-4-10-109808-1

どこかの事件
『うらめしや』(星新一YAセレクション) 理論社　2010.2　①978-4-652-02390-7

『どこかの事件　改版』(新潮文庫) 新潮社　2015.6　①978-4-10-109838-8

となりの家庭
『悪魔のいる天国　改版』(新潮文庫) 新潮社　2014.7　①978-4-10-109806-7

となりの住人
『夜の侵入者』(星新一YAセレクション) 理論社　2009.2　①978-4-652-02384-6

どこかの事件
『どこかの事件　改版』(新潮文庫) 新潮社　2015.6　①978-4-10-109838-8

友だち
『小学生までに読んでおきたい文学　5　ともだちの話』あすなろ書房　2013.10　①978-4-7515-2745-0

『妖精配給会社　改版』(新潮文庫) 新潮社　2014.8　①978-4-10-109809-8

なぞめいた女
『エヌ氏の遊園地　改版』(新潮文庫) 新潮社　2013.2　①978-4-10-109831-9

夏の夜
『妖精配給会社　改版』(新潮文庫) 新潮社　2014.8　①978-4-10-109809-8

ナンバー・クラブ
『妄想銀行』(星新一YAセレクション) 理論社　2009.8　①978-4-652-02387-7

逃げる男
『夜の侵入者』(星新一YAセレクション) 理論社　2009.2　①978-4-652-02384-6

『マイ国家　改版』(新潮文庫) 新潮社　2014.6　①978-4-10-109808-1

二〇〇〇年の優雅なお正月
『つぎはぎプラネット』(新潮文庫) 新潮社　2013.9　①978-4-10-109853-1

ネコ
『まぼろしの星』(角川つばさ文庫) 角川書店　2009.7　①978-4-04-631036-1

ねずみとりにかかったねこ
『つぎはぎプラネット』(新潮文庫) 新潮社　2013.9　①978-4-10-109853-1

ねむりウサギ
『マイ国家　改版』(新潮文庫) 新潮社　2014.6　①978-4-10-109808-1

ねらった弱味
『あるスパイの物語』(星新一YAセレクション) 理論社　2009.6　①978-4-652-02386-0

年間最悪の日
『夜の侵入者』(星新一YAセレクション) 理論社　2009.2　①978-4-652-02384-6

廃屋
『宇宙の声—星新一ジュブナイル・セレクション』(角川つばさ文庫) 角川書店　2009.11　①978-4-04-631061-3

波状攻撃
『エヌ氏の遊園地　改版』(新潮文庫)　新潮社
2013.2　①978-4-10-109831-9

ハナ研究所
『妖精配給会社　改版』(新潮文庫)　新潮社
2014.8　①978-4-10-109809-8

花とひみつ
『まぼろしの星』(角川つばさ文庫)　角川書店
2009.7　①978-4-04-631036-1
『おもしろいお話10分読書　めやす小学5年』
教学研究社　2011　①978-4-318-00985-6

破滅
『妄想銀行』(星新一YAセレクション)　理論社　2009.8　①978-4-652-02387-7

林の人かげ
『どこかの事件　改版』(新潮文庫)　新潮社
2015.6　①978-4-10-109838-8

春の寓話
『妖精配給会社　改版』(新潮文庫)　新潮社
2014.8　①978-4-10-109809-8

藩医三代記
『星新一時代小説集　地の巻』(ポプラ文庫)
ポプラ社　2009.10　①978-4-591-11198-7
『うらめしや』(星新一YAセレクション)　理論社　2010.2　①978-4-652-02390-7

犯人はだれ？
『つぎはぎプラネット』(新潮文庫)　新潮社
2013.9　①978-4-10-109853-1

被害
『つぎはぎプラネット』(新潮文庫)　新潮社
2013.9　①978-4-10-109853-1

尾行
『エヌ氏の遊園地　改版』(新潮文庫)　新潮社
2013.2　①978-4-10-109831-9

ビジネス
『どこかの事件　改版』(新潮文庫)　新潮社
2015.6　①978-4-10-109838-8

ひそかなたのしみ
『マイ国家　改版』(新潮文庫)　新潮社
2014.6　①978-4-10-109808-1

ピーターパンの島
『悪魔のいる天国　改版』(新潮文庫)　新潮社
2014.7　①978-4-10-109806-7

ビデオコーダがいっぱい ちょっと未来の話
『つぎはぎプラネット』(新潮文庫)　新潮社
2013.9　①978-4-10-109853-1

人質
『エヌ氏の遊園地　改版』(新潮文庫)　新潮社
2013.2　①978-4-10-109831-9

ひとつの装置
『妖精配給会社　改版』(新潮文庫)　新潮社
2014.8　①978-4-10-109809-8

ひとりじめ
『あいつが来る』(星新一YAセレクション)
理論社　2009.3　①978-4-652-02385-3

美の神
『あいつが来る』(星新一YAセレクション)
理論社　2009.3　①978-4-652-02385-3

秘法の産物
『マイ国家　改版』(新潮文庫)　新潮社
2014.6　①978-4-10-109808-1

秘密結社
『妄想銀行』(星新一YAセレクション)　理論社　2009.8　①978-4-652-02387-7

美味の秘密
『あるスパイの物語』(星新一YAセレクション)　理論社　2009.6　①978-4-652-02386-0

秘薬と用法
『エヌ氏の遊園地　改版』(新潮文庫)　新潮社
2013.2　①978-4-10-109831-9

不安
『つぎはぎプラネット』(新潮文庫)　新潮社
2013.9　①978-4-10-109853-1

不吉な地点
『不吉な地点』(星新一YAセレクション)　理論社　2009.10　①978-4-652-02388-4

服を着たゾウ
『マイ国家　改版』(新潮文庫)　新潮社
2014.6　①978-4-10-109808-1

副作用
『エヌ氏の遊園地　改版』(新潮文庫)　新潮社
2013.2　①978-4-10-109831-9

福の神
『妖精配給会社　改版』(新潮文庫)　新潮社
2014.8　①978-4-10-109809-8

不景気
『夜の侵入者』（星新一YAセレクション）理論社　2009.2　①978-4-652-02384-6

ふしぎなおくりもの
『つぎはぎプラネット』（新潮文庫）新潮社　2013.9　①978-4-10-109853-1

ふしぎな放送
『宇宙の声―星新一ジュブナイル・セレクション』（角川つばさ文庫）角川書店　2009.11　①978-4-04-631061-3

太ったネズミ
『つぎはぎプラネット』（新潮文庫）新潮社　2013.9　①978-4-10-109853-1

分工場
『妖精配給社　改版』（新潮文庫）新潮社　2014.8　①978-4-10-109809-8

文明の証拠
『つぎはぎプラネット』（新潮文庫）新潮社　2013.9　①978-4-10-109853-1

ヘビとロケット
『宇宙の声―星新一ジュブナイル・セレクション』（角川つばさ文庫）角川書店　2009.11　①978-4-04-631061-3

へんな怪獣
『宇宙の声―星新一ジュブナイル・セレクション』（角川つばさ文庫）角川書店　2009.11　①978-4-04-631061-3

変な侵入者
『宇宙の声―星新一ジュブナイル・セレクション』（角川つばさ文庫）角川書店　2009.11　①978-4-04-631061-3

ポケットの妖精
『どこかの事件　改版』（新潮文庫）新潮社　2015.6　①978-4-10-109838-8

ボタン星からの贈り物
『妖精配給社　改版』（新潮文庫）新潮社　2014.8　①978-4-10-109809-8

ほほえみ
『つぎはぎプラネット』（新潮文庫）新潮社　2013.9　①978-4-10-109853-1

マイ国家
『マイ国家　改版』（新潮文庫）新潮社　2014.6　①978-4-10-109808-1

マスコット
『あいつが来る』（星新一YAセレクション）理論社　2009.3　①978-4-652-02385-3

マッチ
『妖精配給社　改版』（新潮文庫）新潮社　2014.8　①978-4-10-109809-8

末路
『妄想銀行』（星新一YAセレクション）理論社　2009.8　①978-4-652-02387-7

魔法のランプ
『つぎはぎプラネット』（新潮文庫）新潮社　2013.9　①978-4-10-109853-1

まぼろしの星
『まぼろしの星』（角川つばさ文庫）角川書店　2009.7　①978-4-04-631036-1

万一の場合
『つぎはぎプラネット』（新潮文庫）新潮社　2013.9　①978-4-10-109853-1

味覚
『星新一すこしふしぎ傑作選』（集英社みらい文庫）集英社　2013.11　①978-4-08-321183-6
『どこかの事件　改版』（新潮文庫）新潮社　2015.6　①978-4-10-109838-8

ミドンさん
『あるスパイの物語』（星新一YAセレクション）理論社　2009.6　①978-4-652-02386-0
『きまぐれ星からの伝言』　徳間書店　2016.8　①978-4-19-864220-4

港の事件
『きつね小僧』（星新一YAセレクション）理論社　2009.12　①978-4-652-02389-1
『エヌ氏の遊園地　改版』（新潮文庫）新潮社　2013.2　①978-4-10-109831-9

見なれぬ家
『つぎはぎプラネット』（新潮文庫）新潮社　2013.9　①978-4-10-109853-1

妙な生物
『つぎはぎプラネット』（新潮文庫）新潮社　2013.9　①978-4-10-109853-1

未来都市
『つぎはぎプラネット』（新潮文庫）新潮社　2013.9　①978-4-10-109853-1

ミラー・ボール
『つぎはぎプラネット』（新潮文庫）新潮社　2013.9　①978-4-10-109853-1

魅力的な男
『エヌ氏の遊園地　改版』(新潮文庫)　新潮社
2013.2　①978-4-10-109831-9

魅力的な薬
『あるスパイの物語』(星新一YAセレクション)　理論社　2009.6　①978-4-652-02386-0

魅力的な噴霧器
『つぎはぎプラネット』(新潮文庫)　新潮社
2013.9　①978-4-10-109853-1

無重力犯罪
『悪魔のいる天国　改版』(新潮文庫)　新潮社
2014.7　①978-4-10-109806-7

命名
『つぎはぎプラネット』(新潮文庫)　新潮社
2013.9　①978-4-10-109853-1

妄想銀行
『妄想銀行』(星新一YAセレクション)　理論社　2009.8　①978-4-652-02387-7

模型と実物
『夜の侵入者』(星新一YAセレクション)　理論社　2009.2　①978-4-652-02384-6

もたらされた文明
『悪魔のいる天国　改版』(新潮文庫)　新潮社
2014.7　①978-4-10-109806-7

もとで
『悪魔のいる天国　改版』(新潮文庫)　新潮社
2014.7　①978-4-10-109806-7

門のある家
『星新一ショートショート遊園地　1　気まぐれ着地点』(樹立社大活字の〈杜〉)　樹立社　2010.3　①978-4-901769-43-3,978-4-901769-42-6
『70年代日本SFベスト集成　2　1972年度版』(ちくま文庫)　筑摩書房　2014.12　①978-4-480-43212-4

やつら
『妄想銀行』(星新一YAセレクション)　理論社　2009.8　①978-4-652-02387-7

誘拐
『悪魔のいる天国　改版』(新潮文庫)　新潮社
2014.7　①978-4-10-109806-7

夕ぐれの車
『エヌ氏の遊園地　改版』(新潮文庫)　新潮社
2013.2　①978-4-10-109831-9

友情の杯
『マイ国家　改版』(新潮文庫)　新潮社
2014.6　①978-4-10-109808-1

有名
『70年代日本SFベスト集成　4　1974年度版』(ちくま文庫)　筑摩書房　2015.4　①978-4-480-43214-8

ユキコちゃんのしかえし
『まほろしの星』(角川つばさ文庫)　角川書店
2009.7　①978-4-04-631036-1
『一年生で読みたい10分のお話』　旺文社
2011.7　①978-4-01-010975-5

ゆきとどいた生活
『悪魔のいる天国　改版』(新潮文庫)　新潮社
2014.7　①978-4-10-109806-7

雪の女
『星新一ショートショート遊園地　1　気まぐれ着地点』(樹立社大活字の〈杜〉)　樹立社　2010.3　①978-4-901769-43-3,978-4-901769-42-6
『マイ国家　改版』(新潮文庫)　新潮社
2014.6　①978-4-10-109808-1

輸送中
『妖精配給会社　改版』(新潮文庫)　新潮社
2014.8　①978-4-10-109809-8

夢への歌
『つぎはぎプラネット』(新潮文庫)　新潮社
2013.9　①978-4-10-109853-1

夢と対策
『うらめしや』(星新一YAセレクション)　理論社　2010.2　①978-4-652-02390-7
『エヌ氏の遊園地　改版』(新潮文庫)　新潮社
2013.2　①978-4-10-109831-9

夢の都市
『悪魔のいる天国　改版』(新潮文庫)　新潮社
2014.7　①978-4-10-109806-7

夢の未来へ
『悪魔のいる天国　改版』(新潮文庫)　新潮社
2014.7　①978-4-10-109806-7

夢みたい
『つぎはぎプラネット』(新潮文庫)　新潮社
2013.9　①978-4-10-109853-1

妖精配給会社
『妖精配給会社　改版』(新潮文庫)　新潮社
2014.8　①978-4-10-109809-8

欲望の城
『エヌ氏の遊園地　改版』(新潮文庫) 新潮社　2013.2　Ⓘ978-4-10-109831-9

よごれている木
『エヌ氏の遊園地　改版』(新潮文庫) 新潮社　2013.2　Ⓘ978-4-10-109831-9

夜の嵐
『夜の侵入者』(星新一YAセレクション) 理論社　2009.2　Ⓘ978-4-652-02384-6

『マイ国家　改版』(新潮文庫) 新潮社　2014.6　Ⓘ978-4-10-109808-1

夜の音
『きまぐれ星からの伝言』徳間書店　2016.8　Ⓘ978-4-19-864220-4

夜の声
『あいつが来る』(星新一YAセレクション) 理論社　2009.3　Ⓘ978-4-652-02385-3

夜の事件
『あるスパイの物語』(星新一YAセレクション) 理論社　2009.6　Ⓘ978-4-652-02386-0

『星新一すこしふしぎ傑作選』(集英社みらい文庫) 集英社　2013.11　Ⓘ978-4-08-321183-6

夜の侵入者
『夜の侵入者』(星新一YAセレクション) 理論社　2009.2　Ⓘ978-4-652-02384-6

夜のへやのなぞ
『つぎはぎプラネット』(新潮文庫) 2013.9　Ⓘ978-4-10-109853-1

夜の道で
『あいつが来る』(星新一YAセレクション) 理論社　2009.3　Ⓘ978-4-652-02385-3

ラフラの食べ方
『つぎはぎプラネット』(新潮文庫) 2013.9　Ⓘ978-4-10-109853-1

臨終の薬
『うらめしや』(星新一YAセレクション) 理論社　2010.2　Ⓘ978-4-652-02390-7

『エヌ氏の遊園地　改版』(新潮文庫) 新潮社　2013.2　Ⓘ978-4-10-109831-9

環
『つぎはぎプラネット』(新潮文庫) 2013.9　Ⓘ978-4-10-109853-1

若がえり
『妄想銀行』(星新一YAセレクション) 理論社　2009.8　Ⓘ978-4-652-02387-7

星野 之宣　ほしの・ゆきのぶ

雷鳴
『折り紙衛星の伝説—年刊日本SF傑作選』(創元SF文庫) 東京創元社　2015.6　Ⓘ978-4-488-73408-4

星 雪江　ほし・ゆきえ

母の毛糸玉
『ゆきのまち幻想文学賞小品集　22　大きな木』企画集団ぷりずむ　2013.3　Ⓘ978-4-906691-45-6

穂村 弘　ほむら・ひろし

超強力磁石
『文豪てのひら怪談』(ポプラ文庫) ポプラ社　2009.8　Ⓘ978-4-591-11104-8

『いじわるな天使』(アスペクト文庫) アスペクト　2013.11　Ⓘ978-4-7572-2251-9

堀 晃　ほり・あきら

暗黒星団
『70年代日本SFベスト集成　5　1975年度版』(ちくま文庫) 筑摩書房　2015.6　Ⓘ978-4-480-43215-5

アンドロメダ占星術
『日本SF全集　第2巻』出版芸術社　2010.3　Ⓘ978-4-88293-347-2

宇宙縫合
『SF JACK』角川書店　2013.2　Ⓘ978-4-04-110398-2

『SF JACK』(角川文庫) 角川書店　2016.2　Ⓘ978-4-04-103895-6

巨星
『拡張幻想—年刊日本SF傑作選』(創元SF文庫) 東京創元社　2012.6　Ⓘ978-4-488-73405-3

堀内 公太郎　ほりうち・こうたろう

再生
『折り紙衛星の伝説―年刊日本SF傑作選』（創元SF文庫）　東京創元社　2015.6　①978-4-488-73408-4

笑う闇
『超弦領域―年刊日本SF傑作選』（創元SF文庫）　東京創元社　2009.6　①978-4-488-73402-2

隣りの黒猫、僕の子猫
『5分で凍る！ ぞっとする怖い話』（宝島社文庫）　宝島社　2015.5　①978-4-8002-4039-2

堀川 アサコ　ほりかわ・あさこ

馬市にて
『魔所―イタコ千歳のあやかし事件帖　2』新潮社　2010.8　①978-4-10-303073-7
『これはこの世のことならず―たましくる』（新潮文庫）新潮社　2013.11　①978-4-10-135584-9

逢魔が時
『これはこの世のことならず―たましくる』（新潮文庫）新潮社　2013.11　①978-4-10-135584-9

カストリゲンチャ
『怪談―黄泉からの招待状』（新潮文庫）新潮社　2012.8　①978-4-10-133253-6

暗いバス
『Fantasy Seller』（新潮文庫）新潮社　2011.6　①978-4-10-136674-6

これはこの世のことならず
『魔所―イタコ千歳のあやかし事件帖　2』新潮社　2010.8　①978-4-10-303073-7
『これはこの世のことならず―たましくる』（新潮文庫）新潮社　2013.11　①978-4-10-135584-9

白い虫
『魔所―イタコ千歳のあやかし事件帖　2』新潮社　2010.8　①978-4-10-303073-7
『これはこの世のことならず―たましくる』（新潮文庫）新潮社　2013.11　①978-4-10-135584-9

魔所
『魔所―イタコ千歳のあやかし事件帖　2』新潮社　2010.8　①978-4-10-303073-7
『これはこの世のことならず―たましくる』（新潮文庫）新潮社　2013.11　①978-4-10-135584-9

堀 辰雄　ほり・たつお

あいびき
『羽ばたき―堀辰雄初期ファンタジー傑作集』彩流社　2017.2　①978-4-7791-2284-2

ある朝
『羽ばたき―堀辰雄初期ファンタジー傑作集』彩流社　2017.2　①978-4-7791-2284-2

刺青した蝶
『羽ばたき―堀辰雄初期ファンタジー傑作集』彩流社　2017.2　①978-4-7791-2284-2

絵はがき
『羽ばたき―堀辰雄初期ファンタジー傑作集』彩流社　2017.2　①978-4-7791-2284-2

音楽のなかで
『羽ばたき―堀辰雄初期ファンタジー傑作集』彩流社　2017.2　①978-4-7791-2284-2

ジゴンと僕
『羽ばたき―堀辰雄初期ファンタジー傑作集』彩流社　2017.2　①978-4-7791-2284-2

死の素描
『日本近代短篇小説選 昭和篇　1』（岩波文庫）岩波書店　2012.8　①978-4-00-311914-3
『羽ばたき―堀辰雄初期ファンタジー傑作集』彩流社　2017.2　①978-4-7791-2284-2

水族館
『羽ばたき―堀辰雄初期ファンタジー傑作集』彩流社　2017.2　①978-4-7791-2284-2

蝶
『羽ばたき―堀辰雄初期ファンタジー傑作集』彩流社　2017.2　①978-4-7791-2284-2

土曜日
『羽ばたき―堀辰雄初期ファンタジー傑作集』彩流社　2017.2　①978-4-7791-2284-2

とらんぷ
『羽ばたき―堀辰雄初期ファンタジー傑作集』彩流社　2017.2　①978-4-7791-2284-2

ネクタイ難
『羽ばたき―堀辰雄初期ファンタジー傑作集』
彩流社　2017.2　ⓘ978-4-7791-2284-2

鼠
『羽ばたき―堀辰雄初期ファンタジー傑作集』
彩流社　2017.2　ⓘ978-4-7791-2284-2

眠りながら
『羽ばたき―堀辰雄初期ファンタジー傑作集』
彩流社　2017.2　ⓘ978-4-7791-2284-2

眠れる人
『羽ばたき―堀辰雄初期ファンタジー傑作集』
彩流社　2017.2　ⓘ978-4-7791-2284-2

羽ばたき―Ein Märchen
『羽ばたき―堀辰雄初期ファンタジー傑作集』
彩流社　2017.2　ⓘ978-4-7791-2284-2

風景
『羽ばたき―堀辰雄初期ファンタジー傑作集』
彩流社　2017.2　ⓘ978-4-7791-2284-2

ヘリオトロープ
『羽ばたき―堀辰雄初期ファンタジー傑作集』
彩流社　2017.2　ⓘ978-4-7791-2284-2

窓
『羽ばたき―堀辰雄初期ファンタジー傑作集』
彩流社　2017.2　ⓘ978-4-7791-2284-2

魔法のかかった丘
『羽ばたき―堀辰雄初期ファンタジー傑作集』
彩流社　2017.2　ⓘ978-4-7791-2284-2

夕暮
『羽ばたき―堀辰雄初期ファンタジー傑作集』
彩流社　2017.2　ⓘ978-4-7791-2284-2

Say it with Flowers
『羽ばたき―堀辰雄初期ファンタジー傑作集』
彩流社　2017.2　ⓘ978-4-7791-2284-2

誉田　哲也　ほんだ・てつや

あなたの本
『あなたの本』　中央公論新社　2012.2　ⓘ978-4-12-004330-7
『あなたの本』(中公文庫)　中央公論新社　2014.12　ⓘ978-4-12-206060-9

帰省
『東と西　2』　小学館　2010.7　ⓘ978-4-09-386276-9

『東と西　2』(小学館文庫)　小学館　2012.2　ⓘ978-4-09-408687-4
『あなたの本』　中央公論新社　2012.2　ⓘ978-4-12-004330-7
『あなたの本』(中公文庫)　中央公論新社　2014.12　ⓘ978-4-12-206060-9

交番勤務の宇宙人
『あなたの本』　中央公論新社　2012.2　ⓘ978-4-12-004330-7
『あなたの本』(中公文庫)　中央公論新社　2014.12　ⓘ978-4-12-206060-9

最後の街
『あなたの本』　中央公論新社　2012.2　ⓘ978-4-12-004330-7
『あなたの本』(中公文庫)　中央公論新社　2014.12　ⓘ978-4-12-206060-9

贖罪の地
『あなたの本』　中央公論新社　2012.2　ⓘ978-4-12-004330-7
『あなたの本』(中公文庫)　中央公論新社　2014.12　ⓘ978-4-12-206060-9

天使のレシート
『あなたの本』　中央公論新社　2012.2　ⓘ978-4-12-004330-7
『あなたの本』(中公文庫)　中央公論新社　2014.12　ⓘ978-4-12-206060-9

見守ることしかできなくて
『Over the Wind―青春スポーツ小説アンソロジー』　ジャイブ　2009.4　ⓘ978-4-86176-646-6
『あなたの本』　中央公論新社　2012.2　ⓘ978-4-12-004330-7
『あなたの本』(中公文庫)　中央公論新社　2014.12　ⓘ978-4-12-206060-9

本堂　平四郎　ほんどう・へいしろう

怨む黒牛―台覧国俊
『怪談と名刀』(双葉文庫)　双葉社　2014.12　ⓘ978-4-575-71426-5

黄牛大奮戦―亀海部
『怪談と名刀』(双葉文庫)　双葉社　2014.12　ⓘ978-4-575-71426-5

大蛇両断―吾ケ妻貞宗
『怪談と名刀』(双葉文庫)　双葉社　2014.12　ⓘ978-4-575-71426-5

怪奇の按摩―米屋氏房
『怪談と名刀』（双葉文庫）双葉社　2014.12
①978-4-575-71426-5

怪猫邪恋―三毛青江
『怪談と名刀』（双葉文庫）双葉社　2014.12
①978-4-575-71426-5

片思いの梵鐘―卒都婆月山
『怪談と名刀』（双葉文庫）双葉社　2014.12
①978-4-575-71426-5

鬼女狂恋―大利根
『怪談と名刀』（双葉文庫）双葉社　2014.12
①978-4-575-71426-5

逆襲の大河童―有馬包国
『怪談と名刀』（双葉文庫）双葉社　2014.12
①978-4-575-71426-5

首が飛んでも―猪ケ窟之定
『怪談と名刀』（双葉文庫）双葉社　2014.12
①978-4-575-71426-5

群狼襲来―弦月信国
『怪談と名刀』（双葉文庫）双葉社　2014.12
①978-4-575-71426-5

虚空に嘲るもの―秋葉長光
『怪談と名刀』（双葉文庫）双葉社　2014.12
①978-4-575-71426-5

七股妖美人―七股政常
『怪談と名刀』（双葉文庫）双葉社　2014.12
①978-4-575-71426-5

邪神の犠牲―石切真守
『怪談と名刀』（双葉文庫）双葉社　2014.12
①978-4-575-71426-5

死霊の応援団―籠釣瓶兼元
『怪談と名刀』（双葉文庫）双葉社　2014.12
①978-4-575-71426-5

蛇性の裔―輝三條
『怪談と名刀』（双葉文庫）双葉社　2014.12
①978-4-575-71426-5

血を吸う山賊―松尾清光
『怪談と名刀』（双葉文庫）双葉社　2014.12
①978-4-575-71426-5

辻斬りと怪青年―久保坂祐定
『怪談と名刀』（双葉文庫）双葉社　2014.12
①978-4-575-71426-5

富田城怪異の間―初桜光忠
『怪談と名刀』（双葉文庫）双葉社　2014.12
①978-4-575-71426-5

仁王尊のごとく―二タ声宝寿
『怪談と名刀』（双葉文庫）双葉社　2014.12
①978-4-575-71426-5

呑んで呑まれて―倉敷国路
『怪談と名刀』（双葉文庫）双葉社　2014.12
①978-4-575-71426-5

俳友巣仙―巣仙国広
『怪談と名刀』（双葉文庫）双葉社　2014.12
①978-4-575-71426-5

白猿狩り―白猿
『怪談と名刀』（双葉文庫）双葉社　2014.12
①978-4-575-71426-5

潜み迫る女怪―金丸広正
『怪談と名刀』（双葉文庫）双葉社　2014.12
①978-4-575-71426-5

藤馬物語―各務綱広
『怪談と名刀』（双葉文庫）双葉社　2014.12
①978-4-575-71426-5

報恩奇談―二ツ岩貞宗
『怪談と名刀』（双葉文庫）双葉社　2014.12
①978-4-575-71426-5

螢と名刀―名物螢丸
『怪談と名刀』（双葉文庫）双葉社　2014.12
①978-4-575-71426-5

妖異大老婆―嫗斬国次
『怪談と名刀』（双葉文庫）双葉社　2014.12
①978-4-575-71426-5

夜泣石のほとりで―名物小夜左文字
『怪談と名刀』（双葉文庫）双葉社　2014.12
①978-4-575-71426-5

舞阪 洸　まいさか・こう

肝試しの夜に、二人は
『ホラーアンソロジー　1　"赤"』（ファミ通文庫）エンターブレイン　2012.8　①978-4-04-728210-0

舞城 王太郎　まいじょう・おうたろう

あうだうだう
- 『短篇五芒星』講談社　2012.7　①978-4-06-217909-6
- 『短篇五芒星』（講談社文庫）講談社　2016.9　①978-4-06-293499-2

アユの嫁
- 『短篇五芒星』講談社　2012.7　①978-4-06-217909-6
- 『短篇五芒星』（講談社文庫）講談社　2016.9　①978-4-06-293499-2

美しい馬の地
- 『短篇五芒星』講談社　2012.7　①978-4-06-217909-6
- 『短篇五芒星』（講談社文庫）講談社　2016.9　①978-4-06-293499-2

バーベル・ザ・バーバリアン
- 『短篇五芒星』講談社　2012.7　①978-4-06-217909-6
- 『短篇五芒星』（講談社文庫）講談社　2016.9　①978-4-06-293499-2

四点リレー怪談
- 『短篇五芒星』講談社　2012.7　①978-4-06-217909-6
- 『短篇五芒星』（講談社文庫）講談社　2016.9　①978-4-06-293499-2

前川 亜希子　まえかわ・あきこ

河童と見た空
- 『河童と見た空―ゆきのまち幻想文学賞小品集　18』企画集団ぷりずむ　2009.3　①978-4-906691-30-2

前川 生子　まえかわ・おいご

本を探して
- 『ゆきのまち幻想文学賞小品集　20　もうひとつの階段』企画集団ぷりずむ　2011.4　①978-4-906691-37-1

前川 由衣　まえかわ・ゆい

かみがかり
- 『ゆきのまち幻想文学賞小品集　22　大きな木』企画集団ぷりずむ　2013.3　①978-4-906691-45-6

前田 珠子　まえだ・たまこ

縁魔の娘と黒い犬
- 『紅琥珀―破妖の剣外伝』（コバルト文庫）集英社　2010.2　①978-4-08-601373-4

鏡の森
- 『紅琥珀―破妖の剣外伝』（コバルト文庫）集英社　2010.2　①978-4-08-601373-4

紅琥珀
- 『紅琥珀―破妖の剣外伝』（コバルト文庫）集英社　2010.2　①978-4-08-601373-4

槇 ありさ　まき・ありさ

海上のゆりかご
- 『瑠璃の風に花は流れる―虹の奏者』（角川ビーンズ文庫）角川書店　2010.9　①978-4-04-447115-6

恋文
- 『瑠璃の風に花は流れる―虹の奏者』（角川ビーンズ文庫）角川書店　2010.9　①978-4-04-447115-6

誓いの日
- 『瑠璃の風に花は流れる―虹の奏者』（角川ビーンズ文庫）角川書店　2010.9　①978-4-04-447115-6

はざまの光
- 『瑠璃の風に花は流れる―虹の奏者』（角川ビーンズ文庫）角川書店　2010.9　①978-4-04-447115-6

光の夢 影の想い
- 『瑠璃の風に花は流れる―虹の奏者』（角川ビーンズ文庫）角川書店　2010.9　①978-4-04-447115-6

烈風前夜
- 『瑠璃の風に花は流れる―虹の奏者』（角川ビーンズ文庫）角川書店　2010.9　①978-4-04-447115-6

牧野 修　まきの・おさむ

穢い國から
- 『怪獣文藝』（幽ブックス）メディアファクトリー　2013.3　①978-4-8401-5144-3

牧野修

グイン、故郷へ帰る
『リアード武侠傳奇・伝―グイン・サーガ外伝24』(ハヤカワ文庫JA) 早川書房 2012.12 ①978-4-15-031090-5

グイン、旅に出る
『リアード武侠傳奇・伝―グイン・サーガ外伝24』(ハヤカワ文庫JA) 早川書房 2012.12 ①978-4-15-031090-5

グイン、地にもぐる
『リアード武侠傳奇・伝―グイン・サーガ外伝24』(ハヤカワ文庫JA) 早川書房 2012.12 ①978-4-15-031090-5

グイン、村へと入る
『リアード武侠傳奇・伝―グイン・サーガ外伝24』(ハヤカワ文庫JA) 早川書房 2012.12 ①978-4-15-031090-5

くもりのないおてんとうさまはかくれてるものを明るみへだす
『死んだ女は歩かない 3 命短し行為せよ乙女』(幻狼fantasia novels) 幻冬舎コミックス 2011.10 ①978-4-344-82345-7

沈む子供
『怪物園―異形コレクション』(光文社文庫) 光文社 2009.8 ①978-4-334-74638-4

地もぐり一寸ぼうし
『死んだ女は歩かない 3 命短し行為せよ乙女』(幻狼fantasia novels)・幻冬舎コミックス 2011.10 ①978-4-344-82345-7

電波の武者
『行き先は特異点―年刊日本SF傑作選』(創元SF文庫) 東京創元社 2017.7 ①978-4-488-73410-7

なきながらぴょんぴょん跳ぶひばり
『死んだ女は歩かない 3 命短し行為せよ乙女』(幻狼fantasia novels) 幻冬舎コミックス 2011.10 ①978-4-344-82345-7

逃げゆく物語の話
『逃げゆく物語の話―ゼロ年代日本SFベスト集成 F』(創元SF文庫) 東京創元社 2010.10 ①978-4-488-73802-0

ネムルセカイ
『夢魘祓い―錆域の少女』(角川ホラー文庫) 角川書店 2009.11 ①978-4-04-352213-2

灰頭年代記
『ダンウィッチの末裔』(クトゥルー・ミュトス・ファイルズ) 創土社 2013.5 ①978-4-7988-3005-6

バラバラジケン
『夢魘祓い―錆域の少女』(角川ホラー文庫) 角川書店 2009.11 ①978-4-04-352213-2

僕がもう死んでいるってことは内緒だよ
『NOVA 6 書き下ろし日本SFコレクション』(河出文庫) 河出書房新社 2011.11 ①978-4-309-41113-2

魔王子の召喚
『グイン・サーガ・ワールド 7』(ハヤカワ文庫JA) 早川書房 2013.3 ①978-4-15-031101-8

ものしり博士
『死んだ女は歩かない 3 命短し行為せよ乙女』(幻狼fantasia novels) 幻冬舎コミックス 2011.10 ①978-4-344-82345-7

山藤孝一の『笑っちゃダメヨ!!』
『喜劇綺劇―異形コレクション』(光文社文庫) 光文社 2009.12 ①978-4-334-74698-8

ユガメムシ
『夢魘祓い―錆域の少女』(角川ホラー文庫) 角川書店 2009.11 ①978-4-04-352213-2

螺旋文書
『日本SF短篇50 4 日本SF作家クラブ創立50周年記念アンソロジー』(ハヤカワ文庫JA) 早川書房 2013.8 ①978-4-15-031126-1

リアード武侠傳奇・伝 連載第一回
『グイン・サーガ・ワールド―グイン・サーガ続篇プロジェクト 1』(ハヤカワ文庫) 早川書房 2011.5 ①978-4-15-031032-5

リアード武侠傳奇・伝 連載第二回
『グイン・サーガ・ワールド 2』(ハヤカワ文庫JA) 早川書房 2011.8 ①978-4-15-031043-1

リアード武侠傳奇・伝 連載第三回
『グイン・サーガ・ワールド 3』(ハヤカワ文庫JA) 早川書房 2011.11 ①978-4-15-031049-3

リアード武侠傳奇・伝 最終回
『グイン・サーガ・ワールド―グイン・サーガ続篇プロジェクト 4』(ハヤカワ文庫) 早川書房 2012.2 ①978-4-15-031056-1

黎明コンビニ血祭り実話SP
『NOVA 1 書き下ろし日本SFコレクション』(河出文庫) 河出書房新社 2009.12 ①978-4-309-40994-8

牧野 信一　まきの・しんいち

淡雪
『新編・日本幻想文学集成　6』　国書刊行会
2017.6　①978-4-336-06031-0

鬼涙村
『新編・日本幻想文学集成　6』　国書刊行会
2017.6　①978-4-336-06031-0

繰舟で往く家
『新編・日本幻想文学集成　6』　国書刊行会
2017.6　①978-4-336-06031-0

痴酔記
『新編・日本幻想文学集成　6』　国書刊行会
2017.6　①978-4-336-06031-0

月あかり
『新編・日本幻想文学集成　6』　国書刊行会
2017.6　①978-4-336-06031-0

吊籠と月光と
『新編・日本幻想文学集成　6』　国書刊行会
2017.6　①978-4-336-06031-0

バラルダ物語
『新編・日本幻想文学集成　6』　国書刊行会
2017.6　①978-4-336-06031-0

風媒結婚
『新編・日本幻想文学集成　6』　国書刊行会
2017.6　①978-4-336-06031-0

風流旅行
『新編・日本幻想文学集成　6』　国書刊行会
2017.6　①978-4-336-06031-0

夜の奇蹟
『新編・日本幻想文学集成　6』　国書刊行会
2017.6　①978-4-336-06031-0

牧 緑人　まき・みどりじん

船幽霊
『大正の怪談実話ヴィンテージ・コレクション』（幽BOOKS　幽Classics）メディアファクトリー　2013.3　①978-4-8401-5116-0

正岡 子規　まさおか・しき

子規小品集
『夢魔は蠢く―文豪怪談傑作選・明治篇』（ちくま文庫）筑摩書房　2011.7　①978-4-480-42847-9

正宗 白鳥　まさむね・はくちょう

人生恐怖図
『新編・日本幻想文学集成　7　三島由紀夫・川端康成・正宗白鳥・室生犀星』　国書刊行会　2017.8　①978-4-336-06032-7

幽霊
『見た人の怪談集』（河出文庫）　河出書房新社　2016.5　①978-4-309-41450-8

妖怪画
『新編・日本幻想文学集成　7　三島由紀夫・川端康成・正宗白鳥・室生犀星』　国書刊行会　2017.8　①978-4-336-06032-7

冷涙
『新編・日本幻想文学集成　7　三島由紀夫・川端康成・正宗白鳥・室生犀星』　国書刊行会　2017.8　①978-4-336-06032-7

摩志田 好話　ましだ・こうあ

御伽空穂猿
『江戸奇談怪談集』（ちくま学芸文庫）　筑摩書房　2012.11　①978-4-480-09488-9

山姑
『江戸奇談怪談集』（ちくま学芸文庫）　筑摩書房　2012.11　①978-4-480-09488-9

真城 昭　ましろ・あきら

砂漠の幽霊船
『70年代日本SFベスト集成　4　1974年度版』（ちくま文庫）筑摩書房　2015.4　①978-4-480-43214-8

増田 俊也　ますだ・としなり

土星人襲来
『NOVA　7　書き下ろし日本SFコレクション』（河出文庫）河出書房新社　2012.3　①978-4-309-41136-1

ますむら ひろし

霧にむせぶ夜
『70年代日本SFベスト集成 3 1973年度版』（ちくま文庫）筑摩書房 2015.2 ⓘ978-4-480-43213-1

間瀬 純子　ませ・じゅんこ

野鳥の森
『Fの肖像―フランケンシュタインの幻想たち 異形コレクション』（光文社文庫）光文社 2010.9 ⓘ978-4-334-74846-3

町井 登志夫　まちい・としお

スキール
『憑依―異形コレクション』（光文社文庫）光文社 2010.5 ⓘ978-4-334-74784-8

町田 康　まちだ・こう

模様
『文豪てのひら怪談』（ポプラ文庫）ポプラ社 2009.8 ⓘ978-4-591-11104-8

松尾 由美　まつお・ゆみ

落としもの
『NOVA 8 書き下ろし日本SFコレクション』（河出文庫）河出書房新社 2012.7 ⓘ978-4-309-41162-0

松川 碧泉　まつかわ・へきせん

深川七不思議
『あやかしの深川―受け継がれる怪異な土地の物語』猿江商會 2016.7 ⓘ978-4-908260-05-6

松崎 有理　まつざき・ゆうり

あがり
『量子回廊―年刊日本SF傑作選』（創元SF文庫）東京創元社 2010.7 ⓘ978-4-488-73403-9

『あがり』（創元日本SF叢書）東京創元社 2011.9 ⓘ978-4-488-01814-6

『あがり』（創元SF文庫）東京創元社 2013.10 ⓘ978-4-488-74501-1

架空論文投稿計画―あらゆる意味ででっちあげられた数章
『SF宝石 2015』光文社 2015.8 ⓘ978-4-334-91049-5

幸福の神を追う
『あがり』（創元SF文庫）東京創元社 2013.10 ⓘ978-4-488-74501-1

5まで数える
『5まで数える』筑摩書房 2017.6 ⓘ978-4-480-80470-9

砂漠
『5まで数える』筑摩書房 2017.6 ⓘ978-4-480-80470-9

代書屋ミクラの幸運
『あがり』（創元日本SF叢書）東京創元社 2011.9 ⓘ978-4-488-01814-6

『あがり』（創元SF文庫）東京創元社 2013.10 ⓘ978-4-488-74501-1

たとえわれ命死ぬとも
『5まで数える』筑摩書房 2017.6 ⓘ978-4-480-80470-9

超現実な彼女―代書屋ミクラの初仕事
『NOVA 6 書き下ろし日本SFコレクション』（河出文庫）河出書房新社 2011.11 ⓘ978-4-309-41113-2

超耐水性日焼け止め開発の顛末
『5まで数える』筑摩書房 2017.6 ⓘ978-4-480-80470-9

バスターズ・ライジング
『5まで数える』筑摩書房 2017.6 ⓘ978-4-480-80470-9

不可能もなく裏切りもなく
『あがり』（創元日本SF叢書）東京創元社 2011.9 ⓘ978-4-488-01814-6

『あがり』（創元SF文庫）東京創元社 2013.10 ⓘ978-4-488-74501-1

へむ
『あがり』（創元日本SF叢書）東京創元社 2011.9 ⓘ978-4-488-01814-6

『あがり』（創元SF文庫）東京創元社 2013.10 ⓘ978-4-488-74501-1

ぼくの手のなかでしずかに

『原色の想像力―創元SF短編賞アンソロジー』（創元SF文庫）東京創元社　2010.12　①978-4-488-73901-0

『あがり』（創元日本SF叢書）東京創元社　2011.9　①978-4-488-01814-6

『あがり』（創元SF文庫）東京創元社　2013.10　①978-4-488-74501-1

やつはアル・クシガイだ―疑似科学バスターズ

『5まで数える』筑摩書房　2017.6　①978-4-480-80470-9

松谷　みよ子　まつたに・みよこ

死者からのたのみ（抄）

『文豪てのひら怪談』（ポプラ文庫）ポプラ社　2009.8　①978-4-591-11104-8

松村　進吉　まつむら・しんきち

ある姉妹の件
『セメント怪談稼業』角川書店　2014.11　①978-4-04-102434-8

ある隧道の件
『セメント怪談稼業』角川書店　2014.11　①978-4-04-102434-8

ある病院の件
『セメント怪談稼業』角川書店　2014.11　①978-4-04-102434-8

気色悪い声の件
『セメント怪談稼業』角川書店　2014.11　①978-4-04-102434-8

さなぎのゆめ
『怪獣文藝』（幽ブックス）メディアファクトリー　2013.3　①978-4-8401-5144-3

第三の実話の件
『セメント怪談稼業』角川書店　2014.11　①978-4-04-102434-8

狸に化けるの件
『セメント怪談稼業』角川書店　2014.11　①978-4-04-102434-8

猫どもの件
『セメント怪談稼業』角川書店　2014.11　①978-4-04-102434-8

廃墟を買うの件
『セメント怪談稼業』角川書店　2014.11　①978-4-04-102434-8

掘ったら出るの件
『セメント怪談稼業』角川書店　2014.11　①978-4-04-102434-8

松村　比呂美　まつむら・ひろみ

悪臭の正体
『恨み忘れじ』（角川ホラー文庫）角川書店　2009.12　①978-4-04-394317-3

永遠の友達
『恨み忘れじ』（角川ホラー文庫）角川書店　2009.12　①978-4-04-394317-3

クレーム
『恨み忘れじ』（角川ホラー文庫）角川書店　2009.12　①978-4-04-394317-3

チョコレート
『恨み忘れじ』（角川ホラー文庫）角川書店　2009.12　①978-4-04-394317-3

溶ける日
『憑依―異形コレクション』（光文社文庫）光文社　2010.5　①978-4-334-74784-8

バーティゴ
『恨み忘れじ』（角川ホラー文庫）角川書店　2009.12　①978-4-04-394317-3

マニキュア
『恨み忘れじ』（角川ホラー文庫）角川書店　2009.12　①978-4-04-394317-3

松本　祐子　まつもと・ゆうこ

ヴァンパイア―招かれる魔物たち
『魔女は真昼に夢を織る』聖学院大学出版会　2016.12　①978-4-907113-20-9

おとぎ話の功罪―フェイ・ウェルドンの『魔女と呼ばれて』を読む
『魔女は真昼に夢を織る』聖学院大学出版会　2016.12　①978-4-907113-20-9

ガラスの靴
『魔女は真昼に夢を織る』聖学院大学出版会　2016.12　①978-4-907113-20-9

氷姫
『魔女は真昼に夢を織る』 聖学院大学出版会 2016.12 ①978-4-907113-20-9

魔女と相棒
『魔女は真昼に夢を織る』 聖学院大学出版会 2016.12 ①978-4-907113-20-9

魔女の森
『魔女は真昼に夢を織る』 聖学院大学出版会 2016.12 ①978-4-907113-20-9

魔法にかけられた子どもたち
『魔女は真昼に夢を織る』 聖学院大学出版会 2016.12 ①978-4-907113-20-9

魔法の食卓—児童文学に見る<食>と魔法の関係
『魔女は真昼に夢を織る』 聖学院大学出版会 2016.12 ①978-4-907113-20-9

魔法ファンタジーに見る知と力の関係
『魔女は真昼に夢を織る』 聖学院大学出版会 2016.12 ①978-4-907113-20-9

松本 零士　まつもと・れいじ

おいどんの地球
『たそがれゆく未来—巨匠たちの想像力 "文明崩壊"』(ちくま文庫) 筑摩書房 2016.3 ①978-4-480-43328-2

セクサロイド
『70年代日本SFベスト集成 2 1972年度版』(ちくま文庫) 筑摩書房 2014.12 ①978-4-480-43212-4

セクサロイド in THE DINOSAUR ZONE
『SFマガジン700 国内篇—創刊700号記念アンソロジー』(ハヤカワ文庫SF) 早川書房 2014.5 ①978-4-15-011961-4

真鍋 正志　まなべ・ただし

冬休みの宿題
『ゆきのまち幻想文学賞小品集 21 風花雪の物語二十七編』 企画集団ぷりずむ 2012.3 ①978-4-906691-42-5

真帆 沁　まほ・しん

讃歌
『ゆきのまち幻想文学賞小品集 19 雪の反転鏡』 企画集団ぷりずむ 2010.3 ①978-4-906691-32-6

まゆ

パズル
『ゆきのまち幻想文学賞小品集 19 雪の反転鏡』 企画集団ぷりずむ 2010.3 ①978-4-906691-32-6

真弓 りの　まゆみ・りの

クラちゃんとカルーさん
『人外恋愛譚』(アース・スターノベル) アース・スターエンターテイメント 2016.6 ①978-4-8030-0935-4

眉村 卓　まゆむら・たく

青木くん
『職場、好きですか？』(双葉文庫) 双葉社 2013.8 ①978-4-575-51602-9

暁の前
『眉村卓コレクション 異世界篇 2 傾いた地平線』 出版芸術社 2012.8 ①978-4-88293-426-4

秋田さん
『こんにちは、花子さん』(双葉文庫) 双葉社 2013.11 ①978-4-575-51628-9

浅吉
『終幕のゆくえ』(双葉文庫) 双葉社 2016.12 ①978-4-575-51956-3

アシュラ
『自殺卵』 出版芸術社 2013.8 ①978-4-88293-451-6

あと一〇日
『終幕のゆくえ』(双葉文庫) 双葉社 2016.12 ①978-4-575-51956-3

有元氏の話
『たそがれ・あやしげ』 出版芸術社 2013.6 ①978-4-88293-447-9

眉村卓

RP工作所
『職場、好きですか？』（双葉文庫）双葉社
2013.8　①978-4-575-51602-9

あんたの一生って…
『たそがれ・あやしげ』　出版芸術社　2013.6
①978-4-88293-447-9

意外な成り行き
『こんにちは、花子さん』（双葉文庫）双葉社
2013.11　①978-4-575-51628-9

生田川家
『短話 ガチャポン』（双葉文庫）双葉社
2015.8　①978-4-575-51805-4

石岡さん
『こんにちは、花子さん』（双葉文庫）双葉社
2013.11　①978-4-575-51628-9

椅子
『こんにちは、花子さん』（双葉文庫）双葉社
2013.11　①978-4-575-51628-9

五十崎
『たそがれ・あやしげ』　出版芸術社　2013.6
①978-4-88293-447-9

板返し
『沈みゆく人―私ファンタジー』　出版芸術社
2010.12　①978-4-88293-401-1

いのちの水
『終幕のゆくえ』（双葉文庫）双葉社　2016.12　①978-4-575-51956-3

嫌がらせ
『こんにちは、花子さん』（双葉文庫）双葉社
2013.11　①978-4-575-51628-9

入れもの
『職場、好きですか？』（双葉文庫）双葉社
2013.8　①978-4-575-51602-9

上田くん
『職場、好きですか？』（双葉文庫）双葉社
2013.8　①978-4-575-51602-9

ウジデンビル
『短話 ガチャポン』（双葉文庫）双葉社
2015.8　①978-4-575-51805-4

薄曇り
『駅にいた蛸』（双葉文庫）双葉社　2013.5
①978-4-575-51579-4

嘘つき
『こんにちは、花子さん』（双葉文庫）双葉社
2013.11　①978-4-575-51628-9

内海さん
『職場、好きですか？』（双葉文庫）双葉社
2013.8　①978-4-575-51602-9

うつつの崖
『眉村卓コレクション　異世界篇　3　夕焼けの回転木馬』出版芸術社　2012.11　①978-4-88293-427-1

ウワァァァァァァァ
『短話 ガチャポン』（双葉文庫）双葉社
2015.8　①978-4-575-51805-4

エイト商会
『職場、好きですか？』（双葉文庫）双葉社
2013.8　①978-4-575-51602-9

易者
『短話 ガチャポン』（双葉文庫）双葉社
2015.8　①978-4-575-51805-4

駅にいた蛸
『駅にいた蛸』（双葉文庫）双葉社　2013.5
①978-4-575-51579-4

Aくん
『こんにちは、花子さん』（双葉文庫）双葉社
2013.11　①978-4-575-51628-9

S半島・海の家
『眉村卓コレクション　異世界篇　2　傾いた地平線』出版芸術社　2012.8　①978-4-88293-426-4

絵のお礼
『たそがれ・あやしげ』　出版芸術社　2013.6
①978-4-88293-447-9

「F駅で」
『たそがれ・あやしげ』　出版芸術社　2013.6
①978-4-88293-447-9

F会館
『こんにちは、花子さん』（双葉文庫）双葉社
2013.11　①978-4-575-51628-9

F教授の話
『たそがれ・あやしげ』　出版芸術社　2013.6
①978-4-88293-447-9

F商事
『職場、好きですか？』（双葉文庫）双葉社
2013.8　①978-4-575-51602-9

エンテンポラール
『短話 ガチャポン』(双葉文庫) 双葉社 2015.8　①978-4-575-51805-4

大鬼・小鬼
『こんにちは、花子さん』(双葉文庫) 双葉社 2013.11　①978-4-575-51628-9

大阪T病院
『短話 ガチャポン』(双葉文庫) 双葉社 2015.8　①978-4-575-51805-4

尾形さん
『職場、好きですか?』(双葉文庫) 双葉社 2013.8　①978-4-575-51602-9

屋上
『70年代日本SFベスト集成　4　1974年度版』(ちくま文庫) 筑摩書房 2015.4　①978-4-480-43214-8

お誘い
『終幕のゆくえ』(双葉文庫) 双葉社 2016.12　①978-4-575-51956-3

お告げ
『終幕のゆくえ』(双葉文庫) 双葉社 2016.12　①978-4-575-51956-3

思いがけない出会い
『眉村卓コレクション　異世界篇　3　夕焼けの回転木馬』出版芸術社 2012.11　①978-4-88293-427-1

『疲れた社員たち』(双葉文庫) 双葉社 2014.5　①978-4-575-51672-2

思い出し笑い
『短話 ガチャポン』(双葉文庫) 双葉社 2015.8　①978-4-575-51805-4

檻からの脱出
『眉村卓コレクション　異世界篇　2　傾いた地平線』出版芸術社 2012.8　①978-4-88293-426-4

籠の中
『駅にいた蛸』(双葉文庫) 双葉社 2013.5　①978-4-575-51579-4

画像面接
『こんにちは、花子さん』(双葉文庫) 双葉社 2013.11　①978-4-575-51628-9

傾いた地平線
『眉村卓コレクション　異世界篇　2　傾いた地平線』出版芸術社 2012.8　①978-4-88293-426-4

滑落
『駅にいた蛸』(双葉文庫) 双葉社 2013.5　①978-4-575-51579-4

髪型
『職場、好きですか?』(双葉文庫) 双葉社 2013.8　①978-4-575-51602-9

乾いた旅
『眉村卓コレクション　異世界篇　2　傾いた地平線』出版芸術社 2012.8　①978-4-88293-426-4

関心
『こんにちは、花子さん』(双葉文庫) 双葉社 2013.11　①978-4-575-51628-9

勧誘員
『短話 ガチャポン』(双葉文庫) 双葉社 2015.8　①978-4-575-51805-4

黄色い猫
『短話 ガチャポン』(双葉文庫) 双葉社 2015.8　①978-4-575-51805-4

帰還
『たそがれ・あやしげ』 出版芸術社 2013.6　①978-4-88293-447-9

疑心暗鬼
『こんにちは、花子さん』(双葉文庫) 双葉社 2013.11　①978-4-575-51628-9

公子
『眉村卓コレクション　異世界篇　1　ぬばたまの…』 出版芸術社 2012.6　①978-4-88293-425-7

休日の会合
『職場、好きですか?』(双葉文庫) 双葉社 2013.8　①978-4-575-51602-9

Q工業
『職場、好きですか?』(双葉文庫) 双葉社 2013.8　①978-4-575-51602-9

嫌われ度メーター
『終幕のゆくえ』(双葉文庫) 双葉社 2016.12　①978-4-575-51956-3

きらわれもの
『職場、好きですか?』(双葉文庫) 双葉社 2013.8　①978-4-575-51602-9

久保くん
『こんにちは、花子さん』(双葉文庫) 双葉社 2013.11　①978-4-575-51628-9

月光よ
『自殺卵』 出版芸術社 2013.8 ①978-4-88293-451-6

欠落秀才
『職場、好きですか?』(双葉文庫) 双葉社 2013.8 ①978-4-575-51602-9

幻影の攻勢
『終幕のゆくえ』(双葉文庫) 双葉社 2016.12 ①978-4-575-51956-3
『行き先は特異点─年刊日本SF傑作選』(創元SF文庫) 東京創元社 2017.7 ①978-4-488-73410-7

好青年
『こんにちは、花子さん』(双葉文庫) 双葉社 2013.11 ①978-4-575-51628-9

豪邸の住人
『自殺卵』 出版芸術社 2013.8 ①978-4-88293-451-6

コキ
『終幕のゆくえ』(双葉文庫) 双葉社 2016.12 ①978-4-575-51956-3

授かりもの
『疲れた社員たち』(双葉文庫) 双葉社 2014.5 ①978-4-575-51672-2

殺意
『短話 ガチャポン』(双葉文庫) 双葉社 2015.8 ①978-4-575-51805-4

佐藤一郎と時間
『自殺卵』 出版芸術社 2013.8 ①978-4-88293-451-6

三〇秒間のシシフンジン
『終幕のゆくえ』(双葉文庫) 双葉社 2016.12 ①978-4-575-51956-3

潮の匂い
『眉村卓コレクション 異世界篇 2 傾いた地平線』 出版芸術社 2012.8 ①978-4-88293-426-4

仕返し
『職場、好きですか?』(双葉文庫) 双葉社 2013.8 ①978-4-575-51602-9

じきに、こけるよ
『沈みゆく人─私ファンタジー』 出版芸術社 2010.12 ①978-4-88293-401-1

『年刊日本SF傑作選 結晶銀河─年刊日本SF傑作選』(創元SF文庫) 東京創元社 2011.7 ①978-4-488-73404-6

仕事ください
『異形の白昼─恐怖小説集』(ちくま文庫) 筑摩書房 2013.9 ①978-4-480-43092-2

自殺卵
『自殺卵』 出版芸術社 2013.8 ①978-4-88293-451-6
『たそがれゆく未来─巨匠たちの想像力 "文明崩壊"』(ちくま文庫) 筑摩書房 2016.3 ①978-4-480-43328-2

沈みゆく人
『沈みゆく人─私ファンタジー』 出版芸術社 2010.12 ①978-4-88293-401-1

シティ・ビューで
『短話 ガチャポン』(双葉文庫) 双葉社 2015.8 ①978-4-575-51805-4

自分史
『終幕のゆくえ』(双葉文庫) 双葉社 2016.12 ①978-4-575-51956-3

島真一
『短話 ガチャポン』(双葉文庫) 双葉社 2015.8 ①978-4-575-51805-4

社屋の中
『疲れた社員たち』(双葉文庫) 双葉社 2014.5 ①978-4-575-51672-2

十五年後
『たそがれ・あやしげ』 出版芸術社 2013.6 ①978-4-88293-447-9

従八位ニ叙ス
『疲れた社員たち』(双葉文庫) 双葉社 2014.5 ①978-4-575-51672-2

出身校
『こんにちは、花子さん』(双葉文庫) 双葉社 2013.11 ①978-4-575-51628-9

上級市民
『短話 ガチャポン』(双葉文庫) 双葉社 2015.8 ①978-4-575-51805-4

食堂
『こんにちは、花子さん』(双葉文庫) 双葉社 2013.11 ①978-4-575-51628-9

触媒
『職場、好きですか?』(双葉文庫) 双葉社 2013.8 ①978-4-575-51602-9

資料室
『こんにちは、花子さん』(双葉文庫) 双葉社
2013.11 ①978-4-575-51628-9

試練
『こんにちは、花子さん』(双葉文庫) 双葉社
2013.11 ①978-4-575-51628-9

新旧通訳
『たそがれ・あやしげ』 出版芸術社 2013.6
①978-4-88293-447-9

人材
『こんにちは、花子さん』(双葉文庫) 双葉社
2013.11 ①978-4-575-51628-9

新室長
『職場、好きですか？』(双葉文庫) 双葉社
2013.8 ①978-4-575-51602-9

信じていたい
『眉村卓コレクション 異世界篇 1 ぬばたまの…』 出版芸術社 2012.6 ①978-4-88293-425-7

スガララ・スガラン
『終幕のゆくえ』(双葉文庫) 双葉社 2016.12 ①978-4-575-51956-3

杉田圭一
『短話 ガチャポン』(双葉文庫) 双葉社
2015.8 ①978-4-575-51805-4

スクルージ現象
『短話 ガチャポン』(双葉文庫) 双葉社
2015.8 ①978-4-575-51805-4

素直な男
『こんにちは、花子さん』(双葉文庫) 双葉社
2013.11 ①978-4-575-51628-9

スーパーレディ
『職場、好きですか？』(双葉文庫) 双葉社
2013.8 ①978-4-575-51602-9

住んでいた号室
『沈みゆく人―私ファンタジー』 出版芸術社
2010.12 ①978-4-88293-401-1

精気
『こんにちは、花子さん』(双葉文庫) 双葉社
2013.11 ①978-4-575-51628-9

精神強化合宿
『こんにちは、花子さん』(双葉文庫) 双葉社
2013.11 ①978-4-575-51628-9

Zテスト
『こんにちは、花子さん』(双葉文庫) 双葉社
2013.11 ①978-4-575-51628-9

先客たち
『職場、好きですか？』(双葉文庫) 双葉社
2013.8 ①978-4-575-51602-9

羨望の町
『終幕のゆくえ』(双葉文庫) 双葉社 2016.12 ①978-4-575-51956-3

「それ」
『たそがれ・あやしげ』 出版芸術社 2013.6
①978-4-88293-447-9

退院後
『自殺卵』 出版芸術社 2013.8 ①978-4-88293-451-6

第二社会
『駅にいた蛸』(双葉文庫) 双葉社 2013.5
①978-4-575-51579-4

第四部
『こんにちは、花子さん』(双葉文庫) 双葉社
2013.11 ①978-4-575-51628-9

多佳子
『たそがれ・あやしげ』 出版芸術社 2013.6
①978-4-88293-447-9

立場
『こんにちは、花子さん』(双葉文庫) 双葉社
2013.11 ①978-4-575-51628-9

小さな店
『職場、好きですか？』(双葉文庫) 双葉社
2013.8 ①978-4-575-51602-9

近くの他人
『こんにちは、花子さん』(双葉文庫) 双葉社
2013.11 ①978-4-575-51628-9

知命・五十歳
『疲れた社員たち』(双葉文庫) 双葉社
2014.5 ①978-4-575-51672-2

中華料理店で
『たそがれ・あやしげ』 出版芸術社 2013.6
①978-4-88293-447-9

超老
『短話 ガチャポン』(双葉文庫) 双葉社
2015.8 ①978-4-575-51805-4

照りかげりの旅
『眉村卓コレクション 異世界篇 3 夕焼けの回転木馬』 出版芸術社 2012.11 ①978-4-88293-427-1

電車乗り
『たそがれ・あやしげ』 出版芸術社 2013.6
①978-4-88293-447-9
転倒
『短話 ガチャポン』(双葉文庫) 双葉社
2015.8 ①978-4-575-51805-4
同期生
『たそがれ・あやしげ』 出版芸術社 2013.6
①978-4-88293-447-9
同僚
『こんにちは、花子さん』(双葉文庫) 双葉社
2013.11 ①978-4-575-51628-9
遠い日の町
『眉村卓コレクション 異世界篇 2 傾いた地平線』 出版芸術社 2012.8 ①978-4-88293-426-4
通りすぎた奴
『日本SF全集 第1巻(1957～1971)』 出版芸術社 2009.6 ①978-4-88293-344-1
『70年代日本SFベスト集成 3 1973年度版』(ちくま文庫) 筑摩書房 2015.2 ①978-4-480-43213-1
読書会
『こんにちは、花子さん』(双葉文庫) 双葉社
2013.11 ①978-4-575-51628-9
独断的な男
『こんにちは、花子さん』(双葉文庫) 双葉社
2013.11 ①978-4-575-51628-9
とりこ
『自殺卵』 出版芸術社 2013.8 ①978-4-88293-451-6
長い待機
『終幕のゆくえ』(双葉文庫) 双葉社 2016.12 ①978-4-575-51956-3
名残の雪
『眉村卓コレクション 異世界篇 1 ぬばたまの…』 出版芸術社 2012.6 ①978-4-88293-425-7
『日本SF短篇50―日本SF作家クラブ創立50周年記念アンソロジー 2』(ハヤカワ文庫) 早川書房 2013.4 ①978-4-15-031110-0
憎まれ役
『こんにちは、花子さん』(双葉文庫) 双葉社
2013.11 ①978-4-575-51628-9
似た人たち
『こんにちは、花子さん』(双葉文庫) 双葉社
2013.11 ①978-4-575-51628-9
似たもの同士
『こんにちは、花子さん』(双葉文庫) 双葉社
2013.11 ①978-4-575-51628-9
日曜の研修
『こんにちは、花子さん』(双葉文庫) 双葉社
2013.11 ①978-4-575-51628-9
人形
『終幕のゆくえ』(双葉文庫) 双葉社 2016.12 ①978-4-575-51956-3
「人間だけ」ゴーグル
『短話 ガチャポン』(双葉文庫) 双葉社
2015.8 ①978-4-575-51805-4
ぬばたまの
『眉村卓コレクション 異世界篇 1 ぬばたまの…』 出版芸術社 2012.6 ①978-4-88293-425-7
林翔一郎であります
『終幕のゆくえ』(双葉文庫) 双葉社 2016.12 ①978-4-575-51956-3
腹立ち
『たそがれ・あやしげ』 出版芸術社 2013.6
①978-4-88293-447-9
パラパラ
『短話 ガチャポン』(双葉文庫) 双葉社
2015.8 ①978-4-575-51805-4
必死の夏休み
『職場、好きですか?』(双葉文庫) 双葉社
2013.8 ①978-4-575-51602-9
姫路県
『職場、好きですか?』(双葉文庫) 双葉社
2013.8 ①978-4-575-51602-9
ふさわしい職業
『疲れた社員たち』(双葉文庫) 双葉社
2014.5 ①978-4-575-51672-2
不死身の男
『こんにちは、花子さん』(双葉文庫) 双葉社
2013.11 ①978-4-575-51628-9
不満処理します
『眉村卓コレクション 異世界篇 1 ぬばたまの…』 出版芸術社 2012.6 ①978-4-88293-425-7

ペケ投げ
『NOVA 9 書き下ろし日本SFコレクション』(河出文庫) 河出書房新社 2013.1 ①978-4-309-41190-3

『自殺卵』 出版芸術社 2013.8 ①978-4-88293-451-6

へろへろべえ
『職場、好きですか?』(双葉文庫) 双葉社 2013.8 ①978-4-575-51602-9

偏見
『こんにちは、花子さん』(双葉文庫) 双葉社 2013.11 ①978-4-575-51628-9

変な文通
『職場、好きですか?』(双葉文庫) 双葉社 2013.8 ①978-4-575-51602-9

ペンルーム
『疲れた社員たち』(双葉文庫) 双葉社 2014.5 ①978-4-575-51672-2

魔女のとき
『こんにちは、花子さん』(双葉文庫) 双葉社 2013.11 ①978-4-575-51628-9

町へ行く前に
『終幕のゆくえ』(双葉文庫) 双葉社 2016.12 ①978-4-575-51956-3

窓の豪雨
『短話ガチャポン』(双葉文庫) 双葉社 2015.8 ①978-4-575-51805-4

真昼の送電塔
『終幕のゆくえ』(双葉文庫) 双葉社 2016.12 ①978-4-575-51956-3

真昼の断層
『駅にいた蛸』(双葉文庫) 双葉社 2013.5 ①978-4-575-51579-4

『70年代日本SFベスト集成 1 1971年度版』(ちくま文庫) 筑摩書房 2014.10 ①978-4-480-43211-7

まぶしい朝陽
『疲れた社員たち』(双葉文庫) 双葉社 2014.5 ①978-4-575-51672-2

幻の背負投げ
『短話ガチャポン』(双葉文庫) 双葉社 2015.8 ①978-4-575-51805-4

マリオネット
『眉村卓コレクション 異世界篇 1 ぬばたまの…』 出版芸術社 2012.6 ①978-4-88293-425-7

満腹感
『こんにちは、花子さん』(双葉文庫) 双葉社 2013.11 ①978-4-575-51628-9

未来アイランド
『たそがれ・あやしげ』 出版芸術社 2013.6 ①978-4-88293-447-9

未練
『短話ガチャポン』(双葉文庫) 双葉社 2015.8 ①978-4-575-51805-4

未練の幻
『たそがれ・あやしげ』 出版芸術社 2013.6 ①978-4-88293-447-9

昔のコース
『短話ガチャポン』(双葉文庫) 双葉社 2015.8 ①978-4-575-51805-4

昔の団地で
『たそがれ・あやしげ』 出版芸術社 2013.6 ①978-4-88293-447-9

無人の住居
『職場、好きですか?』(双葉文庫) 双葉社 2013.8 ①978-4-575-51602-9

息子からの手紙?
『たそがれ・あやしげ』 出版芸術社 2013.6 ①978-4-88293-447-9

目の輝き
『こんにちは、花子さん』(双葉文庫) 双葉社 2013.11 ①978-4-575-51628-9

メモ帳
『終幕のゆくえ』(双葉文庫) 双葉社 2016.12 ①978-4-575-51956-3

もくろみ
『職場、好きですか?』(双葉文庫) 双葉社 2013.8 ①978-4-575-51602-9

やり直しの機会
『たそがれ・あやしげ』 出版芸術社 2013.6 ①978-4-88293-447-9

夕焼けの回転木馬
『眉村卓コレクション 異世界篇 3 夕焼けの回転木馬』 出版芸術社 2012.11 ①978-4-88293-427-1

予約
『終幕のゆくえ』(双葉文庫) 双葉社 2016.12 ①978-4-575-51956-3

日本のSF・ホラー・ファンタジー　　　　　　　　　　　　　　　　　　　　　　　　　　　三川祐

立派な先輩
『職場、好きですか？』（双葉文庫）双葉社　2013.8　①978-4-575-51602-9

離陸
『短話ガチャポン』（双葉文庫）双葉社　2015.8　①978-4-575-51805-4

臨終の状況
『短話ガチャポン』（双葉文庫）双葉社　2015.8　①978-4-575-51805-4

ロボットの店
『こんにちは、花子さん』（双葉文庫）双葉社　2013.11　①978-4-575-51628-9

わがパキーネ
『60年代日本SFベスト集成』（ちくま文庫）筑摩書房　2013.3　①978-4-480-43042-7

和佐明の場合
『たそがれ・あやしげ』出版芸術社　2013.6　①978-4-88293-447-9

N氏の姿
『終幕のゆくえ』（双葉文庫）双葉社　2016.12　①978-4-575-51956-3

T
『短話ガチャポン』（双葉文庫）双葉社　2015.8　①978-4-575-51805-4

毬　まり

小さな魔法の降る日に
『小さな魔法の降る日に―ゆきのまち幻想文学賞小品集　25』企画集団ぷりずむ　2015.10　①978-4-906691-55-5

真梨 幸子　まり・ゆきこ

ジョージの災難
『5分で読める！怖いはなし』（宝島社文庫）宝島社　2014.6　①978-4-8002-2805-5

リリーの災難
『5分で読める！怖いはなし』（宝島社文庫）宝島社　2014.6　①978-4-8002-2805-5

丸木 文華　まるき・ぶんげ

愛欲の鬼
『カスミとオボロ―大正百鬼夜行物語』（集英社オレンジ文庫）集英社　2016.6　①978-4-08-680089-1

嫉妬の鬼
『カスミとオボロ―大正百鬼夜行物語』（集英社オレンジ文庫）集英社　2016.6　①978-4-08-680089-1

憎悪の鬼
『カスミとオボロ―大正百鬼夜行物語』（集英社オレンジ文庫）集英社　2016.6　①978-4-08-680089-1

丸山 英人　まるやま・ひでと

消えない傷と恋占い
『隙間女』（電撃文庫）アスキー・メディアワークス　2010.7　①978-4-04-868658-7

隙間女 幅広
『隙間女』（電撃文庫）アスキー・メディアワークス　2010.7　①978-4-04-868658-7

隙間女 飽和
『隙間女』（電撃文庫）アスキー・メディアワークス　2010.7　①978-4-04-868658-7

デコは口ほどにものを言う
『隙間女』（電撃文庫）アスキー・メディアワークス　2010.7　①978-4-04-868658-7

花摘みの園で相席を
『隙間女』（電撃文庫）アスキー・メディアワークス　2010.7　①978-4-04-868658-7

三日月 理音　みかづき・りお

五連闘争
『マルドゥック・ストーリーズ公式二次創作集』（ハヤカワ文庫JA）早川書房　2016.9　①978-4-15-031246-6

三川 祐　みかわ・ゆう

新月の獣
『SF宝石　2015』光文社　2015.8　①978-4-334-91049-5

三木 聖子　みき・せいこ

初雪の日
『ゆきのまち幻想文学賞小品集　20　もうひとつの階段』　企画集団ぷりずむ　2011.4　①978-4-906691-37-1

汀 こるもの　みぎわ・こるもの

貴方の人生は貴方のものではない
『もしかして彼女はレベル97』（講談社ノベルス）　講談社　2016.2　①978-4-06-299070-7

貴方の人生は私のものではないのか
『レベル96少女、不穏な夏休み』（講談社ノベルス）　講談社　2016.11　①978-4-06-299088-2

大人気ない大人には敵わない
『もしかして彼女はレベル97』（講談社ノベルス）　講談社　2016.2　①978-4-06-299070-7

幸運には限度額がある
『ただし少女はレベル99』（講談社ノベルス）　講談社　2014.2　①978-4-06-299009-7

言葉はいつか自分に返ってくる
『ただし少女はレベル99』（講談社ノベルス）　講談社　2014.2　①978-4-06-299009-7

「地獄の釜の蓋が開く」とは「鬼だって盆は休む」という意味である
『レベル96少女、不穏な夏休み』（講談社ノベルス）　講談社　2016.11　①978-4-06-299088-2

死なないのと生きているのとは違う
『もしかして彼女はレベル97』（講談社ノベルス）　講談社　2016.2　①978-4-06-299070-7

正体を知らなくても恋愛はできる
『レベル96少女、不穏な夏休み』（講談社ノベルス）　講談社　2016.11　①978-4-06-299088-2

人生に無駄な伏線はない
『ただし少女はレベル99』（講談社ノベルス）　講談社　2014.2　①978-4-06-299009-7

大切なものは目に見えないと言うのは簡単だけど
『レベル96少女、不穏な夏休み』（講談社ノベルス）　講談社　2016.11　①978-4-06-299088-2

歴史はいつも教わったのと少し違う
『もしかして彼女はレベル97』（講談社ノベルス）　講談社　2016.2　①978-4-06-299070-7

私の幸せは貴方のそれではない
『ただし少女はレベル99』（講談社ノベルス）　講談社　2014.2　①978-4-06-299009-7

三国 司　みくに・つかさ

私の幼なじみは、白くて強くて怖い
『人外恋愛譚』（アース・スターノベル）　アース・スターエンターテイメント　2016.6　①978-4-8030-0935-4

三雲 岳斗　みくも・がくと

コワガリの優等生
『サイハテの聖衣』（電撃文庫）　アスキー・メディアワークス　2011.12　①978-4-04-886101-4

サイハテの偶像
『サイハテの聖衣』（電撃文庫）　アスキー・メディアワークス　2011.12　①978-4-04-886101-4

ナマクラの英雄
『サイハテの聖衣』（電撃文庫）　アスキー・メディアワークス　2011.12　①978-4-04-886101-4

ノミスギの令嬢
『サイハテの聖衣』（電撃文庫）　アスキー・メディアワークス　2011.12　①978-4-04-886101-4

Intermission 或る暑い日の部隊日誌
『サイハテの聖衣』（電撃文庫）　アスキー・メディアワークス　2011.12　①978-4-04-886101-4

三倉 智子　みくら・さとこ

三年後の午の刻
『怪談オウマガドキ学園　1　真夜中の入式』　童心社　2013.7　①978-4-494-01650-1
『怪談オウマガドキ学園　1　真夜中の入式』　童心社　2013.7　①978-4-494-01709-6

三坂 春編　みさか・はるよし

猪苗代の化物
『江戸奇談怪談集』(ちくま学芸文庫) 筑摩書房　2012.11　①978-4-480-09488-9

杜若屋敷
『江戸奇談怪談集』(ちくま学芸文庫) 筑摩書房　2012.11　①978-4-480-09488-9

沼沢の怪
『江戸奇談怪談集』(ちくま学芸文庫) 筑摩書房　2012.11　①978-4-480-09488-9

播州姫路城
『江戸奇談怪談集』(ちくま学芸文庫) 筑摩書房　2012.11　①978-4-480-09488-9

一目坊
『江戸奇談怪談集』(ちくま学芸文庫) 筑摩書房　2012.11　①978-4-480-09488-9

老媼茶話
『江戸奇談怪談集』(ちくま学芸文庫) 筑摩書房　2012.11　①978-4-480-09488-9

三崎 亜記　みさき・あき

確認済飛行物体
『量子回廊―年刊日本SF傑作選』(創元SF文庫) 東京創元社　2010.7　①978-4-488-73403-9

彼女の痕跡展
『逃げゆく物語の話―ゼロ年代日本SFベスト集成 F』(創元SF文庫) 東京創元社　2010.10　①978-4-488-73802-0
『鼓笛隊の襲来』(集英社文庫) 集英社　2011.2　①978-4-08-746662-1

緊急自爆装置
『折り紙衛星の伝説―年刊日本SF傑作選』(創元SF文庫) 東京創元社　2015.6　①978-4-488-73408-4

岬 兄悟　みさき・けいご

夜明けのない朝
『日本SF全集　3　1978～1984』 出版芸術社　2013.12　①978-4-88293-348-9

三島 浩司　みしま・ひろし

傾けるべからず
『高天原探題』(ハヤカワ文庫JA) 早川書房　2013.8　①978-4-15-031127-8

持戒者
『高天原探題』(ハヤカワ文庫JA) 早川書房　2013.8　①978-4-15-031127-8

高天原探題
『高天原探題』(ハヤカワ文庫JA) 早川書房　2013.8　①978-4-15-031127-8

たたける者
『高天原探題』(ハヤカワ文庫JA) 早川書房　2013.8　①978-4-15-031127-8

三島 由紀夫　みしま・ゆきお

女方
『新編・日本幻想文学集成　7　三島由紀夫・川端康成・正宗白鳥・室生犀星』 国書刊行会　2017.8　①978-4-336-06032-7

鴉
『新編・日本幻想文学集成　7　三島由紀夫・川端康成・正宗白鳥・室生犀星』 国書刊行会　2017.8　①978-4-336-06032-7

志賀寺上人の恋
『こころの話』(中学生までに読んでおきたい日本文学) あすなろ書房　2011.2　①978-4-7515-2627-9
『新編・日本幻想文学集成　7　三島由紀夫・川端康成・正宗白鳥・室生犀星』 国書刊行会　2017.8　①978-4-336-06032-7

大障碍
『新編・日本幻想文学集成　7　三島由紀夫・川端康成・正宗白鳥・室生犀星』 国書刊行会　2017.8　①978-4-336-06032-7

手長姫
『新編・日本幻想文学集成　7　三島由紀夫・川端康成・正宗白鳥・室生犀星』 国書刊行会　2017.8　①978-4-336-06032-7

仲間
『幻妖の水脈―日本幻想文学大全』(ちくま文庫) 筑摩書房　2013.9　①978-4-480-43111-0

百万円煎餅
『新編・日本幻想文学集成　7　三島由紀夫・川端康成・正宗白鳥・室生犀星』 国書刊行会　2017.8　①978-4-336-06032-7

ミランダ
『新編・日本幻想文学集成　7　三島由紀夫・川端康成・正宗白鳥・室生犀星』　国書刊行会　2017.8　①978-4-336-06032-7

憂国
『新編・日本幻想文学集成　7　三島由紀夫・川端康成・正宗白鳥・室生犀星』　国書刊行会　2017.8　①978-4-336-06032-7

瑞木　加奈　みずき・かな

雪写し
『ゆきのまち幻想文学賞小品集　22　大きな木』　企画集団ぷりずむ　2013.3　①978-4-906691-45-6

雪の音
『ゆきのまち幻想文学賞小品集　19　雪の反転鏡』　企画集団ぷりずむ　2010.3　①978-4-906691-32-6

水木　しげる　みずき・しげる

宇宙虫
『たそがれゆく未来—巨匠たちの想像力 "文明崩壊"』（ちくま文庫）筑摩書房　2016.3　①978-4-480-43328-2

こどもの国
『暴走する正義—巨匠たちの想像力「管理社会」』（ちくま文庫）筑摩書房　2016.2　①978-4-480-43327-5

水沢　いおり　みずさわ・いおり

雨やどり
『あやかしの店のお客さま』（お江戸あやかし物語）偕成社　2012.10　①978-4-03-516620-7

玉子稲荷
『あやかしの店のお客さま』（お江戸あやかし物語）偕成社　2012.10　①978-4-03-516620-7

なかたがい
『あやかしの店のお客さま』（お江戸あやかし物語）偕成社　2012.10　①978-4-03-516620-7

まねき堂
『あやかしの店のお客さま』（お江戸あやかし物語）偕成社　2012.10　①978-4-03-516620-7

水嶋　大悟　みずしま・だいご

於布津弁天
『ゆきのまち幻想文学賞小品集　21　風花雪の物語二十七編』　企画集団ぷりずむ　2012.3　①978-4-906691-42-5

瑞智　士記　みずち・しき

ウィリンガム霊廟の戦い
『星刻の竜騎士　3』（MF文庫J）メディアファクトリー　2011.1　①978-4-8401-3696-9

湖畔のバカンス
『星刻の竜騎士　3』（MF文庫J）メディアファクトリー　2011.1　①978-4-8401-3696-9

双子宮の月の選抜合宿
『星刻の竜騎士　3』（MF文庫J）メディアファクトリー　2011.1　①978-4-8401-3696-9

レベッカの危ない指令
『星刻の竜騎士　3』（MF文庫J）メディアファクトリー　2011.1　①978-4-8401-3696-9

水野　葉舟　みずの・ようしゅう

医者の話
『大正の怪談実話ヴィンテージ・コレクション』（幽BOOKS　幽Classics）メディアファクトリー　2013.3　①978-4-8401-5116-0

馬に乗った男
『大正の怪談実話ヴィンテージ・コレクション』（幽BOOKS　幽Classics）メディアファクトリー　2013.3　①978-4-8401-5116-0

叔父
『大正の怪談実話ヴィンテージ・コレクション』（幽BOOKS　幽Classics）メディアファクトリー　2013.3　①978-4-8401-5116-0

お由の幽霊
『大正の怪談実話ヴィンテージ・コレクション』（幽BOOKS　幽Classics）メディアファクトリー　2013.3　①978-4-8401-5116-0

怨霊

『大正の怪談実話ヴィンテージ・コレクション』(幽BOOKS　幽Classics)　メディアファクトリー　2013.3　①978-4-8401-5116-0

怪談

『夢魔は蠢く―文豪怪談傑作選・明治篇』(ちくま文庫)　筑摩書房　2011.7　①978-4-480-42847-9

怪談会

『夢魔は蠢く―文豪怪談傑作選・明治篇』(ちくま文庫)　筑摩書房　2011.7　①978-4-480-42847-9

狐

『大正の怪談実話ヴィンテージ・コレクション』(幽BOOKS　幽Classics)　メディアファクトリー　2013.3　①978-4-8401-5116-0

黒い鳥

『大正の怪談実話ヴィンテージ・コレクション』(幽BOOKS　幽Classics)　メディアファクトリー　2013.3　①978-4-8401-5116-0

黒いもの

『大正の怪談実話ヴィンテージ・コレクション』(幽BOOKS　幽Classics)　メディアファクトリー　2013.3　①978-4-8401-5116-0

死霊

『大正の怪談実話ヴィンテージ・コレクション』(幽BOOKS　幽Classics)　メディアファクトリー　2013.3　①978-4-8401-5116-0

白いもの 1

『大正の怪談実話ヴィンテージ・コレクション』(幽BOOKS　幽Classics)　メディアファクトリー　2013.3　①978-4-8401-5116-0

白いもの 2

『大正の怪談実話ヴィンテージ・コレクション』(幽BOOKS　幽Classics)　メディアファクトリー　2013.3　①978-4-8401-5116-0

死んだ男

『大正の怪談実話ヴィンテージ・コレクション』(幽BOOKS　幽Classics)　メディアファクトリー　2013.3　①978-4-8401-5116-0

善光寺詣り

『大正の怪談実話ヴィンテージ・コレクション』(幽BOOKS　幽Classics)　メディアファクトリー　2013.3　①978-4-8401-5116-0

前兆

『大正の怪談実話ヴィンテージ・コレクション』(幽BOOKS　幽Classics)　メディアファクトリー　2013.3　①978-4-8401-5116-0

取り交ぜて(抄)

『文豪てのひら怪談』(ポプラ文庫)　ポプラ社　2009.8　①978-4-591-11104-8

二階からのぞく幽霊

『大正の怪談実話ヴィンテージ・コレクション』(幽BOOKS　幽Classics)　メディアファクトリー　2013.3　①978-4-8401-5116-0

人の足音 1

『大正の怪談実話ヴィンテージ・コレクション』(幽BOOKS　幽Classics)　メディアファクトリー　2013.3　①978-4-8401-5116-0

人の足音 2

『大正の怪談実話ヴィンテージ・コレクション』(幽BOOKS　幽Classics)　メディアファクトリー　2013.3　①978-4-8401-5116-0

響(抄)

『夢魔は蠢く―文豪怪談傑作選・明治篇』(ちくま文庫)　筑摩書房　2011.7　①978-4-480-42847-9

便所の側にイむ幽霊

『大正の怪談実話ヴィンテージ・コレクション』(幽BOOKS　幽Classics)　メディアファクトリー　2013.3　①978-4-8401-5116-0

老人

『大正の怪談実話ヴィンテージ・コレクション』(幽BOOKS　幽Classics)　メディアファクトリー　2013.3　①978-4-8401-5116-0

老婆

『大正の怪談実話ヴィンテージ・コレクション』(幽BOOKS　幽Classics)　メディアファクトリー　2013.3　①978-4-8401-5116-0

若い女

『大正の怪談実話ヴィンテージ・コレクション』(幽BOOKS　幽Classics)　メディアファクトリー　2013.3　①978-4-8401-5116-0

水野　良　みずの・りょう

ミノタウロスの夏

『モンスター・コレクションテイルズ―DRAGON BOOK 25th Anniversary』(富士見ドラゴン・ブック)　富士見書房　2011.2　①978-4-8291-4613-2

水原　紫苑　みずはら・しおん

このゆふべ城に近づく蜻蛉あり武者はをみなを知らざりしかば
『文豪てのひら怪談』（ポプラ文庫）ポプラ社　2009.8　①978-4-591-11104-8

水原　秀策　みずはら・しゅうさく

ベストセラー作家
『10分間（じゅっぷんかん）ミステリー』（宝島社文庫　〔このミス大賞〕）宝島社　2012.2　①978-4-7966-8712-6

『5分で凍る！ぞっとする怖い話』（宝島社文庫）宝島社　2015.5　①978-4-8002-4039-2

水見　稜　みずみ・りょう

オーガニック・スープ
『日本SF全集　3　1978〜1984』出版芸術社　2013.12　①978-4-88293-348-9

おまえのしるし
『マインド・イーター　完全版』（創元SF文庫）東京創元社　2011.11　①978-4-488-74201-0

サック・フル・オブ・ドリームス
『マインド・イーター　完全版』（創元SF文庫）東京創元社　2011.11　①978-4-488-74201-0

憎悪の谷
『マインド・イーター　完全版』（創元SF文庫）東京創元社　2011.11　①978-4-488-74201-0

緑の記憶
『マインド・イーター　完全版』（創元SF文庫）東京創元社　2011.11　①978-4-488-74201-0

迷宮
『マインド・イーター　完全版』（創元SF文庫）東京創元社　2011.11　①978-4-488-74201-0

野生の夢
『マインド・イーター　完全版』（創元SF文庫）東京創元社　2011.11　①978-4-488-74201-0

夢の浅瀬
『マインド・イーター　完全版』（創元SF文庫）東京創元社　2011.11　①978-4-488-74201-0

リトル・ジニー
『マインド・イーター　完全版』（創元SF文庫）東京創元社　2011.11　①978-4-488-74201-0

未達　みたつ

諸国新百物語
『江戸奇談怪談集』（ちくま学芸文庫）筑摩書房　2012.11　①978-4-480-09488-9

新御伽婢子
『江戸奇談怪談集』（ちくま学芸文庫）筑摩書房　2012.11　①978-4-480-09488-9

百物語
『江戸奇談怪談集』（ちくま学芸文庫）筑摩書房　2012.11　①978-4-480-09488-9

遊女猫分食
『江戸奇談怪談集』（ちくま学芸文庫）筑摩書房　2012.11　①978-4-480-09488-9

三田村　信行　みたむら・のぶゆき

そのお札なめさせてもらいます
『夜の迷路で妖怪パニック』（妖怪道中膝栗毛）あかね書房　2013.5　①978-4-251-04515-7

猫はほんとに恩知らず？　蜘蛛の糸は鋼の強さ
『夜の迷路で妖怪パニック』（妖怪道中膝栗毛）あかね書房　2013.5　①978-4-251-04515-7

道尾　秀介　みちお・しゅうすけ

盲蛾
『眠れなくなる夢十夜』（新潮文庫）新潮社　2009.6　①978-4-10-133252-9

『眠れなくなる夢十夜』（新潮文庫）新潮社　2017.1　①978-4-10-101051-9

道草　家守　みちくさ・やもり

豆腐屋『紅葉』繁盛記
『人外恋愛譚』（アース・スターノベル）アース・スターエンターテイメント　2016.6　①978-4-8030-0935-4

光瀬　龍　みつせ・りゅう

歌麿さま参る―笙子夜噺
『多聞寺討伐』（扶桑社文庫）扶桑社　2009.4　①978-4-594-05922-4

餌鳥夜草子
『多聞寺討伐』（扶桑社文庫）扶桑社　2009.4　①978-4-594-05922-4

追う―徳二郎捕物控
『多聞寺討伐』（扶桑社文庫）扶桑社　2009.4　①978-4-594-05922-4

大江戸打首異聞
『多聞寺討伐』（扶桑社文庫）扶桑社　2009.4　①978-4-594-05922-4

幹線水路二〇六一年
『60年代日本SFベスト集成』（ちくま文庫）筑摩書房　2013.3　①978-4-480-43042-7

決闘
『日本SF全集　第1巻（1957～1971）』出版芸術社　2009.6　①978-4-88293-344-1

弘安四年
『多聞寺討伐』（扶桑社文庫）扶桑社　2009.4　①978-4-594-05922-4

紺屋町御用聞異聞
『多聞寺討伐』（扶桑社文庫）扶桑社　2009.4　①978-4-594-05922-4

市二二二〇年
『暴走する正義―巨匠たちの想像力「管理社会」』（ちくま文庫）筑摩書房　2016.2　①978-4-480-43327-5

瑞聖寺異聞
『多聞寺討伐』（扶桑社文庫）扶桑社　2009.4　①978-4-594-05922-4

雑司ヶ谷めくらまし
『多聞寺討伐』（扶桑社文庫）扶桑社　2009.4　①978-4-594-05922-4

多聞寺討伐
『多聞寺討伐』（扶桑社文庫）扶桑社　2009.4　①978-4-594-05922-4

『70年代日本SFベスト集成　1　1971年度版』（ちくま文庫）筑摩書房　2014.10　①978-4-480-43211-7

天の空舟忌記
『多聞寺討伐』（扶桑社文庫）扶桑社　2009.4　①978-4-594-05922-4

辺境五三二〇年
『たそがれゆく未来―巨匠たちの想像力"文明崩壊"』（ちくま文庫）筑摩書房　2016.3　①978-4-480-43328-2

墓碑銘二〇〇七年
『日本SF短篇50　1　日本SF作家クラブ創立50周年記念アンソロジー』（ハヤカワ文庫JA）早川書房　2013.2　①978-4-15-031098-1

三浦縦横斎異聞
『多聞寺討伐』（扶桑社文庫）扶桑社　2009.4　①978-4-594-05922-4

三津田　信三　みつだ・しんぞう

赫眼
『赫眼』（光文社文庫）光文社　2009.9　①978-4-334-74645-2

集まった四人
『怪談のテープ起こし』集英社　2016.7　①978-4-08-771668-9

あとあとさん
『誰かの家』（講談社ノベルス）講談社　2015.7　①978-4-06-299053-0

或る狂女のこと
『どこの家にも怖いものはいる』中央公論新社　2014.8　①978-4-12-004637-7

合わせ鏡の地獄
『赫眼』（光文社文庫）光文社　2009.9　①978-4-334-74645-2

生霊の如き重るもの
『生霊の如き重るもの』（講談社ノベルス）講談社　2011.7　①978-4-06-182789-9

『生霊の如き重るもの』（講談社文庫）講談社　2014.7　①978-4-06-277859-6

異次元屋敷
『どこの家にも怖いものはいる』中央公論新社　2014.8　①978-4-12-004637-7

後ろ小路の町家
『赫眼』（光文社文庫）光文社　2009.9
①978-4-334-74645-2

裏の家の子供
『ついてくるもの』（講談社ノベルス）講談社　2012.9　①978-4-06-182838-4
『ついてくるもの』（講談社文庫）講談社　2015.9　①978-4-06-293146-5

御塚様参り
『誰かの家』（講談社ノベルス）講談社　2015.7　①978-4-06-299053-0

怪奇写真作家
『赫眼』（光文社文庫）光文社　2009.9
①978-4-334-74645-2

怪談奇談・四題（一）旧家の祟り
『赫眼』（光文社文庫）光文社　2009.9
①978-4-334-74645-2

怪談奇談・四題（三）愛犬の死
『赫眼』（光文社文庫）光文社　2009.9
①978-4-334-74645-2

怪談奇談・四題（二）原因
『赫眼』（光文社文庫）光文社　2009.9
①978-4-334-74645-2

怪談奇談・四題（四）喫茶店の客
『赫眼』（光文社文庫）光文社　2009.9
①978-4-334-74645-2

顔無の如き攫うもの
『生霊の如き重るもの』（講談社ノベルス）講談社　2011.7　①978-4-06-182789-9
『生霊の如き重るもの』（講談社文庫）講談社　2014.7　①978-4-06-277859-6

影が来る
『多々良島ふたたび―ウルトラ怪獣アンソロジー』（TSUBURAYA×HAYAKAWA UNIVERSE）早川書房　2015.7　①978-4-15-209555-8

黄雨女
『怪談のテープ起こし』集英社　2016.7
①978-4-08-771668-9

椅人の如き座るもの
『ついてくるもの』（講談社ノベルス）講談社　2012.9　①978-4-06-182838-4

首切の如き裂くもの
『密室の如き籠るもの』（講談社ノベルス）講談社　2009.4　①978-4-06-182641-0
『密室の如き籠るもの』（講談社文庫）講談社　2012.5　①978-4-06-277152-8

隙魔の如き覗くもの
『密室の如き籠るもの』（講談社ノベルス）講談社　2009.4　①978-4-06-182641-0
『名探偵に訊け―最新ベスト・ミステリー』（カッパ・ノベルス）光文社　2010.9　①978-4-334-07698-6
『密室の如き籠るもの』（講談社文庫）講談社　2012.5　①978-4-06-277152-8
『名探偵に訊け―日本ベストミステリー選集』（光文社文庫）光文社　2013.4　①978-4-334-76561-3

死を以て貴しと為す―死相学探偵
『幻想探偵―異形コレクション』（光文社文庫）光文社　2009.2　①978-4-334-74518-9
『赫眼』（光文社文庫）光文社　2009.9
①978-4-334-74645-2

屍と寝るな
『怪談のテープ起こし』集英社　2016.7
①978-4-08-771668-9

死人のテープ起こし
『怪談のテープ起こし』集英社　2016.7
①978-4-08-771668-9

終い屋敷の凶
『のぞきめ』角川書店　2012.11　①978-4-04-110346-3

祝儀絵
『ついてくるもの』（講談社ノベルス）講談社　2012.9　①978-4-06-182838-4
『ついてくるもの』（講談社文庫）講談社　2015.9　①978-4-06-293146-5

死霊の如き歩くもの
『新・本格推理 特別編―不可能犯罪の饗宴』（光文社文庫）光文社　2009.3　①978-4-334-74562-2
『生霊の如き重るもの』（講談社ノベルス）講談社　2011.7　①978-4-06-182789-9
『生霊の如き重るもの』（講談社文庫）講談社　2014.7　①978-4-06-277859-6

屍蠟の如き滴るもの
『生霊の如き重るもの』（講談社ノベルス）講談社　2011.7　①978-4-06-182789-9
『生霊の如き重るもの』（講談社文庫）講談社　2014.7　①978-4-06-277859-6

すれちがうもの
『怪談のテープ起こし』 集英社 2016.7
①978-4-08-771668-9

誰かの家
『誰かの家』(講談社ノベルス) 講談社 2015.7 ①978-4-06-299053-0

ついてくるもの
『憑依―異形コレクション』(光文社文庫) 光文社 2010.5 ①978-4-334-74784-8
『ついてくるもの』(講談社ノベルス) 講談社 2012.9 ①978-4-06-182838-4
『ついてくるもの』(講談社文庫) 講談社 2015.9 ①978-4-06-293146-5

つれていくもの
『誰かの家』(講談社ノベルス) 講談社 2015.7 ①978-4-06-299053-0

天魔の如き跳ぶもの
『凶鳥の如き忌むもの』(ミステリー・リーグ) 原書房 2009.4 ①978-4-562-04287-6
『生霊の如き重るもの』(講談社ノベルス) 講談社 2011.7 ①978-4-06-182789-9
『生霊の如き重るもの』(講談社文庫) 講談社 2014.7 ①978-4-06-277859-6

湯治場の客
『誰かの家』(講談社ノベルス) 講談社 2015.7 ①978-4-06-299053-0

ドールハウスの怪
『誰かの家』(講談社ノベルス) 講談社 2015.7 ①978-4-06-299053-0

覗き屋敷の怪
『のぞきめ』 角川書店 2012.11 ①978-4-04-110346-3

灰蛾男の恐怖
『赫眼』(光文社文庫) 光文社 2009.9 ①978-4-334-74645-2

八幡籔知らず
『ついてくるもの』(講談社ノベルス) 講談社 2012.9 ①978-4-06-182838-4

百物語憑け
『ついてくるもの』(講談社文庫) 講談社 2015.9 ①978-4-06-293146-5

見下ろす家
『赫眼』(光文社文庫) 光文社 2009.9 ①978-4-334-74645-2

光子の家を訪れて
『どこの家にも怖いものはいる』 中央公論新社 2014.8 ①978-4-12-004637-7

密室の如き籠るもの
『密室の如き籠るもの』(講談社ノベルス) 講談社 2009.4 ①978-4-06-182641-0
『密室の如き籠るもの』(講談社文庫) 講談社 2012.5 ①978-4-06-277152-8

向こうから来る
『どこの家にも怖いものはいる』 中央公論新社 2014.8 ①978-4-12-004637-7

迷家の如き動くもの
『密室の如き籠るもの』(講談社ノベルス) 講談社 2009.4 ①978-4-06-182641-0
『本格ミステリ 09 二〇〇九年本格短編ベスト・セレクション』(講談社ノベルス) 講談社 2009.6 ①978-4-06-182654-0
『密室の如き籠るもの』(講談社文庫) 講談社 2012.5 ①978-4-06-277152-8
『空飛ぶモルグ街の研究―本格短編ベスト・セレクション』(講談社文庫) 講談社 2013.1 ①978-4-06-277451-2

八幡籔知らず
『ついてくるもの』(講談社文庫) 講談社 2015.9 ①978-4-06-293146-5

幽霊物件
『どこの家にも怖いものはいる』 中央公論新社 2014.8 ①978-4-12-004637-7

夢の家
『怪談―黄泉からの招待状』(新潮文庫) 新潮社 2012.8 ①978-4-10-133253-6
『ついてくるもの』(講談社ノベルス) 講談社 2012.9 ①978-4-06-182838-4
『ついてくるもの』(講談社文庫) 講談社 2015.9 ①978-4-06-293146-5

よなかのでんわ
『赫眼』(光文社文庫) 光文社 2009.9 ①978-4-334-74645-2

留守番の夜
『怪談のテープ起こし』 集英社 2016.7 ①978-4-08-771668-9

ルームシェアの怪
『ついてくるもの』(講談社ノベルス) 講談社 2012.9 ①978-4-06-182838-4
『ついてくるもの』(講談社文庫) 講談社 2015.9 ①978-4-06-293146-5

皆川 博子　みながわ・ひろこ

藍の夏
『あの紫は―わらべ唄幻想』（皆川博子コレクション）　出版芸術社　2015.8　①978-4-88293-465-3

あの紫は
『あの紫は―わらべ唄幻想』（皆川博子コレクション）　出版芸術社　2015.8　①978-4-88293-465-3

あらたま草紙
『あの紫は―わらべ唄幻想』（皆川博子コレクション）　出版芸術社　2015.8　①978-4-88293-465-3

アリス
『あの紫は―わらべ唄幻想』（皆川博子コレクション）　出版芸術社　2015.8　①978-4-88293-465-3

エジソンは唄う
『あの紫は―わらべ唄幻想』（皆川博子コレクション）　出版芸術社　2015.8　①978-4-88293-465-3

オムレツ少年の儀式
『猫舌男爵』（ハヤカワ文庫JA）　早川書房　2014.11　①978-4-15-031175-9

簪犬
『あの紫は―わらべ唄幻想』（皆川博子コレクション）　出版芸術社　2015.8　①978-4-88293-465-3

カンナあの紅
『あの紫は―わらべ唄幻想』（皆川博子コレクション）　出版芸術社　2015.8　①978-4-88293-465-3

桔梗合戦
『薔薇忌』（実業之日本社文庫）　実業之日本社　2014.6　①978-4-408-55175-3

嫌ひなものは嫌ひなり
『あの紫は―わらべ唄幻想』（皆川博子コレクション）　出版芸術社　2015.8　①978-4-88293-465-3

具足の袂に
『あの紫は―わらべ唄幻想』（皆川博子コレクション）　出版芸術社　2015.8　①978-4-88293-465-3

化粧坂
『薔薇忌』（実業之日本社文庫）　実業之日本社　2014.6　①978-4-408-55175-3

化鳥
『薔薇忌』（実業之日本社文庫）　実業之日本社　2014.6　①978-4-408-55175-3

黒縄
『あの紫は―わらべ唄幻想』（皆川博子コレクション）　出版芸術社　2015.8　①978-4-88293-465-3

古城
『あの紫は―わらべ唄幻想』（皆川博子コレクション）　出版芸術社　2015.8　①978-4-88293-465-3

小袖曽我
『あの紫は―わらべ唄幻想』（皆川博子コレクション）　出版芸術社　2015.8　①978-4-88293-465-3

最新設備
『あの紫は―わらべ唄幻想』（皆川博子コレクション）　出版芸術社　2015.8　①978-4-88293-465-3

桜月夜に
『あの紫は―わらべ唄幻想』（皆川博子コレクション）　出版芸術社　2015.8　①978-4-88293-465-3

灼紅譜
『あの紫は―わらべ唄幻想』（皆川博子コレクション）　出版芸術社　2015.8　①978-4-88293-465-3

深夜の長電話
『あの紫は―わらべ唄幻想』（皆川博子コレクション）　出版芸術社　2015.8　①978-4-88293-465-3

水葬楽
『猫舌男爵』（ハヤカワ文庫JA）　早川書房　2014.11　①978-4-15-031175-9

睡蓮
『猫舌男爵』（ハヤカワ文庫JA）　早川書房　2014.11　①978-4-15-031175-9

雪花散らんせ
『あの紫は―わらべ唄幻想』（皆川博子コレクション）　出版芸術社　2015.8　①978-4-88293-465-3

殺生石
『あの紫は―わらべ唄幻想』(皆川博子コレクション) 出版芸術社　2015.8　①978-4-88293-465-3

太陽馬
『猫舌男爵』(ハヤカワ文庫JA)　早川書房　2014.11　①978-4-15-031175-9

手書きとワープロ
『あの紫は―わらべ唄幻想』(皆川博子コレクション) 出版芸術社　2015.8　①978-4-88293-465-3

出無精の旅
『あの紫は―わらべ唄幻想』(皆川博子コレクション) 出版芸術社　2015.8　①978-4-88293-465-3

禱鬼
『薔薇忌』(実業之日本社文庫)　実業之日本社　2014.6　①978-4-408-55175-3

夏一夜
『あの紫は―わらべ唄幻想』(皆川博子コレクション) 出版芸術社　2015.8　①978-4-88293-465-3

七本桜
『あの紫は―わらべ唄幻想』(皆川博子コレクション) 出版芸術社　2015.8　①978-4-88293-465-3

猫舌男爵
『猫舌男爵』(ハヤカワ文庫JA)　早川書房　2014.11　①978-4-15-031175-9

睡り流し
『あの紫は―わらべ唄幻想』(皆川博子コレクション) 出版芸術社　2015.8　①978-4-88293-465-3

野まずに酔う
『あの紫は―わらべ唄幻想』(皆川博子コレクション) 出版芸術社　2015.8　①978-4-88293-465-3

花折りに
『あの紫は―わらべ唄幻想』(皆川博子コレクション) 出版芸術社　2015.8　①978-4-88293-465-3

薔薇
『あの紫は―わらべ唄幻想』(皆川博子コレクション) 出版芸術社　2015.8　①978-4-88293-465-3

薔薇忌
『薔薇忌』(実業之日本社文庫)　実業之日本社　2014.6　①978-4-408-55175-3

翡翠忌
『薔薇忌』(実業之日本社文庫)　実業之日本社　2014.6　①978-4-408-55175-3

歪んだ扉
『あの紫は―わらべ唄幻想』(皆川博子コレクション) 出版芸術社　2015.8　①978-4-88293-465-3

百八燈
『あの紫は―わらべ唄幻想』(皆川博子コレクション) 出版芸術社　2015.8　①978-4-88293-465-3

二人静
『あの紫は―わらべ唄幻想』(皆川博子コレクション) 出版芸術社　2015.8　①978-4-88293-465-3

紅地獄
『薔薇忌』(実業之日本社文庫)　実業之日本社　2014.6　①978-4-408-55175-3

松虫
『あの紫は―わらべ唄幻想』(皆川博子コレクション) 出版芸術社　2015.8　①978-4-88293-465-3

宿かせと刀投出す雪吹哉―蕪村
『江戸迷宮―異形コレクション』(光文社文庫) 光文社　2011.1　①978-4-334-74901-9

夕陽が沈む
『怪物團―異形コレクション』(光文社文庫) 光文社　2009.8　①978-4-334-74638-4

『量子回廊―年刊日本SF傑作選』(創元SF文庫)　東京創元社　2010.7　①978-4-488-73403-9

『影を買う店』　河出書房新社　2013.11　①978-4-309-02231-4

妖笛
『あの紫は―わらべ唄幻想』(皆川博子コレクション) 出版芸術社　2015.8　①978-4-88293-465-3

「妖笛」あとがき
『あの紫は―わらべ唄幻想』(皆川博子コレクション) 出版芸術社　2015.8　①978-4-88293-465-3

悪い絵
『あの紫は―わらべ唄幻想』(皆川博子コレクション) 出版芸術社　2015.8　①978-4-88293-465-3

南 伸坊　みなみ・しんぼう

チャイナ・ファンタジー 巨きな蛤/家の怪/寒い日
『こわい部屋―謎のギャラリー』(ちくま文庫) 筑摩書房　2012.8　Ⓘ978-4-480-42962-9

源 條悟　みなもと・じょうご

explode/scape goat
『マルドゥック・ストーリーズ公式二次創作集』(ハヤカワ文庫JA)　早川書房　2016.9　Ⓘ978-4-15-031246-6

水沫 流人　みなわ・りゅうと

層
『怪談列島ニッポン―書き下ろし諸国奇談競作集』(MF文庫 ダ・ヴィンチ) メディアファクトリー　2009.2　Ⓘ978-4-8401-2674-8

宮内 悠介　みやうち・ゆうすけ

アニマとエーファ
『Visions』講談社　2016.10　Ⓘ978-4-06-220294-7

薄ければ薄いほど
『折り紙衛星の伝説―年刊日本SF傑作選』(創元SF文庫)　東京創元社　2015.6　Ⓘ978-4-488-73408-4

北東京の子供たち
『ヨハネスブルグの天使たち』(ハヤカワSFシリーズ)　早川書房　2013.5　Ⓘ978-4-15-209378-3

『ヨハネスブルグの天使たち』(ハヤカワ文庫JA)　早川書房　2015.8　Ⓘ978-4-15-031200-8

清められた卓
『盤上の夜』(創元日本SF叢書) 東京創元社　2012.3　Ⓘ978-4-488-01815-3

『盤上の夜』(創元SF文庫) 東京創元社　2014.4　Ⓘ978-4-488-74701-5

原爆の局
『盤上の夜』(創元日本SF叢書) 東京創元社　2012.3　Ⓘ978-4-488-01815-3

『盤上の夜』(創元SF文庫) 東京創元社　2014.4　Ⓘ978-4-488-74701-5

ジャララバードの兵士たち
『ヨハネスブルグの天使たち』(ハヤカワSFシリーズ)　早川書房　2013.5　Ⓘ978-4-15-209378-3

『ヨハネスブルグの天使たち』(ハヤカワ文庫JA)　早川書房　2015.8　Ⓘ978-4-15-031200-8

スペース金融道
『NOVA 5 書き下ろし日本SFコレクション』(河出文庫) 河出書房新社　2011.8　Ⓘ978-4-309-41098-2

スペース珊瑚礁
『NOVA＋バベル―書き下ろし日本SFコレクション』(河出文庫) 河出書房新社　2014.10　Ⓘ978-4-309-41322-8

スペース地獄篇
『NOVA 7 書き下ろし日本SFコレクション』(河出文庫) 河出書房新社　2012.3　Ⓘ978-4-309-41136-1

スペース蜃気楼
『NOVA 9 書き下ろし日本SFコレクション』(河出文庫) 河出書房新社　2013.1　Ⓘ978-4-309-41190-3

スモーク・オン・ザ・ウォーター
『行き先は特異点―年刊日本SF傑作選』(創元SF文庫)　東京創元社　2017.7　Ⓘ978-4-488-73410-7

星間野球
『極光星群―年刊日本SF傑作選』(創元SF文庫)　東京創元社　2013.6　Ⓘ978-4-488-73406-0

千年の虚空
『盤上の夜』(創元日本SF叢書) 東京創元社　2012.3　Ⓘ978-4-488-01815-3

『盤上の夜』(創元SF文庫) 東京創元社　2014.4　Ⓘ978-4-488-74701-5

象を飛ばした王子
『盤上の夜』(創元日本SF叢書) 東京創元社　2012.3　Ⓘ978-4-488-01815-3

『盤上の夜』(創元SF文庫) 東京創元社　2014.4　Ⓘ978-4-488-74701-5

超動く家にて
『拡張幻想―年刊日本SF傑作選』(創元SF文庫)　東京創元社　2012.6　Ⓘ978-4-488-73405-3

人間の王
『盤上の夜』(創元日本SF叢書) 東京創元社 2012.3 ①978-4-488-01815-3
『盤上の夜』(創元SF文庫) 東京創元社 2014.4 ①978-4-488-74701-5

人間の王Most Beautiful Program
『日本SF短篇50 5』(ハヤカワ文庫JA) 早川書房 2013.10 ①978-4-15-031131-5

ハドラマウトの道化たち
『ヨハネスブルグの天使たち』(ハヤカワSFシリーズ) 早川書房 2013.5 ①978-4-15-209378-3
『ヨハネスブルグの天使たち』(ハヤカワ文庫JA) 早川書房 2015.8 ①978-4-15-031200-8

盤上の夜
『原色の想像力―創元SF短編賞アンソロジー』(創元SF文庫) 東京創元社 2010.12 ①978-4-488-73901-0
『盤上の夜』(創元日本SF叢書) 東京創元社 2012.3 ①978-4-488-01815-3
『盤上の夜』(創元SF文庫) 東京創元社 2014.4 ①978-4-488-74701-5

法則
『アステロイド・ツリーの彼方へ―年刊日本SF傑作選』(創元SF文庫) 東京創元社 2016.6 ①978-4-488-73409-1

ムイシュキンの脳髄
『さよならの儀式―年刊日本SF傑作選』(創元SF文庫) 東京創元社 2014.6 ①978-4-488-73407-7

夜間飛行
『人工知能の見る夢は―AIショートショート集』(文春文庫) 文藝春秋 2017.5 ①978-4-16-790850-8

ヨハネスブルグの天使たち
『ヨハネスブルグの天使たち』(ハヤカワSFシリーズ) 早川書房 2013.5 ①978-4-15-209378-3
『ヨハネスブルグの天使たち』(ハヤカワ文庫JA) 早川書房 2015.8 ①978-4-15-031200-8

ロワーサイドの幽霊たち
『ヨハネスブルグの天使たち』(ハヤカワSFシリーズ) 早川書房 2013.5 ①978-4-15-209378-3
『ヨハネスブルグの天使たち』(ハヤカワ文庫JA) 早川書房 2015.8 ①978-4-15-031200-8

宮川 ひろ　みやかわ・ひろ

ホタルの夜に火の玉が
『怪談オウマガドキ学園 1 真夜中の入学式』童心社 2013.7 ①978-4-494-01650-1
『怪談オウマガドキ学園 1 真夜中の入学式』童心社 2013.7 ①978-4-494-01709-6

宮川 政運　みやがわ・まさやす

宮川舎漫筆
『江戸奇談怪談集』(ちくま学芸文庫) 筑摩書房 2012.11 ①978-4-480-09488-9

猫の報恩
『江戸奇談怪談集』(ちくま学芸文庫) 筑摩書房 2012.11 ①978-4-480-09488-9

宮澤 伊織　みやざわ・いおり

神々の歩法
『折り紙衛星の伝説―年刊日本SF傑作選』(創元SF文庫) 東京創元社 2015.6 ①978-4-488-73408-4

くねくねハンティング
『裏世界ピクニック―ふたりの怪異探検ファイル』(ハヤカワ文庫JA) 早川書房 2017.2 ①978-4-15-031264-0

時間、空間、おっさん
『裏世界ピクニック―ふたりの怪異探検ファイル』(ハヤカワ文庫JA) 早川書房 2017.2 ①978-4-15-031264-0

ステーション・フェブラリー
『裏世界ピクニック―ふたりの怪異探検ファイル』(ハヤカワ文庫JA) 早川書房 2017.2 ①978-4-15-031264-0

八尺様サバイバル
『裏世界ピクニック―ふたりの怪異探検ファイル』(ハヤカワ文庫JA) 早川書房 2017.2 ①978-4-15-031264-0

宮沢 賢治　みやざわ・けんじ

ありときのこ
『注文の多い料理店―宮沢賢治童話集珠玉選』講談社　2009.9　①978-4-06-215738-4
『ふた子の星　新装版』(宮沢賢治童話全集)岩崎書店　2016.9　①978-4-265-01932-8

ある農学生の日誌
『宮沢賢治全集　7　銀河鉄道の夜・風の又三郎・セロ弾きのゴーシュほか』(ちくま文庫)筑摩書房　2012.8　①978-4-480-02008-6
『ポラーノの広場　新装版』(宮沢賢治童話全集)岩崎書店　2016.9　①978-4-265-01940-3
『なめとこ山の熊―童話　5』(宮沢賢治コレクション)筑摩書房　2017.6　①978-4-480-70625-6

イギリス海岸
『ポラーノの広場　新装版』(宮沢賢治童話全集)岩崎書店　2016.9　①978-4-265-01940-3
『なめとこ山の熊―童話　5』(宮沢賢治コレクション)筑摩書房　2017.6　①978-4-480-70625-6

いちょうの実
『注文の多い料理店―宮沢賢治童話集珠玉選』講談社　2009.9　①978-4-06-215738-4
『ふた子の星　新装版』(宮沢賢治童話全集)岩崎書店　2016.9　①978-4-265-01932-8
『よだかの星―童話3・初期短篇』(宮沢賢治コレクション)筑摩書房　2017.3　①978-4-480-70623-2

イーハトーボ農学校の春
『ポラーノの広場　新装版』(宮沢賢治童話全集)岩崎書店　2016.9　①978-4-265-01940-3
『なめとこ山の熊―童話　5』(宮沢賢治コレクション)筑摩書房　2017.6　①978-4-480-70625-6

インドラの網
『セロひきのゴーシュ　新装版』(宮沢賢治童話全集)岩崎書店　2016.9　①978-4-265-01938-0
『雁の童子―童話　4』(宮沢賢治コレクション)筑摩書房　2017.5　①978-4-480-70624-9

『新編・日本幻想文学集成　6』国書刊行会　2017.6　①978-4-336-06031-0

うろこ雲
『可愛い黒い幽霊―宮沢賢治怪異小品集』(平凡社ライブラリー)平凡社　2014.7　①978-4-582-76814-5

狼森と笊森、盗森
『銀河鉄道の夜』(21世紀版少年少女日本文学館)講談社　2009.2　①978-4-06-282658-7
『注文の多い料理店―宮沢賢治童話集珠玉選』講談社　2009.9　①978-4-06-215738-4
『注文の多い料理店・セロひきのゴーシュ―宮沢賢治童話集』(角川つばさ文庫)角川書店　2010.6　①978-4-04-631104-7
『注文の多い料理店』(ぶんか社文庫)ぶんか社　2010.12　①978-4-8211-5373-2
『注文の多い料理店』(海王社文庫)海王社　2012.11　①978-4-7964-0366-5
『なめとこ山のくま　新装版』(宮沢賢治童話全集)岩崎書店　2016.9　①978-4-265-01936-6
『注文の多い料理店―童話2・劇ほか』(宮沢賢治コレクション)筑摩書房　2017.1　①978-4-480-70622-5

おきなぐさ
『注文の多い料理店―宮沢賢治童話集珠玉選』講談社　2009.9　①978-4-06-215738-4
『注文の多い料理店』(ぶんか社文庫)ぶんか社　2010.12　①978-4-8211-5373-2
『ツェねずみ　新装版』(宮沢賢治童話全集)岩崎書店　2016.9　①978-4-265-01931-1
『雁の童子―童話　4』(宮沢賢治コレクション)筑摩書房　2017.5　①978-4-480-70624-9

オツベルと象
『銀河鉄道の夜―宮沢賢治童話集　3　新装版』(講談社青い鳥文庫)講談社　2009.1　①978-4-06-285051-3
『宮沢賢治銀河鉄道の夜』(YM books　デカい活字の千円文学！)やのまん　2009.4　①978-4-903548-21-0
『銀河鉄道の夜―宮沢賢治童話集珠玉選』講談社　2009.9　①978-4-06-215740-7
『注文の多い料理店・セロひきのゴーシュ―宮沢賢治童話集』(角川つばさ文庫)角川書店　2010.6　①978-4-04-631104-7
『ほんとうは怖い賢治童話―宮沢賢治・厳選アンソロジー』(オフサイド・ブックス)彩流社　2010.7　①978-4-7791-1075-7
『新編　銀河鉄道の夜』(新潮文庫)新潮社　2011.6　①978-4-10-109205-8

『読んでおきたいベスト集！宮沢賢治』(宝島社文庫) 宝島社 2011.7 ①978-4-7966-8509-2

『童話集 銀河鉄道の夜―他十四篇』(ワイド版岩波文庫) 岩波書店 2014.1 ①978-4-00-007370-7

『オツベルと象 新装版』(宮沢賢治童話全集) 岩崎書店 2016.9 ①978-4-265-01937-3

『注文の多い料理店―童話2・劇ほか』(宮沢賢治コレクション) 筑摩書房 2017.1 ①978-4-480-70622-5

『新編・日本幻想文学集成 6』 国書刊行会 2017.6 ①978-4-336-06031-0

鬼言（幻聴）（最終形/先駆形）

『文豪てのひら怪談』(ポプラ文庫) ポプラ社 2009.8 ①978-4-591-11104-8

女

『可愛い黒い幽霊―宮沢賢治怪異小品集』(平凡社ライブラリー) 平凡社 2014.7 ①978-4-582-76814-5

貝の火

『セロひきのゴーシュ―宮沢賢治童話集 4 新装版』(講談社青い鳥文庫) 講談社 2009.3 ①978-4-06-285052-0

『セロひきのゴーシュ―宮沢賢治童話集珠玉選』 講談社 2009.9 ①978-4-06-215741-4

『ほんとうは怖い賢治童話―宮沢賢治・厳選アンソロジー』(オフサイド・ブックス) 彩流社 2010.7 ①978-4-7791-1075-7

『新編 風の又三郎 改版』(新潮文庫) 新潮社 2011.12 ①978-4-10-109204-1

『風の又三郎―宮沢賢治童話集』(角川つばさ文庫) 角川書店 2016.1 ①978-4-04-631547-2

『どんぐりと山ねこ 新装版』(宮沢賢治童話全集) 岩崎書店 2016.9 ①978-4-265-01933-5

『よだかの星―童話3・初期短篇』(宮沢賢治コレクション) 筑摩書房 2017.3 ①978-4-480-70623-2

カイロ団長

『宮沢賢治童話集』(ハルキ文庫) 角川春樹事務所 2009.3 ①978-4-7584-3401-0

『宮沢賢治銀河鉄道の夜』(YM books デカい活字の千円文学！) やのまん 2009.4 ①978-4-903548-21-0

『ほんとうは怖い賢治童話―宮沢賢治・厳選アンソロジー』(オフサイド・ブックス) 彩流社 2010.7 ①978-4-7791-1075-7

『新編 銀河鉄道の夜』(新潮文庫) 新潮社 2011.6 ①978-4-10-109205-8

『よだかの星 新装版』(宮沢賢治童話全集) 岩崎書店 2016.9 ①978-4-265-01935-9

『よだかの星―童話3・初期短篇』(宮沢賢治コレクション) 筑摩書房 2017.3 ①978-4-480-70623-2

蛙のゴム靴

『新編 風の又三郎 改版』(新潮文庫) 新潮社 2011.12 ①978-4-10-109204-1

『宮沢賢治全集 7 銀河鉄道の夜・風の又三郎・セロ弾きのゴーシュほか』(ちくま文庫) 筑摩書房 2012.8 ①978-4-480-02008-6

『エスペラント対訳 宮沢賢治童話集 再版』 日本エスペラント図書刊行会 2013.9 ①978-4-88887-078-8

『ふた子の星 新装版』(宮沢賢治童話全集) 岩崎書店 2016.9 ①978-4-265-01932-8

『なめとこ山の熊―童話 5』(宮沢賢治コレクション) 筑摩書房 2017.6 ①978-4-480-70625-6

学者アラムハラドの見た着物

『雁の童子―童話 4』(宮沢賢治コレクション) 筑摩書房 2017.5 ①978-4-480-70624-9

かしわばやしの夜

『注文の多い料理店』(ぶんか社文庫) ぶんか社 2010.12 ①978-4-8211-5373-2

『読んでおきたいベスト集！宮沢賢治』(宝島社文庫) 宝島社 2011.7 ①978-4-7966-8509-2

『注文の多い料理店』(海王社文庫) 海王社 2012.11 ①978-4-7964-0366-5

『なめとこ山のくま 新装版』(宮沢賢治童話全集) 岩崎書店 2016.9 ①978-4-265-01936-6

『注文の多い料理店―童話2・劇ほか』(宮沢賢治コレクション) 筑摩書房 2017.1 ①978-4-480-70622-5

風と草穂

『ポラーノの広場』(プランクトン文庫) プランクトン 2009.7 ①978-4-904635-03-2

風の又三郎

『銀河鉄道の夜』(21世紀版少年少女日本文学館) 講談社 2009.2 ①978-4-06-282658-7

『銀河鉄道の夜・風の又三郎・セロ弾きのゴーシュ』(PHP文庫) PHP研究所 2009.4 ①978-4-569-67238-0

宮沢賢治

『宮沢賢治銀河鉄道の夜』(YM books デカい活字の千円文学！) やのまん 2009.4 ①978-4-903548-21-0

『もう一度読みたい宮沢賢治』(宝島社文庫) 宝島社 2009.4 ①978-4-7966-7079-1

『風の又三郎―宮沢賢治童話集珠玉選』講談社 2009.9 ①978-4-06-215739-1

『読んでおきたいベスト集！ 宮沢賢治』(宝島社文庫) 宝島社 2011.7 ①978-4-7966-8509-2

『注文の多い料理店・銀河鉄道の夜』(集英社みらい文庫) 集英社 2011.9 ①978-4-08-321045-7

『新編 風の又三郎 改版』(新潮文庫) 新潮社 2011.12 ①978-4-10-109204-1

『注文の多い料理店』(ハルキ文庫) 角川春樹事務所 2012.4 ①978-4-7584-3656-4

『宮沢賢治全集 7 銀河鉄道の夜・風の又三郎・セロ弾きのゴーシュほか』(ちくま文庫) 筑摩書房 2012.8 ①978-4-480-02008-6

『風の又三郎―宮沢賢治童話集』(角川つばさ文庫) 角川書店 2016.1 ①978-4-04-631547-2

『風の又三郎 新装版』(宮沢賢治童話全集) 岩崎書店 2016.9 ①978-4-265-01939-7

『銀河鉄道の夜―童話1・少年小説ほか』(宮沢賢治コレクション) 筑摩書房 2016.12 ①978-4-480-70621-8

『雁の童子―童話 4』(宮沢賢治コレクション) 筑摩書房 2017.5 ①978-4-480-70624-9

ガドルフの百合

『嘘』(百年文庫) ポプラ社 2011.1 ①978-4-591-12150-4

『注文の多い料理店 新装版』(宮沢賢治童話全集) 岩崎書店 2016.9 ①978-4-265-01934-2

『雁の童子―童話 4』(宮沢賢治コレクション) 筑摩書房 2017.5 ①978-4-480-70624-9

烏の北斗七星

『いま、戦争と平和を考えてみる。』(読書がたのしくなる・ニッポンの文学) くもん出版 2009.2 ①978-4-7743-1405-1

『もう一度読みたい宮沢賢治』(宝島社文庫) 宝島社 2009.4 ①978-4-7966-7079-1

『風の又三郎―宮沢賢治童話集珠玉選』講談社 2009.9 ①978-4-06-215739-1

『注文の多い料理店』(ぶんか社文庫) ぶんか社 2010.12 ①978-4-8211-5373-2

『読んでおきたいベスト集！ 宮沢賢治』(宝島社文庫) 宝島社 2011.7 ①978-4-7966-8509-2

『イマジネーションの戦争―幻』(コレクション 戦争と文学) 集英社 2011.9 ①978-4-08-157005-8

『童話集 銀河鉄道の夜―他十四篇』(ワイド版岩波文庫) 岩波書店 2014.1 ①978-4-00-007370-7

『よだかの星 新装版』(宮沢賢治童話全集) 岩崎書店 2016.9 ①978-4-265-01935-9

『注文の多い料理店―童話2・劇ほか』(宮沢賢治コレクション) 筑摩書房 2017.5 ①978-4-480-70622-5

雁の童子

『銀河鉄道の夜―宮沢賢治童話集 3 新装版』(講談社青い鳥文庫) 講談社 2009.3 ①978-4-06-285051-3

『宮沢賢治童話集』(ハルキ文庫) 角川春樹事務所 2009.3 ①978-4-7584-3401-0

『銀河鉄道の夜―宮沢賢治童話集珠玉選』講談社 2009.9 ①978-4-06-215740-7

『新編 風の又三郎 改版』(新潮文庫) 新潮社 2011.12 ①978-4-10-109204-1

『童話集 銀河鉄道の夜―他十四篇』(ワイド版岩波文庫) 岩波書店 2014.1 ①978-4-00-007370-7

『銀河鉄道の夜 新装版』(宮沢賢治童話全集) 岩崎書店 2016.9 ①978-4-265-01941-0

『雁の童子―童話 4』(宮沢賢治コレクション) 筑摩書房 2017.5 ①978-4-480-70624-9

革トランク

『嘘』(百年文庫) ポプラ社 2011.1 ①978-4-591-12150-4

『セロひきのゴーシュ 新装版』(宮沢賢治童話全集) 岩崎書店 2016.9 ①978-4-265-01938-0

『雁の童子―童話 4』(宮沢賢治コレクション) 筑摩書房 2017.5 ①978-4-480-70624-9

黄いろのトマト

『新編 銀河鉄道の夜』(新潮文庫) 新潮社 2011.6 ①978-4-10-109205-8

『可愛い黒い幽霊―宮沢賢治怪異小品集』(平凡社ライブラリー) 平凡社 2014.7 ①978-4-582-76814-5

『ふた子の星　新装版』（宮沢賢治童話全集）岩崎書店　2016.9　①978-4-265-01932-8

『雁の童子―童話　4』（宮沢賢治コレクション）筑摩書房　2017.5　①978-4-480-70624-9

飢餓陣営

『新編　銀河鉄道の夜』（新潮文庫）新潮社　2011.6　①978-4-10-109205-8

『童話集　銀河鉄道の夜―他十四篇』（ワイド版岩波文庫）岩波書店　2014.1　①978-4-00-007370-7

『注文の多い料理店―童話2・劇ほか』（宮沢賢治コレクション）筑摩書房　2017.1　①978-4-480-70622-5

鬼言 四

『可愛い黒い幽霊―宮沢賢治怪異小品集』（平凡社ライブラリー）平凡社　2014.7　①978-4-582-76814-5

鬼言 幻聴

『可愛い黒い幽霊―宮沢賢治怪異小品集』（平凡社ライブラリー）平凡社　2014.7　①978-4-582-76814-5

気のいい火山弾

『風の又三郎―宮沢賢治童話集珠玉選』　講談社　2009.9　①978-4-06-215739-1

『銀河鉄道の夜』（ぶんか社文庫）ぶんか社　2010.6　①978-4-8211-5341-1

『銀河鉄道の夜』（海王社文庫）海王社　2012.12　①978-4-7964-0377-1

『エスペラント対訳 宮沢賢治童話集　再版』日本エスペラント図書刊行会　2013.9　①978-4-88887-078-8

『ふた子の星　新装版』（宮沢賢治童話全集）岩崎書店　2016.9　①978-4-265-01932-8

『よだかの星―童話3・初期短篇』（宮沢賢治コレクション）筑摩書房　2017.3　①978-4-480-70623-2

銀河鉄道の夜

『銀河鉄道の夜―宮沢賢治童話集　3　新装版』（講談社青い鳥文庫）講談社　2009.1　①978-4-06-285051-3

『銀河鉄道の夜』（21世紀版少年少女日本文学館）講談社　2009.2　①978-4-06-282658-7

『銀河鉄道の夜・風の又三郎・セロ弾きのゴーシュ』（PHP文庫）PHP研究所　2009.4　①978-4-569-67238-0

『宮沢賢治銀河鉄道の夜』（YM books　デカい活字の千円文学！）やのまん　2009.4　①978-4-903548-21-0

『もう一度読みたい宮沢賢治』（宝島社文庫）宝島社　2009.4　①978-4-7966-7079-1

『銀河鉄道の夜―宮沢賢治童話集珠玉選』　講談社　2009.9　①978-4-06-215740-7

『銀河鉄道の夜』（ぶんか社文庫）ぶんか社　2010.6　①978-4-8211-5341-1

『銀河鉄道の夜』（ハルキ文庫〔280円文庫〕）角川春樹事務所　2011.4　①978-4-7584-3548-2

『新編　銀河鉄道の夜』（新潮文庫）新潮社　2011.6　①978-4-10-109205-8

『読んでおきたいベスト集！ 宮沢賢治』（宝島社文庫）宝島社　2011.7　①978-4-7966-8509-2

『注文の多い料理店・銀河鉄道の夜』（集英社みらい文庫）集英社　2011.9　①978-4-08-321045-7

『銀河鉄道の夜―宮沢賢治童話集』（角川つばさ文庫）角川書店　2012.6　①978-4-04-631215-0

『宮沢賢治全集　7　銀河鉄道の夜・風の又三郎・セロ弾きのゴーシュほか』（ちくま文庫）筑摩書房　2012.8　①978-4-480-02008-6

『銀河鉄道の夜』（海王社文庫）海王社　2012.12　①978-4-7964-0377-1

『童話集　銀河鉄道の夜―他十四篇』（ワイド版岩波文庫）岩波書店　2014.1　①978-4-00-007370-7

『銀河鉄道の夜』（双葉社ジュニア文庫）双葉社　2016.7　①978-4-575-23979-9

『銀河鉄道の夜　新装版』（宮沢賢治童話全集）岩崎書店　2016.9　①978-4-265-01941-0

『銀河鉄道の夜―童話1・少年小説ほか』（宮沢賢治コレクション）筑摩書房　2016.12　①978-4-480-70621-8

『新編・日本幻想文学集成　6』国書刊行会　2017.6　①978-4-336-06031-0

銀河鉄道の夜 初期形第三次稿

『銀河鉄道の夜―童話1・少年小説ほか』（宮沢賢治コレクション）筑摩書房　2016.12　①978-4-480-70621-8

グスコーブドリの伝記

『セロひきのゴーシュ―宮沢賢治童話集　4　新装版』（講談社青い鳥文庫）講談社　2009.3　①978-4-06-285052-0

『もう一度読みたい宮沢賢治』（宝島社文庫）宝島社　2009.4　①978-4-7966-7079-1

宮沢賢治

『セロひきのゴーシュ―宮沢賢治童話集珠玉選』講談社　2009.9　①978-4-06-215741-4

『読んでおきたいベスト集！宮沢賢治』（宝島社文庫）宝島社　2011.7　①978-4-7966-8509-2

『新編　風の又三郎　改版』（新潮文庫）新潮社　2011.12　①978-4-10-109204-1

『銀河鉄道の夜―宮沢賢治童話集』（角川つばさ文庫）角川書店　2012.6　①978-4-04-631215-0

『注文の多い料理店』（海王社文庫）海王社　2012.11　①978-4-7964-0366-5

『銀河鉄道の夜　新装版』（宮沢賢治童話全集）岩崎書店　2016.9　①978-4-265-01941-0

『銀河鉄道の夜―童話1・少年小説ほか』（宮沢賢治コレクション）筑摩書房　2016.12　①978-4-480-70621-8

くねずみ

『童話集　銀河鉄道の夜―他十四篇』（ワイド版岩波文庫）岩波書店　2014.1　①978-4-00-007370-7

蜘蛛となめくじと狸

『宮沢賢治銀河鉄道の夜』（YM books　デカい活字の千円文学！）やのまん　2009.4　①978-4-903548-21-0

『新編　風の又三郎　改版』（新潮文庫）新潮社　2011.12　①978-4-10-109204-1

『エスペラント対訳　宮沢賢治童話集　再版』日本エスペラント図書刊行会　2013.9　①978-4-88887-078-8

『童話集　銀河鉄道の夜―他十四篇』（ワイド版岩波文庫）岩波書店　2014.1　①978-4-00-007370-7

『よだかの星―童話3・初期短篇』（宮沢賢治コレクション）筑摩書房　2017.3　①978-4-480-70623-2

車

『注文の多い料理店　新装版』（宮沢賢治童話全集）岩崎書店　2016.9　①978-4-265-01934-2

『なめとこ山の熊―童話　5』（宮沢賢治コレクション）筑摩書房　2017.6　①978-4-480-70625-6

黒ぶどう

『ふた子の星　新装版』（宮沢賢治童話全集）岩崎書店　2016.9　①978-4-265-01932-8

『なめとこ山の熊―童話　5』（宮沢賢治コレクション）筑摩書房　2017.6　①978-4-480-70625-6

クンねずみ

『注文の多い料理店―宮沢賢治童話集珠玉選』講談社　2009.9　①978-4-06-215738-4

『ほんとうは怖い賢治童話―宮沢賢治・厳選アンソロジー』（オフサイド・ブックス）彩流社　2010.7　①978-4-7791-1075-7

『新編　風の又三郎　改版』（新潮文庫）新潮社　2011.12　①978-4-10-109204-1

『ツェねずみ　新装版』（宮沢賢治童話全集）岩崎書店　2016.9　①978-4-265-01931-1

『よだかの星―童話3・初期短篇』（宮沢賢治コレクション）筑摩書房　2017.3　①978-4-480-70623-2

警察署

『ポラーノの広場』（プランクトン文庫）プランクトン　2009.7　①978-4-904635-03-2

虔十公園林

『まごころ、お届けいたします。』（読書がたのしくなる・ニッポンの文学）くもん出版　2009.2　①978-4-7743-1404-4

『もう一度読みたい宮沢賢治』（宝島社文庫）宝島社　2009.4　①978-4-7966-7079-1

『風の又三郎―宮沢賢治童話集珠玉選』講談社　2009.9　①978-4-06-215739-1

『読んでおきたいベスト集！宮沢賢治』（宝島社文庫）宝島社　2011.7　①978-4-7966-8509-2

『新編　風の又三郎　改版』（新潮文庫）新潮社　2011.12　①978-4-10-109204-1

『風の又三郎―宮沢賢治童話集』（角川つばさ文庫）角川書店　2016.1　①978-4-04-631547-2

『セロひきのゴーシュ　新装版』（宮沢賢治童話全集）岩崎書店　2016.9　①978-4-265-01938-0

『なめとこ山の熊―童話　5』（宮沢賢治コレクション）筑摩書房　2017.6　①978-4-480-70625-6

耕耘部の時計

『ポラーノの広場　新装版』（宮沢賢治童話全集）岩崎書店　2016.9　①978-4-265-01940-3

『なめとこ山の熊―童話　5』（宮沢賢治コレクション）筑摩書房　2017.6　①978-4-480-70625-6

氷と後光

『なめとこ山の熊―童話 5』(宮沢賢治コレクション) 筑摩書房 2017.6 ⓘ978-4-480-70625-6

ざしき童子のはなし

『宮沢賢治銀河鉄道の夜』(YM books デカい活字の千円文学！) やのまん 2009.4 ⓘ978-4-903548-21-0

『銀河鉄道の夜』(ぶんか社文庫) ぶんか社 2010.6 ⓘ978-4-8211-5341-1

『ほんとうは怖い賢治童話―宮沢賢治・厳選アンソロジー』(オフサイド・ブックス) 彩流社 2010.7 ⓘ978-4-7791-1075-7

『朗読の時間 宮澤賢治』(朗読CD付き名作文学シリーズ) 東京書籍 2011.8 ⓘ978-4-487-80591-4

『銀河鉄道の夜』(海王社文庫) 海王社 2012.12 ⓘ978-4-7964-0377-1

『可愛い黒い幽霊―宮沢賢治怪異小品集』(平凡社ライブラリー) 平凡社 2014.7 ⓘ978-4-582-76814-5

『なめとこ山のくま 新装版』(宮沢賢治童話全集) 岩崎書店 2016.9 ⓘ978-4-265-01936-6

『注文の多い料理店―童話2・劇ほか』(宮沢賢治コレクション) 筑摩書房 2017.1 ⓘ978-4-480-70622-5

『新編・日本幻想文学集成 6』 国書刊行会 2017.6 ⓘ978-4-336-06031-0

さるのこしかけ

『ほんとうは怖い賢治童話―宮沢賢治・厳選アンソロジー』(オフサイド・ブックス) 彩流社 2010.7 ⓘ978-4-7791-1075-7

『どんぐりと山ねこ 新装版』(宮沢賢治童話全集) 岩崎書店 2016.9 ⓘ978-4-265-01933-5

『よだかの星―童話3・初期短篇』(宮沢賢治コレクション) 筑摩書房 2017.3 ⓘ978-4-480-70623-2

シグナルとシグナレス

『注文の多い料理店―宮沢賢治童話集珠玉選』 講談社 2009.9 ⓘ978-4-06-215738-4

『注文の多い料理店・セロひきのゴーシュ―宮沢賢治童話集』(角川つばさ文庫) 角川書店 2010.6 ⓘ978-4-04-631104-7

『新編 銀河鉄道の夜』(新潮文庫) 新潮社 2011.6 ⓘ978-4-10-109205-8

『よだかの星 新装版』(宮沢賢治童話全集) 岩崎書店 2016.9 ⓘ978-4-265-01935-9

『注文の多い料理店―童話2・劇ほか』(宮沢賢治コレクション) 筑摩書房 2017.1 ⓘ978-4-480-70622-5

紫紺染について

『もう一度読みたい宮沢賢治』(宝島社文庫) 宝島社 2009.4 ⓘ978-4-7966-7079-1

『読んでおきたいベスト集！ 宮沢賢治』(宝島社文庫) 宝島社 2011.7 ⓘ978-4-7966-8509-2

『なめとこ山のくま 新装版』(宮沢賢治童話全集) 岩崎書店 2016.9 ⓘ978-4-265-01936-6

『なめとこ山の熊―童話 5』(宮沢賢治コレクション) 筑摩書房 2017.6 ⓘ978-4-480-70625-6

鹿踊りのはじまり

『注文の多い料理店』(ぶんか社文庫) ぶんか社 2010.12 ⓘ978-4-8211-5373-2

『読んでおきたいベスト集！ 宮沢賢治』(宝島社文庫) 宝島社 2011.7 ⓘ978-4-7966-8509-2

『注文の多い料理店』(海王社文庫) 海王社 2012.11 ⓘ978-4-7964-0366-5

『なめとこ山のくま 新装版』(宮沢賢治童話全集) 岩崎書店 2016.9 ⓘ978-4-265-01936-6

『注文の多い料理店―童話2・劇ほか』(宮沢賢治コレクション) 筑摩書房 2017.1 ⓘ978-4-480-70622-5

『新編・日本幻想文学集成 6』 国書刊行会 2017.6 ⓘ978-4-336-06031-0

地蔵堂の五本の巨杉が

『可愛い黒い幽霊―宮沢賢治怪異小品集』(平凡社ライブラリー) 平凡社 2014.7 ⓘ978-4-582-76814-5

地主

『可愛い黒い幽霊―宮沢賢治怪異小品集』(平凡社ライブラリー) 平凡社 2014.7 ⓘ978-4-582-76814-5

十月の末

『ひつじアンソロジー 小説編 2 子ども・少年・少女』 ひつじ書房 2009.4 ⓘ978-4-89476-366-1

『新編 風の又三郎 改版』(新潮文庫) 新潮社 2011.12 ⓘ978-4-10-109204-1

『ツェねずみ 新装版』(宮沢賢治童話全集) 岩崎書店 2016.9 ⓘ978-4-265-01931-1

『よだかの星―童話3・初期短篇』(宮沢賢治コレクション) 筑摩書房 2017.3 ⓘ978-4-480-70623-2

十力の金剛石

『オツベルと象 新装版』(宮沢賢治童話全集) 岩崎書店 2016.9 ⓘ978-4-265-01937-3

『よだかの星―童話3・初期短篇』(宮沢賢治コレクション) 筑摩書房 2017.3 ⓘ978-4-480-70623-2

十六日

『ほんとうは怖い賢治童話―宮沢賢治・厳選アンソロジー』(オフサイド・ブックス) 彩流社 2010.7 ⓘ978-4-7791-1075-7

『注文の多い料理店―童話2・劇ほか』(宮沢賢治コレクション) 筑摩書房 2017.1 ⓘ978-4-480-70622-5

植物医師

『とっておきの笑いあります！もう一丁!!』(読書がたのしくなる・ニッポンの文学) くもん出版 2013.11 ⓘ978-4-7743-2181-3

『注文の多い料理店―童話2・劇ほか』(宮沢賢治コレクション) 筑摩書房 2017.1 ⓘ978-4-480-70622-5

水仙月の四日

『銀河鉄道の夜―宮沢賢治童話集 3 新装版』(講談社青い鳥文庫) 講談社 2009.1 ⓘ978-4-06-285051-3

『銀河鉄道の夜』(21世紀版少年少女日本文学館) 講談社 2009.2 ⓘ978-4-06-282658-7

『銀河鉄道の夜―宮沢賢治童話集珠玉選』 講談社 2009.9 ⓘ978-4-06-215740-7

『注文の多い料理店・セロひきのゴーシュ―宮沢賢治童話集』(角川つばさ文庫) 角川書店 2010.6 ⓘ978-4-04-631104-7

『注文の多い料理店』(ぶんか社文庫) ぶんか社 2010.12 ⓘ978-4-8211-5373-2

『注文の多い料理店』(海王社文庫) 海王社 2012.11 ⓘ978-4-7964-0366-5

『よだかの星 新装版』(宮沢賢治童話全集) 岩崎書店 2016.9 ⓘ978-4-265-01935-9

『注文の多い料理店―童話2・劇ほか』(宮沢賢治コレクション) 筑摩書房 2017.1 ⓘ978-4-480-70622-5

税務署長の冒険

『読んでおきたいベスト集！ 宮沢賢治』(宝島社文庫) 宝島社 2011.7 ⓘ978-4-7966-8509-2

『宮沢賢治全集 7 銀河鉄道の夜・風の又三郎・セロ弾きのゴーシュほか』(ちくま文庫) 筑摩書房 2012.8 ⓘ978-4-480-02008-6

『風の又三郎 新装版』(宮沢賢治童話全集) 岩崎書店 2016.9 ⓘ978-4-265-01939-7

『なめとこ山の熊―童話 5』(宮沢賢治コレクション) 筑摩書房 2017.6 ⓘ978-4-480-70625-6

セロひきのゴーシュ

『銀河鉄道の夜』(21世紀版少年少女日本文学館) 講談社 2009.2 ⓘ978-4-06-282658-7

『セロひきのゴーシュ―宮沢賢治童話集 4 新装版』(講談社青い鳥文庫) 講談社 2009.3 ⓘ978-4-06-285052-0

『宮沢賢治童話集』(ハルキ文庫) 角川春樹事務所 2009.3 ⓘ978-4-7584-3401-0

『銀河鉄道の夜・風の又三郎・セロ弾きのゴーシュ』(PHP文庫) PHP研究所 2009.4 ⓘ978-4-569-67238-0

『宮沢賢治銀河鉄道の夜』(YM books デカい活字の千円文学！) やのまん 2009.4 ⓘ978-4-903548-21-0

『もう一度読みたい宮沢賢治』(宝島社文庫) 宝島社 2009.4 ⓘ978-4-7966-7079-1

『セロひきのゴーシュ―宮沢賢治童話集珠玉選』 講談社 2009.9 ⓘ978-4-06-215741-4

『注文の多い料理店・セロひきのゴーシュ―宮沢賢治童話集』(角川つばさ文庫) 角川書店 2010.6 ⓘ978-4-04-631104-7

『銀河鉄道の夜』(ぶんか社文庫) ぶんか社 2010.6 ⓘ978-4-8211-5341-1

『新編 銀河鉄道の夜』(新潮文庫) 新潮社 2011.6 ⓘ978-4-10-109205-8

『読んでおきたいベスト集！ 宮沢賢治』(宝島社文庫) 宝島社 2011.7 ⓘ978-4-7966-8509-2

『注文の多い料理店・銀河鉄道の夜』(集英社みらい文庫) 集英社 2011.9 ⓘ978-4-08-321045-7

『注文の多い料理店』(ハルキ文庫) 角川春樹事務所 2012.4 ⓘ978-4-7584-3656-4

『宮沢賢治全集 7 銀河鉄道の夜・風の又三郎・セロ弾きのゴーシュほか』(ちくま文庫) 筑摩書房 2012.8 ⓘ978-4-480-02008-6

『銀河鉄道の夜』(海王社文庫) 海王社 2012.12 ⓘ978-4-7964-0377-1

『銀河鉄道の夜』(双葉社ジュニア文庫) 双葉社 2016.7 ⓘ978-4-575-23979-9

『セロひきのゴーシュ　新装版』(宮沢賢治童話全集) 岩崎書店　2016.9　ⓘ978-4-265-01938-0

『銀河鉄道の夜—童話1・少年小説ほか』(宮沢賢治コレクション) 筑摩書房　2016.12　ⓘ978-4-480-70621-8

『新編・日本幻想文学集成　6』 国書刊行会　2017.6　ⓘ978-4-336-06031-0

センダード市の毒蛾

『ポラーノの広場』(プランクトン文庫) プランクトン　2009.7　ⓘ978-4-904635-03-2

台川

『オツベルと象　新装版』(宮沢賢治童話全集) 岩崎書店　2016.9　ⓘ978-4-265-01937-3

『なめとこ山の熊—童話　5』(宮沢賢治コレクション) 筑摩書房　2017.6　ⓘ978-4-480-70625-6

谷

『新編 風の又三郎　改版』(新潮文庫) 新潮社　2011.12　ⓘ978-4-10-109204-1

『はじめてであう日本文学　2　奇妙な物語』 成美堂出版　2013.4　ⓘ978-4-415-31524-9

『どんぐりと山ねこ　新装版』(宮沢賢治童話全集) 岩崎書店　2016.9　ⓘ978-4-265-01933-5

『雁の童子—童話　4』(宮沢賢治コレクション) 筑摩書房　2017.5　ⓘ978-4-480-70624-9

種山が原

『風の又三郎　新装版』(宮沢賢治童話全集) 岩崎書店　2016.9　ⓘ978-4-265-01939-7

『注文の多い料理店—童話2・劇ほか』(宮沢賢治コレクション) 筑摩書房　2017.1　ⓘ978-4-480-70622-5

タネリはたしかにいちにち噛んでいたようだった

『注文の多い料理店　新装版』(宮沢賢治童話全集) 岩崎書店　2016.9　ⓘ978-4-265-01934-2

『なめとこ山の熊—童話　5』(宮沢賢治コレクション) 筑摩書房　2017.6　ⓘ978-4-480-70625-6

『新編・日本幻想文学集成　6』 国書刊行会　2017.6　ⓘ978-4-336-06031-0

「旅人のはなし」から

『よだかの星—童話3・初期短篇』(宮沢賢治コレクション) 筑摩書房　2017.3　ⓘ978-4-480-70623-2

注文の多い料理店

『銀河鉄道の夜』(21世紀版少年少女日本文学館) 講談社　2009.2　ⓘ978-4-06-282658-7

『宮沢賢治童話集』(ハルキ文庫) 角川春樹事務所　2009.3　ⓘ978-4-7584-3401-0

『宮沢賢治銀河鉄道の夜』(YM books　デカい活字の千円文学！) やのまん　2009.4　ⓘ978-4-903548-21-0

『もう一度読みたい宮沢賢治』(宝島社文庫) 宝島社　2009.4　ⓘ978-4-7966-7079-1

『注文の多い料理店—宮沢賢治童話集珠玉選』 講談社　2009.9　ⓘ978-4-06-215738-4

『決定版 心をそだてるこれだけは読んでおきたい日本の名作童話』 講談社　2009.10　ⓘ978-4-06-215695-0

『注文の多い料理店・セロひきのゴーシュ—宮沢賢治童話集』(角川つばさ文庫) 角川書店　2010.6　ⓘ978-4-04-631104-7

『ほんとうは怖い賢治童話—宮沢賢治・厳選アンソロジー』(オフサイド・ブックス) 彩流社　2010.7　ⓘ978-4-7791-1075-7

『注文の多い料理店』(ぶんか社文庫) ぶんか社　2010.12　ⓘ978-4-8211-5373-2

『食べる話』(中学生までに読んでおきたい日本文学) あすなろ書房　2011.3　ⓘ978-4-7515-2629-3

『読んでおきたい名作 小学5年』 成美堂出版　2011.4　ⓘ978-4-415-31035-0

『読んでおきたいベスト集！ 宮沢賢治』(宝島社文庫) 宝島社　2011.7　ⓘ978-4-7966-8509-2

『朗読の時間 宮澤賢治』(朗読CD付き名作文学シリーズ) 東京書籍　2011.8　ⓘ978-4-487-80591-4

『注文の多い料理店・銀河鉄道の夜』(集英社みらい文庫) 集英社　2011.9　ⓘ978-4-08-321045-7

『注文の多い料理店』(ハルキ文庫) 角川春樹事務所　2012.4　ⓘ978-4-7584-3656-4

『BUNGO—文豪短篇傑作選』(角川文庫) 角川書店　2012.8　ⓘ978-4-04-100320-6

『注文の多い料理店』(海王社文庫) 海王社　2012.11　ⓘ978-4-7964-0366-5

『はじめてであう日本文学　1　ぞっとする話』 成美堂出版　2013.4　ⓘ978-4-415-31523-2

『もう一度読みたい教科書の泣ける名作』 学研教育出版　2013.8　ⓘ978-4-05-405789-0

宮沢賢治

『童話集　銀河鉄道の夜―他十四篇』(ワイド版岩波文庫)　岩波書店　2014.1　⓵978-4-00-007370-7

『注文の多い料理店　新装版』(宮沢賢治童話全集)　岩崎書店　2016.9　⓵978-4-265-01934-2

『注文の多い料理店―童話2・劇ほか』(宮沢賢治コレクション)　筑摩書房　2017.1　⓵978-4-480-70622-5

チュウリップの幻術

『注文の多い料理店　新装版』(宮沢賢治童話全集)　岩崎書店　2016.9　⓵978-4-265-01934-2

『雁の童子―童話　4』(宮沢賢治コレクション)　筑摩書房　2017.5　⓵978-4-480-70624-9

ツェねずみ

『注文の多い料理店―宮沢賢治童話集珠玉選』　講談社　2009.9　⓵978-4-06-215738-4

『ほんとうは怖い賢治童話―宮沢賢治・厳選アンソロジー』(オフサイド・ブックス)　彩流社　2010.7　⓵978-4-7791-1075-7

『10分で読める物語　四年生』　学研教育出版　2010.8　⓵978-4-05-203227-1

『新編　風の又三郎　改版』(新潮文庫)　新潮社　2011.12　⓵978-4-10-109204-1

『童話集　銀河鉄道の夜―他十四篇』(ワイド版岩波文庫)　岩波書店　2014.1　⓵978-4-00-007370-7

『ツェねずみ　新装版』(宮沢賢治童話全集)　岩崎書店　2016.9　⓵978-4-265-01931-1

『よだかの星―童話3・初期短篇』(宮沢賢治コレクション)　筑摩書房　2017.3　⓵978-4-480-70623-2

月夜のけだもの

『注文の多い料理店―宮沢賢治童話集珠玉選』　講談社　2009.9　⓵978-4-06-215738-4

『ほんとうは怖い賢治童話―宮沢賢治・厳選アンソロジー』(オフサイド・ブックス)　彩流社　2010.7　⓵978-4-7791-1075-7

『宮沢賢治全集　7　銀河鉄道の夜・風の又三郎・セロ弾きのゴーシュほか』(ちくま文庫)　筑摩書房　2012.8　⓵978-4-480-02008-6

『ツェねずみ　新装版』(宮沢賢治童話全集)　岩崎書店　2016.9　⓵978-4-265-01931-1

『なめとこ山の熊―童話　5』(宮沢賢治コレクション)　筑摩書房　2017.6　⓵978-4-480-70625-6

月夜のでんしんばしら

『宮沢賢治銀河鉄道の夜』(YM books　デカい活字の千円文学!)　やのまん　2009.4　⓵978-4-903548-21-0

『注文の多い料理店』(ぶんか社文庫)　ぶんか社　2010.12　⓵978-4-8211-5373-2

『注文の多い料理店』(海王社文庫)　海王社　2012.11　⓵978-4-7964-0366-5

『可愛い黒い幽霊―宮沢賢治怪異小品集』(平凡社ライブラリー)　平凡社　2014.7　⓵978-4-582-76814-5

『よだかの星　新装版』(宮沢賢治童話全集)　岩崎書店　2016.9　⓵978-4-265-01935-9

『注文の多い料理店―童話2・劇ほか』(宮沢賢治コレクション)　筑摩書房　2017.1　⓵978-4-480-70622-5

『新編・日本幻想文学集成　6』　国書刊行会　2017.6　⓵978-4-336-06031-0

土神ときつね

『もう一度読みたい宮沢賢治』(宝島社文庫)　宝島社　2009.4　⓵978-4-7966-7079-1

『ほんとうは怖い賢治童話―宮沢賢治・厳選アンソロジー』(オフサイド・ブックス)　彩流社　2010.7　⓵978-4-7791-1075-7

『ポケットアンソロジー　この愛のゆくえ』(岩波文庫)　岩波書店　2011.6　⓵978-4-00-350024-8

『読んでおきたいベスト集!　宮沢賢治』(宝島社文庫)　宝島社　2011.7　⓵978-4-7966-8509-2

『銀河鉄道の夜』(双葉社ジュニア文庫)　双葉社　2016.7　⓵978-4-575-23979-9

『注文の多い料理店　新装版』(宮沢賢治童話全集)　岩崎書店　2016.9　⓵978-4-265-01934-2

『雁の童子―童話　4』(宮沢賢治コレクション)　筑摩書房　2017.5　⓵978-4-480-70624-9

つめくさのあかり

『ポラーノの広場』(プランクトン文庫)　プランクトン　2009.7　⓵978-4-904635-03-2

電車

『よだかの星―童話3・初期短篇』(宮沢賢治コレクション)　筑摩書房　2017.3　⓵978-4-480-70623-2

毒蛾

『新編・日本幻想文学集成　6』　国書刊行会　2017.6　⓵978-4-336-06031-0

毒もみのすきな署長さん

『もう一度読みたい宮沢賢治』（宝島社文庫）宝島社　2009.4　Ⓘ978-4-7966-7079-1

『ほんとうは怖い賢治童話―宮沢賢治・厳選アンソロジー』（オフサイド・ブックス）彩流社　2010.7　Ⓘ978-4-7791-1075-7

『悪人の物語』（中学生までに読んでおきたい日本文学）あすなろ書房　2010.11　Ⓘ978-4-7515-2621-7

『読んでおきたいベスト集！宮沢賢治』（宝島社文庫）宝島社　2011.7　Ⓘ978-4-7966-8509-2

『セロひきのゴーシュ　新装版』（宮沢賢治童話全集）岩崎書店　2016.9　Ⓘ978-4-265-01938-0

『なめとこ山の熊―童話　5』（宮沢賢治コレクション）筑摩書房　2017.6　Ⓘ978-4-480-70625-2

図書館幻想

『よだかの星―童話3・初期短篇』（宮沢賢治コレクション）筑摩書房　2017.3　Ⓘ978-4-480-70623-2

とっこべとら子

『ほんとうは怖い賢治童話―宮沢賢治・厳選アンソロジー』（オフサイド・ブックス）彩流社　2010.7　Ⓘ978-4-7791-1075-7

『なめとこ山のくま　新装版』（宮沢賢治童話全集）岩崎書店　2016.9　Ⓘ978-4-265-01936-6

『よだかの星―童話3・初期短篇』（宮沢賢治コレクション）筑摩書房　2017.3　Ⓘ978-4-480-70623-2

鳥をとるやなぎ

『ほんとうは怖い賢治童話―宮沢賢治・厳選アンソロジー』（オフサイド・ブックス）彩流社　2010.7　Ⓘ978-4-7791-1075-7

『新編　風の又三郎　改版』（新潮文庫）新潮社　2011.12　Ⓘ978-4-10-109204-1

『どんぐりと山ねこ　新装版』（宮沢賢治童話全集）岩崎書店　2016.9　Ⓘ978-4-265-01933-5

『雁の童子―童話　4』（宮沢賢治コレクション）筑摩書房　2017.5　Ⓘ978-4-480-70624-9

鳥の北斗七星

『注文の多い料理店』（海王社文庫）海王社　2012.11　Ⓘ978-4-7964-0366-5

鳥箱先生とフウねずみ

『注文の多い料理店―宮沢賢治童話集珠玉選』講談社　2009.9　Ⓘ978-4-06-215738-4

『ほんとうは怖い賢治童話―宮沢賢治・厳選アンソロジー』（オフサイド・ブックス）彩流社　2010.7　Ⓘ978-4-7791-1075-7

『童話集　銀河鉄道の夜―他十四篇』（ワイド版岩波文庫）岩波書店　2014.1　Ⓘ978-4-00-007370-7

『ツェねずみ　新装版』（宮沢賢治童話全集）岩崎書店　2016.9　Ⓘ978-4-265-01931-1

『よだかの星―童話3・初期短篇』（宮沢賢治コレクション）筑摩書房　2017.3　Ⓘ978-4-480-70623-2

どんぐりと山猫

『銀河鉄道の夜』（21世紀版少年少女日本文学館）講談社　2009.2　Ⓘ978-4-06-282658-7

『セロひきのゴーシュ―宮沢賢治童話集4　新装版』（講談社青い鳥文庫）講談社　2009.3　Ⓘ978-4-06-285052-0

『セロひきのゴーシュ―宮沢賢治童話集珠玉選』講談社　2009.9　Ⓘ978-4-06-215741-4

『決定版　心をそだてるこれだけは読んでおきたい日本の名作童話』　講談社　2009.10　Ⓘ978-4-06-215695-0

『読んでおきたい名作　小学3年』成美堂出版　2010.4　Ⓘ978-4-415-30816-6

『注文の多い料理店・セロひきのゴーシュ―宮沢賢治童話集』（角川つばさ文庫）角川書店　2010.6　Ⓘ978-4-04-631104-7

『注文の多い料理店』（ぶんか社文庫）ぶんか社　2010.12　Ⓘ978-4-8211-5373-2

『ふしぎな話』（中学生までに読んでおきたい日本文学）あすなろ書房　2011.3　Ⓘ978-4-7515-2630-9

『読んでおきたいベスト集！宮沢賢治』（宝島社文庫）宝島社　2011.7　Ⓘ978-4-7966-8509-2

『注文の多い料理店・銀河鉄道の夜』（集英社みらい文庫）集英社　2011.9　Ⓘ978-4-08-321045-7

『注文の多い料理店』（海王社文庫）海王社　2012.11　Ⓘ978-4-7964-0366-5

『童話集　銀河鉄道の夜―他十四篇』（ワイド版岩波文庫）岩波書店　2014.1　Ⓘ978-4-00-007370-7

『どんぐりと山ねこ　新装版』（宮沢賢治童話全集）岩崎書店　2016.9　Ⓘ978-4-265-01933-5

『注文の多い料理店―童話2・劇ほか』（宮沢賢治コレクション）筑摩書房　2017.1　Ⓘ978-4-480-70622-5

宮沢賢治

『新編・日本幻想文学集成　6』　国書刊行会　2017.6　⓪978-4-336-06031-0

なめとこ山の熊

『銀河鉄道の夜―宮沢賢治童話集　3　新装版』（講談社青い鳥文庫）講談社　2009.1　⓪978-4-06-285051-3

『宮沢賢治童話集』（ハルキ文庫）角川春樹事務所　2009.3　⓪978-4-7584-3401-0

『銀河鉄道の夜―宮沢賢治童話集珠玉選』　講談社　2009.9　⓪978-4-06-215740-7

『注文の多い料理店・セロひきのゴーシュ―宮沢賢治童話集』（角川つばさ文庫）角川書店　2010.6　⓪978-4-04-631104-7

『ほんとうは怖い賢治童話―宮沢・厳選アンソロジー』（オフサイド・ブックス）彩流社　2010.7　⓪978-4-7791-1075-7

『読んでおきたい名作　小学6年』　成美堂出版　2011.4　⓪978-4-415-31036-7

『読んでおきたいベスト集！　宮沢賢治』（宝島社文庫）宝島社　2011.7　⓪978-4-7966-8509-2

『狩猟文学マスターピース』（大人の本棚）みすず書房　2011.12　⓪978-4-622-08095-4

『宮沢賢治全集　7　銀河鉄道の夜・風の又三郎・セロ弾きのゴーシュほか』（ちくま文庫）筑摩書房　2012.8　⓪978-4-480-02008-6

『なめとこ山のくま　新装版』（宮沢賢治童話全集）岩崎書店　2016.9　⓪978-4-265-01936-6

『新編・日本幻想文学集成　6』　国書刊行会　2017.6　⓪978-4-336-06031-0

『なめとこ山の熊―童話　5』（宮沢賢治コレクション）筑摩書房　2017.6　⓪978-4-480-70625-6

楢ノ木大学士の野宿

『オッベルと象　新装版』（宮沢賢治童話全集）岩崎書店　2016.9　⓪978-4-265-01937-3

『なめとこ山の熊―童話　5』（宮沢賢治コレクション）筑摩書房　2017.6　⓪978-4-480-70625-6

逃げた山羊

『ポラーノの広場』（プランクトン文庫）プランクトン　2009.7　⓪978-4-904635-03-2

二十六夜

『新編　風の又三郎　改版』（新潮文庫）新潮社　2011.12　⓪978-4-10-109204-1

『童話集　銀河鉄道の夜―他十四篇』（ワイド版岩波文庫）岩波書店　2014.1　⓪978-4-00-007370-7

『雁の童子―童話　4』（宮沢賢治コレクション）筑摩書房　2017.5　⓪978-4-480-70624-9

猫の事務所

『宮沢賢治童話集』（ハルキ文庫）角川春樹事務所　2009.3　⓪978-4-7584-3401-0

『風の又三郎―宮沢賢治童話集珠玉選』　講談社　2009.9　⓪978-4-06-215739-1

『ほんとうは怖い賢治童話―宮沢・厳選アンソロジー』（オフサイド・ブックス）彩流社　2010.7　⓪978-4-7791-1075-7

『新編　銀河鉄道の夜』（新潮文庫）新潮社　2011.6　⓪978-4-10-109205-8

『オッベルと象　新装版』（宮沢賢治童話全集）岩崎書店　2016.9　⓪978-4-265-01937-3

『注文の多い料理店―童話2・劇ほか』（宮沢賢治コレクション）筑摩書房　2017.1　⓪978-4-480-70622-5

化物丁場

『セロひきのゴーシュ　新装版』（宮沢賢治童話全集）岩崎書店　2016.9　⓪978-4-265-01938-0

『雁の童子―童話　4』（宮沢賢治コレクション）筑摩書房　2017.5　⓪978-4-480-70624-9

畑のへり

『宮沢賢治全集　7　銀河鉄道の夜・風の又三郎・セロ弾きのゴーシュほか』（ちくま文庫）筑摩書房　2012.8　⓪978-4-480-02008-6

『可愛い黒い幽霊―宮沢賢治怪異小品集』（平凡社ライブラリー）平凡社　2014.7　⓪978-4-582-76814-5

『ツェねずみ　新装版』（宮沢賢治童話全集）岩崎書店　2016.9　⓪978-4-265-01931-1

『なめとこ山の熊―童話　5』（宮沢賢治コレクション）筑摩書房　2017.6　⓪978-4-480-70625-6

花椰菜

『よだかの星―童話3・初期短篇』（宮沢賢治コレクション）筑摩書房　2017.3　⓪978-4-480-70623-2

林の底

『ツェねずみ　新装版』（宮沢賢治童話全集）岩崎書店　2016.9　⓪978-4-265-01931-1

『雁の童子―童話　4』（宮沢賢治コレクション）筑摩書房　2017.5　⓪978-4-480-70624-9

茨海小学校

『注文の多い料理店　新装版』(宮沢賢治童話全集)　岩崎書店　2016.9　⓵978-4-265-01934-2

『雁の童子―童話　4』(宮沢賢治コレクション)　筑摩書房　2017.5　⓵978-4-480-70624-9

ひかりの素足

『幻視の系譜―日本幻想文学大全』(ちくま文庫)　筑摩書房　2013.10　⓵978-4-480-43112-7

『セロひきのゴーシュ　新装版』(宮沢賢治童話全集)　岩崎書店　2016.9　⓵978-4-265-01938-0

『よだかの星―童話3・初期短篇』(宮沢賢治コレクション)　筑摩書房　2017.3　⓵978-4-480-70623-2

ビジテリアン大祭

『宮沢賢治童話集』(ハルキ文庫)　角川春樹事務所　2009.3　⓵978-4-7584-3401-0

『新編　銀河鉄道の夜』(新潮文庫)　新潮社　2011.6　⓵978-4-10-109205-8

『童話集　銀河鉄道の夜―他十四篇』(ワイド版岩波文庫)　岩波書店　2014.1　⓵978-4-00-007370-7

『雁の童子―童話　4』(宮沢賢治コレクション)　筑摩書房　2017.5　⓵978-4-480-70624-9

ひのきとひなげし

『新編　銀河鉄道の夜』(新潮文庫)　新潮社　2011.6　⓵978-4-10-109205-8

『宮沢賢治全集　7　銀河鉄道の夜・風の又三郎・セロ弾きのゴーシュほか』(ちくま文庫)　筑摩書房　2012.8　⓵978-4-480-02008-6

『エスペラント対訳 宮沢賢治童話集　再版』日本エスペラント図書刊行会　2013.9　⓵978-4-88887-078-8

『ツェねずみ　新装版』(宮沢賢治童話全集)　岩崎書店　2016.9　⓵978-4-265-01931-1

『銀河鉄道の夜―童話1・少年小説ほか』(宮沢賢治コレクション)　筑摩書房　2016.12　⓵978-4-480-70621-8

氷河鼠の毛皮

『ほんとうは怖い賢治童話―宮沢賢治・厳選アンソロジー』(オフサイド・ブックス)　彩流社　2010.7　⓵978-4-7791-1075-7

『読んでおきたいベスト集！ 宮沢賢治』(宝島社文庫)　宝島社　2011.7　⓵978-4-7966-8509-2

『よだかの星　新装版』(宮沢賢治童話全集)　岩崎書店　2016.9　⓵978-4-265-01935-9

『注文の多い料理店―童話2・劇ほか』(宮沢賢治コレクション)　筑摩書房　2017.1　⓵978-4-480-70622-5

双子の星

『風の又三郎―宮沢賢治童話集珠玉選』　講談社　2009.9　⓵978-4-06-215739-1

『新編　銀河鉄道の夜』(新潮文庫)　新潮社　2011.6　⓵978-4-10-109205-8

『銀河鉄道の夜―宮沢賢治童話集』(角川つばさ文庫)　角川書店　2012.6　⓵978-4-04-631215-0

『銀河鉄道の夜』(双葉社ジュニア文庫)　双葉社　2016.7　⓵978-4-575-23979-9

『ふた子の星　新装版』(宮沢賢治童話全集)　岩崎書店　2016.9　⓵978-4-265-01932-8

『よだかの星―童話3・初期短篇』(宮沢賢治コレクション)　筑摩書房　2017.3　⓵978-4-480-70623-2

『新編・日本幻想文学集成　6』　国書刊行会　2017.6　⓵978-4-336-06031-0

二人の役人

『どんぐりと山ねこ　新装版』(宮沢賢治童話全集)　岩崎書店　2016.9　⓵978-4-265-01933-5

『雁の童子―童話　4』(宮沢賢治コレクション)　筑摩書房　2017.5　⓵978-4-480-70624-9

復活の前

『よだかの星―童話3・初期短篇』(宮沢賢治コレクション)　筑摩書房　2017.3　⓵978-4-480-70623-2

葡萄水

『果　実　』(SDP Bunko)　SDP　2009.7　⓵978-4-903620-62-6

『ツェねずみ　新装版』(宮沢賢治童話全集)　岩崎書店　2016.9　⓵978-4-265-01931-1

『雁の童子―童話　4』(宮沢賢治コレクション)　筑摩書房　2017.5　⓵978-4-480-70624-9

フランドン農学校の豚

『宮沢賢治童話集』(ハルキ文庫)　角川春樹事務所　2009.3　⓵978-4-7584-3401-0

『ほんとうは怖い賢治童話―宮沢賢治・厳選アンソロジー』(オフサイド・ブックス)　彩流社　2010.7　⓵978-4-7791-1075-7

宮沢賢治

『読んでおきたいベスト集！ 宮沢賢治』（宝島社文庫）宝島社　2011.7　①978-4-7966-8509-2

『新編 風の又三郎 改版』（新潮文庫）新潮社　2011.12　①978-4-10-109204-1

『宮沢賢治全集 7 銀河鉄道の夜・風の又三郎・セロ弾きのゴーシュほか』（ちくま文庫）筑摩書房　2012.8　①978-4-480-02008-6

『はじめてであう日本文学 3 食にまつわる話』成美堂出版　2013.4　①978-4-415-31525-6

『セロひきのゴーシュ 新装版』（宮沢賢治童話全集）岩崎書店　2016.9　①978-4-265-01938-0

『なめとこ山の熊―童話 5』（宮沢賢治コレクション）筑摩書房　2017.6　①978-4-480-70625-6

ペンネンネンネンネン・ネネムの伝記

『よだかの星―童話3・初期短篇』（宮沢賢治コレクション）筑摩書房　2017.3　①978-4-480-70623-2

北守将軍と三人兄弟の医者

『銀河鉄道の夜―宮沢賢治童話集 3 新装版』（講談社青い鳥文庫）講談社　2009.1　①978-4-06-285051-3

『銀河鉄道の夜―宮沢賢治童話集珠玉選』講談社　2009.9　①978-4-06-215740-7

『新編 銀河鉄道の夜』（新潮文庫）新潮社　2011.6　①978-4-10-109205-8

『読んでおきたいベスト集！ 宮沢賢治』（宝島社文庫）宝島社　2011.7　①978-4-7966-8509-2

『童話集 銀河鉄道の夜―他十四篇』（ワイド版岩波文庫）岩波書店　2014.1　①978-4-00-007370-7

『風の又三郎―宮沢賢治童話集』（角川つばさ文庫）角川書店　2016.1　①978-4-04-631547-2

『風の又三郎 新装版』（宮沢賢治童話全集）岩崎書店　2016.9　①978-4-265-01939-7

『銀河鉄道の夜―童話1・少年小説ほか』（宮沢賢治コレクション）筑摩書房　2016.12　①978-4-480-70621-8

洞熊学校を卒業した三人

『もう一度読みたい宮沢賢治』（宝島社文庫）宝島社　2009.4　①978-4-7966-7079-1

『風の又三郎―宮沢賢治童話集珠玉選』講談社　2009.9　①978-4-06-215739-1

『ほんとうは怖い賢治童話―宮沢賢治・厳選アンソロジー』（オフサイド・ブックス）彩流社　2010.7　①978-4-7791-1075-7

『読んでおきたいベスト集！ 宮沢賢治』（宝島社文庫）宝島社　2011.7　①978-4-7966-8509-2

『宮沢賢治全集 7 銀河鉄道の夜・風の又三郎・セロ弾きのゴーシュほか』（ちくま文庫）筑摩書房　2012.8　①978-4-480-02008-6

『どんぐりと山ねこ 新装版』（宮沢賢治童話全集）岩崎書店　2016.9　①978-4-265-01933-5

『なめとこ山の熊―童話 5』（宮沢賢治コレクション）筑摩書房　2017.6　①978-4-480-70625-6

ポラーノの広場

『ポラーノの広場』（プランクトン文庫）プランクトン　2009.7　①978-4-904635-03-2

『宮沢賢治全集 7 銀河鉄道の夜・風の又三郎・セロ弾きのゴーシュほか』（ちくま文庫）筑摩書房　2012.8　①978-4-480-02008-6

『ポラーノの広場 新装版』（宮沢賢治童話全集）岩崎書店　2016.9　①978-4-265-01940-3

『銀河鉄道の夜―童話1・少年小説ほか』（宮沢賢治コレクション）筑摩書房　2016.12　①978-4-480-70621-8

ポランの広場

『注文の多い料理店―童話2・劇ほか』（宮沢賢治コレクション）筑摩書房　2017.1　①978-4-480-70622-5

マグノリアの木

『雁の童子―童話 4』（宮沢賢治コレクション）筑摩書房　2017.5　①978-4-480-70624-9

祭の晩

『ほんとうは怖い賢治童話―宮沢賢治・厳選アンソロジー』（オフサイド・ブックス）彩流社　2010.7　①978-4-7791-1075-7

『新編 風の又三郎 改版』（新潮文庫）新潮社　2011.12　①978-4-10-109204-1

『風の又三郎―宮沢賢治童話集』（角川つばさ文庫）角川書店　2016.1　①978-4-04-631547-2

『なめとこ山のくま 新装版』（宮沢賢治童話全集）岩崎書店　2016.9　①978-4-265-01936-6

『なめとこ山の熊―童話 5』（宮沢賢治コレクション）筑摩書房　2017.6　①978-4-480-70625-6

まなづるとダァリヤ

『注文の多い料理店―宮沢賢治童話集珠玉選』講談社　2009.9　Ⓘ978-4-06-215738-4

『宮沢賢治全集　7　銀河鉄道の夜・風の又三郎・セロ弾きのゴーシュほか』(ちくま文庫)筑摩書房　2012.8　Ⓘ978-4-480-02008-6

『ツェねずみ　新装版』(宮沢賢治童話全集)岩崎書店　2016.9　Ⓘ978-4-265-01931-1

『なめとこ山の熊―童話　5』(宮沢賢治コレクション)筑摩書房　2017.6　Ⓘ978-4-480-70625-6

マリヴロンと少女

『新編　銀河鉄道の夜』(新潮文庫)新潮社　2011.6　Ⓘ978-4-10-109205-8

『宮沢賢治全集　7　銀河鉄道の夜・風の又三郎・セロ弾きのゴーシュほか』(ちくま文庫)筑摩書房　2012.8　Ⓘ978-4-480-02008-6

『なめとこ山の熊―童話　5』(宮沢賢治コレクション)筑摩書房　2017.6　Ⓘ978-4-480-70625-6

めくらぶどうと虹

『注文の多い料理店―宮沢賢治童話集珠玉選』講談社　2009.9　Ⓘ978-4-06-215738-4

『ふた子の星　新装版』(宮沢賢治童話全集)岩崎書店　2016.9　Ⓘ978-4-265-01932-8

『よだかの星―童話3・初期短篇』(宮沢賢治コレクション)筑摩書房　2017.3　Ⓘ978-4-480-70623-2

柳沢

『よだかの星―童話3・初期短篇』(宮沢賢治コレクション)筑摩書房　2017.3　Ⓘ978-4-480-70623-2

山男の四月

『ほんとうは怖い賢治童話―宮沢賢治・厳選アンソロジー』(オフサイド・ブックス)彩流社　2010.7　Ⓘ978-4-7791-1075-7

『注文の多い料理店』(ぶんか社文庫)ぶんか社　2010.12　Ⓘ978-4-8211-5373-2

『注文の多い料理店』(海王社文庫)海王社　2012.11　Ⓘ978-4-7964-0366-5

『なめとこ山のくま　新装版』(宮沢賢治童話全集)岩崎書店　2016.9　Ⓘ978-4-265-01936-6

『注文の多い料理店―童話2・劇ほか』(宮沢賢治コレクション)筑摩書房　2017.1　Ⓘ978-4-480-70622-5

やまなし

『宮沢賢治童話集』(ハルキ文庫)角川春樹事務所　2009.3　Ⓘ978-4-7584-3401-0

『宮沢賢治銀河鉄道の夜』(YM books　デカい活字の千円文学！)やのまん　2009.4　Ⓘ978-4-903548-21-0

『注文の多い料理店―宮沢賢治童話集珠玉選』講談社　2009.9　Ⓘ978-4-06-215738-4

『読んでおきたい名作　小学2年』成美堂出版　2010.4　Ⓘ978-4-415-30815-9

『注文の多い料理店・セロひきのゴーシュ―宮沢賢治童話集』(角川つばさ文庫)角川書店　2010.6　Ⓘ978-4-04-631104-7

『おもしろい物語10分読書　めやす小学6年』教学研究社　2011　Ⓘ978-4-318-00992-4

『読んでおきたいベスト集！宮沢賢治』(宝島社文庫)宝島社　2011.7　Ⓘ978-4-7966-8509-2

『注文の多い料理店・銀河鉄道の夜』(集英社みらい文庫)集英社　2011.9　Ⓘ978-4-08-321045-7

『新編　風の又三郎　改版』(新潮文庫)新潮社　2011.12　Ⓘ978-4-10-109204-1

『いきものがたり』双文社出版　2013.4　Ⓘ978-4-88164-091-3

『もう一度読みたい教科書の泣ける名作』学研教育出版　2013.8　Ⓘ978-4-05-405789-0

『ふた子の星　新装版』(宮沢賢治童話全集)岩崎書店　2016.9　Ⓘ978-4-265-01932-8

『注文の多い料理店―童話2・劇ほか』(宮沢賢治コレクション)筑摩書房　2017.1　Ⓘ978-4-480-70622-5

『新編・日本幻想文学集成　6』国書刊行会　2017.6　Ⓘ978-4-336-06031-0

雪渡り

『銀河鉄道の夜』(21世紀版少年少女日本文学館)講談社　2009.2　Ⓘ978-4-06-282658-7

『注文の多い料理店―宮沢賢治童話集珠玉選』講談社　2009.9　Ⓘ978-4-06-215738-4

『注文の多い料理店・セロひきのゴーシュ―宮沢賢治童話集』(角川つばさ文庫)角川書店　2010.6　Ⓘ978-4-04-631104-7

『銀河鉄道の夜』(ハルキ文庫〔280円文庫〕)角川春樹事務所　2011.4　Ⓘ978-4-7584-3548-2

『朗読の時間　宮澤賢治』(朗読CD付き名作文学シリーズ)東京書籍　2011.8　Ⓘ978-4-487-80591-4

『ふた子の星　新装版』(宮沢賢治童話全集)岩崎書店　2016.9　Ⓘ978-4-265-01932-8

宮沢龍生

『注文の多い料理店―童話2・劇ほか』(宮沢賢治コレクション)　筑摩書房　2017.1　①978-4-480-70622-5

『新編・日本幻想文学集成　6』　国書刊行会　2017.6　①978-4-336-06031-0

よく利く薬とえらい薬

『ほんとうは怖い賢治童話―宮沢賢治・厳選アンソロジー』(オフサイド・ブックス)　彩流社　2010.7　①978-4-7791-1075-7

『注文の多い料理店　新装版』(宮沢賢治童話全集)　岩崎書店　2016.9　①978-4-265-01934-2

『よだかの星―童話3・初期短篇』(宮沢賢治コレクション)　筑摩書房　2017.3　①978-4-480-70623-2

よだかの星

『ひとしずくの涙、ほろり。』(読書がたのしくなる・ニッポンの文学)　くもん出版　2009.2　①978-4-7743-1403-7

『銀河鉄道の夜』(21世紀版少年少女日本文学館)　講談社　2009.2　①978-4-06-282658-7

『宮沢賢治童話集』(ハルキ文庫)　角川春樹事務所　2009.3　①978-4-7584-3401-0

『もう一度読みたい宮沢賢治』(宝島社文庫)　宝島社　2009.4　①978-4-7966-7079-1

『涙の百年文学―もう一度読みたい』　太陽出版　2009.4　①978-4-88469-619-1

『風の又三郎―宮沢賢治童話集珠玉選』　講談社　2009.9　①978-4-06-215739-1

『読んでおきたい名作　小学4年』　成美堂出版　2011.4　①978-4-415-31034-3

『新編　銀河鉄道の夜』(新潮文庫)　新潮社　2011.6　①978-4-10-109205-8

『読んでおきたいベスト集！　宮沢賢治』(宝島社文庫)　宝島社　2011.7　①978-4-7966-8509-2

『注文の多い料理店・銀河鉄道の夜』(集英社みらい文庫)　集英社　2011.9　①978-4-08-321045-7

『新　現代文学名作選』　明治書院　2012.1　①978-4-625-65415-2

『銀河鉄道の夜―宮沢賢治童話集』(角川つばさ文庫)　角川書店　2012.6　①978-4-04-631215-0

『銀河鉄道の夜』(双葉社ジュニア文庫)　双葉社　2016.7　①978-4-575-23979-9

『よだかの星　新装版』(宮沢賢治童話全集)　岩崎書店　2016.9　①978-4-265-01935-9

『よだかの星―童話3・初期短篇』(宮沢賢治コレクション)　筑摩書房　2017.3　①978-4-480-70623-2

『新編・日本幻想文学集成　6』　国書刊行会　2017.6　①978-4-336-06031-0

四又の百合

『どんぐりと山ねこ　新装版』(宮沢賢治童話全集)　岩崎書店　2016.9　①978-4-265-01933-5

『なめとこ山の熊―童話　5』(宮沢賢治コレクション)　筑摩書房　2017.6　①978-4-480-70625-6

竜と詩人

『童話集　銀河鉄道の夜―他十四篇』(ワイド版岩波文庫)　岩波書店　2014.1　①978-4-00-007370-7

『注文の多い料理店―童話2・劇ほか』(宮沢賢治コレクション)　筑摩書房　2017.1　①978-4-480-70622-5

若い木霊

『よだかの星―童話3・初期短篇』(宮沢賢治コレクション)　筑摩書房　2017.3　①978-4-480-70623-2

宮沢　龍生　みやざわ・たつき

徳川清輝という男

『汝、怪異を語るなかれ』　中央公論新社　2012.12　①978-4-12-004439-7

這いつくばる者たちの屋敷

『汝、怪異を語るなかれ』　中央公論新社　2012.12　①978-4-12-004439-7

宮西　建礼　みやにし・けんれい

銀河風帆走

『極光星群―年刊日本SF傑作選』(創元SF文庫)　東京創元社　2013.6　①978-4-488-73406-0

宮ノ川　顕　みやのがわ・けん

化身

『化身』　角川書店　2009.10　①978-4-04-873994-8

『化身』(角川ホラー文庫)　角川書店　2011.8　①978-4-04-394476-7

幸せという名のインコ

『化身』 角川書店 2009.10 ①978-4-04-873994-8

『化身』(角川ホラー文庫) 角川書店 2011.8 ①978-4-04-394476-7

雷魚

『化身』 角川書店 2009.10 ①978-4-04-873994-8

『化身』(角川ホラー文庫) 角川書店 2011.8 ①978-4-04-394476-7

宮部 みゆき　みやべ・みゆき

おくらさま

『三鬼―三島屋変調百物語四之続』 日本経済新聞出版社 2016.12 ①978-4-532-17141-4

海神の裔

『NOVA＋屍者たちの帝国―書き下ろし日本SFコレクション』(河出文庫) 河出書房新社 2015.10 ①978-4-309-41407-2

カモメの名前

『小暮写眞館』 講談社 2010.5 ①978-4-06-216222-7

『小暮写眞館 下』(講談社文庫) 講談社 2013.10 ①978-4-06-277674-5

朽ちてゆくまで

『鳩笛草―燔祭/朽ちてゆくまで』(光文社文庫プレミアム) 光文社 2011.7 ①978-4-334-74972-9

『日本SF短篇50 4 日本SF作家クラブ創立50周年記念アンソロジー』(ハヤカワ文庫JA) 早川書房 2013.8 ①978-4-15-031126-1

くりから御殿

『泣き童子―三島屋変調百物語参之続』 文藝春秋 2013.6 ①978-4-16-382240-2

『泣き童子―三島屋変調百物語参之続』(角川文庫) 角川書店 2016.6 ①978-4-04-103991-5

小暮写眞館

『小暮写眞館』 講談社 2010.5 ①978-4-06-216222-7

『小暮写眞館 上』(講談社文庫) 講談社 2013.10 ①978-4-06-277673-8

小雪舞う日の怪談語り

『泣き童子―三島屋変調百物語参之続』 文藝春秋 2013.6 ①978-4-16-382240-2

『泣き童子―三島屋変調百物語参之続』(角川文庫) 角川書店 2016.6 ①978-4-04-103991-5

さよならの儀式

『SF JACK』 角川書店 2013.2 ①978-4-04-110398-2

『さよならの儀式―年刊日本SF傑作選』(創元SF文庫) 東京創元社 2014.6 ①978-4-488-73407-7

『SF JACK』(角川文庫) 角川書店 2016.2 ①978-4-04-103895-6

三鬼

『三鬼―三島屋変調百物語四之続』 日本経済新聞出版社 2016.12 ①978-4-532-17141-4

時雨鬼

『あやし』(新人物ノベルス) 新人物往来社 2012.7 ①978-4-404-04225-5

『あやかしの深川―受け継がれる怪異な土地の物語』 猿江商會 2016.7 ①978-4-908260-05-6

食客ひだる神

『三鬼―三島屋変調百物語四之続』 日本経済新聞出版社 2016.12 ①978-4-532-17141-4

聖痕

『NOVA 2 書き下ろし日本SFコレクション』(河出文庫) 河出書房新社 2010.7 ①978-4-309-41027-2

『チヨ子』(光文社文庫) 光文社 2011.7 ①978-4-334-74969-9

世界の縁側

『小暮写眞館』 講談社 2010.5 ①978-4-06-216222-7

『小暮写眞館 上』(講談社文庫) 講談社 2013.10 ①978-4-06-277673-8

節気顔

『泣き童子―三島屋変調百物語参之続』 文藝春秋 2013.6 ①978-4-16-382240-2

『泣き童子―三島屋変調百物語参之続』(角川文庫) 角川書店 2016.6 ①978-4-04-103991-5

戦闘員

『NOVA＋バベル―書き下ろし日本SFコレクション』(河出文庫) 河出書房新社 2014.10 ①978-4-309-41322-8

宮本 紀子

魂取の池
『泣き童子―三島屋変調百物語参之続』 文藝春秋　2013.6　①978-4-16-382240-2

『泣き童子―三島屋変調百物語参之続』（角川文庫）角川書店　2016.6　①978-4-04-103991-5

鉄路の春
『小暮写眞館』 講談社　2010.5　①978-4-06-216222-7

『小暮写眞館　下』（講談社文庫）講談社　2013.10　①978-4-06-277674-5

泣き童子
『泣き童子―三島屋変調百物語参之続』 文藝春秋　2013.6　①978-4-16-382240-2

『泣き童子―三島屋変調百物語参之続』（角川文庫）角川書店　2016.6　①978-4-04-103991-5

鳩笛草
『鳩笛草―燔祭/朽ちてゆくまで』（光文社文庫プレミアム）光文社　2011.7　①978-4-334-74972-9

燔祭
『鳩笛草―燔祭/朽ちてゆくまで』（光文社文庫プレミアム）光文社　2011.7　①978-4-334-74972-9

保安官の明日
『NOVA　6 書き下ろし日本SFコレクション』（河出文庫）河出書房新社　2011.11　①978-4-309-41113-2

星に願いを
『Visions』 講談社　2016.10　①978-4-06-220294-7

まぐる笛
『泣き童子―三島屋変調百物語参之続』 文藝春秋　2013.6　①978-4-16-382240-2

『泣き童子―三島屋変調百物語参之続』（角川文庫）角川書店　2016.6　①978-4-04-103991-5

迷いの旅籠
『三鬼―三島屋変調百物語四之続』 日本経済新聞出版社　2016.12　①978-4-532-17141-4

宮本 紀子　みやもと・のりこ

千年のはじめ
『ゆきのまち幻想文学賞小品集　19 雪の反転鏡』 企画集団ぷりずむ　2010.3　①978-4-906691-32-6

宮本 宗明　みやもと・むねあき

機械は踊る
『ブラック・ホールにのまれて』 牧歌舎　2017.5　①978-4-434-23080-6

危険な錠剤
『ブラック・ホールにのまれて』 牧歌舎　2017.5　①978-4-434-23080-6

グルーミング
『ブラック・ホールにのまれて』 牧歌舎　2017.5　①978-4-434-23080-6

生存者
『ブラック・ホールにのまれて』 牧歌舎　2017.5　①978-4-434-23080-6

地球型作業療法
『ブラック・ホールにのまれて』 牧歌舎　2017.5　①978-4-434-23080-6

ブラック・ホールにのまれて
『ブラック・ホールにのまれて』 牧歌舎　2017.5　①978-4-434-23080-6

"ロワ"という名の恐竜
『ブラック・ホールにのまれて』 牧歌舎　2017.5　①978-4-434-23080-6

三好 想山　みよし・しょうざん

想山著聞奇集
『江戸奇談怪談集』（ちくま学芸文庫）筑摩書房　2012.11　①978-4-480-09488-9

物言う猫
『江戸奇談怪談集』（ちくま学芸文庫）筑摩書房　2012.11　①978-4-480-09488-9

未来予言クラブ　みらいよげんくらぶ

ハルマゲドン都市伝説
『リアル世界最終戦争大予言』 文芸社ビジュアルアート　2009.6　①978-4-7818-0183-4

リアル世界最終戦争大予言
『リアル世界最終戦争大予言』 文芸社ビジュアルアート　2009.6　①978-4-7818-0183-4

三輪 チサ　みわ・ちさ

雨の日に触ってはいけない
『女たちの怪談百物語』（幽books）メディアファクトリー　2010.11　①978-4-8401-3599-3
『女たちの怪談百物語』（角川ホラー文庫）角川書店　2014.1　①978-4-04-101192-8

今もいる
『女たちの怪談百物語』（幽books）メディアファクトリー　2010.11　①978-4-8401-3599-3
『女たちの怪談百物語』（角川ホラー文庫）角川書店　2014.1　①978-4-04-101192-8

鬼子母神の話
『女たちの怪談百物語』（幽books）メディアファクトリー　2010.11　①978-4-8401-3599-3
『女たちの怪談百物語』（角川ホラー文庫）角川書店　2014.1　①978-4-04-101192-8

旧街道の話
『女たちの怪談百物語』（幽books）メディアファクトリー　2010.11　①978-4-8401-3599-3
『女たちの怪談百物語』（角川ホラー文庫）角川書店　2014.1　①978-4-04-101192-8

作業服の男
『女たちの怪談百物語』（幽books）メディアファクトリー　2010.11　①978-4-8401-3599-3
『女たちの怪談百物語』（角川ホラー文庫）角川書店　2014.1　①978-4-04-101192-8

人身事故の話
『女たちの怪談百物語』（幽books）メディアファクトリー　2010.11　①978-4-8401-3599-3
『女たちの怪談百物語』（角川ホラー文庫）角川書店　2014.1　①978-4-04-101192-8

ぬいぐるみの話
『女たちの怪談百物語』（幽books）メディアファクトリー　2010.11　①978-4-8401-3599-3
『女たちの怪談百物語』（角川ホラー文庫）角川書店　2014.1　①978-4-04-101192-8

百物語をすると……2
『女たちの怪談百物語』（幽books）メディアファクトリー　2010.11　①978-4-8401-3599-3
『女たちの怪談百物語』（角川ホラー文庫）角川書店　2014.1　①978-4-04-101192-8

ホテルの話
『女たちの怪談百物語』（幽books）メディアファクトリー　2010.11　①978-4-8401-3599-3
『女たちの怪談百物語』（角川ホラー文庫）角川書店　2014.1　①978-4-04-101192-8

緑の庭の話
『女たちの怪談百物語』（幽books）メディアファクトリー　2010.11　①978-4-8401-3599-3
『女たちの怪談百物語』（角川ホラー文庫）角川書店　2014.1　①978-4-04-101192-8

無月 火炎　むつき・ほむら

冬ごもり
『ゆきのまち幻想文学賞小品集　19　雪の反転鏡』企画集団ぷりずむ　2010.3　①978-4-906691-32-6

村上 春樹　むらかみ・はるき

新聞
『文豪てのひら怪談』（ポプラ文庫）ポプラ社　2009.8　①978-4-591-11104-8

村田 沙耶香　むらた・さやか

殺人出産
『殺人出産』講談社　2014.7　①978-4-06-219046-6
『殺人出産』（講談社文庫）講談社　2016.8　①978-4-06-293477-0

清潔な結婚
『殺人出産』講談社　2014.7　①978-4-06-219046-6
『殺人出産』（講談社文庫）講談社　2016.8　①978-4-06-293477-0

村田 栞　むらた・しおり

トリプル
『殺人出産』　講談社　2014.7　①978-4-06-219046-6

『殺人出産』（講談社文庫）講談社　2016.8　①978-4-06-293477-0

余命
『殺人出産』　講談社　2014.7　①978-4-06-219046-6

『殺人出産』（講談社文庫）講談社　2016.8　①978-4-06-293477-0

村田 栞　むらた・しおり

黄河のほとりの物語
『東方妖遊記―終わらぬ旅路と希望の扉』（角川ビーンズ文庫）角川書店　2012.10　①978-4-04-100510-1

西王母の贈り物
『東方妖遊記―終わらぬ旅路と希望の扉』（角川ビーンズ文庫）角川書店　2012.10　①978-4-04-100510-1

天河の君に贈る夢
『東方妖遊記―終わらぬ旅路と希望の扉』（角川ビーンズ文庫）角川書店　2012.10　①978-4-04-100510-1

東方妖遊紀行
『東方妖遊記―終わらぬ旅路と希望の扉』（角川ビーンズ文庫）角川書店　2012.10　①978-4-04-100510-1

村山 早紀　むらやま・さき

赤い林檎と金の川
『となりのもののけさん』（ポプラ文庫ピュアフル）ポプラ社　2014.9　①978-4-591-14128-1

あるおとぎ話
『竜宮ホテル』（徳間文庫）徳間書店　2013.5　①978-4-19-893695-2

死神の箱
『魔法の夜―竜宮ホテル』（徳間文庫）徳間書店　2013.12　①978-4-19-893775-1

空に届く歌
『竜宮ホテル』（徳間文庫）徳間書店　2013.5　①978-4-19-893695-2

旅の猫 風の翼
『竜宮ホテル』（徳間文庫）徳間書店　2013.5　①978-4-19-893695-2

魔法の夜
『魔法の夜―竜宮ホテル』（徳間文庫）徳間書店　2013.12　①978-4-19-893775-1

迷い猫
『竜宮ホテル』（徳間文庫）徳間書店　2013.5　①978-4-19-893695-2

雪の歌 星の声
『魔法の夜―竜宮ホテル』（徳間文庫）徳間書店　2013.12　①978-4-19-893775-1

雪の魔法
『竜宮ホテル』（徳間文庫）徳間書店　2013.5　①978-4-19-893695-2

室生 犀星　むろう・さいせい

愛魚詩篇
『新編・日本幻想文学集成　7　三島由紀夫・川端康成・正宗白鳥・室生犀星』国書刊行会　2017.8　①978-4-336-06032-7

青き魚を釣る人
『新編・日本幻想文学集成　7　三島由紀夫・川端康成・正宗白鳥・室生犀星』国書刊行会　2017.8　①978-4-336-06032-7

凍えたる魚
『新編・日本幻想文学集成　7　三島由紀夫・川端康成・正宗白鳥・室生犀星』国書刊行会　2017.8　①978-4-336-06032-7

老いたるえびのうた
『新編・日本幻想文学集成　7　三島由紀夫・川端康成・正宗白鳥・室生犀星』国書刊行会　2017.8　①978-4-336-06032-7

鯉
『新編・日本幻想文学集成　7　三島由紀夫・川端康成・正宗白鳥・室生犀星』国書刊行会　2017.8　①978-4-336-06032-7

魚
『新編・日本幻想文学集成　7　三島由紀夫・川端康成・正宗白鳥・室生犀星』国書刊行会　2017.8　①978-4-336-06032-7

魚になつた興義
『新編・日本幻想文学集成　7　三島由紀夫・川端康成・正宗白鳥・室生犀星』国書刊行会　2017.8　①978-4-336-06032-7

寂しき魚界
『新編・日本幻想文学集成　7　三島由紀夫・川端康成・正宗白鳥・室生犀星』　国書刊行会　2017.8　①978-4-336-06032-7

寂しき魚
『新編・日本幻想文学集成　7　三島由紀夫・川端康成・正宗白鳥・室生犀星』　国書刊行会　2017.8　①978-4-336-06032-7

三本の鉤
『新編・日本幻想文学集成　7　三島由紀夫・川端康成・正宗白鳥・室生犀星』　国書刊行会　2017.8　①978-4-336-06032-7

七つの魚
『新編・日本幻想文学集成　7　三島由紀夫・川端康成・正宗白鳥・室生犀星』　国書刊行会　2017.8　①978-4-336-06032-7

鮠の子
『新編・日本幻想文学集成　7　三島由紀夫・川端康成・正宗白鳥・室生犀星』　国書刊行会　2017.8　①978-4-336-06032-7

火の魚
『新編・日本幻想文学集成　7　三島由紀夫・川端康成・正宗白鳥・室生犀星』　国書刊行会　2017.8　①978-4-336-06032-7

蜜のあわれ
『幻視の系譜―日本幻想文学大全』（ちくま文庫）筑摩書房　2013.10　①978-4-480-43112-7
『新編・日本幻想文学集成　7　三島由紀夫・川端康成・正宗白鳥・室生犀星』　国書刊行会　2017.8　①978-4-336-06032-7

目代　雄一　もくだい・ゆういち

相合い傘
『森の美術館―ショートショートの小箱』　書肆侃侃房　2016.8　①978-4-86385-230-3

一番美しい
『森の美術館―ショートショートの小箱』　書肆侃侃房　2016.8　①978-4-86385-230-3

掛軸の行方
『森の美術館―ショートショートの小箱』　書肆侃侃房　2016.8　①978-4-86385-230-3

形見の品
『森の美術館―ショートショートの小箱』　書肆侃侃房　2016.8　①978-4-86385-230-3

キツネの恋
『森の美術館―ショートショートの小箱』　書肆侃侃房　2016.8　①978-4-86385-230-3

肝だめし
『森の美術館―ショートショートの小箱』　書肆侃侃房　2016.8　①978-4-86385-230-3

急な引越し
『森の美術館―ショートショートの小箱』　書肆侃侃房　2016.8　①978-4-86385-230-3

恋するイケメン
『森の美術館―ショートショートの小箱』　書肆侃侃房　2016.8　①978-4-86385-230-3

こいホット
『森の美術館―ショートショートの小箱』　書肆侃侃房　2016.8　①978-4-86385-230-3

豪腕の不安
『森の美術館―ショートショートの小箱』　書肆侃侃房　2016.8　①978-4-86385-230-3

誤変換
『森の美術館―ショートショートの小箱』　書肆侃侃房　2016.8　①978-4-86385-230-3

古民家の座敷童
『森の美術館―ショートショートの小箱』　書肆侃侃房　2016.8　①978-4-86385-230-3

サウナの幽霊
『森の美術館―ショートショートの小箱』　書肆侃侃房　2016.8　①978-4-86385-230-3

地獄のアイドル
『森の美術館―ショートショートの小箱』　書肆侃侃房　2016.8　①978-4-86385-230-3

地獄めがね
『森の美術館―ショートショートの小箱』　書肆侃侃房　2016.8　①978-4-86385-230-3

集中
『森の美術館―ショートショートの小箱』　書肆侃侃房　2016.8　①978-4-86385-230-3

鈴木クンと佐藤クン
『森の美術館―ショートショートの小箱』　書肆侃侃房　2016.8　①978-4-86385-230-3

代表のお礼
『森の美術館―ショートショートの小箱』　書肆侃侃房　2016.8　①978-4-86385-230-3

望月新三郎

タイプの男
『森の美術館―ショートショートの小箱』書肆侃侃房　2016.8　①978-4-86385-230-3

太刀踊りの夜
『森の美術館―ショートショートの小箱』書肆侃侃房　2016.8　①978-4-86385-230-3

多難
『森の美術館―ショートショートの小箱』書肆侃侃房　2016.8　①978-4-86385-230-3

地底の底
『森の美術館―ショートショートの小箱』書肆侃侃房　2016.8　①978-4-86385-230-3

月の砂漠で
『森の美術館―ショートショートの小箱』書肆侃侃房　2016.8　①978-4-86385-230-3

同窓会
『森の美術館―ショートショートの小箱』書肆侃侃房　2016.8　①978-4-86385-230-3

とっさの一言
『森の美術館―ショートショートの小箱』書肆侃侃房　2016.8　①978-4-86385-230-3

虎姫
『森の美術館―ショートショートの小箱』書肆侃侃房　2016.8　①978-4-86385-230-3

なりすまし
『森の美術館―ショートショートの小箱』書肆侃侃房　2016.8　①978-4-86385-230-3

似顔絵名人
『森の美術館―ショートショートの小箱』書肆侃侃房　2016.8　①978-4-86385-230-3

ニセ金製造機
『森の美術館―ショートショートの小箱』書肆侃侃房　2016.8　①978-4-86385-230-3

パチンコの天才
『森の美術館―ショートショートの小箱』書肆侃侃房　2016.8　①978-4-86385-230-3

春なのに
『森の美術館―ショートショートの小箱』書肆侃侃房　2016.8　①978-4-86385-230-3

百倍占い
『森の美術館―ショートショートの小箱』書肆侃侃房　2016.8　①978-4-86385-230-3

ペットの行く先
『森の美術館―ショートショートの小箱』書肆侃侃房　2016.8　①978-4-86385-230-3

蛍町界隈綺談
『森の美術館―ショートショートの小箱』書肆侃侃房　2016.8　①978-4-86385-230-3

真夜中のタクシー
『森の美術館―ショートショートの小箱』書肆侃侃房　2016.8　①978-4-86385-230-3

満月の夜
『森の美術館―ショートショートの小箱』書肆侃侃房　2016.8　①978-4-86385-230-3

森の美術館
『森の美術館―ショートショートの小箱』書肆侃侃房　2016.8　①978-4-86385-230-3

夜のパレード
『森の美術館―ショートショートの小箱』書肆侃侃房　2016.8　①978-4-86385-230-3

ワザあり集合写真
『森の美術館―ショートショートの小箱』書肆侃侃房　2016.8　①978-4-86385-230-3

望月　新三郎　もちづき・しんざぶろう

ケータイとへび
『怪談オウマガドキ学園　2　放課後の謎メール』童心社　2013.7　①978-4-494-01651-8

『怪談オウマガドキ学園　2　放課後の謎メール』童心社　2013.7　①978-4-494-01710-2

望月　正子　もちづき・まさこ

手のなる木
『怪談オウマガドキ学園　1　真夜中の入学式』童心社　2013.7　①978-4-494-01650-1

『怪談オウマガドキ学園　1　真夜中の入学式』童心社　2013.7　①978-4-494-01709-6

望月　もらん　もちづき・もらん

おもかげ
『猫乃木さんのあやかし事情』(角川ビーンズ文庫)　角川書店　2014.11　①978-4-04-102333-4

狐火
『猫乃木さんのあやかし事情』(角川ビーンズ文庫) 角川書店 2014.11 ①978-4-04-102333-4

天神さん
『猫乃木さんのあやかし事情』(角川ビーンズ文庫) 角川書店 2014.11 ①978-4-04-102333-4

緋衣
『猫乃木さんのあやかし事情』(角川ビーンズ文庫) 角川書店 2014.11 ①978-4-04-102333-4

戻橋
『猫乃木さんのあやかし事情』(角川ビーンズ文庫) 角川書店 2014.11 ①978-4-04-102333-4

もっちープリンス

永久に
『幻想恋愛』 郁朋社 2011.9 ①978-4-87302-509-4

カムバック
『幻想恋愛』 郁朋社 2011.9 ①978-4-87302-509-4

怯現実
『幻想恋愛』 郁朋社 2011.9 ①978-4-87302-509-4

幻夢
『幻想恋愛』 郁朋社 2011.9 ①978-4-87302-509-4

行酷
『幻想恋愛』 郁朋社 2011.9 ①978-4-87302-509-4

残結
『幻想恋愛』 郁朋社 2011.9 ①978-4-87302-509-4

惨事実
『幻想恋愛』 郁朋社 2011.9 ①978-4-87302-509-4

逃現実
『幻想恋愛』 郁朋社 2011.9 ①978-4-87302-509-4

秡悪
『幻想恋愛』 郁朋社 2011.9 ①978-4-87302-509-4

元長 柾木　もとなが・まさき

デイドリーム、鳥のように
『ゼロ年代SF傑作選』(ハヤカワ文庫JA) 早川書房 2010.2 ①978-4-15-030986-2

我語りて世界あり
『神林長平トリビュート』 早川書房 2009.11 ①978-4-15-209083-6
『神林長平トリビュート』(ハヤカワ文庫JA) 早川書房 2012.4 ①978-4-15-031063-9

百井 塘雨　ももい・とうう

笈埃随筆
『江戸奇談怪談集』(ちくま学芸文庫) 筑摩書房 2012.11 ①978-4-480-09488-9

蹲踞の辻
『江戸奇談怪談集』(ちくま学芸文庫) 筑摩書房 2012.11 ①978-4-480-09488-9

八百比丘尼
『江戸奇談怪談集』(ちくま学芸文庫) 筑摩書房 2012.11 ①978-4-480-09488-9

ももくち そらミミ

お座敷の鰐
『ゆきのまち幻想文学賞小品集 21 風花雪の物語二十七編』 企画集団ぷりずむ 2012.3 ①978-4-906691-42-5

夏に見た雪
『ゆきのまち幻想文学賞小品集 19 雪の反転鏡』 企画集団ぷりずむ 2010.3 ①978-4-906691-32-6

百瀬 しのぶ　ももせ・しのぶ

カオルのパパ
『泣けちゃう怪談 2 背すじが涼しくなる真夏の夜ばなし』(ちゃおノベルズ) 小学館 2013.7 ①978-4-09-289571-3

子犬のモカ
『泣けちゃう怪談 2 背すじが涼しくなる真夏の夜ばなし』(ちゃおノベルズ) 小学館 2013.7 ①978-4-09-289571-3

コウタくん
『泣けちゃう怪談　2　背すじが涼しくなる真夏の夜ばなし』（ちゃおノベルズ）小学館　2013.7　①978-4-09-289571-3

親友
『泣けちゃう怪談　2　背すじが涼しくなる真夏の夜ばなし』（ちゃおノベルズ）小学館　2013.7　①978-4-09-289571-3

森　鷗外　もり・おうがい

蛇
『鷗外近代小説集　第5巻　蛇・カズイスチカ　ほか』岩波書店　2013.1　①978-4-00-092735-2
『見た人の怪談集』（河出文庫）河出書房新社　2016.5　①978-4-309-41450-8

夢
『夢』（SDP Bunko）SDP　2009.7　①978-4-903620-63-3

森岡　浩之　もりおか・ひろゆき

想い出の家
『NOVA　3　書き下ろし日本SFコレクション』（河出文庫）河出書房新社　2010.12　①978-4-309-41055-5

地獄で見る夢　第五回
『SF Japan 2009AUTUMN』徳間書店　2009.9　①978-4-19-862778-2

姉さん
『人工知能の見る夢は―AIショートショート集』（文春文庫）文藝春秋　2017.5　①978-4-16-790850-8

光の王
『逃げゆく物語の話―ゼロ年代日本SFベスト集成　F』（創元SF文庫）東京創元社　2010.10　①978-4-488-73802-0

夢の樹が接げたなら
『日本SF短篇50―日本SF作家クラブ創立50周年記念アンソロジー　3』（ハヤカワ文庫JA）早川書房　2013.6　①978-4-15-031115-5

森下　雨村　もりした・うそん

怪星の秘密
『怪星の秘密―森下雨村空想科学小説集』（盛林堂ミステリアス文庫）我刊我書房　2017.3

西蔵に咲く花
『怪星の秘密―森下雨村空想科学小説集』（盛林堂ミステリアス文庫）我刊我書房　2017.3

森下　うるり　もりした・うるり

マンティスの祈り
『怪集　蠱毒―創作怪談発掘大会傑作選』（竹書房文庫）竹書房　2009.12　①978-4-8124-4020-9

森下　一仁　もりした・かずひと

若草の星
『日本SF全集　3　1978〜1984』出版芸術社　2013.12　①978-4-88293-348-9

森田　季節　もりた・きせつ

赤い森
『NOVA　4　書き下ろし日本SFコレクション』（河出文庫）河出書房新社　2011.5　①978-4-309-41077-7

森田　啓子　もりた・けいこ

にごり酒
『ゆきのまち幻想文学賞小品集　19　雪の反転鏡』企画集団ぷりずむ　2010.3　①978-4-906691-32-6

森　奈津子　もり・なつこ

あたしは獲物
『ゲイシャ笑奴』（徳間文庫）徳間書店　2009.6　①978-4-19-892998-5

Мの告白
『ゲイシャ笑奴』（徳間文庫）徳間書店　2009.6　①978-4-19-892998-5

家族対抗カミングアウト合戦
『喜劇綺劇―異形コレクション』（光文社文庫）光文社　2009.12　①978-4-334-74698-8

語る石
『涙の招待席―異形コレクション傑作選』（光文社文庫）光文社　2017.10　①978-4-334-77545-2

機械宮の二人の姫君
『ゲイシャ笑奴』（徳間文庫）徳間書店　2009.6　①978-4-19-892998-5

ゲイシャ笑奴
『ゲイシャ笑奴』（徳間文庫）徳間書店　2009.6　①978-4-19-892998-5

従順な玩具
『ゲイシャ笑奴』（徳間文庫）徳間書店　2009.6　①978-4-19-892998-5

ナルキッソスたち
『量子回廊―年刊日本SF傑作選』（創元SF文庫）東京創元社　2010.7　①978-4-488-73403-9

人形たちの秘め事
『ゲイシャ笑奴』（徳間文庫）徳間書店　2009.6　①978-4-19-892998-5

姉様の翼
『ゲイシャ笑奴』（徳間文庫）徳間書店　2009.6　①978-4-19-892998-5

百合君と百合ちゃん
『NOVA　10』（河出文庫）河出書房新社　2013.7　①978-4-309-41230-6

わたしの人形はよい人形
『ゲイシャ笑奴』（徳間文庫）徳間書店　2009.6　①978-4-19-892998-5

森橋　ビンゴ　もりはし・びんご

「彼女はツかれているので」
『ホラーアンソロジー　2　"黒"』（ファミ通文庫）エンターブレイン　2012.9　①978-4-04-728298-8

森　博嗣　もり・ひろし

Earth Born（アース・ボーン）
『スカイ・イクリプス―Sky Eclipse』（中公文庫）中央公論新社　2009.2　①978-4-12-205117-1

ジャイロスコープ
『スカイ・イクリプス―Sky Eclipse』（中公文庫）中央公論新社　2009.2　①978-4-12-205117-1

スカイ・アッシュ
『スカイ・イクリプス―Sky Eclipse』（中公文庫）中央公論新社　2009.2　①978-4-12-205117-1

スピッツ・ファイア
『スカイ・イクリプス―Sky Eclipse』（中公文庫）中央公論新社　2009.2　①978-4-12-205117-1

ドール・グローリィ
『スカイ・イクリプス―Sky Eclipse』（中公文庫）中央公論新社　2009.2　①978-4-12-205117-1

ナイン・ライブス
『スカイ・イクリプス―Sky Eclipse』（中公文庫）中央公論新社　2009.2　①978-4-12-205117-1

ハート・ドレイン
『スカイ・イクリプス―Sky Eclipse』（中公文庫）中央公論新社　2009.2　①978-4-12-205117-1

ワニング・ムーン
『スカイ・イクリプス―Sky Eclipse』（中公文庫）中央公論新社　2009.2　①978-4-12-205117-1

森福　都　もりふく・みやこ

シーオブクレバネス号遭難秘話
『『七都市物語』シェアードワールズ』（徳間文庫）徳間書店　2011.5　①978-4-19-893360-9

守部　小竹　もりべ・こたけ

六花
『ゆきのまち幻想文学賞小品集　21　風花　雪の物語二十七編』　企画集団ぷりずむ　2012.3　①978-4-906691-42-5

森　真沙子　もり・まさこ

定信公始末
『江戸迷宮―異形コレクション』（光文社文庫）光文社　2011.1　①978-4-334-74901-9

森 深紅　もり・みくれ

魂の駆動体
『神林長平トリビュート』　早川書房　2009.11　①978-4-15-209083-6
『神林長平トリビュート』(ハヤカワ文庫JA)　早川書房　2012.4　①978-4-15-031063-9

マッドサイエンティストへの手紙
『NOVA 4 書き下ろし日本SFコレクション』(河出文庫)　河出書房新社　2011.5　①978-4-309-41077-7

ラムネ氏ノコト
『NOVA 9 書き下ろし日本SFコレクション』(河出文庫)　河出書房新社　2013.1　①978-4-309-41190-3

AUTO
『人工知能の見る夢は―AIショートショート集』(文春文庫)　文藝春秋　2017.5　①978-4-16-790850-8

森見 登美彦　もりみ・とみひこ

果実の中の籠
『きつねのはなし』(新潮文庫)　新潮社　2009.7　①978-4-10-129052-2

きつねのはなし
『きつねのはなし』(新潮文庫)　新潮社　2009.7　①978-4-10-129052-2

水神
『きつねのはなし』(新潮文庫)　新潮社　2009.7　①978-4-10-129052-2

聖なる自動販売機の冒険
『SF宝石 2015』　光文社　2015.8　①978-4-334-91049-5
『アステロイド・ツリーの彼方へ―年刊日本SF傑作選』(創元SF文庫)　東京創元社　2016.6　①978-4-488-73409-1

魔
『きつねのはなし』(新潮文庫)　新潮社　2009.7　①978-4-10-129052-2

宵山回廊
『宵山万華鏡』　集英社　2009.7　①978-4-08-771303-9
『宵山万華鏡』(集英社文庫)　集英社　2012.6　①978-4-08-746845-8

宵山金魚
『宵山万華鏡』　集英社　2009.7　①978-4-08-771303-9
『宵山万華鏡』(集英社文庫)　集英社　2012.6　①978-4-08-746845-8

宵山劇場
『宵山万華鏡』　集英社　2009.7　①978-4-08-771303-9
『宵山万華鏡』(集英社文庫)　集英社　2012.6　①978-4-08-746845-8

宵山姉妹
『宵山万華鏡』　集英社　2009.7　①978-4-08-771303-9
『宵山万華鏡』(集英社文庫)　集英社　2012.6　①978-4-08-746845-8

宵山万華鏡
『宵山万華鏡』　集英社　2009.7　①978-4-08-771303-9
『宵山万華鏡』(集英社文庫)　集英社　2012.6　①978-4-08-746845-8

宵山迷宮
『宵山万華鏡』　集英社　2009.7　①978-4-08-771303-9
『宵山万華鏡』(集英社文庫)　集英社　2012.6　①978-4-08-746845-8

四畳半世界放浪記
『Fantasy Seller』(新潮文庫)　新潮社　2011.6　①978-4-10-136674-6

森村 怜　もりむら・れい

エピファネイア(公現祭)
『小さな魔法の降る日に―ゆきのまち幻想文学賞小品集 25』　企画集団ぶりずむ　2015.10　①978-4-906691-55-5

森谷 明子　もりや・あきこ

青の衣
『深山に棲む声』(双葉文庫)　双葉社　2013.3　①978-4-575-51568-8

黄金長者
『深山に棲む声』(双葉文庫)　双葉社　2013.3　①978-4-575-51568-8

黒の櫛
『深山に棲む声』(双葉文庫)　双葉社　2013.3　①978-4-575-51568-8

朱の鏡
　『深山に棲む声』（双葉文庫）双葉社　2013.3
　①978-4-575-51568-8

白の針
　『深山に棲む声』（双葉文庫）双葉社　2013.3
　①978-4-575-51568-8

森山　東　もりやま・ひがし

赤子三味線
　『祇園怪談』（角川ホラー文庫）角川書店
　2012.2　①978-4-04-376903-2

先笄の夜
　『祇園怪談』（角川ホラー文庫）角川書店
　2012.2　①978-4-04-376903-2

死業式
　『祇園怪談』（角川ホラー文庫）角川書店
　2012.2　①978-4-04-376903-2

死人縁結び
　『祇園怪談』（角川ホラー文庫）角川書店
　2012.2　①978-4-04-376903-2

松原戻り橋
　『祇園怪談』（角川ホラー文庫）角川書店
　2012.2　①978-4-04-376903-2

両角　長彦　もろずみ・たけひこ

宇宙の修行者
　『SF宝石』　光文社　2013.8　①978-4-334-92888-9

にんげんじゃないもん
　『憑きびと―「読楽」ホラー小説アンソロジー』
　（徳間文庫）徳間書店　2016.2　①978-4-19-894070-6

蛇の箱
　『SF宝石 2015』光文社　2015.8　①978-4-334-91049-5

諸星　大二郎　もろほし・だいじろう

加奈の失踪
　『折り紙衛星の伝説―年刊日本SF傑作選』（創元SF文庫）東京創元社　2015.6　①978-4-488-73408-4

生物都市
　『70年代日本SFベスト集成　4　1974年度版』
　（ちくま文庫）筑摩書房　2015.4　①978-4-480-43214-8

不安の立像
　『70年代日本SFベスト集成　3　1973年度版』
　（ちくま文庫）筑摩書房　2015.2　①978-4-480-43213-1

門田　充宏　もんでん・みつひろ

風牙
　『さよならの儀式―年刊日本SF傑作選』（創元SF文庫）東京創元社　2014.6　①978-4-488-73407-7

紋屋ノ アン　もんやの・あん

真夜中の潜水艇
　『ゆきのまち幻想文学賞小品集　20　もうひとつの階段』企画集団ぷりずむ　2011.4
　①978-4-906691-37-1

矢樹　純　やぎ・じゅん

ずっと、欲しかった女の子
　『もっとすごい！ 10分間ミステリー』（宝島社文庫）宝島社　2013.5　①978-4-8002-0830-9

　『5分で凍る！ ぞっとする怖い話』（宝島社文庫）宝島社　2015.5　①978-4-8002-4039-2

矢崎　存美　やざき・ありみ

帰らなきゃ
　『食堂つばめ　4　冷めない味噌汁』（ハルキ文庫）角川春樹事務所　2014.11　①978-4-7584-3860-5

昨日も今日も明日も幸せ
　『食堂つばめ　4　冷めない味噌汁』（ハルキ文庫）角川春樹事務所　2014.11　①978-4-7584-3860-5

冷めない味噌汁
　『食堂つばめ　4　冷めない味噌汁』（ハルキ文庫）角川春樹事務所　2014.11　①978-4-7584-3860-5

八杉将司

スピリチュアルな人
『食堂つばめ 4 冷めない味噌汁』(ハルキ文庫) 角川春樹事務所 2014.11 ①978-4-7584-3860-5

フルーツとミントのサラダ
『食堂つばめ 4 冷めない味噌汁』(ハルキ文庫) 角川春樹事務所 2014.11 ①978-4-7584-3860-5

矢崎麗夜の夢日記
『喜劇綺劇―異形コレクション』(光文社文庫) 光文社 2009.12 ①978-4-334-74698-8

八杉 将司　やすぎ・まさよし

エモーション・パーツ
『SF Japan 2009AUTUMN』 徳間書店 2009.9 ①978-4-19-862778-2

安田 均　やすだ・ひとし

魔眼
『モンスター・コレクションテイルズ― DRAGON BOOK 25th Anniversary』(富士見ドラゴン・ブック) 富士見書房 2011.2 ①978-4-8291-4613-2

矢田 挿雲　やだ・そううん

海嘯が生んだ怪談
『あやかしの深川―受け継がれる怪異な土地の物語』 猿江商會 2016.7 ①978-4-908260-05-6

柳 広司　やなぎ・こうじ

鏡と鐘
『怪談』 光文社 2011.12 ①978-4-334-92793-6
『怪談』(講談社文庫) 講談社 2014.6 ①978-4-06-277857-2

食人鬼
『怪談』 光文社 2011.12 ①978-4-334-92793-6
『怪談』(講談社文庫) 講談社 2014.6 ①978-4-06-277857-2

耳なし芳一
『怪談』 光文社 2011.12 ①978-4-334-92793-6
『怪談』(講談社文庫) 講談社 2014.6 ①978-4-06-277857-2

むじな
『怪談』 光文社 2011.12 ①978-4-334-92793-6
『怪談』(講談社文庫) 講談社 2014.6 ①978-4-06-277857-2

雪おんな
『怪談』 光文社 2011.12 ①978-4-334-92793-6
『怪談』(講談社文庫) 講談社 2014.6 ①978-4-06-277857-2

ろくろ首
『暗闇を見よ―最新ベスト・ミステリー』(カッパ・ノベルス) 光文社 2010.11 ①978-4-334-07703-7
『怪談』 光文社 2011.12 ①978-4-334-92793-6
『怪談』(講談社文庫) 講談社 2014.6 ①978-4-06-277857-2

柳田 國男　やなぎた・くにお

入らず山
『山の怪談』 河出書房新社 2017.8 ①978-4-309-22710-8

遠野物語(抄)
『文豪てのひら怪談』(ポプラ文庫) ポプラ社 2009.8 ①978-4-591-11104-8

柳瀬 千博　やなせ・ちひろ

封印されたキス
『真夏の恋の夢―夢美と銀の薔薇騎士団』(ビーズログ文庫) 角川書店 2013.11 ①978-4-04-729199-7

真夏の恋の夢
『真夏の恋の夢―夢美と銀の薔薇騎士団』(ビーズログ文庫) 角川書店 2013.11 ①978-4-04-729199-7

やさしい銀狼
『真夏の恋の夢―夢美と銀の薔薇騎士団』(ビーズログ文庫) 角川書店 2013.11 ①978-4-04-729199-7

矢野 徹　やの・てつ

折紙宇宙船の伝説
『日本SF短篇50―日本SF作家クラブ創立50周年記念アンソロジー　2』（ハヤカワ文庫）早川書房　2013.4　①978-4-15-031110-0

『70年代日本SFベスト集成　5　1975年度版』（ちくま文庫）筑摩書房　2015.6　①978-4-480-43215-5

さまよえる騎士団の伝説
『日本SF全集　第1巻（1957～1971）』出版芸術社　2009.6　①978-4-88293-344-1

『70年代日本SFベスト集成　3　1973年度版』（ちくま文庫）筑摩書房　2015.2　①978-4-480-43213-1

耳鳴山由来
『たそがれゆく未来―巨匠たちの想像力"文明崩壊"』（ちくま文庫）筑摩書房　2016.3　①978-4-480-43328-2

矢部 敦子　やべ・あつこ

トモダチ
『怪談オウマガドキ学園　2　放課後の謎メール』童心社　2013.7　①978-4-494-01651-8

『怪談オウマガドキ学園　2　放課後の謎メール』童心社　2013.7　①978-4-494-01710-2

狭魔
『怪談オウマガドキ学園　1　真夜中の入学式』童心社　2013.7　①978-4-494-01650-1

『怪談オウマガドキ学園　1　真夜中の入学式』童心社　2013.7　①978-4-494-01709-6

矢部 嵩　やべ・たかし

雨を降らせば
『魔女の子供はやってこない』（角川ホラー文庫）角川書店　2013.12　①978-4-04-101147-8

教室
『折り紙衛星の伝説―年刊日本SF傑作選』（創元SF文庫）東京創元社　2015.6　①978-4-488-73408-4

魔女家に来る
『魔女の子供はやってこない』（角川ホラー文庫）角川書店　2013.12　①978-4-04-101147-8

魔女マンション、新しい友達
『魔女の子供はやってこない』（角川ホラー文庫）角川書店　2013.12　①978-4-04-101147-8

魔法少女帰れない家
『魔女の子供はやってこない』（角川ホラー文庫）角川書店　2013.12　①978-4-04-101147-8

魔法少女粉と煙
『魔女の子供はやってこない』（角川ホラー文庫）角川書店　2013.12　①978-4-04-101147-8

私の育った落書きだらけの町
『魔女の子供はやってこない』（角川ホラー文庫）角川書店　2013.12　①978-4-04-101147-8

山内 青陵　やまうち・せいりょう

鉦の音
『大正の怪談実話ヴィンテージ・コレクション』（幽BOOKS　幽Classics）メディアファクトリー　2013.3　①978-4-8401-5116-0

黒眼鏡
『大正の怪談実話ヴィンテージ・コレクション』（幽BOOKS　幽Classics）メディアファクトリー　2013.3　①978-4-8401-5116-0

一束の髪の毛
『大正の怪談実話ヴィンテージ・コレクション』（幽BOOKS　幽Classics）メディアファクトリー　2013.3　①978-4-8401-5116-0

松ケ枝の少女
『大正の怪談実話ヴィンテージ・コレクション』（幽BOOKS　幽Classics）メディアファクトリー　2013.3　①978-4-8401-5116-0

幽霊車
『大正の怪談実話ヴィンテージ・コレクション』（幽BOOKS　幽Classics）メディアファクトリー　2013.3　①978-4-8401-5116-0

夜半の呼鈴
『大正の怪談実話ヴィンテージ・コレクション』（幽BOOKS　幽Classics）メディアファクトリー　2013.3　①978-4-8401-5116-0

山岡 元隣　やまおか・げんりん

河太郎
『江戸奇談怪談集』（ちくま学芸文庫）筑摩書房　2012.11　①978-4-480-09488-9

古今百物語評判
『江戸奇談怪談集』（ちくま学芸文庫）筑摩書房　2012.11　①978-4-480-09488-9

山尾 悠子　やまお・ゆうこ

遠近法
『日本SF全集　第2巻』出版芸術社　2010.3　①978-4-88293-347-2

『夢の遠近法―山尾悠子初期作品選』国書刊行会　2010.10　①978-4-336-05283-4

山岸 行輝　やまぎし・ゆきてる

さようなら
『ゆきのまち幻想文学賞小品集　22　大きな木』企画集団ぷりずむ　2013.3　①978-4-906691-45-6

トラッパー・ミック―Trapper Mick
『冬の虫―ゆきのまち幻想文学賞小品集　26』企画集団ぷりずむ　2017.3　①978-4-906691-58-6

めだぬき
『小さな魔法の降る日に―ゆきのまち幻想文学賞小品集　25』企画集団ぷりずむ　2015.10　①978-4-906691-55-5

山岸 涼子　やまぎし・りょうこ

夜叉御前
『鬼譚』（ちくま文庫）筑摩書房　2014.9　①978-4-480-43205-6

山口 タオ　やまぐち・たお

入り江の底で
『7分間でゾッとする7つの話』講談社　2015.7　①978-4-06-219599-7

タスケテ
『7分間でゾッとする7つの話』講談社　2015.7　①978-4-06-219599-7

ハルという妹
『7分間でゾッとする7つの話』講談社　2015.7　①978-4-06-219599-7

ひびわれたフルート
『7分間でゾッとする7つの話』講談社　2015.7　①978-4-06-219599-7

変身
『7分間でゾッとする7つの話』講談社　2015.7　①978-4-06-219599-7

まあだだよ
『7分間でゾッとする7つの話』講談社　2015.7　①978-4-06-219599-7

魔法の靴
『7分間でゾッとする7つの話』講談社　2015.7　①978-4-06-219599-7

山口 雅也　やまぐち・まさや

群れ
『謎の謎その他の謎』（ハヤカワ・ミステリワールド）早川書房　2012.8　①978-4-15-209318-9

『極光星群―年刊日本SF傑作選』（創元SF文庫）東京創元社　2013.6　①978-4-488-73406-0

山崎 美成　やまざき・よしなり

海録
『江戸奇談怪談集』（ちくま学芸文庫）筑摩書房　2012.11　①978-4-480-09488-9

天狗小僧虎吉
『江戸奇談怪談集』（ちくま学芸文庫）筑摩書房　2012.11　①978-4-480-09488-9

山下 敬　やました・たかし

土の塵
『原色の想像力―創元SF短編賞アンソロジー』（創元SF文庫）東京創元社　2010.12　①978-4-488-73901-0

山下 貴光　やました・たかみつ

女の勘
『10分間（じゅっぷんかん）ミステリー』（宝島社文庫〔このミス大賞〕）宝島社　2012.2　①978-4-7966-8712-6

『5分で凍る！ぞっとする怖い話』（宝島社文庫）宝島社　2015.5　①978-4-8002-4039-2

山田 胡瓜　やまだ・きゅうり

海の住人
『行き先は特異点—年刊日本SF傑作選』（創元SF文庫）東京創元社　2017.7　①978-4-488-73410-7

山田 野理夫　やまだ・のりお

きりない話
『文豪てのひら怪談』（ポプラ文庫）ポプラ社　2009.8　①978-4-591-11104-8

山田 正紀　やまだ・まさき

石に漱ぎて滅びなば
『NOVA+屍者たちの帝国—書き下ろし日本SFコレクション』（河出文庫）河出書房新社　2015.10　①978-4-309-41407-2

かまどの火
『日本SF全集　第2巻』出版芸術社　2010.3　①978-4-88293-347-2

雲のなかの悪魔
『NOVA 8 書き下ろし日本SFコレクション』（河出文庫）河出書房新社　2012.7　①978-4-309-41162-0

交差点の恋人
『日本SF短篇50—日本SF作家クラブ創立50周年記念アンソロジー 3』（ハヤカワ文庫JA）早川書房　2013.6　①978-4-15-031115-5

襲撃のメロディ
『70年代日本SFベスト集成 5 1975年度版』（ちくま文庫）筑摩書房　2015.6　①978-4-480-43215-5

東京収奪 第二回
『SF Japan 2009AUTUMN』徳間書店　2009.9　①978-4-19-862778-2

バットランド
『NOVA 4 書き下ろし日本SFコレクション』（河出文庫）河出書房新社　2011.5　①978-4-309-41077-7

別の世界は可能かもしれない。
『SF JACK』角川書店　2013.2　①978-4-04-110398-2

『SF JACK』（角川文庫）角川書店　2016.2　①978-4-04-103895-6

松井清衛門、推参つかまつる
『怪獣文藝』（幽ブックス）メディアファクトリー　2013.3　①978-4-8401-5144-3

山田 まる　やまだ・まる

ヘタレ魔王と強気な異世界トリッパー
『人外恋愛譚』（アース・スターノベル）アース・スターエンターテイメント　2016.6　①978-4-8030-0935-4

八岐 次　やまた・やどる

マルドゥック・ヴェロシティ "コンフェッション"—予告篇—
『マルドゥック・ストーリーズ公式二次創作集』（ハヤカワ文庫JA）早川書房　2016.9　①978-4-15-031246-6

山田 悠介　やまだ・ゆうすけ

開花
『種のキモチ』文芸社　2012.9　①978-4-286-12696-8

擬態
『種のキモチ』文芸社　2012.9　①978-4-286-12696-8

再生
『種のキモチ』文芸社　2012.9　①978-4-286-12696-8

スイッチを押すとき
『スイッチを押すとき 他一篇』（河出文庫）河出書房新社　2016.2　①978-4-309-41434-8

ババ抜き

『きみが見つける物語—十代のための新名作 こわーい話編』（角川文庫）角川書店 2009.8　①978-4-04-389406-2

繁殖

『種のキモチ』文芸社　2012.9　①978-4-286-12696-8

魔子

『スイッチを押すとき 他一篇』（河出文庫）河出書房新社 2016.2　①978-4-309-41434-8

山ノ内 真樹子　やまのうち・まきこ

大きな木

『ゆきのまち幻想文学賞小品集　22　大きな木』企画集団ぷりずむ　2013.3　①978-4-906691-45-6

山之口 洋　やまのぐち・よう

宇佐八幡

『天平冥所図会』（文春文庫）文藝春秋 2010.4　①978-4-16-777363-2

正倉院

『天平冥所図会』（文春文庫）文藝春秋 2010.4　①978-4-16-777363-2

勢多大橋

『天平冥所図会』（文春文庫）文藝春秋 2010.4　①978-4-16-777363-2

三笠山

『天平冥所図会』（文春文庫）文藝春秋 2010.4　①978-4-16-777363-2

山野 浩一　やまの・こういち

赤い貨物列車

『鳥はいまどこを飛ぶか—山野浩一傑作選 1』（創元SF文庫）東京創元社　2011.10　①978-4-488-74001-6

X電車で行こう

『日本SF全集　第1巻（1957〜1971）』出版芸術社　2009.6　①978-4-88293-344-1

鳥はいまどこを飛ぶか

『鳥はいまどこを飛ぶか—山野浩一傑作選 1』（創元SF文庫）東京創元社　2011.10　①978-4-488-74001-6

『60年代日本SFベスト集成』（ちくま文庫）筑摩書房　2013.3　①978-4-480-43042-7

革命狂詩曲

『暴走する正義—巨匠たちの想像力「管理社会」』（ちくま文庫）筑摩書房 2016.2　①978-4-480-43327-5

カルブ爆撃隊

『鳥はいまどこを飛ぶか—山野浩一傑作選 1』（創元SF文庫）東京創元社　2011.10　①978-4-488-74001-6

消えた街

『鳥はいまどこを飛ぶか—山野浩一傑作選 1』（創元SF文庫）東京創元社　2011.10　①978-4-488-74001-6

霧の中の人々

『鳥はいまどこを飛ぶか—山野浩一傑作選 1』（創元SF文庫）東京創元社　2011.10　①978-4-488-74001-6

首狩り

『鳥はいまどこを飛ぶか—山野浩一傑作選 1』（創元SF文庫）東京創元社　2011.10　①978-4-488-74001-6

地獄八景

『NOVA　10』（河出文庫）河出書房新社 2013.7　①978-4-309-41230-6

城

『鳥はいまどこを飛ぶか—山野浩一傑作選 1』（創元SF文庫）東京創元社　2011.10　①978-4-488-74001-6

戦場からの電話

『あしたは戦争—巨匠たちの想像力 "戦時体制"』（ちくま文庫）筑摩書房　2016.1　①978-4-480-43326-8

鳥はいまどこを飛ぶか

『鳥はいまどこを飛ぶか—山野浩一傑作選 1』（創元SF文庫）東京創元社　2011.10　①978-4-488-74001-6

虹の彼女

『鳥はいまどこを飛ぶか—山野浩一傑作選 1』（創元SF文庫）東京創元社　2011.10　①978-4-488-74001-6

マインド・ウインド

『鳥はいまどこを飛ぶか—山野浩一傑作選 1』（創元SF文庫）東京創元社　2011.10　①978-4-488-74001-6

メシメリ街道

『殺人者の空―山野浩一傑作選　2』(創元SF文庫)　東京創元社　2011.10　①978-4-488-74002-3

『日本SF短篇50―日本SF作家クラブ創立50周年記念アンソロジー　2』(ハヤカワ文庫)　早川書房　2013.4　①978-4-15-031110-0

『70年代日本SFベスト集成　2　1972年度版』(ちくま文庫)　筑摩書房　2014.12　①978-4-480-43212-4

山本　弘　やまもと・ひろし

悪夢はまだ終わらない

『行き先は特異点―年刊日本SF傑作選』(創元SF文庫)　東京創元社　2017.7　①978-4-488-73410-7

アリスへの決別

『アリスへの決別』(ハヤカワ文庫JA)　早川書房　2010.8　①978-4-15-031005-9

『年刊日本SF傑作選　結晶銀河―年刊日本SF傑作選』(創元SF文庫)　東京創元社　2011.7　①978-4-488-73404-6

オルダーセンの世界

『アリスへの決別』(ハヤカワ文庫JA)　早川書房　2010.8　①978-4-15-031005-9

『日本SF短篇50　5』(ハヤカワ文庫JA)　早川書房　2013.10　①978-4-15-031131-5

大正航時機綺譚

『NOVA　10』(河出文庫)　河出書房新社　2013.7　①978-4-309-41230-6

多々良島ふたたび

『多々良島ふたたび―ウルトラ怪獣アンソロジー』(TSUBURAYA×HAYAKAWA UNIVERSE)　早川書房　2015.7　①978-4-15-209555-8

超時間の檻

『超時間の闇』(クトゥルー・ミュトス・ファイルズ)　創土社　2013.11　①978-4-7988-3010-0

七歩跳んだ男

『NOVA　1　書き下ろし日本SFコレクション』(河出文庫)　河出書房新社　2009.12　①978-4-309-40994-8

『アリスへの決別』(ハヤカワ文庫JA)　早川書房　2010.8　①978-4-15-031005-9

醜い道連れ

『モンスター・コレクションテイルズ―DRAGON BOOK 25th Anniversary』(富士見ドラゴン・ブック)　富士見書房　2011.2　①978-4-8291-4613-2

闇が落ちる前に、もう一度

『逃げゆく物語の話―ゼロ年代日本SFベスト集成 F』(創元SF文庫)　東京創元社　2010.10　①978-4-488-73802-0

勇者のいない星

『マップス・シェアードワールド　2　天翔る船』(GA文庫)　ソフトバンククリエイティブ　2009.2　①978-4-7973-5271-9

リアリストたち

『SF JACK』　角川書店　2013.2　①978-4-04-110398-2

『SF JACK』(角川文庫)　角川書店　2016.2　①978-4-04-103895-6

唯川　恵　ゆいかわ・けい

蠱惑する指―番町皿屋敷

『逢魔』　新潮社　2014.11　①978-4-10-446906-2

『逢魔』(新潮文庫)　新潮社　2017.6　①978-4-10-133438-7

漆黒の闇は報いる―怪猫伝

『逢魔』　新潮社　2014.11　①978-4-10-446906-2

『逢魔』(新潮文庫)　新潮社　2017.6　①978-4-10-133438-7

朱夏は濡れゆく―牡丹燈篭

『逢魔』　新潮社　2014.11　①978-4-10-446906-2

『逢魔』(新潮文庫)　新潮社　2017.6　①978-4-10-133438-7

白鷺は夜に狂う―六条御息所

『逢魔』　新潮社　2014.11　①978-4-10-446906-2

『逢魔』(新潮文庫)　新潮社　2017.6　①978-4-10-133438-7

陶酔の舌―蛇性の婬

『逢魔』　新潮社　2014.11　①978-4-10-446906-2

『逢魔』(新潮文庫)　新潮社　2017.6　①978-4-10-133438-7

真白き乳房―山姥

- 『逢魔』 新潮社 2014.11 ①978-4-10-446906-2
- 『逢魔』(新潮文庫) 新潮社 2017.6 ①978-4-10-133438-7

無垢なる陰獣―四谷怪談

- 『逢魔』 新潮社 2014.11 ①978-4-10-446906-2
- 『逢魔』(新潮文庫) 新潮社 2017.6 ①978-4-10-133438-7

夢魔の甘き唇―ろくろ首

- 『逢魔』 新潮社 2014.11 ①978-4-10-446906-2
- 『逢魔』(新潮文庫) 新潮社 2017.6 ①978-4-10-133438-7

結木 さんと　ゆうき・さんと

お菓子な世界より

- 『人外恋愛譚』(アース・スターノベル) アース・スターエンターテイメント 2016.6 ①978-4-8030-0935-4

結城 昌治　ゆうき・しょうじ

孤独なカラス

- 『異形の白昼―恐怖小説集』(ちくま文庫) 筑摩書房 2013.9 ①978-4-480-43092-2

結城 はに　ゆうき・はに

うきだあまん

- 『ゆきのまち幻想文学賞小品集 22 大きな木』 企画集団ぷりずむ 2013.3 ①978-4-906691-45-6

幕を上げて

- 『ゆきのまち幻想文学賞小品集 21 風花雪の物語二十七編』 企画集団ぷりずむ 2012.3 ①978-4-906691-42-5

結城 充考　ゆうき・みつたか

ソラ

- 『SF宝石』 光文社 2013.8 ①978-4-334-92888-9

結城 光流　ゆうき・みつる

黒ムシと春告げの梅

- 『吉祥寺よろず怪事請負処』 角川書店 2014.4 ①978-4-04-101404-2

白ムシと神依りの松

- 『吉祥寺よろず怪事請負処』 角川書店 2014.4 ①978-4-04-101404-2

たそがれの窓としがらみの蔦

- 『吉祥寺よろず怪事請負処』 角川書店 2014.4 ①978-4-04-101404-2

もみじのあざとまじないの言葉

- 『吉祥寺よろず怪事請負処』 角川書店 2014.4 ①978-4-04-101404-2

ゆうき ゆう

五感の質屋

- 『モテロボ』 キノブックス 2015.7 ①978-4-908059-14-8

すべての女が寝た世界

- 『モテロボ』 キノブックス 2015.7 ①978-4-908059-14-8

バスト・ワーク

- 『モテロボ』 キノブックス 2015.7 ①978-4-908059-14-8

モテロボ

- 『モテロボ』 キノブックス 2015.7 ①978-4-908059-14-8

やり直しパンパンパン

- 『モテロボ』 キノブックス 2015.7 ①978-4-908059-14-8

祐佐　ゆうさ

陰魔羅鬼

- 『江戸奇談怪談集』(ちくま学芸文庫) 筑摩書房 2012.11 ①978-4-480-09488-9

紀伊国の隠家

- 『江戸奇談怪談集』(ちくま学芸文庫) 筑摩書房 2012.11 ①978-4-480-09488-9

太平百物語

- 『江戸奇談怪談集』(ちくま学芸文庫) 筑摩書房 2012.11 ①978-4-480-09488-9

天狗の縄
『江戸奇談怪談集』(ちくま学芸文庫) 筑摩書房 2012.11　①978-4-480-09488-9

野州川の変化
『江戸奇談怪談集』(ちくま学芸文庫) 筑摩書房 2012.11　①978-4-480-09488-9

力士の精
『江戸奇談怪談集』(ちくま学芸文庫) 筑摩書房 2012.11　①978-4-480-09488-9

ユエ ミチタカ

となりのヴィーナス
『アステロイド・ツリーの彼方へ―年刊日本SF傑作選』(創元SF文庫)　東京創元社　2016.6　①978-4-488-73409-1

行田 尚希　ゆきた・なおき

天邪鬼の話
『路地裏のあやかしたち―綾櫛横丁加納表具店 3』(メディアワークス文庫) 角川書店 2014.6　①978-4-04-866694-7

狐の話
『路地裏のあやかしたち―綾櫛横丁加納表具店』(メディアワークス文庫) アスキー・メディアワークス　2013.2　①978-4-04-891377-5

狸の話
『路地裏のあやかしたち―綾櫛横丁加納表具店』(メディアワークス文庫) アスキー・メディアワークス　2013.2　①978-4-04-891377-5

天狗の話
『路地裏のあやかしたち―綾櫛横丁加納表具店』(メディアワークス文庫) アスキー・メディアワークス　2013.2　①978-4-04-891377-5

人間の話
『路地裏のあやかしたち―綾櫛横丁加納表具店』(メディアワークス文庫) アスキー・メディアワークス　2013.2　①978-4-04-891377-5

人間の話 其の3
『路地裏のあやかしたち―綾櫛横丁加納表具店 3』(メディアワークス文庫) 角川書店 2014.6　①978-4-04-866694-7

鵺の話
『路地裏のあやかしたち―綾櫛横丁加納表具店 3』(メディアワークス文庫) 角川書店 2014.6　①978-4-04-866694-7

猫又の話
『路地裏のあやかしたち―綾櫛横丁加納表具店』(メディアワークス文庫) アスキー・メディアワークス　2013.2　①978-4-04-891377-5

雪女の話
『路地裏のあやかしたち―綾櫛横丁加納表具店 3』(メディアワークス文庫) 角川書店 2014.6　①978-4-04-866694-7

雪舟 えま　ゆきふね・えま

愛たいとれいん
『パラダイスィー8』新潮社　2017.7　①978-4-10-351121-2

おやすみ僕の睡眠士
『パラダイスィー8』新潮社　2017.7　①978-4-10-351121-2

キッチン・ダンス
『パラダイスィー8』新潮社　2017.7　①978-4-10-351121-2

失恋給付マジカルタイム
『パラダイスィー8』新潮社　2017.7　①978-4-10-351121-2

ちしゃの旅
『パラダイスィー8』新潮社　2017.7　①978-4-10-351121-2

パラダイスィー8
『パラダイスィー8』新潮社　2017.7　①978-4-10-351121-2

柚月 裕子　ゆづき・ゆうこ

愛しのルナ
『5分で凍る！ ぞっとする怖い話』(宝島社文庫) 宝島社　2015.5　①978-4-8002-4039-2

チョウセンアサガオの咲く夏
『5分で読める！ ひと駅ストーリー――『このミステリーがすごい！』大賞×日本ラブストーリー大賞×『このライトノベルがすごい！』大賞　夏の記憶東口編』(宝島社文庫) 宝島社　2013.7　①978-4-8002-1042-5

初孫

『5分で読める！ 怖いはなし』（宝島社文庫）宝島社　2014.6　⓵978-4-8002-2805-5

ゆなり

彼等の事情

『入れ代わりのその果てに　2』（レジーナブックス）アルファポリス　2012.11　⓵978-4-434-17369-1

夢野 久作　ゆめの・きゅうさく

青水仙、赤水仙

『夢Q夢魔物語―夢野久作怪異小品集』（平凡社ライブラリー）平凡社　2017.7　⓵978-4-582-76857-2

青ネクタイ

『夢Q夢魔物語―夢野久作怪異小品集』（平凡社ライブラリー）平凡社　2017.7　⓵978-4-582-76857-2

赤い松原

『夢Q夢魔物語―夢野久作怪異小品集』（平凡社ライブラリー）平凡社　2017.7　⓵978-4-582-76857-2

赤の意義

『定本 夢野久作全集　1　小説』国書刊行会　2016.11　⓵978-4-336-06014-3

空地

『定本 夢野久作全集　1　小説』国書刊行会　2016.11　⓵978-4-336-06014-3

『夢Q夢魔物語―夢野久作怪異小品集』（平凡社ライブラリー）平凡社　2017.7　⓵978-4-582-76857-2

悪魔以上

『定本 夢野久作全集　1　小説』国書刊行会　2016.11　⓵978-4-336-06014-3

悪魔祈禱書

『死後の恋―夢野久作傑作選』（新潮文庫）新潮社　2016.11　⓵978-4-10-120641-7

兄貴の骨

『夢Q夢魔物語―夢野久作怪異小品集』（平凡社ライブラリー）平凡社　2017.7　⓵978-4-582-76857-2

あやかしの鼓

『押絵の奇蹟』（角川文庫）角川書店　2013.10　⓵978-4-04-101044-0

『死後の恋―夢野久作傑作選』（新潮文庫）新潮社　2016.11　⓵978-4-10-120641-7

『定本 夢野久作全集　1　小説』国書刊行会　2016.11　⓵978-4-336-06014-3

或夜の夢

『定本 夢野久作全集　1　小説』国書刊行会　2016.11　⓵978-4-336-06014-3

『夢Q夢魔物語―夢野久作怪異小品集』（平凡社ライブラリー）平凡社　2017.7　⓵978-4-582-76857-2

哀れな兄弟

『夢Q夢魔物語―夢野久作怪異小品集』（平凡社ライブラリー）平凡社　2017.7　⓵978-4-582-76857-2

案内書の秘密

『夢Q夢魔物語―夢野久作怪異小品集』（平凡社ライブラリー）平凡社　2017.7　⓵978-4-582-76857-2

意外な夢遊探偵

『定本 夢野久作全集　2　小説』国書刊行会　2017.5　⓵978-4-336-06015-0

縊死体

『定本 夢野久作全集　2　小説』国書刊行会　2017.5　⓵978-4-336-06015-0

『夢Q夢魔物語―夢野久作怪異小品集』（平凡社ライブラリー）平凡社　2017.7　⓵978-4-582-76857-2

一年後の死骸臭

『夢Q夢魔物語―夢野久作怪異小品集』（平凡社ライブラリー）平凡社　2017.7　⓵978-4-582-76857-2

ゐなか、の、じけん

『定本 夢野久作全集　1　小説』国書刊行会　2016.11　⓵978-4-336-06014-3

『死後の恋―夢野久作傑作選』（新潮文庫）新潮社　2016.11　⓵978-4-10-120641-7

犬神博士

『定本 夢野久作全集　2　小説』国書刊行会　2017.5　⓵978-4-336-06015-0

犬と人形

『夢Q夢魔物語―夢野久作怪異小品集』（平凡社ライブラリー）平凡社　2017.7　⓵978-4-582-76857-2

うごく窓―猟奇歌 2
『夢Q夢魔物語―夢野久作怪異小品集』(平凡社ライブラリー) 平凡社 2017.7 ⓘ978-4-582-76857-2

雲煙録
『定本 夢野久作全集 1 小説』国書刊行会 2016.11 ⓘ978-4-336-06014-3

江戸を呪う隅田川
『夢Q夢魔物語―夢野久作怪異小品集』(平凡社ライブラリー) 平凡社 2017.7 ⓘ978-4-582-76857-2

奥様探偵術
『定本 夢野久作全集 1 小説』国書刊行会 2016.11 ⓘ978-4-336-06014-3

押繪の奇蹟
『夢野久作』(ちくま日本文学) 筑摩書房 2009.1 ⓘ978-4-480-42561-4

『押絵の奇蹟』(角川文庫) 角川書店 2013.10 ⓘ978-4-04-101044-0

『ユメノユモレスク』書肆侃侃房 2016.3 ⓘ978-4-86385-217-4

『定本 夢野久作全集 1 小説』国書刊行会 2016.11 ⓘ978-4-336-06014-3

怪夢
『死後の恋―夢野久作傑作選』(新潮文庫) 新潮社 2016.11 ⓘ978-4-10-120641-7

『新編 日本幻想文学集成 4 夢野久作・小栗虫太郎・岡本綺堂・泉鏡花』国書刊行会 2016.12 ⓘ978-4-336-06029-7

『定本 夢野久作全集 2 小説』国書刊行会 2017.5 ⓘ978-4-336-06015-0

街路
『夢Q夢魔物語―夢野久作怪異小品集』(平凡社ライブラリー) 平凡社 2017.7 ⓘ978-4-582-76857-2

顔
『夢Q夢魔物語―夢野久作怪異小品集』(平凡社ライブラリー) 平凡社 2017.7 ⓘ978-4-582-76857-2

書けない探偵小説
『夢Q夢魔物語―夢野久作怪異小品集』(平凡社ライブラリー) 平凡社 2017.7 ⓘ978-4-582-76857-2

鉄鎚
『瓶詰の地獄 改版』(角川文庫) 角川書店 2009.3 ⓘ978-4-04-136614-1

髪切虫
『夢Q夢魔物語―夢野久作怪異小品集』(平凡社ライブラリー) 平凡社 2017.7 ⓘ978-4-582-76857-2

硝子世界
『夢Q夢魔物語―夢野久作怪異小品集』(平凡社ライブラリー) 平凡社 2017.7 ⓘ978-4-582-76857-2

キキリツツリ
『夢Q夢魔物語―夢野久作怪異小品集』(平凡社ライブラリー) 平凡社 2017.7 ⓘ978-4-582-76857-2

キチガヒ地獄
『定本 夢野久作全集 2 小説』国書刊行会 2017.5 ⓘ978-4-336-06015-0

狂人は笑ふ
『定本 夢野久作全集 2 小説』国書刊行会 2017.5 ⓘ978-4-336-06015-0

空中
『夢Q夢魔物語―夢野久作怪異小品集』(平凡社ライブラリー) 平凡社 2017.7 ⓘ978-4-582-76857-2

クチマネ
『夢Q夢魔物語―夢野久作怪異小品集』(平凡社ライブラリー) 平凡社 2017.7 ⓘ978-4-582-76857-2

黒い頭
『夢Q夢魔物語―夢野久作怪異小品集』(平凡社ライブラリー) 平凡社 2017.7 ⓘ978-4-582-76857-2

黒白ストーリー
『定本 夢野久作全集 1 小説』国書刊行会 2016.11 ⓘ978-4-336-06014-3

月蝕
『定本 夢野久作全集 1 小説』国書刊行会 2016.11 ⓘ978-4-336-06014-3

『夢Q夢魔物語―夢野久作怪異小品集』(平凡社ライブラリー) 平凡社 2017.7 ⓘ978-4-582-76857-2

けむりを吐かぬ煙突
『黒』(百年文庫) ポプラ社 2010.10 ⓘ978-4-591-11914-3

『竹中英太郎 1 怪奇』(挿繪叢書) 皓星社 2016.6 ⓘ978-4-7744-0613-8

『定本 夢野久作全集 2 小説』国書刊行会 2017.5 ⓘ978-4-336-06015-0

夢野久作

権威と使命
『夢Q夢魔物語―夢野久作怪異小品集』（平凡社ライブラリー）平凡社　2017.7　①978-4-582-76857-2

工場
『夢Q夢魔物語―夢野久作怪異小品集』（平凡社ライブラリー）平凡社　2017.7　①978-4-582-76857-2

鉱物式や植物、動物式の性格
『夢Q夢魔物語―夢野久作怪異小品集』（平凡社ライブラリー）平凡社　2017.7　①978-4-582-76857-2

光明か暗黒か
『夢Q夢魔物語―夢野久作怪異小品集』（平凡社ライブラリー）平凡社　2017.7　①978-4-582-76857-2

氷の涯
『夢野久作』（ちくま日本文学）筑摩書房　2009.1　①978-4-480-42561-4
『押絵の奇蹟』（角川文庫）角川書店　2013.10　①978-4-04-101044-0
『少女地獄―夢野久作傑作集』（創元推理文庫）東京創元社　2016.8　①978-4-488-46311-3

ココナツトの實
『ユメノユモレスク』書肆侃侃房　2016.3　①978-4-86385-217-4
『定本 夢野久作全集 2 小説』国書刊行会　2017.5　①978-4-336-06015-0

木魂
『幻視の系譜―日本幻想文学大全』（ちくま文庫）筑摩書房　2013.10　①978-4-480-43112-7
『死後の恋―夢野久作傑作選』（新潮文庫）新潮社　2016.11　①978-4-10-120641-7
『新編 日本幻想文学集成 4 夢野久作・小栗虫太郎・岡本綺堂・泉鏡花』国書刊行会　2016.12　①978-4-336-06029-7

五法の金貨
『定本 夢野久作全集 1 小説』国書刊行会　2016.11　①978-4-336-06014-3

崑崙茶
『夢Q夢魔物語―夢野久作怪異小品集』（平凡社ライブラリー）平凡社　2017.7　①978-4-582-76857-2

最後の一絞め
『定本 夢野久作全集 1 小説』国書刊行会　2016.11　①978-4-336-06014-3

死後の戀
『瓶詰の地獄　改版』（角川文庫）角川書店　2009.3　①978-4-04-136614-1
『恐ろしい話』（ちくま文学の森）筑摩書房　2011.1　①978-4-480-42736-6
『ユメノユモレスク』書肆侃侃房　2016.3　①978-4-86385-217-4
『少女地獄―夢野久作傑作集』（創元推理文庫）東京創元社　2016.8　①978-4-488-46311-3
『死後の恋―夢野久作傑作選』（新潮文庫）新潮社　2016.11　①978-4-10-120641-7
『定本 夢野久作全集 1 小説』国書刊行会　2016.11　①978-4-336-06014-3
『新編 日本幻想文学集成 4 夢野久作・小栗虫太郎・岡本綺堂・泉鏡花』国書刊行会　2016.12　①978-4-336-06029-7

支那米の袋
『瓶詰の地獄　改版』（角川文庫）角川書店　2009.3　①978-4-04-136614-1
『死後の恋―夢野久作傑作選』（新潮文庫）新潮社　2016.11　①978-4-10-120641-7
『定本 夢野久作全集 1 小説』国書刊行会　2016.11　①978-4-336-06014-3

斜坑
『定本 夢野久作全集 2 小説』国書刊行会　2017.5　①978-4-336-06015-0

侏儒
『定本 夢野久作全集 1 小説』国書刊行会　2016.11　①978-4-336-06014-3

少女地獄
『少女地獄―夢野久作傑作集』（創元推理文庫）東京創元社　2016.8　①978-4-488-46311-3

少女のレター
『夢Q夢魔物語―夢野久作怪異小品集』（平凡社ライブラリー）平凡社　2017.7　①978-4-582-76857-2

少女誘惑ランプ団
『夢Q夢魔物語―夢野久作怪異小品集』（平凡社ライブラリー）平凡社　2017.7　①978-4-582-76857-2

冗談に殺す
『瓶詰の地獄　改版』（角川文庫）角川書店　2009.3　①978-4-04-136614-1

焦点を合せる
『定本 夢野久作全集 2 小説』国書刊行会　2017.5　①978-4-336-06015-0

夢野久作

白菊
『死後の恋―夢野久作傑作選』（新潮文庫）　新潮社　2016.11　Ⓘ978-4-10-120641-7

白椿
『夢Q夢魔物語―夢野久作怪異小品集』（平凡社ライブラリー）　平凡社　2017.7　Ⓘ978-4-582-76857-2

スフィンクス
『夢Q夢魔物語―夢野久作怪異小品集』（平凡社ライブラリー）　平凡社　2017.7　Ⓘ978-4-582-76857-2

精選二十首―猟奇歌 5
『夢Q夢魔物語―夢野久作怪異小品集』（平凡社ライブラリー）　平凡社　2017.7　Ⓘ978-4-582-76857-2

線路
『定本　夢野久作全集　1　小説』国書刊行会　2016.11　Ⓘ978-4-336-06014-3

『夢Q夢魔物語―夢野久作怪異小品集』（平凡社ライブラリー）　平凡社　2017.7　Ⓘ978-4-582-76857-2

空を飛ぶパラソル
『探偵小説の風景―トラフィック・コレクション　下』（光文社文庫）光文社　2009.9　Ⓘ978-4-334-74650-6

『竹中英太郎　1　怪奇』（挿絵叢書）皓星社　2016.6　Ⓘ978-4-7744-0613-8

『定本　夢野久作全集　1　小説』国書刊行会　2016.11　Ⓘ978-4-336-06014-3

章魚のお化
『夢Q夢魔物語―夢野久作怪異小品集』（平凡社ライブラリー）　平凡社　2017.7　Ⓘ978-4-582-76857-2

卵
『文豪たちが書いた怖い名作短編集』彩図社　2014.1　Ⓘ978-4-88392-966-5

『定本　夢野久作全集　1　小説』国書刊行会　2016.11　Ⓘ978-4-336-06014-3

『新編　日本幻想文学集成　4　夢野久作・小栗虫太郎・岡本綺堂・泉鏡花』国書刊行会　2016.12　Ⓘ978-4-336-06029-7

『夢Q夢魔物語―夢野久作怪異小品集』（平凡社ライブラリー）　平凡社　2017.7　Ⓘ978-4-582-76857-2

血潮したゝる―猟奇歌 1
『夢Q夢魔物語―夢野久作怪異小品集』（平凡社ライブラリー）　平凡社　2017.7　Ⓘ978-4-582-76857-2

茶番神楽
『夢Q夢魔物語―夢野久作怪異小品集』（平凡社ライブラリー）　平凡社　2017.7　Ⓘ978-4-582-76857-2

中学生
『定本　夢野久作全集　1　小説』国書刊行会　2016.11　Ⓘ978-4-336-06014-3

ツクツク法師
『夢Q夢魔物語―夢野久作怪異小品集』（平凡社ライブラリー）　平凡社　2017.7　Ⓘ978-4-582-76857-2

定型の根本義
『夢Q夢魔物語―夢野久作怪異小品集』（平凡社ライブラリー）　平凡社　2017.7　Ⓘ978-4-582-76857-2

鉄槌
『定本　夢野久作全集　1　小説』国書刊行会　2016.11　Ⓘ978-4-336-06014-3

田園生活
『定本　夢野久作全集　1　小説』国書刊行会　2016.11　Ⓘ978-4-336-06014-3

田園の正月
『定本　夢野久作全集　1　小説』国書刊行会　2016.11　Ⓘ978-4-336-06014-3

童貞
『定本　夢野久作全集　1　小説』国書刊行会　2016.11　Ⓘ978-4-336-06014-3

『新編　日本幻想文学集成　4　夢野久作・小栗虫太郎・岡本綺堂・泉鏡花』国書刊行会　2016.12　Ⓘ978-4-336-06029-7

ドタ福クタバレ
『定本　夢野久作全集　1　小説』国書刊行会　2016.11　Ⓘ978-4-336-06014-3

七本の海藻
『夢Q夢魔物語―夢野久作怪異小品集』（平凡社ライブラリー）　平凡社　2017.7　Ⓘ978-4-582-76857-2

涙のアリバイ
『定本　夢野久作全集　1　小説』国書刊行会　2016.11　Ⓘ978-4-336-06014-3

難船小僧
『新編　日本幻想文学集成　4　夢野久作・小栗虫太郎・岡本綺堂・泉鏡花』国書刊行会　2016.12　Ⓘ978-4-336-06029-7

夢野久作

二匹の白い蛾
『夢Q夢魔物語―夢野久作怪異小品集』(平凡社ライブラリー)　平凡社　2017.7　Ⓘ978-4-582-76857-2

呪われた鼻
『夢Q夢魔物語―夢野久作怪異小品集』(平凡社ライブラリー)　平凡社　2017.7　Ⓘ978-4-582-76857-2

柱時計
『定本　夢野久作全集　1　小説』国書刊行会　2016.11　Ⓘ978-4-336-06014-3

白骨譜―猟奇歌 4
『夢Q夢魔物語―夢野久作怪異小品集』(平凡社ライブラリー)　平凡社　2017.7　Ⓘ978-4-582-76857-2

鼻の審判
『夢Q夢魔物語―夢野久作怪異小品集』(平凡社ライブラリー)　平凡社　2017.7　Ⓘ978-4-582-76857-2

微笑
『文豪てのひら怪談』(ポプラ文庫)　ポプラ社　2009.8　Ⓘ978-4-591-11104-8

『定本　夢野久作全集　1　小説』国書刊行会　2016.11　Ⓘ978-4-336-06014-3

『新編　日本幻想文学集成　4　夢野久作・小栗虫太郎・岡本綺堂・泉鏡花』　国書刊行会　2016.12　Ⓘ978-4-336-06029-7

『夢Q夢魔物語―夢野久作怪異小品集』(平凡社ライブラリー)　平凡社　2017.7　Ⓘ978-4-582-76857-2

一足お先に
『瓶詰の地獄　改版』(角川文庫)　角川書店　2009.3　Ⓘ978-4-04-136614-1

『定本　夢野久作全集　2　小説』国書刊行会　2017.5　Ⓘ978-4-336-06015-0

人の顔
『瓶詰の地獄　改版』(角川文庫)　角川書店　2009.3　Ⓘ978-4-04-136614-1

『死後の恋―夢野久作傑作選』(新潮文庫)　新潮社　2016.11　Ⓘ978-4-10-120641-7

『定本　夢野久作全集　1　小説』国書刊行会　2016.11　Ⓘ978-4-336-06014-3

『新編　日本幻想文学集成　4　夢野久作・小栗虫太郎・岡本綺堂・泉鏡花』　国書刊行会　2016.12　Ⓘ978-4-336-06029-7

病院
『夢Q夢魔物語―夢野久作怪異小品集』(平凡社ライブラリー)　平凡社　2017.7　Ⓘ978-4-582-76857-2

ビルヂング
『定本　夢野久作全集　2　小説』国書刊行会　2017.5　Ⓘ978-4-336-06015-0

ビルディング
『夢Q夢魔物語―夢野久作怪異小品集』(平凡社ライブラリー)　平凡社　2017.7　Ⓘ978-4-582-76857-2

瓶詰地獄
『夢野久作』(ちくま日本文学)　筑摩書房　2009.1　Ⓘ978-4-480-42561-4

『こわい話』(中学生までに読んでおきたい日本文学)　あすなろ書房　2011.2　Ⓘ978-4-7515-2628-6

『ユメノユモレスク』　書肆侃侃房　2016.3　Ⓘ978-4-86385-217-4

『死後の恋―夢野久作傑作選』(新潮文庫)　新潮社　2016.11　Ⓘ978-4-10-120641-7

『定本　夢野久作全集　1　小説』国書刊行会　2016.11　Ⓘ978-4-336-06014-3

『夢Q夢魔物語―夢野久作怪異小品集』(平凡社ライブラリー)　平凡社　2017.7　Ⓘ978-4-582-76857-2

瓶詰の地獄
『瓶詰の地獄　改版』(角川文庫)　角川書店　2009.3　Ⓘ978-4-04-136614-1

『少女地獄―夢野久作傑作集』(創元推理文庫)　東京創元社　2016.8　Ⓘ978-4-488-46311-3

福岡の盂蘭盆
『夢Q夢魔物語―夢野久作怪異小品集』(平凡社ライブラリー)　平凡社　2017.7　Ⓘ978-4-582-76857-2

復讐
『定本　夢野久作全集　1　小説』国書刊行会　2016.11　Ⓘ978-4-336-06014-3

夫人探索
『定本　夢野久作全集　1　小説』国書刊行会　2016.11　Ⓘ978-4-336-06014-3

二人の幽霊
『定本　夢野久作全集　1　小説』国書刊行会　2016.11　Ⓘ978-4-336-06014-3

『夢Q夢魔物語―夢野久作怪異小品集』(平凡社ライブラリー)　平凡社　2017.7　Ⓘ978-4-582-76857-2

不良少女享楽団長
『夢Q夢魔物語―夢野久作怪異小品集』(平凡社ライブラリー)　平凡社　2017.7　Ⓘ978-4-582-76857-2

変態性欲とヘアピン
『夢Q夢魔物語―夢野久作怪異小品集』(平凡社ライブラリー)　平凡社　2017.7　Ⓘ978-4-582-76857-2

亡魂の錯覚
『夢Q夢魔物語―夢野久作怪異小品集』(平凡社ライブラリー)　平凡社　2017.7　Ⓘ978-4-582-76857-2

正夢
『夢Q夢魔物語―夢野久作怪異小品集』(平凡社ライブラリー)　平凡社　2017.7　Ⓘ978-4-582-76857-2

見世物師の夢―猟奇歌 3
『夢Q夢魔物語―夢野久作怪異小品集』(平凡社ライブラリー)　平凡社　2017.7　Ⓘ978-4-582-76857-2

三つの眼鏡
『夢Q夢魔物語―夢野久作怪異小品集』(平凡社ライブラリー)　平凡社　2017.7　Ⓘ978-4-582-76857-2

無限大の呪い
『夢Q夢魔物語―夢野久作怪異小品集』(平凡社ライブラリー)　平凡社　2017.7　Ⓘ978-4-582-76857-2

虫の生命
『夢Q夢魔物語―夢野久作怪異小品集』(平凡社ライブラリー)　平凡社　2017.7　Ⓘ978-4-582-76857-2

群れ飛ぶ都鳥
『夢Q夢魔物語―夢野久作怪異小品集』(平凡社ライブラリー)　平凡社　2017.7　Ⓘ978-4-582-76857-2

幽霊と推進機
『定本 夢野久作全集　2　小説』国書刊行会　2017.5　Ⓘ978-4-336-06015-0

夜汽車の活劇
『定本 夢野久作全集　1　小説』国書刊行会　2016.11　Ⓘ978-4-336-06014-3

霊感！
『定本 夢野久作全集　2　小説』国書刊行会　2017.5　Ⓘ978-4-336-06015-0

老巡査
『定本 夢野久作全集　2　小説』国書刊行会　2017.5　Ⓘ978-4-336-06015-0

H嬢
『定本 夢野久作全集　1　小説』国書刊行会　2016.11　Ⓘ978-4-336-06014-3

夢枕 獏　ゆめまくら・ばく

蒼い旅籠で
『日本SF全集　3　1978〜1984』出版芸術社　2013.12　Ⓘ978-4-88293-348-9

仰ぎ中納言
『陰陽師―螢火ノ巻』文藝春秋　2014.11　Ⓘ978-4-16-390159-6

『陰陽師 螢火ノ巻』(文春文庫)　文藝春秋　2017.6　Ⓘ978-4-16-790861-4

銅酒を飲む女
『陰陽師 酔月ノ巻』文藝春秋　2012.10　Ⓘ978-4-16-381720-0

『陰陽師 酔月ノ巻』(文春文庫)　文藝春秋　2015.1　Ⓘ978-4-16-790270-4

安達原
『陰陽師―蒼猴ノ巻』文藝春秋　2014.1　Ⓘ978-4-16-390000-1

『陰陽師―蒼猴ノ巻』(文春文庫)　文藝春秋　2016.6　Ⓘ978-4-16-790627-6

筏往生
『陰陽師―螢火ノ巻』文藝春秋　2014.11　Ⓘ978-4-16-390159-6

『陰陽師 螢火ノ巻』(文春文庫)　文藝春秋　2017.6　Ⓘ978-4-16-790861-4

陰態の家
『SF JACK』角川書店　2013.2　Ⓘ978-4-04-110398-2

『SF JACK』(角川文庫)　角川書店　2016.2　Ⓘ978-4-04-103895-6

器
『陰陽師(おんみょうじ) 天鼓ノ巻』文藝春秋　2010.1　Ⓘ978-4-16-328860-4

『陰陽師―天鼓ノ巻』(文春文庫)　文藝春秋　2012.7　Ⓘ978-4-16-752824-9

産養の磐
『陰陽師―螢火ノ巻』文藝春秋　2014.11　Ⓘ978-4-16-390159-6

『陰陽師 螢火ノ巻』(文春文庫)　文藝春秋　2017.6　Ⓘ978-4-16-790861-4

役君の橋

『陰陽師―蒼猴ノ巻』 文藝春秋 2014.1
①978-4-16-390000-1

『陰陽師―蒼猴ノ巻』(文春文庫) 文藝春秋
2016.6 ①978-4-16-790627-6

炎情観音

『陰陽師(おんみょうじ) 天鼓ノ巻』 文藝春
秋 2010.1 ①978-4-16-328860-4

『陰陽師―天鼓ノ巻』(文春文庫) 文藝春秋
2012.7 ①978-4-16-752824-9

おいでおいでの手と人形の話(抄)

『文豪てのひら怪談』(ポプラ文庫) ポプラ社
2009.8 ①978-4-591-11104-8

媼

『闇狩り師 黄石公の犬』(トクマ・ノベルズ)
徳間書店 2009.6 ①978-4-19-850829-6

『黄石公の犬―闇狩り師』(徳間文庫) 徳間書
店 2012.1 ①978-4-19-893494-1

鬼市

『陰陽師―蒼猴ノ巻』 文藝春秋 2014.1
①978-4-16-390000-1

『陰陽師―蒼猴ノ巻』(文春文庫) 文藝春秋
2016.6 ①978-4-16-790627-6

陰陽師

『闇狩り師 新装版』(Tokuma novels) 徳間
書店 2009.7 ①978-4-19-850833-3

『闇狩り師 2 新装版』(徳間文庫) 徳間書
店 2012.5 ①978-4-19-893551-1

陰陽師鉄輪

『陰陽師―鉄輪』(文春文庫) 文藝春秋
2010.12 ①978-4-16-752822-5

怪士の鬼

『闇狩り師 新装版』(Tokuma novels) 徳間
書店 2009.7 ①978-4-19-850833-3

『闇狩り師 1 新装版』(徳間文庫) 徳間書
店 2012.4 ①978-4-19-893537-5

海底神宮

『インスマスの血脈―クトゥルー・ミュトス・
ファイルズ』 創土社 2013.12 ①978-4-
7988-3011-7

鏡童子

『陰陽師(おんみょうじ) 天鼓ノ巻』 文藝春
秋 2010.1 ①978-4-16-328860-4

『陰陽師―天鼓ノ巻』(文春文庫) 文藝春秋
2012.7 ①978-4-16-752824-9

餓鬼魂

『闇狩り師 新装版』(Tokuma novels) 徳間
書店 2009.7 ①978-4-19-850833-3

『闇狩り師 2 新装版』(徳間文庫) 徳間書
店 2012.5 ①978-4-19-893551-1

鉄輪恋鬼孔雀舞

『陰陽師―鉄輪』(文春文庫) 文藝春秋
2010.12 ①978-4-16-752822-5

蝦蟇念仏

『陰陽師―蒼猴ノ巻』 文藝春秋 2014.1
①978-4-16-390000-1

『陰陽師―蒼猴ノ巻』(文春文庫) 文藝春秋
2016.6 ①978-4-16-790627-6

からくり道士

『陰陽師―蒼猴ノ巻』 文藝春秋 2014.1
①978-4-16-390000-1

『陰陽師―蒼猴ノ巻』(文春文庫) 文藝春秋
2016.6 ①978-4-16-790627-6

かるかや

『闇狩り師 新装版』(Tokuma novels) 徳間
書店 2009.7 ①978-4-19-850833-3

『闇狩り師 2 新装版』(徳間文庫) 徳間書
店 2012.5 ①978-4-19-893551-1

牛怪

『陰陽師 酔月ノ巻』 文藝春秋 2012.10
①978-4-16-381720-0

『陰陽師 酔月ノ巻』(文春文庫) 文藝春秋
2015.1 ①978-4-16-790270-4

傀儡師

『月神祭―古代インド怪異譚』(Tokuma
novels) 徳間書店 2010.4 ①978-4-19-
850859-3

くだぎつね

『闇狩り師 新装版』(Tokuma novels) 徳間
書店 2009.7 ①978-4-19-850833-3

『闇狩り師 1 新装版』(徳間文庫) 徳間書
店 2012.4 ①978-4-19-893537-5

首をかたむける女

『陰陽師―蒼猴ノ巻』 文藝春秋 2014.1
①978-4-16-390000-1

『陰陽師―蒼猴ノ巻』(文春文庫) 文藝春秋
2016.6 ①978-4-16-790627-6

首大臣

『陰陽師 酔月ノ巻』 文藝春秋 2012.10
①978-4-16-381720-0

『陰陽師 酔月ノ巻』(文春文庫) 文藝春秋 2015.1 ①978-4-16-790270-4

黄石公の犬

『闇狩り師 黄石公の犬』(トクマ・ノベルズ) 徳間書店 2009.6 ①978-4-19-850829-6

『黄石公の犬―闇狩り師』(徳間文庫) 徳間書店 2012.1 ①978-4-19-893494-1

逆髪の女

『陰陽師(おんみょうじ) 天鼓ノ巻』 文藝春秋 2010.1 ①978-4-16-328860-4

『陰陽師―天鼓ノ巻』(文春文庫) 文藝春秋 2012.7 ①978-4-16-752824-9

桜闇、女の首。

『陰陽師 酔月ノ巻』 文藝春秋 2012.10 ①978-4-16-381720-0

『陰陽師 酔月ノ巻』(文春文庫) 文藝春秋 2015.1 ①978-4-16-790270-4

蛇の道行

『陰陽師―蒼猴ノ巻』 文藝春秋 2014.1 ①978-4-16-390000-1

『陰陽師―蒼猴ノ巻』(文春文庫) 文藝春秋 2016.6 ①978-4-16-790627-6

新山月記

『陰陽師 酔月ノ巻』 文藝春秋 2012.10 ①978-4-16-381720-0

『陰陽師 酔月ノ巻』(文春文庫) 文藝春秋 2015.1 ①978-4-16-790270-4

仙桃奇譚

『陰陽師―蒼猴ノ巻』 文藝春秋 2014.1 ①978-4-16-390000-1

『陰陽師―蒼猴ノ巻』(文春文庫) 文藝春秋 2016.6 ①978-4-16-790627-6

月の王

『月神祭―古代インド怪異譚』(Tokuma novels) 徳間書店 2010.4 ①978-4-19-850859-3

月の路

『陰陽師―蒼猴ノ巻』 文藝春秋 2014.1 ①978-4-16-390000-1

『陰陽師―蒼猴ノ巻』(文春文庫) 文藝春秋 2016.6 ①978-4-16-790627-6

道満、酒を馳走されて死人と添い寝する語

『陰陽師 酔月ノ巻』 文藝春秋 2012.10 ①978-4-16-381720-0

『陰陽師 酔月ノ巻』(文春文庫) 文藝春秋 2015.1 ①978-4-16-790270-4

度南国往来

『陰陽師―螢火ノ巻』 文藝春秋 2014.11 ①978-4-16-390159-6

『陰陽師 螢火ノ巻』(文春文庫) 文藝春秋 2017.6 ①978-4-16-790861-4

ねこひきのオルオラネ

『日本SF短篇50―日本SF作家クラブ創立50周年記念アンソロジー 2』(ハヤカワ文庫) 早川書房 2013.4 ①978-4-15-031110-0

馬黄精

『闇狩り師 新装版』(Tokuma novels) 徳間書店 2009.7 ①978-4-19-850833-3

『闇狩り師 2 新装版』(徳間文庫) 徳間書店 2012.5 ①978-4-19-893551-1

白猿伝

『闇狩り師 新装版』(Tokuma novels) 徳間書店 2009.7 ①978-4-19-850833-3

『闇狩り師 1 新装版』(徳間文庫) 徳間書店 2012.4 ①978-4-19-893537-5

霹靂神

『陰陽師(おんみょうじ) 天鼓ノ巻』 文藝春秋 2010.1 ①978-4-16-328860-4

『陰陽師―天鼓ノ巻』(文春文庫) 文藝春秋 2012.7 ①978-4-16-752824-9

花の下に立つ女

『陰陽師―螢火ノ巻』 文藝春秋 2014.11 ①978-4-16-390159-6

『陰陽師 螢火ノ巻』(文春文庫) 文藝春秋 2017.6 ①978-4-16-790861-4

垣―闇法師

『鬼譚』(ちくま文庫) 筑摩書房 2014.9 ①978-4-480-43205-6

人の首の鬼になりたる

『月神祭―古代インド怪異譚』(Tokuma novels) 徳間書店 2010.4 ①978-4-19-850859-3

鏢師

『闇狩り師 新装版』(Tokuma novels) 徳間書店 2009.7 ①978-4-19-850833-3

『闇狩り師 1 新装版』(徳間文庫) 徳間書店 2012.4 ①978-4-19-893537-5

屏風道士

『陰陽師―螢火ノ巻』 文藝春秋 2014.11 ①978-4-16-390159-6

『陰陽師 螢火ノ巻』(文春文庫) 文藝春秋 2017.6 ①978-4-16-790861-4

瓶博士

『陰陽師（おんみょうじ）　天鼓ノ巻』　文藝春秋　2010.1　①978-4-16-328860-4

『陰陽師―天鼓ノ巻』（文春文庫）文藝春秋　2012.7　①978-4-16-752824-9

双子針

『陰陽師―螢火ノ巻』　文藝春秋　2014.11　①978-4-16-390159-6

『陰陽師　螢火ノ巻』（文春文庫）　文藝春秋　2017.6　①978-4-16-790861-4

舟

『陰陽師―蒼猴ノ巻』　文藝春秋　2014.1　①978-4-16-390000-1

『陰陽師―蒼猴ノ巻』（文春文庫）　文藝春秋　2016.6　①978-4-16-790627-6

ほどろ

『闇狩り師　新装版』（Tokuma novels）徳間書店　2009.7　①978-4-19-850833-3

『闇狩り師　2　新装版』（徳間文庫）徳間書店　2012.5　①978-4-19-893551-1

紛い菩薩

『陰陽師（おんみょうじ）　天鼓ノ巻』　文藝春秋　2010.1　①978-4-16-328860-4

『陰陽師―天鼓ノ巻』（文春文庫）文藝春秋　2012.7　①978-4-16-752824-9

蛟

『闇狩り師　新装版』（Tokuma novels）徳間書店　2009.7　①978-4-19-850833-3

『闇狩り師　1　新装版』（徳間文庫）徳間書店　2012.4　①978-4-19-893537-5

むばら目中納言

『陰陽師―螢火ノ巻』　文藝春秋　2014.11　①978-4-16-390159-6

『陰陽師　螢火ノ巻』（文春文庫）　文藝春秋　2017.6　①978-4-16-790861-4

めなし

『陰陽師　酔月ノ巻』　文藝春秋　2012.10　①978-4-16-381720-0

『陰陽師　酔月ノ巻』（文春文庫）　文藝春秋　2015.1　①978-4-16-790270-4

殯

『闇狩り師　新装版』（Tokuma novels）徳間書店　2009.7　①978-4-19-850833-3

『闇狩り師　2　新装版』（徳間文庫）徳間書店　2012.5　①978-4-19-893551-1

望月の五位

『陰陽師　酔月ノ巻』　文藝春秋　2012.10　①978-4-16-381720-0

『陰陽師　酔月ノ巻』（文春文庫）　文藝春秋　2015.1　①978-4-16-790270-4

ものまね博雅

『陰陽師（おんみょうじ）　天鼓ノ巻』　文藝春秋　2010.1　①978-4-16-328860-4

『陰陽師―天鼓ノ巻』（文春文庫）文藝春秋　2012.7　①978-4-16-752824-9

夜叉の女の闇に哭きたる

『月神祭―古代インド怪異譚』（Tokuma novels）徳間書店　2010.4　①978-4-19-850859-3

夜叉婆あ

『陰陽師　酔月ノ巻』　文藝春秋　2012.10　①978-4-16-381720-0

『陰陽師　酔月ノ巻』（文春文庫）　文藝春秋　2015.1　①978-4-16-790270-4

山神の贄

『陰陽師―螢火ノ巻』　文藝春秋　2014.11　①978-4-16-390159-6

『陰陽師　螢火ノ巻』（文春文庫）　文藝春秋　2017.6　①978-4-16-790861-4

闇狩り師摩多羅神

『SF Japan　2009AUTUMN』　徳間書店　2009.9　①978-4-19-862778-2

妖樹・あやかしのき

『月神祭―古代インド怪異譚』（Tokuma novels）徳間書店　2010.4　①978-4-19-850859-3

夜より這い出でて血を啜りたる

『月神祭―古代インド怪異譚』（Tokuma novels）徳間書店　2010.4　①978-4-19-850859-3

蘭陵王

『闇狩り師　新装版』（Tokuma novels）徳間書店　2009.7　①978-4-19-850833-3

『闇狩り師　1　新装版』（徳間文庫）徳間書店　2012.4　①978-4-19-893537-5

宵野　ゆめ　よいの・ゆめ

狂花

『サイロンの挽歌』（ハヤカワ文庫JA　グイン・サーガ）早川書房　2013.12　①978-4-15-031138-4

狂戦士
『宿命の宝冠』（ハヤカワ文庫JA　グイン・サーガ外伝）早川書房　2013.3　①978-4-15-031102-5

サイロンの挽歌
『グイン・サーガ・ワールド　5』（ハヤカワ文庫JA）早川書房　2012.9　①978-4-15-031081-3

サイロンの挽歌　第一回
『サイロンの挽歌』（ハヤカワ文庫JA　グイン・サーガ）早川書房　2013.12　①978-4-15-031138-4

サイロンの挽歌　第二回
『グイン・サーガ・ワールド　6』（ハヤカワ文庫JA）早川書房　2012.12　①978-4-15-031089-9

『サイロンの挽歌』（ハヤカワ文庫JA　グイン・サーガ）早川書房　2013.12　①978-4-15-031138-4

サイロンの挽歌　第三回
『グイン・サーガ・ワールド　7』（ハヤカワ文庫JA）早川書房　2013.3　①978-4-15-031101-8

サイロンの挽歌　最終回
『グイン・サーガ・ワールド　8』（ハヤカワ文庫JA）早川書房　2013.6　①978-4-15-031114-8

獅子心皇帝の哀歌
『サイロンの挽歌』（ハヤカワ文庫JA　グイン・サーガ）早川書房　2013.12　①978-4-15-031138-4

宿命の戴冠
『宿命の宝冠』（ハヤカワ文庫JA　グイン・サーガ外伝）早川書房　2013.3　①978-4-15-031102-5

宿命の宝冠
『グイン・サーガ・ワールド　3』（ハヤカワ文庫JA）早川書房　2011.11　①978-4-15-031049-3

宿命の宝冠　連載第1回
『グイン・サーガ・ワールド―グイン・サーガ続篇プロジェクト　1』（ハヤカワ文庫JA）早川書房　2011.5　①978-4-15-031032-5

宿命の宝冠　連載第二回
『グイン・サーガ・ワールド　2』（ハヤカワ文庫JA）早川書房　2011.8　①978-4-15-031043-1

宿命の宝冠　最終回
『グイン・サーガ・ワールド―グイン・サーガ続篇プロジェクト　4』（ハヤカワ文庫JA）早川書房　2012.2　①978-4-15-031056-1

左手の喪章
『宿命の宝冠』（ハヤカワ文庫JA　グイン・サーガ外伝）早川書房　2013.3　①978-4-15-031102-5

妖霧と疾風
『宿命の宝冠』（ハヤカワ文庫JA　グイン・サーガ外伝）早川書房　2013.3　①978-4-15-031102-5

謡堂　ようどう

遺念蟬
『怪集　蠱毒―創作怪談発掘大会傑作選』（竹書房文庫）竹書房　2009.12　①978-4-8124-4020-9

虫のある家庭
『怪集　蠱毒―創作怪談発掘大会傑作選』（竹書房文庫）竹書房　2009.12　①978-4-8124-4020-9

横尾　忠則　よこお・ただのり

お岩様と尼僧
『文豪てのひら怪談』（ポプラ文庫）ポプラ社　2009.8　①978-4-591-11104-8

スリナガルの蛇
『ポルト・リガトの館』文藝春秋　2010.3　①978-4-16-329010-2

『ぶるうらんど―横尾忠則幻想小説集』（中公文庫）中央公論新社　2013.8　①978-4-12-205793-7

パンタナールへの道
『ポルト・リガトの館』文藝春秋　2010.3　①978-4-16-329010-2

『ぶるうらんど―横尾忠則幻想小説集』（中公文庫）中央公論新社　2013.8　①978-4-12-205793-7

ぶるうらんど
『ぶるうらんど―横尾忠則幻想小説集』（中公文庫）中央公論新社　2013.8　①978-4-12-205793-7

ポルト・リガトの館
『ポルト・リガトの館』文藝春秋　2010.3　①978-4-16-329010-2

『ぶるうらんど―横尾忠則幻想小説集』(中公文庫)　中央公論新社　2013.8　①978-4-12-205793-7

横田　順彌　よこた・じゅんや

愛
『夢の陽炎館・水晶の涙雫』(横田順彌明治小説コレクション)　柏書房　2017.10　①978-4-7601-4896-7

アンドロメダの少年
『ナイト・スケッチ―横田順彌ショートショート』(盛林堂ミステリアス文庫)　日本古典SF研究会　2013.12

犬
『夢の陽炎館・水晶の涙雫』(横田順彌明治小説コレクション)　柏書房　2017.10　①978-4-7601-4896-7

命
『夢の陽炎館・水晶の涙雫』(横田順彌明治小説コレクション)　柏書房　2017.10　①978-4-7601-4896-7

オリオン座の瞳
『ナイト・スケッチ―横田順彌ショートショート』(盛林堂ミステリアス文庫)　日本古典SF研究会　2013.12

絆
『夢の陽炎館・水晶の涙雫』(横田順彌明治小説コレクション)　柏書房　2017.10　①978-4-7601-4896-7

銀色の電車
『ナイト・スケッチ―横田順彌ショートショート』(盛林堂ミステリアス文庫)　日本古典SF研究会　2013.12

金色の海
『ナイト・スケッチ―横田順彌ショートショート』(盛林堂ミステリアス文庫)　日本古典SF研究会　2013.12

終電車
『ナイト・スケッチ―横田順彌ショートショート』(盛林堂ミステリアス文庫)　日本古典SF研究会　2013.12

白い月
『ナイト・スケッチ―横田順彌ショートショート』(盛林堂ミステリアス文庫)　日本古典SF研究会　2013.12

信號機
『ナイト・スケッチ―横田順彌ショートショート』(盛林堂ミステリアス文庫)　日本古典SF研究会　2013.12

水晶の涙雫
『夢の陽炎館・水晶の涙雫』(横田順彌明治小説コレクション)　柏書房　2017.10　①978-4-7601-4896-7

大正三年十一月十六日
『日本SF短篇50―日本SF作家クラブ創立50周年記念アンソロジー　2』(ハヤカワ文庫)　早川書房　2013.4　①978-4-15-031110-0

大マゼラン星雲の小人
『ナイト・スケッチ―横田順彌ショートショート』(盛林堂ミステリアス文庫)　日本古典SF研究会　2013.12

地球栓
『ナイト・スケッチ―横田順彌ショートショート』(盛林堂ミステリアス文庫)　日本古典SF研究会　2013.12

手品の夜
『ナイト・スケッチ―横田順彌ショートショート』(盛林堂ミステリアス文庫)　日本古典SF研究会　2013.12

動物園の悲劇
『ナイト・スケッチ―横田順彌ショートショート』(盛林堂ミステリアス文庫)　日本古典SF研究会　2013.12

ナイト・プロジェクト
『ナイト・スケッチ―横田順彌ショートショート』(盛林堂ミステリアス文庫)　日本古典SF研究会　2013.12

風船計劃
『ナイト・スケッチ―横田順彌ショートショート』(盛林堂ミステリアス文庫)　日本古典SF研究会　2013.12

ブラック・マント
『ナイト・スケッチ―横田順彌ショートショート』(盛林堂ミステリアス文庫)　日本古典SF研究会　2013.12

プラネタリウム共和國
『ナイト・スケッチ―横田順彌ショートショート』(盛林堂ミステリアス文庫)　日本古典SF研究会　2013.12

ブランデーの香り
『ナイト・スケッチ―横田順彌ショートショート』(盛林堂ミステリアス文庫)　日本古典SF研究会　2013.12

星盗人
『ナイト・スケッチ―横田順彌ショートショート』（盛林堂ミステリアス文庫） 日本古典SF研究会　2013.12

星花火
『ナイト・スケッチ―横田順彌ショートショート』（盛林堂ミステリアス文庫） 日本古典SF研究会　2013.12

星ぶとん
『ナイト・スケッチ―横田順彌ショートショート』（盛林堂ミステリアス文庫） 日本古典SF研究会　2013.12

幻
『夢の陽炎館・水晶の涙雫』（横田順彌明治小説コレクション）　柏書房　2017.10　①978-4-7601-4896-7

真夜中の訪問者
『日本SF全集　第2巻』　出版芸術社　2010.3　①978-4-88293-347-2

ミルキー・ウェイ
『ナイト・スケッチ―横田順彌ショートショート』（盛林堂ミステリアス文庫） 日本古典SF研究会　2013.12

郵便ポスト
『ナイト・スケッチ―横田順彌ショートショート』（盛林堂ミステリアス文庫） 日本古典SF研究会　2013.12

夢の陽炎館―続・秘聞 七幻想探偵譚
『夢の陽炎館・水晶の涙雫』（横田順彌明治小説コレクション）　柏書房　2017.10　①978-4-7601-4896-7

横光　利一　よこみつ・りいち

夢もろもろ
『夢』（SDP Bunko）SDP　2009.7　①978-4-903620-63-3

横山　信義　よこやま・のぶよし

オーシャンゴースト
『『七都市物語』シェアードワールズ』（徳間文庫）徳間書店　2011.5　①978-4-19-893360-9

与謝野　晶子　よさの・あきこ

夢の影響
『夢』（SDP Bunko）SDP　2009.7　①978-4-903620-63-3

吉上　亮　よしがみ・りょう

塋域の偽聖者
『AIと人類は共存できるか？―人工知能SFアンソロジー』　早川書房　2016.11　①978-4-15-209648-7

人類暦の預言者
『マルドゥック・ストーリーズ公式二次創作集』（ハヤカワ文庫JA）　早川書房　2016.9　①978-4-15-031246-6

パンツァークラウンレイヴズ
『楽園追放rewired―サイバーパンクSF傑作選』（ハヤカワ文庫JA）　早川書房　2014.10　①978-4-15-031172-8

未明の晩響
『伊藤計劃トリビュート』（ハヤカワ文庫JA）　早川書房　2015.8　①978-4-15-031201-5

吉川　良太郎　よしかわ・りょうたろう

青髭の城で
『Fの肖像―フランケンシュタインの幻想たち 異形コレクション』（光文社文庫）　光文社　2010.9　①978-4-334-74846-3

黒猫ラ・モールの歴史観と意見
『SF JACK』　角川書店　2013.2　①978-4-04-110398-2

『SF JACK』（角川文庫）角川書店　2016.2　①978-4-04-103895-6

吉田　健一　よしだ・けんいち

或る田舎町の魅力
『新編・日本幻想文学集成　2』　国書刊行会　2016.8　①978-4-336-06027-3

空蟬
『新編・日本幻想文学集成　2』　国書刊行会　2016.8　①978-4-336-06027-3

吉田知子

海坊主
『客』（百年文庫）ポプラ社　2011.1　①978-4-591-12147-4
『コレクション私小説の冒険　2　虚実の戯れ』勉誠出版　2013.11　①978-4-585-29561-7
『新編・日本幻想文学集成　2』国書刊行会　2016.8　①978-4-336-06027-3

邯鄲
『新編・日本幻想文学集成　2』国書刊行会　2016.8　①978-4-336-06027-3

饗宴
『危険なマッチ箱―心に残る物語　日本文学秀作選』（文春文庫）文藝春秋　2009.12　①978-4-16-717415-6
『新編・日本幻想文学集成　2』国書刊行会　2016.8　①978-4-336-06027-3

酒の精
『新編・日本幻想文学集成　2』国書刊行会　2016.8　①978-4-336-06027-3

時間より　第1章
『新編・日本幻想文学集成　2』国書刊行会　2016.8　①978-4-336-06027-3

逃げる話
『新編・日本幻想文学集成　2』国書刊行会　2016.8　①978-4-336-06027-3

沼
『新編・日本幻想文学集成　2』国書刊行会　2016.8　①978-4-336-06027-3

百鬼の会
『幻視の系譜―日本幻想文学大全』（ちくま文庫）筑摩書房　2013.10　①978-4-480-43112-7

ホレス・ワルポオル
『新編・日本幻想文学集成　2』国書刊行会　2016.8　①978-4-336-06027-3

道端
『新編・日本幻想文学集成　2』国書刊行会　2016.8　①978-4-336-06027-3

吉田　知子　よしだ・ともこ

手術室
『文豪てのひら怪談』（ポプラ文庫）ポプラ社　2009.8　①978-4-591-11104-8

吉村　昭　よしむら・あきら

少女架刑
『架』（百年文庫）ポプラ社　2011.10　①978-4-591-12183-2
『幻視の系譜―日本幻想文学大全』（ちくま文庫）筑摩書房　2013.10　①978-4-480-43112-7
『星への旅　改版』（新潮文庫）新潮社　2013.10　①978-4-10-111702-7

吉村　達也　よしむら・たつや

幻影城の奇術師
『幻影城の奇術師』（角川ホラー文庫　魔界百物語）角川書店　2013.7　①978-4-04-100928-4

殺人者の舞踏会
『幻影城の奇術師』（角川ホラー文庫　魔界百物語）角川書店　2013.7　①978-4-04-100928-4

吉村　萬壱　よしむら・まんいち

別の存在
『怪獣文藝』（幽ブックス）メディアファクトリー　2013.3　①978-4-8401-5144-3

吉本　ばなな　よしもと・ばなな

熱のある時の夢（抄）
『文豪てのひら怪談』（ポプラ文庫）ポプラ社　2009.8　①978-4-591-11104-8

吉行　淳之介　よしゆき・じゅんのすけ

蛾
『文豪てのひら怪談』（ポプラ文庫）ポプラ社　2009.8　①978-4-591-11104-8

追跡者
『異形の白昼―恐怖小説集』（ちくま文庫）筑摩書房　2013.9　①978-4-480-43092-2

米澤 穂信　よねざわ・ほのぶ

正体見たり
『おじゃみ―京都怪談』(幽BOOKS) メディアファクトリー　2010.5　①978-4-8401-3406-4

『遠まわりする雛』(角川文庫) 角川書店　2010.7　①978-4-04-427104-6

米満 英男　よねみつ・ひでお

赤茄子よりの歩み
『翻歌盗綺譚』 編集工房ノア　2014.3
①978-4-89271-208-1

あざみ色の痣
『翻歌盗綺譚』 編集工房ノア　2014.3
①978-4-89271-208-1

泡立つさくら
『翻歌盗綺譚』 編集工房ノア　2014.3
①978-4-89271-208-1

暗雲の螢
『翻歌盗綺譚』 編集工房ノア　2014.3
①978-4-89271-208-1

うつつならねば
『翻歌盗綺譚』 編集工房ノア　2014.3
①978-4-89271-208-1

右左口の峠
『翻歌盗綺譚』 編集工房ノア　2014.3
①978-4-89271-208-1

空ゆと来ぬよ
『翻歌盗綺譚』 編集工房ノア　2014.3
①978-4-89271-208-1

狂ひぞまこと
『翻歌盗綺譚』 編集工房ノア　2014.3
①978-4-89271-208-1

来るために会ふ
『翻歌盗綺譚』 編集工房ノア　2014.3
①978-4-89271-208-1

個をさぐりかねつ
『翻歌盗綺譚』 編集工房ノア　2014.3
①978-4-89271-208-1

ざしきわらしものがたり
『翻歌盗綺譚』 編集工房ノア　2014.3
①978-4-89271-208-1

白毛となりてそよげる
『翻歌盗綺譚』 編集工房ノア　2014.3
①978-4-89271-208-1

心浄きゆゑ
『翻歌盗綺譚』 編集工房ノア　2014.3
①978-4-89271-208-1

透きゆきて無と化る
『翻歌盗綺譚』 編集工房ノア　2014.3
①978-4-89271-208-1

たましひ冱ゆる
『翻歌盗綺譚』 編集工房ノア　2014.3
①978-4-89271-208-1

寝てかさめてか
『翻歌盗綺譚』 編集工房ノア　2014.3
①978-4-89271-208-1

一人をおもふ
『翻歌盗綺譚』 編集工房ノア　2014.3
①978-4-89271-208-1

星に向き北に向き耳冴ゆる
『翻歌盗綺譚』 編集工房ノア　2014.3
①978-4-89271-208-1

ほてりたるわが頬
『翻歌盗綺譚』 編集工房ノア　2014.3
①978-4-89271-208-1

真白きわが足
『翻歌盗綺譚』 編集工房ノア　2014.3
①978-4-89271-208-1

まやかしの白杖
『翻歌盗綺譚』 編集工房ノア　2014.3
①978-4-89271-208-1

夢の果てに消ゆ
『翻歌盗綺譚』 編集工房ノア　2014.3
①978-4-89271-208-1

詠坂 雄二　よみさか・ゆうじ

ドクターミンチにあいましょう
『Fの肖像―フランケンシュタインの幻想たち 異形コレクション』(光文社文庫) 光文社　2010.9　①978-4-334-74846-3

落月堂 操卮　らくげつどう・そうし

白小袖奇聞
『江戸奇談怪談集』（ちくま学芸文庫）筑摩書房　2012.11　①978-4-480-09488-9

和漢乗合船
『江戸奇談怪談集』（ちくま学芸文庫）筑摩書房　2012.11　①978-4-480-09488-9

羅門 祐人　らもん・ゆうと

もしも歴史に…
『『七都市物語』シェアードワールズ』（徳間文庫）徳間書店　2011.5　①978-4-19-893360-9

理山 貞二　りやま・ていじ

折り紙衛星の伝説
『折り紙衛星の伝説―年刊日本SF傑作選』（創元SF文庫）東京創元社　2015.6　①978-4-488-73408-4

第三回創元SF短編賞受賞作 "すべての夢果てる地で"
『拡張幻想―年刊日本SF傑作選』（創元SF文庫）東京創元社　2012.6　①978-4-488-73405-3

柳糸堂　りゅうしどう

拾遺御伽婢子
『江戸奇談怪談集』（ちくま学芸文庫）筑摩書房　2012.11　①978-4-480-09488-9

夢中の闘佷
『江戸奇談怪談集』（ちくま学芸文庫）筑摩書房　2012.11　①978-4-480-09488-9

龍膽寺 雄　りゅうたんじ・ゆう

塔
『文豪てのひら怪談』（ポプラ文庫）ポプラ社　2009.8　①978-4-591-11104-8

領家 高子　りょうけ・たかこ

於露牡丹
『怪談お露牡丹』角川書店　2010.8　①978-4-04-874094-4

邯鄲師
『怪談お露牡丹』角川書店　2010.8　①978-4-04-874094-4

気韻生動
『怪談お露牡丹』角川書店　2010.8　①978-4-04-874094-4

二度童
『怪談お露牡丹』角川書店　2010.8　①978-4-04-874094-4

拈華微笑
『怪談お露牡丹』角川書店　2010.8　①978-4-04-874094-4

るむるむる

侯爵家の次男坊と剣の精霊
『侯爵家の次男坊と剣の精霊』林檎プロモーション　2013.8　①978-4-906878-17-8

邪霊と山賊
『侯爵家の次男坊と剣の精霊』林檎プロモーション　2013.8　①978-4-906878-17-8

六条 仁真　ろくじょう・じんしん

ねむれる王の永遠図書館
『怪談図書館ガイドブック　2　ひみつのコレクション』国土社　2013.2　①978-4-337-11217-9

若木 未生　わかぎ・みお

即答ツール
『人工知能の見る夢は―AIショートショート集』（文春文庫）文藝春秋　2017.5　①978-4-16-790850-8

若竹 七海　わかたけ・ななみ

みたびのサマータイム
『青に捧げる悪夢』（角川文庫）角川書店

2013.2　①978-4-04-100700-6

わかつき ひかる

ニートな彼とキュートな彼女
『原色の想像力　2　創元SF短編集アンソロジー』(創元SF文庫)　東京創元社　2012.3　①978-4-488-73902-7

和ヶ原 聡司　わがはら・さとし

はたらく前の勇者さま！──a few days ago
『はたらく魔王さま！　14』(電撃文庫)　角川書店　2015.9　①978-4-04-865379-4

魔王、上司の過去を知る
『はたらく魔王さま！　14』(電撃文庫)　角川書店　2015.9　①978-4-04-865379-4

魔王、節約生活を振り返る
『はたらく魔王さま！　14』(電撃文庫)　角川書店　2015.9　①978-4-04-865379-4

魔王、勇者の金で新しい携帯電話を手にする
『はたらく魔王さま！　14』(電撃文庫)　角川書店　2015.9　①978-4-04-865379-4

勇者、敵幹部の力に驚嘆する
『はたらく魔王さま！　14』(電撃文庫)　角川書店　2015.9　①978-4-04-865379-4

勇者と女子高生、友達になる
『はたらく魔王さま！　14』(電撃文庫)　角川書店　2015.9　①978-4-04-865379-4

脇田 正　わきだ・ただし

室瀬川の雪
『ゆきのまち幻想文学賞小品集　20　もうひとつの階段』　企画集団ぷりずむ　2011.4　①978-4-906691-37-1

雪の子
『ゆきのまち幻想文学賞小品集　21　風花雪の物語二十七編』　企画集団ぷりずむ　2012.3　①978-4-906691-42-5

渡辺 温　わたなべ・おん

父を失う話
『探偵小説の風景─トラフィック・コレクション　上』(光文社文庫)　光文社　2009.5　①978-4-334-74590-5

『アンドロギュノスの裔─渡辺温全集』(創元推理文庫)　東京創元社　2011.8　①978-4-488-40711-7

『幻視の系譜─日本幻想文学大全』(ちくま文庫)　筑摩書房　2013.10　①978-4-480-43112-7

渡辺 浩弐　わたなべ・こうじ

アイドルを探せ
『プラトニックチェーン　上』(星海社文庫)　星海社　2015.5　①978-4-06-138985-4

アイドル盛衰記
『プラトニックチェーン　上』(星海社文庫)　星海社　2015.5　①978-4-06-138985-4

明かりをともして
『プラトニックチェーン　上』(星海社文庫)　星海社　2015.5　①978-4-06-138985-4

秋色
『2000年のゲーム・キッズ　上』(星海社文庫)　星海社　2012.10　①978-4-06-138938-0

悪銭に触れるべからず
『2013年のゲーム・キッズ』(星海社文庫)　星海社　2013.11　①978-4-06-138961-8

遊び続けろ
『2000年のゲーム・キッズ　下』(星海社文庫)　星海社　2012.12　①978-4-06-138941-0

温めますか？　生産的な悪魔
『2013年のゲーム・キッズ』(星海社文庫)　星海社　2013.11　①978-4-06-138961-8

あなたに似ている
『プラトニックチェーン　下』(星海社文庫)　星海社　2015.7　①978-4-06-138991-5

あなたの後ろに
『プラトニックチェーン　下』(星海社文庫)　星海社　2015.7　①978-4-06-138991-5

ある実験
『2000年のゲーム・キッズ　下』(星海社文庫)　星海社　2012.12　①978-4-06-138941-0

渡辺浩弐

暗殺
『2000年のゲーム・キッズ 下』(星海社文庫)
星海社 2012.12 ①978-4-06-138941-0

暗殺実行中
『プラトニックチェーン 上』(星海社文庫)
星海社 2015.5 ①978-4-06-138985-4

いけにえの少女
『プラトニックチェーン 下』(星海社文庫)
星海社 2015.7 ①978-4-06-138991-5

1億人の恋人
『2000年のゲーム・キッズ 上』(星海社文庫)
星海社 2012.10 ①978-4-06-138938-0

一見の客
『2000年のゲーム・キッズ 下』(星海社文庫)
星海社 2012.12 ①978-4-06-138941-0

一生分の涙
『プラトニックチェーン 下』(星海社文庫)
星海社 2015.7 ①978-4-06-138991-5

遺伝
『2000年のゲーム・キッズ 下』(星海社文庫)
星海社 2012.12 ①978-4-06-138941-0

命の電話
『プラトニックチェーン 上』(星海社文庫)
星海社 2015.5 ①978-4-06-138985-4

インターネット殺人事件
『2000年のゲーム・キッズ 下』(星海社文庫)
星海社 2012.12 ①978-4-06-138941-0

美しい沼の話
『2013年のゲーム・キッズ』(星海社文庫)
星海社 2013.11 ①978-4-06-138961-8

産むわ
『2000年のゲーム・キッズ 上』(星海社文庫)
星海社 2012.10 ①978-4-06-138938-0

梅干し
『2000年のゲーム・キッズ 上』(星海社文庫)
星海社 2012.10 ①978-4-06-138938-0

盂蘭盆会
『プラトニックチェーン 上』(星海社文庫)
星海社 2015.5 ①978-4-06-138985-4

蘊蓄の価値
『プラトニックチェーン 下』(星海社文庫)
星海社 2015.7 ①978-4-06-138991-5

運の良い石ころ
『2013年のゲーム・キッズ』(星海社文庫)
星海社 2013.11 ①978-4-06-138961-8

運命ゲノム
『2999年のゲーム・キッズ 下』(星海社文庫)
星海社 2013.5 ①978-4-06-138947-2

英雄たち
『プラトニックチェーン 下』(星海社文庫)
星海社 2015.7 ①978-4-06-138991-5

選ばれし男
『2013年のゲーム・キッズ』(星海社文庫)
星海社 2013.11 ①978-4-06-138961-8

エリートコース
『2013年のゲーム・キッズ』(星海社文庫)
星海社 2013.11 ①978-4-06-138961-8
『プラトニックチェーン 上』(星海社文庫)
星海社 2015.5 ①978-4-06-138985-4

大きな木の下で
『2000年のゲーム・キッズ 上』(星海社文庫)
星海社 2012.10 ①978-4-06-138938-0

大山くん
『2000年のゲーム・キッズ 上』(星海社文庫)
星海社 2012.10 ①978-4-06-138938-0

おしおきの方法
『2000年のゲーム・キッズ 下』(星海社文庫)
星海社 2012.12 ①978-4-06-138941-0

お膳立て
『プラトニックチェーン 下』(星海社文庫)
星海社 2015.7 ①978-4-06-138991-5

お揃いの顔
『2999年のゲーム・キッズ 下』(星海社文庫)
星海社 2013.5 ①978-4-06-138947-2

お揃いの指輪
『2999年のゲーム・キッズ 下』(星海社文庫)
星海社 2013.5 ①978-4-06-138947-2

大人になる方法
『2999年のゲーム・キッズ 下』(星海社文庫)
星海社 2013.5 ①978-4-06-138947-2

同じ屋根の下の他人
『2000年のゲーム・キッズ 上』(星海社文庫)
星海社 2012.10 ①978-4-06-138938-0

思い出スナップ
『2999年のゲーム・キッズ 下』(星海社文庫)
星海社 2013.5 ①978-4-06-138947-2

終わりの会
『2013年のゲーム・キッズ』(星海社文庫) 星海社　2013.11　①978-4-06-138961-8

追われる2人
『プラトニックチェーン　上』(星海社文庫) 星海社　2015.5　①978-4-06-138985-4

改装
『プラトニックチェーン　下』(星海社文庫) 星海社　2015.7　①978-4-06-138991-5

解放政策
『2013年のゲーム・キッズ』(星海社文庫) 星海社　2013.11　①978-4-06-138961-8

カウチポテト
『2000年のゲーム・キッズ　上』(星海社文庫) 星海社　2012.10　①978-4-06-138938-0

顔の価値
『2999年のゲーム・キッズ　下』(星海社文庫) 星海社　2013.5　①978-4-06-138947-2

科学者の一生
『2999年のゲーム・キッズ　下』(星海社文庫) 星海社　2013.5　①978-4-06-138947-2

科学的な調査
『プラトニックチェーン　上』(星海社文庫) 星海社　2015.5　①978-4-06-138985-4

影を慕いて
『2000年のゲーム・キッズ　下』(星海社文庫) 星海社　2012.12　①978-4-06-138941-0

欠けたピース
『プラトニックチェーン　下』(星海社文庫) 星海社　2015.7　①978-4-06-138991-5

家族の肖像
『2013年のゲーム・キッズ』(星海社文庫) 星海社　2013.11　①978-4-06-138961-8

カードゲーム
『プラトニックチェーン　下』(星海社文庫) 星海社　2015.7　①978-4-06-138991-5

可能性
『2999年のゲーム・キッズ　下』(星海社文庫) 星海社　2013.5　①978-4-06-138947-2

彼女の記憶力
『プラトニックチェーン　上』(星海社文庫) 星海社　2015.5　①978-4-06-138985-4

彼女の右手
『2013年のゲーム・キッズ』(星海社文庫) 星海社　2013.11　①978-4-06-138961-8

神を信じる人々
『2000年のゲーム・キッズ　上』(星海社文庫) 星海社　2012.10　①978-4-06-138938-0

カメラの目から
『プラトニックチェーン　下』(星海社文庫) 星海社　2015.7　①978-4-06-138991-5

殻の中の少女たち
『2000年のゲーム・キッズ　下』(星海社文庫) 星海社　2012.12　①978-4-06-138941-0

カリスマバッヂ
『プラトニックチェーン　上』(星海社文庫) 星海社　2015.5　①978-4-06-138985-4

彼氏ラインナップ
『プラトニックチェーン　上』(星海社文庫) 星海社　2015.5　①978-4-06-138985-4

彼の秘密
『2000年のゲーム・キッズ　下』(星海社文庫) 星海社　2012.12　①978-4-06-138941-0

簡単な指令
『2000年のゲーム・キッズ　上』(星海社文庫) 星海社　2012.10　①978-4-06-138938-0

完璧な人間
『2000年のゲーム・キッズ　下』(星海社文庫) 星海社　2012.12　①978-4-06-138941-0

完璧の母
『2999年のゲーム・キッズ　下』(星海社文庫) 星海社　2013.5　①978-4-06-138947-2

消えたゴキブリ
『2000年のゲーム・キッズ　上』(星海社文庫) 星海社　2012.10　①978-4-06-138938-0

着せ替え人形
『プラトニックチェーン　上』(星海社文庫) 星海社　2015.5　①978-4-06-138985-4

記念の写真
『2999年のゲーム・キッズ　下』(星海社文庫) 星海社　2013.5　①978-4-06-138947-2

気の合う二人
『2013年のゲーム・キッズ』(星海社文庫) 星海社　2013.11　①978-4-06-138961-8

奇妙な凶器
『プラトニックチェーン　下』(星海社文庫) 星海社　2015.7　①978-4-06-138991-5

君は君
『2999年のゲーム・キッズ　下』(星海社文庫)
星海社　2013.5　①978-4-06-138947-2

キャッチ&リリース
『2999年のゲーム・キッズ　下』(星海社文庫)
星海社　2013.5　①978-4-06-138947-2

ギャンブル人生
『プラトニックチェーン　上』(星海社文庫)
星海社　2015.5　①978-4-06-138985-4

教育ママ
『2000年のゲーム・キッズ　下』(星海社文庫)
星海社　2012.12　①978-4-06-138941-0

教師洗脳法
『2000年のゲーム・キッズ　上』(星海社文庫)
星海社　2012.10　①978-4-06-138938-0

競争社会
『2000年のゲーム・キッズ　下』(星海社文庫)
星海社　2012.12　①978-4-06-138941-0

凶暴なロボット
『2000年のゲーム・キッズ　上』(星海社文庫)
星海社　2012.10　①978-4-06-138938-0

きれいな仕事
『2000年のゲーム・キッズ　下』(星海社文庫)
星海社　2012.12　①978-4-06-138941-0

きれいな死体
『プラトニックチェーン　上』(星海社文庫)
星海社　2015.5　①978-4-06-138985-4

木は森に
『2000年のゲーム・キッズ　上』(星海社文庫)
星海社　2012.10　①978-4-06-138938-0

草葉の陰から
『プラトニックチェーン　上』(星海社文庫)
星海社　2015.5　①978-4-06-138985-4

口はわざわいの元
『2999年のゲーム・キッズ　下』(星海社文庫)
星海社　2013.5　①978-4-06-138947-2

クランクアップ
『プラトニックチェーン　下』(星海社文庫)
星海社　2015.7　①978-4-06-138991-5

クリスマスの呪い
『プラトニックチェーン　上』(星海社文庫)
星海社　2015.5　①978-4-06-138985-4

黒い友達
『2000年のゲーム・キッズ　上』(星海社文庫)
星海社　2012.10　①978-4-06-138938-0

黒い友達 続
『2000年のゲーム・キッズ　上』(星海社文庫)
星海社　2012.10　①978-4-06-138938-0

訓練のたまもの
『2999年のゲーム・キッズ　下』(星海社文庫)
星海社　2013.5　①978-4-06-138947-2

計画殺人
『2000年のゲーム・キッズ　上』(星海社文庫)
星海社　2012.10　①978-4-06-138938-0

解脱
『2000年のゲーム・キッズ　下』(星海社文庫)
星海社　2012.12　①978-4-06-138941-0

傑作の条件
『プラトニックチェーン　下』(星海社文庫)
星海社　2015.7　①978-4-06-138991-5

傑作発見!
『プラトニックチェーン　下』(星海社文庫)
星海社　2015.7　①978-4-06-138991-5

ゲームより簡単
『2000年のゲーム・キッズ　上』(星海社文庫)
星海社　2012.10　①978-4-06-138938-0

現実VS.擬似現実
『2000年のゲーム・キッズ　下』(星海社文庫)
星海社　2012.12　①978-4-06-138941-0

恋と毒
『2013年のゲーム・キッズ』(星海社文庫)　星海社　2013.11　①978-4-06-138961-8

コイン・ゲーム
『プラトニックチェーン　下』(星海社文庫)
星海社　2015.7　①978-4-06-138991-5

幸か不幸か
『プラトニックチェーン　下』(星海社文庫)
星海社　2015.7　①978-4-06-138991-5

好感度
『プラトニックチェーン　下』(星海社文庫)
星海社　2015.7　①978-4-06-138991-5

強情な脳
『2000年のゲーム・キッズ　上』(星海社文庫)
星海社　2012.10　①978-4-06-138938-0

告白模試
『プラトニックチェーン　上』(星海社文庫)
星海社　2015.5　①978-4-06-138985-4

心と体
『2999年のゲーム・キッズ　下』(星海社文庫)
星海社　2013.5　①978-4-06-138947-2

五十年計画
『2999年のゲーム・キッズ　下』(星海社文庫)
星海社　2013.5　①978-4-06-138947-2

この小説はおそろしいですか？　ショートカット
『2013年のゲーム・キッズ』(星海社文庫)　星海社　2013.11　①978-4-06-138961-8

誤配メール
『2999年のゲーム・キッズ　下』(星海社文庫)
星海社　2013.5　①978-4-06-138947-2

子はかすがい？
『2000年のゲーム・キッズ　下』(星海社文庫)
星海社　2012.12　①978-4-06-138941-0

最後の審判
『プラトニックチェーン　下』(星海社文庫)
星海社　2015.7　①978-4-06-138991-5

最後の転職
『2999年のゲーム・キッズ　下』(星海社文庫)
星海社　2013.5　①978-4-06-138947-2

再出発の日
『2013年のゲーム・キッズ』(星海社文庫)　星海社　2013.11　①978-4-06-138961-8

再チャレンジ
『2999年のゲーム・キッズ　下』(星海社文庫)
星海社　2013.5　①978-4-06-138947-2

罪人カード
『2999年のゲーム・キッズ　下』(星海社文庫)
星海社　2013.5　①978-4-06-138947-2

才能
『2999年のゲーム・キッズ　下』(星海社文庫)
星海社　2013.5　①978-4-06-138947-2

捜し物
『プラトニックチェーン　下』(星海社文庫)
星海社　2015.7　①978-4-06-138991-5

殺戮ゲーム
『2000年のゲーム・キッズ　上』(星海社文庫)
星海社　2012.10　①978-4-06-138938-0

左腕の悪夢
『2999年のゲーム・キッズ　下』(星海社文庫)
星海社　2013.5　①978-4-06-138947-2

私刑執行
『プラトニックチェーン　下』(星海社文庫)
星海社　2015.7　①978-4-06-138991-5

地獄
『2013年のゲーム・キッズ』(星海社文庫)　星海社　2013.11　①978-4-06-138961-8

自殺
『2013年のゲーム・キッズ』(星海社文庫)　星海社　2013.11　①978-4-06-138961-8

自殺練習
『2000年のゲーム・キッズ　下』(星海社文庫)
星海社　2012.12　①978-4-06-138941-0

死者の視線
『2999年のゲーム・キッズ　下』(星海社文庫)
星海社　2013.5　①978-4-06-138947-2

史上最小の密室殺人
『2013年のゲーム・キッズ』(星海社文庫)　星海社　2013.11　①978-4-06-138961-8

シズクダイヤものがたり
『2999年のゲーム・キッズ　下』(星海社文庫)
星海社　2013.5　①978-4-06-138947-2

下町の風情
『2000年のゲーム・キッズ　上』(星海社文庫)
星海社　2012.10　①978-4-06-138938-0

実験小説
『プラトニックチェーン　下』(星海社文庫)
星海社　2015.7　①978-4-06-138991-5

実利的
『2999年のゲーム・キッズ　下』(星海社文庫)
星海社　2013.5　①978-4-06-138947-2

死ななくなる話
『2013年のゲーム・キッズ』(星海社文庫)　星海社　2013.11　①978-4-06-138961-8

慈悲
『プラトニックチェーン　下』(星海社文庫)
星海社　2015.7　①978-4-06-138991-5

自分カウンセラー
『2999年のゲーム・キッズ　下』(星海社文庫)
星海社　2013.5　①978-4-06-138947-2

自分の体
『2999年のゲーム・キッズ　下』(星海社文庫)
星海社　2013.5　①978-4-06-138947-2

集団自撮
『プラトニックチェーン　下』(星海社文庫)
星海社　2015.7　①978-4-06-138991-5

10人調査
『2013年のゲーム・キッズ』(星海社文庫) 星海社　2013.11　①978-4-06-138961-8

十年後の君から
『2999年のゲーム・キッズ　下』(星海社文庫) 星海社　2013.5　①978-4-06-138947-2

宿命
『2000年のゲーム・キッズ　下』(星海社文庫) 星海社　2012.12　①978-4-06-138941-0

主婦の発想
『2000年のゲーム・キッズ　下』(星海社文庫) 星海社　2012.12　①978-4-06-138941-0

狩猟
『2000年のゲーム・キッズ　下』(星海社文庫) 星海社　2012.12　①978-4-06-138941-0

ショウ
『プラトニックチェーン　下』(星海社文庫) 星海社　2015.7　①978-4-06-138991-5

証拠
『プラトニックチェーン　下』(星海社文庫) 星海社　2015.7　①978-4-06-138991-5

少女再生装置
『2013年のゲーム・キッズ』(星海社文庫) 星海社　2013.11　①978-4-06-138961-8

女子高ケータイ殺人事件
『プラトニックチェーン　下』(星海社文庫) 星海社　2015.7　①978-4-06-138991-5

女子高生大量殺害計画
『2000年のゲーム・キッズ　下』(星海社文庫) 星海社　2012.12　①978-4-06-138941-0

人材
『2000年のゲーム・キッズ　上』(星海社文庫) 星海社　2012.10　①978-4-06-138938-0

人生支援課
『2013年のゲーム・キッズ』(星海社文庫) 星海社　2013.11　①978-4-06-138961-8

人生リセット・サービス
『2000年のゲーム・キッズ　上』(星海社文庫) 星海社　2012.10　①978-4-06-138938-0

真説・謎と旅する女
『2013年のゲーム・キッズ』(星海社文庫) 星海社　2013.11　①978-4-06-138961-8

死んでたまるか
『2000年のゲーム・キッズ　下』(星海社文庫) 星海社　2012.12　①978-4-06-138941-0

すぐに！
『2000年のゲーム・キッズ　上』(星海社文庫) 星海社　2012.10　①978-4-06-138938-0

スナイパー
『プラトニックチェーン　下』(星海社文庫) 星海社　2015.7　①978-4-06-138991-5

スーパーアイドル
『2999年のゲーム・キッズ　下』(星海社文庫) 星海社　2013.5　①978-4-06-138947-2

スーパースター
『プラトニックチェーン　下』(星海社文庫) 星海社　2015.7　①978-4-06-138991-5

スピード裁判
『2013年のゲーム・キッズ』(星海社文庫) 星海社　2013.11　①978-4-06-138961-8

スプレイプレイ
『プラトニックチェーン　下』(星海社文庫) 星海社　2015.7　①978-4-06-138991-5

スマートなスタイル
『2013年のゲーム・キッズ』(星海社文庫) 星海社　2013.11　①978-4-06-138961-8

聖者の行進
『2013年のゲーム・キッズ』(星海社文庫) 星海社　2013.11　①978-4-06-138961-8

青春の光と影
『2999年のゲーム・キッズ　下』(星海社文庫) 星海社　2013.5　①978-4-06-138947-2

聖地
『2013年のゲーム・キッズ』(星海社文庫) 星海社　2013.11　①978-4-06-138961-8

世界1の女
『プラトニックチェーン　上』(星海社文庫) 星海社　2015.5　①978-4-06-138985-4

責任を問いません
『2013年のゲーム・キッズ』(星海社文庫) 星海社　2013.11　①978-4-06-138961-8

先見の明
『2013年のゲーム・キッズ』(星海社文庫) 星海社　2013.11　①978-4-06-138961-8

全体主義
『2013年のゲーム・キッズ』(星海社文庫) 星海社　2013.11　①978-4-06-138961-8

選択肢
『プラトニックチェーン　上』（星海社文庫）
　星海社　2015.5　①978-4-06-138985-4

速達
『2999年のゲーム・キッズ　下』（星海社文庫）
　星海社　2013.5　①978-4-06-138947-2

育てゲーム
『2000年のゲーム・キッズ　上』（星海社文庫）
　星海社　2012.10　①978-4-06-138938-0

卒業
『2000年のゲーム・キッズ　下』（星海社文庫）
　星海社　2012.12　①978-4-06-138941-0

そっくりサロン
『2999年のゲーム・キッズ　下』（星海社文庫）
　星海社　2013.5　①978-4-06-138947-2

外面のいい女
『2999年のゲーム・キッズ　下』（星海社文庫）
　星海社　2013.5　①978-4-06-138947-2

体感ゲームの一種
『2000年のゲーム・キッズ　下』（星海社文庫）
　星海社　2012.12　①978-4-06-138941-0

大切な時間
『2000年のゲーム・キッズ　上』（星海社文庫）
　星海社　2012.10　①978-4-06-138938-0

代表者
『2999年のゲーム・キッズ　下』（星海社文庫）
　星海社　2013.5　①978-4-06-138947-2

タイムパラドックス
『プラトニックチェーン　上』（星海社文庫）
　星海社　2015.5　①978-4-06-138985-4

タイムマシン
『プラトニックチェーン　上』（星海社文庫）
　星海社　2015.5　①978-4-06-138985-4

代役指令
『プラトニックチェーン　下』（星海社文庫）
　星海社　2015.7　①978-4-06-138991-5

たくらんで……
『プラトニックチェーン　上』（星海社文庫）
　星海社　2015.5　①978-4-06-138985-4

たまごっち異聞
『2000年のゲーム・キッズ　下』（星海社文庫）
　星海社　2012.12　①978-4-06-138941-0

誰かに似た人
『2000年のゲーム・キッズ　上』（星海社文庫）
　星海社　2012.10　①978-4-06-138938-0

団醜の世代
『2013年のゲーム・キッズ』（星海社文庫）　星海社　2013.11　①978-4-06-138961-8

誕生プレゼント 1
『プラトニックチェーン　上』（星海社文庫）
　星海社　2015.5　①978-4-06-138985-4

誕生プレゼント 2
『プラトニックチェーン　上』（星海社文庫）
　星海社　2015.5　①978-4-06-138985-4

探偵VSスパイ
『プラトニックチェーン　上』（星海社文庫）
　星海社　2015.5　①978-4-06-138985-4

地下牢
『2000年のゲーム・キッズ　上』（星海社文庫）
　星海社　2012.10　①978-4-06-138938-0

地上の風景
『2000年のゲーム・キッズ　下』（星海社文庫）
　星海社　2012.12　①978-4-06-138941-0

血の償い
『2000年のゲーム・キッズ　上』（星海社文庫）
　星海社　2012.10　①978-4-06-138938-0

遅配メール
『2999年のゲーム・キッズ　下』（星海社文庫）
　星海社　2013.5　①978-4-06-138947-2

血も凍る話
『2000年のゲーム・キッズ　上』（星海社文庫）
　星海社　2012.10　①978-4-06-138938-0

チューファイター
『2000年のゲーム・キッズ　下』（星海社文庫）
　星海社　2012.12　①978-4-06-138941-0

鳥瞰
『プラトニックチェーン　上』（星海社文庫）
　星海社　2015.5　①978-4-06-138985-4

治療方法
『2000年のゲーム・キッズ　下』（星海社文庫）
　星海社　2012.12　①978-4-06-138941-0

通信ペット
『2000年のゲーム・キッズ　上』（星海社文庫）
　星海社　2012.10　①978-4-06-138938-0

つきまとう声
『プラトニックチェーン　上』（星海社文庫）
　星海社　2015.5　①978-4-06-138985-4

罪のない世代
『2013年のゲーム・キッズ』(星海社文庫) 星海社　2013.11　①978-4-06-138961-8

罪→罰
『2999年のゲーム・キッズ　下』(星海社文庫) 星海社　2013.5　①978-4-06-138947-2

梅雨色
『2000年のゲーム・キッズ　下』(星海社文庫) 星海社　2012.12　①978-4-06-138941-0

連れてって
『プラトニックチェーン　下』(星海社文庫) 星海社　2015.7　①978-4-06-138991-5

出会わない系
『2013年のゲーム・キッズ』(星海社文庫) 星海社　2013.11　①978-4-06-138961-8

デジタルディバイド
『プラトニックチェーン　上』(星海社文庫) 星海社　2015.5　①978-4-06-138985-4

テレパシー
『プラトニックチェーン　上』(星海社文庫) 星海社　2015.5　①978-4-06-138985-4

伝言の声
『プラトニックチェーン　上』(星海社文庫) 星海社　2015.5　①978-4-06-138985-4

天職
『2000年のゲーム・キッズ　上』(星海社文庫) 星海社　2012.10　①978-4-06-138938-0

殿堂入り
『プラトニックチェーン　下』(星海社文庫) 星海社　2015.7　①978-4-06-138991-5

電脳の城
『2013年のゲーム・キッズ』(星海社文庫) 星海社　2013.11　①978-4-06-138961-8

透明絞殺犯
『プラトニックチェーン　上』(星海社文庫) 星海社　2015.5　①978-4-06-138985-4

遠い国の戦争
『プラトニックチェーン　下』(星海社文庫) 星海社　2015.7　①978-4-06-138991-5

独演会
『プラトニックチェーン　上』(星海社文庫) 星海社　2015.5　①978-4-06-138985-4

特技
『プラトニックチェーン　下』(星海社文庫) 星海社　2015.7　①978-4-06-138991-5

特殊部隊
『2000年のゲーム・キッズ　上』(星海社文庫) 星海社　2012.10　①978-4-06-138938-0

鳥になる夢
『プラトニックチェーン　上』(星海社文庫) 星海社　2015.5　①978-4-06-138985-4

ドリーム・チーム登場！
『2000年のゲーム・キッズ　上』(星海社文庫) 星海社　2012.10　①978-4-06-138938-0

内蔵メカ
『プラトニックチェーン　上』(星海社文庫) 星海社　2015.5　①978-4-06-138985-4

謎の大殺戮
『プラトニックチェーン　下』(星海社文庫) 星海社　2015.7　①978-4-06-138991-5

難病根絶法
『2000年のゲーム・キッズ　上』(星海社文庫) 星海社　2012.10　①978-4-06-138938-0

ニートその輝ける未来
『2013年のゲーム・キッズ』(星海社文庫) 星海社　2013.11　①978-4-06-138961-8

柔和な人々
『2000年のゲーム・キッズ　上』(星海社文庫) 星海社　2012.10　①978-4-06-138938-0

人間イヌ
『2000年のゲーム・キッズ　下』(星海社文庫) 星海社　2012.12　①978-4-06-138941-0

人頭公開
『2999年のゲーム・キッズ　下』(星海社文庫) 星海社　2013.5　①978-4-06-138947-2

猫の呪い
『2000年のゲーム・キッズ　下』(星海社文庫) 星海社　2012.12　①978-4-06-138941-0

ネタバレ注意
『2999年のゲーム・キッズ　下』(星海社文庫) 星海社　2013.5　①978-4-06-138947-2

ネット"カブ"サロン
『2000年のゲーム・キッズ　上』(星海社文庫) 星海社　2012.10　①978-4-06-138938-0

残された指紋
『2000年のゲーム・キッズ　下』(星海社文庫) 星海社　2012.12　①978-4-06-138941-0

呪いの方法
『2000年のゲーム・キッズ　下』(星海社文庫)
星海社　2012.12　①978-4-06-138941-0

のろい男
『2000年のゲーム・キッズ　下』(星海社文庫)
星海社　2012.12　①978-4-06-138941-0

呪いのビデオ？
『プラトニックチェーン　下』(星海社文庫)
星海社　2015.7　①978-4-06-138991-5

箱入り娘
『プラトニックチェーン　上』(星海社文庫)
星海社　2015.5　①978-4-06-138985-4

バースデイ
『プラトニックチェーン　上』(星海社文庫)
星海社　2015.5　①978-4-06-138985-4

バーチャル・アイドル・クラブ
『2000年のゲーム・キッズ　下』(星海社文庫)
星海社　2012.12　①978-4-06-138941-0

バーチャル学園
『2000年のゲーム・キッズ　上』(星海社文庫)
星海社　2012.10　①978-4-06-138938-0

バーチャル託児所
『2999年のゲーム・キッズ　下』(星海社文庫)
星海社　2013.5　①978-4-06-138947-2

バーチャルデート
『2999年のゲーム・キッズ　下』(星海社文庫)
星海社　2013.5　①978-4-06-138947-2

花言葉・母の愛
『プラトニックチェーン　下』(星海社文庫)
星海社　2015.7　①978-4-06-138991-5

パパママとママパパ
『2000年のゲーム・キッズ　上』(星海社文庫)
星海社　2012.10　①978-4-06-138938-0

早い者勝ち
『2000年のゲーム・キッズ　下』(星海社文庫)
星海社　2012.12　①978-4-06-138941-0

パラレルワールドからの観光客
『2000年のゲーム・キッズ　下』(星海社文庫)
星海社　2012.12　①978-4-06-138941-0

バレンタインデー後日談
『2000年のゲーム・キッズ　上』(星海社文庫)
星海社　2012.10　①978-4-06-138938-0

犯行前後
『プラトニックチェーン　下』(星海社文庫)
星海社　2015.7　①978-4-06-138991-5

彼我
『2999年のゲーム・キッズ　下』(星海社文庫)
星海社　2013.5　①978-4-06-138947-2

ひきこもごも
『2999年のゲーム・キッズ　下』(星海社文庫)
星海社　2013.5　①978-4-06-138947-2

ひきこもり症候群
『2999年のゲーム・キッズ　下』(星海社文庫)
星海社　2013.5　①978-4-06-138947-2

ひきこもりの治療
『2999年のゲーム・キッズ　下』(星海社文庫)
星海社　2013.5　①978-4-06-138947-2

ひきよせるマシン
『2013年のゲーム・キッズ』(星海社文庫)　星海社　2013.11　①978-4-06-138961-8

必然的な2人
『プラトニックチェーン　上』(星海社文庫)
星海社　2015.5　①978-4-06-138985-4

一目ぼれの解析
『プラトニックチェーン　上』(星海社文庫)
星海社　2015.5　①978-4-06-138985-4

ヒトラーのように
『2000年のゲーム・キッズ　下』(星海社文庫)
星海社　2012.12　①978-4-06-138941-0

一人占め
『2999年のゲーム・キッズ　下』(星海社文庫)
星海社　2013.5　①978-4-06-138947-2

不可能ハッカー
『2013年のゲーム・キッズ』(星海社文庫)　星海社　2013.11　①978-4-06-138961-8

復讐スイッチ
『プラトニックチェーン　上』(星海社文庫)
星海社　2015.5　①978-4-06-138985-4

不死身の男
『2000年のゲーム・キッズ　下』(星海社文庫)
星海社　2012.12　①978-4-06-138941-0

二人のホームレス
『プラトニックチェーン　下』(星海社文庫)
星海社　2015.7　①978-4-06-138991-5

プレイバック
『2000年のゲーム・キッズ　下』(星海社文庫)
星海社　2012.12　①978-4-06-138941-0

プレイボーイ
『2999年のゲーム・キッズ　下』(星海社文庫)
星海社　2013.5　①978-4-06-138947-2

プレゼント交換
『プラトニックチェーン　上』(星海社文庫)
星海社　2015.5　①978-4-06-138985-4

プレゼント日和
『プラトニックチェーン　上』(星海社文庫)
星海社　2015.5　①978-4-06-138985-4

不老不死ゲーム
『2000年のゲーム・キッズ　上』(星海社文庫)
星海社　2012.10　①978-4-06-138938-0

文学の死
『プラトニックチェーン　下』(星海社文庫)
星海社　2015.7　①978-4-06-138991-5

分冊人生
『2013年のゲーム・キッズ』(星海社文庫)　星海社　2013.11　①978-4-06-138961-8

編集者の鑑
『2013年のゲーム・キッズ』(星海社文庫)　星海社　2013.11　①978-4-06-138961-8

変身
『2000年のゲーム・キッズ　上』(星海社文庫)
星海社　2012.10　①978-4-06-138938-0

変装の名人
『2000年のゲーム・キッズ　上』(星海社文庫)
星海社　2012.10　①978-4-06-138938-0

僕/君
『2000年のゲーム・キッズ　下』(星海社文庫)
星海社　2012.12　①978-4-06-138941-0

保存状態
『2000年のゲーム・キッズ　下』(星海社文庫)
星海社　2012.12　①978-4-06-138941-0

ホーム・ドラマ
『2999年のゲーム・キッズ　下』(星海社文庫)
星海社　2013.5　①978-4-06-138947-2

ホームドラマ Part2
『2999年のゲーム・キッズ　下』(星海社文庫)
星海社　2013.5　①978-4-06-138947-2

また会いましたね
『2000年のゲーム・キッズ　上』(星海社文庫)
星海社　2012.10　①978-4-06-138938-0

魔法の輪
『2013年のゲーム・キッズ』(星海社文庫)　星海社　2013.11　①978-4-06-138961-8

真綿の絞殺
『プラトニックチェーン　下』(星海社文庫)
星海社　2015.7　①978-4-06-138991-5

満期
『2013年のゲーム・キッズ』(星海社文庫)　星海社　2013.11　①978-4-06-138961-8

見えない殺人鬼
『2999年のゲーム・キッズ　下』(星海社文庫)
星海社　2013.5　①978-4-06-138947-2

未完の大作
『2000年のゲーム・キッズ　上』(星海社文庫)
星海社　2012.10　①978-4-06-138938-0

見たい
『プラトニックチェーン　下』(星海社文庫)
星海社　2015.7　①978-4-06-138991-5

密室殺人×2
『プラトニックチェーン　下』(星海社文庫)
星海社　2015.7　①978-4-06-138991-5

見てしまった男
『2000年のゲーム・キッズ　下』(星海社文庫)
星海社　2012.12　①978-4-06-138941-0

無口な運転手
『2000年のゲーム・キッズ　下』(星海社文庫)
星海社　2012.12　①978-4-06-138941-0

向こう岸から
『プラトニックチェーン　下』(星海社文庫)
星海社　2015.7　①978-4-06-138991-5

虫
『プラトニックチェーン　上』(星海社文庫)
星海社　2015.5　①978-4-06-138985-4

虫取り
『プラトニックチェーン　下』(星海社文庫)
星海社　2015.7　①978-4-06-138991-5

息子の嫁
『2013年のゲーム・キッズ』(星海社文庫)　星海社　2013.11　①978-4-06-138961-8

メッセージ
『2013年のゲーム・キッズ』(星海社文庫)　星海社　2013.11　①978-4-06-138961-8

もう一度会いたい
『2000年のゲーム・キッズ　下』(星海社文庫)
星海社　2012.12　①978-4-06-138941-0

モノの履歴書
『プラトニックチェーン　上』（星海社文庫）
星海社　2015.5　①978-4-06-138985-4

モラトリアム
『2000年のゲーム・キッズ　下』（星海社文庫）
星海社　2012.12　①978-4-06-138941-0

問題の学校
『2000年のゲーム・キッズ　下』（星海社文庫）
星海社　2012.12　①978-4-06-138941-0

やけぼっくいに点火
『プラトニックチェーン　上』（星海社文庫）
星海社　2015.5　①978-4-06-138985-4

闇のメッセージ
『プラトニックチェーン　下』（星海社文庫）
星海社　2015.7　①978-4-06-138991-5

柔肌の熱き血潮に…
『2000年のゲーム・キッズ　下』（星海社文庫）
星海社　2012.12　①978-4-06-138941-0

優等生の叱り方
『2999年のゲーム・キッズ　下』（星海社文庫）
星海社　2013.5　①978-4-06-138947-2

優等生の秘密
『プラトニックチェーン　上』（星海社文庫）
星海社　2015.5　①978-4-06-138985-4

幽霊の復讐
『2013年のゲーム・キッズ』（星海社文庫）星海社　2013.11　①978-4-06-138961-8

雪の妖精」
『プラトニックチェーン　下』（星海社文庫）
星海社　2015.7　①978-4-06-138991-5

ユートピア
『2000年のゲーム・キッズ　上』（星海社文庫）
星海社　2012.10　①978-4-06-138938-0

夢ビデオ
『2000年のゲーム・キッズ　下』（星海社文庫）
星海社　2012.12　①978-4-06-138941-0

容疑者
『プラトニックチェーン　下』（星海社文庫）
星海社　2015.7　①978-4-06-138991-5

曜日男
『プラトニックチェーン　下』（星海社文庫）
星海社　2015.7　①978-4-06-138991-5

容量がいっぱいです
『2013年のゲーム・キッズ』（星海社文庫）星海社　2013.11　①978-4-06-138961-8

夜道の危険
『2999年のゲーム・キッズ　下』（星海社文庫）
星海社　2013.5　①978-4-06-138947-2

黄泉の国から
『2013年のゲーム・キッズ』（星海社文庫）星海社　2013.11　①978-4-06-138961-8

夜歩く
『2999年のゲーム・キッズ　下』（星海社文庫）
星海社　2013.5　①978-4-06-138947-2

ラストスパート
『2999年のゲーム・キッズ　下』（星海社文庫）
星海社　2013.5　①978-4-06-138947-2

ラッキーガール
『プラトニックチェーン　下』（星海社文庫）
星海社　2015.7　①978-4-06-138991-5

リストラの秘策
『2999年のゲーム・キッズ　下』（星海社文庫）
星海社　2013.5　①978-4-06-138947-2

料理
『2000年のゲーム・キッズ　上』（星海社文庫）
星海社　2012.10　①978-4-06-138938-0

料理教室
『プラトニックチェーン　上』（星海社文庫）
星海社　2015.5　①978-4-06-138985-4

輪廻転生・因果応報
『2000年のゲーム・キッズ　下』（星海社文庫）
星海社　2012.12　①978-4-06-138941-0

レイスの話
『2999年のゲーム・キッズ　下』（星海社文庫）
星海社　2013.5　①978-4-06-138947-2

冷蔵庫のなかのこと
『2000年のゲーム・キッズ　上』（星海社文庫）
星海社　2012.10　①978-4-06-138938-0

ロボット
『2999年のゲーム・キッズ　下』（星海社文庫）
星海社　2013.5　①978-4-06-138947-2

若い子の方が
『2013年のゲーム・キッズ』（星海社文庫）星海社　2013.11　①978-4-06-138961-8

忘れるな！　彼の原材料
『2999年のゲーム・キッズ　下』（星海社文庫）
星海社　2013.5　①978-4-06-138947-2

私は私
『2999年のゲーム・キッズ　下』(星海社文庫)　星海社　2013.5　①978-4-06-138947-2

×2÷2
『2999年のゲーム・キッズ　下』(星海社文庫)　星海社　2013.5　①978-4-06-138947-2

12人いる！　1桁の誤差
『プラトニックチェーン　上』(星海社文庫)　星海社　2015.5　①978-4-06-138985-4

18歳に戻して！　夢判断
『プラトニックチェーン　上』(星海社文庫)　星海社　2015.5　①978-4-06-138985-4

1985年のゲーム・キッズ
『2013年のゲーム・キッズ』(星海社文庫)　星海社　2013.11　①978-4-06-138961-8

2000年のゲーム・キッズ
『2000年のゲーム・キッズ　上』(星海社文庫)　星海社　2012.10　①978-4-06-138938-0

2012年のゲーム・キッズ
『2000年のゲーム・キッズ　下』(星海社文庫)　星海社　2012.12　①978-4-06-138941-0

99・5階
『2000年のゲーム・キッズ　上』(星海社文庫)　星海社　2012.10　①978-4-06-138938-0

渡邊　利道　わたなべ・としみち

抜け穴
『人工知能の見る夢は―AIショートショート集』(文春文庫)　文藝春秋　2017.5　①978-4-16-790850-8

亙星　恵風　わたぼし・えふ

プラナリアン
『原色の想像力　2　創元SF短編集アンソロジー』(創元SF文庫)　東京創元社　2012.3　①978-4-488-73902-7

ママはユビキタス
『原色の想像力―創元SF短編賞アンソロジー』(創元SF文庫)　東京創元社　2010.12　①978-4-488-73901-0

和田　正路　わだ・まさみち

異説まちまち
『江戸奇談怪談集』(ちくま学芸文庫)　筑摩書房　2012.11　①978-4-480-09488-9

牛鬼
『江戸奇談怪談集』(ちくま学芸文庫)　筑摩書房　2012.11　①978-4-480-09488-9

渡理　五月　わたり・さつき

祝福
『小さな魔法の降る日に―ゆきのまち幻想文学賞小品集　25』企画集団ぶりずむ　2015.10　①978-4-906691-55-5

和智　正喜　わち・まさき

エターナルの少年たち
『GALAXY EXPRESS 999 ULTIMATE JOURNEY―ノベライズ　上巻』グライドメディア　2012.12　①978-4-8130-2190-2

神々の艦隊
『GALAXY EXPRESS 999 ULTIMATE JOURNEY―ノベライズ　下巻』グライドメディア　2013.9　①978-4-8130-2191-9

神々の黄昏
『GALAXY EXPRESS 999 ULTIMATE JOURNEY―ノベライズ　上巻』グライドメディア　2012.12　①978-4-8130-2190-2

決戦大銀河系連合艦隊VSメタノイド艦隊
『GALAXY EXPRESS 999 ULTIMATE JOURNEY―ノベライズ　下巻』グライドメディア　2013.9　①978-4-8130-2191-9

さよなら太陽系。そして女神たちの邂逅
『GALAXY EXPRESS 999 ULTIMATE JOURNEY―ノベライズ　上巻』グライドメディア　2012.12　①978-4-8130-2190-2

漆黒のファンタズマ
『GALAXY EXPRESS 999 ULTIMATE JOURNEY―ノベライズ　上巻』グライドメディア　2012.12　①978-4-8130-2190-2

日本のSF・ホラー・ファンタジー

そして終着駅
『GALAXY EXPRESS 999 ULTIMATE JOURNEY─ノベライズ 下巻』グライドメディア 2013.9 ①978-4-8130-2191-9

トレーダー分岐点ふたたび
『GALAXY EXPRESS 999 ULTIMATE JOURNEY─ノベライズ 上巻』グライドメディア 2012.12 ①978-4-8130-2190-2

ニュータイタンの冒険
『GALAXY EXPRESS 999 ULTIMATE JOURNEY─ノベライズ 上巻』グライドメディア 2012.12 ①978-4-8130-2190-2

フォトンが紡ぐ奇跡
『GALAXY EXPRESS 999 ULTIMATE JOURNEY─ノベライズ 下巻』グライドメディア 2013.9 ①978-4-8130-2191-9

メーテルと時の坩堝
『GALAXY EXPRESS 999 ULTIMATE JOURNEY─ノベライズ 下巻』グライドメディア 2013.9 ①978-4-8130-2191-9

惑星エスメラルダの攻防
『GALAXY EXPRESS 999 ULTIMATE JOURNEY─ノベライズ 上巻』グライドメディア 2012.12 ①978-4-8130-2190-2

惑星エターナルへの誘い
『GALAXY EXPRESS 999 ULTIMATE JOURNEY─ノベライズ 下巻』グライドメディア 2013.9 ①978-4-8130-2191-9

Beyond Infinity/無限を超えて
『GALAXY EXPRESS 999 ULTIMATE JOURNEY─ノベライズ 下巻』グライドメディア 2013.9 ①978-4-8130-2191-9

我鳥 彩子　わどり・さいこ

月の瞳のエゼル─金の木の実と神離れの歌
『月の瞳のエゼル─金の木の実と神離れの歌』（コバルト文庫）集英社 2011.1 ①978-4-08-601487-8

夜空には満点の月
『月の瞳のエゼル─金の木の実と神離れの歌』（コバルト文庫）集英社 2011.1 ①978-4-08-601487-8

輪渡 颯介　わわたり・そうすけ

遊ぶ子供
『掘割で笑う女─浪人左門あやかし指南』（講談社文庫）講談社 2010.1 ①978-4-06-276529-9

語る臆病者
『掘割で笑う女─浪人左門あやかし指南』（講談社文庫）講談社 2010.1 ①978-4-06-276529-9

語る死人
『掘割で笑う女─浪人左門あやかし指南』（講談社文庫）講談社 2010.1 ①978-4-06-276529-9

蹴り上げる足
『掘割で笑う女─浪人左門あやかし指南』（講談社文庫）講談社 2010.1 ①978-4-06-276529-9

殺す女
『掘割で笑う女─浪人左門あやかし指南』（講談社文庫）講談社 2010.1 ①978-4-06-276529-9

殺す死人 1
『掘割で笑う女─浪人左門あやかし指南』（講談社文庫）講談社 2010.1 ①978-4-06-276529-9

殺す死人 2
『掘割で笑う女─浪人左門あやかし指南』（講談社文庫）講談社 2010.1 ①978-4-06-276529-9

小怪三題
『掘割で笑う女─浪人左門あやかし指南』（講談社文庫）講談社 2010.1 ①978-4-06-276529-9

小怪四題
『掘割で笑う女─浪人左門あやかし指南』（講談社文庫）講談社 2010.1 ①978-4-06-276529-9

覗く女
『掘割で笑う女─浪人左門あやかし指南』（講談社文庫）講談社 2010.1 ①978-4-06-276529-9

這い回る女
『掘割で笑う女─浪人左門あやかし指南』（講談社文庫）講談社 2010.1 ①978-4-06-276529-9

笑う女

『掘割で笑う女―浪人左門あやかし指南』（講談社文庫）講談社　2010.1　Ⓘ978-4-06-276529-9

（作者不詳）

荒寺の化物
『江戸奇談怪談集』（ちくま学芸文庫）筑摩書房　2012.11　Ⓘ978-4-480-09488-9

稲生物怪録
『江戸奇談怪談集』（ちくま学芸文庫）筑摩書房　2012.11　Ⓘ978-4-480-09488-9

近江国安義橋なる鬼、人を噉ふ語
『鬼譚』（ちくま文庫）筑摩書房　2014.9　Ⓘ978-4-480-43205-6

乙姫の執心
『江戸奇談怪談集』（ちくま学芸文庫）筑摩書房　2012.11　Ⓘ978-4-480-09488-9

鬼、油瓶の形と現じて人を殺す語
『鬼譚』（ちくま文庫）筑摩書房　2014.9　Ⓘ978-4-480-43205-6

懐中へ入った石
『江戸奇談怪談集』（ちくま学芸文庫）筑摩書房　2012.11　Ⓘ978-4-480-09488-9

奇異雑談集
『江戸奇談怪談集』（ちくま学芸文庫）筑摩書房　2012.11　Ⓘ978-4-480-09488-9

さかさまの幽霊
『江戸奇談怪談集』（ちくま学芸文庫）筑摩書房　2012.11　Ⓘ978-4-480-09488-9

執拗なる化物
『江戸奇談怪談集』（ちくま学芸文庫）筑摩書房　2012.11　Ⓘ978-4-480-09488-9

首の番という化物
『江戸奇談怪談集』（ちくま学芸文庫）筑摩書房　2012.11　Ⓘ978-4-480-09488-9

諸国百物語
『江戸奇談怪談集』（ちくま学芸文庫）筑摩書房　2012.11　Ⓘ978-4-480-09488-9

仙女伝
『江戸奇談怪談集』（ちくま学芸文庫）筑摩書房　2012.11　Ⓘ978-4-480-09488-9

僧の死にて後、舌残りて山に在りて法花を誦する語
『鬼譚』（ちくま文庫）筑摩書房　2014.9　Ⓘ978-4-480-43205-6

曾呂利物語
『江戸奇談怪談集』（ちくま学芸文庫）筑摩書房　2012.11　Ⓘ978-4-480-09488-9

天狗六兵衛
『江戸奇談怪談集』（ちくま学芸文庫）筑摩書房　2012.11　Ⓘ978-4-480-09488-9

男女体を変ぜし話
『江戸奇談怪談集』（ちくま学芸文庫）筑摩書房　2012.11　Ⓘ978-4-480-09488-9

日蔵上人吉野山にて鬼にあふ事
『鬼譚』（ちくま文庫）筑摩書房　2014.9　Ⓘ978-4-480-43205-6

猫のお林
『文豪てのひら怪談』（ポプラ文庫）ポプラ社　2009.8　Ⓘ978-4-591-11104-8

梅翁随筆
『江戸奇談怪談集』（ちくま学芸文庫）筑摩書房　2012.11　Ⓘ978-4-480-09488-9

化物を化かす
『江戸奇談怪談集』（ちくま学芸文庫）筑摩書房　2012.11　Ⓘ978-4-480-09488-9

人を馬になして売る
『江戸奇談怪談集』（ちくま学芸文庫）筑摩書房　2012.11　Ⓘ978-4-480-09488-9

半陰陽七話
『江戸奇談怪談集』（ちくま学芸文庫）筑摩書房　2012.11　Ⓘ978-4-480-09488-9

耳切れうん市
『江戸奇談怪談集』（ちくま学芸文庫）筑摩書房　2012.11　Ⓘ978-4-480-09488-9

夢争い
『江戸奇談怪談集』（ちくま学芸文庫）筑摩書房　2012.11　Ⓘ978-4-480-09488-9

作品名索引

【あ】

ア、秋（太宰治） …… 204
ああ祖国よ（星新一） …… 301
ああ大宇宙（今日泊亜蘭） …… 111
愛（岡本かの子） …… 59
愛（横田順彌） …… 386
相合い傘（目代雄一） …… 361
アイ・アム・ア・ドリーマー（中原昌也） …… 247
アイアン・ファミリー（島田雅彦） …… 170
哀蚊（太宰治） …… 204
愛魚詩篇（室生犀星） …… 360
愛児のために（飯野文彦） …… 26
哀愁の巨大少女（岡崎弘明） …… 58
愛執の蜩虫（沙門了意） …… 161
愛執の蛇身（鈴木正三） …… 184
愛書家倶楽部（北原尚彦） …… 96
アイスクリーム・ブレイク（竹下文子） …… 201
愛たいとれいん（雪舟えま） …… 375
アイチテクダチイ（平山夢明） …… 280
あいつが来る（星新一） …… 301
アイドルを探せ（渡辺浩弐） …… 391
アイドル盛衰記（渡辺浩弐） …… 391
愛の空間（小松左京） …… 139
アイノサイノウ（竹岡葉月） …… 201
愛の酒場（阿刀田高） …… 14
愛の徴（近本洋一） …… 219
愛の新世界（樺山三英） …… 83
愛の生活（林譲治） …… 271
愛の通信（星新一） …… 301
藍の夏（皆川博子） …… 338
愛の指輪（星新一） …… 301
あいびき（堀辰雄） …… 314
相棒（木皿泉） …… 95
愛欲の鬼（丸木文華） …… 329
愛らしい目の上の瘤（岩井志麻子） …… 39
愛は、こぼれるqの音色（図子慧） …… 182
アイは死を越えない（鈴木いづみ） …… 183
あうだうだう（舞城王太郎） …… 317
あえて疲れる（小田イ輔） …… 68
空族館（今日泊亜蘭） …… 111
青行燈（京極夏彦） …… 105
青い宇宙の冒険（小松左京） …… 139
青い贈り物（中井英夫） …… 240
蒼い岸辺にて（朱川湊人） …… 170
青いグラス（阿刀田高） …… 14
青い空（竹下文子） …… 201
青い手（巣山ひろみ） …… 188
青い奈落（西澤保彦） …… 259
青い箱と紅い骸骨（稲垣足穂） …… 34
蒼い旅籠で（夢枕獏） …… 381
碧い花屋敷（井上雅彦） …… 36
青い星まで飛んでいけ（小川一水） …… 64
葵祭（仲町六絵） …… 247
葵祭の夜（瀬川貴次） …… 188
青い夜の底（小池真理子） …… 123
青色（小田イ輔） …… 68
青木くん（眉村卓） …… 322
青き魚を釣る人（室生犀星） …… 360
仰ぎ中納言（夢枕獏） …… 381
青鷺火（京極夏彦） …… 105
青白い熱情（佐藤春夫） …… 159
青白き屍（大泉黒石） …… 55
青白き裸女群像（橘外男） …… 209
青水仙、赤水仙（夢野久作） …… 376
青頭巾（岩井志麻子） …… 39
青ずきんちゃん（古谷清刀） …… 299
青頭巾の森（井上雅彦） …… 36
あおぞら怪談（朱川湊人） …… 171
青空給食（木下容子） …… 100
青竹に庵る（千早茜） …… 219
青女房（京極夏彦） …… 105
青ネクタイ（夢野久作） …… 376
青の貴婦人（橘みれい） …… 210
青の血脈〜肖像画奇譚（立原透耶） …… 211
青の衣（森谷明子） …… 366
青野浩の優雅でもなければ退屈でもないありふれた午後（椎名誠） …… 162
青髭（鈴木麻純） …… 185
青髯城殺人事件映画化関係綴（芦辺拓） …… 12
青髭の城で（吉川良太郎） …… 387
青柳物語（小泉八雲） …… 125
青山の男女お琴（大田南畝） …… 56
青山の男女お琴が後聞（大田南畝） …… 56
青らむ空のうつろのなかに（篠田節子） …… 166
赤痣（福澤徹三） …… 287
赤い糸の電話（立原えりか） …… 210
赤い犬花（桜庭一樹） …… 151
赤いオルゴール（高橋順子） …… 197
紅い傘の男（平谷美樹） …… 285

407

あかい

- 赤い貨物列車（山野浩一）………… 372
- 赤い絆（浅田次郎）………………… 8
- 赤い靴（安曇潤平）………………… 13
- あかい雲（小川未明）……………… 65
- 赤い車（小松左京）………………… 139
- 赤い酒場を訪れたまえ（半村良）… 274
- 赤い絨毯（立原透耶）……………… 212
- 紅い世界（荒巻義雄）……………… 23
- 赤い月、廃駅の上に（有栖川有栖）… 25
- 紅い鳥（平谷美樹）………………… 285
- 赤いドレスの女（木原浩勝）……… 100
- 赤い歯形（朝松健）………………… 10
- 赤い服の女（北川歩実）…………… 95
- 赫い部屋（井上雅彦）……………… 36
- 赤い松原（夢野久作）……………… 376
- 赤い丸の秘密（阿刀田高）………… 14
- 赤い水（福澤徹三）………………… 287
- 赤い森（森田季節）………………… 364
- 赤い林檎と金の川（村山早紀）…… 360
- 赤い蠟燭と人魚（小川未明）……… 65
- 赤色のモスコミュール（佐藤友哉）… 160
- 赤インキ物語（泉鏡花）…………… 30
- 紅衣観音（桑原水菜）……………… 122
- 銅酒を飲む女（夢枕獏）…………… 381
- 赤蜘蛛（椎名誠）…………………… 162
- 赤膏薬（岡本綺堂）………………… 59
- 赤子が一本（国広正人）…………… 115
- 赤子三味線（森山東）……………… 367
- 赤坂与力の妻亡霊の事（根岸鎮衛）… 261
- あかしの蠟燭（平谷美樹）………… 285
- 赤ずきん（池田香代子）…………… 27
- 開かずの簞笥（福澤徹三）………… 287
- 開かずの箱（花田清輝）…………… 269
- 赤ちゃんポスト（福谷修）………… 294
- 赤ちゃんはまだ？（田中啓文）…… 214
- 暁の前（眉村卓）…………………… 322
- 赤手の拾い子（畠中恵）…………… 266
- 赤とグリーンの夜（井上雅彦）…… 36
- 赤茄子よりの歩み（米満英男）…… 389
- 茜さす（恩田陸）…………………… 73
- 茜村より（倉阪鬼一郎）…………… 116
- 赤の意義（夢野久作）……………… 376
- 赤腹のむし（椎名誠）……………… 162
- 赤べべ（東直子）…………………… 276
- 赤間関の幽鬼（筆天斎）…………… 278
- 赫眼（三津田信三）………………… 335
- あがり（松崎有理）………………… 320
- 明かりをともして（渡辺浩弍）…… 391
- 赤んぼ大将山へいく（佐藤さとる）… 153
- 秋（阿部和重）……………………… 16
- 秋色（渡辺浩弍）…………………… 391
- 秋子とアキヒコ（田中啓文）……… 214
- 秋田さん（眉村卓）………………… 322
- 空地（夢野久作）…………………… 376
- 空き地のおんな（京極夏彦）……… 105
- 秋に来た男（朱川湊人）…………… 171
- 秋野信拓の屈託（新井素子）……… 22
- 安芸之介の夢（小泉八雲）………… 125
- 秋の夜がたり（岡本かの子）……… 59
- 秋の夜長とウイジャ盤（櫛木理宇）… 114
- 秋の牢獄（恒川光太郎）…………… 228
- アキバ忍法帖（倉田英之）………… 118
- 空家さがし（平山蘆江）…………… 284
- 空き屋敷（宇江佐真理）…………… 43
- 空き家調査（福澤徹三）…………… 287
- 空家の怪（杉村顕道）……………… 177
- 秋夜長SF百物語（今日泊亜蘭）… 111
- 悪意がいっぱい（鈴木いづみ）…… 183
- 悪業地蔵（平山蘆江）……………… 284
- 悪臭の正体（松村比呂美）………… 321
- 悪銭に触れるべからず（渡辺浩弍）… 391
- アグニの神（芥川龍之介）………… 5
- 悪人たちの手ぬかり（星新一）…… 301
- 悪の組織（星新一）………………… 301
- 悪の手。（車谷長吉）……………… 121
- 悪魔（高橋克彦）…………………… 194
- 悪魔以上（夢野久作）……………… 376
- 悪魔祈禱書（夢野久作）…………… 376
- 悪魔大祭（栗本薫）………………… 119
- 悪魔になれない（鈴木いづみ）…… 183
- 悪魔の開幕（手塚治虫）…………… 232
- 悪魔の不在証明（小林泰三）……… 136
- 悪魔のリング（高見翔）…………… 200
- 悪魔秡い師と神父（天堂里砂）…… 234
- 悪魔ミロワールと魔道書アルマモンド（香月日輪）……… 128
- 悪魔は夜によみがえる（赤川次郎）… 2
- 悪夢（今邑彩）……………………… 38
- 悪夢のシンデレラ（中見利男）…… 247
- 悪夢街の男（井上雅彦）…………… 36
- 悪夢はまだ終わらない（山本弘）… 373
- 悪霊（中原文夫）…………………… 246
- 悪霊（福澤徹三）…………………… 287
- 悪霊憑き（綾辻行人）……………… 20

明烏（小松左京）	139	明日香（鳥居みゆき）	237
あげくの果て（曽根圭介）	191	飛鳥山心中（倉阪鬼一郎）	116
開けずのドア（木原浩勝）	100	預かりもの（雨宮淳司）	19
空けてはいけない（神薫）	174	小豆ばかり（平秩東作）	300
あけみちゃん（新井素子）	22	小豆磨ぎ橋（小泉八雲）	125
開けるな（綾辻行人）	20	アスターとジェラルダス（高里椎奈）	192
アコウの根（川端裕人）	88	アステロイド・ツリーの彼方へ（上田早夕里）	44
あこがれの朝（星新一）	301	明日に架ける橋（蘇部健一）	191
アザ（布田竜一）	297	Earth Born（アース・ボーン）（森博嗣）	365
痣（杉村顕道）	177	四阿山の話（杉村顕道）	177
朝が止まる（淺川継太）	7	汗（岡本かの子）	59
浅吉（眉村卓）	322	あせろらボナペティ（西尾維新）	255
浅草花やしきの河童（木下半太）	98	遊び続けろ（渡辺浩弐）	391
浅茅が宿（岩井志麻子）	39	遊んでますけど何か？（香月日輪）	128
朝に就ての童話的構図（鬼塚りつ子）	70	遊ぶ子供（輪渡颯介）	403
朝の住人（小田イ輔）	68	あたしたちは互いの影を踏む（恩田陸）	73
朝の夢、夜の歌（田中芳樹）	214	あたしの中の…（新井素子）	22
朝日のようにさわやかに（鈴木いづみ）	183	あたしは獲物（森奈津子）	364
麻布の幽霊（鈴木桃野）	185	温めますか？　生産的な悪魔（渡辺浩弐）	391
あざみ色の痣（米満英男）	389	安達が原（手塚治虫）	232
浅紫色のエンドロール（cosMo@暴走P）	133	安達ヶ原（鈴木麻純）	185
アサムラール　バリに死す（友成純一）	236	安達原（夢枕獏）	381
あさやけエクソダス（梶尾真治）	78	頭だけの男（勝山海百合）	81
足（池池真理子）	123	頭のいい子（星新一）	301
足跡（菊池和子）	94	頭のうちどころが悪かった熊の話（安東みきえ）	26
アシェンデンの流儀（井上雅彦）	36	頭の戦争（都筑道夫）	223
足音（柴崎友香）	167	頭の中の昏い唄（生島治郎）	27
足首を摑む手（安曇潤平）	13	アダムと蛇（古谷清刀）	299
アジコ淵（宇江敏勝）	45	新しい塔からの眺め（野尻抱介）	261
あじさい（佐藤春夫）	159	あちん（雀野日名子）	186
紫陽花幻想（神護かずみ）	175	熱いイシ（畑野智美）	269
紫陽花の（ねこや堂）	261	暑い国で彼女が語りたかった悪い夢（岩井志麻子）	39
紫陽花の中の邂逅（田辺青蛙）	216	熱い視線（北川歩実）	95
明日はマのつく風が吹く！（喬林知）	199	あっちも一奇病の事（京極夏彦）	105
葦の間（木原浩勝）	100	あっちゃんのよんだ雨（佐藤さとる）	153
味の極致（星新一）	301	会ってはいけない（小林玄）	135
あしびきデイドリーム（梶尾真治）	78	集まった四人（三津田信三）	335
蘆屋家の崩壊（津原泰水）	230	あとあとさん（三津田信三）	335
あーしゃ、すき（司月透）	165	阿刀冬児のロジック（あざの耕平）	9
アーシャのアトリエ（司月透）	165	後追い（拓未司）	201
アシュラ（眉村卓）	322		
阿修羅のゆめ風光る（八谷紬）	269		
アシュレイ（高里椎奈）	192		

後を頼む(木原浩勝)	100
あと一〇日(眉村卓)	322
後の想いに(五十月彩)	32
痕の祀り(西島伝法)	239
あとひと月(高橋ヨシキ)	198
アトラクタの奏でる音楽(扇智史)	54
穴(秋元康)	4
穴(飛鳥部勝則)	12
穴(岡本綺堂)	59
穴(二宮敦人)	260
アナタからの手紙(布田竜一)	297
あなたがわからない(神林長平)	90
あなたに捧げる、この腕を(小川一水)	64
あなたに似ている(渡辺浩弐)	391
あなたの後ろに(渡辺浩弐)	391
貴方の人生は貴方のものではない(汀こるもの)	330
貴方の人生は私のものではないのか(汀こるもの)	330
あなたの場合・君の場合(大石圭)	55
あなたの本(誉田哲也)	315
アナタライフ(二宮敦人)	260
穴らしきものに入る(国広正人)	115
アナル・トーク(飯野文彦)	26
あなろぐ・らう゛(小松左京)	139
兄貴の骨(夢野久作)	376
アニマとエーファ(宮内悠介)	340
あの子の気配(神狛しず)	84
あの子のシチュー(篠宮あすか)	167
あの子はだあれ(高橋克彦)	195
あの中であそぼ(木原浩勝)	100
あの懐かしい蟬の声は(新井素子)	22
あの日(小林泰三)	136
あの日溜まりの中にいる(多崎礼)	206
あの日の写真(田村理江)	219
あの紫は(皆川博子)	338
あの夢の果てまで(香月日輪)	128
あの世の終り(手塚治虫)	232
アパート(宍戸レイ)	164
アバドン王襲来!!『退魔生徒会』(朱鷺田祐介)	235
あばれロボットのなぞ(星新一)	301
アビスゲート3 楔を穿つ淵の使者(神坂一)	89
アフターサービス(星新一)	301
アフター・バースト(井上雅彦)	36
香脂貂(椎名誠)	162
油壺の話(坂東眞砂子)	272
アフリカンダイエット(平山夢明)	280
アポロンの首(倉橋由美子)	118
あまいお話(鈴木いづみ)	183
甘い風(津原泰水)	230
甘い告白(菊地秀行)	94
尼—「陰火」より(太宰治)	204
甘木くん(福澤徹三)	287
あましょう(畠中恵)	266
天津処女(上田秋成)	43
天つ姫(千早茜)	219
甘党(加門七海)	86
尼になる尼(大泉黒石)	55
あまのいわと?(榊一郎)	149
天の川綺譚(小泉八雲)	125
天邪鬼の話(行田尚希)	375
あまびえ(谷一生)	216
雨やどり(水沢いおり)	332
雨宿(長野まゆみ)	246
雨宿り(小林玄)	135
雨夜の客(杉村顕道)	177
雨夜の月(小松エメル)	139
アマリリス—いばら姫(千早茜)	220
あみかけのマフラー(木下容子)	100
アミダの住む町(中原文夫)	246
雨(田中哲弥)	213
雨(福澤徹三)	287
雨を集めた日(小田イ輔)	68
雨を降らせば(矢部嵩)	369
雨女(明野照葉)	7
雨女(京極夏彦)	105
雨女(福澤徹三)	287
雨が待ってる(竹下文子)	201
雨がやんだら(椎名誠)	162
飴玉を産む蜘蛛(地図十行路)	219
雨と、風と、夕映えの彼方へ(小松左京)	140
雨に狂えば(織江邑)	71
雨の鈴(小野不由美)	71
雨の哲学者(花輪莞爾)	270
雨の転校生(ナイトキッド)	240
雨の日に触ってはいけない(三輪チサ)	359
雨の降る星 遠い夢(新井素子)	22
雨ばけ(泉鏡花)	30
雨降り小僧(佐藤さとる)	153
雨ふりマージ(新城カズマ)	175

雨宮の猊踊の話（杉村顕道）	177
アメリカの壁（小松左京）	140
米国の鉄道怪談（押川春浪）	68
妖新聞（畠中恵）	266
妖になりたい（畠中恵）	266
あやかしの鼓（夢野久作）	376
妖物二題（平山夢明）	280
怪しい無形文化財（阿刀田高）	14
怪しき少女（文宝堂）	300
怪しき森林の譚（芳賀喜久雄）	264
あやして（小林玄）	135
怪世談（荒木田麗女）	23
怪しの若衆（神谷養勇軒）	86
あやっぺのために（東直子）	276
あやつり心中（小松左京）	140
アユの嫁（舞城王太郎）	317
あゆひ（西崎憲）	256
歩み去る（小松左京）	140
洗熊（朱野帰子）	6
予め決定されている明日（小林泰三）	136
嵐前夜（高里椎奈）	192
あらたま草紙（皆川博子）	338
曠野（飛浩隆）	236
蟻（小泉八雲）	125
蟻（宍戸レイ）	164
在りし日の風景（安部飛翔）	17
アリス（皆川博子）	338
アリスへの決別（山本弘）	373
アリスの心臓（海猫沢めろん）	49
アリスマ王の愛した魔物（小川一水）	64
ありときのこ（宮沢賢治）	342
アリとチョウチョウとカタツムリ（小松左京）	140
蟻の道（日影丈吉）	274
有元氏の話（眉村卓）	322
或る愛情の死（平山夢明）	280
ある朝（堀辰雄）	314
ある兄の決断（石川宏千花）	29
或る田舎町の魅力（吉田健一）	387
あるいは呼吸する墓標（伏見完）	297
あるいは土星に慰めを（新城カズマ）	175
或る英雄の死（平山夢明）	280
あるおとぎ話（村山早紀）	360
ある女芸人の元マネージャーの話 その1（岩井志麻子）	39
ある女芸人の元マネージャーの話 その2（岩井志麻子）	39
ある女芸人の元マネージャーの話 その3（岩井志麻子）	40
ある絵画論（日影丈吉）	274
或るからっぽの死（平山夢明）	280
ある奇跡（弐藤水流）	260
或る狂女のこと（三津田信三）	335
ある恐怖（江戸川乱歩）	51
或る嫌われ者の死（平山夢明）	280
歩く木（日影丈吉）	274
歩く人（鈴木いづみ）	183
あるグレートマザーの告白（平山夢明）	280
ある下足番の話（杉村顕道）	177
ある欠陥物件に関する関係者への聞き取り調査（林譲治）	271
ある研究所による調査報告—神通力覚書より（椎津くみ）	161
R公の綴織画（須永朝彦）	186
或るごくつぶしの死（平山夢明）	280
アルゴ砦の怪事件（加納新太）	83
アルコール・パニック（長月達平）	245
ある指物師のある日の一齣（芳賀喜久雄）	264
アルザスの天使猫（大原まり子）	58
主を睨むこともある（一条明）	33
ある自称やり手の編集者の話（岩井志麻子）	40
ある実験（渡辺浩弐）	391
ある姉妹の件（松村進吉）	321
ある少女の死（鳥居みゆき）	237
ある商売（星新一）	301
ある隧道の件（松村進吉）	321
あるスパイの物語（星新一）	301
ある生長（日影丈吉）	274
ある戦い（星新一）	301
ある天使たちの思い出に（寺本耕也）	233
あるニートの話（布田竜一）	297
ある人気作家の憂鬱（島津緒繰）	170
ある農学生の日誌（宮沢賢治）	342
或るはぐれ者の死（平山夢明）	280
アルバム（平山夢明）	280
ある晴れた日のウィーンは森の中にたたずむ（荒巻義雄）	23
ある日、彼女の憂鬱（篠宮あすか）	167
或る彼岸の接近（平山夢明）	280

【あ】

作品名	ページ
RP工作所（眉村卓）	323
ある日の結婚（淺川継太）	7
ある日、爆弾がおちてきて（古橋秀之）	299
ある病院の件（松村進吉）	321
αだより（新井素子）	22
アルファファ作戦（筒井康隆）	224
アルフレッドの無慈悲な善意（菊花）	98
ある星で（星新一）	301
或るマッチ売りの少女（鳥居みゆき）	237
ある湖の家（小林玄）	135
ある未来の生活（星新一）	301
ある未来の生活 すばらしき三十年後（星新一）	301
ある夜の星たちの話（小川未明）	65
或夜の夢（夢野久作）	376
ある老人の図書館（倉橋由美子）	118
或るろくでなしの死（平山夢明）	280
荒寺の化物（作者不詳）	404
あれとって（木原浩勝）	100
アレナ通り十番地の精霊（栗本薫）	119
合わせ鏡（福澤徹三）	287
合わせ鏡の地獄（三津田信三）	335
泡立つさくら（米満英男）	389
淡雪（牧野信一）	319
哀れな兄弟（夢野久作）	376
あーん。あーん（星新一）	301
暗雲の螢（米満英男）	389
暗黒（小林雄次）	137
暗黒星団（堀晃）	313
暗殺（渡辺浩弐）	392
暗殺実行中（渡辺浩弐）	392
暗示（星新一）	301
アンジー・クレーマーにさよならを（新城カズマ）	175
安心（小林泰三）	136
闇神隊衛士達の日々折々（ヘロー天気）	300
あんず林のどろぼう（立原えりか）	210
安全地帯（神狛しず）	84
安全な味（星新一）	301
あんたの一生って…（眉村卓）	323
アンちゃんの大冒険（布田竜一）	297
アンティックカメラ（田島照久）	207
安藤くんのプレゼント（小島水青）	133
アンドロイドはゴム入りパンを食べるか？（荒巻義雄）	23
アンドロメダ占星術（堀晃）	313
アンドロメダの少年（横田順彌）	386
行灯逝け（黒史郎）	122
案内書の秘密（夢野久作）	376
アンのこめかみ（小島水青）	133
アンブロークンアロー（神林長平）	90
安養寺阿弥陀如来の話（杉村顕道）	177

【い】

作品名	ページ
いい匂い（平谷美樹）	285
いいわけ幸兵衛（星新一）	301
委員長、絶句する（天野頌子）	18
家（安部公房）	17
凍えたる魚（室生犀星）	360
家出少年と迷子少女（cosMo@暴走P）	133
家の中（西澤保彦）	259
異界への就職（倉阪鬼一郎）	116
異界への通路（宇佐美まこと）	46
意外な成り行き（眉村卓）	323
意外な夢遊探偵（夢野久作）	376
異界より落ち来る者あり（香月日輪）	128
医学博士（小林恭二）	134
いがせでけろ（小田イ輔）	69
筏往生（夢枕獏）	381
イカ釣り（平谷美樹）	285
怒りの日（朝松健）	10
生き急ぐロクでなし（羊太郎）	278
生きがい（小池真理子）	123
生き口を問う女（折口信夫）	71
行き先は特異点（藤井太洋）	295
生き地獄（井上剛）	36
生霊の如き重るもの（三津田信三）	335
生魂の寺詣（神谷養勇軒）	86
行き違い（高橋ヨシキ）	198
生きてゐる風（朝松健）	10
生きている腸（海野十三）	50
生き残り（戸梶圭太）	235
遺棄船（北原尚彦）	97
生き物使い（岡本綺堂）	59
生き物の寿命（久貝徳三）	113
異形の顔（抄）（平賀白山）	279
異形の夏（中原文夫）	246
異形のひと（小野不由美）	71

異郷の部屋（岩井志麻子）	40	泉よ、泉（荒井恵美子）	22
イギリス海岸（宮沢賢治）	342	出づるもの（菊地秀行）	94
生霊（小泉八雲）	125	異世界でカフェを開店しました。（甘沢林檎）	17
生霊（立原透耶）	212	異世界で『黒の癒し手』って呼ばれています 2（ふじま美耶）	296
生霊（坂東眞砂子）	272		
生霊（久生十蘭）	277	異世界で婚活はじめました（雨宮茉莉）	18
イグザム・ロッジの夜（倉阪鬼一郎）	116	異世界で新婚はじめました（雨宮茉莉）	18
生田川家（眉村卓）	323		
イグノラムス・イグノラビムス（円城塔）	52	異世界に生まれた高座（朱雀新吾）	182
		伊勢氏家訓（花田清輝）	269
生食の家（神薫）	174	異説田中河内介（池田彌三郎）	28
いけにえ（藤野可織）	296	異説まちまち（和田正路）	402
いけにえの少女（渡辺浩弐）	392	いそがしい日の子守唄（立原えりか）	210
池の中の王様（安東みきえ）	26		
いさましいちびの仕立屋（池田香代子）	27	五十崎（眉村卓）	323
		いそしぎ（椎名誠）	162
勇（神狛しず）	84	磯幽霊（朱川湊人）	171
イサムの飛行機（佐藤さとる）	153	磯幽霊・それから（朱川湊人）	171
十六夜（椎津くみ）	161	痛いひと（福澤徹三）	287
イージー・エスケープ（オキシタケヒコ）	66	痛いんです（平山夢明）	280
		板返し（眉村卓）	323
石岡さん（眉村卓）	323	痛客（福澤徹三）	287
縊死体のポケット（福澤徹三）	287	イタズラ（二宮敦人）	260
イシカリ平原（谷甲州）	217	いたずら好きのエレベーター（木下容子）	100
異次元屋敷（三津田信三）	335		
縊死体（夢野久作）	376	いたずららくがき（萩尾望都）	264
石闘（木内石亭）	92	いただきます（安東みきえ）	26
石に漱ぎて滅びなば（山田正紀）	371	いたちの手紙（佐藤さとる）	153
石の記憶（高橋克彦）	195	異端（星新一）	302
石の聖水 "竹の水仙"（朱雀新吾）	182	1億人の恋人（渡辺浩弐）	392
石の中の水妖（田辺青蛙）	216	一弦の奏（平谷美樹）	285
石繭（上田早夕里）	44	一見の客（渡辺浩弐）	392
いじめっ子が二人（佐藤さとる）	153	一族散らし語り（筒井康隆）	224
医者の話（水野葉舟）	332	一日店長顛末記（黒木あるじ）	121
イーシャの舟（岩本隆雄）	42	一日の仕事（星新一）	302
石山怪談（花田清輝）	269	一年後の死骸臭（夢野久作）	376
異臭（安曇潤平）	13	一年に一度のデート（坂木司）	150
意趣返し（木村千尋）	104	一念の衣魚（花洛隠士音久）	88
遺書（木原浩勝）	100	一年霊（春日武彦）	79
異常、ナシ！（さたなきあ）	153	一番美しい（目代雄一）	361
異神千夜（恒川光太郎）	228	一番抵当権（篠田節子）	166
椅子（眉村卓）	323	一枚の写真（木下容子）	100
イヅク川（志賀直哉）	164	一万二千粒の錠剤（筒井康隆）	224
いずこも愛は（筒井康隆）	224	いちゃつき心中（鳥居みゆき）	237
伊豆での話（加門七海）	86	いちょうの実（鬼塚りつ子）	70
泉（星新一）	301	いちょうの実（宮沢賢治）	342
泉のぬし（勝山海百合）	81		

一両目には乗らない（立原透耶）	212
一蓮托生（伴名練）	273
一話一言（大田南畝）	56
イツカ逢エル…（小池真理子）	123
いっかい話、いっかいだけ（あまんきみこ）	18
一家心中（星新一）	302
いつかマのつく夕暮れに！（喬林知）	199
一休髑髏（朝松健）	10
一生分の涙（渡辺浩弐）	392
いっしょだから（川崎草志）	88
一寸法師（小松左京）	140
一寸法師はどこへ行った（都筑道夫）	223
行って帰ってきた人（岩井志麻子）	40
行ってはいけない土地（工藤美代子）	115
いつの日か、ふたたび（田中芳樹）	214
一杯のコーヒー（福澤徹三）	287
一泊旅行（立原えりか）	210
いっぺんさん（朱川湊人）	171
一本足の女（岡本綺堂）	59
逸馬という男（小松エメル）	139
凍て蝶（須賀しのぶ）	176
遺伝（渡辺浩弐）	392
井戸（葛西俊和）	76
井戸（木原浩勝）	100
愛しい友へ…（赤川次郎）	2
愛しのルナ（柚月裕子）	375
井戸のある谷間（佐藤さとる）	153
糸の誘い（木原浩勝）	100
井戸の水（永井荷風）	240
イナイイナイの左腕（中井拓志）	240
ゐなか、の、じけん（夢野久作）	376
蝗の村（深夜）	287
稲亭の休日（高橋由太）	198
稲荷道中、夏めぐり（東朔水）	12
稲荷詣（坂東眞砂子）	272
猪苗代の化物（三坂春編）	331
いにしえウィアム（梶尾真治）	78
古の道（安曇潤平）	13
犬（鳥居みゆき）	237
犬（福谷修）	294
犬（横田順彌）	386
犬神（中山三柳）	250
犬神博士（夢野久作）	376
犬とかまいたち（神奈木智）	90
犬と人形（夢野久作）	376
犬に見えるもの（福澤徹三）	287
犬の転生（菊岡沽凉）	93
犬の悲鳴（福澤徹三）	287
狗張子（沙門了意）	161
犬嫁（中見利男）	247
遺念蟬（謡堂）	385
井上円了氏と霊魂不滅説（抄）（伊藤晴雨）	34
稲生物怪録（折口信夫）	71
稲生物怪録（作者不詳）	404
井の頭線のフランケンシュタイン（木下半太）	99
命（横田順彌）	386
命の電話（渡辺浩弐）	392
いのちの水（眉村卓）	323
イーハトーボ農学校の春（宮沢賢治）	342
茨城智雄（石川鴻斎）	29
茨の姫と塔の龍（鈴木麻純）	185
いばら姫（池田香代子）	27
遺品（新津きよみ）	253
遺品（星新一）	302
忌ブキ（しまどりる）	170
胃袋を買いに。（椎名誠）	162
異聞耳算用 其の弐（平山夢明）	280
異邦の人（日影丈吉）	274
イボの神様（東直子）	276
いま集合的無意識を、（神林長平）	91
今戸狐（小山内薫）	67
いまひとたびの春（菅浩江）	176
今もいる（三輪チサ）	359
今は寂しい道（朱川湊人）	171
忌み地の廃屋（葛西俊和）	76
イメージ冷凍業（都筑道夫）	223
芋虫（江戸川乱歩）	51
嫌がらせ（眉村卓）	323
厭だ厭だ（あさのあつこ）	8
厭な家（京極夏彦）	105
厭な彼女（京極夏彦）	105
厭な子供（京極夏彦）	105
厭な小説（京極夏彦）	105
厭な先祖（京極夏彦）	105
厭な扉（京極夏彦）	105
厭な老人（京極夏彦）	105
嫌みなヤツ（葛西俊和）	76
異妖編（岡本綺堂）	60

依頼(星新一)	302
入らず山(柳田國男)	368
入会(星新一)	302
入り江の底で(山口タオ)	370
入り口(宇江佐真理)	43
炒り豆(宇江佐真理)	43
イリュージョン惑星(石原藤夫)	30
医療廃棄物(福澤徹三)	287
イル・シャハーン(カツオシD)	79
いるモノ(鳥居みゆき)	238
入れ喰い(福澤徹三)	287
刺青した蝶(堀辰雄)	314
刺青の話(岡本綺堂)	60
刺青(木原浩勝)	101
刺青(谷崎潤一郎)	218
いれひも(西崎憲)	256
入れもの(眉村卓)	323
色あせたアイドル(赤川次郎)	2
色形灰の御像の話(杉村顕道)	177
色眼鏡の狂詩曲(筒井康隆)	224
違和感(星新一)	302
岩跳び婆(福澤徹三)	288
イワン・イワノビッチ・イワノフの奇蹟(今日泊亜蘭)	111
因果(小山内薫)	67
因果物語―片仮名本(鈴木正三)	184
因果物師(長島槇子)	244
淫鬼(高橋克彦)	195
隠元岩礁に異常あり！(野司昌宏)	262
インサイダー(倉阪鬼一郎)	116
イン・ザ・ジェリーボール(黒葉雅人)	122
イン・ザ・ヘブン(新井素子)	22
陰獣トリステサ(橘外男)	209
飲酒運転(布田竜一)	297
陰態の家(夢枕獏)	381
インターネット殺人事件(渡辺浩弐)	392
インタビュー(星新一)	302
インタビュウ(野崎まど)	261
インデペンデンス・デイ・イン・オオサカ(大原まり子)	58
印度更紗(泉鏡花)	30
インドラの網(宮沢賢治)	342
陰忍(月村了衛)	221
陰謀団ミダス(星新一)	302
インヤン・カフェへようこそ(片瀬由良)	79

【う】

ヴァーティカル―頭上の悪魔(榊一郎)	149
ヴァンテアン(藤井太洋)	295
ヴァンパイア―招かれる魔物たち(松本祐子)	321
ウィスカー(神林長平)	91
ウィップアーウィルの啼き声(くしまちみなと)	115
ヴィーナスのはらわた(高見翔)	200
ウィリンガム霊廟の戦い(瑞智士記)	332
餓え(真藤順丈)	175
ウェイプスウィード(瀬尾つかさ)	188
上田秋成の晩年(岡本かの子)	59
上田くん(眉村卓)	323
飢えなかった男(小松左京)	140
ヴェネツィアの恋人(高野史緒)	194
上野の長毛(為永春水)	219
魚座の女(阿刀田高)	14
魚舟・獣舟(上田早夕里)	44
ヴォミーサ(小松左京)	140
迂闊な月曜日事件(土橋文也)	235
浮かぶ飛行島(海野十三)	50
浮き(香月日輪)	128
浮き浮きしている怖い人(岩井志麻子)	40
浮き草(日影丈吉)	274
うきだあまん(結城はに)	374
浮間の桜 怪賊緋の鷹物語(今日泊亜蘭)	111
浮き籾(上橋菜穂子)	46
受け取り拒否(葛西俊和)	76
動く椅子(福澤徹三)	288
うごく窓―猟奇歌 2(夢野久作)	377
うさぎ係(布田竜一)	297
宇佐八幡(山之口洋)	372
牛石(木内石亭)	92
牛男(倉阪鬼一郎)	116
牛女(小川未明)	65
ウジデンビル(眉村卓)	323
失われた男(赤川次郎)	2
失われた世界―神山兄弟(黒椅悠)	133
失われた環(久美沙織)	115
牛の首(小松左京)	140
牛の玉(根岸鎮衛)	261
うしろを見るな(木下半太)	99

後ろ小路の町家(三津田信三) ……… 336
薄い街(稲垣足穂) ……… 34
うずくまる一番町にて奇物に逢ふ事
　(京極夏彦) ……… 106
薄曇り(眉村卓) ……… 323
薄暗い星で(星新一) ……… 302
薄ければ薄いほど(宮内悠介) ……… 340
薄闇の街で一出会う(黒狐尾花) ……… 121
うすゆき抄(久生十蘭) ……… 277
嘘をつかない女(阿刀田高) ……… 14
嘘つき(眉村卓) ……… 323
嘘つきセミと青空(からて) ……… 88
嘘って言うなよ？(小田イ輔) ……… 69
歌(花田清輝) ……… 269
歌う女(坂東眞砂子) ……… 272
歌う潜水艦とピアピア動画(野尻抱
　介) ……… 261
歌う鳥(西崎憲) ……… 256
歌う骨(青木和) ……… 1
歌う骨(鈴木麻純) ……… 185
うたがい(高橋克彦) ……… 195
歌の姿の美女二人(井原西鶴) ……… 37
歌のほまれ(上田秋成) ……… 43
歌麿さま参る一笙子夜噺(光瀬龍) ……… 335
ウチカビ(小原猛) ……… 138
内木君の一日(布田竜一) ……… 297
内海さん(眉村卓) ……… 323
宇宙以前(最果タヒ) ……… 149
宇宙をかける100年後の夢(星新一) ……… 302
宇宙翔ける鳥を追え！(野田昌宏) ……… 262
宇宙からきたかんづめ(佐藤さとる)
　……… 153
宇宙からきたみつばち(佐藤さとる)
　……… 154
宇宙からの贈りものたち(北野勇作)
　……… 96
宇宙軍士官学校 大事典(鷹見一幸) ……… 200
宇宙コンテナ救出作戦(野田昌宏) ……… 262
宇宙最大のやくざ者(今日泊亜蘭) ……… 111
宇宙人(倉橋由美子) ……… 118
宇宙人のしゅくだい(小松左京) ……… 140
宇宙船ただいま発進(岩田賛) ……… 42
宇宙大密室(都筑道夫) ……… 223
宇宙でいちばん丈夫な糸(小川一水)
　……… 64
宇宙でいちばん丈夫な糸—The Ladies
　who have amazing skills at 2030
　(小川一水) ……… 64

宇宙のキツネ(星新一) ……… 302
宇宙の声(星新一) ……… 302
宇宙の修行者(両角長彦) ……… 367
宇宙の関所(星新一) ……… 302
宇宙のはてで(小松左京) ……… 140
宇宙のもけい飛行機(小松左京) ……… 140
宇宙漂流(小松左京) ……… 140
宇宙縫合(堀晃) ……… 313
宇宙虫(水木しげる) ……… 332
宇宙25時(荒巻義雄) ……… 23
洞の街(西島伝法) ……… 239
美しい馬の地(舞城王太郎) ……… 317
美しい沼の話(渡辺浩弐) ……… 392
美しき町(佐藤春夫) ……… 159
美しすぎるから(平山夢明) ……… 281
美しの神の伝え(萩尾望都) ……… 264
うつくし姫(西尾維新) ……… 255
空蟬(長野まゆみ) ……… 246
空蟬(吉田健一) ……… 387
ウッチャリ拾ひ(幸田露伴) ……… 131
うつつならねば(米満英男) ……… 389
うつつの崖(眉村卓) ……… 323
うつろ舟の女(琴嶺舎) ……… 113
器(夢枕獏) ……… 381
腕(木原浩勝) ……… 101
ウドゥイガミ(小原猛) ……… 138
うどんキツネつきの(高山羽根子) ……… 200
鰻(北野勇作) ……… 96
鰻に呪われた男(岡本綺堂) ……… 60
海原にて(有栖川有栖) ……… 25
海原の用心棒(秋山瑞人) ……… 5
右左口の峠(米満英男) ……… 389
乳母桜(小泉八雲) ……… 125
姥捨て山(中見利男) ……… 247
産養の磐(夢枕獏) ……… 381
馬市にて(堀川アサコ) ……… 314
馬が来た(齊藤綾子) ……… 149
うまし国(仲町六絵) ……… 247
馬と津波(宇江敏勝) ……… 45
馬に乗った男(水野葉舟) ……… 332
うま女房(都筑道夫) ……… 223
生まれ変われない街角で(岩井志麻
　子) ……… 40
うまれた家(抄)(片山廣子) ……… 79
生まれて生きて、死んで呪って(朱川
　湊人) ……… 171
海うさぎのきた日(あまんきみこ) ……… 18

見出し	頁
海へいった赤んぼ大将（佐藤さとる）……… 154
海を望む海辺に（香月日輪）……… 128
海を見ていた（香月日輪）……… 128
海を見に行く（阿刀田高）……… 14
海を見る人（小林泰三）……… 136
海が消える（佐藤さとる）……… 154
海亀の家（黒木あるじ）……… 121
海から来た妖精（香山滋）……… 87
海からの視線（樋口明雄）……… 276
海と太陽（小川未明）……… 66
海鳴り（綾辻行人）……… 20
海に帰る（立原えりか）……… 210
海について（花田清輝）……… 269
海の泡より生まれて（恩田陸）……… 73
海の誘う森（神坂一）……… 89
海の歌（阿刀田高）……… 14
海の蝙蝠（井上雅彦）……… 36
海の災害（久貝徳三）……… 113
海の雫（中井英夫）……… 240
海の住人（山田胡瓜）……… 371
海のハープ（星新一）……… 302
海のほとり（芥川龍之介）……… 5
海の森（小松左京）……… 140
海の指（飛浩隆）……… 236
海へ（折口真喜子）……… 73
海へ消えるもの（倉阪鬼一郎）……… 116
海辺の望楼にて（佐藤春夫）……… 159
海坊主（田辺貞之助）……… 216
海坊主（吉田健一）……… 388
産むわ（渡辺浩弐）……… 392
うめき声（葛西俊和）……… 76
梅干し（渡辺浩弐）……… 392
埋もれた罪（赤川次郎）……… 2
裏方のおばあさん（宇佐美まこと）……… 46
うらぎりガリオン（梶尾真治）……… 78
ウラシマ（火浦功）……… 274
浦島（都筑道夫）……… 224
浦島さん―「お伽草紙」より（太宰治）……… 204
ウラシマ・ジロウ（小松左京）……… 140
占い（加藤一）……… 82
裏長屋の怪（小松エメル）……… 139
うら二階（平山蘆江）……… 284
裏の家の子供（三津田信三）……… 336
浦野祐子の手紙（日高由香）……… 278
裏ビデオ（福澤徹三）……… 288
盂蘭盆会（大濱普美子）……… 57
盂蘭盆会（渡辺浩弐）……… 392
恨まないのがルール（阿刀田高）……… 15
裏見寒話（野間市右衛門成方）……… 262
恨み祓い師（篠田節子）……… 166
怨む黒牛―台覧国俊（本堂平四郎）……… 315
うらめしや（星新一）……… 302
裏門の準備室（福澤徹三）……… 288
瓜子姫（中見利男）……… 247
瓜ふたつの女（福澤徹三）……… 288
うるさい！（小松左京）……… 140
うるさい相手（星新一）……… 302
うるさい上役（星新一）……… 302
ウールの単衣を着た男（杉村顕道）……… 177
虚（中井英夫）……… 240
うろこ（長野まゆみ）……… 246
うろこ雲（宮沢賢治）……… 342
ウワァァァァァァ（眉村卓）……… 323
ウは鵜飼いのウ（平山夢明）……… 281
噂（秋元康）……… 4
噂地図（辻村深月）……… 222
噂の公園 その1（安曇潤平）……… 13
噂の公園 その2（安曇潤平）……… 13
噂の幽霊通り（香月日輪）……… 128
上役（星新一）……… 302
雲煙録（夢野久作）……… 377
雲海―光の領分（平田真夫）……… 279
雲谷を駈ける龍（壁井ユカコ）……… 84
雲根志（木内石亭）……… 92
蘊蓄の価値（渡辺浩弐）……… 392
雲中の腕押（井原西鶴）……… 37
ウンディ（草上仁）……… 114
運転手の悩み（葛西俊和）……… 76
雲南省スー族におけるVR技術の使用例（柴田勝家）……… 168
運の良い石ころ（渡辺浩弐）……… 392
運命（布田竜一）……… 297
運命（星新一）……… 302
運命ゲノム（渡辺浩弐）……… 392
運命の釦（野村胡堂）……… 262
運命のまばたき（星新一）……… 302
運命の予感（蘇部健一）……… 191

【え】

見出し	頁
AIR（瀬名秀明）……… 189
塋域の偽聖者（吉上亮）……… 387
永遠のウソ（湖山真）……… 147

作品名	ページ
永遠の帰宅（赤川次郎）	2
永遠の誓い（菊地秀行）	94
永遠の誓い（鳥居みゆき）	238
永遠の友達（松村比呂美）	321
永遠の虹の国（今日泊亜蘭）	111
永遠の美酒（橘みれい）	210
永遠の森（菅浩江）	176
永遠の別れ（布田竜一）	297
映画館の声（福澤徹三）	288
映画の恐怖（江戸川乱歩）	51
映画発明者（北原尚彦）	97
栄吉の菓子（畠中恵）	266
永久に（もっちープリンス）	363
英国行（西崎憲）	256
英国の庭園（西崎憲）	256
永日小品（夏目漱石）	251
永日小品 より（夏目漱石）	251
永寿王丸の話（杉村顕道）	177
影女抄（高原英理）	199
永代橋と深川八幡（種村季弘）	218
H氏のSF（半村良）	274
エイト商会（眉村卓）	323
エイハ（紅玉いづき）	127
エイミーの敗北（林巧）	271
英雄（小林泰三）	136
英雄たち（渡辺浩弐）	392
英雄と少女の騙し合い！ 渡り合えない交渉術（西尾維新）	255
英雄の地！ 秘密兵器の到着（西尾維新）	255
ゑゐり庵綺譚（梶尾真治）	78
エイリアン黒死帝国（菊地秀行）	94
エイリアン旋風譚5—NY・ハッピー遁走曲・後篇（菊地秀行）	94
笑顔の理由（福澤徹三）	288
駅（西崎憲）	256
易者（眉村卓）	323
エキストラ・ラウンド（桜坂洋）	151
駅にいた蛸（眉村卓）	323
エクソシストの憂鬱（カツオシD）	80
Aくん（眉村卓）	323
エコーの中でもう一度（オキシタケヒコ）	66
エジソンは唄う（皆川博子）	338
SMホテル（宍戸レイ）	165
S半島・海の家（眉村卓）	323
枝（木原浩勝）	101
エターナル "寿限無"（朱雀新吾）	182
エターナルの少年たち（和智正喜）	402
えっ！ 赤ずきん!?（中見利男）	247
越境（小林雄次）	137
X電車で行こう（山野浩一）	372
エッセイ 「了」という名の襤褸の少女（高山羽根子）	200
エデン（篠田節子）	166
エデン逆行（円城塔）	53
江戸を呪う隅田川（夢野久作）	377
えどさがし（畠中恵）	267
江戸珍鬼草子（入江鳩斎）	39
江戸の火術（野村胡堂）	263
江戸の夢（折口真喜子）	73
餌鳥夜草子（光瀬龍）	335
絵に描いた妖しき桃（真堂樹）	176
縁（小池真理子）	123
Nさんの経験（杉村顕道）	177
NGホテル（福澤徹三）	288
絵のお礼（眉村卓）	323
役君の橋（夢枕獏）	382
絵はがき（堀辰雄）	314
エピクロスの肋骨（澁澤龍彦）	169
エピファネイア（公現祭）（森村怜）	366
「F駅で」（眉村卓）	323
F会館（眉村卓）	323
F教授の話（眉村卓）	323
F商事（眉村卓）	323
絵本カチカチ山後篇（都筑道夫）	224
絵馬の妬み（瓢水子松雲）	279
エムエーエスケー（国広正人）	115
M君のこと（長島槇子）	244
MCファイル（隅沢克之）	187
Mの告白（森奈津子）	364
エモーション・パーツ（八杉将司）	368
選ばれし男（渡辺浩弐）	392
エラーワールドの双つ瑕疵（藤代鷹之）	296
絵里（新井素子）	22
エリィの章（田沢大典）	207
エリス、聞こえるか？（津原泰水）	230
襟立衣（京極夏彦）	106
えりちゃんの赤いかさ（木下容子）	100
エリートコース（渡辺浩弐）	392
エル氏の最期（星新一）	302
L博士の装置（星新一）	302
エルフの富 新作（朱雀新吾）	182

エル・レリカリオ(須永朝彦)	186
エレジー(篠田節子)	166
エレファント・ジョーク(浅暮三文)	7
エレベーター(秋元康)	4
エレベーター(久田樹生)	277
エレベーター(平山夢明)	281
エレン・メイザースの最強な一日。(橘公司)	208
絵蠟燭(倉阪鬼一郎)	116
煙々羅(京極夏彦)	106
宴会(蒼井茜)	1
煙霞綺談(西村白鳥)	259
怨鬼(高橋克彦)	195
遠近法(山尾悠子)	370
猿猴屋敷の話(杉村顕道)	177
炎情観音(夢枕獏)	382
縁女綺聞(佐々木喜善)	152
エンジンの音(木原浩勝)	101
炎石の秘密(野田昌宏)	262
エンゼルフレンチ(藤田雅矢)	296
遠大な計画(星新一)	302
延長コード(津原泰水)	230
エンテンポラール(眉村卓)	324
縁の下の王と妃(岩井志麻子)	40
円盤(星新一)	302
円盤に注意されたし(北村小松)	97
えんぴつ太郎の冒険(佐藤さとる)	154
遠別離(浅田次郎)	8
縁魔の娘と黒い犬(前田珠子)	317
炎魔——clown's contradiction(あざの耕平)	9
炎路の旅人(上橋菜穂子)	46

【お】

オアンネス——或いは「水槽譚」(井上雅彦)	36
追い越し(星新一)	302
おいしい地球人(池上喜美子)	27
老いたるえびのうた(室生犀星)	360
おいでおいでの手と人形の話(抄)(夢枕獏)	382
置いてけ堀(岡本綺堂)	60
お糸(小松左京)	140
おいどんの地球(松本零士)	322
狼森と笊森、盗森(宮沢賢治)	342
オイ水をくれ(今日泊亜蘭)	111
花魁石(長島槇子)	244
オイル博士地底を行く(星新一)	303
お岩(小山内薫)	68
お岩伊右衛門(平山蘆江)	284
お岩様と尼僧(横尾忠則)	385
お岩と与茂七(折口信夫)	71
蘊(夢枕獏)	382
桜下奇譚(甲田学人)	131
桜花変化(倉橋由美子)	118
黄牛大奮戦——亀海部(本堂平四郎)	315
王国の旗(乙一)	70
黄金(小林雄次)	137
黄金色の夜(宇江敏勝)	45
黄金を浴びる女(野村胡堂)	263
黄金長者(森谷明子)	366
黄金のオウム(星新一)	303
黄金のガチョウ(池田香代子)	27
黄金の翼(田中芳樹)	215
黄金のりんご(小野塚充博)	71
王子様殺人事件(二階堂紋嗣)	253
王子と姫のものがたり——月の沙漠をどこへ行く(安藤三佐夫)	26
王の狐火(鶯亭金升)	54
奥州のザシキワラシの話(抄)(佐々木喜善)	152
奥州波奈志(只野真葛)	208
往生絵巻(小沢章友)	68
王女の草冠(立原えりか)	210
応接室(星新一)	303
応天炎上(小松左京)	141
王と王妃の新婚事情(茅田砂胡)	87
追う——徳二郎捕物控(光瀬龍)	335
嘔吐した宇宙飛行士(田中啓文)	214
王の魔法(立原えりか)	210
オウボエを吹く馬(日影丈吉)	274
逢魔が時(椎津くみ)	161
逢魔が時(堀川アサコ)	314
近江国安義橋なる鬼、人を噉ふ語(作者不詳)	404
鸚鵡の雀(尾上柴舟)	71
横領(筒井康隆)	224
お絵かき(葛西俊和)	76
大雨(平山夢明)	281
大石大明神の話(杉村顕道)	178
大いなる失墜(荒巻義雄)	23
大いなる種族(小林泰三)	136
大いなる正午(荒巻義雄)	23
大江戸打首異聞(光瀬龍)	335

大江戸黄金狂(野村胡堂)	263	お菊大明神の話(杉村顕道)	178
大江戸百物語(石川英輔)	28	お狐様の話(浅田次郎)	8
大男と小人(佐藤さとる)	154	おきなぐさ(鬼塚りつ子)	70
大鬼・小鬼(眉村卓)	324	おきなぐさ(宮沢賢治)	342
大型ロボット(小松左京)	141	翁の憂い(平谷美樹)	285
オオカミそのほか(星新一)	303	翁の發生(大塚英志)	56
狼と黄金色の約束(支倉凍砂)	266	お客さまはお月さま(安東みきえ)	26
狼と七匹の仔山羊(池田香代子)	27	奥座敷(倉阪鬼一郎)	116
狼と白い道(支倉凍砂)	266	奥様探偵術(夢野久作)	377
狼と灰色の笑顔(支倉凍砂)	266	奥様の鬼(花房観音)	270
狼と若草色の寄り道(支倉凍砂)	266	屋上(眉村卓)	324
狼婆(神谷養勇軒)	86	屋上での出来事(星新一)	303
大きな顔(伊藤三巳華)	34	奥庭より(小野不由美)	71
大きなかに(小川未明)	66	奥の海(久生十蘭)	277
大きな木(山ノ内真樹子)	372	臆病者と求道者(黒木あるじ)	121
大きな木がほしい(佐藤さとる)	154	おくらさま(宮部みゆき)	357
大きな木の下で(渡辺浩弐)	392	贈り物(竹下文子)	202
巨きなものの還る場所(高山羽根子)	200	贈る言葉(神薫)	174
大きな夢(阿刀田高)	15	遅れて来た客(赤川次郎)	2
大首(京極夏彦)	106	遅れてきたノア(鷹見一幸)	200
大阪城の話(伊藤三巳華)	34	お紺昇天(筒井康隆)	224
大坂夢の陣(小松左京)	141	お座敷の鰐(ももくちそらミミ)	363
大阪T病院(眉村卓)	324	お誘い(眉村卓)	324
大島怪談(平山蘆江)	284	お貞の話(小泉八雲)	125
お、大宇宙！(今日泊亜蘭)	111	納札のある家(宇江敏勝)	45
大沼池の龍神(杉村顕道)	178	叔父(水野葉舟)	332
大婆様への贈り物(司月透)	165	おじいさんの石(佐藤さとる)	154
大風呂敷と蜘蛛の糸(野尻抱介)	261	お爺さんの見た青い空(カツオシD)	80
多め(布田竜一)	297	おじいさんのロールケーキ(中山麻子)	249
大山くん(渡辺浩弐)	392	おしいれ(福澤徹三)	288
お母様の目は節穴ですか(西浦和也)	255	押し売りマジシャン(木下半太)	99
お母さんの宝もの(佐藤さとる)	154	押絵と旅する男(江戸川乱歩)	51
おかしな青年(星新一)	303	教え鳥(花輪莞爾)	270
お菓子な世界より(結木さんと)	374	押繪の奇蹟(夢野久作)	377
オーガストの命日(冲方丁)	48	教え箱(平山夢明)	281
尾形さん(眉村卓)	324	お仕置きと五十年(小田イ輔)	69
お片づけロボット(新井素子)	22	おしおきの方法(渡辺浩弐)	392
おかっぱの女の子(立原透耶)	212	お地蔵さまのくれたクマ(星新一)	303
オーガニック・スープ(水見稜)	334	おしどり(小泉八雲)	125
丘の上(辻村深月)	222	叔父の書斎(木原浩勝)	101
丘の向こう(綾辻行人)	20	オシフィエンチム駅へ(中山七里)	250
おがみむし(遠藤徹)	54	おしゃべり湯わかし(佐藤さとる)	154
おかめ遊女(岡部えつ)	58	おじゃま(神狛しず)	84
岡山の友だちの話(岩井志麻子)	40	オーシャンゴースト(横山信義)	387
おきぐすり(宇江敏勝)	45	お正月(星新一)	303
		お正月奇談(朱川湊人)	171

項目	頁
お知らせ（小林玄）	135
お報せ（平谷美樹）	285
お裾分け（新津きよみ）	253
お節介な餃子奉行（篠宮あすか）	167
お膳立て（渡辺浩弐）	392
遅咲きの恋（布田竜一）	297
おそるべき事態（星新一）	303
おそれ（高橋克彦）	195
恐山（長島槇子）	245
お揃いの顔（渡辺浩弐）	392
お揃いの指輪（渡辺浩弐）	392
恐ろしい思いつき（大石圭）	55
恐ろしい電話（畑耕一）	268
恐しき通夜（海野十三）	50
恐ろしき復讐（畑耕一）	268
恐ろしくも愛しきやし、怪談の国（伊計翼）	27
お宅訪問（高橋ヨシキ）	198
お竹大日如来（野村胡堂）	263
おたふく（手塚治虫）	232
落椿（小松エメル）	139
おちていた宇宙船（小松左京）	141
落ちてくる（小原猛）	138
落ち星（田辺青蛙）	216
追っかけられた話（稲垣足穂）	34
御塚様参り（三津田信三）	336
おっかなの晩（折口真喜子）	73
お月さまと馬賊／マナイタの化けた話（小熊秀雄）	67
お告げ（眉村卓）	324
追ってくる少年（津原泰水）	230
追ってくるもの（福澤徹三）	288
オツベルと象（宮沢賢治）	342
於露牡丹（領家高子）	390
お手つき（神薫）	174
オデッサの棺（高山聖史）	200
おでん屋（葛西俊和）	76
おトイレで昼食を（花輪莞爾）	270
おとうさん、したいがあるよ（辻村深月）	222
おとうさんといっしょ（喬林知）	199
弟（喬林知）	199
弟を愛する人たちのケータイ事情・IF（新堂奈槻）	176
御伽厚化粧（筆天斎）	278
御伽空穂猿（摩志田好話）	319
お伽及び咄（折口信夫）	72
御伽草子（花田清輝）	269
おとぎの電子生活（星新一）	303
おとぎ話の功罪——フェイ・ウェルドンの『魔女と呼ばれて』を読む（松本祐子）	321
御伽百物語（青木鷺水）	1
伽婢子（瓢水子松雲）	279
男を食う（中見利男）	247
男を探せ（小松左京）	141
落としもの（松尾由美）	320
訪れる春！ 季節の変わり目に空を見る（西尾維新）	255
大人気ない大人には敵わない（汀こるもの）	330
大人になる方法（渡辺浩弐）	392
音に就いて（太宰治）	204
乙姫の執心（作者不詳）	404
音迷宮（石神茉莉）	28
乙女の祈りは永遠に（赤川次郎）	2
踊り出す首（手塚治虫）	232
踊り場にて（さたなきあ）	153
踊り場の花子（辻村深月）	222
踊る男（畑耕一）	268
踊る骸骨（中見利男）	248
おどろ島（福澤徹三）	288
棘の路（岡部えつ）	58
同じ屋根の下の他人（渡辺浩弐）	392
鬼（今邑彩）	38
鬼（円地文子）	54
鬼、油瓶の形と現じて人を殺す語（作者不詳）	404
鬼市（夢枕獏）	382
鬼がくる家（福澤徹三）	288
オニキス（下永聖高）	170
鬼喰い——vague irritation（あざの耕平）	10
鬼ごっこ（香月日輪）	128
鬼ごっこ（竹本健治）	203
鬼言（幻聴）（最終形／先駆形）（宮沢賢治）	343
鬼遣いの子（田辺青蛙）	216
鬼に喰われた女（坂東眞砂子）	272
鬼人形（花房観音）	270
鬼の歌よみ（田辺聖子）	216
鬼の子（花房観音）	270
鬼の哭く山（宇江敏勝）	45
鬼の話（折口信夫）	72
鬼の話（佐藤さとる）	154

作品名	ページ
鬼の笛(千早茜)	220
鬼の目元に笑いジワ(青谷真未)	1
鬼一口(京極夏彦)	106
鬼海星(朱野帰子)	6
鬼姫さま(西條奈加)	148
"鬼"、笑う(朝戸麻央)	8
お願い(星新一)	303
オノゴロ星奇譚(西野かつみ)	259
おばあさんの飛行機(佐藤さとる)	154
おばあちゃん(秋元康)	4
おばあちゃんとの約束(蘇部健一)	191
おばけ(入江敦彦)	39
オバケイチョウ(くぼひでき)	115
お化人形(江戸川乱歩)	51
お化けのかんづめ(佐藤さとる)	154
お化けの出る池(星新一)	303
お花見いまむかし(中山麻子)	249
お払い箱(田島照久)	207
御祓い箱(葛西俊和)	76
お一人さん(カツオシD)	80
オフー(小松左京)	141
お藤の櫛(岩井志麻子)	40
於布津弁天(水嶋大悟)	332
お船になったパパ(小松左京)	141
オブリガート(西澤保彦)	259
オペラントの肖像(平山夢明)	281
オペレーション・KOKKURI(長月達平)	245
お遍路(平山夢明)	281
覚えてない一獣の衣類等不分明事(京極夏彦)	106
朧月夜(椎津くみ)	161
朧月夜の訪問者(長尾彩子)	243
おまえのしるし(水見稜)	334
お前のためじゃない！(香月日輪)	128
おまけ憑き(神薫)	174
お守りケータイ(石崎洋司)	30
お巡りさん(高橋ヨシキ)	198
阿満と竹渓和尚一「打出の小槌」より(佐藤春夫)	159
おみやげ(星新一)	303
おみやげを持って(星新一)	303
オミヤマモリ(黒史郎)	122
オムレツ少年の儀式(皆川博子)	338
汚名(田中芳樹)	215
Ωの聖餐(平山夢明)	281
お召し(小松左京)	141
思いがけない出会い(眉村卓)	324
思い込み茸(カツオシD)	80
思い出し笑い(眉村卓)	324
思い出すことなど(夏目漱石)	251
思い出す事など より(夏目漱石)	251
思い違い(恩田陸)	73
おもいでエマノン(梶尾真治)	78
おもいでが融ける前に(梶尾真治)	78
思い出かんざし(中村彰彦)	249
思い出スナップ(渡辺浩弐)	392
想い出の家(森岡浩之)	364
想い出のシーサイド・クラブ(鈴木いづみ)	183
想い出迷子(平山夢明)	281
おもいでレガシー(梶尾真治)	78
思い乱れて(立原えりか)	210
おもかげ(望月もらん)	362
面影は寂しげに微笑む(せんべい猫)	190
おもちゃ箱(萩尾望都)	264
思わぬ効果(星新一)	303
おやすみ僕の睡眠士(雪舟えま)	375
おやすみラジオ(高山羽根子)	201
親になりたい(畠中恵)	267
親分のおかみさん(畠中恵)	267
親指地蔵(岡部えつ)	58
お雪の里(大野文楽)	57
泳ぐ手(伊藤三巳華)	34
お由の幽霊(水野葉舟)	332
およね平吉時穴道行(半村良)	274
オリオン座の瞳(横田順彌)	386
オリガ・ハウエル(高里椎奈)	192
折紙宇宙船の伝説(矢野徹)	369
折り紙衛星の伝説(理山貞二)	390
折紙カウンセリング(橘公司)	208
檻からの脱出(眉村卓)	324
檻の外(小野不由美)	71
オリンピック二〇六四(星新一)	303
オルガンのバランス(上遠野浩平)	82
オルゴール(秋元康)	4
オルゴール(福澤徹三)	288
オルダーセンの世界(山本弘)	373
オールトの天使(東浩紀)	12
オールド・ロケットマン(鷹見一幸)	200
折れた傘(木原浩勝)	101
折れた矢(阿刀田高)	15
俺と彼らと彼女たち(恩田陸)	73

おれに関する噂(筒井康隆) 224
俺の言い分、君島の言い分(田島照久) ...
　　　　　　　　　　　　　　　　　　 207
おれの死体を探せ(小松左京) 141
オレの大学入試(中山麻子) 249
俺の宝モノ(布田竜一) 298
おれ、ひところしてん(木下半太) 99
おれらは行った。2011冬(西浦和也) ...
　　　　　　　　　　　　　　　　　　 255
おれはミサイル(秋山瑞人) 5
愚かな薔薇9(恩田陸) 73
オロク(福澤徹三) 288
お六櫛の話(杉村顕道) 178
おろち(小松左京) 141
大蛇両断―吾ケ妻貞宗(本堂平四郎) ...
　　　　　　　　　　　　　　　　　　 315
極光(飴村行) 19
極光(井上雅彦) 36
おわかれのうた(黒木あるじ) 121
終わりと始まり(あさのあつこ) 9
終わりなき負債(小松左京) 141
終わりなき戦い 中編(笹本祐一) 152
終わりの会(渡辺浩弐) 393
追われる2人(渡辺浩弐) 393
恩返し(須藤安寿) 186
音楽会(竹下文子) 202
音楽室のおばけ(木下容子) 100
音楽の在りて(萩尾望都) 264
音楽のなかで(堀辰雄) 314
温泉回！ 湯けむり戦争会議(西尾維
　新) 255
温泉雑記(抄)(岡本綺堂) 60
温泉寺奇譚(杉村顕道) 178
温泉に行こう(司月透) 165
温泉(抄)(梶井基次郎) 77
音智協会の謎(カツオシD) 80
女(宮沢賢治) 343
女を裂く(中見利男) 248
女方(三島由紀夫) 331
女と女の世の中(鈴木いづみ) 183
女と金と美(星新一) 303
女の顔(岩井志麻子) 40
女の勘(山下貴光) 371
女の効用(星新一) 303
女の戦い(木原浩勝) 101
音盤の詭計(野村胡堂) 263
陰陽師(夢枕獏) 382
陰陽師鉄輪(夢枕獏) 382

陰魔羅鬼(祐佐) 374
怨霊(水野葉舟) 333

【か】
か(田中哲弥) 213
蚊(小泉八雲) 125
蚊(椎名誠) 162
蛾(吉行淳之介) 388
海異記(泉鏡花) 30
怪異考(寺田寅彦) 233
怪異雑記(平山蘆江) 284
怪異蒐集談 屍女(中山市朗) 250
会員(西山裕貴) 259
怪を語れば怪至(浅井了意) 7
怪をひろう(平金魚) 191
開花(山田悠介) 371
海外の幽霊ホテル(宍戸レイ) 165
開かずの間(小田イ輔) 69
開かずの間(佐藤さとる) 154
絵画の真贋(白黒たまご) 174
貝殻と僧侶(津原泰水) 230
海岸のさわぎ(星新一) 303
怪奇写真作家(三津田信三) 336
怪奇たたみ男(筒井康隆) 225
「怪奇堂」へようこそ(布田竜一) 298
怪奇の按摩―米屋氏房(本堂平四郎) ...
　　　　　　　　　　　　　　　　　　 316
諧謔全享の話(杉村顕道) 178
開業(星新一) 303
皆勤の徒(酉島伝法) 239
回帰―RETURN(新堂奈槻) 176
蟹甲癬(筒井康隆) 225
外国人墓地の首(城島明彦) 173
介護現場より(神薫) 174
骸骨侍(中村彰彦) 249
骸骨半島(荒巻義雄) 23
改札口(竹下文子) 202
怪士の鬼(夢枕獏) 382
会社のひみつ(中原文夫) 246
海市遊宴(倉橋由美子) 118
怪獣三題(橘南谿) 209
怪獣地獄(黒史郎) 122
怪獣使いの遺産(朱川湊人) 171
怪獣都市(菊地秀行) 94
怪醜夜光魂(花洛隠士音久) 88
怪獣ルクスビグラの足型を取った男
　(田中啓文) 214

外出（木原浩勝）	101
海聲（石神茉莉）	28
海嘯が生んだ怪談（矢田挿雲）	368
海上のゆりかご（槇ありさ）	317
海神幻想（橘みれい）	210
海神の裔（宮部みゆき）	357
怪人撥条足男（北原尚彦）	97
海神別荘（泉鏡花）	30
怪人村（岩城裕明）	42
怪星の秘密（森下雨村）	364
凱旋（飴村行）	19
怪船「人魚号」（髙橋鐵）	198
改装（渡辺浩弐）	393
怪僧奇聞（根岸鎮衛）	261
怪僧ゴンザレスの逆襲（野田昌宏）	262
回送電車（葛西俊和）	76
海賊（上田秋成）	43
解体予知夢（黒史郎）	122
解体業（葛西俊和）	76
解体業 その弐（葛西俊和）	76
怪談（大佛次郎）	68
怪談（幸田露伴）	131
怪談（佐藤春夫）	159
怪談（鈴木桃野）	185
怪談（太宰治）	204
怪談（畑耕一）	268
怪談（水野葉舟）	333
階段（海野十三）	50
階段（乙一）	70
怪談青眉毛（平山蘆江）	284
階段を上っていく（小田イ輔）	69
怪談老の杖（平秩東作）	300
怪談小車草紙（小山内薫）	68
怪談阿三の森（三遊亭圓朝）	161
怪談会（水野葉舟）	333
怪談カップ麺（葛西俊和）	76
怪談奇談・四題（一）旧家の祟り（三津田信三）	336
怪談奇談・四題（三）愛犬の死（三津田信三）	336
怪談奇談・四題（二）原因（三津田信三）	336
怪談奇談・四題（四）喫茶店の客（三津田信三）	336
怪談実話集 女の膝（小山内薫）	68
怪談十五夜（杉村顕道）	178
怪談女の輪（泉鏡花）	31
怪談登志男（惷雪舎素及）	161
怪談鍋（立原透耶）	212
怪談二種（江戸川乱歩）	51
怪談入門（江戸川乱歩）	51
怪談熱（福澤徹三）	288
階段の果ての恋人（田村理江）	219
蛔虫（岡本綺堂）	60
懐中へ入った石（作者不詳）	404
海底（瀬下耽）	189
海底神宮（夢枕獏）	382
快適な家（阿刀田高）	15
回転（神無月巌）	90
海難記（久生十蘭）	277
怪猫騒動（鈴木麻純）	185
貝のなか（倉橋由美子）	118
貝の火（宮沢賢治）	343
怪猫邪恋—三毛青江（本堂平四郎）	316
怪物（今日泊亜蘭）	111
怪物のような顔の女と溶けた時計のような頭の男（平山夢明）	281
開閉式（西崎憲）	256
解放政策（渡辺浩弐）	393
解放の時代（星新一）	303
怪夢（夢野久作）	377
外来種（福澤徹三）	288
街路（夢野久作）	377
回廊の鬼（倉橋由美子）	118
海録（山崎美成）	370
カイロ団長（鬼塚りつ子）	71
カイロ団長（宮沢賢治）	343
カウポテト（渡辺浩弐）	393
カウンターの復讐屋（木下半太）	99
返して！（神林長平）	91
返す女（新津きよみ）	253
帰ってきた大男（佐藤さとる）	154
還って来た少女（新津きよみ）	253
帰ってきたヒーロー！ 新たなる戦いへ（西尾維新）	255
帰ってくる子（萩尾望都）	264
帰らなきゃ（矢崎存美）	367
帰りの道（木原浩勝）	101
帰り道（加藤一）	82
還る（小池真理子）	123
蛙のゴム靴（宮沢賢治）	343
火焔つつじ（平山蘆江）	285
顔（綾辻行人）	20
顔（海野十三）	50

顔（布田竜一）	298
顔（夢野久作）	377
顔を上げろ手を伸ばせ（香月日輪）	128
顔無の如き攫うもの（三津田信三）	336
顔の価値（渡辺浩弐）	393
顔のない女（岡部えつ）	58
貌孕み（坂東眞砂子）	272
カオルのパパ（百瀬しのぶ）	363
課外授業（布田竜一）	298
科学者の一生（渡辺浩弐）	393
科学探偵帆村（筒井康隆）	225
科学的な調査（渡辺浩弐）	393
鏡（木原浩勝）	101
鏡石異譚（柴田勝家）	168
鏡怪談（江戸川乱歩）	51
鏡童子（夢枕獏）	382
鏡と影について（澁澤龍彦）	169
鏡と鐘（小泉八雲）	125
鏡と鐘（柳広司）	368
鏡の欠片（仁木英之）	254
鏡の国の風景（花田清輝）	269
鏡のない鏡（倉阪鬼一郎）	116
鏡の中の（櫛木理宇）	114
鏡の偽乙女（朱川湊人）	171
鏡の縁の女（中井拓志）	240
鏡の森（前田珠子）	317
鏡迷宮（北原尚彦）	97
屈む女（平山夢明）	281
輝く三百六十五日（池上喜美子）	27
篝火（川端康成）	89
柿（京極夏彦）	106
鍵（野村胡堂）	263
鍵（星新一）	303
鍵穴（鈴木光司）	184
餓鬼阿弥蘇生譚（折口信夫）	72
牡蠣喰う客（田中啓文）	214
餓鬼魂（夢枕獏）	382
杜若屋敷（三坂春編）	331
架空論文投稿計画―あらゆる意味ででっちあげられた数章（松崎有理）	320
隠されていたもの（柴田よしき）	169
学者アラムハラドの見た着物（宮沢賢治）	343
学生（東郷隆）	234
かぐつち（仁木英之）	254
確認済飛行物体（三崎亜記）	331
革命狂詩曲（山野浩一）	372

かくも無数の悲鳴（神林長平）	91
楽屋（東郷隆）	234
赫夜島（宇月原晴明）	48
岳妖―本当にあった話である（上田哲農）	45
禍グラバ・雷鳳・グラムシュタール（成田良悟）	252
鶴唳（谷崎潤一郎）	218
かくれ鬼（中島要）	244
隠れ里（高橋克彦）	195
かくれんぼ（秋元康）	4
かくれんぼ（あまんきみこ）	18
かくれんぼ（佐藤さとる）	154
かくれんぼ（椎津くみ）	161
家具・ロフト・残留思念付部屋有りマス（神狛しず）	84
香しき毒婦（岩井志麻子）	40
影（芥川龍之介）	5
影（福澤徹三）	288
花刑（須永朝彦）	186
影を慕いて（渡辺浩弐）	393
影を踏まれた女（岡本綺堂）	60
影が来る（三津田信三）	336
かけざら河童（都筑道夫）	224
掛軸の行方（目代雄一）	361
欠けたピース（渡辺浩弐）	393
影と亡者（神薫）	174
書けない探偵小説（夢野久作）	377
影二題（杉村顕道）	178
崖の上（あさのあつこ）	9
影の狩人 幻戯（中井英夫）	240
影の舞踏会（中井英夫）	240
影の物語（西崎憲）	256
影の病（只野真葛）	208
かけひき（小泉八雲）	126
影踏み（柴崎友香）	167
翳りゆくさき（瀬名秀明）	189
かげろう（長野まゆみ）	246
糸遊（小松左京）	141
陽炎（篠田節子）	166
加護（高橋克彦）	195
囲い屋（福澤徹三）	288
過去への電話（福島正実）	294
過去を失くした女―山本愛子（竹村優希）	203
過去をして過去を―（福島正実）	294
過去世（岡本かの子）	59

過去のある部屋（福澤徹三）	288
籠の鳥（岩井志麻子）	40
籠の中（眉村卓）	324
過去ミライ（畑野智美）	269
かごめかごめ（椎津くみ）	161
傘（泉鏡花）	31
火災恐怖症（福澤徹三）	288
鵲の橋（瀬川貴次）	188
累の怨霊（神谷養勇軒）	86
傘の御託宣（井原西鶴）	38
風花（坂本美智子）	151
風見鶏（都筑道夫）	224
火山に死す―『唐草物語』より（澁澤龍彥）	169
カシオペヤの女（今日泊亜蘭）	111
河鹿（岡本綺堂）	60
鍛冶が嬶（京極夏彦）	106
華氏四五一度（樺山三英）	83
果実の中の籠（森見登美彦）	366
果実の中の饗宴（倉橋由美子）	118
樫の木（小川未明）	66
カジノ・コワイアル（都筑道夫）	224
瑕疵物件（カツオシD）	80
がしゃん―あすは川亀怪の事（京極夏彦）	106
菓子宵（井上雅彦）	36
過食症（鳥居みゆき）	238
かしわばやしの夜（宮沢賢治）	343
果心居士（中山三柳）	250
果進居士（愚軒）	113
幽かな効能、機能・効果・検出（神林長平）	91
カストリゲンチャ（堀川アサコ）	314
ガスパリーニ（高野史緒）	194
カスファニアの笛（あさのあつこ）	9
枷（平山夢明）	281
火星甲殻団（川又千秋）	89
火星植物園（中井英夫）	241
火星人秘録（北原尚彦）	97
火星鉄道一九（谷甲州）	217
火星の運河（江戸川乱歩）	51
火星の運河（恩田陸）	73
火星のツァラトゥストラ（筒井康隆）	225
火星のプリンセス（東浩紀）	13
火星のプリンセス 続（東浩紀）	13
風が好き（井上雅彦）	36
風かわりて夏きたる（香月日輪）	128
風電話（竹下文子）	202
風と草穂（宮沢賢治）	343
風と光と二十の私と（坂口安吾）	150
かぜにもらったゆめ（佐藤さとる）	154
風のおよめさん（立原えりか）	211
風の子と焚き火（佐藤さとる）	154
風のささやき（赤川次郎）	2
風の橋（京極夏彦）	106
風の又三郎（宮沢賢治）	343
風邪の夜には鍋焼きうどん（篠宮あすか）	167
風博士（坂口安吾）	150
かぜひき（日影丈吉）	275
風町まで（竹下文子）	202
風町郵便局（竹下文子）	202
火葬国風景（海野十三）	50
仮想の在処（伏見完）	297
火葬場の話（加門七海）	86
画像面接（眉村卓）	324
家族（カツオシD）	80
家族対抗カミングアウト合戦（森奈津子）	365
家族の肖像（渡辺浩弐）	393
家族の風景（つくね乱蔵）	221
ガソリンどろぼう（小松左京）	141
片腕（川端康成）	89
片想いの結末（蘇部健一）	191
片思いの梵鐘―卒都婆月山（本堂平四郎）	316
カタカタ物語り（阿刀田高）	15
かたきうち（星新一）	303
火宅（月村了衛）	221
カタシロ（木原浩勝）	101
肩の上の秘書（星新一）	303
形見の入れ墨（立原えりか）	211
形見の品（目代雄一）	361
形見分け（葛西俊和）	76
傾いた地平線（眉村卓）	324
傾けるべからず（三島浩司）	331
語らい（星新一）	303
語り終わりは、惨劇の幕開き（清松みゆき）	113
語る石（森奈津子）	365
語る臆病者（輪渡颯介）	403
語る死人（輪渡颯介）	403
傍のあいつ（手塚治虫）	232

日本のSF・ホラー・ファンタジー		かまと
カチカチ山(小松左京)	141	
勝つと思うな、思えば……!? さかな記念日(天野頌子)	18	
画中の美女(青木鷺水)	1	
ガチョウの歌(伊藤三巳華)	34	
閣下とマのつくトサ日記!?(喬林知)	199	
被衣(中井英夫)	241	
カッコウの鳴くところ(中山麻子)	250	
滑車の地(上田早夕里)	44	
合掌点(高橋克彦)	195	
活字は生きている(赤川次郎)	2	
活人画(北原尚彦)	97	
カット・アップ・レストラン(荒巻義雄)	23	
河童銭(大田南畝)	56	
かっぱタクシー(明野照葉)	7	
カッパと三日月(佐藤さとる)	154	
河童と見た空(前川亜希子)	317	
河童の話(折口信夫)	72	
河童の秘薬(畠中恵)	267	
桂男(京極夏彦)	106	
滑落(眉村卓)	324	
カーディガン(小池真理子)	123	
家庭教師(赤川次郎)	2	
カーテン売りがやってきた(あまんきみこ)	18	
カーテンコール(阿刀田高)	15	
カデンツァ(西澤保彦)	259	
カード(星新一)	303	
カードゲーム(渡辺浩弐)	393	
角の家(日影丈吉)	275	
カドミウム・レッド―白雪姫(千早茜)	220	
ガドルフの百合(宮沢賢治)	344	
角ン童子(佐藤さとる)	154	
神奈川県の山で(伊藤三巳華)	34	
哀しい再会(田島照久)	207	
悲しきカンガルー(鈴木いづみ)	183	
かな式まちかど(おおむらしんいち)	58	
悲しみにくれる池(田島照久)	207	
悲しみの祖父(木原浩勝)	101	
鉄鎚(夢野久作)	377	
カナダマ(化野燐)	14	
奏で手のヌフレツン(西島伝法)	239	
加奈の失踪(諸星大二郎)	367	
鉄輪恋鬼孔雀舞(夢枕獏)	382	
蟹(岡本綺堂)	60	
かにみそ(倉狩聡)	116	
ガニメデ守備隊(谷甲州)	217	
化忍幻戯(月村了衛)	221	
鐘が淵(岡本綺堂)	60	
鉦の音(山内青陵)	369	
可能性(渡辺浩弐)	393	
加納主計(西崎憲)	256	
かの子変相(円地文子)	54	
彼女(葛西俊和)	76	
彼女の青空(竹下文子)	202	
彼女の彼(櫛木理宇)	114	
彼女の記憶力(渡辺浩弐)	393	
彼女の痕跡展(三崎亜記)	331	
彼女の右手(渡辺浩弐)	393	
彼女はこうしてやってきました。ある少年の邂逅(甘沢林檎)	17	
彼女はコンクリートとお話ができる(からて)	88	
「彼女はそこにいる」(佐々原史緒)	152	
「彼女はツかれているので」(森橋ビンゴ)	365	
彼女はワイルドハート(一条明)	33	
鹿乃牧温泉(安曇潤平)	13	
カバのお医者さん(鳥居みゆき)	238	
川原町晩景(星川ルリ)	300	
鞄の持ち手(木原浩勝)	101	
カビウナギ(小林玄)	135	
画美人(澁澤龍彦)	169	
カフェオレの湯気の向こうに(高森美由紀)	200	
カフェ・ド・メトロ(井上雅彦)	36	
カブグラ(倉狩聡)	116	
兜(岡本綺堂)	60	
兜鉢(杉村顕道)	178	
カーブの向う(安部公房)	17	
壁(木原浩勝)	101	
壁ドン(福澤徹三)	288	
壁にいる顔(櫛木理宇)	114	
壁の男(日影丈吉)	275	
壁の中(木原浩勝)	101	
壁の中(佐藤さとる)	154	
南瓜(宍戸レイ)	165	
かぼちゃの馬車(星新一)	304	
カマガサキ二〇一三年(小松左京)	141	
蟇合戦の話(杉村顕道)	178	
竈(木原浩勝)	101	
竈の中の顔(田中貢太郎)	213	

作品名	ページ
かまどの火（山田正紀）	371
蝦蟇念仏（夢枕獏）	382
髪（阿刀田高）	15
神扇―holy night（あざの耕平）	10
神を信じる人々（渡辺浩弐）	393
紙か髪か（小松左京）	141
かみがかり（前川由衣）	317
神かくし（勝山海百合）	81
神かくし（小池真理子）	123
神隠し（伊多波碧）	32
神隠しの山（香月日輪）	128
髪型（眉村卓）	324
神々と信仰（藤浪智之）	296
神々の艦隊（和智正喜）	402
神々の黄昏（和智正喜）	402
神々のための序説（あさのあつこ）	9
神々のビリヤード（高井信）	192
神々の歩法（宮澤伊織）	341
髪切（菊岡沾凉）	93
髪切虫（夢野久作）	377
カミサマ（平谷美樹）	285
かみさま、かみさま（平金魚）	192
神様に好かれる（小田イ輔）	69
神様2011（川上弘美）	88
神さんや物の怪や芝ヤンの霊がすんでいる山の中（高田直樹）	194
剃刀（志賀直哉）	164
嚙み付き女（友成純一）	236
かみなり（京極夏彦）	106
カミナリ様と子供たち（池上喜美子）	27
雷のお届けもの（仁木英之）	254
紙人形の春（倉阪鬼一郎）	116
髪の毛（福澤徹三）	288
「神のゲームとヒューマントラッシュファクトリー in myぼく」（海猫沢めろん）	49
紙の城（星新一）	304
神の創造（下永聖高）	170
神のための終章（あさのあつこ）	9
神の見えざる手（島田雅彦）	170
神の御名は黙して唱えよ（仁木稔）	254
神の嫁（折口信夫）	72
かみ☆ふぁみ！―彼女の家族が「お前なんぞにうちの子はやらん」と頑なな件（伴名練）	273
神への長い道（小松左京）	141
髪より滴る炎（中山三柳）	250
神よ、わが武器を守り給え（今日泊亜蘭）	111
神上りましし伯父（浅田次郎）	8
かむなぎうた（日影丈吉）	275
カムバック（もっちープリンス）	363
かめさん（北野勇作）	96
カメラの目から（渡辺浩弐）	393
カメレオン島の秘密（岩田賛）	42
カメロイド文部省（筒井康隆）	225
かものはし論（稲垣足穂）	35
かもめ（竹下文子）	202
カモメの名前（宮部みゆき）	357
火薬庫（岡本綺堂）	61
蚊帳の外―「お直し」変奏曲（小松左京）	141
蚊帳の中（阿刀田高）	15
かゆみの限界（筒井康隆）	225
通い路（泉鏡花）	31
通いの軍隊（筒井康隆）	225
花妖（香月日輪）	128
カラオケ（福谷修）	294
カラオケ（布田竜一）	298
カラオケボックスの顔（福谷修）	294
からかみなり（畠中恵）	267
からくり道士（夢枕獏）	382
カラス（筒井康隆）	225
鴉（三島由紀夫）	331
硝子世界（夢野久作）	377
硝子戸の中（抄）（夏目漱石）	251
硝子戸の中 より（夏目漱石）	251
カラス、なぜ鳴く（今邑彩）	38
ガラスに映る貌（坂東眞砂子）	272
ガラスのヴィジョン（田島照久）	207
ガラスの靴（松本祐子）	321
烏の言葉（木原浩勝）	101
硝子の章（日影丈吉）	275
ガラスの地球を救え！（田中啓文）	214
ガラスの花（星新一）	304
烏の北斗七星（宮沢賢治）	344
硝子の向こうの恋人（蘇部健一）	191
体がずれた（宇佐美まこと）	46
カラッポがいっぱいの世界（鈴木いづみ）	183
カラッポの話（佐藤さとる）	154
空手形（仁木英之）	254
空になった男（星川ルリ）	300
殻の中の少女たち（渡辺浩弐）	393

枯野の歌（福永武彦）	294	玩具（小林泰三）	136
空ゆと来ぬよ（米満英男）	389	玩具（太宰治）	204
ガリヴァー旅行記（樺山三英）	83	環刑鋼（西島伝法）	239
カリスマバッヂ（渡辺浩弐）	393	歓迎ぜめ（星新一）	304
かりそめの家（小松エメル）	139	観光（柴崎友香）	167
仮男子宇吉（滝沢馬琴）	201	関西の女（木原浩勝）	101
雁の童子（宮沢賢治）	344	簪犬（皆川博子）	338
ガリバー旅行記（手塚治虫）	232	がんじっこ（あさのあつこ）	9
カリフィヤの少年（荒巻義雄）	23	関心（眉村卓）	324
軽井沢での話（加門七海）	86	カンヅメ奇談（綾辻行人）	20
かるかや（夢枕獏）	382	関節話法（筒井康隆）	225
カルキノス（津原泰水）	230	完全作家ピュウ太（今日泊亜蘭）	111
カルブ爆撃隊（山野浩一）	372	幹線水路二〇六一年（光瀬龍）	335
迦楼羅（天沼春樹）	18	完全なる脳髄（上田早夕里）	44
彼氏（秋元康）	4	完全犯罪（小栗虫太郎）	67
彼氏の実家（須藤安寿）	186	閑窓瑣談（為永春水）	219
彼氏ラインナップ（渡辺浩弐）	393	寒村の信号機（田島照久）	207
カレー対スパゲッティ（布田竜一）	298	歓待（筒井康隆）	225
枯れ蟷螂（津原泰水）	230	邯鄲（吉田健一）	388
枯れない花（石川宏千花）	29	カンタン刑（式貴士）	164
彼の秘密（渡辺浩弐）	393	邯鄲師（領家高子）	390
枯葉の日（朱川湊人）	171	簡単な指令（渡辺浩弐）	393
彼等の事情（ゆなり）	376	邯鄲の夢（鈴木麻純）	185
彼らの幻の街（河野典生）	132	観潮楼門前の家ー「青春期の自画像」より〈11〉（佐藤春夫）	159
川（岡本かの子）	59	寒椿（香月日輪）	128
川赤子（京極夏彦）	106	岩塔ケ原（西丸震哉）	259
かわいいポーリー（星新一）	304	ガントリーキャッチャー（姫ノ木あく）	278
可愛い娘ができました。（甘沢林檎）	17	カンナあの紅（皆川博子）	338
可愛がるからー猫の怪の事（京極夏彦）	106	寒のふるまい（上橋菜穂子）	46
可愛すぎる娘（中原文夫）	246	観音様の頬（野村胡堂）	263
かわいそうなうさぎ（武田綾乃）	203	観音と虹（小田イ輔）	69
かわいそうなひと（平山夢明）	281	がんばり屋（時海結以）	235
乾いた旅（眉村卓）	324	カンヒザクラの花は落ちて（小原猛）	138
かわ姥物語（中村彰彦）	249	甘美な牢獄（宇能鴻一郎）	48
革財布（太宰治）	204	完璧な侵略（今日泊亜蘭）	111
かわその恋（小松エメル）	139	完璧な涙（仁木稔）	254
河太郎（山岡元隣）	370	完璧な人間（渡辺浩弐）	393
革トランク（宮沢賢治）	344	完璧人間（布田竜一）	298
川に浮かぶ女（宇江敏勝）	45	完璧の母（渡辺浩弐）	393
川の童（石神茉莉）	28	巻返大倭未来記（折口信夫）	72
癌（筒井康隆）	225	含満考ーバケモノの話（高須茂）	193
考える巨人（椎名誠）	162	顔面崩壊（筒井康隆）	225
観画談（幸田露伴）	131	ガンヤー跡地三話（小原猛）	138
眼球綺譚（綾辻行人）	20	勧誘（星新一）	304
眼球の蚊（瀬名秀明）	189		

作品名(作者名)	頁
勧誘員(眉村卓)	324
甘露家(坂木司)	150

【き】

作品名(作者名)	頁
気合入門(朱川湊人)	171
ぎい(木原浩勝)	101
奇異雑談集(作者不詳)	404
紀伊国の隠家(祐佐)	374
黄い紙(岡本綺堂)	61
黄色い猫(眉村卓)	324
黄色い斑点(大坪砂男)	57
黄いろのトマト(宮沢賢治)	344
黄色の夜(田中芳樹)	215
気韻生動(領家高子)	390
黄雨女(三津田信三)	336
消えた家(日影丈吉)	275
消えた火星ロケット(岩田賛)	42
消えたゴキブリ(渡辺浩弐)	393
消えた十二月(小滝ダイゴロウ)	134
消えた大金(星新一)	304
消えた街(山野浩一)	372
消えない傷と恋占い(丸山英人)	329
鬼縁(京極夏彦)	106
淇園(西崎憲)	257
記憶(木原浩勝)	101
記憶(小林雄次)	137
記憶の窓(高橋克彦)	195
機会(星新一)	304
機械宮の二人の姫君(森奈津子)	365
奇怪な再会(芥川龍之介)	5
奇怪な話(抄)(豊島與志雄)	237
機械は踊る(宮本宗明)	358
飢餓陣営(宮沢賢治)	345
帰還(眉村卓)	324
擬眼(瀬名秀明)	189
帰還軌道(笹本祐一)	152
機関車、草原に(河野典生)	132
ギガントマキア1945(朝松健)	11
鬼気(京極夏彦)	106
効き目―貧窮神の事(京極夏彦)	106
キキモラ―してやられた妖精(香山滋)	87
気球に乗って(田村理江)	219
帰郷(菊地秀行)	94
帰郷(福澤徹三)	288
帰郷(星新一)	304
桔梗合戦(皆川博子)	338
企業の秘密(星新一)	304
戯曲のツミ(湖山真)	148
帰去来(北原尚彦)	97
キキリッツリ(夢野久作)	377
菊(内田百閒)	47
木屑入りのお茶(石川宏千花)	29
キグルミ(岩城裕明)	42
鬼景(京極夏彦)	106
危険な錠剤(宮本宗明)	358
危険な年代(星新一)	304
鬼交(京極夏彦)	107
機巧のイヴ(乾緑郎)	35
鬼言 四(宮沢賢治)	345
鬼言 幻聴(宮沢賢治)	345
兆(小林泰三)	136
義残後覚(愚軒)	113
起死回生の大穴(蘇部健一)	191
儀式(星新一)	304
騎士シルヴィアの冒険!!(藤浪智之)	296
騎士団長と双貴姫(高里椎奈)	192
義士の太鼓(平谷美樹)	285
キジムナー封じ(小原猛)	138
鬼子母神の話(三輪チサ)	359
鬼車(香月日輪)	128
鬼術(木原浩勝)	101
奇術以上(畑耕一)	268
鬼情(京極夏彦)	107
鬼女狂恋―大利根(本堂平四郎)	316
気色悪い声の件(松村進吉)	321
鬼女の宴(倉橋由美子)	118
鬼女の夢(高橋克彦)	195
鬼神(京極夏彦)	107
疑心暗鬼(眉村卓)	324
蟻人境(手塚治虫)	232
椅人の如き座るもの(三津田信三)	336
傷痕(葛西俊和)	76
築け、砂上の楼閣！出会うは新たなる困難(西尾維新)	255
絆(瀬名秀明)	189
絆(横田順彌)	386
絆の糸(木原浩勝)	101
奇生(神林長平)	91
帰省(誉田哲也)	315
鬼棲(京極夏彦)	107
寄生生物(椙本孝思)	181
帰省録(高原英理)	199
着せ替え人形(渡辺浩弐)	393

喜善夢日記(佐々木喜善)	152
帰巣の罠(花輪莞爾)	270
鬼想―八百人の子供の首を斬り落とさなければならぬ程。(京極夏彦)	107
木曾の褥(朝松健)	11
木曾の旅人(岡本綺堂)	61
擬態(山田悠介)	371
北へ深夜特急(井上雅彦)	36
北風をみた子(あまんきみこ)	18
きたぐに母子歌(雀野日名子)	186
北東京の子供たち(宮内悠介)	340
穢い國から(牧野修)	317
北の海(中原中也)	246
北の王(佐々木淳一)	152
戯談(大泉黒石)	55
奇譚を売る店(芦辺拓)	12
畸談みれいじゃ(朱川湊人)	171
キチガヒ地獄(夢野久作)	377
菊花の約(岩井志麻子)	40
亀甲墓(小原猛)	138
喫茶店(柴崎友香)	167
喫茶店(竹下文子)	202
キッチン・ダンス(雪舟えま)	375
きっとマのつく陽が昇る！(喬林知)	199
狐(中見利男)	248
狐(水野葉舟)	333
"狐"踊る祇園祭(朝戸麻央)	8
きつね小僧(星新一)	304
きつね三吉(佐藤さとる)	155
狐つかい(只野真葛)	208
狐憑き(折口真喜子)	73
キツネと宇宙人(小松左京)	142
狐と踊れ(神林長平)	91
狐と踊れ(桜坂洋)	151
狐と韃(朱川湊人)	171
狐の児(橘南谿)	209
キツネの恋(目代雄一)	361
きつねのはなし(森見登美彦)	366
狐の話(行田尚希)	375
狐の嫁入り(星新一)	304
狐火(望月もらん)	363
鬼童(京極夏彦)	107
鬼涙村(牧野信一)	319
機忍獣(月村了衛)	221
綺幻燈玻璃繪噺(今日泊亜蘭)	112
記念写真(星新一)	304
記念の写真(渡辺浩弐)	393
記念日(伽古屋圭市)	75
気の合う二人(渡辺浩弐)	393
気のいい火山弾(宮沢賢治)	345
木の家(竹下文子)	202
昨日も今日も明日も幸せ(矢崎存美)	367
木の顔(平山夢明)	281
気の所為―怪刀の事(二ヶ条)(京極夏彦)	107
黄八丈の小袖(岡本綺堂)	61
黄八丈の寝衣(杉村顕道)	178
吉備津の釜(岩井志麻子)	40
吉備津の釜(上田秋成)	43
吉備津の釜(日影丈吉)	275
輝風 戻る能はず(朝松健)	11
貴夫人(泉鏡花)	31
貴婦人にハンカチを(有栖川有栖)	25
戯文 Gibun(神林長平)	91
綺文 Kibun(神林長平)	91
鬼慕(京極夏彦)	107
希望(小林雄次)	137
希望(瀬名秀明)	189
奇木の森(岡部えつ)	58
鬼母神(坂東眞砂子)	272
きまぐれ草(小泉八雲)	126
君を見る結晶夜(田中アコ)	213
公子(眉村卓)	324
きみに照らされて(寺本耕也)	233
きみに読む物語(瀬名秀明)	189
君の望みと僕の憾み(一石月下)	32
奇妙なアルバイト(阿刀田高)	15
奇妙な凶器(渡辺浩弐)	393
奇妙な小話(佐藤春夫)	159
奇妙な社員(星新一)	304
奇妙な戦争(今日泊亜蘭)	112
君は君(渡辺浩弐)	394
決められない男(時海結以)	235
きも(朱雀門出)	181
ギモーヴ(佐野優香里)	161
肝だめし(目代雄一)	361
肝試し(木原浩勝)	101
肝試しの夜に、二人は(舞阪洸)	316
鬼門大金神(荒巻義雄)	24
逆襲の大河童―有馬包国(本堂平四郎)	316
客人(浅田次郎)	8

作品名	頁
逆臣蔵(小松左京)	142
逆光の山の向こう(倉阪鬼一郎)	116
キャッチ＆リリース(渡辺浩弐)	394
伽羅若衆(井原西鶴)	38
キャンプ合宿(高橋ヨシキ)	198
ギャンブル人生(渡辺浩弐)	394
笈埃随筆(百井塘雨)	363
牛怪(夢枕獏)	382
旧街道の話(三輪チサ)	359
嗅覚(新津きよみ)	253
牛鬼(和田正路)	402
球形住宅の殺人(荒巻義雄)	24
吸血鬼社長、がんばる(赤川次郎)	2
吸血鬼博覧会(赤川次郎)	2
吸血鬼よ故郷を見よ(赤川次郎)	2
休日の会合(眉村卓)	324
給食(新津きよみ)	253
救助隊来たる(小松左京)	142
宮人降天(鈴木桃野)	185
求人難(星新一)	304
救世主の正体(朱雀新吾)	182
宮川舎漫筆(宮川政運)	341
旧鼠(京極夏彦)	107
弓天直下 "ラン・ベルの過去"(金斬児狐)	82
求道に幸あれ(菅浩江)	176
急な引越し(目代雄一)	361
牛馬童子(神山奉子)	85
救命ボートの隙間(赤川次郎)	2
球面三角(花田清輝)	269
旧暦の黄昏 "芝浜"(朱雀新吾)	183
Q工業(眉村卓)	324
犬狼都市(澁澤龍彦)	169
凶(芥川龍之介)	5
教育ママ(渡辺浩弐)	394
驚異の城の主(地本草子)	220
饗宴(吉田健一)	388
饗応(上田早夕里)	44
狂花(宵野ゆめ)	384
狂界(福澤徹三)	288
境界線(安曇潤平)	13
狂覚(朱雀門出)	182
鏡花との一夕(折口信夫)	72
今日からマのつく自由業！(喬林知)	199
狂鬼降臨(友成純一)	236
狂気大陸(朝松健)	11

作品名	頁
狂気！ ねずの木の話(中見利男)	248
怯現実(もっちープリンス)	363
凶行前六十年(都筑道夫)	224
共罪(神無月蠍)	90
教師洗脳法(渡辺浩弐)	394
教室(矢部嵩)	369
凶銃(小松左京)	142
郷愁としてのグロテスク(江戸川乱歩)	51
行生猿女の話(杉村顕道)	178
行商人と鈍色の騎士(支倉凍砂)	266
凶刃(北原尚彦)	97
狂人遺書(坂口安吾)	150
狂人は笑ふ(夢野久作)	377
狂戦士(宵野ゆめ)	385
競漕曲(仁木英之)	254
競争社会(渡辺浩弐)	394
鏡台(高橋克彦)	195
兄妹の魂(岡本綺堂)	61
凶宅(木原浩勝)	101
凶宅(岡本綺堂)	61
きょうという日(星新一)	304
狂童女の恋(岡本かの子)	59
鏡忍(月村了衛)	221
今日の心霊(篠野可織)	296
脅迫者(秋元康)	4
共犯者(福澤徹三)	288
恐怖の校内ドラッグストア(鏡貴也)	75
恐怖のコラレオーネ(カツオシD)	80
「恐怖の谷」から「恍惚の峰」へ—その政策的応用(遠藤慎一)	54
「恐怖、溶解人間」(海猫沢めろん)	49
凶暴なロボット(渡辺浩弐)	394
今日も日本晴れ(木皿泉)	95
驚狸(石川鴻斎)	29
恐竜ラウレンティスの幻視(梶尾真治)	78
恐竜はなぜ死んだか？(今日泊亜蘭)	112
協力(恩田陸)	73
行列(西崎憲)	257
行列—「死と夢」より(原民喜)	272
凶(抄)(芥川龍之介)	5
虚海(月村了衛)	221
極冠コンビナート(谷甲州)	217
極冠作戦(小松左京)	142
玉中交歓(倉橋由美子)	118

巨刹（倉橋由美子）	118
虚式（福澤徹三）	288
巨人たちの日（大黒尚人）	55
巨星（堀晃）	313
巨大な塔（布田竜一）	298
魚服記（太宰治）	204
魚服記に就て（太宰治）	205
清水坂（有栖川有栖）	25
虚無回廊 序章 死を越える旅1"彼"（小松左京）	142
清められた卓（宮内悠介）	340
魚妖（岡本綺堂）	61
嫌ひなものは嫌ひなり（皆川博子）	338
嫌われ度メーター（眉村卓）	324
きらわれもの（眉村卓）	324
切り落とし（神林長平）	91
キリキザワイの怪（小原猛）	138
切り裂き魔の家（石田一）	30
ギリシア小文字の誕生（浅暮三文）	7
義理親切（平山夢明）	281
キリストの出てくる寓話集（中原昌也）	247
きりない話（山田野理夫）	371
霧にむせぶ夜（ますむらひろし）	320
キリノ（津原泰水）	230
霧の一丁倫敦（今市子）	38
霧の中の人々（山野浩一）	372
きりの中のぶらんこ（あまんきみこ）	18
霧の中の街（坂東眞砂子）	272
桐畑の太夫（岡本綺堂）	61
キリマンジャロの猫（福澤徹三）	288
機龍警察 化生（月村了衛）	221
機龍警察・火宅（月村了衛）	221
ギルガメッシュ要塞（谷甲州）	217
きれいなおかあさん（鳥居みゆき）	238
きれいな仕事（渡辺浩弐）	394
きれいな死体（渡辺浩弐）	394
帰路（星新一）	304
木は森に（渡辺浩弐）	394
金色の蜘蛛（中井英夫）	241
金色の獣、彼方に向かう（恒川光太郎）	228
銀色のつばさ（木下容子）	100
銀色の電車（横田順彌）	386
銀色のボンベ（星新一）	304
金色のピアス（中山麻子）	250

銀河英雄伝説のつくりかた（田中芳樹）	215
謹賀新年（あさのあつこ）	9
銀河鉄道の夜（宮沢賢治）	345
銀河鉄道の夜 初期形第三次稿（宮沢賢治）	345
銀河灯ろう―ハヅキノコモリウタ（北森みお）	98
銀河に乗って（仁木英之）	254
銀化猫―ギンカネコ（田中明子）	213
銀河ネットワークで歌を歌ったクジラ（大原まり子）	58
銀河の謀略トンネル（野田昌宏）	262
銀河風帆走（宮西建礼）	356
銀環計画（田中芳樹）	215
緊急自爆装置（三崎亜記）	331
緊急連絡（平山夢明）	281
緊急連絡網（新津きよみ）	253
金魚（手塚治虫）	232
金玉ねぢぶくさ（章花堂）	173
金銀（幸田露伴）	131
金銀甘茶（神山奉子）	85
禁区（福澤徹三）	289
キングコング（北杜夫）	98
均衡点（平山瑞穂）	280
金骨（国広正人）	115
銀座バッティングセンター（木下半太）	99
金鵲鏡（幸田露伴）	131
金蛇石（木内石亭）	92
金繡忌（入江敦彦）	39
近所迷惑（筒井康隆）	225
近代百物語（鳥飼酔雅）	98
キンタロウの秘密（小松左京）	142
禁断の死針（野村胡堂）	263
禁断のストアルーム（櫂末高彰）	75
銀と金（草薙陀美鳥）	114
＃銀の匙（飛浩隆）	236
銀の舟（小林泰三）	136
銀の船（恒川光太郎）	228
金の指輪―シンデレラ（千早茜）	220
金の輪（小川未明）	66
金髪の神父と魔物（天堂里砂）	234
銀毛狼皮（須永朝彦）	187
金曜日の醬油風味（篠宮あすか）	167
金曜日の出来事（朱雀門出）	182
金曜日の謎解き（篠宮あすか）	167

【く】

杭打ち（鈴木光司）	184
グイン、故郷へ帰る（牧野修）	318
グイン・サーガ外伝 星降る草原・連載第三回（久美沙織）	115
グイン・サーガ外伝・星降る草原・連載第二回（久美沙織）	115
グイン、旅に出る（牧野修）	318
グイン、地にもぐる（牧野修）	318
グイン、村へと入る（牧野修）	318
空気の中のゴースト（神山健治）	85
空港で落としたもの（福澤徹三）	289
空室の多いマンション（福澤徹三）	289
空襲のあと（抄）（色川武大）	39
偶然のエアライン（田島照久）	207
空想御先祖さま それはST・AR博士（星新一）	304
偶像の部屋（岩井志麻子）	40
空中（夢野久作）	377
空中都市008（小松左京）	142
空中都市008 抄（小松左京）	142
空中浮遊少女（岡崎弘明）	58
空洞一掘る男（平田真夫）	279
空忘の鉢（高野史緒）	194
寓話（佐藤さとる）	155
九月の視線（福澤徹三）	289
陸の奥より申し上げる（小川一水）	64
くくしがるば（遠藤徹）	54
傀儡師（夢枕獏）	382
日下兄妹（市川春子）	32
腐った赤い薔薇（倉阪鬼一郎）	116
草葉の陰から（渡辺浩弐）	394
くさびらの道（上田早夕里）	44
腐る店（福澤徹三）	289
くじ（椎名誠）	162
ぐじ（椎名誠）	162
駆除する人々（平山瑞穂）	280
グスコーブドリの伝記（宮沢賢治）	345
薬売り（小川未明）	66
くすんだ言語（黒石迥守）	121
具足の袂に（皆川博子）	338
くだぎつね（夢枕獏）	382
管水母（椎名誠）	163
くたばれPTA（筒井康隆）	225
件（内田百閒）	47
くだんのはは（小松左京）	142
Kudanの瞳（志保龍彦）	170
口を失くした侍（西崎憲）	257
くちづけ（小池真理子）	123
朽ちてゆくまで（宮部みゆき）	357
鬢の玄三の話（杉村顕道）	178
唇（木原浩勝）	101
口笛を吹くねこ（佐藤さとる）	155
クチマネ（夢野久作）	377
口はわざわいの元（渡辺浩弐）	394
履惚れ（井上雅彦）	36
グドミアノと土蛙の話（あさのあつこ）	9
くねくねハンティング（宮澤伊織）	341
クねずみ（宮沢賢治）	346
くの字（井坂洋子）	28
首（小池真理子）	123
首（高橋ヨシキ）	198
首（中見利男）	248
首をかたむける女（夢枕獏）	382
首飾り（齊藤英子）	149
首が飛んでも―猪ケ窟之定（本堂平四郎）	316
首狩り（山野浩一）	372
首狂言天守ठ合（朝松健）	11
首斬り鬼（香月日輪）	128
首切の如き裂くもの（三津田信三）	336
首ざぶとん（朱雀門出）	182
首大臣（夢枕獏）	382
首継ぎ御寮（高橋克彦）	195
首吊少女亭（北原尚彦）	97
首吊り屋敷（田辺青蛙）	216
首なし（小林泰三）	136
首ふり地蔵（宇江佐真理）	43
首輪（星新一）	304
久保くん（眉村卓）	324
くぼみ頭（阿刀田高）	15
熊の木本線（筒井康隆）	225
熊の首（神狛しず）	84
熊野灘の漁夫人魚を捕えし話（佐藤春夫）	159
熊のほうがおっかない（勝山海百合）	81
グミ（高橋ヨシキ）	198
クーモン（恒川光太郎）	228
クモ（立原えりか）	211
蜘蛛（遠藤周作）	54
蜘蛛（神無月蠍）	90
蜘蛛（柴崎友香）	168

蜘蛛となめくじと狸（宮沢賢治）	346
蜘蛛と山羊（福澤徹三）	289
蜘蛛の王（飛浩隆）	236
雲のなかの悪魔（山田正紀）	371
雲の眠る海（恒川光太郎）	228
曇り空の下で（小松左京）	142
くもりのないおてんとうさまはかくれてるものを明るみへだす（牧野修）	318
くもんこの話（あまんきみこ）	19
鞍（井上雅彦）	36
クライ・アイズ（鈴木光司）	184
クライクライ（真藤順丈）	175
暗いバス（堀川アサコ）	314
暗い魔窟と明るい魔境（岩井志麻子）	40
暗いは怖い—美藤祐（岡田伸一）	58
暗く温かい海（つくね乱蔵）	222
海月狩り（椎名誠）	163
クラーケン（津原泰水）	230
グラスハートが割れないように（小川一水）	64
クラスメイト（二宮敦人）	260
クラちゃんとカルーさん（真弓りの）	322
蔵の中（木原浩勝）	101
倉橋京子の挑戦（あざの耕平）	10
グラビア・アイドルの話（岩井志麻子）	40
グラムくん（佐藤さとる）	155
くらやみざか（天沼春樹）	18
暗闇では誰もが灰色（一条明）	33
クラリネット遁走曲（倉阪鬼一郎）	116
クランクアップ（渡辺浩弐）	394
グランド・フィナーレ（笹本祐一）	152
クリオネ（福澤徹三）	289
くりから御殿（宮部みゆき）	357
クリシュナの季節（萩尾望都）	264
クリスタル・パレス殺人事件—ナリスの事件簿（栗本薫）	119
クリスマス（布田竜一）	298
クリスマス・イブの出来事（星新一）	304
クリスマスの呪い（渡辺浩弐）	394
クリスマスの夜（杉本栄子）	181
栗の功名（高古堂主人）	127
栗の壺杓子—ある『遠野物語』抄（宇江敏勝）	45
栗の実おちた（小西保明）	134
クリープ・ショウ（井上雅彦）	36
繰舟で往く家（牧野信一）	319
くりみたろう（佐藤さとる）	155
クリュセの魚（東浩紀）	13
狂い桜（綾辻行人）	20
狂ひぞまこと（米満英男）	389
くるぐる使い（大槻ケンヂ）	57
来るために会ふ（米満英男）	389
くるま（黒木あるじ）	121
車（宮沢賢治）	346
車椅子の女（小林玄）	135
車の客（星新一）	304
グルーミング（宮本宗明）	358
ぐるりよーざ いんへるの（加門七海）	86
クレオールの魂（安部公房）	17
グレー・グレー（高原英理）	199
紅と青と黒（中井英夫）	241
紅の女（阿刀田高）	15
紅の恐怖（阿刀田高）	15
紅の密使（栗本薫）	119
クレバス（萩尾望都）	264
クレーム（加藤一）	82
クレーム（松村比呂美）	321
クレームの多い駐車場（西浦和也）	255
紅蓮鬼（高橋克彦）	195
紅蓮の島（栗本薫）	119
黒い明日（栗本薫）	119
黒い頭（夢野久作）	377
黒い雨（神薫）	174
黒い雨の夜（倉橋由美子）	118
黒いおともだち（福谷修）	294
黒いお化け（今日泊亜蘭）	112
黒い靴（坂東眞砂子）	273
黒い車掌（有栖川有栖）	25
黒いスカート（木下半太）	99
黒い友達（渡辺浩弐）	394
黒い友達 続（渡辺浩弐）	394
黒い鳥（水野葉舟）	333
黒い旗物語（小川未明）	66
黒い鳩（西浦和也）	255
黒い服の男（星新一）	304
黒い方程式（石持浅海）	30
黒いもの（水野葉舟）	333
黒いものが噴き出した（香月日輪）	128
黒色のポカリスエット（佐藤友哉）	160
黒壁（泉鏡花）	31

見出し	ページ
黒髪(今邑彩)	38
黒髪(宇江敏勝)	45
黒子――two‐dogs were left(あざの耕平)	10
黒白ストーリー(夢野久作)	377
黒塚(鈴木麻純)	185
「クローズドアンツ」(綾里けいし)	20
クロスハート(喬林知)	199
クロスローダーの轍(せんべい猫)	190
クローゼット(飛浩隆)	236
黒波(木原浩勝)	101
黒沼(香月日輪)	128
黒猫ラ・モールの歴史観と意見(吉川良太郎)	387
黒の櫛(森谷明子)	366
クロノ・チンチローネ 時そば(朱雀新吾)	183
黒の憑き人(木原浩勝)	101
黒羽比那子の日記(日高由香)	278
黒ぶどう(鬼塚りつ子)	71
黒ぶどう(宮沢賢治)	346
黒幕(星新一)	305
黒ムシと春告げの梅(結城光流)	374
黒眼鏡(山内青陵)	369
黒闇天女(中井英夫)	241
黒蓮華(乾石智子)	35
くろん坊(岡本綺堂)	61
群集の中のロビンソン・クルーソー(江戸川乱歩)	51
軍針(菊地秀行)	94
君奴(寺澤鎮)	233
クンねずみ(宮沢賢治)	346
薫風(平谷美樹)	285
訓練のたまもの(渡辺浩弐)	394
群狼襲来――弦月信国(本堂平四郎)	316

【け】

見出し	ページ
慶安大変記(筒井康隆)	225
形影問答(佐藤春夫)	159
計画殺人(渡辺浩弐)	394
景気のいい香り(星新一)	305
渓谷の宿(長島槇子)	245
警察署(宮沢賢治)	346
計算の季節(藤田雅矢)	296
警視庁吸血犯罪捜査班(林譲治)	271
刑事と称する男(星新一)	305
ゲイシャ(高橋ヨシキ)	198
ゲイシャ笑奴(森奈津子)	365
啓示――APOCALYPSE(新堂奈槻)	176
携帯の音(平谷美樹)	285
競馬場で逢った男(福澤徹三)	289
契約(鈴木いづみ)	183
契約者(星新一)	305
経路(星新一)	305
下界の天人(烏有庵)	49
激辛戦国時代(青山智樹)	1
劇場(小松左京)	142
劇場を出て(恩田陸)	73
隙魔の如き覗くもの(三津田信三)	336
下山道の人影(田島照久)	207
夏至船――ミナヅキノリボン(北森みお)	98
けしに坂(京極夏彦)	107
化生(月村了衛)	221
化粧坂(皆川博子)	338
化粧歴程(菅浩江)	176
毛倡妓(京極夏彦)	107
化身(宮ノ川顕)	356
化身遊戯(井上雅彦)	36
下水道(北原尚彦)	97
ゲーセン怪異(葛西俊和)	76
下足番の話(杉村顕道)	178
ケータイ写真に写っていた手(小沢清子)	68
ケータイとへび(望月新三郎)	362
下駄を買う男(阿刀田高)	15
解脱(渡辺浩弐)	394
けだもの(中原文夫)	246
けだもの(平山夢明)	281
けちな願い(星新一)	305
化鳥(泉鏡花)	31
化鳥(皆川博子)	338
血縁(福澤徹三)	289
月下に白菊咲く(香月日輪)	128
月下の誓い(坂東眞砂子)	273
月光異聞(佐藤春夫)	159
月光環(川端裕人)	89
月光伝説(天声会議)	233
月光よ(眉村卓)	325
月光浴(須永朝彦)	187
結婚ラプソディ(野村胡堂)	263
傑作の条件(渡辺浩弐)	394
傑作発見！(渡辺浩弐)	394
結晶星団(小松左京)	142

月蝕（夢野久作）	377
決戦！　金太郎岩礁（野田昌宏）	262
決戦大銀河系連合艦隊VSメタノイド艦隊（和智正喜）	402
決戦・日本シリーズ（かんべむさし）	92
決着！　おかえり、魔法少女『パンプキン』！（西尾維新）	255
決闘（光瀬龍）	335
欠落秀才（眉村卓）	325
ゲネ（木原浩勝）	102
Kの昇天（梶井基次郎）	77
気配（神無月蠍）	90
気配（福澤徹三）	289
ゲバルトX（飴村行）	19
ゲーム（新井素子）	22
毛むくじゃら姫（池田香代子）	27
ゲームの王国（小川哲）	65
ゲームより簡単（渡辺浩弐）	394
けむりを吐かぬ煙突（夢野久作）	377
煙が目にしみる（鈴木いづみ）	183
けむりネットカフェ（葛西俊和）	76
倩兮女（京極夏彦）	107
ケラ星人（星新一）	305
蹴り上げる足（輪渡颯介）	403
ケルベロス（津原泰水）	230
けれど心は弾むだろう（喬林知）	199
げろめんさん（田中哲弥）	213
権威と使命（夢野久作）	378
幻影（高橋克彦）	195
幻影城（大坪砂男）	57
幻影城の奇術師（吉村達也）	388
幻影の攻勢（眉村卓）	325
幻影の囚人（中井英夫）	241
圏外（福谷修）	294
見解の相違とは自覚し難いモノである―赤髪ショートの転換点（金斬児狐）	82
玄関に近寄れない（さたなきあ）	153
玄関の人（高橋克彦）	195
幻戯（中井英夫）	241
健康への暴走（花輪莞爾）	270
言語破壊官（かんべむさし）	92
源五郎狐（菊岡沾凉）	93
原罪SHOW（長江俊和）	243
県境にて（田辺青蛙）	216
検索してはいけない（神薫）	174
検索ワード：異次元/深夜会議（片瀬二郎）	79
幻視者（福澤徹三）	289
現実VS.擬似現実（渡辺浩弐）	394
"ゲンジ物語"の作者、"マツダイラ・サダノブ"（円城塔）	53
賢者之年の日常よ（金斬児狐）	82
幻臭（新井素子）	22
虔十公園林（宮沢賢治）	346
厳粛な儀式（星新一）	305
幻術自来也（大坪砂男）	57
幻術天魔太郎（野村胡堂）	263
懸賞金稼ぎ（田中芳樹）	215
幻想の恩（木原浩勝）	102
幻想の種袋（荒巻義雄）	24
眷属（北原尚彦）	97
幻談（幸田露伴）	131
幻燈（芥川龍之介）	5
幻燈（小沢章友）	68
幻灯電車（恒川光太郎）	228
犬頭人とは（長新太）	220
ケンの行った昏い国（今日泊亜蘭）	112
原爆の局（宮内悠介）	340
けんぼう（京極夏彦）	107
幻夢（もっちープリンス）	363
権利金（星新一）	305
元禄お犬さわぎ（星新一）	305
幻惑の尾根（安曇潤平）	13

【こ】

鯉（内田百閒）	47
鯉（室生犀星）	360
恋がたき（星新一）	305
こいしくて（畠中恵）	267
碁子の精霊（林義端）	271
恋するイケメン（日代雄一）	361
恋する絵画（赤川次郎）	2
恋するグライアイ（中井英夫）	241
恋する魔法（中原昌也）	247
恋と毒（渡辺浩弐）	394
鯉と富士（平谷美樹）	285
恋入道（都筑道夫）	224
子犬のモカ（百瀬しのぶ）	363
恋猫（星川ルリ）	300
鯉のお守り（木原浩勝）	102
恋の重荷白河栄華の夢（中村彰彦）	249
鯉のちらし紋（井原西鶴）	38
鯉のぼり考（阿刀田高）	15
恋人気取り（北川歩実）	96

恋人ロボット（畑野智美）	269
恋文（槇ありさ）	317
こいホット（目代雄一）	361
恋骸（谷一生）	216
御慇懃なる幽霊（北条団水）	300
コイン・ゲーム（渡辺浩弐）	394
弘安四年（光瀬龍）	335
こういう宇宙（小松左京）	142
幸運には限度額がある（汀こるもの）	330
幸運の髪留め（福澤徹三）	289
耕耘部の時計（宮沢賢治）	346
幸運への作戦（星新一）	305
公園おじさん（小林玄）	135
公園―都市のせせらぎ（平田真夫）	279
公園にて（中井英夫）	241
公園の男（星新一）	305
講演旅行（筒井康隆）	225
巷街贅説（塵哉翁）	175
高額当選（須藤安寿）	186
高額バイト（福谷修）	294
豪華な生活（星新一）	305
黄河のほとりの物語（村田栞）	360
幸か不幸か（渡辺浩弐）	394
広寒宮の一夜（倉橋由美子）	118
好感度（渡辺浩弐）	394
絞鬼（高橋克彦）	195
黄牛記（杉村顕道）	178
高級マンション（福谷修）	294
公共伏魔殿（筒井康隆）	225
紅玉（泉鏡花）	31
工具惑星（荒巻義雄）	24
紅軍巴螺（パムー）を越ゆ（小栗虫太郎）	67
行酷（もっちープリンス）	363
皇国の守護者 2 勝利なき名誉（佐藤大輔）	158
紅琥珀（前田珠子）	317
交叉点（小松左京）	142
交差点（星新一）	305
交差点の恋人（山田正紀）	371
侯爵家の次男坊と剣の精霊（るむるむる）	390
工場（夢野久作）	378
強情な脳（渡辺浩弐）	394
好色灯台の話（杉村顕道）	178
交信（恩田陸）	73
恒星間メテオロイド（野尻抱介）	261
公正的戦闘規範（藤井太洋）	295
好青年（眉村卓）	325
合成美女（倉橋由美子）	118
黄石公の犬（夢枕獏）	383
紅雪散らす鬼（長尾彩子）	244
興禅寺の狐檀家（杉村顕道）	178
洪先生と陸先生（真堂樹）	176
抗争の疑惑（田沢大典）	207
高速の魔（香月日輪）	128
交代制（星新一）	305
コウタくん（百瀬しのぶ）	364
小袿の美女の話（杉村顕道）	178
紅茶の国（狐塚冬里）	133
校長先生の話（岩井志麻子）	40
豪邸の住人（眉村卓）	325
校庭の土の下（時海結以）	235
神戸の銀杏の話（杉村顕道）	178
鸛（佐藤春夫）	159
交番勤務の宇宙人（誉田哲也）	315
幸福という名の怪物（香月日輪）	128
幸福の家（小池真理子）	123
幸福の王子（朱川湊人）	171
幸福の神を追う（松崎有理）	320
幸福の神様（阿刀田高）	15
幸福の限界（筒井康隆）	226
黄夫人の手（大泉黒石）	55
鉱物式や植物、動物式の性格（夢野久作）	378
康平の背中（小池真理子）	124
業魔の石（香月日輪）	128
高慢の果（花洛隠士音久）	88
光明か暗黒か（夢野久作）	378
降毛（橘南谿）	209
紅毛幻術（津村涼庵）	231
こうもり（長野まゆみ）	246
蝙蝠（岡本かの子）	59
蝙蝠男（須永朝彦）	187
煌夜祭（多崎礼）	206
荒野の戦士（栗本薫）	119
高野聖（泉鏡花）	31
高野聖 読みほぐし（泉鏡花）	31
紅葉の出口（福澤徹三）	289
光籃（泉鏡花）	31
合理主義者（星新一）	305
香炉岩の話（杉村顕道）	178
高楼館（平谷美樹）	285
"高楼館"大時計（平谷美樹）	285

"高楼館"狂女（平谷美樹）	285
"高楼館"後日談（平谷美樹）	285
"高楼館"宿舎（平谷美樹）	285
"高楼館"手と口（平谷美樹）	285
"高楼館"202号室（平谷美樹）	286
豪腕の不安（目代雄一）	361
声（綾辻行人）	20
声（木原浩勝）	102
声（星新一）	305
声を売る店（田村理江）	219
声にしてごらん（高橋克彦）	195
声の恐怖（江戸川乱歩）	51
声の主（木原浩勝）	102
ゴエモンのニッポン日記一抄（小松左京）	142
個をさぐりかねつ（米満英男）	389
子をとろ子とろ（高橋克彦）	195
小鬼がくるとき（佐藤さとる）	155
小鬼と民（西條奈加）	148
子思い（伊多波碧）	32
小面の怪（筆天斎）	278
凍りついた眼―マッチ売りの少女（千早茜）	220
氷と後光（宮沢賢治）	347
氷の下の暗い顔（小松左京）	142
氷の涯（夢野久作）	378
氷姫（松本祐子）	322
氷惑星再び（栗本薫）	119
こおろぎとお客さま（佐藤さとる）	155
五カ月前から（石持浅海）	30
五月雨（桜庭一樹）	151
五月の海と、見えない漂着物―風待町医院異星人科（藤崎慎吾）	295
五月の陥穽（福澤徹三）	289
5月の晴れた日に（栗本薫）	119
五月の幽霊（石川喬司）	29
木枯の酒蔵から（坂口安吾）	150
五感の質屋（ゆうきゆう）	374
コキ（眉村卓）	325
ごきげん保険（星新一）	305
故郷（小林雄次）	137
故郷は緑なり（大黒尚人）	55
黒衣聖母（芥川龍之介）	5
黒衣聖母（小沢章友）	68
虚空（葛西俊和）	76
虚空（埴谷雄高）	270
虚空に嘲るもの―秋葉長光（本堂平四郎）	316
虚空の板（坂東眞砂子）	273
虚空の王者（高里椎奈）	193
虚空の夢（倉阪鬼一郎）	117
黒煙（高橋ヨシキ）	198
国産F4ファントム（藤丸）	297
黒縄（皆川博子）	338
告白（星新一）	305
告白模試（渡辺浩弐）	394
極楽の味（坂東眞砂子）	273
小暮写眞館（宮部みゆき）	357
国連脱出作戦（笹本祐一）	152
黒狼の揺り籠（支倉凍砂）	266
苔の花（高橋順子）	197
五号室（安曇潤平）	13
孤高の部屋（岩井志麻子）	40
凍える南の島（岩井志麻子）	40
ここを出たら（新井素子）	22
護国の霊魂坂本龍馬（神田伯龍）	90
午後四時の写真（杉本栄子）	181
枯骨の恋（岡部えつ）	58
ココナットの實（夢野久作）	378
ここに恐竜あり（筒井康隆）	226
心へまっしぐら（立原えりか）	211
心変わり（恩田陸）	73
心と体（渡辺浩弐）	395
心の鍵を開く歌（カツオシD）	80
心の眼鏡（北川歩実）	96
心の闇（綾辻行人）	20
ここはどこのほそみちじゃ（芳賀喜久雄）	264
古今奇談繁野話（近路行者）	132
古今百物語評判（山岡元隣）	370
後妻（杉村顕道）	178
誤作動（朱雀門出）	182
こさぶ（神山奉子）	85
乞食志願（野村胡堂）	263
五色の旗（阿刀田高）	15
五色の舟（津原泰水）	230
古時機ものがたり（今日泊亜蘭）	112
腰抜け幽霊（井原西鶴）	38
ゴージャス愛（平山夢明）	281
五十年計画（渡辺浩弐）	395
50年目の同窓会（カツオシD）	80
五十四時間（福澤徹三）	289
古城（皆川博子）	338

こしよ

御招山からの使者(石川宏千花) ……… 29
五所川原(太宰治) ……………………… 205
こづかい楠(平山夢明) ………………… 281
ゴースト(図子慧) ……………………… 182
コズミックロマンスカルテットwith E
　(小川一水) …………………………… 64
個性のない男(星新一) ………………… 305
古井の妖鏡(草官散人) ………………… 190
午前一時の女(木原浩勝) ……………… 102
跨線橋から(倉阪鬼一郎) ……………… 117
古戦場(柴崎友香) ……………………… 168
御先祖様万歳(小松左京) ……………… 142
午前の幽霊(津原泰水) ………………… 230
小袖曽我(皆川博子) …………………… 338
小袖の手(京極夏彦) …………………… 107
コーダ(西澤保彦) ……………………… 259
古代研究(大塚英志) …………………… 56
古代の秘法(星新一) …………………… 305
コダマ(神薫) …………………………… 174
木魂(夢野久作) ………………………… 378
こだわりの家(小林玄) ………………… 135
ごちそいさま(平山夢明) ……………… 281
壺中の稲妻(朱川湊人) ………………… 171
胡蝶陣(月村了衛) ……………………… 221
"伍長"の自画像(朝松健) ……………… 11
胡蝶蘭(葛西俊和) ……………………… 76
胡蝶蘭(藤野可織) ……………………… 296
こちらX探偵局/怪人幽鬼博士の巻(芦
　辺拓) …………………………………… 12
乞丐相(大塚英志) ……………………… 56
国家機密(星新一) ……………………… 305
コックリさん(宍戸レイ) ……………… 165
こっちだよ(平金魚) …………………… 192
こっちへおいで(谷村志穂) …………… 218
骨董(小泉八雲) ………………………… 126
コッホ島(新川はじめ) ………………… 175
古典物語(稲垣足穂) …………………… 35
古典竜頭蛇尾(太宰治) ………………… 205
古都(小林玄) …………………………… 135
鼓動(新堂奈槻) ………………………… 176
孤独地獄(芥川龍之介) ………………… 5
孤独なカラス(結城昌治) ……………… 374
コトコト石(木内石亭) ………………… 93
ことだまひろい(佐野橙子) …………… 161
異なる形(斎藤肇) ……………………… 149
ことの葉(椎津くみ) …………………… 162
異の葉狩り(朝松健) …………………… 11

コートの行方(田島照久) ……………… 207
言葉使い師(海猫沢めろん) …………… 49
言葉使い師(神林長平) ………………… 91
言葉はいつか自分に返ってくる(汀こ
　るもの) ………………………………… 330
言葉は要らない(菅浩江) ……………… 176
ことほぎの家(東直子) ………………… 276
子供達の戦い "アルジェントは苦労す
　る/オーロは鬼生を謳歌する"(金斬
　児狐) …………………………………… 82
こどもの国(水木しげる) ……………… 332
コドモノクニ(朱川湊人) ……………… 171
子供の頃の思い出(伊藤三巳華) ……… 34
子供の時間(萩尾望都) ………………… 264
子供の時分の話(小川未明) …………… 66
こどもの日(布田竜一) ………………… 298
小鳥(西加奈子) ………………………… 256
小鳥の墓(上田早夕里) ………………… 44
五人姉妹(菅浩江) ……………………… 176
去ぬ夏は甘苦きとぞジャムの瓶(小島
　水青) …………………………………… 133
コネコメガニ(綾辻行人) ……………… 20
小ねずみと童貞と復活した女(高野史
　緒) ……………………………………… 194
この先ゆきどまり(佐藤さとる) ……… 155
この島にて(朝松健) …………………… 11
この小説はおそろしいですか？　シ
　ョートカット(渡辺浩弐) …………… 395
この大樹の傍らで(あさのあつこ) …… 9
このたびはとんだことで(桜庭一樹)
　…………………………………………… 151
好もしい人生(日影丈吉) ……………… 275
このゆふべ城に近づく蜻蛉あり武者
　はみなをを知らざりしかば(水原紫
　苑) ……………………………………… 334
誤配メール(渡辺浩弐) ………………… 395
琥珀の球(葛西俊和) …………………… 76
琥珀みがき(津原泰水) ………………… 230
小はだの小平治(根岸鎮衛) …………… 261
湖畔の家(今邑彩) ……………………… 38
湖畔のバカンス(瑞智士記) …………… 332
小羊(篠田節子) ………………………… 166
小人のいる店(朱雀門出) ……………… 182
こびとのガタガタヒッコリ(池田香代
　子) ……………………………………… 27
こびとのげえむや(田尾典丈) ………… 192
五百年の判じ絵(畠中恵) ……………… 267
古風な愛(星新一) ……………………… 305

牛伏寺の話(杉村顕道) ………	178
呉服屋の大旦那さん(勝山海百合) ……	81
こぶ天才(筒井康隆) ………	226
瘤とり爺さん(中見利男) ………	248
子分たち(星新一) ………	305
コペルニクス隧道(谷甲州) ………	217
誤変換(目代雄一) ………	361
護法(澁澤龍彥) ………	169
五法の金貨(夢野久作) ………	378
五本松(泉鏡花) ………	31
こま犬(岡本綺堂) ………	61
狛犬(木原浩勝) ………	102
駒ケ岳の駒岩の話(杉村顕道) ………	178
小町の芍薬(岡本かの子) ………	59
5まで数える(松崎有理) ………	320
5万年後の世界へ(岩田賛) ………	42
ゴミ捨て場(二宮敦人) ………	260
ゴミ袋(高橋ヨシキ) ………	199
ゴミ屋敷(鳥居みゆき) ………	238
ゴミ山(葛西俊和) ………	76
古民家の座敷童(目代雄一) ………	361
米金闘争(小松左京) ………	143
コメット・X―シルクハットもギターもくれる男(佐藤春夫) ………	159
コメット号漂流記(片瀬二郎) ………	79
子持石(木内石亭) ………	93
小守り(木原浩勝) ………	102
小雪舞う日の怪談語り(宮部みゆき) ………	357
誤用だ！御用だ！(高井信) ………	192
コヨーテは月に落ちる(篠田節子) ………	166
こよみフラワー(西尾維新) ………	255
コラボレーション(藤井太洋) ………	295
ゴリアテに生き甲斐はない(上遠野浩平) ………	82
ゴルゴネイオン(黒史郎) ………	122
ゴルコンダ(斉藤直子) ………	149
ゴルディアスの結び目(小松左京) ………	143
ゴールデンブレッド(小川一水) ………	64
コールドケース(福澤徹三) ………	289
コレクター無惨！(野田昌宏) ………	262
ゴーレム・ファーザー(井上雅彦) ………	36
これはこの世のことならず(堀川アサコ) ………	314
これはペンです(円城塔) ………	53
五連闘争(三日月理音) ………	329
殺したもの(辻村深月) ………	223
殺しの兄妹(神狛しず) ………	84
殺し屋ですのよ(星新一) ………	306
殺す女(輪渡颯介) ………	403
殺す死人 1(輪渡颯介) ………	403
殺す死人 2(輪渡颯介) ………	403
転ばせ月峠(地図十行路) ………	219
転び童(平山夢明) ………	281
コロボックルと紙の飛行機(佐藤さとる) ………	155
コロボックルと時計(佐藤さとる) ………	155
コロボックルのトコちゃん(佐藤さとる) ………	155
コロラドナンバーFJW679(田島照久) ………	207
コロンビア・ゼロ(谷甲州) ………	217
こわい家(日影丈吉) ………	275
怖い絵(福澤徹三) ………	289
怖い映画(福澤徹三) ………	289
恐い映像(竹本健治) ………	203
怖い会社(福澤徹三) ………	289
怖い怪談(福澤徹三) ………	289
怖い偶然(福澤徹三) ………	289
怖い刑罰(福澤徹三) ………	289
怖い広告(福澤徹三) ………	289
怖い酒(福澤徹三) ………	289
怖い自殺(福澤徹三) ………	289
怖い食卓(新津きよみ) ………	253
怖い数字(福澤徹三) ………	289
怖い食べもの(福澤徹三) ………	289
怖い都市伝説(福澤徹三) ………	289
怖いバイト(福澤徹三) ………	289
怖い病院(福澤徹三) ………	290
怖い！ヘンゼルとグレーテル(中見利男) ………	248
怖い本(福澤徹三) ………	290
怖い虫(福澤徹三) ………	290
こわいもの(京極夏彦) ………	107
こわいもの 1(江戸川乱歩) ………	51
こわいもの 2(江戸川乱歩) ………	51
こわいもの(抄)(江戸川乱歩) ………	52
怖い料理店(福澤徹三) ………	290
怖い隣人(福澤徹三) ………	290
子はかすがい？(渡辺浩弐) ………	395
怖がってナイトウォーキング(櫻末高彰) ………	75
コワガリの優等生(三雲岳斗) ………	330
怖がる怖い人(岩井志麻子) ………	40
蠱惑する指―番町皿屋敷(唯川恵) ………	373
怖くない(高橋克彦) ………	195

こわされた花びん（木下容子）	100
こん（星新一）	306
勤行（月村了衛）	221
コーン、コーン（小原猛）	138
金色の海（横田順彌）	386
権七太鼓の夜（宇江敏勝）	45
今昔奇怪録（朱雀門出）	182
今昔物語と剣南詩藁（幸田露伴）	131
権十郎の芝居（岡本綺堂）	61
混线#119（倉狩聡）	116
金台寺の話（杉村顕道）	178
献立（新津きよみ）	253
魂蟲奇譚（甲田学人）	131
昆虫図（久生十蘭）	277
コント二題（筒井康隆）	226
コントローロ（菅浩江）	177
今度はマのつく最終兵器！（喬林知）	199
餛飩商売（椎名誠）	163
渾沌未分（岡本かの子）	59
「こんな夜には」（櫂末高彰）	75
こんにちはレモンちゃん（中原昌也）	247
魂魄の道（田辺青蛙）	216
コンビニ（福澤徹三）	290
コンビニエンスなピアピア動画（野尻抱介）	261
コンビニにおいでよ！（中山麻子）	250
コンビニ日和！（乙一）	70
コーンフラッシャー（神薫）	174
金平糖のふるさと（有村まどか）	26
紺屋町御用聞異聞（光瀬龍）	335
今夜はマのつく大脱走！（喬林知）	199
婚礼（竹下文子）	202
崑崙茶（夢野久作）	378

【さ】

さあ戦いだ！ 少女達の戦争（西尾維新）	255
最悪の接触（筒井康隆）	226
彩雨亭鬼談拾遺（杉村顕道）	179
再会（梶尾真治）	78
再会（栗本薫）	119
再会（福澤徹三）	290
再会温泉（阿刀田高）	15
再会の約束（時海結以）	235
再会のゆくて（中原文夫）	246

西鶴諸国はなし（井原西鶴）	38
西鶴名残の友（井原西鶴）	38
梍の木（神山奉子）	85
罪科釣人奇譚（甲田学人）	131
犀が通る（円城塔）	53
「最強、土下座マシン」（海猫沢めろん）	49
サイクリング（葛西俊和）	76
再見（香月日輪）	128
最高級有機質肥料（筒井康隆）	226
最後にして最初のアイドル（草野原々）	114
最後に笑う者（今日泊亜蘭）	112
最後の言い訳（曽根圭介）	191
最後の牛使い（宇江敏勝）	45
最後の鬼の芽（西條奈加）	148
最後のクリスマス（筒井康隆）	226
最後の授業（小林栗奈）	134
最後の狩猟（田中光二）	213
最後の審判（渡辺浩弐）	395
最期の台詞（福澤徹三）	290
最后の祖父（京極夏彦）	107
最後の大工事（星新一）	306
最後の戦い（香月日輪）	128
最後の綱引き（立原えりか）	211
最後の転職（渡辺浩弐）	395
最後の晩餐（新津きよみ）	253
最後の一絞め（夢野久作）	378
最後の舞台（蘇部健一）	191
最後の魔女（寺本耕也）	233
最後の街（誉田哲也）	315
最後のヨカナーン（福田和代）	294
最後の礼拝（福澤徹三）	290
サイコロ特攻隊（かんべむさし）	92
骰子の七の目（恩田陸）	73
最終戦争（今日泊亜蘭）	112
最終面接（福澤徹三）	290
再出発の日（渡辺浩弐）	395
最初の記憶（瀬名秀明）	189
最新設備（皆川博子）	338
再生（綾辻行人）	20
再生（福澤徹三）	290
再生（堀晃）	314
再生（山田悠介）	371
さいたまチェーンソー少女（桜坂洋）	151
再チャレンジ（渡辺浩弐）	395

サイト（平山夢明）	281
済度（月村了衛）	221
再突入（倉田タカシ）	117
再度の怪（抄）（柴田宵曲）	169
罪人カード（渡辺浩弐）	395
再認識（星新一）	306
罪人は誰か（鈴木麻純）	185
才能（渡辺浩弐）	395
栽培文Saibaibun（神林長平）	91
サイハテの偶像（三雲岳斗）	330
最果ての鉄橋（有栖川有栖）	25
災厄の犬（小池真理子）	124
西遊記（橘南谿）	209
鰓裂（抄）（石上玄一郎）	28
サイロンの挽歌（宵野ゆめ）	385
サイロンの挽歌 第一回（宵野ゆめ）	385
サイロンの挽歌 第二回（宵野ゆめ）	385
サイロンの挽歌 第三回（宵野ゆめ）	385
サイロンの挽歌 最終回（宵野ゆめ）	385
サイン（福澤徹三）	290
サウナの幽霊（目代雄一）	361
サウロ、闇を祓う手（藤木稟）	295
さえずりの宇宙（坂永雄一）	150
坂（内田百閒）	47
坂をのぼれば…（今日泊亜蘭）	112
逆髪の女（夢枕獏）	383
逆井水（朱川湊人）	171
さかさまの幽霊（作者不詳）	404
さかしまエングラム（梶尾真治）	78
捜し物（渡辺浩弐）	395
サカズキという女（朱川湊人）	171
サーカスの旅（星新一）	306
サーカスのひみつ（星新一）	306
魚（室生犀星）	360
魚になつた興義（室生犀星）	360
さかな橋を渡って（福岡えり）	287
魚屋ブルース（木皿泉）	95
坂の上の家（小池真理子）	124
崎川橋にて（加門七海）	86
鷺娘（小松左京）	143
左京の恋（野村胡堂）	263
作業服の男（三輪チサ）	359
左宮司の話（杉村顕道）	179
桜（香月日輪）	129
桜鬼（花房観音）	270
桜貝の海に遊ぶ（香月日輪）	129
さくらがり（畠中恵）	267

桜さくら（椎津くみ）	162
桜月夜に（皆川博子）	338
桜と宴（柴崎友香）	168
桜の挨拶（高橋克彦）	195
桜の墓（木原浩勝）	102
桜の森の満開の下（坂口安吾）	150
桜守（仲町六絵）	247
桜閣、女の首。（夢枕獏）	383
さくら湯の客（立原えりか）	211
策略（小泉八雲）	126
石榴（飴村行）	19
柘榴のある風景（野中柊）	262
酒の精（吉田健一）	388
叫び（福澤徹三）	290
叫び声（宇江敏勝）	45
避けられるモノ（平谷美樹）	286
笹色紅（井上雅彦）	36
佐々木さん（鳥居みゆき）	238
捧ぐ緑（円城塔）	53
ささやき（高橋克彦）	196
囁き（寺本耕也）	233
囁く人（杉村顕道）	179
佐々良峠の亡霊の話（杉村顕道）	179
座敷（小池真理子）	124
座敷小僧の話（折口信夫）	72
ざしき童子のはなし（宮沢賢治）	347
ざしきわらしものがたり（米満英男）	389
刺身包丁（福澤徹三）	290
砂塵の国（大黒尚人）	55
授かりもの（眉村卓）	325
誘い火（平山夢明）	281
定信公始末（森真沙子）	365
サターンランド・スタジオツアー（田島照久）	207
サチ（高里椎奈）	193
幸子（鳥居みゆき）	238
殺意（眉村卓）	325
殺意がひとり歩きする（赤川次郎）	2
撮影（七恵）	252
撮影会（ナイトキッド）	240
錯覚屋繁昌記（半村良）	274
サック・フル・オブ・ドリームス（水見稜）	334
先筆の夜（森山東）	367
殺人ゲーム（布田竜一）	298
殺人者さま（星新一）	306

殺人者の舞踏会（吉村達也）	388
殺人出産（村田沙耶香）	359
殺人28号研究オヨヒ開発完成ニ至ル経過報告書（辻眞先）	222
雑踏の背中（櫛木理宇）	114
殺戮ゲーム（渡辺浩弐）	395
さても楽しき（河上朔）	88
佐藤一郎と時間（眉村卓）	325
座頭でないなら―妖怪なしとも申難き事（京極夏彦）	107
サトシおらんか（東直子）	276
里の果てにて（田辺青蛙）	216
覚り覚られ（畠中恵）	267
さなぎのゆめ（松村進吉）	321
ザナドゥ高地（谷甲州）	217
砂漠（松崎有理）	320
裁く十字架（太田忠司）	56
砂漠に咲く花（草薙陀美鳥）	114
砂漠の思想（安部公房）	17
砂漠の町の雪（畑裕）	269
砂漠の幽霊船（真城昭）	319
錆（木原浩勝）	102
寂しい鬼（花房観音）	270
寂しき魚界（室生犀星）	361
寂しき魚（室生犀星）	361
サファイアの奇跡（東野圭吾）	276
佐保姫伝説（阿刀田高）	15
さまよう犬（星新一）	306
さまよえる騎士団の伝説（矢野徹）	369
さまよえる特殊戦（神林長平）	91
さ迷へる蠟燭（宇野浩二）	48
さみしい自販機（中山麻子）	250
五月雨拍子木（平谷美樹）	286
寒い夏（西崎憲）	257
さむけ（高橋克彦）	196
サムザムシ（綾辻行人）	20
サムライ・ポテト（片瀬二郎）	79
冷めない味噌汁（矢崎存美）	367
さようなら（山岸行輝）	370
さよなら太陽系。そして女神たちの邂逅（和智正喜）	402
さよならのうた（あまんきみこ）	19
さよならの儀式（宮部みゆき）	357
さよならプリンセス（菅原照貴）	177
さよりおばあさん航海記（高橋順子）	197
サラ金から参りました（菊地秀行）	94
サラゴッサ・マーケット（谷甲州）	217
更紗供養（星川ルリ）	300
攫われて（小林泰三）	136
猿駅（田中哲弥）	213
猿が出る（下永聖高）	170
猿カニ合戦（都筑道夫）	224
猿蟹合戦（中見利男）	248
さる子の沼（中見利男）	248
猿島（福澤徹三）	290
さるのこしかけ（鬼塚りつ子）	71
さるのこしかけ（宮沢賢治）	347
猿の祟り（宇江敏勝）	45
猿の眼（岡本綺堂）	61
さるの湯（高橋克彦）	196
猿の猟師（宇江敏勝）	45
猿畠山の仙（青木鷺水）	1
猿屋小路の猿の話（杉野顕道）	179
猿はあけぼの（田中哲弥）	213
サロゲート・マザー（小林泰三）	136
サロン・パス（阿刀田高）	15
さわるな―神祟なきとも難申事（京極夏彦）	107
左腕の悪夢（渡辺浩弐）	395
讃歌（真帆沁）	322
三階に止まる（石持浅海）	30
山海民（菊地秀行）	94
三角関係（星新一）	306
三角州（椎名誠）	163
山河燃える（大黒尚人）	56
三鬼（宮部みゆき）	357
慚愧の赤鬼（平谷美樹）	286
残虐への郷愁（江戸川乱歩）	52
残業（田島照久）	207
サンクトペテルブルクの絵画守護官（木村千尋）	104
残結（もっちープリンス）	363
三軒茶屋バッティングセンター（木下半太）	99
三軒の怪（木原浩勝）	102
サンゴ礁の魚たち（久貝徳三）	113
三叉路（柴崎友香）	168
三さ路をふりかえるな（今日泊亜蘭）	112
惨事実（もっちープリンス）	363
三四郎 より（夏目漱石）	251
算数のできない子孫たち（小松左京）	143
サンスケ（葛西俊和）	76
三途の川（折口真喜子）	73

三途BAR（明野照葉） ……………… 7
三千世界（下永聖高） ……………… 170
山荘へ向かう道（舘澤亜紀） ……… 212
サンタの小袋（布田竜一） ………… 298
サン・ドニの二十秒（高樹のぶ子） … 192
さんどりよんの唾（日影丈吉） …… 275
三人の男（木原浩勝） ……………… 102
三人の双生児（海野十三） ………… 50
三人の魔女（片瀬二郎） …………… 79
三人め（七恵） ……………………… 252
三年後の午の刻（三倉智子） ……… 330
三〇〇万（小林泰三） ……………… 136
三百文字の小宇宙（芳賀喜久雄） … 264
三〇秒間のシシフンジン（眉村卓）… 325
散歩中毒者は辻占に興ず（地図十字
　路） ………………………………… 219
散歩途中に（立原透耶） …………… 212
散歩にいこうよ（佐藤さとる） …… 155
三本の鉤（室生犀星） ……………… 361
三万メートル（京極夏彦） ………… 107
残夢三昧（内田百閒） ……………… 47
山妖海異（佐藤春夫） ……………… 159
三粒の豆（西條奈加） ……………… 148

【し】

幸せという名のインコ（宮ノ川顕）… 357
幸せな一家（菊地秀行） …………… 94
幸せになる箱庭（小川一水） ……… 64
幸せの総量は限られている（大石圭）
　…………………………………………… 55
しあわせはこぶエレベーター（木下容
　子） ………………………………… 100
黒眚（朝松健） ……………………… 11
黒眚（大胆東華） …………………… 57
黒青（天野信景） …………………… 18
屍衣館怪異譚（北原尚彦） ………… 97
じいさんと孫（布田竜一） ………… 298
シェラの日常（茅田砂胡） ………… 87
ジェリーフィッシュ（明野照葉） … 7
シェーン・カムバック（阿刀田高）… 15
紫焔樹の島（恒川光太郎） ………… 228
汐入（平山夢明） …………………… 282
しおかぜエヴォリューション（梶尾真
　治） ………………………………… 78
潮騒—矩形の海（平田真夫） ……… 279
潮の流れは（中山聖子） …………… 251
潮の匂い（眉村卓） ………………… 325

シーオブクレバネス号遭難秘話（森福
　都） ………………………………… 365
潮招く祭（井上雅彦） ……………… 36
塩見岳の狐の話（杉村顕道） ……… 179
潮満ちの井戸（小野不由美） ……… 71
死を以て貴しと為す—死相学探偵（三
　津田信三） ………………………… 336
死を呼ぶ勲章（桂修司） …………… 81
シーカー（安部飛翔） ……………… 17
持戒者（三島浩司） ………………… 331
死海のリンゴ（田中芳樹） ………… 215
仕返し（眉村卓） …………………… 325
仕返換生（桑原水菜） ……………… 122
仕返換生・弐（桑原水菜） ………… 122
四角い魔術師（井上雅彦） ………… 36
四角い虫の話（佐藤さとる） ……… 155
自覚が無い（小田イ輔） …………… 69
自・我・像（神林長平） …………… 91
自画像（天野邊） …………………… 18
自画像（小林玄） …………………… 135
志賀寺上人の恋（三島由紀夫） …… 331
鹿の群れ（小林玄） ………………… 135
屍と寝るな（三津田信三） ………… 336
屍に乗る人（小泉八雲） …………… 126
飾磨屋の客（東郷隆） ……………… 234
時間より　第1章（吉田健一） …… 388
時間エージェント（小松左京） …… 143
時間が飛ぶ（黒史郎） ……………… 122
時間、空間、おっさん（宮澤伊織）… 341
時間差（さたなきあ） ……………… 153
此岸のかれら（中原文夫） ………… 246
時間旅行はあなたの健康を損なうおそ
　れがあります（吾妻ひでお） …… 12
四季（高里椎奈） …………………… 193
視鬼（高橋克彦） …………………… 196
子規小品集（正岡子規） …………… 319
じきに、こけるよ（眉村卓） ……… 325
時給四万円（福澤徹三） …………… 290
死業式（森山東） …………………… 367
ジーキル博士とハイド氏（鈴木麻純）
　…………………………………………… 185
シキ零レイ零　ミドリ荘（高山羽根子）
　…………………………………………… 201
時空争奪（小林泰三） ……………… 136
ジグソー・パズル（阿刀田高） …… 15
ジグソーパズル（布田竜一） ……… 298
シグナルとシグナレス（宮沢賢治）… 347
シグナルの宵（有栖川有栖） ……… 25

445

作品名（作者名）	ページ
シクラメンの家（今邑彩）	38
時雨鬼（宮部みゆき）	357
しぐれの日（朱川湊人）	171
死刑執行（多田智満子）	208
私刑執行（渡辺浩弐）	395
次元穴のかなた（野田昌宏）	262
試験もぐりの時代（小松左京）	143
死後（芥川龍之介）	5
地獄（渡辺浩弐）	395
地獄へ道連れ（大石圭）	55
地獄からの帰還（谷よっくる）	218
地獄工場（岩城裕明）	42
地獄畳（平山夢明）	282
地獄で見る夢 第五回（森岡浩之）	364
地獄のアイドル（目代雄一）	361
地獄の女（鳥居みゆき）	238
「地獄の釜の蓋が開く」とは「鬼だって盆は休む」という意味である（汀こるもの）	330
地獄の釜開き（友成純一）	236
地獄の新喜劇（田中啓文）	214
地獄の遊園地（友成純一）	236
地獄八景（山野浩一）	372
地獄めがね（目代雄一）	361
自己睡眠（平山夢明）	282
仕事がいつまで経っても終わらない件（長谷敏司）	266
仕事ください（眉村卓）	325
仕事と私と（鳥居みゆき）	238
死後の戀（夢野久作）	378
死後の世界はあるのか？（高津美保子）	194
死後の夢（綾辻行人）	20
醜女蔓（椎名誠）	163
紫紺染について（宮沢賢治）	347
ジゴンと僕（堀辰雄）	314
試作品三号（小林泰三）	136
自殺（布田竜一）	298
自殺（渡辺浩弐）	395
自殺卵（眉村卓）	325
自殺練習（渡辺浩弐）	395
鹿踊りのはじまり（鬼塚りつ子）	71
鹿踊りのはじまり（宮沢賢治）	347
獅子心皇帝の哀歌（宵野ゆめ）	385
死して咲く花、実のある夢（円城塔）	53
死して二人となる（沙門了意）	161
使者（星新一）	306
死者―霊魂の歩み（古川純一）	299
死者を忘れるなかれ（坂東眞砂子）	273
死者からの音信（中井英夫）	241
死者からのたのみ（抄）（松谷みよ子）	321
屍者狩り大佐（北原尚彦）	97
死者の家にて（中原昌也）	247
死者の季節（恩田陸）	74
死者の視線（渡辺浩弐）	395
死者の書（大塚英志）	56
死者の書（折口信夫）	72
死者の書（川端康成）	89
死者の書（抄）（折口信夫）	72
屍者の帝国（伊藤計劃）	33
『屍者の帝国』を完成させて（円城塔）	53
仁寿殿の怪（瀬川貴次）	188
辞書（布田竜一）	298
史上最小の密室殺人（渡辺浩弐）	395
司書ベアトリスの不本意な約束（長月達平）	245
自信（星新一）	306
詩人の生涯（安部公房）	17
しじんの村（長江俊和）	243
静かな恋の物語（瀬名秀明）	189
静かな祝福（中山聖子）	251
静かな生活（鈴木いづみ）	183
静かな黄昏の国（篠田節子）	166
静かなネグレクト（田村理江）	219
シズカの真夜中ぶつぶつ（鳥居みゆき）	238
シズクダイヤものがたり（渡辺浩弐）	395
沈みゆく人（眉村卓）	325
沈む教室（太田忠司）	56
沈む子供（牧野修）	318
シズル・ザ・リッパー（菅浩江）	177
自生の夢（飛浩隆）	236
自然風呂（小林玄）	135
地蔵憑き（朱雀門出）	182
地蔵堂の五本の巨杉が（宮沢賢治）	347
地蔵の背（織江邑）	71
死体紹介人（川端康成）	89
死体たちの夏（乾緑郎）	35
舌を出すタヌキ（倉阪鬼一郎）	117
舌切雀―「お伽草紙」より（太宰治）	205
下の世界（筒井康隆）	226
下の人（京極夏彦）	107

作品名（著者）	頁
下町の風情（渡辺浩弐）	395
地縮（鳥翠台北巠）	220
七十三枚の骨牌（城昌幸）	173
七胴落とし（辻村深月）	223
七股妖美人―七股政常（本堂平四郎）	316
試着室にご用心（紺野愛子）	148
シチリア島奇談（阿刀田高）	15
湿気を滞びた手紙（田島照久）	207
実験（福澤徹三）	290
実験小説（渡辺浩弐）	395
湿原の女神（宇佐美まこと）	46
漆黒のファンタズマ（和智正喜）	402
漆黒の闇は報いる―怪猫伝（唯川恵）	373
知ったかジイさん（布田竜一）	298
嫉妬（小田イ輔）	69
嫉妬（折口真喜子）	73
嫉妬の鬼（丸木文華）	329
室内風景（阿刀田高）	15
失敗（西崎憲）	257
失敗したおやすみなさい（つくね乱蔵）	222
しっぽ（あさのあつこ）	9
尻尾狩り（真堂樹）	176
執拗なる化物（作者不詳）	404
実利的（渡辺浩弐）	395
失恋給付マジカルタイム（雪舟えま）	375
シティ・ビューで（眉村卓）	325
してはいけない質問（福澤徹三）	290
指導（星新一）	306
私道（葛西俊和）	76
自動製作マシーン（布田竜一）	298
自動ドア（木原浩勝）	102
士道ハンターズ（橘公司）	208
自動販売機（神狛しず）	84
死都東京（島田雅彦）	170
死なないのと生きているのとは違う（汀こるもの）	330
死なない兵士（黒崎薫）	122
死ななくなる話（渡辺浩弐）	395
支那に於ける霊的現象（幸田露伴）	131
支那の女（西崎憲）	257
シナノキツネ胡養神ノハナシ（佐藤春夫）	159
信濃の真弓の話（杉村顕道）	179
支那米の袋（夢野久作）	378
死にかた（筒井康隆）	226
死神を釣った男（小田淳）	70
死神と道連れ（赤川次郎）	2
死神の箱（村山早紀）	360
死首の咲顔（上田秋成）	43
市二二二〇年（光瀬龍）	335
死にたがる男（星新一）	306
死にます（倉阪鬼一郎）	117
死人縁結び（森山東）	367
死人のテープ起こし（三津田信三）	336
地主（宮沢賢治）	347
死ぬも生きるも（坂東眞砂子）	273
死ねイイヅカ（木原浩勝）	102
シネマジェニック（櫛木理宇）	114
詩の意味（西崎憲）	257
死の婚礼（栗本薫）	119
死の素描（堀辰雄）	314
信太妻の話（折口信夫）	72
死の舞台（星新一）	306
死の彷徨（岩井志麻子）	41
死の卍（角田健太郎）	230
縛られ塚（平山蘆江）	285
自販機補充員（葛西俊和）	76
慈悲（渡辺浩弐）	395
死美人辻馬車（北原尚彦）	97
死人妻（式貴士）	164
死舞（つくね乱蔵）	222
屍舞図（朝松健）	11
ジブラルタル攻防戦（小川一水）	64
自分カウンセラー（渡辺浩弐）	395
自分史（眉村卓）	325
自分史を出したくて（中原文夫）	246
自分で（小田イ輔）	69
自分の体（渡辺浩弐）	395
シベリア幻記（佐竹美映）	153
紙片（星新一）	306
詩篇覚醒者の裏話（金斬児狐）	82
紙片50（倉田タカシ）	117
思母の海（織江邑）	71
ジーマー（小原猛）	138
姉妹（西山裕貴）	259
姉妹の部屋（岩井志麻子）	41
終い屋敷の凶（三津田信三）	336
島真一（眉村卓）	325
しみ（荒巻義雄）	24
シミ（雨宮淳司）	19
清水の井（岡本綺堂）	62

死脈（平山夢明）…… 282
シミュレーション仮説（小林泰三）…… 136
深森譚―流山霧太郎の妖しき伝説（今日泊亜蘭）…… 112
自滅（柴田よしき）…… 169
霜降月の庭（小田由紀子）…… 70
下屋敷（岡本綺堂）…… 62
指紋（佐藤春夫）…… 159
ジャイロスコープ（森博嗣）…… 365
社員食堂の恐怖（北野勇作）…… 96
社員たち（北野勇作）…… 96
車影（小池真理子）…… 124
社屋の中（眉村卓）…… 325
釋迦狂い（朱雀門出）…… 182
邪眼（中井英夫）…… 241
灼紅譜（皆川博子）…… 338
蛇口（小池真理子）…… 124
灼熱のヴィーナス（谷甲州）…… 217
斜坑（夢野久作）…… 378
車軸―遠い響き（平田真夫）…… 279
写真（柴崎友香）…… 168
邪神の犠牲―石切真守（本堂平四郎）…… 316
蛇精（岡本綺堂）…… 62
蛇性の姪（岩井志麻子）…… 41
射線（飛浩隆）…… 236
蛇帯（京極夏彦）…… 107
遮断機が上がったら（倉阪鬼一郎）…… 117
借金（布田竜一）…… 298
社内肝試し大会に関するメモ（北野勇作）…… 96
車内の事件（星新一）…… 306
蛇の道行（夢枕獏）…… 383
娑婆（林由美子）…… 271
しゃぼん（平山夢明）…… 282
沙弥（月村了衛）…… 221
沙弥長老（浅田翔太）…… 7
ジャムになった男（神林長平）…… 91
ジャララバードの兵士たち（宮内悠介）…… 340
舎利菩薩（朱川湊人）…… 172
謝霊祭となぞかけ（朱雀新吾）…… 183
謝霊祭 "初天神"（朱雀新吾）…… 183
蛇霊憑き（朱川湊人）…… 172
邪霊と山賊（るむるむる）…… 390
シャワー（木原浩勝）…… 102
ジャングルの物語、その他の物語（坂永雄一）…… 150

じゃんけんねこ 勝ち話（佐藤さとる）…… 155
じゃんけんねこ 負け話（佐藤さとる）…… 155
上海フランス租界祁斉路三二〇号（上田早夕里）…… 44
シャンプー（秋元康）…… 4
シャンプー（久田樹生）…… 277
守（宇江佐真理）…… 43
拾遺御伽婢子（柳糸堂）…… 390
終焉の山（安曇潤平）…… 13
十円参り（辻村深月）…… 223
修学旅行（小林玄）…… 135
修学旅行の思い出（中山麻子）…… 250
十月二十一日の海（平山瑞穂）…… 280
十月の映画館（井上雅彦）…… 36
十月の末（宮沢賢治）…… 347
十月の動物園（井上雅彦）…… 37
習慣（星新一）…… 306
祝儀絵（三津田信三）…… 336
銃器店へ（中井英夫）…… 241
宗教違反を平気な天国（秋竜山）…… 5
襲撃のメロディ（山田正紀）…… 371
集合時間（小林玄）…… 135
十五年後（眉村卓）…… 325
十五年の孤独（七佳弁京）…… 165
十五の我には（上橋菜穂子）…… 46
十左右衛門（西崎憲）…… 257
十字架観音（野村胡堂）…… 263
自由ジカン（畑野智美）…… 269
収縮ファフロッキーズ（一肇）…… 260
従順な玩具（森奈津子）…… 365
終章（香月日輪）…… 129
終章（西崎憲）…… 257
十字路のピンクの廟（恒川光太郎）…… 229
囚人（倉橋由美子）…… 118
獣心覚醒 "親心と子心"（金斬児狐）…… 82
執心の連歌（辻堂兆風子）…… 222
縦走路の女（沢野ひとし）…… 161
渋滞（豊田有恒）…… 237
住宅問題（星新一）…… 306
集団自撮（渡辺浩弐）…… 395
集団自殺と百二十億頭のイノシシ（田中啓文）…… 214
集中（目代雄一）…… 361
終電車（横田順彌）…… 386
修道少女と偶像少女（cosMo@暴走P）…… 133

姑（木原浩勝）	102
十二支のネコ（上甲宣之）	173
十二の嘘と十二の真実（あさのあつこ）	9
十二羽（福澤徹三）	290
10人調査（渡辺浩弐）	396
十年後の君から（渡辺浩弐）	396
従八位ニ叙ス（眉村卓）	325
十八時の音楽浴（海野十三）	50
十番星（小林泰三）	136
終末芸人（真藤順丈）	175
終末の日（星新一）	306
10万人のテリー（長谷敏司）	266
十万年（京極夏彦）	108
就眠儀式（須永朝彦）	187
襲名（飯野文彦）	26
収容所群島（樺山三英）	83
重要な部分（星新一）	306
十力の金剛石（宮沢賢治）	348
重力の使命（林譲治）	271
十六歳の日記（川端康成）	89
十六ざくら（小泉八雲）	126
十六日（宮沢賢治）	348
樹海（鈴木光司）	184
シュガー・エンドレス（西澤保彦）	259
樹下譚（高原英理）	200
シュガーローフに立つ影（小原猛）	138
朱夏は濡れゆく—牡丹燈篭（唯川恵）	373
祝福（渡辺五月）	402
宿命（星新一）	306
宿命（渡辺浩弐）	396
宿命の戴冠（宵野ゆめ）	385
宿命の宝冠（宵野ゆめ）	385
宿命の宝冠 連載第1回（宵野ゆめ）	385
宿命の宝冠 連載第二回（宵野ゆめ）	385
宿命の宝冠 最終回（宵野ゆめ）	385
受験の神様にまつわる回顧録（カツオシD）	80
守護天使様（西浦和也）	255
取材（木原浩勝）	102
呪殺（福澤徹三）	290
侏儒（夢野久作）	378
呪術遺跡の偽愛戦争（初美陽一）	269
手術室（吉田知子）	388
主人の帰り（木原浩勝）	102
呪詛（木原浩勝）	102
酒虫（小沢章友）	68
出産（布田竜一）	298
出身校（眉村卓）	325
術の小説論 私のハインライン論（荒巻義雄）	24
じゅっぽん（高橋ヨシキ）	199
朱に染まる（小松エメル）	139
シュネームジーク（小滝ダイゴロウ）	134
朱の鏡（森谷明子）	367
首の番という化物（作者不詳）	404
呪縛（福澤徹三）	290
呪縛女（友成純一）	236
ジュピター・サーカス（谷甲州）	217
主婦の発想（渡辺浩弐）	396
趣味（星新一）	306
趣味の遺伝（夏目漱石）	251
趣味は人間観察（新藤卓広）	175
呪文（貴志祐介）	95
修羅霊（入江敦彦）	39
狩猟（渡辺浩弐）	396
しゅるしゅる（小池真理子）	124
手練の狐（鳥飼酔雅）	98
棕櫚の名を（平山瑞穂）	280
受話器の声（木原浩勝）	102
春夏秋冬（小林栗奈）	134
瞬間イドウ（畑野智美）	269
俊寛僧都（中原文夫）	246
循環—夜の車窓（平田夫）	279
春狐談（泉鏡花）	31
逡巡の二十秒と悔恨の二十年（小林泰三）	136
春宵鬼（栗本薫）	119
春宵綺談（佐藤春夫）	159
殉職（星新一）	306
春色梅ごよみ（岡本綺堂）	62
春水桃花源（倉橋由美子）	118
ジュンと秘密の友だち（佐藤さとる）	155
ショウ（渡辺浩弐）	396
小怪三題（輪渡颯介）	403
小怪四題（輪渡颯介）	403
小外伝（折口信夫）	72
上級市民（眉村卓）	325
上下左右（筒井康隆）	226
証拠（渡辺浩弐）	396
鉦五郎（浅田翔太）	7
想山著聞奇集（三好想山）	358

作品名	頁
正直者―鬼僕の事（京極夏彦）	108
召集令状（小松左京）	143
城主の亡霊（西村白烏）	259
少女（近本洋一）	219
少女、あるいは自動人形（小林泰三）	136
少女界曼荼羅（恩田陸）	74
少女架刑（吉村昭）	388
少女禁区（伴名練）	273
少女再生装置（渡辺浩弐）	396
少女地獄（夢野久作）	378
少女石（木内石亭）	93
少女人形（岡部えつ）	59
少女のレター（夢野久作）	378
少女誘惑ランプ団（夢野久作）	378
昇進（星新一）	307
小説家のつくり方（乙一）	70
小説でてくたあ（石川喬司）	29
小説・読書生活（抄）（関戸克己）	189
焼相（月村了衛）	221
正倉院（山之口洋）	372
正体を知らなくても恋愛はできる（汀こるもの）	330
正体見たり（米澤穂信）	389
正体見たり…（神狛しず）	84
常狸（寺澤鐵）	233
冗談に殺す（夢野久作）	378
勝虫（平谷美樹）	286
〈沼底の街〉と亀裂の日々（神無月蠍）	90
焦点を合せる（夢野久作）	378
聖徳太子と駒ケ岳の駒の話（杉村顕道）	179
衝突（曽根圭介）	191
情熱（星新一）	307
少年のひみつ（北村小松）	98
生馬仙人（井原西鶴）	38
蒸発（今邑彩）	38
商品（星新一）	307
上品な対応（星新一）	307
小便榎（平山夢明）	282
消防車が遅れて（井上雅彦）	37
錠前屋（高野史緒）	194
小惑星物語（樺山三英）	83
昭和湯の幻（倉阪鬼一郎）	117
女王の章《アラクシャー1540》（千葉暁）	219
女王陛下の所有物（伊藤計劃）	33
初夏の幻影（一石月下）	32
初夏の空で笑う女（小川未明）	66
職業（星新一）	307
ショゴス（小林泰三）	137
食後のまほう（星新一）	307
贖罪の地（誉田哲也）	315
食書（小田雅久仁）	70
食人鬼（小泉八雲）	126
食人鬼（日影丈吉）	275
食人鬼（柳広司）	368
食堂（眉村卓）	325
食の事件簿（新津きよみ）	253
触媒（眉村卓）	325
植物医師（宮沢賢治）	348
植物的悪魔の季節（倉橋由美子）	118
植物標本集（藤田雅矢）	296
食魔（野村胡堂）	263
処刑（星新一）	307
女系家族（阿刀田高）	15
女権国家の繁栄と崩壊（筒井康隆）	226
諸国奇談の系譜（東雅夫）	276
諸国新百物語（未達）	334
諸国百物語（作者不詳）	404
諸国里人談（菊岡沾凉）	93
女子高ケータイ殺人事件（渡辺浩弐）	396
女子高生大量殺害計画（渡辺浩弐）	396
ジョージの災難（真梨幸子）	329
女子寮（木原浩勝）	102
女性アレルギー（星新一）	307
女性型精神構造保持者（大原まり子）	58
女誡扇奇譚（佐藤春夫）	159
食客ひだる神（宮部みゆき）	357
しょっぱい雪（椙村紫帆）	181
徐福（橘南谿）	209
処方秘箋（泉鏡花）	31
初老のオッサン（小原猛）	138
白梅虫―ハーメルンの笛吹き男（千早茜）	220
白髪鬼（岡本綺堂）	62
白髪の恋（野村胡堂）	263
白壁の文字は夕陽に映える（荒巻義雄）	24
白菊（夢野久作）	379
白鷺神社白蛇奇話（永江久美子）	243
白鷺の東庵（杉村顕道）	179
白鷺は夜に狂う―六条御息所（唯川恵）	373

しらせ（勝山海百合）	81
白玉（木内石亭）	93
知らないこと（京極夏彦）	108
知らない街（古田隆子）	299
白峯（岩井志麻子）	41
白峯―『雨月物語』より（上田秋成）	43
白雪彦（古谷清刀）	299
白雪姫（池田香代子）	27
シリミズさん（京極夏彦）	108
死霊（小泉八雲）	126
死霊（水野葉舟）	333
資料室（眉村卓）	326
死霊の応援団―籠釣瓶兼元（本堂平四郎）	316
死霊の如く歩くもの（三津田信三）	336
シルヴィアの宝探し（小桜けい）	133
汁粉（平山夢明）	282
しるし（鈴木光司）	184
シルフィード（高里椎奈）	193
痴れ者（飯野文彦）	26
試練（眉村卓）	326
城（山野浩一）	372
白い息（木原浩勝）	102
白い腕（阿刀田高）	15
白い馬（長島槇子）	245
白い怪物（星新一）	307
白い顔（田中芳樹）	215
白いカプセル（福澤徹三）	290
白い髪の童女（倉橋由美子）	118
白いクジラ（剣達也）	232
白い煙（福澤徹三）	290
白い恋人たち（斉藤直子）	149
白い粉（星新一）	307
白いシーツ（木原浩勝）	102
白い断頭台（田中芳樹）	215
白い月（横田順彌）	386
白い虎（荒井恵美子）	22
白い呪いの館（倉阪鬼一郎）	117
白い服を着た女（立原透耶）	212
白い蛇（池田香代子）	27
白い胞子（手塚治虫）	232
白い満月（川端康成）	89
白い虫（堀川アサコ）	314
白いもの１（水野葉舟）	333
白いもの２（水野葉舟）	333
白い門のある家（小川未明）	66
白い雪姫（井上雅彦）	37
白いワイシャツの男（福澤徹三）	290
屍蠟の如き滴るもの（三津田信三）	336
しろくまは愛の味（奈良美那）	252
白毛となりてそよげる（米満英男）	389
白小袖奇聞（落月堂操巵）	390
白椿（夢野久作）	379
白と黒のブルース（阿刀田高）	15
城の住人（菊地秀行）	94
城のなかの姫君（藤浪智之）	296
白の針（森谷明子）	367
シロのぼうけん（小松左京）	143
白蛇様（小原猛）	138
白ムシと神依りの松（結城光流）	374
新浦島（幸田露伴）	131
深淵の黄牛（西村白鳥）	259
新御伽婢子（未達）	334
深海のEEL（篠田節子）	166
人格再編（篠田節子）	166
新可笑記（井原西鶴）	38
新型イジメ菌（池上喜美子）	27
神家没落（恒川光太郎）	229
真贋（カツオシD）	80
仁吉の思い人（畠中恵）	267
仁義なき水鉄砲戦争（姫ノ木あく）	278
新旧通訳（眉村卓）	326
新京異聞（津原泰水）	230
蜃気楼 或いは「続海のほとり」（芥川龍之介）	5
ジンクイエ（高里椎奈）	193
深紅の寒流（田中芳樹）	215
シンクロニシティ（福澤徹三）	290
進撃の老人ホーム（カツオシD）	80
新月の獣（三川祐）	329
信號機（横田順彌）	386
信号機担当 ウタコとツヤ（中山麻子）	250
人口九千九百億（筒井康隆）	226
人骨をかじる狐の話（杉村顕道）	179
人材（眉村卓）	326
人材（渡辺浩弐）	396
新西遊記（久生十蘭）	277
新サルカニ合戦（小松左京）	143
新山月記（夢枕獏）	383
新残酷物語（久生十蘭）	277
新室長（眉村卓）	326
真実の鏡（福澤徹三）	291
真実の気持ち（瀬尾つかさ）	188

作品名	頁
信じていたい（眉村卓）	326
神社を守護するお兄ちゃん（神狛しず）	84
神社の教室（高橋克彦）	196
心中（川端康成）	89
心中嫌い（赤川次郎）	2
晋州城の義妓（中村彰彦）	249
心中天浦島（栗本薫）	120
信州百物語―怪奇伝説（杉村顕道）	179
新宿二丁目の狼男（木下半太）	99
新宿バッティングセンター（木下半太）	99
真朱の街（上田早夕里）	44
心浄きゆゑ（米満英男）	389
神将の怒り（平谷美樹）	286
侵蝕（剣先あおり）	122
信じる？（坂東眞砂子）	273
信じるならば君の心を（河上朔）	88
人身事故（福澤徹三）	291
人身事故の話（三輪チサ）	359
新人審査（北原尚彦）	97
新生（瀬名秀明）	189
人生恐怖図（正宗白鳥）	319
人生支援課（渡辺浩弐）	396
人生でもっとも長い60秒（大石圭）	55
神星伝（冲方丁）	48
人生に無駄な伏線はない（汀こるもの）	330
人生の半ばを過ぎた人へ（上橋菜穂子）	46
人生リセット・サービス（渡辺浩弐）	396
神聖羅馬帝国（須永朝彦）	187
人生はSFだ（荒巻義雄）	24
真説・謎と旅する女（渡辺浩弐）	396
新説百物語（高古堂主人）	127
新鮮さの薬（星新一）	307
神仙道の一先人（幸田露伴）	131
心臓に悪い（筒井康隆）	226
心臓花（香山滋）	87
人造令嬢（北原尚彦）	97
寝台特急あさかぜ鉄人事件（芦辺拓）	12
死んだ男（福澤徹三）	291
死んだ男（水野葉舟）	333
死んだ娘からのメール（斎藤君子）	149
診断（星新一）	307
新著聞集（神谷養勇軒）	86
神通剣―girl with tiger（あざの耕平）	10
神通面（平山夢明）	282
死んで下さい、さようなら―桐谷涼太（浅田陽陽）	8
死んでたまるか（渡辺浩弐）	396
シンデレラ（池田香代子）	27
シンデレラ（星新一）	307
シンデレラッド（古谷清기）	299
シンデレラと死神（木下半太）	99
振動魔（海野十三）	50
神童―lost‐girl with cat（あざの耕平）	10
侵入者の痕跡（福澤徹三）	291
信念（星新一）	307
しんのいみ（畠中恵）	267
神秘的な動物（倉橋由美子）	118
シンフォニア天使の囁き（藤木稟）	295
新聞（村上春樹）	359
神変大菩薩伝（坪内逍遙）	231
真・冒険者の休日（はせがわみやび）	266
眞魔国でまた逢いましょう（喬林知）	199
人面瘡（瓢水子松雲）	279
深夜のお風呂（葛西俊和）	76
深夜の市長（海野十三）	50
深夜の葬列（杉村顕道）	179
深夜の長電話（皆川博子）	338
深夜の舞踏会（飯野文彦）	26
深夜の見舞客（赤川次郎）	2
深夜の来訪者（小原猛）	138
親友（小池真理子）	124
親友（中島たい子）	244
親友（百瀬しのぶ）	364
人妖（泉鏡花）	31
人類暦の預言者（吉上亮）	387
人類裁判（小松左京）	143
心霊写真（立原透耶）	212
心霊写真（福澤徹三）	291
心霊スポット（秋元康）	4
心霊スポットにて（宍戸レイ）	165
心霊病棟―ささやく死体（福谷修）	294
心霊プリクラ（福谷修）	294
神話（荒巻義雄）	24
詩（西崎憲）	257

【す】

- スアロー・クラツヴァーリ（奈須きのこ） …… 251
- 水域（椎名誠） …… 163
- スイカ割りの男（藤八景） …… 296
- 水鬼（岡本綺堂） …… 62
- 水球（篠田節子） …… 166
- 水牛群（津原泰水） …… 230
- 瑞聖寺異聞（光瀬龍） …… 335
- 水晶の涙雫（横田順彌） …… 386
- 水晶の夜、翡翠の朝（恩田陸） …… 74
- 水晶物語（稲垣足穂） …… 35
- 水神（森見登美彦） …… 366
- 水星人第7号（岩田賛） …… 42
- 水仙月の四日（宮沢賢治） …… 348
- 水仙の季節（近藤史恵） …… 148
- 水葬楽（皆川博子） …… 338
- 水槽―Craspedacusta Sowerbii（平田真夫） …… 279
- 水族館（堀辰雄） …… 314
- 水中の友（折口信夫） …… 72
- 水中の与太者（折口信夫） …… 72
- 垂直方向への旅（西崎憲） …… 257
- スイッチ（辻村深月） …… 223
- スイッチを押すとき（山田悠介） …… 371
- 隧道（安曇潤平） …… 13
- 水平方向への旅（西崎憲） …… 257
- 水面（大濱普美子） …… 57
- 水妖奇譚（天沼春樹） …… 18
- 睡蓮（皆川博子） …… 338
- 雛妓（長屋槇子） …… 245
- スエードの女（阿刀田高） …… 16
- 周防大蟆（京極夏彦） …… 108
- スカイ・アッシュ（森博嗣） …… 365
- スカウト（平山夢明） …… 282
- 姿なき怪事件（手塚治虫） …… 232
- スガララ・スガラン（眉村卓） …… 326
- 杉田圭一（眉村卓） …… 326
- 過ぎた春の記憶（小川未明） …… 66
- 隙間女 幅広（丸山英人） …… 329
- 隙間女 飽和（丸山英人） …… 329
- スキマが怖い（小林玄） …… 135
- すき焼き（平山夢明） …… 282
- スキヤキ（椎名誠） …… 163
- 透きゆきて無と化る（米満英男） …… 389
- スキューバダイビング（秋元康） …… 4
- 酔郷探訪（倉橋由美子） …… 118
- スキール（町井登志夫） …… 320
- すぐに！（渡辺浩弐） …… 396
- スクルージ現象（眉村卓） …… 326
- SCEBAI最終決戦（笹本祐一） …… 152
- すご腕四人兄弟（池田香代子） …… 27
- 朱雀の池（小林泰三） …… 137
- スーサ 第五回（あさのあつこ） …… 9
- スサノオ（中見利男） …… 248
- 鈴（綾辻行人） …… 21
- 鈴鹿峠の雨（平山蘆江） …… 285
- 鈴木クンと佐藤クン（日代雄一） …… 361
- 鈴木さん（柴崎友香） …… 168
- スズダリの鐘つき男（高野史緒） …… 194
- 涼み芝居と怪談（折口信夫） …… 72
- ススムちゃん大ショック（永井豪） …… 240
- すずめ（小池昌代） …… 123
- 雀、蜃気楼に永遠を見る（香月日輪） …… 129
- スタンド・アウト（冲方丁） …… 48
- ずっと101号室（二宮敦人） …… 260
- ずっと、欲しかった女の子（矢樹純） …… 367
- スティクニー備蓄基地（谷甲州） …… 217
- 捨石丸（上田秋成） …… 43
- 素敵なあなた（恩田陸） …… 74
- ステーション・フェブラリー（宮澤伊織） …… 341
- 捨て猫（伊多波碧） …… 32
- ステファンの六つ子（栗本薫） …… 120
- 棄てられた幽霊（地本草子） …… 220
- ストーカー地獄編（長江俊和） …… 243
- ストップモーション（小林玄） …… 135
- ストーリー（西崎憲） …… 257
- ストロベリーシェイク（福島千佳） …… 293
- スナイパー（渡辺浩弐） …… 396
- 砂男（平谷美樹） …… 286
- 素直な男（眉村卓） …… 326
- 砂けぶり（大塚英志） …… 56
- 砂場の子（さたなきあ） …… 153
- スニーカー（木原浩勝） …… 102
- スネーク（荒巻義雄） …… 24
- スノーグローブ（草子） …… 191
- スノーシュー（安曇潤平） …… 13
- スノードーム（小林栗奈） …… 134
- スーパーアイドル（渡辺浩弐） …… 396
- スパイ戦線異状あり（今日泊亜蘭） …… 112
- スパークした（最果タヒ） …… 149
- スーパースター（渡辺浩弐） …… 396

すばめばちがサヨナラというとき（上遠野浩平）	82
すばらしい新世界（樺山三英）	83
素晴らしい二十世紀（今日泊亜蘭）	112
すばらしい星（星新一）	307
スーパーレディ（眉村卓）	326
スピアボーイ（草上仁）	114
スピッツ・ファイア（森博嗣）	365
スピード裁判（渡辺浩弐）	396
スピリチュアルな人（矢崎存美）	368
スープ（秋元康）	4
スープ（久田樹生）	277
スフィンクス（夢野久作）	379
スフィンクスを殺せ（田中光二）	213
スプレイプレイ（渡辺浩弐）	396
スペース金融道（宮内悠介）	340
スペース珊瑚礁（宮内悠介）	340
スペース地獄篇（宮内悠介）	340
スペース蜃気楼（宮内悠介）	340
すべての女が寝た世界（ゆうきゆう）	374
全てはマグロのためだった（Boichi）	300
スペードの女王（栗本薫）	120
スペードの女王 プロローグ 第1章（栗本薫）	120
スペードの女王 第一章（つづき）（栗本薫）	120
スペードの女王 第二章つづき（栗本薫）	120
スペードの女王 第三章（栗本薫）	120
スペードの女王 第三章 つづき（栗本薫）	120
すぺるむ・さぴえんすの冒険（小松左京）	143
スマイスと先生（西崎憲）	257
スマイスとのセックス（西崎憲）	257
すまじき熱帯（平山夢明）	282
スマートなスタイル（渡辺浩弐）	396
スミス氏の箱庭（石野晶）	30
すみっこのひとりごと（新井素子）	22
スモーク・オン・ザ・ウォーター（宮内悠介）	340
磨りガラス（小林玄）	135
すり替わった一族（小田イ輔）	69
スリナガルの蛇（横尾忠則）	385
鋭い目の男（星新一）	307
スレイヤーズいんたーみっしょん リナ＝インバースの記録（神坂一）	89
すれちがうもの（三津田信三）	337
すれ違った天使（菊地秀行）	94
スワンボートタクシー（仁木英之）	254
住んでいた号室（眉村卓）	326
寸分違わぬ―河童の事（京極夏彦）	108

【せ】

青蛙神（岡本綺堂）	62
蛻庵物語（杉村顕道）	179
西王母の贈り物（村田栞）	360
精を放つ樹木（平山瑞穂）	280
正確な答（星新一）	307
生還（椎名誠）	163
星間文明とピアピア動画（野尻抱介）	262
星間野球（宮内悠介）	340
精気（眉村卓）	326
世紀頭の病（篠田節子）	166
成慶・淇園・成章（西崎憲）	257
清潔な結婚（村田沙耶香）	359
性交体験者（小林泰三）	137
聖刻1092僧正 2（千葉暁）	219
聖痕（宮部みゆき）	357
星魂転生（谷甲州）	217
聖婚の海（長島槙子）	245
静寂に満ちていく潮（小川一水）	64
静寂の通路（小松左京）	143
聖者の行進（渡辺浩弐）	396
生者の船（新城カズマ）	175
青春絶縁体（乙一）	70
青春の光と影（渡辺浩弐）	396
生殖記（花村萬月）	270
清二郎 夢見る子（宇野浩二）	48
成人（京極夏彦）	108
精神強化合宿（眉村卓）	326
成人式（白井弓子）	174
精選二十首―猟奇歌 5（夢野久作）	379
製造人間は頭が固い（上遠野浩平）	82
生存者（宮本宗明）	358
聖地（渡辺浩弐）	396
聖なる自動販売機の冒険（森見登美彦）	366
性なる侵入（石黒正数）	30
聖なる代償（橘みれい）	210
聖なる氾濫（恩田陸）	74

青年のための推理クラブ(桜庭一樹)	151	石麭(鳥翠台北巠)	221
西病棟の看護師(カツオシD)	80	石妖(佐藤中陵)	158
清貧譚(太宰治)	205	寂寥の狂詩曲―MCファイル5(隅沢克之)	187
晴風で本当にあった怖い話(姫ノ木あく)	278	隻腕の鬼(西條奈加)	148
聖父子(中井英夫)	241	セクサロイド(松本零士)	322
生物教師(椙本孝思)	181	セクサロイド in THE DINOSAUR ZONE(松本零士)	322
生物都市(諸星大二郎)	367	ゼーグロッテの白馬(高樹のぶ子)	192
聖母(香月日輪)	129	セザーレの悪夢(中井英夫)	241
税務署長の冒険(宮沢賢治)	348	勢多大橋(山之口洋)	372
晴明の火除柱の話(杉村顕道)	179	雪客(瀬川隆文)	188
聖夜(香月日輪)	129	雪花散らんせ(皆川博子)	338
聖夜(新堂奈槻)	176	節気顔(宮部みゆき)	357
聖夜(竹下文子)	202	節句村正(杉村顕道)	179
セイヤク(中里友香)	244	殺生石(鈴木麻純)	185
西洋怪談の代表作(江戸川乱歩)	52	殺生石(皆川博子)	339
西洋人(芥川龍之介)	6	ぜったい退屈(鈴木いづみ)	183
西洋蒲公英(朱野帰子)	6	切断(綾辻行人)	21
西洋の幽霊芝居(小山内薫)	68	切断(福澤徹三)	291
精霊アニメーション(橘公司)	208	設定―不義に不義の禍ある事(京極夏彦)	108
精霊オフライン(橘公司)	208	雪洞桃源(倉橋由美子)	118
精霊オンライン(橘公司)	208	Zテスト(眉村卓)	326
精霊キングゲーム(橘公司)	209	刹那(上橋菜穂子)	46
精霊スノーウォーズ(橘公司)	209	節婦(岡本綺堂)	62
精霊ダークマター(橘公司)	209	切腹(菊地秀行)	94
精霊ニューイヤー(橘公司)	209	絶滅鳥の宴(中井英夫)	241
精霊舟(福澤徹三)	291	背中合わせの対話(石川宏千花)	29
セイレーン(今邑彩)	39	背中の音(星新一)	307
世界最終戦論(樺山三英)	83	背中のやつ(星新一)	307
世界で一番速い馬(多崎礼)	206	セハット・デイケア保育日誌(小川一水)	64
世界の縁側(宮部みゆき)	357	ゼフィーリアの悪魔(秋田禎信)	3
世界の片隅で一笑う(黒狐尾花)	121	セブンスターズ、オクトパス(式田ティエン)	164
世界の果て博物館(高橋順子)	198	蟬(鳥居みゆき)	238
セカイ、蛮族、ぼく。(伊藤計劃)	33	セメント樽の中の手紙(葉山嘉樹)	271
世界1の女(渡辺浩弐)	396	ゼリー時代(星新一)	307
施画鬼(入江敦彦)	39	ゼロ年代の臨界点(伴名練)	274
咳(杉村顕道)	179	セロひきのゴーシュ(宮沢賢治)	348
赤外線男(海野十三)	50	栓(星新一)	307
隻眼の狐(杉村顕道)	179	先客たち(眉村卓)	326
石室(明野照葉)	7	千客万来(司月透)	165
石実(木内石亭)	93	一九八四年(樺山三英)	83
席上奇観垣根草(草官散人)	190	仙境異聞(抄)(平田篤胤)	279
石中蟄龍の事(根岸鎮衛)	261	先見の明(渡辺浩弐)	396
責任を問いません(渡辺浩弐)	396	善光寺詣り(水野葉舟)	333
責任者(星新一)	307		
石牡丹(木内石亭)	93		

閃光ビーチ（菅浩江）	177
千載一遇（平山夢明）	282
前妻さん（神狛しず）	84
「先死」という名のknight（神無月蠍）	90
戦場からの電話（山野浩一）	372
戦場の夜想曲（田中芳樹）	215
占職術師の希望（小川一水）	64
前世の味（葛西俊和）	76
先生の瞳（東直子）	276
全世界のデボラ（平山瑞穂）	280
戦争（小川未明）	66
戦争はなかった（小松左京）	143
全体主義（渡辺浩弐）	396
選択（西崎憲）	257
選択肢（渡辺浩弐）	397
センダード市の毒蛾（宮沢賢治）	349
善仲院観世音の話（杉村顕道）	179
前兆（水野葉舟）	333
戦闘員（宮部みゆき）	357
仙桃奇譚（夢枕獏）	383
仙女伝（作者不詳）	404
千人の美少女嫁（神薫）	174
仙人の山（安曇潤平）	14
千年の虚空（宮内悠介）	340
千年の罪（西條奈加）	148
千年のはじめ（宮本紀子）	358
先輩にならって（星新一）	307
先輩の音（小田イ輔）	69
先輩の話（京極夏彦）	108
禅ヒッキー（斉藤直子）	149
扇風機（西崎憲）	257
羨望の町（眉村卓）	326
「全滅 NO FUTURE」（海猫沢めろん）	49
前夜（栗本薫）	120
千夜一夜（小川雫）	65
占幽（剣先あおり）	123
全裸部屋（二宮敦人）	260
戦慄のランチタイム（カツオシD）	80
線路（夢野久作）	379

【そ】

疽（東郷隆）	234
ソウ（綾辻行人）	21
層（水沫流人）	340
象を飛ばした王子（宮内悠介）	340

憎悪の鬼（丸木文華）	329
憎悪の谷（水見稜）	334
双眼鏡（高橋ヨシキ）	199
蒼穹のファフナー（冲方丁）	48
蒼穹のファフナーRIGHT OF LEFT（冲方丁）	48
双玉の想い（瀬尾つかさ）	188
草原の風（ひかわ玲子）	276
草原の風雲児（栗本薫）	120
操作手（篠田節子）	166
雑司ヶ谷めくらまし（光瀬龍）	335
双子宮の月の選抜合宿（瑞智士記）	332
増殖（神狛しず）	85
草食の楽園（小林泰三）	137
創世記（太宰治）	205
相続（星新一）	307
そうだ、温泉に行こう "エルフ達の噂話"（金斬児狐）	82
颯太と勝治（紅原香）	300
早朝の違和感（福澤徹三）	291
早朝の客（つくね乱蔵）	222
双瞳姫─twins eye（あざの耕平）	10
象のいる夜会（井上雅彦）	37
僧の死にて後、舌残りて山に在りて法花を誦する語（作者不詳）	404
象の墓場（花村萬月）	270
騒霊時代（小松左京）	143
象は鼻が長い（阿刀田高）	16
速達（渡辺浩弐）	397
即答ツール（若木未生）	390
測量士（荒巻義雄）	24
底無し沼（倉阪鬼一郎）	117
そこなし森の話（佐藤さとる）	155
そこにいるずっといる（香月日輪）	129
そこに指が（手塚治虫）	232
そこには何かが 1（さたなきあ）	153
そこには何かが 2（さたなきあ）	153
そこはかさん（沙木とも子）	151
組織（星新一）	307
そして終着駅（和智正喜）	403
そして誰もしなくなった（高千穂遙）	194
そして船は行く（井上雅彦）	37
そして、星へ行く船（新井素子）	22
素数の呼び声（野尻抱介）	262
蘇生（布田竜一）	298
育てゲーム（渡辺浩弐）	397

卒業（渡辺浩弐）	397
卒業写真（福澤徹三）	291
即興の作り話（田島照久）	207
そっくりサロン（渡辺浩弐）	397
蘇提の犬（東郷隆）	234
外面のいい女（渡辺浩弐）	397
ソードほめ 子ほめ（朱雀新吾）	183
そのお札なめさせてもらいます（三田村信行）	334
その女（星新一）	307
その後のふたつの物語（蘇部健一）	191
その後の『リパルズ』（小栗虫太郎）	67
そのぬくもりを（傳田光洋）	234
その夢、買った（中見利男）	248
その夜（星新一）	308
その理由（小田十輔）	69
そばかすのフィギュア（菅浩江）	177
祖父のこと（西崎憲）	257
祖母に聞かされた怪談（江戸川乱歩）	52
祖母の家の階段（田島照久）	207
祖母の記録（円城塔）	53
鼠妖（抄）（柴田宵曲）	169
ソラ（結城充考）	374
そら色のマリア（朱川湊人）	172
空を飛ぶパラソル（夢野久作）	379
空をとんでいたもの（小松左京）	143
空‐孤独の魔女（羊太郎）	278
空とぶ円ばん（北村小松）	98
空飛ぶカーペット（阿刀田高）	16
空飛ぶ大納言（澁澤龍彦）	169
空飛ぶベンチ（星川ルリ）	301
空飛ぶ窓（小松左京）	144
空に届く歌（村山早紀）	360
虚空の足音（小松左京）	144
空のビードロ（畠中恵）	267
ソリスト（篠田節子）	166
「それ」（眉村卓）	326
それをアイと呼ぶ（加納新太）	83
それ鷹（幸田露伴）	132
それでもおまえは俺のハニー（平山夢明）	282
それはいいんだよ（平山夢明）	282
曾呂利新左衛門（大泉黒石）	55
曾呂利物語（作者不詳）	404
そは何者（東郷隆）	234
ゾンビ・アパート（飯野文彦）	26

ゾンビ車（葛西俊和）	76
ぞんび団地（雀野日名子）	186
ゾンビの明日（カツオシD）	80

【た】

大悪党の往生（神谷養勇軒）	86
ダイアショック（神林長平）	91
退院後（眉村卓）	326
隊員たち（星新一）	308
ダイエットの方程式（草上仁）	114
台川（宮沢賢治）	349
体感ゲームの一種（渡辺浩弐）	397
太鼓石の話（杉村顕道）	179
醍醐随筆（中山三柳）	250
大骨（橘南谿）	209
第五の地平（野崎まど）	261
対策（星新一）	308
代作恋文（野村胡堂）	263
第三回創元SF短編賞受賞作 "すべての夢 果てる地で"（理山貞二）	390
第三の実話の件（松village進吉）	321
第三の魔法少女！ 校舎を貫くビーム砲（西尾維新）	255
第三夜（大岡昇平）	55
大佐—long interval（あざの耕平）	10
大障碍（三島由紀夫）	331
大正奇聞死霊生霊（神田伯龍）	90
大正航時機綺譚（山本弘）	373
大正三年十一月十六日（横田順彌）	386
隊商宿（倉橋由美子）	119
代書屋ミクラの幸運（松崎有理）	320
大震災の雪（内田東良）	47
大好きな姉（高橋克彦）	196
タイスのたずね人（図子慧）	182
大切な時間（渡辺浩弐）	397
大切な友達（神薫）	174
大切なものは目に見えないと言うのは簡単だけど（汀こるもの）	330
大卒ポンプ（北野勇作）	96
太祖墓陵（坂東眞砂子）	273
怠惰の大罪（長谷敏司）	266
だいだらぼっち（佐藤さとる）	155
ダイダロス（澁澤龍彦）	169
太一くんの工場（佐藤さとる）	155
太一の机（佐藤さとる）	155
大盗庶幾（筒井康隆）	226
対髑髏（幸田露伴）	132

作品名	頁
台所の窓(柴崎友香)	168
タイトル・マッチ(鈴木いづみ)	183
第二社会(眉村卓)	326
第二内戦(藤井太洋)	295
第二箱船荘の悲劇(北野勇作)	96
代表者(渡辺浩弐)	397
代表のお礼(目代雄一)	361
台風中継での話(加門七海)	87
台風の目(川端裕人)	89
台風の夜の電話(小原猛)	138
大福(葛西俊和)	77
タイプの男(目代雄一)	362
太平百物語(祐佐)	374
太平洋魔城(海野十三)	50
台北小夜曲(恩田陸)	74
大マゼラン星雲の小人(横田順彌)	386
退魔戦記(豊田有恒)	237
大名の俸(野村胡堂)	263
タイム・ジャック(小松左京)	144
タイムパラドックス(渡辺浩弐)	397
タイムボックス(星新一)	308
タイムマシーン(布田竜一)	298
タイムマシン(藤丸)	297
タイムマシン(星新一)	308
タイムマシン(渡辺浩弐)	397
タイムリミット(辻村深月)	223
大迷惑時をかけさせる少女(岡崎弘明)	58
大望ある乗客(中井英夫)	241
代役(石田一)	30
代役指令(渡辺浩弐)	397
太陽馬(皆川博子)	339
太陽開発計画(星新一)	308
太陽の側の島(高山羽根子)	201
太陽の帝国(樺山三英)	83
第四次元の恋(野村胡堂)	263
第四の場合(野村胡堂)	263
第四部(眉村卓)	326
第狸奴の殖(仁木英之)	254
内裏の松原で鬼が女を食う話(福永武彦)	295
楕円幻想(花田清輝)	269
倒れるひと(福澤徹三)	291
高天原探題(三島浩司)	331
多佳子(眉村卓)	326
高砂幻戯(小松左京)	144
抱貝(椎名誠)	163
宝島(星新一)	308
宝の地図(星新一)	308
だからひそやかに祈るよ(河上朔)	88
宝船(星新一)	308
滝行の意味(小田イ輔)	69
焚火(志賀直哉)	164
タクシー(鈴木光司)	184
タクシー代わり(小田イ輔)	69
たくらんで……(渡辺浩弐)	397
タケオくんの電信柱(佐藤さとる)	155
たけこのぞう(大濱普美子)	57
タコと宇宙人(小松左京)	144
章魚のお化(夢野久作)	379
蛸漁師(恒川光太郎)	229
ダゴン星域会戦記(田中芳樹)	215
出してくれ(中見利男)	248
多神教(泉鏡花)	31
たすけて(高橋克彦)	196
タスケテ(山口タオ)	370
訊ね人(木原浩勝)	102
蛇性の裔一輝三條(本堂平四郎)	316
たそがれ(鈴木三重吉)	185
黄昏郷 El Dormido(野阿梓)	261
たそがれコンタクト(梶尾真治)	78
黄昏都市(田中芳樹)	215
黄昏の殺人(佐藤春夫)	159
黄昏の底で一眠る(黒狐尾花)	121
黄昏の弐番館(司月透)	165
たそがれの人間(佐藤春夫)	159
たそがれの窓としがらみの蔦(結城光流)	374
黄昏柱時計(瀬名秀明)	189
たそがれホテル(城島明彦)	173
只今満員です(神狛しず)	85
ただいま一妖談の事(京極夏彦)	108
忠雄がいる…(中原昌也)	247
たたける者(三島浩司)	331
たたずむ少女(香月日輪)	129
佇むひと(筒井康隆)	226
直ちに危険とは(西浦和也)	255
ただひとたびの(栗本薫)	120
多々良島ふたたび(山本弘)	373
たたり(井上雅彦)	37
たたり(星新一)	308
祟石(木内石亭)	93
太刀踊りの夜(目代雄一)	362
立場(眉村卓)	326

たちまちづき（畠中恵）	267		卵（夢野久作）	379
タツオの島（佐藤さとる）	155		玉子稲荷（水沢いおり）	332
脱出口（星新一）	308		卵を愛した女（新津きよみ）	253
脱走（西崎憲）	257		卵男（平山夢明）	282
たった一度だけ（平山夢明）	282		卵居士（平山夢明）	282
たった一票（京極夏彦）	108		たまごっち異聞（渡辺浩弐）	397
たった一つの冴えないやり方（友野詳）	237		卵の王子たち（中井英夫）	241
			玉子焼きとやさしい番人（篠宮あすか）	167
たった一人でも あとがきに代えて（荒巻義雄）	24		魂の駆動体（森深紅）	366
ダッチ・シュルツの奇怪な事件（朝松健）	11		魂のレコード（田中明子）	213
			たましひ冱ゆる（米満英男）	389
タッちゃんと奴だこ（佐藤さとる）	156		ダマスカス第三工区（谷甲州）	217
竜巻の夜（中原文夫）	246		多満寸太礼（辻堂兆風子）	222
たつまさんがころした（今邑彩）	39		だまだまマーク（辻村深月）	223
立石（木内石亭）	93		魂取の池（宮部みゆき）	358
堕天の塔（西島伝法）	239		タマネギ色のなみだ（立原えりか）	211
たとえわれ命死ぬとも（松崎有理）	320		玉の御使い（神薫）	174
多離（目代雄一）	362		玉箒木（林義端）	271
谷（宮沢賢治）	349		タマミフル（綾辻行人）	21
狸（筒井康隆）	226		たまゆらり（高橋克彦）	196
たぬき薬（荻田安静）	67		魂呼びの井戸（平山夢明）	282
狸に化けるの件（松村進吉）	321		タムタムおばけとジムジムおばけ（立原えりか）	211
狸の睾丸（北原白秋）	97			
狸の鉄砲（木原浩勝）	102		多聞寺討伐（光瀬龍）	335
狸の話（行田尚希）	375		たゆたいライトニング（梶尾真治）	78
たぬきの方程式（筒井康隆）	226		盥猫（平山夢明）	282
種山が原（宮沢賢治）	349		だるまさんがころ…――浅澤順次（岡田伸一）	58
タネリはたしかにいちにち噛んでいたようだった（宮沢賢治）	349			
			誰が赤ん坊を殺したのか？（大石圭）	55
楽しい学校封鎖（鏡貴也）	75		誰かさん（中原文夫）	246
楽しき夏の夜（佐藤春夫）	159		誰が作った――下女の幽霊主家へ来たりし事（京極夏彦）	108
頼まれた男（新津きよみ）	253			
タバコ（星新一）	308		誰かに似た人（渡辺浩弐）	397
タバコの火（木原浩勝）	102		誰かの家（三津田信三）	337
田端の姫の話（杉村顕道）	179		誰かの五円玉（田村理江）	219
だばだば杉（筒井康隆）	226		誰しもカタルシスを求めてるのだ（金沢勝）	82
旅（筒井康隆）	226			
旅絵師の話（杉村顕道）	179		誰にも似てない（東しいな）	12
旅立ちの朝（天流桂子）	234		太郎君、東へ（畠中恵）	267
旅の徒然（平谷美樹）	286		タロベエの紹介（星新一）	308
旅の猫 風の翼（村山早紀）	360		断崖（香月日輪）	129
旅人（小林雄次）	138		譚海（津村淙庵）	231
「旅人のはなし」から（宮沢賢治）	349		断崖の錯覚（太宰治）	205
旅役者（杉村顕道）	179		団結よせ（京極夏彦）	108
タブノキ（雀野日名子）	186		だんごむし（鳥居みゆき）	238
玉鬘からの贈り物（福島千佳）	293		団醜の世代（渡辺浩弐）	397

断章 (芳賀喜久雄)	264
誕生プレゼント 1 (渡辺浩弐)	397
誕生プレゼント 2 (渡辺浩弐)	397
男子寮 (木原浩勝)	102
箪笥の上 (福澤徹三)	291
暖雪 (大坂繁治)	56
団地 (木原浩勝)	102
探偵奇聞老婆の恨 (神田伯龍)	90
探偵VSスパイ (渡辺浩弐)	397
弾道軌跡 (筒井康隆)	226
タンポポ村、還る! (野田昌宏)	262
タンポポ村、発見! (野田昌宏)	262

【ち】

血赤さんご (星川ルリ)	301
ちいさいおうち (高橋ヨシキ)	199
小さいサラリーマン〈たち〉(勝山海百合)	81
小さな兄と弟 (古谷清刀)	299
小さな竜巻 (佐藤さとる)	156
小さなふしぎ (朱川湊人)	172
小さな星の子 (小松左京)	144
小さな魔法の降る日に (毬)	329
小さな店 (眉村卓)	326
小さな指―頭痛の神の事 (京極夏彦)	108
小さな妖精サラ (谷よっくる)	218
知恵の実 (星新一)	308
チェーンメール (七恵)	252
血を吸う山賊―松尾清光 (本堂平四郎)	316
血を吸う写真 (福谷修)	294
ちがい (星新一)	308
誓いの日 (槇ありさ)	317
地下街 (中井英夫)	241
近くのスーパー (小田イ輔)	69
近くの他人 (眉村卓)	326
血かたびら (上田秋成)	43
地下のスナック (福澤徹三)	291
地下の部屋 (岩井志麻子)	41
近道 (赤川次郎)	3
地下迷宮の帰宅部 (石川博品)	29
茅萱の雪 (神山奉子)	85
力ばか (小泉八雲)	126
地下牢 (渡辺浩弐)	397
地球を見てきた人 (小松左京)	144

地球をやめたいと言った日 (池上喜美子)	27
地球型作業療法 (宮本宗明)	358
地球からきた子 (小松左京)	144
地球最後の日 (藤丸)	297
地球栓 (横田順彌)	386
地球たちが歌えた日 (池上喜美子)	27
地球の文化 (星新一)	308
地球のみなさん (星新一)	308
地球要塞 (海野十三)	50
地球は赤かった (今日泊亜蘭)	112
契 (須永朝彦)	187
竹青―新曲聊斎志異 (太宰治)	205
治験バイト (葛西俊和)	77
血潮珊瑚 (橘みれい)	210
血潮したゝる―猟奇短歌 1 (夢野久作)	379
ちしゃの旅 (雪舟えま)	375
地上の風景 (渡辺浩弐)	397
地上の龍 (抄) (柴田宵曲)	169
地図 (柴崎友香)	168
痴酔記 (牧野信一)	319
血筋 (神薫)	174
チーズの贈り物 (阿刀田高)	16
地図のない町 (竹下文子)	202
父を失う話 (渡辺温)	391
乳汁を好む老人 (橘南谿)	210
父親 (福谷修)	294
父とソフトボールと函館 (西崎憲)	257
父の居ぬ間 (木原浩勝)	103
父の怪談 (岡本綺堂)	62
父の話 (長島槇子)	245
秩父巡礼 (坂東眞砂子)	273
チチンデラヤパナ (安部公房)	17
チッペンデールの寝台―もしくはロココふうな友情について (中井英夫)	241
地底超特急、北へ (樋口明雄)	276
地底の火星人 (岩田賛)	42
地底の底 (目代雄一)	362
地には平和を (小松左京)	144
地には豊穣 (長谷敏司)	266
血の償い (渡辺浩弐)	397
地の果てにて (坂東眞砂子)	273
地の果てに行く (赤川次郎)	3
遅配メール (渡辺浩弐)	397
致富石 (木内石亭)	93
西蔵に咲く花 (森下雨村)	364

トマト畑に雨が降る(竹下文子)	202
血塗れ看護婦(友成純一)	236
知命・五十歳(眉村卓)	326
地もぐり一寸ぼうし(牧野修)	318
血も凍る話(渡辺浩弐)	397
チャイナ・ファンタジー 巨きな蛤/家の怪/寒い日(南伸坊)	340
茶筒(柴崎友香)	168
茶番神楽(夢野久作)	379
茶碗の中(小泉八雲)	126
茶碗の中(福澤徹三)	291
チャンナン(今野敏)	148
中央線の駅(伊藤三巳華)	34
中学生(夢野久作)	379
中華料理店で(眉村卓)	326
忠告(恩田陸)	74
中国での話(立原透耶)	212
中国の鳥人(椎名誠)	163
中古獣カラゴラン(雀野日名子)	186
中古レコード(中島たい子)	244
忠臣ヨハネス(池田香代子)	28
宙吊り(赤川次郎)	3
宙におどる巻物―『法華験記』より(澁澤龍彥)	169
宙の二人(木原浩勝)	103
注文の多い料理店(宮沢賢治)	349
チュウリップの幻術(宮沢賢治)	350
中陵漫録(佐藤中陵)	158
駐輪場閉鎖(さたなきあ)	153
チューファイター(渡辺浩弐)	397
蝶(小泉八雲)	126
蝶(筒井康隆)	226
蝶(秦恒平)	268
蝶(堀辰雄)	314
超動く家にて(宮内悠介)	340
蝶を編む人(立原えりか)	211
超音速少女大暴走(岡崎弘明)	58
鳥海山物語(杉村顕道)	179
懲戒の部屋(筒井康隆)	226
鳥瞰(渡辺浩弐)	397
超強力磁石(穂村弘)	313
長距離トラック(宇佐美まこと)	46
超現実な彼女―代書屋ミクラの初仕事(松崎有理)	320
調査(星新一)	308
超時間の檻(山本弘)	373
長者の問い(小松エメル)	139
鳥獣の宿(長島槙子)	245
長鬚国(瓢水子松雲)	279
調整(星新一)	308
チョウセンアサガオの咲く夏(柚月裕子)	375
朝鮮からの使者(岩井志麻子)	41
超鼠記(津原泰水)	230
超耐水性日焼け止め開発の顛末(松崎有理)	320
蝶と果実とアフターノエルのポインセチア(籘真千歳)	234
蝶と金貨とビフォアレントの雪割草(籘真千歳)	234
蝶と鉄の華と聖体拝受のハイドレインジア(籘真千歳)	234
蝶と夕桜とラウダーテのセミラミス(籘真千歳)	235
超能力(星新一)	308
調伏キャンプ(加門七海)	87
跳文Tyoubun(神林長平)	91
町立探偵"竿竹室士"「いおり童子」と「こむら返し」(小川一水)	64
超老(眉村卓)	326
腸はどこへいった(筒井康隆)	226
貯金箱(北原尚彦)	97
チョコレート(松村比呂美)	321
ちょっとお部屋を拝見(香月日輪)	129
ちょっと変身(阿刀田高)	16
散らばった罠を見抜け! 夜間校舎の戦い(西尾維新)	255
塵芥にあらず(朱川湊人)	172
治療(星新一)	308
治療方法(渡辺浩弐)	397
ちるどれん?(榊一郎)	149
散れば咲き、散れば咲きして桜丸(香月日輪)	129
血は出たけれど―上杉家明長屋怪異の事(京極夏彦)	108
鎮魂歌(原民喜)	272
鎮守様の白い森(斉藤志恵)	149
沈鐘(井上雅彦)	37
沈滞の時代(星新一)	308
闖入者(安部公房)	17
珍味(新津きよみ)	253
珍味売り(福澤徹三)	291

【つ】

追憶の部屋(岩井志麻子)	41

追跡者（吉行淳之介）	388	机の上の古いポスト（佐藤さとる）	156
ついてくるもの（三津田信三）	337	机の神さま（佐藤さとる）	156
ついてくる者（小田イ輔）	69	尽くす女（新津きよみ）	253
墜落する愛情（赤川次郎）	3	ツクツク法師（夢野久作）	379
通信ペット（渡辺浩弐）	397	継ぐのは誰か？（小松左京）	144
ツェねずみ（宮沢賢治）	350	蹲踞の辻（百井塘雨）	363
ツェルト（安曇潤平）	14	鵺と鶏（瀬名秀明）	189
津軽錦（五十月彩）	32	つくも神（あまのかおり）	18
憑かれた男（萩尾望都）	264	つくもがみ、遊ぼうよ（畠中恵）	267
憑かれたひと（福澤徹三）	291	つくもがみ、家出します（畠中恵）	267
月あかり（牧野信一）	319	つくもがみ、叶えます（畠中恵）	267
月あかりの中庭（立原えりか）	211	つくもがみ、がんばるぞ（畠中恵）	267
月あかりの庭で子犬のワルツを（草子）	191	つくもがみ、探します（畠中恵）	267
月がきれいですね（蒼井茜）	1	造られしもの（小林泰三）	137
月かげ（佐藤春夫）	159	作るべきか（星新一）	308
築地卸売市場のゾンビ（木下半太）	99	繕異奇譚（甲田学人）	131
ツキ過ぎる（長島槇子）	245	つけたのは誰—不思議なしとも難極事（京極夏彦）	108
月とあざらし（小川未明）	66	辻占の行方（坂木司）	150
次、とまります（中山麻子）	250	辻斬り（西崎憲）	257
つぎに来るもの（今日泊亜蘭）	112	辻斬りと怪青年―久保坂祐定（本堂平四郎）	316
次に来るもの（今日泊亜蘭）	112	接鬼奇譚（甲田学人）	131
月に戯れるな（香山滋）	87	蔦の門（岡本かの子）	59
月にほえろ！（京極夏彦）	108	蔦紅葉（神林長平）	91
月の王（夢枕獏）	383	土神ときつね（宮沢賢治）	350
月の砂漠（立原えりか）	211	槌子坂の怪（鳥翠台北茎）	221
月の砂漠で（目代雄一）	362	土の塵（山下敬）	370
月のしのぶ（小松左京）	144	土の枕（津原泰水）	231
月の光（竹下文子）	202	つつがなきよう（新井素子）	22
月の瞳のエゼル―金の木の実と神離しの歌（我鳥彩子）	403	恙なし（西崎憲）	257
月の路（夢枕獏）	383	つの（小池昌代）	123
月の都に帰る（倉橋由美子）	119	角三つ生いたる鬼女（瀬川貴次）	188
月の夜がたり（岡本綺堂）	62	椿の家―「打出の小槌」より（佐藤春夫）	159
月の夜（布田竜一）	298	椿の木から（佐藤さとる）	156
月船の不思議な乗客（岩田賛）	42	つばくろ会からまいりました（筒井康隆）	226
つきまとう男たち（星新一）	308	ツバサ（齊藤英子）	149
つきまとう声（渡辺浩弐）	397	翼（小池真理子）	124
月息子（小松左京）	144	翼をください（岡部えつ）	59
月夜（鈴木三重吉）	185	つばさスリーピング（西尾維新）	255
月夜蟹（日影丈吉）	275	壺（岡部えつ）	59
月夜と眼鏡（小川未明）	66	壺幽霊（平谷美樹）	286
月夜のおとぎばなし（中山麻子）	250	妻でも狐でも―霊氣狐を頼み過酒を止めし事（京極夏彦）	108
月夜のけだもの（宮沢賢治）	350	つまみぐい（朱雀門出）	182
月夜のでんしんばしら（宮沢賢治）	350	罪のあがない（サキ）	151
月夜の夢の、帰り道（恒川光太郎）	229		
机の上の運動会（佐藤さとる）	156		

罪のない世代（渡辺浩弐）	398
罪→罰（渡辺浩弐）	398
つむじ風（明野照葉）	7
爪（平山夢明）	282
爪切り（田島照久）	207
つめくさのあかり（宮沢賢治）	350
冷たいのがお好き（長月達平）	246
積る日（赤月折）	189
つゆあけ（小松左京）	144
梅雨色（渡辺浩弐）	398
梅雨の憂い（一石月下）	32
梅雨の記憶（福澤徹三）	291
露夜話（古谷清刀）	299
露涌石（木内石亭）	93
つらなる竜の愛し方（津守時生）	231
吊籠と月光と（牧野信一）	319
つり好きの宇宙人（小松左京）	144
釣り人（小林泰三）	137
釣り人の背中には（小原猛）	138
鶴が来た夜（久保之谷薫）	115
鶴の恩返し（中見利男）	248
鶴の昇天（橘南谿）	210
「鶴見さんの恩返し」（日日日）	5
鶴屋南北の町（今尾哲也）	38
つれていくもの（三津田信三）	337
連れてって（渡辺浩弐）	398
悪阻（新津きよみ）	253
つんのめる都市伝説（木皿泉）	95

【て】

手（津原泰水）	231
手（平谷美樹）	286
出会わない系（渡辺浩弐）	398
ディアトリマの夜（神崎照子）	90
DSE=SJ（小松左京）	144
庭園史（西崎憲）	258
ティオの章（田沢大典）	207
ディオリッシモ（小池真理子）	124
泥音（福澤徹三）	291
定期的（葛西俊和）	77
テイク（西澤保彦）	259
定型の根本義（夢野久作）	379
ディザスター・ガール（菊地秀行）	94
停車場の少女（岡本綺堂）	62
泥酒（田丸雅智）	218
帝都脳病院入院案内（芦辺拓）	12

デイドリーム、鳥のように（元長柾木）	363
デイドリーム・ビリーバー（平金魚）	192
DVの番人（星川ルリ）	301
テオ（高里椎奈）	193
手書きとワープロ（皆川博子）	339
テ・鉄輪（入江敦彦）	39
手紙（多崎礼）	206
手紙（平山夢明）	282
手紙の主（辻村深月）	223
適当な方法（星新一）	308
敵は海賊（虚淵玄）	50
敵は海賊（神林長平）	91
手首を拾う（京極夏彦）	108
出会す（平山夢明）	282
デコは口ほどにものを言う（丸山英人）	329
デジタルディバイド（渡辺浩弐）	398
手品の夜（横田順彌）	386
手作り（新津きよみ）	253
デストピア（冲方丁）	48
手相奇談（杉村顕道）	179
手…だけじゃない（福谷修）	294
鉄仮面をめぐる論議（上遠野浩平）	82
鉄橋（綾辻行人）	21
鉄血（飴村行）	19
鉄鼠（香月日輪）	129
鉄槌（夢野久作）	379
「デッドエンド」（海猫沢めろん）	49
鉄のストーブ（池田香代子）	28
鉄のハンス（池田香代子）	28
テツの百物語（有栖川有栖）	25
『鉄砲左平次』序にも一つ（佐藤春夫）	159
鉄路の春（宮部みゆき）	358
出て行け！（小松左京）	144
テトラポッドは暇を持て余しています（新井素子）	23
手長姫（三島由紀夫）	331
手のなる木（望月正子）	362
てのひら（中崎千枝）	244
てのひら宇宙譚（田辺青蛙）	216
てのひら島はどこにある（佐藤さとD）	156
デーバローカ刑務所の秘密（カツオシD）	80
てぶくろ（五十月彩）	32
出無精の旅（皆川博子）	339

デマ（筒井康隆）	227
手間のかかる姫君（栗本薫）	120
手毬唄が聞こえる（橘みれい）	210
デラックスな金庫（星新一）	308
照りかげりの旅（眉村卓）	326
輝子の恋（小路幸也）	173
テルミン嬢（津原泰水）	231
テレザ・パンザの手紙（花田清輝）	269
テレパシー（渡辺浩弐）	398
テレビをつけておくと（長島槇子）	245
テレビジョン（秋野鈴虫）	4
テレペウトの剣（あさのあつこ）	9
テロルの創世（平山夢明）	282
てんいち（神薫）	174
田園生活（夢野久作）	379
田園の正月（夢野久作）	379
天央祭コンテスト（橘公司）	209
天河の君に贈る夢（村田栞）	360
天下無敵の大盗賊（多崎礼）	206
天からふってきた犬（佐藤さとる）	156
転機（星新一）	308
電気の敵（稲垣足穂）	35
電気風呂の怪死事件（海野十三）	50
天球樹（月村了衛）	221
天気予報（今日泊亜蘭）	112
天空人と地球人（池上喜美子）	27
天空の庵にて思う（香月日輪）	129
天空の魔境（北村小松）	98
天空の湖（神山奉子）	85
天狗小僧虎吉（山崎美成）	370
天狗と宿題、幼なじみ（はやみねかおる）	272
天狗の落し文（抄）（筒井康隆）	227
天狗の縄（祐佐）	375
天狗の音色（瀬名秀明）	189
天狗の話（行田尚希）	375
天狗の嫁（浅田次郎）	8
天狗六兵衛（作者不詳）	404
天狗は山人也（西岡一雄）	256
天狗笑い（豊島與志雄）	237
天花炎々（川上裕美子）	88
天眼—turning point（あざの耕平）	10
天国（星新一）	309
天国からの贈り物（瀬川隆文）	189
伝言の声（渡辺浩弐）	398
天使と悪魔のゲーム（藤木稟）	295
天使と勲章（星新一）	309

天使の休暇願（成田和彦）	252
天使のブーツ（木下容子）	100
天使の降る夜（立原透耶）	212
天使のレシート（誉田哲也）	315
電車（宮沢賢治）	350
電車の音（福澤徹三）	291
電車乗り（眉村卓）	327
天井裏の鼠（福澤徹三）	291
天井裏の春子（浅田次郎）	8
転生奇聞（塵哉翁）	175
天井の怪（平山蘆江）	285
天井の傷（田島照久）	207
天上のデザイナー（小川一水）	64
天将—king's hunch（あざの耕平）	10
天職（渡辺浩弐）	398
天神様のほそみちじゃ（芳賀喜久雄）	264
天神さん（望月もらん）	363
天神石（木内石亭）	93
天人の橋（立原えりか）	211
天神山縁糸苧環（小松左京）	144
天使1（須永朝彦）	187
天使2（須永朝彦）	187
天使3（須永朝彦）	187
転生（小林雄次）	138
転生少女と転生少年（cosMo@暴走P）	133
伝説の実相（幸田露伴）	132
電線と老人（中原文夫）	246
天体の回転について（小林泰三）	137
点滴妖精（古谷清刀）	299
点点点丸転転丸（諏訪哲史）	188
転倒（眉村卓）	327
殿堂入り（渡辺浩弐）	398
デンドロカカリヤ（安部公房）	17
天女降臨（大田南畝）	56
天王寺（日影丈吉）	275
天の空舟忌記（光瀬龍）	335
電脳の城（渡辺浩弐）	398
天の誉れ（菅浩江）	177
天の町やなぎ通り（あまんきみこ）	19
電波少女と空想庭園（cosMo@暴走P）	134
天罰（星新一）	309
天罰てきめん（カツオシD）	80
電波の武者（牧野修）	318
天保の飛行術（野村胡堂）	263
天魔の如き跳ぶもの（三津田信三）	337

電話（木原浩勝） …………………… 103
電話（柴崎友香） …………………… 168
電話（高橋克彦） …………………… 196
電話（西山裕貴） …………………… 259
電話中につき、ベス（西島伝法） …… 239
電話ボックス（七恵） ……………… 252
電話料金（木原浩勝） ……………… 103

【と】

とある攻略者と団員の関係 "攻略者ルーキー・ベルルフの奮闘/仕事熱心な迷宮運送業者ホブ雷の営業"（金斬児狐） ……………………………… 83
トイレ（二宮敦人） ………………… 260
トイレ（平山夢明） ………………… 282
トイレを汚すひと（福澤徹三） …… 291
トイレに現れたお祖母ちゃん（勝山百合） ……………………………… 81
トイレまち（平山夢明） …………… 282
塔（龍膽寺雄） ……………………… 390
童翁（坂東眞砂子） ………………… 273
東海道戦争（筒井康隆） …………… 227
東海道四谷怪談（小山内薫） ……… 68
東海の島（小松左京） ……………… 144
動画投稿（雨宮淳司） ……………… 19
銅鑼子の話（杉村顕道） …………… 180
道灌山—えたいの知れぬ話（佐藤春夫） ……………………………… 160
禱鬼（皆川博子） …………………… 339
同期生（眉村卓） …………………… 327
桃鳩図について（澁澤龍彦） ……… 169
東京しあわせクラブ（朱川湊人） … 172
東京収奪 第二回（山田正紀） …… 371
東京の男（神薫） …………………… 174
東京の日記（恩田陸） ……………… 74
東京湾の人魚（木下半太） ………… 99
同居人（小池真理子） ……………… 124
胴斬り "胴斬り"（朱雀新吾） …… 183
洞窟（飛鳥部勝則） ………………… 12
憧憬の部屋（岩井志麻子） ………… 41
峠の酒蔵（巣山ひろみ） …………… 188
峠の道（木原浩勝） ………………… 103
道玄坂の四人（木原浩勝） ………… 103
逃現実（もっちープリンス） ……… 363
同好の士（葛西俊和） ……………… 77
陶工魔道師（乾石智子） …………… 35
倒錯愛（篠田節子） ………………… 166

同志（小林雄次） …………………… 138
冬至草（石黒達昌） ………………… 29
湯治場の客（三津田信三） ………… 337
童女、異界を見聞す（香月日輪） … 129
東条の泣き坂の話（杉村顕道） …… 180
童心少女と大人世界（cosMo@暴走P）
 …………………………………… 134
等身大の「敵海」世界（神林長平） …… 91
道師—future possibility（あざの耕平） ……………………………… 10
陶酔の舌—蛇性の婬（唯川恵） …… 373
逃走（星新一） ……………………… 309
同窓会（つくね乱蔵） ……………… 222
同窓会（目代雄一） ………………… 362
逃走の道（星新一） ………………… 309
盗賊たちの晩餐（あさのあつこ） … 9
灯台（阿刀田高） …………………… 16
灯台（竹下文子） …………………… 202
道中の家（葛西俊和） ……………… 77
童貞（夢野久作） …………………… 379
東天紅（日影丈吉） ………………… 275
陶の家（高橋克彦） ………………… 196
同伴（平山夢明） …………………… 282
動物愛護（平山夢明） ……………… 283
動物園の悲劇（横田順彌） ………… 386
豆腐のあんかけ（杉村顕道） ……… 180
豆腐の怪（橘南谿） ………………… 210
豆腐屋『紅葉』繁盛記（道草家守） … 335
東方朔とマンモッス（幸田露伴） … 132
逃亡の部屋（星新一） ……………… 309
東方妖遊紀行（村田栞） …………… 360
道満、酒を馳走されて死人と添い寝する語（夢枕獏） ……………… 383
透明女（小林泰三） ………………… 137
透明絞殺犯（渡辺浩弐） …………… 398
透明人間の夢（島田雅彦） ………… 170
透明の恐怖（江戸川乱歩） ………… 52
東遊記（橘南谿） …………………… 210
倒立する天使（倉阪鬼一郎） ……… 117
投了（花輪莞爾） …………………… 270
投了（林譲治） ……………………… 271
同僚（眉村卓） ……………………… 327
蟷螂の罠（友成純一） ……………… 236
道路に女がうずくまっていた話（加門七海） …………………………… 87
兎園小説（文宝堂） ………………… 300
遠い国の戦争（渡辺浩弐） ………… 398
遠い日の過ち（中山麻子） ………… 250

遠い日の町（眉村卓）	327
遠い星から（佐藤さとる）	156
遠き鼻血の果て（田中哲弥）	213
遠くの友だち（朱川湊人）	172
遠く離れて（高橋克彦）	196
遠野九相図（高橋克彦）	196
遠野物語（抄）（柳田國男）	368
遠野物語より（京極夏彦）	108
とおぼえ（内田百閒）	47
通りすぎた奴（眉村卓）	327
通りゃんせ（椎津くみ）	162
とおりゃんせとうりゃんせ（芳賀喜久雄）	264
都会の幽気（豊島與志雄）	237
とがきばかりの脚本（折口信夫）	72
トカトントン（太宰治）	205
時の葦舟（荒巻義雄）	24
時の顔（小松左京）	145
時の劇場・前後篇（芦辺拓）	12
時の封土（栗本薫）	120
ときめき過ぎる男（木下半太）	99
読経（福澤徹三）	291
トーキョーを食べて育った（倉田タカシ）	117
時は来たれり（新倉朗子）	252
土偶木偶（幸田露伴）	132
独演会（渡辺浩弍）	398
毒蛾（宮沢賢治）	350
徳川清輝という男（宮沢龍生）	356
特技（渡辺浩弍）	398
徳本峠の小狐の話（杉村顕道）	180
独裁者の集う街（カツオシD）	80
毒穀物語（手塚治虫）	232
徳七天狗談（佐藤中陵）	158
特殊な症状（星新一）	309
特殊な能力（星新一）	309
特殊部隊（渡辺浩弍）	398
特賞の男（星新一）	309
読書会（眉村卓）	327
特製醬油（葛西俊和）	77
ドクターミンチにあいましょう（詠坂雄二）	389
独断的な男（眉村卓）	327
独白するユニバーサル横メルカトル（平山夢明）	283
特別料理（綾辻行人）	21
独房の探偵（藤木稟）	295

毒もみのすきな署長さん（宮沢賢治）	351
毒薬の国（狐塚冬里）	133
髑髏鬼（高橋克彦）	196
髑髏語り（朱川湊人）	172
髑髏小町（倉橋由美子）	119
刺（篠田節子）	166
時計じかけの天使（永山驢馬）	251
解けない謎が、解けた夜（大石圭）	55
溶ける日（松村比呂美）	321
どこかの事件（星新一）	309
何処何処の巻（神護かずみ）	175
常夏の夜（藤井太洋）	295
どこに居た一狐狸の為に狂死せし女の事（京極夏彦）	108
どこにでもある話（平金魚）	192
常世舟（倉阪鬼一郎）	117
土左衛門（北村想）	98
都市彗星のサエ（小川一水）	64
図書館（西崎憲）	258
図書館幻想（宮沢賢治）	351
都心ノ病院ニテ幻覚ヲ見タルコト（澁澤龍彦）	169
どすん―戯場者爲怪死事（京極夏彦）	109
土星人襲来（増田俊也）	319
土星の環の上で（荒巻義雄）	24
徒卒トム（藤井太洋）	295
富田城怪異の間―初桜光忠（本堂平四郎）	316
ドタ福クタバレ（夢野久作）	379
橡（西島伝法）	239
途中下車（有栖川有栖）	25
土中の骨（福澤徹三）	291
とっこべとら子（宮沢賢治）	351
とっさの一言（目代雄一）	362
突進（椎名誠）	163
突然の別れの日に（辻征夫）	223
とっておきの幽霊（赤川次郎）	3
とっておきの脇差（平方イコルスン）	279
ドッペルゲンガー（雨宮淳司）	19
ドナウ川の漣（須永朝彦）	187
となりのヴィーナス（ユエミチタカ）	375
隣の女（福澤徹三）	291
となりの家庭（星新一）	309
隣の黒猫、僕の子猫（堀内公太郎）	314

隣の子供（小田イ輔）............... 69
となりの住人（星新一）............... 309
度南国往来（夢枕獏）............... 383
兎肉（田中啓文）............... 214
利根の渡（岡本綺堂）............... 62
宿直草（荻田安静）............... 67
殿さまの茶わん（小川未明）....... 66
賭博場の紳士（菊地秀行）....... 94
扉と蝶番（荒巻義雄）............... 24
扉の向こうがわ（香月日輪）....... 129
飛ぶ男（椎名誠）............... 163
渡米人は自転車を駆る（香月日輪）....... 129
とまどい（高橋克彦）............... 196
とまどいマクトゥーヴ（梶尾真治）....... 78
とまどってエグザミネーション（樺末高彰）............... 75
トミノの地獄（西條八十）....... 148
ともしび（青水洸）............... 1
燈火の女（青木鷺水）............... 1
友造の里帰り（谷一生）....... 216
ともだち（京極夏彦）............... 109
トモダチ（朱雀門出）............... 182
トモダチ（矢部敦子）............... 369
友だち（佐藤さとる）............... 156
友だち（星新一）............... 309
友達のCD（小林玄）............... 135
友達バッジ（畑野智美）....... 269
共に戦え！ 一人目の魔法少女（西尾維新）............... 256
友のために（つくね乱蔵）....... 222
友の墓の上で（赤川次郎）....... 3
土曜日（堀辰雄）............... 314
トライアングル・ミステイク（あざの耕平）............... 10
渡来人は自転車を駆る（香月日輪）....... 129
ドライブ（秋元康）............... 4
ドライブ（久田樹生）............... 277
ドライブ（平山夢明）............... 283
捕えられた声（新津きよみ）....... 253
ドラキュラの家（福澤徹三）....... 291
ドラゴンキラーあります（海原育人）............... 48
ドラゴンズ・ウィル（榊一郎）....... 149
ドラゴンズ・ウィルNEXT SOULS IN THE MIRROR魂の双生児（榊一郎）............... 150
ドラゴンの吐息は胸を灼く（友野詳）............... 237

ドラゴンの洞窟（藤浪智之）....... 296
ドラゴンの泪（齊藤英子）....... 149
トーラスの中の異物（菅浩江）....... 177
トラッパー・ミック―Trapper Mick（山岸行輝）............... 370
虎姫（目代雄一）............... 362
トラブル（筒井康隆）............... 227
虎は暗闇より（平井和正）....... 279
虎は目覚める（平井和正）....... 279
とらんすせくしゃる？（榊一郎）....... 150
とらんぷ（堀辰雄）............... 314
トランプ（竹下文子）............... 202
トランペット吹きの子守歌（立原えりか）............... 211
鳥をとるやなぎ（宮沢賢治）....... 351
とりかえし―猫人に付きし事（京極夏彦）............... 109
とりかえっこ（佐藤さとる）....... 156
トリケラトプス（河野典生）....... 132
とりこ（眉村卓）............... 327
鳥と少女（澁澤龍彦）............... 169
とりなおし（小松左京）....... 145
鳥になる日（坂本美智子）....... 151
鳥になる夢（渡辺浩弐）....... 398
鳥のうた、魚のうた（小島水青）....... 133
鳥の女（石神茉莉）............... 28
鳥の北斗七星（宮沢賢治）....... 351
鳥箱先生とフウねずみ（宮沢賢治）....... 351
トリ・フィトラッカ（高里椎奈）....... 193
ドリフター（斉藤直子）....... 149
トリプル（村田沙耶香）....... 360
取り交ぜて（抄）（水野葉舟）....... 333
ドリームストーン（布田竜一）....... 298
ドリーム・チーム登場！（渡辺浩弐）....... 398
鳥はいまどこを飛ぶか（山野浩一）....... 372
鳥は空に、魚は水に（今市子）....... 38
ドリンカーの20分（平山夢明）....... 283
ドール・グローリィ（森博嗣）....... 365
とるとだす（畠中恵）............... 267
ドールの花嫁（栗本薫）....... 120
ドールハウスの怪（三津田信三）....... 337
奴隷（西崎憲）............... 258
トレーダー分岐点ふたたび（和智正喜）............... 403
トロイの黙波（神無月蠍）....... 90
泥汽車（日影丈吉）............... 275
とろけるココット（中山麻子）....... 250

467

泥の形（木原浩勝） ……………… 103
トロピカル（荒巻義雄） …………… 24
とんがりとその周辺（北野勇作） … 96
どんぐりたろう（佐藤さとる） …… 156
どんぐりと山猫（宮沢賢治） ……… 351
鈍鉄騎士の一日（金斬児狐） ……… 83
とんでも開帳（長島槇子） ………… 245
とんでもない自分（菊地秀行） …… 94
曇天一月の実り（平田真夫） ……… 279
ドンドン（雨宮淳司） ……………… 19
トンネル（秋元康） ………………… 4
トンネル（西崎憲） ………………… 258
トンネル（久田樹生） ……………… 277
とんぼ（北國浩二） ………………… 96
『ドン・キホーテ』註釈（花田清輝） … 270

【な】

内在天文学（円城塔） ……………… 53
内蔵メカ（渡辺浩弐） ……………… 398
泣いた赤鬼（鈴木麻純） …………… 185
ナイト・テイル旅情編―龍ヶ館温泉雪景色・疑惑の美人女将『ナイト・テイル』（西上柾） ………………… 256
ナイト・ブルーの記録（上田早夕里） … 44
ナイト・プロジェクト（横田順彌） … 386
ないものねだりのカラス（安東みきえ） …………………………… 26
ナイン・ライブス（森博嗣） ……… 365
萎えずの客（平山夢明） …………… 283
なおかつ火星のプリンセス・リローデッド（火浦功） ………………… 274
長い暗い冬（曽野綾子） …………… 191
長い待機（眉村卓） ………………… 327
長い長い悪夢（都筑道夫） ………… 224
長い長い石段の先（荻原浩） ……… 67
長い長いトンネル（田島照久） …… 207
長い冬（北川歩実） ………………… 96
長い部屋（小松左京） ……………… 145
長い道（瀬名秀明） ………………… 189
長い夜の見張り（田中芳樹） ……… 215
永く相おもふ―或は「ゆめみるひと」（佐藤春夫） …………………… 160
長靴（佐々木喜善） ………………… 152
長崎屋の主が死んだ（畠中恵） …… 268
長崎屋のたまご（畠中恵） ………… 268
なかたがい（水沢いおり） ………… 332
ナーガの雨（川端裕人） …………… 89

長のお別れ（宇江佐真理） ………… 43
中の人（鷹見一幸） ………………… 200
ナカハラの家内（木原浩勝） ……… 103
長引く雨（綾辻行人） ……………… 21
仲間（三島由紀夫） ………………… 331
ながら歩き（葛西俊和） …………… 77
長良川暮色（星川ルリ） …………… 301
流れ行く者（上橋菜穂子） ………… 46
流れる女（小松左京） ……………… 145
泣石（木内石亭） …………………… 93
鳴き柿（小田イ輔） ………………… 69
泣き童子（宮部みゆき） …………… 358
なきながらぴょんぴょん跳ぶひばり（牧野修） …………………… 318
凪の大祭（立原透耶） ……………… 212
哭く戦艦（紫野貴李） ……………… 165
嘆く天井（黒史郎） ………………… 122
投草履の話（杉村顕道） …………… 180
投げ丁半（平山蘆江） ……………… 285
猫十（平山夢明） …………………… 283
名古屋城が燃えた日（辻眞先） …… 222
名残の雪（眉村卓） ………………… 327
なじょすっぺ（西浦和也） ………… 255
ナスカは宇宙人基地ではない（手塚治虫） ………………………… 232
ナースコール（西浦和也） ………… 255
泥海の浮き城（西島伝法） ………… 239
なぜか、アップ・サイド・ダウン（鈴木いづみ） ………………… 183
なぜかうちの店が異世界に転移したんですけど誰か説明お願いします（蒼井茜） ……………………… 1
なぜ怖がりたがるのか？（池内紀） … 27
なぜに虻一人魂の事（京極夏彦） … 109
謎（西崎憲） ………………………… 258
謎解きパンプキン！ 魔法と謎がとけるとき（西尾維新） ………… 256
謎の故郷消失事件（野田昌宏） …… 262
謎の少年（福谷修） ………………… 294
謎の大殺戮（渡辺浩弐） …………… 398
なぞめいた女（星新一） …………… 309
夏（阿部和重） ……………………… 17
夏一夜（皆川博子） ………………… 339
懐かしい家（小池真理子） ………… 124
懐かしい夢（高橋克彦） …………… 196
夏芝居（折口信夫） ………………… 72
夏と花火と私の死体（乙一） ……… 70
夏に見た雪（ももくちそらミミ） … 363

夏の家(沙木とも子) ………………… 151
夏の終わり(伽古屋圭市) …………… 75
「夏の黒魔術」(海猫沢めろん) ……… 49
夏の収束(福澤徹三) ………………… 291
夏の硝視体(飛浩隆) ………………… 236
夏のピクニック(西崎憲) …………… 258
夏の蟲(福澤徹三) …………………… 291
夏の夜の夢(岡本かの子) …………… 59
夏の夜咄(折口真喜子) ……………… 73
夏の夜(星新一) ……………………… 309
夏薄荷迷宮(真堂樹) ………………… 176
夏祭りの夜(朝戸麻央) ……………… 8
夏祭りの夜に(香月日輪) …………… 129
夏休みです(香月日輪) ……………… 129
夏休みの宿題(布田竜一) …………… 298
夏休み前の出来事(香月日輪) ……… 129
七(花田清輝) ………………………… 270
七色魔術戦争(倉阪鬼一郎) ………… 117
七久里の湯の話(杉村顕道) ………… 180
名なしの童子(佐藤さとる) ………… 156
七十四秒の旋律と孤独(久永実木彦)
 …………………………………………… 277
七つのカップ(辻村深月) …………… 223
七つの魚(室生犀星) ………………… 361
七歩跳んだ男(山本弘) ……………… 373
七本桜(皆川博子) …………………… 339
七本の海藻(夢野久作) ……………… 379
奈々村女史の犯罪(津原泰水) ……… 231
七羽のカラス(池田香代子) ………… 28
何がしたい─怪竈の事(京極夏彦) … 109
何もしない機械(今日泊亜蘭) ……… 112
何らかの影響(小田イ輔) …………… 69
七日目(手塚治虫) …………………… 232
名のない悪魔(高里椎奈) …………… 193
ナポレオン対チャイコフスキー世紀の
 決戦(筒井康隆) …………………… 227
名前の猫(竹下文子) ………………… 202
ナマクラの英雄(三雲岳斗) ………… 330
なまけものの時計(佐藤さとる) …… 156
生ゴミ(福谷修) ……………………… 294
生中継(雨宮淳司) …………………… 19
なまぬるい国へやって来たスパイ(小
 松左京) …………………………… 145
ナマハゲと私(辻村深月) …………… 223
鉛の卵(安部公房) …………………… 17
ナミ(佐野史郎) ……………………… 161
涙の味わい(赤川次郎) ……………… 3

涙のアリバイ(夢野久作) …………… 379
涙のヒットパレード(鈴木いづみ) … 183
なめとこ山のくま(鬼灯りつ子) …… 71
なめとこ山の熊(宮沢賢治) ………… 352
なめらかな世界と、その敵(伴名練) … 274
名もない人こそヒーローさ(池上喜美
 子) ………………………………… 27
名もなく貧しくみすぼらしく(清水義
 範) ………………………………… 170
楢ノ木大学士の野宿(宮沢賢治) …… 352
成章(西崎憲) ………………………… 258
なりすまし(目代雄一) ……………… 362
ナルキッソスたち(森奈津子) ……… 365
成瀬隼人正の念力(神谷養勇軒) …… 86
鳴門の森の話(杉村顕道) …………… 180
成程それで合点録(かんべむさし) … 92
南雲(中村明美) ……………………… 249
南極点のピアピア動画(野尻抱介) … 262
なんと、恋のサイケデリック!(鈴木
 いづみ) …………………………… 184
汝、異端を恐るることなかれ(多崎礼)
 …………………………………………… 206
男色大鑑(井原西鶴) ………………… 38
何度でも(河上朔) …………………… 88
男女体を変ぜし話(作者不詳) ……… 404
ナンバー・クラブ(星新一) ………… 309
難船小僧(夢野久作) ………………… 379
難病根絶法(渡辺浩弐) ……………… 398
南武すたいる(島田雅彦) …………… 170
男郎花(沙門了意) …………………… 161

【に】

二亜ギャルゲー(橘公司) …………… 209
似負文Nioibun(神林長平) ………… 91
匂う女(日影丈吉) …………………… 275
仁王尊のごとく─二タ声宝寿(本堂平
 四郎) ……………………………… 316
二階からのぞく幽霊(水野葉舟) …… 333
二階の王(名梁和泉) ………………… 252
二階の部屋(柴崎友香) ……………… 168
似顔絵名人(目代雄一) ……………… 362
肉食系(福谷修) ……………………… 294
肉弾(飴村行) ………………………… 19
肉豆腐(平山夢明) …………………… 283
ニグニグ草 青菜(朱雀新吾) ……… 183
肉のお面(中見利男) ………………… 248
憎まれ役(眉村卓) …………………… 327

469

作品名	ページ
にげた宇ちゅう人（小松左京）	145
遁げた山羊（宮沢賢治）	352
にげていった子（小松左京）	145
逃げ回る武芸者（布田竜一）	298
逃げゆく物語の話（牧野修）	318
逃げよう（京極夏彦）	109
逃げる（小松左京）	145
逃げる男（星新一）	309
逃げる話（吉田健一）	388
にごり酒（森田啓子）	364
濁りの水（木原浩勝）	103
虹石（木内石亭）	93
虹色のダイエットコカコーラレモン（佐藤友哉）	160
虹を見し事（畠中恵）	268
虹立つ麓間の子ども（八谷紬）	269
虹の彼女（山野浩一）	372
「西の京」戀幻戯（朝松健）	11
虹の水面に映る夢にて候（香月日輪）	129
二週間（高里椎奈）	193
23太陽系13番惑星（北村小松）	98
二重人格（広瀬正）	286
二十六夜（宮沢賢治）	352
二十六夜待（平山蘆江）	285
ニセ金製造機（目代雄一）	362
偽男子（滝沢馬琴）	201
二世の縁（上田秋成）	43
二世の縁 拾遺（円地文子）	54
二世の契（泉鏡花）	31
二〇〇〇年の優雅なお正月（星新一）	309
似た人たち（眉村卓）	327
似たもの同士（眉村卓）	327
日蔵上人吉野山にて鬼にあふ事（作者不詳）	404
日曜の研修（眉村卓）	327
日記より（栗本薫）	120
日食のヴェローナ（高樹のぶ子）	192
日蝕の子ら（中井英夫）	241
ニッポンカサドリ（河野典生）	132
ニッポン・七〇年代前夜 抄（小松左京）	145
ニートその輝ける未来（渡辺浩弐）	398
ニートな彼とキュートな彼女（わかつきひかる）	391
二度の巡回（木原浩勝）	103
二度童（領家高子）	390
二匹の白い蛾（夢野久作）	380
日本アパッチ族—まえがき（小松左京）	145
日本一のおばけ屋敷（手塚治虫）	232
日本海に沿うて（小泉八雲）	126
日本改暦事情（冲方丁）	49
日本タイムトラベル（小松左京）	145
日本沈没—エピローグ 竜の死（小松左京）	145
日本人形（小原猛）	138
二本の足で（倉田タカシ）	117
日本橋観光（加門七海）	87
二枚の父（木原浩勝）	103
乳白温度（田中貴尚）	213
柔らかな人々（渡辺浩弐）	398
ニュータイタンの冒険（和智正喜）	403
ニュルブルクリングに陽は落ちて（高齋正）	127
ニューロンの迷宮（高見翔）	200
女房（小池昌代）	123
女房の首（中見利男）	248
ニョキニョキの話（常光徹）	229
女体消滅（澁澤龍彦）	169
女人訓戒（太宰治）	205
女人と変じた僧達（鈴木正三）	184
ニョラ穴（恒川光太郎）	229
庭（西崎憲）	258
庭と人間（西崎憲）	258
ニワトリ（椎名誠）	163
庭、庭師、徒弟（樺山三英）	84
庭のある家（京極夏彦）	109
庭の意味（西崎憲）	258
人魚（岡本綺堂）	63
人形（綾辻行人）	21
人形（江戸川乱歩）	52
人形（眉村卓）	327
人形奇聞（高古堂主人）	127
人形たちの秘め事（森奈津子）	365
人形つかい（日影丈吉）	275
人形の国（弐瓶勉）	260
人形の恋（井原西鶴）	38
人形のすきな男の子（佐藤さとる）	156
人形花嫁（櫛木理宇）	114
人形変じて女人となる（澁澤龍彦）	169
人魚伝（安部公房）	17
人魚の海（笛地静恵）	287
人魚の海—新釈諸国噺（太宰治）	205

人魚の海―「新釈諸国噺」より（太宰治） ……… 205
人魚のくつ（立原えりか） ……… 211
人魚の真珠（橘みれい） ……… 210
人魚の祟り（久貝徳三） ……… 113
人魚の誕生（久貝徳三） ……… 113
人魚の壺（香月日輪） ……… 129
人魚の嘆き（谷崎潤一郎） ……… 218
人魚姫に何度も恋をして"ルイ編"（藤並みなと） ……… 235
人間イヌ（渡辺浩弌） ……… 398
人間関係が複雑です（香月日輪） ……… 129
人間じゃない（長島槇子） ……… 245
にんげんじゃないもん（両角長彦） ……… 367
「人間だけ」ゴーグル（眉村卓） ……… 327
人間の王（宮内悠介） ……… 341
人間の王Most Beautiful Program（宮内悠介） ……… 341
にんげんのくに Le Milieu Humain（仁木稔） ……… 254
人間の話（行田尚希） ……… 375
人間の話 其の3（行田尚希） ……… 375
人参（岡本綺堂） ……… 63
人頭公開（渡辺浩弌） ……… 398
人頭地雷（神薫） ……… 174
妊婦の消息（福澤徹三） ……… 292
妊婦の腹裂き（中見利男） ……… 248

【ぬ】

ぬいぐるみの話（三輪チサ） ……… 359
鵺の話（行田尚希） ……… 375
鵺の森―みにくいアヒルの子（千早茜） ……… 220
鵺の来歴（日影丈吉） ……… 275
ヌガイエ・ヌガイ（日下慶太） ……… 114
脱ぎ捨てる場所（井上雅彦） ……… 37
抜け穴（渡邊利道） ……… 402
抜ける途中―人魂の起發を見し物語の事（京極夏彦） ……… 109
ぬしさまへ（畠中恵） ……… 268
"ぬし"になった潜水艦（小松左京） ……… 145
盗人桃（平山夢明） ……… 283
盗まれた昨日（小林泰三） ……… 137
盗まれた夜（中井英夫） ……… 241
沼垂の女（角田喜久雄） ……… 230
ぬっへっほふ（朝松健） ……… 11
ぬっぺりぼう（高古堂主人） ……… 127

ぬばたまガーディアン（梶尾真治） ……… 78
射干玉国（朱川湊人） ……… 172
ぬばたまの（小池真理子） ……… 124
ぬばたまの（須永朝彦） ……… 187
ぬばたまの（眉村卓） ……… 327
沼（吉田健一） ……… 388
沼うつぼ（篠田節子） ……… 166
沼沢の怪（三坂春編） ……… 331
沼地蔵（乾緑郎） ……… 35
沼のほとり（豊島與志雄） ……… 237
ぬらずみ様（小路幸也） ……… 173
ぬりかべ（小林玄） ……… 135
濡衣の地蔵（憇雪舎素及） ……… 161

【ね】

ネイチャー・ジャーナリスト（田島照久） ……… 208
ねえ。（岩佐なを） ……… 42
姉様の翼（森奈津子） ……… 365
姉さん（森岡浩之） ……… 364
ネクタイ難（堀辰雄） ……… 315
ネコ（星新一） ……… 309
猫（高里椎奈） ……… 193
猫を殺すことの残酷さについて（深沢仁） ……… 287
猫女（坂東眞砂子） ……… 273
ねこが鏡をのぞいたら？（岩崎京子） ……… 42
猫が啼く（西浦和也） ……… 255
猫嫌い（秋元康） ……… 4
猫嫌い（つくね乱蔵） ……… 222
ねこしずめ（綾辻行人） ……… 21
猫舌男爵（皆川博子） ……… 339
猫背の女（津原泰水） ……… 231
ねこだま（神薫） ……… 174
猫多羅天女（島翠台北星） ……… 221
猫と戻りて花の下队（八谷紬） ……… 269
猫どもの件（松村進吉） ……… 321
猫と蘭の恐怖（江戸川乱歩） ……… 52
猫舐祭（椎名誠） ……… 163
猫なんて大嫌い（姫ノ木あく） ……… 278
猫になりたい（畠中恵） ……… 268
猫の泉（日影丈吉） ……… 275
猫のお林（作者不詳） ……… 404
猫の思いやり（小林玄） ……… 135
猫の怨（木原浩勝） ……… 103
猫の木のある庭（大濱普美子） ……… 57

ねこのこ（仁木英之）	254
ねこの事務所（鬼塚りつ子）	71
猫の事務所（宮沢賢治）	352
猫のスノウ（加藤清子）	81
猫の草子（円地文子）	54
猫の忠死（根岸鎮衛）	261
猫のチュトラリー（端江田仗）	265
猫ノ手ノ子（綾里けいし）	20
猫の話（佐藤中陵）	158
猫の報恩（宮川政運）	341
ネコの盆踊り（佐藤さとる）	156
猫の呪い（渡辺浩弐）	398
猫の山（安曇潤平）	14
猫のワルツ（高橋順子）	198
ねこひきのオルオラネ（夢枕獏）	383
猫又の話（行田尚希）	375
猫町（江戸川乱歩）	52
猫町（萩原朔太郎）	265
猫密室（綾辻行人）	21
ねこ屋（香月日輪）	130
猫屋敷（高橋克彦）	196
猫はほんとに恩知らず？　蜘蛛の糸は鋼の強さ（三田村信行）	334
ネジ（布田竜一）	298
ねじのかいてん（椎名誠）	163
ねじれた記憶（高橋克彦）	196
ねじれた輪（日影丈吉）	275
寝過したマクベス夫人（赤川次郎）	3
ねずみ（椎名誠）	163
鼠（上遠野浩平）	82
鼠（堀辰雄）	315
ねずみとりにかかったねこ（星新一）	309
鼠の耕雲寺の話（杉村顕道）	180
鼠の鉄火（章花堂）	173
ねずみの兵法（中見利男）	248
ねずみの町の一年生（佐藤さとる）	156
ねずみの嫁入り（中見利男）	248
ネタバレ注意（渡辺浩弐）	398
妬魂の念仏往生（神谷養勇軒）	86
熱極基準点（谷甲州）	217
熱帯魚（田島照久）	208
熱帯夜（曽根圭介）	191
ネット"カブ"サロン（渡辺浩弐）	398
熱のある時の夢（抄）（吉本ばなな）	388
寝てかさめてか（米満英男）	389
「根無し草」の伝説（菊地秀行）	95
ネプチューン（新井素子）	23
寝肥（京極夏彦）	109
眠い町（小川未明）	66
眠たいポスト（中山麻子）	250
眠らない少女（高橋克彦）	196
ねむりウサギ（星新一）	309
眠り課（石川美南）	29
ネムリコの話（佐藤さとる）	156
眠りと旅と夢（小松左京）	145
睡り流し（皆川博子）	339
眠りながら（堀辰雄）	315
眠り姫と王子様のキス"ゼノ編"（藤並みなと）	235
ネムルセカイ（牧野修）	318
「眠れずの部屋」（関根パン）	189
眠れない男（岩井志麻子）	41
眠れぬ夜のスクリーニング（早瀬耕）	271
ねむれる王の永遠図書館（六条仁真）	390
眠れる人（堀辰雄）	315
ねらった弱味（星新一）	309
寝るなの座敷（高橋克彦）	196
年間最悪の日（星新一）	309
拈華微笑（領家高子）	390
ネンゴ・ネンゴ（香山滋）	87
念仏剣舞（平谷美樹）	286
年齢四十億年（北村小松）	98

【の】

農閑期大作戦（半村良）	274
野うさぎ（小池昌代）	123
ノエルとエリウッド（高里椎奈）	193
野狐（京極夏彦）	109
ノクターン・ルーム（菊地秀行）	95
遺され島（樋口明雄）	277
残された心（宇江敏勝）	45
残された指紋（渡辺浩弐）	398
残されていた文字（井上雅彦）	37
ノスフェラスの戦い（栗本薫）	120
覗きコブラ（椎名誠）	163
覗き屋敷の怪（三津田信三）	337
覗く女（輪渡颯介）	403
のちの雛（速瀬れい）	271
ノックス・マシン（法月綸太郎）	264
ノックの音（福澤徹三）	292
ノックの音が（新井素子）	23

ノット・ワンダフル・ワールズ（王城夕紀） ………… 54
"のっぺらぼう"の姫（朝戸麻央） ………… 8
ノート（西崎憲） ………… 258
喉鳴らし（林由美子） ………… 271
ノー・ネーム—young twelve（あざの耕平） ………… 10
野のピアノ野ねずみ保育園（あまんきみこ） ………… 19
野ばら（小川未明） ………… 66
ノー・パラドクス（藤井太洋） ………… 295
野原の食卓（立原えりか） ………… 211
Novel 鹿鳴館の魔女（橘みれい） ………… 210
野まずに酔う（皆川博子） ………… 339
ノミスギの令嬢（三雲岳斗） ………… 330
ノームの都クェンタク（瀬尾つかさ） ………… 188
乗合船夢幻通路（小松左京） ………… 145
のり子（鳥居みゆき） ………… 238
呪い（香月日輪） ………… 130
呪いの方法（渡辺浩弐） ………… 399
のろい男（渡辺浩弐） ………… 399
呪い返し（小田イ輔） ………… 69
呪い田（高原英理） ………… 200
のろいの人形（中見利男） ………… 248
呪いのビデオ（岩倉千春） ………… 42
呪いのビデオ？（渡辺浩弐） ………… 399
呪われた大家族（長江俊和） ………… 243
呪われた鼻（夢野久作） ………… 380
野分（椎津くみ） ………… 162
呑んで呑まれて—倉敷国路（本堂平四郎） ………… 316

【は】

灰色（小田イ輔） ………… 69
灰色の車輪（小林泰三） ………… 137
灰色のダイエットコカコーラ（佐藤友哉） ………… 160
灰色の袋（阿刀田高） ………… 16
灰色の浴槽（倉阪鬼一郎） ………… 117
ハイウェイ惑星（石原藤夫） ………… 30
梅翁随筆（作者不詳） ………… 404
廃屋（倉阪鬼一郎） ………… 117
廃屋（星新一） ………… 309
倍音の雪（小滝ダイゴロウ） ………… 134
徘徊老人（椙本孝思） ………… 181
灰蛾男の恐怖（三津田信三） ………… 337

灰頭年代記（牧野修） ………… 318
廃墟を買うの件（松村進吉） ………… 321
廃墟できもだめし（福谷修） ………… 294
廃墟の空間文明（小松左京） ………… 145
廃墟の三面鏡（木下半太） ………… 99
背後のシュプール音（田島照久） ………… 208
廃寺の化物（荻田安静） ………… 67
売主婦禁止法（小松左京） ………… 145
排水口の声（小田イ輔） ………… 69
這いつくばる者たちの屋敷（宮沢龍生） ………… 356
はいと答える怖い人（岩井志麻子） ………… 41
ハイネックの女（小松左京） ………… 145
廃病院（伊藤三巳華） ………… 34
廃病院（宇佐美まこと） ………… 47
廃病院（福谷修） ………… 294
ハイマール祭（田中哲弥） ………… 213
這い回る女（輪渡颯介） ………… 403
俳友巣仙—巣仙国広（本堂平四郎） ………… 316
這い寄る影（芦辺拓） ………… 12
這い寄る恐怖 "諜報員達の体験話"（金斬児狐） ………… 83
ハイラグリオン王宮のウサギたち（荻原規子） ………… 67
φ（円城塔） ………… 53
蠅（海野十三） ………… 50
蠅男（海野十三） ………… 50
蠅を憎む記（泉鏡花） ………… 31
馬黄精（夢枕獏） ………… 383
葉書と帰還兵（勝山海百合） ………… 81
ハガキの怪談（手塚治虫） ………… 233
バカタレ（葛西俊和） ………… 77
鋼将軍の銀色花嫁（小桜けい） ………… 133
墓のお礼（木原浩勝） ………… 103
墓の火（京極夏彦） ………… 109
墓場の傘（朱川湊人） ………… 172
墓場の秘密（江戸川乱歩） ………… 52
萩供養（平谷美樹） ………… 286
萩と牡丹（坂木司） ………… 150
白猿狩り—白猿（本堂平四郎） ………… 316
白猿伝（夢枕獏） ………… 383
白鳩の記（稲垣足穂） ………… 35
白銀アストレイ（橘公司） ………… 209
白銀の剣姫（天流桂子） ………… 234
白銀の谷（田中芳樹） ………… 215
白銀マーダラー（橘公司） ………… 209
博士の粉砕機（今日泊亜蘭） ………… 112

白砂（神無月蠍）	90
伯爵の釵（泉鏡花）	31
伯爵の知らない血族―ヴァンパイア・オムニバス（井上雅彦）	37
薄刃奇譚（甲田学人）	131
白刃の盾（木原浩勝）	103
魄線奇譚（甲田学人）	131
白昼見（稲垣足穂）	35
白昼の幽霊（甃雪舎素及）	161
白昼夢（香山滋）	87
白晝夢（江戸川乱歩）	52
白鳥熱の朝に（小川一水）	65
白鳥の騎士（高野史緒）	194
白鳥の湖の方へ（須永朝彦）	187
白道（カツオシD）	80
ばくのふだ（畠中恵）	268
薄氷の日（朱川湊人）	172
舶来幻術師（日影丈吉）	275
歯車（小沢章友）	68
縛霊（神林長平）	91
はぐれ猿は熱帯雨林の夢を見るか（篠田節子）	166
はぐれ者のブルー（九岡望）	113
白露の契り（長尾彩子）	244
化け狸あいあい（高橋由太）	198
ばけねこつき（畠中恵）	268
化け猫の置き土産（神奈木智）	90
ばけもの（児嶋都）	133
化物を化かす（作者不詳）	404
化けもの茶屋（長島槇子）	245
化物丁場（宮沢賢治）	352
ばけもの寺（中見利男）	248
化物の進化（寺田寅彦）	233
化物屋敷（佐藤春夫）	160
化け物屋敷一号―「詩文半世紀」より（佐藤春夫）	160
化け屋台（平山夢明）	283
はげ山の魔女（香月日輪）	130
箱（冲方丁）	49
箱（小池昌代）	123
箱（藤丸）	297
箱入り娘（渡辺浩弐）	399
函館（西崎憲）	258
箱庭の巨獣（田中雄一）	214
箱根（木原浩勝）	103
箱根から来た男（杉村顕道）	180

箱根から来た男―彩雨亭鬼談（杉村顕道）	180
箱猫（神薫）	174
箱根にて（宇江佐真理）	43
箱の中の山（佐藤さとる）	156
箱の中身（さたなきあ）	153
葉コボレ手腐レ死人花（中里友香）	244
はごろも（佐藤さとる）	156
葉桜と魔笛（太宰治）	205
狭魔（矢部敦子）	369
はざまの光（槇ありさ）	317
はさみ（布田竜一）	298
はさみが歩いた話（佐藤さとる）	156
ハサミの家（さたなきあ）	153
恥を知る猫（神谷養勇軒）	86
はしがき（杉村顕道）	180
橋の上で（竹下文子）	202
はじまりと終わりの世界樹（仁木稔）	254
はじまりの一夜（篠宮あすか）	167
始まりの名付け―ゴブ爺のちょっと危険な仕事（金斬児狐）	83
はじまりのひとり（寺本耕也）	233
始まりました（香月日輪）	130
初めての…（上橋菜穂子）	46
はじめての駅で 観覧車（北野勇作）	96
はじめてのおしごと（大黒尚人）	56
はじめてのおつかい（木原浩勝）	103
はじめにみえたもの（佐藤大輔）	158
波状攻撃（星新一）	310
芭蕉の精（佐藤中陵）	158
柱時計（夢野久作）	380
柱時計に噛まれた話（佐藤春夫）	160
バスカヴィル家の怪猫（北原尚彦）	97
バスケットコートに流れていた時間（田島照久）	208
バスターズ・ライジング（松崎有理）	320
バースデイ（渡辺浩弐）	399
バス停の横には（小原猛）	138
バースデー・プレゼント（綾辻行人）	21
パストラル（河野典生）	132
バスト・ワーク（ゆうきゆう）	374
パズル（まゆ）	322
機織り（宇佐美まこと）	47
バタカップの幸福（新井素子）	23
はだかの王様（谷よっくる）	218
バタークリームと三億円（朱川湊人）	172

畑のへり（宮沢賢治）……………… 352
霹靂神（夢枕獏）…………………… 383
パタパタ（橘南谿）………………… 210
機尋（千早茜）……………………… 220
旗本の師匠（岡本綺堂）…………… 63
はたらく前の勇者さま！―a few days ago（和ヶ原聡司）………… 391
はだれの日（朱川湊人）…………… 172
破綻円盤―Disc Crash（小川一水）… 65
八月の世界樹（川端裕人）………… 89
八月の天変地異（辻村深月）……… 223
8すなわち宇宙時計（荒巻義雄）… 24
鉢頭摩（佐々木ゆう）……………… 152
ハチとキリギリス（カツオシD）… 80
パチパチ（小田イ輔）……………… 69
八幡籔知らず（三津田信三）……… 337
バーチャル・アイドル・クラブ（渡辺浩弐）………………………… 399
バーチャル学園（渡辺浩弐）……… 399
バーチャルゲーム（岡野久美子）… 58
バーチャル託児所（渡辺浩弐）…… 399
バーチャルデート（渡辺浩弐）…… 399
パチンコの天才（目代雄一）……… 362
秡悪（もっちープリンス）………… 363
薄荷の娘（久美沙織）……………… 115
発狂する家（木原浩勝）…………… 103
初恋（田中哲弥）…………………… 213
白骨譜―猟奇歌 4（夢野久作）…… 380
ハッシシ（黒史郎）………………… 122
八尺様サバイバル（宮澤伊織）…… 341
抜粋された学級文集への注解（井上雅彦）………………………………… 37
バッタ（布田竜一）………………… 298
八丁堀同心百雷、定町廻りす（香月日輪）………………………………… 130
初月（椎津くみ）…………………… 162
這って来る紐（田中貢太郎）……… 213
バットマン（高橋ヨシキ）………… 199
バットランド（山田正紀）………… 371
ハッピーモルモット（手塚治虫）… 233
初孫（柚月裕子）…………………… 376
初詣で（阿刀田高）………………… 16
初雪の父（乗金顕斗）……………… 264
初雪の日（三木聖子）……………… 330
発話機能（忍澤勉）………………… 68
バーティゴ（松村比呂美）………… 321

果しなき流れの果てに―エピローグ（小松左京）……………………… 146
鳩（花輪莞爾）……………………… 270
鳩（平山夢明）……………………… 283
ハートアタック（福澤徹三）……… 292
鳩がくる部屋（福澤徹三）………… 292
ハート・ドレイン（森博嗣）……… 365
鳩啼時計（小松左京）……………… 146
鳩笛草（宮部みゆき）……………… 358
歯と指（新津きよみ）……………… 253
ハドラマウトの道化たち（宮内悠介）………………………………… 341
パトロネ（藤野可織）……………… 296
花（高里椎奈）……………………… 193
花いちもんめ（椎津くみ）………… 162
花折り（皆川博子）………………… 339
花型星雲（小松左京）……………… 146
花狩人（野阿梓）…………………… 261
花観音の島（高橋順子）…………… 198
花食い姥（円地文子）……………… 54
花くいライオン（立原えりか）…… 211
ハナ研究所（星新一）……………… 310
花言葉・母の愛（渡辺浩弐）……… 399
華子の花言葉（鳥居みゆき）……… 238
花さかじじい（小松左京）………… 146
話しかけないでね（葛西俊和）…… 77
花園（立原えりか）………………… 211
放たれた矢（神林長平）…………… 91
鼻たれ天狗（都筑道夫）…………… 224
花摘みの園で相席を（丸山英人）… 329
花と少年（片瀬二郎）……………… 79
花とひみつ（星新一）……………… 310
バナナ剝きには最適の日々（円城塔）………………………………… 53
花の一字の東山（北条団水）……… 300
花乃が死ぬまで（畠中恵）………… 268
花の鞦（竹本健治）………………… 203
花の下に立つ女（夢枕獏）………… 383
鼻の審判（夢野久作）……………… 380
花の雪散る里（倉橋由美子）……… 119
花火（小池昌代）…………………… 123
花火（小林玄）……………………… 135
花火（高橋克彦）…………………… 196
花冷えの儀式（福澤徹三）………… 292
花婿人形（雨宮司）………………… 19
華やかな兵器（小松左京）………… 146
花椰菜（宮沢賢治）………………… 352

作品名	ページ
花嫁（荒巻義雄）	24
花嫁（高橋克彦）	196
離れない（坂東眞砂子）	273
離家の人影（杉村顕道）	180
跳ね馬さま（萬歳淳一）	272
羽根と鱗の恋愛事情（秋田みやび）	3
羽と星くず（手塚治虫）	233
パノラマ島綺譚（江戸川乱歩）	52
母（井上史）	36
母（西崎憲）	258
婆婆蕾（椎名誠）	163
母からの手紙（藤木稟）	295
羽ばたき―Ein Märchen（堀辰雄）	315
ババぬき（黒木あるじ）	121
ババ抜き（山田悠介）	372
母のいる島（高山羽根子）	201
母の面影（拓未司）	201
母の毛糸玉（星雪江）	313
母のこと（西崎憲）	258
母の死んだ家（高橋克彦）	197
母の胸（木原浩勝）	103
母の留守番（木原浩勝）	103
パパママとママパパ（渡辺浩弐）	399
ハーブの園に、かしわめし（篠宮あすか）	167
バブリング創世記（筒井康隆）	227
バベル（長谷敏司）	266
バーベル・ザ・バーバリアン（舞城王太郎）	317
バベル・タワー（円城塔）	53
バベルの牢獄（法月綸太郎）	264
バーボンの歌（阿刀田高）	16
浜沈丁（谷一生）	216
はまねこ（小川未明）	66
浜辺の影（小林玄）	135
浜辺の屍（小原猛）	138
破滅（星新一）	310
バー"もんく"（平谷美樹）	286
波紋の行方（石川宏千花）	29
早い者勝ち（渡辺浩弐）	399
早かった帰りの船（今日泊亜蘭）	112
破約（小泉八雲）	126
林翔一郎であります（眉村卓）	327
林の底（宮沢賢治）	352
林の人かげ（星新一）	310
早寝の子（木原浩勝）	103
鮠の子（室生犀星）	361

作品名	ページ
葉山雪子の懺悔（日高由香）	278
薔薇（皆川博子）	339
薔薇色の選択（大石圭）	55
茨海小学校（宮沢賢治）	353
薔薇を恋する話（佐藤春夫）	160
薔薇學校異聞（紅原香）	300
薔薇忌（皆川博子）	339
腹切り同心（菊池秀行）	95
薔薇戦争（菊地秀行）	95
パラソル（井上雅彦）	37
パラダイスィー8（雪舟えま）	375
パラダイス行（円城塔）	53
腹立ち（眉村卓）	327
楽園（上田早夕里）	44
楽園（つくね乱蔵）	222
薔人（中井英夫）	242
薔薇と刺繍糸（奥山鏡）	67
薔薇と巫女（小川未明）	66
薔薇の縛（中井英夫）	242
薔薇の名前（荻原規子）	67
薔薇の獄（中井英夫）	242
薔薇の夜を旅するとき（中井英夫）	242
パラパラ（眉村卓）	327
バラバラジケン（牧野修）	318
ぱらぽろぶるんぺろぽろぱらぽん（からて）	88
はらもっけ（五十月彩）	32
バラルダ物語（牧野信一）	319
パラレルワールドからの観光客（渡辺浩弐）	399
波瀾（栗本薫）	120
春（阿部和重）	17
春を待つクジラ（加藤清子）	81
遙かな草原に（栗本薫）	120
はるかな響き Ein leiser Ton（飛浩隆）	236
はるかな町（瀬名秀明）	189
遙かなる武蔵（姫ノ木あく）	278
春雨物語（上田秋成）	43
春 茶屋の窓辺にて候（香月日輪）	130
ハルという妹（山口タオ）	370
ハルとタカとクロ（櫂末高彰）	75
春なのに（日代雄一）	362
春な忘れそ（平谷美樹）	286
春に死んだ二人（中見利男）	248
春の歌（円地文子）	54
春の寓話（星新一）	310

春の便り（篠田節子） ………… 166
春の寵児（赤江瀑） ………… 2
春の日のできごと（中山麻子） ……… 250
春の夜（芥川龍之介） ………… 6
春疾風（香月日輪） ………… 130
ハルマゲドン都市伝説（未来予言クラブ） ………… 358
バレエ・メカニック（津原泰水） …… 231
晴れ女の耳（東直子） ………… 276
バレンタイン・デイツ（岩本隆雄） … 43
バレンタインデー後日談（渡辺浩弐） ………… 399
パロの暗黒（五代ゆう） ………… 134
パロの暗黒 最終回（五代ゆう） …… 134
パロの暗黒 第三回（五代ゆう） …… 134
パロの暗黒 第二回（五代ゆう） …… 134
ハワイでの話（加門七海） ………… 87
藩医三代記（星新一） ………… 310
繁栄の昭和（筒井康隆） ………… 227
晩夏（浅暮三文） ………… 7
樊噲（上田秋成） ………… 43
版画廊の殺人（荒巻義雄） ………… 24
ハンガーとコルセット（荒巻義雄） … 24
反曲隧道（津原泰水） ………… 231
半径五十メートルの世界で（香月日輪） ………… 130
半径百メートル（福澤徹三） ………… 292
判決（花輪莞爾） ………… 270
半舷上陸の日（姫ノ木あく） ………… 278
犯行前後（渡辺浩弐） ………… 399
反魂鏡（小松左京） ………… 146
燔祭（宮部みゆき） ………… 358
反射（小林玄） ………… 135
播州姫路城（三坂春編） ………… 331
盤上の夜（宮内悠介） ………… 341
繁殖（山田悠介） ………… 372
半信半疑（布田竜一） ………… 299
万世百物語（烏有庵） ………… 49
パンタナールへの道（横尾忠則） …… 385
パンタ・レイ（今日泊亜蘭） ………… 112
番町の怪と高輪の怪（小山内薫） …… 68
パンツァークラウンレイヴズ（吉上亮） ………… 387
ハンドキャリー（福澤徹三） ………… 292
半日閑話（大田南畝） ………… 56
犯人なおもて救われず（小松左京） … 146
犯人はだれ？（星新一） ………… 310
バンパイアはつらいよ（木皿泉） …… 95

『パンプキン』、愛媛に立つ！ 吹き荒れる秋の嵐！ 震える魔法！ 崩壊の町の対決（西尾維新） ………… 256
万物理論「完全版」（とりみき） …… 239
パンフー・ヤクザ（荒巻義雄） ………… 24

【ひ】

ひ（中原昌也） ………… 247
ピアノのおけいこ（立原えりか） …… 211
引いてみた―幽霊なきとも難申事（京極夏彦） ………… 109
避雨雙六（仁木英之） ………… 254
被援文Hiennbun（神林長平） ………… 92
飛縁魔（高橋克彦） ………… 197
火を点ず（小川未明） ………… 66
彼我（渡辺浩弐） ………… 399
被害（星新一） ………… 310
垣―闇法師（夢枕獏） ………… 383
妣が国・常世へ（大塚英志） ………… 56
日陰者の宴（鷹見一幸） ………… 200
東のエデン（神山健治） ………… 85
東山屋敷の人々（長谷敏司） ………… 266
光（柴崎友香） ………… 168
ひかりごけ（武田泰淳） ………… 203
光と影（須永朝彦） ………… 187
光になった男（今日泊亜蘭） ………… 112
光の在りか（川田裕美子） ………… 88
光の王（森岡浩之） ………… 364
光の牙（月村了衛） ………… 221
光の栞（瀬名秀明） ………… 190
ひかりの素足（宮沢賢治） ………… 353
光のメッセージ（木下容子） ………… 100
光の夢 影の想い（槇ありさ） ……… 317
ピカルディの薔薇（津原泰水） ……… 231
光る歯（阿刀田高） ………… 16
彼岸橋（明野照葉） ………… 7
彼岸まいり（日影丈吉） ………… 275
ひきこもごも（渡辺浩弐） ………… 399
ひきこもり（福澤徹三） ………… 292
ひきこもり症候群（渡辺浩弐） ……… 399
ひきこもりの治療（渡辺浩弐） ……… 399
ひきさかれた街（藤本泉） ………… 297
引綱軽便鉄道（椎名誠） ………… 163
引き寄せの法則（福澤徹三） ………… 292
ひきよせる"帯"（朝戸麻央） ………… 8
ひきよせるマシン（渡辺浩弐） ……… 399
魚籠盛り（平山夢明） ………… 283

悲劇（おおつかここ）	57
非現実への愛情（江戸川乱歩）	52
尾行（星新一）	310
飛行機雲（竹下文子）	202
飛行機物語（稲垣足穂）	35
飛行魔人（岩田賛）	42
ひこばえ（日影丈吉）	275
緋衣（朝松健）	11
緋衣（望月もらん）	363
ビジテリアン大祭（宮沢賢治）	353
ビジネス（星新一）	310
非写真（高橋克彦）	197
美術室の実話 1（倉狩聡）	116
美術室の実話 2（倉狩聡）	116
美術室の実話 3（倉狩聡）	116
ビジュルを動かした話（小原猛）	138
美女（筒井康隆）	227
非常口（葛西俊和）	77
美少女X（二階堂紘嗣）	254
微笑面・改（津原泰水）	231
微笑（夢野久作）	380
被書空間（神林長平）	92
ひじり（朱雀門出）	182
聖（浅田次郎）	8
翡翠忌（皆川博子）	339
ピースサイン（福澤徹三）	292
歪んだ扉（皆川博子）	339
ひそかなたのしみ（星新一）	310
密やかな趣味（小林泰三）	137
火属性魔法こわい "饅頭こわい"（朱雀新吾）	183
潜み迫る女怪―金丸広正（本堂平四郎）	316
日高由香の告白（日高由香）	278
ひたぎクラブ（西尾維新）	256
ひたぎコイン（西尾維新）	256
ピーターパンの島（星新一）	310
日だまりのある所（藤木稟）	295
陽だまりの詩（乙一）	70
ビタミン（筒井康隆）	227
左ききのイザン（萩尾望都）	265
左利きのギタリスト（田島照久）	208
左手の記憶（新津きよみ）	253
左手のパズル（萩尾望都）	265
左手の喪章（宵野ゆめ）	385
悲嘆の夜想曲（隅沢克之）	187
微調整（平山夢明）	283
ヒツギとイオリ（壁井ユカコ）	84
ピッケル（安曇潤平）	14
引っ越し（木原浩勝）	103
羊を何度も掘り出す話（朱雀門出）	182
必死の夏休み（眉村卓）	327
羊山羊（田中哲弥）	213
必然的な2人（渡辺浩弐）	399
ぴったりのセーター（大石圭）	55
ビデオ（布田竜一）	299
ビデオコーダがいっぱい ちょっと未来の話（星新一）	310
ビデオレター（秋元康）	4
ビデオレター（加藤一）	82
HIDEの話（宍戸レイ）	165
一足お先に（夢野久作）	380
美藤クン、あいしてる―石川真利江（竹村優希）	203
飛動石（木内石亭）	93
飛頭蛮（荒木田麗女）	23
人を馬になして売る（作者不詳）	404
火蜥蜴（井上雅彦）	37
人が空を飛ぶ時代（岩井志麻子）	41
人形病棟（紅原香）	300
人斬り（西崎憲）	258
人喰い納豆（タタツシンイチ）	208
人喰屋敷（椙本孝思）	181
日時計のジョー（竹下文子）	202
人独楽（平山夢明）	283
人・殺・し・城（中見利男）	248
人質（星新一）	310
人しれず咲く花をめずる陽（立原えりか）	211
一束の髪の毛（山内青陵）	369
人魂の一つの場合（寺田寅彦）	233
ひとつ灯せ（宇江佐真理）	43
ひとつの装置（星新一）	310
一つの約束（太宰治）	206
ひとつぶの氷（立原透耶）	212
ひと粒の涙とお子さまランチ（篠宮あすか）	167
一つ目鬼の話（杉村顕道）	180
ひとつ目女（椎名誠）	163
一つ目小僧（抄）（柴田宵曲）	169
ひとつ目さうし（朝松健）	11
一目坊（三坂春編）	331
ひとでなし（林由美子）	271
人でなし（布田竜一）	299

作品名（著者）	ページ
人癲欄（宇野浩二）	48
ひと夏のおしゃべり（中山麻子）	250
人ならざる二人（壁井ユカコ）	84
人になりたい（畠中恵）	268
人の足音 1（水野葉舟）	333
人の足音 2（水野葉舟）	333
人の顔（夢野久作）	380
人の首の鬼になりたる（夢枕獏）	383
人のふり見て…（赤川次郎）	3
人の身として思いつく限り、最高にどでかい望み（粕谷知世）	79
人肌石（木内石亭）	93
人間違い（立原透耶）	212
瞳の輝きを求めて（北川歩実）	96
一目ぼれの解析（渡辺浩弐）	399
一夜船（北条団水）	300
ヒトラーのように（渡辺浩弐）	399
ひとり（布田竜一）	299
一人をおもふ（米満英男）	389
独り暮らし（つくね乱蔵）	222
ひとりじめ（星新一）	310
一人占め（渡辺浩弐）	399
一人二役（江戸川乱歩）	52
ひとりの楽園（朱川湊人）	172
ひとりぼっちのクリスマス（立原えりか）	211
ひとりぼっちの超能力者（香月日輪）	130
ビートルズが好き（神林長平）	92
ひな菊（高野史緒）	194
ひなこまち（畠中恵）	268
雛人形（木原浩勝）	103
美男の供す佳き仙茶（真堂樹）	176
微熱の日（朱川湊人）	172
火の雨ぞ降る（高木彬光）	192
美の神（星新一）	310
檜（鈴木光司）	184
ピノキオの鼻（中井英夫）	242
ひのきとひなげし（宮沢賢治）	353
ヒノキノヒコのかくれ家（佐藤さとる）	156
火の魚（室生犀星）	361
緋の襦袢（篠田節子）	166
緋の堕胎（戸川昌子）	235
火の玉（黒木あるじ）	121
緋の間（高原英理）	200
火の山のねねこ（田辺青蛙）	216
ピパピパ農場（高橋ヨシキ）	199
響（抄）（水野葉舟）	333
ひびわれたフルート（山口タオ）	370
火札（坂東眞砂子）	273
皮膚と心（太宰治）	206
ヒプノスの回廊（栗本薫）	120
碑文Hibun（神林長平）	92
秘法の産物（星新一）	310
暇な一日（海原育人）	48
火間虫入道（京極夏彦）	109
日まわり（小泉八雲）	126
秘密（高里椎奈）	193
秘密（谷崎潤一郎）	218
秘密結社（星新一）	310
秘密（タブ）（小松左京）	146
秘密のかたつむり号（佐藤さとる）	157
秘密兵器（筒井康隆）	227
美味の秘密（星新一）	310
悲鳴（カツオシD）	80
姫君と武将の物語（谷よっくる）	218
秘め事（上橋菜穂子）	46
姫路県（眉村卓）	327
姫の忠実なる僕として（谷よっくる）	218
秘められていた力（田島照久）	208
紐結びの魔道師（乾石智子）	35
百円（木原浩勝）	103
百円ショップ（福澤徹三）	292
百光年ハネムーン（梶尾真治）	78
百唇の譜（野村胡堂）	263
秘薬と用法（星新一）	310
百年の間—菊むしの事/於菊蟲再談の事（京極夏彦）	109
百年の雪時計（高橋三保子）	198
百倍占い（目代雄一）	362
百パーセントの話（神薫）	174
百八燈（皆川博子）	339
百番めのぞうがくる（佐藤さとる）	157
百万円煎餅（三島由紀夫）	331
百万光年のちょっと先第十一回（古橋秀之）	299
百万人にひとり（佐藤さとる）	157
百万本の薔薇（高野史緒）	194
百物語（泉鏡花）	31
百物語（岡本綺堂）	63
百物語（三遊亭圓朝）	161
百物語（福澤徹三）	292
百物語（未達）	334

| 百物語をすると……1（加門七海）…… 87
| 百物語をすると……2（三輪チサ）…… 359
| 百物語憑け（三津田信三）……………… 337
| 百鬼の会（吉田健一）…………………… 388
| 百鬼夜行絵巻（地本草子）……………… 220
| ひゃっぴきめ（あまんきみこ）………… 19
| ヒューマンの都ユヴレム（瀬尾つかさ）………………………………… 188
| 秘百合（北原尚彦）……………………… 97
| 憑依箱と嘘箱（岩井志麻子）…………… 41
| 病院（西崎憲）…………………………… 258
| 病院（夢野久作）………………………… 380
| 病院繋がり―廊下の消毒・非常階段・空きベッド（平谷美樹）……………… 286
| 美容院の話（岩井志麻子）……………… 41
| 氷河鼠の毛皮（宮沢賢治）……………… 353
| 鏢師（夢枕獏）…………………………… 383
| 美容室（緒久なつ江）…………………… 67
| 美容師の話（宇佐美まこと）…………… 47
| 漂着者（椎名誠）………………………… 163
| 豹頭の仮面（栗本薫）…………………… 120
| 病猫の日（朱川湊人）…………………… 172
| 氷波（上田早夕里）……………………… 44
| 屏風道士（夢枕獏）……………………… 383
| 屏風の怪（瓢水子松雲）………………… 279
| 屏風闘（京極夏彦）……………………… 109
| 豹変の山（安曇潤平）…………………… 14
| 憑霊（福澤徹三）………………………… 292
| 氷惑星の戦士（栗本薫）………………… 120
| ひょっこりさん（京極夏彦）…………… 109
| 日和―beautiful days（新堂奈槻）…… 176
| 平賀源内無頼控（荒巻義雄）…………… 24
| ひらひらくるくる（沼田まほかる）…… 260
| ビルヂング（夢野久作）………………… 380
| ビルディング（夢野久作）……………… 380
| ビール瓶（福澤徹三）…………………… 292
| 午休み（芥川龍之介）…………………… 6
| 悲恋、本領発揮！ 大活躍の新兵器（西尾維新）………………………………… 256
| ヒロイン（須藤安寿）…………………… 186
| 天鵞絨の夢（谷崎潤一郎）……………… 218
| 拾った名札（小田イ輔）………………… 69
| 拾われた"面喰い"（朝戸麻央）………… 8
| 琵琶鬼（岡本綺堂）……………………… 63
| 琵琶法師（小田イ輔）…………………… 69
| 品種改良（田中芳樹）…………………… 215
| 瓶詰地獄（夢野久作）…………………… 380

瓶詰の地獄（夢野久作）………………… 380
びんの中の世界（小川未明）…………… 66
瓶博士（夢枕獏）………………………… 384
貧福論（岩井志麻子）…………………… 41

【ふ】

ファイナル・ディール（田島照久）…… 208
ファースト・コンタクトの終わり（栗本薫）………………………………… 120
ファミリーレストラン（柴崎友香）…… 168
ファルシティ（荒巻義雄）……………… 24
不安（星新一）…………………………… 310
ファンダンゴ（藤木稟）………………… 295
不安の立像（諸星大二郎）……………… 367
ファンファーレは高らかに（赤川次郎）………………………………… 3
フィックス（半村良）…………………… 274
封印（城島明彦）………………………… 173
封印されたキス（柳瀬千博）…………… 368
風牙（門田充宏）………………………… 367
風景（堀辰雄）…………………………… 315
風神（タタツシンイチ）………………… 208
風船計劃（横田順彌）…………………… 386
風天孔参り（恒川光太郎）……………… 229
風媒結婚（牧野信一）…………………… 319
夫婦幽霊（木下半太）…………………… 99
風流大江戸雀（香月日輪）……………… 130
風流旅行（牧野信一）…………………… 319
風鈴草―サツキノヤミ（北森みお）…… 98
笛塚（岡本綺堂）………………………… 63
笛吹童子（須永朝彦）…………………… 187
笛吹きの本（竹下文子）………………… 202
増えました（香月日輪）………………… 130
フェミシティ（荒巻義雄）……………… 25
フェンベルク（高里椎奈）……………… 193
フォスフォレッセンス（太宰治）……… 206
フォックスの葬送（伊藤計劃）………… 33
フォトンが紡ぐ奇跡（和智正喜）……… 403
ふかい穴（日影丈吉）…………………… 275
不可解な関連（福澤徹三）……………… 292
不可解なショコラ（奥山鏡）…………… 67
深川浅景（泉鏡花）……………………… 31
深川七不思議（伊東潮花）……………… 34
深川七不思議（松山碧泉）……………… 320
深川の散歩（永井荷風）………………… 240
不可視の縁を一手繰る（黒狐尾花）…… 121
不可能ハッカー（渡辺浩弐）…………… 399

不可能もなく裏切りもなく（松崎有理）	320
不吉な地点（星新一）	310
福岡の盂蘭盆（夢野久作）	380
服を着たゾウ（星新一）	310
副業（平山夢明）	283
副作用（星新一）	310
復讐（豊島與志雄）	237
復讐（夢野久作）	380
復讐スイッチ（渡辺浩弐）	399
福徳寺の涅槃像の話（杉村顕道）	180
福の神（星新一）	310
福毛（仁木英之）	254
文車妖妃（京極夏彦）	109
袋笛奏者（北原尚彦）	97
不景気（星新一）	311
附・高清子とその時代（筒井康隆）	227
不幸大王がやってくる（平金魚）	192
ふさわしい職業（眉村卓）	327
ふしぎ（幸田露伴）	132
ふしぎなうで時計（木下容子）	100
ふしぎなおくりもの（星新一）	311
不思議な音がきこえる（佐藤さとる）	157
不思議なおばあさん（佐藤さとる）	157
不思議な詩（西崎憲）	258
不思議な卵（高橋克彦）	197
不思議な不思議な長靴（佐藤さとる）	157
ふしぎな放送（星新一）	311
ふしぎな森（あまんきみこ）	19
不思議なる空間断層（海野十三）	50
不思議の国（狐塚冬里）	133
富士子（谷一生）	216
富士山を見にきた魔法使い（佐藤さとる）	157
父子像（朝宮運河）	12
不死の市（瀬名秀明）	190
藤の奇特（井原西鶴）	38
藤野君のこと（安部公房）	17
武士の道（布田竜一）	299
藤馬物語―各務綱広（本堂平四郎）	316
不死身（大泉黒石）	55
不死身の男（眉村卓）	327
不死身の男（渡辺浩弐）	399
藤娘、踊る（神狛しず）	85
腐臭（平山夢明）	283
不条理スリラーなるもの―治虫夜話 第一夜（手塚治虫）	233
不条理な弱点（カツオシD）	80
婦女男変化（石塚豊芥子）	30
不食病（橘南谿）	210
夫人探索（夢野久作）	380
襖（福澤徹三）	292
襖の奥（葛西俊和）	77
扶桑第一（杉村顕道）	180
舞台上のスリラー―治虫夜話 第二夜（手塚治虫）	233
舞台病（ナイトキッド）	240
双面（円地文子）	54
二口女（京極夏彦）	109
双子（西山裕貴）	259
双子の星（宮沢賢治）	353
双子針（夢枕獏）	384
二つ魂（高橋克彦）	197
二つの手紙（芥川龍之介）	6
二ッ人魂（杉村顕道）	180
二つ山の話（杉村顕道）	180
豚と人骨（篠田節子）	166
半陰陽七話（作者不詳）	404
ふたり（木原浩勝）	103
ふたり遊び（篠田真由美）	167
ふたりきりの町―根無し草の伝説（菊地秀行）	95
二人静（皆川博子）	339
二人でお茶を（恩田陸）	74
二人の旅（木原浩勝）	103
二人の妻を愛した男（阿刀田高）	16
二人のホームレス（渡辺浩弐）	399
二人の役人（宮沢賢治）	353
二人の幽霊（夢野久作）	380
二人目の魔法少女！ 秘密の魔法の秘密（西尾維新）	256
ふたり、いつまでも（中山七里）	250
ふちなしのかがみ（辻村深月）	223
復活の日 第四章 夏（小松左京）	146
復活の前（宮沢賢治）	353
物体O（小松左京）	146
仏法僧（岩井志麻子）	41
不貞（伊多波碧）	32
筆置くも夢のうちなるしるしかな（朝松健）	11
プテロス（上田早夕里）	44
舞踏会、西へ（井上雅彦）	37
葡萄水（宮沢賢治）	353

481

ブートキャンプの夏(大黒尚人)	56
太ったネズミ(星新一)	311
蒲団(橘外男)	209
船幽霊(牧緑人)	319
フナユーリー(小原猛)	138
舟(夢枕獏)	384
船番(藤村洋)	297
船弁当(五十月彩)	32
不満処理します(眉村卓)	327
斧滅大帝の目覚め(金斬児狐)	83
冬(阿部和重)	17
冬(京極夏彦)	109
冬を待つ人(蒼隼大)	1
冬枯れの惑星("凪の大祭"外伝)(立原透耶)	212
冬ごもり(無月火炎)	359
冬の旅(円地文子)	54
冬の時計師(久能允)	115
冬の牡丹(桜庭一樹)	151
冬の虫(伊藤万記)	34
冬日(栗本薫)	120
冬休みの宿題(真鍋正志)	322
プライド―義は命より重き事(京極夏彦)	110
フラオ・ローゼンバウムの靴(大濱普美子)	57
ブラックアウト(福澤徹三)	292
ブラック・ジャック(手塚治虫)	233
ブラック・ホールにのまれて(宮本宗明)	358
ブラック・マント(横田順彌)	386
プラトニック家族(花輪莞爾)	270
プラトン通りの泥水浴(荒巻義雄)	25
プラナリアン(亘星恵風)	402
プラネタリウム共和國(横田順彌)	386
フランケ・ふらん - OCTOPUS -(木々津克久)	93
フランケン奇談(江戸川乱歩)	52
フランケンシュタイン三原則、あるいは屍者の簒奪(伴名練)	274
ブランコをこぐ足(辻村深月)	223
ブランデーの香り(横田順彌)	386
フランドン農学校の豚(宮沢賢治)	353
扶鸞之術(幸田露伴)	132
フーリッシュ・アドベンチャー(田口仙年堂)	201
振り向いた女(竹河聖)	201
フリムン(小原猛)	139
フリーメーソンが愛したピノキオ(中見利男)	248
不良グループの抗争(田沢大典)	207
不良少女享楽団長(夢野久作)	381
プリンセスと禁断の林檎"アラン編"(藤並みなと)	235
ぶるうらんど(横尾忠則)	385
震える犬(長谷敏司)	266
震える三人(朱雀門出)	182
古傷(小林雄次)	138
ブルーグラス(上田早夕里)	44
ふるさとは時遠く(大西科学)	57
降る賛美歌(田中アコ)	213
ブルースカイ・ドリーム(田中芳樹)	215
フルーツ白玉(津原泰水)	231
フルーツとミントのサラダ(矢崎存美)	368
フル・ネルソン(筒井康隆)	227
プールファイター麻衣(高見翔)	200
古本の帰還(福澤徹三)	292
古本屋の少女(秋永真琴)	3
プレイバック(阿刀田高)	16
プレイバック(渡辺浩弐)	399
プレイボーイ(渡辺浩弐)	400
プレイボーイ入門(阿刀田高)	16
プレイボーイの友達(伊藤三巳華)	34
プレゼント交換(渡辺浩弐)	400
プレゼント日和(渡辺浩弐)	400
ブレーメンの音楽隊(池田香代子)	28
触れられた闇(花輪莞爾)	270
ふろうふし(畠中恵)	268
不老不死ゲーム(渡辺浩弐)	400
不老不死のくすり(立原えりか)	211
プロキオン第五惑星・蜃気楼(梶尾真治)	78
ブロッコリー神殿(西島伝法)	239
風呂の鏡(平谷美樹)	286
風呂場の女(神狛しず)	85
プロメテウスの蒼い火(菊地秀行)	95
プロメテウスの悪夢(瀬名秀明)	190
プロメテにて(萩尾望都)	265
プロローグ・静寂の中で(カツオシD)	80
フロントからの電話(木原浩勝)	103
文学の死(渡辺浩弐)	400
憤鬼(高橋克彦)	197
分工場(星新一)	311
文庫本(柴崎友香)	168

分冊人生（渡辺浩弐）	400		蛇座頭の巻（神護かずみ）	175
糞臭の村（田中啓文）	214		蛇と女（幸田露伴）	132
分身（西山裕貴）	260		ヘビとロケット（星新一）	311
分数アパート（岸本佐知子）	95		ヘビの恩返し（安東みきえ）	26
分銅―達磨さんが転んだ（平田真夫）	279		蛇の箱（両角長彦）	367
ぶんぶく茶がま（小松左京）	146		蛇よ、来たれ（朱川湊人）	172
文福茶釜（中見利男）	248		へむ（松崎有理）	320
文明の証拠（星新一）	311		減らない謎（綾辻行人）	21
			ベランダの女（木下半太）	99
【ヘ】			ベランダの向こう（木原浩勝）	103
			ヘリオトロープ（堀辰雄）	315
ペアカップ（新津きよみ）	253		ベルテ・リオールエンス（高里椎奈）	193
「平家さんって幽霊じゃね？」（石川博品）	29		ヘルマロッド殺し（萩尾望都）	265
閉鎖病棟奇譚（神薫）	174		へろへろべえ（眉村卓）	328
兵隊さん（葛西俊和）	77		辺境五三二〇年（光瀬龍）	335
兵隊宿（浅田次郎）	8		辺境の寝床（小松左京）	146
閉店まぎわの薬局で（小林玄）	135		辺境の星で（梶尾真治）	78
海螺斎沿海州先占記（小栗虫太郎）	67		ペンギンたちは会議する（高橋順子）	198
縹渺譚―大利根絮二郎の奇妙な身の上話（今日泊亜蘭）	113		変化の玉章（烏有庵）	49
ペガサス・ファンタジー（あざの耕平）	10		偏見（眉村卓）	328
ペケ投げ（眉村卓）	328		ヘンシェル型ケーニッヒス・ティーガー（上遠野浩平）	82
ベストセラー作家（水原秀策）	334		編集者の鑑（渡辺浩弐）	400
へそ曲がりの雨宿り（石川宏千花）	29		編集長の怖い話（宍戸レイ）	165
ヘタレ魔王と強気な異世界トリッパー（山田まる）	371		変生男子亦女子の事（根岸鎮衛）	261
別人―作佛祟の事（京極夏彦）	110		便所男（倉阪鬼一郎）	117
ペットの行く先（目代雄一）	362		便所の神様（京極夏彦）	110
ペット墓園（平谷美樹）	286		便所の側にいむ幽霊（水野葉舟）	333
別の世界は可能かもしれない。（山田正紀）	371		変身（都筑道夫）	224
別の存在（吉村萬壱）	388		変身（日影丈吉）	275
へっぴりおばけ（知里真志保）	221		変身（山口タオ）	370
ペテロの椅子、天国の鍵（藤木稟）	295		変身（渡辺浩弐）	400
ベトナム観光公社（筒井康隆）	227		変身障害（藤崎慎吾）	295
ベトナムにて（葛西俊和）	77		ヘンゼルとグレーテル（池田香代子）	28
紅岩魚（平谷美樹）	286		変装の名人（渡辺浩弐）	400
紅皿（火野葦平）	278		変態性欲とヘアピン（夢野久作）	381
紅地獄（皆川博子）	339		弁当箱（新津きよみ）	253
屁の大事件（京極夏彦）	110		変な音（夏目漱石）	251
ペパーミント・ラブ・ストーリィ（鈴木いづみ）	184		へんな怪獣（星新一）	311
蛇（佐藤春夫）	160		へんな子（佐藤さとる）	157
蛇（森鷗外）	364		変な侵入者（星新一）	311
蛇苺（井上雅彦）	37		変な文通（眉村卓）	328
蛇神祀り（坂東眞砂子）	273		へんな夢（佐藤春夫）	160
			ペンネンネンネンネンネン・ネネムの伝記（宮沢賢治）	354
			返品お断り（つくね乱蔵）	222

変貌(福澤徹三) …………………… 292
変貌羨望(黒史郎) ………………… 122
変貌の部屋(岩井志麻子) ………… 41
弁明(恩田陸) ……………………… 74
ペンルーム(眉村卓) ……………… 328
遍歴(多崎礼) ……………………… 207

【ほ】

保安官の明日(宮部みゆき) ……… 358
ホイホイ(神薫) …………………… 174
泡影(岡田秀文) …………………… 58
棒を恐れず手を嚙まず(一条明) … 33
報恩奇談—二ツ岩貞宗(本堂平四郎)
　………………………………… 316
崩壊(日影丈吉) …………………… 276
芒が原逍遥記(倉橋由美子) ……… 119
箒川(粕谷栄市) …………………… 79
忘却と追憶(綾辻行人) …………… 21
忘却の侵略(小林泰三) …………… 137
暴君の死(野村胡堂) ……………… 263
包茎牧場の決闘(梶尾真治) ……… 78
亡魂の錯覚(夢野久作) …………… 381
忙殺(神林長平) …………………… 92
帽子の男(木原浩勝) ……………… 103
望樹記(幸田露伴) ………………… 132
放会会(橘みれい) ………………… 210
放送禁止について(長江俊和) …… 243
疱瘡婆(朱雀門出) ………………… 182
法則(宮内悠介) …………………… 341
包丁の性格(葛西俊和) …………… 77
棒猫(平山夢明) …………………… 283
放熱器(稲垣足穂) ………………… 35
芳年写生帖(野村胡堂) …………… 263
防犯カメラ(秋元康) ……………… 4
報復の白雪姫(中見利男) ………… 248
葬られた秘密(小泉八雲) ………… 126
訪問者(田中芳樹) ………………… 215
蓬莱(小泉八雲) …………………… 126
蓬莱虫(椎名誠) …………………… 163
豊漁神(小鳥水青) ………………… 133
朋類(北原尚彦) …………………… 97
亡霊お花(中村彰彦) ……………… 249
亡霊双六(桑原水菜) ……………… 122
鬼灯(小池真理子) ………………… 124
僕がもう死んでいるってことは内緒だよ(牧野修) ………………… 318
僕/君(渡辺浩弐) ………………… 400

北守将軍と三人兄弟の医者(宮沢賢治) ………………………………… 354
牧神の春(中井英夫) ……………… 242
ぼくズ(岩城裕明) ………………… 42
北窓瑣談(橘南谿) ………………… 210
ぼくとわらう(木本雅彦) ………… 104
ぼくのイヌくろべえ(佐藤さとる) … 157
ぼくのおじさん(霞流一) ………… 79
ぼくのおばけ(佐藤さとる) ……… 157
ぼくのおもちゃばこ(佐藤さとる) … 157
ぼくの神さま(あさのあつこ) …… 9
僕の可愛いお気に入り(恩田陸) … 74
ぼくの家来になれ(佐藤さとる) … 157
ぼくの机はぼくの国(佐藤さとる) … 157
僕のティンカー・ベル(坂本美智子) … 151
ぼくの手のなかでしずかに(松崎有理) ……………………………… 321
ぼくの、マシン(神林長平) ……… 92
ぼくは魔法学校三年生(佐藤さとる)
　………………………………… 157
墓穴(神無月蠍) …………………… 90
墓碣市民(日影丈吉) ……………… 276
ポケットだらけの服(佐藤さとる) … 157
ポケットにピストル(竹下文子) … 202
ポケットの中の遺書(北川歩実) … 96
ポケットの妖精(星新一) ………… 311
保護鳥(小松左京) ………………… 146
反古のうらがき(鈴木桃野) ……… 185
埃まみれの救済(田島照久) ……… 208
埃家(剣先あおり) ………………… 123
星へ続く道(笹本祐一) …………… 152
星を創る者たち(谷甲州) ………… 217
星を拾う(竹下文子) ……………… 202
星殺し(谷甲州) …………………… 217
星塚の話(杉村顕道) ……………… 180
母子像(筒井康隆) ………………… 227
母子像(久生十蘭) ………………… 277
星空に住んでいるもの(新堂奈槻) … 176
星玉すくい—フミツキノマツリ(北森みお) ……………………………… 98
星になり損ねた男(葛西伸哉) …… 75
星に願いを(宮部みゆき) ………… 358
星に願いを—ピノキオ二〇七六(藤崎慎吾) …………………………… 295
星に向き北に向き耳冴ゆる(米満英男) ……………………………… 389
星盗人(横田順彌) ………………… 387
星の香り(菅浩江) ………………… 177

星の砕片（中井英夫）	242
星の塔（高橋克彦）	197
星花火（横田順彌）	387
星ぶとん（横田順彌）	387
星降る草原（久美沙織）	115
星降る草原　連載第1回（久美沙織）	115
星降る草原　最終回（久美沙織）	115
星へ行く船（新井素子）	23
星々の交わし子（神無月蠍）	90
星仏（小松左京）	146
星虫（岩本隆雄）	43
歩上異象（佐藤春夫）	160
ポスト（布田竜一）	299
ポストの話（佐藤さとる）	157
海王星市から来た男（今日泊亜蘭）	113
墓石に、と彼女は言う（円城塔）	53
保存状態（渡辺浩弐）	400
穂高の公安様の話（杉村顕道）	180
蛍合戦の話（杉村顕道）	180
ほたる来い（椎津くみ）	162
ホタル族（平山夢明）	283
蛍町界隈綺談（日代雄一）	362
螢と名刀―名物螢丸（本堂平四郎）	316
蛍の女（高橋克彦）	197
蛍の場所（小池真理子）	124
ホタルの夜に火の玉が（宮川ひろ）	341
蛍の夜（香月日輪）	130
ほたん（鳥居みゆき）	238
牡丹灯籠（瓢水子松雲）	279
ボタン星からの贈り物（星新一）	311
ポックリ逝きたい（小田イ輔）	69
北国奇談巡杖記（鳥翠台北茎）	221
掘ったら出るの件（松村進吉）	321
ほっとけない君の盾になるから（高殿円）	194
没文Botsubun（神林長平）	92
ほてりたるわが頬（米満英男）	389
ホテル（柴崎友香）	168
ホテルの話（三輪チサ）	359
ホテル・ノルマンディー（栗本薫）	120
火戸町上空の決戦（小島水青）	133
杜鵑乃湯（京極夏彦）	110
ほどろ（夢枕獏）	384
骨女（浅田翔太）	7
骨きりの巻（神護かずみ）	175
骨、舎利と化す（神谷養勇軒）	86
骨の来歴（浅田次郎）	8
骨仏（久生十蘭）	277
炎を燃えて（赤川次郎）	3
炎の記憶（田中芳樹）	215
墓碑銘二〇〇七年（光瀬龍）	335
ほほえみ（星新一）	311
微笑む老人（大石圭）	55
ほぼ百字小説（北野勇作）	96
ホーム・ドラマ（渡辺浩弐）	400
ホームドラマ Part2（渡辺浩弐）	400
ホームメイド（鷹見一幸）	200
ホーム列車（田丸雅智）	218
ホラー映画（平山夢明）	283
洞熊学校を卒業した三人（宮沢賢治）	354
ほらこの夜、またあいつらが（寺本耕也）	233
ポーラの休日（茅田砂胡）	87
ポラーノの広場（宮沢賢治）	354
ほら吹き太郎R（中見利男）	249
ポランの広場（宮沢賢治）	354
ホリデイズ（瀬名秀明）	190
彫物師（岩井志麻子）	41
彫物師甚三郎首生娘（薄井ゆうじ）	47
ポルシェ式ヤークト・ティーガー（上遠野浩平）	82
ポルト・リガトの館（横尾忠則）	385
ボール箱（半村良）	274
ボルヘスハウス909（真藤順丈）	175
保冷室にて（カツオシD）	80
惚れグスリ（畑野智美）	269
ホレス・ワルポオル（吉田健一）	388
ホロ（小林泰三）	137
滅びの風（栗本薫）	120
ほろほろ―貮拾年を經て歸りし者の事（京極夏彦）	110
ホワイトクリスマス（篠田節子）	166
ホワイト・ステップ（乙一）	70
ホワイトノイズ（櫛木理宇）	114
ホはホラー映画のホ（綾辻行人）	21
本（平谷美樹）	286
本を探して（前川生子）	317
盆踊りの話（折口信夫）	72
盆帰り（中山七里）	251
本郷壱岐坂の家（中原文夫）	247
ポンコツ宇宙船始末記（石川英輔）	28
本日、サービスデー（朱川湊人）	172
本所（西崎憲）	258
本当に無料で乗れます（桂修司）	81

本能寺の大変（田中啓文）	214
ほんの少しの場所（立原えりか）	211
ボンボン（井上雅彦）	37
ぼんやり（小池真理子）	124
ポンラップ群島の平和（荒巻義雄）	25

【ま】

魔（森見登美彦）	366
まあこ（冲方丁）	49
まあだだよ（山口タオ）	370
マイ国家（星新一）	311
まいごのおばけ（佐藤さとる）	157
まいごのかめ（佐藤さとる）	157
迷子のきまり―ヘンゼルとグレーテル（千早茜）	220
埋葬蟲（津原泰水）	231
マイナス一（柴崎友香）	168
舞の本（花田清輝）	270
mai 薔人（中井英夫）	242
mai ヨカナーンの夜（中井英夫）	242
マインド・ウインド（山野浩一）	372
マウンテンピーナッツ（小林泰三）	137
魔王子の召喚（牧野修）	318
魔王、上司の過去を知る（和ヶ原聡司）	391
魔王、節約生活を振り返る（和ヶ原聡司）	391
魔王、勇者の金で新しい携帯電話を手にする（和ヶ原聡司）	391
紛い菩薩（夢枕獏）	384
マカラス・ドリンク（カツオシD）	80
マカロン大好きな女の子がどうにかこうにか千年生き続けるお話。（からて）	88
魔眼（安田均）	368
マーキング（福澤徹三）	292
幕を上げて（結城はに）	374
マグネフィオ（上田早夕里）	44
マグノリアの木（宮沢賢治）	354
枕の妖異（野村胡堂）	263
まぐる笛（宮部みゆき）	358
マグロマル（筒井康隆）	227
魔子（山田悠介）	372
マコト君と不思議な椅子（佐藤さとる）	157
孫の恋愛（あさのあつこ）	9
正夢（夢野久作）	381

マジカル・クッキング！ ひと味違う調味料（西尾維新）	256
マジック海苔（阿刀田高）	16
マ★ジャ（積木鏡介）	231
魔術（芥川龍之介）	6
魔術講師グレン 虚栄編（羊太郎）	278
魔術講師グレン 無謀編（羊太郎）	278
魔術師（谷崎潤一郎）	218
魔述師（飛浩隆）	236
魔術師長様と部屋付きメイド（雨宮茉莉）	18
魔所（堀川アサコ）	314
魔杖の警告（朱川湊人）	172
魔女家に来る（矢部嵩）	369
魔女と相棒（松本祐子）	322
魔女の仕事は？（田村理江）	219
魔女の巣箱（井上雅彦）	37
魔女のスープ（藤木稟）	295
魔女の転校生（香月日輪）	130
魔女のとき（眉村卓）	328
魔女の森（松本祐子）	322
魔女マンション、新しい友達（矢部嵩）	369
魔女見習い（鈴木いづみ）	184
真白き乳房―山姥（唯川恵）	374
真白きわが足（米満英男）	389
麻酔（秋元康）	4
マスコット（星新一）	311
また会いましたね（渡辺浩弐）	400
また聞き（高橋ヨシキ）	199
瞬きする首（江戸川乱歩）	52
魔弾の射手（香月日輪）	130
町（西崎憲）	258
待ち受け画面（葛西俊和）	77
間違い電話（秋元康）	4
間違い電話（二宮敦人）	260
間違い電話（久田樹生）	277
まちがった（福澤徹三）	292
町でさいごの妖精をみたおまわりさんのはなし（立原えりか）	211
町の底（高原英理）	200
まちびと（福澤徹三）	292
町へ行く前に（眉村卓）	328
街～マチ～（布田竜一）	299
魔地読み（林譲治）	271
待つ（黒井千次）	121
待つ（太宰治）	206

松井清衛門、推参つかまつる（山田正紀）	371	魔のもの―Folk Tales（佐藤春夫）	160
待つ女（小林泰三）	137	魔のもの（抄）（佐藤春夫）	160
松ケ枝の少女（山内青陵）	369	魔の森の秘密をとけ!!（立原透耶）	212
松風（世阿彌）	188	瞬きよりも速く（瀬名秀明）	190
真っ暗な家（福澤徹三）	292	真昼の送電塔（眉村卓）	328
真っ黒―外山屋舗怪談の事（京極夏彦）	110	真昼の断層（眉村卓）	328
マッケンの事（江戸川乱歩）	52	まぶしい朝陽（眉村卓）	328
まっ白い皿（阿刀田高）	16	瞼の母（つくね乱蔵）	222
マッチ（星新一）	311	マフラーは赤い糸（大坂繁治）	56
待っています（時海結以）	235	魔法（瀬名秀明）	190
待っている人（阿刀田高）	16	魔法科学の国（狐塚冬里）	133
マッドサイエンティストへの手紙（森深紅）	366	魔法修行者（幸田露伴）	132
松林の雪（長谷川不通）	265	魔法少女帰れない家（矢部嵩）	369
松原戻り橋（森山東）	367	魔法少女粉と煙（矢部嵩）	369
松虫（皆川博子）	339	魔法つかいの夏（石川喬司）	29
まつ宵（椎津くみ）	162	魔法にかけられた子どもたち（松本祐子）	322
祭の晩（宮沢賢治）	354	まほうのエレベーター（木下容子）	100
祭りの夜に（一石月下）	32	魔法のかかった丘（堀辰雄）	315
茉莉のルーツ幻想―浜の娘とサンフランシスコ号の若者（安藤三佐夫）	26	魔法の靴（山口タオ）	370
末路（木原浩勝）	104	まほうのコンペイトー（木下容子）	100
末路（星新一）	311	魔法の食卓―児童文学に見る＜食＞と魔法の関係（松本祐子）	322
松若（宇江敏勝）	45	魔法のチョッキ（佐藤さとる）	157
摩天楼（島尾敏雄）	170	魔法のはしご（佐藤さとる）	157
窓（柴崎友香）	168	魔法の町の裏通り（佐藤さとる）	158
窓（堀辰雄）	315	魔法の夜（村山早紀）	360
魔道写本師（乾石智子）	35	魔法のランプ（星新一）	311
まどおり（倉阪鬼一郎）	117	魔法の輪（渡辺浩弐）	400
窓ガラス（竹下文子）	202	魔法ファンタジーに見る知と力の関係（松本祐子）	322
窓ではない窓（福澤徹三）	292	幻（横田順彌）	387
窓の豪雨（眉村卓）	328	幻の絵の先生（最相葉月）	148
マトリカレント（新城カズマ）	175	幻のクロノメーター（上田早夕里）	44
マトリョーシカの憂鬱（福島千佳）	293	幻の穀物危機（篠田節子）	166
まどろみのティユルさん（恒川光太郎）	229	幻の背負投げ（眉村卓）	328
眼神（上田早夕里）	44	まぼろしの星（星新一）	311
眼居（石神茉莉）	28	幻兵団（今日泊亜蘭）	113
まなづるとダァリヤ（宮沢賢治）	355	幻は夜に成長する（恒川光太郎）	229
真夏の恋の夢（柳瀬千博）	368	ママはユビキタス（亘星恵風）	402
真夏の妊婦（木下半太）	99	ママ、痛いよ（戸梶圭太）	235
真夏の夢（有島武郎）	25	真向きの龍（千早茜）	220
学び舎に―集う（黒狐尾花）	121	まめだぬき（佐藤さとる）	158
間に合うだろうか（田島照久）	208	豆狸（京極夏彦）	110
マニキュア（松村比呂美）	321	魔物（木下半太）	99
まねき堂（水沢いおり）	332	守り鬼（花房観音）	270
		守るべき肌（小川一水）	65

作品名	ページ
まやかしの白杖（米満英男）	389
眉かくしの霊 読みほぐし（泉鏡花）	32
繭の見る夢（空木春宵）	48
まゆみ（平山夢明）	283
迷える羊（福澤徹三）	292
迷い風とチーズフォンデュ（篠宮あすか）	167
迷い子（小松左京）	146
迷い猫（村山早紀）	360
迷いの旅籠（宮部みゆき）	358
迷い道（菊地秀行）	95
迷える白猫と禁忌手記（羊太郎）	278
魔よけケータイ（高津美保子）	194
真夜中の怪談大会（木下半太）	99
真夜中の行列（岩倉千春）	42
真夜中の住宅街での話（加門七海）	87
真夜中の戦士（永井豪）	240
真夜中の潜水艇（紋屋ノアン）	367
真夜中のタクシー（目代雄一）	362
真夜中の通過（瀬名秀明）	190
真夜中の猫（香月日輪）	130
真夜中の訪問者（横田順彌）	387
マヨヒガ（神薫）	174
馬来俳優の死（岡本綺堂）	63
マリヴロンと少女（宮沢賢治）	355
マリオネット（高橋克彦）	197
マリオネット（眉村卓）	328
マリオネット・エンジン（西澤保彦）	259
まるい生物（柴崎友香）	168
まるい流れ星（今日泊亜蘭）	113
マルガリータをもう一杯（坂東眞砂子）	273
丸木船（為永春水）	219
マルドゥック・アヴェンジェンス（上田裕介）	45
マルドゥック・ヴェロシティ "コンフェッション"―予告篇―（八岐次）	371
マルドゥック・クランクイン！（渡馬直伸）	235
マルドゥック・スクランブル "104"（冲方丁）	49
マルドゥック・スクランブル "－200"（冲方丁）	49
マルドゥック・スラップスティック（坂堂功）	272
マルとバツ（辻村深月）	223
まれびとの季節（篠田節子）	167
真綿の絞殺（渡辺浩弐）	400
万一の場合（星新一）	311
満員電車（平山夢明）	283
マンガ原人（萩尾望都）	265
満期（渡辺浩弐）	400
万華鏡迷宮（一石月下）	32
満月（下永聖高）	170
満月の人魚（香月日輪）	130
満月の夜（目代雄一）	362
まんずまんず（紺野仲右エ門）	148
マンティスの祈り（森下うるり）	364
マントヴァの血（高樹のぶ子）	192
饅頭女（平山夢明）	283
満腹感（眉村卓）	328

【み】

作品名	ページ
美亜羽へ贈る拳銃（伴名練）	274
美亜へ贈る真珠（梶尾真治）	78
三浦右衛門の最後（菊池寛）	94
三浦縦横斎異聞（光瀬龍）	335
見えない殺人鬼（渡辺浩弐）	400
見えない保育士（神狛しず）	85
見えないものの影（小松左京）	146
澪つくし（明野照葉）	7
見下ろす家（三津田信三）	337
味覚（星新一）	311
未確認サマーバケーション（橘公司）	209
未確認ブラザー（橘公司）	209
美加子のヴェネチア（高樹のぶ子）	192
三笠山（山之口洋）	372
身代わり（小林玄）	135
身代わり人形（布田竜一）	299
未完成交狂楽（加納一朗）	83
未完の大作（渡辺浩弐）	400
右（平山夢明）	283
魃鬼（高橋克彦）	197
見越入道（荻田安静）	67
ミコちゃんのギュギュ（今日泊亜蘭）	113
ミサイルマン（平山夢明）	283
岬にて（小松左京）	146
岬へ（小池真理子）	124
ミシェル（瀬名秀明）	190
見知らぬ明日（栗本薫）	121
見知らぬ女（北川歩実）	96
見知らぬ顔（さたなきあ）	153
見知らぬ少年（浅田次郎）	8

水を預かる(淺川繼太)	7	密使(伊坂幸太郎)	28
水音(福澤徹三)	292	密室殺人×2(渡辺浩弐)	400
水鏡の虜(遠田潤子)	235	密室の如き籠るもの(三津田信三)	337
水漉石(橘南谿)	210	三津谷くんのマークX(片瀬二郎)	79
水独楽(椎名誠)	164	三つのかぎ(小川未明)	66
水沢山の天狗の話(杉村顕道)	180	三つの眼鏡(夢野久作)	381
水沢良行の決断(新井素子)	23	光遠の妹(菊池寛)	94
みすずかる(神山奉子)	85	蜜のあわれ(室生犀星)	361
蛟(夢枕獏)	384	蜜のような宇宙(筒井康隆)	227
ミステリアス・ヒーロー!!(立原透耶)	212	密林(天沼春樹)	18
水に立ちての往生(神谷養勇軒)	86	密林の奥へ(有栖川有栖)	26
水の女(大塚英志)	56	見てしまった男(渡辺浩弐)	400
水の女(長島槇子)	245	見てました―魔魅不思議の事(京極夏彦)	110
水の記憶(鈴木いづみ)	184	ミドリ様にきいてみて(黒田裕)	122
水のトンネル(佐藤さとる)	158	緑の石と猫(高橋順子)	198
水ヒヤシンス(高橋順子)	198	緑の記憶(水見稜)	334
水百脚(椎名誠)	164	緑の草原に…(田中芳樹)	215
水野郎(神薫)	175	緑の太陽(荒巻義雄)	25
見世物師の夢―猟奇歌3(夢野久作)	381	緑の鳥は終わりを眺め(黒史郎)	122
見世物姥(京極夏彦)	110	緑の庭の話(三輪チサ)	359
溝出(京極夏彦)	110	緑の果て(手塚治虫)	233
味噌樽の中のカブト虫(北野勇作)	96	深泥丘三地蔵(綾辻行人)	21
見たい(渡辺浩弐)	400	深泥丘魔術団(綾辻行人)	21
みたびのサマータイム(若竹七海)	390	ミドンさん(星新一)	311
みたらしと兄弟の絆(篠宮あすか)	167	水無月の墓(小池真理子)	124
御手洗弁天の話(杉村顕道)	180	港に着いた黒んぼ(小川未明)	66
道案内(平山夢明)	283	港の事件(星新一)	311
道をたずねる(小原猛)	139	港のタクシー艇長(小川一水)	65
道連(内田百閒)	47	南十字星(柴田勝家)	169
道連れ(田辺青蛙)	216	南の子供が夜いくところ(恒川光太郎)	229
道で拾うモノ(宇佐美まこと)	47	南向き3LDK幽霊付き(櫛木理宇)	114
未知との遭遇です(香月日輪)	130	見習い魔女の子守歌(加納新太)	83
未知なる赤光を求めて(倉阪鬼一郎)	117	見なれぬ家(星新一)	311
みちのく(岡本かの子)	59	醜い空(朝松健)	11
みちのく怪獣探訪録(黒木あるじ)	121	醜い道連れ(山本弘)	373
道端(吉田健一)	388	糞(宇江敏勝)	45
ミーチャ・ベリャーエフの子狐たち(仁木稔)	254	ミノタウロスの夏(水野良)	333
ミチルの見た夢(ナイトキッド)	240	ミノムシ(平山夢明)	283
三ツ足の亀(平谷美樹)	286	見果てぬ風(中井紀夫)	240
御杖(西崎憲)	258	未必の事故(福澤徹三)	293
御杖の歌学(西崎憲)	258	見守ることしかできなくて(誉田哲也)	315
水海道の茶屋女(神田伯龍)	90	ミミ(小池真理子)	124
蜜月旅行(北原尚彦)	97	耳闇魔(平山夢明)	284
光子の家を訪れて(三津田信三)	337	耳切れうん市(作者不詳)	404

ミミズからの伝言(田中啓文)	214
耳、垂れ(福島千佳)	294
耳なし芳一(中見利男)	249
耳なし芳一(柳広司)	368
耳なし芳一のはなし(小泉八雲)	127
耳鳴り(高橋ヨシキ)	199
耳鳴山由来(矢野徹)	369
耳の塩漬(小堀甚二)	139
耳嚢(根岸鎮衛)	261
未明の着信(葛西俊和)	77
未明の晩餐(吉上亮)	387
宮木が塚(上田秋成)	43
宮竹さん(柴崎友香)	168
深山木薬店(高里椎奈)	193
深山木薬店改(高里椎奈)	193
深雪(小池真理子)	124
ミユキちゃん(亜羅叉の沙)	23
妙な生物(星新一)	311
妙な話(芥川龍之介)	6
未来アイランド(眉村卓)	328
未来をのぞく機械(小松左京)	146
未来からの声(瀬名秀明)	190
未来都市(星新一)	311
未来の先(木原浩勝)	104
未来の思想 終章「進化」の未来像(小松左京)	146
ミラー・ボール(星新一)	311
ミランダ(三島由紀夫)	332
ミリアンヌの肌(日日日)	5
魅力的な男(星新一)	312
魅力的な薬(星新一)	312
魅力的な噴霧器(星新一)	312
ミルキー・ウェイ(横田順彌)	387
みるなの木(椎名誠)	164
見るなの本(田中啓文)	214
未練(眉村卓)	328
未練の幻(眉村卓)	328
弥勒節(恒川光太郎)	229
みんなの学校(中山麻子)	250

【む】

ムイシュキンの脳髄(宮内悠介)	341
無縁の部屋(岩井志麻子)	41
夢応の鯉魚(岩井志麻子)	41
無音(青水洸)	1
霧界(木城ゆきと)	95
夢買い人(田中芳樹)	215

無可有郷だより(樺山三英)	84
迎え鐘(仲町六絵)	247
迎え滝送り滝の話(杉村顕道)	180
むかし塚(京極夏彦)	110
昔の男(浅田次郎)	8
昔の男(平山夢明)	284
昔の思い出(加門七海)	87
昔のコース(眉村卓)	328
昔の団地で(眉村卓)	328
むかしの亡者(太宰治)	206
向き合う二人! 無人の教室に積もる雪(西尾維新)	256
麦茶(平山夢明)	284
無窮の滝の殺人(荒巻義雄)	25
無窮の花(倉阪鬼一郎)	117
報い(小原猛)	139
無口な運転手(渡辺浩弐)	400
無口な女(小松左京)	147
無垢なる陰獣―四谷怪談(唯川恵)	374
無垢の祈り(平山夢明)	284
六喰ヘアー(橘公司)	209
無限延命長寿法(今日泊亜蘭)	113
無限大の呪い(夢野久作)	381
無限の愛のキューピッド(鏡貴也)	75
夢幻の恋(野村胡堂)	263
夢幻の人(岩井志麻子)	41
向こうから来る(三津田信三)	337
向こう岸―あの日(雀野日名子)	186
向こう岸から(渡辺浩弐)	400
むささび(折口信夫)	72
虫(布田竜一)	299
虫(渡辺浩弐)	400
ムシイチザの話(黒実操)	122
虫歌観世音の話(杉村顕道)	180
虫籠(浅田次郎)	8
虫籠窓(神狛しず)	85
無視する女(新津きよみ)	253
虫とり(西澤保彦)	259
虫取り(渡辺浩弐)	400
むじな(小泉八雲)	127
むじな(柳広司)	368
狢(平山夢明)	284
ムジナ和尚(千早茜)	220
貉の怪異(小池直太郎)	123
虫二題(福澤徹三)	293
虫になつたザムザの話(倉橋由美子)	119

虫のある家庭（謠堂）	385
虫の居所（荒居蘭）	23
虫の生命（夢野久作）	381
無邪気の園（赤川次郎）	3
無重力犯罪（星新一）	312
無情のうた『UN-GO』第二話 坂口安吾「明治開化安吾捕物帖ああ無情」より（會川昇）	1
無人街（福澤徹三）	293
無人の住居（眉村卓）	328
無人の船で発見された手記（坂永雄一）	151
息子（安曇潤平）	14
息子からの手紙？（眉村卓）	328
息子の証明（木原浩勝）	104
息子の嫁（渡辺浩弐）	400
息子はマのつく自由業!?（喬林知）	199
結び姫―role model（あざの耕平）	10
結ぶ女（新津きよみ）	253
夢中の闘很（柳糸堂）	390
無敵のママ（朱川湊人）	172
胸騒ぎ（福澤徹三）	293
胸奥の間奏曲―プリベンター5（隅沢克之）	187
胸奥の間奏曲―プリベンター5 後編（隅沢克之）	187
胸張ってウエディング（櫂末高彰）	75
無の時間（中井英夫）	242
むばら日中納言（夢枕獏）	384
夢魔の甘き唇―ろくろ首（唯川恵）	374
夢眠谷の秘密（島田雅彦）	170
ムムシュ王の墓（今日泊亜蘭）	113
村（中原文夫）	247
村（平谷美樹）	286
紫色の光（葛西俊和）	77
紫女（井原西鶴）	38
紫大納言（坂口安吾）	150
村人（半村良）	274
群れ（山口雅也）	370
群れ飛ぶ都鳥（夢野久作）	381
室瀬川の雪（脇田正）	391
ムーンサンシャイン（円城塔）	53
ムーンライト・キス（坂東眞砂子）	273
ムーン・リヴァー（栗本薫）	121

【め】

眼（木原浩勝）	104
冥王星に春がきた（小松左京）	147
冥王フィブリゾの世界滅ぼし会議（橘公司）	209
冥界往還記（倉橋由美子）	119
迷家の如き動くもの（三津田信三）	337
迷宮（水見稜）	334
迷宮と魔法使い（藤浪智之）	296
名君と振袖火事（中村彰彦）	249
明月幻記（倉橋由美子）	119
冥婚（葛西俊和）	77
名コンビ（阿刀田高）	16
明治吸血鬼（日影丈吉）	276
明治神宮外苑打撃練習場（木下半太）	99
名鵜（杉村顕道）	181
めいしん（只野真葛）	208
メイ先生の薔薇（今邑彩）	39
迷走（雀野日名子）	186
酩酊（福澤徹三）	293
溟天の客（今日泊亜蘭）	113
冥途（内田百閒）	48
明徳寺の弥勒菩薩の話（杉村顕道）	181
冥途の舎利（神谷養勇軒）	86
命日（木原浩勝）	104
冥府の犬（日影丈吉）	276
命名（星新一）	312
盟友（小林雄次）	138
名誉死民（島田雅彦）	170
眼を捜して歩く男（大泉黒石）	55
女夫石の話（杉村顕道）	181
メガネレンズ（勝山海百合）	81
女瓶（岩城裕明）	42
女狐（布田竜一）	299
めくらぶどうと虹（宮沢賢治）	355
目競（京極夏彦）	110
目覚め（西崎憲）	258
目醒のウタ（湖山真）	148
めし（朱雀門出）	182
メシメリ街道（山野浩一）	373
雌に就いて（太宰治）	206
めだぬき（山際行輝）	370
メタノワール（筒井康隆）	227
メタモルフォセス群島（筒井康隆）	227
メッセージ（渡辺浩弐）	400
メデューサ複合体（谷甲州）	218
メーテルと時の坩堝（和智正喜）	403

メトセラとプラスチックと太陽の臓器（冲方丁）	49
メトセラの谷間（田中光二）	213
めなし（夢枕獏）	384
目の輝き（眉村卓）	328
目の壁（川端裕人）	89
目ひとつの神（上田秋成）	43
メモ帳（眉村卓）	328
メモリイ（岡部えつ）	59
メモリー・ラボへようこそ（梶尾真治）	78
目羅博士の不思議な犯罪（江戸川乱歩）	52
メリイクリスマス（太宰治）	206
メリエッタさんも魔法使い？ 空の星（司月透）	165
メルクの黄金畑（高樹のぶ子）	192
メルボルンの想い出（柴崎友香）	168
メロディ（小林栗奈）	134
メロンを掘る熊は宇宙で生きろ（木本雅彦）	105
メンテナンス（平谷美樹）	286
メンバー（福澤徹三）	293

【も】

もう一度会いたい（渡辺浩弐）	400
盲蛾（道尾秀介）	334
盲亀浮木（志賀直哉）	164
盲光線事件（海野十三）	50
亡者の辻（宇江敏勝）	45
妄執館（菊地秀行）	95
猛暑には怪談が似合う（天野頌子）	18
もうすぐ一怪妊の事（京極夏彦）	110
もうすぐ私はいなくなる（雀野日名子）	186
妄想銀行（星新一）	312
妄想少女（菅浩江）	177
孟宗の藪（抄）（中勘助）	244
もうなにもかも（鈴木いづみ）	184
もう臭わない―藝州引馬妖怪の事（京極夏彦）	110
もうひとつの階段（東しいな）	12
もう一人の客（木原浩勝）	104
もう一人の面会人（つくね乱蔵）	222
網膜脈視症（木々高太郎）	93
猛烈社員無頼控（筒井康隆）	227
燃える金星（北村小松）	98
燃える電話（草上仁）	114
殯（夢枕獏）	384
虎落の日（朱川湊人）	172
木犀館殺人事件（須永朝彦）	187
もくちゃん（京極夏彦）	110
木馬は廻る（江戸川乱歩）	52
目目連（京極夏彦）	110
もくろみ（眉村卓）	328
模型と実物（星新一）	312
モケケ＝バラリバラ戦記（筒井康隆）	228
モコ＆猫（桜庭一樹）	152
文字禍（中島敦）	244
もしも歴史に…（羅門祐人）	390
喪女（神薫）	175
百舌鳥魔先生のアトリエ（小林泰三）	137
もたらされた文明（星新一）	312
持ち禁（福澤徹三）	293
望月の五位（夢枕獏）	384
モーツァルト伝（筒井康隆）	228
持って帰れ（葛西俊和）	77
もっと楽しもうよ（香月日輪）	130
モテロボ（ゆうきゆう）	374
戻って来る女（新津きよみ）	253
もとで（星新一）	312
戻橋（小松左京）	147
戻橋（望月もらん）	363
戻り人（飯野文彦）	26
元竜及び元スライム 元犬（朱雀新吾）	183
戻れない（つくね乱蔵）	222
蛻のから（長野まゆみ）	246
もの（広瀬正）	286
もの言う剣と、もの言う猫（加納新太）	83
物言う猫（三好想山）	358
物語のような。終わりとはじまり（藤浪智之）	296
ものの（小林泰三）	137
ものぐさ太郎（中見利男）	249
ものぐさ太郎（花田清輝）	270
モノクローム（高橋克彦）	197
ものしり博士（牧野修）	318
もののけ其他（折口信夫）	72
もののけ天下一武道会（高橋由太）	198
もののけの画館（地本草子）	220
モノの履歴書（渡辺浩弐）	401
ものまね博雅（夢枕獏）	384

ものみな憩える（忍澤勉）	68
ものみな歌でおわる―第一幕第一景（花田清輝）	270
物見の塔の殺人（荒巻義雄）	25
もみじのあざとまじないの言葉（結城光流）	374
樅の木の下で（須永朝彦）	187
木綿針（杉村顕道）	181
モモタロウ（小松左京）	147
百々似隊商（西島伝法）	239
模様（町田康）	320
モラトリアム（渡辺浩弐）	401
森を護るもの（香月日輪）	130
森の彼方の地（須永朝彦）	187
森の神、夢に還る（恒川光太郎）	229
森の中の家族の団らん（田島照久）	208
森の美術館（目代雄一）	362
森囃（菊岡沽涼）	93
守人たち（萩尾望都）	265
問題食堂（椎名誠）	164
問題の学校（渡辺浩弐）	401
門のある家（星新一）	312
門 より（夏目漱石）	251

【や】

八百比丘尼（百井塘雨）	363
矢がすり（岡本綺堂）	63
やがて、空から（飯野文彦）	26
夜間飛行（宮内悠介）	341
焼かれた骸（岩井志麻子）	41
焼き子の朋友（宇江敏勝）	46
やきとりと電話機（阿刀田高）	16
野球ぐるい（花輪莞爾）	270
夜曲（妹尾アキ夫）	190
約定（平山夢明）	284
約束（高橋克彦）	197
約束（多崎礼）	207
約束（常光徹）	229
約束（平山夢明）	284
約束（福澤徹三）	293
櫓（鈴木光司）	184
矢車草の青（神山奉子）	86
役割演技（筒井康隆）	228
灼けた煉瓦の炉の上で（一条明）	33
焼け残った鳥居の話（小原猛）	139
やけぼっくいに点火（渡辺浩弐）	401
夜光鬼（高橋克彦）	197

夜光人ガニメーデ（岩田賛）	42
夜光石（木内石亭）	93
夜光虫（鈴木光司）	184
矢崎麗夜の夢日記（矢崎存美）	368
優しい嘘（中井英夫）	242
やさしいお願い（樹下太郎）	98
やさしい銀狼（柳瀬千博）	368
優しい接触（栗本薫）	121
やさしい竜の歩き方（津守時生）	232
やさしい竜の殺し方―ドウマとクローディアとガイス編（津守時生）	232
やさしい竜の殺し方―バテンカイトス編（津守時生）	232
やさしい竜の殺し方―魔道王とラーサルグルフ編（津守時生）	232
やさしい竜の殺し方―竜王トリオ編（津守時生）	232
やさちい竜の殺し方（津守時生）	232
夜叉御前（山岸凉子）	370
夜叉の女の闇に哭きたる（夢枕獏）	384
夜叉婆あ（夢枕獏）	384
弥次郎兵衛と喜多八（大泉黒石）	55
椰子・椰子 冬（抄）（川上弘美）	88
安川さんの教室（中原文夫）	247
野州川の変化（祐佐）	375
靖国神社での話（加門七海）	87
安ホテル（宇佐美まこと）	47
安らぎの場所（中原文夫）	247
野生の夢（水見稜）	334
夜窓鬼談（石川鴻斎）	29
八十八姫（朱川湊人）	172
弥太郎滝の話（杉村顕道）	181
耶知子さん、季節はずれのハワイアンを吟じる（雀野日名子）	186
耶知子さん、クリスマスの甘酒に酔う（雀野日名子）	186
耶知子さん、葬儀場に竜巻を呼ぶ（雀野日名子）	186
耶知子さん、新盆で遠吠えする（雀野日名子）	186
耶知子さん、母娘旅行に出かける（雀野日名子）	186
野鳥の森（間瀬純子）	320
やってはいけない 思い出返し（小林玄）	135
やってはいけない 砂嵐の儀式（小林玄）	135

やってはいけない ハイビーム（小林泰三） ……… 136
やってはいけない 四十九秒目（小林泰三） ……… 136
やつら（星新一） ……… 312
奴らは夜に這ってくる（恩田陸） ……… 74
やつはアル・クシガイだ―疑似科学バスターズ（松崎有理） ……… 321
野天の人（平山瑞穂） ……… 280
宿かせと刀投出す雪吹哉―蕪村（皆川博子） ……… 339
やどかり（篠田節子） ……… 167
やどかり（長野まゆみ） ……… 246
やどりびと（福澤徹三） ……… 293
柳沢（宮内賢治） ……… 355
柳の精（野田市右衛門成方） ……… 262
家鳴り（篠田節子） ……… 167
やなりいなり（畠中恵） ……… 268
家主（赤川次郎） ……… 3
屋根裏（名梁和泉） ……… 252
屋根裏に（小野不由美） ……… 71
屋根裏の法学士（宇野浩二） ……… 48
屋根の下の気象（日影丈吉） ……… 276
夜半の客（朱川湊人） ……… 173
藪の花（小松左京） ……… 147
藪蛇（木原浩勝） ……… 104
病の間（木原浩勝） ……… 104
病の真相（福澤徹三） ……… 293
山男の四月（鬼塚りつ子） ……… 71
山男の四月（宮沢賢治） ……… 355
山女（加藤博二） ……… 82
山神の贄（夢枕獏） ……… 384
山から来るもの（朱川湊人） ……… 173
山北飢談（黒史郎） ……… 122
山崩れ（仁木英之） ……… 254
山小屋でのこと（長島槇子） ……… 245
山小屋の秋（青柳健） ……… 1
やまざくら（小池真理子） ……… 124
山城国の怪獣（橘南谿） ……… 210
山田のおじさん（小原猛） ……… 139
山地乳（京極夏彦） ……… 110
山寺のおしょうさん（佐藤さとる） ……… 158
山中の電話（木原浩勝） ……… 104
やまなし（宮沢賢治） ……… 355
山の上の交響楽（中井紀夫） ……… 240
山の怪異（高橋文太郎） ……… 198
山の怪談（深田久弥） ……… 287

山の日記から（佐藤春夫） ……… 160
山辺温泉の話（杉村顕道） ……… 181
山姫（荻田安静） ……… 67
山姫（日影丈吉） ……… 276
山吹（泉鏡花） ……… 32
山藤孝一の『笑っちゃダメヨ!!』（牧野修） ……… 318
山道（柴崎友香） ……… 168
山姑（摩志田好話） ……… 319
山姥譚（小松左京） ……… 147
闇（小川未明） ……… 66
やみあかご（辻村深月） ……… 223
闇を抱く（乾石智子） ……… 35
闇が落ちる前に、もう一度（山本弘） ……… 373
闇狩り師摩多羅神（夢枕獏） ……… 384
闇切丸（江坂遊） ……… 51
闇汁の会（さたなきあ） ……… 153
闇に踊る手（田中芳樹） ……… 215
闇に彷徨い続けるもの（友野詳） ……… 237
闇に走る（藤水名子） ……… 297
闇に招く手（坂東眞砂子） ……… 273
闇の皇子（立原透耶） ……… 212
闇の儀式（都筑道夫） ……… 224
闇のトビラ（湖山真） ……… 148
闇の羽音（岡本賢一） ……… 64
闇の美術館（倉阪鬼一郎） ……… 117
闇のメッセージ（渡辺浩弐） ……… 401
闇夜に声がする（萩尾望都） ……… 265
やや薄い―赤阪奥力の妻亡霊の事（京極夏彦） ……… 111
槍（木原浩勝） ……… 104
槍ケ岳温泉の話（杉村顕道） ……… 181
やり直しの機会（眉村卓） ……… 328
やり直しパンパンパン（ゆうきゆう） ……… 374
八幡藪知らず（三津田信三） ……… 337
柔肌の熱き血潮に…（渡辺浩弐） ……… 401
柔らかい時計（荒巻義雄） ……… 25

【ゆ】

遺言にする程―猫の怪異の事（京極夏彦） ……… 111
遺言幽霊 水乞幽霊（京極夏彦） ……… 111
誘拐（星新一） ……… 312
融解ファフロッキーズ（一肇） ……… 260
夕顔（倉橋由美子） ……… 119
勇気がうまれる（中山麻子） ……… 250

幽鬼の街(伊藤整)	33
夕暮(堀辰雄)	315
夕暮にゆうくりなき声満ちて風(倉田タカシ)	118
夕ぐれの車(星新一)	312
夕化粧(津原泰水)	231
幽香嬰女伝(佐藤春夫)	160
憂国(三島由紀夫)	332
勇者、敵幹部の力に驚嘆する(和ヶ原聡司)	391
勇者と女子高生、友達になる(和ヶ原聡司)	391
勇者のいない星(山本弘)	373
勇者レイジ、異界に顕現し、氷の剣を取ること(加納新太)	83
郵省省(筒井康隆)	228
友情の杯(星新一)	312
遊女猫分食(未達)	334
夕月夜(椎津くみ)	162
ゆうたのはじめてものがたり(木下容子)	100
優等生の叱り方(渡辺浩弐)	401
優等生の秘密(渡辺浩弐)	401
夕映少年(中井英夫)	242
夕飯は七時(恩田陸)	74
夕陽が沈む(皆川博子)	339
夕陽のサンクチュアリ(大黒尚人)	56
郵便ポスト(横田順彌)	387
遊歩道(筒井康隆)	228
幽明―この小篇を島田謹二氏にささぐ(佐藤春夫)	160
有名(星新一)	312
夕焼け映画館(竹下文子)	202
夕焼けの回転木馬(眉村卓)	328
ゆうらり飛行機(朱川湊人)	173
雄略紀を循環して(折口信夫)	72
幽霊(小松左京)	147
幽霊(正宗白鳥)	319
幽霊管理人(伊藤三巳華)	34
幽霊車(山内青陵)	369
幽霊蕎麦(杉村顕道)	181
幽霊滝の伝説(小泉八雲)	127
幽霊たちの聖夜(福澤徹三)	293
幽霊とエレベーター(阿刀田高)	16
幽霊と推進機(夢野久作)	381
幽霊トンネル(西野吾郎)	188
幽霊の熱いスープ(真堂樹)	176
幽霊の椅子(赤川次郎)	3
ユウレイノウタ(入澤康夫)	39
幽霊の多い居酒屋(櫛木理宇)	115
幽霊の芝居見(薄田泣菫)	184
幽霊の筆跡(平秋東作)	300
幽霊の復讐(渡辺浩弐)	401
幽霊博士の幽霊話(神田伯龍)	90
幽霊物件(三津田信三)	337
幽霊マンション(柴崎友香)	168
幽霊マンションの顛末(福澤徹三)	293
幽霊屋敷(小松左京)	147
幽霊屋敷(高橋克彦)	197
幽霊屋敷その一(香月日輪)	130
幽霊屋敷その二(香月日輪)	130
幽霊予約、受付開始(赤川次郎)	3
誘惑(須永朝彦)	187
ユカ(田中哲弥)	213
床下(福澤徹三)	293
ゆがみ(高橋克彦)	197
歪み観音(京極夏彦)	111
ユガメムシ(牧野修)	318
雪(岡本かの子)	59
雪(加門七海)	87
雪写し(瑞木加奈)	332
雪を待つ(柴田よしき)	169
雪おんな(小泉八雲)	127
雪おんな(柳広司)	368
雪女(中見利男)	249
雪女を釣りに(小島水青)	133
雪女の話(行田尚希)	375
雪女恋慕行(倉橋由美子)	119
雪蛙の宿で(小林義彦)	138
ゆきかがみ(あめのくらげ)	19
雪風が飛ぶ空(神林長平)	92
雪風帰還せず(神林長平)	92
ユキコちゃんのしかえし(星新一)	312
雪猿(木村智佑)	104
行きずり(小松左京)	147
ゆきずりアムネジア(梶尾真治)	78
雪たヽき(幸田露伴)	132
雪だるまの種(桜伊美紀)	151
ユキちゃん(立原えりか)	211
雪積もる海辺に(植田富栄)	45
ゆきとどいた生活(星新一)	312
ゆきどまり(高橋克彦)	197
ゆきねこ(あまのかおり)	18
雪の朝(柴崎友香)	168
雪の歌 星の声(村山早紀)	360

雪の音(瑞木加奈)	332
雪の女(星新一)	312
雪の隠れ里(小西保明)	134
雪の国(狐塚冬里)	133
雪の子(脇田正)	391
雪の時間(郁風)	19
雪の下の蜘蛛(福澤徹三)	293
雪の女王(古谷清刀)	299
雪の翼(巣山ひろみ)	188
雪の虹(谷一生)	217
雪の博物館(鷹野晶)	194
雪の反転鏡(中山佳子)	251
雪のふるところ(小松左京)	147
雪の窓辺に(香月日輪)	130
雪の魔法(村山早紀)	360
雪の妖精」(渡辺浩弐)	401
雪の夜(柴崎友香)	168
雪の夜のお客さま(立原えりか)	211
雪まろの夏(仲町六絵)	247
雪見舞い(岡本綺堂)	63
雪娘(月川了衛)	221
雪藪(葛西俊和)	77
雪渡り(宮沢賢治)	355
雪童(平山夢明)	284
殂ク話(西浦和也)	255
ゆずってください(福谷修)	294
輸送中(星新一)	312
ユタの和江さん(小原猛)	139
油断大敵、火がぼーぼー(平山夢明)	284
ゆっくりと南へ(草上仁)	114
ユートピア(渡辺浩弐)	401
湯の宿(東郷隆)	234
指(北村薫)	97
指ごこち(菊地秀行)	95
指先(小田イ輔)	69
指の冬(川又千秋)	89
指の輪(木原浩勝)	104
指輪(福澤徹三)	293
指環一つ(岡本綺堂)	63
ユーブケッチャ(安部公房)	17
ゆめ(中勘助)	244
夢(芥川龍之介)	6
夢(柴崎友香)	168
夢(萩原朔太郎)	265
夢(森鷗外)	364
夢争い(作者不詳)	404
夢淡き、酒(倉阪鬼一郎)	117
ユー・メイ・ドリーム(鈴木いづみ)	184
夢うつつ(椎津くみ)	162
夢売りのたまご(立原透耶)	212
夢への歌(星新一)	312
夢オチ禁止(石神茉莉)	28
夢三十夜(津原泰水)	231
ゆめじ白見目(後藤真子)	134
夢路の風車(井原西鶴)	38
夢一夜(阿刀田高)	16
夢十夜(夏目漱石)	251
夢で逢いまSHOW!(津守時生)	232
夢で罵られる(中原昌也)	247
夢と人生(原民喜)	272
夢と対策(星新一)	312
夢に荷風先生を見る記(佐藤春夫)	160
夢日記(幸田露伴)	132
夢日記(抄)(島尾敏雄)	170
夢に臨終の日を知る(神谷養勇軒)	86
夢の朝顔(文宝堂)	300
夢の浅瀬(水見稜)	334
夢の家(三津田信三)	337
夢の浮橋(谷崎潤一郎)	218
夢の器(原民喜)	272
夢の影響(与謝野晶子)	387
夢の陽炎館―続・秘聞 七幻想探偵譚(横田順彌)	387
夢の樹が接げたなら(森岡浩之)	364
夢の国行き列車(有栖川有栖)	26
夢の小布(杉村顕道)	181
夢の芝生(竹下文子)	202
夢の時(久美沙織)	116
夢の都市(星新一)	312
夢のなかでの会話(福澤徹三)	293
夢のなかの巨人(田中啓文)	214
夢のなかの街(倉橋由美子)	119
夢の日記(中勘助)	244
夢の日記から(中勘助)	244
夢の願い(木原浩勝)	104
夢の果てに消ゆ(米満英男)	389
夢の町(葛西俊和)	77
夢の未来へ(星新一)	312
夢ばか(日影丈吉)	276
夢ばか(抄)(日影丈吉)	276
夢花火(椎津くみ)	162
夢ビデオ(渡辺浩弐)	401
夢二つ(佐藤さとる)	158
現魔女奇譚(甲田学人)	131

夢みたい(星新一)	312
夢見る葦笛(上田早夕里)	45
夢見る部屋(宇野浩二)	48
夢もろもろ(横光利一)	387
夢は泡に溶けて(赤川次郎)	3
百合(香月日輪)	130
ゆりかもめ館(竹下文子)	202
百合君と百合ちゃん(森奈津子)	365
百合の火葬(倉狩聡)	116
揺れ手首(つくね乱蔵)	222

【よ】

夜明けのない朝(岬兄悟)	331
夜明け前の夢(草薙陀美鳥)	114
酔っぱらい星(小川未明)	66
酔いどれの帰宅(筒井康隆)	228
酔いの丑三つ(地本草子)	220
宵の外套(井上雅彦)	37
宵宮の客(浅田次郎)	8
宵山回廊(森見登美彦)	366
宵山金魚(森見登美彦)	366
宵山劇場(森見登美彦)	366
宵山姉妹(森見登美彦)	366
宵山万華鏡(森見登美彦)	366
宵山迷宮(森見登美彦)	366
良い夜を持っている(円城塔)	53
妖異大老婆―嫗斬国次(本堂平四郎)	316
妖怪画(正宗白鳥)	319
妖怪ヶ原と屍食鬼(天堂里砂)	234
妖怪ヶ原と七人みさき(天堂里砂)	234
妖怪ヶ原と水虎(天堂里砂)	234
妖怪ヶ原と姫神(天堂里砂)	234
妖怪贋作師(神奈木智)	90
妖怪三本五郎左衛門(根岸鎮衛)	261
妖怪年代記(泉鏡花)	32
妖怪ひとあな(都筑道夫)	224
妖花イレーネ(橘外男)	209
容疑者(渡辺浩弐)	401
妖鬼の話(田辺青蛙)	216
楊貴妃と香(幸田露伴)	132
葉子(鳥居みゆき)	238
陽(秋元康)	4
陽(つくね乱蔵)	222
妖樹・あやかしのき(夢枕獏)	384
妖術の螺旋(くしまちみなと)	115
妖蕈譚(手塚治虫)	233

妖精が舞う(神林長平)	92
妖精配給会社(星新一)	312
陽太の日記(菊地秀行)	95
妖虫(江戸川乱歩)	52
妖蝶記(香山滋)	87
妖笛(皆川博子)	339
「妖笛」あとがき(皆川博子)	339
養豚の実際(筒井康隆)	228
妖婆(芥川龍之介)	6
妖婆(岡本綺堂)	63
妖婆(小沢章友)	68
曜日男(渡辺浩弐)	401
妖猫友を誘う(神谷養勇軒)	86
洋服(飛浩隆)	236
窯変(岡本綺堂)	63
妖魔(坂東眞砂子)	273
妖魔の辻占(泉鏡花)	32
妖霧と疾風(宵野ゆめ)	385
旬冥の神(神林長平)	92
容量がいっぱいです(渡辺浩弐)	401
妖霊の鯉(小田淳)	70
夜が明けたら(小松左京)	147
予感(京極夏彦)	111
夜汽車の活劇(夢野久作)	381
よく利く薬とえらい薬(宮沢賢治)	356
浴室稀譚(大濱普美子)	57
欲房(平山夢明)	284
欲望にとり憑かれたかえるの王様(中見利男)	249
欲望の城(星新一)	313
よくいなものが(井上雅彦)	37
予言(久生十蘭)	277
予言霊(小林玄)	136
横切る(井上雅彦)	37
邪曲回廊(朝松健)	11
横の席(木原浩勝)	104
横濱ステーションの陸蒸気(城島明彦)	173
よごれている木(星新一)	313
横恋慕(飯野文彦)	26
四時間四十四分(井上雅彦)	37
四次元トイレ(小松左京)	147
芳児山の仙女(幸田露伴)	132
四畳半世界放浪記(森見登美彦)	366
ヨス=トラゴンの仮面(朝松健)	11
夜釣(泉鏡花)	32
寄席の夕立(折口信夫)	72

夜空には満点の月（我鳥彩子）………… 403
よだかの星（宮沢賢治）………… 356
よだれが出そうなほどいい日陰（国広正人）………… 115
予知の悲しみ（小松左京）………… 147
予兆（東郷隆）………… 234
予兆（福澤徹三）………… 293
四つ子のいる十字路（地図十行路）………… 219
四つの文字（林房雄）………… 271
ヨットのチューリップ号（佐藤さとる）………… 158
四つ目屋の客（長島槇子）………… 245
よなかのでんわ（三津田信三）………… 337
夜長姫と耳男（坂口安吾）………… 150
夜泣石のほとりで—名物小夜左文字（本堂平四郎）………… 316
四人目（木原浩勝）………… 104
四布の布団（畠中恵）………… 268
ヨハネスブルグの天使たち（宮内悠介）………… 341
四番打者は逆転ホームランを打ったか？（蘇部健一）………… 191
呼び声（小田イ輔）………… 69
呼び出し音（さたなきあ）………… 153
呼出し山（根岸鎮衛）………… 261
呼び寄せ（福澤徹三）………… 293
呼子池の怪魚（綾辻行人）………… 21
呼ぶ声（安曇潤平）………… 14
四又の百合（宮沢賢治）………… 356
蘇るオルフェウス（中井英夫）………… 242
蘇る殺人鬼（七恵）………… 252
黄泉から（久生十蘭）………… 277
ヨミコ・システム（謎村）………… 251
夜道（平山夢明）………… 284
夜道の危険（渡辺浩弐）………… 401
黄泉の国から（渡辺浩弐）………… 401
黄泉の国の夜行列車（小原猛）………… 139
余命（鳥居みゆき）………… 238
余命（村田沙耶香）………… 360
予約（眉村卓）………… 328
夜歩く（渡辺浩弐）………… 401
夜一夜（石神茉莉）………… 28
夜蠢く（綾辻行人）………… 21
夜を奪うもの（井上雅彦）………… 37
夜泳ぐ（綾辻行人）………… 21
夜顔（小池真理子）………… 125
夜なのに（田中哲弥）………… 214
夜に別れを告げる夜（樹下太郎）………… 98

夜の赤花と赤い鬼—ブラ里襲来・赤い花は夜に咲く（金斬兒狐）………… 83
夜の嵐（星新一）………… 313
夜の歌（阿刀田高）………… 16
夜の演技（日影丈吉）………… 276
夜の音（星新一）………… 313
夜楽屋（京極夏彦）………… 111
夜の果樹園（恒川光太郎）………… 229
夜の学校（斎藤君子）………… 149
夜の記憶（貴志祐介）………… 95
夜の奇蹟（牧野信一）………… 319
夜の声（星新一）………… 313
夜の子の宴（朝松健）………… 11
夜の散歩（坂東眞砂子）………… 273
夜の事件（星新一）………… 313
夜の侵入者（星新一）………… 313
夜の杉（抄）（内田百閒）………… 48
夜のドライブ（さたなきあ）………… 153
夜の虹（久美沙織）………… 116
夜の虹（佐々木禎子）………… 152
夜のバス（石川喬司）………… 29
夜のパーラー（恒川光太郎）………… 229
夜のパレード（目代雄一）………… 362
夜のピクニック（鈴木いづみ）………… 184
夜のへやのなぞ（星新一）………… 313
夜の道で（星新一）………… 313
夜の夢こそまこと（朱川湊人）………… 173
夜の来訪者（田辺青蛙）………… 216
夜への旅立ち（田中芳樹）………… 216
夜への長いトンネル（赤川次郎）………… 3
夜より這い出でて血を啜りたる（夢枕獏）………… 384
夜は満ちる（小池真理子）………… 125
鎧（泉鏡花）………… 32
鎧櫃の血（岡本綺堂）………… 63
よろこびのお菓子（立原えりか）………… 211
よろずやの店員（カツオシD）………… 80
欧羅巴毛長鼬（朱野帰子）………… 6
夜半の呼鈴（山内青陵）………… 369
四点リレー怪談（舞城王太郎）………… 317
四枚目の星図（笹本祐一）………… 152

【ら】

来客のメモ（福澤徹三）………… 293
雷魚（宮ノ川顕）………… 357
懶惰の歌留多（抄）（太宰治）………… 206

「ライフ・イズ・アニメーション」(海猫沢めろん) ……………… 49
ライフ・オブザリビングデッド(片瀬二郎) ………………………… 79
来訪者(永井荷風) ……………………… 240
雷鳴(星野之宣) ………………………… 313
ラギッド・ガール(飛浩隆) …………… 236
楽園からの脱出(神山健治) ……………… 85
楽園のいろ(因幡縁) ……………………… 35
楽園の島、売ります(小川一水) ………… 65
落語・伝票あらそい(筒井康隆) ……… 228
落砂(神林長平) …………………………… 92
落日(神山健治) …………………………… 85
落城の譜(岡本綺堂) ……………………… 63
ラクダ(椎名誠) ………………………… 164
落陽原に登る(倉橋由美子) …………… 119
ラクーンドッグ・フリート(速水螺旋人) ……………………………………… 272
ラゴンの虜囚(栗本薫) ………………… 121
ラジオ(秋元康) ……………………………… 4
ラジオ塔(綾辻行人) ……………………… 22
羅生門(中見利男) ……………………… 249
羅生門 二 酒呑童子を討て!(中見利男) ……………………………………… 249
羅生門 最終章—逆襲—(中見利男) …… 249
裸身の女仙(野村胡堂) ………………… 263
ラストスパート(渡辺浩弐) …………… 401
ラスト・デート(田村理江) …………… 219
螺旋文書(牧野修) ……………………… 318
ラッキーガール(渡辺浩弐) …………… 401
ラビアコントロール(木下古栗) ………… 99
ラブ・オブ・スピード(鈴木いづみ) … 184
ラブホテル(木原浩勝) ………………… 104
ラフラ "賭事師"(上橋菜穂子) ………… 46
ラフラの食べ方(星新一) ……………… 313
薫衣草(柴田よしき) …………………… 169
ラベンダー・サマー(瀬川ことび) …… 188
ラム・イズ・オーダー(長月達平) …… 246
ラムネ氏ノコト(森深紅) ……………… 366
ららばい(平金魚) ……………………… 192
ランシブル・ホールの伝説(梶尾真治) ………………………………………… 78
ランチタイム(柴田よしき) …………… 169
蘭鋳(井上雅彦) …………………………… 37
ランディの章(田沢大典) ……………… 207
ランドセルの中(香月日輪) …………… 131
乱文Ranbun(神林長平) ………………… 92

乱暴な安全装置—涙の接続者支援箱(野崎まど) ………………………… 261
蘭陵王(夢枕獏) ………………………… 384

【り】

リア王(筒井康隆) ……………………… 228
リア・コン!(あざの耕平) ……………… 10
リアード武俠傳奇・伝 連載第一回(牧野修) ……………………………… 318
リアード武俠傳奇・伝 連載第二回(牧野修) ……………………………… 318
リアード武俠傳奇・伝 連載第三回(牧野修) ……………………………… 318
リアード武俠傳奇・伝 最終回(牧野修) ………………………………… 318
リアリストたち(山本弘) ……………… 373
リアル世界最終戦争大予言(未来予言クラブ) …………………………… 358
リアルタイムラジオ(円城塔) …………… 53
理科室(秋元康) ……………………………… 5
理科室(雨宮淳司) ………………………… 19
理科の時間(小松左京) ………………… 147
力士の精(祐佐) ………………………… 375
リコとスマイス(西崎憲) ……………… 258
離婚裁判(鈴木いづみ) ………………… 184
離魂病(岡本綺堂) ………………………… 64
リストカット事件(乙一) ………………… 70
リストラの秘策(渡辺浩弐) …………… 401
理想の妻(坂東眞砂子) ………………… 273
理想の庭(西崎憲) ……………………… 259
理想の嫁(中見利男) …………………… 249
六花(守部小竹) ………………………… 365
立華・白椿(朝松健) ……………………… 11
立春—山羊の啼く渓谷(平田真夫) …… 279
立体映画(大伴昌司) ……………………… 57
りっぱな牡鹿(安東みきえ) ……………… 26
立派な先輩(眉村卓) …………………… 329
りっぱになりたい(畠中恵) …………… 268
リトル・ジニー(水見稜) ……………… 334
リトル・マーメード(篠田節子) ……… 167
リナ=インバース討伐!(愛七ひろ) ……………………………………………… 1
里奈ちゃんといっしょ(中山麻子) …… 250
リビアの月夜(稲垣足穂) ………………… 35
リビング・オブ・ザ・デッド(船戸一人) ………………………………… 299
リフト(安曇潤平) ………………………… 14
リフレイン(七恵) ……………………… 252

りほん（小池昌代） ……………… 123
リュイとシムチャッカの話（あさのあつこ） ……………… 9
理由（恩田陸） ……………… 74
竜宮の水がめ（佐藤さとる） ……… 158
龍宮の門（高橋順子） …………… 198
流山寺（小池真理子） …………… 125
龍神ヶ淵（小田淳） ……………… 70
流星航―ナガツキノフネ（北森みお） ……………… 98
流星航路（田中芳樹） …………… 216
柳精の霊妖（辻堂兆風子） ……… 222
竜と詩人（宮沢賢治） …………… 356
龍の窟（近路行者） ……………… 133
龍のたまご（佐藤さとる） ……… 158
龍馬石（木内方亭） ……………… 93
りょうあしカタアシ（朱雀門出） … 182
聊斎志異とシカゴエキザミナーと魔法（幸田露伴） ……………… 132
猟色の果（野村胡堂） …………… 263
里謡二題（佐藤さとる） ………… 158
両の手（木原浩勝） ……………… 104
龍馬の池（岡本綺堂） …………… 64
両面宿儺（豊田有恒） …………… 237
料理（渡辺浩弐） ………………… 401
料理教室（渡辺浩弐） …………… 401
料理講座（新津きよみ） ………… 253
旅館街の特別な一日（葛西俊和） … 77
緑衣の少女―聊斎志異 巻8 緑衣女（佐藤春夫） ……………… 160
緑陰酔生夢（倉橋由美子） ……… 119
旅順海戦館（江戸川乱歩） ……… 52
～リリアム～禊の間（ふじま美耶） … 297
リリエンタールの末裔（上田早夕里） ……………… 45
離陸（眉村卓） …………………… 329
リリーの災難（真梨幸子） ……… 329
李連杰の妻（長谷川純子） ……… 265
輪郭（福澤徹三） ………………… 293
林檎（新井素子） ………………… 23
燐光（高橋ヨシキ） ……………… 199
臨湖亭綺譚（倉橋由美子） ……… 119
林檎に関する一考察（花田清輝） … 270
臨終の薬（星新一） ……………… 313
臨終の状況（眉村卓） …………… 329
隣人（秋元康） …………………… 5
隣人（田中哲弥） ………………… 214
隣人監視（椙本孝思） …………… 181

リンドウの花（中山麻子） ……… 250
リンナチューン（扇智史） ……… 54
輪廻（月村了衛） ………………… 221
輪廻転生・因果応報（渡辺浩弐） … 401
輪廻惑星テンショウ（田中啓文） … 214

【る】

留守番の夜（三津田信三） ……… 337
ルーティーン（篠田節子） ……… 167
ルームシェア（須藤安寿） ……… 186
ルームシェアの怪（三津田信三） … 337
瑠璃と紅玉の女王（竹本健治） … 203
瑠璃と桜の人魚姫（長尾彩子） … 244
瑠璃の鑿（神山奉子） …………… 86
流浪の民（菅浩江） ……………… 177
ルンペルシュティルツヒェン（鈴木麻純） ……………… 185

【れ】

霊感！（夢野久作） ……………… 381
霊感のある女（福澤徹三） ……… 293
冷笑の部屋（岩井志麻子） ……… 41
零人（大坪砂男） ………………… 57
麗人宴（入江敦彦） ……………… 39
レイスの話（渡辺浩弐） ………… 401
冷蔵庫のなかのこと（渡辺浩弐） … 401
零点透視の誘拐（竹本健治） …… 203
霊に魂の不在を説く（寺本耕也） … 233
令音ホリデー（橘公司） ………… 209
霊の通り路（宇佐美まこと） …… 47
礼服（葛西俊和） ………………… 77
霊夢三たび（神谷養勇軒） ……… 86
黎明コンビニ血祭り実話SP（牧野修） ……………… 318
黎明の書 第三回（篠田真由美） … 167
レイラの研究（朱川湊人） ……… 173
冷涙（正宗白鳥） ………………… 319
レオノーラ（平井和正） ………… 279
歴史はいつも教わったのと少し違う（汀こるもの） ……………… 330
礫心中（野村胡堂） ……………… 263
レザージャケット（福澤徹三） … 293
レジエクス（高里椎奈） ………… 193
列車（西崎憲） …………………… 259
烈風前夜（槇ありさ） …………… 317
レディ・Dの手箱（沙木とも子） … 151
レテの水（福田和代） …………… 294

レベッカの危ない指令（瑞智士記）………	332
レモンのような二人（筒井康隆）………	228
恋愛怪談―情史類略（江戸川乱歩）……	52
煉瓦街の雨（畠中恵）………………………	268
蓮華温泉の怪話（杉村顕道）……………	181
レンズ嗜好症（江戸川乱歩）……………	52
レンズマンの子供（小路幸也）…………	173
レンタルベビー（東野圭吾）……………	276
レンタル・要介護老人（カツオシD）…	80
レンテンローズ（太田忠司）……………	56
連敗の理由（福澤徹三）…………………	293

【ろ】

ロイドの運命（田沢大典）………………	207
老媼茶話（三坂春編）……………………	331
廊下に立っていたおばさんの話（岩井志麻子）………………………………	41
老騎士アルステッド"宮戸川"（朱雀新吾）…………………………………………	183
老主の一時期（岡本かの子）……………	59
老巡査（夢野久作）………………………	381
老人（水野葉舟）…………………………	333
婁震戒（虚淵玄）…………………………	50
老人たちの旅（田島照久）………………	208
老人の予言（笹沢左保）…………………	152
蠟燭売り（香山滋）………………………	87
籠中花（津原泰水）………………………	231
老婆（水野葉舟）…………………………	333
ロカ（高里椎奈）…………………………	193
六斎の間（平山夢明）……………………	284
六山の夜（綾辻行人）……………………	22
ろくでなしの船簞笥（畠中恵）…………	268
ろくろ首（小泉八雲）……………………	127
ろくろ首（柳広司）………………………	368
ロケット衛星アン・ブレーク（岩田賛）	42
露出ムービー（宍戸レイ）………………	165
ロッカーのお酒（小林玄）………………	136
ロッケンロールが鳴り止まない（大黒尚人）………………………………………	56
六本足の子イヌ（小松左京）……………	147
六本木ヒルズの天使（木下半太）………	99
六本指の手ぶくろ（立原えりか）………	211
ろーどそうるず（小川一水）……………	65
ろばの耳の王様後日物語（佐藤さとる）………………………………………	158
ロボ（瀬名秀明）…………………………	190

ロボット（渡辺浩弐）……………………	401
ロボットを粉砕せよ！（今日泊亜蘭）…	113
ロボット地蔵（小松左京）………………	147
ロボットの店（眉村卓）…………………	329
ロボット・ロボ子の感傷（今日泊亜蘭）	113
ロマンチスト（井上雅彦）………………	37
ロワーサイドの幽霊たち（宮内悠介）…	341
"ロワ"という名の恐竜（宮本宗明）……	358
ロンドンの雪（友成匡秀）………………	237

【わ】

環（星新一）………………………………	313
若い女（水野葉舟）………………………	333
若い木霊（宮沢賢治）……………………	356
若い子の方が（渡辺浩弐）………………	401
若がえり（星新一）………………………	313
若草の星（森下一仁）……………………	364
若くなる病気（西崎憲）…………………	259
若狭殿耳始末（朝松健）…………………	11
和菓子のアン（坂木司）…………………	150
若衆芝居（長島槇子）……………………	245
わが名はジュティ、文句あるか（神林長平）………………………………………	92
わがパキーネ（眉村卓）…………………	329
若水の話（大塚英志）……………………	57
わが良き狼（筒井康隆）…………………	228
わからないaとわからないb（都筑道夫）………………………………………	224
別れの朝（阿刀田高）……………………	16
我輩は猫である より（夏目漱石）……	252
和漢乗合船（落月堂操巵）………………	390
惑星エスメラルダの攻防（和智正喜）…	403
惑星エターナルへの誘い（和智正喜）…	403
惑星のキオク（田中明子）………………	213
惑星波（川端裕人）………………………	89
和佐明の場合（眉村卓）…………………	329
ワザあり集合写真（目代雄一）…………	362
禍の風（久美沙織）………………………	116
わすれた（鈴木いづみ）…………………	184
わすれない（鈴木いづみ）………………	184
忘れの呪文（西條奈加）…………………	148
忘れもの（香月日輪）……………………	131
忘れ物（高里椎奈）………………………	193

わすれ

忘れられた夜（都筑道夫） …………… 224
忘れるな！　彼の原材料（渡辺浩弐） ‥ 401
忘れろ…（小松左京） ………………… 147
わすれんぼの話（佐藤さとる） ……… 158
綿毛（上橋菜穂子） ……………………… 46
わたしを数える（高島雄哉） ………… 193
私と踊って（恩田陸） …………………… 74
私とソレの関係（飯野文彦） …………… 27
私の家へようこそ（恩田陸） …………… 74
私の家では何も起こらない（恩田陸）
　………………………………………… 75
私の家に降る雪は（東しいな） ………… 12
私の一番（阿刀田高） …………………… 16
私の居る場所（小池真理子） ………… 125
私の幼なじみは、白くて強くて怖い（三国司）
　………………………………………… 330
わたしの家族（平金魚） ……………… 192
私のカレーライス（佐藤青南） ……… 158
私の幸せは貴方のそれではない（汀こるもの）
　………………………………………… 330
私の育った落書きだらけの町（矢部嵩）
　………………………………………… 369
私のたから（高橋克彦） ……………… 197
私の玉の輿計画！　1（菊花） ………… 98
私の父が狸と格闘をした話（佐藤春夫）
　………………………………………… 160
私のできること（木原浩勝） ………… 104
わたしの人形はよい人形（森奈津子）
　………………………………………… 365
私の骨（高橋克彦） …………………… 197
私の町の占い師（辻村深月） ………… 223
私は海をだきしめていたい（坂口安吾）
　………………………………………… 150
私は風の音に耳を澄ます（恩田陸） …… 75
私はフーイー（恒川光太郎） ………… 229
わたしはミミ（飯野文彦） ……………… 27
私は私（渡辺浩弐） …………………… 402
わたつみ（長野まゆみ） ……………… 246
渡り廊下（豊田有恒） ………………… 237
罠（平山夢明） ………………………… 284
罠―浦島太郎外伝（中見利男） ……… 249
鰐口とどんぐり（折口真喜子） ………… 73
ワニング・ムーン（森博嗣） ………… 365
侘びの時空（朝松健） …………………… 11
笑わぬ目（今日泊亜蘭） ……………… 113
嗤う男（福澤徹三） …………………… 293
笑う女（輪渡颯介） …………………… 404
咲う狐に春の戸開く（八谷紬） ……… 269

笑う闇（堀晃） ………………………… 314
草鞋の裏（杉村顕道） ………………… 181
わら人形（葛西俊和） …………………… 77
悪い絵（皆川博子） …………………… 339
悪い観音様（岩井志麻子） ……………… 42
わるい夢（鈴木いづみ） ……………… 184
ワールド・カスタマイズ・クリエーター3（ヘロー天気）
　………………………………………… 300
我語りて世界あり（元長柾木） ……… 363
われても末に（式貴士） ……………… 164
我々は失敗しつつある（恩田陸） ……… 75
ワンダーランド（乙一） ………………… 70
椀の底（巣山ひろみ） ………………… 188
わんぱく天国（佐藤さとる） ………… 158

【記号】

「　」（二宮敦人） …………………… 260
×2÷2（渡辺浩弐） …………………… 402
□□□（小松左京） …………………… 147

【数字】

00：00：00.01pm（片瀬二郎） ………… 79
12人いる！　1桁の誤差（渡辺浩弐） … 402
18歳に戻して！　夢判断（渡辺浩弐） … 402
1889年4月20日（朝松健） ……………… 11
1985年のゲーム・キッズ（渡辺浩弐） … 402
2時19分（雀野日名子） ……………… 186
20まで（阿刀田高） …………………… 16
2000年のゲーム・キッズ（渡辺浩弐） … 402
20000トンの精液（筒井康隆） ……… 228
2001年公害の旅（筒井康隆） ………… 228
2012年のゲーム・キッズ（渡辺浩弐） … 402
3（円城塔） ……………………………… 53
41（天声会議） ………………………… 234
503号室の住人（カツオシD） ………… 80
5400万キロメートル彼方のツグミ（庄司卓）
　………………………………………… 173
7年と8カ月（カツオシD） ……………… 81
99・5階（渡辺浩弐） ………………… 402

【ABC】

A（桜庭一樹） ………………………… 152
AI少女と深層心海（cosMo@暴走P） … 134
allo,toi,toi（長谷敏司） ……………… 266
août　被衣（中井英夫） ……………… 242
août　緑の時間（中井英夫） ………… 242

A.T.D Automatic Death / EPISODE: 0 NO DISTANCE,BUT INTERFACE（伊藤計劃）……………… 33	
Atmosphere（西島大介）…………… 259	
AUTO（森深紅）…………………… 366	
AUTOMATICA（円城塔）…………… 53	
avril 悪夢者（中井英夫）………… 242	
avril 大星蝕の夜（中井英夫）…… 242	
Beaver Weaver（円城塔）………… 53	
Beyond Infinity/無限を超えて（和智正喜）……………………………… 403	
BONUS TRACK Notsubo（嶽本野ばら）……………………………… 203	
C10H14N2（平山夢明）…………… 284	
CAの受難（島田雅彦）……………… 170	
cage（嶽本野ばら）………………… 203	
chocolate blood,biscuit hearts（伴名練）………………………………… 274	
Chocolate Cantana（嶽本野ばら）…… 203	
CLASSIC（真藤順丈）……………… 175	
CMをどうぞ（萩尾望都）………… 265	
Comic 琥珀の記憶（今市子）……… 38	
Comic まれびとの鱗（今市子）…… 38	
D - 0（平山夢明）………………… 284	
décembre 扉の彼方には（中井英夫）……………………………… 242	
décembre 闇の彼方へ（中井英夫）…… 242	
doglike（滝坂融）………………… 201	
Double Dare（嶽本野ばら）……… 203	
Dr.リアリスト（cosMo@暴走P）…… 134	
east of the moon or west of the sun（嶽本野ばら）……………… 203	
eat me（嶽本野ばら）……………… 203	
effect（十和田シン）……………… 239	
effect/cause（嶽本野ばら）……… 203	
E・M・Tにラブソングを（長月達平）…… 246	
Epilogue（支倉凍砂）……………… 266	
equal（円城塔）…………………… 54	
et/te（嶽本野ばら）……………… 203	
exchange（嶽本野ばら）………… 203	
explode/scape goat（源條悟）……… 340	
fair&foul（映島巡）………………… 50	
FAX（秋元康）……………………… 5	
février アケロンの流れの涯てに（中井英夫）…………………………… 242	
février 夜への誘い（中井英夫）…… 242	
For a breath I tarry（瀬名秀明）…… 190	
Four Seasons3.25（円城塔）……… 54	
friend&foe（映島巡）……………… 50
From the Nothing,With Love（伊藤計劃）……………………………… 33
gさんと人形（朱雀門出）………… 182
Gene（瀬名秀明）………………… 190
GMS（岡部えつ）………………… 59
guilty（ぼくのりりっくのぼうよみ）…… 300
H嬢（夢野久作）…………………… 381
Heavenscape（伊藤計劃）………… 33
Hide and Seek—ハイド・アンド・シーク（片瀬由良）……………………… 79
Ignite（木村浪漫）………………… 104
imaginary&real（映島巡）………… 50
intermède 藍いろの夜（中井英夫）…… 242
intermède 薔薇の獄（中井英夫）…… 242
Intermission 或る暑い日の部隊日誌（三雲岳斗）……………………… 330
I see nobody on the road（石神茉莉）……………………………… 28
Jail Over（円城塔）………………… 54
janvier 青猫の惑わし（中井英夫）…… 243
janvier 水仙の眠り（中井英夫）…… 243
juillet 薔薇の縛め（中井英夫）…… 243
juillet 緑の唇（中井英夫）……… 243
juin 青髯の夜（中井英夫）……… 243
juin 薔薇の戒め（中井英夫）…… 243
La Poésie sauvage（飛浩隆）…… 236
Last one minute（大石圭）……… 55
LES LILAS（須永朝彦）…………… 187
lie cylinder（嶽本野ばら）……… 204
Lift me to the Moon（小川一水）…… 65
mars 美味迫真（中井英夫）……… 243
Me and My Cow（石神茉莉）…… 28
Mighty TOPIO（とりみき）……… 239
MON HOMME（須永朝彦）……… 187
mors 暖い墓（中井英夫）………… 243
N氏の姿（眉村卓）………………… 329
Necksucker Blues（平山夢明）…… 284
novembre 鏡に棲む男（中井英夫）…… 243
novembre 戦後よ、眠れ（中井英夫）…… 243
octobre 廃屋を訪ねて（中井英夫）…… 243
octobre 笑う椅子（中井英夫）…… 243
OH！ WHEN THE MARTIANS GO MARCHIN' IN（野田昌宏）…… 262
ONE PIECES（樺山三英）………… 84
On Her Majesty's Secret Property（伊藤計劃）……………………… 33

OUT OF CONTROL（冲方丁）	49
Paradise Lost. No.7（神山健治）	85
pearl parable（嶽本野ばら）	204
Pierce（嶽本野ばら）	204
QC（長谷川昌史）	265
quinquies（十和田シン）	239
receptacle（嶽本野ばら）	204
Religion（嶽本野ばら）	204
request（十和田シン）	239
Rôjin（楳図かずお）	49
Rusty Nail（石神茉莉）	28
Say it with Flowers（堀辰雄）	315
septembre 緑の訪問者（中井英夫）	243
septembre 呼び名（中井英夫）	243
Sleeping Pill（嶽本野ばら）	204
SNS（加藤一）	82
someday&somewhere（映島巡）	51
Somnolency（嶽本野ばら）	204
SOW狂想曲（瀬名秀明）	190
spin/mediums‐ex.change（嶽本野ばら）	204
sponse（十和田シン）	239
SRP（小林泰三）	137
…'STORY' Never Ends！（仁木稔）	254
T（眉村卓）	329
teacher&children（映島巡）	51
tension（十和田シン）	239
THE COLD BLUE（神山健治）	85
THE FIFTH WORLD 3（藤代鷹之）	296
The Happy Princess（近藤那彦）	148
The Indifference Engine（伊藤計劃）	33
The King of Eden（神山健治）	85
The Lifestyles Of Human-beings At Space（小川一水）	65
The Show Must Go On！（仁木稔）	254
The Show Must Go On,and…（仁木稔）	255
TL殺人（戸梶圭太）	235
TR4989DA（神林長平）	92
union（十和田シン）	239
What We Want（オキシタケヒコ）	66
Wonderful World（瀬名秀明）	190
YAH！（筒井康隆）	228
Yedo（円城塔）	54
「YES FUTURE！」（海猫沢めろん）	49
YYとその身幹（津原泰水）	231

作家名から引く 短編小説作品総覧
日本のSF・ホラー・ファンタジー

2018年1月25日　第1刷発行

発 行 者／大高利夫
編集・発行／日外アソシエーツ株式会社
　　　　　〒140-0013 東京都品川区南大井6-16-16 鈴中ビル大森アネックス
　　　　　電話 (03)3763-5241（代表）FAX(03)3764-0845
　　　　　URL http://www.nichigai.co.jp/

発 売 元／株式会社紀伊國屋書店
　　　　　〒163-8636 東京都新宿区新宿 3-17-7
　　　　　電話 (03)3354-0131（代表）
　　　　　ホールセール部（営業）電話 (03)6910-0519

電算漢字処理／日外アソシエーツ株式会社
印刷・製本／光写真印刷株式会社

不許複製・禁無断転載　　《中性紙三菱クリームエレガ使用》
〈落丁・乱丁本はお取り替えいたします〉
ISBN978-4-8169-2702-7　　*Printed in Japan, 2018*

本書はディジタルデータでご利用いただくことができます。詳細はお問い合わせください。

歴史時代小説 文庫総覧

歴史小説・時代小説の文庫本を、作家ごとに一覧できる図書目録。他ジャンルの作家が書いた歴史小説も掲載。書名・シリーズ名から引ける「作品名索引」付き。

昭和の作家
A5・610頁　定価（本体9,250円＋税）　2017.1刊
吉川英治、司馬遼太郎、池波正太郎、平岩弓枝など作家200人を収録。

現代の作家
A5・670頁　定価（本体9,250円＋税）　2017.2刊
佐伯泰英、鳴海丈、火坂雅志、宮部みゆきなど平成の作家345人を収録。

文庫で読める児童文学2000冊
A5・340頁　定価（本体7,800円＋税）　2016.5刊
大人も読みたい児童文学を、手軽に読める文庫で探せる図書目録。古典的名作から現代作家の話題作まで、国内外の作家206人の2,270冊とアンソロジー53冊を収録。学校図書館・公共図書館での選書にも役立つ。

文学賞受賞作品総覧　小説篇
A5・690頁　定価（本体16,000円＋税）　2016.2刊
明治期から2015年までに実施された主要な小説の賞338賞の受賞作品7,500点の目録。純文学、歴史・時代小説、SF、ホラー、ライトノベルまで、幅広く収録。受賞作品が収録されている図書1万点の書誌データも併載。

海外文学 新進作家事典
A5・600頁　定価（本体13,880円＋税）　2016.6刊
最近10年間に日本で翻訳・紹介された海外の作家1,500人のプロフィールと作品を紹介した人名事典。既存の文学事典類では探せない最新の人物を中心に、欧米からアジア、第三世界の作家についても一望できる。2006～2016年の翻訳書3,700点の情報を併載。

データベースカンパニー
日外アソシエーツ

〒140-0013　東京都品川区南大井6-16-16
TEL.(03)3763-5241　FAX.(03)3764-0845　http://www.nichigai.co.jp/